TERRE SAINTE

Sharon Kay Penman

Terre Sainte

roman

Traduit de l'anglais
par Pierre Ménard

le cherche midi

Directeur de collection : Arnaud Hofmarcher
Relecture éditoriale : Hubert Robin

Titre original : *The Land Beyond the Sea*
Éditeur original : Putnam, Penguin Random House LLC

92, avenue de France 75013 Paris
serviceclients@lisez.com

Mise en page par : Nord Compo
Dépôt légal : mars 2025
ISBN : 978-2-7491-7837-0

À Enda Junkins et Paula Mildenhall

LISTE DES PERSONNAGES
en l'an 1172

Famille royale du royaume de Jérusalem, Outremer

- Baudouin III, roi de Jérusalem, mort en 1163, oncle du roi d'Angleterre Henri II
- Amaury, roi de Jérusalem, frère de Baudouin
- Marie Comnène, reine de Jérusalem, petite-nièce de Manuel Comnène, l'empereur grec du royaume byzantin
- Sibylle, fille d'Amaury et d'Agnès de Courtenay, née en 1159
- Baudouin, fils d'Amaury et d'Agnès de Courtenay, né en 1161
- Isabelle, fille d'Amaury et de Marie Comnène, née en 1172

Noblesse du royaume de Jérusalem

- Baudouin d'Ibelin, seigneur de Ramlah et de Mirabel
- Richilde, son épouse
- Esquiva et Étiennette, leurs filles
- Balian d'Ibelin, seigneur d'Ibelin, frère cadet de Baudouin
- Hugues d'Ibelin, leur frère aîné, mort en 1169

- Renaud (Denis) de Grenier, seigneur de Sidon
- Agnès de Courtenay, son épouse, mère de Baudouin et de Sibylle, fille du comte d'Édesse, mort dans un donjon sarrasin
- Jocelyn de Courtenay, frère d'Agnès, fils du comte d'Édesse

- Onfroy de Toron, connétable du royaume
- Philippa, princesse d'Antioche, son épouse
- Onfroy de Toron, fils du connétable, décédé en 1173
- Étiennette de Milly, veuve de ce dernier, héritière d'Outre-Jourdain
- Onfroy de Toron, leur jeune fils

- Esquiva, princesse de Galilée
- Hugues, son fils aîné et héritier
- Guillaume, Odon et Raoul, ses frères cadets

- Milon de Plancy, sénéchal du royaume
- Guyon de Grenier, seigneur de Césarée, cousin du seigneur de Sidon
- Gautier de Grenier, frère et héritier de Guyon
- Gautier de Brisebarre, seigneur de Blanche Garde
- Guidon de Brisebarre, son frère
- Marie de Brisebarre, leur sœur
- Aimery de Lusignan, seigneur franc arrivé en 1173 en Outremer

Responsables ecclésiastiques du royaume de Jérusalem

- Émeric de Nesle, le patriarche
- Léthard, archevêque de Nazareth
- Joscius, évêque d'Acre
- Guillaume, archidiacre de Tyr
- Héraclius, archidiacre de Jérusalem

Ordres guerriers

- Eudes de Saint-Amand, grand maître de l'ordre des pèlerins du Christ et du temple de Salomon, plus connus sous le nom de Templiers
- Jobert, grand maître des chevaliers de l'hôpital Saint-Jean de Jérusalem, plus connu sous le nom d'Hospitaliers
- Jacquelin de Mailly, chevalier templier

Principauté d'Antioche

- Bohémond, prince d'Antioche, cousin du roi Amaury et du comte de Tripoli
- Maria, sœur de Bohémond, épouse de Manuel Comnène, empereur de Byzance
- Renaud de Châtillon, époux de la mère de Bohémond, la princesse Constance, décédée

Comté de Tripoli

- Raymond de Saint-Gilles, comte de Tripoli, cousin du roi Amaury et du prince Bohémond

Sarrasins

- Nour al-Din Mahmoud, fils de Zangi, souverain d'Égypte et de Syrie
- Al-Salih Ismail, fils de Nour al-Din, son plus jeune fils et héritier
- Al-Malik al-Nasir, Salah al-Din Abou al-Muzaffar Youssouf, fils d'Ayoub, vizir de Nour al-Din en Égypte, connu des historiens sous le nom de Salah al-Din ou Saladin, appelé Youssouf par les siens
- Al-Malik al-Adil, Saif al-Din Abou Bakr Ahmad, fils d'Ayoub, frère cadet de Saladin, plus connu sous le nom d'al-Adil, appelé Ahmad par les siens
- Taqi al-Din, al-Malik al-Muzaffar Omar, fils de Shahanshah, fils d'Ayoub, neveu de Saladin et d'al-Adil, appelé Omar par les siens
- Farouk-Shah Izz al-Din, fils de Shahanshah, fils d'Ayoub, frère cadet de Taqi al-Din, appelé Daoud par les siens

Souverains européens

- Henri II, roi d'Angleterre
- Aliénor d'Aquitaine, son épouse
- Louis Capet, roi des Francs
- Guillaume, roi de Sicile
- Frédéric, saint empereur romain germanique
- Philippe, comte de Flandre

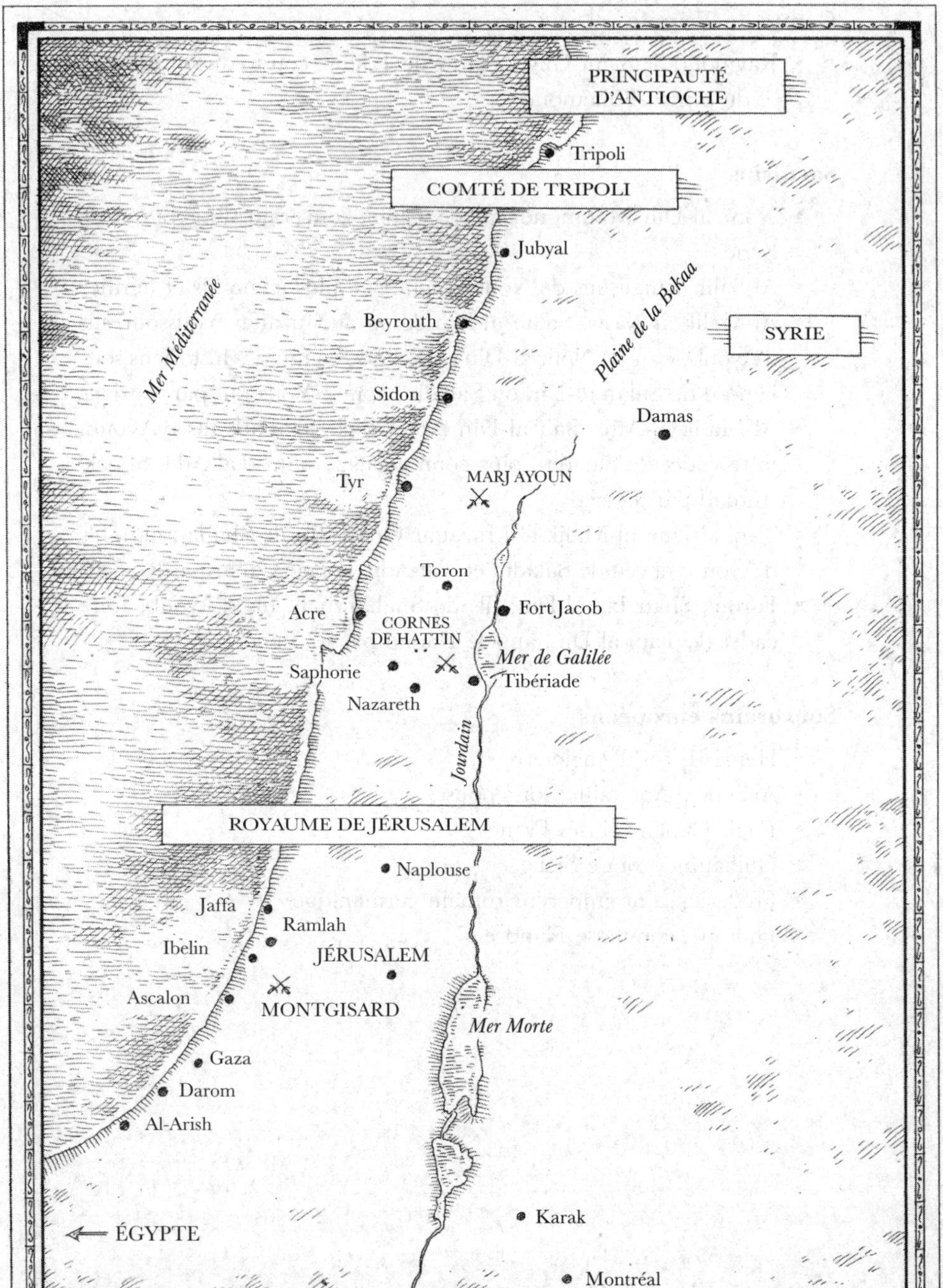
PRINCIPAUTÉ D'ANTIOCHE
Tripoli
COMTÉ DE TRIPOLI
Jubyal
Plaine de la Bekaa
Mer Méditerranée
Beyrouth
SYRIE
Sidon
Damas
Tyr
MARJ AYOUN
Toron
Acre
Fort Jacob
CORNES DE HATTIN
Mer de Galilée
Saphorie
Tibériade
Nazareth
Jourdain
ROYAUME DE JÉRUSALEM
Naplouse
Jaffa
Ramlah
Ibelin
JÉRUSALEM
Ascalon
MONTGISARD
Mer Morte
Gaza
Darom
Al-Arish
Karak
ÉGYPTE
Montréal

Prologue

Février 1163
Ville de Jérusalem, Outremer

Agnès de Courtenay savait que la plupart des gens l'auraient considérée comme bénie des dieux, étant à la fois d'une très grande beauté et d'une noble lignée, fille du comte d'Édesse, cousin des souverains d'Antioche et de Jérusalem. Nul ne l'aurait crue si elle avait confessé la crainte qui la rongeait secrètement : celle d'avoir été victime d'une malédiction. Et pourtant, comment expliquer autrement les calamités qui n'avaient cessé de frapper sa famille ?

La litanie de ces malheurs avait commencé par la perte d'Édesse. Agnès avait dix ans quand la ville était retombée aux mains des Sarrasins. Elle savait qu'aux yeux de leurs voisins musulmans du Levant les récents royaumes d'Antioche, de Tripoli, d'Édesse et d'Outremer, tels de jeunes arbres cernés par les chênes ennemis, n'étaient que des conquêtes provisoires qu'ils finiraient par reprendre aux infidèles. Mais elle n'avait pas imaginé qu'ils étaient à ce point vulnérables avant la chute d'Édesse et le massacre de ses habitants.

Son père s'était accroché au pouvoir pendant quelques années, et lorsque Agnès avait eu treize ans, il l'avait unie à Reynald, le seigneur de Marash. Celui-ci l'avait traitée avec courtoisie, et Agnès avait été heureuse d'être son épouse, rêvant du paisible destin qui l'attendait en tant que dame de Marash.

Mais les choses ne devaient pas tourner ainsi. Elle était mariée depuis moins d'un an lorsque le prince d'Antioche fut défait par une imposante armée sarrasine. Parmi ceux qui ne survécurent pas aux combats figuraient le prince lui-même et Reynald, le seigneur de Marash. La jeune veuve éplorée se vit contrainte de retourner dans sa famille, où le pire l'attendait encore. Agnès savait que son père manquait de caractère et se souciait davantage de son propre plaisir que du bien de ses sujets. Elle ne l'en aimait pas moins et souffrit lorsqu'il fut capturé par Nour al-Din, l'émir sarrasin. Refusant de le libérer contre une rançon, Nour al-Din ordonna qu'on lui crève les yeux et qu'on le laisse mourir dans un donjon d'Alep. À ce moment-là, Agnès comprit que Dieu avait maudit la lignée des De Courtenay.

Les années qui suivirent ne furent pas plus heureuses. Et puis, au début de l'an 1157, Hugues d'Ibelin arriva à Antioche et s'enticha d'elle. Il venait d'avoir dix-huit ans et était donc son cadet de trois ans. Mais il était l'héritier par sa mère de l'opulent fief de Ramlah, qui faisait partie du royaume de Jérusalem, et son père n'était plus de ce monde : nul ne pouvait donc s'opposer à sa volonté d'épouser Agnès, qui n'avait pourtant pas la moindre dot. De surcroît, c'était un bel homme, et elle accepta ce mariage avec joie, heureuse que les sentiments du Tout-Puissant à l'égard de sa famille aient à nouveau tourné en sa faveur.

Cet été-là, Agnès, Jocelyn et leur mère s'étaient donc rendus en Outremer, où Hugues les attendait. Mais à peine avaient-ils débarqué à Jaffa qu'Agnès apprit qu'une nouvelle défaite avait eu lieu le 19 juin sur le champ de bataille : une troupe conduite par le roi Baudouin était tombée dans une embuscade tendue par Nour al-Din. Baudouin avait réussi à prendre la fuite, mais Hugues d'Ibelin figurait hélas au nombre des prisonniers.

Agnès était désespérée, car elle ne voyait pas comment il allait pouvoir payer sa rançon. Ses frères Baudouin et Balian étaient trop jeunes pour lui être d'un grand secours, et sa mère était à l'agonie. Seul le roi Baudouin était en mesure de le sauver. Agnès alla donc trouver Amaury, comte de Jaffa et frère du roi. Elle avait entendu dire qu'à l'inverse du souverain, connu pour sa générosité, l'attrait d'Amaury pour l'argent n'avait d'égal que son penchant appuyé pour les femmes. Toutefois, elle ne pensait pas que cela le dérangerait de dépenser l'argent de son frère et espérait qu'il accepterait d'intercéder auprès de lui en sa faveur.

La rencontre avec Amaury ne se déroula pas comme prévu. La beauté d'Agnès ne laissa visiblement pas le comte indifférent, et elle accepta de badiner avec lui dans l'espoir d'obtenir son soutien. Mais elle se trouva bientôt confrontée à des assauts qui allaient bien au-delà du simple badinage. Elle parvint néanmoins à se dégager et à prendre la fuite. Elle avait bien entendu dire que le comte ne respectait guère les liens matrimoniaux, mais, étant sa propre cousine, elle ne s'attendait tout de même pas à être traitée comme une vulgaire catin. Elle n'avait pas compris que, Hugues et son père étant tous deux prisonniers à Alep, Amaury avait dû la considérer comme une proie facile, vulnérable comme seule pouvait l'être une femme dénuée du moindre protecteur masculin.

Soudain consciente du danger qu'elle encourait – étant l'hôte d'Amaury et de la ville qu'il gouvernait –, Agnès n'hésita pas à se confier à sa mère et à son frère. Jocelyn était furieux qu'on ait attenté de la sorte à l'honneur de sa sœur mais n'allait pas se risquer à affronter un homme aussi puissant que le frère du roi. Leur mère avait un peu plus de cran et alla trouver celui-ci, lui rappelant qu'Agnès n'était pas une vulgaire paysanne dont on pouvait disposer à loisir, qu'elle était au contraire de sa parenté, descendante de l'un des plus loyaux vassaux du roi. Agnès espérait que cela suffirait à ramener le comte dans le droit chemin.

Mais lorsque sa mère revint, ce fut pour lui annoncer une nouvelle aussi surprenante qu'inattendue. Six ans plus tard, Agnès revoyait encore la scène avec autant d'intensité que si elle s'était déroulée la veille.

« Eh bien, il semble que nous nous soyons mépris sur les intentions du comte. Amaury m'a juré qu'il n'avait jamais été dans ses intentions de te violer. Bien au contraire, il voudrait t'épouser. »

Agnès faillit s'étrangler mais ne dit pas un mot. Toutefois, entendant Jocelyn pousser un cri de joie, elle lui lança un regard agacé. Elle voulut aussitôt rétorquer qu'elle n'avait aucune intention d'épouser Amaury mais se retint à temps. Les mariages ne reposaient pas sur des caprices personnels, après tout.

« Le comte Amaury semble oublier que je suis fiancée à Hugues d'Ibelin, et qu'aux yeux de la sainte Église cela constitue un engagement sacré. De surcroît, nous sommes cousins au quatrième degré et cela nous interdit de nous marier. »

Jocelyn rétorqua que des fiançailles pouvaient toujours être rompues et que l'Église délivrait des dispenses autorisant des cousins à se marier. Agnès ignora son intervention.

« Mère, reprit-elle, voulez-vous que j'épouse cet homme ?

— Ce serait une bien meilleure alliance qu'avec Hugues d'Ibelin. Tu serais la comtesse de Jaffa et d'Ascalon, et ton rang viendrait en second, juste après la reine que Baudouin finira bien par épouser un jour. La fortune de notre famille s'en trouverait notablement accrue et cela nous rendrait la position dont nous jouissions avant que ton père ne perde Édesse.

— Sans compter qu'Amaury est l'héritier du trône, l'interrompit Jocelyn. Si Baudouin mourait avant de s'être marié et d'avoir un descendant, Amaury serait couronné roi. Et tu deviendrais du même coup la reine, sœurette ! »

Agnès aimait beaucoup son petit frère mais ne l'avait jamais pris très au sérieux.

« Laisse-nous seules un moment », lui lança-t-elle abruptement.

Bien que fort dépité d'être ainsi chassé de ce conseil familial décisif, Jocelyn lui obéit : elle avait toujours été la plus forte des deux. Après son départ, Agnès alla s'asseoir aux côtés de Béatrice.

« Je serai franche avec vous, mère. Je reconnais qu'il s'agit là d'une opportunité à laquelle nous ne nous attendions pas. Mais je préférerais épouser Hugues d'Ibelin. En tant que dame de Ramlah, j'aurais droit au respect de tous. Et je suis convaincue qu'Hugues fera tout son possible pour vous venir en aide, à Jocelyn et à vous. Son pouvoir n'est assurément pas aussi étendu que celui d'Amaury, mais il est beaucoup plus généreux. »

Béatrice émit un imperceptible soupir.

« Il y a une chose que tu dois savoir, Agnès. J'ai eu une longue conversation avec Amaury. Lorsqu'il m'a dit qu'il voulait t'épouser, il a eu l'air aussi surpris que moi d'entendre ces mots sortir de sa bouche. Je crois qu'il a compris à cet instant précis qu'il rêvait d'autre chose avec toi que d'une simple partie de plaisir. Tu l'as apparemment ensorcelé, comme cela a déjà été le cas avec Hugues. À ceci près qu'Amaury est un jeune homme habitué à obtenir ce qu'il convoite. Maintenant qu'il a décidé qu'il te voulait pour femme, il n'est pas près d'y renoncer. Peu lui importent tes fiançailles, ton absence de dot ou le fait que vous soyez cousins. Et si jamais tu refusais sa proposition, cela ne le laisserait probablement pas indifférent.

— Vous voulez dire qu'il me forcerait à l'épouser ? »

Agnès essayait de paraître indignée, mais à quoi cela servait-il ? L'Église prétendait qu'un mariage n'était pas valide sans le consentement des deux époux. Pourtant, dans le monde qui s'étendait au-delà des murailles du Saint-Siège, il n'était pas rare qu'une héritière soit enlevée et mariée contre sa volonté. Si ce genre de chose arrivait à la reine Aliénor d'Angleterre, qui se soucierait que cela soit le lot de la fille sans dot d'un seigneur déchu qui croupissait dans les profondeurs d'un donjon d'Alep ?

« Nous faisons ce qui est en notre pouvoir, Agnès. Même si ce mariage n'est pas exactement à ton goût, il n'en présente pas moins un certain nombre d'avantages. Tu mèneras une existence privilégiée avec le frère du roi et tu ne seras pas sans pouvoir. Voilà une chose à laquelle tu n'as pas encore eu l'occasion de goûter, mais je suis certaine que tu ne tarderas guère à en apprécier la saveur.

— Et Hugues ?

— Tu convaincras Amaury de payer sa rançon. »

Certains auraient sans doute estimé que cette réponse manquait de chaleur et d'humanité. Mais Agnès en jugea autrement. Sa mère se contentait d'exposer la réalité à laquelle elles étaient confrontées et qui était le lot des femmes depuis la nuit des temps.

Les oppositions à ce mariage n'avaient pas manqué. Le patriarche de Jérusalem l'avait dénoncé, en évoquant leur consanguinité et les fiançailles d'Agnès avec Hugues d'Ibelin. Mais Amaury n'y avait pas prêté la moindre attention. Si le mariage n'avait pas été très heureux, il n'en était pas moins réussi. Même une fois passé l'attrait de la nouveauté, Amaury avait continué d'éprouver du désir pour Agnès, tandis que celle-ci avait rempli son premier devoir d'épouse en lui donnant une fille, puis un fils. Elle n'avait pas trouvé dans le lit conjugal le plaisir qu'elle aurait éprouvé dans celui d'Hugues, parce qu'elle n'avait aucun attrait pour lui. Mais sa mère avait au moins eu raison sur un point : le pouvoir avait quelque chose de grisant.

« Madame ? Croyez-vous que messire votre époux sera bientôt de retour ? »

Agnès sursauta, tandis que le passé refluait et qu'elle reprenait pied dans le présent.

« Je l'espère, Mabilla. »

Elle savait que les dames de sa suite étaient convaincues qu'elle rêvassait aux jours glorieux qui l'attendaient – et pourquoi n'aurait-ce pas été le cas ? Elle allait enfin être récompensée de tous les sacrifices qu'elle avait consentis, de toutes les pertes qu'elle avait subies. Le roi Baudouin était brusquement tombé malade et ses médecins n'avaient pu le sauver. Il était mort quelques jours plus tôt, laissant derrière lui une veuve éplorée mais n'ayant pas mis au monde le moindre descendant. L'héritier du royaume était donc son frère Amaury. Certes, la couronne était élective et non pas héréditaire au sens strict du terme, mais Agnès savait qu'il s'agissait d'une simple formalité. Amaury s'était donc rendu devant la Haute Cour composée de tous les barons du royaume. D'ici la fin de la semaine il serait couronné, et elle deviendrait du même coup la reine de Jérusalem.

Assise sur un coffre, Agnès se détendit tandis que Mabilla dénouait ses cheveux, qui retombèrent dans son dos en une cascade d'or pâle. Amaury disait souvent qu'il était regrettable qu'on interdise aux femmes de montrer leur chevelure en public. Il était fier de posséder une épouse aussi belle et de voir le désir qu'elle éveillait dans les yeux des autres hommes. Agnès décida soudain qu'elle laisserait ses cheveux dénoués pour son couronnement, comme seules les reines et les vierges avaient le droit de le faire. Pendant quelques instants elle se représenta sa longue chevelure soyeuse surmontée de la couronne incrustée de joyaux : pouvait-on rêver un plus bel ornement ? songea-t-elle avec un sourire.

Amaury rentra au moment où les cloches de la ville sonnaient les vêpres. Il pénétra dans la chambre, considéra les femmes de sa suite et leur lança : « Dehors ! »

Tandis qu'elles s'empressaient de lui obéir, Agnès haussa les sourcils. Même en considérant qu'Amaury était – dans ses meilleurs moments – d'un tempérament taciturne, son attitude était d'une rudesse inhabituelle.

Agnès se leva et le regarda, un peu étonnée. Pour un homme qui venait d'accéder à la royauté, il n'avait pas l'air très heureux.

« Comment cela s'est-il passé devant la Haute Cour ? demanda-t-elle. Tout est-il réglé ?

— Oui, tout est réglé, dit-il en faisant les cent pas dans la pièce et en évitant de croiser son regard. Mais cela ne s'est pas passé comme je m'y attendais. »

Agnès l'avait rarement vu aussi tendu.

« Ils t'ont tout de même reconnu comme leur nouveau roi ?

— Ils ont reconnu mon droit à la couronne. »

Amaury marqua une pause et releva la tête, la regardant dans les yeux pour la première fois depuis son entrée dans la pièce.

« Mais ils n'y accéderont que si j'accepte de mettre un terme à notre mariage, car ils ne veulent pas de toi pour reine. »

Agnès le dévisagea, incrédule.

« Tu… ne parles pas sérieusement ? »

Amaury bouillait depuis son passage devant la Haute Cour, et fut soulagé de pouvoir enfin laisser éclater sa colère.

« Tu crois peut-être que je plaisanterais sur un sujet pareil ? Le patriarche a répété que notre mariage n'avait aucune valeur, étant donné que nous sommes cousins au quatrième degré. Il a même fait allusion à ta promesse de fiançailles avec Hugues d'Ibelin. Et les barons l'ont tous soutenu. Je peux te dire qu'ils jouissaient, ces fils de putes, à jouer ainsi les faiseurs de rois ! »

Agnès essayait désespérément de mettre un peu d'ordre dans son esprit.

« L'Église accorde souvent des dispenses dans ces affaires de consanguinité. Le légat apostolique ne peut-il pas nous en procurer une ?

— Tu crois que je n'ai pas évoqué ce point ? Le légat n'a même pas voulu en entendre parler. Il considère comme le patriarche que nous vivons dans le péché, et qu'il est hors de question que je sois couronné si je ne te répudie pas. »

Le corps d'Agnès réagissait comme si elle avait subi un choc : sa respiration était saccadée, ses genoux tremblaient et son cerveau restait embrumé, essayant toujours de comprendre la situation.

« Mais pourquoi ? » demanda-t-elle.

Amaury secoua la tête d'un air excédé.

« Ils se comportent tous comme si leurs motivations avaient la pureté de la neige fraîchement tombée, et que leur unique souci était de mettre un terme à une situation soi-disant illégitime. Mais je ne suis pas dupe. Nos évêques me punissent pour avoir jadis défié le patriarche en t'épousant. Et les barons veulent asseoir leur autorité sur moi, en me faisant bien comprendre que c'est à eux que je devrai ma couronne. » Il lança à Agnès un regard étrangement accusateur, comme si elle était responsable du piège qui s'était refermé sur lui. « Baudouin d'Ibelin était particulièrement remonté contre moi. De toute évidence, il ne m'a pas pardonné d'avoir épousé la fiancée de son frère. Grand Dieu ! Cela remonte à plus de six ans !

— Et tu… tu as accepté leurs conditions, Amaury ? »

Elle paraissait si stupéfaite que ce dernier rougit et serra les poings. Agnès comprit par la suite que la colère d'Amaury était une réaction défensive, et qu'il avait honte de s'être plié aux exigences de la Haute Cour. Sur le moment, elle n'avait eu conscience que de sa propre colère, de sa douleur et du sentiment déchirant d'avoir été trahie.

« Comment as-tu pu… En reniant la légalité de notre mariage, tu condamnes tes propres enfants à n'être que des bâtards !

— Non, rétorqua-t-il sèchement. Jamais je n'aurais permis une chose pareille. J'ai insisté pour obtenir une dispense du pape reconnaissant leur légitimité, même si le mariage lui-même est invalidé.

— Je vois… Tu as eu le courage de défendre ton fils et ta fille, mais pas celui de défendre ta femme !

— Je n'avais pas le choix. Si je n'avais pas accepté leurs conditions, ils auraient donné la couronne à mon cousin Raymond, le comte de Tripoli.

— Tu ne peux pas me traiter ainsi, Amaury. »

Il haussa les épaules, avant de lui assener la cruelle vérité. « Tu ne vaux pas une couronne, Agnès. »

Elle tressaillit et lui répondit à voix basse : « Dieu te punira d'avoir fait une chose pareille. »

Il haussa à nouveau les épaules.

« Tu pourras toujours porter le titre de comtesse de Jaffa.

— Quelle générosité ! As-tu l'intention de me laisser Jaffa en douaire ?

— Bien sûr que non.

— Ce ne serait pourtant pas déraisonnable, dit-elle en serrant les dents pour se retenir de crier. La veuve de ton frère a bien reçu Acre en douaire.

— C'est une princesse grecque. »

Le ton détaché qu'il avait pris était une insulte en soi. La haine qu'Agnès éprouvait était telle qu'elle en suffoquait presque.

« N'aurez-vous pas trop honte, messire le roi, en voyant votre ancienne épouse mendier son pain sur le bord de la route ? »

Amaury ne s'attendait pas à de tels sarcasmes de sa part.

« Les enfants resteront auprès de moi, cela va sans dire, ajouta-t-il.

— Non !

— Cela n'a rien d'inhabituel, les mères n'élèvent jamais longtemps leurs fils.

— Ils restent auprès d'elles jusqu'à l'âge de sept ans. Et Baudouin n'a pas encore deux ans ! » En voyant qu'il ne se donnait même pas la peine de discuter, elle comprit qu'il n'y avait aucun espoir. « Et Sibylle ? Tu ne peux pas me les arracher tous les deux !

— Ne joue pas à la mère éplorée, Agnès. Je ne m'opposerai pas à ce que tu voies les enfants. »

À condition que tu coopères, que tu agisses comme on te le demande. La menace était implicite, il n'était même pas nécessaire de la formuler. Agnès s'était mise à trembler. Elle s'effondra sur le bord du lit, le visage livide. Elle paraissait tellement anéantie qu'Amaury éprouva soudain le besoin de lui dire qu'il était désolé, que cela n'était pas de sa faute. Mais il ne le fit pas : si elle s'était rendu compte qu'il se sentait coupable, elle s'en serait servie pour l'obliger à lui laisser Sibylle. Il ne voulait pas prendre ce risque : il avait peur qu'elle ne déverse des propos empoisonnés dans l'oreille de sa fille afin de la retourner contre lui.

« J'ai également demandé au légat épiscopal une dispense qui t'absolve de toute condamnation morale pour avoir contracté un mariage illégitime », ajouta-t-il.

Agnès releva les yeux et le dévisagea.

« Quelle magnanimité de ta part, Amaury ! Et comme tu as la mémoire courte ! As-tu vraiment oublié que c'est toi qui m'as contrainte autrefois à t'accepter pour époux ?

— Ne dis pas de bêtises ! Tu désirais autant que moi cette union, car tu avais bien compris que je t'offrais un avenir plus enviable. »

Ne ressentant plus la moindre pitié à son égard, il se dirigea vers la porte. Voyant qu'il était sur le point de quitter leur chambre et de sortir à tout jamais de sa vie, Agnès ressentit un frisson de panique.

« Pour l'amour de Dieu, comment peux-tu m'abandonner ainsi ? Que suis-je censée faire à présent ? »

Il s'immobilisa, la main sur le loquet.

« Hugues d'Ibelin ne s'est pas marié après avoir payé sa rançon et retrouvé sa liberté. Peut-être acceptera-t-il de te reprendre. »

Agnès songea par la suite qu'elle n'avait heureusement pas d'arme sous la main à cet instant précis, car elle n'aurait sans doute pas hésité à s'en servir. Elle aurait voulu le griffer jusqu'au sang, le marteler de ses poings, le mordre, le lacérer, le maudire à tout jamais lui et le patriarche et le légat épiscopal et la Haute Cour et Dieu – les faire payer, eux tous, pour lui avoir imposé un sort pareil. Mais Amaury n'avait pas attendu sa réponse et la porte s'était déjà refermée derrière lui.

Se redressant, elle se dirigea d'un pas vacillant vers la table qui avait été dressée pour qu'ils célèbrent dans l'intimité l'accès d'Amaury à la royauté. Il y avait deux de ces gobelets en verre rouge qui avaient fait la célébrité d'Acre, une cruche de son vin préféré, une assiette garnie de galettes et une coupe en argent remplie d'amandes et de fruits secs. Elle balaya tout cela d'un revers de main. Puis son regard tomba sur la nouvelle tunique d'Amaury, accrochée à une patère.

Saisissant le couteau à fruits, elle la lacéra sauvagement jusqu'à ce que le vêtement soit en lambeaux. Un manuscrit appartenant à son époux subit le même sort avant d'être jeté dans le foyer incandescent.

Elle haletait, à présent. Le couteau toujours à la main, elle se dirigea en titubant vers la couche qu'elle avait partagée avec Amaury. Après avoir écarté la courtepointe, elle considéra un instant l'oreiller qu'elle se mit à poignarder avec une telle violence qu'un nuage de plumes l'environna bientôt, tandis qu'elle tournait sa colère contre le matelas.

« Madame ! »

Agnès suspendit son geste, le couteau toujours levé, et aperçut deux des dames de sa suite dans l'encadrement de la porte. Immobiles, elles la contemplaient d'un air horrifié. Si le saccage du lit nuptial les bouleversait à ce point, qu'allaient-elles dire devant le naufrage de sa vie ? À cette idée elle se mit à rire, d'un rire nerveux et si éraillé, si strident, que même à ses propres oreilles il résonnait comme celui d'une folle.

CHAPITRE 1

Avril 1172
Jérusalem, Outremer

C'était un destin grandiose que d'accéder à la royauté, mais cela n'allait pas sans difficultés. Marie Comnène n'avait que treize ans lorsqu'elle avait épousé le roi de Jérusalem, un homme qui était de vingt ans son aîné et ne parlait pas un mot de grec, sa langue maternelle, tandis qu'elle-même ne savait pas un mot de la langue des Francs que parlait le roi. La religion ne les avait pas davantage rapprochés puisque celui-ci dépendait de l'Église de Rome, alors qu'elle avait été élevée dans la foi orthodoxe. Elle n'avait pas tardé à découvrir par ailleurs que le passé de son mari n'était pas sans peser sur sa vie présente, car Amaury avait deux jeunes enfants, et sa première épouse était une femme d'une grande beauté, rongée par le ressentiment.

Son nouveau royaume n'avait rien de bien accueillant. Connu sous le nom d'Outremer, c'était en fait un pays maudit, infesté de fièvres pestilentielles et sur lequel planait l'ombre incessante des guerres. Ses sujets ne se réjouissaient d'ailleurs nullement de son mariage : elle s'aperçut assez vite que les Francs méprisaient les Grecs, qu'ils considéraient comme fourbes et efféminés ; ils se méfiaient de surcroît de cette nouvelle alliance avec l'Empire byzantin. À tout point de vue, ce monde lui était parfaitement étranger, et elle se languissait de sa terre natale. Sa famille lui manquait, tout comme la splendeur de Constantinople à laquelle elle était accoutumée : par comparaison, Jérusalem, Acre et Tyr lui faisaient l'effet de villages pouilleux. En repensant à cette époque, Marie se rappelait avec un certain embarras qu'elle avait souvent pleuré à chaudes larmes avant de trouver le sommeil dans les premières semaines de son mariage.

Mais c'était une princesse, petite-nièce de l'empereur Manuel Comnène, et elle était déterminée à ne pas faire honte à la lignée royale de Byzance. Elle entreprit d'apprendre la langue des Francs. Elle passa des heures à mémoriser les noms des évêques et des barons d'Outremer. Elle réussit à dissimuler le choc qu'elle éprouvait à la vue de tous ces visages glabres et rasés de près : depuis toujours, la barbe était un symbole de virilité dans le monde qu'elle avait quitté. Elle adopta les mœurs des Francs, divisant ses cheveux en deux longues tresses et s'abstenant parfois de voiler son visage lorsqu'elle paraissait en public, contrairement à ce que faisaient les femmes de haut rang dans l'Empire byzantin.

Et elle faisait de son mieux pour plaire à son nouveau mari. Sa mère l'avait avertie qu'Amaury ne serait sans doute pas très facile à vivre. Il était courageux, intelligent, déterminé et considéré par la plupart des gens comme un bon roi. Il inspirait le respect, à défaut d'une véritable affection, car il y avait en lui une froideur qui le maintenait à l'écart des autres. Il était réservé et souvent distant, s'exprimant d'autant moins qu'il était affligé d'un léger bégaiement. Mais Marie ne s'attendait pas à trouver l'amour dans le mariage, ni même une forme de compagnonnage : elle attendait seulement de son mari qu'il lui témoigne les honneurs dus à son rang. Elle avait appris très jeune que le monde où elle vivait était régi par les hommes, et que les femmes, quand bien même elles seraient reines, devaient se plier à leurs règles.

Dans les rares lettres qu'elle leur envoyait, elle assurait à ses parents qu'Amaury la traitait bien – et ce n'était pas un mensonge. Certes, il lui était infidèle, mais ses concubines ne se montraient pas à la cour. Il avait attendu qu'elle ait quatorze ans pour consommer le mariage : elle avait craint au début qu'il ne l'ait pas trouvée suffisamment séduisante, car les Grecs considéraient qu'une femme pouvait partager le lit de son mari dès l'âge de douze ans. Mais tel ne semblait pas être le cas chez les Francs, qui estimaient que les grossesses pouvaient s'avérer dangereuses tant que les jeunes filles n'étaient pas pleinement formées. Lorsque Amaury exigea enfin d'exercer ses droits conjugaux, Marie n'y prit guère de plaisir et eut l'impression qu'il n'en prenait guère lui non plus, se contentant d'accomplir son devoir afin de lui faire un enfant. Toutefois, il ne lui tint pas rigueur de ne pas tomber aussitôt enceinte, et elle lui en fut reconnaissante. En public, il se montrait toujours d'une grande courtoisie à son égard, en privé, il était la plupart du temps préoccupé et distant. Ils ne se disputaient jamais, s'adressaient rarement la parole. La vérité, c'était que même au bout de quatre années de mariage, ils étaient restés deux étrangers à qui il arrivait parfois de partager la même couche.

Pâques était le plus sacré des jours saints, aussi bien pour l'Église romaine que pour les orthodoxes. C'était aussi un jour de fête : les seigneurs vassaux d'Amaury et leurs dames commençaient d'arriver à Jérusalem, afin de ne pas manquer les festivités somptueuses organisées pour l'occasion à la cour du roi. Marie considérait ces réjouissances avec un sentiment mitigé : d'un côté, elle aimait les fêtes et les distractions, mais l'inévitable apparition de la première épouse d'Amaury en de telles circonstances l'enchantait beaucoup moins.

Elle n'avait pas imaginé qu'Agnès de Courtenay continuerait de jouer un tel rôle dans leurs existences. Que cela fût injuste ou non, un parfum de scandale flottait toujours autour d'une épouse répudiée, et Marie avait pensé qu'Agnès se retirerait dans un monastère, comme le faisaient la plupart des femmes dans son cas. Au lieu de ça, elle n'avait pas tardé à se remarier, cette fois-ci avec Hugues d'Ibelin, auquel elle avait autrefois été fiancée. Devenue son épouse, elle devait être reçue à la cour avec la dignité due à son rang, que cela leur plaise ou non. Mais Hugues était mort soudainement, trois ans plus tôt, alors qu'il se rendait en pèlerinage à Saint-Jacques-de-Compostelle, et Marie avait naïvement espéré qu'Agnès allait enfin se retirer dans la pénombre et la réclusion du veuvage.

Bien au contraire, elle avait très vite contracté une nouvelle union avec un noble de haut rang, le seigneur de Sidon, et ne cessait depuis lors de hanter la cour du roi, imposant sa présence fâcheuse et rappelant à tout un chacun, sans jamais l'évoquer ouvertement, la relation houleuse qu'elle avait eue jadis avec l'époux de Marie.

Comme toujours, il y eut un certain remue-ménage lorsque Agnès pénétra dans la grande salle, et tous les regards se tournèrent dans sa direction. Elle se figea dans une pose un peu théâtrale, à l'entrée de la pièce, afin d'être sûre – songeait amèrement Marie – de capter l'attention générale. Amaury évitait Agnès autant qu'il le pouvait : il n'avait fait qu'une brève apparition un peu plus tôt, avant de se retirer. En son absence, Marie savait qu'elle serait la proie de son ancienne épouse, et ne fut donc pas surprise de voir Agnès se diriger vers elle avec la nonchalance d'une lionne qui aurait repéré un troupeau d'antilopes. Elle s'était demandé au début pourquoi Agnès la détestait à ce point, mais avait fini par comprendre que c'était parce qu'elle détenait ce dont l'autre avait toujours rêvé : non pas l'anneau d'or qu'elle portait au doigt, mais la tiare incrustée de joyaux qu'on avait posée sur sa tête le jour de son couronnement.

Elle la regardait s'approcher. Marie avait à peine dix-huit ans et Agnès plus du double : sa jeunesse était depuis longtemps derrière elle, mais Marie savait qu'elle ne pourrait jamais rivaliser avec la beauté qui avait été sienne autrefois. Agnès la mettait mal à l'aise et lui donnait l'impression d'être gauche et empruntée rien qu'en haussant l'un de ses sourcils délicatement épilés. Elle avait beau s'être répété à de multiples reprises que c'était elle, la reine de Jérusalem, elle s'était toujours sentie horriblement démunie en présence de cette femme plus âgée dont elle percevait le regard froid, les yeux d'un bleu saphir qui la jaugeaient de pied en cap et la jugeaient sans appel.

Mais elle n'était plus intimidée à présent par cette élégante et retorse ennemie. Se tournant vers l'une de ses servantes, elle lui lança : « Passe-moi ma fille. »

Sitôt que le bébé fut tiré du berceau et déposé dans ses bras, elle sentit à nouveau une grande vague de bonheur l'envahir, comme si Dieu en personne souriait dans son dos et partageait sa joie. Lorsque la sage-femme lui avait annoncé que c'était une fille qu'elle avait mise au monde, elle avait ressenti un vague sentiment de culpabilité, comme si elle avait en quelque sorte trahi Amaury en ne lui donnant pas un fils. Mais quand elle avait pris sa fille dans ses bras pour la première fois, tout cela s'était évaporé. Jamais elle ne se serait crue capable d'éprouver un amour aussi intense, aussi bouleversant : elle passait des heures à regarder son bébé dormir, à l'écouter respirer, à s'émerveiller de la douceur de sa peau et de ses cheveux soyeux. La semaine dernière, Isabelle avait souri pour la première fois, et Marie était convaincue qu'elle garderait cette précieuse image gravée en elle jusqu'à la fin de ses jours. Pourquoi ne lui avait-on jamais dit que la maternité constituait un tel bouleversement dans la vie d'une femme ?

Ce fut seulement après la naissance d'Isabelle qu'elle mesura vraiment ce dont Agnès de Courtenay l'avait dépossédée. Lorsque Amaury lui avait dit que les deux enfants qu'il avait eus avec sa première femme passeraient dans l'ordre de succession avant tous ceux qu'ils pourraient avoir ensemble, cela n'avait pas évoqué grand-chose aux yeux de la jeune fille de treize ans qu'elle était alors et qui avait d'autres soucis en tête. Mais aujourd'hui, en regardant avec amour le petit visage aussi doux qu'un pétale qui se tournait vers elle, elle sentait la colère monter à l'idée que sa fille ne serait jamais reine et se verrait privée du destin qui lui revenait, tout cela parce que Amaury avait commis jadis la folie d'épouser cette femme indigne et haïssable.

La révérence d'Agnès était tellement faite à contrecœur que les témoins de la scène esquissèrent un sourire et se rapprochèrent : la rivalité entre les deux femmes constituait pour beaucoup un spectacle aussi distrayant que morbide. Elles échangèrent des salutations glaciales, suivies d'un long silence. Marie attendait qu'Agnès lui présente les félicitations d'usage, puisqu'elle venait de mettre un enfant au monde. Voyant qu'elles ne venaient pas, elle prit sur elle et fit l'effort de rester courtoise, consciente de l'assistance qui les entourait.

« Messire votre époux ne vous accompagne pas ? demanda-t-elle à Agnès.

— Oh, il est dans les parages, répondit celle-ci avec un geste élégant de la main. Je vois que le vôtre n'est pas ici, lui non plus. Peut-être devrions-nous lancer nos chiens de chasse à leur recherche… »

Au même instant, Isabelle se mit à pleurer et Marie se pencha pour déposer un baiser sur la peau douce de sa petite joue. La plupart des gens se seraient attendris devant le tableau touchant de cette récente maternité. Mais Agnès y voyait l'intolérable rappel de tout ce qu'elle avait perdu : sa couronne et ses enfants.

« J'ai entendu dire que vous aviez donné naissance à une fille. J'espère que vous n'étiez pas trop déçus, Amaury et vous ? »

Marie releva vivement la tête.

« Je suis jeune, dit-elle. Si Dieu le veut, nous aurons de nombreux fils dans les années à venir. »

Le sourire d'Agnès s'effaça.

« Puis-je la voir ? » demanda-t-elle d'une voix polie mais empreinte de fiel.

Avant que Marie ait pu répondre, elle se pencha pour examiner l'enfant.

« Mon Dieu, murmura-t-elle en feignant la surprise. Elle ne ressemble pas du tout à Amaury ! Elle a la peau aussi foncée qu'un Sarrasin… »

Elle se fendit à nouveau d'un grand sourire. Elle avait bien vu à l'expression de Marie que sa remarque avait fait mouche.

« Mais je suis sûre que c'est une enfant adorable », ajouta-t-elle d'un air dédaigneux avant de faire demi-tour, sûre d'avoir eu le dernier mot.

Quelques heures plus tard, Marie bouillait encore de rage. Les mots, anodins en eux-mêmes, avaient été distillés avec un tel venin qu'ils l'avaient laissée sans voix – Dieu tout-puissant en soit loué ! Car sans cela, elle aurait provoqué un esclandre dont la cour aurait fait ses gorges chaudes des années durant. Ce n'était pas tellement la perfide insinuation concernant la paternité d'Isabelle qui l'avait mise hors d'elle : elle était trop énorme pour être prise au sérieux. Non, c'était le fait qu'Agnès avait considéré Isabelle – la fille qu'elle venait de mettre au monde – comme une cible toute désignée dans le cadre de l'horrible vendetta qu'elle avait lancée. Elle allait amèrement le regretter, se jura Marie en silence. Mais cela ne suffisait pas à dissiper sa colère. Il fallait qu'elle l'exprime à voix haute, et elle avait besoin pour cela de se confier à une oreille bien intentionnée.

Amaury refuserait de se laisser entraîner dans ce qu'il considérerait sans doute comme une simple querelle entre femmes. Il préférait ignorer Agnès que d'être confronté à elle. Et l'amitié était un luxe interdit à ceux qui détenaient le pouvoir. On avait appris à Marie que les gens de haute naissance ne devaient jamais baisser la garde. Les domestiques pouvaient être soudoyés ou menacés, les servantes séduites – et il y avait des espions partout. Mais elle avait plus de chance que la plupart des reines car elle disposait pour sa part d'un véritable ami, quelqu'un en qui elle avait une confiance absolue.

C'était la langue qui les avait rapprochés au départ, car maître Guillaume en parlait couramment quatre, dont le grec. Marie avait été soulagée de pouvoir converser avec quelqu'un dans sa langue maternelle. Elle s'était également félicitée que Guillaume ait vu son mariage d'un bon œil : il estimait en effet qu'une alliance avec l'Empire byzantin ne pouvait que servir les intérêts de son propre royaume. Il avait engagé un précepteur pour lui apprendre la langue des Francs et entrepris de l'instruire en lui expliquant les méandres de la politique d'Outremer. Ayant elle-même grandi à la cour de Constantinople, où les intrigues politiques étaient monnaie courante, Marie était fascinée par le pouvoir et la conduite des affaires. Lorsqu'elle essayait d'aborder ces sujets avec Amaury, celui-ci repoussait poliment ses questions. Mais Guillaume découvrit en elle une élève attentive et douée. À mesure que leur amitié s'affermissait, Marie s'était sentie moins seule.

Une telle relation aurait été considérée avec suspicion à Constantinople, où les femmes vivaient essentiellement entre elles et n'avaient que rarement l'occasion de rencontrer des hommes en dehors de leur propre famille. Mais Guillaume était un homme d'Église, aujourd'hui archidiacre de Tyr, et cela permettait d'écarter tout soupçon de scandale. L'approbation d'Amaury était également appréciable : il admirait grandement Guillaume et lui avait demandé d'écrire la chronique de leur royaume et de leurs ennemis sarrasins. Deux ans plus tôt, il lui avait même confié l'éducation de son fils Baudouin. Il ne vit donc aucune objection à ce que la reine passe du temps en sa compagnie, à condition qu'ils soient chaperonnés.

Guillaume et Baudouin résidaient le plus souvent dans la ville côtière de Tyr mais étaient revenus à la cour à l'occasion des fêtes de Pâques. Ils avaient leurs propres quartiers au palais. Voyant que sa tourmente intérieure ne se dissipait pas, Marie sut ce qu'il lui restait à faire. Appelant auprès d'elle deux dames de sa suite ainsi que Michel, le chef des eunuques, elle leur annonça qu'elle allait rendre visite à maître Guillaume.

Le logement de Guillaume témoignait à lui seul de la faveur dont il jouissait de la part du roi. L'espace était plutôt limité à la cour, même dans le nouveau palais, mais on ne lui en avait pas moins attribué deux vastes pièces. L'antichambre était confortablement meublée : il y avait une table, un bureau et plusieurs chaises, car c'était ici qu'il travaillait et recevait ses invités. Une porte vitrée donnait sur un petit balcon et une porte close menait à sa chambre, dont Marie se doutait qu'elle devait être aussi simple qu'austère. Contrairement à de nombreux ecclésiastiques, Guillaume n'avait aucun goût pour le luxe. Quand il avait un peu d'argent, il le dépensait en manuscrits. Il en avait justement un à la main lorsqu'il vint ouvrir la porte. Son visage s'éclaira d'un sourire en apercevant Marie.

Malgré son agitation, celle-ci n'oublia pas ses bonnes manières.

« Excusez-moi de débarquer ainsi à l'improviste, maître Guillaume, mais il faut absolument que je vous parle. Agnès de Courtenay est assurément la plus grande harpie de toute la chrétienté ! Vous n'imaginerez jamais ce qu'elle a osé dire de ma fille. Elle a… »

Marie n'alla pas plus loin car elle aperçut au même instant l'ombre de l'homme qui se trouvait sur le balcon. Elle porta la main à ses lèvres, consternée d'avoir émis des propos aussi outranciers en présence d'un inconnu. Mais le pire était encore à venir : comme l'individu pénétrait dans la pièce, elle poussa un petit cri horrifié en découvrant qu'il s'agissait de Balian, le plus jeune des frères d'Ibelin et l'ancien beau-frère d'Agnès de Courtenay.

Ils se dévisagèrent pendant quelques instants. Marie frémit à l'idée qu'il puisse répéter les paroles qu'il venait d'entendre. Comme Agnès se réjouirait en apprenant qu'elle l'avait blessée à ce point… Fallait-il demander à cet homme de garder le silence ? Mais pourquoi accepterait-il de le faire ?

« Je… je crains d'avoir été indiscrète, dit-elle.

— Majesté, répondit-il avec une courtoisie parfaite tout en saisissant sa main et en l'effleurant du bout des lèvres. Dire la vérité n'est jamais indiscret, ajouta-t-il avec un sourire. Je connais suffisamment Agnès pour vous assurer que s'il y a encore des gens en Outremer qui ne la considèrent pas comme la pire des harpies, c'est parce qu'ils n'ont jamais eu affaire à elle. »

Marie ouvrit de grands yeux et éclata de rire, à la grande surprise des deux hommes. Balian ne l'avait jamais entendue s'esclaffer de la sorte : chaque fois qu'il l'avait aperçue, aux côtés d'Amaury, elle était on ne peut plus sérieuse et empreinte d'une gravité qui avait même quelque chose d'un peu triste, s'agissant d'une femme aussi jeune. Il préférait la découvrir sous cet angle. En s'inclinant galamment il la conduisit vers une chaise, comme s'il était le maître des lieux, avant de lui demander s'il pouvait lui servir du vin.

« Non, dit-elle, je ne vais pas m'attarder. Je ne veux pas interrompre la visite que vous rendiez à maître Guillaume. »

Balian protesta en lui disant qu'il s'apprêtait à partir, mais Marie secoua la tête en insistant pour qu'il reste. Guillaume n'intervint pas, sentant bien qu'elle était embarrassée. La jeune reine avait du mal à gérer les situations inattendues : et quoi de plus inattendu que la brusque sympathie que lui témoignait le beau-frère d'Agnès ?

Michel et les dames de sa suite ne comprenaient pas la langue des Francs, aussi furent-ils étonnés d'apprendre que leur maîtresse s'apprêtait déjà à repartir. Elle sourit à Guillaume, puis à Balian.

« Maître Guillaume, je vous parlerai plus tard. Seigneur Balian, je vous souhaite le bon jour », ajouta-t-elle poliment, en se réfugiant derrière les formules toutes faites qui lui tenaient lieu de protection.

Avant que les deux hommes aient pu réagir, elle avait disparu, ne laissant planer que les effluves discrets de son parfum et le souvenir d'un bref instant durant lequel elle avait laissé transparaître la jeune fille qu'elle était, cachée derrière les remparts de la royauté.

Guillaume se rassit.

« C'était fort chevaleresque de votre part, mon ami, de la mettre à l'aise comme vous l'avez fait. D'autant que je connais votre penchant pour Agnès…

— Qu'est-ce qui vous fait croire une chose pareille, Guillaume ?

— Ma foi, je vous ai entendu prendre sa défense par le passé, et j'en avais conclu… »

Balian l'interrompit en hochant la tête.

« La jeune reine n'a pas tort. Agnès est bel et bien une harpie. Je connais toutefois les circonstances qui l'ont poussée à agir ainsi, ce pour quoi je la juge sans doute moins durement que d'autres. » Il esquissa un sourire et ajouta avec un feint regret : « C'est une malédiction de voir ainsi les deux côtés des choses. Cela m'a causé bien des ennuis à de multiples reprises.

— Je vous comprends, répondit Guillaume en souriant à son tour. Même ceux qui sont dans l'ignorance des Saintes Écritures semblent connaître la phrase de Matthieu : *Celui qui n'est pas avec moi est contre moi.* J'avoue que je suis soulagé de vous entendre dire que vous n'appréciez guère votre belle-sœur. »

Guillaume prenait très au sérieux son rôle d'éducateur et estimait qu'Agnès de Courtenay avait une influence néfaste sur son fils. Mais il profita de l'occasion qui se présentait pour satisfaire sa curiosité.

« Votre frère était-il heureux avec elle ? » demanda-t-il.

Il ne fut pas étonné de voir Balian réfléchir un instant avant de lui répondre. Celui-ci avait beau être encore jeune – il était dans sa vingt-deuxième année –, il se montrait d'une grande pondération dans toutes ses entreprises, contrairement à ses frères aînés : le regretté Hugues, et Baudouin, le plus impulsif des trois.

« Je crois que oui, répondit-il enfin. Du moins au début. Hugues s'était entiché de cette femme, il avait eu le cœur brisé lorsque Amaury l'avait épousée tandis qu'il languissait lui-même dans cette prison sarrasine. Aussi, lorsqu'elle est venue le trouver après leur séparation et lui a proposé cette union, il n'a pas hésité un instant. Mais ce n'est pas une chose aisée que de vivre aux côtés d'une femme animée d'une rage pareille. Et je suppose que cela a fini par l'affecter… »

Peu désireux d'évoquer la mémoire de son frère, dont la mort prématurée lui faisait encore monter des larmes aux yeux, Balian changea de sujet.

« Qu'est-ce que c'est que cette histoire dont j'ai entendu parler, concernant le dernier exploit de Baudouin ? Est-il vrai qu'il a voulu monter le rouan du roi ?

— C'est la triste vérité. Ce garçon est un excellent cavalier, mais il est beaucoup trop jeune pour monter un cheval aussi dangereux que César. C'est pourtant ce qu'il s'apprêtait à faire quand l'un des palefreniers s'en est aperçu et l'en a empêché.

— C'est un miracle qu'il n'ait pas été piétiné après s'être risqué dans la stalle, rétorqua Balian. Le caractère irascible de César est connu de tous ceux qui ont chevauché aux côtés du roi Amaury lors de la dernière campagne militaire.

— Baudouin est un petit futé… Il nous a avoué qu'il s'était muni de friandises afin d'amadouer l'étalon avant de s'introduire dans la stalle. Enfin, je lui ai au moins fait promettre qu'il ne recommencerait plus, et c'est un garçon de parole. Mais je suis convaincu qu'il a déjà un autre projet tout aussi irréfléchi en tête. »

Balian savait que Guillaume n'avait pas imaginé qu'il s'enticherait à ce point de ce garçon. Mais quand on les observait à présent, on avait l'impression de voir un père et son fils, car Guillaume accordait à Baudouin toute l'affection et l'attention dont Amaury le privait, n'étant pas du genre à manifester ses émotions, même auprès de son unique héritier. À ce propos, Balian songea qu'il y avait également quelque chose de paternel dans l'amitié que Guillaume portait à la jeune reine. Après l'avoir dévisagé, il fit un grand plaisir à l'archidiacre en lui déclarant :

« Le jour où Amaury a décidé de vous confier l'éducation de son fils a été une bénédiction pour Baudouin… ainsi que pour le royaume. Sous votre autorité et avec votre appui, il s'avérera plus tard un excellent roi, j'en suis convaincu. »

Balian faisait rarement preuve d'un tel sérieux et ne put s'empêcher d'ajouter, en guise de plaisanterie :

« À supposer bien sûr que vous réussissiez entre-temps à l'empêcher de se rompre le cou. »

Guillaume éclata de rire et rapporta à Balian d'autres incartades du jeune garçon, sans se douter qu'il repenserait plus tard à leur conversation avec un regret teinté d'amertume, sachant qu'elle allait marquer la fin de ces temps d'innocence – non seulement pour lui et pour son élève, mais aussi pour le royaume sur lequel Baudouin était destiné à régner un jour.

Plus tard ce soir-là, Guillaume rejoignit la chambre de Baudouin pour s'assurer que tout était en ordre. Cela ne faisait pas partie de ses fonctions, mais Baudouin avait invité un camarade à rester pour la nuit, et l'archidiacre voulait être sûr qu'ils se couchent à une heure raisonnable. Son jeune élève avait l'art d'embobiner les domestiques et d'obtenir qu'ils infléchissent les règles en sa faveur.

Comme il s'y attendait, les deux garçons étaient loin d'être endormis. Des plumes flottaient encore dans la pièce, preuve qu'une bataille d'oreillers venait d'avoir lieu. Le lévrier de Baudouin se régalait avec les restes de leur souper, éparpillés sur le sol. Leur bain du soir avait apparemment viré à la bataille navale, car des linges avaient été étalés autour du tub pour éponger les dégâts. Les deux garçons étaient vautrés sur le lit, occupés à sculpter un gros cierge de suif. Guillaume eut juste le temps de l'entrevoir, car ils s'empressèrent de le fourrer sous les draps après s'être rendu compte qu'ils n'étaient pas seuls. Il lui avait bien semblé qu'ils cherchaient à graver un corps de femme dans la mollesse de la cire, mais sa réprobation initiale céda aussitôt place à la résignation. Baudouin aurait onze ans en juin, il fallait bien s'attendre à ce qu'il commence à manifester de la curiosité à l'endroit des charmes féminins.

« Nous étions sur le point de nous coucher », s'excusa Hubert, à qui leur précepteur inspirait une certaine crainte.

Baudouin était moins impressionnable.

« Enfin, presque… » ajouta-t-il avec un sourire que Guillaume ne put s'empêcher de trouver irrésistible.

Il y résista pourtant et lui répondit d'une voix calme que *presque*, cela voulait dire *maintenant*. Baudouin n'émit aucune objection, sachant qu'il était inutile de se lancer dans une bataille qu'il était certain de perdre. Sous le regard attentif de leur précepteur, les deux garçons ôtèrent leurs tuniques et leurs braies avant de se glisser sous les draps du gigantesque lit. Guillaume s'apprêtait à empêcher le lévrier de les rejoindre lorsqu'il aperçut des bleus sur le bras de Baudouin.

« Que t'est-il arrivé ? demanda-t-il. Tu es tombé ? »

Les garçons échangèrent un regard, et Baudouin opina. Mais en s'approchant, Guillaume constata que les bleus étaient espacés, à intervalles réguliers, comme s'ils avaient été délibérément provoqués. En adressant à son élève son regard le plus sévère, il attendit ses explications.

« On a joué à se défier », reconnut Baudouin.

Avec une certaine nervosité, Hubert expliqua que le défi consistait à se pincer mutuellement, le vainqueur étant celui qui tiendrait le plus longtemps sans manifester de douleur.

« On y a joué hier avec Arnulf, Gérald et Adam, poursuivit Hubert, désignant trois des garçons qui suivaient eux aussi l'enseignement de Guillaume. C'est Baudouin qui a gagné, comme d'habitude. Mais cela ne les a pas vexés, ils sont convaincus qu'il triche, d'une manière ou d'une autre. »

Les deux garçons éclatèrent de rire. Mais Guillaume venait d'apercevoir une profonde estafilade sur le poignet de Baudouin. Pendant qu'Hubert se rendait aux latrines, il la montra à son élève.

« Ce sont eux qui t'ont fait ça ? » lui demanda-t-il.

Voyant Baudouin acquiescer, il fronça les sourcils.

« Ce n'est pas très malin, mon garçon. Se pincer est une chose, mais une plaie de ce genre pourrait facilement s'infecter. Je te croyais plus raisonnable. »

Baudouin aurait pris une simple réprimande à la légère, mais il perçut la déception dans la voix de son précepteur.

« Je ne jouerai plus à ça, lui promit-il. Je ne me suis pas rendu compte qu'Arnulf m'avait fait ça, parce que je n'ai rien senti. » Après s'être assuré qu'Hubert était toujours aux latrines, il ajouta à voix basse : « Je ne sens aucune douleur du côté droit, ni dans la main ni dans le bras. C'est pour ça que c'est toujours moi qui gagne. Mais ne le dites pas à Hubert.

— Depuis combien de temps est-ce le cas, Baudouin ? »

Le garçon haussa les épaules et répondit que c'était relativement récent. Guillaume n'ajouta rien, mais il ne parvenait pas à détacher les yeux des taches que formaient ces bleus. Un souvenir lointain remonta lentement au fond de lui, et un frisson qui parcourut son échine.

Guillaume était assis sur un banc dans la cour du palais et regardait dans les hauteurs la fenêtre de la chambre de Baudouin. La veille, malgré l'heure tardive, il s'était immédiatement rendu auprès d'Amaury, qui avait ordonné que son fils soit examiné dès le lendemain par un médecin. Le roi avait réagi avec son sang-froid habituel, mais Guillaume savait bien qu'il était soucieux. Il attendait à présent le résultat de cette visite, regardant en plissant les yeux le soleil qui s'élevait dans le ciel tout en essayant de dissiper sa propre inquiétude. Il avait été élevé dans les arts libéraux, la théologie et le droit, mais la science médicale lui était étrangère.

Lorsque le médecin émergea enfin, il se leva d'un bond et se hâta de le rejoindre. Contrairement à beaucoup de gens de son peuple, il ne voyait pas d'un très bon œil la présence au palais des médecins sarrasins. Toutefois, Abou Souleymane Daoud lui inspirait une certaine confiance : c'était un chrétien de Syrie qui avait reçu une bonne éducation. Il ne lui posa aucune question, sachant qu'il réservait la primeur de son rapport au roi. Toutefois, il avait bien l'intention d'assister à leur rencontre, aussi lui emboîta-t-il le pas. Le médecin était d'une taille exceptionnelle, qu'accentuait encore le turban jaune vif qui trônait sur son crâne. Guillaume, qui était pour sa part d'une stature modeste, devait faire un effort pour suivre ses longues enjambées. Il était essoufflé et son cœur battait à tout rompre lorsqu'ils arrivèrent dans les appartements privés d'Amaury, sans trop savoir si cela était dû à l'allure effrénée du médecin ou à ses propres angoisses.

Amaury était en train de dicter un message à un scribe. Même ceux qui le critiquaient reconnaissaient qu'il ne se dérobait pas devant les responsabilités de sa charge royale. Sitôt qu'on lui eut annoncé l'arrivée de Guillaume et du médecin, il renvoya le scribe ainsi que tous ceux qui se trouvaient dans la pièce.

« Eh bien ? lança-t-il. Avez-vous trouvé de quoi souffre mon fils ?

— Non, Majesté. Il m'a été impossible d'établir un diagnostic précis concernant l'état du jeune prince. Je puis tout juste émettre quelques hypothèses. Pour en avoir la certitude, il faudra attendre un peu plus et voir s'il manifeste d'autres symptômes.

— Au diable les certitudes, grommela Amaury. Dites-moi plutôt ce qui selon vous provoque cet engourdissement.

— C'est sans doute le résultat d'un accident. Le seigneur Baudouin m'a affirmé n'avoir pas fait de chute, mais une légère contusion suffit parfois à provoquer de graves dégâts nerveux. » Sachant que les connaissances d'Amaury en matière médicale se limitaient aux soins des blessés sur le champ de bataille, le médecin lui expliqua rapidement comment les choses se présentaient. « Les nerfs sont des sortes de canaux qui partent du cerveau et contrôlent nos mouvements et nos sensations. Lorsqu'ils sont touchés, cela peut entraîner une insensibilisation du genre de celle qu'éprouve votre fils.

— Peut-on soigner cette blessure des nerfs ?

— Oui, Majesté. Les cataplasmes s'avèrent souvent bénéfiques. On peut aussi masser le membre affligé avec de l'huile d'olive chaude. Sans parler des plantes, bien sûr : l'armoise, la digitale, le lamier pourpre, pour n'en citer que quelques-unes.

— Mais vous ne pouvez pas me certifier que ces remèdes s'avéreront efficaces ?

— Non, Majesté, répondit le médecin d'une voix calme. Nous sommes tous autant que nous sommes soumis à la volonté du Tout-Puissant. Néanmoins, votre fils est jeune et en bonne santé, en dehors de ce problème. Il devrait bien réagir à ces traitements. » Voyant que le roi ne paraissait guère satisfait, il ajouta : « Nous pourrions être confrontés à une maladie plus grave, mais tel n'est pas le cas, Dieu soit loué. Lorsqu'on m'a parlé des symptômes que présente le jeune prince, je craignais au début qu'il ne s'agisse d'une maladie mortelle, appelée diabète : mais celle-ci se caractérise par un fréquent besoin d'uriner, et votre fils m'a assuré qu'il n'éprouvait rien de tel. »

Amaury dévisagea le médecin en se disant que ces sangsues en disaient toujours plus à leurs patients que ceux-ci ne le désiraient. Pourquoi mentionner ce fichu diabète si cela ne concernait pas Baudouin ?

« Commencez le traitement sur-le-champ ! » ordonna-t-il.

Le médecin s'inclina mais ne bougea pas, bien qu'on l'eût congédié.

« Il y a une chose que vous devez savoir, Majesté. Je ne vous dis pas que cela arrivera forcément, mais étant donné que votre fils est l'héritier du royaume, vous devez vous préparer à toutes les éventualités. Si le traitement n'a pas d'effet sur ce garçon, il est possible que son état s'aggrave… et qu'au bout d'un certain temps il perde l'usage de cette main et de ce bras.

— Jésus-Christ ! s'exclama Amaury en dévisageant le médecin d'un air horrifié. Un roi doit pouvoir conduire ses hommes au combat. Comment Baudouin pourrait-il se battre avec un bras invalide ? »

Guillaume était tellement soulagé que le médecin n'ait pas fait allusion à ce que lui-même redoutait le plus qu'il feignit de présenter ce risque de paralysie avec une sorte de détachement.

« Baudouin est encore assez jeune pour apprendre à se servir d'une épée de la main gauche. Cela pourrait même s'avérer un avantage, les guerriers s'attendant généralement à ce que leurs adversaires soient droitiers. »

Amaury faisait les cent pas dans la pièce en maugréant, et Guillaume n'était pas certain qu'il ait entendu ce qu'il venait de dire. Mais le roi était d'une nature pragmatique, les sentiments n'étaient pas son fort et il ne perdait jamais son temps ni son énergie à nier une réalité sous prétexte qu'elle ne lui convenait pas. S'il y avait le moindre risque, fût-il infime, pour que son fils soit un jour invalide, mieux valait regarder la chose en face dès à présent.

« Comment Baudouin pourrait-il contrôler son destrier en étant incapable de tenir les rênes ? »

Guillaume avait également la réponse à cette question. Mais Abou Souleymane Daoud fut le plus rapide et intervint avant lui.

« Mon frère est le maître d'équitation de votre fils depuis que celui-ci a l'âge de mettre les pieds dans des étriers. Il m'a dit que ce garçon est un cavalier né, qu'il n'éprouve pas la moindre frayeur quand il est à cheval. Il pourrait aisément lui apprendre à conduire son destrier par la seule pression des genoux. Cela ne présente aucune difficulté, ni pour le cavalier ni pour sa monture. Il suffit de regarder les archers sarrasins pour s'en convaincre. »

Amaury réfléchit à sa remarque pendant quelques instants avant d'opiner. Les Francs n'avaient jamais appris à tirer des flèches en plein galop, contrairement à leurs ennemis. Mais si les Sarrasins étaient capables de guider leurs montures en se passant des rênes, il n'y avait aucune raison pour que son fils n'y parvienne pas. D'ailleurs, il ne serait sans doute pas nécessaire d'en arriver là.

« Dites à votre frère de venir me voir, lança-t-il au médecin. Et rien de ce qui vient d'être dit ne doit sortir de cette pièce, c'est compris ? »

Le médecin perçut parfaitement la menace sous-jacente, aussi inutile qu'insultante. Après s'être incliné avec raideur, il se dirigea vers la porte. Arrivé là, il s'immobilisa, la main sur le loquet.

« Une autre maladie peut également provoquer ce genre d'insensibilité ou de paralysie. Je ne prétends pas que le jeune seigneur en soit atteint, car nous n'en avons pas la moindre preuve pour l'instant. Mais je faillirais à mon devoir de médecin si je ne vous avertissais pas, Majesté. Je ne crois pas que vous…

— Au fait ! s'exclama Amaury. Crachez donc le morceau : quelle est cette maladie ? »

Le médecin fixa Amaury dans les yeux.

« La lèpre », répondit-il.

Guillaume s'effondra brusquement sur le coffre le plus proche. Le sang s'était retiré du visage d'Amaury. Il ouvrit la bouche mais aucun son n'en sortit. Il traversa alors la pièce à vive allure, empoigna le médecin par le bras et le plaqua contre la porte.

« Si jamais je vous entends dire que mon fils risque un jour d'être lépreux, je vous arracherai la langue de mes propres mains ! »

Le médecin paraissait plus offensé qu'inquiet.

« Ma responsabilité concerne en premier lieu mes patients, dit-il. Jamais je ne trahirai la confiance d'un malade, et je ne parlerai de la maladie du seigneur Baudouin à personne en dehors de vous. Si vous ne me faites pas confiance et me croyez incapable de respecter mes engagements, vous feriez mieux de demander à un autre médecin de s'occuper du jeune prince. »

Amaury détourna les yeux le premier. Il recula et relâcha le bras du médecin.

« J'ai confiance en vous », dit-il d'une voix lourde et éraillée.

Abou Souleymane Daoud s'inclina, sachant qu'il ne pouvait s'attendre à de plus amples excuses de la part du roi.

Sitôt le médecin parti, Amaury se dirigea vers une desserte et se versa une coupe de vin d'une main tremblante. Il la vida en deux rasades et la remplit à nouveau avant de la porter à ses lèvres. Mais il ne la but pas, cette fois-ci, et la jeta au contraire au sol d'un geste rageur. D'un mouvement du bras, il balaya à son tour la cruche dont le contenu inonda le tapis. Il regarda un moment la flaque de vin, aussi rouge que du sang fraîchement versé, puis traversa à nouveau la pièce et vint s'asseoir lourdement dans un fauteuil à côté de Guillaume.

« Vous n'avez pas eu l'air surpris, lui dit-il au bout d'un long silence ; il n'y avait pas l'ombre d'un reproche dans sa voix, juste de l'épuisement. Qu'est-ce qui vous a amené à soupçonner une chose pareille ?

— Soupçonner est un terme excessif, Majesté. Il s'agit plutôt d'un souvenir. Durant mon enfance à Jérusalem, le fils d'un voisin a été victime de cette terrible maladie. »

Il ne s'étendit pas sur le sujet et s'abstint de révéler à Amaury que le premier symptôme qu'avait présenté ce garçon avait été l'insensibilité de l'une de ses mains. Il ne voulait rien dire qui soit susceptible d'apparenter le sort du prince qu'ils chérissaient au destin maudit de cet enfant.

Amaury s'adossa à son siège et ferma les yeux. « Doux Jésus », murmura-t-il. Et un silence oppressant s'installa de nouveau entre eux.

« Je ne peux pas y croire, reprit-il abruptement. Je refuse de croire que Baudouin ne guérira pas ou qu'il deviendra invalide. Quant à l'autre hypothèse… » Sa bouche se tordit, comme s'il venait d'avaler une substance infecte. « Il est impossible que mon fils soit frappé par une telle malédiction. Jamais Dieu ne permettrait qu'une chose pareille puisse arriver – jamais. »

Guillaume observa son interlocuteur et acquiesça lentement. « Moi non plus, Majesté, je ne crois pas que Dieu permettrait une chose pareille. »

Guillaume passa le reste de la journée dans une sorte de brouillard. À la grande joie de Baudouin et des autres élèves, il annula ses cours et se plongea des heures durant dans l'écriture, mais ne fut pas satisfait du résultat : en fin d'après-midi, il finit par gratter son parchemin et effaça tout son travail de la journée. On était à la veille du jeudi saint, et c'était l'office des Ténèbres ce soir-là, cérémonie d'une beauté tragique et envoûtante pour laquelle Guillaume avait une préférence marquée. Pourtant, même au moment où l'on éteignit symboliquement les bougies une à une jusqu'à ce que l'église du Saint-Sépulcre soit plongée dans l'obscurité, son esprit resta agité et distrait, incapable de méditer sur les souffrances du Sauveur. Il se retira assez tôt dans ses appartements. Après s'être rendu compte qu'il était resté plus d'une heure assis sans avoir tourné une seule page du manuscrit étalé sur ses genoux, il le reposa, s'empara d'une lampe à huile et s'engagea dans l'escalier qui menait à la chambre de Baudouin.

Le garçon était déjà couché. Ses domestiques accueillirent Guillaume le doigt sur les lèvres. Il leur fit comprendre qu'il n'avait aucune intention de le réveiller et évita le lévrier allongé sur le tapis, devant le lit de Baudouin. Il resta un bon moment à contempler le jeune prince endormi. Une mèche de ses cheveux blonds lui tombait en travers du front, et l'archidiacre résista à la tentation de la remettre en place. Au même instant ses cils papillotèrent et il ouvrit les yeux, le regardant d'un air endormi.

« Vous êtes venu me gronder pour ce que j'ai fait aujourd'hui ? demanda-t-il.

— Non… Qu'as-tu donc fait ?

— C'était pour rire, répondit Baudouin en bâillant. Vous n'êtes pas au courant ? Dans ce cas je serais bien bête de vous l'apprendre, murmura-t-il avec un petit sourire. Vous ne le découvrirez peut-être pas.

— Je découvre toujours la vérité, lui rappela Guillaume. Cela ne concerne pas la reine Marie, au moins ? Tu m'avais promis que tu la laisserais tranquille après le dernier tour que tu lui as joué.

— Elle n'a aucun sens de l'humour.

— Baudouin… Tu avais introduit une chauve-souris dans sa chambre ! »

Le garçon eut un sourire en coin.

« Cela aurait bien amusé ma mère. »

Guillaume en doutait, mais il avait l'habitude de garder ses sentiments pour lui s'agissant d'Agnès de Courtenay, estimant qu'il n'avait pas à faire part de sa désapprobation concernant l'attitude de cette femme à l'égard de son fils. À dire vrai, le garçon ne connaissait pas très bien sa mère : lorsque Amaury s'était aperçu de la rancune qu'elle nourrissait depuis leur séparation, il avait fait en sorte que ses visites soient les moins fréquentes possible – et toujours surveillées de près.

« Tu as tenu parole, au sujet de la reine ? » insista Guillaume, soulagé de voir le garçon opiner de la tête.

Même si cela ne le surprenait guère, il était désolé qu'il y ait si peu d'affection entre Marie et Baudouin. Ce dernier avait six ans lorsqu'elle avait épousé son père, et cette union ne l'avait nullement réjoui : il la considérait comme une intruse venue s'immiscer dans leurs vies. D'ailleurs, qu'aurait pu faire une jeune fille de treize ans devenue du jour au lendemain la belle-mère d'un gamin irritable, têtu comme une mule et gâté par son père, à sa façon ? Quelques jours plus tôt, Guillaume s'inquiétait encore de voir qu'ils ne parvenaient pas à établir la moindre relation, et se rendait bien compte que leur rivalité risquait même d'empirer maintenant que Marie avait mis sa propre fille au monde. Ce soir, néanmoins, cela ne semblait plus avoir la moindre importance.

« Rendors-toi, Baudouin, lui dit-il doucement. Je ne voulais pas te réveiller.

— Maître Guillaume ?

— Oui, mon garçon ?

— Est-ce que mon bras… va guérir ?

— Oui, j'en suis sûr. Tu t'es fait du souci à ce sujet, Baudouin ?

— Non, pas vraiment… jusqu'à ce que j'aie vu que cela vous tracassait, mon père et vous.

— Eh bien, maintenant que tu as vu le médecin, nous pouvons tous être soulagés, répondit Guillaume en fixant les yeux bleus et candides du jeune prince et en esquissant un sourire. Que Dieu et ses anges célestes te protègent, mon garçon. »

C'était une bénédiction qu'il avait l'habitude d'adresser à son élève, et la formule lui était venue spontanément aux lèvres. Mais en prononçant ces mots ce soir-là, il sentit sa gorge se serrer.

CHAPITRE 2

Décembre 1173
Jérusalem, Outremer

Guillaume avait observé de près et avec bienveillance le comportement de la jeune reine, car c'était la première apparition en public de Marie depuis la mort de sa deuxième fille, deux mois plus tôt. Il n'avait pas besoin de constater la pâleur de son visage, les cernes de ses yeux, ni la manière dont ses doigts se crispaient sans arrêt sur ses genoux pour deviner la tension intérieure qui l'agitait. La plupart des seigneurs du royaume et leurs épouses ne l'avaient pas vue au cours de ces deux mois, et leurs révérences s'accompagnaient des condoléances d'usage, ce qui faisait que le moindre de ces échanges renvoyait Marie à la mort de son enfant. Cela aurait été un calvaire pour n'importe quelle mère en deuil, mais Guillaume savait qu'à la douleur de la reine s'ajoutait un obscur sentiment de culpabilité.

Née un mois avant le terme prévu, la fillette avait reçu le prénom de feu la mère du roi. Pourtant, dès le premier jour de sa venue au monde, Mélisande avait paru bien trop fragile pour supporter le poids de ce baptême royal, et Marie avait été la seule à conserver jusqu'au bout un peu d'espoir. Mais Mélisande n'avait pas survécu plus d'une quinzaine de jours, et la reine n'avait pas tardé à confesser en larmes à Guillaume ce qu'elle ne pouvait pas avouer à Amaury, à savoir qu'elle se sentait responsable de ce décès. Elle aurait sûrement pu faire quelque chose pour empêcher la naissance prématurée de cette enfant et le terrible destin qui l'attendait… L'étendue des connaissances de Guillaume avait beau être immense, elle n'allait pas jusqu'aux questions qui concernaient la grossesse et l'accouchement. Mais il ne manqua pas de lui rappeler que tout ce qui arrivait en ce bas monde dépendait de la volonté de Dieu, et qu'il y avait sans doute une raison pour laquelle le Tout-Puissant avait rappelé Mélisande à lui après un aussi bref et désolant séjour. Il n'était pas convaincu, néanmoins, que ses paroles aient apaisé le cœur de la reine.

Dès que le flux des gens qui se succédaient devant le dais royal s'éclaircit un peu, l'archidiacre suggéra à Marie de suspendre un bref instant ses obligations : une promenade dans les jardins lui ferait le plus grand bien, insista-t-il. Marie jeta un regard envieux en direction de la fenêtre mais secoua la tête, en répondant qu'elle se devait de rester ici en l'absence d'Amaury pour accueillir leurs invités.

« Où est le roi ? » demanda-t-il, irrité que celui-ci ne manifeste pas davantage d'égards envers sa fragile épouse.

Il croyait avoir prononcé ces derniers mots avec sa neutralité habituelle, mais Marie le connaissait suffisamment pour percevoir le reproche implicite qu'ils contenaient. Elle secoua une nouvelle fois la tête.

« Ce n'est pas sa faute, répondit-elle doucement. Cette sorcière est venue nous trouver alors que nous quittions la chapelle en lui disant qu'elle devait absolument lui parler en privé. Le roi a évidemment refusé, mais elle a insisté en précisant qu'il s'agissait de leur fils. Elle faisait un tel chahut qu'il valait encore mieux lui accorder cette audience, et Amaury a accepté à contrecœur de s'entretenir avec elle. »

Marie s'interrompit car Onfroy de Toron s'approchait. Dédaignant la mode adoptée par des seigneurs plus jeunes, qui se rasaient désormais de près, il arborait une barbe hirsute et plus fournie que la chevelure qui dissimulait mal son crâne dégarni. Il approchait de la soixantaine mais était encore robuste et se tenait bien droit. Connétable du royaume au cours des dix dernières années, il avait acquis une réputation méritée sur les champs de bataille, et on le respectait car il gardait toujours la tête froide en cas de crise. Il eut l'air heureux de voir Marie se lever et faire quelques pas pour aller à sa rencontre, soulignant ainsi le statut privilégié qui était le sien, étant l'un des plus importants barons du royaume. Fier de l'intelligence dont sa protégée faisait preuve, Guillaume eut un sourire approbateur en la voyant accueillir le connétable de la sorte, avant de saluer sa belle-fille, Étiennette de Milly.

Comme Marie, la famille de Toron était en deuil : le fils d'Onfroy, qui portait le même prénom que lui, avait été emporté par une maladie foudroyante au début de l'année. Toutefois, Étiennette était une héritière fortunée, et Guillaume était convaincu qu'elle ne resterait pas veuve très longtemps. Pour l'instant, elle était accompagnée de son fils de sept ans, prénommé lui aussi Onfroy. C'était un enfant d'une étonnante beauté, à la silhouette parfaite, aux yeux foncés agrémentés de longs cils et aux cheveux d'un châtain soyeux. Il y avait néanmoins dans sa beauté quelque chose d'un peu trop délicat, et pour tout dire d'efféminé. Convaincu toutefois que le garçon ne pouvait avoir de meilleur modèle que son valeureux grand-père, Guillaume adressa un sourire au jeune Onfroy, qui lui sourit en retour. Laissant Marie converser avec le connétable et sa belle-fille, l'archidiacre se mit à arpenter la salle à la recherche de Baudouin mais ne le vit nulle part, à sa grande déception. Son visage se détendit pourtant lorsqu'il aperçut dans le renfoncement d'une fenêtre une jeune fille qui badinait ouvertement avec l'un des valets de la suite d'Amaury. Sibylle était tellement excitée d'être présente à la cour pour les fêtes de Noël que Guillaume eut un peu pitié d'elle. Elle avait quatre ans quand Amaury l'avait envoyée dans un couvent de Béthanie en confiant son éducation à la plus âgée des abbesses – sa propre tante –, et les dix années qui s'étaient écoulées depuis lors avaient dû être bien solitaires pour la fillette, à en juger par la joie qu'elle manifestait chaque fois qu'elle se retrouvait à la cour de son père, lors des fêtes de Pâques ou de la Nativité. Il avait vainement tenté de convaincre Amaury de la faire revenir et de l'élever à la cour. Il avait lui-même d'excellents souvenirs de ses années d'enfance à Jérusalem aux côtés de son frère, et il trouvait un peu triste que Baudouin grandisse sans connaître sa propre sœur.

Lorsqu'il lui lança : « Eh bien, damoiselle Sibylle… », elle se leva de son siège, adressa un clin d'œil au valet et se porta à sa rencontre. Comme Baudouin, elle avait hérité du teint clair de ses parents. Elle ne pourrait jamais rivaliser avec la beauté stupéfiante qui était celle de sa mère autrefois, mais elle avait le charme de la jeunesse. Et lorsqu'elle souriait, sa ressemblance avec Agnès était si frappante que Guillaume se demandait si ce n'était pas pour cette raison qu'Amaury l'avait tenue recluse dans ce couvent de Béthanie.

« C'est bon de vous revoir, maître Guillaume ! » s'exclama-t-elle.

Elle avait le même genre de charme que son frère, mais l'archidiacre se demandait si elle avait aussi son intelligence. Sa volonté en tout cas n'était pas moindre, car elle ne cessait d'implorer Amaury afin qu'il la reprenne à la cour auprès de lui, sans se laisser décourager par ses refus systématiques. Lorsque Guillaume lui eut exposé la faveur qu'il attendait d'elle, elle parut enchantée.

« Vous voudriez que j'accueille les invités en l'absence de mon père ? Mais bien volontiers ! »

Elle se dirigea d'un pas léger vers le dais royal, si fière de se retrouver brusquement au centre des regards que Guillaume éprouva un nouvel élan de sympathie à son égard : comme son existence devait être ennuyeuse, derrière les murs de ce couvent… Le temps qu'il l'ait rejointe, sa belle-mère et elle avaient déjà échangé leur place. Il n'y avait pas la même tension entre elles qu'entre Marie et Baudouin, même si elles restaient deux étrangères n'ayant pas grand-chose à se dire : la reine n'avait pas dû voir Sibylle plus d'une douzaine de fois au cours des six années de son mariage. L'archidiacre savait – il le lui avait entendu dire – que Sibylle trouvait étrange que sa belle-mère n'ait que cinq ans de plus qu'elle. Et il soupçonnait Marie d'éprouver le même sentiment : mais, ayant été élevée à la cour de Byzance, elle avait appris à se montrer circonspecte.

Tout en s'éloignant en compagnie de Marie, Guillaume jeta un coup d'œil derrière lui et aperçut Sibylle, ravie de tenir sa cour sur le dais royal. Il songea brusquement que se retrouver séquestrée pendant toute son enfance n'était pas une éducation rêvée pour une jeune fille si proche du trône. Cette pensée le troubla tellement qu'il s'immobilisa, et Marie le considéra d'un air surpris. C'était la première fois qu'il voyait en Sibylle une reine potentielle, et il éprouvait une sorte de remords : comme s'il avait en quelque sorte trahi Baudouin en envisageant dans le secret de son cœur que, si jamais son état se détériorait, le jeune prince pourrait se retrouver un jour dans l'impossibilité de régner.

La journée était inhabituellement douce pour un mois de décembre, et les jardins royaux étaient inondés de soleil. Les fleurs n'étaient pas écloses à cette époque de l'année et les arbres fruitiers étaient nus. Mais les palmiers et les oliviers se moquaient bien des saisons : leurs frondes et leurs feuilles d'un vert argenté frémissaient sous la brise tandis que Guillaume et Marie arpentaient l'allée, suivis par les dames de sa suite et l'omniprésent Michel. L'archidiacre se réjouissait de voir que la reine avait repris des couleurs et qu'elle s'était arrêtée pour écouter le gazouillis en provenance d'un bosquet de prunelliers, souriant lui aussi lorsqu'elle aperçut le minuscule oiseau qui l'émettait, perché sur une branche, et qui ne tarda pas à s'envoler dans un rayon de soleil qui mettait en valeur le jaune et le noir de ses ailes. Il lui apprit qu'il s'agissait d'un chardonneret, et que cet oiseau était le symbole de la Résurrection, le chardon étant associé à la couronne d'épines du Sauveur.

Guillaume avait parfois tendance à perdre le fil de ses discours, mais Marie ne lui en tenait pas rigueur : ses digressions étaient le plus souvent intéressantes, et c'était un soulagement de l'entendre parler d'une créature aussi anodine que ce chardonneret. Il s'était mis à lui raconter la légende selon laquelle un chardonneret aurait arraché une épine qui s'était plantée dans le sourcil ensanglanté de Notre-Seigneur, mais une brusque exclamation à l'autre bout du jardin l'interrompit, les obligeant à tourner la tête.

« Voilà pourquoi Baudouin avait disparu… »

Guillaume lui désigna l'endroit où son jeune protégé et plusieurs de ses camarades jouaient aux anneaux. Un petit groupe s'était formé autour d'eux, car tout ce que faisait le fils du roi intéressait les hommes et les femmes sur lesquels il régnerait un jour. Les spectateurs gardaient toutefois leurs distances tandis que les garçons lançaient leurs anneaux avec une énergie sauvage. S'il avait été seul, Guillaume les aurait rejoints pour profiter lui aussi du spectacle. Mais Marie avait l'air fatiguée, et il la conduisit vers le banc le plus proche.

Ils restèrent silencieux un moment : cela faisait longtemps que leur amitié avait atteint le stade où le fait de se taire n'était plus un problème. Les dames de compagnie de la reine prirent place sur un banc voisin tandis que Michel restait debout, adossé au tronc tourmenté d'un olivier. Marie reporta son attention sur le jeu auquel s'adonnait son beau-fils.

« Amaury m'a dit que la blessure de Baudouin était en voie de guérison, dit-elle en passant de la langue franque à la grecque, après s'être assurée que les dames de sa suite étaient trop loin pour l'entendre. Je constate pourtant qu'il se sert de sa main gauche pour lancer ses anneaux. »

Guillaume l'avait remarqué, lui aussi. Regardant la reine du coin de l'œil, il songea qu'il aurait aimé se confier à elle. Mais c'était évidemment impossible, car tout ce qui concernait la santé de Baudouin était placé sous le sceau du secret. Lorsque la rumeur s'était répandue à l'extérieur du palais que le jeune prince s'entraînait à manier son épée de la main gauche, Amaury avait fait savoir que c'était la conséquence d'une blessure à l'épaule. Mais cela n'avait pas empêché les ragots de se propager. Heureusement, lorsque le prince paraissait en public, rien n'indiquait qu'il puisse souffrir de la moindre maladie : il donnait au contraire l'impression d'être au mieux de sa forme et de mener l'existence normale d'un garçon de douze ans. Ce qui, songeait Guillaume, ramenait les spéculations qui circulaient à son sujet au niveau des palabres d'auberge.

Il se demandait si Amaury croyait sincèrement que son fils était en voie de guérison. Cela faisait vingt mois à présent qu'il avait remarqué pour la première fois la présence de ces satanés bleus, et il ne voyait toujours pas le moindre signe indiquant que l'état de Baudouin s'améliorait. Guillaume redoutait que le jeune garçon ne soit en train de perdre l'usage de sa main droite, comme Abou Souleymane Daoud l'avait évoqué. Mais le médecin lui rendait régulièrement visite et aucun autre symptôme ne s'était manifesté pour l'instant. Cela le rassurait un peu, même si à l'intérieur de lui une voix insidieuse lui murmurait parfois que ce soulagement risquait d'être de courte durée.

Marie regrettait d'avoir abordé ce sujet car il était évident que Guillaume n'avait aucune envie de parler de la blessure de Baudouin. Cette réticence la mettait mal à l'aise. Amaury se comportait comme si le handicap de son fils était un problème secondaire, du reste temporaire. Elle espérait que tel était le cas. Jamais elle ne l'aurait avoué à quiconque, mais elle n'aimait pas Baudouin. Elle se justifiait intérieurement en se disant que c'était de sa faute à lui, et non la sienne, car il avait repoussé toutes les tentatives qu'elle avait faites au début pour se rapprocher de lui, et elle n'avait donc pas tardé à y renoncer. Mais elle reconnaissait parfois que ç'aurait été à elle de faire davantage d'efforts pour l'amadouer. Elle était soulagée que le jeune prince vive avec Guillaume plutôt qu'avec son père, tout en ayant vaguement honte d'éprouver un tel sentiment. Et elle était un peu surprise d'être à ce point troublée à l'idée que Baudouin puisse avoir un grave problème de santé.

Elle observa Guillaume de profil et fut à deux doigts de lui demander s'il y avait des raisons de s'inquiéter au sujet de cette blessure. Mais elle se retint en songeant que ç'aurait été discourtois de sa part. Et le silence retomba entre eux, moins détendu toutefois qu'auparavant.

Le calme des jardins fut brusquement troublé par l'irruption d'un concert tapageur de voix masculines. Le seigneur de Ramlah, Baudouin d'Ibelin, venait de s'engager dans l'allée et plaisantait avec un nouveau venu en Outremer, Aimery de Lusignan. Richilde, l'épouse de Baudouin, les suivait de près tandis que Balian, le frère cadet de Baudouin, fermait la marche.

Marie ne savait jamais comment se comporter avec l'aîné des D'Ibelin. Celui-ci pouvait en effet s'avérer fatigant… Dans son for intérieur, elle l'avait surnommé Sirokos, le mot grec qui désignait un vent violent, originaire du désert africain, soufflant en rafales et balayant tout sur son passage. Ce Baudouin était bruyant, exubérant, et manquait de la plus élémentaire subtilité – traits de caractère qui n'auraient guère été appréciés à la cour de Byzance. Mais son assurance n'était pas infondée, car il était renommé pour ses prouesses sur le champ de bataille. Et elle avait fini par comprendre qu'il était certes d'une impétuosité et d'une lourdeur accablantes, mais ne se montrait en revanche ni sournois ni mal intentionné.

Apercevant la reine et l'archidiacre, Baudouin se dirigea aussitôt vers eux.

« Eh bien, Guillaume ! On se la coule douce, en compagnie de la plus belle femme de la cour ! »

Marie savait désormais que cette façon peu subtile de lui faire du plat était sans conséquence, mais se demandait comment l'épouse du baron considérait la chose. Guillaume n'appréciait pas davantage l'humour de Baudouin, car il était impossible d'y répondre sans passer pour un idiot. Mais s'il désapprouvait son comportement, l'homme qui l'accompagnait avait en revanche droit à toute son estime, et il se leva en souriant pour saluer les nouveaux arrivants.

Marie et Guillaume avaient déjà eu l'occasion de rencontrer Aimery de Lusignan, membre d'une famille de la noblesse au royaume des Francs, célèbre pour la querelle l'ayant récemment opposée au roi d'Angleterre, Henri II, qui était également leur souverain depuis son mariage avec Aliénor, la duchesse d'Aquitaine. Aimery avait la réputation d'être un excellent guerrier, aussi espérait-on qu'il prolongerait son séjour en Outremer. De trop nombreux croisés se hâtaient de regagner leur foyer après avoir visité les lieux saints à Jérusalem. Le royaume manquait toujours de bras pour se défendre, face au nombre incommensurablement plus élevé des Sarrasins qui le menaçaient.

Richilde les salua d'un air indifférent, mais Marie ne s'en vexa pas, n'ayant jamais vu cette femme déjà âgée manifester la moindre vivacité. Elle était mariée avec Baudouin depuis près de vingt ans, lui avait donné deux filles – mais aucun garçon –, et la rumeur prétendait que leur union n'avait jamais été heureuse. Ayant déjà échoué à deux reprises à donner un fils à Amaury, Marie éprouvait une vague sympathie à son égard, Baudouin n'ayant jamais caché sa déception de ne pas avoir d'héritier mâle.

Elle sourit tandis que Balian lui baisait la main. Elle n'avait pas oublié la gentillesse dont celui-ci avait fait preuve le jour où elle avait fait irruption dans les appartements de Guillaume en proclamant sa haine pour Agnès de Courtenay. Les d'Ibelin lui avaient déjà présenté leurs condoléances et Aimery de Lusignan ne savait probablement pas qu'elle venait de perdre sa fille, aussi fut-elle soulagée de ne pas avoir à évoquer une fois encore ce douloureux sujet.

D'ailleurs, la seule chose qui intéressait Baudouin était les ennuis que connaissait présentement le roi d'Angleterre. La nouvelle venait de se répandre en Outremer selon laquelle les fils d'Henri étaient entrés en rébellion ouverte contre lui. En soi, la chose n'avait rien de très étonnant : les révoltes des fils de roi contre leur père étaient monnaie courante depuis le temps de David et d'Absalom. Ce qui était plus difficile à croire, c'était la rumeur selon laquelle Aliénor aurait rejoint le camp des rebelles, car il n'existait aucun précédent historique d'une reine se retournant ainsi contre son époux. On suivait cette affaire avec grand intérêt à la cour de Jérusalem, car le souverain anglais était le neveu d'Amaury et lui avait récemment promis de lancer une nouvelle croisade tout en levant des fonds, dont le besoin se faisait cruellement sentir, pour la défense de la Terre sainte.

Après avoir épuisé la question de cette rébellion royale, ils abordèrent l'autre sujet de préoccupation qui quittait rarement leurs pensées : le danger représenté par leurs voisins sarrasins. On prétendait que le sultan à la tête de l'Égypte et de la Syrie, Nour al-Din, était atteint d'une grave maladie, et les rumeurs allaient bon train concernant le nom de son successeur, si jamais cette maladie s'avérait fatale. À son habitude, Baudouin d'Ibelin monopolisait la conversation, et Guillaume rejoignit Balian, qui était resté un peu à l'écart des autres.

« À quoi bon perdre son temps à spéculer sur le fils de Nour al-Din, lui dit-il. Ce n'est qu'un enfant, et il ne conserverait pas le pouvoir bien longtemps si son père venait à mourir alors qu'il est encore si jeune. »

Balian savait que l'homme que l'archidiacre redoutait le plus était le bras droit de Nour al-Din, l'actuel vizir d'Égypte : un certain Salah al-Din que les Francs désignaient sous le nom de Saladin.

« Vous pensez donc que c'est avec Saladin qu'il va falloir compter après la mort de Nour al-Din ? lui demanda-t-il.

— J'en suis convaincu. »

Guillaume s'apprêtait à lui expliquer en quoi il considérait Saladin comme une grave menace mais s'aperçut que Balian ne l'écoutait plus : il regardait par-dessus son épaule, avec l'expression de quelqu'un qui voyait approcher une tornade.

« Les ennuis arrivent », se contenta-t-il de dire.

Guillaume se retourna et aperçut Agnès de Courtenay qui venait de pénétrer dans les jardins. Après avoir jeté un coup d'œil à son frère, Balian confia à l'archidiacre :

« Baudouin et Agnès font toujours des étincelles quand ils se rencontrent. Il ne peut pas supporter notre belle-sœur, et lui reproche d'avoir abandonné Hugues autrefois pour épouser Amaury. Elle a juré par la suite à Hugues qu'on ne lui avait pas demandé son avis concernant ce mariage, et Hugues a dû la croire puisqu'il a fini par l'épouser. Mais Baudouin prétend toujours que le comte de Jaffa était aux yeux d'Agnès un meilleur parti que le seigneur de Ramlah. De son côté, Agnès voue une haine tenace à Baudouin, qui s'était opposé avec la plus grande vigueur à ce qu'elle soit couronnée reine. »

Agnès était seule, ce qui était en soi inhabituel, et suffisamment proche à présent pour qu'on puisse distinguer ses joues empourprées et le pli rageur de ses lèvres : de toute évidence, l'entrevue privée qu'elle avait eue avec Amaury avait mal tourné. Guillaume se moquait bien qu'elle et Baudouin s'écharpent comme des loups enragés, mais il n'avait pas l'intention de la laisser déverser sa hargne sur Marie. Il se raidit en voyant qu'elle les dévisageait, avant de s'avancer vers leur petit groupe.

Mais elle n'eut pas un regard pour la reine, pas plus que pour Baudouin, et s'adressa directement à l'archidiacre.

« Il faut que je vous parle – en tête à tête, lança-t-elle à brûle-pourpoint, en ignorant le salut un peu sec que lui adressait Balian.

— C'est impossible, madame, répondit Guillaume tout aussi sèchement, en songeant qu'il aurait préféré porter un cilice jusqu'à la fin de ses jours plutôt que de se retrouver seul avec Agnès de Courtenay.

— Bien sûr que c'est possible, rétorqua-t-elle. Et que vous allez le faire. Car s'il y a quelqu'un qui sait ce dont souffre mon fils, c'est bien vous !

— Si vous avez des questions concernant la santé du jeune prince, madame la comtesse, il faut vous adresser au roi.

— C'est ce que je viens de faire ! lança-t-elle en haussant le ton, attirant sur elle l'attention des autres. Il m'a menti, en prétendant que Baudouin se portait à merveille. À merveille ! Alors qu'il a perdu l'usage de sa main droite ! »

Le malaise de Guillaume céda bientôt place à la colère. Il était fort possible qu'elle soit préoccupée par le sort de son fils, mais cela ne lui donnait pas le droit de provoquer un tel esclandre, ni de faire part de ses inquiétudes devant Baudouin d'Ibelin. Lorsque la rumeur se répandrait, les gens ne manqueraient pas de dire que la propre mère du jeune prince pensait qu'il était atteint d'une maladie grave et ne serait jamais en mesure de régner.

« Je n'ai rien à vous dire », répondit froidement l'archidiacre.

Elle le dévisagea un court instant avant de le gifler, d'un geste d'une rare violence.

Guillaume vacilla sous le choc et sentit le sang couler dans sa bouche, s'étant mordu la lèvre. Tous ceux qui assistaient à la scène poussèrent les hauts cris, car un groupe n'avait pas tardé à se former autour d'eux. Avant qu'il ait pu réagir, Marie vint se placer à ses côtés, les yeux aussi étincelants que des braises incandescentes.

« Comment osez-vous frapper maître Guillaume ? lança-t-elle à Agnès. Il est entièrement dévoué à votre fils et donnerait sa vie pour lui, si cela s'avérait nécessaire.

— Ce n'est qu'une marionnette d'Amaury, prêt à vendre son âme pour obtenir une faveur du roi alors que mon fils souffre le martyre !

— Baudouin s'est blessé à l'épaule, Sa Majesté mon époux a dû vous le dire. Tout comme il a dû vous dire qu'il allait déjà mieux.

— Et vous me le certifiez à votre tour, c'est ça ? Comme si vous vous souciiez de la santé de Baudouin !

— Bien sûr que je m'en soucie.

— Vous n'êtes qu'une hypocrite. Si jamais mes enfants mouraient, vous seriez la première à en remercier Dieu. Car tant qu'ils sont en vie, votre sale morveuse n'a aucune chance de devenir reine. »

Le visage de Marie devint livide. En ravalant ses larmes, elle fit volte-face et remonta l'allée à toute allure. Les dames de sa suite s'empressèrent de la suivre. Quant à Guillaume, il lança à Agnès un regard outragé et se hâta de rejoindre la reine. Balian hochait la tête d'un air incrédule, mais ce fut Baudouin d'Ibelin qui attira tous les regards : après s'être redressé, il applaudit lentement, d'un geste théâtral.

« Bien joué, ma chère belle-sœur ! La plupart des gens ont assez de jugeote pour éviter de faire allusion à la corde dans la demeure d'un pendu, mais il n'y a que vous pour évoquer la mort d'un enfant devant une femme qui vient de perdre le sien. »

Agnès prit une profonde inspiration mais n'eut pas le temps de lui répondre, car la main de Balian venait de se refermer autour de son poignet. Elle voulut se dégager, mais la pression était trop forte et elle se vit contrainte de le suivre le long du sentier, tandis qu'il l'entraînait à l'écart des autres spectateurs. Il ne s'arrêta qu'une fois certain qu'on ne pouvait plus les entendre.

« Non, ne dites pas un mot ! la prévint-il. Pour une fois, c'est vous qui allez écouter. Que vous ayez décidé de vous couvrir de ridicule, c'est votre affaire. Mais votre fils se trouve à l'autre bout du jardin. Tenez-vous vraiment à ce qu'il voie sa mère dans un état pareil ?

— Baudouin… est ici ?

— Au bord du bassin. Il joue aux anneaux avec ses camarades. »

Agnès tourna la tête dans cette direction, puis son regard revint sur Balian.

« Vous ne pouvez pas imaginer ce que c'est, de savoir que mon fils est souffrant tandis qu'Amaury me tient à l'écart de tout et me débite des mensonges.

— Il faut que vous cessiez de vous comporter de la sorte, Agnès. Au moins dans l'intérêt de votre fils, à défaut du vôtre. Même si le pire arrivait et qu'il perdait l'usage de sa main, il pourrait toujours se comporter comme on l'attend d'un roi, en commandant ses hommes pour les mener au combat. Mais si vous persistez à agir de la sorte, il risque de se mettre à en douter – et du coup, à douter de lui-même.

— Vous ne comprenez pas, Balian », dit-elle à voix très basse.

Celui-ci fut stupéfait d'entrevoir la peur dans son regard. Agnès se ressaisit, néanmoins : elle redressa les épaules et releva la tête avant de faire demi-tour. Mais au bout de quelques pas, elle s'immobilisa.

« J'avais oublié que la fille de la Grecque était morte », ajouta-t-elle.

Sans attendre sa réponse, elle se dirigea vers l'extrémité des jardins.

Balian la regarda s'éloigner en se disant qu'elle était tout de même capable d'éprouver de la honte. Mais il ne pouvait s'empêcher de se demander pourquoi elle se faisait autant de souci pour une simple blessure à l'épaule.

Lorsqu'il rejoignit la grande salle de réception, plus tard dans l'après-midi, Balian constata avec soulagement que l'atmosphère s'était apparemment apaisée, après la tourmente de la matinée. Amaury trônait sur le dais royal, Marie à ses côtés, et accueillait les nouveaux arrivants venus à la cour pour les fêtes de Noël. Des tréteaux seraient bientôt installés et les tables dressées pour le repas du soir. Pour l'instant, un musicien jouait de la harpe à l'intention des invités. Les hommes et les femmes avaient revêtu leurs plus beaux atours, ils se saluaient en riant et en échangeant des potins. C'était un festival de couleurs, plus chatoyantes les unes que les autres, dans un incessant froufrou de soie, de satin et de damas : en dépit de la situation précaire du royaume, ses habitants jouissaient d'un confort et d'un luxe plus grands que leurs familles dans les royaumes de France ou d'Angleterre. Balian était un *Poulain* *, pour reprendre le terme désignant tous ceux qui étaient nés en Outremer : il avait au départ une connotation un peu méprisante, mais les autochtones l'avaient fièrement adopté. Contrairement à maître Guillaume, qui avait étudié pendant vingt ans à Bologne et à Paris, Balian n'avait jamais mis les pieds en dehors d'Outremer et n'avait aucune intention de le faire. Pour les Poulains,

* En français dans le texte (N.d.T.).

la Terre sainte n'était pas un lieu de pèlerinage : c'était leur pays natal.

Tout en s'approchant du dais, il remarqua qu'Amaury jetait de fréquents coups d'œil à l'autre bout de la salle. En suivant son regard, il ne tarda pas à comprendre ce qui retenait ainsi son attention : sa fille Sibylle était assise dans le renfoncement d'une fenêtre en compagnie de sa mère et lui parlait avec animation, en éclatant souvent de rire, tandis qu'Agnès l'écoutait en souriant. En les observant, Balian songea que si Amaury avait eu l'intention de restreindre l'influence de leur mère sur ses enfants, il s'y était fort mal pris. En maintenant Agnès à l'écart, il n'avait fait que renforcer son aura et son mystère, ainsi que l'attrait qu'elle exerçait sur Sibylle et Baudouin. La tentation du fruit défendu… se dit-il. Il entendit soudain quelqu'un l'interpeller. Après avoir fait volte-face, il se retrouva nez à nez avec le quatrième et actuel mari d'Agnès, Renaud de Grenier, seigneur de Sidon.

Balian salua chaleureusement le nouveau venu, non pas sous son nom de baptême, mais sous celui de Denis, qu'utilisaient tous ses amis et les membres de sa famille. Peu de temps après sa naissance, il avait été la proie d'une fièvre qui avait failli l'emporter. Désespérée, sa mère avait alors prié saint Denis, dont c'était la fête ce jour-là. Lorsque son fils avait recouvré la santé, elle s'était mise à l'appeler Denis, et le prénom lui était resté.

Le mariage inattendu de Denis et d'Agnès avait soulevé bien des commérages et des spéculations, ainsi que des commentaires un peu cruels évoquant la Belle et la Bête : car Denis était aussi peu avenant sur le plan physique que son épouse était charmante. Balian trouvait ces plaisanteries déplacées car cet homme déjà âgé était d'une rare intelligence et d'une compagnie fort agréable. De plus, il était doté d'une bonne dose d'ironie et d'un irrésistible sens de l'humour. Il n'en estimait pas moins qu'Agnès et lui formaient un couple étrange, tout en gardant ses réflexions pour lui.

« Je vous suis reconnaissant d'être intervenu ce matin dans les jardins comme vous l'avez fait, lui dit Denis avec un léger sourire.

— Eh bien, les nouvelles vont bon train, rétorqua Balian en souriant à son tour. Si mes chevaux couraient à ce rythme, je pourrais me rendre à Acre et en revenir dans la journée… Qu'avez-vous entendu dire, au juste ?

— Qu'Agnès avait giflé l'archidiacre de Tyr et mortellement offensé la reine. J'espère au moins qu'elle s'en est tenue là ?

— Vous savez l'essentiel. Mais vous n'avez pas à me remercier, Denis. Lorsque je vois le feu prendre quelque part, ma réaction naturelle est de verser de l'eau pour éteindre les flammes. »

À l'instar d'Amaury, Denis gardait les yeux rivés sur Agnès et Sibylle.

« Je ne dis pas cela pour la défendre, reprit-il, mais elle se fait vraiment du souci au sujet de Baudouin.

— Pourquoi donc ? »

Denis jeta un coup d'œil autour d'eux pour s'assurer que personne ne risquait de l'entendre.

« Parce que le roi lui-même est inquiet. Il a fait venir des médecins sarrasins du Caire pour examiner son fils, et Abou Souleymane Daoud est toujours prêt à intervenir. Amaury dort mal et se lève souvent la nuit pour faire les cent pas.

— Comment Agnès le sait-elle ? »

Denis ne répondit pas et se contenta de lui adresser un sourire narquois. Balian se demanda comment il avait pu se montrer d'une telle naïveté. À la mort d'Hugues, Agnès s'était retrouvée riche, héritant de la moitié des revenus de la seigneurie de Ramlah. C'était l'une des raisons pour lesquelles Baudouin d'Ibelin lui en voulait tant. Elle pouvait se permettre de rémunérer – et de rémunérer grassement – les informations qui remontaient jusqu'à elle.

« Elle a donc des espions dans l'entourage immédiat du roi ? »

Denis opina.

« Elle n'aurait probablement pas hésité à en introduire également chez la reine, mais celle-ci prend soin de s'entourer de domestiques ne parlant que le grec.

— Pourquoi me racontez-vous ça ?

— Parce que je voudrais que vous compreniez pourquoi elle est à ce point hors d'elle. Elle compte peu d'amis à la cour, Balian. Mais quoi que l'on puisse dire à son sujet, Agnès aime profondément son fils. »

Il y eut un brusque mouvement de foule. Les deux hommes se tournèrent et virent Baudouin pénétrer dans la salle et se diriger vers le dais royal. Le jeune garçon dégageait une telle beauté, un tel charisme, une telle présence qu'on avait de la peine à imaginer qu'il puisse être atteint d'une grave maladie.

« Amaury finira par accepter le mal dont souffre son fils, s'il s'avérait inguérissable et le laissait invalide.

— Oui, je me suis fait la même réflexion. Mais Agnès prétend que son intuition maternelle lui fait voir les choses autrement. »

Denis poussa un soupir, et Balian songea que vivre aux côtés d'Agnès ne devait pas être facile tous les jours. Il comprit que l'autre cherchait à l'enrôler dans une sorte de conspiration visant à la protéger et espérait qu'il n'allait pas aborder ouvertement le sujet. Il éprouvait certes une forme de pitié pour cette femme, mais ne l'aimait pas davantage pour autant.

Toutefois, Denis n'insista pas, se contentant visiblement d'avoir semé une petite graine.

« Même si les craintes d'Agnès s'avéraient fondées, reprit-il, nous n'avons pas à nous inquiéter pour l'avenir du royaume. Amaury n'a que trente-sept ans et sa reine à peine dix-neuf, il est donc vraisemblable qu'elle finisse par lui donner des fils. Si Dieu le veut, il régnera encore longtemps. Mais nous aurons terriblement besoin d'un roi aussi puissant que lui à la mort de Nour al-Din.

— Vous pensez à Saladin ? »

Denis opina d'un air sombre.

« Oui, dit-il. Je pense à Saladin. »

CHAPITRE 3

Juillet 1174
Jérusalem, Outremer

« Le roi va-t-il mourir ? »

Le silence embarrassé et le regard gêné des médecins constituaient à eux seuls une réponse éloquente à sa question. Marie aurait voulu protester, leur dire que son mari ne pouvait pas être condamné, mais c'était impossible : la vérité se lisait sur les traits d'Amaury, dans les grognements qui s'échappaient parfois de ses lèvres enflées. Il avait les yeux cernés, la peau desséchée. Bien qu'en proie à une fièvre brûlante il ne transpirait pas ; et lorsqu'il parvenait à uriner, c'était un liquide sombre et trouble qui s'échappait de lui. Même s'il surveillait sa nourriture et sa boisson, il avait toujours été corpulent. Il avait pourtant perdu beaucoup de poids au cours des derniers jours, et son double menton avait fondu. Marie percevait à peine les battements de son pouls lorsqu'elle prenait son poignet. Elle avait l'impression de se trouver devant un étranger, ce qui renforçait l'irréalité de la scène.

Comment ce malheur pouvait-il arriver ? Les chrétiens d'Outremer avaient ressenti un tel espoir après l'annonce de la mort de Nour al-Din à Damas en mai dernier, laissant pour unique héritier un garçon de onze ans. Amaury avait aussitôt profité de la mort de son ennemi sarrasin pour envoyer son armée reprendre la ville de Banias. Face à la résistance des habitants, il avait accepté de lever le siège en échange de l'importante somme d'argent que lui proposait la veuve de Nour al-Din. Mais à peine Amaury avait-il rejoint Tibériade qu'il était tombé malade, victime d'un mal appelé dysenterie ou encore flux sanglant.

Il avait obstinément refusé qu'on le transporte sur une litière et avait regagné Jérusalem à cheval. Sitôt arrivé, les médecins avaient été convoqués. Ils avaient réussi dans un premier temps à stopper la dysenterie, mais le roi avait ensuite été gagné par une forte fièvre. Voyant que le traitement n'agissait pas, il avait exigé qu'on lui administre un purgatif. Abou Souleymane Daoud s'y était opposé en disant qu'il était trop faible, mais les médecins francs avaient donné leur accord. La prudence du médecin syrien s'était hélas avérée fondée, car les forces du roi étaient allées en décroissant, en même temps que les espoirs de le voir survivre à sa maladie.

Reprenant sa veille au chevet de son époux, Marie se pencha et posa la main sur son front brûlant. Comment Dieu pouvait-il permettre une chose pareille ? La mort d'Amaury allait laisser son royaume à la merci de ses ennemis sarrasins. De quelle manière un jeune garçon inexpérimenté pourrait-il s'opposer à Saladin ? Et qu'allait-il advenir de sa petite fille, qui ne serait plus l'enfant chérie d'un roi puissant et n'aurait plus que sa mère pour faire valoir ses droits, tandis que cette harpie d'Agnès de Courtenay distillerait ses discours venimeux dans les oreilles innocentes de Baudouin ? Marie ferma les yeux et fut parcourue d'un long frisson, malgré la chaleur de l'été qui avait envahi la pièce.

Tandis qu'elle se penchait pour lui prendre la main, les paupières du roi se mirent à trembler. Le contact de ses doigts était lisse et frais sur sa peau brûlante. Si jamais il se réveillait elle serait bien là, présente à ses côtés : même si elle ne faisait que son devoir, il serait heureux de la voir à son chevet. La mort était une entreprise solitaire. Il avait vu son chapelain, s'était confessé et avait été absous de ses péchés. Quel dommage qu'on ne puisse pas l'être aussi de ses regrets… Il s'était toujours inquiété pour son fils, jamais pour son royaume. Il n'avait pas douté que Marie lui donnerait d'autres fils, ce qui assurerait sa succession si jamais ses plus terribles craintes se trouvaient justifiées. Comme la plupart des créatures de Dieu, il pensait que son existence terrestre était infinie et n'avait jamais imaginé mourir à trente-huit ans, en laissant une veuve de vingt ans, deux filles sans défense et un fils encore jeune, qui était peut-être affligé du plus terrible des fléaux.

« Marie… »

Il avait du mal à parler car sa bouche était aussi sèche que le désert du Néguev.

« Va chercher mes enfants », murmura-t-il.

Il avait dû perdre connaissance après avoir prononcé ces mots car, lorsqu'il rouvrit les yeux, Marie était assise à côté du lit, Isabelle sur les genoux, tandis que Sibylle et Baudouin se tenaient derrière elle, l'air un peu empruntés.

Amaury se souvint brusquement de l'amère prédiction qu'Agnès lui avait faite un jour, au cours d'une de leurs innombrables disputes au sujet de la santé de Baudouin : *Lorsque l'heure de ta mort aura sonné*, lui avait-elle lancé avec hargne, *personne ne te pleurera.* Son regard allait à présent de la reine à ses enfants : effectivement, il n'apercevait pas la moindre larme dans leurs yeux. Le visage de Marie était envahi par la peur. À deux ans, Isabelle était trop petite pour comprendre la situation. Il était heureux de voir qu'elle serait de toute évidence très belle lorsqu'elle aurait grandi, avec ses grands yeux sombres et la chevelure noire de sa mère. Elle était enjouée et d'un naturel serviable, tout en s'avérant très observatrice : à la fois curieuse et prudente, deux qualités qu'il appréciait et en quoi elle différait singulièrement de sa sœur aînée. À l'âge d'Isabelle, Sibylle était déjà très pénible.

Cette dernière se montrait pour l'instant réservée, baissant les yeux et serrant nerveusement les mains derrière son dos. Amaury ne lui en voulait pas de ne pas éprouver de chagrin : elle le connaissait à peine. Son regard se porta ensuite sur son fils qui semblait pour l'instant tétanisé, ce qui était compréhensible. Il était assez intelligent pour se rendre compte qu'hériter de la couronne à treize ans était davantage un fardeau qu'une bénédiction.

La gorge d'Amaury se serra. Comment Dieu pouvait-il se montrer aussi cruel ? Il avait jadis choqué le pauvre Guillaume en lui demandant s'il croyait vraiment que les âmes des morts se lèveraient un jour… L'archidiacre aurait été encore plus horrifié s'il lui avait confié ce qu'il pensait en ce moment précis – à savoir que Dieu était peut-être musulman, au bout du compte… Comment expliquer sinon les malheurs qui s'abattaient sur leur royaume ? Il aurait aimé avoir des paroles de sagesse à confier à son fils, des mots susceptibles de le consoler et de le guider dans les temps qui l'attendaient. Mais il n'en avait pas, surtout si le pire qu'il avait tant redouté devait advenir.

« Je suis fier de toi, mon garçon », dit-il d'une voix rauque.

Baudouin déglutit en clignant des yeux.

Tu vois, Agnès, il y a tout de même quelqu'un pour me pleurer, finalement.

Il sentait qu'il allait à nouveau perdre connaissance, mais il ne pouvait pas partir de la sorte.

« Marie… je dois te parler en privé… À vous aussi, Guillaume. Ainsi qu'au patriarche. »

La reine se leva, tendit Isabelle à sa nourrice et fit signe à Sibylle et à Baudouin de se retirer : ce qu'ils s'empressèrent de faire, terrifiés à l'idée de voir leur père mourir sous leurs yeux. Amaury se tourna vers la table de chevet et Guillaume lui tendit la coupe de vin qui s'y trouvait, avant de la porter à ses lèvres parcheminées. Mais il avait beau boire, la soif qui le rongeait ne s'apaisait pas.

« Marie, reprit-il. Va également chercher Agnès. »

La reine se tourna vivement vers lui.

« Amaury… Es-tu sûr que… ? »

Il acquiesça. Lorsqu'elle fut sortie pour demander qu'on prévienne le patriarche et l'ancienne épouse du roi, il regarda Guillaume et lui dit d'une voix faible :

« Je dois bien cela à Agnès. »

Il vit que l'archidiacre le comprenait, même si cela ne l'enchantait pas davantage. Mais la Haute Cour devait être mise au courant. Il ne pouvait pas rejoindre sa dernière demeure sans avoir révélé ses intentions, les enjeux étaient bien trop importants. Il lui fallait choisir entre trahir son fils ou trahir son royaume. Quelqu'un s'était-il déjà retrouvé un jour devant une alternative pareille ?

« Je vous ai menti, Guillaume, avoua-t-il une fois qu'ils furent seuls.

— Oui, Majesté ?

— Quand je… vous ai dit que Dieu ne permettrait jamais que Baudouin soit frappé par la lèpre. »

Les yeux de Guillaume se remplirent de larmes.

« Je le sais, Sire. Je vous ai menti moi aussi. »

Baudouin et Balian d'Ibelin étaient assis sur les marches de la grande salle, les yeux fixés sur la tour du nord où se trouvait la chambre du roi. La ville entière semblait s'être figée et une foule compacte avait envahi la rue des Arméniens. Ceux qui avaient accès au palais s'étaient rassemblés dans la cour ou dans la grande salle : il y avait là des moines soldats de l'ordre des Templiers ou des Hospitaliers, des clercs, des membres de la maison royale et de nombreux seigneurs du royaume. Denis de Grenier faisait les cent pas dans la cour, il avait salué Balian et Baudouin d'un petit signe de la main mais n'était pas venu les trouver : ses yeux restaient rivés sur la tour du nord. Il était accompagné de son cousin Guyon de Grenier, qui avait récemment hérité de la seigneurie de Césarée, mais ne lui accordait pas davantage d'attention qu'aux deux frères d'Ibelin. Il était par ailleurs l'objet de la curiosité générale, car sa présence confirmait la rumeur qui venait de se répandre selon laquelle le roi agonisant avait appelé Agnès à son chevet.

Avant d'avoir aperçu Denis, Baudouin était resté sceptique devant une telle information, aucun individu doué de raison n'ayant envie de partager les derniers instants de son existence avec une harpie comme Agnès.

« Crois-tu qu'Amaury espère écourter son séjour au purgatoire en s'infligeant une telle punition sur Terre ? »

Balian se contenta de hausser les épaules, trop préoccupé pour réagir aux sarcasmes de son frère.

Baudouin avait encore à la main une coupe de vin qu'il avait rapportée de la grande salle.

« Qui aurait imaginé que ce bâtard sans cœur d'Amaury serait pleuré de la sorte ? lança-t-il. Il est vrai qu'on préfère le démon dont on connaît le visage à l'inconnu qui va lui succéder… »

Il avait toujours été enclin à tenir des propos de ce genre, et Balian s'attendait à ce qu'il cite à présent les Saintes Écritures : *Malheur à toi, ô contrée dont le roi est un enfant !* Mais Baudouin le surprit en poursuivant :

« Ce n'est pas que je redoute que son fils soit un mauvais roi. C'est un brave garçon et il a su faire face à cette blessure mieux que la plupart des adultes. Il ne s'est pas plaint, il a serré les dents et appris à se servir d'une épée de la main gauche. Et c'est l'un des meilleurs cavaliers que je connaisse. Mais il n'atteindra sa majorité que dans deux ans, deux ans durant lesquels Agnès fera tout ce qui est en son pouvoir pour l'ensorceler et le prendre dans ses rets. »

Il fronça les sourcils, sincèrement inquiet à l'idée qu'Agnès exerce une influence néfaste sur le jeune Baudouin.

« Encore heureux que le frère de cette sorcière croupisse depuis dix ans dans un donjon sarrasin », ajouta-t-il avant de vider sa coupe et de la reposer violemment sur les marches.

Balian fut pris de court par cette dernière saillie.

« Tu es injuste », lui dit-il.

Tout le monde avait été affligé à l'époque par ce qui était arrivé au frère d'Agnès. La roue du destin semblait décidément s'acharner sur la lignée des De Courtenay, car l'année qui avait suivi la séparation d'Agnès et d'Amaury, les Francs avaient essuyé une cuisante défaite face à l'armée de Nour al-Din.

Parmi les nobles de haut rang qui avaient été faits prisonniers lors de la bataille de Harim figuraient Raymond, le comte de Tripoli, Bohémond, le prince d'Antioche, et Jocelyn de Courtenay. L'empereur byzantin avait pu obtenir contre rançon la libération de Bohémond d'Antioche, mais Nour al-Din avait refusé de relâcher les deux autres, qui étaient retenus captifs à Alep depuis près d'une décennie. La manière dont étaient traités les prisonniers était extrêmement variable : cela allait des exactions qu'avait subies le père d'Agnès à une réclusion relativement clémente. Mais même pour ceux qui avaient la chance de ne pas être jetés dans les bas-fonds d'un donjon, le seul fait d'être emprisonnés restait un traumatisme indélébile.

« Je ne dis pas que je n'éprouve pas une certaine pitié pour Jocelyn, protesta Baudouin. Mais reconnais avec moi, petit frère, que tu n'aimerais pas voir le jeune roi devenir une simple marionnette dont la famille de Courtenay tirerait les ficelles. Non, décidément, il est préférable pour la sécurité du royaume que Jocelyn pourrisse dans sa prison d'Alep. »

Balian n'avait pas davantage envie que Jocelyn devienne l'un des conseillers du futur roi, mais il éprouvait une sympathie instinctive pour tous ceux qui croupissaient dans l'ombre, privés du réconfort du vin, des femmes et de tous les plaisirs terrestres. Il se demandait comment on pouvait conserver sa raison au fil des années dans de telles conditions, et rendait grâce à Dieu que leur frère Hugues n'ait eu à subir qu'une année de captivité avant le versement de sa rançon. Baudouin lui donna tout à coup un violent coup de coude dans les côtes.

« Regarde ! Ils s'apprêtent à sortir ! »

Le premier à apparaître au pied de la tour fut le patriarche de Jérusalem, un homme déjà très âgé mais qui semblait encore avoir vieilli de dix ans après avoir quitté la chambre d'Amaury. S'appuyant lourdement sur sa canne, il traversa la cour à petits pas pour rejoindre ceux qui l'attendaient et s'éclipsa avec une telle hâte qu'un murmure étonné parcourut l'assistance. Marie apparut à sa suite, l'air abasourdie elle aussi. Balian s'était relevé et la salua poliment tandis qu'elle passait devant lui, mais eut l'impression qu'elle ne l'avait même pas entendu. *Sainte Mère de Dieu... Qu'est-ce qu'Amaury avait bien pu leur annoncer ?*

Il observait toujours Marie lorsque Baudouin lui donna un nouveau coup de coude.

« Je n'y crois pas… » s'exclama-t-il.

Balian se retourna pour voir ce qui provoquait l'étonnement de son frère. Agnès de Courtenay se tenait à l'entrée de la tour et s'appuyait à l'encadrement de la porte, comme si elle était sur le point de défaillir. Elle avait la tête penchée, ses épaules tremblaient, et le silence s'installa soudain, tandis que l'assistance comprenait qu'elle était en train de pleurer. Son mari se dirigea vers elle. À peine eut-il posé la main sur son épaule qu'elle s'effondra contre sa poitrine et fondit en larmes.

« Un crocodile en pleurs m'aurait moins étonné, marmonna Baudouin. Ah, voici maître Guillaume. Toi qui le connais bien, Balian, va donc le trouver et essaie de savoir ce qui s'est passé là-haut. »

Balian n'en avait aucune envie, mais pour éviter d'être harcelé par son frère, il traversa la cour et se dirigea vers l'archidiacre, qui émergeait à cet instant de l'ombre de la tour : les épaules voûtées, il paraissait épuisé et la sueur ruisselait sur son front. Son âge l'avait rattrapé et il faisait bien ses quarante-quatre ans, tout à coup. Il regarda d'un air absent Balian approcher, Baudouin sur ses talons. Les deux frères d'Ibelin étaient d'une taille imposante et le dominaient d'une bonne tête, même en temps ordinaire : mais aujourd'hui, l'archidiacre semblait avoir rapetissé, comme si ses os s'étaient contractés à l'intérieur de son corps. Le salut que Balian s'apprêtait à lui adresser resta coincé dans sa gorge, et Baudouin lui-même n'osa plus dire un mot.

Guillaume n'avait qu'une envie : regagner ses appartements. Mais il s'arrêta un instant, le temps de leur murmurer d'une voix tendue :

« Je ne puis rien vous dire pour l'instant, vous apprendrez assez tôt la nouvelle. »

Balian se contenta de tapoter l'épaule de l'archidiacre d'un air compatissant. Mais Baudouin n'avait pas cette retenue.

« Quand ? lui lança-t-il. Quand serons-nous mis au courant ? »

Guillaume marqua une nouvelle pause.

« Après la mort du roi, dit-il. Lorsque la Haute Cour se réunira. »

Amaury mourut le 11 juillet 1174, au terme d'un règne de onze ans et cinq mois. Il eut droit à des funérailles royales et fut enterré aux côtés de son frère dans l'église du Saint-Sépulcre. Le lendemain, la Haute Cour se réunissait pour désigner son successeur.

La Haute Cour était composée de l'ensemble des vassaux du royaume et disposait de prérogatives variées. Elle avait le pouvoir de lever des impôts, de lancer des campagnes militaires, de juger des affaires criminelles. Mais elle avait surtout le privilège d'élire le nouveau roi. En théorie, six cents hommes environ pouvaient participer au vote, mais dans les faits, la cour était dirigée par un groupe plus restreint, composé des plus grands seigneurs du royaume. Ils se rassemblaient généralement dans la grande salle de la massive citadelle désignée sous le nom de tour de David. Toutefois, durant la matinée qui suivit les funérailles d'Amaury, ils décidèrent de se réunir au dernier étage de l'édifice afin d'être à l'abri des oreilles indiscrètes.

Dès le lever du soleil, la foule avait commencé d'affluer dans la rue de David, et de nombreux spectateurs s'étaient regroupés devant la muraille d'enceinte de la citadelle. À son arrivée, ils murmurèrent en se montrant du doigt la jeune veuve du défunt roi, escortée par l'archidiacre de Tyr. Marie avait le visage livide et les traits tendus, sachant qu'on la dévisageait avec autant de curiosité que d'inimitié. Agnès était scandalisée qu'on autorise Marie à assister aux délibérations de la Haute Cour. Dès qu'elle aperçut le connétable, elle s'empressa de longer la muraille pour interpeller Onfroy de Toron.

Celui-ci l'avait vue s'approcher et lui lança, avant même qu'elle ait pu dire un mot :

« La situation n'a pas changé depuis hier, madame la comtesse. Comme je vous l'avais dit, vous n'êtes pas autorisée à assister aux débats relatifs à la succession.

— Mais je viens de voir entrer la Grecque !

— La reine Marie est la veuve du roi et la mère de sa fille.

— Et moi, je suis la mère de Baudouin !

— Je suis sûr que messire votre époux saura vous rapporter les propos qui seront échangés au cours de cette session », lui rétorqua-t-il sèchement avant de la planter là, sans lui laisser le temps de réagir.

Agnès dut se contenter de fulminer en silence tandis que de nouveaux arrivants suivaient Onfroy à l'intérieur de la citadelle. Seuls deux évêques siégeaient de manière permanente à la Haute Cour, mais tous les prélats et les abbés du royaume pouvaient prendre part à l'élection d'un nouveau roi, et elle vit ainsi défiler une cohorte de religieux. Les seigneurs de Césarée, de Betsan et d'Arsouf les suivaient de près, ainsi que les grands maîtres de l'ordre des Templiers et des Hospitaliers. Elle fut ulcérée d'apercevoir Gautier de Brisebarre et son frère Guidon : Gautier détenait autrefois l'important fief de Beyrouth, mais lorsque son épouse avait hérité du fief encore plus imposant d'Outre-Jourdain, Amaury s'était opposé à ce qu'un de ses vassaux dispose d'un pouvoir aussi étendu, et avait contraint Gautier à renoncer à Beyrouth pour se contenter de la plus modeste seigneurie de Blanche Garde. À la mort de sa femme, Gautier avait perdu tous ses droits sur le fief d'Outre-Jourdain, mais Amaury ne lui avait pas rendu Beyrouth pour autant, qui était resté rattaché au domaine royal. Agnès enrageait de voir que, malgré la modestie de ses terres, Gautier était toujours membre de la Haute Cour, alors qu'on la maintenait à l'écart et lui en interdisait l'accès.

Son humeur ne s'améliora guère lorsqu'elle remarqua que Balian d'Ibelin se hâtait le long du mur d'enceinte. Depuis quand cet homme devait-il se presser de la sorte ? La famille d'Ibelin était devenue l'une des plus puissantes d'Outremer à l'époque où Barisan d'Ibelin avait gagné les faveurs du roi et épousé en retour l'héritière de Ramlah. À la mort de leur mère, ses fils, Hugues puis Baudouin, avaient hérité des importantes seigneuries de Ramlah et de Mirabel, mais les possessions de Balian étaient plus modestes. Lorsque Baudouin avait succédé à Hugues comme seigneur de Ramlah, il avait octroyé le fief familial d'Ibelin à son plus jeune frère. Il s'agissait toutefois d'une petite seigneurie. Et malgré tout, comme Gautier de Brisebarre, Balian allait avoir son mot à dire pour décider si le fils d'Agnès deviendrait le prochain roi d'Outremer… On accordait à ces membres de la petite noblesse le droit de vote qu'on refusait à Agnès.

Celle-ci se souvint que, contrairement à son butor de frère, Balian n'était pas sourd aux voix de la raison. Il semblait même avoir un certain sens de l'honneur. L'interpellant sans tarder, elle se hâta de le rejoindre et le saisit par le bras, avant de l'entraîner dans un renfoncement de la muraille où ils pourraient parler plus librement.

« Il faut que vous me promettiez de soutenir Baudouin, lui dit-elle. C'est lui le roi légitime, Balian : ne l'oubliez jamais ! »

Celui-ci était un peu surpris par sa requête.

« Baudouin sera soutenu par votre époux, lui dit-il. Et il est vraisemblable que l'avis du seigneur de Sidon aura plus de poids que le mien auprès de cette assemblée. »

Elle fut incapable de lui expliquer que son fils allait avoir besoin de tous les soutiens dont il pourrait disposer. Si seulement Jocelyn avait été ici… Mais une fois encore, elle devait mener le combat seule. Cette fois, c'était pour son fils qu'elle se battait, et jamais l'enjeu n'avait été d'une telle importance. Elle avait passé la nuit à pleurer. Au matin, cependant, ses larmes avaient séché et elle avait retrouvé toute sa détermination. Elle n'allait pas laisser son fils être privé de la royauté qui lui revenait de droit en raison des soupçons qui pesaient sur son avenir. Si jamais cet affreux spectre de la lèpre s'avérait fondé et n'était pas un simple délire d'Amaury sur son lit de mort, ce combat n'était pas d'actualité pour l'instant et viendrait à son heure, le cas échéant. L'important aujourd'hui était qu'il puisse monter sur le trône auquel sa naissance le destinait.

« Il faut que j'y aille, Agnès. Je n'ai pas assez d'importance pour qu'on daigne m'attendre, ajouta Balian avec un sourire. Mais je vous assure que je ne vois pas ce qui pourrait empêcher Baudouin de devenir notre prochain roi. »

Vous n'allez pas tarder à le savoir, songea-t-elle tandis qu'un goût aussi amer que du fiel imprégnait sa bouche.

Le dernier étage de la citadelle était occupé par une salle assez spacieuse, mais comme une quarantaine de personnes devaient y prendre place, elle était déjà bondée et baignait dans une chaleur étouffante. Des fauteuils avaient été avancés pour la reine Marie et le patriarche Émeric de Nesle. Les autres membres de l'assemblée avaient pris place sur des bancs en bois. Balian se dirigeait déjà vers le fond de la salle quand son frère lui lança :

« Je t'ai gardé une place ! »

Il lui fit signe de venir au premier rang. Bien qu'il ne se sentît guère à sa place au milieu des plus puissants seigneurs du royaume, Balian s'empressa de le rejoindre et se glissa sur le banc au côté de son frère.

Normalement, ç'aurait été au patriarche de prendre la parole en premier pour une courte invocation. Mais Émeric paraissait plongé dans ses pensées, et Baudouin ne fut pas le seul à croire qu'il s'était endormi, même s'il n'y eut que lui pour le dire à voix basse à son frère. Émeric n'avait jamais eu une très forte personnalité, et le double effet de l'âge et de la maladie n'avait pas arrangé les choses : mais même de sa part, ce comportement était inhabituel. Balian se demanda une fois encore ce qu'Amaury avait bien pu confier au patriarche et aux deux femmes qui se trouvaient à son chevet avant de rendre l'âme. L'invocation fut finalement prononcée par Léthard, l'archevêque de Nazareth, qui siégeait de manière permanente à la Haute Cour. Le sénéchal s'impatientait visiblement tandis qu'il priait pour le repos de l'âme d'Amaury et le sort du royaume :

à peine eut-il marqué une pause pour reprendre son souffle que Milon de Plancy se leva et remercia l'archevêque, qui de toute évidence n'avait pas achevé sa prière.

Milon était l'une des personnalités les plus influentes de la Haute Cour. Membre du cercle des fidèles d'Amaury, il occupait depuis cinq ans le poste clé de sénéchal du royaume. En mars, il avait été récompensé de son indéfectible loyauté lorsque le roi en personne avait arrangé son mariage avec Étiennette de Milly, la belle-fille d'Onfroy de Toron, veuve d'un premier mariage et héritière du grand fief d'Outre-Jourdain. Milon n'était guère apprécié des autres barons, en partie parce que, contrairement à eux, ce n'était pas un Poulain : il y avait toujours des tensions entre ceux qui étaient nés en Outremer et les nouveaux arrivants. Certains lui reprochaient aussi sa bonne fortune et sa trop rapide ascension. Mais il fallait bien dire que Milon ne faisait guère d'efforts de son côté pour s'attirer les bonnes grâces. De tempérament colérique et autoritaire, il se heurtait souvent aux autres seigneurs du royaume, aux maîtres des deux grands ordres et à la plupart des évêques. Aucun parmi eux ne se réjouissait de le voir prendre ainsi la tête de la Haute Cour, bien que tel fût son droit en tant que sénéchal et en l'absence du roi.

Milon ne s'embarrassa pas de formalités.

« Nous venons à peine de passer la troisième heure et il règne déjà une telle chaleur dans cette salle qu'on se croirait dans les fourneaux d'Hadès. Heureusement, il n'y a aucune raison pour que les débats s'éternisent. Nous savons tous ce que nous devons faire : choisir le jeune Baudouin comme notre nouveau roi. La seule autre candidate en lice est sa sœur, mais quel individu un tant soit peu sain d'esprit aurait l'idée de soutenir une gamine destinée à devenir nonne pour… »

Il fut aussitôt interrompu, d'abord par Marie, qui lui rappela que le roi Amaury avait un autre enfant, à savoir sa fille Isabelle ; puis par l'archevêque Frédéric de Tyr, qui souligna que Sibylle avait été envoyée au couvent pour y être élevée, non pour entrer dans les ordres.

« Je n'oublie nullement votre fille, Majesté, lança Milon à Marie avec une condescendance qui hérissa la reine. Mais la candidature d'une enfant aussi jeune ne pourrait sérieusement être prise en considération qu'en l'absence d'autres héritiers. Quant à Sibylle, monseigneur l'archevêque, elle n'a peut-être pas prononcé ses vœux, mais le chemin menant du cloître à la royauté risquerait de s'avérer ardu pour elle. Dieu merci, nous n'avons pas à prendre en compte ces candidatures féminines au trône, puisque Sa Majesté Amaury nous a laissé un fils qui possède en lui l'étoffe d'un grand roi. Certes, il a été blessé à l'épaule, mais cela ne l'a nullement entravé. Je l'ai observé lorsqu'il s'entraînait à l'épée, et je puis vous assurer que lorsqu'il aura atteint l'âge de mener ses hommes au combat, il s'acquittera parfaitement de sa tâche. Aussi jeune soit-il, c'est déjà un cavalier hors pair. Ce garçon serait capable de chevaucher un lion, s'il était possible de seller un tel animal. »

Milon marqua une pause.

« Je vous propose donc de voter dès à présent pour confirmer que Baudouin sera notre prochain roi. Il faudra aussi désigner un régent jusqu'à ce qu'il ait atteint sa majorité, c'est-à-dire dans deux ans. C'était la volonté du roi Amaury que j'occupe cette fonction jusqu'à la majorité de son fils, et je lui ai juré que je servirais Baudouin aussi loyalement que je l'avais servi lui. »

Cette dernière précision passa fort mal auprès de la plupart des membres de l'assemblée, peu désireux de confier à Milon les rênes du royaume. Onfroy de Toron prit la parole en leur nom, en lançant d'un air sceptique :

« Y a-t-il eu des témoins à cette déclaration du roi sur son lit de mort ? »

Milon se renfrogna, considérant depuis longtemps Onfroy comme un dangereux rival. Malgré son autorité en tant que sénéchal, contrôlant les finances et les divers domaines du royaume, il n'avait aucun pouvoir en matière militaire : ce domaine relevait exclusivement du connétable.

« Douteriez-vous de ma parole ? rétorqua-t-il.

— Moi, en tout cas, j'en doute ! » lança soudain Eudes de Saint-Amand.

L'inquiétude gagna insensiblement les rangs de l'assemblée : même ceux qui détestaient Milon n'avaient aucune envie de voir cette réunion de la Haute Cour tourner au pugilat entre le sénéchal et le grand maître des Templiers.

Avant que Milon, fou de rage, ait eu le temps de répliquer, Guillaume s'empressa de se lever.

« Il est prématuré de soulever la question d'une éventuelle régence, lança-t-il d'une voix suffisamment forte pour couvrir les interjections de l'assistance. Nous sommes ici pour désigner notre futur chef. Le roi avait souhaité à cet effet que le patriarche Émeric s'adresse à la Haute Cour. Celui-ci m'a demandé de prendre la parole en son nom. »

Guillaume s'interrompit pour s'assurer que tout le monde était attentif. Balian s'était raidi en l'entendant employer le terme de *chef*, plutôt que de *souverain*. Il savait que Guillaume ne choisissait jamais ses mots au hasard.

« Il est de notoriété publique que Baudouin a été victime d'une blessure qui a limité son usage du bras droit. Il a appris à surmonter ce handicap, et comme le sénéchal vient de le rappeler, il a poursuivi avec une remarquable maîtrise ses leçons d'escrime et d'équitation. Ce que vous ignorez, c'est que cette histoire de blessure est un mensonge. Voici environ deux ans, je me suis aperçu que la main et le bras droits de Baudouin étaient devenus insensibles. Mais les médecins se sont avérés incapables de déterminer l'origine de ce mal. »

Quelques exclamations étouffées suivirent cette déclaration. Guillaume déglutit avec peine car sa bouche était devenue sèche.

« Beaucoup d'entre vous connaissent le médecin de Baudouin, Abou Souleymane Daoud, ne serait-ce que de réputation. C'est un spécialiste averti, et lorsque j'en aurai terminé, il pourra vous donner lui-même toutes les précisions requises concernant les questions que vous vous posez sur la santé du jeune prince. D'après lui, son mal est le résultat d'un traumatisme nerveux. Tel était son diagnostic initial, et il nous assure n'avoir rien constaté depuis lors qui soit susceptible de le faire changer d'avis. En d'autres termes, depuis plus de deux ans, Baudouin n'a pas manifesté d'autres symptômes que cette inertie du bras droit. »

Guillaume s'interrompit pour reprendre son souffle, sachant que ce qu'il s'apprêtait à ajouter aurait le même effet que s'il avait balancé une torche sur une étendue de foin brûlée par le soleil.

« Étant donné l'importance de l'enjeu, le roi Amaury a décidé qu'il importait que vous sachiez qu'une autre maladie pourrait être à l'origine de cette insensibilité, même si nous ne pensons pas pour l'instant que Baudouin en soit affligé. Et cette maladie, c'est la lèpre. »

Il s'attendait à ce que sa déclaration déclenche un tohu-bohu général et que l'assemblée bascule dans un indescriptible chaos, chacun se levant en renversant son banc et essayant de se faire entendre en poussant de grands cris. Mais au lieu de cela, ce fut un silence de plomb qui s'étendit dans la salle.

Les deux journées suivantes comptèrent parmi les pires de la vie de Guillaume. Une fois passé le premier choc, les membres de la Haute Cour s'étaient mis à débattre avec acharnement. Guillaume, Abou Souleymane Daoud et Marie elle-même furent soumis à des interrogatoires serrés concernant l'état de santé de Baudouin. Il s'avéra très vite impossible de dégager le moindre consensus. Milon continuait de se battre pour l'élection de Baudouin et ses partisans étaient probablement les plus nombreux. Mais les noms d'autres candidats potentiels ne tardèrent pas à émerger au cours des débats – ceux notamment des deux plus proches parents de Baudouin du côté masculin : Bohémond, le prince d'Antioche, et Raymond, le comte de Tripoli. Sibylle elle-même commençait à avoir un certain nombre de défenseurs. Seule Isabelle ne reçut pas le moindre soutien, écartée d'office en raison de son trop jeune âge.

Le deuxième jour, les débats gagnèrent en vigueur. Au grand déplaisir de Guillaume, des factions commençaient à se former et de vieilles animosités à refaire surface. À un moment donné il fallut même séparer Milon et Eudes de Saint-Amand, qui étaient sur le point d'en venir aux mains. Gautier de Brisebarre s'était rangé avec fougue dans le camp de Raymond, le comte de Tripoli, mais Guillaume soupçonnait que sa véritable motivation était de contrecarrer Milon, qui par son mariage avec Étiennette de Milly s'était emparé du vaste fief d'Outre-Jourdain, dont Gautier était auparavant le maître. De la même façon, il se doutait que les brusques partisans de Sibylle devaient avoir des motifs plus intéressés : il allait bien falloir qu'elle se marie si elle était nommée reine, ce qui devait éveiller les convoitises de certains qui auraient volontiers coiffé la couronne à leur tour. Parmi ces derniers, il fallait hélas compter Baudouin d'Ibelin, qui avait rompu son mariage avec Richilde au début de l'année et s'était mis en quête d'une nouvelle épouse. Comment résister à la tentation, si celle-ci lui apportait le royaume en dot…

Lorsque le troisième jour arriva, Guillaume commençait à désespérer et se demandait s'ils allaient parvenir à un accord, tant le spectre de la lèpre avait jeté une ombre fatale sur les débats. Il ne se donnait même plus la peine d'écouter les arguments des uns et des autres, qui ne faisaient qu'envenimer les choses au lieu d'apporter un peu de clarté. Il préféra aller s'asseoir devant une fenêtre, à l'autre bout de la salle, au côté de Balian.

« Saladin doit se frotter les mains à l'heure qu'il est, murmura-t-il. Et se féliciter de notre incapacité à voir où se trouve notre véritable ennemi. »

Balian s'était muni de quelque nourriture en voyant les débats s'éterniser de la sorte, et tendit à Guillaume une coupe remplie d'un mélange de dattes et de figues.

« Baudouin ne trouve-t-il pas un peu étrange qu'on mette un temps pareil à confirmer son accession au trône ?

— Je lui ai dit qu'il était normal que les délibérations soient longues dans ce genre de circonstances, répondit l'archidiacre avant d'ajouter, les lèvres serrées : Comme s'il y avait quoi que ce soit de normal dans toute cette affaire ! »

Il tendit la main vers l'outre que lui proposait Balian mais une voix s'éleva soudain, réclamant le silence, ce qui interrompit leur collation. Onfroy de Toron s'était levé et faisait face à l'assemblée. Il avait l'habitude de lancer des ordres sur le champ de bataille et n'était pas du genre à se laisser marcher sur les pieds, aussi l'assistance se calma-t-elle peu à peu et le silence finit par s'établir.

« J'en ai assez ! s'exclama-t-il avec colère. Et j'ai honte que nous ayons laissé ces délibérations solennelles dégénérer en querelles de boutiquiers où chacun essaie de tirer la couverture à lui. Notre assemblée offre le même spectacle qu'un chien qui tourne en rond pour se mordre la queue, et il est grand temps que cela cesse. »

Il s'interrompit un instant en parcourant l'assemblée des yeux.

« Ne perdons plus de temps ! Il y a quatre candidats potentiels pour cette couronne, ajouta-t-il avant de se tourner vers Marie. Je ne compte pas votre fille, Majesté, car il faudrait que nous soyons tombés bien bas pour envisager de couronner une enfant de deux ans. »

Il attendit pour voir si la reine allait protester. Comme elle ne réagissait pas, il l'approuva d'un hochement de tête, heureux que les Grecs sachent faire preuve d'un tel pragmatisme.

« Nous pouvons également écarter Bohémond, le cousin de Baudouin et prince d'Antioche : il ne peut pas régner à la fois sur Outremer et sur ses propres terres, et n'a nullement l'intention d'abdiquer pour devenir notre roi. Ce qui nous laisse Baudouin, sa sœur Sibylle et son autre cousin, Raymond, le comte de Tripoli.

» Sibylle a des partisans, certains d'entre vous l'ont manifesté publiquement. Mais il s'agit d'une jeune fille de quinze ans sans la moindre expérience et ayant rarement quitté son couvent de Béthanie. Elle ne sait rien des affaires du monde, et nous ne pouvons pas nous permettre de désigner quelqu'un d'aussi innocent à ce moment crucial de notre histoire. »

Onfroy marqua une nouvelle pause, comme s'il voulait laisser à quelqu'un le temps d'intervenir.

« Contrairement à Sibylle ou à Bohémond, reprit-il, le comte Raymond de Tripoli est un candidat sérieux. C'est un homme de trente-quatre ans, qui a l'expérience du pouvoir et a prouvé sa valeur au combat. Mais il vient à peine d'être libéré, après avoir passé neuf ans dans les prisons d'Alep, et les hommes peuvent changer après une telle détention. Comme la plupart d'entre vous le savent, il a été libéré après avoir versé une rançon exorbitante de quatre-vingt mille besants. Encore a-t-il dû laisser des hommes en otages en attendant de pouvoir payer la totalité de cette somme. Je ne mets nullement en doute son intégrité car je le considère comme un homme d'honneur. Nous pouvons néanmoins nous demander si nous voulons avoir pour roi quelqu'un d'aussi lourdement endetté auprès de nos ennemis sarrasins. »

Onfroy parcourut à nouveau l'assemblée du regard, soulagé de constater qu'on l'écoutait avec une telle attention.

« Le plus lourd handicap du comte Raymond est d'être un inconnu pour la plupart d'entre nous. Je l'ai personnellement rencontré avant qu'il soit capturé par Nour al-Din, mais la plupart de ceux qui se trouvent dans cette salle ne peuvent pas en dire autant. J'imagine que peu d'entre vous souhaiteront couronner un homme qu'ils connaissent aussi peu, et il me semble que cette incertitude suffit à l'écarter. »

Il attendit pour s'assurer qu'on l'avait bien compris avant de demander si quelqu'un avait du vin, puis d'ajouter que cela donnait soif, de prêcher en public. Balian se leva et lui lança son outre à travers la pièce. D'une main, Onfroy la rattrapa et but une longue gorgée avant de reprendre la parole.

« Cela nous ramène à notre point de départ, c'est-à-dire au fils du roi Amaury. Seules deux raisons seraient susceptibles de nous empêcher de voter pour lui : son jeune âge – et bien sûr la menace de la lèpre qui plane sur lui. »

Il but une nouvelle rasade, comme si le simple fait d'avoir évoqué le terrible mal lui laissait un sale goût dans la bouche.

« Nous préférerions bien sûr que Baudouin soit un peu plus âgé. Il peut toutefois être conseillé jusqu'à ce qu'il ait atteint sa majorité : je ne pense donc pas que son âge constitue un obstacle insurmontable. Reste cette affaire de lèpre. Il est évident que nous ne pouvons pas nous donner un lépreux pour roi. Mais Baudouin sera-t-il un jour rattrapé par ce mal ? Nul n'est en mesure aujourd'hui de répondre à cette question. Vous avez entendu son médecin nous certifier qu'aucun autre symptôme n'indiquait pour l'instant l'apparition de la terrible maladie. Lorsque chacun était appelé hier à donner son sentiment, j'ai été frappé par une remarque de Balian d'Ibelin, qui nous demandait s'il était juste de dénier à Baudouin le droit que lui conférait sa naissance sur la simple base du soupçon ou de la peur. »

En tant que fils cadet, Balian n'avait guère l'habitude de se trouver au centre de l'attention, et il rougit en voyant tous les regards se tourner vers lui, charmé et gêné à la fois par le compliment du connétable.

« Si Baudouin n'était pas fils de roi, s'il était l'héritier d'une seigneurie comme Jaffa ou Sidon, personne ne lui contesterait son héritage tant qu'il n'aurait pas été effectivement déclaré lépreux. »

Avant qu'Onfroy puisse poursuivre, il fut enfin interrompu. Le grand maître des Templiers s'était levé et précisait que lorsqu'un seigneur était atteint d'un tel mal, il devait se retirer et rejoindre l'ordre de Saint-Lazare, devenant de fait un chevalier lépreux.

« C'est exact, concéda Onfroy. Il n'en garde pas moins la propriété de son fief jusqu'à la fin de ses jours. La lèpre ne prive pas des droits de succession. »

Cette fois ce fut au tour de Jobert, le grand maître des Hospitaliers, de prendre la parole. De tempérament moins vif que le bouillant Eudes de Saint-Amand, il posa sa question d'une voix mesurée mais n'en souleva pas moins le nœud du problème.

« Il est vrai que lorsqu'un seigneur rejoint les chevaliers de Saint-Lazare, il n'est pas dépouillé de son fief. Il doit toutefois avoir pris ses dispositions afin que celui-ci soit régi par quelqu'un d'autre. Que se passera-t-il si nous élisons Baudouin et qu'il devient lépreux par la suite ? »

Onfroy avait longuement réfléchi à ce problème, lui aussi.

« C'est une bonne question, reconnut-il. Imaginons donc le pire, c'est-à-dire que Baudouin porte en lui les germes de sa propre destruction, bien que nous n'ayons aucune certitude à ce sujet. Il n'atteindra sa majorité que d'ici deux ans. Nous aurons tout le temps, dans l'intervalle, de trouver un mari pour sa sœur Sibylle, quelqu'un qui soit capable de gouverner à la place de Baudouin si jamais celui-ci n'était plus en mesure d'exercer ses devoirs de roi. »

Gautier de Brisebarre protesta à nouveau, sachant à son grand dam que si Baudouin était couronné, il serait difficile de refuser la régence à Milon. Mais Baudouin d'Ibelin s'interposa.

« Celui qui épousera Sibylle le fera en sachant qu'elle deviendra reine si la santé de son frère décline. Du coup, les prétendants risquent de se bousculer au portillon ! »

Et vous en ferez partie, songea Onfroy. Il avait plutôt de la sympathie pour Baudouin d'Ibelin mais ne pensait pas qu'il serait un mari idéal pour Sibylle. Pas plus d'ailleurs que n'importe quel Poulain : le royaume gagnerait au contraire à une alliance avec un souverain étranger. Mais il n'était pas l'heure de soulever ce point, aussi se contenta-t-il de sourire, saluant le soutien que lui apportait l'aîné des D'Ibelin pour aboutir enfin au couronnement de Baudouin.

La chose s'avéra plus facile qu'il ne l'avait redouté, car son discours avait largement convaincu l'assemblée. Lorsque l'heure du vote arriva, le fils d'Amaury fut aisément élu nouveau roi d'Outremer. Toutefois, ses partisans n'eurent guère le temps de célébrer leur victoire car une question posée par

Joscius, le jeune évêque d'Acre, leur rappela soudain que la vie n'allait pas être simple, pour aucun d'entre eux. Il avait commencé par suggérer, à juste titre, que chaque membre de leur assemblée jure sur les saintes reliques de ne rien divulguer des propos qui s'étaient tenus lors de cette réunion de la Haute Cour. Sa proposition fut aussitôt approuvée par Onfroy : il savait bien que la rumeur finirait par filtrer, concernant la menace de la lèpre qui pesait sur le jeune roi, mais était décidé à tout faire pour que cette nouvelle soit tenue secrète le plus longtemps possible. Ce fut alors que Joscius les prit de court en demandant :

« Et Baudouin ? Doit-il être mis au courant ? »

Tout le monde avait été si préoccupé par le choix du futur roi que peu avaient songé qu'il y avait autre chose qu'une couronne en jeu – et qu'un garçon de treize ans allait se voir confronté à une situation qui dépassait l'imagination. Chacun se replia dans le silence, frappé par cette brusque évidence, et ce fut Guillaume qui lui répondit, en s'exclamant d'une voix horrifiée :

« Grand Dieu, non ! Il ne faut pas le lui dire ! »

Au grand soulagement de Guillaume, Joscius manifesta son plein accord avec cette position, tandis que d'autres membres de l'assemblée abondaient dans le même sens. L'archidiacre se rassit sur son banc, tellement épuisé tout à coup qu'il craignait que ses jambes refusent de le porter. Du moins tout était-il terminé à présent. Mais Milon s'avança alors et demanda à être désigné comme régent, le roi étant trop jeune pour assumer ses fonctions.

Le brouhaha envahit à nouveau la salle, les cris des partisans du sénéchal se trouvant largement couverts par ceux de ses nombreux ennemis. Certains se tournèrent vers le connétable dans l'espoir qu'il serait à même de résoudre une fois encore ce dilemme. Mais Onfroy garda le silence : bien qu'il n'eût guère envie de voir Milon hériter d'un tel pouvoir, il ne voyait pas quels arguments il aurait pu lui opposer, d'autant que le patriarche lui avait confirmé que telle était en effet la volonté du roi Amaury.

Ce fut Denis de Grenier qui vint cette fois-ci à la rescousse. Provoquant dans un premier temps l'inquiétude de Milon et de ses partisans, lesquels croyaient qu'il faisait allusion au comte Raymond de Tripoli, il commença par déclarer que la régence revenait de droit au plus proche parent de Baudouin. Mais il expliqua ensuite qu'il voulait parler du roi d'Angleterre : Henri était le neveu d'Amaury, ce qui faisait de lui le cousin au premier degré de Baudouin. Considérant le fait qu'Henri venait de se faire croisé et débarquerait prochainement en Terre sainte pour honorer ses vœux, Denis avança que la courtoisie impliquait qu'on lui propose en premier d'assurer cette régence, quitte à ce qu'il la refuse. En attendant sa décision, Milon pouvait en assumer la charge. C'était un compromis raisonnable, qui permettait à Milon d'écarter ses opposants tout en les rassurant, puisque son statut ne serait pas officiellement entériné par leur assemblée. Sur ce, la plus longue et plus tumultueuse session de l'histoire de la Haute Cour d'Outremer arriva enfin à son terme.

Les couronnements étaient généralement célébrés le dimanche en Terre sainte, mais Baudouin fut couronné dès le lendemain, qui était un lundi, au cours d'une cérémonie solennelle dans l'église du Saint-Sépulcre. Il devint ainsi à l'âge de treize ans le sixième roi de Jérusalem depuis l'arrivée des croisés. La plupart de ses sujets estimaient que son règne commençait sous de bons auspices, car cela faisait précisément soixante-quinze ans que la Ville sainte était tombée aux mains des chrétiens lors de la première croisade.

CHAPITRE 4

Septembre 1174
Cité d'Acre, Outremer

Amaury et le roi de Sicile avaient prévu d'attaquer au cours de l'été le camp de base de Saladin, en Égypte. Leurs ambitieux projets se virent réduits à néant par la mort inattendue du roi d'Outremer. Mais le pire restait à venir, car les Francs furent informés que Saladin se préparait à marcher sur Damas, qui était encore sous le contrôle du jeune héritier de Nour al-Din. Cette nouvelle sema un vent de panique à travers le royaume. Par le passé, les souverains d'Outremer avaient conclu des alliances temporaires soit avec les califes égyptiens, soit avec les émirs de Damas. Mais si Saladin s'assurait à la fois le contrôle de l'Égypte et de la Syrie, les Poulains n'auraient plus le moindre recours et devraient se battre sur deux fronts, face à un ennemi uni pour la première fois depuis la naissance de leur royaume. Et donc, sitôt Baudouin couronné, ses barons et ses vassaux se hâtèrent de rassembler leurs hommes, en réponse aux consignes royales, afin d'empêcher Saladin de rejoindre Damas.

Balian s'était empressé de regagner son fief d'Ibelin, dans le sud du royaume, et avait réuni ses dix chevaliers. Alors qu'ils s'apprêtaient à se mettre en route pour la forteresse de Karak, qui gardait la route menant du Caire à Damas et où l'armée avait prévu de se rassembler, un message laconique du connétable leur parvint : la campagne avait été annulée. Balian fut très surpris et même un peu troublé par la tournure des événements. Pourquoi avait-on pris une telle décision ? Ayant appris par ailleurs que Baudouin avait quitté Jérusalem et tenait pour l'instant sa cour dans la cité d'Acre, il se mit en route en suivant le chemin qui longeait la côte. Trois jours plus tard, par une chaude matinée de septembre, ses hommes et lui arrivèrent enfin en vue des murailles escarpées de la ville qui se découpaient sur le ciel.

« Voici donc la cité d'Acre, monseigneur ? »

Rolf paraissait abasourdi. Balian jeta un coup d'œil en arrière et regarda le jeune homme avec un sourire amusé. Celui-ci n'avait jamais quitté les abords de son village natal lorsque Balian l'avait engagé comme écuyer un mois plus tôt, et il était très excité à l'idée d'entreprendre ce voyage vers le nord, n'ayant jamais vu des cités de la taille de Jaffa, Césarée ou Haïfa, dont la population dépassait les quatre mille habitants. Jamais il n'avait mis les pieds dans des bains publics avant d'accompagner Balian et ses chevaliers dans les thermes de Césarée. Il était resté pantois devant la salle où l'on prenait les bains de vapeur, chauffée par des tuyauteries en faïence qui émergeaient d'un fourneau situé à l'extérieur, ainsi que devant les grands bassins d'eau chaude et d'eau froide. Il prétendait avoir quatorze ans mais était d'une telle innocence qu'il paraissait beaucoup plus jeune aux yeux de Balian, qui ne pouvait s'empêcher de s'émerveiller en songeant que le royaume était désormais dirigé par un souverain encore plus jeune que Rolf.

Les chevaliers de Balian avaient été amusés eux aussi par la naïveté du jeune écuyer, et l'avaient effrayé en lui parlant des lions qu'il allait croiser dans le Nord ainsi que des animaux redoutables, appelés crocodiles, qui hantaient les abords d'une rivière non loin de Césarée. Tandis qu'ils approchaient d'Acre, ils lui dressèrent un tableau haut en couleur de ce port sulfureux, célèbre pour ses rixes, ses bordels et les innombrables tentations qu'il offrait. En les écoutant, Rolf ouvrait de grands yeux, impatient et inquiet à la fois. Jamais il n'aurait imaginé mettre un jour les pieds dans une ville dont la réputation valait bien celle de Sodome et Gomorrhe.

« Il y a un double port ! » s'exclama-t-il en découvrant avec émerveillement cette forêt de mâts flottants où claquaient les drapeaux de contrées qu'il n'avait jamais vues. Balian lui expliqua qu'Acre était le principal port du royaume, aussi bien pour les pèlerins que pour les marchands. Le jeune homme lui ayant demandé combien d'habitants vivaient à l'abri de ses épaisses murailles, Balian réfléchit un instant avant de lui répondre :

« Maître Guillaume m'a dit un jour que les cités d'Acre, de Tyr et de Jérusalem abritaient chacune plus de trente mille personnes. »

Rolf poussa un petit cri. Il prenait les moindres déclarations de son maître pour argent comptant, mais se demanda si Balian ne se moquait tout de même pas un peu de lui, car il était incapable de se représenter une cité ayant dix fois la taille de Jaffa ou de Césarée. Mais ils se trouvèrent pris au même instant dans le flot des voyageurs qui cherchaient à franchir la porte du Patriarche, la tour de pierre qui constituait l'entrée sud de la ville.

Rolf poussa un nouveau cri une fois qu'ils l'eurent passée car il n'avait jamais vu un tel tourbillon d'êtres humains : la foule se pressait de toutes parts, investissant la moindre ruelle aussi loin que portait le regard. Il y avait là des marins, des colporteurs, des chevaliers du Temple et des hospitaliers, des prêtres, des pèlerins, des mendiants, des bouviers se frayant un chemin en fouettant les mules qui tiraient leurs charrettes, de respectables matrones et des femmes qui l'étaient visiblement beaucoup moins, des gamins qui couraient en tous sens, des marchands de toutes sortes… Certains étaient à cheval mais la plupart allaient à pied, évitant les chiens errants et les flots d'immondices déversés au milieu des rues, chacun essayant de rejoindre une taverne, une boutique ou une église au milieu du chaos ambiant et de la vie grouillante, tumultueuse, désordonnée du plus grand port du royaume.

Il régnait un tel brouhaha que Rolf en avait le tournis. Balian lui avait expliqué qu'il y avait plus de quarante églises à Acre, et il se dit qu'elles avaient toutes dû faire sonner leurs cloches en même temps. Pour couvrir ce tumulte, un homme annonçait en hurlant que son maître venait de mettre en perce un nouveau tonneau de vin dans sa taverne de la rue Sainte-Anne. Des marins déjà à moitié soûls titubaient les uns contre les autres et sifflaient dès qu'une jolie fille passait. Rolf se souvint soudain de l'histoire que lui avait racontée le prêtre de son village à propos de la tour de Babel : Acre n'était pas sans y faire penser. Une foule de langues assaillaient ses oreilles : franque, grecque, syriaque… ainsi que l'arabe parlé par les chrétiens qui étaient nés ici ; mais aussi des dialectes anglais, arméniens, italiens, germaniques – sans parler des idiomes qui lui étaient inconnus.

Il fit brusquement la grimace et fronça les narines.

« D'où vient cette odeur fétide ? » s'exclama-t-il.

Balian et ses chevaliers éclatèrent de rire.

« Tu respires l'atmosphère embaumée de la cité d'Acre, mon garçon. Cela surprend un peu au début, mais on s'y habitue vite. À vrai dire, je crois que les habitants en tirent une étrange fierté : ils prétendent que l'odeur qui plane sur leur ville suffirait à faire fuir les cochons. »

Pour lui faire oublier la puanteur ambiante, Balian montra à son écuyer quelques curiosités dignes d'intérêt telles que la bannière des Templiers qui flottait au sommet de leur commanderie, au sud-ouest de la ville. L'établissement des Hospitaliers se trouvait au nord, quant à lui, tout comme le palais royal. Les marchands génois, vénitiens ou pisans avaient eux aussi leurs propres quartiers.

« Au bout de la rue des Chaînes se trouve la maison des douanes, poursuivit-il. C'est là que les marchands étrangers ou sarrasins doivent faire inspecter leurs marchandises et payer la taxe requise. »

Balian esquissa un sourire en pensant au choc qu'éprouvaient les pèlerins d'Europe lorsqu'ils débarquaient en Outremer et découvraient que le commerce entre les Francs et les Sarrasins se poursuivait comme si de rien n'était, même en temps de guerre. Rolf était un Poulain, aussi comprenait-il que la survie du royaume dépendait autant de ce genre de compromis que de l'acier des épées.

Balian était en train de parler à son écuyer de la citadelle fortifiée qui défendait l'entrée du port, édifiée sur l'eau et connue sous le nom de tour des Mouches, lorsqu'il entendit quelqu'un crier son nom, suffisamment fort pour couvrir les clameurs de la foule.

Il se retourna et sourit en apercevant Jacquelin de Mailly, avant de pousser son palefroi au milieu de la cohue pour traverser la rue. Après avoir mis pied à terre, Balian tendit les rênes à son écuyer et ordonna à ses chevaliers de rejoindre sans lui la demeure que son frère Baudouin possédait en ville. Voyant que Rolf était un peu dérouté d'être ainsi laissé en plan, il lui dit :

« Tu n'as pas à t'inquiéter, mon garçon. Mes hommes connaissent fort bien le chemin jusqu'à la rue de Provence, non loin de l'église Sainte-Marie. Je n'aurai plus besoin de leurs services ni des tiens pour le reste de la journée, tu peux donc en profiter pour prendre du bon temps. Mais évitez, vous tous, de vous faire arrêter par les milices de la ville ! »

Tous les hommes éclatèrent de rire, ravis à l'idée de disposer d'un après-midi de liberté. Ils s'éloignèrent, Rolf jetant parfois un coup d'œil inquiet derrière lui. Balian les regarda partir, puis se tourna en souriant vers Jacquelin.

« Je bénis souvent mon frère d'avoir acheté cette demeure à Acre, cela m'évite de loger dans l'une des auberges de la ville, qui sont de véritables nids à puces. Et comme tu es dans l'impossibilité de nous accueillir…

— C'est exact, dit Jacquelin en souriant à son tour. Le grand maître se montre inflexible, et les critères que doivent remplir les invités du Temple sont particulièrement sévères. Heureusement pour toi, ton frère Baudouin se montre moins exigeant. »

Balian s'étonnait encore de voir Jacquelin arborer le manteau blanc et la croix rouge des Templiers, bien que deux années se fussent écoulées depuis que son ami avait manifesté l'intention de rejoindre l'ordre. Balian avait bien essayé à l'époque de le détourner de ce projet, redoutant qu'il ne s'agisse d'une de ces lubies dont il était coutumier et qu'il ne le regrette amèrement par la suite. Malgré l'admiration qu'il vouait aux Templiers, les meilleurs combattants du royaume, Balian n'avait jamais compris ce qui avait poussé son ami à s'engager dans leur ordre. La vie n'y était pas de tout repos. Ils courtisaient le danger comme d'autres courtisaient les femmes et devaient observer des vœux très stricts – obéissance, pauvreté, chasteté – qui lui auraient personnellement beaucoup coûté. Jacquelin n'avait d'ailleurs jamais été capable de lui expliquer de manière satisfaisante pourquoi il avait pris cette décision. Mais Balian devait reconnaître que son ami paraissait heureux de ce choix, et c'était à ses yeux l'essentiel, même s'il regrettait de ne plus pouvoir écumer les bordels d'Acre en sa compagnie.

Jacquelin de Mailly et lui différaient tellement l'un de l'autre que son frère Baudouin les avait ironiquement surnommés Poivre et Sel. Balian était grand, élancé, rasé de près, le teint olivâtre et hâlé par le soleil, les yeux et les cheveux d'un noir de jais. Jacquelin avait les yeux bleus, les cheveux si blonds qu'ils semblaient presque blancs au soleil ; il arborait la barbe soigneusement taillée des Templiers, et sa peau claire supportait mal la chaleur intense des étés d'Outremer. Il était de taille moyenne mais trapu comme un forgeron. Il était également aussi impulsif et idéaliste que Balian était pondéré et pragmatique. Pourtant, leur amitié était née dès le premier jour de leur rencontre, quatre ans plus tôt, lorsque le jeune Franc avait mis les pieds en Terre sainte, impatient d'honorer ses vœux de croisé et, pourquoi pas, de faire fortune : il était le dernier-né de sa famille et n'avait guère de perspectives en vue dans sa Lorraine natale.

« Allons boire un verre pour parler à loisir », lança Balian en cherchant des yeux la taverne la plus proche.

Ce qui ne s'avéra pas très difficile, Acre comptant un nombre considérable de débits de boissons. Heureux d'échapper au soleil brûlant, ils se glissèrent sous une enseigne représentant une demi-lune que sa peinture écaillée rendait à peu près méconnaissable. Une fois à l'intérieur, ils allèrent prendre place dans un coin, à une table libre.

Balian savait que les Templiers avaient le droit de boire du vin, mais sous certaines conditions. Jacquelin lui avait expliqué que cela leur était interdit entre le repas de midi et les vêpres ; ils ne pouvaient pas davantage en boire dans une taverne ou dans la demeure d'un particulier située à moins d'une lieue d'une commanderie du Temple. Aussi, lorsqu'une serveuse au visage revêche et au regard fatigué daigna enfin s'approcher de leur table, il commanda un pichet de vin pour lui et de l'eau pour son ami. Après qu'elle se fut éloignée, il s'excusa auprès de lui.

« Inutile de demander une orangeade ou du lait dans un pareil taudis, ils ne risquent pas d'en avoir. »

Jacquelin esquissa un vague sourire et haussa les épaules, comme si ce qu'il buvait lui était parfaitement égal. Ce qui, songea Balian, était probablement le cas. Un homme qui restait attaché aux plaisirs de l'existence ne se risquerait pas à rejoindre l'ordre des Templiers. Sans perdre plus de temps, il s'adossa à son siège et lui demanda :

« Sais-tu pourquoi cette campagne a été annulée ?

— Bien sûr. Notre grand maître se confie à moi tous les jours et ne prend jamais de décision sans avoir recueilli mon avis. » Il se pencha en travers de la table et poursuivit à voix basse : « Je peux au moins émettre une hypothèse. Maître Eudes est fier comme un paon, et Milon de Plancy lui a sèchement intimé l'ordre de rejoindre son armée à Karak. En plus, cet imbécile l'a apostrophé de la sorte en public. »

Balian était à la fois surpris et intrigué, car les Templiers et les Hospitaliers n'étaient pas soumis à l'autorité du roi : les deux ordres étaient indépendants et n'avaient de comptes à rendre qu'au pape.

« Milon aurait pu se montrer plus subtil, dit-il. Il n'a pourtant pas débarqué chez nous avec la dernière ondée.

— On prétend que le fait d'être nommé régent lui est monté à la tête. Il paraît même qu'il interdit à quiconque de venir parler au roi.

— Je me dis parfois qu'il doit y avoir quelque chose dans l'eau d'Outremer qui nous fait tourner la tête et nous empêche de raisonner sereinement. Comment expliquer sinon que nous nous payions le luxe d'ignorer les Sarrasins et préférions nous battre entre nous ? J'imagine que le roi est au palais ?

— Oui, mais tu ne le trouveras pas là-bas aujourd'hui. Il y a des courses de chevaux cet après-midi. En te dépêchant, tu parviendras peut-être à miser quelques écus avant qu'elles commencent. Mais tu ferais peut-être aussi bien de t'en abstenir, étant donné la veine éhontée qui te caractérise.

— C'était du temps où je suivais tes conseils », rétorqua Balian.

Il avait employé le passé, sachant que les Templiers n'avaient pas le droit de faire des paris. Avant que Jacquelin ait pu répondre, une autre serveuse s'approcha de leur table et déposa deux coupes ébréchées devant eux. La nouvelle venue était nettement plus accorte que la précédente, avec de grands yeux sombres qui brillaient d'une lueur mutine et une peau dorée qui trahissait des origines sarrasines, bien qu'elle arborât une petite croix en bois autour du cou. Elle leur demanda s'ils désiraient autre chose, d'une telle façon que cette innocente question sonnait comme une invite à un péché mortel. Balian ne put s'empêcher de trouver la proposition alléchante ; il y résista néanmoins, en secouant la tête.

« Si vous changez d'avis, monseigneur, vous n'aurez qu'à demander Salma », rétorqua la fille avec une petite moue provocante, avant de s'éclipser.

Balian la regarda s'éloigner en roulant des hanches et poussa un soupir. Aucun homme ayant quelques écus en poche n'aurait eu de peine à trouver une compagne pour la nuit dans la cité d'Acre, où les bordels proliféraient comme de la mauvaise herbe et où les jeunes femmes les plus hardies avaient transformé les tavernes en terrains de chasse. Quant aux prostituées qui n'avaient pas de telles ressources, elles se postaient sur le seuil de leur demeure une fois la nuit tombée. Mais la beauté exotique et l'allure un peu dévergondée de Salma avaient éveillé le désir qui ne sommeillait jamais bien longtemps dans un homme de l'âge de Balian, et il vit avec regret la jeune femme aller tenter sa chance auprès d'autres clients.

« Grand Dieu, Balian, rappelle-la ! s'exclama Jacquelin. Tu en meurs d'envie ! »

Balian tressaillit, un peu surpris, car il avait surtout voulu éviter de heurter les sentiments de son ami.

« J'ai pensé que ce n'était pas très correct d'accepter sa proposition en ta présence, protesta-t-il. Pas plus qu'il ne me viendrait à l'idée de me jeter sur les plats d'un banquet devant un homme qui meurt de faim. »

Jacquelin éclata de rire.

« Je suis touché que tu te préoccupes ainsi de mes états d'âme, répondit-il. Mais me crois-tu vraiment assez faible pour rompre mes vœux parce que tu as brusquement envie d'une putain ? »

Plutôt que d'imiter le ton badin de son ami, Balian saisit l'occasion pour lui dire qu'il était à la fois admiratif et étonné de le voir respecter ses résolutions.

« Franchement, je me demande comment tu fais… Tu as renoncé à tellement de choses et tu en parles comme si c'était… d'une facilité enfantine.

— Enfantine ? rétorqua Jacquelin en le dévisageant d'un air incrédule. Qui a jamais prétendu que c'était facile ? C'est un combat constant, au contraire, où ma volonté est sans cesse en lutte contre mon corps. Mais il est normal qu'il en soit ainsi. S'il était si facile de respecter ces vœux, devenir un templier serait à la portée de n'importe qui – y compris des gens comme toi, ajouta-t-il en souriant avant de se lever et de donner une petite claque dans le dos de Balian. Je dois y aller, car nous sommes de patrouille cet après-midi. Je suppose que tu resteras quelques jours à Acre ? Passe donc à la commanderie quand tu auras un moment. »

Après l'avoir salué de la main, il se dirigea vers la porte, non sans avoir remercié son ami de lui avoir offert « ce précieux verre d'eau de source ». Balian éclata de rire, car même lorsqu'ils buvaient du vin ensemble, c'était toujours lui qui payait. Jacquelin lui avait expliqué que les règles de l'ordre lui interdisaient d'avoir de l'argent sur lui. Sceptique au début, Balian avait appris avec surprise que la chose était considérée comme un péché très grave et pouvait même provoquer l'exclusion de l'ordre. En buvant une nouvelle gorgée de ce mauvais vin, il songea qu'il ne comprendrait jamais comment son ami pouvait mener une vie aussi austère alors qu'il y avait tant d'autres façons de servir Dieu.

La serveuse aguicheuse avait les yeux fixés sur lui et il lui fit signe de s'approcher. Comme il s'y attendait, le propriétaire de la taverne lui louait une petite chambre à l'étage, et ils s'entendirent tous les deux sur un tarif acceptable. Il repasserait après les vêpres, lui dit-il, car les plaisirs coupables qu'elle lui proposait allaient devoir attendre un peu. Il fallait avant cela qu'il essaie de rencontrer le jeune roi et d'apprendre pourquoi on avait décidé de laisser Damas tomber comme un fruit mûr aux mains de Saladin.

Des courses et des tournois étaient organisés sur la plaine située à l'est d'Acre, non loin de l'embouchure du Belus. Balian ne fut pas surpris de voir qu'une foule importante s'y était rassemblée, ces courses étant très populaires parmi les Poulains. Après être descendu de cheval, il attacha son palefroi à une barrière prévue à cet effet et glissa une pièce à un gamin pour qu'il surveille sa monture. Cherchant des yeux les gradins installés pour les nobles de haut rang, il s'y dirigea aussitôt.

Agnès de Courtenay avait eu droit au siège d'honneur, sous un auvent qui la protégeait du soleil. Balian dut reconnaître qu'elle était particulièrement élégante dans sa robe de soie écarlate. À sa gauche, Sibylle paraissait tout à coup plus âgée dans sa robe de brocart vert. Milon de Plancy était assis de l'autre côté, plongé dans une conversation animée avec Agnès, tandis que sa nouvelle épouse, Étiennette de Milly, grondait son jeune fils Onfroy pour une broutille quelconque. Balian n'avait jamais vu un enfant aussi bien élevé, mais sa mère mettait la barre si haut qu'un archange lui-même n'aurait pas trouvé grâce à ses yeux.

Un espace notable séparait le groupe d'Agnès de celui qui s'était formé autour du connétable. Onfroy de Toron avait l'air de s'ennuyer : c'était un homme d'action, et l'inactivité lui pesait. Son épouse attirait tous les regards, d'une part en raison de sa beauté et de sa haute naissance, mais aussi parce qu'elle avait été impliquée autrefois dans un énorme scandale. Philippa était la sœur de Bohémond, l'actuel prince d'Antioche, et elle avait choqué l'ensemble de sa famille en affichant au grand jour sa liaison avec un membre de la noblesse grecque, Andronic Comnène, de la même lignée que l'empereur byzantin. L'homme possédait un charme indéniable mais semblait plutôt destiné à mener la vie d'un pirate ou d'un hors-la-loi, comme la suite le démontra. Philippa et lui vivaient ensemble à Antioche aux yeux de tous jusqu'à ce qu'il se rende un jour en Outremer. Arrivé là, il déclencha un scandale encore plus considérable en séduisant la reine Théodora, la veuve de Baudouin, le frère aîné d'Amaury, et en s'enfuyant avec elle pour se réfugier à Damas, à la cour de Nour al-Din. Humiliée, et déshonorée à tout jamais, Philippa avait dû se résoudre à épouser Onfroy de Toron, qui était veuf mais beaucoup plus âgé qu'elle : elle savait qu'il ferait face au scandale avec la même vaillance que sur le champ de bataille. Assise aux côtés des époux de Toron se trouvait une femme dont le visage était vaguement familier à Balian. Au bout d'un moment il reconnut dame Esquiva, la très riche princesse de Galilée, veuve depuis peu. Elle n'avait pas été dotée de la beauté et de la blondeur séduisante d'Agnès ou de Philippa, mais affichait une attitude sereine et détachée ainsi qu'un humour distant qui faisaient défaut aux deux autres. Balian quant à lui la trouvait fort charmante. Esquiva avait quatre fils, et la rumeur prétendait qu'elle était une mère dévouée, très impliquée dans l'éducation de ses enfants. Ce n'était donc pas une surprise de les voir à ses côtés, plaisantant, s'agitant et poussant force cris sous son regard indulgent.

À la droite d'Onfroy de Toron se trouvait le grand maître des Templiers, qui jetait de temps à autre un coup d'œil en direction de Milon de Plancy. En observant les deux groupes à tour de rôle, Balian se rendit compte qu'il était témoin de l'éclatement de la cour en factions rivales, à ce point opposées qu'elles ne parvenaient même pas à faire illusion ni à cacher leurs dissensions lors de ces apparitions publiques. Son frère avait regagné Ramlah, mais s'il avait été présent, Balian savait qu'il aurait pris place en compagnie du connétable et du grand maître. Et si Denis de Grenier n'était pas retourné à Sidon après le couronnement de Baudouin, vraisemblablement par loyauté à l'égard de sa femme, il se serait tenu auprès d'Agnès, même s'il était en bons termes avec Onfroy. Plus il observait ces deux camps antagonistes, plus Balian s'inquiétait : comment un jeune garçon de treize ans allait-il naviguer dans des eaux aussi troubles et éviter les écueils qui ne manqueraient pas de se présenter à lui ?

Et d'ailleurs, où était donc Baudouin ? Balian avait été abasourdi par la révélation que Guillaume avait faite devant la Haute Cour. Ce n'était pas seulement dû au fait que le royaume d'Outremer pouvait se trouver en péril en portant à sa tête un souverain affligé d'une telle maladie. Mais il était horrifié à l'idée que Baudouin puisse un jour développer les symptômes de la lèpre. Il avait bien essayé de se convaincre que le Tout-Puissant ne pouvait pas affliger le jeune souverain, ni d'ailleurs son royaume, d'une telle malédiction. Pourtant, après avoir constaté l'absence du roi, sa première pensée fut qu'il devait être souffrant. Mais il songea aussitôt que si tel avait été le cas, sa mère aurait été auprès de lui. Contrairement à son frère, à Guillaume et à tant d'autres, Balian ne doutait pas de l'amour d'Agnès pour son fils.

Après avoir décidé d'éviter les gradins – en choisissant son siège, il aurait publiquement marqué son allégeance soit au régent, soit au connétable –, il partit à la recherche de Guillaume et ne tarda pas à le repérer un peu à l'écart de la foule. L'archidiacre fut heureux de le voir et dissipa aussitôt ses inquiétudes concernant la santé de Baudouin.

« Il traîne quelque part dans les parages, précisa-t-il d'un air nonchalant. Vous connaissez son amour des chevaux… Il voulait voir de plus près ceux qui vont participer aux courses. »

Balian avait remarqué une autre absente de marque.

« Où est la reine Marie ? » demanda-t-il.

Le visage de Guillaume s'assombrit.

« Elle est partie, répondit-il.

— Partie ? Où donc ?

— Elle s'est retirée avec sa fille dans son fief de Naplouse, qui lui revient depuis son veuvage. Dieu merci, Amaury lui avait assuré des biens suffisants au cas où il décéderait, car cette odieuse et détestable femme a clairement fait comprendre à Marie qu'elle n'était pas la bienvenue à la cour, maintenant que son fils était roi. »

Balian était désolé de l'apprendre, bien que la nouvelle ne le surprît guère.

« Agnès n'a pas perdu de temps, n'est-ce pas ? » Après avoir jeté un nouveau coup d'œil sur les gradins, il ajouta : « Elle se comporte déjà comme si elle était reine : il ne lui manque que la couronne… Croyez-vous qu'elle ait une réelle influence sur Baudouin ?

— Malheureusement, oui. Le jeune garçon est sous son emprise. Ce n'est d'ailleurs pas de sa faute : une telle charge ne peut pas reposer sur d'aussi frêles épaules. Tous les regards sont désormais tournés vers lui, et les gens qu'il fréquente depuis des années sont brusquement devenus des étrangers. Il encaisse déjà la plus dure des leçons que les rois aient à subir : tout le monde a quelque chose à lui réclamer. Sa sœur n'a jamais réussi à dissimuler la moindre de ses pensées, mais Baudouin ne lui ressemble pas, il est beaucoup plus réservé. Je sais néanmoins qu'il doit se sentir seul, les conseils et la présence de son père lui manquent, et l'émotion l'envahit parfois. »

Balian n'avait jamais connu son propre père, qui était mort l'année de sa naissance. Sa mère n'avait pas tardé à se remarier, mettant deux autres filles au monde avant de mourir à son tour quand il avait huit ans. Mais il s'était toujours senti en sécurité, la présence de ses frères aînés l'avait protégé de l'inconnu. Baudouin pour sa part devait se sentir bien vulnérable en se retrouvant roi alors qu'il n'avait même pas l'âge de se raser…

« Dans ces cas-là, répondit-il, j'imagine qu'Agnès vient le consoler. »

Guillaume opina d'un air triste.

« Elle est maligne, dit-il, plus que je ne l'aurais cru. Si elle avait tenté de prendre des décisions à sa place ou de lui donner des ordres, il se serait aussitôt rebellé. Au lieu de ça, elle l'écoute, rit de ses reparties et se comporte comme les femmes savent si bien le faire, en lui donnant l'impression qu'il est unique. Il l'est, évidemment, et il le sait. Cela doit néanmoins lui faire du bien de constater qu'elle le pense, elle aussi. »

Ils s'écartèrent de la foule afin de pouvoir parler librement, sans redouter d'être entendus. Mais ils ne perdaient pas pour autant de vue les gradins et le spectacle de ces deux clans affichant une mésentente que chacun pouvait constater, y compris les espions de Salah al-Din.

« J'étais venu à Acre pour essayer de comprendre pourquoi nous ne tentons pas d'empêcher Saladin de marcher sur Damas, reprit calmement Balian. Mais j'ai la réponse sous les yeux. Les choses en sont-elles vraiment arrivées là, Guillaume ? Nos chefs font-ils passer leurs vieilles querelles avant la défense du royaume ?

— Je le crains, Balian, opina Guillaume. Milon a toujours été aussi orgueilleux que buté, mais Amaury savait le remettre à sa place quand il allait trop loin. Il n'y a plus personne pour le refréner, à présent. Eudes de Saint-Amand et lui ne s'adressent même plus la parole. Milon s'est également fâché avec le grand maître des Hospitaliers, alors que Jobert est nettement plus conciliant qu'Eudes. Ce dernier a d'ailleurs sa part de responsabilité dans la querelle qui l'oppose au régent. Mais Milon l'a tellement offensé qu'il a catégoriquement refusé de prendre part à cette campagne militaire.

— Et Onfroy ?

— Il n'allait pas lancer une armée contre Saladin sans le soutien des Templiers et des Hospitaliers. D'autant qu'il ne savait pas trop sur combien de seigneurs il allait pouvoir compter. Il m'a confié avoir entendu dire que certains n'avaient guère envie de voir Milon triompher sur le champ de bataille, ce qui ne ferait que renforcer son pouvoir de régent. »

Guillaume vit Balian froncer les sourcils et éprouva un élan de sympathie pour son jeune ami. Il savait que son frère aîné faisait probablement partie de ces barons réticents, même s'il ne l'avait pas avoué à Balian, et jugea préférable de changer de sujet en lui rapportant la violente altercation qui avait opposé Milon à Gautier de Brisebarre, le seigneur de Blanche Garde.

« Gautier n'a jamais accepté d'avoir dû céder Beyrouth à Amaury, puis d'avoir perdu l'Outre-Jourdain à la mort de son épouse au profit de sa sœur Étiennette. Nombreux estiment qu'il a effectivement été victime d'une injustice, aussi a-t-il obtenu quelques appuis quand il a demandé à Milon de lui rendre Beyrouth ou, à défaut, d'arranger pour lui un mariage avec une riche héritière dès que l'occasion se présenterait. Milon a rejeté ces deux requêtes. Je ne suis pas souvent d'accord avec lui, mais il a eu raison concernant la première : Beyrouth fait désormais partie du domaine royal, et sa responsabilité en tant que régent consiste à protéger les intérêts de Baudouin. Mais il a eu tort de ne pas accorder une faveur à Gautier : s'il lui avait promis de lui trouver une héritière, il aurait au moins préservé sa fierté. Au lieu de ça, il s'est publiquement moqué de lui. Venant de l'homme qui possède désormais l'Outre-Jourdain, ce camouflet était plus que Gautier n'en pouvait supporter : hors de lui, il a maudit et menacé Milon en hurlant comme un possédé. Ce qui a ajouté une goutte de poison supplémentaire à une décoction déjà toxique. »

Balian se contenta de secouer la tête d'un air dégoûté.

« C'est insensé, Guillaume. Amaury se serait relevé de son lit de mort pour empêcher Saladin de s'emparer de Damas. Comment tous ces gens peuvent-ils être aveugles à ce point ? Et Baudouin ? A-t-il conscience des divisions qui ébranlent sa maison ?

— Je n'ai pas encore abordé le sujet avec lui, mais c'est un garçon intelligent. Il doit bien se rendre compte de la haine que suscite Milon. Il sait aussi que son père souhaitait que ce soit lui qui assure la régence. Toutefois, il a son caractère et il est capable de raisonner par lui-même, n'est-ce pas ? Il l'a suffisamment prouvé par le passé. »

Guillaume avait accompagné ces mots d'un sourire, le premier de la journée, qui témoignait d'une fierté presque paternelle.

« Milon a beau foncer tête baissée comme un taureau enragé, il a assez de jugeote pour s'être assuré les bonnes grâces de la mère de Baudouin. Pour l'instant, Agnès est de son côté. J'en ai eu la preuve il y a une quinzaine de jours, en les surprenant tous les deux essayant de convaincre le roi de nommer un autre connétable à la place d'Onfroy de Toron. Il les écoutait mais n'était visiblement pas convaincu par leurs arguments. Agnès a fini par s'impliquer personnellement en lui disant qu'elle se méfiait d'Onfroy. Baudouin lui a cloué le bec en rétorquant calmement : "Eh bien, mère, pour ma part je lui fais pleinement confiance." Elle a eu l'intelligence de ne pas insister, mais je suis convaincu que Milon et elle continuent de comploter pour obtenir l'éviction d'Onfroy. Dieu vienne en aide au royaume si jamais cela devait arriver ! »

Une brusque sonnerie de trompettes retentit au même instant, indiquant que la première course était sur le point de commencer. Les cavaliers et leurs chevaux avaient gagné la piste, et une immense ovation salua l'apparition d'un jeune chevalier juché sur un alezan.

« Baudouin participe donc à la course ? » s'étonna Balian en se tournant vers Guillaume.

Mais l'archidiacre semblait aussi surpris que lui. En regardant du côté des gradins, Balian put constater qu'Agnès ne s'y attendait pas, elle non plus, car elle s'était redressée à demi avant de se rasseoir. Les cavaliers défilaient devant la foule avant de rejoindre la ligne de départ, et le jeune roi accueillait les acclamations d'un petit geste de la main. Il souleva son couvre-chef d'un air enjoué en apercevant Guillaume et Balian. Ce dernier n'avait d'yeux que pour sa monture, car il s'y connaissait en chevaux. Celui de Baudouin était plus léger et de plus petite taille que les étalons des Francs : il avait une tête délicate et racée, un poitrail élancé, un cou fin et gracieux, la queue fièrement dressée.

« C'est un pur-sang arabe ! s'exclama-t-il. Où Baudouin se l'est-il procuré ? »

Comme tous les clercs, Guillaume n'accordait qu'un intérêt mesuré à tout ce qui concernait les chevaux.

« Je crois que c'est un cadeau d'Agnès, répondit-il. Les chevaux arabes sortent-ils à ce point de l'ordinaire ?

— On peut dire ça comme ça, rétorqua Balian, qui aurait volontiers échangé le salut de son âme contre la possession d'un de ces superbes étalons. Pas étonnant que Baudouin soit sous le charme de sa mère ! C'est une fine mouche. Vous pouvez être sûr qu'il sera bien placé à l'arrivée car ces chevaux arabes sont vifs, agiles et d'une rare intelligence. Sans compter qu'ils sont plus faciles à manier que nos destriers.

— Je prie pour que vous ayez raison », répondit Guillaume en essayant de chasser les images effroyables d'un Baudouin brusquement désarçonné, projeté en l'air et roulant dans la poussière au milieu d'un crépitement de sabots.

Il retint brusquement son souffle car le drapeau venait d'être baissé, tandis que les chevaux et leurs cavaliers s'élançaient au milieu d'un nuage de poussière.

Maintenant que Baudouin s'était lancé dans cette folle entreprise, l'archidiacre souhaitait de toutes ses forces qu'il remporte la course. Il éprouva néanmoins une légère déception en voyant que l'alezan du jeune roi était à la traîne lorsque les chevaux passèrent devant les gradins. Mais Baudouin prenait son temps et commença à remonter ses adversaires un à un en zigzaguant entre leurs montures, trouvant chaque fois un passage là où Guillaume aurait juré qu'il n'y en avait pas. Il remonta en quatrième position dans les trois cents derniers mètres, et soudain, d'un claquement de doigts, tout fut joué : telle une flèche de lumière, l'alezan arabe dépassa les chevaux qui étaient encore devant lui et se détacha sans difficulté dès qu'il se retrouva en tête, les distançant un peu plus à chaque foulée. Lorsqu'il franchit en solitaire la ligne d'arrivée, la foule se répandit en exclamations – même ceux qui avaient parié contre lui étaient en liesse –, et le jeune roi éclata d'un rire joyeux. Guillaume était au bord des larmes, comme s'il avait su qu'on venait de lui faire un merveilleux cadeau : l'image de ce jeune roi saisie dans un moment de bonheur parfait, dénuée de toute ombre, de la moindre menace, et porteuse au contraire d'un lumineux espoir.

Balian déclina l'invitation de Guillaume qui lui proposait de dîner avec lui, en lui expliquant qu'il avait déjà pris d'autres engagements. Si l'archidiacre devina que ces engagements étaient de ceux qui nécessitaient par la suite de se confesser et de faire pénitence, il n'en laissa rien paraître. Le lendemain, Balian se présenta au palais et découvrit que Baudouin était encore sur un petit nuage, suite à sa victoire de la veille. Il avait toujours apprécié Balian, qui était assez jeune pour plaisanter avec lui, et ils passèrent un quart d'heure agréable à parler du nouveau pur-sang du roi, qu'il avait baptisé Asad – le mot arabe signifiant *lion* – à la fois en raison de la teinte de son pelage et de son courage, digne du roi des animaux. Il venait d'inviter Balian à l'accompagner dans les écuries afin de constater par lui-même la majesté de l'alezan, lorsque Agnès lui rappela qu'il avait accepté de recevoir le matin même les doléances de ses sujets. Baudouin n'eut pas l'air enchanté par cette nouvelle, mais il n'allait certes pas se dérober à ses devoirs de roi et promit à Balian qu'ils visiteraient les écuries un peu plus tard. Il démontra ensuite qu'il avait en effet son caractère, comme avait dit Guillaume : au lieu de rester dans la grande salle, où régnait une chaleur suffocante, il déclara qu'il tiendrait sa cour au milieu du jardin aménagé sur la terrasse, au sommet du palais.

Il se retrouva bientôt installé sur un banc de marbre, abrité du soleil par un auvent de toile, entouré de part et d'autre par Agnès et Milon. Les uns après les autres, les hommes s'avançaient et s'agenouillaient devant lui pour exposer leurs doléances. Observant la scène depuis le banc où il avait pris place aux côtés de Guillaume, Balian était impressionné par l'attitude du jeune garçon. Il écoutait attentivement ce qu'on lui exposait ; si la plainte requérait une précision juridique, il répondait qu'elle serait mise en délibéré et invitait le plaignant à revenir quelques jours plus tard afin qu'on lui fasse part de sa décision. Il lui arrivait bien de jeter un regard nostalgique vers la mer bleu turquoise et les bateaux qui se profilaient au loin, mais qui aurait songé à le lui reprocher ?

Entre-temps, Guillaume mettait Balian au courant des dernières nouvelles du royaume. L'archevêque de Tyr était très malade, il avait accompagné Marie à Naplouse et avait aussitôt été victime de violentes douleurs d'estomac. Par ailleurs, on avait eu vent jusqu'en Outremer du dernier épisode de la querelle opposant le roi d'Angleterre à ses fils et à son épouse la reine. Les jeunes gens étaient toujours en rébellion ouverte contre leur père et avaient réussi à rejoindre la cour du roi des Francs, mais Aliénor n'avait pas eu cette chance : elle avait été arrêtée par une patrouille royale et enfermée dans l'un des châteaux d'Henri. Guillaume désapprouvait grandement l'attitude de la reine d'Angleterre, citant les Saintes Écritures ; celles-ci affirmaient sans ambiguïté qu'une femme qui n'obéissait pas à son mari ne respectait ni les lois de la nature, ni la divine volonté du Tout-Puissant.

« Guillaume… Pardon de vous interrompre, mais Onfroy de Toron vient d'arriver. »

Balian était surpris par l'expression du connétable : d'ordinaire il avait rarement l'air satisfait, mais aujourd'hui il arborait la mine réjouie d'un chat devant une écuelle de crème. Il était également intrigué par l'inconnu qui se tenait à ses côtés : un homme d'une trentaine d'années, de taille moyenne et plutôt trapu, le teint mat, les cheveux bruns et raides. Il se tenait très droit, la tête fièrement levée, et son attitude indiquait clairement qu'il avait l'habitude du pouvoir et des privilèges.

« Guillaume… connaissez-vous l'homme qui accompagne Onfroy ? »

L'archidiacre secoua la tête, non moins intrigué que Balian, et ils se levèrent pour suivre les deux hommes qui s'étaient avancés vers le roi. Le sénéchal Milon s'était brusquement redressé, et son expression indiquait sans détour qu'il connaissait pour sa part l'identité du nouvel arrivant. Celui-ci s'agenouilla devant Baudouin en signe d'allégeance, baisa la main d'Agnès et salua Milon avec une politesse distante. Balian et Guillaume s'approchèrent juste à temps pour entendre Milon déclarer, avec un sourire proche du mépris :

« Vous voici bien loin de vos terres, messire le comte. J'aurais pensé que vous répugneriez davantage à quitter Tripoli après ce séjour prolongé dans les prisons d'Alep. »

Guillaume et Balian échangèrent un bref regard. Il s'agissait donc de Raymond de Saint-Gilles, le comte de Tripoli et cousin du jeune roi, qu'Onfroy avait présenté comme « un candidat sérieux » à la couronne du royaume. Ils échangèrent un sourire car la même pensée les avait traversés : la situation allait devenir intéressante…

Milon avait l'art de pousser ses adversaires hors de leurs gonds. Mais cette fois-ci il en fut pour ses frais : Raymond l'ignora superbement, comme si son insulte implicite et la personne qui l'avait émise étaient insignifiantes et ne méritaient même pas une seconde d'attention. S'adressant directement à Baudouin, il déclara :

« Sire, je vous présente mes condoléances pour la mort de votre père, que Dieu l'ait en sa sainte garde. Je le tenais en grande estime, et je crois qu'il nourrissait le même sentiment à mon égard. Il a régné sur Tripoli durant toutes ces années où Nour al-Din me retenait prisonnier, et c'était ma volonté que la ville lui revienne si j'avais dû mourir au cours de ma captivité.

— Vous êtes le bienvenu à ma cour, cousin Raymond », répondit poliment Baudouin, sans se départir toutefois d'une certaine prudence car il ne faisait pas aisément confiance aux gens qu'il ne connaissait pas.

Agnès considérait le comte d'un air méfiant : il était évident qu'elle ne lui accorderait pas spontanément sa confiance, elle non plus. Mais certains dans l'assistance se réjouissaient visiblement de l'arrivée de Raymond de Saint-Gilles, le considérant comme un rival de poids pour Milon, que la plupart d'entre eux détestaient.

« Je suis venu, reprit le comte, parce que je suis votre plus proche parent du côté masculin : ce serait donc à moi d'assurer la régence jusqu'à votre majorité. Ma requête s'appuie sur les lois de votre royaume, sur notre lignée commune et sur les liens qui existaient entre le roi votre père et moi.

— Vous n'êtes sans doute pas au courant, intervint Milon d'un air sarcastique, mais la place est déjà prise. J'ai été désigné comme régent par la Haute Cour, conformément aux vœux du roi Amaury sur son lit de mort.

— Je l'ai entendu dire. Mais la Haute Cour vous a nommé à titre provisoire, étant donné que je n'étais pas présent ce jour-là pour faire valoir mes droits. Ce que je suis venu faire aujourd'hui.

— Vous n'êtes pas le seul parent du roi du côté masculin, rétorqua sèchement Milon. Le prince d'Antioche est également son cousin.

— Ce qui n'est pas votre cas, répliqua froidement Raymond. Je suis prêt à défendre mes droits contre ceux de mon cousin d'Antioche, si tel est le souhait du roi et de la Haute Cour. Vous serez évidemment libre, messire le sénéchal, de présenter votre propre requête, aussi peu fondée soit-elle. »

Nombreux dans l'assistance se réjouirent ouvertement de cette repartie, car l'impétueux Milon découvrait à quel point la froide indifférence d'un adversaire pouvait s'avérer assassine. Le régent paraissait décontenancé. Baudouin quant à lui était visiblement indécis. Voyant cela, Agnès se pencha vers lui et lui glissa quelques mots à l'oreille.

Après avoir souri à sa mère d'un air reconnaissant, le jeune roi leva la main pour empêcher Milon de se lancer dans une quelconque diatribe à l'encontre du comte.

« Personne ici ne niera que vos droits à l'égard de la régence soient fondés, cousin Raymond. Mais une telle décision relève de la Haute Cour, et il n'y a malheureusement pas assez de seigneurs présents à Acre pour que le quota soit atteint. Nous allons donc devoir les réunir à Jérusalem pour une nouvelle session. »

Si Raymond fut irrité par ce report tactique, il n'en laissa rien paraître.

« Bien sûr, répondit-il. Je suis heureux de pouvoir être ainsi entendu par la Haute Cour. » Il s'inclina à nouveau en signe d'allégeance avant d'ajouter : « J'imagine que celle-ci se réunira au plus tôt. »

Guillaume était ravi de ce défi que le comte de Tripoli lançait à Milon. Lorsqu'il eut la possibilité de parler en tête à tête avec Balian, il se montra plus optimiste qu'il ne l'avait jamais été depuis la mort d'Amaury, affirmant qu'il n'avait entendu dire que du bien du comte. Il s'était vaillamment battu avant d'être fait prisonnier, il avait reçu une bonne éducation, et on disait qu'il avait appris l'arabe durant sa captivité. Il était de haute naissance et c'était un Poulain, contrairement à Milon. Balian reconnut que ce Raymond de Saint-Gilles était un personnage imposant et qu'il jouissait d'une excellente réputation. Il aurait préféré toutefois qu'il se montre moins distant ou moins réservé : il ne l'avait pas vu sourire une seule fois. Il espérait se tromper mais se demandait si le comte parviendrait à remporter les suffrages de la Haute Cour : car même si sa requête était fondée, il était un inconnu pour la plupart des habitants d'Outremer.

CHAPITRE 5

Octobre 1174
Naplouse, Outremer

Balian avait prévu de quitter Acre à la fin de la semaine pour informer son frère Baudouin de l'arrivée du comte de Tripoli à la cour, nouvelle qui ne manquerait pas de le réjouir. Mais Milon avait d'autres idées en tête et lui ordonna d'escorter avec ses chevaliers une caravane chargée de ravitaillement et de provisions diverses jusqu'à la forteresse de Belvoir, que les Hospitaliers détenaient à la frontière. Balian savait que son frère serait indigné en apprenant cela, car il était douteux qu'une telle mission relevât des services que les vassaux devaient à la couronne. Toutefois, ayant appris depuis son plus jeune âge à mener uniquement les combats qu'il jugeait utiles, il se dit qu'il serait stupide de se faire un ennemi personnel d'un individu aussi rancunier que Milon en refusant d'accomplir cette mission.

Les routes étaient toujours dangereuses, les pèlerins et les marchands s'avérant des proies rêvées pour les bandits de grand chemin, qu'ils soient francs ou sarrasins. Le voyage jusqu'à Belvoir se déroula néanmoins sans incident, et Balian accepta avec joie l'hospitalité que le châtelain lui proposa. Ses hommes et lui furent si bien accueillis qu'une fois l'heure du départ arrivée il n'en voulait plus du tout à Milon de l'avoir obligé à modifier ses plans.

On était à présent en octobre, et chacun surveillait le ciel déjà chargé de nuages, même si les fortes pluies étaient rarement attendues avant novembre. Sa petite troupe suivait l'une des voies menant à Jérusalem lorsque Balian aperçut une borne indiquant qu'ils approchaient de Naplouse. Il décida d'y faire une halte afin de prendre des nouvelles de la reine Marie dans sa nouvelle demeure.

La seigneurie de Naplouse était l'une des plus vastes du royaume : elle s'étendait sur mille cinq cents kilomètres carrés et abritait une petite centaine de villages, un domaine où l'on produisait de la canne à sucre et l'on fabriquait du savon. Marie devait en tirer des revenus suffisants pour vivre confortablement. La ville elle-même était ancienne, elle ne comportait pas d'évêché, mais l'église du Saint-Sépulcre ainsi que les Hospitaliers y possédaient des biens. Naplouse n'était pas un bastion aussi reculé qu'Ibelin, mais devait tout de même constituer un certain changement pour une jeune femme qui avait passé son enfance dans la splendeur de Constantinople et partagé sa vie d'épouse entre Jérusalem et Acre.

À un kilomètre de Naplouse se trouvait le puits de Jacob, où Notre-Seigneur Jésus-Christ avait rencontré la Samaritaine. Balian et ses hommes s'y arrêtèrent pour dire une prière et faire une petite donation à la chapelle. Autour d'eux ce n'étaient que vergers, vignobles et champs d'oliviers, preuves de la prospérité du fief dont Marie avait hérité depuis son veuvage. Ce qui frappa le plus Balian, cependant, c'était que la ville n'avait pas de muraille d'enceinte. Des bourgades comme Ibelin n'en avaient pas davantage, et les habitants devaient se réfugier à l'intérieur du château en cas de nécessité. Mais étant donné la taille de Naplouse, cette absence de fortifications était un peu surprenante. Lors de ses précédents passages, Balian n'y avait pas prêté attention. Cette fois-ci il fronça les sourcils, contrarié à l'idée que Marie et sa fille soient obligées de vivre dans une cité aussi vulnérable à une éventuelle attaque des Sarrasins.

Lorsqu'ils se déplaçaient, les nobles du rang de Balian logeaient rarement dans des auberges et préféraient accepter l'hospitalité des seigneurs locaux. Aussi ses hommes furent-ils surpris lorsqu'il leur demanda de prendre une chambre dans l'une des tavernes de la ville. La vérité, c'était qu'il ne voulait pas avoir l'air de s'imposer en débarquant chez Marie sans avoir été annoncé, comme s'il était naturel qu'elle leur offre le gîte et le couvert pour la nuit. Il leur précisa qu'il les rejoindrait après avoir présenté ses hommages à la reine, tout en demandant à Rolf de l'accompagner. Tous deux s'engagèrent ensuite dans la large rue poussiéreuse qui menait au palais.

Laissant son écuyer surveiller leurs chevaux, Balian fut escorté jusqu'à la salle de réception. On voyait bien que Marie avait essayé de donner une touche un peu personnelle à ce palais : les tapisseries qui décoraient autrefois ses appartements à Jérusalem trônaient à présent sur les murs blanchis à la chaux, et des tapis richement brodés étalaient leur mosaïque de couleurs sur le sol. De toute évidence, le plat d'argent posé sur une armoire et les coffres finement sculptés appartenaient également à sa vie antérieure. Il admirait la détermination avec laquelle elle faisait front, tout en éprouvant de la colère à l'égard d'Agnès, qui s'était arrangée pour rendre la vie aussi difficile que possible à cette jeune veuve, dans un pays qui n'était pas le sien.

Balian agissait rarement de manière impulsive, mais cette décision de venir voir Marie à l'improviste était indéniablement irréfléchie. Il commençait à regretter d'avoir agi de la sorte, sans savoir comment elle réagirait à son arrivée. Elle s'était toujours montrée aimable avec lui à la cour du roi, mais sa brusque apparition à Naplouse ne serait peut-être pas aussi bien accueillie. Il s'était mis à faire les cent pas en attendant qu'elle se montre, tout en ayant peu à peu conscience qu'on l'observait. En se retournant, il s'aperçut qu'une jeune enfant le regardait.

Il comprit aussitôt qu'il s'agissait de la fille de Marie : elle avait le même teint mat que sa mère, et sa robe était taillée dans du coton de première qualité, tandis que des rubans de soie retenaient ses cheveux. Elle rejeta la tête en arrière, au point qu'il crut un instant qu'elle allait perdre l'équilibre, et lui lança :

« Vous êtes grand… »

Balian s'accroupit devant elle afin que leurs yeux soient au même niveau.

« Tu crois ? lui dit-il. C'est peut-être toi qui es encore petite. »

Elle réfléchit quelques secondes avant de lui répondre.

« Non… C'est vous qui êtes grand. »

Balian se fendit d'un sourire et la fillette lui sourit en retour. Marie surgit brusquement et les surprit dans cette attitude. Balian s'empressa de se relever mais ne sut quoi lui dire car l'expression de la reine ne laissait planer aucun doute : elle était visiblement enchantée.

« Seigneur Balian ! s'exclama-t-elle. Comme je suis heureuse de vous voir ! »

Il comprit à cet instant seulement le prix qu'il attachait à la bienveillance dont cette femme faisait preuve à son égard.

La chaleur du jour ne s'était pas encore installée, et Marie invita Balian à la rejoindre dans sa cour privée après avoir commandé du vin, des galettes et des fruits pour son hôte. À la question qu'il lui posa par politesse concernant la santé de l'archevêque de Tyr, elle répondit en hochant tristement la tête avant de lui apprendre que les médecins n'avaient aucun espoir de le sauver. Isabelle tendit les bras et Marie la prit sur ses genoux, sans prêter attention à ses sandales qui risquaient de salir sa robe. Balian appréciait son attitude et l'observait en souriant tandis qu'elle épluchait une orange pour sa fille. Isabelle entreprit de manger son quartier d'orange d'un air satisfait, et Marie jeta sur Balian un regard interrogateur.

« Nous n'avons guère de visites depuis notre installation à Naplouse, dit-elle. J'imagine que peu de gens veulent encourir la colère de la nouvelle reine mère. Je crois toutefois me souvenir que vous n'avez jamais été un ardent défenseur de dame Agnès… »

Il fut surpris par sa candeur, avant de comprendre que le fait de ne plus être l'épouse du roi l'autorisait, peut-être pour la première fois de sa vie, à dire ce qu'elle pensait en toute liberté.

« Je suis désolé qu'Agnès se soit montrée aussi malveillante envers vous, répondit-il avec une sincérité qui la fit sourire. Je n'ai jamais compris pourquoi elle vous en voulait à ce point. Je me souviens d'un jour – j'étais encore jeune, je devais avoir dix-sept ans – où elle n'arrêtait pas de harceler mon frère Hugues au sujet de "l'étrangère grecque" qu'Amaury avait épousée : à l'entendre, on aurait dit qu'il avait introduit une goule dans son lit... J'étais finalement intervenu en lui disant que vous ne pouviez être tenue pour responsable de leur séparation, puisque vous n'aviez que neuf ans et résidiez à Constantinople à l'époque où la Haute Cour avait décidé qu'elle ne pouvait pas être reine. »

Secouant la tête à l'évocation de ce souvenir, il ajouta d'un air attristé :

« Elle ne m'a pas adressé la parole pendant deux mois à la suite de cet incident. »

Marie but une gorgée de vin pour dissimuler un nouveau sourire. Aussi tentante que fût l'idée de continuer à dire du mal de l'exécrable Agnès, elle savait qu'elle ne pourrait pas se montrer aussi désinvolte que lui : elle détestait l'ancienne épouse d'Amaury avec une violence viscérale, amplifiée par le fait qu'elle redoutait désormais ses agissements. Agnès considérait en effet qu'Isabelle constituait une menace pour ses propres enfants.

« Eh bien, reprit-elle, qu'est-ce qui vous amène à Naplouse, seigneur Balian ? J'imagine que vous êtes en route vers une autre destination, comme la plupart des gens qui passent par ici ?

— C'est exact, madame. Je retourne à Ibelin, après être allé à Belvoir.

— La forteresse des Hospitaliers ? Pour quelle raison y étiez-vous ? »

Sa curiosité n'était pas feinte. Tout en étant relativement isolée, Belvoir était l'une des forteresses les plus importantes du royaume en raison de sa situation stratégique.

« L'idée ne venait pas de moi, reconnut-il avant d'expliquer comment Milon lui avait ordonné d'escorter cette caravane. Je n'ai pas réussi à savoir si le régent cherchait à se gagner les bonnes grâces des Hospitaliers en leur montrant qu'il se souciait de la sécurité de leurs biens, ou si cela l'amusait de m'envoyer avec mes hommes à l'autre bout du royaume, comme si nous étions de simples pièces sur son échiquier. Quoi qu'il en soit, je… »

Balian s'interrompit car Marie le regardait d'un air étrange.

« Vous n'êtes donc pas au courant ? dit-elle. De ce qui est arrivé à Milon ?

— Non. Que s'est-il passé ? Ne me dites pas qu'on l'a destitué de sa charge et qu'il n'est plus régent ?

— D'une certaine façon, c'est pourtant bien le cas. Il a été assassiné la semaine dernière à Acre. »

Balian reposa si brutalement sa coupe que le vin gicla sur la manche de sa tunique.

« Dieu du ciel ! s'exclama-t-il. Comment cela s'est-il passé ? Son meurtrier a-t-il été arrêté ?

— Deux hommes l'ont attaqué alors qu'il regagnait sa demeure dans la rue de Chypre. Cela s'est passé si vite qu'il n'a même pas eu le temps de se défendre. Il a été poignardé à plusieurs reprises, et on l'a laissé gisant sur le sol dans une mare de sang. Cela s'est produit à la tombée de la nuit, et les rares témoins ont déclaré que les meurtriers étaient vêtus comme des Sarrasins et portaient même le keffieh traditionnel qu'ils avaient rabattu sur leurs visages pour dissimuler leurs traits.

— S'agissait-il des *Assassins** ? » demanda Balian.

Cette secte de renégats chiites avait déjà éliminé d'autres dirigeants par le passé, et le meurtre était leur arme politique préférée. Leurs victimes étaient généralement d'autres musulmans qu'ils considéraient comme hérétiques, mais le père du comte de Tripoli avait été tué par ces Assassins quand Raymond avait une douzaine d'années.

---

* En français dans le texte (N.d.T.).

« Personne ne pense que ce sont eux les coupables, répondit Marie, car les Assassins revendiquent toujours les meurtres qu'ils commettent. L'opinion la plus répandue, c'est que les meurtriers se sont déguisés en Sarrasins. L'un des témoins les a même entendus parler dans la langue des Francs. »

Balian se rejeta dans son siège en essayant de mesurer la portée de cette nouvelle.

« Quand quelqu'un est assassiné, dit-il enfin, on se demande généralement qui pouvait souhaiter sa mort. Dans le cas de Milon, il faudrait plutôt se demander qui ne la souhaitait pas… Il avait plus d'ennemis qu'il n'y a de prêtres à Rome. Personne n'a donc été arrêté ? »

Il se demandait comment la nouvelle avait pu parvenir aussi rapidement à Marie mais ne tarda pas à l'apprendre.

« Guillaume m'a écrit que les soupçons se portent sur les frères de Brisebarre, Gautier et Guidon. Mais on n'a pas pu relever la moindre preuve contre eux ; et sans preuves, on ne peut pas les accuser. »

Balian ne pensait pas que le vicomte d'Acre déploierait de grands efforts pour en trouver. La mort de Milon était une telle bénédiction pour tellement de gens que la recherche de ses assassins ne devait pas préoccuper grand monde. Il voyait bien pourquoi les soupçons se portaient sur les frères de Brisebarre, tout en se demandant s'il n'y avait pas d'autres individus impliqués dans l'affaire. Il se souvenait d'une citation latine que Guillaume lui avait apprise : *Cui bono ?* À qui profite le crime ? La question aurait plutôt été, dans le cas présent : à qui ne profitait-il pas ? L'un des principaux bénéficiaires en tout cas était sans nul doute Raymond de Tripoli, qui allait probablement être nommé régent pour lui succéder. Pourtant, Balian l'imaginait mal en train de se lancer dans une sordide affaire de meurtre. Cela ne correspondait guère à son caractère. Curieux de savoir si d'autres partageaient son point de vue, il reprit :

« La mort de Milon laisse le chemin libre au comte Raymond. L'a-t-on soupçonné d'être pour quelque chose dans cet assassinat ? »

Marie le regarda d'un air effaré.

« Grand Dieu, non ! Amaury m'a toujours dit que le comte plaçait son honneur au-dessus de tout. Guillaume est convaincu qu'il possède un sens aigu du devoir et qu'il serait le mieux à même de protéger le fils d'Amaury. D'ailleurs, Raymond n'a nullement besoin de cette régence. Non seulement il règne sur Tripoli, mais il s'apprête à épouser l'héritière la plus convoitée de tout le royaume d'Outremer.

— Vous allez donc épouser le comte Raymond, madame ? »

Marie ouvrit de grands yeux avant de lui sourire.

« C'est un compliment galant, seigneur Balian, et auquel je ne m'attendais pas. Mais non, ce n'est pas avec moi que Raymond s'apprête à convoler en justes noces. Sa future épouse est beaucoup plus riche : il s'agit de dame Esquiva, la princesse de Galilée. »

Balian émit un sifflement admiratif.

« C'est une bonne alliance, pour l'un comme pour l'autre. La princesse vaut son pesant d'or, et le comte représente un bon choix pour elle aussi : elle aura besoin d'un mari puissant pour la défendre et protéger l'héritage de ses enfants. »

Cette union allait toutefois susciter bien des jalousies parmi les seigneurs d'Outremer. La triste vérité, comme il le savait depuis déjà longtemps, c'était que les Poulains de haute lignée n'avaient que trop tendance à envier la bonne fortune des autres barons.

Isabelle voulut brusquement boire une gorgée du vin de sa mère, mais Marie réussit à la convaincre de se contenter d'un nouveau quartier d'orange. En les regardant, Balian s'émerveillait : cela faisait seulement trois mois que Marie était veuve et que Baudouin était devenu roi – et pourtant, le monde qu'ils connaissaient avait changé de fond en comble.

« Je me suis parfois demandé, reprit-il, si c'est une bénédiction ou une plaie d'être dans l'ignorance de ce qui nous attend. Si l'on me donnait à choisir, je crois que je préférerais le savoir.

— Moi aussi », opina Marie avec un soupir.

Et Balian comprit qu'elle pensait autant à son propre avenir qu'à la destinée du royaume.

La Haute Cour se réunit à Jérusalem à la fin du mois d'octobre pour examiner la demande du comte Raymond de Tripoli, prétendant à la régence. Bien qu'il fût soutenu par Onfroy de Toron, les frères d'Ibelin, Denis de Grenier et la plupart des évêques, certains hésitaient à confier les rênes du royaume à un étranger. Les débats se poursuivirent donc deux jours durant sans qu'on parvienne à un accord. Mais la nouvelle que tout le monde redoutait leur parvint alors : Salah al-Din avait été accueilli triomphalement à Damas le 28 octobre. Le tout jeune émir se trouvait à Alep ce jour-là, et Salah al-Din avait déclaré qu'il agissait ainsi pour protéger le jeune héritier de l'influence néfaste de ses conseillers. Toutefois, personne n'était dupe et tout le monde savait ce que signifiait la prise de contrôle de Damas. Du coup, les membres de la Haute Cour firent bloc contre cette nouvelle menace et reconnurent le comte de Tripoli comme régent auprès de leur jeune roi.

Guillaume était impressionné par la conduite du comte Raymond depuis que celui-ci avait accédé à la régence, car il se comportait exactement à l'inverse de Milon : il consultait les autres seigneurs et ne prenait jamais de décision arbitraire de son propre chef. Il est vrai qu'il n'était pas toujours d'un contact facile. Guillaume le regrettait, sachant qu'un peu d'humour l'aurait aidé à établir une bonne relation avec Baudouin. Il ne lui semblait pourtant pas discerner la moindre tension entre le régent et le jeune roi – et c'était amplement suffisant à ses yeux.

L'assignation de Raymond lui était arrivée par un soir de décembre, alors que les cloches de la ville venaient de sonner les complies. Contrairement aux nobles et aux barons des royaumes anglais ou francs, qui vivaient à la campagne dans leurs châteaux forts, les Poulains d'Outremer menaient une existence essentiellement urbaine. Ceux qui en avaient les moyens avaient leur résidence à Jérusalem, ainsi qu'à Acre ou à Tyr, et ne se rendaient sur leurs terres que lorsque leur présence y était requise. La nouvelle épouse de Raymond possédait une maison en ville, près de la porte de Sion, mais il passait lui-même un tel temps au palais qu'il y avait réquisitionné un appartement où il travaillait. Ce fut là que Guillaume le rejoignit : le régent était occupé à relire des documents avec son scribe, qu'il renvoya avant d'inviter l'archidiacre à s'asseoir devant sa table de travail.

« J'essaie de mieux connaître ceux en qui le roi a confiance, lui dit-il en se fendant d'un de ses rares sourires. J'ai cru comprendre, maître Guillaume, que vous étiez occupé à rédiger deux chroniques historiques, l'une sur le royaume d'Outremer, l'autre au sujet des princes sarrasins. Si cela ne vous dérange pas, cela m'intéresserait beaucoup de lire au moins une partie de votre travail.

— J'en serais très honoré, messire le comte.

— Parfait. » Raymond jeta un coup d'œil autour de lui, constata qu'il n'avait pas de vin à offrir à son hôte et haussa les épaules. « J'ai discuté avec le médecin de Baudouin, reprit-il. D'après ce qu'il m'a dit, son état de santé est plutôt encourageant. Même si je ne suis pas un partisan du secret et préfère dire clairement ce qui me vient à l'esprit, je crois que ce fut une sage décision de ne pas avoir évoqué cette histoire de lèpre devant le jeune roi. Malheureusement, il y aura toujours des imbéciles pour se délecter des ragots et répandre les pires rumeurs. Mais tant que les membres de la Haute Cour s'abstiendront de divulguer les propos qu'on a tenus devant eux, ces rumeurs seront sans danger, puisqu'elles reposent uniquement sur la spéculation. Et aucun de ces propos dignes des pires tavernes ne parviendra jamais aux oreilles de Baudouin.

— Je suis d'accord avec vous, messire, approuva Guillaume, soulagé que Raymond paraisse sincèrement préoccupé par le sort du jeune homme et ne perde pas de vue le garçon de treize ans qu'il était toujours, malgré son statut de roi.

— Mais venons-en à la raison pour laquelle je vous ai demandé de venir ce soir. Comme vous le savez, le poste de chancelier est demeuré vacant depuis le décès de l'évêque de Bethléem. Je voudrais que vous deveniez notre nouveau chancelier. »

Guillaume le considéra.

« Rien ne pourrait me causer un plus grand plaisir ! » s'exclama-t-il.

Après la mort de l'évêque, il avait un court instant entretenu l'espoir qu'on lui confie la chancellerie, qui revenait traditionnellement à un clerc. Mais il avait vite compris que ni Agnès ni Milon ne permettraient une chose pareille. Même après l'assassinat de Milon, il ne s'attendait pas à ce qu'on le choisisse, sachant l'animosité qu'Agnès lui vouait. Désireux de formuler tout de même une réponse plus digne, il déclara qu'il servirait le roi et le royaume dans la mesure de ses capacités, tout en se demandant comment le comte avait réussi à contourner l'opposition d'Agnès.

Comme s'il avait lu dans ses pensées, Raymond lui répondit :

« Vous avez des partisans éloquents au sein de la Haute Cour, maître Guillaume. Les frères d'Ibelin et Denis de Grenier vous ont beaucoup soutenu. Sans parler bien sûr de l'avocat encore plus convaincant que vous avez en la personne du roi. Baudouin m'a clairement fait comprendre qu'il ne voulait personne d'autre que vous au poste de chancelier. »

Pour une fois, Guillaume se trouva un court instant dans l'incapacité de prononcer un mot.

« Rien ne m'importe davantage que la confiance du jeune roi, dit-il enfin. Et je ferai tout ce qui est en mon pouvoir pour prouver que je la mérite. »

Malgré l'heure tardive, Guillaume rejoignit ensuite les appartements privés de Baudouin, sachant que le jeune garçon avait toujours eu tendance à repousser le plus tard possible le moment de se coucher. Comme il s'y attendait, il était encore debout. Il fut moins enchanté de la présence d'Agnès, qui jouait aux échecs avec son fils dans sa chambre. Il la salua néanmoins avec toute la civilité dont il était capable.

« Je tenais à vous remercier pour la confiance dont vous avez fait preuve à mon égard, dit-il au jeune roi. Je vous promets que vous n'aurez pas à le regretter. »

Baudouin avait aussitôt laissé sa partie en plan, d'autant plus volontiers qu'il était en train de perdre.

« Je sais que vous saurez faire le ménage à la chancellerie, lui dit-il en souriant. Mais du coup, vous allez être trop occupé pour pouvoir assurer nos leçons.

— C'est la première chose qui m'est venue à l'esprit, répondit Guillaume avec gravité. Mais il faudra de toute façon y mettre un terme en juin de l'an de grâce 1176, lorsque vous aurez atteint votre majorité.

— Je constate avec amertume que les pots-de-vin n'ont toujours pas de prise sur vous, Guillaume », lui lança le jeune roi en essayant de garder son sérieux.

Leurs regards se croisèrent et ils éclatèrent tous les deux de rire. Agnès ne partagea pas leur hilarité, la complicité qui existait entre l'archidiacre et son fils ayant toujours eu le don de l'irriter. Elle feignit de sourire lorsque Baudouin la regarda et félicita Guillaume pour sa nomination, ne cherchant d'ailleurs pas à cacher qu'elle s'exprimait sans la moindre conviction.

« Pouvons-nous terminer cette partie demain, mère ? » demanda Baudouin.

Il se tourna ensuite vers son nouveau chancelier, se rappelant soudain qu'il avait quelque chose à lui montrer.

« Venez voir ! lui lança-t-il. Je ne vais plus tarder à me raser, mes poils commencent à pousser. »

Guillaume se pencha pour examiner le menton du jeune homme mais ne distingua strictement rien. Voyant que Baudouin était déçu par sa réaction, il s'excusa en lui disant que sa vue baissait depuis quelque temps.

« Mais regardez mieux ! insista Baudouin. Ils sont bien là ! »

Ses cheveux blonds tombaient sur ses épaules, comme c'était la mode pour les hommes en Outremer, et il rejeta la tête en arrière afin que Guillaume voie mieux. Ce dernier se figea aussitôt.

« Que… qu'avez-vous donc sur la gorge ?

— Un simple bleu. Regardez à la lumière, vous les verrez mieux… »

Guillaume ne parvenait pas à détacher son regard du cou du jeune homme, que ses cheveux recouvraient à nouveau.

« Laissez-moi regarder ce bleu de plus près… »

Baudouin fit la grimace.

« Mais ce n'est rien du tout, Guillaume. Si vous voulez tout savoir, j'ai fait une chute alors que je m'entraînais à la quintaine, hier. Ma lance n'a pas percuté correctement la cible, le sac de sable a été projeté et m'a fait tomber de cheval. »

Cet aveu lui avait coûté, car apprendre à se servir d'une lance de la main gauche s'était avéré moins facile que de manier une épée. Il était toutefois résolu à maîtriser la technique, mais vexé que Guillaume fasse une telle histoire pour ce qui n'était qu'un petit bobo. Il ne savait pas que dans son dos sa mère s'était brusquement relevée, avec une telle hâte qu'elle avait renversé sa chaise. Son visage était devenu livide, et elle porta la main à ses lèvres tandis que Guillaume insistait :

« Faites-moi plaisir, Baudouin. Laissez-moi voir ce bleu. »

La première fois qu'elle avait entendu l'archidiacre appeler son fils par son prénom, elle s'était insurgée, lui rappelant qu'il s'adressait au roi. Mais Baudouin était intervenu en lui révélant qu'il avait lui-même demandé à Guillaume de se comporter de la sorte en privé. À cet instant, cependant, elle n'y prêta aucune attention, tétanisée par la peur qui l'avait brusquement envahie.

Baudouin leva les yeux au ciel.

« Je me suis également fait un bleu à l'épaule en tombant. Faut-il que je me déshabille pour vous le montrer ? »

À contrecœur, il releva néanmoins ses cheveux en exposant son cou.

Guillaume examina le bleu en forme de croissant, aussi violet qu'une prune. Sa bouche était devenue sèche, il était incapable de parler et dut s'y reprendre à deux fois pour dire enfin d'une voix rauque :

« C'est une contusion spectaculaire, Baudouin. D'ici un jour ou deux, elle aura pris toutes les couleurs de l'arc-en-ciel. »

L'irritation du jeune roi s'était dissipée, et il dévisageait à présent Guillaume avec un étonnement qui n'était pas feint.

« Je vous l'avais bien dit, que ce n'était qu'un bleu…

— Et vous aviez raison. »

Guillaume regarda Agnès, qui s'était figée à quelques mètres de son fils, et opina presque imperceptiblement de la tête pour lui faire comprendre qu'il disait la vérité. Elle vacilla un instant avant de s'effondrer lourdement sur son siège.

Baudouin le considérait toujours d'un air intrigué, et l'archidiacre s'empressa de dissiper l'effet de son étrange comportement, furieux d'avoir perdu le contrôle de lui-même de cette façon.

« Et d'ailleurs, reprit-il, sous cet angle, je distingue effectivement quelques poils le long de votre menton.

— Enfin ! s'exclama Baudouin en brandissant le poing. Je commençais à me dire que vous étiez devenus aveugles, tous les deux, ajouta-t-il en se tournant vers sa mère, le sourire aux lèvres. Je t'avais bien dit qu'il y en avait !

— C'est exact, mon chéri », reconnut Agnès.

Ses yeux croisèrent à nouveau ceux de Guillaume, qui se trouva un peu décontenancé. Pour la première fois dans l'histoire de leur difficile relation, ils venaient de partager un instant de complicité muette, traversés l'un et l'autre et avec une égale intensité par la même émotion : une terreur folle, suivie d'un soulagement plus doux qu'aucun nectar ne le serait jamais. Il était probable que cela ne se reproduirait plus, mais il comprit à la lumière de cette expérience qu'il s'était trompé sur le compte de cette femme : jamais plus il ne douterait qu'elle aimait sincèrement son fils.

CHAPITRE 6

Mai 1175
Jérusalem, Outremer

Guillaume n'était pas enchanté de se voir entrepris de la sorte par Héraclius, le nouvel archevêque de Césarée. Il n'avait jamais aimé cet homme, trop porté à son goût vers le luxe et les biens de ce monde pour un homme d'Église, surtout appelé à de si hautes fonctions. Pour ne rien arranger, il devait à présent supporter ses critiques à l'encontre de Raymond de Saint-Gilles, tout en sachant qu'une partie d'entre elles n'étaient pas totalement infondées.

Les sentiments de l'archidiacre à l'égard du régent s'étaient compliqués et même assombris au cours des derniers mois. Il savait qu'il lui devait autant qu'à Baudouin son poste de chancelier et lui était reconnaissant de l'avoir soutenu. Il estimait encore que Raymond exerçait sa charge de manière exemplaire, du moins pour ce qui concernait les affaires intérieures du royaume. Il consultait toujours les autres barons avant de prendre une décision importante et ne s'opposait pas à ce qu'ils en discutent avec le roi, contrairement à Milon avant lui. Il partageait même le patronage royal avec sa mère : c'était Agnès, par exemple, qui avait choisi Héraclius pour l'archevêché de Césarée. Et à l'inverse de son prédécesseur, il entretenait de bonnes relations avec Jobert, le grand maître des Hospitaliers, ainsi qu'avec le très susceptible grand maître des Templiers,

Eudes de Saint-Amand. Mais ses choix en matière de diplomatie et de stratégie militaire préoccupaient de plus en plus Guillaume.

Raymond n'avait pas tardé à mettre au placard leur alliance avec Manuel, l'empereur byzantin, qui avait pourtant été la pierre angulaire de la politique étrangère d'Amaury. À la place, il avait cherché du soutien auprès de Frédéric Barberousse, le saint empereur romain, qu'il avait prié de trouver un mari convenable pour Sibylle, plaçant du même coup Outremer dans le camp du souverain germanique. Guillaume admettait volontiers que Frédéric jouissait d'un prestige considérable dans l'ensemble de la chrétienté, s'étant imposé comme un dirigeant déterminé et un courageux guerrier. Mais en s'adressant à lui de la sorte, Raymond privait leur royaume du soutien ultérieur de l'empereur Manuel et du roi de Sicile, qui détestaient l'un et l'autre l'empereur germanique mais disposaient en revanche de ce qui faisait tant défaut à celui-ci : d'imposantes flottes navales.

Guillaume savait que Baudouin ne voyait pas d'un très bon œil la décision de Raymond, qui brisait abruptement les liens que son père avait eu tant de mal à forger. Sans surprise, Marie était très contrariée par ce revirement diplomatique et cette brusque alliance avec l'Empire germanique au détriment de Constantinople. Mais les Grecs n'avaient jamais été aimés en Outremer, et la plupart des barons de la Haute Cour accueillirent favorablement cette rupture avec l'empereur byzantin. Guillaume ne pouvait qu'espérer qu'ils ne le regretteraient pas par la suite.

Il était encore plus préoccupé par la manière dont le régent négociait avec Saladin. Après avoir pris le pouvoir à Damas, le sultan avait tourné ses regards vers Alep, gouvernée au nom du fils de Nour al-Din, ainsi que vers Mossoul, dont l'émir était l'oncle du jeune garçon. En janvier, Raymond avait rassemblé l'armée du royaume et pénétré en Syrie, au nord du pays, déterminé à empêcher Saladin de s'emparer d'Alep : les émirs d'Alep et de Mossoul s'étaient en effet empressés d'appeler les Francs à la rescousse. Les nouveaux arrivants en

Outremer étaient souvent choqués de découvrir ces alliances opportunistes entre camps ennemis, mais les Poulains comme les Sarrasins étaient beaucoup plus pragmatiques, obéissant à l'adage qui voulait que « l'ennemi de mon ennemi est mon ami ». Raymond avait exigé le prix fort pour leur accorder son aide : la libération d'un grand nombre d'otages chrétiens, dont une soixantaine de ses propres hommes, et l'allègement de la rançon qu'il leur devait encore. Les émirs avaient accepté ses conditions mais le marché avait brusquement tourné court, et Raymond, furieux, s'était retiré du champ de bataille.

Ce qui s'était passé ensuite avait causé plusieurs nuits d'insomnie à Guillaume. Saladin s'était emparé du château où étaient détenus les otages francs et avait proposé de les libérer, sans la moindre rançon, en échange d'une trêve. Raymond avait accepté ce marché. N'ayant plus à redouter l'attaque de l'armée des Francs, Saladin avait pu marcher sur Alep – dont les émirs, acculés, n'eurent d'autre recours que de faire appel à la secte hors la loi des Assassins. Ceux-ci envoyèrent des hommes dans le camp de Saladin, qui maintenait son siège devant Alep, mais ne réussirent pas à le tuer. En avril, une bataille opposa l'armée du sultan aux forces alliées d'Alep et de Mossoul, et Saladin remporta une victoire décisive. Vaincus, les deux émirats furent bien obligés d'accepter ses conditions : même s'ils conservaient une petite indépendance, ils avaient été sérieusement affaiblis, et le prestige de Saladin en sortait considérablement renforcé.

L'armée des Francs s'était alors dispersée, après quatre mois de campagne, et Guillaume songeait qu'ils n'avaient pas gagné grand-chose dans cette affaire, au bout du compte. Il approuvait ces alliances ponctuelles avec les Sarrasins, mais elles ne devaient servir, selon lui, qu'à attiser la discorde et les rivalités entre leurs ennemis. Soutenir les dirigeants rebelles d'Alep et de Mossoul avait un certain sens, mais cette trêve avec Saladin n'en avait aucun, puisque le sultan en retirait un profit bien plus grand que les Francs.

Guillaume en avait assez d'entendre l'archevêque de Césarée formuler ses critiques. Tant par gratitude que par loyauté, il se sentit poussé à défendre les décisions de Raymond et lança d'une voix glaciale :

« Vous semblez négliger le fait qu'une centaine de nos frères ont retrouvé la liberté grâce à lui. »

Héraclius se fendit d'un sourire sarcastique.

« Comme par hasard, répondit-il, il s'agissait pour soixante d'entre eux de ses propres hommes, qu'il avait laissés en otages. Du coup, plus rien ne l'oblige désormais à payer le reste de sa rançon.

— Je suis convaincu que le comte respectera les termes de son accord avec l'émir d'Alep, car c'est un homme d'honneur », rétorqua Guillaume.

Il remarqua avec un peu de honte qu'il s'était mis à parler sur un ton aussi pontifiant que l'archevêque. Aussi fut-il soulagé lorsque Balian les rejoignit et mit un terme à cette déplaisante conversation en lui annonçant que le roi et le comte Raymond souhaitaient le voir.

Guillaume s'empressa de traverser la cour du palais, en compagnie de Balian. Ce dernier avait été passablement irrité par la condescendance avec laquelle Héraclius l'avait salué, lui donnant du « jeune d'Ibelin » comme s'il était encore un gamin et non un homme de vingt-cinq ans, désormais seigneur de son fief.

« Cet individu a le don de me hérisser à peine ouvre-t-il la bouche », confia-t-il à Guillaume.

L'archidiacre eut un sourire en coin.

« Pour ma part, répondit-il, son simple souffle suffit à me révulser. Mais dites-moi : le roi souhaite-t-il vraiment me voir ou m'avez-vous tendu une perche pour me tirer de ce guet-apens ? »

Balian lui ayant confirmé que la convocation était réelle, Guillaume hâta le pas, et ils se séparèrent une fois arrivés dans la grande salle. Balian rejoignit alors son frère et le nouveau membre de la famille d'Ibelin, Aimery de Lusignan, qui venait d'épouser Esquiva, la fille aînée de Baudouin. Ce dernier avait célébré quant à lui son propre remariage avec Élisabeth, la veuve du seigneur de Césarée, ayant fini par comprendre que la main de Sibylle ne lui serait jamais accordée. Souriant en voyant approcher son frère cadet, Baudouin s'écarta pour lui faire un peu de place sur le banc qu'ils occupaient à côté d'une fenêtre, avant de reprendre le fil de leur conversation. Aimery avait entendu dire que Saladin excellait dans un jeu appelé *mall*, et désirait savoir de quoi il s'agissait. Mais les Poulains ne pratiquaient pas ce sport et Baudouin n'en connaissait visiblement pas les règles, ce qui ne l'empêcha pas de se lancer dans des explications alambiquées.

Balian attendit que son frère reprenne son souffle pour déclarer d'un air nonchalant :

« Le *mall* est un sport équestre. Deux équipes de cavaliers essaient de marquer des points en frappant une balle pour atteindre le but adverse à l'aide de longs maillets en bois. C'est un jeu très rapide et assez dangereux, même pour des cavaliers chevronnés. Si Saladin a cette réputation, cela en dit long sur la maîtrise qui est la sienne en matière d'équitation. »

Il sourit en voyant son frère le dévisager d'un air ébahi : dans une fratrie, les cadets étaient toujours ravis de damer le pion à leurs aînés. Baudouin lui demanda d'où il tenait des informations aussi précises, mais Balian se garda bien de lui révéler ses sources : le sujet était arrivé un jour sur le tapis au cours d'une conversation avec la reine Marie, dont le père avait pratiqué ce jeu à Constantinople, où on le désignait sous le nom de *tzykanion*.

« Espérons juste que notre jeune roi n'en entendra jamais parler, ajouta-t-il. S'il apprenait que c'est un défi, même pour des cavaliers expérimentés, il voudrait à tout prix l'essayer et nul ne parviendrait à l'en empêcher. »

Baudouin sourit à son tour. Tous les vassaux du jeune roi étaient fiers de ses prouesses en équitation, l'un des talents les plus prisés du royaume.

« C'est certain ! confirma-t-il. Sans cette faiblesse dans le bras, il saurait déjà tirer à l'arc en pleine course, comme le font les archers sarrasins. »

Peu après, Aimery sortit une paire de dés et ils se mirent à jouer. Balian s'excusa au bout de la deuxième partie car une certaine agitation à l'autre bout de la salle annonçait l'arrivée imminente du roi, flanqué de son chancelier et du régent. Ils étaient apparemment porteurs de bonnes nouvelles car Baudouin et Guillaume étaient radieux et Raymond avait presque le sourire aux lèvres. Remarquant la présence de Balian, le roi lui fit signe de les rejoindre.

« J'ai le grand plaisir, lui annonça-t-il, de vous présenter le nouvel archevêque de Tyr. »

Balian s'inclina devant Guillaume avant de lui présenter ses sincères félicitations. Il était enchanté pour son ami, sachant combien cet archevêché comptait à ses yeux, même s'il avait toujours redouté qu'Agnès ne réduise ses espoirs à néant.

« Dès qu'il sera officiellement élu, reprit le jeune roi, nous organiserons une grande fête pour célébrer l'événement. Une fête, ajouta-t-il avec un regard complice à l'intention de Guillaume, qui risque fort de susciter la jalousie de l'archevêque de Césarée… »

Guillaume rougit car il ignorait que le roi avait remarqué sa rivalité avec Héraclius. Maintenant qu'il allait être archevêque, il allait devoir apprendre à maîtriser ses émotions afin que son visage ne soit plus le miroir de son âme – talent qui lui avait fait défaut jusqu'ici.

Le roi invita Balian à l'accompagner dans les écuries car l'une de ses meilleures juments venait de mettre bas, après avoir été fécondée par César, le destrier préféré de son père. Soulagé de ne pas être associé à cette visite, Guillaume regardait autour de lui pour voir si Raymond était encore dans les parages lorsque Baudouin fit soudain volte-face et revint sur ses pas.

« J'ai oublié de vous dire que je compte inviter Marie à cette fête », lui dit-il.

Souriant en voyant la surprise se peindre sur le visage du chancelier, il ajouta à voix basse :

« Je ne vous cacherai pas que je n'aime guère cette femme. Mais je sais que sa présence vous fera plaisir. Considérez donc qu'il s'agit d'un présent de ma part pour la circonstance, monseigneur l'archevêque. »

Après avoir repoussé d'un geste les remerciements du chancelier, il précisa :

« J'ai réfléchi à la question, et je veux qu'Isabelle se sente bien accueillie à ma cour. Je reconnais que je n'ai jamais éprouvé un grand attrait pour elle, mais sa compagnie est sans doute plus agréable maintenant qu'elle sait parler. De surcroît, conclut-il plus sérieusement, je ne tiens pas à ce que ma sœur grandisse en restant pour moi une parfaite étrangère. »

À ces mots le cœur de Guillaume se serra, car cela confirmait ses soupçons : Sibylle était demeurée une étrangère pour Baudouin alors que le même sang coulait dans leurs veines. Il était visiblement trop tard pour que l'affection se développe dans ce jardin si longtemps négligé. Il était fier que le jeune roi souhaite associer Isabelle à son existence, ce qui ne pouvait que déplaire à sa mère. Guillaume ne put s'empêcher de sourire à cette idée, mais ne considéra pas cela comme un trop grand péché pour quelqu'un qui venait d'être élevé à la plus haute charge de la sainte Église – destin bien improbable pour un fils de marchand né à Jérusalem quarante-cinq ans plus tôt…

Guillaume avait la certitude de n'avoir jamais vécu de semaine plus heureuse que celle qui venait de s'écouler durant ce mois de juin. Le quatorzième anniversaire de Baudouin avait été célébré en grande pompe, et le cœur de l'archevêque s'était gonflé de fierté en voyant le beau jeune homme qu'il était devenu. Il avait même réussi à mettre ses appréhensions de côté, car chaque jour qui passait sans que Baudouin ne manifeste le moindre symptôme de cette maudite lèpre éloignait un peu plus le danger. Sa propre consécration comme archevêque de Tyr dans l'église sacrée du Saint-Sépulcre, présidée par le patriarche en personne, avait été une expérience profondément bouleversante : jamais il ne s'était senti aussi proche de Dieu. Et les festivités qui s'étaient ensuivies lui avaient procuré des souvenirs qui allaient l'accompagner jusqu'à la fin de ses jours.

« Monseigneur l'archevêque ? »

Guillaume sursauta, ramené au présent dans ses nouveaux et confortables appartements du palais royal. Son serviteur se tenait devant lui et lui tendait patiemment une coupe de vin rouge mélangé à un peu d'eau. Guillaume la saisit en souriant et la porta jusqu'à la table où il écrivait. Il s'était accordé quelques heures de répit, laissant de côté sa double charge d'archevêque et de chancelier afin de poursuivre la rédaction de sa chronique du royaume. Il s'apprêtait à plonger sa plume dans son encrier lorsque la porte s'ouvrit brutalement et se rabattit avec fracas, tandis que Baudouin faisait irruption dans la pièce.

Le jeune roi était visiblement furieux, la peau claire de son visage avait viré à l'écarlate. Mais il semblait tellement affolé que Guillaume s'inquiéta aussitôt. La colère ne pouvait pas expliquer à elle seule une telle agitation, d'autant que Baudouin n'était pas du genre à prendre feu à la première étincelle.

« Vous ne croirez jamais ce qu'on vient de me dire, Guillaume ! »

Depuis quelques mois sa voix avait commencé de muer, mais pour l'instant elle était un peu cassée, rappelant qu'il n'était pas encore adulte.

Se levant en toute hâte, Guillaume fit signe à ses serviteurs de quitter la pièce. Dès qu'ils furent sortis, il demanda à Baudouin de s'asseoir et de reprendre son souffle avant de poursuivre.

Le jeune roi ne parut pas l'entendre et se mit à faire les cent pas dans la pièce, trop perturbé pour rester en place.

« Le frère aîné d'Arnulf est revenu d'Italie, où il était allé étudier », commença-t-il.

Guillaume était si dérouté par son comportement qu'il lui fallut quelques instants pour se souvenir qu'Arnulf était l'un des anciens condisciples de Baudouin.

« Arnulf l'a amené au palais pour me le présenter, et quand j'ai su qu'il avait étudié à l'école de médecine de Salerne, j'ai décidé d'avoir une conversation avec lui. Les médecins de Salerne sont réputés pour être les meilleurs de la chrétienté, et j'ai pensé qu'il saurait peut-être comment guérir l'insensibilité de mon bras. »

Il regarda Guillaume en ayant presque l'air de s'excuser.

« J'ai toujours confiance en mes médecins, reprit-il. Mais j'ai parfois l'impression qu'ils ne me disent pas toute la vérité. »

Son ton n'avait rien d'accusateur, mais Guillaume ne put s'empêcher de rougir. On avait bel et bien caché une partie de la vérité à Baudouin.

« Buvez cela », dit-il en lui tendant sa coupe d'une main un peu tremblante, car il savait déjà ce qui allait suivre.

Baudouin accepta la coupe et en but une longue gorgée.

« J'ai donc dit à Arnulf que je voulais discuter en privé avec son frère – il s'appelle Eustache –, et une fois seuls, je lui ai parlé de cette blessure qui ne s'était jamais guérie, malgré les cataplasmes et les onguents. Je commençais à regretter de l'avoir interrogé car il m'interrompait sans cesse pour me demander des précisions. Mais lorsque je lui ai expliqué que je ne ressentais plus rien dans la main et le bras droits, ni douleur, ni chaleur, ni froidure, il… il est devenu pâle comme un linge et m'a regardé comme si… »

Baudouin ne voulait pas revivre ce terrible moment et laissa ses mots en suspens. Il but une nouvelle gorgée de vin pour se donner du courage et reprit :

« Je lui ai demandé de me dire ce qu'il pensait exactement de mon mal. Il ne voulait pas me répondre et évitait mon regard. J'ai insisté et il a fini par me dire que… qu'une insensibilité de ce genre était un symptôme de la lèpre. De la lèpre ! répéta-t-il, incrédule. Je me suis fâché et lui ai déclaré qu'il racontait n'importe quoi, qu'on m'aurait évidemment averti si tel avait été le cas. »

Surpris de constater que la coupe était vide, il la reposa sur un coffre.

« Je ne veux pas que cet homme exerce la médecine dans mon royaume, Guillaume. Soit il est incompétent, soit c'est un charlatan. Qui nous dit d'ailleurs qu'il a bien étudié la médecine à Salerne ? »

Il se remit à faire les cent pas pour chasser la colère qui l'avait envahi. Il se tourna soudain vers Guillaume et s'immobilisa en voyant l'expression de son visage.

« Mon Dieu… murmura-t-il. C'est donc vrai ? J'ai la lèpre ?

— Non, mon garçon, non ! Rien ne l'indique pour l'instant.

— Mais cela pourrait être le cas ? Je pourrais devenir lépreux ? »

Ils se dévisagèrent, et, pendant une fraction de seconde, on aurait pu croire que le temps s'était arrêté. Guillaume tendit la main mais le jeune homme s'écarta d'un mouvement brusque, et il ne fit qu'effleurer sa manche.

« Comment avez-vous pu me cacher une chose pareille ?

— Nous… nous voulions éviter de vous inquiéter inutilement. Car cela peut fort bien ne pas arriver.

— Nous ? répéta Baudouin dont la voix se cassa à nouveau. Qui d'autre est au courant ? Ma mère ? Raymond ? »

Guillaume acquiesça d'un air désolé. Ils avaient beau avoir cru agir dans son intérêt, il voyait bien que leur silence engendrait à présent une nouvelle blessure, presque aussi traumatisante que le choc du diagnostic d'Eustache.

« Ainsi que les membres de la Haute Cour, précisa-t-il. Votre père avait estimé qu'ils étaient en droit de le savoir avant de vous laisser accéder à la royauté.

— Mon père, lui aussi ? Vous étiez donc tous informés ? Tout le monde le savait, sauf moi ? »

Le souvenir de cet instant devait hanter Guillaume jusqu'à son dernier souffle.

« Asseyez-vous et parlons, l'implora-t-il. Je vous promets de répondre à toutes vos questions sans rien vous cacher, mon garçon. Je vous le jure. »

La bouche de Baudouin se tordit en un rictus.

« Comment pourrais-je ajouter foi à vos déclarations ? » lança-t-il.

Sans attendre la réponse de Guillaume, il fit demi-tour et quitta la pièce en courant.

« Baudouin ! Attendez… »

Guillaume s'empressa de le suivre mais n'avait plus l'énergie de la jeunesse, et lorsqu'il émergea enfin, à bout de souffle, de l'escalier qui donnait dans la cour, le jeune roi n'était plus en vue.

La journée n'avait pas été particulièrement chaude, mais Guillaume devait éponger avec sa manche la sueur qui ruisselait de son front. Effondré sur un banc dans les jardins, il regardait le ciel. La nuit ne tomberait pas avant une bonne heure. S'il n'avait pas retrouvé Baudouin d'ici là, il serait contraint de donner l'alerte et d'avertir les autres que le roi avait disparu. Il ne voulait pas en arriver là : la dernière chose dont le jeune homme avait besoin, c'était de se retrouver pris dans un tel tourbillon d'inquiétude et de curiosité. Il ne savait pourtant plus où le chercher, maintenant.

Il s'était d'abord rendu dans les appartements privés de Baudouin, même s'il ne s'attendait pas à le trouver là. Il avait envoyé ses domestiques se renseigner discrètement auprès des servantes d'Agnès, en leur demandant si le roi était avec elle. Il était ensuite allé chez le comte Raymond, sans plus de résultat. Il avait tout à coup songé que Baudouin avait peut-être eu envie de prier – cela aurait été sa première réaction, pour sa part. Mais ce frêle espoir s'écroula bien vite : la chapelle était déserte. Il avait déjà interrogé les gardiens du palais, qui lui avaient certifié que le jeune roi n'avait pas quitté l'édifice, par quelque porte que ce soit. Il ne voyait pas où pousser ses investigations à présent.

Ignorant les regards étonnés de ceux qui passaient, il se frotta les yeux avec lassitude. Plus les minutes s'écoulaient depuis que Baudouin avait disparu, plus Guillaume se sentait coupable. Il se rendait compte avec consternation que le jeune homme n'avait personne vers qui se tourner alors qu'il était en plein désarroi. Le fait qu'il n'avait même pas voulu trouver refuge auprès de sa mère ou de son chapelain indiquait assez qu'il s'était senti trahi par sa famille aussi bien que par Dieu.

L'archevêque releva les yeux, regardant le soleil qui commençait à disparaître derrière les collines de l'ouest. S'il avait eu plus de temps, il aurait appelé Balian à la rescousse : celui-ci était encore assez jeune pour se souvenir de la manière dont pouvait réagir un garçon de quatorze ans. Peut-être aurait-il même pu deviner où Baudouin était allé se cacher. Le fait de penser à Balian lui rappela l'anniversaire du roi : il lui avait suggéré de lui offrir une selle décorée à cette occasion, ce qui s'était avéré un excellent choix. Baudouin pouvait aisément passer la journée, du matin au soir, sans descendre de son cheval. À cet instant, Guillaume se releva brusquement : il savait où le jeune roi s'était réfugié.

Les garçons d'écurie furent soulagés de voir arriver l'archevêque : ils avaient fini par comprendre que quelque chose allait de travers mais ne savaient pas quoi faire. Oui, confirmèrent-ils, le roi avait surgi sans crier gare quelques heures plus tôt et était allé s'enfermer dans la stalle d'Asad, son étalon.

« Je lui ai proposé de seller son cheval, précisa leur chef, croyant que le roi voulait partir en balade. Mais il m'a répondu que ce n'était pas la peine. Il lui arrive de venir ici juste pour le voir, aussi cela ne m'a-t-il pas étonné. Toutefois, voyant le temps passer, j'ai voulu m'assurer qu'il n'avait besoin de rien. Mais il m'a chassé sans ménagement, en me disant qu'il ne voulait pas être dérangé. Il… il n'est pas dans son état normal, monseigneur. »

Guillaume saisit une lanterne suspendue à un crochet. Il y avait bien des chandelles disposées le long des parois, mais les garçons d'écurie les éteignaient lorsqu'ils quittaient les lieux le soir.

« Si le roi souhaite ne pas être dérangé, il faut lui obéir », se contenta-t-il de répondre avant de se diriger à pas lents vers le fond de l'écurie.

Asad disposait d'une stalle encore plus grande que celle de César. Elle était plongée dans l'ombre, mais Guillaume voyait bien que l'étalon n'était pas attaché. En se penchant par-dessus la barrière il parvint à distinguer la silhouette immobile du roi, assis en tailleur dans la paille, et ne put retenir un petit cri en voyant qu'il se trouvait à la portée des sabots du cheval.

« Baudouin, dit-il d'une voix calme. C'est moi, Guillaume. »

Comme le garçon ne répondait pas et gardait la tête obstinément tournée de l'autre côté, Guillaume n'avait pas le choix : il ouvrit prudemment la porte de la stalle tout en surveillant l'étalon du coin de l'œil. Asad s'ébroua bruyamment : l'archevêque était convaincu que l'animal avait perçu sa propre peur. S'il s'était agi de César, il ne serait déjà plus de ce monde… Il n'avait plus qu'à prier en espérant que Balian avait raison et que les pur-sang arabes n'étaient pas aussi fantasques que les destriers des Francs.

Après avoir contourné l'étalon avec beaucoup de précaution, il se laissa tomber dans la paille à côté de Baudouin. Le jeune garçon évitait toujours de le regarder mais lui lança sèchement :

« Éteignez cette lanterne ! »

Guillaume s'empressa de lui obéir. À la lueur de la chandelle la plus proche il distinguait vaguement les yeux gonflés et rougis du garçon, et des larmes lui montèrent aux yeux. Le silence qui s'était installé était un peu oppressant, mais il attendit que Baudouin se décide à le rompre. Le jeune roi finit par déclarer d'une voix cassante qui ne lui ressemblait pas :

« Êtes-vous venu me présenter vos excuses et me dire que vous aviez raison de me cacher la vérité ?

— Non. Je suis venu vous demander pardon. Ce que nous avons fait, nous l'avons fait par amour : il n'empêche que nous avions tort. Nous aurions dû vous dire depuis le début de quoi il retournait. »

Baudouin ne répondit pas, mais Guillaume crut l'entendre pousser un léger soupir semblable à une expiration. Un nouveau silence s'ensuivit, à peine interrompu par le hennissement des chevaux autour d'eux et le choc de leurs sabots heurtant parfois le bois des stalles. Chaque fois que cela se produisait, l'archevêque ne pouvait s'empêcher de sursauter en regardant Asad d'un air méfiant. L'étalon lui retournait calmement son regard : ses grands yeux noirs brillaient dans l'ombre, indéchiffrables.

« Il ne vous fera aucun mal, déclara finalement Baudouin. À moins que vous ne lui donniez une raison de le faire. »

Même dans un moment pareil, Guillaume était gêné que la frayeur qu'il ressentait soit aussi apparente. Mais il était soulagé que Baudouin se soit enfin décidé à parler, et il retint son souffle, attendant la suite.

« Est-il absolument certain que… que j'aie la lèpre ? reprit-il enfin, si doucement que Guillaume l'entendit à peine.

— Mais non, Baudouin ! C'est une possibilité, et non pas une certitude. L'inertie de votre bras est un symptôme, cela ne suffit pas à établir un diagnostic. Plus le temps passe sans que d'autres symptômes apparaissent, moins il est probable qu'il s'agisse de cette maladie. »

Guillaume savait que la plupart des jeunes gens – si ce n'était des adultes – se seraient raccrochés à un tel espoir, l'utilisant comme un bouclier face à la terrible menace de cette maladie. Mais il savait aussi que Baudouin ne réagirait pas ainsi. C'était un garçon très intelligent, montrant déjà par moments un sens de la stratégie qui ferait de lui un brillant chef de guerre sur le champ de bataille. Il ne fut donc pas surpris par sa question suivante.

« Si… si cela arrivait, Guillaume, faudrait-il que je rejoigne l'ordre des chevaliers de Saint-Lazare ?

— Je n'en sais rien, Baudouin. Si vous étiez un simple seigneur, oui, c'est le sort qui vous attendrait. Mais j'ignore si cette règle peut s'appliquer à un roi. »

Le jeune homme s'agita dans la paille et se tourna vers Guillaume pour la première fois.

« Dites-moi quels sont ces autres symptômes », dit-il en maîtrisant le tremblement de sa voix.

Guillaume ouvrit la bouche et la referma aussitôt. Comment révéler à ce garçon les horreurs qu'il allait peut-être devoir affronter ? Au cours des trois dernières années il avait lu tout ce qu'il pouvait dénicher au sujet de cette maladie, et plus il en apprenait, plus il était épouvanté. Le mal progressait avec une lenteur relative, mais inexorablement. Un lépreux pouvait se retrouver atrocement défiguré, affreusement estropié, perdre l'usage de ses membres. Il pouvait même devenir aveugle. Il venait de jurer à Baudouin qu'il n'y aurait désormais plus de mensonges entre eux, mais comment pouvait-il implanter d'aussi terribles images dans son jeune cerveau ?

« Je dois le savoir, Guillaume. Sinon, comment pourrai-je distinguer un symptôme grave d'un simple bleu ? »

L'archevêque savait qu'il faisait allusion à ce soir de décembre, six mois plus tôt, où il leur avait innocemment déclaré à sa mère et à lui qu'ils ne devaient pas se faire de souci suite à la chute qu'il avait faite en s'entraînant à la quintaine.

Guillaume comprit alors que Baudouin ne lui demandait pas de décrire les étapes de la dégradation à laquelle les lépreux étaient condamnés. Soulagé, il s'adossa à la paroi de la stalle.

« Vous voulez savoir quels seraient les premiers symptômes ? Je devrais pouvoir vous le dire… »

Il lui expliqua que la lèpre se manifestait d'abord par une insensibilité à la chaleur et au froid, puis à la douleur, généralement dans un pied ou une main. Venaient ensuite des lésions de la peau, certaines pâles et lisses, appelées en latin *maculas*, d'autres plus petites et rugueuses, appelées *papulas*. Parmi les autres symptômes possibles, il y avait l'apparition de larges plaques blanches, ainsi que des sortes de cloques au niveau des aisselles ou de l'aine.

Baudouin ne réagissait pas, mais l'intensité de son regard témoignait à elle seule qu'il enregistrait ces données. Aux yeux de Guillaume, la scène avait quelque chose d'un peu glaçant – comme s'il s'agissait d'une perversion des leçons qu'il lui avait données pendant tant d'années et dont il aurait soudain perdu le contrôle. Il fallait qu'il résiste contre ce sentiment car son jeune élève méritait mieux. S'il était capable de manifester un tel courage, même après avoir été confronté à l'impensable, il devait lui aussi se montrer à la hauteur. Ce fut alors que Baudouin lui posa la question qu'il redoutait le plus.

« Pourquoi ? murmura-t-il. Pourquoi moi ? »

Guillaume s'était posé cette question lui aussi, bien sûr, à peine était-il devenu archidiacre. Ce cri n'avait cessé de retentir devant lui et remontait du fond des âges, chaque fois qu'un père devait enterrer un enfant, qu'une mère mourait en couches, qu'un mari tombait sur le champ de bataille, qu'un être était confronté à une maladie mortelle ou une perte insupportable. À tous, il avait dit les mots qu'on lui avait appris, ceux qu'il avait répétés à Marie lorsqu'elle avait perdu sa fille : qu'il n'était pas donné aux mortels de comprendre la volonté du Tout-Puissant. Il leur avait cité les Saintes Écritures : *Car nous voyons à présent dans un miroir, en énigme, mais alors ce sera face à face.* Il avait souvent dû expliquer aux illettrés le sens de cette phrase : tant que nous serions sur Terre, notre savoir serait partiel, imparfait, mais le jour glorieux où nous serions admis au royaume de Dieu, tout deviendrait lumineux. Il se rendit bien compte, néanmoins, qu'il ne pouvait pas tenir un tel discours au jeune roi et lui répondit donc avec une parfaite sincérité :

« Je… je n'en sais rien, Baudouin. »

Celui-ci le dévisagea d'un air interrogateur.

« Je sais ce qu'on raconte au sujet des lépreux, dit-il. Qu'ils sont de moralité douteuse. Qu'ils ont hérité du mal des damnés en punition de leurs péchés… »

Sa voix tremblait, mais Guillaume eut le cœur brisé en le voyant pourtant esquisser un sourire.

« Si c'est bien la lèpre qui m'a frappé, Guillaume, je n'ai même pas eu le temps de commettre des péchés suffisants pour l'avoir méritée. »

L'archevêque ferma les yeux et attendit avant de lui répondre d'avoir lui-même retrouvé sa voix.

« Il est vrai que certains ont qualifié la lèpre de maladie des pécheurs. Mais l'Église l'appelle également la sainte maladie.

La foi des lépreux est mise à l'épreuve comme l'a été celle de Jacob : s'ils endurent leurs souffrances avec abnégation, la vie éternelle leur sera accordée en récompense. Celui qui doit traverser le purgatoire sur Terre est assuré du salut divin. On a même pu avancer que la lèpre n'était pas une malédiction mais un signe de la faveur de Dieu. On dit que Notre-Seigneur Jésus-Christ se présentait souvent comme un lépreux afin de montrer sa compassion à leur égard. »

Baudouin réfléchit quelques instants à ces propos.

« Le Tout-Puissant n'aurait-il pas pu trouver un meilleur moyen de manifester sa faveur ? »

C'en était plus que Guillaume ne pouvait supporter. Il tendit le bras et saisit Baudouin par l'épaule : celui-ci résista pendant une fraction de seconde avant de s'abandonner et de se serrer contre lui. L'archevêque distinguait à présent les larmes qui coulaient sur le visage du jeune roi. Si l'éclairage avait été meilleur, il aurait même aperçu les petits poils blonds qu'il rasait fièrement une fois par semaine. Quatorze ans, c'était un moment critique pour n'importe quel jeune homme, pris entre l'extrême limite de l'enfance et les prémices de l'âge adulte. Comment le Tout-Puissant pouvait-il s'attendre à ce que Baudouin supporte le double fardeau de la lèpre et de la royauté ?

Il songeait que la disparition du roi avait sûrement été remarquée à présent, et qu'on devait s'être lancé à sa recherche. Mais s'il avait besoin de se tenir pendant quelques instants à l'écart du monde, mon Dieu, qu'on le laisse en paix !

« Mon garçon, reprit-il, il faut vous souvenir que tous ces discours à propos des lépreux ne sont que des discours, justement. Nous ignorons ce que le Tout-Puissant a décidé pour vous. Promettez-moi de toujours garder cela à l'esprit.

— Je vous le promets », répondit Baudouin avec un timide sourire.

Asad baissa la tête et se mit à flairer les cheveux blonds de son maître, qui caressa le nez velouté de l'étalon tout en lui murmurant quelques mots, tandis qu'une larme apparaissait au coin de son œil.

Guillaume commençait à se sentir ankylosé et avait l'impression d'entendre ses os craquer à chaque mouvement qu'il faisait. Il était bien décidé, cependant, à passer toute la nuit dans cette écurie si telle était la volonté de Baudouin. Celui-ci donnait néanmoins des signes de fatigue, ce qui n'avait rien d'étonnant si l'on songeait qu'une telle journée aurait suffi à épuiser l'un des anges de Dieu. La tête du roi reposait dans le creux de son épaule, et il resta si longtemps silencieux que l'archevêque en vint à se demander s'il ne s'était pas endormi. Mais Baudouin lui demanda soudain :

« Y a-t-il déjà eu un roi lépreux, Guillaume ?

— Je l'ignore, mon garçon. Mais je ne le pense pas. »

Si l'espoir devait être le bouclier de Baudouin, la sincérité serait désormais le sien.

« Si j'étais lépreux, ce serait donc de par la volonté de Dieu ?

— Oui, Baudouin.

— Comme cela a été sa volonté que je devienne roi de Jérusalem. »

Guillaume avait vu Baudouin résoudre les problèmes de la même manière au cours de leurs leçons : un pas après l'autre, jusqu'à ce qu'une déduction logique finisse par s'imposer. Si le Tout-Puissant l'avait affecté de la lèpre, il lui avait également confié un mandat divin pour gouverner en dépit de cette maladie : sinon, pourquoi aurait-il permis qu'il soit couronné ? Un argument où se mêlaient la théologie, la foi et le bon sens – et qu'il serait difficile de réfuter, si les choses en arrivaient là. Dieu avait effectivement fait de Baudouin un lépreux, avant d'en faire un roi. Voyant que les paupières du garçon s'étaient à présent fermées, Guillaume le serra plus fort contre lui. Il était soulagé que Baudouin ne lui ait pas demandé s'il pensait que la lèpre avait déjà gagné son corps… L'archevêque avait fait de son mieux pour lui rendre un peu d'espoir, mais il n'en nourrissait lui-même aucun. D'un geste très doux, il écarta les mèches de cheveux qui barraient le front du jeune homme. *Ah, Baudouin*, songea-t-il, *quel grand roi tu aurais fait...*

CHAPITRE 7

Juin 1175
Jérusalem, Outremer

La Haute Cour s'était réunie au dernier étage de la tour de David. Des fauteuils avaient été disposés à l'entrée de la pièce pour Baudouin, le comte Raymond, Guillaume – qui remplaçait le patriarche souffrant – et la mère du roi. Certains manifestèrent un peu de surprise, voire de l'indignation, en voyant Agnès prendre place à leurs côtés, nombre d'entre eux ayant accompagné Raymond lors de la campagne militaire de quatre mois qui venait de prendre fin. Guillaume avait averti Balian, pour sa part, qu'Agnès assisterait désormais aux réunions de la Haute Cour que le jeune roi avait présidée en l'absence de Raymond. Balian se demandait si certains seigneurs n'allaient pas protester en découvrant sa présence, espérant que son frère ne serait pas du nombre.

Toutefois, personne n'éleva la voix, et après la brève invocation de Guillaume, Raymond se leva pour prendre la parole.

« J'ai de bonnes nouvelles à vous annoncer, dit-il. Nous avons reçu un émissaire du saint empereur romain germanique, qui nous propose que dame Sibylle prenne pour époux Guillaume d'Ameramici, fils aîné et héritier de l'un de ses plus puissants vassaux, le marquis de Montferrat. »

Cette déclaration souleva un concert d'exclamations, davantage provoquées par la curiosité que par l'approbation ou l'hostilité. Les membres de la Haute Cour avaient une idée assez précise de la géographie et des généalogies du royaume des Francs : nombre d'entre eux y avaient leurs racines et étaient considérés comme tels dans le reste de la chrétienté. Mais l'Empire germanique leur était beaucoup moins familier et peu connaissaient ne fût-ce que de nom les vassaux de Frédéric. Certains auraient bien voulu réclamer quelques informations complémentaires mais ils se retenaient, craignant d'afficher leur ignorance.

Baudouin d'Ibelin n'avait pas ce genre de scrupule, sa confiance en lui se trouvant très rarement entamée. Il se leva et lança d'une voix enjouée :

« Vous devriez peut-être, monseigneur le comte, commencer par nous dire où se trouve Montferrat. »

Son intervention provoqua quelques rires de soulagement dans l'assistance, ainsi que les sourires de Raymond, de Guillaume et d'Agnès. Balian remarqua que seul le jeune roi ne réagissait pas, immobile sur son siège, les jambes étendues et les pieds croisés. Il portait des bottes de cuir qui lui arrivaient aux genoux, car il passait désormais le plus clair de son temps à cheval, entraînant Asad dans de longues équipées au milieu des collines qui entouraient Jérusalem. Balian l'avait accompagné au cours de l'une de ces virées et avait ensuite plaisanté avec lui, en disant qu'il cherchait visiblement à battre le diable à la course : Asad filait à une telle vitesse qu'il n'avait pas tardé à laisser tous ses compagnons derrière lui. Baudouin s'était contenté de hausser les épaules. Balian avait remarqué d'autres changements dans le comportement du jeune roi depuis une quinzaine de jours. Toujours prêt à sortir d'ordinaire, et prompt à la plaisanterie, il semblait parfois se tenir à l'écart et paraissait même un peu absent. Balian l'observait en se demandant si sa réticence tenait au fait qu'il n'approuvait pas cette proposition d'alliance, ou s'il s'agissait d'une simple manifestation de mauvaise humeur due à sa jeunesse. Car même si la plupart des gens avaient tendance à se représenter les premières années de leur vie dans une sorte d'aura et de nostalgie dorée, Balian se souvenait que le chemin qui menait à l'âge d'homme n'était pas dénué d'obstacles.

Raymond leur expliqua que Montferrat était situé dans le nord de l'Italie et était gouverné depuis plus de deux siècles par la famille de l'actuel marquis.

« Guillaume sera un excellent parti pour Sibylle, ajouta-t-il. Non seulement il est le cousin au premier degré de l'empereur Frédéric, mais il est également le cousin de Louis Capet, le roi des Francs. Peu de gens peuvent se targuer d'une telle lignée. »

Cette déclaration impressionna fortement l'assistance, car le royaume allait gagner un prestige considérable à travers toute la chrétienté par un mariage qui le rattacherait aux dynasties royales des Germains et des Francs. Tous les murmures qui parvenaient aux oreilles de Balian étaient approbateurs. Ce fut alors que Gautier de Brisebarre se leva. Avant même qu'il ait pris la parole, la plupart des membres de l'assistance levèrent les yeux au ciel, car Gautier commençait à devenir encombrant. Comme Milon avant lui, Raymond avait refusé de lui rendre le fief de Beyrouth, et son amertume n'avait fait que croître au cours des derniers mois. Certains estimaient par ailleurs qu'il n'était pas pour rien dans l'assassinat du précédent régent, et il avait perdu une bonne partie de la sympathie qu'il inspirait jusqu'alors. L'opinion générale était qu'il aurait dû s'estimer heureux de ne pas avoir été accusé de ce meurtre et se tenir tranquille pour l'instant.

Gautier semblait se rendre compte que l'assistance ne lui était guère favorable car il adopta d'emblée une attitude de défi, si ce n'était de défiance, les bras croisés sur la poitrine et le menton en avant.

« Tout cela est bel et bon, lança-t-il. Ce seigneur italien peut se féliciter pour ses accointances royales, mais en quoi cela nous concerne-t-il ? La seule question qui nous importe, c'est : est-il capable de gouverner ? De mener les hommes au combat ? »

Le silence s'abattit dans la pièce car Gautier avait été à deux doigts de formuler à voix haute la question « qui leur importait », ce qui aurait été pour le moins délicat en présence du jeune roi. Raymond et Guillaume froncèrent les sourcils, et Agnès dévisagea Gautier avec une telle fureur que peu de gens lui auraient fait confiance à cet instant si elle avait eu une arme à portée de la main. Mais ce fut Baudouin qui réagit le premier. Il releva la tête et ses yeux bleus brillaient intensément.

« Si votre question est : Guillaume de Montferrat pourrait-il gouverner au cas où je serais trop malade pour régner, la réponse est oui. »

Il paraissait beaucoup plus âgé que ses quatorze ans à cet instant-là, et Balian retint brusquement son souffle en se disant : *Dieu lui vienne aide, il est au courant !*

Gautier avait beau ne pas être d'une subtilité exemplaire, il comprit que son intervention avait été déplacée : il avait réussi à se mettre à dos du même coup le roi, le régent, la mère du roi, le chancelier et la moitié des barons de la Haute Cour. Il se calma aussitôt et se rassit lourdement, remâchant ses pensées en silence.

Raymond manifestait rarement ses émotions, la première chose qu'apprenaient les prisonniers étant la maîtrise de soi. Mais de toute évidence il était ulcéré, et fixait Gautier d'un œil sombre qui ne présageait rien de bon pour l'avenir de la famille de Brisebarre sous sa régence.

« Comme le roi Baudouin vient de vous le dire, Guillaume de Montferrat est un excellent parti. À vingt-sept ans, il est déjà réputé pour sa valeur et son courage sur le champ de bataille. Il a reçu une bonne éducation et chacun loue son attention et sa générosité, propres à tous les grands seigneurs. L'empereur m'assure qu'il est fier, sans être arrogant ; vaillant, sans être impulsif ; obstiné, sans être rancunier. Dame Sibylle et lui n'ont aucun lien de sang, il ne sera donc pas nécessaire d'obtenir une dispense du pape pour célébrer leur union. »

Baudouin d'Ibelin se pencha vers son frère et lui glissa à l'oreille qu'il était rusé de la part de Raymond d'avoir évoqué la « générosité » de Guillaume, car nul n'aurait voulu d'un roi dans le besoin, devant faire appel à ses vassaux pour payer les charges qui lui revenaient. Balian se contenta d'opiner : il ne voulait pas considérer ce Guillaume comme un futur roi, ce qui ne pouvait arriver que si Baudouin mourait ou si son état s'aggravait de manière dramatique.

Onfroy prit ensuite la parole, exprimant son approbation pour le mariage de Sibylle et de Guillaume de Montferrat avant d'ajouter à sa manière bourrue, ce qui ne manqua pas de soulager un peu Gautier, qu'ils devaient bien évidemment choisir pour elle un mari qui soit en mesure de gouverner. Elle était l'héritière du roi, et même si leur royaume était béni de Dieu, les hommes n'y vivaient malheureusement pas aussi longtemps que dans d'autres régions de la chrétienté où l'existence était moins rude. Après tout, le père et avant lui l'oncle du roi Baudouin n'étaient-ils pas morts trentenaires ?

« Nous n'atteignons pas souvent l'âge canonique de soixante-dix ans, ajouta-t-il, mais ainsi soit-il. Je suis heureux quant à moi que mes jours, quelle que soit leur longueur, s'écoulent dans le pays qui a vu naître Notre-Seigneur Jésus-Christ. »

Cette déclaration fut bien accueillie par l'assemblée, car tous ses membres sans exception étaient fiers d'être nés en Terre sainte, privilège dont fort peu de chrétiens pouvaient se targuer.

Lorsque le grand maître des Templiers, puis celui des Hospitaliers eurent à leur tour approuvé ce projet, il devint évident que la proposition de Raymond allait l'emporter. Il fut donc décidé que le régent enverrait prochainement des émissaires à Montferrat afin de proposer la main de Sibylle à Guillaume. Toutefois, ceux qui espéraient que la session s'en tiendrait là en furent pour leurs frais, car Raymond annonça dans la foulée qu'il avait une autre proposition à soumettre à la Haute Cour.

« J'estime que nous devrions prolonger la trêve que nous avons conclue avec Saladin, poursuivit-il. Mes espions m'ont informé qu'il y serait favorable, ce qui nous permettrait de ne plus avoir à nous inquiéter pendant quelque temps des attaques des Sarrasins, que ce soit contre nos forteresses à la frontière ou contre nos caravanes de marchandises. »

Balian se rendit aussitôt compte que Raymond avait déjà abordé ce sujet avec le roi et le chancelier. Guillaume avait l'air contrarié, tout comme son royal disciple, à qui il avait enseigné que les trêves ne devaient être acceptées que si elles favorisaient les dissensions et les rivalités entre les Sarrasins. Il en avait également convaincu Balian, qui fut déçu de voir que Guillaume gardait le silence, même s'il comprenait son dilemme, partagé comme il devait l'être entre ses convictions et son devoir envers celui à qui il devait tant. Balian pour sa part n'avait pas la stature nécessaire pour exercer une grande influence sur cette assemblée : il ne pouvait donc qu'espérer que quelqu'un d'autre s'insurge contre le projet du régent. Seul le grand maître des Templiers s'y risqua, mais comme il plaidait constamment en faveur de la guerre, ses propos n'eurent sans doute pas l'impact qu'ils auraient dû avoir. Balian regrettait beaucoup que Denis de Grenier soit absent : il n'aurait pas manqué de s'élever contre une décision qui ne pouvait que renforcer le pouvoir de Saladin. Il reprit espoir quand Onfroy se leva à son tour, mais déchanta bien vite car le connétable soutint le projet sans réserve. En regardant autour de lui, Balian s'aperçut que la plupart des barons ne voyaient pas en quoi cette trêve différait de celles qu'ils avaient précédemment conclues avec les Sarrasins. En se penchant, il demanda à voix basse à son frère :

« Cela ne te dérange pas ? »

Celui-ci se contenta de hausser les épaules. Non sans réticence, Balian décida alors d'exposer ses propres réserves. Mais avant qu'il ait pu se lever, le roi prit brusquement la parole.

« Ne prenons-nous pas le risque, monseigneur le comte, que Saladin mette cette trêve à profit pour s'en prendre à ses adversaires musulmans : les émirs d'Alep et de Mossoul, ainsi que la secte des Assassins ? »

Raymond parut surpris de cette intervention.

« Le risque existe en effet, Majesté. Mais il en va toujours ainsi lorsqu'on conclut une trêve. La triste vérité, c'est qu'en temps de paix les hommes continuent de préparer la guerre.

— J'entends bien, répondit le roi. Mais la situation n'est-elle pas un peu différente ? Nous n'avons jamais eu à affronter un ennemi aussi puissant que Saladin. S'il parvient à s'assurer le contrôle d'Alep, le nord de la Syrie suivra et nous nous trouverons encerclés de tous les côtés, en dehors de la bande côtière. Lorsque ce sera le cas, qu'est-ce qui empêchera Saladin de nous attaquer dans le but évident de nous détruire ? Les Sarrasins considèrent que cette terre leur appartient, au même titre que nous. »

C'était un remarquable résumé des leçons de Guillaume concernant le fragile équilibre des forces dans le royaume d'Outremer depuis que les chrétiens en avaient chassé les Sarrasins en s'emparant de Jérusalem, en l'an de grâce 1099. Guillaume n'en paraissait pas plus fier pour autant : il contemplait ses mains, les yeux baissés, tandis que ses joues s'empourpraient.

« Outremer sera toujours au bord du gouffre, Majesté, répondit Raymond. Votre royaume est semblable à une île perdue au milieu de la vaste mer sarrasine, il est donc crucial que nous obtenions l'aide du reste de la chrétienté. Nous ne sommes pas assez nombreux pour endiguer cette marée, et nous avons constamment besoin de l'arrivée des guerriers qui se sont faits croisés et ne demandent qu'à se battre pour la défense de la Terre sainte. Et nous avons tout autant besoin de la protection d'un dirigeant puissant que Saladin considérera comme une menace : ce pour quoi je me suis tourné vers l'empereur Frédéric.

— C'est Manuel, l'empereur byzantin, que Saladin considère comme une menace, rétorqua Baudouin. Et Constantinople est beaucoup plus proche d'Outremer que l'Empire germanique.

— C'est exact. Mais Frédéric est plus fiable que Manuel, Majesté. Comme nous, il a placé sa foi dans l'Église de Rome. Plus encore, il a déclaré à plusieurs reprises qu'il se souciait du destin de la Terre sainte et avait l'intention de se faire croisé. À Constantinople, on réfute l'autorité du pape, et la religion orthodoxe se montre souvent hostile à l'Église romaine. Leurs façons de faire ne sont pas les nôtres, et je ne crois pas qu'on puisse s'appuyer sur les Byzantins. »

Balian vit bien qu'avec cette dernière phrase Raymond avait remporté la partie, car la plupart des barons ici présents ne faisaient pas davantage confiance aux Grecs.

Baudouin ne prolongea pas la discussion. Il avait fait de son mieux pour exposer les arguments que son père avait défendus, et Guillaume après lui, mais cela n'avait pas suffi à lui assurer les suffrages de la Haute Cour. Guillaume paraissait toujours aussi accablé, et Balian n'était pas très heureux lui non plus de l'issue des délibérations. Il était exact que les Grecs et les Francs n'étaient pas des alliés naturels. Mais Manuel était le premier empereur byzantin qui paraissait bien disposé à l'égard de leur royaume, et il était assurément en meilleure position pour leur venir en aide en cas de nécessité. Balian ne doutait pas de la bonne volonté de l'empereur germanique, mais celui-ci donnait l'impression de ne jamais avoir suffisamment d'ennemis. Il était pour l'instant engagé dans une guerre qui l'opposait aux armées du pape, à une série de villes italiennes regroupées sous le nom de Ligue des Lombards et au roi de Sicile. Et si jamais il perdait ces combats ? Qui viendrait alors protéger Outremer ?

Baudouin d'Ibelin et Balian franchissaient le mur d'enceinte après la session de la Haute Cour lorsqu'ils entendirent Raymond les appeler.

« Onfroy et moi allons conduire la délégation qui va négocier avec Saladin, leur dit-il. J'ai pensé que vous pourriez vous joindre à nous, Baudouin. »

Celui-ci eut un léger mouvement de recul.

« Avez-vous oublié que je viens tout juste de me remarier ? rétorqua-t-il. De surcroît, je ne parle pas un mot d'arabe. Je ne suis même pas capable de jurer dans cette langue infernale !

— Ce ne sera pas nécessaire, l'assura Raymond. Onfroy et moi le parlons. Et nous aurons bien sûr des interprètes, en cas de besoin. »

Baudouin continuait de hocher la tête.

« Je suis un peu obtus, dit-il, mais tout de même pas au point de penser que la compagnie de Saladin soit plus agréable que celle d'Élisabeth… »

Les yeux de Balian se mirent à briller.

« Je parle un peu l'arabe », déclara-t-il soudain.

Son frère le regarda avec étonnement.

« Vraiment ? s'exclama-t-il. Depuis quand ?

— Quelque temps déjà », répondit évasivement Balian.

Il n'avait pas parlé à son frère de ses leçons d'arabe, sachant que celui-ci se serait gaussé, incapable de comprendre qu'il y consacre autant d'efforts et de temps, alors que les interprètes étaient légion dès qu'il s'agissait de communiquer avec les Sarrasins ou les habitants de langue arabe auxquels avaient affaire les Francs. Toutefois, Baudouin se garda de se moquer de lui en voyant que Raymond acceptait d'associer son frère à sa délégation. Il remercia au contraire le régent avec un tel enthousiasme qu'il parvint à lui arracher l'un de ses rares sourires.

Raymond les laissa, s'étant aperçu que sa femme lui faisait signe depuis le seuil de la grande salle. Dès qu'il se fut éloigné, Baudouin regarda Balian avec une curiosité amusée.

« Je sais que tu n'approuves pas cette trêve, petit frère. Dans ce cas, pourquoi as-tu tellement envie d'assister à cette rencontre ? Ne risques-tu pas de t'en faire en quelque sorte le complice ?

— Il me semble que la réponse est évidente : qui ne rêverait de se retrouver un jour devant Saladin ?

— Eh bien, moi, par exemple, rétorqua Baudouin. Ce ne serait pas la même chose si c'était lui qui venait nous trouver ici. Mais je ne ferais sûrement pas une chevauchée de plusieurs jours pour le seul plaisir de le rencontrer. »

Sur ce, il prit la direction des écuries. Balian s'apprêtait à le suivre lorsqu'il aperçut Guillaume qui sortait de la tour de David.

Le chancelier paraissait si abattu que Balian n'eut pas le courage d'aborder la question de la trêve. Un brusque éclat de rire lui fournit heureusement un autre sujet de conversation et il désigna de la tête Raymond et Esquiva.

« Le comte est un autre homme depuis que sa femme est ici. Si nous pouvions tous avoir la chance d'épouser une riche héritière qui ait en plus le bon goût de nous aimer…

— Raymond et Esquiva ont l'air de bien s'entendre, approuva Guillaume. Je suis sûr qu'elle lui est reconnaissante d'être un beau-père dévoué pour ses enfants. » Mais le bonheur conjugal du régent l'intéressait visiblement assez peu, alors qu'il avait besoin de se libérer du fardeau qui l'oppressait. « J'ai fait tout ce qui était en mon pouvoir pour convaincre Raymond de renoncer à cette trêve avec Saladin, lança-t-il ; il hésita un instant puis lui fit à voix basse une confidence qui témoignait de la profondeur de son amitié : J'aurais dû prendre la parole et réaffirmer ma position devant la Haute Cour. »

Balian était désolé que le chancelier ait à ce point honte de son silence et tenta de l'apaiser en lui disant :

« Vous avez convaincu Baudouin, en tout cas. Lorsqu'il aura atteint sa majorité, il est vraisemblable qu'il suivra plus volontiers vos traces que celles de Raymond. »

Mais cela n'eut pas l'air de rasséréner Guillaume. Balian reprit donc, d'une voix douce :

« Il est au courant, n'est-ce pas ? »

Guillaume ne répondit pas car c'était au roi de révéler lui-même son secret. Il le soupçonnait de l'avoir déjà dit à sa mère et au comte Raymond, mais n'allait évidemment pas lui demander de le confirmer.

« Pourquoi Raymond est-il si pressé de signer cette trêve avec Saladin ?

— Le comte a été fort bien traité durant ses longues années de détention chez les Sarrasins. Il a appris l'arabe à cette occasion et semble même avoir fraternisé avec ses geôliers. Je me demande si l'expérience qu'il a vécue à Alep ne le pousse pas à faire preuve d'une confiance excessive. À en juger par ses propos, il semble sincèrement convaincu qu'il est possible de conclure une paix durable avec Saladin.

— J'imagine que vous lui avez répondu que la loi islamique interdit aux musulmans d'établir une paix durable avec les infidèles. Et qu'ils ne peuvent leur proposer que des trêves de dix ans, tout au plus. »

Guillaume acquiesça d'un air morose.

« Bien sûr. Mais il s'est contenté de sourire et de me rétorquer, en plaisantant, pour une fois, qu'il n'avait rien contre l'idée de conclure une trêve renouvelable tous les dix ans. Je crains qu'il n'oublie un peu vite aussi bien la foi aveugle des Sarrasins dans le jihad que celle des chrétiens dans la guerre sainte.

— Il me semble que la plupart des Poulains ne demanderaient pas mieux que de s'entendre avec les Sarrasins, s'ils avaient la certitude que ceux-ci respectent leurs accords, avoua Balian.

— C'est vrai pour les Poulains. Mais il en va tout autrement pour les nouveaux venus qui viennent de débarquer en Terre sainte et rêvent d'en découdre avec les infidèles… Ils sont toujours horrifiés en découvrant que nous avons adopté certaines de leurs mœurs, que nous consultons leurs médecins et que nous souhaitons surtout protéger des territoires durement conquis plutôt que d'en revendiquer d'autres, que nous serions d'ailleurs bien en peine de défendre. Imaginez leur réaction s'ils découvraient en arrivant que nous avons conclu une paix durable avec des gens qu'ils considèrent comme des créatures du diable…

— C'est exact, reconnut Balian. Nombre d'entre eux se demandent déjà si les Poulains sont vraiment des chrétiens et méritent de défendre la Ville sainte.

— Dans le camp d'en face, il y a des Sarrasins qui considèrent pour leur part que leur devoir sacré est de nous éliminer et de nous rejeter à la mer.

— Leurs dirigeants n'ont pas tous obéi à l'injonction du jihad, souligna Balian. Comme nous, ils ont souvent agi en fonction des impératifs immédiats ou de leurs intérêts. Croyez-vous que Saladin soit un farouche partisan du jihad ?

— Je donnerais beaucoup pour le savoir, Balian. Car de la réponse à cette question dépend sans doute le destin de notre royaume. »

CHAPITRE 8

Juillet 1175
Marj al-Saffar, Syrie

Balian rêvait depuis longtemps de connaître Damas, l'une des villes les plus anciennes du monde, à en croire Guillaume. Il fut donc extrêmement déçu en apprenant qu'ils allaient rencontrer Saladin dans son camp établi à Marj al-Saffar, une vaste plaine située au sud de Damas. Néanmoins, il oublia rapidement sa déception car il était très curieux de rencontrer ces ennemis à la fois familiers et inconnus : ce serait à coup sûr une mémorable expérience.

Sa première surprise concerna le sultan lui-même. Saladin occupant une telle place dans leur existence, Balian avait imaginé un individu de stature imposante, à la fois sévère, déterminé et intimidant. Dans la réalité, Saladin ne ressemblait en rien à cette image : il était de taille moyenne, relativement mince, la peau sombre et le visage agrémenté d'une barbe taillée avec soin. Il n'était ni distant ni réservé. Prompt à sourire, affable et disponible, c'était un hôte d'une telle amabilité qu'on en oubliait presque que les rencontres entre les Francs et les Sarrasins avaient généralement lieu sur le champ de bataille. Sur d'autres points, pourtant, Balian ne s'était pas trompé : on percevait une intelligence aux aguets derrière ces insondables yeux noirs. Et il savait déjà que Saladin pouvait s'avérer impitoyable, il l'avait suffisamment prouvé dans le passé. Mais il ne s'était pas attendu à ce que le sultan dégage un tel charme.

Une fois la cérémonie d'accueil terminée, on passa aux échanges de cadeaux. Raymond offrit à Saladin trois splendides faucons gerfauts, et le sultan lui céda en retour plusieurs chameaux, ainsi qu'une tente destinée au jeune roi. Si elle ressemblait au pavillon qu'occupait Saladin, Balian songea que Baudouin serait enchanté. Les rois francs disposaient de tentes spacieuses et confortables pour leurs campagnes militaires, mais il n'en avait jamais vu d'aussi imposante : on aurait pu y loger une centaine de soldats, et elle comportait même une pièce intérieure dans laquelle les véritables négociations allaient probablement avoir lieu. Mais avant cela, ils allaient rompre le pain ensemble, et Balian savait que le repas serait aussi copieux que raffiné, les Sarrasins prenant très au sérieux les lois de l'hospitalité.

Raymond avait pris soin de présenter Balian au sultan, attention que le jeune d'Ibelin avait beaucoup appréciée. Il ne s'attendait pas toutefois à s'asseoir avec eux à la table d'honneur. Des coussins avaient été disposés à la ronde, le repas devant être servi sur des tables basses ou à même le sol, une coutume sarrasine que nombre de Poulains avaient depuis longtemps adoptée. Des nappes furent étalées sur les tapis, et lorsque Raymond et Onfroy eurent pris place aux côtés de Saladin sur les sièges d'honneur, tout le monde se lava les mains dans des coupes dont l'eau était parfumée à la rose et s'assit en tailleur sur les coussins. Balian était venu avec plusieurs de ses chevaliers, et ceux-ci furent surpris de voir qu'il choisissait de s'asseoir à côté d'un homme de l'escorte de Raymond plutôt qu'avec eux : ce Gérard de Ridefort ne s'était guère montré aimable pour sa part envers les Poulains durant le voyage qui les conduisait à Marj al-Saffar.

Balian ne savait pas grand-chose concernant les origines de cet homme, sinon qu'il appartenait à une famille influente dans sa Flandre natale : il s'était en effet attaché à la maison de Raymond peu après son arrivée en Terre sainte. Au cours du trajet, il s'était également aperçu que le chevalier flamand avait fort mauvais caractère et nourrissait les soupçons habituels des nouveaux venus à l'égard des chrétiens natifs de la région. Sachant que ce trait s'accompagnait presque toujours d'une haine viscérale des musulmans, Balian l'avait surveillé du coin de l'œil, en se demandant quelle serait son attitude une fois qu'il se trouverait au milieu de tous ces Sarrasins.

Gérard montrait déjà des signes d'agitation, et Balian savait d'expérience que le malaise des nouveaux arrivants en Outremer prenait souvent la forme d'une colère plus ou moins rentrée. À peine furent-ils assis que Gérard commença à se plaindre du manque de tables et de chaises, demandant d'un air méprisant si on avait l'intention de les faire manger par terre comme des chiens. Même s'il comprenait que le Flamand soit perturbé à l'idée de partager un repas avec ceux qu'il avait juré d'exterminer, Balian dut faire un effort pour ne pas perdre patience.

« Lorsque vous en aurez pris l'habitude, dit-il à Gérard, vous verrez qu'il est très confortable de manger ainsi. De nombreux Poulains préfèrent cet usage à celui qui a cours en Europe.

— Ça ne m'étonne pas », marmonna l'autre d'un air si dégoûté que Balian retint un soupir et se dit que le repas allait être long.

Le Flamand observa ensuite d'un air soupçonneux la boisson que les domestiques versaient dans leurs coupes. Après en avoir bu une gorgée du bout des lèvres, il fit la grimace, et pendant un instant Balian se demanda s'il n'allait pas recracher tout bonnement le liquide.

« Par le sang de Dieu ! s'exclama-t-il. Quelle est cette mixture infâme ? »

Après l'avoir goûtée à son tour, Balian se força à sourire.

« C'est du jus d'ananas, messire Gérard. Et non de la ciguë, n'ayez pas peur. Les Sarrasins ne servent jamais de vin, leur livre sacré le leur interdit.

— *Sacré ?* Chez moi, on considérerait comme blasphématoire d'employer un terme pareil pour qualifier la croyance de ces vils infidèles ! »

Balian s'abstint de lui répondre, en espérant que cela retiendrait Gérard de poursuivre sa harangue. Mais le Flamand ne tarda pas à trouver un nouveau motif de mécontentement, regardant d'un air incrédule les plats de service qu'on disposait sur les nappes devant leurs assiettes.

« Doux Jésus ! Ne me dites pas que nous allons devoir nous servir dans les mêmes plats qu'eux ? »

Balian savait fort bien que cet usage était répandu dans les royaumes de France et d'Angleterre, et il ne pensait pas que la Flandre échappait à la règle. Ce qui révulsait Gérard, évidemment, c'était de devoir plonger ses doigts dans les mêmes plats que les Sarrasins. Balian avait espéré être en mesure de réfréner le malaise du Flamand afin que celui-ci se détende et profite du repas : mais il voyait bien que c'était une tâche impossible. Tout ce qu'il pouvait faire, c'était l'empêcher de provoquer un scandale qui offenserait leurs hôtes sarrasins et ne montrerait pas les Francs à leur avantage.

« C'est une simple entrée, dit-il en désignant le plateau de dattes fourrées aux amandes. Essayez, je suis sûr que vous aimerez ça. »

Il se pencha et en déposa une sur l'assiette de Gérard, mais celui-ci se garda bien d'y toucher. Il fixait la datte comme s'il s'agissait d'un déchet répugnant et non d'une douceur destinée à flatter les palais les plus délicats. Excédé, Balian aurait volontiers renversé le Flamand sur le sol pour lui faire avaler de force toute la récolte de dattes du royaume d'Outremer.

On apporta ensuite les plats principaux qui étaient servis ensemble et non séparément, comme il était d'usage chez les Francs et les autres peuples d'Europe. Balian remarqua avec satisfaction la présence d'un de ses mets préférés : le *sikbaj*, un ragoût d'agneau mariné dans du vinaigre, puis rissolé dans l'huile d'olive avec des aubergines, des oignons, des amandes, des figues et des raisins. Après s'être servi, il voulut en proposer à Gérard, qui refusa sèchement. Plus par entêtement que dans l'espoir de faire honte au Flamand et de lui rappeler les bonnes manières, Balian continua de lui vanter les mérites de la nourriture, lui montrant un plat appelé *zirbaj*, un poisson fariné frit et servi avec une sauce aigre-douce. Mais tous ses efforts s'avérèrent vains.

« Vous pourriez au moins essayer d'en goûter un, insista-t-il. Dans cette région du monde, il est très impoli de s'abstenir de manger lorsqu'on est invité. Vous devriez aimer ce plat, qui s'appelle *buran* : des aubergines frites dans de l'huile de sésame et servies avec du yogourt, de l'ail et du poulet.

— Du yogourt ? demanda Gérard d'un air méfiant. De quoi s'agit-il ? »

Balian lui expliqua que c'était du lait caillé, et l'autre murmura un juron en flamand qui n'avait nullement besoin d'être traduit, à voir son expression dégoûtée.

« Comment se fait-il que vous connaissiez aussi bien leur cuisine ? demanda-t-il à Balian. Ne me dites pas que vous avez un cuisinier sarrasin ? »

Sa remarque se voulait sarcastique, mais il fut stupéfait lorsque Balian lui répondit que c'était effectivement le cas. Ce qui n'était d'ailleurs pas tout à fait exact : les cuisiniers des D'Ibelin étaient des chrétiens de Syrie, mais la cuisine des Sarrasins n'avait pas de secrets pour eux et la plupart des Poulains la préféraient à la fade nourriture des Francs.

« Vous avez un cuisinier infidèle ? s'exclama Gérard en le dévisageant d'un air horrifié. Dieu tout-puissant, vous ne craignez donc pas qu'il vous empoisonne ?

— Absolument pas. Mais ne parlez pas si fort, s'il vous plaît. On commence à vous regarder. »

Balian avait surtout dit ça pour obliger Gérard à changer d'attitude. Mais en jetant un coup d'œil autour de lui, il s'aperçut à son grand déplaisir que tel était le cas. Il ne craignait pas tellement que les Sarrasins saisissent les propos du Flamand, car peu d'entre eux parlaient la langue des Francs. Mais le langage du corps était universel, et l'attitude hostile de Gérard avait attiré l'attention de deux Sarrasins assis non loin de lui.

Le plus jeune semblait plutôt s'amuser de la scène, mais tel n'était pas le cas du second : un individu d'une bonne trentaine d'années, arborant une élégante tunique appelée *karaghand*, signe qu'il s'agissait d'un individu de haut rang. Il avait la mine renfrognée et son regard allait du visage empourpré du Flamand à son assiette vide, à l'exception de la datte qu'il n'avait toujours pas touchée. Son regard brillait d'une violence concentrée, qui rappelait à Balian celui du faucon au moment où il venait de repérer sa proie.

« Croyez-vous que le comte de Tripoli apprécierait que vous provoquiez un esclandre sous la tente de Saladin ? »

Gérard saisit enfin la menace latente dans la voix de son interlocuteur et se replia dès lors dans le plus complet mutisme, sans avaler pour autant une seule bouchée de cette nourriture inconnue. Balian se consacra pour sa part à la dégustation de ce délicieux repas, qui se déroula sans autre incident. Mais chaque fois qu'il regardait le Sarrasin à l'œil de faucon, ses yeux étaient fixés sur le Flamand.

Après qu'on eut servi le *qatayef*, une crêpe sucrée fourrée aux amandes, des coupes et des serviettes circulèrent à nouveau. Saladin disparut dans son pavillon particulier, accompagné de Raymond et d'Onfroy, et des domestiques entreprirent de débarrasser les restes du repas. Gérard s'était déjà levé.

« J'ai besoin de prendre l'air », lança-t-il avant de se diriger vers l'entrée de la tente.

Non sans inquiétude, Balian vit que le faucon s'était levé à son tour et marchait sur les pas de Gérard, suivi de près par son jeune compagnon. Tout en écrasant quelques orteils, Balian se précipita et rejoignit les trois hommes à temps, au moment où ils s'apprêtaient à franchir le seuil de la tente.

« *As-salam alaykum* », lança-t-il, un peu essoufflé.

Le faucon lui accorda à peine un regard, tandis que son compagnon répondait poliment au salut de Balian.

« Et que la paix soit sur vous.

— Monseigneur… » Balian s'interrompit, en espérant que sa maîtrise de l'arabe s'avérerait suffisante. « Mon compagnon vient d'arriver en Orient et n'est pas encore habitué à la chaleur. Il souffre de maux de ventre depuis des jours, ce pour quoi il n'a pas pu faire honneur à ce succulent repas. »

Maintenant qu'ils étaient face à face, Balian songea que le seigneur sarrasin ressemblait encore plus à un faucon qu'il ne l'avait cru de prime abord. Si cette excuse tempéra sa fureur, l'autre n'en laissa rien paraître : ses lèvres étaient si pincées qu'on imaginait mal les voir s'adoucir en un vague sourire ; et ses yeux reflétaient dans leur profondeur la lueur rouge des torches. Son compagnon se pencha alors vers lui et lui murmura quelques paroles à l'oreille, trop bas pour que Balian les saisisse. Le faucon se figea un instant avant de cracher quelques mots en arabe en regardant Balian d'un air méprisant. Après quoi, il fit volte-face et s'éloigna.

Indifférent à l'insulte, Balian était surtout soulagé qu'il ne se soit pas lancé à la poursuite de Gérard. L'autre Sarrasin était resté près de lui.

« Avez-vous compris ce qu'il disait ? » lui demanda ce dernier.

Balian ne parlait pas l'arabe couramment et il fallait que son interlocuteur s'exprime lentement pour qu'il suive vraiment la conversation. Il n'avait clairement saisi qu'un seul mot : *khanzin* ; sachant que le cochon était un animal impur aux yeux des musulmans, il n'avait pas besoin d'en savoir davantage.

« Je crois qu'il a traité quelqu'un de porc, répondit-il d'un air dégagé. Je n'ai bien sûr pas pensé un seul instant qu'il s'agissait de moi. »

Le visage du Sarrasin n'était pas aisément déchiffrable, mais Balian crut y déceler l'ombre d'un sourire. Cet individu l'intriguait : le comportement du faucon l'avait visiblement autant inquiété qu'il l'avait été de son côté par l'attitude du sieur de Ridefort. L'idée que celui-ci soit en train de rôder en toute liberté dans le camp des Sarrasins ne lui laissait rien présager de bon, et il demanda à l'un de ses chevaliers d'aller le surveiller à sa place.

« Préviens-moi s'il est à deux doigts de se faire étriper, lui dit-il. Mais inutile d'intervenir s'il encourt juste une bonne raclée. »

Le chevalier acquiesça en souriant et se mit en route tandis que Balian se tournait à nouveau vers le Sarrasin.

« Je m'appelle Balian, lui dit-il, et je suis le seigneur d'Ibelin. Je vous remercie de votre intervention. »

L'autre ne feignit même pas de ne pas comprendre à quoi il faisait allusion.

« Le sultan n'aurait pas été très heureux que son neveu se bagarre avec l'un des Francs », lui dit-il.

Amusé que ces mots fassent écho à l'avertissement qu'il avait lui-même lancé à Gérard, Balian dévisagea ensuite son interlocuteur.

« Quoi ? lança-t-il, soudain interloqué. Le faucon est le neveu du sultan ?

— Le faucon ? répéta l'autre, visiblement amusé. Ce surnom lui va bien. C'est en effet un membre de sa famille. Peut-être avez-vous entendu parler de lui : il s'appelle Taqi al-Din. »

Balian ouvrit de grands yeux en comprenant qu'ils avaient en effet frôlé la catastrophe, car une bagarre entre Gérard de Ridefort et Taqi al-Din se serait sûrement terminée par un bain de sang. Le neveu de Saladin avait la réputation d'ignorer la peur sur le champ de bataille, et d'être tout aussi agressif le reste du temps. Quant à sa haine des Francs, elle n'avait d'égale que son amour de la violence.

« Qui n'a pas entendu parler de Taqi al-Din ? » répondit-il, la langue arabe se prêtant à merveille à ce genre de rhétorique. Il jeta discrètement un coup d'œil autour d'eux pour s'assurer que l'irascible neveu du sultan ne s'était pas lancé à la poursuite de cet abruti de De Ridefort, et constata avec soulagement qu'il était en train de discuter avec deux individus arborant les dorures des gardes du corps de Saladin. Il remarqua également, non sans surprise, que de nombreux Sarrasins le regardaient lui-même avec curiosité.

« Il semble que nous ayons attiré l'attention, dit-il sans trop savoir comment prendre la chose.

— Vous devez les intriguer. Peu de Francs se donnent la peine d'apprendre la langue arabe.

— C'est exact, concéda Balian, sans pouvoir toutefois s'empêcher d'ajouter : Mais moins de Sarrasins encore se donnent la peine d'apprendre la langue des Francs. »

Il vit une lueur amusée briller dans le regard de son interlocuteur et comprit qu'il ne s'était pas trompé sur son compte.

« C'est tout aussi exact, lui dit l'autre. Mais savez-vous pourquoi ? »

Balian fut incapable cette fois encore de résister au défi qu'on lui lançait.

« Je risquerai une hypothèse, dit-il. C'est parce qu'ils estiment que cela n'en vaut pas la peine. Que les Francs sont des invités aussi ennuyeux qu'encombrants, et qu'ils ne s'attarderont pas longtemps dans la région. »

Le Sarrasin se fendit d'un grand sourire.

« Venez, lui dit-il. Asseyons-nous pour poursuivre cette conversation. »

Après avoir repéré deux coussins libres, il fit signe à un domestique et on leur apporta aussitôt deux coupes finement décorées, qui étaient glaciales au toucher. Avant même d'y avoir goûté, Balian savait qu'il s'agissait d'un *jallab*, un jus de datte et d'eau de rose mélangé à de la neige qu'on faisait venir des montagnes, emballée dans des charrettes bardées de paille. Conscient de frimer un peu, il s'exclama :

« Ah, du *jallab*… Rien de mieux par une telle chaleur… »

L'autre sourit à nouveau.

« Aussi encombrants que puissent être certains invités, vous n'en êtes pas moins d'une courtoisie parfaite. »

Balian se dit que le compliment aurait fort bien pu être retourné à ce bon samaritain sarrasin, qui prenait la peine de s'exprimer lentement, en détachant bien les mots, afin qu'il puisse plus facilement le comprendre. Il remarqua qu'ils attiraient toujours les regards, avant que la vérité le frappe tout à coup. Il s'étonnait même que cela lui ait pris autant de temps… Ce n'était pas lui qu'on regardait, mais son compagnon. Il fallait être courageux pour s'opposer à Taqi al-Din. Et sans doute fallait-il aussi être de haute lignée, le statut social ayant autant d'importance pour les Sarrasins que dans son propre camp. Songeant que le meilleur moyen de satisfaire sa curiosité était encore l'attaque frontale, il déclara d'un air faussement candide :

« Peu d'hommes auraient affronté un guerrier de la réputation de Taqi al-Din comme vous venez de le faire – d'autant plus qu'il est le neveu du sultan. Ne risque-t-il pas de vous en tenir rancune ? »

L'autre se contenta d'un haussement d'épaules nonchalant avant de lui fournir l'information espérée, qui n'était d'ailleurs pas celle à laquelle il s'attendait.

« Cela lui passera. Du reste, il est également mon neveu. »

Balian n'en revenait pas d'avoir eu une telle chance : quel meilleur moyen d'en apprendre davantage sur l'énigmatique Salah al-Din qu'en discutant avec un membre de sa famille ?

« Je suis très honoré, dit-il en regrettant de ne pas se rappeler l'une ou l'autre des expressions fleuries dont l'arabe disposait pour de telles circonstances. Et vous êtes… ?

— Al-Malik al-Adil Saif al-Din Abou Bakr Ahmad ben Ayoub. »

Balian se redressa sous l'effet de la surprise, car le membre le plus connu de la fratrie de Saladin était son jeune frère al-Adil, qui s'était avéré capable aussi bien de repousser une rébellion en Égypte contre le sultan que de diriger le pays en son absence. Balian le soupçonnait de s'être gentiment moqué de lui, les Sarrasins sachant que les Francs se perdaient le plus souvent dans leur manière de se désigner. La plupart de ses compatriotes ne se seraient d'ailleurs pas retrouvés dans cette enfilade de noms.

Mais Guillaume avait étudié la nomenclature arabe pour écrire la chronique des royaumes sarrasins destinée au roi Amaury, et Balian le bénissait d'avoir partagé une partie de ses connaissances avec lui. Il savait ainsi qu'un nom musulman se composait de cinq éléments : le *ism*, ou prénom ; le *kunya*, attribué après la naissance d'un fils ; le *nasab*, qui identifiait le père ; le *laqab*, qui était un titre honorifique ; et le *nisba*, qui était l'équivalent d'un surnom. Guillaume lui avait expliqué que Salah al-Din était le *laqab* du sultan et signifiait « droiture de la foi », son *ism* étant Youssouf, le Joseph de la Bible. Il avait oublié une bonne partie de ses leçons mais se souvenait que l'usage du *ism* était réservé aux membres de la famille, et qu'il aurait donc insulté son interlocuteur en l'appelant Ahmad. Se doutant qu'il allait le surprendre, il sourit et lui déclara d'un air désinvolte :

« Corrigez-moi si je me trompe, mais je pense avoir le droit de vous appeler par votre *laqab*, Saif al-Din ? »

Al-Adil haussa un sourcil, et lorsque leurs regards se croisèrent ils éclatèrent tous les deux de rire, en découvrant que l'humour s'avérait capable de surmonter, au moins pour un court instant, les formidables barrières de la culture, du langage et de la religion.

Maintenant qu'ils avaient mis un terme à leur joute oratoire, ils s'aperçurent qu'ils pouvaient converser librement. Al-Adil accepta de répondre à quelques questions concernant son frère aîné : même si ses réponses ne lui permettaient guère de comprendre le fonctionnement de l'esprit du sultan, Balian les trouva néanmoins intéressantes. Les Francs utilisaient les termes de « Sarrasins » et de « Turcs » pour désigner l'ensemble des musulmans, mais la famille de Saladin était kurde, une tribu souvent considérée avec suspicion par les califes d'Égypte et de Bagdad – ce qui ne rendait que plus impressionnante son irrésistible ascension. Selon le calendrier islamique, Saladin était né en 532 de l'Hégire et avait aujourd'hui trente-sept ans. Balian en déduisit qu'il devait être né en 1138 de l'ère chrétienne. Il apprit que le sultan excellait au *mall*, qu'il aimait la poésie et la fauconnerie, qu'al-Adil, à trente ans, était de sept ans son cadet et retournerait sous peu en Égypte : leur rencontre ce mois-ci était donc le fruit d'un heureux hasard.

Ils découvrirent qu'ils avaient de nombreux intérêts en commun – dont l'amour des chevaux, de la chasse et de la musique –, et s'entendirent bientôt tellement bien que le jeune frère de Saladin invita Balian à venir chasser avec lui lors de son prochain passage en Égypte, avant d'ajouter froidement : « En espérant que nous n'aurons pas recommencé à nous entre-tuer d'ici là. » En temps de paix, de telles parties de chasse n'avaient rien d'inhabituel, et Balian espérait bien pouvoir honorer cette invitation, fasciné comme il l'était lorsque al-Adil lui apprit qu'il chassait avec des panthères spécialement entraînées à cet effet. Il était en train de lui parler d'Asad, le cheval arabe favori de Baudouin, lorsque Saladin et ses invités émergèrent de la tente privée.

Les trois hommes paraissaient satisfaits, et Balian en déduisit qu'ils étaient parvenus à un accord. Raymond était impassible, selon son habitude, tandis qu'Onfroy et Saladin plaisantaient, visiblement complices. Balian se souvint alors d'une révélation que Guillaume lui avait faite jadis : Onfroy avait rencontré Saladin lors d'une campagne d'Amaury en Égypte, ajoutant d'un air désapprobateur que les deux hommes étaient devenus assez amis. À l'époque, cette anecdote l'avait laissé sceptique, étant donné le pouvoir qu'ils exerçaient dans leurs pays respectifs. Mais en les observant aujourd'hui, il voyait bien qu'ils avaient vraiment l'air de s'apprécier. S'agissait-il pour autant d'amitié ? Le sultan d'Égypte et le connétable du royaume de Jérusalem pouvaient-ils réellement être amis ? En jetant un regard de côté sur al-Adil, il se demanda si l'amitié était également possible entre eux. Il aurait bien voulu le croire mais ne pouvait s'empêcher d'en douter.

Denis de Grenier avait rejoint sa femme à Jérusalem pour la cour que tenait son fils à Noël. Ils venaient de célébrer leurs retrouvailles au lit, mais Agnès ne parvenait pas à trouver le sommeil. Tandis que son mari ronflait paisiblement à ses côtés, elle se tournait sans arrêt entre les draps en écoutant la pluie froide crépiter sur les toits du palais. Elle finit par écarter les rideaux du baldaquin et, après avoir enfilé sa cape, se dirigea vers la fenêtre pour regarder les gouttes d'eau qui frappaient la vitre embuée. Elle avait entendu dire que le verre était une denrée rare dans le reste de la chrétienté, et que les riches eux-mêmes se contentaient le plus souvent de protéger leurs fenêtres avec du lin huilé. Elle n'arrivait pas à imaginer la vie dans ces contrées lointaines, ces cités qui n'étaient pour elle que des noms et dont les lépreux étaient bannis, enfermés dans des hospices où ils n'avaient pas le droit de revoir leur famille, leurs voisins ou leurs amis.

Agnès s'écarta de la fenêtre et se mit à faire les cent pas. Ces sombres pensées l'assaillaient uniquement la nuit, elle parvenait durant la journée à les maintenir à distance. Il était stupide de gamberger de la sorte, d'agiter ces ombres qui manquaient de substance et de réalité. Son fils n'était pas lépreux. Elle refusait de croire que Dieu ait pu laisser une telle chose se produire.

Cherchant d'autres sujets susceptibles d'occuper ses pensées, elle se concentra sur Sibylle. Sa fille paraissait à peu près satisfaite du mariage qu'on lui proposait, surtout depuis qu'on lui avait dit que Guillaume de Montferrat était bel homme. Agnès reconnaissait qu'elle se montrait un peu cynique, mais elle n'avait aucune confiance dans le jugement de sa fille. Elle avait réussi à établir une relation durable avec Baudouin sitôt après la mort d'Amaury, même si elle ne réussirait jamais à rattraper le temps perdu : elle espérait que son ancien mari passerait au moins mille ans au purgatoire pour l'avoir séparée de son fils pendant toutes ces années. Sibylle pour sa part continuait à lui échapper. Il n'était pas rare qu'elle passe une journée avec elle en ayant l'impression de se trouver en compagnie d'une étrangère parfaitement écervelée, sautant du coq à l'âne comme une abeille en quête de nectar. Agnès avait beau se dire que sa fille était encore jeune, qu'elle avait à peine seize ans et qu'il était naturel qu'elle papillonne de la sorte après ces années passées dans le cocon du couvent de Bethléem, elle savait bien qu'elle n'avait jamais fait preuve d'une telle naïveté à son âge, étant déjà veuve et ayant appris que la vie n'était pas une partie de plaisir.

Ses dames de compagnie dormaient sur des paillasses disposées près du foyer. Les nuits où Denis venait comme aujourd'hui exercer son devoir conjugal, il laissait ses écuyers dans sa propre chambre. Agnès se demanda un instant si elle n'allait pas réveiller l'une de ses suivantes pour faire une partie d'échecs et occuper ainsi le temps jusqu'à ce que le sommeil revienne.

Denis ronflait toujours. Étrange tout de même qu'elle ait attendu son quatrième mariage pour éprouver une véritable satisfaction. Elle ne se souvenait pas vraiment de son premier mari, mort depuis plus de vingt-cinq ans. Toutes les images liées à Amaury étaient empoisonnées : ils avaient bien dû partager quelques moments agréables, mais elle n'en revoyait aucun. Quant à Hugues, son souvenir s'estompait lui aussi. Tout ce qu'elle parvenait à évoquer, c'était son regard implorant, exigeant toujours d'elle plus qu'elle n'était en mesure de lui donner.

Denis – Dieu le bénisse – n'exigeait rien d'elle. Il paraissait heureux de partager sa couche lorsqu'ils étaient ensemble, mais elle ne devait pas lui manquer beaucoup quand ils étaient séparés. Il ne lui reprochait pas de passer autant de temps à la cour de Baudouin, comme d'autres maris auraient pu le faire. Elle se demandait parfois si leur mariage le satisfaisait autant qu'elle, plus par curiosité d'ailleurs que par réelle inquiétude. Elle considérait leur union comme un marché et avait l'impression d'avoir fait ce qu'on attendait d'elle. Certes, elle ne lui avait pas donné d'enfant. Mais elle avait trente-cinq ans lorsqu'ils s'étaient mariés, et il savait qu'elle n'avait plus la fertilité d'une jeune femme, aussi n'avait-elle pas le sentiment de l'avoir abusé sur ce point. Lui-même avait la quarantaine à l'époque, sans bâtard ni enfant illégitime de son côté, aussi était-il probablement aussi responsable qu'elle de l'infertilité de leur union. On ne pouvait pas imputer tous les torts à la femme dans ce genre d'affaire.

Elle avait parlé du mariage à Sibylle, en essayant de lui faire comprendre que les meilleures unions ressemblaient à celle qu'elle avait avec Denis : un partenariat dans lequel chacun savait ce qu'on attendait de lui. Mais elle soupçonnait sa fille de préférer la passion et les histoires d'amour que colportaient les stupides chansons des troubadours. Enfin, elle l'apprendrait assez tôt… Agnès doutait que la plupart des femmes nourrissent encore beaucoup d'illusions sur la passion amoureuse après leur premier accouchement.

S'approchant d'une table, elle se versa une demi-coupe de vin en se disant que cela l'aiderait peut-être à dormir. Lorsqu'on frappa brusquement à sa porte, elle sursauta et faillit renverser son vin, dont quelques gouttes giclèrent sur son poignet. Resserrant sa cape autour d'elle, elle se dirigea vers la porte.

« Qui est là ? » demanda-t-elle.

Le nom qu'on lui donna lui était vaguement familier, c'était celui d'un domestique de Baudouin. Elle tira le loquet avec une telle hâte qu'elle se coinça les doigts et ressentit une douleur fulgurante. Elle ne percevait plus rien en dehors du battement accéléré de son cœur et de l'étrange expression de l'homme qui se tenait devant elle : un mélange d'ébahissement et de peur.

Yves, l'écuyer de Baudouin, attendait Agnès dans l'antichambre du jeune roi. Il se hâta de baisser les yeux, rougissant d'avoir aperçu ses longs cheveux blonds vaguement recouverts d'un voile : en temps normal, une femme n'exposait jamais sa chevelure en public et ne la révélait qu'à son mari, dans l'intimité de la chambre à coucher.

« Excusez-moi de vous avoir dérangée, madame, bafouilla-t-il, mais je ne savais pas quoi faire.

— C'est donc vous qui m'avez appelée ? Ce n'est pas Baudouin ? » L'écuyer acquiesça, les yeux toujours baissés, et elle résista à l'envie de le secouer comme un prunier pour lui arracher de plus amples explications. « Dites-moi ce qui s'est passé, lui dit-elle le plus calmement possible.

— Comme il pleuvait, le roi ne voulait pas aller aux bains publics, il a donc décidé de prendre son bain ici. Une fois que les domestiques eurent apporté des bassines d'eau chaude, je l'ai aidé à se dévêtir avant de vérifier la température de l'eau. Elle était brûlante, madame, et j'ai pensé qu'il fallait y ajouter de l'eau froide. Le temps que j'aille en chercher, le roi était sur le point de pénétrer dans le tub. J'ai poussé un hurlement et il a reculé juste à temps. Mais ses orteils étaient tout rouges et il y avait également des marques de brûlure sur sa cheville, là où l'eau avait giclé. Je me suis précipité pour vérifier la gravité de ses plaies mais il… il m'a repoussé. Je lui ai dit qu'il y avait un onguent dans l'un des coffres mais il n'a pas eu l'air de m'entendre. Il ne quittait pas le tub des yeux. Puis il m'a ordonné de sortir. Je lui ai obéi, bien sûr. Les autres serviteurs sont allés dormir ailleurs. Mais je n'étais pas tranquille et j'ai attendu. Pendant un long moment, seul le silence régna. Puis il y eut comme un bris de verre, ou un craquement, suivi de bruits indistincts. J'ai essayé de lui parler à travers la porte en lui demandant si je pouvais lui venir en aide. J'ai alors entendu un bruit sourd, accompagné d'un choc violent, comme si on avait jeté quelque chose contre la porte. » Yves avait quelques années de plus que Baudouin mais paraissait plus jeune à présent, sous l'effet de la peur et de l'émotion. « Madame… Ai-je fait quelque chose qui aurait provoqué sa colère ? Je ne voulais pas…

— Vous n'avez rien fait de mal. Allez vous coucher, à présent. »

Visiblement soulagé, l'écuyer s'éclipsa.

Agnès attendit son départ pour s'approcher de la porte et constata sans surprise qu'elle était barricadée de l'intérieur.

« Baudouin ? lança-t-elle. C'est ta mère. Peux-tu me laisser entrer ? »

Seul le silence lui répondit.

« Il n'y a personne ici en dehors de moi. Je te promets que je ne resterai pas, si tel est ton souhait. Ouvre cette porte, s'il te plaît… »

Que faire, s'il continuait de refuser ? On ne pouvait pas le laisser seul à l'intérieur. Mais on ne pouvait pas davantage forcer sa porte. Jamais elle ne ferait une chose pareille.

« Baudouin, je t'en supplie… »

Jamais de sa vie elle n'aurait imaginé devoir un jour l'implorer de la sorte. Au bout d'un nouveau et interminable silence, elle entendit le bruit de la barre qu'on retirait et la porte s'entrouvrit lentement vers l'intérieur.

Elle ne se souvenait pas d'avoir éprouvé une frayeur comparable à celle qu'elle ressentit en franchissant le seuil de cette pièce. Après avoir refermé la porte derrière elle, elle s'y adossa et contempla les décombres qui jonchaient la chambre de Baudouin. Le sol était couvert de coupes et de flacons brisés, de vêtements, de livres, de chaussures. On distinguait çà et là un miroir métallique cabossé, une brosse à cheveux… tout ce qui lui était tombé sous la main. Aux pieds d'Agnès gisait un seau en bois qui s'était éventré en heurtant la porte. Son fils se tenait au milieu de tous ces débris. La pièce était froide, il avait remis sa tunique et ses braies au cours du carnage mais était toujours pieds nus, et elle faillit lui dire de faire attention à ne pas se blesser en marchant sur les éclats de verre mais se retint juste à temps.

Les mots lui faisant défaut, elle marcha jusqu'à lui et le prit dans ses bras. Elle avait peur qu'il ne la repousse, mais il ne réagit pas à son étreinte et demeura inerte. Il avait eu une poussée de croissance ces derniers mois : elle se souvenait combien il était fier de devoir baisser la tête pour la regarder à présent et ressentit un bref élan de douleur qui lui coupa le souffle.

« Viens, mon chéri », lui dit-elle en le guidant vers le lit au milieu des débris qui jonchaient le tapis.

Il s'effondra au bord du lit et elle s'assit à côté de lui, serrant ses mains dans les siennes en attendant qu'il lui explique ce qui s'était passé.

« L'eau était brûlante, lui dit-il enfin. Mais je ne sentais pas la chaleur et je me serais ébouillanté si Yves n'était pas intervenu. »

Agnès regarda les pieds de son fils, dont la peau avait viré à l'écarlate. Si cela n'avait tenu qu'à elle, elle se serait précipitée à la recherche de l'onguent dont lui avait parlé l'écuyer et en aurait enduit ses orteils. Mais elle se força à rester assise, sans parvenir toutefois à desserrer l'étreinte de ses mains. Guillaume avait bien essayé un jour de lui parler des symptômes de la lèpre, mais elle avait refusé de l'écouter pour ne pas porter malheur à son fils. Comme elle le regrettait à présent !

« Tu… tu penses à ta main, lui dit-elle, et tu as peur qu'il ne t'arrive la même chose, que ton pied soit insensible lui aussi. Mais peut-être étais-tu fatigué, Baudouin. Ou simplement distrait, l'esprit ailleurs. Il s'agit probablement d'un simple accident, rien de plus. »

Pour la première fois il la regarda droit dans les yeux, avant de secouer lentement la tête.

« Attends, lança-t-elle. Je vais te le prouver ! »

Avant qu'il ait pu réagir, elle se pencha, saisit le pied de Baudouin et planta ses ongles dans son talon.

« Et ça, Baudouin, le sens-tu ? »

Voyant son fils acquiescer, elle faillit fondre en larmes, si grand était son soulagement.

« Tu vois, ajouta-t-elle. Ton pied n'est pas insensible, puisque tu ressens cette douleur. Ce n'est pas… pas ce que tu redoutais. »

Baudouin secoua de nouveau la tête.

« Guillaume m'a appris que le premier symptôme serait l'insensibilité à la chaleur et au froid, dit-il d'une voix atone. Ensuite, je ne ressentirai plus les douleurs. Et enfin, mon pied sera tellement engourdi que je ne sentirai plus rien du tout. Le processus est d'ores et déjà enclenché. Ces brûlures me font mal, mais pas autant qu'elles le devraient. »

Agnès aurait voulu poser la main sur sa bouche pour l'empêcher de parler, arrêter l'énoncé de ces terribles paroles, aussi précises qu'impersonnelles, comme s'il avait évoqué la douleur de quelqu'un d'autre. Elle aurait préféré une nouvelle explosion de colère à cet affreux détachement et à ce manque absolu d'espoir.

« Je ne peux pas accepter ça ! Et toi non plus, Baudouin ! Il y a d'autres médecins sur Terre, plus savants ou plus compétents que ce Syrien ! Nous en trouverons un, je te le promets, qui comprendra le mal dont tu es affligé et saura le traiter. Nous irons à Constantinople, les Grecs sont réputés pour leur médecine… »

Elle s'interrompit car Baudouin la regardait en souriant – le sourire le plus triste qu'elle eût jamais vu.

« Je sais très bien de quel mal je suis affligé, mère, dit-il d'une voix douce. Il s'agit de la lèpre. »

Ses mots semblèrent flotter entre eux dans la pièce. La gorge d'Agnès se serra, l'empêchant de parler, et elle se sentit envahie par une tristesse si sauvage, si accablante, qu'elle crut sincèrement qu'elle allait en mourir.

Baudouin se raidit soudain, avant de se relever et de s'écarter du lit.

« Tu ne devrais pas être ici avec moi ! s'exclama-t-il. La lèpre est contagieuse. Même le simple souffle d'un lépreux peut s'avérer dangereux. Excuse-moi, je ne pensais pas que…

— Non, Baudouin ! »

Elle se leva si vivement qu'elle le rejoignit avant qu'il ait pu réagir, le saisissant par les épaules et l'empoignant de toutes ses forces.

« Je ne sais pas si tu as la lèpre, lança-t-elle d'une voix tremblante, mais ce qui est sûr, c'est que tu seras toujours mon fils. Toujours, tu m'entends ? Et s'il s'avère que tu as raison, nous combattrons ce mal ensemble. »

Lorsqu'elle repensa par la suite à leur échange ce jour-là, il lui fallut bien reconnaître que sa bravoure était aussi infondée que sa confiance affichée, car dans les profondeurs de son âme elle avait toujours su que ce moment allait arriver. Et que son fils était condamné, aussi beau et courageux fût-il. Quand Dieu avait-il jamais manifesté la moindre pitié à son égard ou envers sa lignée ?

Pour l'instant, elle voyait bien que Baudouin avait désespérément besoin d'entendre ce qu'elle venait de lui dire : qu'il n'était pas seul pour affronter ce destin et qu'il méritait toujours d'être aimé. Il ne résista pas lorsqu'elle le prit à nouveau dans ses bras et le serra contre elle, aussi fort que lorsqu'il était enfant, qu'un cauchemar l'avait réveillé et qu'il avait besoin des bras de sa mère pour être consolé. Ils n'échangèrent plus un mot. En caressant sa joue, elle constata que sa peau était chaude. Et lorsqu'elle s'aperçut qu'elle était également humide, elle ne put retenir plus longtemps ses propres larmes.

CHAPITRE 9

Janvier 1176
Jérusalem, Outremer

« Oh, pauvre Baudouin ! »

Les yeux de Sibylle se remplirent de larmes. Elle porta la main à ses lèvres en se rejetant dans son siège comme si elle était terrassée par la douleur – réaction que le regard critique de sa mère jugea excessive et un peu trop dramatique. Mais la jeune fille était sincèrement secouée. Elle s'était bien rendu compte qu'une aura de mystère entourait l'état de santé de son frère, mais n'aurait jamais imaginé qu'il puisse être frappé par le mal de ceux que Dieu avait maudits.

« Les médecins sont-ils sûrs qu'il s'agit de la lèpre ? reprit-elle. N'y a-t-il vraiment aucun espoir ?

— Son chapelain prétend qu'il y a toujours de l'espoir, répondit Agnès avec une moue amère, comme si ce genre de lieu commun n'était guère de mise. Mais les médecins ne partagent pas son sentiment. »

Les pensées de Sibylle se bousculaient dans sa tête. Elle se rattrapa à l'une d'elles et demanda :

« Que va-t-il se passer à présent ? Que va-t-il faire une fois qu'il aura abdiqué ? Rejoindre les chevaliers de Saint-Lazare ?

— Il n'est pas question qu'il abdique », répliqua sèchement sa mère.

Sibylle rougit jusqu'aux oreilles. Elle pensait que c'était une question raisonnable et qu'on ne songerait pas à la lui reprocher. Il est vrai qu'elle avait toujours été jalouse de son frère, qui avait eu le droit de grandir à la cour alors qu'elle en avait été bannie pour se retrouver cloîtrée dans ce maudit couvent. Elle lui en avait un peu voulu, d'autre part, d'avoir hérité de la couronne alors que le mieux qu'elle pouvait espérer, quant à elle, c'était un mariage arrangé pour lequel elle n'avait pas son mot à dire. Sa jalousie s'était accrue depuis la mort de leur père, la partialité dont leur mère faisait preuve à l'égard de Baudouin crevant les yeux de tous. Elle éprouva donc un soupçon de culpabilité en comprenant aujourd'hui pourquoi elle se comportait ainsi.

« Il va continuer de régner ? demanda-t-elle d'un air dubitatif, ne voyant pas comment la chose était possible.

— Évidemment. »

Sibylle se tourna vers son beau-père. Elle n'avait fait la connaissance de Denis qu'après être venue vivre à la cour. C'était à ses yeux l'un des hommes les plus laids qu'elle ait jamais rencontrés et elle se demandait comment sa mère, qui était si belle, avait pu le choisir pour époux. Mais il s'était montré très gentil avec elle et il était intelligent, aussi espérait-elle qu'il serait plus explicite.

« Je ne comprends pas, dit-elle. La lèpre est très contagieuse, tout le monde le sait. Comment Baudouin pourrait-il continuer de… de se mêler aux autres ? Il risque évidemment de contaminer…

— Tu préfères retourner dans ton couvent, Sibylle ? l'interrompit sa mère. Là-bas, au moins, tu ne risqueras rien. »

Sibylle faillit s'étrangler.

« Ce n'est pas juste, mère. Comment pouvez-vous dire une chose pareille ? »

Denis était d'accord avec elle et intervint avant qu'Agnès ne lance une nouvelle pique à sa fille.

« Il est exact que les gens ont très peur de la lèpre, Sibylle. Mais elle n'est pas aussi contagieuse qu'on le pense généralement. Les lépreux sont bannis de la société dans les royaumes chrétiens des Francs et des Anglais, en partie parce que cette maladie n'est apparue que récemment dans ces contrées. Elle est pourtant connue depuis des siècles en Outremer, en Égypte, en Syrie et dans les villes de l'Empire byzantin, où l'on a largement eu le temps de l'étudier. Des léproseries existent depuis très longtemps pour accueillir ceux que ce mal a frappés, et on n'a pas observé que les personnes qui s'occupent d'eux avec courage avaient contracté leur maladie. Tu viens de faire allusion aux chevaliers de Saint-Lazare : mais sais-tu que tous les membres de leur ordre ne sont pas nécessairement lépreux ? Leur grand maître doit l'être, mais ils accueillent aussi des individus qui ne le sont pas. Certes, il arrive que certains parmi eux soient atteints à leur tour par la maladie ; mais on trouve aussi des chevaliers et des gens d'armes qui ont vécu des années durant dans la proximité des malades et ne l'ont jamais attrapée. Ce qui serait impossible si la lèpre était aussi contagieuse qu'on le prétend.

— Je… je l'ignorais. »

L'expression de Sibylle n'était pas difficile à déchiffrer, et Agnès perçut l'instant précis où sa fille entrevit les conséquences que cette révélation inattendue pouvait avoir sur elle.

« Mon futur époux est-il au courant de la maladie de Baudouin ? » s'enquit-elle.

Le visage d'Agnès était lui aussi aisément déchiffrable, et Denis s'empressa d'intervenir.

« On lui a dit qu'il était possible que Baudouin soit victime d'une grave maladie, sans autre précision. »

Sans mentionner expressément la lèpre, la lettre dont Raymond, Guillaume et lui avaient rédigé le brouillon laissait néanmoins clairement entendre que Sibylle – et l'homme qu'elle devait épouser – se retrouverait en première ligne pour la succession du trône si jamais les inquiétudes concernant la santé du jeune roi venaient à se vérifier. Denis ne doutait pas que Guillaume de Montferrat avait compris que la couronne ferait potentiellement partie de la dot de Sibylle. Mais il n'allait pas le dire ouvertement devant Agnès, dont le cœur était toujours en lutte avec la raison… Il avait remarqué qu'elle n'avait pour l'instant jamais associé le mot « lèpre » et le nom de son fils au sein d'une même phrase.

Sibylle voulait bien admettre que son beau-père avait raison, et qu'un individu en bonne santé ne risquait pas forcément de contracter ce terrible mal en touchant la main d'un lépreux ou en respirant le même air que lui. Mais si jamais il se trompait ? Elle sentit la colère monter en elle, car on aurait dû la mettre au courant dès qu'on avait commencé à soupçonner la triste réalité. Baudouin lépreux… Cette seule évocation suffisait à lui donner des frissons. Elle avait toujours entendu dire que la lèpre était une punition divine touchant ceux qui avaient commis des péchés mortels, en particulier sur le plan charnel. Mais quels péchés son frère pouvait-il bien avoir commis ? Comment avait-il pu mériter un sort pareil ? Même si elle lui avait envié sa couronne, jamais elle n'aurait souhaité qu'une telle calamité le frappe. Dieu ne l'ignorait pas. Mais sa mère le savait-elle ?

« Je suis désolée, dit-elle doucement. Que… que dois-je lui dire ?

— Ne lui dis rien avant qu'il n'y fasse lui-même allusion, répondit Agnès avant de se pencher et de saisir la main de sa fille. N'en parle d'ailleurs à personne, Sibylle. Nous avons informé les membres de la Haute Cour et nous rendrons la nouvelle publique dans l'ensemble du royaume en temps voulu – mais pas avant que Baudouin ne soit prêt. »

Sibylle fut soulagée qu'on lui épargne une entrevue avec son frère, car les mots lui auraient manqué devant une telle catastrophe. Sitôt qu'Agnès relâcha son étreinte, elle s'empressa de se lever.

« Je vais prier pour lui, promit-elle d'un air solennel. Je prierai pour lui tous les soirs, sans défaillir. »

Sitôt la porte refermée derrière sa fille, Agnès se leva à son tour.

« Quelle idiote j'étais, dit-elle avec aigreur, de croire qu'elle pourrait apporter un peu de réconfort à Baudouin. Nous pourrons déjà nous estimer heureux si elle ne tombe pas dans les pommes chaque fois que son ombre se profilera… »

Denis la regardait faire les cent pas, le bas de sa robe virevoltant autour de ses chevilles. Lorsqu'elle se fut un peu calmée et que sa colère fut dissipée, il lui dit :

« Tu ne peux pas lui reprocher d'être effrayée, Agnès. C'est une réaction naturelle. Aussi déplaisant cela soit-il, nous devons nous préparer au fait qu'une fois la maladie de Baudouin rendue publique, la plupart des gens auront un mouvement de recul et refuseront de l'approcher. »

Elle fit volte-face et le fixa droit dans les yeux.

« Jamais je ne me comporterai ainsi ! lança-t-elle.

— Je le sais bien, ma chère. Mais tout le monde n'a pas ton courage. »

Personne ne l'avait jamais regardée comme Denis le faisait à cet instant, avec cette expression de sincère admiration. Se sentant brusquement épuisée, elle s'assit à côté de lui sur le banc.

« La lèpre me fait peur à moi aussi, Denis. Mais je suis aux côtés de Baudouin. Je ne pense qu'à l'angoisse et à la douleur qu'il éprouve.

— Je sais », lui dit-il en se penchant pour lui serrer la main, geste d'affection dont il n'était guère coutumier.

Il se considérait lui-même comme un observateur de la nature humaine, et était le plus souvent capable de prédire la manière dont un homme réagirait dans telle ou telle situation. Pourtant, il n'aurait pas cru Agnès capable de cet amour désintéressé et la soupçonnait d'être la première surprise par la violence irrationnelle de son instinct maternel. Il était regrettable qu'elle ne puisse pas en faire profiter Sibylle, mais il est vrai que Baudouin requérait beaucoup plus d'attention.

« Il faut que nous parlions de tout cela, Agnès, reprit Denis. Il est exact que la maladie de ton fils sera sans doute mieux acceptée en Outremer que dans d'autres terres chrétiennes. Mais la crainte ne disparaîtra pas pour autant. Yves, son écuyer, est venu me trouver il y a une quinzaine de jours : avec le sens de l'honneur qui le caractérise, Baudouin avait jugé préférable de le mettre au courant de sa maladie. Yves a d'abord été abasourdi, puis terrifié. Il avait honte d'en parler au roi ou de t'affronter, toi, c'est donc moi qu'il est venu trouver en me priant de le décharger de ses fonctions. »

Agnès était scandalisée.

« Baudouin a de la chance d'être débarrassé d'un tel poltron ! s'exclama-t-elle. Qu'il s'en aille ! Nous lui trouverons un remplaçant qui se montrera plus loyal et ne… » Elle s'interrompit au beau milieu de sa phrase, comprenant brusquement ce que Denis essayait de lui dire. « Mon Dieu, murmura-t-elle. Personne ne va vouloir être son écuyer, c'est cela ? Il en a pourtant besoin, il ne peut pas ôter ses bottes d'une seule main. Et par la suite, si son état empire… » Elle était incapable d'aller plus loin et de franchir la porte qui se dressait devant elle. « Qu'allons-nous faire, Denis ?

— Je n'en savais trop rien, moi non plus, lui avoua-t-il. Mais Guillaume a eu une idée de génie.

— Cela lui arrive donc ?

— Agnès… Je sais que tu le détestes, mais c'est une attitude que tu ne peux plus te permettre d'avoir. Baudouin va avoir besoin de tous les soutiens dont il peut disposer. »

Elle ne pouvait rien redire à cela.

« Je sais, reconnut-elle de mauvaise grâce. Eh bien, quelle est donc cette *idée de génie* ?

— Les chevaliers de Saint-Lazare…

— Ah, non ! l'interrompit-elle. La dernière chose dont Baudouin a besoin, c'est d'être confronté du soir au matin à un autre lépreux et de découvrir les horreurs qui l'attendent. Comment peux-tu avoir approuvé une suggestion pareille ?

— Attends un peu… Comme tu vas le voir, je suis d'accord avec toi – et Guillaume aussi. Il songeait à un membre de l'ordre qui ne soit pas lépreux lui-même, tout en ayant l'habitude de vivre parmi eux, et qui ne les redoute donc pas, contrairement à la plupart des gens. Il est allé trouver leur grand maître, qui lui a suggéré de faire appel à un sergent du nom d'Anselme. C'est un Poulain qui a grandi à Beth Gibelin et qui fait partie de l'ordre depuis plus de vingt ans. Nous l'avons rencontré, Guillaume et moi, et il nous a déclaré que ce serait un grand honneur pour lui de servir le roi Baudouin. »

Tout en regrettant que le chancelier ait mis tout cela en branle sans avoir jugé bon de lui en parler, Agnès ressentit un intense soulagement.

« Il faudra bien sûr que nous donnions notre accord, Baudouin et moi, rétorqua-t-elle avant de rester un moment silencieuse. Denis… Devons-nous lui dire qu'Yves s'est montré trop lâche pour rester à son service ? Ne pourrions-nous pas prétexter un impératif familial pour expliquer son brusque départ ?

— Non, répondit simplement Denis. Nous ne pouvons pas mentir à ton fils, Agnès, même pour lui épargner une souffrance.

— Tu as sans doute raison, concéda-t-elle. D'ailleurs, je suis sûre qu'il est déjà au courant, Yves n'étant pas plus doué que Sibylle pour dissimuler ses émotions. » Denis la prit par la taille et elle se serra contre lui. « C'est sans doute la meilleure solution, reprit-elle. Ayant vécu au milieu des lépreux, Anselme doit même en savoir long sur cette maladie : Baudouin pourra peut-être lui poser des questions sur des points qu'il n'ose pas aborder avec nous, ni même avec ses médecins. Et Anselme pourra le rassurer en lui réaffirmant qu'il restera sans doute en bonne santé pendant des années avant que son état ne s'aggrave. Ce sera pour lui un précieux soutien. »

Denis ne réagit pas, peu enclin à lui dire qu'un tel soutien serait probablement illusoire. Lorsqu'elle s'était confiée à lui après la révélation faite par Amaury sur son lit de mort, sa réaction avait été la même que Guillaume : il avait voulu savoir le plus de choses possible sur le mal qui allait provoquer la mort de son beau-fils. Contrairement à l'archevêque, il ne parlait pas le grec, mais son arabe était bien meilleur, et il avait pu consulter des traités médicaux sarrasins. Leur lecture n'avait rien d'agréable ni de bien rassurant, car l'inéluctable issue était la mort. Ce qui l'avait le plus troublé, toutefois, c'était que certains médecins pensaient que la lèpre était plus virulente lorsqu'elle se déclarait pendant l'enfance. Si cela correspondait à la vérité, Baudouin n'avait pas autant de temps devant lui que l'espérait Agnès. Mais après avoir pris connaissance des ravages que cette maladie infligeait au corps humain, Denis savait qu'une vie écourtée serait sans doute une bénédiction pour ce malheureux garçon.

Les ennemis de Salah al-Din à Mossoul et à Alep continuaient de comploter contre lui, et le sultan contre-attaqua dans le courant du mois d'avril. Grâce à la trêve qu'il avait conclue avec le royaume de Jérusalem, il traversa l'Outre-Jourdain avec son armée et affronta victorieusement le seigneur de Mossoul au cours d'une bataille à Tell es-Sultan. Il se tourna ensuite vers Alep, dont l'émir avait conclu à la hâte une alliance avec Bohémond, le prince d'Antioche. Ce dernier était d'ailleurs favorable à un tel accord visant à contrer Salah al-Din, mais n'en exigea pas moins le prix fort pour assurer Alep de son soutien. Nour al-Din avait refusé de libérer contre rançon Jocelyn, le frère d'Agnès, et le beau-père de Bohémond, Renaud de Châtillon. Mais Nour al-Din était mort, et sur l'insistance de Bohémond, l'émir d'Alep accepta de délivrer les deux hommes moyennant le paiement d'une forte rançon.

Une fois libre, Renaud de Châtillon s'était hâté de rejoindre à Antioche son beau-fils, le prince Bohémond. Jocelyn de Courtenay choisit quant à lui de regagner le royaume gouverné par son neveu, et on prépara en toute hâte une cérémonie fastueuse pour l'accueillir à Jérusalem. Agnès était tellement impatiente de retrouver son frère que le jour de son arrivée, son mari et elle, accompagnés des chevaliers de leur maison, se portèrent à sa rencontre à quelques kilomètres de la Ville sainte.

Denis jeta un regard intrigué à sa femme. Le soleil de mai était chaud et la terre si desséchée qu'ils respiraient souvent la poussière soulevée par les sabots de leurs chevaux.

Agnès avait rabattu son voile sur le bas de son visage pour se protéger, mais le soleil avait rougi sa peau et elle plissait les yeux pour éviter d'être aveuglée par ses rayons accablants. Apercevant un bosquet de tamaris non loin de la route, il lui proposa de se reposer quelques instants à leur ombre. Elle accepta avec un tel empressement qu'il se demanda pourquoi elle ne s'était pas contentée d'attendre Jocelyn dans le confort du palais royal.

Denis l'aida à descendre de cheval, et elle saisit avec gratitude la gourde qu'il lui tendait, dont elle but une longue gorgée. Après avoir regardé autour d'elle pour s'assurer que leurs hommes ne pouvaient pas l'entendre, elle répondit à la question qu'il n'avait pas formulée et lui dit :

« Je tenais à avertir moi-même Jocelyn de… de l'état de Baudouin. »

Il opina d'un air compréhensif, car le frère d'Agnès risquait en effet d'être ébranlé par la nouvelle. Denis ne le connaissait pas très bien, il avait le vague souvenir d'un homme courageux sur le champ de bataille, fier autrefois du mariage de sa sœur avec le frère du roi et qui avait tendance à se vanter quand il avait bu un coup de trop, mais fort aimable en dehors de cela.

« Vous étiez proches, Jocelyn et toi ? lui demanda-t-il.

— Oui, on peut dire ça. » Agnès réfléchit quelques instants et reprit d'un air pensif : « Il n'a qu'un an de moins que moi mais j'ai toujours eu une attitude protectrice à son égard, peut-être parce qu'il était très impulsif ou que notre mère le rabrouait sans arrêt. Je comprends aujourd'hui qu'elle redoutait qu'il ne finisse par ressembler à notre père, qui n'était pas méchant mais beaucoup trop faible. Je ne crois pas que Jocelyn était faible, cependant… juste un peu insouciant. »

Denis songea qu'il était peu probable qu'il ait conservé ce trait de caractère après avoir passé douze ans dans les prisons sarrasines. Enfin, ils n'allaient pas tarder à découvrir les effets que le temps et la captivité avaient eus sur lui, car un nuage de poussière annonçait l'arrivée d'une troupe de cavaliers dans le lointain.

Agnès éprouva un choc en l'apercevant, car le Jocelyn qui était resté gravé dans sa mémoire ne correspondait pas à celui qui venait d'apparaître devant elle. Il avait la quarantaine à présent, et les années avaient pesé sur lui. La pâleur de son visage, due à sa longue réclusion, contrastait avec le teint hâlé de ses compagnons. Ses cheveux blonds étaient coupés très court et il s'était laissé pousser la barbe en prison. Il était beaucoup plus maigre que dans son souvenir et donnait l'impression de ne pas avoir connu depuis longtemps une nuit de vrai sommeil. Il était avachi sur sa selle comme si ses os n'arrivaient plus à le porter. Son visage ne reflétait pas la joie à laquelle elle s'était attendue, mais la lassitude d'un homme habitué de longue date à côtoyer le danger. Lorsqu'il l'aperçut, toutefois, il se fendit d'un grand sourire, et pendant une fraction de seconde elle retrouva le petit garçon qu'elle avait connu autrefois.

S'empressant de descendre de cheval, il confia ses rênes au cavalier le plus proche. Un instant plus tard, il la serrait dans ses bras.

« Je pensais que tu ne pourrais jamais réunir une somme pareille, lui dit-il. J'étais désespéré quand on m'a dit que la rançon de ma libération s'élevait à cinquante mille dinars. Mais tu as réussi, ma sœur, tu y es arrivée !

— Baudouin m'a aidée, lui répondit-elle, le souffle court, car il lui écrasait les côtes. Le trésor royal nous a permis de compléter la somme que nous avons pu rassembler, Denis et moi.

— Loué soit ce garçon ! Et loués soyez-vous tous les deux ! »

Relâchant son étreinte, Jocelyn se tourna vers son beau-frère et l'embrassa à son tour.

« N'oubliez pas le comte de Tripoli dans vos louanges, lui dit Denis, estimant que Jocelyn devait savoir qu'il avait également une dette envers Raymond. En tant que régent, son accord a été nécessaire puisque Baudouin n'est pas encore majeur.

— Mais cela ne saurait tarder, précisa Agnès avec une visible satisfaction, confirmant les soupçons de Denis quant à l'opinion défavorable qu'elle nourrissait à l'endroit du comte.

Baudouin atteindra sa majorité le mois prochain », précisa-t-elle, car son frère ne se souvenait probablement plus de l'âge de son neveu.

Il l'avait embrassée avec une telle exubérance que la visière de son casque avait été rejetée en arrière, révélant un crâne dégarni. Si elle n'avait pas su son âge, elle lui aurait bien donné la cinquantaine. Ses espions lui avaient certifié que son frère n'avait pas été traité aussi durement que leur père, mais il était évident que ce long emprisonnement avait laissé de profondes cicatrices. Et elle allait maintenant devoir lui assener un nouveau choc.

« Jocelyn, ce n'est pas très facile à dire… mais il y a une chose que tu dois savoir. Baudouin est un fils dont n'importe quelle mère serait fière, il est beau, courageux, intelligent… mais il est très malade. Il a… »

Prononcer le mot fatal s'avéra trop dur pour elle et elle lança à Denis un regard implorant.

« Le jeune roi a la lèpre, Jocelyn », lui annonça celui-ci d'une voix si calme que quelques secondes s'écoulèrent avant que ces mots produisent leur effet.

Lorsque ce fut le cas, Jocelyn demeura bouche bée. Reculant d'un pas, il se passa la main dans les cheveux, geste qu'Agnès l'avait souvent vu faire dans son enfance sous le coup d'une vive émotion. Elle s'attendait presque à ce qu'il s'insurge, ayant toujours fait preuve d'un optimisme un peu obtus malgré les épreuves qu'avait traversées leur famille. Il n'y avait pourtant aucune incrédulité dans ses yeux, juste une horreur mêlée d'effroi, et elle songea avec tristesse que l'espoir avait dû finir par l'abandonner pendant ses longues années de détention.

Jocelyn avait de la peine à trouver ses mots pour réagir à la nouvelle.

« J'avais bien entendu dire qu'il était souffrant, mais jamais je n'aurais imaginé une chose pareille… Sainte Mère de Dieu ! La Haute Cour est-elle au courant ? Et Sibylle ? Va-t-elle être reconnue comme son héritière ? »

Agnès ouvrit la bouche mais demeura muette, laissant Denis rassurer son frère sur ce point.

« Dieu merci, marmonna Jocelyn, c'est déjà ça. Bon sang, il faut que je boive un coup ! »

Avant que Denis ait pu lui proposer sa gourde, il rejoignit son escorte d'un pas mal assuré, saisit une outre qu'on lui tendait et en but une longue rasade, au point de s'étrangler.

Agnès fit volte-face et alla se retirer à l'ombre des tamaris. Denis la suivit en lui disant d'une voix douce :

« Tu ne peux pas lui en vouloir, Agnès. Il ne connaît pas Baudouin, qui avait deux ans lorsque Amaury a fait annuler votre mariage et à peine trois quand il a été fait prisonnier. Ton fils est un étranger pour lui, tu ne peux pas t'attendre à ce qu'il l'aime autant que toi, en tout cas, pour l'instant. Il est normal qu'il veuille savoir de quelle manière votre famille sera affectée par la maladie de Baudouin. »

Elle savait qu'il avait raison et en voulait pourtant à Denis de se montrer aussi impavide, aussi froid, aussi logique. Elle refusait pour sa part de réagir de manière rationnelle à la tragédie de son fils : elle avait envie de hurler, de jurer, de maudire Dieu. Jocelyn revenait vers eux et elle se ressaisit, redressa les épaules et le menton, sachant qu'elle pouvait au moins compter sur la loyauté de son frère. Dans un monde où une telle valeur était le plus souvent illusoire, ce n'était pas négligeable.

La Haute Cour s'était réunie dans la grande salle du palais d'Acre. Les fenêtres avaient été ouvertes pour laisser passer la brise qui venait de la mer, l'été s'étant avéré jusqu'ici d'une chaleur infernale. Escortée par son frère, Agnès alla prendre place dans l'un des fauteuils réservés aux hôtes d'honneur. Jocelyn avait meilleure mine au bout d'un mois de liberté : à nouveau rasé de près, il avait même repris un peu de poids. Ses nerfs en revanche semblaient toujours fragiles : il sursautait au moindre bruit, et il lui avait confié qu'il était incapable de fermer l'œil une partie de la nuit. Il avait très vite assumé son statut d'oncle, même si Agnès voyait bien que son fils prenait soin de garder ses distances. Mais tout le monde était logé à la même enseigne, comme si Baudouin s'était retrouvé sur une île déserte : seuls Guillaume et elle parvenaient à franchir le gouffre qui le séparait des autres et à établir un contact direct avec lui.

Baudouin avait déjà pris place dans son fauteuil, les jambes étirées devant lui. Il portait des bottes de cuir qui lui arrivaient aux genoux, signe qu'il avait fait du cheval juste avant cette session ou qu'il comptait en faire lorsqu'elle aurait pris fin. Il passait l'essentiel de ses heures de liberté en selle, sur son destrier arabe préféré. Il avait si fière allure et surtout paraissait en si bonne forme qu'Agnès se sentit soudain à deux doigts de pleurer. Nul n'aurait jamais soupçonné que son corps était rongé par ce mal insidieux. Un nouveau symptôme était apparu à Pâques – des petites taches dans le dos, appelées *maculas* –, mais le seul indice apparent de la gravité de son état était l'écharpe de lin rouge qui soutenait son bras droit. Baudouin se leva sitôt l'invocation terminée. Après s'être assuré que tous les regards étaient fixés sur lui, il se tourna vers le comte Raymond.

« Maintenant que j'ai atteint l'âge de quinze ans, qui est celui de la majorité dans notre royaume, la régence prend fin. Je voudrais remercier mon cousin, le comte de Tripoli, pour la loyauté dont il a fait preuve ainsi que pour ses excellents services. »

Le comte et lui échangèrent des sourires d'une politesse parfaite mais dénués de la moindre chaleur, avant que Baudouin se tourne à nouveau vers l'assistance.

« Nous avons plusieurs sujets à débattre, commença-t-il. Le poste de sénéchal est resté vacant depuis la mort de Milon de Plancy, et je souhaite que mon oncle, Jocelyn de Courtenay, occupe désormais cette fonction. »

Cela n'avait rien d'une surprise, et même ceux qui détestaient Agnès pouvaient difficilement s'y opposer, Jocelyn étant le plus proche parent du roi du côté masculin. Baudouin n'était pas sûr, en revanche, que tout le monde réagisse aussi favorablement à l'annonce qu'il s'apprêtait à faire.

« Je tiens d'abord à réaffirmer la haute estime dans laquelle je tiens le comte Raymond, dont je continuerai de prendre l'avis et d'écouter les conseils au sein de la Haute Cour. Toutefois, je n'entends pas ratifier le traité qu'il a signé l'été dernier avec Saladin. Je ne crois pas qu'il soit dans les intérêts de notre royaume d'aider le sultan à éliminer ses rivaux. La trêve que nous avions conclue lui a déjà permis de vaincre l'émir de Mossoul, et nos espions nous ont indiqué qu'il s'apprêtait à marcher une fois de plus sur Alep. Nous ne pouvons pas nous permettre de lui laisser prendre le contrôle de cette ville : si le nord de la Syrie tombait entre ses mains, nous serions cernés de toutes parts par nos ennemis. J'ai donc discuté avec le connétable Onfroy, le comte Raymond et les grands maîtres des Templiers et des Hospitaliers, afin de mettre au point une campagne que nous lancerons cet été contre Saladin. »

À cet instant, le jeune roi ne put s'empêcher de jeter un coup d'œil sur Raymond. Le visage de ce dernier demeurait impassible, mais ses mains agrippaient les bras de son fauteuil avec une telle violence que leurs jointures étaient devenues blanches. Baudouin aurait préféré pouvoir procéder autrement afin de ménager la fierté de Raymond, dont il ne mettait pas la sincérité en doute. Mais il était tout aussi convaincu qu'on ne pouvait pas conclure une paix durable avec un homme dont la foi reposait sur le jihad.

Il y eut bien quelques murmures dans l'assistance, mais personne ne parut surpris ni scandalisé par sa déclaration. Les trêves allaient et venaient, la guerre ne prenait jamais fin. Baudouin attendit pour laisser le temps aux éventuels partisans de Raymond de prendre la parole mais nul ne s'y hasarda. Il poursuivit donc.

« La question suivante concerne le mariage de ma sœur. Guillaume de Montferrat nous a écrit qu'il prendrait bientôt la mer avec la flotte génoise et espérait arriver en Outremer fin septembre. »

Il y eut à nouveau des murmures et des froncements de sourcils, principalement destinés au comte Raymond. Celui-ci leur avait certifié qu'une alliance avec le Saint Empire germanique bénéficierait à leur royaume : or, en mai dernier, Frédéric Barberousse avait essuyé un sérieux revers. Son armée, qui affrontait la Ligue des Lombards à Legnano, avait été mise en déroute et lui-même avait été blessé. Après une telle défaite, cette alliance impériale avait perdu une bonne partie de son attrait, et beaucoup considéraient à présent que ce n'était pas une très bonne idée que Sibylle épouse l'un des vassaux de Frédéric.

Baudouin et Raymond avaient bien conscience de ce mécontentement croissant, mais ne s'attendaient pas à ce que l'opposition à ces projets matrimoniaux s'exprime ouvertement. Ce fut pourtant ce qui arriva, plusieurs barons se levant et déclarant que cette promesse de mariage ne devait pas être honorée. Raymond faillit s'étrangler et s'apprêtait à réagir, mais avant qu'il ait pu le faire, Baudouin leva la main pour réclamer le silence.

« Je sais que certains parmi vous ne voient pas cette union d'un très bon œil, dit-il. Et c'est compréhensible. Mais nous ne pouvons pas rompre cet engagement : Frédéric considérerait un tel désaveu comme une grave insulte, et il n'est jamais sage d'insulter un empereur. Même s'il est plus incertain depuis Legnano qu'il puisse nous apporter son soutien militaire, il reste un souverain puissant. Le roi des Francs serait lui aussi gravement offensé, car Guillaume est également de sa lignée. »

Baudouin constata avec satisfaction que tout le monde l'écoutait avec une grande attention, y compris ceux qui avaient manifesté la plus vive opposition à ce mariage.

« J'ai l'intention de tendre la main à l'empereur de Constantinople, dans l'espoir de réparer le mal que ces avances envers Frédéric ont fait à nos relations. Manuel a été très irrité en effet que nous ayons fait alliance avec un individu qu'il déteste. Néanmoins, je crois qu'il ne serait pas défavorable à ce que nous rétablissions des liens, tant diplomatiques que militaires. Après tout, cette décision ne venait pas de moi. »

Du coin de l'œil, il constata que Raymond s'était raidi. Il ne faisait pourtant qu'énoncer la vérité : aussi amère que fût la potion, son cousin était bien obligé de la boire.

« Nous avons une autre raison d'honorer cette promesse de mariage, reprit-il. Si nous écartions Guillaume de Montferrat, il faudrait nous mettre en quête d'un autre mari pour ma sœur, ce qui prendrait forcément du temps. »

Le jeune roi marqua une pause, regardant tour à tour sa mère et Guillaume, car il allait improviser à présent et n'avait prévenu personne de ce qu'il s'apprêtait à dire.

« Et le temps, reprit-il d'une voix ferme, est un luxe dont nous ne disposons pas. Vous savez tous que lorsque j'ai été couronné roi, il y a deux ans, il n'était pas exclu que je puisse avoir contracté la lèpre. »

Il y eut des murmures et des bruissements dans l'assistance, puis le silence retomba.

« On vous a également prévenus que j'avais développé en décembre dernier de nouveaux symptômes de cette maladie. Aujourd'hui, le doute n'est plus permis. Je suis lépreux, et il est naturel que tous les sujets de ce royaume en soient informés. »

Sa bouche était devenue sèche et il lui fallut déglutir avant de poursuivre.

« J'ignore les raisons qui ont poussé Dieu à m'infliger ce terrible mal. Et j'ignore tout autant pourquoi il souhaite qu'un roi lépreux gouverne ce pays. Mais telle est sa volonté et je n'ai nullement l'intention d'abdiquer. Toutefois, je ne ferai jamais rien qui puisse mettre le royaume en danger, je vous en donne ici même ma parole solennelle. Je servirai le pays aussi longtemps que j'en serai physiquement capable : mais lorsque je ne serai plus en mesure d'assurer mon rôle de roi, je confierai les rênes du pays à ma sœur et à son mari. »

Le silence retomba lorsqu'il eut fini de parler. Puis, au bout de quelques instants, quelqu'un se risqua à applaudir, et les membres de l'assemblée ne tardèrent pas à l'imiter. Baudouin ne fut pas le seul à mesurer la cruelle ironie de cette ovation : mais qu'auraient-ils pu faire d'autre ? Il jeta un regard vers sa mère et vit qu'elle avait penché la tête en dissimulant son visage. Guillaume de son côté n'avait pu retenir ses larmes, pas plus que d'autres membres de l'assemblée. Baudouin quant à lui ressentit une étrange fierté en constatant que ses yeux étaient secs.

CHAPITRE 10

Août 1176
Plaine de la Bekaa, Syrie

Baudouin traversait leur camp et les hommes souriaient en le voyant passer. Il importait beaucoup à ses yeux d'avoir gagné l'estime des chevaliers et des soldats aguerris. Il savait qu'il n'avait rien fait d'héroïque le mois dernier durant leur incursion dans la plaine de Damas, mais ce raid avait été un succès : ils avaient marché jusqu'au village de Darayya, à quelques kilomètres de Damas. Peu de sang avait été versé car les villageois et les paysans avaient pris la fuite en emportant tout ce qu'ils pouvaient dès que la nouvelle de l'arrivée de leur armée s'était répandue. Ses hommes avaient incendié les champs environnants avant de regagner Sidon avec le fruit de leur pillage. Le jeune roi supposait que cela leur suffisait : les soldats étaient toujours satisfaits quand ils pouvaient se remplir les poches aux dépens de l'ennemi.

Cette deuxième campagne était plus ambitieuse. Après avoir appris que Saladin était parti dans le nord du pays pour attaquer Masyaf, la forteresse des redoutables Assassins, les Francs profitèrent de son absence pour mener plusieurs opérations sur ses terres. Baudouin conduisit ses hommes dans la plaine de la Bekaa tandis que le comte Raymond attaquait par le nord. Ces incursions semèrent la désolation à travers le pays, même si, là encore, tous les villages avaient été abandonnés par leurs habitants, qui avaient protégé leurs troupeaux en les cachant dans les marais avant d'aller se réfugier dans les collines environnantes. Lorsque les deux armées eurent opéré leur jonction, le moral était au plus haut et le ciel d'été assombri par la fumée des récoltes et des chaumières en feu.

Baudouin accueillait ces sourires et ces salutations en se disant qu'il n'avait pas vraiment eu l'occasion de montrer sa bravoure lors de cette première campagne : le sang n'avait pas encore taché son épée et cela le contrariait un peu. Il savait pourtant que la guerre se pratiquait ainsi dans les deux camps. On lui avait appris que les batailles rangées étaient rares au sein de la chrétienté : peu de chefs militaires auraient risqué l'issue d'un conflit sur un seul coup de dés. Même en Outremer, où les tensions étaient avivées du fait que les Francs comme les Sarrasins étaient convaincus de lutter contre des infidèles, les batailles n'étaient pas très fréquentes. Les guerres se résumaient le plus souvent aux sièges des cités et à des raids éclair appelés *chevauchées**. Mais on imaginait mal les ménestrels composer leurs chansons à la gloire des voleurs de bétail ou des incendiaires de récoltes…

Baudouin aurait aimé partager sa déception avec quelqu'un de plus aguerri dans l'art des combats, sans trop savoir à qui s'adresser. Il respectait le comte Raymond mais ne le trouvait pas très chaleureux et ne s'était jamais senti proche de lui. Si Onfroy de Toron était un excellent soldat, dont il admirait la valeur, son caractère bourru ne poussait guère aux confidences. Son oncle Jocelyn était encore un étranger pour lui. Baudouin avait souhaité lui confier de hautes fonctions et lui faire épouser une riche héritière, Agneta de Milly, mais il ne se sentait guère à l'aise en sa présence et se voyait mal aborder un tel sujet avec lui. Son nouvel écuyer, Anselme, avait participé à bien des combats avant de se mettre au service des chevaliers lépreux : néanmoins, il y avait un trop grand écart social entre eux pour que le jeune roi puisse en faire son confident.

* En français dans le texte (N.d.T.).

Le crépuscule allait tomber, et Baudouin s'apprêtait à regagner sa tente lorsqu'un visage familier accrocha son regard. Sans l'ombre d'une hésitation, il se dirigea vers Balian d'Ibelin.

Ce dernier se leva aussitôt en lançant un respectueux « Majesté… ». Lorsque le roi l'eut rejoint, ils s'assirent tous les deux à même le sol. Baudouin avait l'habitude à présent que les gens se montrent circonspects à son égard et se tiennent à une certaine distance : comment leur en vouloir ? Mais cela l'isolait un peu, comme s'il s'était retrouvé seul dans une oasis au milieu du désert, à regarder passer les caravanes sans être en mesure de se joindre à elles. Il appréciait donc d'autant plus les rares individus capables de surmonter leur malaise en sa présence. Balian était du nombre, et sa compagnie n'en était que plus précieuse.

Son frère aîné ne s'était pas joint à leur armée car sa femme était sur le point d'accoucher, et l'espoir d'avoir enfin un héritier mâle l'avait emporté sur son envie d'en découdre dans la plaine de la Bekaa. Balian plaisantait justement sur l'absence de son frère et révélait au roi qu'il avait promis, s'il avait un fils, de lui donner le nom du saint martyr Thomas de Canterbury.

« D'après ce que j'ai cru comprendre, le péché majeur de l'archevêque assassiné était l'orgueil : peut-être la prière de mon frère s'avérera-t-elle efficace et aura-t-il un garçon, cette fois-ci. »

L'écuyer de Balian les rejoignit avec des coupes d'étain qu'il avait remplies de vin à l'intention de son maître et du roi, mais il avait si peur de s'approcher qu'il en renversa la moitié sur le sol. Balian fronça les sourcils, mais réprimander Rolf pour sa maladresse n'aurait fait qu'ajouter à l'embarras du roi.

Celui-ci apprenait peu à peu à rester indifférent face à de telles réactions et s'abstint de faire remarquer qu'une partie du vin avait giclé sur ses bottes. Il s'apprêtait à aborder le sujet qui le tracassait lorsqu'ils furent rejoints par l'ami de Balian, le templier Jacquelin de Mailly. Le roi hésita un instant, puis décida de l'associer à leur conversation.

« Je voudrais vous poser à l'un comme à l'autre une question qui concerne notre stratégie guerrière. J'ai bien compris que nos raids étaient destinés à épuiser les ressources de l'ennemi, à le décourager et à prouver à son peuple qu'il n'est pas en mesure de le défendre, tout en récompensant ceux de nos soldats qui prennent part à ces chevauchées. Quant à moi, je ne ressens guère de satisfaction à harceler les paysans ou à semer la terreur parmi des hordes affolées de femmes et d'enfants. Suis-je stupide d'éprouver un tel sentiment ? »

Balian et Jacquelin échangèrent un regard. Leur première réaction fut de lui répondre sur le ton de la plaisanterie. Mais la question du jeune roi ne pouvait pas être écartée avec une telle désinvolture. Sa franchise méritait qu'on y réponde avec une égale franchise.

Balian hocha lentement la tête.

« Stupide, assurément pas, Majesté. On nous enseigne que le premier devoir d'un chevalier est de protéger les faibles et les démunis. Tel est du moins notre idéal. Mais la triste réalité, c'est que les faibles et les démunis sont les premières victimes en temps de guerre, que nous le voulions ou non. Je doute pourtant qu'il y ait beaucoup de soldats, que ce soit parmi les Francs ou les Sarrasins, qui se réjouissent de massacrer des êtres sans défense. Et ceux qui y prennent plaisir le paieront par la suite dans les plus terribles brasiers de l'enfer. »

Baudouin fut soulagé que les deux hommes ne l'aient pas considéré comme trop crédule ou trop puéril et qu'ils aient même pris sa question au sérieux.

« Cela s'avère-t-il plus facile avec le temps ? demanda-t-il.

— Oui, reconnut Jacquelin. Tout devient plus facile quand on en prend l'habitude, Sire, même le fait de tuer. Nous agissons comme nous devons le faire, au service de Dieu et de notre royaume. Mais c'est sur le champ de bataille que nous prouvons vraiment notre valeur, en affrontant des hommes qui prônent eux aussi l'honneur et le courage.

— Cela vaut également pour les infidèles ? » s'enquit Baudouin.

Les deux hommes lui certifièrent que tel était le cas, que tous ceux qui le méritaient avaient droit à leur respect, même s'ils adoraient un dieu erroné. Balian lui précisa que cette estime était réciproque, que tous les hommes d'honneur savaient rendre hommage à la valeur et au courage. Baudouin trouva cela réconfortant, car son respect du courage était encore plus fort que sa foi. Comment aurait-il pu endurer, sinon, la plus terrible des maladies ?

Ils comprirent qu'ils avaient dit au roi ce qu'il souhaitait entendre – et d'ailleurs, cela correspondait pour l'essentiel à la vérité. La guerre était un phénomène plus complexe, bien sûr, à l'image des émotions qu'elle soulevait : à la fois violente, confuse, exaltante et affreuse. Pour des hommes de leur rang, c'était aussi une vocation : non pas un choix, mais un destin auquel leur naissance les vouait, inexorablement.

Dans l'espoir de détendre un peu l'atmosphère, Balian ajouta avec un sourire :

« Mais même ceux qui cherchent la gloire dans les combats peuvent avoir les jetons avant de partir à l'assaut. J'ai cru quelquefois que mes intestins allaient me trahir, et je peux vous assurer que notre vaillant chevalier ici présent a vécu la même expérience, qu'il le reconnaisse ou non. »

Jacquelin s'insurgea en déclarant que les Templiers ne connaissaient jamais la peur et feignit d'être indigné quand Balian se moqua de ses affirmations. Baudouin souriait en les voyant plaisanter de la sorte, mais son regard était distant, ses yeux bleus tournés vers un paysage intérieur qu'il était le seul à percevoir.

« Je ne crois pas que j'aurai peur », dit-il simplement.

En son for intérieur, Jacquelin se dit qu'il se vantait mais mit cela sur le compte de la jeunesse du roi. Balian sentit un frisson le parcourir en se rendant compte qu'il le croyait, pour sa part. Pourquoi Baudouin aurait-il redouté une mort précoce sur le champ de bataille ? Qui n'aurait préféré un tel destin à la longue et douloureuse agonie promise à tous les lépreux ?

« Majesté ! lança l'un des chevaliers de la maison de Baudouin en se précipitant vers eux. C'est le connétable qui m'envoie. L'un de nos éclaireurs vient de nous apporter des nouvelles importantes. »

Baudouin s'empressa de se relever, tout comme Balian et Jacquelin. Ce dernier savait que son rang de chevalier ne lui permettait pas de prendre part à un conseil de guerre. Il les suivit néanmoins en espérant qu'on le laisserait entrer, compte tenu de sa présence aux côtés du jeune roi.

Onfroy de Toron était le véritable commandant de cette expédition. L'autorité de Baudouin était plus symbolique qu'effective, mais il avait trop de bon sens pour s'en formaliser. Après s'être glissé dans la tente du connétable, il y découvrit Jocelyn, Raymond, Denis et le grand maître des Templiers. Balian et Jacquelin sur ses talons, il les dévisagea à tour de rôle.

« Que se passe-t-il ? » lança-t-il enfin.

Onfroy désigna de la main un individu qui émergea de l'ombre. Il avait de toute évidence accompli une longue chevauchée car son visage et ses vêtements étaient couverts de poussière. Il s'approcha du roi et s'agenouilla devant lui.

« Majesté, lui dit-il, le frère de Saladin, Touran-Shah, vient de quitter Damas à la tête d'une armée et se dirige vers la plaine de la Bekaa. »

Baudouin considéra un instant l'éclaireur épuisé avant de se tourner vers le reste de la compagnie.

« Nous allons donc livrer bataille », dit-il d'une voix calme.

Tout le monde le regarda d'un air approbateur, et Balian se jura intérieurement de rester aux côtés du jeune roi lors de la confrontation qui s'annonçait avec le frère du sultan.

Le soleil atteignait son zénith. Sous l'effet de la chaleur, leurs gambisons ne tarderaient pas à être trempés de sueur et leurs hauberts n'en seraient que plus pesants. Baudouin savait pertinemment qu'il n'avait pas encore les compétences requises pour diriger leurs troupes, tout en redoutant qu'on le maintienne à l'écart des combats : aussi fut-il très heureux qu'Onfroy lui confie le commandement du bataillon de réserve. Ils avaient pris position sur les pentes boisées de la montagne que les Sarrasins appelaient le Jabal Liban et d'où l'on avait une vue panoramique sur la plaine de la Bekaa qui s'étendait à leurs pieds. On apercevait plus au nord le sommet du mont Sannine et les eaux ondoyantes du fleuve Litani, dont le cours sinueux rejoignait la mer. Mais aujourd'hui Baudouin était insensible à la beauté du paysage, son esprit étant entièrement concentré sur l'armée qui s'était rangée en formation de bataille en travers de la route menant de Damas à Beyrouth. Ils s'étaient hâtés de marcher vers le sud afin d'entraver l'avancée de Touran-Shah et de prendre les Sarrasins par surprise – du moins l'espéraient-ils.

Il n'était évidemment pas impossible que Touran-Shah ait envoyé ses propres éclaireurs et soit déjà informé du danger qui l'attendait. Les bons généraux étaient ceux qui anticipaient les actions de l'ennemi. Onfroy estimait cependant que Touran-Shah n'était pas un grand stratège. C'était le frère aîné de Saladin, et, selon le connétable, il avait plus obtenu ce commandement en raison de sa naissance que de ses capacités. Contrairement au sultan lui-même et à leur plus jeune frère, al-Adil, qui gouvernait l'Égypte en son absence, Touran-Shah avait la réputation d'être impulsif, imprudent et souvent aveuglé par la jalousie que lui inspiraient ses frères cadets et qui le poussait à faire preuve d'une trop grande témérité.

L'éclaireur leur avait appris que l'*askar* de Touran-Shah, la troupe qu'il conduisait, avait été renforcée avec des soldats d'ordinaire affectés à la garnison de Damas. Ce qui signifiait que les Francs allaient se trouver en infériorité numérique et rendait d'autant plus décisif le déroulement des opérations. Baudouin se rendait bien compte que leur armée n'aurait sans doute pas droit à une seconde charge. Les Sarrasins étaient moins lourdement armés et plus vulnérables lors de tels affrontements, face à des chevaliers protégés par leurs armures et montés sur leurs puissants destriers. Mais s'ils lançaient l'assaut un peu trop tôt ou un peu trop tard, ils laisseraient le temps à l'ennemi de rompre les rangs et de se disperser. Il était très difficile de rattraper ce genre de bévue. Et s'ils ne portaient pas un coup fatal aux Sarrasins lors de cette première charge, ce seraient eux qui se retrouveraient en danger. L'étalon du jeune roi poussa un hennissement, comme s'il pressentait ce qui se préparait.

« Asad serait très déçu s'il ne pouvait pas se mesurer aux autres étalons, lança Baudouin par-dessus son épaule, avec un bref sourire. Tout comme le vôtre, du reste, ajouta-t-il à l'intention de Balian, dont le cheval baptisé Démon portait bien son nom. Si nous devions nous contenter d'assister de loin à la bataille, vous seriez bien mal récompensé de votre bonne action. Je sais que vous avez demandé à être affecté au bataillon de réserve parce que vous pensez que j'ai besoin d'être protégé.

— Absolument pas, Majesté, répondit Balian, ce qui était un mensonge éhonté. Je sais combien il est important de garder des hommes en réserve et que cela fait parfois la différence pour remporter la victoire. Aussi, lorsque le comte Raymond a décidé de renforcer le bataillon de réserve avec une partie de ses chevaliers, je me suis aussitôt proposé. Sinon, vous auriez dû supporter les propos affligeants de Gérard de Ridefort… »

Comme il l'avait espéré, cela lui valut un nouveau sourire : le roi ne supportait guère le chevalier flamand, lui non plus. Il ne s'était pourtant pas trompé, concernant ses motivations. Balian n'avait que onze ans de plus que lui, mais il éprouvait le même besoin de le protéger aujourd'hui que s'il avait envoyé pour la première fois son propre fils au combat. Il observait le bouclier de Baudouin avec un malaise croissant. Les boucliers allongés des Francs, en forme d'amande, s'avéraient aussi indispensables dans le combat que leurs lances et leurs épées : ils les protégeaient sur leur gauche et pouvaient leur servir d'arme au besoin.

Mais Baudouin tenait quant à lui son épée de la main gauche… Il avait bien essayé de fixer son bouclier du côté droit en doublant les sangles intérieures, mais il était trop lourd à manier et trop encombrant pour quelqu'un qui disposait d'un seul bras valide. Il avait donc fallu se rabattre sur un bouclier sarrasin, nettement plus petit et de forme ronde ; Balian craignait qu'il n'offre qu'une maigre protection dans un combat rapproché. Plus grave encore, Baudouin ne pouvait compter que sur son épée car son handicap s'était avéré trop prononcé lorsqu'il avait tenté de maîtriser l'usage de la lance. À quinze ans, il avait à peu près l'âge de l'écuyer de Balian, et les écuyers n'étaient pas censés prendre part aux combats. Baudouin n'hésiterait pourtant pas un instant si l'occasion se présentait, Balian n'avait aucun doute à ce sujet.

Il regardait à présent son étalon en essayant d'imaginer le roi en train de se lancer dans la bataille sans se servir des rênes. Il avait beau se répéter que Baudouin était un cavalier hors pair, jamais il n'avait affronté un défi pareil. Aussi bien entraîné que soit Asad, le cheval ne manquerait pas d'être perturbé par l'odeur du sang, sans parler du bruit et du chaos qui caractérisaient l'atmosphère d'un champ de bataille. Que se passerait-il s'il prenait peur et se cabrait ? Ou s'il s'enfuyait loin du carnage, après avoir désarçonné son jeune cavalier ?

Les supputations morbides de Balian furent brusquement interrompues par une exclamation du roi.

« Regardez ! lança-t-il en désignant un point sur sa gauche. Vous voyez ce nuage de poussière ? Ils arrivent ! »

Ce qui s'ensuivit ne ressemblait à rien de ce à quoi Baudouin ou Balian avaient pu assister par le passé. Balian avait lui-même participé à des assauts mais n'en avait jamais été témoin en tant qu'observateur ; quant à Baudouin, sa science des combats était purement théorique et n'avait pas encore été mise à l'épreuve des faits. Ils échangèrent un sourire, ravis et soulagés à la fois que Touran-Shah se soit montré aussi imprudent qu'Onfroy l'avait prédit. L'inquiétude et la confusion ne tardèrent pas à gagner les rangs des Sarrasins lorsqu'ils découvrirent que les Francs les attendaient. Il leur était pourtant encore loisible de battre en retraite à ce moment-là. Mais l'orgueil l'emporta sur la prudence, et il devint très vite évident que Touran-Shah avait l'intention de livrer bataille. Les Sarrasins se regroupèrent à la hâte en ordre de combat, et la plaine retentit bientôt de leurs cris, de leurs jurons et des roulements de tambour qui sont un élément essentiel de l'art guerrier des musulmans. Onfroy et le grand maître des Templiers ne leur laissèrent pas le temps de s'organiser et lancèrent leurs troupes à l'assaut. Suspendant leur souffle, les chevaliers restés sur le flanc de la montagne regardèrent leurs compagnons se précipiter en rangs serrés et briser les lignes sarrasines, leurs lances pointées en avant et leurs destriers soulevant des nuages d'une poussière si dense qu'on aurait dit de la fumée. Balian éprouva sur-le-champ une intense jubilation, convaincu que la victoire leur serait acquise ce jour-là.

Même si les Sarrasins étaient des infidèles, aucun des guerriers francs n'aurait douté de leur courage, et le combat faisait rage par endroits avec une rare violence. Cependant, une armée en déroute souffrait toujours d'un fatal désavantage : une fois que les hommes avaient compris que la bataille était perdue, c'était l'instinct de conservation qui prenait le dessus… Les soldats de Touran-Shah ne tardèrent donc pas à fuir le champ de bataille. Les Sarrasins feignaient souvent de battre en retraite, c'était l'une de leurs principales stratégies guerrières : ils trompaient ainsi leurs adversaires, qui les poursuivaient sans méfiance avant de tomber dans leur piège. Mais ce n'était pas le cas cette fois-ci. Leur armée avait été mise en déroute par la charge des Francs, et il n'y avait pas quelqu'un de suffisamment fort à leur tête pour les regrouper. Chacun ne pensait désormais plus qu'à sauver sa peau.

Baudouin avait contemplé ce spectacle, aussi captivé que ses hommes, car il était fascinant de voir les récits de combat dont il avait été nourri prendre brusquement vie sous ses yeux. Il s'aperçut soudain qu'une partie des fuyards essayaient de trouver refuge dans les bois du Jabal Liban.

« Coupons-leur la route ! » s'écria-t-il en piquant des deux.

Ses hommes ne demandaient qu'à lui obéir, heureux de se jeter à leur tour dans la mêlée. Balian s'empressa de lancer son destrier à la suite de Baudouin mais constata aussitôt qu'Asad galopait beaucoup plus vite que son propre étalon et qu'il était incapable de soutenir son rythme. Les chevaliers de la maison du roi ne le pouvaient pas davantage : horrifiés, ils virent leur jeune maître se précipiter vers un archer à cheval – un Turc, à en juger par son arme et ses nattes – qui réagit en brandissant l'épée fixée à son poignet, menaçant d'un coup mortel le flanc droit de Baudouin. Avec une souplesse de félin, Asad l'évita et serra l'autre de si près que le roi put abattre son épée qui entailla le bras levé du Turc. Celui-ci poussa un cri, le sang se mit à gicler et son destrier se cabra. Incapable de rester en selle, l'homme heurta le sol avec une telle violence qu'il y resta étendu, sans connaissance.

Baudouin avait déjà fait volte-face et lançait Asad à la poursuite d'un autre adversaire, mais Balian et ses chevaliers avaient enfin réussi à le rejoindre. Voyant que le sang avait encore coulé, la plupart des Sarrasins déconfits préférèrent se rendre plutôt que d'être exterminés, et le combat ne tarda pas à prendre fin. On apprit par la suite que Touran-Shah faisait partie d'un groupe qui avait réussi à prendre la fuite, abandonnant derrière lui un champ jonché de morts et de blessés. Cette bataille, à laquelle les Sarrasins donnèrent le nom de Ain al-Jarr, ne constituait pas en soi un épisode susceptible de modifier l'équilibre des forces en Outremer. Pour les Francs, toutefois, la victoire était délectable, et nul ne l'apprécia davantage que leur jeune roi.

Baudouin se retourna, dressé sur sa selle, tandis que Balian arrivait à sa hauteur. Trop essoufflé pour prononcer un mot, il se contenta de brandir son épée en montrant fièrement sa lame ensanglantée.

« Vous avez bien agi, Majesté », lui dit Balian, non moins essoufflé, tandis que le roi lui souriait en retour.

Il fut bientôt entouré par tous ses chevaliers et prit tout d'abord un grand plaisir à leur concert d'exclamations et de félicitations. Une fois l'excitation retombée, toutefois, leur enthousiasme l'étonna un peu : il n'avait tout de même pas remporté la bataille à lui tout seul… Certes, le bataillon de réserve sous son commandement avait contribué à la victoire et il avait fait son premier prisonnier, qui se relevait à présent en titubant et en levant la main droite – signe de capitulation des Sarrasins. Mais à ses yeux, son action avait été plus efficace qu'héroïque, et il éprouva soudain un certain malaise en se disant que les louanges de ses hommes étaient peut-être dues au simple fait qu'il était leur roi et n'avait pas manifesté la moindre peur, sans tomber de cheval ni commettre les fautes souvent propres aux novices.

Ces réflexions gâchèrent un peu son plaisir et il se retira dès qu'il le put à l'écart des autres, en faisant signe à Balian de le suivre. Tout en se penchant pour caresser le col écumant d'Asad, il lui demanda à voix basse :

« Dites-moi la vérité, Balian : toutes ces louanges ne sont-elles pas un peu excessives ? On attendait donc si peu de moi ? »

Balian regarda le jeune roi, sans trop savoir quoi lui répondre. Comme tous les chevaliers, il avait assisté à des exploits impressionnants depuis qu'il était en âge de mettre les pieds sur un champ de bataille. Mais il ne pensait pas avoir jamais été témoin de la force invincible et du courage à l'état pur dont Baudouin avait fait preuve aujourd'hui, en se lançant dans le combat avec son bras handicapé, sans lance ni bouclier approprié, et en chevauchant un étalon qu'il dirigeait à la seule force de ses genoux.

Sachant que Baudouin n'apprécierait guère qu'on mette ainsi l'accent sur son handicap, il réfléchit mûrement avant de lui répondre.

« Il est exact qu'ils n'étaient pas très sûrs de ce qu'on pouvait attendre de vous, Majesté, ne vous connaissant pas aussi bien que moi. Je peux néanmoins vous dire une chose : c'est que si le courage était la monnaie de votre royaume, vous seriez aujourd'hui plus riche que Midas. »

Baudouin n'avait jamais reçu un compliment qui lui fît davantage plaisir. Il avait parfois entendu Jacquelin qualifier Balian de « saint Jean bouche d'or » : c'était bien ainsi qu'il s'était comporté à l'instant, en leur épargnant à l'un comme à l'autre des propos d'un sentimentalisme un peu gênant. Pour la première fois depuis qu'il se savait lépreux, la colère qu'il nourrissait secrètement à l'encontre du Tout-Puissant s'apaisa quelque peu. Car si sa maladie relevait de la volonté de Dieu, la victoire qu'il venait de remporter en était elle aussi l'émanation.

Lorsque Salah al-Din décida brusquement de lever le siège de Masyaf, la forteresse des Assassins, beaucoup s'en étonnèrent car ceux-ci avaient tenté à deux reprises d'éliminer le sultan. La seconde de ces tentatives, toute récente puisqu'elle remontait au mois de mai, avait d'ailleurs bien failli réussir : frappé à la joue, Saladin n'avait dû son salut qu'à la cotte de mailles qu'il portait sous sa tunique. Cela l'avait tellement ébranlé qu'il avait fait ériger une palissade autour de la tente qui lui tenait lieu de poste de commandement et dont seuls les hommes qu'il connaissait personnellement pouvaient franchir le seuil. Tout le monde croyait qu'il ne connaîtrait pas de repos avant que Masyaf ne soit plus qu'un tas de cendres. Bien des rumeurs commencèrent donc à circuler, concernant les raisons qui l'avaient poussé à lever ce siège du jour au lendemain. Certaines prétendaient que les Assassins avaient menacé d'exécuter le reste de sa famille ; d'autres que son brusque retour à Damas était lié à cette expédition dans la plaine de la Bekaa et à la défaite qu'avait essuyée son frère à Ain al-Jarr. Mais ce que le sultan était le seul à savoir, c'était que le jeune roi de Jérusalem allait désormais être pris beaucoup plus au sérieux par ses ennemis sarrasins.

CHAPITRE 11

Août 1176
Jérusalem, Outremer

Des acclamations lointaines, un peu étouffées, apprirent à tous ceux qui étaient réunis dans la grande salle de la tour de David que Renaud de Châtillon venait de faire son entrée en ville. Des tournois étaient généralement organisés pour célébrer le retour des seigneurs et des chevaliers après leur libération. La plupart des gens éprouvaient à leur égard une sympathie instinctive, alors que la réapparition d'une épouse n'engendrait jamais une semblable liesse : à tort ou à raison, on considérait qu'elle ne pouvait manquer d'avoir été souillée au cours de sa captivité. Dans le cas précis de ce prisonnier, la curiosité avait également poussé dans les rues les citoyens de Jérusalem, malgré la chaleur accablante qui régnait en ce mois d'août, car sa notoriété n'avait pas été entamée par les quinze années qu'il venait de passer en captivité dans les geôles d'Alep.

Balian n'avait pas le moindre souvenir de Renaud : il n'avait que onze ans quand ce seigneur contesté avait été fait prisonnier.

« Les histoires qu'on raconte à son sujet sont-elles exactes ? » demanda-t-il à son frère dans l'espoir d'engager la conversation.

Le plus souvent prompt à s'épancher, Baudouin d'Ibelin n'avait pas desserré les dents depuis leur arrivée dans la tour de David. Balian ne songeait certes pas à lui reprocher son humeur taciturne : son frère avait en effet essuyé une perte cruelle, deux semaines plus tôt. Élisabeth avait mis au monde le fils qu'il attendait depuis si longtemps, mais l'accouchement s'était mal déroulé. L'enfant était bien en vie mais sa mère n'avait pas survécu. Alors que Baudouin était plutôt du genre expansif, il avait pour l'instant gardé sa douleur en lui, refusant d'en parler aussi bien à Balian qu'à Esquiva, sa fille de dix-sept ans, qui le regardait en ce moment même avec une visible inquiétude.

Balian aimait beaucoup sa nièce et était enchanté que son mariage avec Aimery de Lusignan lui ait visiblement convenu, malgré leurs quinze années d'écart. Cela avait été une bonne affaire pour les deux parties, permettant à Aimery de s'allier par le biais de ce mariage à la noblesse d'Outremer et au puissant seigneur de Ramlah ; quant à Esquiva, elle avait épousé un homme de bonne lignée et dont la renommée sur le champ de bataille n'était plus à faire. Elle avait confié à Balian qu'elle était d'ores et déjà enceinte mais ne l'avait pas encore annoncé à son père : elle craignait qu'il ne se fasse du souci pour elle, si peu de temps après la mort en couches d'Élisabeth.

« Papa, lança-t-elle, tu as connu Renaud de Châtillon avant qu'il ne soit capturé. Était-il aussi sournois qu'on le prétend ? »

Baudouin n'avait pas répondu à la question de son frère mais réagit à celle de sa fille.

« Sournois ? dit-il. Certains le pensaient, en effet. Le patriarche d'Antioche, notamment. »

Aimery semblait lui aussi intéressé par le sujet.

« D'après ce que j'ai entendu dire, Renaud avait accompagné Louis, le roi des Francs, et son épouse en Outremer où il était resté après le retour du souverain dans son pays. À la suite de quoi, il avait séduit puis épousé Constance, la princesse d'Antioche, à la consternation des habitants et de l'empereur byzantin, toujours prompt à se mêler des affaires d'Antioche. »

Baudouin émergeait peu à peu de ses sombres pensées.

« Si j'en crois la réputation qu'avait Constance, la princesse savait fort bien ce qu'elle voulait et avait autant de caractère qu'un homme. Je doute donc qu'elle ait accueilli Renaud dans son lit contre sa volonté… Leur mariage n'a pourtant pas suscité l'enthousiasme, c'est le moins qu'on puisse dire. Renaud n'était certes pas de basse extraction, contrairement à ce qu'ont affirmé ses innombrables ennemis, étant le fils cadet d'un seigneur franc de haute lignée. Mais cela n'en faisait pas pour autant un mari digne de la princesse d'Antioche. »

La seule idée qu'une femme puisse choisir elle-même l'homme qu'elle allait épouser fascinait visiblement Esquiva.

« On n'a pas essayé de rompre ce mariage ? demanda-t-elle.

— Non, répondit son père. Renaud et Constance avaient réussi à obtenir l'accord de notre roi. Et Renaud était même parvenu à retourner en sa faveur l'empereur byzantin : celui-ci avait accepté de reconnaître cette union si Renaud parvenait à le débarrasser de son vieil ennemi, qui régnait sur le royaume de Cilicie. Mais une fois cette mission accomplie, Manuel tarda à lui verser la somme qu'il avait promise en récompense de ses services. » Baudouin eut un sourire sans joie. « Je ne crois pas avoir mentionné le fait que Renaud avait un caractère de cochon… Il a donc très mal pris la chose.

— C'est à ce moment-là qu'il a torturé le patriarche d'Antioche, papa ?

— Je ne suis pas surpris que tu aies entendu parler de cette affaire, Esquiva, car elle a provoqué un certain scandale. Renaud était fermement décidé à se venger de l'empereur Manuel et entrevit un moyen de le faire, tout en en retirant un profit non négligeable. Son plan consistait à piller l'opulente île de Chypre, qui était aux mains des Grecs. Mais il avait besoin d'argent pour monter cette opération et eut l'audace d'en demander au patriarche d'Antioche, qui avait été l'un des plus farouches opposants à son mariage. Le patriarche refusa et se montra même insultant à son égard durant leur conversation. Le malheureux ignorait encore à qui il avait affaire. »

Aimery était aussi fasciné que sa jeune épouse par cette histoire.

« A-t-il vraiment torturé le patriarche ? demanda-t-il.

— Renaud le fit enlever, puis enfermer au sommet du donjon de la ville où il fut battu jusqu'au sang. Ses plaies furent ensuite enduites de miel. Il faisait très chaud ce jour-là, et le vieil homme ne tarda pas à être couvert d'insectes affamés qui grouillaient sur ses blessures. Il résista pendant quelques heures avant d'accepter de donner à Renaud les fonds qu'il exigeait. Renaud s'embarqua alors pour Chypre où ses hommes causèrent des dégâts considérables, sans se soucier du fait que les Chypriotes étaient des chrétiens, eux aussi. D'après tous les témoignages, ils se livrèrent à un véritable pillage, incendiant les villages et violant les femmes, n'épargnant ni les monastères ni les religieuses. Grâce à cette opération, Renaud regagna Antioche beaucoup plus riche qu'il ne l'était auparavant, indifférent aux ennemis qu'il s'était faits et aux cadavres qu'il laissait derrière lui. »

Aimery avait l'habitude de ces récits où des seigneurs sans foi ni loi se livraient à de telles exactions : certains membres de sa famille, dans le royaume des Francs, avaient été impliqués dans des opérations de ce genre. Il n'en fut pas moins impressionné par la hardiesse de Renaud de Châtillon et la manière dont il transgressait sans frémir aussi bien la loi des hommes que celle de Dieu.

« Il devait être bel homme, pour avoir obtenu les faveurs d'une princesse, dit-il. Et il ne manquait certes pas de caractère. Mais je le trouve tout de même un peu borné : n'importe qui, doué d'un soupçon de jugeote, aurait compris que l'empereur byzantin ne laisserait pas un tel crime impuni. »

Baudouin secoua la tête.

« Vous vous trompez, rétorqua-t-il. Renaud a bien des défauts mais ce n'est assurément pas un imbécile. Il a agi de la sorte par pure arrogance, excité à l'idée de bafouer les détenteurs du pouvoir. À mon sens, il était trop imbu de sa personne pour réfléchir aux conséquences de ses actes ou même pour envisager sa propre défaite : il était convaincu de triompher ou du moins de sortir indemne de n'importe quelle situation. Mais j'imagine qu'une telle suffisance ne doit pas résister bien longtemps quand on se retrouve dans les geôles des Sarrasins. »

Cela ravivait des souvenirs douloureux pour Aimery, qui avait lui-même passé un certain temps, jadis, dans les prisons sarrasines. Il avait eu la chance que le roi Amaury ait accepté de payer sa rançon mais n'aimait guère évoquer cette période. Son incarcération avait été relativement brève, et il n'osait même pas imaginer ce que cela pouvait représenter d'endurer quinze années de captivité. Changeant insensiblement de sujet, il demanda à Baudouin comment Renaud avait réussi à faire la paix avec l'empereur byzantin.

« En capitulant et en s'humiliant devant lui… Lorsqu'il apprit que l'armée des Grecs approchait, il se rendit en toute hâte jusqu'au camp de Manuel vêtu d'une robe de pénitent, sans sandales et la tête nue, et se jeta aux pieds de l'empereur. Un imbécile aurait préféré la fierté à la survie.

— Comment a-t-il été capturé par les Sarrasins ?

— Ah… ce sont sa rapacité et son imprudence qui l'ont perdu. Il était allé voler du bétail dans le comté d'Édesse, sans se soucier de spolier ainsi ses frères chrétiens. Tandis qu'il regagnait Antioche, il est tombé dans une embuscade que lui avait tendue l'émir d'Alep et y fut conduit enchaîné. Nour al-Din refusa de le libérer contre une rançon, comme il l'avait déjà fait pour Jocelyn, et les deux hommes auraient sans doute pourri là-bas jusqu'à la fin de leurs jours si Nour al-Din n'avait pas eu la bonne idée de mourir entre-temps. » Le regard de Baudouin se posa sur le dais où avait pris place Jocelyn de Courtenay. « Les hommes changent, en prison, dit-il d'un air pensif. Le comte Raymond en est revenu en ayant appris l'arabe et les mœurs sarrasines, convaincu que les musulmans et les chrétiens pouvaient vivre côte à côte en harmonie. Jocelyn n'a pas été aussi bien traité et ses souvenirs sont plus ténébreux. Avez-vous remarqué que son rire a changé ? Il sonne creux, à présent. Il prétend que la captivité de Renaud a été la pire de toutes, et je n'ai aucune raison de mettre sa parole en doute. »

Il s'interrompit car tous les visages s'étaient tournés vers la porte d'entrée de la grande salle. Renaud n'était plus prince d'Antioche, Constance étant morte durant sa captivité. Il n'était pourtant pas dénué de toute accointance royale, même s'il n'avait plus de terres pour l'instant, car son beau-fils Bohémond régnait désormais à Antioche, et Maria, sa belle-fille, avait épousé l'empereur byzantin. L'émir d'Alep avait exigé la somme ahurissante de cent vingt mille dinars en or pour sa rançon, et personne ne croyait que Renaud puisse un jour réunir une somme pareille.

Il y eut quelques exclamations bruyantes lorsqu'il pénétra dans la salle. Compte tenu de son âge – il avait dépassé la cinquantaine, à présent – et de sa longue et éprouvante captivité, tout le monde s'attendait à découvrir un homme moralement et physiquement brisé. Mais il avait déjà repris des couleurs, ayant été libéré au printemps, et ne donnait nullement l'impression, malgré sa minceur, d'avoir été maintenu si longtemps à l'écart du monde. Ses cheveux noirs grisonnaient par endroits, tout en restant aussi fournis que dans sa jeunesse. Seules les marques qu'avaient laissées les fers autour de ses poignets et une cicatrice au-dessus de son œil gauche témoignaient qu'il avait passé des années dans les prisons d'Alep. On avait souvent vu des captifs fraîchement libérés revenir en vacillant sur leurs jambes comme s'ils avaient prématurément vieilli durant leur détention. Renaud de Châtillon, au contraire, se tenait bien droit, les épaules rejetées en arrière et la tête fièrement relevée, parcourant du regard l'assistance avec un air de défi comme pour signifier à chacun qu'il n'avait rien perdu de sa superbe et qu'il allait encore falloir compter avec lui. Il paraissait dans une forme étonnante et avait la démarche d'un homme beaucoup plus jeune. Il s'arrêta en attendant que la rumeur ait cessé dans la salle et marcha ensuite d'un pas décidé jusqu'au dais avant de s'agenouiller devant le roi, qui était né l'année même où il avait été fait prisonnier.

Tous ceux qui assistaient à la scène se sentirent alors libres de chuchoter entre eux, se demandant comment Renaud de Châtillon avait pu endurer une aussi longue réclusion sans y laisser sa santé ni perdre la raison. Baudouin d'Ibelin estimait que le secret de sa survie tenait sans doute à son incurable obstination : cet homme était trop entêté pour mourir.

« Non, rétorqua alors Balian qui avait perçu un bref instant l'intense éclat de ses yeux gris. C'est la haine, reprit-il, la haine seule qui a été son armure – et sa planche de salut. »

Le roi était de bonne humeur et se félicitait encore du succès de ses raids stratégiques, qui avaient obligé Saladin à conclure en toute hâte une trêve avec ses ennemis de Mossoul et d'Alep. Cela écartait pour l'instant la plus grande crainte de Baudouin : voir son royaume cerné de toutes parts par les Sarrasins.

Il était également soulagé de n'avoir pas présenté de nouveaux symptômes de la maladie depuis l'apparition des *maculas* sur ses épaules et son dos au printemps dernier. Anselme lui avait d'ailleurs rapporté plusieurs histoires rassurantes concernant certains de ses anciens condisciples lépreux, qui avaient été en mesure d'assurer leurs fonctions de longues années après que le mal s'était déclaré. Pour couronner le tout, Guillaume de Montferrat venait de débarquer sain et sauf en Terre sainte et s'apprêtait à les rejoindre, escorté depuis Sidon par Denis, le beau-père du roi : ils devaient arriver à Acre le jour même, ce premier samedi d'octobre.

Les membres de la noblesse et du clergé se pressaient dans la grande salle du palais, impatients de découvrir le visage de celui qui était destiné, selon toute vraisemblance, à devenir leur prochain roi. Un sentiment d'attente un peu tendu planait dans l'atmosphère, à l'idée de la charge qui allait désormais reposer sur les épaules du futur mari de Sibylle. Baudouin en était le premier conscient. Ce qu'il avait entendu dire de Guillaume était de bon augure : un homme doté de toutes les qualités nécessaires à un dirigeant – haute naissance, expérience des combats, solide réputation de courage. On le disait également ouvert et généreux, ce qui selon Baudouin lui vaudrait vite les faveurs des seigneurs d'Outremer, dont certains avaient été échaudés par l'attitude distante du comte Raymond.

En cours d'après-midi, néanmoins, Baudouin se rendit compte que les choses n'allaient peut-être pas s'avérer aussi simples. Sibylle se retrouvait au centre de l'attention générale : ce qui, en temps ordinaire, l'aurait évidemment enchantée. Aujourd'hui, cependant, elle paraissait préoccupée, irritable avec ses dames de compagnie et visiblement peu encline à engager la conversation avec quiconque. Le roi l'observait avec un malaise croissant. Elle n'allait tout de même pas se rétracter au dernier moment ? Certes, il ne connaissait pas très bien sa sœur, la jugeant en son for intérieur aussi capricieuse qu'impulsive, et peu à même d'imaginer ce qu'on allait attendre d'elle si elle devenait reine. Avait-elle finalement décidé de ne pas épouser Guillaume ? Les battements de son cœur s'accéléraient à cette seule idée. Il avait déclaré à ses vassaux que la volonté de Dieu, selon lui, était qu'il gouverne leur royaume tout en étant lépreux. Il savait pourtant qu'un jour viendrait où son corps le lâcherait et où il n'aurait pas d'autre choix que de nommer un régent, ou d'abdiquer. Ces derniers temps, cela avait été pour lui une pensée rassurante de savoir qu'il y aurait bientôt un homme compétent pour lui succéder, le jour où il ne serait plus en mesure d'assumer ses fonctions.

Il ne savait pas trop quoi faire, ayant toujours laissé à sa mère le soin de gérer les états d'âme et les lubies de Sibylle. Mais Agnès avait accompagné Denis à Sidon afin que Guillaume ait droit à un accueil royal pour son arrivée. Et Baudouin n'avait aucune envie d'entamer avec sa sœur une conversation qui risquait fort de s'avérer pénible. Néanmoins, si jamais elle ne voulait plus de ce mariage, il fallait qu'il en soit informé. Se levant et descendant du dais, il traversa la salle et lui lança d'une voix calme :

« Il faut que nous parlions, ma sœur. »

Sibylle fut si surprise de le voir surgir à ses côtés qu'elle sursauta et renversa une partie de la coupe de vin qu'elle tenait à la main. Tout en se disant qu'elle buvait plus qu'elle n'aurait dû, Baudouin lui proposa d'aller dans les jardins, et elle le suivit lentement tandis qu'il se dirigeait vers l'escalier.

Ils n'échangèrent pas un mot en gravissant les marches qui menaient à la terrasse. À sa grande honte, il éprouva quelque difficulté à retirer la barre qui bloquait la porte : aussi habile fût-il devenu en se servant de sa main gauche, il était tout de même droitier et se trouvait parfois gêné pour accomplir certaines tâches ordinaires. Au début, les gens lui proposaient spontanément d'intervenir ; mais ils n'avaient pas tardé à comprendre que Baudouin était d'une farouche indépendance. Lorsqu'il réussit enfin à ouvrir la porte, il fut secrètement reconnaissant à Sibylle de ne pas s'être précipitée pour lui venir en aide. Toutefois, lorsqu'il se retourna pour la regarder, il remarqua qu'une grande distance les séparait et comprit qu'elle évitait de s'approcher et d'avoir le moindre contact physique avec lui. Il songea alors que c'était la première fois qu'ils se retrouvaient en tête à tête tous les deux depuis que sa sœur avait été informée de sa maladie.

La journée était très chaude, on se serait cru au plus fort de l'été plutôt qu'au début de l'automne. Les jardins étaient constellés de fleurs roses et pourpres, les oliviers et les palmiers oscillaient sous la brise qui montait de la mer. Baudouin aimait parfois venir ici et regarder les vagues rouler sur la plage, comme elles le faisaient depuis la nuit des temps. Aujourd'hui, toutefois, il avait d'autres chats à fouetter. Se tournant vers sa sœur, il lui lança à brûle-pourpoint :

« Tu n'as donc plus envie d'épouser Guillaume, Sibylle ?

— Mais si ! s'exclama-t-elle en lui adressant un bref regard avant de détourner les yeux. Pourquoi dis-tu une chose pareille ? »

Baudouin se demanda s'il devait la croire.

« Parce que tu as les nerfs à vif, répondit-il. Et que quelque chose te tracasse. Si ce n'est pas ce prochain mariage, de quoi s'agit-il ? »

Les joues de sa sœur s'empourprèrent. Elle haussa les épaules et ne répondit pas, mais vit bien que son frère ne la lâcherait pas.

« Si tu veux tout savoir, dit-elle avec réticence, je suis un peu anxieuse à l'idée de rencontrer Guillaume. »

Baudouin cilla, un peu surpris, car cela ne lui était pas venu à l'esprit.

« Pourquoi donc ? » lui demanda-t-il.

Sibylle secoua la tête d'un air impatient.

« Comment veux-tu que je ne me sente pas nerveuse ? Je m'apprête à remettre ma vie, mon destin et celui de notre royaume entre les mains d'un étranger. Une femme renonce à beaucoup de choses en se mariant et se voit ensuite soumise dans tous les domaines à la volonté de son mari. Et si jamais Guillaume faisait partie de ces hommes qui considèrent les femmes comme de simples animaux reproducteurs ? Ou si je ne lui plaisais pas ? S'il était déçu en me rencontrant ? »

Baudouin ne voyait pas très bien comment Guillaume aurait pu être déçu par Sibylle, alors qu'elle apportait dans sa dot la couronne du royaume. Sachant néanmoins que ce n'était pas cette réponse qu'elle attendait, il réfléchit un instant.

« Pourquoi ne lui plairais-tu pas ? reprit-il enfin. Tu es très jolie, après tout. Et tu le sais sûrement.

— C'est ce qu'on m'a dit. Mais Guillaume ne sera pas forcément de cet avis… »

Cela dépassait un peu l'entendement de Baudouin, mais il essaya de comprendre ce que sa sœur ressentait.

« Est-ce que c'est l'idée de le rencontrer pour la première fois en présence d'une foule pareille qui te met mal à l'aise ? » s'enquit-il.

Il pouvait concevoir que cela la rende un peu nerveuse. N'ayant pour sa part jamais manqué de confiance en lui, il avait toujours pensé que sa sœur lui ressemblait sur ce point. Mais ce n'était visiblement pas le cas.

« J'ai une idée, dit-il. Reste ici au milieu des jardins, sur la terrasse. Quand Guillaume arrivera, je monterai avec lui et vous pourrez faire connaissance à l'écart des regards, en toute intimité. »

Les yeux de Sibylle se mirent à briller. À cet instant précis, elle était vraiment très belle.

« Ah, oui ! s'exclama-t-elle. J'aimerais bien que les choses se passent ainsi ! »

Mais son visage s'assombrit aussitôt.

« Les gens vont faire des gorges chaudes si nous nous voyons en privé avant d'être mariés… Ce ne serait pas convenable, Baudouin. »

Le roi doutait que sa sœur ait réellement eu à cœur de respecter les règles : d'après ce qu'il avait entendu dire, elle avait manifesté un tempérament rebelle en plus d'une occasion, durant ses années d'enfance au couvent. Elle devait être encore plus nerveuse qu'elle ne le lui disait.

« C'est un obstacle facile à résoudre, lui dit-il. Je vais demander à l'une de tes dames de compagnie de venir te rejoindre. »

Sibylle lui sourit, aussi radieuse que soulagée.

« Merci, Baudouin ! »

Elle tendit les bras vers lui et sa main effleura même sa manche, avant qu'elle prenne conscience de son geste : elle recula alors si vivement qu'elle vacilla et faillit perdre l'équilibre. Pendant un long moment, ils restèrent tous les deux silencieux. Le visage de Sibylle s'était empourpré. Lorsqu'elle réussit enfin à croiser son regard, Baudouin vit des larmes briller dans ses yeux, qui étaient du même bleu que les siens.

« Je… je suis désolée, Baudouin, murmura-t-elle. C'est que j'ai… j'ai si peur d'attraper la lèpre… »

Baudouin n'éprouvait pas la moindre colère, juste de la lassitude mêlée à une profonde tristesse.

« Je comprends, ma sœur, dit-il d'une voix douce. Je comprends très bien. »

Baudouin n'avait pas regardé à la dépense pour offrir à sa sœur le plus fastueux des mariages. L'union avait été célébrée dans la cour de l'église du Saint-Sépulcre afin que les spectateurs venus en foule puissent assister à la cérémonie, avant que la messe elle-même ne se déroule à l'intérieur du plus sacré des tombeaux. Après cela, il y avait eu une grande fête dans la salle de réception du palais, et on était en train de débarrasser les tables sur tréteaux afin que les invités puissent danser.

Guillaume et Sibylle étaient au centre des regards, comme l'étaient tous les jeunes mariés en une telle occasion. Ils semblaient prendre du bon temps tous les deux au milieu de la foule des admirateurs, des simples curieux et de ceux qui cherchaient à s'assurer les faveurs d'une future reine ou d'un futur roi. L'archevêque Guillaume trouvait qu'ils formaient un beau couple : le marié était aussi bel homme qu'on l'avait annoncé, grand et bien bâti, les cheveux plus dorés que des besants frappés du jour, et les yeux aussi bleus que le saphir qu'il avait offert en cadeau de mariage à Sibylle. Celle-ci était adorable dans sa robe de soie rose brodée de fils d'argent et rougissait chaque fois que son nouvel époux lui souriait. À en juger par l'expression de la plupart d'entre eux, les Poulains voulaient croire que l'avenir du royaume était assuré maintenant que Guillaume de Montferrat était venu à la rescousse, car il avait vraiment l'allure et le comportement d'un homme né pour porter la couronne.

« Les choses seront-elles vraiment aussi simples, Guillaume ? »

L'archevêque sursauta car il n'avait pas entendu Marie s'approcher en silence. Et les mots qu'elle avait prononcés avec douceur faisaient étrangement écho à ses propres pensées : il se demandait lui aussi si ce Guillaume serait bien le sauveur d'Outremer ou s'il s'agissait d'un simple mirage, l'une de ces visions trompeuses qui s'élevaient parfois sous le soleil accablant du désert.

« Nous pouvons en tout cas l'espérer », répondit-il avec un sourire dont son expérience tempérait l'optimisme.

Marie lui parut fragile, la noirceur sévère de ses habits de deuil contrastait singulièrement avec les couleurs vives affichées par les invités qui se pressaient dans la salle. C'était sa première apparition publique depuis qu'elle avait appris la mort de son père à Myriokephalon, en Anatolie, en septembre dernier. L'empereur byzantin avait essuyé une cuisante défaite face au sultan de Roum : Manuel avait survécu aux combats mais tel n'avait pas été le cas du père de Marie. Les Grecs avaient subi de lourdes pertes : parmi les victimes figurait Baudouin d'Antioche, le fils de Renaud de Châtillon et de la princesse Constance, mort au cours d'une charge héroïque visant à desserrer le piège où les avaient enfermés les Turcs seldjoukides. Guillaume n'avait aucune sympathie pour Renaud, ne lui ayant jamais pardonné les tortures qu'il avait infligées au patriarche d'Antioche ni les ravages qu'il avait commis à Chypre. Il n'en éprouvait pas moins une certaine pitié pour celui qui n'avait pas eu la joie de voir grandir son fils durant ses longues années de détention dans les geôles d'Alep. Mais sa sympathie allait avant tout à Marie, qui devait porter son deuil seule et loin de sa patrie.

« Je voulais vous remercier, Guillaume, car je suis sûre que c'est à vous que je dois d'avoir été invitée. »

Marie jeta un coup d'œil sur le dais royal à l'autre bout de la salle, d'où Agnès les fusillait du regard. Elle lui adressa de loin un sourire contraint.

« J'en avais touché un mot à Baudouin, reconnut l'archevêque, car je crains qu'il ne soit trop indulgent à l'égard des rancœurs et des fourberies de cette femme. Mais cela ne s'est pas avéré nécessaire : il avait compris de lui-même qu'il ne serait guère avisé d'exclure la petite-nièce de Manuel de ce mariage royal, au moment même où il s'apprête à renouer nos liens avec les Grecs. »

Suivant le regard de Marie, Guillaume réfréna un soupir tandis que ses yeux se posaient sur le jeune roi.

« J'imagine que ce n'est pas une journée très agréable, pour lui, reprit-il. Le mariage de Sibylle lui rappelle sûrement qu'il ne pourra jamais se marier ni avoir d'enfants, de son côté. Enfin, il a l'habitude de faire face à de telles situations, et son sourire lui tient lieu de protection. »

Ils ne craignaient pas d'être entendus : le simple fait de parler en grec suffisait à décourager les curieux ou les espions. Aussi Marie n'hésita-t-elle pas à lui dire, d'une voix triste :

« Nous n'avons jamais été en bons termes, Baudouin et moi. Je reconnais même l'avoir considéré autrefois comme un sale gosse.

— Ah, oui… à cause de cette histoire de chauve-souris… répondit Guillaume en songeant combien tout cela paraissait loin et presque touchant à présent.

— Ce ne fut pas la seule de ses plaisanteries, dit Marie avec un sourire distant. J'ai découvert un jour une grenouille dans mon bain, et j'ai toujours eu la conviction que c'était lui qui était allé glisser un poisson mort sous mon lit.

— Il pouvait s'avérer insupportable, en effet. J'étais surpris à l'époque que vous ne vous en soyez jamais plainte à Amaury.

— Oh, j'ai parfois été tentée de le faire, avoua-t-elle. Mais j'étais sans doute trop fière pour demander son aide. Je crois aussi que je pensais, dès cette époque, que Baudouin se contentait de faire des farces et n'était pas vraiment méchant. Je regrette donc de ne pas avoir fait davantage d'efforts envers lui. Il est trop tard à présent, bien sûr, car il croirait que j'agis par pitié. »

Guillaume opina d'un air entendu.

« Je crois que c'est la pitié des autres qu'il redoute le plus, confirma-t-il. Mais comme il doit se sentir seul… Bien peu de gens se comportent normalement en sa présence. Agnès, il faut au moins lui reconnaître ça, ne manifeste jamais le moindre trouble devant lui. Et Jocelyn fait des efforts, même s'il n'y parvient pas aussi bien. Denis, Onfroy de Toron et les frères d'Ibelin donnent toujours l'impression que la lèpre est le cadet de leurs soucis. Et à ma grande surprise, tel est également le cas de Renaud de Châtillon. J'imagine qu'un homme qui a vécu l'enfer sur Terre quinze ans durant n'éprouve plus ce genre d'appréhension. » Quittant le dais des yeux, il se tourna vers Marie. « Vous parvenez fort bien vous-même à cacher votre malaise, et je vous en félicite sincèrement.

— Je n'ai aucun mérite, Guillaume. Les choses sont plus faciles pour moi que pour la plupart des gens. À Constantinople, les lépreux ne sont pas mis à l'écart, comme ils le sont dans le royaume des Francs, l'accès des marchés et des églises ne leur est pas interdit. Les patriarches nous enseignent que la philanthropie est une vertu majeure et que les lépreux méritent donc notre compassion et nos soins. Cela n'empêche pas que nous redoutions la lèpre, nous aussi, et c'est même pour combattre cette peur qu'on l'appelle "la maladie sacrée" dans l'Empire byzantin. Notre Église n'a jamais prétendu que la lèpre était un mal destiné à punir ceux qui auraient péché. »

Comme la plupart de ceux qui suivaient les préceptes de l'Église romaine, Guillaume avait de nombreux désaccords avec la branche du christianisme qui était tournée vers Constantinople plutôt que vers Rome. Il partageait néanmoins du fond du cœur ce principe de philanthropie et cita d'un air approbateur un passage des Écritures :

« *Il fait largesse, il donne aux pauvres ; sa justice demeure à jamais, sa vigueur rehausse son prestige*[1].

— J'avoue pourtant, reprit Marie au bout d'un long silence, que lorsque j'ai amené Isabelle chez le roi, mon cœur battait à tout rompre. Elle s'était entraînée pour faire sa révérence et y parvenait à la perfection. Mais dès qu'elle a aperçu Baudouin, elle a tout oublié et s'est précipitée vers lui : elle se serait jetée dans ses bras s'il ne l'avait pas arrêtée, en lui disant qu'il avait la grippe et ne voulait pas qu'elle l'attrape. Pendant ces quelques instants, Guillaume, j'ai ressenti une terreur sans nom. » Se souvenant qu'elle avait une coupe de vin à la main, elle en but une longue gorgée. « Elle est assez âgée à présent pour comprendre que Baudouin et Sibylle sont ses frère et sœur, mais se demande pourquoi elle les voit si rarement. Je crois qu'elle se sent bien seule à Naplouse… »

Guillaume songea que Marie devait se sentir bien seule, elle aussi. Cette vie d'exilée n'était pas celle qu'elle avait imaginée

1. Psaume 112 (N.d.T.).

lorsqu'elle avait quitté Constantinople pour se marier à l'âge de treize ans. Il s'apprêtait à lui répondre lorsqu'elle se fendit soudain d'un grand sourire. Comme elle regardait en même temps par-dessus son épaule, il en déduisit que ce sourire ne lui était pas adressé et se retourna : Balian d'Ibelin se dirigeait vers eux.

Balian baisa la main de Marie avec une galanterie si appuyée que Guillaume le soupçonna de n'avoir pas lésiné sur le vin qui coulait à flots durant les festivités du mariage. Une fois les salutations échangées, Balian lui exprima ses regrets pour la mort de son père avec une telle sincérité que Marie en fut profondément touchée. La plupart des gens à la cour s'étaient contentés de lui présenter des condoléances on ne peut plus formelles.

« Il y a un homme dont j'espérais faire la connaissance à l'occasion de ce mariage », confia-t-elle ensuite à ses deux interlocuteurs. Comme elle avait abandonné le grec pour la langue des Francs, elle devait à présent se montrer prudente et choisir ses mots avec soin. « Renaud de Châtillon est devenu une sorte de légende en Outremer, poursuivit-elle, il ne devrait donc pas passer inaperçu : pourtant, je n'ai entendu personne évoquer son nom de toute la journée.

— C'est parce qu'il n'est pas à la cour en ce moment, répondit Guillaume avec un sourire, assuré que la nouvelle qu'il s'apprêtait à leur communiquer les surprendrait tous les deux. Baudouin l'a envoyé à Constantinople après la Saint-Martin afin de négocier une nouvelle alliance avec l'empereur Manuel. »

Marie et Balian paraissaient aussi stupéfaits l'un que l'autre, car il était de notoriété publique que Renaud et l'empereur byzantin étaient à couteaux tirés. Balian souligna de surcroît que Renaud n'avait jamais été réputé pour ses talents de diplomate – ajoutant même, peut-être sous l'effet du vin, qu'on demandait rarement au loup d'aller surveiller les moutons dans la bergerie.

Guillaume éclata de rire.

« Telle fut ma première réaction, à moi aussi. Mais lorsque Baudouin m'a expliqué son raisonnement, j'ai compris qu'il avait raison. La belle-fille de Renaud a épousé Manuel, après tout, et son propre fils est mort en tentant de sauver l'empereur à Myriokephalon. Ce garçon était réputé pour avoir les faveurs de Manuel, il est donc peu probable que celui-ci refuse de recevoir son père. Sans compter que Renaud est devenu un personnage un peu mythique à présent, et bien des gens pensent que tout ce qu'il a enduré à Alep l'a en partie absous de ses péchés anciens. Plus encore, Renaud va avoir à cœur de réussir cette mission : il veut prouver à Baudouin qu'on peut compter sur lui et que ses talents ne se limitent pas au champ de bataille. Sans parler de l'énorme rançon qu'il doit encore payer. Dans le passé, Manuel s'est souvent montré généreux en aidant certains seigneurs chrétiens fraîchement libérés, il est donc dans l'intérêt de Renaud de se concilier les bonnes grâces de l'empereur. Après tout, et malgré la réputation qui est la sienne, Renaud est aujourd'hui un seigneur sans terres.

— Ah, ce n'est pas tout à fait exact, intervint Balian avec un petit sourire. Il est rare que je sois mieux informé que vous, monseigneur l'archevêque, mais j'ai entendu dire que Renaud serait sur le point d'épouser Étiennette de Milly. »

Ce fut au tour de Guillaume et de Marie de le regarder avec stupéfaction. En contractant un tel mariage, Renaud de Châtillon deviendrait du jour au lendemain l'un des barons les plus puissants d'Outremer et le seigneur d'Outre-Jourdain, où se trouvaient les forteresses imprenables de Karak et de Montréal.

« D'où tenez-vous cette information, Balian ? » demanda Guillaume, plus sèchement qu'il ne l'aurait voulu.

Non seulement la perspective de voir Renaud jouir d'une telle position ne l'enchantait guère, mais il était un peu vexé qu'une telle nouvelle ne soit pas parvenue jusqu'à lui.

Balian ne s'en offusqua pas et trinqua d'un air malicieux avec l'archevêque.

« Les secrets n'ont pas de secret pour moi, plaisanta-t-il. Et le fait que nous soyons cousins, Étiennette et moi, y est pour quelque chose. »

Guillaume acquiesça, se souvenant que la mère de Balian était la demi-sœur du père d'Étiennette. Mais la nouvelle qu'il venait d'apprendre ne le réjouissait guère, car Étiennette ne manquait pas de caractère et nourrissait un profond ressentiment à l'égard du comte Raymond, qu'elle tenait pour responsable du meurtre de son précédent mari, Milon de Plancy, pour l'unique raison que sa mort avait profité au comte. Deux esprits aussi retors que Renaud et Étiennette ne pouvaient qu'entretenir mutuellement leur rancœur, au détriment de l'intérêt du royaume.

Ils furent soudain interrompus par des cris demandant à l'assistance de dégager l'espace, car les musiciens avaient pris place et les danses allaient commencer. Balian aurait aimé inviter Marie mais se doutait bien qu'une femme en deuil ne pouvait que décliner une telle invitation, aussi lui proposa-t-il d'aller lui chercher une autre coupe de vin. La salle se remplissait déjà des gens qui s'apprêtaient à former une ronde, et Marie préféra suivre Balian à la recherche d'un porteur de vin. Guillaume s'apprêtait à leur emboîter le pas mais son regard se porta alors vers le dais : Agnès et Jocelyn l'avaient quitté pour se joindre aux danseurs et Baudouin restait assis, seul dans son coin, réduit une fois encore au rôle de spectateur. Marie appréciant visiblement la compagnie de Balian, il se dit qu'il pouvait lui confier sa garde et se dirigea vers le dais.

Le roi l'accueillit avec un sourire et lui lança en plaisantant :

« Vous ne dansez donc pas ?

— Il ne manquerait plus que ça… Il est déjà regrettable que certains de mes confrères négligent les consignes de l'Église interdisant aux religieux la chasse à courre ou au faucon, sans que je crée à mon tour un scandale en me mettant à danser en présence du patriarche ! » Après avoir pris place sur un siège à côté de Baudouin, il reprit : « Vous avez offert à Sibylle une journée parfaite, dont elle se souviendra longtemps.

— Je l'espère. Les deux époux semblent satisfaits de cette union, eux aussi. Mais dites-moi, Guillaume, ajouta le roi en le dévisageant, que pensez-vous de lui ? »

L'archevêque avait observé de près le comportement de Guillaume de Montferrat depuis son arrivée en Outremer.

« Eh bien, je n'ai pas détecté de failles notables dans son caractère, répondit-il sur un ton badin. Il se met assez vite en colère mais ne semble pas rancunier. Il a tendance à dire ce qu'il pense, et si ses mots blessent son interlocuteur, cela ne le trouble pas outre mesure. Les gens sauront à quoi s'en tenir avec lui, pour le meilleur et pour le pire. Il se montre aimable la plupart du temps et prompt à la plaisanterie. Il lui arrive assez souvent de boire exagérément, mais je ne l'ai jamais vu franchement ivre. Quant à son courage, il ne fait pas l'ombre d'un doute. Je pense qu'il traitera bien Sibylle, avec tout le respect dû à son rang, même si je serais étonné qu'il lui témoigne une grande affection. Si elle ne s'attend pas de son côté à un tel miracle, cette union devrait les satisfaire. »

Baudouin opina.

« C'est un bon résumé de son caractère. Vous avez toutefois évité d'aborder la question cruciale : a-t-il l'étoffe d'un roi ?

— Il ne sera pas un aussi bon roi que vous, Baudouin. Mais je pense qu'il a en effet les qualités pour régner. Et comme il devra s'assurer du soutien des autres seigneurs, son amabilité et sa générosité seront autant d'atouts pour lui.

— Je partage votre sentiment, Guillaume. Et c'est un grand soulagement pour moi de savoir que le jour où je ne serai plus en mesure de régner, le royaume ne partira pas à la dérive, tel un navire sans gouvernail, et qu'il y aura au contraire quelqu'un pour reprendre la barre. »

Ils burent un moment en silence car c'était un sujet sur lequel ils n'avaient ni l'un ni l'autre envie de s'étendre, et dont le caractère inéluctable ne rendait pas pour autant la perspective agréable.

« Je suis heureux que les festivités de ce mariage se soient si bien déroulées, reprit Baudouin au bout d'un moment.

Croyez-vous que Sibylle et son époux se vexeront si je ne reste pas jusqu'à la fin de la soirée ? »

L'inquiétude de l'archevêque fut aussitôt en éveil.

« Que se passe-t-il, Baudouin ? Vous êtes souffrant ? »

Le roi lui certifia que non, mais Guillaume ne se sentit pas rassuré pour autant et continua de l'examiner avec attention, jusqu'à ce que la réponse le frappe brusquement, si évidente qu'il se demanda pourquoi il ne l'avait pas entrevue plus tôt. Baudouin avait été le témoin toute la journée du bonheur de sa sœur – un bonheur qu'il ne connaîtrait jamais, pour sa part. C'était trop lui demander d'assister en plus aux inévitables paillardises qui allaient préluder à la nuit de noces.

Considérant sa coupe de vin, l'archevêque essayait de rassembler ses pensées. L'Église enseignait que le célibat était un état plus sacré encore que les liens du mariage. Mais tout le monde n'en était pas convaincu, surtout parmi les jeunes gens de quinze ans. Il se souvenait d'un cours de théologie qu'il avait donné à Baudouin quelques années plus tôt, lui racontant l'histoire de saint Jérôme interpellant une veuve éplorée et lui disant qu'elle aurait mieux fait de déplorer la perte de sa virginité plutôt que la mort de son mari. Baudouin avait haussé un sourcil, en remarquant que ces paroles n'avaient pas dû lui être d'un grand réconfort.

Le roi n'ayant fait aucune allusion à l'aspect grivois de la nuit de noces – il pouvait difficilement se plaindre auprès d'un archevêque du fardeau de la chasteté –, Guillaume était tenté de dévier la conversation vers un sujet moins épineux. Mais quelque chose dans le regard du jeune roi, une sorte d'attente muette, lui serra soudain le cœur.

« Baudouin, reprit-il, je ne vous ai jamais parlé d'une conversation que j'ai eue autrefois avec le roi votre père. Il venait d'avoir une forte fièvre et se reposait dans son lit lorsqu'il m'a demandé s'il existait, en dehors de l'enseignement de Notre Sauveur, une preuve irréfutable de l'existence de l'au-delà et de la résurrection des morts. Je dois avouer que sa question me troubla car elle semblait témoigner d'un doute préoccupant, et je lui certifiai que les paroles de Notre-Seigneur constituaient une preuve suffisante. »

Baudouin eut l'air intéressé par ce brusque aperçu de la vie intérieure de son père.

« Et que vous a-t-il répondu, Guillaume ?

— Qu'il y ajoutait foi, pour sa part, mais qu'il voulait savoir comment je m'y prendrais pour convaincre quelqu'un qui n'acceptait pas la doctrine du Christ et ne croyait pas à la Résurrection. En guise de réponse, je lui ai d'abord demandé s'il croyait que Dieu était juste et il m'a dit oui. Puis s'il croyait que le bien devait être récompensé par le bien et le mal par le mal, et là encore, il m'a dit oui. Pourtant, ai-je poursuivi, il n'en va pas souvent ainsi dans cette vie. Certains êtres profondément bons ne connaissent que malheurs et tracas en ce bas monde, tandis que les méchants prospèrent comme des feuilles de laurier. Mais puisque nous savons que Dieu ne peut agir de manière injuste, l'équilibre sera forcément rétabli dans la vie future, où les bons se verront récompensés et les méchants punis, ainsi qu'ils le méritent. Je n'ai pas le moindre doute à ce sujet, Baudouin. Au ciel, Dieu vous accueillera et vous honorera pour le courage dont vous avez fait preuve en affrontant ce mal. »

Baudouin avait incliné la tête, et Guillaume ne distinguait plus qu'une masse de cheveux blonds.

« Mon père a-t-il été convaincu ? demanda-t-il.

— Oui, répondit l'archevêque. Il m'a dit que j'avais chassé le doute de son cœur. Si vous doutez vous-même…

— Nullement », l'interrompit Baudouin en relevant la tête.

Son expression n'était pas facile à déchiffrer. Le silence retomba, et Guillaume espérait que ses paroles lui avaient fait du bien. Le jeune homme reprit soudain :

« Puis-je vous poser une question de théologie ? Est-il vrai qu'il est aussi grave de penser à un péché que de le commettre ?

— C'est en effet exact.

— Si je pensais à un très grand péché, il faudrait donc que je le confesse à mon chapelain afin qu'il me donne l'absolution ? »

Guillaume se sentit brusquement mal à l'aise.

« Vous avez un cœur d'or, Baudouin, et je doute que vos pensées puissent mettre en danger le salut de votre âme, répondit-il en essayant de dissiper le tour un peu sombre qu'avait pris leur conversation.

— Vraiment ? » Un éclair de défi brilla soudain dans le regard du roi. « Et si je vous disais que j'ai songé à me convertir à la foi islamique, et que je trouve leur vision du paradis plus séduisante que l'austère vie éternelle des chrétiens ? »

Guillaume était sidéré. Sa maladie avait-elle affecté le cerveau du jeune homme ? Comment expliquer sinon cette brusque déraison ? Et comment lui répondre ?

« Les Sarrasins sont damnés, commença-t-il, et condamnés à l'enfer de toute éternité… »

Il s'interrompit brusquement et ses mots s'étouffèrent dans sa gorge, car il venait d'entrevoir un petit rictus amusé au coin des lèvres du roi et comprit alors que ce dernier s'était moqué de lui. Il venait de lui certifier que le fait d'être privé de plaisirs charnels sur cette Terre s'avérerait de peu de poids, comparé à la splendeur spirituelle de la vie future – tout cela à mots couverts, bien entendu. Non seulement Baudouin avait saisi ce message implicite, mais il en avait profité pour jouer un tour à son ancien maître, se souvenant du jour où il lui avait appris que les Sarrasins étaient convaincus de profiter au paradis de tous les délices charnels.

Guillaume était tellement soulagé qu'il se rejeta en arrière dans son siège.

« Vous n'êtes pas drôle, dit-il en essayant de prendre un air à la fois digne et désapprobateur.

— Oh, que si ! rétorqua Baudouin en souriant ouvertement, cette fois-ci. Si seulement vous aviez vu la tête que vous faisiez, Guillaume !

— Certains sujets sont trop sérieux pour se prêter à la plaisanterie, Baudouin. Et le salut de votre âme en fait partie. »

Toutefois, maintenant que le choc s'était estompé, son inquiétude l'avait quitté, et il était à vrai dire heureux de voir resurgir le Baudouin qu'il avait connu autrefois, qui était un plaisantin né et imaginait des farces pendables, le plus souvent aux dépens de Marie – même si Guillaume n'était pas toujours épargné. Ce gamin insouciant et facétieux n'était plus qu'un lointain souvenir, et s'était évaporé le jour où il avait appris qu'il était lépreux. Le voir réapparaître aujourd'hui, même fugacement, était un don de Dieu.

« Je suis trop vieux pour qu'on me joue des tours pareils », répliqua-t-il en feignant l'indignation.

Mais Baudouin voyait bien qu'il se forçait et éclata d'un rire enjoué, si communicatif que Guillaume n'y résista pas et se joignit à lui. Leur hilarité n'échappa pas à certains des danseurs, enchantés de voir leur jeune roi s'esbaudir de la sorte au mariage de sa sœur.

De brusques exclamations montant de la piste de danse indiquèrent soudain que les invités avaient hâte d'escorter les nouveaux époux jusqu'à leur chambre nuptiale. Comme la plupart des gens d'Église, Guillaume n'approuvait guère ces coutumes aussi délurées que bruyantes, mais il connaissait suffisamment le monde pour les accepter, sachant qu'elles étaient l'inévitable lot de tous les mariages. La danse avait pris fin et la foule s'était écartée, cédant place aux deux époux. Guillaume de Montferrat plaisantait en riant avec les autres hommes, tandis que Sibylle avait adopté l'attitude réservée qu'on attendait d'une jeune mariée, rougissant même lorsque son époux se penchait pour lui chuchoter quelque chose à l'oreille. Ils s'étaient approchés du dais, et Guillaume comprit soudain que c'était lui qu'ils venaient chercher. Il se leva alors et descendit les quelques marches pour aller à leur rencontre.

« Monseigneur l'archevêque, lui déclara Guillaume de Montferrat, nous ferez-vous l'honneur de bénir notre lit nuptial ? »

Flatté d'avoir été choisi alors qu'il y avait dans l'assistance d'autres membres éminents du clergé, Guillaume lui répondit qu'il le ferait avec un grand plaisir – plaisir qui fut encore accru lorsqu'il aperçut la mine renfrognée d'Héraclius, l'archevêque de Césarée, ainsi que les sourcils froncés d'Agnès et de Jocelyn, témoins de cet insigne honneur. Tandis que les autres invités se pressaient déjà vers la chambre, l'archevêque regarda par-dessus son épaule en direction du dais. Mais Baudouin avait profité du brouhaha pour quitter discrètement la salle, et le trône était vide.

CHAPITRE 12

Avril 1177
Acre, Outremer

Isabelle avait rarement été aussi excitée : cela faisait des semaines qu'elle attendait de se rendre à la cour pour les fêtes de Pâques. On lui avait confectionné plusieurs nouvelles robes à cette occasion, et elle avait été autorisée à faire le trajet depuis Naplouse sur son propre poney. Tandis qu'elles se dirigeaient toutes les deux vers la grande salle de réception, elle demanda à sa mère si le grand bonhomme serait là.

Marie fut un instant décontenancée.

« Tu veux parler… du seigneur Balian ? Oui, je suis convaincue qu'il sera là. Personne ne veut manquer la cour que le roi tient à Pâques. »

À l'instant où elles arrivaient devant la lourde porte en chêne, celle-ci s'ouvrit : Marie et Isabelle se trouvèrent nez à nez avec Agnès de Courtenay. Isabelle se rapprocha instinctivement de sa mère et lui serra la main. Elle savait bien que les faucons n'avaient pas les yeux bleus, mais c'était pourtant à ce redoutable rapace que le regard perçant de cette femme lui faisait penser. Sa mère ayant un statut de reine, elle aurait dû s'incliner et lui faire une révérence. Au lieu de cela, elle leur lança d'un air méprisant :

« Je pensais que vous auriez un peu plus de fierté et vous abstiendriez de remettre les pieds dans des lieux où vous n'êtes pas la bienvenue. »

Isabelle comprit bien que sa mère était fâchée : son visage avait beau être resté de marbre, la pression de ses doigts s'était resserrée autour de sa petite main. Elle adressa pourtant un sourire à Agnès avant de rétorquer :

« Amaury me disait souvent que le plus beau jour de sa vie était celui où votre mariage avait pris fin. Il est aisé de comprendre pourquoi. »

L'expression qui se peignit sur le visage de cette femme déjà âgée effraya un peu Isabelle, qui se rapprocha de sa mère et se colla à sa robe. Agnès eut une moue dédaigneuse et s'éloigna en passant devant elles comme si elles n'existaient pas. Serrant toujours la main de sa fille, Marie franchit la porte et pénétra avec elle dans la salle de réception.

Il avait beau y avoir foule, elle remarqua aussitôt que le roi n'était pas là : les fauteuils disposés sur le dais étaient vides. Elle n'aperçut pas davantage Sibylle et son nouveau mari, mais fut surtout déçue que Guillaume ne soit pas présent lui non plus. Son arrivée était apparemment passée inaperçue. Elle n'aimait guère ces visites à la cour, où tout était fait pour qu'elle se sente une intruse – l'étrangère grecque –, même si elle vivait en Outremer depuis plus de dix ans. Tout le monde savait que le roi n'avait guère d'affection pour elle et qu'Agnès la détestait : peu de gens se sentaient donc enclins à chercher ses faveurs. Elle acceptait pourtant ces invitations, d'ailleurs peu fréquentes, essentiellement afin que Baudouin n'oublie pas qu'il avait une autre sœur, qui méritait elle aussi sa protection et son affection.

À l'autre bout de la salle, le comte Raymond et son épouse Esquiva avaient remarqué sa présence : leurs regards se croisèrent et ils échangèrent un salut distant. L'antipathie de Raymond à l'égard de l'empereur byzantin dressait depuis toujours entre eux une barrière qu'ils n'avaient cherché ni l'un ni l'autre à abolir. Le couple était en compagnie d'un homme dont le visage ne disait rien à Marie, un individu de taille imposante qui n'était plus dans sa première jeunesse mais n'en attirait pas moins tous les regards. Étiennette de Milly était à ses côtés : remarquant qu'elle le tenait par le bras, Marie en déduisit qu'il devait s'agir du fameux Renaud de Châtillon. L'empereur, son grand-oncle, lui avait écrit récemment pour l'informer qu'il avait accepté le principe d'une nouvelle alliance avec Outremer et qu'il joindrait ses forces à celles du royaume pour attaquer l'Égypte l'été prochain. Suite au succès de sa mission, Renaud n'allait donc pas tarder à exiger qu'on célèbre l'union qui lui avait été promise. À en juger par la manière dont Étiennette le regardait, celle-ci serait sans l'ombre d'un doute une épouse consentante.

Marie décida de se retirer, en espérant que leurs appartements seraient prêts, mais la porte s'ouvrit soudain avec fracas et un individu pénétra en trombe dans la salle avant de se diriger vers elle. La personnalité exubérante et assez peu délicate de Baudouin d'Ibelin était aux antipodes de la sienne, mais il se montrait toujours amical envers elle et ils partageaient la même aversion pour son ex-belle-sœur. Elle lui sourit donc et il lui baisa la main avec une emphase exagérée. Il fit ensuite rire Isabelle aux éclats en se penchant pour baiser à son tour sa menotte.

Après les avoir conduites vers un banc près d'une fenêtre pour jouir d'une relative intimité, Baudouin fit signe à un domestique de leur apporter du vin et se tourna ensuite vers Marie en souriant.

« Je me trouvais dans la cour mais suffisamment près tout à l'heure pour entendre l'échange que vous avez eu avec la mégère… Et il m'a bien semblé que vous lui avez cloué le bec en lui rendant coup pour coup. Elle a dû le sentir passer… »

Cela lui valut un nouveau sourire.

« Oui, répondit Marie, mais je lui ai menti. J'ai prétendu qu'Amaury était soulagé d'être débarrassé d'elle, alors qu'il ne faisait jamais part de ses sentiments. Lorsque la colère d'Agnès sera retombée, elle s'en souviendra sûrement.

— Oh, que non ! répondit joyeusement Baudouin d'Ibelin. Amaury a dû le lui dire lui-même plus souvent qu'à son tour… »

Il s'interrompit en voyant le domestique arriver avec du vin. Il adressa un clin d'œil à Isabelle tandis que Marie refusait qu'on donne une coupe à sa fille, avant de reprendre plus sérieusement :

« Ne baissez jamais la garde devant elle, madame. De nombreuses femmes adoptent un chien comme animal de compagnie, les religieuses semblent quant à elles avoir un faible pour les chats, mais Agnès préfère les boucs émissaires, surtout s'ils sont d'origine grecque. »

Marie se demandait si les choses étaient aussi simples que ça. Peut-être, après tout, car Agnès avait manifesté de l'hostilité à son égard dès leur première rencontre. Préférant éviter d'évoquer la mère du roi devant Isabelle, elle demanda à Baudouin si Sibylle était déjà dans les parages. Baudouin hocha négativement la tête.

« Elle aime depuis toujours faire des entrées remarquées, dit-il. J'imagine donc que son mari et elle n'arriveront que demain. »

Comme s'il avait lu dans ses pensées, il ajouta :

« Mais l'archevêque de Tyr est là. Tout comme l'archevêque de Césarée, hélas – le fidèle toutou d'Agnès. »

Marie ne connaissait pas vraiment l'archevêque Héraclius mais savait que Guillaume ne l'aimait pas, et cela lui suffisait. Elle s'abstint néanmoins de le critiquer ouvertement car la voix tonitruante de Baudouin portait à des kilomètres. Changeant discrètement de sujet, elle lui demanda des nouvelles du jeune roi.

Le sourire de son interlocuteur s'effaça aussitôt.

« Le pauvre a fait une mauvaise chute dans l'escalier ce matin même. Heureusement, il ne s'est rien cassé, il en est quitte pour quelques bleus au visage – et à son amour-propre. Mais on craint que son pied droit ne s'avère de plus en plus insensible, car c'est cela qui a provoqué sa chute.

— Il est donc entre les mains de son médecin ? »

Baudouin secoua la tête.

« S'il avait fallu écouter sa mère, il aurait dû s'aliter aussitôt tandis qu'elle convoquait tous les médecins du royaume. Il valait pourtant mieux qu'il ne réfléchisse pas trop à ce qui venait de se passer, ni à l'avenir qui l'attendait. Heureusement, Balian était présent au moment de sa chute. Ne lui dites pas que je vous l'ai dit, mais mon petit frère a l'esprit vif : il a feint d'ignorer cette chute et a proposé au roi d'aller faire la course avec lui. Si un regard pouvait tuer, ajouta-t-il en gloussant, le sang de Balian aurait giclé sur les mains d'Agnès. Mais le roi s'est empressé de sauter sur l'occasion : les seuls moments où il parvient à oublier ses soucis, c'est en chevauchant son étalon. »

Des voix qui s'élevaient dans la salle attirèrent soudain leur attention. La conversation entre Renaud de Châtillon et le comte Raymond était devenue extrêmement tendue, et leur opposition venait d'éclater au grand jour avec une rare violence. La voix de Renaud portait presque aussi loin que celle de Baudouin d'Ibelin, et tout le monde l'entendit s'exclamer :

« Grand Dieu ! Vous êtes vraiment bouché ! Les neuf années que vous avez passées dans les geôles de ces maudits infidèles ne vous ont donc rien appris ? »

Raymond s'exprimait avec moins de vigueur, et seuls ceux qui se trouvaient dans les parages immédiats comprirent ses paroles. Toutefois, on voyait bien à l'expression de son visage qu'il lui répondait sur le même ton.

Marie fronça les sourcils car une rupture déclarée entre ces deux puissants seigneurs ne pouvait avoir que des conséquences néfastes pour le royaume. Elle avait souvent vu Balian intervenir dans de telles circonstances pour calmer les esprits avec un peu d'humour, et elle pressa Baudouin de faire de même. Mais elle constata aussitôt que les deux frères n'étaient pas faits de la même étoffe.

« Intervenir ! s'exclama-t-il. Pourquoi donc ? C'est l'événement le plus drôle qui ait eu lieu à la cour cette année ! »

Sur ces mots, il se leva pour se rapprocher des deux adversaires. Marie s'empressa de le suivre.

« Vous croyez vraiment que chrétiens et musulmans peuvent vivre côte à côte en harmonie ? lançait Renaud d'un air sarcastique. Les Écritures nous disent bien qu'un jour viendra où le loup vivra en paix avec l'agneau, mais il y a peu de chance que cela ait lieu de notre vivant, messire le comte !

— Sûrement pas tant qu'il y aura des individus comme vous, messire, répondit froidement Raymond. Certains sont attirés par le sang comme d'autres le sont par les femmes, et vous êtes du nombre. »

Baudouin d'Ibelin et Marie n'étaient pas les seuls que l'affrontement avait attirés. Le feu et la glace ne feraient pas plus mauvais ménage, songea Marie, mal à l'aise, car les deux hommes n'avaient vraiment rien en commun. Elle se sentit un peu soulagée en voyant Jocelyn de Courtenay les rejoindre, mais ses espoirs s'envolèrent aussitôt car il se rangea au côté de Renaud et fixa Raymond avec une évidente hostilité. L'archevêque Héraclius s'approcha à son tour et se rangea dans le même camp. D'autres se regroupaient pour leur part autour de Raymond, comme si l'on venait de tracer des lignes dans le sable et que les gants avaient été jetés. Elle vit alors Onfroy de Toron fendre la foule des spectateurs, ce qui ne dissipa pas son inquiétude : le connétable risquait fort, en effet, de prendre lui aussi le parti de Renaud, qui devait bientôt épouser sa belle-fille désormais veuve.

Marie aurait toutefois pu se détendre car Onfroy adressa démocratiquement à chacun des deux hommes le même regard de reproche.

« Je vous suggère d'aller poursuivre votre petit spectacle dans la rue, leur dit-il. Les espions de Saladin y seront moins nombreux qu'ici. »

Que cela ait tenu à sa présence impressionnante ou à la teneur même de ses propos, ni Raymond ni Renaud ne le rembarrèrent. Marie fut frappée en revanche par l'attitude diamétralement opposée des deux femmes : Esquiva tentait de réfréner l'ardeur vindicative de Raymond, tandis qu'Étiennette attisait au contraire celle de Renaud. Tout en se disant qu'il était sans doute préférable qu'Isabelle et elle ne vivent pas à la cour, Marie posa les yeux par hasard sur un garçon qui se trouvait à quelques mètres d'elle. Les autres gamins avaient suivi avec excitation l'affrontement qui venait d'avoir lieu, mais celui-ci semblait tendu comme la corde d'un arc et observait Renaud avec une telle méfiance que Marie songea soudain qu'il devait s'agir d'Onfroy, le fils d'Étiennette. Cela faisait plusieurs années qu'elle ne l'avait pas vu et il devait avoir onze ans à présent, mais il était toujours aussi beau et dégageait la même impression de fragilité que dans son souvenir.

L'expression du petit Onfroy l'accompagnait encore tandis que Baudouin et elle reprenaient place près de la fenêtre. Elle lui demanda quel genre de beau-père serait Renaud, selon lui. Baudouin jeta un coup d'œil au garçon et haussa les épaules.

« Je doute qu'il se montre très tendre envers lui, dit-il. D'ailleurs, Onfroy a besoin de s'endurcir. Il est l'héritier d'Outre-Jourdain, après tout : on ne lui demande pas d'avoir la timidité d'un clerc ou l'effacement d'un scribe. »

Ils furent une fois encore interrompus par une brusque clameur, qui venait cette fois-ci de l'extérieur.

« On dirait que le roi et Balian sont de retour », s'exclama Baudouin en s'empressant de se relever.

Prenant Isabelle par la main, Marie le suivit tandis qu'il se dirigeait vers la sortie et rejoignait la cour, comme la plupart des invités.

Un méchant bleu noircissait déjà sur la joue du jeune roi. De surcroît, son visage et ses vêtements étaient constellés de boue car il y avait eu un violent orage la veille, comme cela arrivait rarement en avril. Mais cela ne l'empêchait pas de rire aux éclats sur son cheval avec une belle insouciance.

« Je ne vous accuse certes pas d'avoir triché, Majesté, grommelait Balian. Mais le saut que vous avez fait par-dessus ce fossé n'était pas tout à fait loyal. »

Marie n'avait jamais compris pourquoi les hommes éprouvaient un tel plaisir à tenir ce genre de propos pour initiés, mais c'était de toute évidence le cas du jeune roi, qui fit remarquer en souriant à Balian qu'il aurait pu franchir ce fossé, lui aussi.

« Allez donc dire ça à Fumée, répondit Balian d'un air dégoûté en flattant le col de son étalon. Il aurait fallu qu'une jument en chaleur l'ait attendu de l'autre côté pour qu'il tente un saut pareil. Et encore, il y aurait réfléchi à deux fois. »

Balian avait parcouru l'assistance du regard avec indifférence. Il remarqua pourtant la présence de Marie, qu'il s'empressa de saluer.

« Quelle est déjà cette légende grecque, madame, qui parle d'un cheval ailé dont le nom conviendrait mieux qu'Asad à cet étalon ?

— Pégase », lui répondit-elle.

Encouragée par Balian, elle évoqua une autre légende grecque concernant cette fois-ci les centaures, ces animaux mythiques qu'on prétendait moitié hommes, moitié chevaux.

Cette histoire amusait visiblement le roi qui adressa un sourire amical à Marie, ce qui n'était guère dans ses habitudes. Sa mère était apparue à ses côtés, couvant des yeux son fils avec une sollicitude appuyée qui n'échappait à personne. Agnès avait néanmoins assez de jugeote pour se tenir coite et garder pour elle la colère et les rancœurs qu'elle nourrissait, tant à l'égard de Marie que de Balian.

Marie avait lâché la main d'Isabelle, et la fillette se précipita soudain vers le roi et frappa sa botte de sa petite main.

« Eh, mon frère, lança-t-elle. Tu m'emmènes en promenade ? »

Baudouin baissa les yeux pour la regarder et hocha lentement la tête. Mais Balian ne laissa pas le temps à la fillette de manifester sa déception et lui proposa de faire un tour sur son palefroi, affirmant sur le ton de la plaisanterie que celui-ci était moins fatigué qu'Asad puisqu'il ne courait pas aussi vite. Le frère de Balian souleva Isabelle à bout de bras et la lui confia. À sa plus grande joie, ils firent lentement le tour de la cour.

Le regard du roi croisa brièvement celui de Marie, qui inclina la tête pour lui exprimer sa gratitude et sa compréhension de son refus. Elle était surprise qu'il ne soit pas encore descendu de cheval mais comprit bientôt pourquoi : il préférait évidemment attendre d'avoir regagné les écuries, où il n'y aurait pas de témoin si jamais il faisait une nouvelle chute ou se mettait à boiter une fois à terre.

« Majesté ! »

Le chapelain de Baudouin traversait la cour au pas de course en brandissant un parchemin encore scellé.

« Ce message est arrivé d'Ascalon en votre absence, c'est dame Sibylle qui vous l'envoie. »

Baudouin se pencha pour saisir le parchemin.

« Ma sœur nous prévient sans doute qu'ils ne seront pas à Acre avant un jour ou deux. Je me demande si elle sera capable un jour de se réveiller à l'heure. »

Mais lorsqu'il se mit à lire la lettre, son sourire s'effaça.

« Ma sœur et son époux ne pourront pas être des nôtres pour ces fêtes de Pâques, annonça-t-il. Guillaume de Montferrat est tombé malade et préfère éviter un aussi long voyage. »

Cette brève déclaration, dont les termes étaient pesés avec soin, mit aussitôt un terme aux autres conversations. Même lorsque le roi leur eut précisé que Sibylle lui demandait de ne pas s'inquiéter outre mesure de la maladie de son mari, ses auditeurs n'en crurent pas un mot. En parcourant l'assistance des yeux, Marie vit bien que les tensions et les rivalités antérieures étaient pour l'instant suspendues, chacun partageant la même crainte. Tout le monde à la cour s'inquiétait déjà de la santé du roi et redoutait à présent ce qui risquait d'arriver à Guillaume de Montferrat. Car si Baudouin représentait leur présent, Guillaume incarnait bel et bien leur avenir.

Baudouin envoya aussitôt son médecin personnel, Abou Souleymane Daoud, au chevet de son beau-frère, accompagné de Jocelyn. Quant à Agnès, elle était déchirée et décida finalement de rester à Acre, le temps qu'on ait évalué l'état de son fils après les derniers symptômes de sa maladie. Au bout d'une quinzaine de jours, Jocelyn rentra et leur certifia que Guillaume de Montferrat était sur le point de se rétablir. La lettre du médecin qu'il ramenait était pourtant loin d'être aussi optimiste : il pensait en effet que le mari de Sibylle souffrait d'une fièvre hectique, qui ne s'avérait pas nécessairement mortelle mais était tout de même d'une certaine gravité. Les Poulains prièrent ardemment pour son prompt rétablissement dans les diverses églises de la ville, et finirent par se convaincre qu'il n'y avait pas de raison de s'alarmer. Un autre message envoyé par Sibylle arriva peu après : son mari était au plus mal.

Il était fort rare qu'il pleuve au mois de mai, aussi les brusques coups de tonnerre qui avaient éclaté en provenance de la mer prirent-ils les voyageurs par surprise – et certains y virent un mauvais présage. Baudouin avait insisté pour qu'ils quittent Jaffa à l'aube car ils avaient une quarantaine de kilomètres à couvrir, et il voulait atteindre Ascalon avant la tombée de la nuit. Le voyage avait été sinistre. La crainte les tenaillait et tout le monde broyait du noir quand les remparts de la ville se profilèrent enfin à l'horizon. Ils étaient tous trempés, fatigués, et leurs espoirs étaient en berne, à l'image des étendards argentés et dorés du royaume qui pendaient sur leur hampe, alourdis par la pluie et l'humidité de l'océan.

Lorsqu'ils franchirent la porte de Jaffa, ils furent frappés par l'étrange silence qui régnait dans la ville. Ascalon abritait plus de dix mille habitants et ses rues étaient généralement noires de monde, animées et bruyantes. Aujourd'hui, on aurait dit que la peste l'avait ravagée : le marché était désert, les cris des vendeurs réduits au silence. Et si les rares passants, à la vue de leur roi, lui adressaient un salut respectueux, leurs visages n'en demeuraient pas moins soucieux.

Une fois qu'ils eurent passé le pont-levis aménagé dans l'enceinte de la citadelle, ils aperçurent Sibylle qui les attendait sur le parvis de la grande salle. Elle avait les yeux rouges et gonflés à cause des larmes qu'elle avait versées et du manque de sommeil.

« Dieu merci, vous êtes venus ! »

Baudouin descendit de cheval en faisant preuve d'une concentration inhabituelle, comme s'il demandait à son corps d'obéir aux ordres de son cerveau. Guillaume n'était pas le seul à se souvenir de l'aisance avec laquelle il sautait de sa selle, à peine quelques mois plus tôt. Apercevant son médecin, le roi lui fit signe de s'approcher, et ils se retirèrent un peu à l'écart des autres qui faisaient cercle autour de sa sœur. L'archevêque les suivit, sachant que c'était de la bouche du médecin qu'ils apprendraient la vérité concernant l'état du mari de Sibylle – et non de cette dernière.

Baudouin coupa court aux formalités et alla droit au but.

« Êtes-vous sûr qu'il s'agit de la fièvre hectique ? »

Le médecin acquiesça.

« Je n'ai pas le moindre doute à ce sujet, Sire. Il a manifesté tous les symptômes habituels de ce mal : forte fièvre, maux de tête, frissons, accélération du pouls, éruption cutanée d'une rougeur révélatrice sur le ventre et la poitrine, ainsi qu'un constant besoin de boire… »

Baudouin fit un effort et reprit :

« Va-t-il… va-t-il s'en sortir ?

— Je l'ignore, Majesté. La troisième semaine est généralement la plus critique, et si l'état du patient ne s'est pas amélioré à ce moment-là, le pronostic n'est pas très favorable. Nous en sommes à présent à la cinquième semaine, et le comte n'a montré aucun signe de guérison. Mais il est toujours en vie, nous pouvons donc encore espérer… et prier. »

Depuis un certain temps déjà, Baudouin n'entretenait plus le moindre espoir. Mais il se raccrochait à la conviction que Dieu ne pouvait pas abandonner Guillaume de Montferrat, car sa mort serait un fardeau trop lourd à porter pour beaucoup trop de monde. Il avait même rappelé un jour à l'archevêque, sur le ton de la plaisanterie, le proverbe sarrasin où il était question d'un chameau dont on brisait le dos en ajoutant à sa charge un simple fétu de paille. Mais la plaisanterie n'était plus de mise aujourd'hui.

« Je veux le voir », dit-il avec plus de détermination que de conviction.

Sibylle s'arrêta devant la porte de la chambre en leur disant d'une voix nerveuse que l'état de son mari variait selon les jours : aussi étaient-ils prévenus du spectacle qui les attendait – du moins le croyaient-ils.

Ils eurent de la peine à reconnaître l'homme qui était étendu sur le lit : décharné, blême, les lèvres desséchées, le regard vide. Ils furent horrifiés de constater l'ampleur des dégâts que la maladie avait provoqués en lui. Mais ce qui les troubla le plus, c'était qu'il ne réagissait pas quand Sibylle s'adressait à lui en l'appelant par son prénom : il la regardait d'un air absent, sans manifester le moindre signe de reconnaissance. Il était allongé sur le dos et avait rabattu ses couvertures. Avant qu'elle aille le recouvrir, ils eurent tout le loisir de remarquer son ventre gonflé et sa poitrine couverte de taches rougeâtres. Lorsque le médecin lui souleva la tête et porta une coupe à ses lèvres, il but avec avidité, comme si sa soif ne pouvait être étanchée, avant de s'effondrer à nouveau sur ses oreillers en murmurant des paroles que nul ne comprenait. S'approchant du lit, Baudouin se pencha et prononça quelques mots de réconfort auxquels il ne croyait pas, et que l'autre n'entendit pas. Le jeune roi ne se sentait pas très bien lui-même, comme s'il avait reçu un coup qui lui avait coupé le souffle en brisant son dernier espoir. *Comment le Tout-Puissant peut-il permettre une chose pareille ?*

« Il faut qu'il dorme, à présent », lança-t-il à sa sœur, ne sachant pas quoi lui dire d'autre.

Sibylle acquiesça avant de lui dire qu'elle devait leur parler en privé. Outre Baudouin, Jocelyn, Agnès, Guillaume et l'archevêque Héraclius l'avaient en effet suivie dans la chambre de son mari. Héraclius les avait accompagnés sur l'insistance d'Agnès, lorsqu'elle avait su que l'archevêque de Tyr serait du voyage. Tandis qu'ils quittaient la chambre et rejoignaient l'escalier, Guillaume hésita, ne sachant pas si l'invitation concernait uniquement les membres de la famille, mais Sibylle lui fit signe de les suivre. Héraclius aurait bien fait de même si elle ne s'était interposée, en lui disant poliment mais avec fermeté qu'il devait se sentir fatigué après un aussi long voyage et ferait mieux d'aller se reposer.

Guillaume ne fut pas le seul à la considérer avec un étonnement mêlé de respect. Sa mère et son frère avaient réagi comme lui et se faisaient la même réflexion : Sibylle avait gagné en force à mesure que son mari s'affaiblissait. Une fois qu'ils eurent pris place sur la terrasse, elle resta debout un moment avant de déclarer, d'un air presque suspicieux :

« Il ne va pas mourir. »

Guillaume se demanda si elle le pensait vraiment ou si elle cherchait juste à se donner du courage, comme lorsqu'on se mettait à siffloter en longeant un cimetière. Il ne la connaissait pas assez pour en juger. Agnès et Jocelyn s'empressèrent de l'approuver et de lui dire que bien sûr, son mari allait guérir, mais ils n'étaient guère convaincants. Baudouin se redressa pour l'approuver lui aussi, tout en évitant de regarder sa sœur dans les yeux.

« Il y a une chose que vous devez tous savoir », reprit-elle.

Pour une jeune femme qui avait toujours attaché une telle importance à son apparence, Sibylle était attifée de manière un peu négligée : son voile était de travers, son corsage n'était pas très propre et sa joue était même tachée par endroits. La vanité avait visiblement perdu de son importance au cours des dernières semaines, alors que son mari luttait pour rester en vie.

Voyant qu'elle hésitait, Jocelyn l'encouragea gentiment.

« De quoi s'agit-il, ma chérie ? Tu sais bien que tu peux te confier à nous. »

Sibylle eut une moue qui ne ressemblait que de très loin à un sourire.

« C'est une bonne nouvelle que je m'apprête à vous annoncer, mon oncle. Nous avions décidé Guillaume et moi d'attendre encore un peu pour vous le dire, mais étant donné les circonstances, il vaut mieux que vous le sachiez dès à présent. J'attends un enfant. Je n'ai pas eu de sang à la mi-avril, pas plus que ce mois-ci. J'ai consulté une sage-femme qui m'a dit que l'enfant devrait naître en décembre. »

Elle n'alla pas plus loin car Jocelyn poussa au même instant un cri retentissant. Se relevant d'un bond, il alla embrasser sa nièce avec une telle fougue qu'il la souleva du sol. Agnès était aux anges, elle aussi.

« Je suis si heureuse, Sibylle ! » s'exclama-t-elle en prenant sa fille dans ses bras et en l'embrassant sur le front, comme pour une bénédiction.

Baudouin se montrait plus réservé. Sans quitter son siège, il dit à sa sœur que Dieu avait fait preuve de compassion en la bénissant de la sorte.

Seul Guillaume, pour une fois, ne savait pas quoi dire. Il réussit tout juste à esquisser un faible sourire, trop affligé pour feindre une joie qu'il ne partageait pas. La grossesse de Sibylle était une bénédiction, en effet – mais pour la famille de Courtenay, et non pour leur royaume. Baudouin le comprenait-il ? Tandis qu'Agnès et Jocelyn continuaient de manifester leur allégresse, l'archevêque observa le jeune roi. Leurs regards se croisèrent et Guillaume n'eut plus le moindre doute : Baudouin avait parfaitement compris la situation.

Le mari de Sibylle était mourant : seul un miracle aurait désormais pu le sauver. Même si l'enfant que Sibylle allait mettre au monde était un garçon et survivait à sa naissance, des années allaient passer avant qu'il soit en âge de monter sur le trône. Dès que son époux aurait rendu l'âme, Sibylle allait devoir se mettre en quête d'un nouveau mari. Mais qui voudrait l'épouser à présent ? Si elle mettait un fils au monde cette année, celui-ci aurait la préséance sur ses futurs enfants. Combien d'hommes de haute lignée jugeraient cette situation acceptable ? Où allait-on trouver un individu dont la foi chrétienne l'emporterait sur les ambitions dynastiques ?

Mai s'acheva enfin, et juin se profila discrètement sous le couvert de la nuit. Le seizième anniversaire de Baudouin passa quasiment inaperçu : le temps semblait s'être figé pour tous ceux qui restaient bloqués à Ascalon, témoins impuissants de la lente agonie de Guillaume de Montferrat. Tout le monde savait désormais que sa mort était aussi inéluctable que désastreuse pour l'avenir du royaume. Il fallait pourtant jouer la comédie, faire comme Sibylle et prétendre qu'il restait un espoir de le sauver. La nouvelle qu'elle attendait un enfant n'avait pas tardé à se répandre, et l'archevêque était convaincu que c'était Jocelyn qui avait vendu la mèche. Les alliés des De Courtenay avaient accueilli la nouvelle avec joie, impatients de voir Sibylle régner lorsque Baudouin n'en serait plus capable. D'autres s'en réjouissaient beaucoup moins et considéraient cette grossesse comme une nouvelle source d'embrouilles dans une succession déjà bien aléatoire.

Agnès et l'archevêque avaient remarqué que Baudouin manquait d'appétit ces derniers temps, car sa santé était pour eux une préoccupation constante. Il se contentait de répondre à leurs questions par un haussement d'épaules et ils devaient bien s'en tenir là, sachant à quel point il avait été ébranlé par la maladie de son beau-frère. Mais ensuite il se mit à tousser. Quelques jours plus tard, il avait de la fièvre et respirait avec peine, secoué de frissons, au point qu'il fut contraint de s'aliter.

Leur première crainte avait été qu'il ait contracté la maladie de son beau-frère. Abou Souleymane Daoud les rassura néanmoins en leur disant que, d'après lui, le roi était victime d'une maladie appelée péripneumonie par les médecins et fièvre des poumons par les profanes. Il leur révéla du même coup un nouveau risque qu'encouraient les lépreux, en leur expliquant que ceux qui étaient frappés par ce terrible mal étaient plus susceptibles de contracter également d'autres infections, sans qu'on sache pourquoi. Même si n'importe quelle maladie paraissait préférable à celle qui ravageait le corps de Guillaume, ils comprirent assez vite que la fièvre des poumons risquait elle aussi d'emporter Baudouin, car son état ne tarda pas à empirer.

À ce moment-là, l'époux de Sibylle était déjà dans le coma. Lorsqu'on apprit que le jeune roi était lui aussi très malade, la panique ne tarda pas à s'emparer de la population.

Guillaume et Agnès s'étaient constamment relayés au chevet de Baudouin, tels deux ennemis contraints à une alliance temporaire, les craintes qu'ils nourrissaient à son sujet l'emportant sur leur hostilité réciproque. Par cet après-midi de la mi-juin, l'archevêque se retrouvait seul car Guillaume de Montferrat était mort durant la nuit, et Agnès tentait de consoler sa fille. Il se leva, se pencha en travers du lit et posa la main sur le front du jeune roi. S'ils ne parvenaient pas à faire tomber sa fièvre, il n'y survivrait pas. La mort du roi après celle de son beau-frère : comment cela pouvait-il être la volonté de Dieu ?

Guillaume alla se rasseoir, accablé. Lorsqu'il releva la tête, il s'aperçut que Baudouin s'était réveillé et le regardait. Il s'empressa de lui servir une coupe de vin allongé d'eau et glissa le bras autour de ses épaules pour le soulever afin qu'il puisse boire, avant de le caler à nouveau contre ses oreillers.

« Je n'ai pas rêvé, murmura le roi. Guillaume est bien mort ? »

Il parlait d'une voix pâteuse, affaibli par ses toux incessantes et la douleur que lui causait le simple fait de respirer. Il était incapable de manger, car cela le faisait aussitôt vomir, mais parvenait à garder les liquides qu'il absorbait. Voyant l'archevêque acquiescer, il ferma les yeux et sa main esquissa un vague signe de croix.

« Baudouin, reprit l'archevêque, je vais devoir vous quitter pour quelque temps car l'enterrement doit avoir lieu à l'église Saint-Jean de Jérusalem, et Sibylle m'a demandé de présider la cérémonie. »

Il ajouta avec une ombre de sourire :

« Elle m'a dit que son époux aurait aimé qu'il en aille ainsi, parce qu'il m'aimait bien. Mais je reviendrai ici sitôt les funérailles terminées, je vous le promets. »

Les paupières de Baudouin s'entrouvrirent, et, pendant une fraction de seconde, il lui parut si vulnérable que Guillaume en eut la gorge serrée.

« Est-ce que… est-ce que ma mère… commença-t-il.

— Elle restera ici avec vous, mon garçon. Jocelyn et Denis escorteront Sibylle et le corps du défunt jusqu'à Jérusalem. »

Guillaume tendit le bras et posa la main sur la sienne, en songeant que bien peu de gens se risquaient à présent à le toucher. Même si c'était à contrecœur, il savait gré à Agnès à la fois de sa dévotion maternelle et de son courage inébranlable.

Baudouin s'était rendormi lorsque sa mère réapparut. Comme Guillaume un peu plus tôt, elle posa la main sur le front du jeune homme pour voir s'il était toujours aussi fiévreux.

« Vous pouvez y aller », lança-t-elle sèchement, comme si l'archevêque était un domestique qu'on congédie d'un simple geste.

Guillaume était trop las pour protester et obéit à cette injonction, la laissant seule avec son fils. Il comptait rejoindre ses appartements mais se dirigea finalement vers la chapelle du château. Arrivé là, il s'approcha de l'autel et s'agenouilla, ce qui n'alla pas sans peine : ses muscles étaient contractés et ses os douloureux.

C'était si dur, si difficile d'être déchiré de la sorte entre l'amour qu'il éprouvait pour le jeune roi et l'amour de leur pays natal. Pour Baudouin, la mort serait une délivrance, lui épargnant la souffrance et la déchéance. Mais sa disparition serait une catastrophe pour le royaume de Jérusalem. Avant même qu'il soit enterré avec les honneurs dus à son rang, les luttes pour sa succession auraient déjà commencé, puisqu'il faudrait trancher entre sa sœur Sibylle et son cousin Raymond. *A priori*, le choix semblait aller de soi, tant l'écart était grand entre une jeune femme de dix-huit ans, veuve et attendant un enfant, et un homme d'expérience, rompu à l'art de la guerre et à la conduite d'un État. Mais les choses n'étaient pas aussi simples. La famille de Courtenay se battrait bec et ongles pour que la couronne revienne à Sibylle, et elle ne manquait pas d'alliés, qu'il s'agisse de simples opportunistes comme l'archevêque Héraclius ou des barons qui, tel Renaud de Châtillon, ne partageaient pas les convictions du comte Raymond concernant la possibilité d'une coexistence pacifique avec les Sarrasins. Guillaume redoutait le désastre qui les attendait si jamais Sibylle était nommée reine. Et il craignait tout autant que le pays ne sombre dans la guerre civile si c'était Raymond qu'on désignait.

L'archevêque avait à présent le visage baigné de larmes. Baissant la tête, il fit ce que Baudouin aurait attendu de lui : il pria pour la survie de leur royaume et pour la guérison du roi.

CHAPITRE 13

Août 1177
Ascalon, Outremer

Guillaume poussa un soupir de soulagement en voyant les murailles d'Ascalon se profiler à l'horizon. Il n'aimait guère chevaucher de la sorte des heures durant, et c'était le quatrième voyage qu'il faisait à Jérusalem depuis que le jeune roi avait été frappé par la fièvre pulmonaire. Dieu s'était montré miséricordieux à l'égard de leur royaume, et Baudouin se rétablissait peu à peu, bien que très lentement. Comme il n'était pas encore en état de voyager, c'était Guillaume, en tant que chancelier, qui agissait en son nom dans la Ville sainte.

La nervosité le gagna sitôt qu'il eut franchi la barbacane gardant la porte de Jérusalem : il redoutait que la santé du roi ne se soit à nouveau dégradée en son absence. Mais la population d'Ascalon vaquait à ses occupations comme à l'ordinaire, et ses craintes se dissipèrent. Arrivé au château, il attendit qu'on vienne l'aider à descendre de sa monture, ne nourrissant aucune fierté ni la moindre illusion quant à ses talents de cavalier. Il fronça soudain les sourcils en reconnaissant les deux hommes qui s'approchaient : il n'était guère enchanté de savoir Renaud de Châtillon de retour à Ascalon, pas plus que de le voir en aussi bons termes avec Aimery de Lusignan. Il se demanda si Baudouin d'Ibelin savait que son gendre s'entendait de la sorte avec Renaud.

Une fois les salutations échangées, Guillaume sourit poliment et présenta ses félicitations à Renaud, que Baudouin avait désigné comme régent pendant sa maladie. Renaud lui retourna son salut avec une égale politesse, mais le chancelier avait bien perçu la lueur moqueuse qui brillait dans ses yeux gris. Le nouveau régent savait parfaitement que l'archevêque de Tyr ne nourrissait aucune sympathie à son égard.

Baudouin en avait assez de sa longue convalescence. Il avait accepté en renâclant les recommandations de son médecin, exigeant qu'il restât couché pour se reposer, mais il était habillé de pied en cap et avait même enfilé ses bottes de cavalier dans un geste de défi. Étendu sur son lit, il dictait une lettre à son scribe mais le renvoya dès que Guillaume fut introduit dans la chambre.

« Anselme s'apprêtait à descendre aux cuisines pour commander mon repas. Voulez-vous le partager avec moi, Guillaume ? »

L'archevêque lui répondit que ce serait avec un grand plaisir. Anselme avait des manières un peu rustres et ne pensa pas à lui proposer une coupe de vin ni à rapprocher un siège du lit, comme la plupart des écuyers l'auraient fait. Mais cela lui était bien égal. Peu importait qu'Anselme manquât de talents domestiques : ce qui comptait, c'était qu'il était à l'aise en présence du roi, visiblement indifférent au risque de contagion qui terrifiait la plupart des gens.

Après avoir rapproché une chaise du lit, Guillaume leur servit à chacun une coupe de vin tout en observant le jeune roi d'un regard qu'il espérait ne pas être trop inquisiteur. Son visage était pâle mais c'était plutôt bon signe, car un teint trop coloré aurait indiqué le retour de la fièvre qui avait failli l'emporter.

« J'ai des lettres pour vous, lui dit-il en désignant ses sacoches en cuir. Et bien des choses à vous raconter. Mais tout d'abord, puis-je vous poser une question ? »

Baudouin se renfrogna, et Guillaume comprit fort bien pourquoi : il en avait assez qu'on l'interroge au sujet de sa santé.

« Vous pouvez me poser toutes les questions que vous voulez, lui dit-il. Mais je ne vous promets pas d'y répondre.

— C'est bien naturel. Je me demandais pourquoi vous aviez choisi Renaud de Châtillon comme régent, plutôt qu'Onfroy de Toron ?

— Ah, je m'y attendais… dit Baudouin avant de boire une gorgée de vin. Nous savons tous à quel point l'attaque que nous projetons contre le camp de base de Saladin en Égypte va s'avérer décisive. J'ai le plus grand respect pour Onfroy de Toron, vous le savez, aussi bien pour ce qui concerne sa personne que ses compétences militaires. Mais il m'a semblé que Renaud de Châtillon serait un choix plus judicieux pour mener cette campagne. »

Sur ces mots, Baudouin détourna les yeux. Guillaume savait parfaitement quelle amère déception c'était pour le jeune roi de ne pouvoir participer lui-même à cette expédition militaire. La flotte byzantine était attendue d'un jour à l'autre à Acre, mais des semaines, des mois peut-être allaient s'écouler avant qu'il ait recouvré toutes ses forces. Sachant qu'il ne servirait à rien de lui manifester sa compassion, Guillaume reprit :

« Je ne nie pas que Renaud soit d'une vaillance sans faille sur le champ de bataille, mais le connétable l'est tout autant. Vous trouvez peut-être Onfroy trop âgé ? Je sais qu'il aura bientôt soixante ans… »

Baudouin secoua la tête.

« Onfroy est un excellent soldat, dit-il. Et si l'âge l'a diminué, il n'en laisse rien paraître. Il se trouve cependant qu'il a été proche de Saladin par le passé et toujours prompt à accepter une trêve, ce que le sultan n'ignore pas. Renaud, d'un autre côté, vendrait volontiers son âme pour pouvoir affronter Saladin sur le champ de bataille. Lequel des deux, dans ces conditions, vous semble le mieux à même d'inquiéter Saladin ? Et de troubler son sommeil ? »

Guillaume ne put s'empêcher de sourire, fier de voir Baudouin manifester un tel talent stratégique. De toute évidence, les leçons qu'il lui avait données dans son enfance avaient porté leurs fruits. Tout en se félicitant que le jeune roi avance des arguments aussi solides pour justifier sa décision, il avait néanmoins une objection à lui faire.

« Le raisonnement qui vous a fait préférer Renaud pourrait fort bien s'appliquer au comte de Tripoli. Votre décision n'enchantera sans doute pas Onfroy, mais il ne la prendra pas comme une offense personnelle. Tandis que Raymond, étant votre cousin, sera probablement vexé qu'on ne lui confie pas de nouveau la régence. » À sa grande surprise, Baudouin se contenta de hausser les épaules. « Je regrette que vous ne vous entendiez pas mieux avec Raymond, mon garçon. Car c'est un bon soldat et un homme d'une parfaite intégrité, qui n'a jamais placé ses propres intérêts au-dessus de la prospérité du royaume, contrairement à Renaud autrefois… »

L'archevêque n'avait pas eu l'intention d'évoquer le passé de Renaud : les mots étaient venus d'eux-mêmes, dans l'élan de la conversation. Mais il était trop tard pour faire machine arrière, et il se sentit soulagé que Baudouin ne paraisse pas fâché outre mesure par la critique qu'il venait d'émettre et qui pouvait passer pour un désaveu de son choix.

« Je comprends fort bien les raisons qui vous ont conduit à désigner Renaud pour mener cette campagne en Égypte, se hâta-t-il d'ajouter. Et je ne vous donne pas tort. Qui ne voudrait pas voir Renaud combattre à nos côtés ? Mais j'espère que vous garderez à l'esprit le comportement sans foi ni loi qui fut le sien dans le passé. Il est peut-être un meilleur chef de guerre que votre cousin, mais il n'est pas aussi digne de confiance ni aussi honorable que lui.

— Je suis d'accord avec vous, Guillaume, concernant le passé de Renaud. Il avait beau se donner le titre de prince, il ne valait guère mieux à l'époque qu'un bandit de grand chemin, égoïste et sans pitié. Les quinze années qu'il a passées dans les prisons d'Alep l'ont cependant changé. Il est désormais animé par une haine féroce à l'égard des Sarrasins et ne s'en prendrait plus à d'autres chrétiens, comme il l'avait fait jadis. Ou comme l'avait fait lui aussi mon cousin Raymond. » Voyant la surprise et l'incrédulité se peindre sur le visage de son interlocuteur, il leva la main avant que celui-ci ait pu réagir. « Savez-vous pourquoi Raymond est à ce point hostile à l'empereur Manuel et irréductiblement opposé à toute alliance avec Byzance ?

— J'ai toujours pensé qu'il estimait qu'une telle alliance n'allait pas dans les intérêts de notre royaume. Mais vous me dites qu'il y aurait une autre raison ?

— Et comment ! Je ne suis pas étonné que vous l'ignoriez car cela s'est passé à l'époque où vous faisiez vos études à Bologne et à Paris. Je ne l'ai moi-même appris que tout récemment. C'était la sœur de Raymond qui devait épouser autrefois l'empereur Manuel. Comme il se doit, Raymond se félicitait d'une alliance aussi prestigieuse et avait prévu d'envoyer une flotte de douze galères pour escorter la jeune femme à Constantinople au moment du mariage. Mais Manuel changea d'avis à la dernière minute et épousa à la place une princesse d'Antioche, la sœur du prince Bohémond. Raymond était outré qu'on ait traité sa sœur avec un tel mépris. D'ailleurs, elle prit si mal la chose qu'elle mourut peu après.

— Qui en aurait voulu à Raymond d'être furieux après un tel affront ? rétorqua Guillaume.

— Je reconnais que sa colère était amplement justifiée. Mais la manière dont il l'exprima l'était moins. Pour se venger, il envoya ses douze galères attaquer Chypre et les villes côtières qui étaient sous le contrôle de Byzance. Et ses hommes ne causèrent pas moins de dégâts et ne commirent pas moins d'atrocités que Renaud lors de son propre raid. »

Guillaume n'arrivait pas à croire que Raymond ait pu faire preuve de la même cruauté que Renaud.

« Êtes-vous sûr de ce que vous me rapportez là, Baudouin ? N'est-ce pas un ennemi du comte Raymond qui vous a raconté cette histoire ?

— C'est effectivement le cas, reconnut Baudouin avec une telle assurance que Guillaume ne put s'empêcher de penser qu'il avait une autre surprise en réserve. Mais je suis convaincu que vous accorderez vous aussi votre crédit à cet ennemi, Guillaume, puisqu'il s'agit de ma belle-mère. » Baudouin se fendit d'un sourire avant de s'expliquer. « Lorsque je tenais ma cour à Pâques, ma mère et mon oncle avaient dépassé les bornes et s'étaient montrés extrêmement désagréables à l'égard de Marie. Cela m'avait irrité, car si elle s'était plainte de ce mauvais traitement auprès de Manuel, il l'aurait lui aussi très mal pris. J'avais eu donc à cœur d'engager la conversation avec elle afin de lui montrer qu'elle était la bienvenue à la cour. Le nom de Raymond arriva à un moment donné sur le tapis, et c'est à cette occasion qu'elle m'a raconté l'origine de son animosité à l'égard de Byzance. Elle n'était elle-même qu'une enfant à l'époque, mais se souvenait que Manuel était fou de rage que le comte ait osé attaquer son empire. Je n'ai aucune raison de mettre en doute la véracité de son récit. »

Guillaume n'en avait pas davantage. Il aurait préféré que cette histoire ne soit qu'une invention, mais si c'était Marie qui la lui avait rapportée, elle était forcément authentique. Néanmoins, comme il était reconnaissant au comte de tout ce qu'il avait accompli au fil de sa carrière, il rappela au roi que Raymond ne devait guère avoir plus de vingt ans au moment des faits, et qu'à cet âge les gens ne faisaient pas souvent preuve d'une grande clairvoyance. Pourtant, il était très déçu au fond de lui que le comte de Tripoli chute ainsi du piédestal où il l'avait lui-même placé et s'avère susceptible, comme le reste des hommes, d'écouter le diable lorsque celui-ci venait chuchoter à son oreille.

Les domestiques arrivèrent, chargés du repas. Comme Baudouin n'avait toujours pas beaucoup d'appétit, les cuisiniers du château lui avaient préparé toute une série de plats susceptibles d'éveiller son envie : des anguilles braisées, un potage de riz au poulet, des pois chiches grillés, des artichauts, ainsi qu'un mélange de dattes, d'oranges et de coings au sirop.

Ils préférèrent se servir eux-mêmes pour ne pas avoir à surveiller leurs propos. Une fois seuls à nouveau, Baudouin considéra sans enthousiasme le potage qu'il avait versé dans son écuelle. Sentant le regard inquiet de Guillaume posé sur lui, il se força néanmoins à en avaler une cuillérée.

« Je mange ! protesta-t-il. Dites-moi plutôt comment se porte Sibylle.

— Aussi bien que possible, étant donné les circonstances. Elle a décidé de rester à Jérusalem, estimant que ce serait de bon augure si son enfant naissait dans la Ville sainte. »

Baudouin ne parut pas surpris et ne fit aucun commentaire. Guillaume poursuivit en lui disant qu'elle était très nerveuse, mais que les femmes l'étaient généralement pendant leur grossesse.

« De surcroît, ajouta-t-il, il ne doit pas être facile de porter un enfant que le père ne connaîtra jamais. » Il s'interrompit pour se servir quelques anguilles braisées, encourageant Baudouin à faire de même, avant de reprendre : « Plusieurs membres de la Haute Cour sont venus voir Sibylle la semaine dernière afin d'évoquer la nécessité où elle était de trouver un nouveau mari. » Baudouin hocha la tête d'un air réprobateur, et Guillaume abonda dans son sens. « J'avais tenté de les dissuader mais ils ne m'ont pas écouté. Sibylle leur a sèchement rappelé que les lois du royaume autorisaient les veuves à porter le deuil pendant toute une année. Elle leur a toutefois déclaré qu'elle serait prête à se remarier, mais pas avant la naissance de son enfant.

— On peut difficilement le lui reprocher, dit Baudouin en avalant une bouchée d'anguille pour faire plaisir à l'archevêque. Je me demande qui l'a informée de ses droits légaux.

— Jocelyn, probablement. Il se montre très protecteur à son égard. »

Guillaume espérait ainsi laisser entendre qu'il l'approuvait, tout en étant convaincu que Jocelyn voyait plus en elle une future reine qu'une simple nièce.

Baudouin partageait ses soupçons mais se disait qu'il était naturel au fond que leur oncle considère Sibylle comme un bon investissement. Il ne comprenait toujours pas pourquoi le Tout-Puissant avait laissé mourir Guillaume de Montferrat, dont le décès s'avérait aussi catastrophique pour le royaume que pour sa jeune épouse. Il avait essayé d'en parler un jour avec l'archevêque, mais s'était aperçu que même un haut dignitaire de l'Église n'était pas en mesure d'expliquer l'inexplicable.

Ils finissaient tout juste de manger lorsque Agnès pénétra dans la chambre, non sans avoir symboliquement frappé à la porte. Son regard se porta sur la nourriture qui restait dans l'assiette de son fils, mais elle ne fit aucun commentaire. Guillaume se leva et lui remit un paquet de lettres que lui avaient adressées Sibylle et Jocelyn. Comme elle avait délibérément laissé la porte ouverte, il s'apprêtait à partir, lorsqu'on entendit des pas résonner dans l'escalier. L'un des chevaliers de la maison du roi apparut sur le seuil, porteur d'un message qui venait d'arriver à son intention.

Après avoir brisé le sceau, Baudouin approcha le parchemin du rai de lumière qui tombait de la plus proche fenêtre. Guillaume et Agnès s'alarmèrent un instant en le voyant suspendre son souffle, mais lorsqu'il releva les yeux, son sourire était radieux.

« Le comte de Flandre vient de débarquer à Acre ! » leur annonça-t-il.

Tandis que l'archevêque et sa mère poussaient des exclamations incrédules, il parcourut le reste de la lettre et éclata brusquement de rire pour la première fois depuis des semaines.

« J'avais fini par perdre l'espoir qu'il honore un jour sa promesse. Et il a même amené une petite armée avec lui. »

Regardant tour à tour Agnès et le chancelier, il éclata une nouvelle fois de rire.

« La chance vient peut-être de tourner, leur dit-il. Et en faveur de notre royaume, cette fois-ci. »

Une grande excitation s'empara de la population, sitôt la nouvelle connue que le comte de Flandre venait enfin d'arriver en Outremer. Cela faisait plus de deux ans qu'il s'était fait croisé, et beaucoup se demandaient s'il honorerait un jour son engagement. La nouvelle se répandit par-delà les murailles du château à travers les rues de la ville, et à la fin de la journée les églises et les tavernes débordaient d'une foule en liesse venue célébrer l'événement.

Tandis qu'on dressait dans la salle de réception les tables sur tréteaux pour le repas du soir, Guillaume prit place sur le dais et s'y installa confortablement. Des bribes de conversations parvenaient jusqu'à lui : elles concernaient quasiment toutes l'arrivée du comte de Flandre et ses diverses implications. Le chancelier partageait l'enthousiasme général, même si les croisés lui inspiraient toujours une certaine méfiance : ils s'avéraient souvent plus néfastes qu'utiles. Ils débordaient d'une indéniable ardeur religieuse mais ignoraient tout des coutumes et de l'histoire du royaume, ne manquant jamais de reprocher aux Poulains de s'allier par moments avec les Sarrasins. Ils ne comprenaient pas que la survie de la Terre sainte reposait sur de telles alliances, ainsi que sur l'habileté des Francs à entretenir grâce à ces accords la rivalité entre les princes musulmans. Pendant plus de soixante-dix ans, cela avait fonctionné – jusqu'à l'arrivée au pouvoir de Saladin.

Guillaume n'avait jamais considéré ces seigneurs étrangers de haute lignée comme les sauveurs de sa terre natale, car ils n'avaient que très rarement l'intention d'y rester. Ils venaient pour accomplir la promesse qu'ils avaient faite à Dieu, visiter les Lieux saints et tuer autant d'infidèles qu'ils le pouvaient avant de regagner leurs contrées d'origine, chargés parfois de quelques saintes reliques dont ils avaient réussi à s'emparer. Outremer avait besoin d'hommes de la trempe de Guillaume de Montferrat, qui était venu pour s'y établir définitivement. Et c'était pour cette raison que le chancelier nourrissait quelque espoir à l'égard du comte de Flandre : il n'était pas impossible que celui-ci accepte de rester un moment parmi eux, au moins jusqu'à ce qu'on ait trouvé un nouveau mari pour Sibylle. La dévotion de sa famille à l'égard de la croisade ne pouvait être mise en doute : son père avait accompli quatre pèlerinages, et lors de son dernier séjour, sa mère avait choisi de ne pas retourner en Flandre pour entrer dans les ordres dans un couvent de Béthanie. Le comte Philippe s'était en outre révélé un dirigeant habile, intelligent, à la fois attentif et inflexible. Sans parler des liens de sang qui l'unissaient à la famille royale d'Outremer : les mères respectives de Philippe et d'Amaury étaient les filles de Foulques d'Anjou, le comte angevin qui était devenu roi de Jérusalem. Baudouin et Philippe étaient donc cousins au premier degré.

Guillaume ne tarda pas à être rejoint par l'évêque de Bethléem. Ni Ascalon ni Jaffa ne possédant leur propre évêché, les deux villes restaient sous l'autorité de Bethléem : l'évêque Albert venait donc fréquemment à Ascalon rendre visite à leur souverain souffrant. Ils avaient à peine échangé quelques civilités lorsque Abou Souleymane Daoud surgit soudain devant eux. Avant même qu'il ait prononcé un mot, Guillaume comprit à l'expression de son visage que le médecin était inquiet.

Le temps qu'ils aient rejoint la chambre de Baudouin, le médecin avait pu partager ses préoccupations avec Guillaume. Dès qu'ils pénétrèrent dans la pièce, ils virent que la mère du roi était également inquiète, au point qu'elle appela pour une fois l'archevêque à son aide.

« Dites-lui, vous aussi, que ce serait une folie de regagner Jérusalem dès demain ! Ce serait beaucoup trop dangereux ! »

Baudouin considéra les nouveaux arrivants d'un air résigné, en lançant au médecin sur un ton de reproche :

« Je vois que vous êtes allé chercher du renfort…

— Vous ne voulez pas m'écouter, Majesté, pas plus que votre mère. J'espérais donc que vous seriez plus sensible aux propos de l'archevêque. »

Baudouin comprit qu'il était inutile de poursuivre la discussion sur ce point et s'adressa directement à Guillaume.

« Je n'ai pas l'intention de faire le trajet à cheval, lui dit-il. Nous utiliserons une carriole, et j'ai promis que nous roulerions à une allure raisonnable. D'ailleurs, on ne fait pas la course en carriole, ajouta-t-il avec un zeste d'impatience.

— Même si tu n'es pas à cheval, intervint Agnès, ce voyage sera épuisant et tu n'es pas en état de le faire ! »

Guillaume doutait que son intervention puisse s'avérer d'une grande utilité. De toute évidence, Baudouin avait déjà pris sa décision. Il s'y risqua néanmoins.

« Votre médecin me dit qu'un tel effort pourrait provoquer une rechute de votre fièvre pulmonaire. Pourquoi prendre un risque pareil ? Vous n'avez qu'à convoquer le comte de Flandre à Ascalon.

— Je dois être à Jérusalem le plus rapidement possible, Guillaume, afin de réunir une nouvelle session de la Haute Cour.

— Je comprends que vous vouliez discuter avec l'assemblée de l'arrivée du comte. Mais pourquoi une telle précipitation ? La campagne contre l'Égypte ne peut pas commencer avant l'arrivée de la flotte byzantine.

— Il n'y a pas que cette campagne d'Égypte, j'ai d'autres projets en tête. Je souhaite réunir la Haute Cour pour que nous discutions de la remise du pouvoir entre les mains du comte de Flandre. »

Guillaume le regarda, interloqué.

« Vous voulez lui… lui confier la régence ?

— Oui, telle est précisément mon intention.

— Non, Baudouin ! s'exclama Agnès en regardant son fils avec consternation. Les deux derniers mois ont été difficiles, je le sais, mais tu ne dois pas agir de manière aussi impulsive. Il était compréhensible de nommer Renaud comme régent, puisque tu as besoin de quelqu'un pour commander tes troupes et les mener à la bataille pendant ta convalescence. Mais remettre un tel pouvoir entre les mains du comte, c'est prendre un trop grand risque. Qui peut savoir ce qu'il en fera ? Veux-tu vraiment confier à un étranger la recherche du nouveau mari de ta sœur ?

— Mère… » Baudouin n'en dit pas plus, mais son intonation suffit à la réduire au silence. « Je n'offre pas la couronne à Philippe, reprit-il. Mais j'estime nécessaire que nous discutions de cette affaire de régence. Ma maladie m'a montré que j'avais peut-être moins de temps devant moi que je ne le croyais. Et combien de temps s'écoulera-t-il avant que nous n'ayons trouvé un mari approprié pour Sibylle ? Au moins un an, si ce n'est deux. Qu'adviendrait-il de notre royaume si je mourais avant cette échéance ?

— Baudouin, il n'y a aucune raison pour que tu ne te rétablisses pas !

— Mon médecin m'a averti qu'en raison de la lèpre j'étais plus vulnérable et susceptible de contracter d'autres maladies. Nous ignorons tous le sort qui m'attend. Je suis convaincu qu'Outremer ne survivrait pas à une guerre civile entre ma sœur et mon cousin Raymond. Je ne veux pas laisser un tel héritage. L'arrivée de Philippe me paraît être la réponse que Dieu vient d'adresser à nos prières. »

Agnès était tellement inquiète qu'elle demanda une nouvelle fois à Guillaume de convaincre son fils. Mais l'archevêque ne pouvait pas lui obéir car le raisonnement de Baudouin était convaincant et faisait preuve d'un grand altruisme. Le temps ne travaillait pas pour eux.

Baudouin ne s'était jamais senti aussi épuisé, mais cela faisait longtemps qu'il n'avait pas connu un tel bonheur : aussi pénible qu'ait été le voyage jusqu'à Jérusalem, le résultat méritait bien tous ces efforts. Les membres de la Haute Cour avaient accepté que le comte de Flandre soit désigné pour assumer la régence et commander la campagne d'Égypte. Si Renaud de Châtillon fut dépité de se voir écarté de la sorte, il n'en laissa rien paraître et se contenta de déclarer que l'essentiel était de vaincre Saladin. Philippe avait été accueilli avec ferveur par les habitants de la Ville sainte qui s'étaient pressés dans les rues pour l'acclamer, lui et ses hommes. Le banquet royal donné en son honneur avait été un éclatant succès. Et maintenant que toutes ces formalités étaient derrière lui, Baudouin pouvait enfin s'abandonner au repos dont il avait tant besoin.

Après qu'Anselme l'eut aidé à se dévêtir, il se glissa avec ravissement dans son lit. Ce fut alors qu'il découvrit qu'il était possible d'être trop excité pour trouver le sommeil. Aussi entreprit-il de raconter à son écuyer la fête qui venait d'avoir lieu, sachant qu'il était friand de ce genre d'anecdotes. Lorsqu'il lui eut détaillé le menu et les festivités qui avaient suivi le repas, Anselme lui demanda quelques précisions sur l'individu dont l'avenir était désormais inextricablement lié à celui de leur royaume.

« On m'a dit qu'il avait dans les trente-cinq ans, répondit le roi. De tous mes cousins du côté masculin, c'est lui qui me ressemble le plus, bien qu'il soit plus costaud que moi. Sans compter qu'il arbore une barbe dorée, comme c'est la coutume dans la région de la chrétienté dont il est originaire. Il parle la langue des Francs, je ne crois pas qu'il maîtrise le flamand dont la moitié de ses sujets se servent pourtant. Il choisit ses mots avec soin et il n'est pas facile de savoir ce qu'il pense vraiment. En cela, il ressemble à mon père. »

Baudouin accepta la coupe de vin que lui tendait Anselme en lui affirmant que cela l'aiderait à dormir.

« Voulez-vous que j'y ajoute votre potion, Majesté ?

— Non, je n'en aurai pas besoin ce soir. »

Tout en regardant Anselme aller et venir dans la pièce, Baudouin songeait à la manière dont ses relations avec son écuyer avaient évolué, au fil du temps. Au début, il avait manifesté une certaine prudence, évitant de révéler trop de choses sur son compte devant un étranger. De son côté, Anselme restait en retrait, intimidé de devoir servir un roi dans son intimité. Peu à peu, cependant, Baudouin avait baissé la garde car il se sentait désespérément seul : ses amis d'autrefois lui manquaient, et il pouvait difficilement oublier qu'il n'inspirait plus que de la crainte et de la répulsion à ses semblables.

Avec Anselme, il en allait différemment. Il comprenait la souffrance des lépreux, ayant côtoyé pendant des années les chevaliers de Saint-Lazare, et ne tenait pas cette maladie pour aussi contagieuse que tout le monde le pensait : sinon, pourquoi ne l'avait-il pas contractée ? Une fois sa timidité initiale dissipée, il s'était avéré un brillant causeur, évoquant des heures durant les campagnes et les escarmouches contre les Sarrasins auxquelles il avait participé avant de rejoindre l'ordre. Il lui avait même révélé les raisons de sa décision : un de ses cousins, qui était plus qu'un frère pour lui, avait été frappé par le terrible mal, et il avait décidé de l'accompagner. Ce cousin était mort, mais Anselme n'avait pas donné à ce sujet plus de détails au roi, qui ne lui en avait du reste pas demandé. À mesure qu'il se sentait plus détendu en sa présence, Baudouin s'était rendu compte que son écuyer voyait les lépreux autrement que la plupart des gens. Guillaume avait souvent évoqué devant lui la position de l'Église, qui les considérait comme bénis de Dieu puisque le purgatoire leur serait épargné en raison des souffrances qu'ils avaient connues sur Terre. Cette perspective ne lui procurait pas une grande consolation – pas plus qu'à l'archevêque, d'ailleurs, d'après ce qu'il pouvait entrevoir. Mais pour Anselme, la théologie n'entrait pas en ligne de compte. Les lépreux étaient frappés par un mal épouvantable : pourtant, les chevaliers qu'il avait côtoyés l'affrontaient avec courage et méritaient donc le respect et l'admiration. Aux yeux de Baudouin, c'était la preuve qu'il existait des individus – même s'ils étaient peu nombreux – capables de regarder un lépreux en percevant, derrière ce corps ravagé, la présence d'une âme immaculée.

Néanmoins, il avait toujours hésité à confier à Anselme les angoisses qui le tenaillaient, car la fierté était sa seule armure. Et puis, les terribles rêves avaient commencé. Nuit après nuit il était tiré du sommeil, trempé de sueur, le cœur battant aussi fort qu'un tambour de guerre sarrasin et le visage sillonné par des larmes qu'il n'aurait jamais versées à l'état de veille. Il avait même envisagé de bannir Anselme de sa chambre durant la nuit, honteux de manifester cette terreur en sa présence. L'écuyer ne faisait jamais allusion à ces rêves. Mais voyant qu'ils se prolongeaient, il lui demanda un jour la permission d'aller rendre visite à des amis à l'hôpital des lépreux que dirigeaient les chevaliers de Saint-Lazare. Le soir même, il tendit au roi une coupe pleine à ras bord d'un vin très foncé, qui semblait presque pourpre à la lueur de la lampe.

« Certains de mes frères étaient poursuivis eux aussi par de mauvais rêves, lui expliqua-t-il. Ceux qui le désiraient pouvaient boire ce vin mélangé à des herbes qui facilitent le sommeil. Cela semblait leur faire du bien. »

Baudouin avait pris la coupe, comprenant au même instant qu'Anselme ne trahirait jamais un seul de ses secrets, aussi grandes que soient les tentations ou les menaces dont il serait l'objet.

Après que Baudouin eut refusé sa potion, l'écuyer lui servit une coupe de vin allongé d'eau.

« Pensez-vous que le comte Philippe acceptera ce rôle de régent, Majesté ? lui demanda-t-il. Et dans ce cas, ses hommes resteront-ils en Outremer après la campagne d'Égypte ?

— J'espère que non, avoua Baudouin. Ils sont horrifiés à la simple idée que je sois à la fois roi et lépreux, ce qui n'est apparemment jamais arrivé en Flandre. Philippe est plus civilisé, mais lorsqu'il a compris qu'il allait devoir prendre place à la table royale, son visage est devenu gris. Du moins jusqu'à ce qu'il ait constaté que je ne partageais pas mes plats avec les invités. »

Anselme renifla d'un air méprisant en marmonnant que tous ces étrangers ne lui disaient rien qui vaille, ce qui fit sourire le roi. Il savait que l'écuyer ne disait pas cela pour lui faire plaisir : comme la plupart des Poulains, il le pensait vraiment.

« Je crois que je vais dormir, à présent, Anselme. Tu peux aller te coucher toi aussi. »

L'écuyer faisait souvent preuve d'une intuition surprenante. Il n'avait guère d'éducation, mais lui démontrait fréquemment qu'il déchiffrait les pensées des gens avec autant d'aisance que Guillaume le grec et le latin. Il le prouva cette fois encore, en lui disant :

« Vous avez l'air de croire que ce Flamand fera un bon régent mais vous ne l'aimez pas beaucoup, n'est-ce pas ? »

Baudouin se retourna et dévisagea l'écuyer.

« On ne t'a jamais accusé d'avoir le don de double vue ? lança-t-il en ne plaisantant qu'à moitié. Tu as raison, je n'ai guère de sympathie pour Philippe, et pas seulement parce que l'idée d'un roi lépreux suscite en lui une telle répulsion. Il y a chez lui une froideur qui m'inquiète. Je lui ai demandé s'il voulait se rendre au couvent de Béthanie pour se recueillir sur la tombe de sa mère : de toute évidence, l'idée ne l'avait même pas effleuré. »

Baudouin réfléchit pendant quelques instants et ajouta en souriant :

« Mais l'important, c'est qu'il soit courageux, prompt à prendre des décisions, et qu'il sache mener les hommes au combat. Peu importe que je le trouve sympathique ou non. Après tout, mes cousins Bohémond et Raymond ne me plaisent pas davantage ! »

CHAPITRE 14

Août 1177
Jérusalem, Outremer

La session de la Haute Cour n'avait pas encore commencé, mais la grande salle du palais se remplissait déjà. Le comte de Flandre devait occuper une place d'honneur sur le dais royal, et plusieurs de ses compagnons de haute lignée – le gouverneur flamand de Béthune, ses deux fils déjà adultes ainsi que le comte d'Essex, venu d'Angleterre – avaient pris place auprès de lui sur les sièges destinés aux invités. En arrivant, Balian ne fut pas surpris d'apercevoir Agnès en grande conversation avec Héraclius, l'archevêque de Césarée : elle assistait désormais régulièrement aux réunions de la Haute Cour, ce qui n'était pas du goût de certains barons, peu disposés à la voir s'immiscer de la sorte dans les affaires de l'État. C'était la première fois en revanche qu'il remarquait la présence de Sibylle au sein de cette assemblée : mais cela se justifiait bien sûr par l'importance qu'elle avait prise dans la hiérarchie du royaume.

Elle ne passait d'ailleurs pas inaperçue, les faveurs d'une future reine étant évidemment recherchées. Balian fut désolé de constater que son frère Baudouin faisait partie du groupe qui se pressait autour d'elle. Il redoutait que celui-ci ne tombe de haut, ce qui ne manquerait pas de se produire un jour, car il ne cherchait pas seulement les faveurs de Sibylle : il espérait l'épouser et avait fini par se convaincre qu'une telle union était possible, expliquant à Balian qu'il valait mieux qu'elle choisisse un Poulain maintenant que le temps pressait. Lui trouver un mari à l'étranger risquait de prendre des années, alors qu'il pouvait l'épouser sans même attendre qu'elle ait mis son enfant au monde. En tant que seigneur de Ramlah, il était l'un des membres les plus éminents de la noblesse du royaume, sans compter qu'il avait fait ses preuves sur le champ de bataille. Il bénéficiait de la confiance du roi et ne déplaisait pas à Sibylle : pourquoi aurait-elle refusé d'épouser un homme qu'elle connaissait bien, plutôt que de risquer son avenir avec un étranger ?

Balian avait renoncé à lui faire part de ses objections, ayant compris que cela ne servait à rien. Il y avait juste assez de vérité dans le discours de son frère pour entretenir ses illusions. Il était exact que le roi l'aimait bien et qu'il comptait de nombreux amis au sein de la Haute Cour, des hommes qui verraient sans déplaisir Sibylle épouser l'un des leurs. Quant à celle-ci, elle semblait en effet l'apprécier : elle venait de rire aux éclats à l'une de ses plaisanteries, en lui lançant une œillade aguicheuse derrière ses cils pudiquement baissés.

Le problème, c'était que Balian pouvait tout aussi bien réfuter un par un chacun de ces points. Son frère avait autant d'ennemis que d'amis, à commencer par son ex-belle-sœur : jamais Agnès n'accepterait que sa fille épouse un homme qu'elle détestait. Quant au roi, il n'écarterait évidemment pas la possibilité d'une alliance avec un seigneur étranger de haute lignée, qui serait profitable au royaume tant sur le plan militaire que diplomatique. Et si Sibylle était assez inconsciente pour accepter de faire un mariage d'amour – Balian n'avait guère confiance en son jugement, pour sa part –, il doutait qu'elle éprouve un penchant de ce genre à l'égard de son frère. Elle adorait badiner et ne s'était sans doute pas rendu compte qu'elle entretenait ainsi de faux espoirs. Il était fort improbable en tout cas qu'elle ait sérieusement envisagé d'épouser Baudouin d'Ibelin. Pour ne rien arranger, si son frère rêvait d'un mariage royal, l'idée de mettre Sibylle dans son lit l'excitait tout autant, et il n'en serait que plus vulnérable le jour où il serait confronté à une inévitable désillusion.

Un soudain brouhaha annonça l'arrivée imminente du roi, et chacun s'empressa de regagner son siège. Balian fut stupéfait de découvrir l'individu qui accompagnait le roi et le comte de Flandre : Bohémond, le prince d'Antioche, n'était en effet pas membre de la Haute Cour et ne faisait que de rares apparitions à Jérusalem. Comme son cousin, le comte Raymond, il avait dans les trente-cinq ans, le même teint mat et la même silhouette élancée : leur ressemblance était si frappante qu'on les prenait parfois pour deux frères. Toutefois, Raymond était connu pour sa droiture, sa sagesse, sa maîtrise de soi ; et d'après ce que Balian avait entendu dire, Bohémond avait un tempérament opposé : on le disait impulsif, colérique et un peu trop porté sur les plaisirs de la chair.

Balian se rapprocha afin d'observer de plus près le prince d'Antioche mais s'arrêta net en apercevant Baudouin : le roi semblait fiévreux et toussa à plusieurs reprises en rejoignant le dais. Guillaume était derrière lui : il devait cette fois encore remplacer le patriarche, qui était toujours malade. Son regard croisa celui de Balian et lui confirma silencieusement ce qu'il craignait : le roi avait rechuté ainsi qu'on l'avait redouté, et la fièvre pulmonaire s'était à nouveau emparée de lui.

Une fois tout le monde assis, Guillaume prononça l'invocation rituelle puis céda la parole au roi.

« Avant que nous n'abordions les questions qui nous réunissent aujourd'hui, j'ai une bonne nouvelle à vous annoncer. »

La voix de Baudouin était rauque et sa gorge éraillée à force d'avoir toussé. Mais il était décidé à aller jusqu'au bout, et s'interrompit pour boire une gorgée de la coupe qu'Anselme avait préparée à son intention, placée sur l'accoudoir du trône. L'eau était glacée, l'écuyer ayant rempli la coupe avec la neige dont les Poulains se servaient pour rafraîchir leurs boissons. Baudouin en éprouva un indéniable soulagement, car il avait la gorge en feu.

« On m'a informé ce matin, reprit-il, que la flotte byzantine venait d'entrer dans le port d'Acre : soixante-dix galères de guerre conduites par l'un des plus proches parents de l'empereur. »

Cette déclaration fut saluée par des exclamations enthousiastes, et Baudouin attendit qu'elles se soient apaisées avant de poursuivre.

« L'été n'a pas été bien gai en Outremer, et nous portons encore le deuil de mon regretté beau-frère, que Dieu l'ait en sa sainte garde. Cependant, votre arrivée, messire le comte, nous a redonné espoir. Suite à ma récente maladie, je ne serai pas en mesure de diriger l'expédition militaire que nous nous apprêtons à lancer contre l'Égypte, aussi ne pouviez-vous pas arriver à un moment plus opportun. Après avoir consulté la Haute Cour, c'est avec un très grand plaisir que je vous propose la régence du royaume. Vous aurez le contrôle du gouvernement, du trésor public et des revenus, ainsi que la pleine juridiction sur l'ensemble de la population jusqu'à ce que ma sœur se soit remariée. »

Baudouin avait tenu ce discours avec toute la gravité qui s'imposait – il était allé jusqu'à le répéter –, mais se fendit ensuite d'un sourire laissant transparaître l'adolescent qu'il était encore, avant d'ajouter :

« Nous sommes tous convenus que cela servirait au mieux les intérêts du royaume, et vous ignorez sans doute, mon cousin, qu'une telle unanimité est extrêmement rare en Outremer. »

Philippe s'attendait visiblement à une telle déclaration. Retournant son sourire à Baudouin, il répondit d'une voix suave :

« Je suis extrêmement flatté, Majesté, que vous m'ayez jugé digne d'un tel honneur. Ma famille s'est toujours souciée de la sécurité de la Terre sainte et de la maison royale de Jérusalem. Nous sommes vous et moi liés par le sang et d'authentiques adorateurs de la Croix. C'est le terme qu'utilisent les infidèles pour se moquer de nous mais que je revendique pour ma part avec fierté. Notre foi est la seule véridique, et la volonté de

Dieu est assurément que ce soient des chrétiens qui dirigent le pays arpenté jadis par Notre-Seigneur Jésus-Christ. »

Baudouin avait l'impression qu'on venait de lui ôter un énorme poids des épaules. Buvant une nouvelle gorgée, il laissa l'eau glacée apaiser sa gorge enflammée. Mais le comte ajouta alors :

« Je n'en ai que plus de regret de devoir décliner la proposition que vous venez de me faire. Il m'est en effet impossible d'accepter cette régence. »

Baudouin s'étrangla et son visage s'empourpra, tandis qu'il luttait pour retrouver son souffle. Dans l'assistance, tous les visages reflétaient la même stupéfaction. Lorsqu'il eut repris ses esprits, le roi renonça au tact et à la diplomatie et s'exclama d'un air outré :

« Et pourquoi donc ?

— Je ne suis pas venu en Terre sainte pour y exercer le moindre pouvoir, Majesté. Mon but en me faisant croisé était de servir Dieu, rien de plus. De surcroît, je dois pouvoir être libre de regagner la Flandre en cas de nécessité. Comme je n'ai pas de fils légitime susceptible de me succéder, j'avais désigné mon frère cadet comme héritier, mais il est mort l'an dernier. »

La déclaration du comte concernant le service exclusif qu'il devait à Dieu laissait Baudouin sceptique, une telle humilité correspondant mal à un homme aussi orgueilleux. Il comprenait en revanche les préoccupations de son cousin au sujet de la Flandre : quelle que soit sa déception, il pouvait difficilement les lui reprocher. Parvenant tout de même à esquisser un sourire, il lui répondit :

« Je regrette certes votre refus, mon cousin, tout en concevant les responsabilités qui sont les vôtres à l'égard de vos sujets. Nous ne vous en sommes que plus reconnaissants de bien vouloir conduire notre armée à la victoire en Égypte.

— Si votre proposition, Majesté, implique que je prenne le commandement de cette campagne, je crains qu'il ne me faille également la décliner. Je suis venu en Terre sainte comme un humble pèlerin à la recherche de la grâce de Dieu, non du pouvoir temporel. »

Un silence de mort s'étendit dans la salle à la suite de sa déclaration. Il fut seulement rompu par une nouvelle quinte de toux du roi.

La fièvre de Baudouin ne cessait de monter et dès le lendemain, il fut obligé de garder le lit. Incapable de poursuivre les négociations avec le comte de Flandre, il chargea Guillaume et son beau-père Denis de le représenter. Il craignait en effet que Philippe ne refuse carrément de prendre part à cette campagne, ce qui aurait été désastreux. Non seulement ils avaient besoin de ses troupes, mais une telle rupture entre les Poulains et un puissant dirigeant européen ne manquerait pas d'inquiéter les représentants de Byzance, qui pourraient dès lors reconsidérer leurs engagements face à une telle dissension au sein des Francs.

Toute la journée, le médecin de Baudouin et Anselme lui avaient fait prendre des bains d'eau fraîche dans l'espoir de faire tomber sa fièvre. Lorsque la nuit arriva, il était excédé par leurs bonnes intentions et leurs intrusions incessantes, sans parler de sa mère qui venait aux nouvelles, et il avait tout simplement envie d'être seul. Toutefois, lorsqu'on lui annonça que Guillaume et Denis demandaient à le voir, il s'empressa de les faire entrer.

Ils affichaient tous les deux une mine si déconfite que le roi ferma les yeux en se demandant quel malheur était encore arrivé.

« Que… que se passe-t-il ? »

Guillaume fut le premier à parler.

« Le comte Philippe n'est pas satisfait que vous ayez à nouveau désigné Renaud de Châtillon comme régent.

— Comment cela ? Renaud ne lui convient pas ? »

Baudouin n'ignorait pas que Renaud était un personnage controversé, mais trouvait un peu déplacé de la part de Philippe d'émettre une telle réserve après avoir lui-même refusé cette fonction.

« C'est encore pire, j'en ai peur… »

Denis paraissait aussi réservé qu'à l'ordinaire, mais dissimulait la détresse qui l'avait envahi afin de ne pas inquiéter davantage son beau-fils.

« Le comte estime que Renaud ne devrait pas dépendre de votre commandement direct durant cette campagne. Il souhaite que vous nommiez à la tête des armées quelqu'un qui porterait seul la responsabilité en cas de défaite ; mais qui, en cas de victoire, hériterait du gouvernement de l'Égypte. »

Baudouin les dévisagea.

« Cela reviendrait à faire de cet homme le souverain de l'Égypte. »

Les deux hommes acquiescèrent, soulagés que le roi ait si vite compris ce que dissimulait l'exigence de Philippe.

« Nous lui avons expliqué que c'était impossible. L'empereur Manuel s'attend à obtenir la suzeraineté des terres que nous pourrons conquérir en Égypte et qui feront partie *de facto* du royaume d'Outremer. » Denis s'interrompit avant d'ajouter sèchement : « Cela n'a pas plu davantage à Philippe.

— Comment ose-t-il… »

Baudouin n'alla pas plus loin, secoué par une quinte de toux si violente que tout le monde s'inquiéta. Lorsqu'elle prit fin, il s'effondra, épuisé, sur ses oreillers.

« Je vois, dit-il. Philippe ne veut pas abandonner la Flandre pour venir au secours de la Terre sainte, mais n'hésiterait pas à le faire s'il avait la moindre chance de mettre la main sur les richesses de l'Égypte. »

Les deux hommes acquiescèrent à nouveau. Ils comprenaient à présent que Baudouin avait mieux saisi les devoirs et les règles de la royauté que certains monarques deux fois plus âgés. Il n'avait pas déçu leurs espoirs.

« Faites tout ce qui est en votre pouvoir pour l'apaiser, leur dit-il. Et ne lui refusez rien de manière définitive pour l'instant. Nous avons besoin de ce salopard. »

Les quinze jours qui suivirent comptèrent parmi les plus terribles que Guillaume ait jamais eu à affronter. Plusieurs jours durant, Baudouin avait frôlé la mort, tandis que la Haute Cour essayait de convaincre Philippe d'attaquer l'Égypte. Il faisait si chaud que le ciel paraissait blanc, vidé de toute couleur, et les oiseaux eux-mêmes restaient silencieux tandis que l'archevêque traversait les jardins du palais pour rejoindre l'appartement du roi. Le soleil s'apprêtait à se coucher, et il espérait que cela leur vaudrait une brise rafraîchissante. On avait dû étouffer toute la journée, dans la chambre du roi. Baudouin était tout de même en voie de guérison, même s'il n'était pas encore en état de négocier avec son cousin. Guillaume se disait d'ailleurs que c'était mieux ainsi. Il aurait considéré d'un œil attendri un aspic égyptien qui aurait eu la bonne idée de croiser le chemin du comte de Flandre.

Il était tellement absorbé dans ces sombres pensées qu'il n'entendit pas immédiatement qu'on l'appelait. Surpris de voir Sibylle à l'extérieur par une chaleur pareille, il s'arrêta pour saluer la sœur du roi. Elle était assise à l'ombre d'une tonnelle treillissée, éventée par l'une de ses servantes, mais n'avait pas l'air à son aise. Guillaume avait beau ne pas s'y connaître en matière de grossesses, il se dit qu'elle devait de plus en plus se sentir comme une étrangère dans son propre corps, à mesure qu'il fallait faire de la place à l'enfant qui poussait dans son ventre.

Acceptant son invitation à venir le rejoindre sous la tonnelle, il chercha vainement quel compliment il pourrait bien lui faire, comme elle s'y attendait sans doute, et finit par lui dire qu'elle avait bonne mine.

« Si telle est votre conception de la galanterie, monseigneur l'archevêque, ironisa-t-elle, vous n'avez pas eu tort d'opter pour une carrière religieuse. »

Elle constata avec amusement que sa remarque l'avait fait rougir. Elle trouvait assez comique qu'un homme d'une telle intelligence se sente ainsi démuni et aussi mal à l'aise en présence des femmes.

« Je vous attendais, lui avoua-t-elle, car je sais que vous allez toujours trouver Baudouin après les réunions de la Haute Cour. »

Cessant de plaisanter, elle le regarda droit dans les yeux.

« Mon oncle Jocelyn m'a informée que le comte Philippe souhaitait aborder la question de mon prochain mariage. Je veux savoir ce qui s'est passé. »

Voyant l'archevêque hésiter, elle ajouta d'une voix ferme :

« J'ai le droit de savoir, monseigneur. »

Oui, songea Guillaume, elle en avait le droit. Normalement, il n'aurait parlé à personne de leurs négociations avec Philippe avant d'en avoir informé le roi. Mais la rumeur ne tarderait pas à se répandre aussi rapidement que la peste : les membres de la Haute Cour avaient été si scandalisés qu'on pouvait leur faire confiance.

« Comme vous voudrez, madame, répondit-il. Le comte Philippe nous a déclaré que c'était à lui que revenait le choix de votre futur époux. »

Les yeux de Sibylle s'étrécirent.

« Et qui veut-il me faire épouser ? »

Guillaume se dit qu'il n'allait pas tarder à faire encore plus chaud sous cette tonnelle.

« Il n'a pas souhaité nous le dire. Il nous a demandé de lui jurer que nous respecterions son choix avant de nous révéler de qui il s'agissait, sous prétexte que si jamais nous nous y opposions, ce serait une terrible offense pour un seigneur de si haut rang. »

Sibylle parut d'abord stupéfaite, avant de laisser exploser sa colère.

« S'il croit qu'il peut disposer de moi comme d'une jument à la foire aux bestiaux, s'exclama-t-elle, il se trompe lourdement ! Jamais je n'accepterai une chose pareille !

— Les membres de la Haute Cour non plus, rassurez-vous. À dire la vérité, les choses ont vraiment bardé, pour une fois.

Un certain nombre de barons n'en peuvent plus des prétentions du comte, et ce dernier éclat a mis le feu aux poudres. Nous avons réussi, votre beau-père et moi, à rétablir à peu près l'ordre et même à apaiser l'orgueil du comte, mais ça n'a pas été sans peine. »

Il n'avait confié à Sibylle qu'une partie du drame qui s'était joué dans l'après-midi. Le reste, il en gardait la primeur pour Baudouin. Il se leva en s'excusant, mais avant qu'il se soit éloigné, Sibylle se leva à son tour et le saisit par la manche.

« Jamais je n'accepterai une chose pareille », répéta-t-elle.

À cet instant précis, elle ressemblait à sa mère d'une manière troublante.

Baudouin sourit en voyant arriver son chancelier et lui dit qu'il ne s'était pas senti aussi bien depuis plus d'une semaine. Néanmoins, sa bonne humeur tourna court quand Guillaume lui apprit que le comte de Flandre prétendait avoir le droit de choisir le nouvel époux de Sibylle. Sa colère s'avéra aussi violente que celle de sa sœur, même s'il la contrôlait davantage.

« C'est absolument hors de question, rétorqua-t-il froidement en détachant bien ses mots. Même si nous étions assez bornés pour accéder à une exigence aussi exorbitante, jamais la Haute Cour ne lui donnerait son accord.

— C'est bien le problème… Philippe n'a pas compris que la Haute Cour a le pouvoir d'élire nos rois et qu'elle défendra farouchement ce droit. Il considère ses membres comme des seigneurs de second plan – ce ne sont que des Poulains, après tout… – qui n'oseront jamais se mettre en travers de sa route. » Cette perception des choses témoignait d'une telle incompréhension de la vie politique en Outremer que Guillaume poussa un soupir. « Mais il y a pire, Baudouin, reprit-il. Il voudrait aussi arranger le mariage d'Isabelle.

— Elle n'a que cinq ans !

— Outre son âge, nous lui avons rappelé que le droit canonique interdit à une enfant aussi jeune de se marier. Mais ces arguments ne l'ont nullement impressionné. Il n'entend que ce qu'il veut bien entendre. »

Baudouin hocha la tête, plus incrédule qu'irrité, à présent.

« Quand je pense qu'il y a peu je considérais cet homme comme notre sauveur… »

Après s'être calé contre ses oreillers, il ajouta :

« Eh bien, dites-moi la suite. »

Guillaume s'exécuta.

« Nous lui avons expliqué que Sibylle ne pouvait pas contracter une nouvelle union avant d'avoir observé une année de deuil. Et que nous prendrions bien sûr en considération le candidat qu'il nous proposerait, mais que nous ne pouvions pas nous engager à l'avance sans connaître son identité. Il a fini par comprendre qu'il devait tout de même faire quelques concessions, et nous a révélé qu'il souhaitait que Sibylle épouse Robert de Béthune, et qu'il destinait Guillaume, son frère cadet, à Isabelle. Comme par hasard, les deux hommes se trouvent avec lui en Outremer et ne demandent qu'à convoler en justes noces. Leur père est l'un des principaux vassaux de Philippe, aussi ces unions ne seraient-elles pas totalement inenvisageables. Mais il s'est tellement mis à dos les membres de la Haute Cour qu'ils n'accepteront jamais sa proposition.

— Et moi, pas davantage, rétorqua Baudouin en saisissant la coupe de jus de fruit que lui tendait Anselme. Il prétend être venu en Terre sainte pour répondre à l'appel de Dieu, mais j'ignorais que le souhait du Tout-Puissant était de le couronner roi d'Égypte ou de lui laisser tirer les ficelles de ses marionnettes pour diriger le royaume d'Outremer… Heureusement, ajouta-t-il d'un air sarcastique, que mon cousin se trouve parmi nous pour interpréter la volonté divine. »

On frappa soudain à la porte, et Anselme introduisit Agnès et Denis dans la chambre du roi.

« Quelle pitié que mes avertissements n'aient… »

Denis posa la main sur le bras d'Agnès et cela suffit pour couper court à la diatribe de son épouse, qui comprit que Baudouin n'avait nullement besoin de ses « Je vous l'avais bien dit », maintenant que l'arrivée du comte Philippe s'était avérée aussi décevante.

« Jocelyn est allé prévenir Sibylle », se contenta-t-elle d'ajouter.

Elle s'approcha du lit et posa la main sur le front de son fils pour voir où en était sa fièvre, ce qui eut le don d'irriter Baudouin.

« Je vais beaucoup mieux, mère, lança-t-il sèchement. J'aimerais que tu cesses de te comporter avec moi comme si l'ange de la mort risquait à tout moment d'entrer par la fenêtre pour se jeter sur moi. »

Il éprouva aussitôt un soupçon de remords en constatant qu'il l'avait blessée et demanda à Anselme de servir du vin à ses hôtes.

« Va également chercher des sièges, car nous devons discuter. »

Avant que l'écuyer ait eu le temps d'exécuter ses ordres, on frappa de nouveau à la porte. Baudouin opina, et Anselme alla ouvrir. Après un bref échange à voix basse, il fit entrer une demoiselle accompagnée d'un page d'une dizaine d'années chargé d'un grand panier d'osier. Le jeune garçon paraissait terrifié, mais la jeune fille était visiblement plus curieuse qu'effrayée. Reconnaissant l'une des dames de compagnie de Sibylle, Baudouin se redressa en ayant soin de ramener le drap sur sa poitrine.

« Vous êtes dame Gisèle, si je ne m'abuse ?

— Vous vous souvenez de moi ! s'exclama la jeune femme en le gratifiant d'un sourire aussi surpris que charmeur, avant de lui faire une révérence qui paraissait un peu déplacée dans la chambre du roi. La comtesse a un présent pour vous, Majesté, reprit-elle. Eudes, apporte ce panier au roi. »

Le garçon la dévisagea, bouche bée, mais ne bougea pas d'un pouce, comme s'il était cloué au sol. Il était évident aux yeux de tous qu'il aurait préféré plonger dans une rivière remplie de crocodiles plutôt que d'approcher le lit du roi lépreux. Anselme le tira d'embarras en s'emparant du panier et en le déposant à portée de main de Baudouin. Le couvercle se souleva aussitôt, laissant apparaître une petite boule de poils blanche : il s'agissait d'un chiot.

Agnès poussa un soupir d'exaspération. Quelle lubie s'était emparée de Sibylle ? Sans doute se sentait-elle coupable de ne pas être venue voir son frère. Les chiens étaient une source d'ennuis : ils étaient sales, bruyants et fourraient leur nez partout. Cette fille n'aurait donc jamais une once de jugeote… Mais elle aperçut à cet instant l'expression de son fils, et son irritation se dissipa comme par enchantement.

Le chiot regardait autour de lui d'un air intrigué, puis décida de grimper sur Baudouin et se mit à renifler son doigt pour voir s'il était comestible, au grand amusement du roi.

« J'avais un chien autrefois, dit-il à Gisèle. Un lévrier qui avait presque la taille d'une mule et que j'avais appelé Bandit, parce que c'était le plus habile voleur de nourriture de tout Jérusalem. Il est mort lorsque j'avais douze ans, et j'ai juré à ce moment-là de ne jamais avoir d'autre chien.

— Oh, mais vous devez absolument garder celui-ci, Majesté ! s'exclama Gisèle, visiblement désespérée à l'idée qu'il puisse refuser ce cadeau. Il est vraiment adorable !

— Adorable, vraiment, dit le roi en regardant la jeune femme plutôt que le chien. Comment devrais-je l'appeler à votre avis, mademoiselle ? »

Flattée que le roi sollicite son opinion, elle feignit d'examiner le chiot.

« Eh bien, ce serait une bonne idée de lui donner un nom égyptien, puisque notre armée s'apprête à descendre le Nil. Que diriez-vous de Babylone ? »

C'était le nom que les Francs donnaient souvent au pays égyptien. Baudouin secoua la tête d'un air faussement sceptique, et Gisèle lui demanda avec un petit rire :

« N'y a-t-il pas des reines d'Égypte célèbres ?

— Cléopâtre, lança Baudouin en regardant Guillaume d'un air triomphal, fier de se souvenir de ses leçons d'histoire ancienne. Ce serait un joli nom pour une chienne, mademoiselle, mais il conviendrait mal à celui-ci », ajouta-t-il en soulevant l'animal afin que la jeune fille comprenne ce qu'il entendait par là.

Gisèle émit à nouveau un petit rire amusé, et Guillaume ressentit une douleur aussi violente que si on l'avait poignardé. En relevant les yeux, il s'aperçut qu'Agnès réagissait de la même manière. Il était trop cruel, songea-t-il, d'entrevoir ce que la vie aurait pu être pour Baudouin en le voyant se comporter de la sorte devant une jolie fille, comme n'importe quel jeune homme de seize ans…

Il n'aurait pas su dire si Baudouin s'était brusquement rendu compte qu'il ne lui était pas permis d'avoir ne serait-ce qu'un innocent badinage de ce genre, ou s'il s'était aperçu que Gisèle s'approchait dangereusement de son lit, alors qu'il avait toujours soin de se tenir à une distance respectable de ses interlocuteurs. Mais il se rejeta soudain en arrière avant de déclarer d'un ton froid et on ne peut plus formel :

« Veuillez remercier ma sœur pour ce chiot, dame Gisèle. Et dites-lui que j'en prendrai soin. »

La jeune femme eut l'air stupéfaite de ce brusque changement d'attitude. Au bout de quelques instants, elle fit une nouvelle révérence.

« Je n'y manquerai pas, Majesté. »

Comme le roi ne répondait pas, elle fit demi-tour et se dirigea vers la porte, qu'Eudes s'empressa d'ouvrir. Avant de sortir, elle jeta un coup d'œil derrière elle, mais Baudouin ne la regardait pas.

Après leur départ, le silence était si tendu dans la pièce que Guillaume en suffoquait presque. Agnès s'était tournée vers la fenêtre pour reprendre ses esprits, et Denis était venu se placer auprès d'elle. Le visage de Baudouin, quant à lui, était tellement insondable que Guillaume avait l'impression de contempler l'effigie en pierre qui ornerait un jour le tombeau du roi.

Ce fut Anselme qui brisa le silence.

« Alors, comment allez-vous appeler ce petit chiot, Sire ? Que diriez-vous de Saladin ? Les Sarrasins n'aiment pas trop les chiens, qu'ils considèrent comme impurs. Ce serait donc injurieux pour le sultan. »

Baudouin lui adressa un regard vide, avant d'émerger peu à peu des limbes où il était plongé.

« Non, dit-il, sinon je penserai à lui chaque fois que j'appellerai ce chien. »

Au bout d'un instant, il ajouta d'une voix rauque mais raffermie :

« Le Caire conviendrait peut-être mieux. »

Tout le monde s'accorda à dire que c'était un nom rêvé pour ce chien. Comme s'il comprenait qu'on parlait de lui, Le Caire se mit à aboyer avant de grimper sur les épaules de Baudouin et de lui lécher le visage. Voyant que ces pitreries arrachaient un sourire à son fils, Agnès bénit intérieurement son impulsive et imprévisible fille.

Lorsque Marie et sa fille atteignirent Jérusalem, Isabelle était fatiguée, et cela la mettait de mauvaise humeur. Quand on lui annonça qu'elle devait suivre sa gouvernante, elle rechigna en disant qu'elle voulait d'abord voir Baudouin. Marie adorait sa fille, mais elle croyait aussi aux vertus de la discipline et ne se laissa pas infléchir. Après avoir déclaré qu'elle devait voir le roi de toute urgence, elle suivit un domestique dans l'escalier qui menait à la terrasse du palais.

Elle avait espéré que Guillaume serait aux côtés du roi, mais ce n'était pas le cas, et son cœur se serra en découvrant les autres personnes présentes : Agnès et Jocelyn de Courtenay, Renaud de Châtillon et l'archevêque Héraclius. En s'avançant pour saluer son beau-fils, elle sentit leurs regards hostiles et scrutateurs se poser sur elle. Comme cela lui était déjà arrivé, elle se demanda ce qu'il adviendrait d'elle et de sa fille après la mort de Baudouin, lorsque Sibylle et la famille de Courtenay seraient devenus les maîtres du royaume.

Baudouin n'avait pas bonne mine, il était pâle et avait les traits fatigués. Il avait considérablement maigri pendant sa longue maladie. Marie savait que sa brusque apparition ne pouvait manquer de le surprendre car elle ne venait d'ordinaire à la cour que lorsqu'elle y était invitée. Il la salua néanmoins avec courtoisie et l'invita à prendre un siège.

« Bella est-elle venue avec vous ? » lui demanda-t-il.

Elle acquiesça, ajoutant qu'Isabelle avait hâte de le voir : cela parut lui faire plaisir, mais n'enchanta visiblement pas les autres visiteurs présents. Personne ne fit le moindre commentaire, mais leur hostilité était aussi tangible que si une épaisse fumée avait brusquement envahi la terrasse. Marie les ignora et garda les yeux fixés sur le roi.

« Je suis venue, lui dit-elle, pour vous parler du comte de Flandre.

— J'imagine que vous voulez lui signifier votre opposition au sujet du mariage qu'il envisage pour Bella. Mais il n'est pas en ville pour l'instant, il a décidé de visiter les Lieux saints du royaume et j'ignore quand il sera de retour. »

En dépit des efforts qu'il faisait pour s'exprimer d'un air détaché, on sentait bien que le brusque départ du comte avait mis le roi en colère, d'autant que leur projet de campagne en Égypte était toujours en suspens. Marie perçut les traces de cette colère dans sa voix. Et ce qu'elle avait à lui dire allait mettre de l'huile sur le feu.

« Peut-être projette-t-il en effet de visiter les Lieux saints, répondit-elle, mais il est d'abord venu me voir à Naplouse. »

L'impassibilité que Baudouin affichait toujours à la cour s'effaça un instant, et Marie remarqua sa surprise. Avant qu'il ait pu réagir, sa mère et son oncle intervinrent.

« Pourquoi voulait-il vous voir ? » lança Jocelyn, stupéfait.

Sans savoir s'il se montrait agressif ou tout simplement curieux, Marie n'en prit pas moins sa question comme une insulte. Elle appartenait à la maison royale byzantine, après tout.

Agnès se tenait auprès du siège de Baudouin et vrillait Marie du regard.

« Et vous l'avez reçu ? dit-elle d'un air incrédule. J'imagine que vous ne tenez pas à ce que votre fille épouse l'un de ses vassaux ? Dieu sait que nous n'avons jamais été d'accord sur grand-chose, mais j'espérais que nous serions unies cette fois-ci pour mener le combat – en espérant que cet homme finisse lapidé sur la place publique.

— La moitié de la population de Jérusalem ne demanderait pas mieux, ajouta laconiquement Renaud.

— Je n'approuve évidemment pas les scandaleux projets de mariage du comte, répondit froidement Marie. Et en tant que mère d'Isabelle, je lui jetterais volontiers la première pierre. Mais je ne pouvais pas refuser de recevoir le comte sans savoir ce qu'il avait à me dire. Toute reine digne de ce nom aurait réagi de la même façon. »

Baudouin esquissa un petit sourire en coin, et Renaud parut lui aussi amusé. Mais ce n'était visiblement pas le cas d'Agnès, de Jocelyn ni de l'archevêque, et Marie en ressentit une vive satisfaction. Se tournant vers son beau-fils, elle reprit :

« Pour quelqu'un qui prétend être venu en Terre sainte à seule fin d'honorer Dieu, le comte Philippe consacre une énergie et un temps considérables aux affaires temporelles. Outre ce projet de marier vos deux sœurs à des hommes de son choix, il semble avoir été chargé d'une mission particulière par Louis Capet, le roi des Francs. Celui-ci souhaiterait que sa fille cadette épouse le fils et unique héritier de l'empereur Manuel. Le comte Philippe m'a demandé de l'aider à mener à bien cette négociation.

— Et vous avez accepté ? »

La voix d'Agnès était empreinte de mépris, et Marie se dit qu'elle était au moins sincère sur un point : elle était incapable de comprendre comment elle pouvait accepter d'aider l'homme qui voulait contraindre Isabelle à se marier à l'âge de cinq ans.

« Oui, dit-elle d'un air de défi. Sa mission à Constantinople ne concerne en rien les projets égoïstes et illégaux qu'il nourrit pour ma fille. Je me suis demandé si mon grand-oncle Manuel serait intéressé par une telle alliance avec le roi des Francs – et de toute évidence, ce serait probablement le cas –, et j'ai indiqué au comte la meilleure manière de procéder pour lui présenter cette proposition.

— Je ne lancerais même pas une corde à cet homme s'il était en train de se noyer », déclara froidement Agnès.

Jocelyn s'était avancé pour entrer dans le champ de vision de Marie.

« Et vous avez éprouvé le besoin de venir jusqu'ici pour annoncer cela au roi ? lança-t-il. Manquez-vous à ce point de scribes ou de messagers à Naplouse ?

— Mon oncle… »

Baudouin n'ajouta rien, mais Jocelyn n'alla pas plus loin. Marie était impressionnée par le calme avec lequel son beau-fils exerçait son autorité. Face aux de Courtenay, ça ne devait pas toujours être facile.

« J'ai autre chose à vous dire, Majesté, reprit-elle. Au cours de sa visite, le comte a également évoqué cette campagne d'Égypte. Il a fait preuve d'une étrange candeur à ce sujet. Peut-être me voyait-il désormais comme une alliée, puisque je venais d'accepter d'écrire à l'empereur pour soutenir sa mission. Toujours est-il qu'il m'a affirmé n'avoir aucune intention de prendre part à cette expédition, étant donné que vous aviez refusé ses conditions. »

Baudouin était arrivé de lui-même à cette conclusion. Il fut néanmoins furieux de la savoir confirmée de la propre bouche du comte.

« Qu'il aille au diable, dit-il à voix basse. Qu'ils aillent tous au diable. »

Chacun avait compris qu'il désignait ainsi les étrangers qui débarquaient dans le pays avec la certitude de mieux comprendre le royaume d'Outremer que les chrétiens nés sur cette terre, et convaincus que les Poulains étaient indignes de défendre la Terre sainte.

« Je lui ai répondu, poursuivit Marie, qu'il commettrait une grave erreur s'il refusait de se joindre à cette campagne militaire. Et que s'il restait à Jérusalem alors que vous partiez en guerre contre Saladin, son honneur en serait terni. Sans compter que la Haute Cour le tiendrait pour responsable si jamais les choses tournaient mal. Même s'il se soucie peu de l'opinion des barons d'Outremer, il ne voudrait sûrement pas contrarier mon grand-oncle, l'empereur byzantin, qui ne manquerait pas de le blâmer lui aussi pour sa défection. Il a eu l'air étonné de m'entendre parler aussi franchement. Et il a beau être arrogant, il n'est tout de même pas stupide. Il m'a assuré qu'il allait y réfléchir et m'a annoncé le lendemain qu'il avait finalement décidé de se joindre à cette expédition.

— Vraiment ? »

Le regard de Baudouin croisa celui de Marie, et celle-ci éprouva une sensation étrange qui lui était jusqu'alors inconnue : elle savait très précisément ce que pensait son beau-fils. Ils échangèrent en silence un regard de compréhension réciproque.

Agnès s'en aperçut, elle aussi, et la peur l'envahit soudain.

« C'est donc pour cela que vous êtes venue, lança-t-elle. Pour vous vanter auprès du roi d'avoir obligé le comte à changer d'avis ?

— Non, répondit Marie sans quitter Baudouin des yeux. Je suis venue vous dire de ne pas vous fier aux déclarations ni aux promesses du comte Philippe. On ne peut pas compter sur lui. »

Elle hésita, arrivée à ce point, car elle allait s'avancer sur un terrain risqué, prise entre des loyautés contradictoires. Elle se sentait grecque au plus profond d'elle-même et se languirait de Constantinople jusqu'à la fin de ses jours. Mais elle n'avait pas pour autant l'intention de revenir en arrière. Jamais elle n'abandonnerait sa fille : Outremer était la patrie d'Isabelle et serait peut-être un jour son royaume.

Elle savait que Baudouin avait conscience du mécontentement croissant des envoyés de Byzance. Mais il ignorait l'ampleur de la méfiance qu'ils éprouvaient à présent. Même dans un contexte plus favorable, les Grecs n'accordaient qu'une confiance limitée aux chrétiens qui se réclamaient de l'Église romaine. Si la campagne d'Égypte était entravée par l'intransigeance de Philippe, Marie redoutait que son grand-oncle refuse à l'avenir d'envoyer sa flotte soutenir Outremer.

Elle ne pouvait pas révéler à Baudouin ce que les envoyés de Manuel lui avaient confié sous le sceau du secret. Elle pouvait cependant le prévenir qu'il allait rencontrer de l'opposition au sein de ses propres rangs.

« Vous savez, Majesté, que le comte de Tripoli désapprouve grandement votre alliance avec l'Empire byzantin. Il se méfie de l'empereur Manuel et ne verrait pas d'un mauvais œil que vous renonciez à cette expédition en Égypte. Votre autre cousin, le prince d'Antioche, est dans le même état d'esprit. »

Baudouin fut pris de court par cette dernière déclaration. Ce fut également le cas des autres personnes présentes – y compris de Renaud, qui était le beau-père de Bohémond : lorsque le roi le regarda, il se contenta de hausser les épaules. N'en pouvant plus, Agnès vint se planter devant Marie.

« Quelles absurdités nous sortez-vous là ? Bohémond n'a rien à reprocher à l'empereur byzantin. Il a épousé une princesse grecque l'an dernier, pour l'amour de Dieu !

— Oui, ma sœur Théodora… »

Marie était allée lui rendre visite à Antioche après son mariage. Elle n'avait pas revu Théodora depuis qu'elle avait elle-même épousé Amaury, dix ans plus tôt. Elle avait trouvé une jeune femme très malheureuse, qui regrettait son pays natal et lui avait confié que Bohémond n'avait jamais souhaité l'épouser, que c'était Manuel qui avait insisté et en avait fait l'une de ses conditions pour apporter son soutien aux Francs. Elle ne s'attendait certes pas à ce qu'il lui soit fidèle, avait-elle dit en sanglotant, car c'était après tout un homme. Mais il était sous l'emprise d'une concubine de longue date et lui faisait honte en s'affichant en public avec cette femme. Au cours d'une dispute, il lui avait même déclaré que leur mariage ne survivrait pas à la mort de Manuel.

Marie ne pouvait évidemment rien révéler de tout cela, ni trahir sa sœur en évoquant ses misères conjugales.

« Je ne prétends pas que Bohémond partage l'hostilité de Raymond à l'égard des Grecs, répondit-elle. Mais il considère depuis longtemps la forteresse sarrasine d'Harim comme une menace, car elle n'est située qu'à une vingtaine de kilomètres d'Antioche. Et il a laissé entendre qu'il préférait aller l'assiéger plutôt que de se lancer à l'assaut de l'Égypte aux côtés de la flotte byzantine. »

Voilà, songea-t-elle, qui devrait suffire à alerter Baudouin et lui faire comprendre qu'il ne pouvait pas vraiment compter sur son cousin, sans qu'elle ait à mentionner le ressentiment qu'il éprouvait à l'égard de Manuel depuis ce mariage forcé. Le roi ne fit aucun commentaire, mais paraissait si soucieux que Marie regrettait un peu d'avoir ajouté un poids supplémentaire au fardeau qui était le sien. Il fallait pourtant qu'il soit averti de cet état de fait. Elle se leva en déclarant qu'elle devait à présent s'assurer qu'Isabelle était bien installée. De manière inattendue, le roi l'imita.

« Je vais vous accompagner un instant, lui dit-il. Je dois me rendre aux écuries. »

Renaud se leva à son tour. Tandis qu'ils s'engageaient dans l'escalier, Agnès entendit son fils demander à Marie de le rejoindre dans sa chambre ce soir avec Bella, en ajoutant qu'il avait une surprise pour elle. Elle en déduisit qu'il voulait montrer son nouveau chiot à sa petite sœur, laquelle serait évidemment aux anges et se sentirait encore plus proche de lui à cause de ce satané chien.

Elle parvint à se contenir jusqu'à ce que la porte se soit refermée, l'empêchant de saisir la suite.

« Tu as compris son manège, Jocelyn ? explosa-t-elle alors. Elle se sert de sa fichue gamine pour s'insinuer dans les bonnes grâces de Baudouin. Et il a si bon cœur qu'elle risque fort d'arriver à ses fins. »

Jocelyn estimait que sa sœur se comportait de manière irrationnelle à l'égard de Marie : il ne la trouvait pas aussi menaçante qu'Agnès le prétendait. La situation aurait été différente si elle avait vécu à la cour. Mais elle ne voyait le roi que deux fois par an, au moment de Noël et à Pâques. Comment aurait-elle pu renforcer ses positions à l'occasion d'aussi brèves visites ?

« Il est heureux qu'elle vive désormais à Naplouse », dit-il en espérant qu'Agnès se satisferait d'une telle réponse.

Sa sœur le connaissait suffisamment pour savoir qu'il cherchait uniquement à lui faire plaisir, et elle fronça les sourcils, furieuse qu'il reste aveugle devant le danger que représentait Marie Comnène. Heureusement, l'archevêque Héraclius était plus lucide, comme il le prouva aussitôt.

« Nous devons rester vigilants, madame, intervint-il en opinant avec vigueur. Il ne faudrait pas prendre à la légère les intentions de cette femme. Elle est grecque, après tout, une race connue pour sa fourberie légendaire. De plus, elle est beaucoup trop proche de l'archevêque de Tyr, un individu dont on ne se méfiera jamais assez. »

Jocelyn s'était dirigé vers la table pour se servir une nouvelle coupe de vin, qu'il s'empressa de porter à ses lèvres pour dissimuler son sourire. De nombreux prêtres considéraient comme un péché véniel de rompre leur vœu de chasteté et de prendre auprès d'eux une compagne à laquelle ne manquait que le titre d'épouse. Mais plus on s'élevait dans la hiérarchie du clergé, plus on se montrait prudent et circonspect à ce sujet. Sa mitre d'archevêque n'avait pourtant rien entamé des penchants lubriques ni des marivaudages indiscrets d'Héraclius. Alors que Jocelyn doutait fort que Guillaume de Tyr soit susceptible de succomber à la tentation, même si l'on introduisait dans son lit la plus lascive des femmes. Pauvre bougre…

Agnès s'était mise à marcher de long en large. Il était exact qu'elle détestait cette Grecque – mais elle la redoutait tout autant. Marie possédait une arme dangereuse en la personne de sa fille. Baudouin voulait bien sûr le meilleur pour sa petite sœur, et Marie jouait là-dessus en s'insinuant insidieusement dans son existence. S'ils ne trouvaient pas un mari convenable pour Sibylle et si – par malheur – celle-ci ne mettait pas au monde un fils vigoureux à la fin de l'année, son droit à la couronne pourrait fort bien se voir contesté d'ici quelques années par Isabelle, surtout si Baudouin persistait dans cette alliance avec Constantinople. Comme la santé du roi ne cessait de se dégrader, certains pourraient considérer qu'une parente par le sang de l'empereur byzantin s'avérerait peut-être un meilleur choix que Sibylle. Et Manuel était suffisamment riche pour acheter la moitié des membres de la Haute Cour. Même le jeune âge d'Isabelle pouvait jouer en sa faveur : une longue régence offrait un champ de possibilités illimité pour des individus ambitieux et sans scrupule, rêvant de s'enrichir aux dépens de la couronne.

Son cœur s'était mis à cogner très fort. Elle ne pouvait pas se battre pour défendre les intérêts de Baudouin si elle devait en même temps surveiller ses arrières. Elle avait beau savoir que le combat qu'elle livrait pour son fils était de toute manière voué à l'échec, jamais elle ne baisserait les bras. Et si la lèpre ne pouvait pas être vaincue, Marie Comnène pouvait l'être. Il fallait qu'elle trouve le moyen de bannir à tout jamais de la cour cette salope de Grecque, afin que Baudouin la voie enfin sous son véritable jour. Mais comment ?

La ville que les Francs appelaient Le Caire n'en était pas vraiment une. Son véritable nom était al-Qahira, et il s'agissait d'une gigantesque forteresse construite deux siècles plus tôt pour servir de résidence aux califes de la dynastie fatimide ainsi qu'à leurs épouses, leurs concubines, leurs domestiques, leurs esclaves, les membres de leur cour et leurs armées. Le grand palais de l'Est était célèbre pour son opulence, on prétendait qu'il abritait plus de quatre mille chambres, mais al-Adil doutait que quelqu'un se soit un jour donné la peine de les compter. Après le coup d'État contre le calife opéré par son frère sans la moindre effusion de sang, ils avaient pu constater que le luxe des aménagements intérieurs n'était pas une légende. Le trône des califes était effectivement en or massif, les quelques marches qui y menaient en argent et les moulures des plafonds étaient incrustées d'or. Il y avait des colonnes de marbre, des allées décorées de mosaïques étincelantes, des tentures brodées de perles, des coffres débordant des brocarts les plus fins, de soies, d'ivoire, de rubis, d'émeraudes – des richesses excédant de très loin les rêves les plus fous. Mais le sultan n'y avait pas touché.

Il n'avait aucun attrait pour le luxe, préférant mener la vie d'un sage soufi, et avait éclaté de rire quand on lui avait suggéré de s'installer dans le grand palais de l'Est du calife. Il avait préféré s'établir dans la plus modeste demeure du vizir, abandonnant le grand palais aux chefs de son armée et confiant le petit palais de l'Ouest à son frère. Les richesses furent réparties entre ses plus loyaux partisans et partagées avec son suzerain, car il n'avait pas renoncé alors à son allégeance envers Nour al-Din. Leur confrontation, qui était à terme inéluctable, n'avait été évitée que par la mort de ce dernier, trois ans plus tôt. Saladin affirma alors ouvertement son emprise d'ores et déjà effective sur le sultanat d'Égypte. C'était une remarquable ascension au sommet du pouvoir pour un Kurde, c'est-à-dire un marginal dans le monde sarrasin. Mais tout ce qu'il venait d'accomplir se voyait à présent menacé par l'imminente invasion des infidèles.

En pénétrant dans les jardins de Kafour qui jouxtaient le petit palais de l'Ouest où il avait passé les six dernières années, al-Adil fit halte un instant pour savourer le spectacle qui s'offrait à ses yeux, sachant combien ce moment de paix serait fugace. Le soleil avait entamé sa lente retraite face à l'obscurité qui ne tarderait pas à lui succéder, entraînant avec lui les nuages dorés et reflétant un ciel rouge comme du sang dans les eaux du canal et du Nil au-delà. Il aimait vivre dans l'ancienne maison de plaisirs des califes, ne partageant pas les goûts de son frère pour l'austérité. Par-dessus tout, il aimait ces jardins ombragés par les tamaris, les saules et les sycomores, dont les fleurs embaumaient l'atmosphère une bonne partie de l'année, en harmonie avec les roucoulements qui provenaient des colombiers et le chant des grives, des alouettes et des pinsons. Le jour viendrait-il bientôt où les bottes des infidèles martèleraient à leur tour ces allées ?

Les jardins couvraient une immense étendue, mais il savait où retrouver Aliya, car elle aimait contempler le coucher du soleil à partir de l'un des pavillons en marbre érigés près du canal. Elle était bien là, en effet, assise sur un banc en compagnie de sa servante Jumana, tandis que deux eunuques de sa maisonnée se tenaient à une distance respectable. Jamais elle n'aurait exposé son visage en public : mais ici, à l'intérieur de leurs jardins privés, elle avait dénoué son voile afin de profiter de la brise qui s'élevait du fleuve. Al-Adil s'arrêta pour l'observer sans qu'elle en ait conscience. Ils avaient beau être mariés depuis un an, sa beauté lui coupait toujours le souffle. Il l'avait surnommée Ghazala, car elle avait toute la grâce d'une jeune gazelle.

Aliya se pencha pour chuchoter quelque chose à l'oreille de Jumana, et les deux femmes éclatèrent de rire, ce qui fit sourire al-Adil. Il avait compris dès le début que sa femme était maligne, car elle avait pris la peine de s'assurer les bonnes grâces de sa première épouse, Halima, et s'était très vite liée avec Shamsa, l'épouse favorite de son frère. Mais il avait vraiment mesuré son intelligence et sa finesse lorsqu'elle avait affranchi Jumana, fille d'une esclave de sa propre maisonnée.

Les deux fillettes avaient été élevées côte à côte : une affection complice n'avait pas tardé à se développer entre elles, ainsi qu'il en allait souvent dans de telles circonstances, les esclaves étant généralement bien traités, comme le recommandaient les préceptes du Coran.

Toutefois, si Aliya était disposée à partager ses confidences, ses vêtements et ses parfums avec Jumana, il n'en allait pas de même avec son nouveau mari… Or, elle n'avait pas tardé à remarquer les regards insistants que celui-ci portait parfois sur sa servante.

Al-Adil trouvait Jumana attirante, il ne le niait pas. Toutefois, il ne pensait pas céder un jour au désir qu'il éprouvait – du moins l'espérait-il. Mais Aliya avait trouvé le moyen infaillible de couper court à la tentation. Elle ne voulait pas que la jalousie s'installe au sein de leur couple et n'avait d'ailleurs rien à reprocher à Jumana. Elle s'était simplement arrangée pour l'affranchir ; puis, d'un air innocent, elle avait informé al-Adil de sa bonne action : l'affranchissement des esclaves était en effet considéré comme un acte de piété digne d'admiration. Du coup, cela empêchait à tout jamais son mari de mettre la servante dans son lit, car les concubines ne pouvaient être choisies au sein des femmes jouissant d'une telle liberté. Le Coran était on ne peut plus clair sur ce point : un homme ne pouvait avoir de relations sexuelles qu'avec ses épouses légitimes et les femmes qu'il possédait de la main droite – c'est-à-dire ses esclaves. Al-Adil avait été amusé par la subtilité avec laquelle Aliya avait mené cette affaire : lui-même appréciait ce genre de finesse, sachant que c'était un talent fort rare. Depuis son enfance, il avait appris que la ruse et les subterfuges pouvaient aussi bien servir de boucliers que d'armes offensives : il était heureux que sa femme l'ait compris, elle aussi.

Aliya regarda soudain dans sa direction. Se levant d'un bond, elle se précipita vers lui. Les bracelets d'or et d'argent qu'elle portait aux chevilles cliquetaient à chacun de ses pas au-dessus de ses babouches en cuir rouge, ce qui lui donnait l'impression de danser.

« Comme je suis heureuse de te voir, mon cœur ! »

Elle ne se jeta pourtant pas dans ses bras, sachant en bonne épouse réserver les marques appuyées d'affection à l'intimité de la chambre conjugale.

En lui souriant, al-Adil lui effleura la joue du bout des doigts avant de saluer Jumana avec le respect et la courtoisie dus à une femme de sa parenté, mais n'appartenant pas à sa propre maisonnée. Elle lui retourna un salut respectueux et se retira un peu à l'écart pour préserver leur intimité.

Saisissant son menton afin de la regarder dans les yeux, il lui demanda :

« Comment te sens-tu, Ghazala ? Tu n'as pas eu de nausées, ce matin ? »

Elle n'était qu'au début de sa grossesse, et il se rendait compte qu'il s'inquiétait davantage pour elle qu'il ne l'avait jamais fait pour Halima.

« Non, répondit-elle. J'ai tellement mangé que Jumana m'a dit que je devais attendre des jumeaux. Deux pots de lait fermenté accompagnés de cerises, de dattes et d'amandes. »

Les yeux de la jeune femme, qu'il trouvait si beaux – lumineux comme ceux d'un faon, avec des cils aussi fins qu'un éventail de soie –, le scrutaient avec inquiétude, et il étreignit sa main pour la rassurer avant de la reconduire jusqu'au pavillon.

Il avait passé la journée avec son frère, arrivé la veille de son camp de Bilbéis où son armée était postée, prête à repousser l'invasion des Francs. Répondant à la question muette qu'il lisait dans le regard anxieux de son épouse, il lui apprit que Youssouf n'avait pas reçu de nouvelles fraîches de ses espions.

« Il est surprenant que la flotte des Grecs ne se soit pas encore mise en route. Les tensions entre les Poulains et ce comte étranger doivent être sérieuses, pour qu'ils aient ainsi différé leur attaque. Il n'empêche que celle-ci peut intervenir d'un jour à l'autre. »

Aliya baissa les paupières, mais pas assez vite : il avait eu le temps d'entrevoir la peur dans son regard. Du reste, tout le monde ressentait la même chose, comme lorsqu'on attendait qu'une tempête éclate en se demandant quelle en serait sa gravité.

« Dès que nous apprendrons que leur flotte a quitté Acre, lui dit-il, je vous enverrai, Halima et toi, rejoindre vos demeures à Alexandrie. »

Elle émit un petit cri de protestation, qu'elle étouffa aussitôt.

« Je préférerais rester ici avec toi, dit-elle, mais je ferai comme tu me le demandes, dans l'intérêt de notre fils. »

Il la vit poser une main sur son ventre d'un geste protecteur et posa sa propre main sur la sienne. Les jardins baignaient à présent dans un crépuscule bleu lavande, ce qui leur donnait l'illusion d'être à l'écart de tous les dangers – qu'il s'agisse du risque de mourir sur le champ de bataille ou en mettant un enfant au monde. Ils restèrent assis un moment en silence, jusqu'à ce qu'Aliya reprenne la parole.

« Crois-tu qu'Allah me jugera trop présomptueuse d'être à ce point convaincue que j'aurai un garçon ? Je sais que ce n'est pas à nous d'en décider. Mais j'aimerais tant te donner un fils, Ahmad… »

Ils se parlaient en kurde, leur langue maternelle à tous deux, mais al-Adil lui répondit en arabe.

« *Inch'Allah.* »

Car il n'y avait pas de vérité plus grande, tout advenait selon la volonté d'Allah.

« Monseigneur ! »

Les eunuques s'étaient redressés, la main sur la poignée de leur arme, ayant entendu des pas résonner sur les dalles. Al-Adil se releva lui aussi en reconnaissant l'individu qui arrivait au pas de course : c'était un *khadim*, l'un des membres de la garde rapprochée du sultan.

En haletant, le visage congestionné, l'homme tomba à genoux devant lui.

« Le sultan vous demande de le rejoindre au plus vite, monseigneur. »

Étant donné les dimensions d'al-Qahira, al-Adil s'y serait rendu à cheval en temps normal : mais seller une monture lui aurait pris trop de temps et il préféra utiliser le passage souterrain qui reliait le grand et le petit palais. Lorsqu'il émergea à l'autre extrémité, dans la cour de l'Est, il était à bout de souffle et son cœur battait à tout rompre après avoir marché si vite. Avant cela, il avait déposé un bref baiser dans la paume d'Aliya en lui promettant de lui rapporter ce que son frère allait lui dire. Ils savaient tous les deux qu'il y avait de fortes probabilités pour que les nouvelles ne soient pas bonnes. De toute évidence, Youssouf avait dû apprendre que l'invasion des Francs venait de commencer.

Alors qu'il avait déjà de mauvais pressentiments, l'inquiétude d'al-Adil ne fit que croître lorsqu'il apprit que le sultan se trouvait dans les écuries. Son frère avait-il l'intention de l'emmener à Bilbéis le soir même ? Si tel était le cas, son espion avait dû lui transmettre des informations réellement inquiétantes.

Aucune agitation ne régnait pourtant dans les écuries, où les domestiques vaquaient à leurs besognes habituelles. Après avoir retrouvé son frère dans la stalle de son nouvel étalon blanc, al-Adil s'arrêta pour reprendre son souffle et observer Youssouf, qui semblait aussi calme que tout le monde alentour. Il n'était certes pas du genre à s'affoler en cas de crise, mais n'avait pas pour autant l'allure d'un homme qui s'apprêtait à affronter une armée ennemie.

« Ah, te voilà, Ahmad », lança le sultan en se redressant.

Il était en train d'examiner le sabot de son étalon et adressa un sourire à son frère par-dessus son épaule.

« N'est-ce pas qu'il est superbe ? Lorsque je l'aurai entraîné au *mall*, ton équipe ne sera plus en mesure de battre la mienne. »

Pénétrant à son tour dans la vaste stalle, al-Adil considéra son aîné d'un œil intrigué.

« J'étais convaincu que tu allais m'annoncer que nous allions bientôt devoir affronter les Francs sur nos propres terres, lui dit-il. Mais en te voyant aussi absorbé par ton nouvel étalon, j'en déduis que ce n'est pas le cas. »

Ils ne craignaient pas d'être compris par les domestiques car ils s'exprimaient en kurde. Par réflexe, néanmoins, al-Adil reprit à voix basse :

« J'imagine que la flotte byzantine n'a toujours pas quitté Acre ?

— Si, mais c'était… pour rentrer chez elle. Les Grecs ont regagné Constantinople, après avoir accepté à contrecœur de reporter cette attaque au printemps prochain, sur l'insistance du comte étranger.

— Allah est grand ! C'est nous qu'il protège, Youssouf, en dressant de la sorte les Francs les uns contre les autres. Cela nous laissera six mois de plus pour nous préparer, ajouta al-Adil en éclatant de rire, tant son soulagement était grand.

— Non, répondit Salah al-Din. Il n'y aura pas d'attaque au printemps. Mes sources m'ont affirmé que les Grecs sont tellement excédés par cette discorde entre les Francs et le comte étranger qu'ils vont conseiller à leur empereur de ne pas honorer son engagement envers les chrétiens de Jérusalem, puisque ce ne sont pas des gens de parole. »

Al-Adil n'en revenait pas que la chance ait ainsi tourné de leur côté.

« C'est Aliya qui va être contente, s'exclama-t-il. Elle se faisait beaucoup de soucis, comme toutes les femmes qui attendent un enfant. » Le mari qui venait de resurgir en lui n'en céda pas moins rapidement la place au soldat, et il ajouta avec un sourire : « Devons-nous envoyer à ce comte étranger quelques-uns de nos plus beaux chameaux en signe de reconnaissance ?

— Nous avons une autre dette envers lui, Ahmad. La semaine dernière, il s'est rendu avec le comte de Tripoli dans le nord de la Syrie : ils doivent y rejoindre l'armée du prince d'Antioche en vue d'assiéger Harim. »

Al-Adil était intrigué par le ton insouciant de son frère. Pourquoi cette attaque contre leurs terres en Syrie ne le préoccupait-elle pas davantage ?

« Pourquoi ne m'en as-tu rien dit, Youssouf ?

— Le comte de Tripoli a également réquisitionné les troupes de la principauté de son épouse en Galilée, ce qui représente une centaine de chevaliers et deux mille soldats. Ils étaient accompagnés par le grand maître des Hospitaliers et tous ses chevaliers, ainsi que par la plupart des Templiers, qu'Allah les maudisse ! »

À première vue, un tel rassemblement des forces armées chrétiennes dans le nord de la Syrie n'augurait rien de bon. Mais al-Adil ne tarda pas à comprendre où son frère voulait en venir.

« En résumé, dit-il, le comte étranger et ses alliés ont vidé le royaume d'Outremer de la plupart de ses troupes.

— Les infidèles ne disposent plus pour les protéger que de leur jeune roi malade, d'une poignée de leurs seigneurs, appuyés par leurs chevaliers, et d'une petite centaine de ces maudits Templiers.

— Allah est grand ! répéta al-Adil, stupéfait que les Francs aient pu faire preuve d'une telle imprudence. Et donc… maintenant que nous ne redoutons plus d'invasion de leur part, nous avons plusieurs milliers d'hommes qui campent à la frontière sud du royaume des infidèles en se tournant les pouces. Ce qui n'est jamais une bonne chose, les soldats s'avérant très vite une source d'ennuis lorsqu'ils n'ont rien à faire.

— Tu lis dans mes pensées, Ahmad », répondit Salah al-Din.

Leurs regards se croisèrent, et ils échangèrent un sourire.

CHAPITRE 15

Octobre 1177
Jérusalem, Outremer

Sibylle avait espéré profiter d'une brise rafraîchissante en allant s'asseoir sur son balcon : le temps était resté humide et inhabituellement chaud pour cette période de l'année. Elle s'était installée le plus confortablement possible pour une femme enceinte de sept mois, entourée de coussins, d'un tabouret et de boissons fraîches. Elle fronça les sourcils en regardant ses chevilles gonflées, avant de lancer d'une voix irritée :

« Mes jambes ont l'air de deux poteaux. Je me réveille parfois la nuit en proie à une incompréhensible fringale. J'ai des élancements dans le dos qui me font aussi mal qu'une dent cariée. Je dois toujours avoir un pot de chambre à portée de main et je marche aussi péniblement qu'un âne boiteux. Pourtant, quelqu'un a eu le culot de me dire hier que je vivais les plus beaux jours de mon existence.

— Un homme, j'imagine ? rétorqua Agnès. De manière générale, les hommes et les religieuses ont tendance à considérer la grossesse comme une période bénie. Mais interroge n'importe quelle femme qui a déjà mis un enfant au monde : si elle est sincère, elle te dira qu'elle a eu l'impression de subir neuf mois de pénitence pour la rémission de ses péchés. Toutes les femmes enceintes se sentent boursouflées, difformes, malheureuses et épuisées, tout en ayant à supporter les sourires idiots des étrangers et les histoires dont les autres femmes tiennent absolument à leur faire part au sujet de leur propre grossesse. Quant aux maris, ils s'avèrent la plupart du temps inefficaces, soit en demandant à tout bout de champ à leurs épouses si elles vont mettre au monde un garçon, soit en maugréant parce qu'elles ne sont pas capables de mettre bas aussi aisément que la première garce venue. »

Agnès regretta ces paroles sitôt qu'elle les eut prononcées, tout en constatant avec soulagement que sa fille n'y prêtait guère attention. Certains jours, au contraire, un rien suffisait à la faire pleurer comme une Madeleine. Sibylle réussit d'ailleurs à esquisser un sourire, même s'il était un peu triste.

« Je suis heureuse, dit-elle, que Guillaume ait su avant de nous quitter que j'attendais un enfant. Il était tellement excité à cette idée… »

Agnès se rattrapa en redressant les coussins de sa fille. Sibylle poussa un petit cri en essayant vainement de trouver une position plus confortable, sans quitter sa mère des yeux. L'un des avantages de sa grossesse, c'était que celle-ci les avait rapprochées : Agnès s'adressait désormais à elle comme à une femme, au lieu de la traiter comme si elle était encore une gamine indisciplinée. Cela lui donnait le courage de chercher des réponses au grand mystère qu'était à ses yeux le mariage de ses parents. Elle connaissait bien sûr la haine farouche qui avait régné entre eux par la suite, mais elle était trop petite à l'époque pour se souvenir de leur vie commune.

« Mon père était-il heureux quand tu étais enceinte ? lui demanda-t-elle.

— Oui. » Agnès s'interrompit pour boire une gorgée d'un savoureux mélange de jus d'orange et de grenade, avant d'ajouter : « À sa manière distante, évidemment. »

Sibylle hésita.

« Maman… l'as-tu jamais aimé ?

— Non. »

Elle ne s'attendait pas à une réponse aussi franche.

« Et as-tu… aimé tes autres maris ? »

Agnès resta si longtemps silencieuse que Sibylle se demanda si elle allait lui répondre. Elle n'était pourtant pas offensée et réfléchissait simplement à la question qu'on venait de lui poser.

« Non, dit-elle finalement d'un air pensif. Enfin… j'ai peut-être aimé mon premier mari, j'étais si jeune alors… Pourtant, deux ans à peine après sa mort, je ne me souvenais déjà plus de son visage. Quant à Hugues, je lui étais reconnaissante de m'avoir épousée après qu'Amaury m'avait répudiée, car j'ignore ce qu'il serait advenu de moi s'il ne l'avait pas fait. Mais je ne l'aimais pas. Et aujourd'hui, je suis heureuse avec Denis, mais pas au sens où tu l'entends. »

Agnès s'interrompit à nouveau en se demandant si elle jugeait correctement sa fille. Certes, Sibylle avait toujours fait preuve d'une naïveté et d'un romantisme un peu ridicules. Mais en moins d'une année elle avait dû endosser tour à tour le rôle d'épouse, de veuve et de future mère. Aurait-elle enfin commencé à mûrir ?

« Et toi, reprit-elle. Aimais-tu Guillaume ?

— Oui. »

Cette réponse était un peu lapidaire, et Agnès attendit la suite. Après quelques instants, Sibylle poursuivit :

« Enfin, la plupart du temps… Guillaume était un compagnon très agréable quand il le voulait bien. Mais il avait mauvais caractère et une peccadille suffisait parfois à le mettre hors de lui, surtout lorsqu'il avait bu. Dans ces moments-là, il n'avait plus rien d'aimable. Heureusement, cela ne durait jamais bien longtemps. »

Voyant le regard interdit de sa mère, elle se hâta d'ajouter :

« Oh, il ne m'a jamais frappée ! Il me criait après – et on l'entendait dans toute la maison – mais jamais il n'a levé la main sur moi. Je ne l'aurais pas toléré. Après tout, sans moi, il n'aurait pas pu espérer un jour être roi. »

Généralement, la moindre mention du destin fatal de Baudouin avait le don de déclencher la colère de sa mère.

Mais cette fois-ci elle opina d'un air approbateur, heureuse de voir sa fille se mettre en avant de la sorte.

Sibylle vida sa coupe.

« Comment va le chien de Baudouin ? demanda-t-elle.

— Il pense apparemment que Dieu l'autorise à manger tout ce qui est à sa portée, et c'est une vraie petite peste, la plupart du temps. Mais il fait rire Baudouin plusieurs fois par jour et je t'en suis très reconnaissante, ma chérie. »

Sibylle rosit de plaisir, les compliments de sa mère s'avérant aussi rares que les tempêtes d'été dans le Levant.

« Comment Baudouin se sent-il ? reprit-elle.

— Il a repris des forces et est à nouveau capable de faire de longues balades sur son étalon arabe. Mais il s'inquiète beaucoup de la vulnérabilité du royaume et maudit ses cousins et le comte de Flandre chaque fois qu'on prononce leurs noms devant lui. »

Sibylle savait évidemment que l'essentiel de leurs troupes était parti dans le nord de la Syrie afin d'assiéger diverses citadelles sarrasines. Mais elle ne pensait pas que cela préoccupait son frère à ce point.

« Je conçois que notre frontière avec l'Égypte soit maintenant menacée, dit-elle. Mais le royaume n'est tout de même pas en danger ? »

Agnès la regarda. Elle fut à deux doigts de rappeler à sa fille ce qui était arrivé à la seigneurie d'Édesse, que leur famille avait autrefois gouvernée, mais se retint juste à temps. Sibylle n'avait nullement besoin qu'on lui rappelle comment les Sarrasins avaient massacré les chrétiens après s'être emparés de la ville. Une femme qui s'apprêtait à affronter les dangers de l'accouchement connaissait des inquiétudes et des frayeurs suffisantes.

Laissant sa fille pour aller faire une petite sieste, Agnès regagna ses appartements où elle eut la surprise de découvrir son frère qui l'attendait. Elle fut encore plus étonnée de l'entendre congédier ses propres dames de compagnie. Sitôt qu'ils se retrouvèrent seuls, il referma la porte et tira le verrou.

« Il faut que je te parle de Marie Comnène », lança-t-il.

Outrée qu'il ait eu l'audace de donner des ordres à des personnes de sa suite, elle secoua la tête.

« Pour ma part, répondit-elle, je n'ai aucune envie d'entendre parler d'elle. Maintenant qu'elle a enfin regagné Naplouse, je préfère la chasser de mes pensées jusqu'à ce qu'elle revienne gâcher nos fêtes de Noël.

— Elle a certes quitté le palais, répliqua Jocelyn, mais n'est pas pour autant repartie à Naplouse. Elle vient de louer une maison dans le quartier du Patriarche, rue Saint-Étienne. »

Agnès s'apprêtait à leur servir du vin et fit aussitôt volte-face.

« Grand Dieu ! Tu en es sûr ? »

Jocelyn acquiesça, et elle s'effondra sur le coffre le plus proche.

« Baudouin doit être au courant, dit-elle. Pourquoi ne m'en a-t-il pas parlé ? »

Aux yeux de son frère, la réponse était évidente : le roi avait voulu éviter sa colère.

« Je te présente toutes mes excuses, ma sœur, car c'est toi qui avais raison au sujet de cette Grecque : elle a bel et bien l'intention d'utiliser sa fille comme une arme contre nous et un moyen de s'assurer les bonnes grâces du roi. On la verra désormais de plus en plus souvent en ville et de plus en plus souvent au palais, rappelant à la Haute Cour, du simple fait de sa présence et de celle d'Isabelle, que Sibylle n'est pas la seule fille d'Amaury. Et si jamais… »

Jocelyn n'acheva pas sa phrase car il ne pouvait partager avec sa sœur la crainte qui le rongeait et allait même certaines nuits jusqu'à le tourmenter, depuis la mort de Guillaume. *Que se passerait-il si Sibylle mourait en couches, et son enfant avec elle ?* Ce genre de drame n'était pas rare, après tout. Il aimait beaucoup sa jeune nièce, mais sa mort lui causerait bien plus qu'une simple douleur personnelle : pour leur famille, ce serait une véritable catastrophe.

Agnès s'était mise à faire les cent pas.

« Il faut que nous parvenions à monter Baudouin contre elle, dit-elle. Il lui sera moins facile de prendre les membres de la Haute Cour dans ses filets si elle est tombée en disgrâce. Et si elle n'est plus la bienvenue à la cour du roi, nous verrons moins souvent Isabelle par la même occasion. Baudouin continuera bien sûr à se soucier d'elle, étant donné qu'il s'agit de sa sœur, mais si elle reste à Naplouse il pensera moins à elle, d'autant qu'il aura d'autres soucis en tête. »

Ces derniers mots auraient pu se référer au fardeau de la royauté, mais Jocelyn savait à quoi sa sœur faisait allusion car il y pensait lui aussi sans cesse : l'inéluctable déclin de la santé de Baudouin, puisque celui-ci livrait une bataille qu'il n'avait pas le moindre espoir de gagner.

« Je suis d'accord avec toi, dit-il. Il faut écarter cette petite peste avant qu'il ne soit trop tard. Mais comment ? »

Agnès s'immobilisa.

« Je l'ignore, reconnut-elle. Mais je vais trouver un moyen, Dieu m'en soit témoin : je vais trouver un moyen. »

Cela lui demanda plusieurs jours et des insomnies prolongées, mais Agnès finit par élaborer son plan. Lorsqu'elle en fit part à son frère, Jocelyn réagit avec un enthousiasme débordant, riant aux éclats et la prenant dans ses bras.

« C'est une idée géniale, Agnès !

— Je le crois, en effet, répondit-elle sans fausse modestie. Les Grecs sont réputés pour leur orgueil démesuré, et Marie prendra sûrement cela comme une insulte mortelle. Quant à Baudouin, il ne lui pardonnera pas de s'être opposée à sa volonté. Il ne supporte pas qu'on remette en cause son autorité. »

À ces mots son sourire s'effaça, car elle savait fort bien pourquoi son fils était aussi sensible sur ce point. Il voyait bien que sa maladie le rendait plus vulnérable que la plupart des rois.

Jocelyn remarqua l'ombre qui avait gagné le visage de sa sœur et s'empressa de la prendre à nouveau dans ses bras.

« Buvons à notre succès ! » lança-t-il en allant leur servir du vin. Le temps qu'il revienne avec leurs coupes, son enthousiasme commençait pourtant à retomber. « Mais Baudouin acceptera-t-il cette idée ? demanda-t-il à sa sœur. Il sait à quel point tu détestes cette Grecque… Ne va-t-il pas trouver curieux que tu lui fasses une suggestion qui la concerne ?

— Bien sûr que si. Ce pour quoi nous ne pouvons pas lui faire part nous-mêmes de cette idée. Heureusement, nous disposons de l'individu rêvé pour ça : l'archevêque Héraclius. Baudouin aime réellement les frères d'Ibelin, il ne manquera donc pas d'être intéressé si Héraclius lui suggère que ce serait le moyen idéal de récompenser leur loyauté, sans que cela coûte un sou à la couronne. Je lui conseillerai d'insister sur les bénéfices qu'en retirerait Isabelle, car cela compte à ses yeux. »

Jocelyn acquiesça d'un air convaincu.

« Très astucieux, ma sœur. Et tu es sûre que l'archevêque acceptera de s'entremettre de la sorte ?

— Sûre et certaine, répondit Agnès avec un sourire cynique. Que ne ferait-il pas pour gagner nos faveurs… Et Héraclius sait se montrer persuasif, sans s'encombrer de scrupules inutiles. »

Jocelyn brandit sa coupe et trinqua joyeusement avec sa sœur.

« J'imagine que ce serait trop demander que Marie retourne à Constantinople après un tel affront ?

— Malheureusement, oui. Mais l'essentiel est qu'elle ne soit plus la bienvenue à la cour. La beauté de ce plan, ajouta-t-elle en souriant à son frère, c'est qu'il va me permettre de me venger de Baudouin d'Ibelin tout en ruinant à jamais les espoirs de cette Grecque. »

Jocelyn leva à nouveau sa coupe en un toast moqueur.

« Dommage que Balian doive couler avec le reste du navire. Il est plutôt sympathique. »

Agnès haussa les épaules. Elle n'avait rien contre le cadet des frères d'Ibelin, mais il était inévitable que la guerre fasse autant de victimes parmi les innocents que parmi les coupables.

Les convocations que leur avait adressées le roi inquiétaient un peu Balian et Baudouin d'Ibelin. Ils redoutaient qu'il leur annonce d'importants mouvements de troupes sarrasines. Mais aucune fébrilité ni la moindre tension ne régnaient à l'intérieur du palais royal, ce qui les rassura aussitôt : Outremer n'était visiblement pas menacé par une soudaine invasion. Tandis qu'ils traversaient la cour, Baudouin s'arrêta tout à coup.

« Mais c'est Hugues de Galilée ! s'exclama-t-il, surpris. Je me demande pourquoi il n'est pas en Syrie en train de combattre aux côtés du comte Raymond. »

Sur ces mots, il se dirigea à grands pas vers le jeune homme, obligeant du même coup Balian à le suivre.

L'aîné des D'Ibelin n'était pas du genre à ne pas satisfaire sa curiosité. Une fois les salutations échangées, il demanda à Hugues pourquoi il ne s'était pas joint à la campagne de son beau-père. Balian vit bien que la question embarrassait Hugues mais ne tarda pas à en comprendre la raison. Étant donné que la guerre condamnait de nombreuses épouses de haute lignée à un veuvage précoce, il n'était pas rare que les familles des Poulains se retrouvent sous la férule d'un beau-père. Et ces relations n'étaient pas toujours faciles. La propre mère de Balian s'était remariée après la mort de son père : s'il était lui-même trop jeune pour se souvenir de son beau-père, il savait que ses frères avaient détesté cet homme. Mais les fils de dame Esquiva avaient été plus heureux que la plupart d'entre eux, car ils s'étaient très bien entendus avec le comte de Tripoli lorsque celui-ci avait épousé leur mère. Si Hugues n'était pas en Syrie aux côtés de son beau-père, cela signifiait tout simplement qu'il partageait leur inquiétude concernant la sécurité du royaume. Il était l'aîné des fils d'Esquiva et l'héritier de la principauté de Galilée, après tout. Mais en leur confiant ses craintes, il risquait de laisser entendre qu'il critiquait l'attitude du comte Raymond, ce qu'il voulait visiblement éviter.

S'insinuant habilement dans la conversation pour éviter à Hugues de devoir répondre à son frère, Balian lui expliqua qu'ils avaient été convoqués par le roi. À cette nouvelle, le visage du jeune homme s'éclaira.

« Il n'est donc plus alité ? » s'exclama-t-il.

Les frères d'Ibelin, qui ignoraient que la fièvre s'était à nouveau emparée du roi, furent aussitôt en alerte.

« Mais non, les rassura Hugues, il ne s'agit pas de ça. Il a encore fait une mauvaise chute il y a deux jours, pire encore que celle d'avril dernier, lors des fêtes de Pâques. »

Hugues ne leur donna pas d'autre précision à ce sujet, pas plus qu'ils ne lui en demandèrent. Ils avaient bien compris ce que signifiait ce nouvel incident : le pied droit du roi s'avérait de jour en jour plus insensible.

Baudouin s'agita sur son siège. La terrasse était abritée mais ses yeux restaient très fragiles, exposés à la lumière : même la lueur des lampes à huile lui paraissait trop vive. Sa tête bourdonnait, et même s'il faisait tout pour le cacher, il était fréquemment sujet à de légers vertiges. Il avait toutefois insisté pour assister à cette rencontre avec les frères d'Ibelin car les bonnes nouvelles étaient devenues rares, et il éprouvait le besoin de dispenser au moins de temps à autre un peu de joie autour de lui. Sa mère avait enfin cessé d'exiger qu'il retourne se coucher mais continuait à le surveiller de près, suspendue à son moindre souffle. Il regrettait de s'emporter trop souvent contre elle, mais il avait les nerfs à vif depuis sa dernière chute.

L'archevêque Héraclius faisait les frais de la conversation, secondé de temps en temps par Jocelyn. Baudouin avait été surpris que son oncle ait voulu participer à cette réunion. Sa mère était évidemment présente, pour conjurer l'ange de la mort, et il espérait que Jocelyn était surtout motivé par la curiosité. Il ne manquerait plus que sa mère et lui unissent leurs efforts en le considérant comme un oisillon à l'aile brisée, incapable de se débrouiller seul.

Les frères d'Ibelin furent annoncés et se figèrent aussitôt sur le seuil de la terrasse, les yeux fixés sur le large pansement blanc qui entourait le front du roi et recouvrait sa blessure. Leurs réactions s'avérèrent fort différentes : Balian jugea préférable d'ignorer la chose et de s'en tenir à un silence diplomatique, tandis que son frère aîné émettait un long sifflement.

« Eh bien, Sire, lança-t-il d'un air compatissant, vous devez avoir la tête comme un melon qui vient d'éclater ! Je me souviens encore du jour où mon frère m'avait assené un grand coup de maillet sur le crâne… J'avais vu non seulement trente-six chandelles mais toute une galaxie d'étoiles, sans parler du Soleil, de la Lune et de quelques comètes.

— Je ne t'ai jamais frappé, protesta Balian.

— Il ne s'agissait pas de toi, mon garçon, mais de notre frère Hugues. Tu étais encore au berceau à l'époque. D'ailleurs, je l'avais bien cherché, je l'avais harcelé toute la journée. » Il regarda à nouveau le roi et ajouta : « Vous vous sentirez encore vaseux pendant quelques jours, Sire, mais après il n'y paraîtra plus. Ma mère disait toujours que les hommes ont la tête trop dure pour que ce genre de bobo laisse des traces, et je suis convaincu qu'elle avait raison. »

Le roi lui retourna son sourire. Il préférait la verve impétueuse de l'aîné des D'Ibelin à la sollicitude confite que lui témoignaient la plupart des gens.

« Asseyez-vous », dit-il aux deux frères en faisant signe à Anselme de leur verser à boire.

L'écuyer servit du vin à tout le monde et de l'eau fraîche au roi, sachant qu'il souffrait toujours de nausées. Baudouin lui adressa un regard reconnaissant avant de signifier à l'archevêque de commencer d'un hochement de tête. Il préférait quant à lui s'exprimer le moins possible, redoutant d'être encore un peu confus dans ses propos.

L'archevêque Héraclius se tourna vers les frères d'Ibelin et leur adressa un regard si amical qu'ils furent aussitôt sur leurs gardes.

« J'ai l'honneur de m'exprimer au nom du roi dans cette affaire. Sa Majesté souhaite en effet discuter d'une alliance par voie de mariage entre la couronne et la maison d'Ibelin.

— Alléluia ! » s'exclama l'aîné.

Il s'était levé et son cri retentit comme un coup de tonnerre, ce qui déclencha les rires de l'assistance. Très sensible aux bruits en raison de sa blessure à la tête, le roi se tassa un peu plus sur son siège.

Balian était stupéfait, car il était convaincu depuis toujours que Sibylle était hors de portée de son frère. Comme s'il avait lu dans ses pensées, celui-ci lui adressa un clin d'œil avant de reprendre :

« Je serai profondément honoré, Majesté, d'épouser votre sœur. Et vous n'aurez jamais à regretter la confiance que vous placez en moi. »

Au bout de quelques instants, Balian comprit que quelque chose allait de travers. Le roi paraissait brusquement soucieux, tandis que les de Courtenay échangeaient un sourire de complicité satisfaite. L'archevêque se pencha dans son fauteuil et répondit, un peu embarrassé :

« Ah, je suis désolé de vous avoir induit en erreur, monseigneur. La promise n'est pas la sœur du roi mais sa belle-mère, la reine Marie. »

Baudouin d'Ibelin se rassit lourdement, incapable pour une fois de prononcer un mot. Sibylle était la proie qu'il convoitait depuis longtemps, avant même qu'elle épouse Guillaume de Montferrat. Néanmoins, il était loin d'être idiot : passé le premier instant de déception, il vit bien qu'une union avec Marie Comnène modifierait en profondeur le statut de leur famille, rattachant les d'Ibelin aux maisons royales de Jérusalem et de Constantinople. Regardant son frère pour voir quelle était sa réaction, il s'aperçut avec stupéfaction que le visage de Balian était devenu livide. Même ses lèvres avaient blanchi.

Balian ne s'était jamais permis de révéler au grand jour les sentiments qu'il éprouvait pour Marie : à quoi cela aurait-il servi ? Elle le traitait comme un ami, et il avait suffisamment les pieds sur terre pour ne pas en demander davantage. Et voilà qu'elle allait épouser son frère ? Il avait l'impression que l'air avait quitté ses poumons, qu'on lui avait assené un coup qui lui ôtait à la fois le souffle et la parole. Il savait qu'il allait devoir présenter ses félicitations à son frère mais cela lui était impossible, en tout cas pour l'instant. Il ferma les yeux en espérant que cela l'aiderait à encaisser le choc. Lorsqu'il les rouvrit, il s'aperçut que tout le monde le regardait : son frère d'un air soucieux, le roi en fronçant les sourcils, les autres le sourire aux lèvres.

« Tu te sens bien, mon garçon ? lui demanda doucement son frère avant de se tourner vers l'archevêque et le roi. Ma foi, reprit-il, je ne vous cacherai pas avoir cru que vous aviez songé à dame Sibylle, mais j'ai toujours eu la plus grande admiration pour la reine Marie et je…

— Monseigneur l'archevêque ! » Le roi avait délibérément coupé la parole à Baudouin afin de lui éviter un nouvel embarras. « Comment avez-vous pu embrouiller les choses à ce point ? » poursuivit-il à l'intention d'Héraclius.

S'empressant de réagir à la froide colère qu'il avait perçue dans l'intonation du roi, l'archevêque reprit avec toute la courtoisie et l'assurance mondaine dont il disposait :

« Monseigneur Baudouin, il me faut implorer votre pardon car j'ai l'impression de vous avoir une fois encore et bien involontairement induit en erreur. Le mariage que le roi envisage concerne la reine Marie et votre frère, le seigneur Balian. »

Le roi ne quittait pas Balian des yeux, indifférent à la réaction de son frère, et se détendit un peu : jamais il n'avait vu une expression de joie aussi intense. Eh bien, au moins l'archevêque ne s'était-il pas trompé sur ce point : Balian avait un faible pour Marie. C'était déjà ça.

« Moi ? »

Pendant quelques instants, Balian resta tellement sidéré qu'il ne pensa même pas à l'affront que venait de subir son frère. Lorsqu'il se tourna enfin vers lui, celui-ci s'était ressaisi. Tout en lançant un regard courroucé à Agnès – car c'était elle qui était à l'origine de tout cela, il n'en doutait pas –, il réussit à esquisser un pâle sourire.

« C'est une bonne nouvelle pour toi, mon garçon, lança-t-il à Balian avant d'ajouter, sans se départir de son sourire contraint : Eh bien, nous allons tout de même accueillir une reine dans la famille, si je comprends bien… »

Tout en se jurant intérieurement de proposer à Baudouin d'Ibelin la prochaine grande héritière susceptible de se remarier, le roi demanda en souriant à Balian :

« Vous êtes donc favorable à une telle union ? »

Balian éclata de rire.

« C'est une excellente déduction, Sire ! »

Il éprouvait une sensation étrange, comme une ivresse qui n'aurait pas été due au vin, mais au bonheur. Il se sentait vaguement coupable d'éprouver une telle joie alors que son frère était terriblement blessé, mais il n'y pouvait rien. Il se dit qu'un faucon qu'on relâchait devait éprouver une sensation identique en s'élevant dans le ciel, libre de toute entrave, sans obstacle devant lui, hormis l'horizon qui l'appelait.

Cette vision poétique céda presque aussitôt la place à une voix plus sceptique, bien ancrée celle-ci dans la réalité. Qu'est-ce qui avait poussé Marie à accepter une telle union ? Ce mariage serait considéré comme déshonorant, si ce n'était comme honteux à Constantinople : elle était une fille de la maison royale byzantine alors qu'il n'était au mieux qu'un petit baron provincial. Son fief d'Ibelin couvrait à peine le dixième de la seigneurie de Naplouse.

« Et la reine Marie… a accepté de m'épouser ? » reprit-il.

Les sourires du roi et de l'archevêque avaient quelque chose de rassurant, mais Agnès et Jocelyn de Courtenay le dévisageaient avec trop d'attention – tels deux chats guettant une souris devant son trou –, et un horrible soupçon se forma peu à peu dans son esprit.

« L'a-t-elle réellement accepté ? » insista-t-il si abruptement que son frère et le roi sursautèrent.

Le roi se contenta d'acquiescer, désirant toujours épargner sa voix. Il se tourna ensuite vers l'archevêque pour avoir sa confirmation. Mais il ne l'obtint pas.

« À vrai dire, Majesté, je n'en ai pas encore parlé à la reine, déclara calmement Héraclius. Nous devions nous voir un peu plus tôt mais ce n'était pas très pratique, je lui ai donc suggéré de nous retrouver au palais. En fait, elle devrait arriver d'un instant à l'autre car les nones viennent de sonner.

— Vous ne lui avez pas parlé de ce mariage ? »

Le roi paraissait si incrédule que l'archevêque se demanda s'il avait bien fait d'accepter le plan des De Courtenay.

« J'ai cru comprendre que la reine serait favorable à cette union, Sire. »

Tout en parlant, Héraclius songeait qu'il n'avait sûrement pas commis d'erreur. Même si le roi lui en tenait rigueur par la suite, il parviendrait à le convaincre que ses intentions avaient été louables. Les faveurs de la famille de Courtenay méritaient bien qu'il ait pris ce risque, car combien de temps encore Baudouin allait-il pouvoir régner ? Soit il serait bientôt tellement affaibli qu'il allait entièrement dépendre de sa mère et de son oncle, soit il mourrait en laissant Sibylle comme unique héritière – laquelle allait elle aussi, plus encore que lui, devoir s'en remettre à Agnès et à Jocelyn pour prendre ses décisions. Et avec le soutien de cette famille influente, qui savait jusqu'où son ambition le porterait lui-même ? Il finirait peut-être en patriarche du royaume…

Le roi ne paraissait pas convaincu, néanmoins, et Héraclius fut encore plus décontenancé par la réaction des frères d'Ibelin : ils échangèrent entre eux un regard entendu et se tournèrent vers Agnès et Jocelyn, les fixant d'un air qu'il était bien obligé de considérer comme menaçant. De toute évidence, ils avaient compris ce qui était en train de se tramer, et il était en train d'assister à une déclaration de guerre silencieuse. Héraclius conserva toutefois son sang-froid et continua de sourire benoîtement aux deux hommes, en se disant qu'il avait une raison supplémentaire de faire en sorte que les de

Courtenay sortent vainqueurs de la lutte pour le pouvoir qui venait de s'engager.

Marie perçut le danger sitôt qu'elle eut franchi la porte. Cela ne tenait pas uniquement à la désagréable présence des De Courtenay : la tension était palpable sur la terrasse. Baudouin donnait l'impression qu'il aurait mieux fait de rester alité : il était pâle comme un linge, aussi blanc que le bandage qui lui couvrait le crâne, et ses pupilles étaient si dilatées qu'on ne percevait presque plus le bleu de ses yeux. Ce n'était cependant pas contre la douleur qu'il luttait : ses lèvres serrées et son poing crispé sur sa cuisse témoignaient de la colère qui l'avait envahi. Seul l'archevêque affichait l'air satisfait qui lui était coutumier. Deux bagues ornées d'un rubis et d'une splendide émeraude se détachaient sur ses doigts fins, et il ne cessait de les frotter contre sa manche. Marie ne pouvait s'empêcher de comparer son geste à celui d'un paon lissant ses plumes chatoyantes. D'ailleurs, tel était le surnom dont maître Guillaume l'avait affublé en privé : le Paon. Elle se doutait bien qu'Agnès et Jocelyn lui manifesteraient leur hostilité habituelle et ne fut pas déçue : les regards qu'ils lui adressèrent étaient d'une froideur glaciale, quoique chargés d'une étrange flamme, comme s'ils anticipaient déjà la suite.

Ce fut toutefois en portant son regard sur les frères d'Ibelin que son estomac se noua, tandis que son cœur se mettait à battre plus fort. L'aîné paraissait sur le point d'exploser, ce qui n'avait rien de bien surprenant, attendu son tempérament fougueux et son animosité ancestrale à l'égard d'Agnès. Mais jamais elle n'avait vu le calme et pondéré Balian dans un état pareil. Tout comme le roi, il parvenait le plus souvent à dissimuler ses pensées. Aujourd'hui, cependant, ses défenses étaient tombées et ses émotions l'avaient submergé comme une rivière qui débordait suite à des pluies diluviennes. Que s'était-il donc passé, qui ait pu le plonger dans un tel désarroi ? Elle n'était même pas sûre que ce terme convienne pour désigner le trouble qui l'agitait, car il y avait également de la colère dans son regard – une colère si violente qu'elle en fut un peu effrayée. Qu'est-ce que ces maudits de Courtenay avaient encore inventé ?

« Majesté, dit-elle en s'approchant du roi qu'elle avait cessé d'appeler par son prénom le jour même où il avait accédé à la royauté – et il ne l'avait jamais invitée, contrairement à Guillaume, à se montrer plus familière. L'archevêque m'a fait savoir que vous souhaitiez discuter d'une question d'importance avec moi.

— C'est exact, répondit Baudouin en choisissant ses mots avec soin, car il ne faisait plus confiance à l'archevêque pour exprimer ses pensées. Mais asseyez-vous d'abord, je vous en prie, madame… »

Tout comme son frère, Balian s'était levé dès que Marie était apparue sur la terrasse. Saisissant son propre fauteuil, il l'avança afin qu'elle y prenne place. Durant les quelques secondes pendant lesquelles il tournait le dos à l'assistance, il la regarda dans les yeux et articula en silence :

« Je n'étais pas au courant, je vous le jure… »

Sérieusement alarmée à présent, Marie prit place sur le fauteuil et considéra le roi avec un sourire qu'elle espérait serein.

« En quoi puis-je vous être utile, Majesté ?

— Je caresse l'espoir que vous puissiez envisager sérieusement l'idée de vous remarier, madame. » Voyant les yeux de Marie s'agrandir et se porter avec inquiétude sur Baudouin d'Ibelin, le roi se hâta de couper court à tout nouveau malentendu. « Il me semble qu'une union entre vous et le seigneur Balian d'Ibelin serait un grand avantage pour vous deux, ainsi que pour ma sœur Isabelle. Je suis sûr que vous estimerez comme moi que le seigneur Balian ferait un excellent beau-père, plein d'attention pour la fillette. »

Parvenu à ce point, Baudouin hésita car il ne s'était pas attendu à se retrouver dans une telle situation, croyant que l'archevêque avait déjà obtenu le consentement de Marie. Devait-il insister sur les avantages politiques de l'alliance qu'il lui proposait ? Mais Marie était parfaitement capable de les mesurer par elle-même. Du vivant de son père, s'il n'avait pas été proche de sa belle-mère, jamais il n'avait douté de son intelligence.

À la mention du nom de Balian, les yeux de Marie s'étaient encore agrandis. Son étonnement était si tangible que personne n'osa prendre la parole, chacun retenant son souffle en guettant sa réaction. Elle prit son temps, digérant peu à peu les propos qu'elle venait d'entendre et auxquels rien n'aurait pu la préparer. Elle finit par se fendre d'un large sourire, regardant tour à tour Balian, puis le roi.

« Le seigneur Balian est un homme d'honneur intègre et courageux, Majesté. Je ne doute pas qu'il serait un mari attentif et, comme vous l'avez dit, un beau-père attentionné pour ma fille. Mais le mariage est un sacrement qu'on ne contracte pas à la légère. Je vous demande donc le temps d'y réfléchir plus calmement, avant de vous donner ma réponse. »

Cela n'enchantait visiblement ni l'archevêque, ni les de Courtenay. Avant qu'ils aient pu protester, Balian s'empressa de lancer :

« Cela va de soi, madame. C'est une requête on ne peut plus raisonnable. Prenez tout le temps qu'il vous faudra. »

Il fut aussitôt soutenu par son frère, défiant ainsi à eux deux le reste de l'assemblée sans l'exprimer ouvertement.

« Je trouve moi aussi cette requête raisonnable », intervint alors le roi, coupant court à toute protestation de la part de sa mère ou de son oncle.

Marie le gratifia d'un nouveau sourire, le remerciant de la sorte sans révéler pour autant ses pensées. Elle permit ensuite aux frères d'Ibelin de l'escorter tandis qu'elle prenait congé et quittait la terrasse. Baudouin se leva à son tour en déclarant qu'il était fatigué, ce qu'il avouait très rarement. Voyant qu'Agnès se disposait à l'accompagner, il interrompit son élan d'un regard chargé de soupçon, qui témoignait aussi sans le dire de son besoin d'intimité.

Au moment où il atteignait le seuil, il se retourna et regarda Héraclius par-dessus son épaule : son expression indiquait clairement qu'il comptait bien avoir avec lui une discussion qui ne serait sûrement pas au goût de l'archevêque. Puis il disparut dans l'escalier, discrètement suivi d'Anselme.

Agnès aurait bien voulu s'assurer qu'il ne fasse pas une autre chute ou ne soit pas en proie à de nouveaux vertiges. Sachant toutefois que cela n'aurait fait qu'attiser la colère de son fils, elle essaya de se convaincre que les réflexes d'Anselme suffiraient à prévenir tout nouvel incident.

Jocelyn alla fermer la porte.

« Eh bien, dit-il en regardant l'archevêque comme s'il le tenait pour responsable, les choses ne se sont pas déroulées comme prévu.

— Vous n'insinuez tout de même pas que ce serait de ma faute ? rétorqua celui-ci. Je me suis contenté de suivre les consignes de votre sœur. »

Agnès n'était pas satisfaite elle non plus par la prestation de l'archevêque. Elle lui avait bien indiqué qu'elle cherchait autant à humilier Baudouin d'Ibelin qu'à provoquer la disgrâce de Marie. Mais en laissant délibérément planer le doute, Héraclius n'avait fait qu'éveiller la méfiance du roi. Elle ne lui fit aucun reproche, toutefois, car elle ne voulait pas s'aliéner l'archevêque : c'était un allié trop précieux pour qu'elle prenne le risque de le perdre. Elle était par ailleurs profondément déçue par la réaction de Marie, qui avait fait preuve d'un sang-froid surprenant, alors qu'elle était convaincue que la Grecque allait exploser sous leurs yeux comme la célèbre montagne de feu en Sicile. Elle gardait néanmoins confiance car le roi serait forcément en colère lorsque Marie, par pur orgueil, refuserait sa proposition. La mauvaise prestation de l'archevêque allait peut-être tourner à leur avantage, au bout du compte : le roi avait été indigné que Baudouin d'Ibelin ait subi un tel affront, et cela pouvait le pousser à souhaiter plus ardemment l'union de Marie et de Balian en se disant qu'il devait bien ça à la famille d'Ibelin.

Son frère et Héraclius continuaient de se chamailler, et elle intervint avant que la situation dégénère.

« Nous espérions certes que la Grecque défie ouvertement le roi, dit-elle. Mais jamais elle n'acceptera d'épouser Balian – et c'est la seule chose qui compte. »

Lorsque Jocelyn lui demanda s'il n'y avait tout de même pas une chance pour que Marie accepte finalement cette proposition, elle éclata de rire.

« Pas l'ombre d'une chance, mon frère ! Pas l'ombre d'une chance. »

CHAPITRE 16

Octobre 1177
Jérusalem, Outremer

Guillaume conservait l'essentiel de sa bibliothèque dans le palais de l'archevêché de Tyr. Ses clercs n'arrivant pas à mettre la main sur une chronique latine, il se dit qu'il avait dû la laisser là-bas. Il avait l'intention de travailler aujourd'hui sur son histoire du royaume, mais devait vérifier à cet effet un passage du *Récit de l'expédition à Jérusalem* de Foucher de Chartres. Pour l'instant, il considérait le matériel d'écriture étalé sur son bureau : une pierre ponce avec laquelle il nettoyait les feuilles de parchemin, un couteau pour aiguiser sa plume, une dent de sanglier destinée à polir le parchemin afin que l'encre ne coule pas, un encrier, une règle pour le tracé des lignes. Il ne lui manquait plus que ce manuscrit égaré et la motivation nécessaire pour se mettre à l'ouvrage.

Il s'apprêtait à saisir sa plume lorsqu'un domestique entra et l'informa qu'il avait une visite royale. L'arrivée inattendue de Marie était une distraction bienvenue, et il se recula dans son siège, renvoya son clerc et demanda qu'on lui apporte du vin et des galettes pour trois personnes. Il savait que Marie serait accompagnée, ne serait-ce que par une dame de sa suite : les convenances exigeaient en effet qu'ils ne se retrouvent pas en tête à tête.

Dès qu'il aperçut son visage, il comprit que le problème était sérieux. Tout en souriant à dame Sophie, une veuve imposante qui ne parlait que le grec, il leur fit signe de s'asseoir, mais Marie refusa en secouant la tête.

« J'ai besoin de bouger, dit-elle. À vrai dire, je briserais bien un objet quelconque… Que me conseillez-vous, Guillaume, qui ne vous ferait pas défaut ?

— Un coussin ferait fort bien l'affaire, répondit-il. À moins que vous ne teniez vraiment à voir l'objet voler en éclats. Auquel cas, je vous conseillerais d'attendre qu'on nous ait servi le vin. » Après s'être rassis, il poursuivit sans prendre de gants : « Qu'est-ce que les de Courtenay ont encore manigancé ? »

À sa grande surprise, Marie poussa un juron en grec, ce qui n'était guère dans ses habitudes.

« Je savais qu'ils réagiraient en apprenant que j'avais loué une maison en ville. Mais jamais je n'aurais imaginé qu'ils se serviraient des frères d'Ibelin dans le seul but de me nuire. Guillaume… ils ont réussi à convaincre le roi qu'il fallait que j'épouse Balian ! »

L'archevêque haussa les sourcils.

« Vous voulez dire Baudouin… »

Marie hocha vigoureusement la tête.

« Non, non… Il s'agit bien de Balian, le frère de Baudouin.

— Grand Dieu », lâcha-t-il à voix basse.

En tant que seigneur de Ramlah et de Mirabel, c'était Baudouin d'Ibelin qui aurait été le choix le plus approprié. Même si on ne l'aurait sûrement pas considéré à Constantinople comme un mari digne d'une parente de l'empereur, *a fortiori* s'agissant de la veuve d'un roi.

« Il s'agit bien sûr d'un piège, reprit-il, dont Balian a été l'appât. Et vous me dites que c'est le roi qui est à l'origine de cette proposition ?

— J'ai brièvement discuté avec les deux frères lorsque nous avons quitté la terrasse, et ils m'ont révélé que c'était le toutou d'Agnès qui avait menti au roi en prétendant que j'avais accepté cette union. »

Guillaume fut soulagé de l'apprendre. Il lui aurait été désagréable de penser que Baudouin avait pu cautionner en connaissance de cause une conspiration de sa mère – puisqu'il s'agissait bien de ça. Ayant évidemment identifié le « toutou » d'Agnès, cela ne fit qu'ajouter un nouveau motif à la longue liste des griefs qu'il nourrissait déjà à l'encontre de l'ambitieux archevêque de Césarée.

« Cet homme est la honte de l'Église, dit-il. Et le roi a été leur jouet. Qu'ils soient maudits ! Baudouin a suffisamment d'ennuis pour ne pas avoir à se méfier en plus des manigances de sa propre famille. »

La colère de Guillaume n'avait d'égale que son inquiétude. *Si Agnès et Jocelyn osaient dès à présent ourdir une telle machination, alors que Baudouin était encore en possession de toutes ses facultés, que ne feraient-ils pas lorsque sa santé se serait vraiment dégradée ?* Quelqu'un frappa doucement à la porte pour leur annoncer que le vin et la nourriture étaient prêts. Il attendit que les domestiques aient fait le service avant de se tourner vers Marie.

« J'essaie de comprendre ce que ces tristes individus avaient en tête, lui dit-il. Ils ont sans doute imaginé qu'en vous proposant d'épouser un homme d'un rang bien inférieur au vôtre vous alliez sombrer dans une rage folle, insulter le roi et partir en claquant la porte. Mais c'était bien mal vous connaître. Quelle a d'ailleurs été votre réaction ? »

Marie eut un sourire dédaigneux.

« Agnès de Courtenay est plus venimeuse qu'un scorpion du désert, mais loin d'être aussi intelligente qu'elle le croit. Elle a pensé que j'allais sortir de mes gonds, parce que c'est ainsi qu'elle aurait réagi à ma place. Même si j'étais aussi mauvaise qu'elle, jamais je n'aurais fait injure à Balian en me comportant de la sorte devant lui. Son frère et lui étaient tout comme moi les victimes de ce traquenard. Je me suis donc fendue d'un grand sourire, en répondant poliment que j'avais besoin d'un peu de temps pour réfléchir à la question, ce que le roi a aussitôt approuvé. » Marie soupesa prudemment la suite de ses propos. « J'ignore s'il s'est rendu compte qu'Héraclius était le complice d'Agnès dans cette affaire. Il est compréhensible, du reste, qu'il hésite à reconnaître la culpabilité de sa mère. » Voyant que l'archevêque était d'accord avec elle sur ce point, elle poursuivit : « Je pense qu'il souhaite toujours que ce mariage ait lieu car il le considère comme une faveur faite à la famille d'Ibelin.

— Dans ce cas, rétorqua Guillaume, qu'allez-vous faire ? »

Il était convaincu que Marie avait déjà élaboré un plan pour contrer les de Courtenay, ayant été habituée dès sa plus tendre enfance à naviguer dans les eaux agitées des affaires d'État. Quel dommage que Sibylle n'ait pas appris elle aussi comment se comportait une reine.

Marie finit tout de même par s'asseoir et but une gorgée de vin.

« Je vais dire au roi qu'il m'est impossible de me remarier sans le consentement de l'empereur et que je vais lui écrire sur-le-champ. Il va de soi qu'il n'approuvera pas cette union, et cela m'empêchera donc d'épouser Balian. »

Guillaume opina d'un air entendu.

« C'est une réponse diplomatique, qui a de surcroît le mérite d'être exacte. J'ai de la peine à imaginer que votre grand-oncle vous voie d'un très bon œil épouser un autre Poulain, sauf s'il s'agissait d'une tête couronnée. »

Marie lui sourit, un peu tristement cette fois-ci, car elle savait que Guillaume avait mis le doigt sur le point essentiel : à Constantinople, les Francs étaient considérés comme des barbares et les Poulains comme des parvenus, des seigneurs aux origines obscures et à la noblesse douteuse.

« Je vous serais très reconnaissante, Guillaume, si vous pouviez m'aider à rendre mon refus acceptable aux yeux du roi, en le présentant comme une décision dictée par l'obéissance et non comme un défi. Il m'importe par ailleurs beaucoup que Balian le comprenne, lui aussi. Je ne voudrais pas qu'il croie que je l'ai rejeté en raison de son rang. C'est un homme de qualité, il mérite mieux que ça.

— C'est exact, répondit Guillaume avant de la dévisager d'un air songeur. Je ferai tout ce qui est en mon pouvoir pour arrondir les angles. Accepteriez-vous, toutefois, que je vous suggère une autre solution ?

— Bien évidemment. Si vous voyez une autre manière d'échapper à ce piège, je ne demande qu'à vous écouter.

— Je vous suggérerais d'accepter cette proposition et d'épouser Balian. »

Marie poussa un petit cri.

« Vous parlez sérieusement ?

— On ne peut plus sérieusement. Je sais bien que vous ne vous attendiez pas à ce que je vous tienne de tels propos, mais je vous demande de bien vouloir m'écouter jusqu'au bout. »

La voyant opiner lentement, l'archevêque but une longue gorgée de vin, puis une autre, car il avait conscience de lui tenir un discours susceptible de modifier le cours de plusieurs vies, si ce n'était celui de l'Histoire, et c'était une lourde responsabilité.

« Marie, reprit-il, je me fais du souci pour vous et pour Isabelle depuis déjà un certain temps. La famille de Courtenay et ses alliés vous détestent et se sentent menacés par l'existence même de votre fille. Vous êtes quant à vous isolée, sans alliés fiables, et votre vulnérabilité ne fera que croître à mesure que la lèpre du roi ira en s'aggravant. »

Il s'interrompit pour observer sa réaction et constata qu'elle avait dû nourrir d'aussi sombres pensées certains soirs, quand le sommeil tardait à venir.

« Le jour où Baudouin… ne sera plus en mesure de régner, vous serez encore plus exposée aux complots d'Agnès, qui se moque éperdument de notre alliance avec l'Empire byzantin. Je n'ai aucune raison de penser que Sibylle nourrisse de mauvais sentiments à votre égard, ni envers votre fille. Mais elle cherche toujours à plaire à sa mère, ainsi qu'à son oncle, et je crains qu'elle ne les approuve s'ils vous contraignent un jour à un mariage inacceptable avec un individu moins digne de respect que Balian. Et si le comte de Flandre n'éprouve pas le moindre scrupule à envoyer directement Isabelle du berceau au lit nuptial, les de Courtenay n'en auront pas davantage. Je redoute même que leur premier souci soit de marier votre fille à un homme de leur choix. »

Marie ne répondit pas, mais elle avait pâli, et il vit ses mains se crisper sur les accoudoirs de son siège.

« C'est triste à dire, poursuivit-il, mais certains ici vous considèrent toujours comme une étrangère : la reine grecque venue d'ailleurs. Vous avez besoin de protecteurs, d'individus prêts à vous défendre. Et c'est ce que vous trouverez en vous mariant à la famille d'Ibelin. Je ne parle pas seulement des deux frères, Balian et Baudouin, mais des membres de la Haute Cour qui leur sont proches ou qui redoutent les manigances des De Courtenay. Nombre d'entre eux ne manqueraient pas de considérer la moindre manœuvre contre la famille d'Ibelin comme une attaque personnelle. »

Guillaume marqua une nouvelle pause pour laisser à Marie la possibilité de réagir. Voyant qu'elle restait silencieuse, il vida sa coupe avant de reprendre :

« Agnès n'a pas imaginé un instant ce qui risquait de se passer si vous acceptiez cette union. Non seulement vous auriez alors un mari susceptible de vous défendre, mais ce mariage ferait brusquement de Balian l'un des hommes les plus puissants du royaume. En tant que seigneur de Naplouse, il gagnerait aux côtés de son frère un poids considérable, tant auprès du roi que de la Haute Cour. Et je peux vous assurer que telle n'était sûrement pas l'intention d'Agnès. »

Il ne put s'empêcher de sourire à l'idée de la réaction des De Courtenay face à une telle transformation du paysage politique, et il fut heureux de voir Marie esquisser un petit sourire, elle aussi.

« Vous êtes un avocat de Balian éloquent, Guillaume, et je reconnais que vos arguments ne manquent pas de bon sens. Néanmoins… »

La voyant hésiter, l'archevêque acquiesça d'un air compréhensif.

« Cela ne suffira pas à convaincre l'empereur Manuel, c'est bien cela ? lui dit-il. Puis-je vous parler en toute franchise ? Vous devez agir au mieux de vos intérêts et de ceux de votre fille, Marie, sans tenir compte de l'opinion de votre grand-oncle à cet égard. Il vous dira sans doute que la protection d'un empereur reste le plus puissant des boucliers. Mais tel n'est peut-être pas le cas quand ce bouclier se trouve à des centaines de kilomètres et qu'il est brandi par un homme qui n'est déjà plus dans sa première jeunesse. Il aura bientôt soixante ans, c'est bien cela ? Et s'il mourait brusquement ? Que vaudrait alors une telle protection ?

— Voilà ce qui s'appelle parler sans détour, Guillaume », dit Marie en saisissant sa coupe de vin.

Scrutant son visage, l'archevêque aurait voulu percer l'armure de la jeune femme et deviner ses pensées.

« Je vous aurai prévenue, dit-il. Mais ce n'est pas le seul aspect du problème. Excusez-moi d'aborder un terrain aussi personnel, Marie, mais vous êtes encore une jeune femme : n'avez-vous pas songé de votre côté à vous remarier ? À avoir un jour d'autres enfants, à donner un frère ou une sœur à Isabelle ? »

Les yeux noirs de Marie restaient impénétrables. Il décida néanmoins d'aller jusqu'au bout de sa tirade.

« Vous avez dit vous-même que Balian était un homme de qualité. J'ajouterai qu'il vaut bien mieux que la plupart de ses semblables. Je ne doute pas un instant qu'il s'occuperait à merveille d'Isabelle, ainsi que des enfants que vous pourriez avoir ensemble. Je crois également qu'un tel mariage vous apporterait à l'un comme à l'autre un bonheur que peu de gens peuvent espérer connaître sur cette Terre. Je sais que vous le considérez comme un ami, la porte se trouve donc entrouverte. Il est enfin l'un des rares individus dans ce royaume à voir en vous une femme au moins autant qu'une reine : et ce n'est pas un détail négligeable. »

Il perçut une lueur d'émotion dans son regard avant qu'elle baisse les yeux, sans trop savoir comment il devait l'interpréter. Elle se doutait sûrement qu'elle n'aurait guère de peine à gagner le cœur de Balian. S'il était lui-même en mesure de le percevoir, alors que sa jeunesse était déjà loin et qu'il avait fait le vœu de chasteté, elle s'en était forcément aperçue elle aussi. Les femmes n'étaient-elles pas censées avoir un instinct pour ce genre de chose ?

Mais quelle que soit la nature de ses sentiments, elle n'avait visiblement pas l'intention de les partager avec lui. Il en ressentit une légère déception mais était trop avisé pour insister. Lorsqu'elle se leva et le remercia de manière un peu distante pour ses conseils, il lui répondit sur le même ton avant de les reconduire à la porte, sa dame de compagnie et elle. Il alla ensuite se rasseoir à son bureau. Ignorant son matériel d'écriture et ses manuscrits empilés, il resta plongé dans ses pensées jusqu'à l'arrivée d'un de ses clercs.

« Que puis-je pour vous, Votre Grâce ? Avez-vous besoin d'autre chose ?

— Non, Pierre. Tout va bien. »

Le jeune clerc fut heureux de voir l'archevêque lui sourire : c'était devenu rare ces dernières semaines, suite aux frasques du comte de Flandre, puis à l'accident du roi.

« Vous semblez de meilleure humeur, lui dit-il.

— Oui, c'est vrai. » Guillaume regarda le jeune homme avec une certaine tendresse : il avait tendance à considérer ses clercs comme les fils qu'il n'avait pas eus. « Tu vois, mon garçon, j'ai peut-être fait une bonne action aujourd'hui en intervenant pour le bonheur de deux êtres dont le sort m'importe. Il ne reste plus qu'à attendre de voir comment les choses tourneront. »

Balian n'ayant pas les moyens d'acheter ni même de louer une maison à Jérusalem, il logeait toujours chez son frère lorsqu'il était de passage dans la Ville sainte. Grimpant l'escalier pour rejoindre sa chambre, Baudouin d'Ibelin s'immobilisa soudain, intrigué par le bruit qu'on entendait à travers la porte fermée : un choc assourdi qui se répétait à intervalles réguliers. Il frappa et ouvrit grand la porte, sans attendre la réponse : au même instant, un objet vola au-dessus de sa tête et alla heurter le mur avant de retomber sur le sol à ses pieds. Avec un remarquable aplomb, il se pencha, ramassa la balle et la relança à son frère, qui était vautré sur le lit. Jetant un regard désapprobateur sur le désordre qui régnait dans la pièce, jonchée de vaisselle sale et de vêtements dispersés au sol, il regarda Balian avec un mélange de reproche et d'incompréhension.

« Un cochon s'étant échappé du marché ce matin, lui dit-il, je me demandais s'il n'avait pas trouvé refuge ici, mais ce n'est apparemment pas le cas. À titre de curiosité, as-tu l'intention de laisser les domestiques faire un peu de ménage d'ici un mois ou deux ? »

La notion que Baudouin avait de la propreté et de l'entretien d'une maison ayant fait tourner en bourrique ses deux épouses successives, Balian ignora ses propos railleurs et relança sa balle, en visant la porte cette fois-ci. Son frère l'attrapa au vol et s'approcha du lit, considérant Balian d'un air affligé.

« Combien de temps comptes-tu te soûler et broyer du noir de la sorte ? reprit-il en repoussant du pied un cruchon vide. Cela fait deux jours que tu es enfermé dans cette chambre, au cas où tu l'aurais oublié. »

Balian lui retourna son regard.

« Que veux-tu que je fasse ? Que je provoque en duel Héraclius ou Jocelyn ? »

Baudouin ne manqua pas de sourire à l'image qu'évoquait la remarque sarcastique de son frère.

« Aussi réjouissant que serait assurément un tel spectacle, répondit-il, j'avais une autre idée en tête. Je pense qu'il serait grand temps que tu aies une conversation sérieuse avec une jeune veuve grecque de notre connaissance. »

Heureusement, c'était lui qui avait la balle en main : sinon Balian n'aurait pas manqué de la lui lancer au visage.

« Je ne doute pas qu'elle attende ma visite avec impatience, ironisa-t-il. Quel plaisir ce serait pour elle de me dire en face que je ne suis décidément pas le mari qui lui convient.

— Ah, j'en étais sûr ! s'exclama Baudouin. C'est de ça dont tu as peur : de voir une fois encore ta fierté humiliée. Je commence à croire que les prêtres ont de la chance, ceux en tout cas qui respectent leur vœu de chasteté. Quant au reste des hommes, les femmes ont le don de leur ramollir la cervelle avec une facilité déconcertante. » Comme Balian ne réagissait pas, il écarta du pied un autre cruchon vide et s'approcha du lit. « Le traquenard de mercredi dernier m'a inspiré plusieurs réflexions intéressantes, reprit-il. Je ne me doutais pas jusqu'alors que ta Marie était capable de conserver son sang-froid de la sorte, après avoir subi une telle attaque. Et si je dis "ta Marie", c'est parce que je sais combien tu la désires. Non, inutile de me raconter que tu ne t'intéresses qu'à sa couronne… N'étant certes pas un imbécile, tu n'aurais évidemment rien contre le fait d'épouser une reine. Mais un homme ne devient pas aussi blanc que de la craie, comme cela a été ton cas, sans éprouver un violent désir pour une femme. »

Balian songea d'abord à le contredire, puis il y renonça et resta silencieux, en espérant que cela pousserait son frère à mettre un terme à la conversation. Mais il en aurait fallu davantage pour l'arrêter.

« Si tu redoutes qu'elle te dise que tu es de trop basse extraction pour qu'elle puisse t'épouser, c'est que tu la connais mal. Si par malheur elle refusait ce mariage, elle mettrait tant de douceur dans sa réponse que tu n'en éprouverais pas la moindre amertume.

— Comment ça, si elle refusait ce mariage ? Tu ne penses tout de même pas qu'il puisse en aller autrement ?

— C'est en effet le plus probable. Mais il y a peut-être une possibilité, aussi infime soit-elle, pour que tu parviennes à la convaincre que ce mariage servirait autant ses intérêts que les tiens. »

Balian se redressa et dévisagea son frère.

« Tu crois vraiment que cette possibilité existe, Baudouin ?

— Pour être franc, je n'en sais rien. Ce que je sais, en revanche, c'est que tu dois faire l'effort d'essayer, dans l'intérêt de notre famille. Notre père doit sa fortune au fait d'avoir bien servi son roi, qui l'a récompensé en lui faisant épouser une riche héritière. Ce mariage l'a tiré de l'obscurité et lui a permis d'accéder à la noblesse, à la suite de quoi ses fils se sont élevés encore plus. Songe au destin qui attendrait nos propres enfants si tu parvenais à épouser une reine. Le monde est rempli d'hommes qui se marient avec des laiderons pour la simple raison que ce sont des têtes couronnées. Très peu parmi eux ont ta chance, mon garçon, car tu peux tout avoir d'un coup : la femme que tu désires, la seigneurie de Naplouse et un lien de parenté avec l'empereur byzantin. Sans oublier que ta belle-fille pourrait bien devenir reine un jour, elle aussi. Si cela ne mérite pas que tu te battes, que te faut-il de plus, au nom de Dieu ? »

Satisfait d'avoir dit à son frère ce qu'il pensait, il ajouta : « Attrape ! », en lui lançant sa balle, avant de se diriger en souriant vers la porte. Arrivé là, il se retourna et insista, dans un ultime élan de sagesse fraternelle.

« Dieu sait pourquoi, mais tu as toujours eu du succès auprès des femmes. Peut-être arriveras-tu à séduire ta reine, peut-être pas. Mais si tu n'essaies pas, tu traîneras ce regret avec toi jusqu'à la fin de tes jours. »

Après avoir marqué une pause pour mieux se faire entendre, il conclut :

« Et si tu n'essaies pas, petit frère, je serai là pour te le rappeler. »

Il se pencha pour éviter la balle que Balian lui avait lancée et qui lui effleura l'oreille. Puis il disparut dans l'escalier, et les échos de son rire résonnèrent jusqu'à ce que Balian se lève et aille refermer la porte.

Le temps que Balian ait pris un bain, se soit rasé et ait enfilé ses plus beaux atours, le soleil avait entamé sa lente retraite derrière les collines de l'Ouest. Il serait allé plus vite à pied, mais se dit que cela ferait une plus forte impression s'il arrivait à cheval accompagné de son écuyer. Dès qu'il aperçut la maison que Marie louait en ville, il arrêta sa monture sous le regard étonné de Rolf. Il ne se rappelait pas s'être jamais trouvé dans un tel état de nervosité. Il s'était bien rendu compte en effet, dès sa plus tendre enfance, que les filles étaient aussi attirées par lui qu'il l'était par elles. Pendant quelques instants, il considéra la rue animée où se bousculaient de nombreux passants, des prêtres, des mendiants, des chariots et des chiens errants. Il se dit alors qu'il ne s'apprêtait tout de même pas à entrer sur un champ de bataille : après s'être secoué, il aiguillonna son étalon.

Il fut reçu sur-le-champ et conduit jusqu'à la salle de réception tandis que Rolf menait leurs chevaux à l'écurie, non sans lui avoir jeté un regard intrigué par-dessus son épaule. Balian était convaincu que toute leur maisonnée était maintenant au courant des incroyables péripéties de la semaine : son frère était incapable de garder le moindre secret, même si sa vie en dépendait. Mais il ne tarda pas à oublier la curiosité de son écuyer, car Marie venait d'apparaître et s'avançait vers lui en souriant.

Il évita de trop s'interroger sur la signification de ce sourire. À la place, il lui baisa la main avec toute la courtoisie dont il était capable, avant de lui dire :

« Ma reine… j'ai pensé que nous devions parler.

— Oui, acquiesça-t-elle, je le pense aussi, seigneur Balian. »

Tout en la suivant jusqu'à la porte qui donnait sur la cour intérieure, il ne perçut aucun regard en biais sur leur chemin : apparemment, la maisonnée de Marie était mieux protégée contre les rumeurs et les ragots que celle de son frère. Suivis par deux de ses dames de compagnie, ils gagnèrent le petit jardin situé dans un angle de la cour. Il était certes plus modeste que les jardins du palais qui avaient jadis été les siens, mais il y avait une petite fontaine, quelques palmiers et un tamaris dont le feuillage déployé procurait un peu d'ombrage. Il n'était pas nécessaire toutefois de se protéger du soleil pour l'instant, car la chaleur de la journée était retombée et la lumière s'estompait peu à peu derrière le halo doré du crépuscule.

S'immobilisant sur l'allée de galets, Balian ignora leurs deux chaperons, sachant qu'elles ne parlaient que le grec. Marie était grande pour une femme mais il la dépassait tout de même, mesurant plus d'un mètre quatre-vingts. En voyant le visage qu'elle levait vers lui, il n'avait qu'une envie, qui était de l'embrasser.

« Il est inutile, commença-t-il, que je vous dise à quel point nous avons été pris de court, mon frère et moi, par le piège que nous avait tendu l'archevêque.

— Je n'en ai pas douté un instant.

— Je voudrais que nous parlions avec franchise. Je ne nierai donc pas que mon désir le plus cher serait de vous épouser. Nous savons vous et moi que je n'aurais jamais osé vous faire une telle demande si les de Courtenay ne nous avaient pas forcé la main, en quelque sorte. » D'ordinaire, il souriait facilement : mais ce n'était pas le cas pour l'instant et son sourire lui parut peu naturel, comme s'il était en train de payer une dette avec de la fausse monnaie. « En venant ici, reprit-il, je me répétais les arguments que je serais susceptible d'avancer pour ma défense. Mais hélas, les raisons que vous pouvez avoir de refuser cette union sont tellement plus nombreuses… » Marie parut sur le point de dire quelque chose, mais Balian saisit sa main. « Certes, cela ne manquerait pas de sel de voir Agnès tomber dans le puits qu'elle avait elle-même creusé à notre intention. Mais vous n'allez pas m'épouser pour le seul plaisir de la mettre en rage, aussi tentant cela puisse-t-il être, tant pour vous que pour moi.

— Je suis d'accord avec vous, répondit-elle avec une ombre de sourire dans la voix. Ce serait en effet tentant mais ne suffirait pas à justifier ce mariage. »

Se tournant vers un banc en marbre, elle l'y conduisit, en laissant sa main dans la sienne.

Les bourgeons délicats du tamaris frémissaient au-dessus de leurs têtes, telle une languissante nuée rose. Balian avait l'impression d'être enveloppé dans un cocon de plumes qui masquait le ciel, comme si le monde au-delà de cet écran floral avait cessé d'exister.

« Vous allez peut-être avoir l'impression d'entendre l'un de ces discours mielleux dont les hommes se servent pour gagner les faveurs des femmes, mais jamais je n'ai parlé plus sérieusement qu'en ce moment. Si le Tout-Puissant me donnait le droit de choisir la femme que j'aimerais épouser, il n'y en a pas une autre dans toute la chrétienté que je désirerais plus ardemment que vous. »

Marie avait toujours estimé qu'elle était simplement jolie, sans être d'une beauté resplendissante comme Agnès l'avait été, et comme Isabelle le serait sans doute un jour. Aussi était-ce pour elle une révélation de découvrir à travers le regard de Balian qu'elle possédait cette beauté, elle aussi.

« J'aurais dû m'exprimer avant vous, avoua-t-elle, mais on ne m'a jamais courtisée, et je n'ai pas résisté à la tentation de l'être au moins une fois dans ma vie. La vérité, c'est que ma décision était déjà prise et que j'accepte de vous épouser. »

Balian avait beau être d'un tempérament optimiste, il n'avait pas vraiment espéré entendre une telle déclaration.

« Si mon frère était là, dit-il, je sais ce qu'il ferait : il me presserait d'aller chercher un prêtre au plus vite, avant que vous ne changiez d'avis. Je vais peut-être le regretter mais je dois vous poser la question : pourquoi ? »

Marie avait toujours eu tendance à se projeter dans l'avenir, convaincue que cela lui donnait un avantage sur tous ceux qui se précipitaient tête baissée sans savoir ce qui les attendait. Elle constata avec plaisir que Balian partageait avec elle ce trait de caractère et trouva sa question aussi sensible que sensée, attendu les circonstances.

« C'est une longue histoire, dit-elle, qui commence par un empereur et se termine avec un archevêque – je veux parler de Guillaume, non du fourbe Héraclius. Vos soupçons concernant mon grand-oncle sont fondés, Balian. »

C'était la première fois qu'elle l'appelait uniquement par son prénom, signe d'une indéniable intimité, et elle fut elle-même surprise par le plaisir que cela lui procurait.

« Il n'approuvera pas notre mariage, reprit-elle. Pas plus qu'il n'approuverait n'importe quel mariage qui n'irait pas dans les intérêts de l'empire. Mais Guillaume m'a rappelé qu'Outremer était la patrie d'Isabelle et qu'elle est devenue la mienne, par voie de conséquence. Il a également avancé des arguments convaincants concernant la précarité de ma situation et le fait que notre mariage m'offrirait une protection contre les manigances des De Courtenay. Je suis rentrée chez moi en réfléchissant à tout ce qu'il m'avait dit et j'ai fait une découverte inattendue : plus je pensais à l'éventualité de notre mariage, plus cette idée me semblait séduisante. »

Elle accompagna cette dernière phrase d'un sourire presque timide, et Balian ne résista pas davantage. La prenant dans ses bras, il se pencha vers elle et l'embrassa. Sa bouche était chaude, imprégnée de l'odeur du vin et des feuilles de menthe qu'il avait mâchées pour adoucir son haleine. Marie y prit de son côté plus de plaisir que lorsque Amaury l'embrassait, d'une manière qu'elle avait toujours trouvée impersonnelle, comme si la première femme venue avait pu satisfaire son désir d'homme.

Lorsque leur baiser prit fin, Balian ne détacha pas son bras de ses épaules, tout en se tournant pour lui caresser la joue de l'autre main.

« Tous les gens qui habitent la Terre sainte croient en l'existence des miracles, dit-il avec un sourire si éclatant qu'il illumina le cœur de Marie. Mais j'avoue n'avoir jamais pensé que Notre-Seigneur Dieu m'en réserverait un. »

Il émit un petit rire.

« Mon frère va être insupportable quand il apprendra ça, car c'est lui qui m'a poussé à venir te voir aujourd'hui. J'aurais d'ailleurs fini par le faire de mon propre chef, il m'aurait juste fallu un peu plus de temps pour en trouver le courage. Mais il sera probablement convaincu que notre mariage ne se serait jamais fait sans lui ! »

Marie rit à son tour, ignorant superbement les regards ébahis de ses deux dames de compagnie. Elle était très touchée que Balian vienne de lui faire une confidence plus personnelle, si ce n'était plus intime, qu'Amaury ne l'avait jamais fait en sept ans de mariage.

« Pour ma part, lui dit-elle, notre histoire a commencé il y a cinq ans, le jour où je me suis précipitée dans la chambre de Guillaume en vitupérant contre Agnès de Courtenay et en la traitant de harpie. J'étais honteuse d'avoir tenu de tels propos devant un étranger, lié à elle de surcroît puisqu'elle avait autrefois épousé l'un de ses frères. Tu es venu à mon secours avec une rare galanterie, et je n'ai pas tardé par la suite à apprécier ton amitié. Et pourtant, nous ignorons encore tant de choses l'un de l'autre… Je ne sais même pas quel âge tu as, par exemple. Donne-moi quelques détails utiles à une épouse qui cherche à connaître son mari.

— J'ai eu vingt-sept ans aux ides de mars, répondit-il en effleurant du doigt la courbe de sa gorge. Ma couleur préférée est le vert émeraude. Mon plat préféré est le *sikbaj*, une spécialité sarrasine. J'ai une sympathie particulière pour l'apôtre Philippe, peut-être parce qu'il est né en Galilée. Je vendrais volontiers mon âme – enfin, pas tout à fait… – pour posséder un pur-sang arabe identique à celui du roi. Et j'ai très envie de t'embrasser à nouveau, ajouta-t-il en lui caressant la joue avant de reprendre : À ton tour, à présent.

— J'ai eu vingt-trois ans en juin. Ma couleur préférée est le bleu saphir, qui est aussi ma pierre précieuse favorite. J'ai une passion pour le jeu d'échecs. Isabelle s'est tellement entichée du chien de Baudouin qu'elle m'a tannée pour que nous en ayons un, nous aussi, j'espère donc que tu n'as rien contre ces animaux. Et j'ai très envie moi aussi de t'embrasser à nouveau. »

Leur baiser fut différent cette fois-ci, moins hésitant peut-être, et lorsqu'il prit fin, ils eurent tous les deux l'impression qu'une promesse venait d'être faite, qui trouverait son accomplissement lors de leur nuit de noces, dans l'intimité de la chambre nuptiale. Marie commençait à comprendre à quel point ce mariage allait être différent du précédent. Balian le démontra à l'instant même en lui demandant :

« Comment Isabelle va-t-elle prendre la chose ? Ce serait peut-être une bonne idée de l'associer aux préparatifs du mariage ? »

Ce fut seulement à cet instant que Marie se rendit compte à quel point elle avait été seule pendant ces trois années de veuvage et d'exil.

Le médecin de Baudouin ne l'autorisait toujours pas à partir en virée avec Asad mais espérait que ce serait pour bientôt, car les symptômes étaient en voie de disparition. Il ne souffrait plus de vertiges ni de nausées, son élocution était redevenue normale et ses maux de tête avaient pratiquement disparu.

« Bon garçon… dit-il à son étalon tandis que celui-ci mordait dans la pomme qu'il lui tendait et lui soufflait dans la main. Ce sera sans doute pour demain… »

Il avait un meilleur moral ce matin, car il venait d'avoir un entretien productif avec le grand maître des Templiers. Eudes de Saint-Amand était d'accord avec lui : il serait avisé de renforcer la garnison de la forteresse de Gaza, proche de la frontière égyptienne, et il s'y rendrait dès le lendemain avec tous les Templiers présents en Outremer. Leurs espions leur avaient signalé que Saladin n'avait pas dispersé son armée, même après avoir appris que le risque d'une invasion était écarté, et Baudouin avait du mal à trouver le sommeil certains soirs en se demandant ce que mijotait le sultan.

Asad adorait être bichonné et frémit lorsque Baudouin passa la brosse sur son garrot. Entendant des pas s'approcher, le roi lança :

« Tu as trouvé ce grattoir à sabot, Anselme ? »

Les garçons d'écurie n'en menaient pas large chaque fois que le roi passait par ici et s'arrangeaient pour trouver des occupations qui les éloignaient le plus possible des bâtiments. Plutôt que de devoir leur courir après chaque fois qu'il avait besoin de quelque chose, Baudouin préférait qu'Anselme l'accompagne lorsqu'il rendait visite à Asad.

Comme son écuyer ne répondait pas, il jeta un coup d'œil par-dessus son épaule et s'immobilisa sous l'effet de la surprise : sa belle-mère se tenait à quelques mètres, flanquée des frères d'Ibelin. Sa main était posée d'un air possessif sur le bras de Balian et ils avaient tous les trois un large sourire aux lèvres. Le roi émergea de la stalle en se disant que Balian lui faisait l'effet d'un homme qui croyait être en train de rêver et priait pour ne pas s'éveiller.

« Laissez-moi deviner, dit-il avec un sourire. Vous n'attendez plus que mes félicitations, c'est bien cela ? »

Ils éclatèrent tous les trois de rire et le roi se joignit à eux, car il s'agissait d'une décision satisfaisante à bien des égards. Héraclius l'avait assuré avec force n'avoir songé qu'à servir au mieux les intérêts de la couronne en récompensant les d'Ibelin pour leurs bons et loyaux services, convaincu que les vassaux étaient plus dévoués envers un roi généreux qu'envers un avare. Baudouin nourrissait bien quelques soupçons quant à la sincérité de l'archevêque mais ne poussa pas son enquête plus loin. Pas plus qu'il ne chercha à approfondir le rôle que sa mère et son oncle avaient joué dans cette affaire. La question paraissait en effet bien dérisoire, comparée à la menace d'une invasion sarrasine ou à la peur qui était désormais constamment la sienne de faire une nouvelle chute. Cela ne l'empêchait pas de savourer l'ironie d'un tel dénouement : car les filets dans lesquels ils pensaient prendre leurs victimes s'étaient finalement refermés sur ceux qui les avaient lancés.

Ils aperçurent Agnès dans la grande salle, en pleine conversation avec Étiennette de Milly. Renaud de Châtillon venait de rentrer d'une brève visite à sa forteresse isolée de Karak : il voulait s'assurer qu'elle était prête à soutenir un siège, au cas où Saladin déciderait d'attaquer l'Outre-Jourdain. Le fait qu'il avait ramené sa femme et son beau-fils était la preuve aux yeux des frères d'Ibelin qu'il partageait leurs inquiétudes concernant les intentions du sultan.

« Laissez-moi faire… »

Il y avait une telle jubilation dans les yeux de son frère que Balian et Marie ne pouvaient pas lui refuser ce plaisir. Ils avaient tous les deux été touchés par l'élégance avec laquelle Baudouin avait accepté la brusque promotion de son frère cadet, à ses propres dépens. En plaisantant, il leur avait même déclaré qu'il pourrait toujours épouser une reine, lui aussi, puisque Sibylle restait libre. Agnès et Étiennette leur tournaient le dos et n'avaient pas remarqué leur arrivée. La situation changea lorsque Baudouin traversa la salle à grands pas, arborant un sourire aussi tranchant que l'acier de Damas de son épée. Lorsque Agnès fit volte-face et aperçut Balian en compagnie de Marie, ils lui adressèrent un petit signe enjoué tout en se délectant, comme Baudouin, de son expression horrifiée.

« Eh bien, commenta Balian, je crois que nous avons eu droit à notre premier cadeau de mariage. »

Le mariage de Marie et de Balian eut lieu dans la splendeur de l'église du Saint-Sépulcre : la messe étant célébrée par un archevêque et en présence du roi, une foule curieuse s'était amassée pour regarder le couple échanger leurs vœux sur le parvis de l'église. Les festivités qui suivirent la cérémonie s'avérèrent plus modestes. Marie avait déjà eu droit à un mariage en grande pompe, et le principal souci de Balian avait été que leur union soit célébrée au plus vite. Le roi s'était excusé après la cérémonie religieuse, et de nombreux amis des frères d'Ibelin avaient quitté Jérusalem pour assurer la défense de leurs propres fiefs. Ce fut donc un groupe assez restreint qui se rendit au domicile de Marie afin d'honorer les nouveaux époux. Les cuisiniers n'avaient toutefois pas lésiné sur la nourriture, préparant de nombreux plats tant à la mode franque que sarrasine ou grecque. Les desserts comprenaient du flan de Lombardie, des dattes fourrées, des beignets aux prunes et aux abricots, ainsi qu'une montagne de massepains particulièrement destinée à la plus jeune des convives.

Mais le moment venu, Isabelle n'était plus en mesure de leur faire honneur. Elle avait été très fière qu'on l'autorise à se tenir aux côtés de sa mère lorsque celle-ci s'était engagée envers Balian, qui avait glissé l'anneau autour de son doigt en déclarant : « Avec cet anneau, je te prends pour épouse. » Elle était presque aussi excitée à l'idée de participer à sa première soirée de fête. Mais ses paupières commencèrent à se fermer dès le milieu du repas, et elle n'arrivait plus à réfréner ses bâillements. Quand sa mère lui suggéra qu'il était temps d'aller dormir, elle était trop ensommeillée pour protester. Et lorsque son beau-père la souleva, elle se blottit dans ses bras comme un chaton. Les invités se tournèrent vers eux et les regardèrent se lever tous les trois de table, car ceux qui étaient présents à une fête de mariage veillaient généralement à ce que les nouveaux époux ne s'éclipsent pas en catimini pour échapper au bruyant rituel du *coucher public*. En l'occurrence, leur devoir parental étant manifeste, personne n'éleva la moindre protestation, même si Baudouin leur rappela que la danse allait commencer sitôt les tables desservies et qu'il ne fallait donc pas qu'ils s'attardent trop dans les étages.

Alors qu'ils quittaient la salle, la nouvelle gouvernante d'Isabelle, assise à l'une des tables basses, se leva pour les accompagner. Emma de Banias était une curiosité dans la maisonnée de Marie : elle ne parlait pas le grec et c'était une fille de Poulain, contrairement aux autres femmes qui l'avaient suivie depuis son départ de Constantinople. Mais Marie s'était dit qu'il était temps que sa fille ait une gouvernante parlant la langue des Francs : Isabelle était bilingue, mais elle était tout de même née ici.

Dès que Balian eut déposé la fillette sur son lit, Emma prit le relais. Déjà à moitié endormie, Isabelle n'eut pas l'air de se rendre compte qu'on lui ôtait ses chaussures et ses bas. Marie se pencha et serra affectueusement son petit pied nu en murmurant deux ou trois mots en grec, avant d'embrasser sa fille sur la joue. Balian avait demandé à Guillaume de lui apprendre quelques expressions grecques et constata avec fierté qu'il avait compris ce que Marie venait de dire : *matakia mou* signifiait *mes petits yeux*, et l'archevêque lui avait dit que c'était un surnom qu'on donnait fréquemment aux enfants dans l'Empire byzantin.

Tandis qu'ils s'écartaient du lit, leurs regards se croisèrent, et ils vécurent leur premier moment de complicité muette. La même pensée leur était venue : *À quoi bon redescendre dans la salle ?*

« Tu es sûr de ne pas regretter la danse et les ménestrels ? »

Marie ne voulait pas priver son nouvel époux de ces festivités, s'il avait vraiment envie d'y participer. Mais elle n'avait aucune envie pour sa part de se soumettre une fois encore au rituel du coucher public : aussi fut-elle soulagée lorsqu'il lui répondit qu'ils pouvaient certainement se distraire tous les deux sans l'aide des harpes et des jongleurs. Laissant Isabelle aux bons soins d'Emma, ils rejoignirent furtivement l'escalier.

Leur chambre nuptiale était déjà préparée, éclairée par des bougies blanches et embaumée par l'arôme des dernières fleurs de l'automne. Il y avait du vin et même un plateau de fruits, de fromages et de sucreries, au cas où le désir qu'ils avaient l'un de l'autre ne leur aurait pas coupé l'appétit. Balian se dirigea vers la table et versa du vin dans une coupe en verre rubis, la célèbre spécialité d'Acre. En la tendant à Marie, il s'exclama :

« À notre vie commune ! »

Ils burent à tour de rôle une gorgée de vin doux épicé.

Tandis que Balian allait verrouiller la porte afin qu'ils ne soient pas dérangés par des invités intempestifs, Marie ôta sa ceinture de mariée, faite de médailles et de piécettes en argent. C'était une coutume de la tradition grecque, et elle avait été ravie en découvrant que Balian lui avait fait la surprise de lui en offrir une. Elle avait l'habitude d'être habillée et dévêtue par ses demoiselles de compagnie et se rendit brusquement compte qu'elle n'arrivait pas à se défaire toute seule de son bliaud.

« Il est peut-être étrange de poser une telle question à son mari, dit-elle, mais as-tu quelques connaissances dans l'art de déshabiller les femmes ?

— C'est l'un de mes talents cachés… »

Balian entreprit sur-le-champ de le lui démontrer : il lui demanda de se tourner afin qu'il puisse dénouer les lacets de ses doigts agiles. Lorsqu'elle eut ôté son bliaud, il l'aida à retirer sa jupe, puis un brocart de soie verte aux manches violettes et bouffantes, constatant avec émotion qu'elle s'était souvenue que le vert émeraude était sa couleur préférée. Revêtue de sa seule tunique de nuit, elle s'assit pour dénouer ses cheveux. Depuis son mariage avec Amaury, elle avait adopté la mode des Poulains et arborait d'ordinaire deux longues tresses. Mais pour son mariage elle avait préféré un chignon à la mode grecque. Lorsqu'elle eut enlevé les épingles, Balian alla chercher sa brosse et démêla doucement sa chevelure noire ébouriffée.

« On dirait de l'ébène, s'émerveilla-t-il en caressant leur masse soyeuse et en humant les délicats effluves de son parfum.

— Tu ne regrettes donc pas que je n'aie pas les cheveux dorés et les yeux bleus dont les ménestrels francs ne cessent de nous chanter les louanges ? » le taquina-t-elle.

Pour toute réponse, il se pencha et l'embrassa dans le bas du cou. Marie poussa un léger soupir et songea que cette nuit de noces était décidément bien différente de celle qu'elle avait connue avec Amaury.

« Balian… Je te remercie de m'avoir épargné le rituel du coucher public. Avoir dû le subir une première fois m'a largement suffi.

— Ah, c'est que tu étais si jeune à l'époque… répondit-il d'un air compatissant, tout en dégrafant le fermoir de son élégant collier en or rehaussé de perles, de saphirs et de grenats.

— Ce n'était pas seulement dû à mon âge, dit-elle. Dans mon pays, les mariages sont également des fêtes importantes, et les invités accompagnent les nouveaux époux jusqu'à la chambre nuptiale, mais se gardent bien d'y entrer. À Constantinople, jamais un homme ne pénétrerait dans la chambre d'une jeune mariée. Les Grecs ne sont pas aussi stricts que les Sarrasins sur ce plan, mais les pièces réservées aux femmes sont interdites aux hommes, à l'exception des membres de la famille et des eunuques. Même lors du banquet de mariage, les hommes et les femmes sont assis à des tables séparées.

— Vraiment ? Tu m'as dit un jour que les Grecques de haute lignée se voilaient comme les femmes des Sarrasins lorsqu'elles paraissaient en public, mais je ne pensais pas qu'on les séquestrait à ce point. »

Il éprouva soudain une bouffée de tendresse en se représentant cette petite jeune fille un peu perdue lors de sa première nuit de noces, étendue à moitié nue dans son lit nuptial aux côtés d'un étranger sous les regards lubriques des invités avinés et tapageurs.

« Tu as dû penser ce soir-là que nous étions vraiment des barbares, comme les Grecs le prétendent… »

Marie lui sourit par-dessus son épaule.

« Je me souviens d'avoir été grandement soulagée quand les gens ont quitté la chambre. Je m'attendais presque à ce que l'un d'eux arrache nos draps… Mais le pire était encore à venir. »

La main de Balian se crispa involontairement sur son épaule.

« Comment cela ? lança-t-il. Il n'aurait pas dû consommer le mariage ce soir-là, tu n'avais que… treize ans, je crois ? Quelle ordure ! »

Il semblait sincèrement en colère, et Marie se tourna pour le regarder en face.

« Mais non, Balian, ne te méprends surtout pas. Amaury ne m'a pas touchée ce soir-là, il a attendu que j'aie quatorze ans. »

Balian fut soulagé de l'apprendre, même s'il était aussi étrange qu'inutile d'évoquer des événements survenus il y avait si longtemps.

« Que s'est-il passé, alors ? Ce n'était sûrement pas toi qui voulais…

— Non, absolument pas ! Mais je m'attendais à ce qu'il le fasse, car un Grec aurait agi de la sorte à sa place, en prenant ma virginité pendant la nuit de noces. Comme Amaury se gardait bien de me toucher, je me demandais si je ne l'avais pas offensé d'une manière ou d'une autre, ou s'il ne me trouvait pas suffisamment désirable. J'étais trop fière pour en parler à mes dames de compagnie et j'en ai souffert en silence pendant des mois. Entre-temps, je m'étais liée d'amitié avec Guillaume, mais je n'allais tout de même pas aborder ce sujet avec lui ! C'est finalement Amaury qui m'a appris que les Francs évitaient de coucher avec leurs épouses lorsqu'elles étaient trop jeunes. Il était surpris que je ne le sache pas et m'expliqua qu'une jeune fille de douze ou treize ans risque de mourir en couches, ainsi que son enfant, et qu'il était donc préférable d'attendre. Dans mon cas, ajouta-t-il, non seulement il m'aurait fait encourir ce risque s'il m'avait mise enceinte trop tôt, mais il aurait mis en péril son alliance avec l'empereur.

— Voilà qui est bien digne d'Amaury, commenta sèchement Balian. Toujours aussi sentimental… » Il hocha la tête, tout en se disant qu'il était inutile de juger un mort. « Ce qui est sûr, reprit-il, c'est que nous ne laisserons pas Isabelle ni aucune de nos filles se marier aussi jeunes. Il faudra qu'elles attendent d'avoir au moins… une trentaine d'années ! »

Même s'il avait terminé sur une boutade, il ne voyait rien de risible dans la brusque conscience qu'il avait de la vulnérabilité des adolescentes.

Marie était touchée qu'il réagisse de la sorte en évoquant la jeune fille qu'elle avait été. Mais ce qui comptait le plus à ses yeux, c'était qu'il considérait déjà Isabelle comme l'une de « leurs » filles. En se levant, elle le regarda avec une telle intensité que Balian eut l'impression qu'elle lisait dans les profondeurs de son âme.

« Guillaume avait raison, dit-elle. Notre mariage sera une réussite. »

Elle poussa un petit rire surpris quand Balian la saisit et la porta dans ses bras jusqu'au lit, presque aussi facilement qu'il l'avait fait pour Isabelle. Elle s'était demandé si elle n'allait pas être un peu nerveuse quand ce moment surviendrait, ses connaissances dans ce domaine se limitant à ce qu'Amaury lui avait appris. Elle fut très vite rassurée, cependant, car Balian prenait visiblement son temps, ce qui confirmait son intuition : son époux ne manquait assurément pas d'expérience sur ce plan. Après lui avoir ôté ses chaussons dorés, puis ses jarretières et ses bas, il se lança dans une lente et méthodique exploration de son corps. Ses caresses étaient si douces qu'elle en redemandait, et sa combinaison alla bientôt rejoindre le reste de ses vêtements sur le sol. Elle se redressa alors et l'aida à se défaire de sa propre ceinture, puis de sa tunique. Lorsqu'il eut ôté sa chemise elle s'exclama, à sa propre surprise :

« Comme tu es beau, Balian !

— J'ai eu droit à bien des qualificatifs dans ma vie, Marie, mais on ne m'a encore jamais dit ça, répondit-il en riant.

— C'est pourtant la vérité », insista-t-elle.

Elle se rendait compte pour la première fois que le corps d'un homme pouvait éveiller le désir d'une femme. Amaury avait une corpulence massive et souffrait d'embonpoint. Ce n'était pas dû au fait qu'il mangeait ou buvait trop, étant plutôt d'un tempérament abstinent, mais son poids excessif l'avait doté d'une poitrine énorme qui lui retombait sur le ventre. Du coup, elle avait parfois l'impression d'être écrasée sous une montagne de chair en mouvement.

Elle éprouvait toutefois une forme de loyauté à l'égard d'Amaury, ayant été à la fois son épouse et sa reine, et n'avait aucune intention de révéler tout cela à Balian. Mais elle avait envie de caresser et d'embrasser son torse, de sentir ce contact ferme et souple contre ses seins. Jusqu'à présent, elle n'avait jamais considéré le corps masculin sous cet angle : musclé et malgré tout élancé, avec cette grâce athlétique qui était le fruit des années de pratique équestre sur les champs de bataille et lors des tournois. Sachant que les hommes n'appréciaient guère qu'on les complimente sur leur physique, elle ajouta :

« Disons alors que si je t'avais vu dénudé de la sorte avant ce soir, c'est moi qui t'aurais demandé en mariage. »

Balian ignorait comment Marie pouvait se comporter au lit, soupçonnant que son mariage avec Amaury avait été dénué de passion, et qu'il allait peut-être lui falloir un peu de temps pour surmonter les inhibitions d'une jeune fille mariée trop jeune à un homme qui ne l'aimait pas.

« Grand Dieu, rétorqua-t-il en ne plaisantant qu'à moitié, si tu me tiens de tels propos, mes bonnes résolutions vont partir en fumée et je ne serai plus capable de me contrôler ! »

Pour toute réponse, elle tendit la main et caressa son torse, suivant du doigt la ligne blanche d'une cicatrice qui allait de sa clavicule à l'aréole de son sein.

« C'est au cours d'une bataille que tu as été blessé de la sorte ? » demanda-t-elle, brusquement inquiète.

C'était une chose de savoir que les hommes étaient vulnérables lorsqu'ils partaient à la guerre, et une autre d'en avoir la preuve sous les yeux.

En s'agenouillant, Balian entreprit de défaire les attaches qui retenaient ses chausses à ses braies.

« J'aimerais bien te faire le récit héroïque de mes aventures sur le champ de bataille et t'émerveiller avec mes exploits guerriers. La vérité, c'est que cette cicatrice est une blessure d'enfance. J'ai eu de la chance jusqu'ici au cours des combats, je n'ai jamais été sérieusement blessé et n'ai eu droit qu'à de simples égratignures, des bleus et des entailles sans gravité. »

Marie murmura une phrase en grec. Reconnaissant le mot *Theos*, il se dit qu'elle devait remercier Dieu de l'avoir épargné de la sorte ou l'implorer pour qu'il en aille toujours ainsi. Il songea ensuite qu'il devrait profiter de l'occasion pour l'impressionner en lui sortant l'une des expressions grecques qu'il venait d'apprendre, mais elle était en train de l'aider à défaire ses attaches et ses doigts avaient effleuré sa cuisse. N'y tenant plus, il baissa ses braies d'un geste si brusque qu'il entendit craquer le tissu et la prit dans ses bras.

Aussi coutumier fût-il du plaisir charnel que procurait le fait de coucher avec une femme, il s'aperçut qu'il en allait tout autrement – et que ce plaisir était plus intense, plus complexe, plus vaste – quand cette femme s'était emparée de votre cœur. Il fit tout son possible pour réfréner l'urgence du désir, mais son corps n'obéissait déjà plus aux ordres de son cerveau et il poussa trop vite un grand cri, entraîné dans un tourbillon de sensation pure et une jouissance si vive, si aiguë, qu'elle en était presque douloureuse.

Quand il eut repris pied dans la réalité, sa première pensée fut pour Marie. Les prêtres avaient beau dire que les femmes étaient davantage portées sur la luxure que les hommes, étant les descendantes d'Ève la pécheresse, il savait d'expérience que le corps féminin était plus lent à s'embraser, et il n'était pas certain d'avoir laissé le temps à Marie d'atteindre le sommet de sa jouissance, à moins qu'elle ne soit advenue avant la sienne.

Mais lorsqu'il se redressa, en appui sur un coude, il vit qu'elle lui souriait.

« C'était merveilleux, Balian. Est-ce qu'il en va toujours ainsi ?

— Quand on fait les choses comme il faut, répondit-il en plaisantant, heureux qu'elle ait ressenti du plaisir dès leur première union. J'aurais voulu que cela dure plus longtemps, poursuivit-il, mais ma queue ne m'écoute pas toujours. La prochaine fois, j'essaierai de la calmer un peu.

— Si ça peut être encore meilleur, dit-elle, il est hors de question que nous quittions ce lit. »

Il se pencha pour l'embrasser et elle se blottit contre lui, la tête posée sur sa poitrine. Amaury ne lui faisait jamais de câlins une fois l'étreinte terminée – et pour être tout à fait franche, elle n'en avait guère envie non plus. Mais c'était différent à présent. Toute sa vie allait être différente, maintenant qu'elle la partageait avec cet homme.

Balian rejeta le drap : ils n'en avaient nullement besoin, pas pour l'instant en tout cas.

« Laisse-moi reprendre mon souffle, lui dit-il, et je te montrerai que cela peut vraiment être beaucoup mieux.

— Tu me le promets ? » murmura-t-elle.

Elle tourna la tête pour l'embrasser dans le cou, à l'endroit où le sang battait. Elle savait qu'elle n'avait pas ressenti la même chose que lui, à l'instant où le plaisir avait atteint son apogée et où il avait déversé sa semence dans son ventre. Elle savait également que les femmes pouvaient connaître cette jouissance, elles aussi, et bien des gens pensaient qu'elles ne tombaient enceintes qu'en de telles circonstances. Ses deux grossesses offraient un cruel démenti à cette croyance populaire, mais elle savait que cela ne lui serait plus interdit, maintenant que Balian partageait sa couche.

« Je te le promets, répondit-il avec un sourire en voyant ses paupières se fermer et ses longs cils étendre leur ombre sur ses joues, lui rappelant le visage d'Isabelle à la fin du repas de mariage. Dors bien, Marika. »

Elle était surprise de se sentir si ensommeillée tout à coup, mais ses yeux se rouvrirent en l'entendant.

« C'est le surnom grec de Marie, dit-elle. Comment l'as-tu appris ?

— J'ai mon petit réseau de renseignements », répondit-il.

Elle lui adressa un nouveau sourire endormi. Elle n'avait pas souvenir d'avoir jamais été aussi détendue : elle se sentait si légère qu'il lui semblait qu'elle se serait mise à flotter au-dessus du lit si elle ne s'était pas raccrochée à Balian. Elle entendait son cœur battre contre son oreille et ne tarda pas à s'endormir, bercée par ce rythme régulier.

Il allait bien devoir bouger à un moment ou à un autre, car il ne pouvait pas dormir sur le dos. Mais pour l'instant, il était heureux de la tenir dans ses bras, admirant les courbes de sa hanche et de son sein, la douceur de sa cuisse collée à la sienne… Au bout d'un moment, il rit sous cape en songeant que c'était à Agnès de Courtenay qu'il devait un tel bonheur. Lorsqu'il se mit finalement sur le côté, Marie se tourna elle aussi, sans se réveiller. Généralement, il s'endormait très vite lorsqu'il était au lit avec une femme. Mais ce soir, le sommeil ne venait pas. Son corps ne demandait qu'à se relâcher après les tensions de la journée, tandis que son esprit continuait de battre la campagne. Des pensées lui venaient sans arrêt, aussi vives et animées qu'une harde d'oiseaux prenant leur envol. Un certain temps s'écoula avant qu'il n'en comprenne la raison.

Il avait grandi dans un pays en guerre et n'avait jamais connu que des paix sporadiques, aussi éphémères que les brumes matinales. Il avait accepté cette réalité comme étant dans l'ordre des choses. Il n'en allait plus de même à présent. Depuis ce soir, il était responsable de la vie de la femme couchée à ses côtés, ainsi que de la petite fille qui dormait à l'étage en dessous. La sécurité et le bonheur de Marie, d'Isabelle et des enfants qu'ils auraient si telle était la volonté de Dieu dépendaient désormais de lui. Lorsqu'il imaginait sa nouvelle épouse et sa fille exposées aux dangers qu'il avait toujours considérés comme inéluctables, il sentait un vide s'ouvrir dans sa poitrine. Être un mari et un père en Outremer, c'était apprendre à vivre avec la peur.

CHAPITRE 17

Novembre 1177
Jérusalem, Outremer

Marie contemplait depuis déjà un bon moment le parchemin étalé devant elle. Elle avait décidé d'attendre que son mariage ait été célébré pour en faire part à l'empereur, ce qui lui avait évité de le défier en allant contre sa volonté s'il s'y était opposé. Mais il n'était pas facile de trouver les mots appropriés. Son grand-oncle n'allait pas être content – de cela elle n'avait jamais douté. Quand la maison royale byzantine envoyait ses filles se marier avec des princes étrangers, cela était censé servir par la suite les intérêts de l'empire. Elle pouvait avancer, non sans raison, que ce mariage avec Balian allait leur bénéficier, à Isabelle et à elle : mais convaincre Manuel que cela servirait également ses intérêts à lui était une autre affaire. Lorsqu'elle eut enfin achevé de rédiger sa lettre en termes satisfaisants, elle avait une crampe à la main et sentait la migraine la gagner.

Tout en l'écrivant, elle avait vaguement perçu les échos d'une conversation qui se tenait à l'autre bout de la terrasse, où ses dames de compagnie étaient installées. Marie releva la tête et fronça les sourcils en entendant le ton monter. Ces femmes avaient été choquées qu'elle épouse un homme d'un rang inférieur au sien, et stupéfaites qu'elle accepte une telle mésalliance. Elles s'étaient bien gardées toutefois d'exprimer leur désaccord devant elle, et Balian lui avait démontré, en la circonstance, que le charme pouvait s'avérer une arme redoutable : il ne lui avait guère fallu de temps pour retourner ces dames en sa faveur – à l'exception de l'une d'entre elles. Eudoxie restait indifférente à ses sourires, insensible à sa galanterie, et se montrait à peine polie avec lui tant elle désapprouvait leur union. Sa froideur laissait visiblement Balian de marbre, mais Marie avait tout de même pris à part Eudoxie, en lui disant qu'elle ne tolérerait pas un tel comportement. Elle avait espéré que l'avertissement serait entendu, mais de toute évidence cette veuve acariâtre continuait à dire du mal de son mari, probablement furieuse que les autres femmes soient passées dans le camp ennemi.

Elle la préviendrait encore une fois, décida Marie, en lui disant clairement que si elle ne traitait pas Balian avec le respect qui lui était dû, elle la renverrait en disgrâce à Constantinople. Encore irritée, elle mit sa lettre de côté afin que son scribe la recopie au propre et saisit une nouvelle feuille de parchemin. Il fallait qu'elle informe également sa mère et son frère, et il était probable qu'eux non plus n'accueilleraient pas avec un grand enthousiasme l'annonce de son mariage.

Pendant un instant, elle se demanda comment ils réagiraient si elle leur avouait qu'elle n'avait jamais été aussi heureuse. Mais au fond, elle connaissait la réponse : ce qui leur importait, de leur côté, c'était de ne pas perdre les faveurs de Manuel. Elle ne pouvait pas leur dire que son cœur se mettait à battre plus fort dès qu'elle entendait la voix de Balian, ni qu'elle avait davantage ri aux éclats ces trois dernières semaines qu'au cours des sept années qu'elle avait passées aux côtés d'Amaury. Non, il fallait qu'elle souligne au contraire les avantages de cette union avec la puissante famille d'Ibelin, car c'était le genre d'arguments qu'ils pouvaient entendre.

Elle venait de saisir sa plume quand des bruits étouffés lui parvinrent en provenance de la cour, un peu plus bas. Elle se leva et s'approcha de la fenêtre, effaçant de la main la buée qui s'était formée sur la vitre.

« Mon seigneur et maître est rentré », lança-t-elle.

Ses dames se levèrent à leur tour, sachant qu'elle voulait rester seule avec lui. À plusieurs reprises, ils les avaient scandalisées en s'éclipsant dans leur chambre au beau milieu de la journée. Elles n'avaient pas fini de rassembler leurs travaux de couture que Marie entendait déjà le bruit de ses bottes résonner dans l'escalier. Elle était surprise que Balian soit de retour si tôt : il était parti voici moins d'une heure prévenir le roi qu'ils comptaient se rendre à Naplouse à la fin de la semaine afin qu'elle le présente à ses nouveaux vassaux. Néanmoins, son impatience à venir la retrouver était plutôt flatteuse, et elle avait le sourire aux lèvres lorsqu'il franchit le seuil de la terrasse.

Son sourire s'effaça aussitôt car elle savait déjà déchiffrer les diverses nuances de ses expressions. Sa bouche crispée, le port de ses épaules, le salut indifférent qu'il adressa à ses dames : avant même qu'il ait dit un mot, tout indiquait qu'il y avait un problème.

Dès que les femmes eurent quitté la terrasse, il s'approcha d'elle.

« Marie… » Il hésita et elle fut parcourue d'un frisson, car il l'appelait toujours Marika dans l'intimité. « J'ai de mauvaises nouvelles, dit-il enfin en lui prenant la main.

— L'état de Baudouin se serait-il aggravé ?

— Non, répondit-il en secouant la tête. Mais on lui a appris ce matin que Saladin venait de franchir la frontière avec une importante armée. »

Marie avait compris en épousant Amaury qu'elle allait vivre dans un pays qui était toujours en guerre. Du vivant de son premier mari, elle ne s'était pas inquiétée pour la survie du royaume ; mais la jeunesse de Baudouin et la lèpre dont il était atteint lui avaient rappelé à quel point Outremer était vulnérable. Toutefois, jamais elle n'avait ressenti la peur qu'elle éprouvait à présent en regardant l'homme qu'elle venait d'épouser et en se disant qu'elle risquait de se retrouver veuve une fois encore, avant même que l'année ait pris fin.

« S'agit-il d'un simple raid ou d'une véritable invasion ? demanda-t-elle, heureuse que sa voix ne trahisse pas l'émotion qui venait de la gagner.

— Les éclaireurs du roi lui ont dit que les forces sont trop nombreuses pour qu'il s'agisse d'une brève incursion. Saladin a visiblement l'intention de mettre à profit l'absence d'une bonne partie de nos soldats pour causer autant de dégâts qu'il le pourra. »

Marie savait que Baudouin pouvait s'appuyer sur un peu moins de sept cents chevaliers, et qu'une centaine d'entre eux se trouvait pour l'instant dans le nord de la Syrie, aux côtés de Raymond et du comte de Flandre. C'était également le cas de l'ensemble des Hospitaliers et de la plupart des Templiers. En se livrant à un rapide calcul, elle arriva à ce résultat inquiétant : à supposer que tous les chevaliers et les soldats qui se trouvaient encore en Outremer répondent à l'appel du roi, celui-ci ne pourrait pas rassembler plus de quatre mille hommes.

« Quelle est l'importance de l'armée de Saladin ? » demanda-t-elle d'une voix déjà moins assurée.

La main de Balian serra plus fortement la sienne.

« C'est difficile à dire… » commença-t-il.

Mais il lui avait promis qu'il n'y aurait jamais de mensonges entre eux, et finit par reconnaître que les éclaireurs avaient estimé que l'armée des Sarrasins était composée d'environ quinze mille hommes. Marie eut l'air si horrifiée qu'il regretta aussitôt de ne pas lui avoir menti. Sachant qu'aucun discours ne serait en mesure de la rassurer, il la serra aussi fort que possible dans ses bras, tandis qu'elle-même luttait pour retrouver son calme.

« Que va faire Baudouin ? demanda-t-elle enfin.

— Il a l'intention de rassembler tous les hommes qu'il pourra et de gagner la côte au plus vite. Avec un peu de chance, les Templiers parviendront à retenir Saladin à Gaza, le temps que le roi rejoigne Ascalon, qui sera sans doute la première cible visée par les Sarrasins. »

Il avait hélas d'autres mauvaises nouvelles à partager, mais différa tant qu'il le put le moment d'annoncer à Marie qu'ils allaient devoir affronter Saladin en l'absence du plus grand chef militaire du royaume, le connétable Onfroy de Toron.

« Sa femme et lui sont gravement malades, on les prétend même à l'article de la mort. »

Marie ferma un instant les yeux. Elle savait que Baudouin allait demander au comte Raymond, aux Hospitaliers et aux Templiers de venir le rejoindre. Mais elle savait aussi qu'ils n'arriveraient jamais à temps. La défense de leur royaume reposait sur les épaules d'un jeune homme de seize ans, frappé par la pire des maladies, et une poignée de seigneurs de haut rang. Balian reprit la parole pour lui dire qu'il voulait qu'Isabelle et elle restent à Jérusalem, ce qu'elle s'empressa d'approuver. Au moins pouvait-elle lui épargner ce souci : sa fille et elle seraient plus en sécurité ici qu'à Naplouse, où la ville n'était même pas protégée par une muraille d'enceinte.

« Promets-moi, Balian, l'implora-t-elle, promets-moi de faire attention à toi. » Il opina et elle lui adressa un pâle sourire, consciente du peu de poids qu'avait cette promesse dans de telles circonstances. « Souviens-toi que… que les tenues de deuil ne me vont pas très bien, ajouta-t-elle.

— Je ne l'oublierai pas », répondit-il en lui souriant sans plus de conviction.

Sur ce, comme il n'y avait rien d'autre à ajouter, il l'embrassa. La passion, le désespoir et la peur s'avérèrent des combustibles aussi puissants qu'un feu grégeois. Ils s'écartèrent un instant l'un de l'autre, le temps que Balian aille fermer la porte de la terrasse et qu'ils se soient débarrassés de leurs vêtements, avant que leurs corps se rejoignent. Le cadre n'était pas aussi confortable que celui de leur chambre nuptiale, mais ils étaient incapables d'attendre. Leur étreinte fut d'une poignante intensité : ils avaient désespérément besoin de cette courte parenthèse avant d'affronter la réalité qui les attendait, sitôt qu'ils auraient franchi la porte de la terrasse.

Le ciel était couleur d'ardoise, mais la journée avait été sèche. Les pluies d'hiver n'avaient pas encore commencé. Balian et ses hommes avaient chevauché à une allure soutenue depuis le lever du soleil, souhaitant atteindre Ascalon avant la nuit. La tension ne faisait que croître au fil des heures : arriveraient-ils à temps ? Il lui avait fallu plusieurs jours pour rejoindre Naplouse, puis réunir les chevaliers et les soldats qui étaient désormais ses vassaux avant de prendre la direction de l'ouest pour rejoindre le roi. Tant de choses pouvaient s'être passées entre-temps… Gaza était-elle tombée aux mains des Sarrasins ? Qu'était-il arrivé, si Baudouin et ses hommes avaient rencontré l'armée de Saladin sur la route d'Ascalon ?

« Nous allons faire halte un court instant », lança-t-il en levant le bras.

Autour de lui, les hommes descendirent de leurs montures et sortirent leurs outres. Balian tendit les rênes de Fumée à Pierre, son nouvel écuyer, tout en cherchant Rolf des yeux. Le jeune homme se tenait sagement à l'écart car il conduisait Démon, le terrible destrier noir de Balian, qui était un atout formidable sur le champ de bataille mais une véritable terreur le reste du temps : il ne pouvait croiser le chemin d'un autre étalon sans se précipiter sur lui. Rolf parut soulagé de voir son maître les rejoindre : Démon montrait déjà les dents à un cheval bai un peu nerveux, qui reculait d'un air effrayé.

« Assez, espèce de brute sanguinaire ! lui lança Balian en saisissant les rênes que lui tendait Rolf – lequel s'émerveilla que Démon ait apparemment accepté de remettre à plus tard ses projets meurtriers.

— Je ne sais pas comment vous faites, messire, avoua Rolf. Il n'y a que le son de votre voix qui parvienne à l'apaiser. Quelqu'un d'autre a-t-il jamais essayé de le monter ?

— Pour tout te dire, le roi l'a fait autrefois. Comme un idiot, mon frère s'était vanté un jour devant lui en prétendant que j'étais le seul capable de monter Démon. Baudouin n'avait que treize ans à l'époque, mais personne n'avait pu le dissuader d'essayer. Ils sont partis tous les deux à la vitesse de l'éclair : lorsqu'ils sont revenus, Baudouin souriait jusqu'aux oreilles et Démon était aussi placide que Fumée, mon palefroi. Évidemment, cela n'a pas duré. »

Balian esquissa un sourire tout en repoussant Démon, qui mordillait la manche de son haubert. C'était un souvenir heureux d'un temps plus innocent… Mais le plaisir qu'il y prenait ne tarda pas à tourner court : il ne pouvait s'empêcher de comparer le fringant jeune roi d'alors avec le Baudouin d'aujourd'hui, un lépreux confronté à Armageddon… Cette pensée était si troublante qu'il s'empressa de la chasser. Imaginer d'ores et déjà la défaite revenait à dire que le Tout-Puissant les avait abandonnés au moment où ils avaient le plus besoin de lui.

En parcourant leur assemblée des yeux, il vit que les hommes le regardaient, attendant ses ordres. Il n'était pas encore habitué à son nouveau statut et devait périodiquement se redire qu'il n'était plus le fils cadet de la famille d'Ibelin. Il était désormais le seigneur de Naplouse, à la tête de quatre-vingt-cinq chevaliers et de trois cents soldats, auxquels il fallait ajouter ses propres chevaliers de la seigneurie d'Ibelin – des hommes dont leur jeune roi avait le plus urgent besoin. Rendant les rênes de Démon à Rolf, il donna l'ordre de remonter en selle et de reprendre la route.

Le soleil sombrait dans la mer lorsqu'ils aperçurent la muraille d'enceinte d'Ascalon. Balian prononça intérieurement une action de grâce en apercevant la bannière d'or et d'argent de Baudouin qui flottait dans le ciel, soulevée par le vent. Ils n'arrivaient donc pas trop tard ! On les laissa rapidement entrer lorsqu'ils se présentèrent à la barbacane de la porte de Jérusalem. Balian savait qu'Ascalon était la quatrième plus grande ville du royaume : mais en se dirigeant vers le château, ils se retrouvèrent au milieu d'une foule si compacte qu'il comprit que la population s'était encore accrue d'un afflux de réfugiés. En contemplant ces visages apeurés, il essaya de ne pas penser au destin qui les attendait tous, si jamais Outremer tombait aux mains de Saladin.

Balian fut heureux d'apprendre que son frère était arrivé le matin même de Ramlah avec un contingent de quarante chevaliers. Il était sur le point de partir à sa recherche lorsqu'il entendit qu'on l'appelait. Il se retourna et sourit en reconnaissant le chevalier qui s'avançait vers lui : il n'avait pas vu Jacquelin ces dernières semaines, depuis que son ami était allé renforcer la garnison des Templiers à Gaza.

« Les Templiers ont donc pu rejoindre le roi ? lui dit-il.

— Non, pas encore. Maître Eudes m'a envoyé avertir Sa Majesté que Saladin avait encerclé Gaza avant de faire route vers Ascalon avec l'essentiel de son armée. Tu arrives donc juste à temps pour prendre part à notre glorieux martyre. »

Balian ne trouva pas sa remarque amusante : elle contenait une trop grande part de vérité.

« Quels seigneurs sont déjà ici ? demanda-t-il à Jacquelin.

— Outre ton frère, il y a le beau-père du roi, le seigneur Denis, et son oncle, le comte Jocelyn. Renaud de Châtillon, Hugues de Galilée et son frère Guillaume, Guyon de Grenier, le seigneur de Césarée, et son frère Gautier. Aimery de Lusignan, Guidon de Brisebarre et son frère. Les seigneurs d'Arsuf, d'Haïfa et de Montgisard. Et le vicomte d'Acre. »

Balian fit la grimace. C'était insuffisant.

« Il faut que j'aille prévenir le roi de mon arrivée », dit-il.

Jacquelin acquiesça et lui emboîta le pas tandis qu'il pénétrait dans la grande salle.

« Je dois retourner à Gaza dès demain, lui dit-il, mais avant de partir je veux que tu m'expliques comment tu t'y es pris pour attraper une reine dans tes filets. »

Balian esquissa un sourire.

« Je ne l'ai toujours pas compris moi-même, répondit-il.

— Balian ! »

La voix de Baudouin avait retenti tel le mugissement du taureau, couvrant le brouhaha qui régnait dans la salle. Quelques instants plus tard, les deux frères se retrouvèrent dans les bras l'un de l'autre. Saisissant une coupe sur le plateau d'un serviteur qui passait par là, Baudouin la fourra dans la main de Balian. Apercevant Jacquelin, il en saisit une autre à son intention, n'ayant jamais pu se souvenir dans quelles circonstances le templier avait le droit de boire du vin.

« Venez par ici, leur dit-il en les conduisant vers un banc installé près d'une fenêtre. Le roi sera heureux de te voir, petit frère. Il a besoin de tous les hommes qu'il pourra rassembler. Avant de quitter Jérusalem, il a même fait appel à l'*arrière-ban**. »

L'arrière-ban concernait tous les individus valides du royaume susceptibles de répondre à la convocation du roi : on y avait très rarement recours, et uniquement dans les cas d'extrême urgence. Balian s'assit sur le banc, brusquement accablé, et demanda si l'on avait des nouvelles d'Onfroy de Toron. Il ne fut guère surpris de voir son frère hocher négativement la tête.

« Il n'y a hélas aucun espoir pour qu'il soit rétabli à temps pour pouvoir se joindre à nous. D'après ce que j'ai entendu dire, ce serait déjà un miracle s'il survivait à cette épreuve. Le roi a pris ses responsabilités et nommé Renaud de Châtillon à la tête de nos forces armées. Je n'aime guère cet homme, ajouta Baudouin en faisant la grimace, mais c'est un choix judicieux. Renaud se bat comme s'il était possédé par les Furies, et il connaît l'art de tuer ses adversaires aussi bien qu'un prêtre son bréviaire. »

S'asseyant sur le banc à côté de son frère, Baudouin désigna une silhouette à l'autre bout de la salle.

« Ce salopard enfariné d'Héraclius est bien sûr resté planqué à Jérusalem. Heureusement, l'évêque de Bethléem a un peu plus de sang dans les veines que la plupart de ces prélats souffreteux. Il a décidé d'accompagner le roi et a même emporté les reliques de la Vraie Croix. »

Balian ne jugeait pas les clercs aussi sévèrement que son frère. Même s'il était arrivé que certains évêques s'illustrent sur le champ de bataille, la plupart d'entre eux n'avaient pas été entraînés au métier des armes. Jamais il n'aurait mis en doute

---

* En français dans le texte (N.d.T.).

le courage de Guillaume, par exemple, tout en sachant que l'archevêque ne leur aurait pas été d'un grand secours dans les combats. En regardant l'évêque Albert à l'autre extrémité de la salle, il fut soulagé de savoir qu'ils allaient livrer bataille en portant la plus sainte relique de la chrétienté.

La première alerte fut donnée par le roulement dans le lointain des tambours de guerre sarrasins. Dans la grande salle, les hommes repoussèrent leurs écuelles et se hâtèrent de gagner les remparts. On n'apercevait pour l'instant que des nuées de poussière qui barraient l'horizon, et pourtant l'air était déjà rempli d'une sourde rumeur, le bruit bien reconnaissable d'une armée – d'une vaste armée en marche. Les hommes s'étaient confessés et avaient obtenu l'absolution des prêtres : mais si leurs âmes étaient prêtes à rencontrer Dieu, lavées de tous leurs péchés, leurs corps étaient encore tributaires du monde temporel et de leur condition terrestre. Et même les guerriers les plus endurcis, familiers des combats, n'étaient pas à l'abri d'une peur essentiellement physique : la crispation naturelle des muscles et des os qui s'apprêtaient à subir – jusqu'au trépas, peut-être – le choc des lances et des épées. Quand l'ordre du rassemblement arriva, certains parmi eux étaient allés chercher dans les tavernes le soutien nécessaire à leur courage.

Tant qu'ils buvaient raisonnablement, afin de surmonter leur peur, leurs chefs ne leur refusaient pas ce petit coup de pouce avant de partir au combat.

« Dieu du ciel, lança Baudouin à son frère, s'il y a jamais eu une raison de se soûler avant de livrer bataille, c'est bien aujourd'hui ! S'il ne fallait pas se tenir droit sur sa selle, j'aurais volontiers passé la nuit dernière dans une barrique de pinard ! »

Balian enviait la capacité qu'avait son frère à plaisanter dans un moment pareil. Il n'avait jamais été aussi nerveux, quant à lui, avant une bataille, mais il est vrai qu'il n'avait encore jamais eu autant à perdre.

« Baudouin… Avons-nous une chance de gagner ?

— Bien sûr que oui, mon garçon ! » Mais son frère tempéra aussitôt son propos en ajoutant, avec un sourire forcé : « D'un autre côté, j'ai justement arrêté de jouer parce que j'étais toujours convaincu qu'il m'était impossible de perdre… »

Le roi vivait avec la peur depuis le jour où il avait appris, deux ans plus tôt, le terrible avenir qui l'attendait. Mais jamais il n'avait connu une peur semblable à celle qu'il éprouvait aujourd'hui, si intense et si vive qu'il avait l'impression de saigner intérieurement. Il y avait tant de choses en jeu, à commencer par la vie des hommes, des femmes et des enfants dont la sécurité dépendait de leur roi. Si les rapports concernant la taille de l'armée de Saladin correspondaient à la réalité, c'était la survie même du royaume qui était menacée. Que se passerait-il s'il ne triomphait pas de cette épreuve et s'il échouait à protéger ses sujets ?

La population s'était rassemblée pour regarder l'armée emprunter les rues d'Ascalon et rejoindre la porte de Jérusalem. Comme Baudouin passait près de lui, un vieillard s'avança, s'appuyant sur une béquille, et lui tendit un objet en lui disant : « Pour vous, Majesté ! » Baudouin se pencha pour saisir ce que l'homme lui tendait en évitant de toucher sa main, mais l'objet lui échappa et tomba dans la poussière, avant d'être piétiné par d'autres cavaliers. Jetant un coup d'œil en arrière, il ne put s'empêcher d'avoir un léger frisson : c'était un petit crucifix en bois. S'agissait-il d'un mauvais présage ?

Une fois à l'extérieur des murailles, ils formèrent les escadrons qui allaient constituer l'avant-garde et l'arrière-garde de leur armée. Baudouin d'Ibelin s'attendait à ce que Balian et lui, ainsi que leurs chevaliers, se retrouvent en première ligne, étant donné que cela faisait vingt ans que lui-même combattait les Sarrasins – et dix pour son frère. Son attente ne fut pas déçue. Ils furent tous les deux surpris, en revanche, que Renaud fasse preuve d'une attention inhabituelle envers la fierté du jeune roi en le plaçant à la tête de l'arrière-garde, non sans le flanquer il est vrai de son beau-père et de son oncle afin de compenser son inexpérience. Renaud plaça également Hugues de Galilée et son jeune frère à l'arrière-garde, car ils avaient encore moins l'habitude des combats que le roi, et la plupart des chevaliers de leur principauté combattaient actuellement en Syrie aux côtés du comte Raymond. Une fois les formations de combat en place, Renaud et le roi s'adressèrent à leurs troupes aussi brièvement que possible, sachant l'un et l'autre qu'il ne servait à rien de brandir l'étendard du désespoir. Ils préférèrent céder la place à l'évêque de Bethléem, qui promit le salut éternel à tous ceux qui mourraient pour la défense de Notre-Seigneur Jésus-Christ.

Pour les habitants d'Ascalon qui les contemplaient du haut des remparts, ils étaient très impressionnants – comme s'ils constituaient bel et bien l'armée de Dieu. Le soleil hivernal faisait briller leurs armures, les lames des épées sorties de leurs fourreaux et le reliquaire rehaussé de joyaux qui contenait les fragments de la Vraie Croix, tandis que leurs destriers martelaient le sol en exhalant un souffle que le froid rendait aussi palpable que de la fumée. Lorsqu'ils se mirent en marche, leurs bannières secouées par le vent, tous les citoyens de la ville les acclamèrent et leur promirent une victoire qui ne pouvait que correspondre à la volonté du Tout-Puissant. Les soldats n'en étaient pas aussi convaincus, pour leur part, sachant que rien n'était jamais acquis sur le champ de bataille.

Un éclaireur les avait rejoints, leur annonçant que l'ennemi approchait, et ils se mirent lentement en marche, laissant les murailles de la ville derrière eux. La rumeur des tambours de guerre s'amplifiait. À Ascalon, le bruit de la mer était toujours présent, et ce qu'ils entendaient n'était pas sans lui ressembler : un roulement sourd et continu, comme celui des vagues qui venaient s'écraser sur les rochers. Sauf qu'il s'agissait ici d'une gigantesque vague humaine, de cavaliers et de fantassins si nombreux que le sol tremblait sous leurs pas à mesure qu'ils se rapprochaient.

Les hommes se comportaient comme ils le faisaient toujours avant de livrer bataille : ils se moquaient des éclaireurs sarrasins, échangeaient des plaisanteries douteuses, dissimulaient leur inquiétude sous une bravoure de façade. Mais lorsque l'armée de Saladin apparut enfin et ne cessa de croître sous leurs yeux, un profond silence s'installa. Baudouin en avait le souffle coupé. Autour de lui les soldats juraient et se signaient, contemplant avec un ébahissement incrédule les Sarrasins qui ne cessaient de franchir la crête des collines pour se déverser dans la plaine.

Asad agita la tête, et, de la main gauche, le roi tira instinctivement sur ses rênes. Les bannières jaune safran de Saladin se découpaient sur le ciel en claquant, frappées de l'aigle qui était le symbole de la dynastie des Ayoubides. Les tambours de guerre continuaient de battre sur un rythme lancinant, auxquels s'ajoutaient à présent le clairon des trompettes et le claquement des cymbales, car les armées sarrasines se servaient du bruit comme d'une arme afin d'intimider et de décourager l'ennemi. Cette clameur assourdissante portait sur les nerfs des Francs, mais c'était surtout la taille de cette armée qui les faisait frémir. Ils pensaient s'être préparés au pire et découvraient qu'ils étaient loin du compte.

Quand son beau-père vint se ranger à ses côtés, Baudouin se tourna afin de voir son visage à moitié dissimulé sous un casque, dont la barre verticale lui protégeait le nez. Comme il s'y attendait, Denis affichait un calme apparent. Après avoir dégluti, Baudouin lui déclara d'une voix qu'il espérait ferme :

« Il me semble que nos éclaireurs se sont trompés. Il y a sûrement plus de quinze mille hommes devant nous. »

Il marqua une pause, en espérant que Denis allait le contredire et lui déclarer que ses yeux l'abusaient. Mais son beau-père acquiesça d'un air sombre.

« Je dirais qu'ils sont cinq fois plus nombreux que nous », confirma-t-il.

Baudouin sursauta sur sa selle : cela signifiait que Saladin était à la tête d'une armée de vingt mille hommes, alors qu'il en avait péniblement rassemblé quatre mille, parmi lesquels on ne comptait que cinq cent soixante-quinze chevaliers.

Ce qui s'ensuivit ressemblait assez au jeu du menteur auquel Baudouin s'adonnait dans son enfance. Les deux armées restaient face à face, immobiles, en s'observant mutuellement. Les hommes de Saladin étaient placés en position de combat, mais le sultan avait apparemment décidé de laisser les Francs ouvrir les hostilités. Maintenant que Baudouin avait découvert qu'ils se trouvaient dans une telle infériorité numérique, il ne pouvait donner l'ordre à ses hommes de se lancer à l'assaut. Visiblement, Renaud partageait son scepticisme car il s'en abstint lui aussi. Il y eut bien quelques brèves échauffourées entre les éclaireurs de Saladin et les turcopoles de Baudouin – des archers à cheval de sang mêlé que les musulmans considéraient comme des apostats, alors que la plupart d'entre eux avaient été élevés dans la religion chrétienne. Les fantassins avalaient subrepticement quelques gorgées de leurs flasques de vin et les arbalétriers tripotaient nerveusement leurs armes en s'assurant qu'elles étaient bien chargées. La plupart des chevaliers avaient de la peine à retenir leurs destriers : les étalons s'impatientaient de cette longue attente et avaient senti de surcroît la présence de juments dans les rangs ennemis. Tandis que l'après-midi s'éternisait de la sorte, il y eut de fréquents échanges de jurons ou d'injures entre les deux camps et quelques volées de flèches lâchées par les archers sarrasins, mais sans grand dommage. Les hommes étaient aussi nerveux que leurs montures. Ils n'avaient aucune envie de courir à une mort certaine, tout en trouvant de plus en plus pénible de rester ainsi paralysés. Denis et Jocelyn avaient rejoint Baudouin et le pressaient de faire retraite à l'intérieur de la ville. Tandis que la lumière du jour déclinait, le roi comprit qu'il fallait prendre une décision et ordonna la réunion d'un conseil de guerre.

Ils se retirèrent à l'arrière, hors de vue des éclaireurs de Saladin. Tout en restant sur leurs chevaux, au cas où les Sarrasins se lanceraient brusquement à l'attaque, ils se placèrent en demi-cercle : Renaud, le roi, Denis et son cousin, le seigneur de Césarée, Jocelyn et les frères d'Ibelin.

Baudouin se racla la gorge, regrettant vivement qu'Onfroy de Toron ne fût pas à ses côtés, car c'était le seul de ses conseillers auquel le jeune roi faisait réellement confiance.

« Je pense que nous sommes tous d'accord, commença-t-il, pour considérer qu'il est impossible d'engager la bataille alors que nous nous trouvons dans une telle infériorité numérique. »

Il marqua une pause et vit à son grand soulagement les autres l'approuver, y compris Renaud.

« Nous devons à présent décider s'il faut dresser le camp ici même ou s'il est préférable de se replier dans l'enceinte de la ville. »

Il savait pour sa part quelle option lui semblait la plus sûre mais respectait l'expérience et la science du combat de ces hommes : il estimait donc juste qu'ils donnent leurs points de vue en premier.

Denis s'exprima aussitôt en faveur d'une retraite à l'intérieur d'Ascalon, en soulignant combien ils seraient vulnérables en cas d'attaque surprise pendant la nuit. Jocelyn était d'accord avec lui. Lorsque leur tour arriva, les frères d'Ibelin approuvèrent eux aussi une telle retraite. Tous les regards se tournèrent alors vers Renaud.

« Nous n'avons pas le choix, dit-il d'une voix bourrue. Ce serait une folie de lancer notre armée dans la bataille alors que l'ennemi est cinq fois plus nombreux. Et il serait presque aussi insensé de camper ici cette nuit, comme des moutons qui ne demanderaient qu'à se faire égorger. Nous serons mieux à même de les contenir derrière les murailles d'Ascalon, le temps que ce fils de pute de Flamand et notre cher comte qui aime tant les Sarrasins aient ramené leurs fichues carcasses et leurs armées en Outremer. »

Baudouin avait l'impression d'avoir passé une sorte de test, son intuition ayant été validée à l'unanimité par les plus hauts chefs de son armée. Il avait entendu d'horribles histoires concernant plusieurs sièges récents : dans certaines, la population était décimée par la famine, dans d'autres, cela se terminait au milieu des flammes et dans un bain de sang, car une ville qui ne s'était pas rendue ne pouvait pas espérer la moindre pitié lorsqu'elle tombait aux mains de l'ennemi. Mais étant donné les circonstances, soutenir un tel siège était encore la moins mauvaise solution.

« C'est donc décidé, reprit-il. Nous nous replierons à l'intérieur de la ville dès que l'obscurité sera tombée. »

C'était le devoir spirituel de tous les musulmans de prier cinq fois par jour : juste avant l'aube, à midi, durant l'après-midi, au crépuscule et au cours de la nuit. Cette obligation pouvait s'avérer problématique s'agissant des soldats, mais leur livre sacré les autorisait à prendre ce facteur en compte. On y lisait en effet : « Lorsque vous voyagez, vous ne serez pas punis si vous devez écourter vos prières pour éviter de subir les assauts des incroyants. » Salah al-Din mettait très rarement ce privilège à profit. Il avait dressé sa tente derrière les lignes de son armée et y avait pratiqué l'ablution rituelle avant d'entamer le *salat al-maghrib*, la prière du coucher du soleil. Lorsqu'il eut terminé, l'obscurité tombait et Isa al-Hakkari l'attendait.

« Les Francs se replient à Ascalon, monseigneur. »

Salah al-Din opina.

« Je m'y attendais », dit-il.

Isa esquissa un sourire. Le sultan et son homme de loi avaient beau être séparés par l'âge et le rang social, ils étaient liés par le sang, étant tous les deux kurdes. Isa se rapprocha de la lumière que diffusait une torche et examina avec attention le visage de l'homme qui était plus jeune que lui. Tous les proches du sultan s'inquiétaient pour lui, sachant qu'il avait tendance à trop exiger de son corps : il ne dormait jamais assez et il fallait souvent lui rappeler de se nourrir. Pour l'instant, il paraissait détendu, comme un homme en paix avec lui-même, et Isa ressentit un élan d'affection à son égard, convaincu que Salah al-Din allait réaliser le projet que Nour al-Din, son précédent maître, n'avait pas été en mesure d'accomplir : rejeter les infidèles à la mer et reconquérir la ville sainte d'al-Qods[1]. D'autres individus s'étaient approchés. Isa s'était souvent dit que le sultan attirait les hommes à lui comme un aimant, par la seule force de sa personnalité. Mais ils s'écartèrent à la hâte tandis qu'un cavalier chevauchant un superbe rouan arabe traversait leurs rangs et s'immobilisait devant la tente du sultan.

Les dents blanches de Taqi al-Din brillaient à la lueur de la torche.

« Mon oncle… Vous êtes au courant ? Ces couards se sont repliés dans Ascalon sans avoir le courage de nous affronter.

— Ce ne sont pas des couards, répliqua calmement le sultan. Simplement, ils savent compter. »

Taqi al-Din haussa les épaules, peu sensible à la nuance.

« Tant qu'ils resteront planqués derrière les murailles de leur ville, la route d'al-Qods nous est ouverte. Allah nous a vraiment bénis, mon oncle, car le royaume des infidèles est désormais prêt à tomber entre nos mains. »

Isa ne faisait pas totalement confiance à Taqi al-Din. Il avait beau s'être révélé un guerrier redoutable et d'un courage exemplaire, il le trouvait trop impulsif, trop émotif et surtout trop ambitieux. Mais le sultan l'aimait et le considérait plus comme un frère que comme un neveu, car ils avaient presque le même âge. Isa gardait donc ses réserves pour lui. Il n'en observa pas moins la scène avec attention, redoutant que Salah al-Din n'approuve le plan téméraire de son neveu. Avec l'hiver qui arrivait, aucun mouvement de troupes important ne serait très avisé. Leur intention n'était d'ailleurs pas de conquérir le royaume des infidèles, puisqu'ils ne disposaient pas des catapultes nécessaires au siège d'al-Qods. À son grand soulagement et à la vive déconvenue de Taqi al-Din, le sultan se contenta d'esquisser un sourire en murmurant un vague : « Nous verrons bien. »

1. Nom arabe de Jérusalem (N.d.T.).

CHAPITRE 18

Novembre 1177
Ascalon, Outremer

Sitôt qu'ils eurent regagné Ascalon, les préparatifs du siège commencèrent. Les celliers du château étaient bien garnis, mais il allait également falloir nourrir la population : de quelles réserves de nourriture disposaient-ils au juste ? Balian avait entendu parler de certains sièges au royaume des Francs où, lorsque les provisions diminuaient, les garnisons expulsaient du château les habitants qui y avaient trouvé refuge. Il savait que Baudouin ne donnerait jamais un ordre pareil mais imaginait fort bien Renaud procéder de la sorte. Du moins la ville possédait-elle de nombreux puits. La double enceinte en grès était en bon état, défendue par une cinquantaine de tours, ce qui leur laissait quelque espoir.

Lorsqu'il revint faire son rapport après sa tournée d'inspection des murailles, Balian constata que le jeune roi était trop agité pour trouver le sommeil. L'un après l'autre, ses conseillers prirent congé en s'excusant et il ne resta bientôt plus que Denis, Balian et Anselme dans la chambre du roi, qui faisait les cent pas en posant sans arrêt de nouvelles questions. Saladin ne risquait-il pas de creuser un tunnel et de passer sous les murailles ? Ou de se lancer carrément à l'assaut de la ville ? Avait-il emporté des catapultes d'Égypte ou allait-il en faire construire ? Disposait-il de réserves suffisantes de son côté pour soutenir un très long siège, avec autant d'hommes à nourrir ? Personne n'était en mesure de lui répondre, mais le fait de formuler ses interrogations à voix haute semblait apaiser Baudouin, aussi le laissaient-ils parler en retenant leurs bâillements.

Il était très tard lorsque Balian put enfin regagner la chambre qu'il partageait avec son frère. Lorsqu'il rouvrit les yeux, la lumière du jour tombait dans la pièce par les fentes des volets, et Pierre, son écuyer, était penché au-dessus de lui, le secouant doucement par l'épaule.

« Réveillez-vous, messire ! Je vous en prie ! »

Balian se redressa aussitôt.

« Le siège a commencé ? » s'exclama-t-il.

L'écuyer secoua la tête.

« Non, messire. Ils ne sont plus là. C'est incroyable, mais ils sont tous partis ! »

Émergeant au sommet des remparts, Balian vit que son frère, le roi et Renaud de Châtillon s'y trouvaient déjà et regardaient la plaine qui s'étendait à leurs pieds. Au lieu du gigantesque camp dressé pour le siège qu'ils s'attendaient à découvrir, il n'y avait qu'une étendue d'herbe piétinée et de terre remuée, absolument vide. L'une des plus vastes armées jamais lancées à l'assaut d'Outremer s'était évanouie comme par miracle durant la nuit.

Balian les rejoignit dans l'embrasure.

« Ils n'ont même pas laissé d'hommes derrière eux pour nous épier ? » demanda-t-il, ébahi.

Renaud poussa l'un des jurons arabes qu'il avait appris au cours de sa longue détention à Alep.

« Pourquoi se seraient-ils donné cette peine ? rétorqua-t-il. Ils doivent nous trouver aussi dangereux qu'une congrégation de religieuses ! »

Il avait l'air vexé. Balian et son frère échangèrent un regard, amusés que Renaud se sente à ce point offensé par l'indifférence avec laquelle Saladin semblait considérer leur petite armée.

Le roi paraissait épuisé mais il était en colère, lui aussi.

« Il n'est jamais sage de sous-estimer un ennemi », lança-t-il.

Les frères d'Ibelin s'aperçurent alors que, tout comme Renaud, il considérait le dédain apparent du sultan comme une insulte personnelle.

« Il a donc lancé une *razzia* ? » demanda-t-il après un lourd silence.

Razzia était le terme arabe désignant une campagne de destruction, que les Francs appelaient quant à eux *chevauchée*. Son but était de provoquer le plus de dégâts possible, de dévaster les terres de l'ennemi, de brûler les récoltes dans les champs, de détruire les réserves, d'incendier les bourgs et les villages, prouvant ainsi à ses sujets terrifiés que leur souverain était incapable de les protéger – ce qui était pourtant le premier de ses devoirs. Sachant quelles souffrances une telle *razzia* pouvait infliger à son peuple, Baudouin fut stupéfié d'entendre Renaud lui répondre :

« Espérons-le. »

Voyant la surprise du roi, Renaud ajouta sans ménagement :

« S'il ne s'agissait pas d'une *razzia*, cela signifierait que Saladin marche en ce moment même sur Jérusalem à la tête d'une armée de vingt mille hommes. Je vous laisse juge de ce qui est préférable, Majesté. »

Baudouin accusa le coup et son regard se porta, au-delà de Renaud, vers la large route qui disparaissait à l'est à travers les collines et menait à Jérusalem.

« Dieu ne le permettrait pas », rétorqua-t-il.

Mais sa voix manquait de conviction. Il avait bien été persuadé jadis que le Tout-Puissant ne permettrait jamais qu'un lépreux règne sur la Terre sainte.

La journée s'écoula. Des querelles éclatèrent, les nerfs étant à vif et les esprits prompts à s'échauffer. N'ayant rien à faire, les hommes se réfugièrent dans les tavernes où la population célébrait le sursis accordé à Ascalon. Comme la plupart des soldats avaient de la famille aux quatre coins du royaume, ils trouvèrent cette atmosphère de fête indécente. Certaines bagarres se poursuivirent dans les rues, et Renaud dut envoyer des sergents pour rétablir l'ordre. Ascalon n'était pas une ville assiégée, mais ils s'y trouvaient bel et bien bloqués : en l'absence d'un ennemi contre lequel ils se seraient tous unis, les malheureux en étaient réduits à se battre entre eux.

Quasiment personne ne toucha au repas de midi servi dans le château. Balian ne tarda pas à remonter sur les remparts. Le soleil avait chassé les derniers pans de la brume matinale qui montait de la mer, et on se serait davantage cru en septembre qu'à la fin du mois de novembre. Comme une crécerelle dessinait de grands cercles au-dessus de sa tête, Balian la suivit des yeux jusqu'à ce qu'elle ait plongé et disparu au loin. Ses pensées dérivaient de la même façon que ce rapace dans le ciel. Il s'apprêtait à quitter le parapet lorsque son regard fut accroché par une tache à l'horizon : de la fumée.

Le temps que Baudouin d'Ibelin ait escaladé à son tour les remparts, le ciel bleu au nord d'Ascalon s'était couvert d'épais nuages noirs qui ne cessaient de s'étendre. Son frère paraissait si défait que Balian s'empressa de le rejoindre. Il aurait voulu lui dire que ce n'était probablement pas Ramlah qui était en flammes, mais les mots ne venaient pas.

« Tu avais bien dit aux habitants de s'enfuir s'ils voyaient les Sarrasins approcher, lui dit-il enfin. Ils auront sans doute rejoint la route de Jaffa avant que l'armée de Saladin n'ait pénétré dans la ville. »

Son frère ne répondit pas. Plus de trois mille personnes vivaient à Ramlah, et il était peu probable qu'elles aient toutes réussi à évacuer la ville. Certains étaient trop âgés, trop malades ou simplement trop bornés pour fuir le danger avant qu'il soit trop tard. Ils avaient pu trouver refuge au château, mais il n'y avait pas assez d'hommes pour le défendre bien longtemps. C'était d'ailleurs vrai de la plupart des châteaux et des villes d'Outremer, vidés de leurs garnisons suite à l'appel du roi. Baudouin donna un violent coup de poing contre le merlon, s'écorchant les jointures et laissant sur la pierre une tache de sang. Cela ne changeait rien. Il se mit alors à hurler, déversant une bordée d'injures tonitruantes, mais c'était tout aussi inutile.

À en juger par la progression des nuages de fumée, il y avait visiblement plusieurs foyers d'incendie. Quelles autres villes étaient en feu ? Mirabel ? Ibelin ? Balian n'ignorait pas que seules quatorze cités en Outremer étaient entourées de murailles. Les autres, comme Ramlah ou Naplouse, étaient défendues par de simples châteaux, souvent de taille modeste. Balian songea aux villageois d'Ibelin : parviendraient-ils à rejoindre le château si une horde de Sarrasins s'abattait sur eux ? Il y avait des musulmans parmi eux, mais il n'était pas sûr que cela leur soit d'un grand secours : en temps de guerre, on ne prenait pas toujours le temps d'identifier l'ennemi. Et Naplouse ? Saladin allait-il pénétrer avec son armée si loin à l'intérieur des terres ? Qu'adviendrait-il alors de la ville et de la petite centaine de villages qui dépendaient désormais de lui pour leur protection ? Il regarda la fumée envahir l'horizon, cachant peu à peu le soleil, et il eut l'impression qu'elle oblitérait du même coup tous les espoirs qu'il pouvait encore nourrir pour son pays assiégé.

Des réfugiés ne tardèrent pas à rejoindre Ascalon, certains couverts de sang et tous sous le choc de leur rencontre avec l'armée sarrasine tandis qu'ils rejoignaient la côte, poussés par l'arrière-ban. Ils évoquèrent les morts qu'ils avaient vus, les prisonniers capturés par les Sarrasins et emmenés avec leurs troupes pour être vendus comme esclaves sur les marchés du Caire. Et ils confirmèrent que la plaine de Shéphélah avait été dévastée par les raids ennemis, soumise à un pillage en règle et jonchée des cadavres du bétail abattu.

Le roi tenait à entendre en personne tous ces témoignages, bien que chaque nouveau récit semblât le vider un peu plus de son énergie. Lorsque le repas du soir arriva, il avait vraiment mauvaise mine et ne fit même pas semblant de manger. Les autres n'avaient guère plus d'appétit mais ils burent beaucoup, en revanche, et Baudouin d'Ibelin termina la soirée ivre mort. Il n'était d'ailleurs pas le seul. Balian faillit céder à la tentation mais décida de rester sobre afin de garder un œil sur son frère, et il passa encore une mauvaise nuit, ne dormant que par à-coups, régulièrement réveillé par des cauchemars dont – Dieu merci – il ne conservait pas le moindre souvenir.

L'aube arriva, aussi brutale qu'inéluctable. Le château était rempli d'hommes qui déambulaient d'un air hagard, tels des morts vivants, et tentaient de soigner leur gueule de bois. Seul bénéfice de cette débauche d'ivrognerie, la plupart d'entre eux étaient trop mal en point pour se chercher querelle. Un calme inhabituel régnait dans la grande salle, quelques rares individus rompaient le jeûne en coupant du pain, du fromage ou d'épaisses tranches d'agneau rôti. Balian conduisit son frère titubant jusqu'à la table la plus proche, mais Baudouin s'en détourna dès que les effluves de viande lui montèrent aux narines et alla s'écrouler sur un banc, à côté de la cheminée.

Balian lui tendit une coupe et il but goulûment.

« Si tu avais pitié de moi, marmonna-t-il, tu ajouterais de la ciguë à ma bière pour me délivrer de ce tourment.

— Si nous devions empoisonner quelqu'un, ce serait lui », répondit Balian dont le regard s'était posé sur Jocelyn de Courtenay, à l'autre bout de la salle.

Son frère releva les yeux et l'approuva du menton.

« Ne me tente pas, petit frère… Rien ne me ferait davantage plaisir avant ma mort que de débarrasser le monde d'un De Courtenay. »

Balian ne l'écoutait déjà plus car son attention venait d'être attirée par la table où le roi avait pris place, l'air accablé. Mais il venait justement de se relever, si vivement que son fauteuil avait basculé et s'était renversé sur le sol. L'un des chevaliers de sa maisonnée était à ses côtés et faisait signe à un autre homme qui se tenait non loin de là. Le roi lui fit signe à son tour puis se tourna vers Renaud, qui était assis à la même table.

Celui-ci se leva aussitôt. Dès que le troisième homme les eut rejoints, ils se dirigèrent vers la porte.

Ils passèrent à côté de Balian qui s'avança de quelques pas, s'arrêta et les regarda s'éloigner. L'individu qui les accompagnait lui était inconnu. Il était vêtu comme un Sarrasin, mais de nombreux chrétiens avaient adopté cette tenue. Était-ce l'un des espions de Baudouin ? Un éclaireur ? La seule chose dont Balian était convaincu, c'était qu'il ne devait pas être porteur de bonnes nouvelles.

Le suspense ne dura pas très longtemps. Au bout d'une heure, Renaud revint dans la grande salle. Après être monté sur le dais, il éleva la voix en réclamant le silence. « Les seigneurs dont le nom va suivre sont appelés auprès du roi », ajouta-t-il laconiquement. À mesure que leurs noms étaient prononcés, les hommes se levaient pour le rejoindre. Certains se hasardèrent à lui demander ce qu'il se passait, mais il les ignora. Après avoir tourné les talons, il regagna la porte à grandes enjambées, et les autres s'empressèrent de lui emboîter le pas. Les frères d'Ibelin suivirent le mouvement à une allure plus mesurée. Baudouin avait juré à son frère que s'ils marchaient trop vite, sa tête allait se détacher et rouler par terre. Quant à Balian, on ne pouvait pas dire qu'il était impatient de savoir ce que le roi allait leur annoncer.

Le roi était affalé dans un fauteuil, se protégeant les yeux de la main. Il se leva dès que les hommes pénétrèrent sur la terrasse, l'air tellement égaré que tout le monde s'attendait au pire. Sans perdre plus de temps, il désigna l'inconnu.

« Je vous présente Bernard. Je pense que la plupart d'entre vous ont entendu parler de lui. »

Des murmures parcoururent l'assistance, car Bernard était en effet une sorte de légende en Outremer. Ce n'était d'ailleurs pas son vrai nom, mais celui qu'il utilisait en mission. Il avait été employé par le père de Baudouin et servait désormais le jeune roi. Il avait débuté comme simple informateur et était peu à peu monté en grade, au point de diriger à présent une équipe d'espions qui couvraient l'ensemble du royaume. On pensait que c'était un chrétien de Syrie, mais on aurait facilement pu le prendre pour un musulman, et il ne se privait pas de jouer de cette ressemblance. On prétendait qu'outre la langue des Francs il parlait couramment l'arabe, le kurde, le syriaque, le grec, plus un certain nombre de dialectes locaux. La peur lui était étrangère, bien que les Sarrasins aient mis sa tête à prix. Du moins s'agissait-il des propos que tenaient les Francs lorsqu'ils évoquaient ses exploits dans les tavernes et autour des feux de camp : mais en fait, nul ne connaissait la vérité.

Malgré sa célébrité, Bernard avait une apparence parfaitement ordinaire. Il était de taille moyenne, plutôt svelte, et serait passé inaperçu dans la rue. À en juger par la souplesse de ses mouvements, Balian le trouvait étonnamment jeune : sans doute avait-il à peine dépassé la trentaine. Mais il n'en aurait pas juré, car Bernard arborait le turban sarrasin appelé *imaman muhannak*, dont un pan retombait sur le côté et pouvait se rabattre en cas de mauvais temps pour protéger la bouche et le nez. Bernard s'en servait pour l'instant pour dissimuler le bas de son visage : seuls ses yeux étaient visibles, si foncés qu'ils étaient presque noirs. Apparemment, rien ne leur échappait, sans révéler pour autant grand-chose de ses pensées.

« Je n'ai malheureusement que des mauvaises nouvelles à vous annoncer, messires », commença-t-il.

Il parlait d'une voix douce et chuchotait presque, ce qui les obligeait à tendre l'oreille pour saisir ses paroles.

« Saladin a laissé ses hommes piller et dévaster la région à leur guise. Ramlah a été incendiée ainsi que les cités et les villages les plus proches, Ibelin et Mirabel. Lorsqu'ils ont attaqué Lydda, la population s'est réfugiée à l'intérieur de l'église fortifiée, mais la ville elle-même a été mise à sac. Tous les Francs qui ont eu le malheur de se trouver sur leur chemin ont été massacrés ou emmenés en esclavage, dans le cas des femmes et des jeunes enfants. La campagne environnante est noyée sous les fumées car ils ont tout brûlé : les maisons, les granges, les églises… Les rues de Ramlah et de Lydda sont jonchées de cadavres de porcs ou de carcasses de chiens. Et ils ont volé tous les chevaux, les moutons et le bétail dont ils pouvaient s'emparer. Jamais je n'ai été témoin d'une telle désolation. »

Bernard ne leur apprenait rien qu'ils n'aient déjà redouté. Il n'en était pas moins terrible de voir confirmées leurs pires appréhensions. Il y eut quelques exclamations étouffées, des jurons, et quelqu'un au fond de la terrasse s'écria :

« Comment les gens vont-ils survivre cet hiver s'ils ont tout perdu ? Ils vont mourir de faim !

— C'est pour l'instant le cadet de nos soucis », rétorqua Renaud d'une voix si tranchante que tout le monde se tut à nouveau.

Bernard regarda le roi, qui lui fit signe de poursuivre.

« Saladin ne semble pas pressé, mais ses intentions ne font aucun doute. Il n'avait peut-être pas ce projet en tête lorsqu'il a quitté l'Égypte ; mais après avoir constaté la faiblesse de nos troupes, il a compris quel bénéfice il pouvait en tirer. Il conduit à présent son armée vers l'est, en direction de Jérusalem. »

Tout le monde le dévisagea, pétrifié. La perte de Jérusalem signifierait la fin de leur royaume, c'est-à-dire du seul monde qu'ils connaissaient. Et l'ensemble de la chrétienté leur reprocherait à tout jamais d'avoir laissé la Ville sainte tomber aux mains des infidèles.

Pour nombre d'entre eux, le danger était plus immédiat. Balian avait l'impression que sa poitrine se serrait sous l'emprise d'une main glacée et dut lutter pour retrouver son souffle. Il n'était pas le seul pour qui des êtres chers se trouvaient menacés : bien des hommes avaient laissé leurs familles à Jérusalem en pensant qu'elles y seraient en sécurité. La mère du roi et sa sœur enceinte, les deux filles de Baudouin d'Ibelin, Esquiva et Étiennette, ainsi que Thomassin, son tout jeune fils, la femme et le beau-fils de Renaud, Guillaume de Tyr, le vieux patriarche… Trente mille personnes, hommes, femmes et enfants, allaient se retrouver à la merci d'une armée d'infidèles.

La première réaction d'Hugues de Galilée fut un intense soulagement, car sa mère et ses jeunes frères se trouvaient à

Tibériade, et non à Jérusalem. Mais il fut aussitôt honteux d'avoir éprouvé un tel sentiment. Il regarda le roi et songea qu'il devait être affreux pour lui d'assister à la fin de leur royaume. Il était assis près du beau-père de Baudouin et se pencha pour lui demander à voix basse comment allait réagir le roi. Denis se contenta de hocher la tête : que pouvait-il bien faire ?

Voyant que Bernard en avait terminé, Baudouin s'avança et attendit que le calme soit revenu sur la terrasse.

« Il m'est impossible de rester terré derrière les murailles d'Ascalon alors que mon peuple est martyrisé, terrorisé, et ses maisons réduites en cendres, dit-il d'une voix rauque. Même si nous ne sommes plus en mesure d'empêcher les Sarrasins de ravager nos terres, nous devons au moins essayer. Le comprenez-vous ? »

Il les implorait presque, sachant fort bien qu'il leur demandait d'aller au-devant d'une mort certaine. Et il ne pouvait pas leur en vouloir d'hésiter devant une telle perspective. Tout au plus pouvait-il leur faire honte, si cela s'avérait nécessaire. Levant le menton, il les regarda tous sans ciller, droit dans les yeux.

« J'ai l'intention de quitter Ascalon et d'aller affronter Saladin. Qui d'autre est avec moi ?

— Je serai à vos côtés ! » s'exclama l'évêque de Bethléem en se levant.

Denis se leva à son tour, suivi par Baudouin et Balian d'Ibelin. Jocelyn semblait si partagé que le roi en fut touché, sachant que son oncle était encore hanté par les douze années qu'il avait passées prisonnier des Sarrasins. Mais il ne s'en leva pas moins. Tout comme Aimery de Lusignan et les cousins de Denis. Ainsi qu'Hugues de Galilée, partagé entre la crainte et la fierté. Lorsque son jeune frère de quinze ans l'imita, cela poussa la plupart des autres seigneurs à se joindre à eux : comment auraient-ils pu se tenir à l'écart alors qu'un adolescent acceptait ce destin avec le courage d'un homme ?

Le roi retint son souffle, attendant la suite. Il éprouva une immense gratitude lorsque l'évêque de Bethléem vint se placer à ses côtés en déclarant :

« Dieu sera à nos côtés, Majesté. »

Baudouin espérait que les mots de l'évêque allaient convaincre les derniers réticents. Tel fut bel et bien le cas, mais l'ecclésiastique n'y était pour rien. Adossé au mur, les bras croisés sur la poitrine, Renaud de Châtillon les toisait d'un regard méprisant, un sourire sardonique aux lèvres.

« Inutile de perdre notre temps, Majesté, lança-t-il d'un air excédé. Il est évident que ces hommes viendront avec nous, puisqu'ils n'ont pas le choix. Les lâches qui resteraient planqués à Ascalon alors que leur jeune roi, malgré sa maladie, part affronter Saladin, ne survivraient assurément pas à la honte qui les attendrait. »

Son regard accusateur se posa un bref instant sur les frères de Brisebarre, qui rougirent jusqu'aux oreilles avant de se lever lentement.

Les autres seigneurs ne purent résister plus longtemps au défi qui leur avait été lancé. Le roi avait bien conscience qu'il s'agissait d'une sorte de chantage, mais la situation était tellement désespérée que cela n'avait guère d'importance.

« Je vais envoyer un message au grand maître des Templiers à Gaza, dit-il, pour lui demander de se joindre à nous. Je ne puis évidemment pas lui en donner l'ordre, mais je ne doute pas qu'il acceptera.

— Les Templiers n'hésitent jamais à défendre une cause perdue », murmura Baudouin d'Ibelin à son frère.

Ceux qui se trouvaient assez près de lui pour l'entendre esquissèrent un petit sourire. Renaud l'avait entendu lui aussi et s'esclaffa franchement.

« Mourir en martyr du Christ n'est pas la pire façon de quitter ce monde, dit-il. Mais nous n'en sommes pas encore à guetter l'auréole qui nous attend… Les réfugiés qui ont réussi à rejoindre Ascalon nous ont tous rapporté la même chose : l'armée de Saladin s'est dispersée à travers la plaine de Shéphélah pour se livrer au pillage, et Bernard nous l'a confirmé. Si nous parvenions donc à rejoindre Saladin avant que ses forces ne se soient regroupées… »

Balian ressentit une certaine admiration pour Renaud, dont la manœuvre était habile : il leur offrait une petite lueur d'espoir sans leur dire pour autant qu'ils étaient en mesure de remporter la bataille, ce qu'aucun d'entre eux n'aurait cru. Il regarda ensuite son frère en se demandant si la spectaculaire ascension de la famille d'Ibelin allait se voir brisée net sur le champ de bataille en ce mois de novembre… Son frère avait dû lire dans ses pensées car il lui lança, en lui donnant un coup de coude :

« Ne fais donc pas cette tête, mon garçon ! Tu n'as pas entendu Renaud ? Selon toute vraisemblance, nous allons nous retrouver devant douze mille malheureux Sarrasins, il n'y a donc pas de quoi s'inquiéter. »

Son frère cherchait à détendre l'atmosphère, et Balian tenta de l'imiter.

« Je reconnais que je me faisais du souci, dit-il. Espérer un miracle n'est pas la meilleure des stratégies possibles, mais tu as raison : savoir que les Sarrasins seront à peine trois fois plus nombreux que nous, cela change la donne… »

Marie comprendrait-elle qu'il ait choisi d'accompagner le roi ? Après un instant de réflexion, Balian songea que oui, car le devoir et l'honneur étaient des valeurs qui n'étaient pas étrangères à sa nouvelle épouse. Si seulement il avait insisté pour qu'elle aille se réfugier avec Isabelle à Acre ou à Tyr – dont les murailles étaient bien plus solides que celles de Jérusalem. De surcroît, si elles s'étaient repliées dans une ville de la côte, elles auraient pu monter à bord d'un navire et rejoindre Constantinople au cas où le royaume tomberait aux mains de Saladin. Il essayait vaguement de se convaincre que si jamais elles étaient capturées, les Sarrasins les traiteraient correctement car elles constituaient de précieux otages. La voix de Denis s'éleva soudain, mettant un terme à ses sombres pensées.

« Nous ferions bien d'ordonner la fermeture des tavernes. En apprenant ce qui les attend demain matin, les soldats ne manqueront pas de se soûler ce soir.

— Ça ne va pas leur plaire, rétorqua Baudouin d'Ibelin. Et si nous fermons les tavernes, nous serions bien inspirés en revanche de laisser les bordels ouverts. Si les hommes ne trouvent pas de quoi s'occuper ce soir, cela risque de déclencher une mutinerie. »

Cette remarque provoqua quelques rires sans joie, et l'évêque de Bethléem fronça les sourcils en rétorquant que les hommes occuperaient plus utilement leur temps en priant. Avant qu'il ait pu se lancer dans un sermon relatif au salut de leurs âmes, Renaud éleva la voix et demanda le silence.

« Nous n'allons pas attendre demain, dit-il. Moins les hommes auront le temps de réfléchir à ce qui les attend, et mieux cela vaudra. Nous nous mettrons en route dès que les Templiers nous auront rejoints. »

Il songea seulement à cet instant qu'il n'avait pas pris l'avis du roi avant de faire cette déclaration. Mais celui-ci n'en prit pas ombrage et approuva aussitôt la décision de Renaud. Les entorses à sa dignité royale étaient de peu de poids, alors qu'ils s'apprêtaient à livrer une bataille qu'ils étaient assurés de perdre.

La forteresse de Gaza ne se trouvait qu'à une douzaine de kilomètres d'Ascalon, aussi le roi espérait-il une réponse rapide du grand maître des Templiers. Ses espoirs ne furent pas déçus : Eudes de Saint-Amand arriverait à Ascalon avec ses quatre-vingts chevaliers d'ici la fin de la matinée. Eudes était connu pour son tempérament fougueux et son arrogance, des traits de caractère qui ne l'avaient pas toujours servi dans le passé mais qui convenaient à merveille en la circonstance, s'agissant de livrer un combat désespéré pour la survie du royaume. Baudouin fut touché par l'enthousiasme avec lequel le grand maître accueillit leur plan. Il avait parfaitement conscience de mettre en jeu la vie de plus de quatre mille hommes, mais quel autre choix avaient-ils ? Mieux valait mourir en défendant leur patrie que de rester les bras ballants, à regarder Outremer brûler sous leurs yeux.

Ils suivirent la route qui longeait la côte dans l'espoir d'échapper aux éclaireurs de Saladin et marchèrent à une telle allure qu'ils réussirent à couvrir une trentaine de kilomètres, atteignant Ibelin bien après la tombée de la nuit. Malgré l'obscurité, Balian eut le cœur déchiré à la vue du village. Dieu merci, les habitants avaient eu le temps de se réfugier au château. Mais les maisons et les boutiques avaient été incendiées, les provisions pillées, et l'avenir qui les attendait s'avérait aussi sombre que les ruines noircies de leurs vies passées. Guillaume avait dit un jour à Balian que les trois quarts du demi-million d'habitants d'Outremer étaient musulmans – de pauvres fermiers pour la plupart et des paysans qui luttaient âprement pour survivre sur une terre aussi ingrate qu'hostile aux hommes, quelle que soit leur religion. En pensant à cela, il se souvint d'un vieux proverbe qui affirmait que lorsque les éléphants se battaient, c'étaient les fourmis qui étaient écrasées.

Le jour suivant était un vendredi, le 25 novembre, la fête de sainte Catherine d'Alexandrie, martyre de la foi à l'âge de dix-huit ans. Beaucoup d'entre eux étaient tentés d'implorer son soutien, convaincus qu'ils allaient affronter la mort à leur tour. Le ciel se couvrait peu à peu de nuages et un vent frais soufflait depuis la mer. Les fumées qui s'élevaient au nord et à l'est aiguillonnaient leur ardeur. Baudouin d'Ibelin avait demandé à prendre la tête de l'avant-garde, étant donné qu'ils avançaient maintenant sur ses terres. C'était une tradition militaire chez les Francs, d'honorer de la sorte celui dont la souveraineté était menacée.

Ils étaient convaincus que l'armée sarrasine n'était plus très loin à présent, ce qui ne tarda pas à être confirmé par l'un de leurs éclaireurs, un chrétien de Syrie qui avait malgré tout adopté la forme arabe de son prénom – Yakoub, plutôt que Jacob –, car c'était sa langue maternelle. Dès qu'il eut repéré

Renaud et le roi, il se précipita vers eux en lançant d'un air excité :

« Je les ai vus, messires ! Ils sont à quelques kilomètres d'ici, près de Montgisard, au sud-est de Ramlah ! »

Une brève éclaircie dans la couverture nuageuse avait permis à Salah al-Din d'entrevoir le soleil, et il avait calculé que ça devait être le début de l'après-midi. Ils avaient été contraints de faire halte car les charrettes contenant leur matériel s'étaient embourbées tandis qu'ils franchissaient le gué d'une rivière. Mais ils avaient encore quelques heures devant eux et ils devraient pouvoir atteindre Latroun à la tombée de la nuit. Il était à peu près sûr que le château des Templiers serait abandonné, les chevaliers ayant rejoint leur grand maître à Gaza. Ses hommes et lui y passeraient la nuit avant de lancer le lendemain matin leur assaut final sur al-Qods, qui se trouvait à une trentaine de kilomètres de Latroun.

Lorsqu'ils avaient franchi la frontière pour pénétrer dans le pays des Francs, une semaine plus tôt, il n'avait pas d'autre projet que de lancer une *razzia* en profitant du fait que le royaume était privé d'une bonne partie de ses défenseurs. Mais les événements s'étaient succédé à vive allure et leurs victoires avaient été si faciles que leur *razzia* avait pris l'allure d'une marche triomphale. Au début, il avait écarté la suggestion de son neveu, qui le poussait à reprendre la ville considérée comme sainte aussi bien par les chrétiens que par les musulmans. Son armée n'était pas équipée pour un siège prolongé car ils avaient laissé les pièces les plus lourdes de leur artillerie à la frontière, dans leur camp d'al-Arish. Lorsque les Francs s'étaient repliés à Ascalon, il avait été tenté de pousser vers le nord, jusqu'en Samarie, car Naplouse et Nazareth étaient des objectifs plus tentants et quasiment sans défense. Taqi al-Din avait toutefois insisté et fini par emporter sa décision, la tentation étant décidément trop grande.

Cela dit, et contrairement à son neveu, le sultan ne pensait pas qu'ils seraient en mesure de s'emparer d'al-Qods.

S'ils voulaient vraiment attaquer la ville, ils auraient besoin des machines de guerre appropriées et devraient rappeler les quelques milliers d'hommes qu'il avait lâchés dans la nature en les laissant piller les environs. Lorsqu'ils partaient à la guerre, les soldats espéraient toujours en retirer quelques profits, et il avait eu là une rare opportunité de les récompenser tout en affaiblissant considérablement le royaume des infidèles. Néanmoins, si son armée surgissait brusquement devant les murailles d'al-Qods, cela insinuerait la peur dans le cœur des Francs en leur montrant que leur Ville sainte n'était pas à l'abri du danger et les encouragerait à accepter une trêve, lorsqu'il serait prêt lui-même à aller affronter les émirs d'Alep et de Mossoul.

« Serons-nous à al-Qods demain ? »

Lorsque Salah al-Din eut confirmé la chose à son petit-neveu, Khalid se fendit d'un large sourire, ce qui rappela au sultan combien il ressemblait à son père. Khalid était le fils aîné de Taqi al-Din et aurait bientôt vingt ans. Les fils de Salah al-Din étaient beaucoup plus jeunes, l'aîné n'avait que sept ans, mais Taqi al-Din avait eu une jeunesse agitée et était déjà père bien avant sa vingtième année.

Devant eux se dressait la colline que les Francs appelaient Montgisard. Elle était couronnée par un petit château pour l'instant désert, son seigneur ayant rejoint le roi lépreux à Ascalon. Ils avaient enfin réussi à extirper leurs chariots de la boue, mais une partie des soldats étaient encore en train de franchir le gué lorsque le sultan entendit des cris. Se retournant sur sa selle, il aperçut l'un des éclaireurs de Taqi al-Din qui arrivait en courant.

« Les Francs ! s'écria-t-il. Leur armée est en marche le long de la côte ! »

Il y avait de la panique dans sa voix, et de nombreux visages se tournèrent vers lui en entendant sa déclaration.

« Calme-toi ! lui lança sèchement le sultan. Reprends ton souffle et dis-moi ce que tu as vu. »

L'éclaireur était jeune, guère plus âgé que Khalid, et très agité ; mais il fit de son mieux et retrouva ses esprits.

« Pardonnez-moi, monseigneur. Les infidèles ont quitté Ascalon, je les ai vus de mes propres yeux, portant les bannières de leur roi et de ces maudits Templiers. »

Salah al-Din avait appris depuis longtemps à garder son sang-froid et à ne rien révéler de ses émotions, ce qui constituait la règle d'or des dirigeants. Il n'en fut pas moins horrifié par les révélations de son éclaireur car son armée se trouvait pour l'instant éparpillée : une partie importante de ses hommes se livraient au pillage, les autres n'avaient même pas revêtu leurs armures et n'étaient nullement prêts à livrer bataille, émotivement ou mentalement parlant. Il savait pertinemment que les soldats avaient besoin d'un certain temps pour se préparer au combat, la guerre allant à l'encontre de l'instinct de conservation qui était propre aux hommes.

« Faites sonner les trompettes pour rappeler nos troupes qui sont au loin. Que ceux d'entre vous qui doivent aller récupérer leurs armures ou leurs armes dans les chariots le fassent immédiatement. »

Regardant les soldats qui l'entouraient, sous le choc, il en envoya plusieurs à la recherche de son neveu et de ses autres commandants, avant d'ordonner qu'on aille renforcer la garde des prisonniers francs. Sa fermeté rassura ses hommes qui s'empressèrent d'obéir.

Khalid était ébranlé lui aussi, mais assez jeune pour être également excité à l'idée de se mesurer aux infidèles. Il en savait néanmoins assez sur l'art de la guerre pour comprendre que la situation n'était pas à leur avantage.

« Nous sommes toujours beaucoup plus nombreux qu'eux, n'est-ce pas ? » demanda-t-il.

Il éprouva un vif soulagement quand son grand-oncle lui certifia que même si des soldats étaient partis se livrer au pillage, leur armée restait tout de même nettement plus importante que celle des Francs.

Son père apparut bientôt, et Khalid lui adressa un sourire soulagé. Ses sentiments à son égard étaient assez confus : un mélange de respect, d'amour et du désir désespéré de lui plaire, auquel se mêlait un zeste de crainte. Mais surtout, il avait une confiance aveugle dans les prouesses dont son père était capable sur le champ de bataille, aussi ses inquiétudes ne tardèrent-elles pas à se dissiper : ils ne risquaient pas la défaite, tant que Taqi al-Din mènerait les combats.

Taqi al-Din, Isa al-Hakkari et Jawuli al-Asadi, qui avait dirigé le raid sur Ramlah, firent cercle autour de Salah al-Din afin d'élaborer en toute hâte un plan de bataille. Tous étaient d'accord pour placer leurs lignes au pied de la colline. Mais le temps ne tarda pas à leur manquer car ils entendirent des trompettes résonner au loin, portées par le vent et annonçant l'arrivée de leurs ennemis.

La petite armée des Francs était déjà en formation de bataille, chaque escadron conduit par son seigneur respectif et l'ensemble placé sous le haut commandement de Renaud de Châtillon. Les Templiers combattaient quant à eux sous leur propre bannière noire et blanche ; et l'évêque de Bethléem chevauchait aux côtés des soldats chargés de protéger la Vraie Croix et le chariot où était dressé l'étendard du royaume : une croix dorée sur champ d'argent, entourée de quatre petites croix grecques. Les fantassins et les arbalétriers marchaient généralement à pied devant les chevaliers, pour constituer une sorte de rempart et protéger les montures des attaques éclairs menées par les archers sarrasins sur leurs chevaux légers. Mais aujourd'hui on les avait placés à l'arrière car tout allait dépendre de l'effet de surprise. Encore plus loin derrière se tenaient les écuyers des chevaliers et des Templiers, qui n'étaient pas censés prendre part au combat.

Ils s'enfoncèrent à l'intérieur des terres dès que Yakoub eut repéré l'armée du sultan et reprirent courage grâce aux exhortations de Baudouin d'Ibelin. Celui-ci avait été rassuré d'apprendre que Saladin se trouvait du côté de Montgisard, et proclamait à qui voulait l'entendre que le secteur autour de la colline était sillonné de cours d'eau qui allaient se jeter dans la Sorek et l'Ayalon et alimentaient un ancien aqueduc.

Renaud ne connaissait pas la région aussi bien que lui, mais il comprit aussitôt qu'un terrain de ce genre n'allait pas faciliter la tactique habituelle des Sarrasins, basée sur la rapidité et la souplesse de leurs chevaux et visant à encercler l'ennemi pour mieux l'isoler. Il ajouta bientôt ses commentaires à ceux de Baudouin, et au milieu des cendres de leurs espoirs anéantis quelques braises se remirent à luire.

À cet instant, Yakoub revint d'une ultime virée de reconnaissance, une flèche plantée dans la botte.

« Ils savent que nous arrivons ! s'exclama-t-il. Ils sont en train de se mettre en formation de bataille mais ont brusquement décidé de changer de position. Apparemment, l'aile droite et l'aile gauche de leur armée s'apprêtent à permuter pour se placer dos à la colline. Une grande confusion régnait, et j'ai dû m'approcher pour voir de plus près de quoi il retournait – d'un peu trop près, même », ajouta-t-il en désignant avec une grimace la flèche fichée dans sa botte, avant de préciser qu'il s'agissait d'une simple égratignure.

Malgré sa déception de ne pas pouvoir prendre l'ennemi par surprise, le roi n'oublia pas de remercier Yakoub. Renaud quant à lui avait déjà oublié l'existence de l'éclaireur ; il n'aurait d'ailleurs pas fait davantage attention à lui s'il avait agonisé sous ses yeux.

« Jésus-Christ ! s'écria-t-il, en proie à une soudaine excitation. La plupart du temps, les Sarrasins commencent toujours par se retirer lorsque nous les attaquons. Puis ils fondent sur nous avant que nous ayons le temps de reformer nos rangs et de préparer un nouvel assaut. »

Le roi n'éprouvait aucune fierté mal placée et ne demandait qu'à apprendre auprès des guerriers aguerris comme Renaud. Mais le discours que celui-ci venait de tenir était tellement élémentaire que c'en était presque insultant.

« Je sais tout cela, messire Renaud, dit-il sèchement. Ma sœur elle-même est au courant. »

Renaud éclata de rire, à la grande surprise de Baudouin, car il paraissait sincèrement amusé.

« Vous n'avez donc pas compris ? répliqua-t-il. L'éclaireur vient de nous dire que leur aile droite et leur aile gauche étaient en train de changer de position. Si nous parvenons à les attaquer pendant qu'ils sont occupés à cette manœuvre, ils ne seront pas en mesure de se retirer. Et nous pourrons fondre à travers leurs rangs aussi aisément qu'un couteau chauffé à blanc dans une motte de beurre ! »

Les Sarrasins étaient encore en train de réaligner l'aile droite et l'aile gauche de leurs troupes lorsque le sol se mit à trembler, tandis que s'élevait un concert retentissant de « Saint Georges ! » – le cri de guerre des Francs – et qu'une brusque avalanche de soldats fondait sur eux. Chevauchant flanc à flanc, leur lance pointée en avant et calée sous le bras, les chevaliers en armure heurtèrent de plein fouet les lignes ennemies, avec une telle violence que les chevaux des Sarrasins tombèrent à genoux et que les cavaliers furent éjectés de leurs selles : leurs armures plus légères étaient incapables de résister à un choc pareil, les chevaux des Francs étant lancés à plus de quarante kilomètres-heure. La confusion était généralement de mise sur les champs de bataille, mais ce jour-là le chaos le plus total régna immédiatement.

Durant un bref instant, Balian crut sincèrement qu'ils l'avaient emporté, car la charge de leurs chevaliers s'était avérée dévastatrice : des dizaines d'hommes avaient été tués sur le coup, sans même avoir eu le temps de dégainer leurs armes. Mais les chefs sarrasins parvinrent à regrouper une partie de leurs hommes, et des affrontements d'une rare violence commencèrent. Balian relâcha un peu la pression de ses rênes, faisant confiance à l'expérience et au tempérament fougueux de Démon. Un soldat sarrasin surgit sur sa gauche mais Balian le frappa au visage avec son bouclier. Il avait déjà combattu au corps à corps mais ne s'était jamais retrouvé au milieu d'une telle mêlée, et il eut un instant d'inquiétude lorsque Démon trébucha sur un cadavre : l'étalon réussit néanmoins à retrouver son équilibre en plantant ses dents dans la croupe d'un alezan aux yeux exorbités, qui poussa des hennissements de rage et faillit éjecter son cavalier en ruant comme un possédé et en martelant l'air de ses sabots. La lance de Balian s'était brisée en transperçant la poitrine d'un *faris*, un chevalier sarrasin. Mais celle d'un templier qui se trouvait juste à côté était encore intacte et alla frapper le poitrail de l'alezan. Comme la plupart des hommes de son rang, Balian aimait les chevaux et se désolait après chaque bataille de voir qu'un si grand nombre d'entre eux avaient trouvé la mort durant les combats. Pour l'instant, toutefois, sa seule préoccupation était de rester lui-même en vie le plus longtemps possible. Brandissant son épée, il lança Démon à l'assaut de l'adversaire le plus proche.

Quant au jeune roi, son cheval venait de lui sauver la vie : Asad s'était brusquement écarté au moment où un Sarrasin s'apprêtait à le décapiter. Répondant à la pression des genoux de son cavalier, l'étalon avait ensuite viré sur la droite, permettant à Baudouin d'abattre son épée sur un guerrier qui chevauchait un cheval bai efflanqué. Le Sarrasin réussit à parer le coup avec sa *duraqah*. Baudouin avait le même bouclier rond fixé à son bras droit, mais il ne lui était d'aucune utilité : comme son bras lui-même, c'était un simple poids mort. Entrevoyant une proie facile, le Sarrasin se rapprocha, prêt à l'abattre. Mais les chevaliers de la maison du roi restaient groupés le plus près possible de leur souverain et lui tenaient lieu de garde rapprochée, à l'image des mamelouks, les soldats d'élite qui protégeaient Saladin. L'un d'eux abattit son épée et décapita le Sarrasin, dont le sang bouillonnant gicla sur la jambe du roi et les garrots d'Asad.

La violence de la charge des Francs avait repoussé l'aile droite des Sarrasins en plein milieu de leur armée, et il en résultait la plus totale confusion, la plupart des cavaliers, désarçonnés, étant allés emboutir les montures de leurs compatriotes. Se frayant un chemin au milieu de cette cohue, Renaud semblait indifférent à sa propre sécurité. Certains Sarrasins le connaissaient de vue – il avait gagné leur respect en refusant de leur céder pendant sa longue détention – et il constituait donc une cible de choix : abattre l'homme qu'ils appelaient le prince Arnat leur vaudrait à coup sûr quelques lauriers. Mais Renaud ne paraissait pas s'en soucier et avançait parmi eux avec une bravoure qui frisait la témérité, obligeant ses propres chevaliers à redoubler d'efforts pour le suivre. À un moment donné, il se trouva entouré par trois mamelouks mais parvint à les tenir à distance jusqu'à ce que plusieurs templiers se soient portés à son secours. L'un des mamelouks fut tué, les deux autres se replièrent, emportés dans le flot des combats, car les Templiers étaient connus pour se battre jusqu'à la mort s'il le fallait plutôt que de se rendre.

Les commandants sarrasins avaient réussi à lancer de nouveaux hommes dans la mêlée. L'un de ces bataillons était conduit par Khalid, dont son père fut fier de le voir abattre le premier chevalier franc qui croisa l'épée avec lui. Certains de ses hommes s'écriaient « *Allah akbar !* », mais Khalid préférait préserver ses forces. Il avait déjà pris part à une bataille avant cela mais c'était contre d'autres musulmans, dans les environs d'Alep. Aujourd'hui, les choses étaient bien différentes : ils affrontaient des Francs qui avaient osé s'emparer de la ville sainte d'al-Qods. Il aurait été impensable de perdre devant ces infidèles.

Le temps n'avait plus cours sur le champ de bataille. Seul existait l'instant présent, chaque guerrier se voyant confronté au plus trivial de ses besoins : la survie. La plupart d'entre eux ruisselaient de sueur, comme si l'on était en plein été et non pas au début de l'hiver. La jambe gauche de Balian était douloureuse car un Sarrasin lui avait assené un violent coup de masse. Il était déjà épuisé, mais l'instinct avait pris la relève, fort des années d'entraînement à la quintaine et dans le champ clos des tournois. De cet entraînement – et d'une dose de chance – allait dépendre son destin, et le destin de tous ceux qui combattaient avec un courage sans faille et une énergie désespérée, tandis que la lumière de l'après-midi commençait à décroître. Le roi prenait autant de risques que Renaud, car la mort sur le champ de bataille ne l'effrayait pas. S'appuyant sur la rapidité et l'agilité d'Asad pour compenser l'invalidité de son bras droit, il l'avait jusqu'ici emporté sur tous ses adversaires. Il n'avait aucun moyen de savoir combien de ses coups avaient été mortels, mais son haubert et son épée étaient couverts de sang – et il ne s'agissait pas du sien… La peur ne le quittait pas, cependant, car il tremblait à l'idée qu'ils perdent cette bataille, entraînant du même coup la chute du royaume.

Renaud était l'un des rares parmi les Francs à estimer la victoire possible. Leur charge initiale avait été aussi dévastatrice qu'il l'avait espéré, mais les Sarrasins s'étaient ressaisis et la plaine était devenue un véritable champ de massacre : un amas confus de guerriers et de chevaux se livrant au corps à corps dans un affrontement plus sauvage qu'ils n'en avaient jamais connu. Un mamelouk l'attaqua soudain et Renaud éperonna son cheval pour affronter ce nouvel adversaire, un vague sourire aux lèvres car il avait reconnu sa tunique safran : il s'agissait d'un membre de l'*askar*, la garde personnelle de Saladin. La fatigue de Renaud s'évapora aussitôt car il se dit que le sultan lui-même ne devait pas être très loin. Il frappa le Sarrasin avec son bouclier, le faisant basculer sur l'arrière de sa selle. Après avoir fait volte-face, le mamelouk revint à la charge mais Renaud frappa le premier, en mettant toutes ses forces dans le coup qu'il lui assenait, et son épée trancha net le bras du Sarrasin au niveau du coude. Il perçut au même instant un brusque changement dans le rythme des combats. D'abord lentement, puis de plus en plus vite, les Sarrasins étaient en train de céder du terrain.

« Nous les tenons ! s'exclama-t-il. Par Dieu et par saint Georges ! »

Ceux qui étaient assez près pour l'entendre redoublèrent d'efforts, galvanisés par ce soudain espoir. Ce qui n'était au départ qu'un mince ruisseau prit bientôt l'allure d'un vaste fleuve, puis d'une véritable marée humaine : les Sarrasins qui voyaient leurs camarades abandonner le combat ne tardèrent pas à les imiter. Une fois le mouvement enclenché, il fut impossible de l'arrêter, et les chefs sarrasins tentèrent vainement d'endiguer ce flux avant de se résoudre, contraints et forcés, à prendre la fuite à leur tour.

Le champ de bataille offrait un spectacle effroyable. Le sol était gorgé de sang et jonché de cadavres. Des entrailles, des cervelles, des os brisés et des membres épars traînaient de toutes parts, on apercevait même çà et là quelques têtes tranchées. Où que Baudouin portât son regard, il ne voyait que des morts et des blessés. Des chevaux privés de leur cavalier erraient de droite à gauche, complètement paniqués. D'autres étaient couchés sur le flanc, hennissant de peur et de douleur. Maintenant que le tumulte des combats s'était tu, les cris des blessés et des mourants s'élevaient de tous les côtés, appelant à l'aide en diverses langues. Et pour la première fois, les survivants prirent conscience de l'odeur âcre, fétide et écœurante qui planait sur ce sinistre décor : la puanteur de la mort.

Baudouin était trop abasourdi pour éprouver le moindre sentiment de triomphe, de soulagement ou quelque émotion que ce fût. Autour de lui, les guerriers n'étaient pas aussi tétanisés et se mettaient à rire, à pleurer, à s'embrasser les uns les autres, enivrés par le sursis qui leur avait été accordé et par le simple fait d'être en vie. Renaud et de nombreux chevaliers s'étaient lancés à la poursuite de l'ennemi. Certains prenaient peu à peu conscience des gémissements des blessés, d'autres avaient entrepris de dépouiller les cadavres des Sarrasins.

Le roi se retrouva bientôt entouré de soldats euphoriques. Il cherchait à identifier parmi eux des visages familiers, soulagé dès que son regard en rencontrait un. Son beau-père. Son oncle. Les frères d'Ibelin. Hugues de Galilée et son jeune frère, qui avait livré sa première bataille avant même d'être en âge de se raser. Certains manquaient pourtant à l'appel, dont plusieurs chevaliers de la maison du roi. Et ces combats avaient fait tant de morts, tant de corps estropiés, tant de veuves et d'orphelins en une seule journée… Mais Dieu avait récompensé leur pari insensé : ils avaient sauvé le royaume.

Il se hâta de descendre de cheval lorsqu'on lui signala qu'Asad saignait. Soulagé de voir surgir Anselme venu lui apporter son discret soutien, il constata que l'étalon avait une longue estafilade en travers du flanc, et comprit alors qu'il serait toujours temps de célébrer leur improbable victoire mais qu'il y avait d'autres urgences pour l'instant.

Et elles ne manquaient pas… Il fallait s'occuper des blessés, enchaîner les prisonniers, abattre les chevaux qu'il était impossible de sauver et capturer les autres, puis ramener l'ensemble des cadavres à Ascalon : les leurs recevraient de dignes funérailles et on creuserait des charniers pour ceux de leurs ennemis. Sans compter qu'il fallait envoyer des messagers à Jérusalem et dans les autres villes du royaume pour annoncer qu'Outremer était sauvé.

Il fut aussi surpris que touché lorsque son oncle se précipita vers lui et le prit dans ses bras avec exubérance, la joie de Jocelyn l'emportant provisoirement sur la peur que lui inspirait la lèpre. Les frères d'Ibelin venaient d'échanger une accolade virile, qui allait sans doute leur occasionner quelques bleus. Où que le jeune roi tournât les yeux, il ne découvrait que des visages souriants.

Déléguant son autorité, Baudouin demanda alors à Denis d'organiser les soins pour les blessés et aux frères d'Ibelin de s'occuper des prisonniers. Il eut un brusque sursaut d'inquiétude en se souvenant que les armées sarrasines se montraient souvent redoutables après s'être retirées, et se servaient de cette tactique pour attirer leurs adversaires dans une embuscade. Il en fit part à son beau-père, qui s'empressa de le rassurer : Renaud et le grand maître des Templiers étaient lancés à leurs trousses, et la poursuite ne durerait pas très longtemps. Jocelyn, qui avait suivi leur conversation, l'approuva et souligna que l'armée de Saladin était en pleine déroute, ses hommes se souciant avant tout de sauver leur vie. Baudouin put alors s'abandonner aux exigences de son corps affaibli, qui lui faisait clairement sentir qu'il était arrivé au bout de son endurance. Et lorsque Denis lui proposa d'accompagner le contingent des blessés à Ascalon, il n'éleva aucune objection.

Les hommes qui entouraient le roi s'écartèrent alors pour céder la place à l'évêque de Bethléem, qui les avait rejoints.

« Le Tout-Puissant nous a bel et bien bénis, Majesté, lui déclara celui-ci. Il ne serait que justice de lui rendre grâce et de le remercier pour sa bonté. »

Engoncé dans un haubert en cotte de mailles, une masse d'armes suspendue à sa ceinture, l'évêque en cet instant précis n'offrait guère l'image d'un serviteur de Dieu. Mais il en avait l'autorité, autant que l'éloquence : lorsqu'il s'agenouilla, Baudouin suivit son exemple, tout en sachant qu'il serait incapable de se relever seul. Les autres guerriers s'agenouillèrent à leur tour, offrant leurs prières à Dieu pour le miracle dont il les avait gratifiés à Montgisard, en ce jour de la Sainte-Catherine.

CHAPITRE 19

Novembre 1177
Al-Qahira, Égypte

Al-Adil s'attendait à ce que son frère remporte une grande victoire sur les Francs. Ou du moins à ce que leur armée revienne chargée de butin. Sans compter que Youssouf pouvait espérer beaucoup plus que les dépouilles ordinaires de la guerre. Si le royaume des Francs était aussi mal défendu que le prétendaient leurs espions, peut-être serait-il même en mesure de menacer al-Qods. Cependant, comme le temps passait sans qu'il ait reçu la moindre nouvelle, al-Adil commençait à s'impatienter et même à se sentir un peu mal à l'aise : il avait pris part à un nombre suffisant de campagnes militaires pour savoir que la situation pouvait facilement mal tourner. Et si leur invasion avait été un succès mais que Youssouf avait trouvé la mort dans les combats ?

Lorsque Aliya lui demanda de l'emmener à la mosquée d'al-Amr, récemment restaurée, il accueillit ce dérivatif avec joie. De nombreux maris préféraient que leurs épouses se contentent de prier dans l'intimité du foyer, mais il ne voyait pas pourquoi il se serait opposé à ce qu'Aliya ou Halima aillent à la mosquée. Les hommes et les femmes ne s'y mélangeaient pas, après tout, et le Prophète avait affirmé qu'un homme ne devait pas empêcher sa femme de s'y rendre si elle en demandait la permission.

Après le *salat al-zurh*, la prière de midi, al-Adil accepta d'emmener Aliya et Jumana sur le chantier d'al-Gebel, où l'on était en train d'ériger la nouvelle citadelle du sultan. Il leur apprit que Youssouf comptait en faire sa résidence principale lorsqu'elle serait achevée, mais leur promit qu'ils continueraient quant à eux d'habiter dans le palais de l'Ouest, ajoutant en plaisantant que son épouse ne trouverait sûrement pas cette nouvelle forteresse assez luxueuse à son goût. Aliya éclata de rire car elle savait fort bien qu'il aimait lui aussi vivre dans ce palais. Elle éprouvait un profond respect et même un peu de crainte à l'égard du célèbre frère de son mari, mais était très heureuse d'avoir épousé Ahmad plutôt que Youssouf.

Nul ne s'en serait aperçu en la voyant, Aliya étant enveloppée de la tête aux pieds dans de larges tuniques bouffantes, mais elle en était à son cinquième mois de grossesse et se fatiguait vite. Après une rapide inspection du chantier de la future citadelle, al-Adil se hâta donc de ramener les deux femmes au palais de l'Ouest. Renvoyant ses hommes, il aida Aliya à sortir de son petit coche tandis que Jumana émergeait vivement du sien. Après avoir confié son étalon à un domestique, il proposa à son épouse de prendre le repas du soir dans les jardins, car l'hiver en Égypte était le meilleur moment de l'année : la température était encore agréable mais on était débarrassé des chaleurs étouffantes de l'été. Jumana se porta volontaire pour aller avertir les cuisiniers, et al-Adil s'apprêtait à conduire sa jeune épouse vers l'un des pavillons lorsqu'il entendit des pas résonner et une voix familière lui lancer :

« Monseigneur ! Il faut que je vous parle ! »

Le chancelier de son frère, Imad al-Din al-Isfahani, arrivait en courant. Aliya poussa un soupir car elle n'aimait guère cet homme. Tout en reconnaissant son intelligence et l'étendue de son savoir, elle le trouvait aussi extrêmement vaniteux et toujours prêt à tirer profit de la moindre situation. Au début, al-Adil se méfiait également de lui. Mais il avait fini par apprécier le pragmatisme et l'intelligence aiguë du vieil homme, car il s'agissait là de traits de caractère qu'ils avaient en commun.

Imad al-Din brandit un panier d'osier, et ajouta d'une voix essoufflée :

« Un message du sultan vient d'arriver, monseigneur. »

Al-Adil se hâta de soulever le couvercle du panier et en retira un pigeon voyageur. Le message pouvait être attaché à la patte de l'oiseau, à son aile, à sa queue et parfois même autour de son cou. Celui-ci était cousu sous son aile avec un fil très fin. Tout en immobilisant le volatile, al-Adil trancha le fil du bout de son poignard avant de confier l'animal à Imad al-Din. Déroulant avec soin le petit rouleau de parchemin, il parcourut les quelques lignes du message.

« Le sultan nous informe qu'il est sain et sauf et rentrera bientôt avec le butin. Il nous demande de rendre cette nouvelle publique le plus rapidement possible. »

Aliya applaudit des deux mains avant de regarder plus attentivement le visage de son époux.

« Ce n'est donc pas une bonne nouvelle ? » lui demanda-t-elle.

Al-Adil ne répondit pas, laissant le chancelier expliquer à sa femme les subtilités des déclarations officielles.

« Le sultan ne nous aurait jamais écrit qu'il était sain et sauf s'il n'avait pas perdu la bataille. »

Aliya poussa un petit cri.

« Mais comment… comment a-t-il pu perdre ?

— Je l'ignore, reconnut al-Adil, avant d'ajouter d'un air sombre : Mais je compte bien le savoir. »

Al-Adil commença ses recherches au camp de base d'al-Arish, où le sultan avait laissé l'essentiel des équipements et du matériel de son armée. Une ville avait fleuri jadis à cet endroit, au bord de la mer, mais elle avait été abandonnée depuis longtemps, et le port marchand sarrasin qui lui avait succédé n'avait pas survécu à l'arrivée des Francs. Al-Adil avait toujours trouvé l'atmosphère du lieu mélancolique, comme s'il s'agissait là d'un cimetière de l'Histoire. Mais il fut profondément ébranlé par le spectacle qu'il découvrit ce jour-là : des tentes incendiées, des chariots renversés, des armes brisées et des tombes fraîchement creusées… Les hommes qui l'accompagnaient étaient aussi choqués que lui car la même pensée leur avait traversé l'esprit : l'armée du sultan avait dû être anéantie si les Francs avaient pu attaquer son camp de base en Égypte.

Des individus émergeaient peu à peu des ruines : les survivants blessés, décharnés, en haillons, d'une armée de plusieurs milliers d'hommes. Ils étaient heureux malgré tout d'apercevoir le frère du sultan, et lui demandèrent de la nourriture avant même d'implorer son aide et sa protection afin de regagner al-Qahira. Ils avaient tous d'épouvantables histoires à raconter, et en les écoutant al-Adil fut abasourdi, réalisant l'ampleur du désastre qui s'était abattu sur Salah al-Din. La défaite essuyée sur le champ de bataille, au pied de la colline appelée Montgisard, n'avait été que le début de leurs malheurs. De nombreux soldats avaient été abattus ou faits prisonniers au cours de leur déroute, alors qu'ils se retrouvaient dans une situation particulièrement vulnérable à patauger dans les marais environnants. Ceux qui avaient échappé au massacre s'aperçurent alors que le temps lui-même s'était retourné contre eux, car les pluies d'hiver commencèrent dès le lendemain, et le ciel d'un noir d'encre, même en plein midi, déversait sur eux des torrents d'eau froide. Ruisselant de la tête aux pieds et s'embourbant dans des routes devenues impraticables, ils ne pouvaient même pas prendre le risque d'allumer des feux, ce qui aurait signalé leur présence aux Francs. Aussi obstinés que les pluies, les infidèles les avaient poursuivis sans relâche, entraînés par ces maudits Templiers ainsi que par Arnat, ce fils de Satan. Ils n'avaient plus de nourriture, les Francs s'étant emparés de leurs chariots. La faim et le froid avaient conduit de nombreux soldats à se rendre, préférant l'esclavage aux épreuves qu'ils affrontaient. Et ceux qui s'étaient obstinés dans l'espoir de trouver le salut à al-Arish n'y avaient découvert que la désolation, car leur camp entre-temps avait été mis à sac et incendié.

Al-Adil s'étant mis à maudire les infidèles, les soldats secouèrent la tête : ce n'était pas eux, mais ces chiens de *Badaiyyin* qui avaient saccagé leur camp. Ces nomades, que les Sarrasins appelaient *Araab* et les Francs des *Arabes*, ou *Bédouins*, étaient considérés comme une race étrangère par les partisans du sultan, même s'ils croyaient eux aussi qu'il n'y avait pas d'autre Dieu qu'Allah et que Mahomet était son prophète. Leur nom signifiait « habitants du désert », car ils avaient choisi de vivre sur les terres arides dont se détournaient les autres hommes et avaient fait des sables du Sinaï accablés de soleil leur domaine de prédilection. Ils étaient d'une loyauté redoutable, mais seulement à l'égard de leurs propres clans, et connus pour se ranger du côté du plus fort, qu'il s'agisse des Francs infidèles ou de leurs frères musulmans. Al-Adil ne fut donc guère surpris d'apprendre qu'ils avaient saisi cette opportunité pour piller le camp mal défendu de son frère. Mais si les *Badaiyyin* avaient profité de la défaite de Youssouf, ils n'en étaient nullement responsables. Que s'était-il donc passé ?

Les soldats survivants furent incapables de lui fournir la moindre réponse, du moins au début, car ils ne comprenaient pas pourquoi ils avaient perdu cette bataille alors qu'ils bénéficiaient d'une telle supériorité numérique. Toutefois, une explication se dégagea peu à peu et plongea al-Adil dans la consternation, car tout tendait à prouver que son frère avait fait preuve d'une impardonnable négligence.

Ces malheureux, perclus de douleurs et affamés, ne pouvaient pas davantage lui apprendre ce qu'il était advenu du sultan. Ils semblaient convaincus qu'il avait survécu à la bataille, bien qu'aucun d'eux ne puisse affirmer l'avoir vu s'enfuir de Montgisard. Al-Adil eut alors un coup de chance : un des gardes blessés du camp de base émergea d'un sommeil fiévreux et lui apprit que, à peine les premiers rescapés de la bataille apparus, le vizir du sultan, al-Qadi al-Fadil, avait quitté al-Arish à la tête d'une troupe de cavaliers pour se porter au secours de Salah al-Din. Les *Badaiyyin* avaient surgi après son départ, ajouta le garde dans un murmure avant de refermer les yeux, trop affaibli pour en dire plus.

Tout comme les Francs employaient à titre d'éclaireurs ou d'espions des chrétiens syriens de langue arabe, les Sarrasins avaient recours à des musulmans syriens qui connaissaient bien les routes, les châteaux et les coutumes de leur terre natale. En conduisant ses hommes vers le nord, al-Adil lança certains de ces éclaireurs locaux sur la piste du sultan. Comme ils approchaient de la frontière d'Outremer, ils rencontrèrent le climat hivernal que les soldats avaient décrit avec une telle précision : les pluies battantes, les rafales de vent et le froid qui les perçait jusqu'à la moelle. L'obscurité tombait vite à cette période de l'année, et al-Adil décida de dresser le camp pour la nuit. Avant même qu'il ait pu en donner l'ordre, un cavalier émergea soudain des ténèbres environnantes. Il était couvert de boue et trempé jusqu'aux os mais arborait un sourire triomphal.

« Je l'ai trouvé, monseigneur ! J'ai trouvé le sultan ! »

Al-Adil reconnut certains membres de l'*askar* de son frère, les soldats d'élite prêts à donner leur vie pour sauver la sienne, et ressentit une immense gratitude à leur égard. Il avait bien compris que Youssouf aurait aisément pu trouver la mort sur le champ de bataille ou être capturé par les Francs. Le petit camp de base s'anima soudain en voyant approcher des hommes en armes : les mamelouks s'apprêtaient à défendre Salah al-Din jusqu'au dernier s'il le fallait. Lorsqu'ils eurent reconnu les nouveaux venus, ils poussèrent des acclamations de joie. Les rangs des défenseurs s'écartèrent pour laisser passer une silhouette qu'al-Adil prit d'abord pour celle de Youssouf, car l'individu était de taille modeste et largement dominé par les mamelouks qui l'entouraient. Toutefois, lorsqu'il ôta sa capuche, il vit qu'il s'agissait d'al-Fadil, le vizir de son frère, qui avait peut-être bien été lui aussi son sauveur. S'il ne s'était pas lancé à sa recherche avec des provisions, des tentes et un contingent de soldats, qui aurait pu dire ce qu'il serait advenu de lui ?

Sautant promptement de sa selle, al-Adil entraîna le vieil homme à l'écart.

« Comment va-t-il ? s'enquit-il à voix basse. A-t-il été blessé ?

— Son corps n'a pas été touché, répondit le vizir. Ses blessures sont d'un autre ordre. »

Lorsque al-Adil lui demanda s'il était exact que son frère n'avait pas envoyé d'éclaireurs surveiller les Francs à Ascalon et avait laissé ses hommes se disperser pour se livrer au pillage, al-Fadil opina d'un air réticent.

« Mais il vous racontera tout cela lui-même », ajouta-t-il en lui désignant l'une des tentes.

Al-Adil s'y dirigeait déjà, mais s'immobilisa soudain.

« Qu'Allah vous couvre de ses bienfaits, lança-t-il. Mon frère vous doit sans doute la vie. »

Ce compliment mit visiblement le vizir mal à l'aise, et al-Adil ne fut pas surpris de l'entendre répliquer qu'il était surtout heureux que le sultan lui ait ordonné de rester à l'arrière, dans le camp d'al-Arish, sachant qu'il était davantage un lettré qu'un guerrier.

La tente était de petite taille, elle était conçue pour de simples soldats et non à l'intention d'un sultan. Elle protégeait de la pluie, mais pas du froid. Une simple torche diffusait une faible lumière laissant à peine deviner les contours d'un homme assis dans l'ombre. Il ne bougea pas lorsque al-Adil souleva l'un des pans de la tente et ne daigna même pas tourner la tête quand il se glissa à l'intérieur.

« Youssouf ? »

N'obtenant pas de réponse, al-Adil s'avança de quelques pas et s'assit à ses côtés sur la couverture.

L'autre leva les yeux et le regarda, visiblement surpris.

« C'est bien toi, Ahmad ? » lança-t-il.

Al-Adil tendit le bras et toucha la main de son frère : elle était aussi froide que de la glace.

En se penchant, il saisit une autre couverture et en enveloppa ses épaules. Si al-Fadil ne l'avait pas assuré du contraire, il aurait été convaincu que Youssouf avait été victime d'une blessure grave, peut-être mortelle : son visage était gris, ses joues profondément creusées et ses yeux n'étaient plus que deux minuscules points noirs d'où émanait une visible douleur.

Le silence qui régnait entre eux était douloureux, lui aussi. Al-Adil avait tant de questions à lui poser, tant de choses à comprendre. Pourquoi son frère n'avait-il pas fait surveiller les Francs repliés à Ascalon ? Pourquoi avait-il toléré un tel relâchement de la discipline au sein de ses propres troupes ? Il savait pertinemment que les soldats à qui l'on donnait toute licence de se livrer au pillage ne pensaient plus qu'aux biens qu'ils pouvaient amasser pour leur propre compte. Pourquoi Youssouf avait-il commis des erreurs aussi grossières, qui avaient coûté la vie à une telle quantité d'hommes ?

« C'est de ma faute, dit enfin le sultan. Tout est de ma faute, Ahmad. Des milliers de nos hommes sont morts ou ont été faits prisonniers, et notre armée a été décimée à cause de mon arrogance. J'ai causé notre propre ruine. »

Il avait incliné la tête et parlait si doucement qu'al-Adil l'entendait à peine.

« Celui qui porte l'orgueil dans son cœur, serait-il de la taille d'une graine de moutarde, celui-là n'entrera pas au paradis. »

Dans leur enfance, les deux frères avaient appris le Coran par cœur. Mais arrivé à l'âge adulte, al-Adil n'avait pas conservé la même maîtrise que son frère de leur livre sacré et en avait oublié de nombreux versets. Il se souvenait toutefois d'un *hadith* relatif au pardon.

« L'apôtre d'Allah dit que tous les fils d'Adam commettent des péchés, mais que seuls les bons pécheurs se repentent. »

En temps normal, Youssouf aurait réagi à cette repartie par un sourire moqueur, en feignant d'être surpris que son jeune frère se souvienne aussi bien des leçons de leur enfance. Mais pour l'instant, on avait l'impression qu'il ne sourirait plus jamais.

« Isa a été capturé, dit-il.

— Les Francs le libéreront contre une rançon, Youssouf. Tu le sais bien.

— Nous n'aurions jamais dû tenter de déplacer l'aile droite et l'aile gauche de l'armée. Nous n'en avions pas le temps. Mais Omar et les autres ont insisté… »

Al-Adil n'était pas surpris que son neveu ait voulu avancer ses pions, sachant que Youssouf s'en remettait souvent à l'avis de Taqi al-Din avant une bataille.

« Sais-tu si Omar a pu s'échapper ? lui demanda-t-il.

— Il me semble bien. »

Le sultan fut pris d'une quinte de toux. Après avoir réussi à la maîtriser, il reprit d'une voix étranglée :

« Son fils Shahanshah a été capturé. Et Khalid… »

Une nouvelle quinte de toux le secoua, si violente qu'al-Adil tressaillit.

« Et Khalid… ? A-t-il été fait prisonnier lui aussi, Youssouf ? »

Le sultan luttait toujours pour retrouver son souffle. En relevant la tête, il lança à son frère un regard déchirant avant de baisser à nouveau les yeux.

« Non, dit-il. Il a été tué dans les combats. »

Al-Adil se figea. Des larmes lui montèrent aux yeux, et il dut fermer les paupières et lutter pour les ravaler : il ne voulait pas donner libre cours à la douleur qu'il ressentait, pas maintenant en tout cas. Dans leur famille, tout le monde sans exception adorait Khalid, qui avait hérité de l'intelligence de son père mais non de son tempérament de feu. *Nous sommes dans les mains d'Allah et nous retournerons tous à lui.* Une fois assuré que sa voix ne le trahirait pas, il demanda à son frère si Omar savait que son fils était mort.

Salah al-Din acquiesça de la tête.

« Oui, il est au courant. La première charge que Khalid avait lancée au milieu des Francs avait été couronnée de succès, et Omar lui a ordonné de repartir à l'assaut. C'est alors qu'il a été tué. »

Après cela, ils gardèrent tous les deux le silence. Al-Adil sentait depuis un moment la colère monter en lui, comme un feu que tempéraient à peine le choc et l'incrédulité qu'il ressentait. Youssouf avait reçu un don singulier, c'était un meneur d'hommes – un talent dont il se savait lui-même dépourvu. Même s'il restait pragmatique, son frère était un visionnaire que guidaient aussi bien l'ambition que la foi. C'était un juge très fin de la nature humaine et un dirigeant-né, capable de faire des plans à très long terme. Mais al-Adil s'était aperçu depuis longtemps qu'il n'était pas un grand stratège en matière militaire et ne brillait pas particulièrement sur le champ de bataille. Il savait fort bien qu'il n'aurait jamais commis, pour sa part, les erreurs que Youssouf avait faites dans les journées qui avaient précédé la bataille de Montgisard. Il ne fallait jamais sous-évaluer l'ennemi. Certes, les Francs étaient des infidèles. Mais c'étaient aussi des guerriers redoutables, dont l'histoire s'était écrite dans le sang. Youssouf n'en avait pas moins sous-estimé le jeune roi lépreux et ses chevaliers, oubliant que l'adversaire le plus dangereux était celui qui n'avait plus rien à perdre.

Il pensait à Khalid, mort à dix-neuf ans, aux milliers de soldats qui avaient perdu la vie pour rien, à al-Qods où se trouvaient la mosquée d'al-Aqsa et le dôme du Rocher, à l'extraordinaire opportunité qui avait été gâchée. Toutefois, tandis qu'il regardait Youssouf, sa colère s'apaisa peu à peu avant de retomber. Il ne pouvait rien dire à son frère que celui-ci ne se soit déjà dit. Il l'aimait et savait qu'il finirait avec le temps par lui pardonner ses erreurs. Allah les lui pardonnerait, lui aussi. Mais Youssouf pourrait-il s'absoudre lui-même ?

« Youssouf… dit-il en posant la main sur celle du sultan. Tu aurais pu mourir au cours de cette bataille ou pendant que tu t'enfuyais pour regagner l'Égypte. Il y a eu beaucoup de victimes mais tu n'en fais pas partie. Allah a épargné ta vie, et ce n'est pas sans raison. Tu dois maintenant pleurer nos morts, demander le pardon d'Allah et réfléchir aux erreurs que tu as commises. Mais souviens-toi qu'il n'y a que toi – toi seul – qui puisses nous rassembler pour chasser les infidèles de nos terres. »

Salah al-Din inclina à nouveau la tête et ses épaules se mirent à trembler. Il ne cherchait même pas à cacher les larmes qui coulaient de ses yeux. Ils restèrent assis tous les deux en silence, pendant des heures peut-être : al-Adil avait l'impression que le temps avait cessé d'exister et n'avait plus aucun sens. Mais lorsqu'il entendit son frère murmurer : « Il n'y a pas de gloire ni de puissance en dehors d'Allah », il ne put retenir un léger sourire.

Dès que les murailles de Jérusalem furent en vue, Baudouin poussa un soupir de soulagement. Le voyage depuis Ascalon avait été éprouvant, bien qu'ils l'aient effectué à une allure modérée afin de ne pas éprouver davantage les blessés. Même s'il répugnait à le reconnaître, Baudouin savait pour sa part qu'il devenait plus sensible à la fatigue : son énergie s'épuisait vite, y compris après un effort physique modéré. Son corps le trahissait aussi d'une autre manière. Mais il n'allait pas laisser ses démons gâcher leur retour, et il les refoula dans les plus lointains replis de son cerveau. Ils ne manquaient jamais de surgir une fois l'obscurité tombée et lorsqu'il était seul. *Mais pour l'instant, mon Dieu, qu'ils me laissent en paix !*

« Regardez, Majesté ! »

L'un de ses chevaliers lui désignait la foule qui s'était rassemblée devant la porte de David. Baudouin s'y attendait. Chaque fois que la Vraie Croix accompagnait les soldats au combat, la tradition voulait que les hommes d'Église se présentent pour l'escorter avant de la déposer à la place d'honneur qui lui revenait, dans la basilique du Saint-Sépulcre. Mais il n'y avait pas que des clercs parmi tous ces gens : bien qu'ils fussent encore trop loin pour les entendre, on devinait qu'ils poussaient des acclamations en agitant des bannières, des écharpes et des chapeaux sous le frais soleil de décembre. Quelques musiciens munis de trompettes annonçaient même leur arrivée aux habitants restés à l'intérieur de la ville.

Baudouin sourit en reconnaissant certains visages dans la foule, malgré le regret qu'il éprouvait en constatant que sa cour restait divisée, même en une telle occasion : sa mère, l'épouse de Jocelyn, Agneta, Étiennette de Milly et Héraclius, l'archevêque de Césarée, étaient en tête de leurs partisans d'un côté de la route, tandis que Guillaume, Marie et le clan des anti-de Courtenay se tenaient de l'autre côté. Après avoir immobilisé son palefroi, Baudouin en descendit avec précaution car l'insensibilité croissante de ses membres inférieurs commençait à perturber son équilibre. Il fut surpris d'apercevoir Sibylle, assise sur un tabouret, car elle approchait à présent du terme de sa grossesse. Elle lui sourit lorsque leurs regards se croisèrent et lui montra de la main son ventre arrondi sous son manteau, voulant sans doute lui signifier que c'était pour cette raison qu'elle ne se levait pas afin de le saluer. Il avança d'un pas et sa mère se précipita vers lui, le serrant si fort dans ses bras qu'il eut l'impression que ses côtes allaient craquer. C'était la première fois, songea-t-il, qu'il la voyait pleurer de joie.

Autour de lui régnait un vrai capharnaüm, à mesure que les hommes se précipitaient pour embrasser leurs proches. Où qu'il portât son regard, il ne voyait que leurs visages joyeux et ceux de leurs épouses et de leurs enfants. À quelques pas, Balian étreignait sa femme et le roi ne put s'empêcher de sourire : jamais il n'aurait cru que Marie puisse se soucier aussi peu du décorum… Baudouin d'Ibelin avait retrouvé ses filles et Renaud se dirigeait vers Étiennette, qui se jeta dans ses bras. Onfroy, le fils d'Étiennette, se tenait toutefois en retrait et observait son beau-père d'un œil peu amène. Jocelyn avait eu droit à un baiser de son épouse et en réclamait à présent un de sa sœur, tandis que Denis attendait patiemment qu'Agnès trouve le temps de s'occuper de lui. Baudouin profita que sa mère était occupée pour traverser la route et rejoindre l'archevêque de Tyr.

Guillaume était si fier que les mots lui manquaient : sans considération pour le protocole, il embrassa Baudouin comme s'il s'agissait de son propre fils. Lorsqu'ils reculèrent et se dévisagèrent en souriant, un homme entouré de nombreux enfants et de sa femme en pleurs le montra soudain du doigt en s'exclamant que si le roi n'avait pas été là, il aurait déjà été vendu comme esclave sur les marchés du Caire. Baudouin accueillit sa louange en souriant et expliqua à Guillaume qu'au début de la bataille les centaines de Francs qui avaient été faits prisonniers par les Sarrasins au cours de leur *razzia* en avaient profité pour échapper aux soldats qui les surveillaient.

L'archevêque résista à la tentation de prendre une fois encore le jeune roi dans ses bras.

« La population de Jérusalem était terrifiée, lui dit-il. Lorsque la rumeur nous est parvenue que les Sarrasins s'étaient mis en route pour nous assaillir, beaucoup de gens sont allés se réfugier dans la tour de David, convaincus que la ville allait tomber aux mains des infidèles. La panique s'est répandue dans la population à la vitesse de la peste. Puis le message annonçant votre victoire est arrivé et les habitants sont à nouveau descendus dans les rues, cette fois-ci pour faire des actions de grâce dans toutes les églises de la ville. On commence déjà à parler du miracle de Montgisard. »

Baudouin éclata de rire.

« C'est une manière comme une autre de considérer les choses, Guillaume. Certains soldats nous ont dit avoir vu saint Georges combattre à nos côtés. Personnellement, je ne l'ai pas aperçu, ajouta-t-il avec un soupçon d'ironie. Mais il est vrai que j'étais passablement occupé, de mon côté.

— Votre père aurait été très fier de vous, mon garçon, dit Guillaume en constatant qu'aucun compliment n'aurait pu lui faire davantage plaisir.

— Ma foi, notre butin ne lui aurait sans doute pas déplu non plus, plaisanta le roi, l'avarice d'Amaury n'étant un secret pour personne à travers le royaume. Nos soldats n'ont regagné Ascalon qu'au bout de quatre jours, tellement chargés de biens qu'on aurait dit une caravane. Nous avons rapporté des tentes, des armes, des armures, des vêtements, des tambours, des chariots entiers de nourriture… Des milliers de chevaux et de chameaux. Et des prisonniers en si grand nombre que je n'en connais toujours pas le chiffre exact. » Son sourire s'assombrit soudain. « Ce fut une grande victoire, Guillaume, mais nous l'avons payée très cher. Plus de onze cents de nos hommes – le quart de nos troupes – ont trouvé la mort en ce jour de Sainte-Catherine. Et nous avons sept cent cinquante blessés, certains si gravement touchés que nous avons dû les ramener dans des charrettes. »

Guillaume détestait la guerre pour de multiples raisons, tout en admettant qu'il s'agissait d'un mal nécessaire. Il détestait par-dessus tout son coût humain, ces vies sacrifiées, ces veuves et ces orphelins livrés à leur souffrance. Les pertes qu'ils avaient consenties étaient considérables mais auraient pu s'avérer bien pires. Pendant quelques heures, il avait vraiment redouté la chute du royaume.

« Il n'y a pas de meilleur hôpital en Outremer que celui des Hospitaliers, dit-il. Les blessés y seront pris en charge et bien soignés. »

Ils furent interrompus par l'évêque de Bethléem.

« J'ai cru comprendre que le patriarche nous attendait à l'église du Saint-Sépulcre, leur dit-il non sans avoir échangé avec Guillaume un salut triomphal. Êtes-vous prêt à entrer dans la ville, Majesté ? » Baudouin acquiesça, et l'évêque fit signe aux autres de se mettre en marche, avant de se retourner vers Guillaume. « Après avoir remis la Vraie Croix à sa digne place, Guillaume, je compte emmener les blessés à l'hôpital Saint-Jean. Souhaiteriez-vous m'accompagner ?

— J'en serais très honoré, monseigneur. »

Anselme apparut soudain, surgi on ne sait d'où, et aida le jeune roi à se remettre en selle. Guillaume était venu à pied et n'accepta qu'avec réticence le cheval sur lequel Baudouin l'invitait à monter. Il considéra l'animal d'un œil soupçonneux, n'accordant qu'une confiance limitée à la gent chevaline. Il fallut un moment pour séparer les soldats de leurs proches. En regardant autour de lui, l'archevêque s'aperçut qu'ils allaient pénétrer en ville sans les frères d'Ibelin : Balian étreignait toujours sa femme et avait pris Isabelle dans ses bras ; quant à l'aîné, il avait délaissé ses filles et son fils pour se lancer dans une conversation galante avec Sibylle. Celle-ci ne semblait pas s'en offusquer, sous le regard indigné d'Agnès. Une fois que Renaud, Denis et la plupart des autres seigneurs et de leurs chevaliers furent à nouveau en selle, toute la troupe se mit en marche, poussée par les soldats qui avaient hâte eux aussi de retrouver leurs familles à l'intérieur de la ville.

L'entrée principale de Jérusalem se faisait par la tour de David : à mesure que les hommes franchissaient le fossé et s'engageaient dans la barbacane qui débouchait sur la rue de David, ils avaient l'impression d'émerger d'un tunnel et de plonger dans un tumulte étourdissant. Les gens s'étaient agglutinés dans l'espace qui abritait le marché aux grains. Ils étaient amassés des deux côtés de la rue, se penchaient aux fenêtres ou s'étaient juchés sur les toits plats des maisons. Des bannières flottaient de partout, le vin coulait de tous les côtés, des chiens aboyaient et des enfants hurlaient au milieu de la foule, enchantés d'échapper pour une fois à la surveillance des adultes. Le vacarme qui régnait était assourdissant, d'autant que les cloches des églises sonnaient à toute volée. Mais un bruit dominait tous les autres : celui du nom du jeune roi, que tous les habitants de la ville semblaient scander et reprendre en chœur.

Baudouin se tourna sur sa selle et jeta un coup d'œil à Renaud, en ayant presque l'air de s'excuser.

« Ces acclamations devraient s'adresser à vous, lui dit-il en essayant de couvrir le tumulte. C'est vous qui commandiez nos troupes. »

Renaud haussa les épaules.

« Vous les méritez autant que moi, Majesté. D'ailleurs, si nous avions échoué, c'est vous qu'on aurait tenu pour responsable.

— Oui, concéda le roi. Mais dans ce cas nous serions morts l'un et l'autre. »

Et il insista pour que Renaud marche de front avec lui.

Guillaume n'en revenait pas que Renaud accepte ainsi de partager la gloire de cette victoire : jamais il ne l'aurait cru capable d'une telle magnanimité, ni même d'une telle compassion. Mais il surprit à cet instant le regard que Renaud portait sur le roi et comprit mieux sa réaction. Ce n'était ni la pitié ni l'empathie qui l'avaient motivée, la raison en était beaucoup plus simple. C'était le respect pour la valeur qu'on plaçait audessus de tout dans leur monde : le courage. L'archevêque cligna des yeux car des larmes commençaient à les embuer. Du courage, nul ne pouvait désormais douter que ce garçon en possédait – surtout pas Saladin. Pas à présent, pas après Montgisard.

Les salves d'acclamations se succédaient autour d'eux, provoquant un rugissement assourdissant comme Guillaume n'en avait jamais entendu de sa vie. Il oublia un instant le malaise qu'il ressentait lorsqu'il était à cheval, oublia sa fatigue et ses craintes concernant l'avenir. Pour le moment, il était comblé en voyant Baudouin entouré par cette euphorie collective, par ces acclamations, par l'amour et la reconnaissance de son peuple. Peu lui importait pour l'instant d'être lépreux, il savait seulement qu'il avait sauvé leur royaume en l'empêchant de tomber aux mains des infidèles.

Baudouin annonça dans la foulée la future construction d'un prieuré bénédictin consacré à sainte Catherine d'Alexandrie, à l'endroit où avait eu lieu la bataille.

Salah al-Din rejoignit al-Qahira à la mi-décembre et entama le lent processus visant à reconstituer son armée décimée et à restaurer la confiance de ses hommes envers leur dirigeant.

CHAPITRE 20

Décembre 1177
Jérusalem, Outremer

Onfroy de Toron s'immobilisa au seuil de la grande salle sur laquelle débouchait la tour de David. C'était sa première apparition publique depuis qu'il avait failli succomber à la maladie qui avait emporté sa femme, et il avait la mine d'un homme qui avait encore besoin d'une longue convalescence : le visage livide, les traits tirés, les yeux cernés. Mais son caractère et son franc-parler n'avaient nullement été entamés. Tout en accueillant avec courtoisie les manifestations de sympathie qu'on lui adressait suite à la perte qu'il venait de subir, il faisait clairement comprendre à ses interlocuteurs qu'il n'avait aucune intention d'évoquer la mort de sa femme, pas plus que son état de santé. Cette raideur défensive se détendit un peu lorsque Denis s'avança vers lui, car ils étaient de vieux amis.

« Il faut que vous me racontiez cette bataille, lui dit-il. Et surtout, ne négligez aucun détail ! Mais d'abord, je dois prévenir le roi de mon arrivée. Où est-il donc ? »

Denis perçut l'inquiétude que cachaient ces paroles, tout le monde ayant tendance à interpréter de manière tragique la moindre absence de Baudouin.

« Il va bien, le rassura-t-il. Aussi bien en tout cas qu'on est en droit de l'espérer. Jocelyn et lui ont été rappelés au palais.

Dame Sibylle a eu ses premières contractions ce matin, la naissance est imminente.

— Dieu l'ait en sa sainte garde. »

Onfroy se signa avant d'exprimer son espoir, rejoignant celui de Denis, que Sibylle mette au monde un garçon. Il se demandait toutefois si cela serait vraiment de nature à changer grand-chose. À supposer qu'elle accouche d'un héritier mâle, celui-ci ne pourrait pas monter sur le trône avant d'avoir atteint sa majorité. Et même si cela lui fendait le cœur de l'admettre, Onfroy savait bien que Baudouin ne serait plus parmi eux depuis longtemps lorsque son neveu célébrerait son quinzième anniversaire.

Baudouin et Jocelyn furent bientôt de retour, porteurs de nouvelles qui furent chaleureusement accueillies par tous ceux et toutes celles qui se trouvaient réunis à l'occasion de la cour que le roi tenait pour Noël : Sibylle venait de mettre au monde un fils. Mais ils durent encore patienter plusieurs heures avant de voir la mère et l'enfant. Suivant Agnès à l'intérieur de la chambre, ils découvrirent alors Sibylle assise dans son lit et berçant son bébé dans ses bras. Elle paraissait étonnamment reposée pour une femme qui venait de subir les douleurs de l'enfantement. Et particulièrement belle, avec ses longs cheveux blonds aux reflets dorés et son sourire triomphal.

« Entrez ! leur lança-t-elle. Venez voir mon garçon ! »

Jocelyn s'empressa d'aller l'embrasser. Baudouin resta un peu à l'écart, sachant que sa sœur devait redouter qu'il ne s'approche du nouveau-né – et il ne pouvait certes pas l'en blâmer. Le bébé était enveloppé dans une couverture légère, et il ne réussit à entrevoir qu'une petite touffe de cheveux blonds. Jocelyn lui avait avoué un peu plus tôt qu'à ses yeux tous les bébés ressemblaient à des pruneaux séchés. Agneta, la riche héritière qu'il avait épousée, lui avait déjà donné une fille. Mais il prétendait à présent que ce pruneau était le portrait craché de Guillaume et qu'il serait sans aucun doute aussi beau que son père.

« Mon oncle, reprit Sibylle, j'aimerais que vous acceptiez d'être le parrain de mon fils. »

Jocelyn lui répondit qu'il en serait très honoré et se pencha pour embrasser la jeune mère sur la joue. Elle lui retourna son sourire avant de lancer à Baudouin un regard en biais un peu gêné, comme pour s'excuser. Elle voulut prendre la parole mais son frère l'interrompit aussitôt.

« Je suis convaincu que Jocelyn sera un parrain idéal. »

En tant que roi et plus proche parent masculin du nouveau-né, c'était lui qui aurait naturellement dû être son parrain, comme son oncle avait été le sien. Mais il savait que Sibylle ne le lui aurait jamais proposé : c'était le parrain qui devait porter l'enfant sur les fonts baptismaux pendant la cérémonie du baptême.

Sibylle parut soulagée qu'il comprenne sa décision. Le bébé se mit brusquement à pleurer, et elle poussa un petit rire étonné. Après avoir vainement tenté de le calmer, elle le tendit à la nourrice qui l'emmena à l'autre bout de la chambre et leur tourna discrètement le dos afin de le faire téter.

Lorsque Agnès insinua que Sibylle avait besoin de repos, Jocelyn et Baudouin s'empressèrent d'acquiescer, ne se sentant ni l'un ni l'autre très à l'aise dans ce sanctuaire féminin. Après avoir une fois encore embrassé sa nièce, Jocelyn lui souhaita une bonne nuit et ajouta :

« J'imagine que tu donneras à ton fils le prénom de son père : Guillaume ?

— Non, répondit-elle en regardant pour la première fois son frère dans les yeux. J'ai l'intention de l'appeler Baudouin. »

Le roi fut touché par son geste tout en se demandant, après avoir vu Agnès sourire d'un air approbateur, si l'idée ne venait pas de sa mère. Mais il se dit qu'il était injuste envers sa sœur : c'était peut-être sa manière de se faire pardonner, n'ayant pas pu lui proposer d'être le parrain de son fils. Il lui sourit et lui répondit avec les mots qu'il fallait, comme on l'attendait de lui. Mais il ne pouvait s'empêcher d'éprouver un désagréable pressentiment, car ce prénom de Baudouin ne leur avait guère porté bonheur, au sein de leur famille : son oncle était mort à trente-trois ans et il savait pertinemment qu'il n'atteindrait lui-même jamais cet âge.

Balian se sentait un peu ridicule mais ne protesta pas trop quand Marie insista pour lui nouer un bandeau autour des yeux. Il accédait avec joie à tous les désirs de sa femme ces jours-ci, et se montrait si attentif à son égard que son frère et ses amis se moquaient gentiment de lui, en lui rappelant que Marie n'était pas la première femme qui devait mettre un enfant au monde. Son frère Baudouin et son ami Jacquelin riaient à présent aux éclats en le voyant tituber, et il leur demanda de veiller à ce qu'il n'aille pas heurter un mur. Ce n'était pas encore son anniversaire, protesta-t-il mollement, mais Marie éclata de rire et lui dit qu'elle n'avait pas pu attendre un jour de plus pour lui donner son cadeau.

Elle l'aida à franchir le seuil de la grande salle et il s'immobilisa, percevant le soleil sur son visage. On était à moins d'une semaine de Pâques, mais l'atmosphère était encore fraîche. Une petite main se glissa soudain dans la sienne, et sa belle-fille lui annonça qu'elle allait lui servir de guide. Ralentissant l'allure pour s'adapter à son rythme, il la suivit à travers la cour. Un petit groupe les entourait, à présent : les domestiques et les chevaliers de leur maisonnée, les soldats de son frère ainsi que quelques templiers qui avaient accompagné Jacquelin à Naplouse. Ils semblaient tous s'être figés, eux aussi, et Balian se demanda quel genre de surprise pouvait les intriguer de la sorte.

« Stop ! lança Isabelle.

— Bien, madame », répondit-il, ce qui la fit rire.

Il demanda ensuite s'il pouvait ôter son bandeau, et Marie lui dit de baisser la tête afin qu'elle puisse le dénouer. Il perçut des effluves de bois de santal, son parfum préféré, et sourit en sentant ses doigts s'attarder sur son visage pour une brève caresse, si discrète qu'il fut le seul à la remarquer.

L'éclat du soleil l'obligea à cligner des yeux. Et il retint alors son souffle car un domestique se tenait devant lui, au côté d'un des plus beaux étalons qu'il avait jamais vus. Il ressemblait à Asad, l'alezan du roi, mais avait une queue et une crinière blondes. Indifférent au petit groupe qui l'entourait, il secouait doucement la tête et regardait Balian avec cette retenue qui rendait les pur-sang arabes si précieux dans leur monde.

« Comment as-tu deviné, Marika ? » s'exclama-t-il.

Marie éclata de rire.

« Je ne suis pas encore sourde, Balian. Tu m'as confié un soir dans mon jardin que tu vendrais ton âme pour avoir un cheval arabe semblable à celui du roi, et je m'en suis souvenue. »

Elle lui précisa que son frère l'avait aidée à dénicher la perle rare, et ce dernier ajouta en plaisantant qu'il avait été heureux de lui venir en aide, du moment que ce n'était pas lui qui payait.

« Il a coûté une jolie somme à ta femme, petit frère… Aussi, sois attentif, pour l'amour du ciel ! Et ne laisse pas Démon le réduire en charpie. »

Tous ceux qui connaissaient le caractère endiablé de Démon éclatèrent de rire, mais Balian ne prêtait déjà plus attention à leurs propos, préférant laisser le temps à l'étalon de se familiariser avec sa voix, son odeur et ses caresses. Estimant au bout d'un moment qu'il pouvait le monter en toute sécurité, il se tourna vers Marie qu'il gratifia d'un fougueux baiser avant de se hisser en selle. Se doutant bien qu'il allait vouloir essayer au plus vite sa nouvelle monture, son frère Baudouin et son ami Jacquelin avaient déjà sellé les leurs et étaient prêts à le suivre. Ils se hâtèrent d'enfourcher leurs chevaux et promirent à Marie qu'ils veilleraient sur lui.

L'assistance se dispersait maintenant que le spectacle était terminé, laissant Marie et Isabelle regarder les trois hommes franchir le portail du palais et s'engouffrer dans l'allée en terre battue qui était la principale artère de Naplouse. La grossesse de Marie n'était pas facile, pour l'instant. Elle souffrait de nausées le matin, ses chevilles avaient gonflé, elle avait sans cesse mal au dos et se sentait très lasse. Elle commençait par ailleurs à s'inquiéter car elle n'avait pas encore senti l'enfant bouger dans son ventre : lors de ses deux premières grossesses, à ce stade, cela avait déjà été le cas. Mais ce jour-là, sous le soleil d'avril, elle perçut soudain un petit battement familier, qui ne tarda pas à se reproduire. Elle poussa un soupir de soulagement, non sans s'émerveiller de la circonstance : on aurait dit que le bébé avait voulu prendre part lui aussi à l'anniversaire de Balian. Il s'agissait là d'une pensée un peu fantasque, qui ne lui serait jamais venue à l'époque où elle était l'épouse d'Amaury. Son mariage avec Balian avait décidément donné libre cours à son imagination. À cette pensée elle éclata de rire, ce qui eut le don d'enchanter Isabelle.

Balian avait l'impression d'être au purgatoire : incapable d'agir, il ne pouvait que supporter cette intolérable attente. Il avait fait les cent pas pendant si longtemps qu'il avait probablement usé le tapis qu'il arpentait. Travailler était hors de question, il ne parvenait pas à chasser Marie de ses pensées, alors qu'elle luttait pour mettre leur enfant au monde. Il était monté à plusieurs reprises jusqu'à la chambre où avait lieu l'accouchement. On ne l'avait évidemment pas laissé entrer, mais Alice, la nouvelle dame de compagnie qui parlait la langue des Francs, était sortie pour lui dire que tout se déroulait comme prévu, avant de rejoindre le terrain des opérations. À un moment donné, il avait entendu Marie pousser un cri étouffé, qui avait résonné en lui des heures durant. En désespoir de cause, il avait finalement décidé de se rendre à l'écurie.

Le mois d'août était toujours le plus chaud en Outremer, et aujourd'hui la chaleur ambiante était si intense que l'air lui-même semblait saturé d'une brume épaisse. Le soleil était aveuglant, le ciel avait la blancheur des ossements, et en se mordant la lèvre, Balian perçut le goût de sa propre sueur. On devait étouffer dans la pièce où accouchait Marie. Cela faisait quinze heures que les douleurs avaient commencé – des heures aussi longues que des années. Il avait entendu dire que dans certains cas, l'accouchement pouvait durer plusieurs jours. *Tu enfanteras dans la douleur* : jamais cette parole des Saintes Écritures ne lui avait paru d'aussi funeste augure.

Sachant que Démon percevait toujours son agitation et que cela ne manquerait pas de déteindre sur lui, il décida de panser Fumée, son palefroi gris. Lorsqu'il eut terminé, le pelage du cheval brillait comme de l'argent mais il n'avait toujours aucune nouvelle de l'accouchement. Il se rendit dans la stalle voisine où se trouvait Khamsin, son nouvel étalon arabe. Son cœur tressaillait toujours à la vue du pur-sang, qui lui faisait penser à une flamme vive et s'élançait plus vite que le vent. Avec Démon, il devait constamment rester sur ses gardes. Mais Khamsin l'accueillait toujours avec l'affection d'un bon chien, en frottant son nez contre lui et en mordillant la boucle de sa ceinture. Agitant quelques morceaux de sucre dans le creux de sa main, il les offrit à Khamsin qui en réclama aussitôt d'autres.

« Ça suffit comme ça, espèce de goinfre ! » lui dit-il en saisissant sa brosse.

Il se retournait dès qu'il entendait quelqu'un pénétrer dans le bâtiment, ayant pris soin de dire à tout le monde où il se trouvait. Mais chaque fois, il s'agissait d'un simple garçon d'écurie. Toutefois, il n'avait pas entendu l'écho de ses pas légers et sursauta en entendant Isabelle lui lancer :

« Pourquoi t'occupes-tu toi-même de ton cheval, *pateras* ? »

Il sourit en se rappelant les discussions qu'il avait eues avec Marie pour savoir comment sa fille allait l'appeler. Quand son père était vivant, elle l'appelait « papa », et ils s'étaient dit que ce ne serait pas une bonne idée qu'elle utilise le même terme pour lui, même si elle n'avait plus aucun souvenir d'Amaury. Balian n'aurait rien eu contre le fait qu'elle l'appelle par son prénom, mais Marie ne trouvait pas cela assez respectueux. C'était Isabelle qui avait résolu le problème en l'appelant spontanément *pateras*, le mot grec désignant le père.

Je panse Khamsin pour éviter de devenir fou en attendant des nouvelles de la chambre d'accouchement. Comme il pouvait difficilement lui dire cela, il répondit à la place :

« Dame Emma sait-elle que tu es ici, petite ?

— J'espère bien que non… » Regardant autour d'elle, elle aperçut un seau et le retourna avant de s'asseoir dessus. « Il faut que nous parlions, *pateras.* » Elle s'exprimait avec un tel sérieux que Balian ne put s'empêcher de sourire à nouveau. « Je sais que tu ne peux pas être avec maman, reprit-elle, parce que les hommes n'ont pas le droit d'assister aux naissances. Mais pourquoi ne puis-je pas y aller, moi ?

— Parce que tu es trop petite, ma chérie.

— J'ai six ans et demi. N'est-ce pas un âge suffisant ?

— Il faudra que tu poses la question à ta mère, une fois qu'elle aura eu son bébé, lui dit-il. Ce qui ne saurait d'ailleurs tarder, Bella. Tu auras bientôt un petit frère ou une petite sœur.

— J'ai déjà un frère et une sœur », rétorqua-t-elle.

Balian la dévisagea pour voir s'il n'y avait pas un soupçon de jalousie dans sa voix. Mais il fut rassuré en l'entendant poursuivre :

« Je ne vois pas Baudouin ni Sibylle très souvent. Est-ce que je pourrai voir le nouveau bébé chaque fois que je le voudrai ?

— Évidemment, la rassura-t-il. Nous espérons bien ta mère et moi que tu nous aideras à nous occuper de cet enfant et que tu seras une grande sœur affectueuse. »

Isabelle eut l'air d'apprécier cette déclaration, et Balian continua de panser Khamsin tout en la surveillant du coin de l'œil pour s'assurer qu'il ne s'était pas trompé. Au bout d'un moment, elle lui demanda une fois encore ce que signifiait le nom de l'étalon, et il lui rappela que le *khamsin* était un vent chaud qui soufflait le long de la côte depuis l'Égypte.

« J'aime le *khamsin*, approuva-t-elle. Mais j'aurais bien voulu que tu me laisses choisir son nom. »

Cela fit sourire Balian, car la fillette s'était montrée très inventive, en effet, dans ce domaine. Baudouin ayant appelé son chien Le Caire, elle s'était mise à donner des noms de lieux à tous ses animaux. Son petit chien s'appelait Jourdain, son alouette apprivoisée Béthanie, et elle avait finalement baptisé son nouveau poney Jéricho.

« J'ai préféré éviter le pire, lui répondit-il sur le ton de la plaisanterie. J'avais peur que tu ne l'appelles Constantinople.

— Jamais je n'aurais pensé à un nom pareil, c'est trop difficile à prononcer. *Pateras*… est-ce que je pourrai choisir le nom du bébé ?

— Nous avons déjà décidé, ma chérie : ce sera Jean si c'est un garçon et Helvis si c'est une fille.

— Helvis ? fit-elle en fronçant le nez. Ça ne me plaît pas trop.

— Ce n'est pas aussi joli qu'Isabelle, concéda-t-il. Mais ces prénoms viennent de nos deux familles : Jean était le prénom du père de ta mère, et Helvis celui de ma propre mère, que Dieu les bénisse. »

Isabelle réfléchit un instant.

« Mais ta mère est auprès de Dieu, maintenant, dit-elle. Si tu choisis un autre prénom, elle n'en saura rien. »

Balian éclata de rire : elle aurait fait un excellent avocat.

Ils étaient tellement absorbés par leur conversation qu'ils n'entendirent ni l'un ni l'autre dame Emma arriver à pas feutrés.

« Je pensais bien te trouver ici, Isabelle », dit-elle.

Mais il n'y avait aucun soupçon de reproche dans sa voix, et lorsqu'elle s'avança dans le halo de lumière diffusé par une lanterne suspendue au plafond, Balian vit qu'un joyeux sourire éclairait son visage.

Les femmes qui assistaient Marie savaient que Balian et Isabelle voudraient la voir dès qu'ils auraient appris la bonne nouvelle : aussi, avant d'envoyer Emma à leur recherche, avaient-elles fait de leur mieux pour rendre leur maîtresse et les lieux présentables. Elles l'avaient aidée à se laver, puis à peigner ses cheveux emmêlés, avant de dissimuler les linges maculés de sang et de confier le placenta à la sage-femme, qui irait l'enterrer par la suite afin qu'il n'attire pas les démons. L'odeur du sang imprégnait toujours la pièce, mais elles espéraient que l'époux et la fille de Marie seraient trop excités pour y prêter attention – ce qui fut effectivement le cas.

« Maman ! » s'écria Isabelle en se précipitant dans la chambre, Balian et Emma sur ses talons.

Elle se serait jetée sur le lit si dame Alice ne l'avait pas arrêtée à temps.

« Je suis si heureuse que ce soit fini ! soupira-t-elle, révélant du même coup l'inquiétude qui avait été la sienne. Où est ma petite sœur ? »

Marie était épuisée. La naissance s'était déroulée sans trop de heurts, mais le travail avait duré toute la nuit et une bonne partie de la journée. Elle parvint néanmoins à sourire, d'abord à Isabelle, puis à son mari, en leur désignant la nourrice qui s'avançait et tendait le bébé à Balian.

En prenant pour la première fois sa fille dans ses bras, celui-ci sentit une telle émotion et une telle tendresse remonter au fond de lui qu'il fut incapable de prononcer un mot. Isabelle n'avait pas ce problème. En se dressant sur la pointe des pieds, elle s'exclama :

« Elle a des cheveux noirs, comme moi ! Oh… et des yeux bleus ! »

Emma lui expliqua que ses yeux deviendraient sans doute plus foncés avec le temps, mais elle ne l'écoutait pas.

« Puis-je la prendre moi aussi dans mes bras, *pateras* ? Je te promets que je ne la laisserai pas tomber. »

Aucun des adultes présents n'ayant approuvé cette idée, Emma intervint en proposant à Isabelle de s'occuper de sa sœur dans son berceau. Balian fut surpris de la réticence avec laquelle il se séparait de son minuscule fardeau emmailloté. Après avoir déposé Helvis dans son berceau, il s'empressa de s'approcher du lit, de s'asseoir sur une chaise et de prendre la main de Marie dans la sienne.

« Elle est belle, lui dit-il. Aussi belle que sa mère. »

Marie scrutait son visage en essayant de deviner ses véritables sentiments. Après avoir jeté un coup d'œil à l'autre bout de la pièce pour s'assurer qu'Isabelle ne risquait pas de l'entendre, elle lui murmura :

« Tu n'es pas trop déçu que ce soit une fille plutôt qu'un garçon ?

— Ma foi, il suffira que nous nous remettions à l'ouvrage, lui répondit-il sur le ton de la plaisanterie, avant de s'apercevoir qu'elle parlait sérieusement. Mais non, Marika, je ne suis pas déçu. Je te remercie, au contraire. »

Elle aurait tant voulu qu'il dise la vérité, mais le souvenir qu'elle gardait de son précédent accouchement était encore trop vif pour qu'elle le croie sur parole.

« C'est ma troisième fille, Balian… Et si j'étais incapable de te donner un fils ?

— Ces choses sont entre les mains de Dieu, mon amour. »

Il lui caressa doucement la joue, moins préoccupé par les appréhensions de son épouse que par sa pâleur, les cernes qui marquaient ses yeux gonflés et injectés de sang, la blessure qu'elle s'était faite au coin de la bouche en se mordant la lèvre pour retenir ses cris. Elle ne criait jamais en temps normal.

« Pourquoi t'inquiètes-tu autant à ce sujet ? Je t'ai souvent dit que si je me faisais du souci, c'était uniquement pour toi et pour la santé du bébé.

— Quand Isabelle est née, répondit-elle, Amaury ne m'en a pas voulu. Il était très ému par sa fille et convaincu que notre prochain enfant serait un garçon. Mais la fois suivante, voyant qu'il s'agissait encore d'une fille, il ne cacha pas sa déception. Il me fit clairement comprendre que j'avais manqué à mes devoirs d'épouse et de reine, et qu'il espérait que j'aurais plus de chance la prochaine fois. Mélisande était si menue, si frêle… ajouta Marie, les larmes aux yeux. Peut-être avait-il déjà compris ce que je ne voulais pas voir : qu'elle passerait bien peu de temps sur cette Terre… »

Lors de sa nuit de noces, Balian avait été surpris de découvrir qu'il pouvait être jaloux d'un mort, car il en voulait à Amaury d'avoir été indifférent aux désirs de sa jeune épouse. Mais aujourd'hui, il ne ressentait plus cet élan de colère protectrice.

« Lorsque Mélisande est venue au monde, lui dit-il, Amaury était averti des symptômes que présentait Baudouin. Même s'il voulait encore écarter le spectre de la lèpre, il était sûrement très inquiet à l'idée que son fils ne retrouve jamais l'usage de son bras droit. Je crois que c'est cette crainte, Marika, qui l'a poussé à te faire de tels reproches. C'était plus facile que de s'en prendre à Dieu.

— C'est ce que je me suis dit moi aussi après sa mort, lorsque nous avons appris ce que les médecins redoutaient. Mais même quand l'avenir d'un royaume n'est pas en jeu, les hommes rêvent d'avoir des fils. Je ne voudrais surtout pas que tu te sentes trahi…

— Trahi ? Marika… je remercie Dieu pour chaque jour que nous passons ensemble, surtout depuis Montgisard. Quand nous nous sommes séparés, j'étais vraiment convaincu que j'allais à la mort. Dieu merci, nous ne savions pas alors que tu attendais un enfant : il aurait été beaucoup plus difficile pour moi de penser que tu allais devoir affronter seule cette épreuve. Avoir eu droit à ce sursis face à une mort inéluctable, puis avoir vu ma fille venir au monde, la serrer dans mes bras… Eh bien, cela relève pour moi d'une sorte de miracle, mon amour. »

Marie poussa un lent et doux soupir car elle le croyait, cette fois-ci. Il considérait la naissance d'Helvis comme une bénédiction ; et même si elle était incapable de lui donner un fils, jamais il ne regretterait de l'avoir épousée.

« Mon miracle, c'est toi », murmura-t-elle tandis qu'il se penchait pour l'embrasser au coin des lèvres.

En regardant à l'autre bout de la chambre, il vit qu'Isabelle était toujours occupée à bercer sa petite sœur.

« Elle n'aime pas trop ce prénom d'Helvis, dit-il à Marie. Peut-être devrions-nous lui donner celui de la femme à qui nous devons notre bonheur. Songe à la joie d'Agnès si elle apprenait qu'une d'Ibelin porte le même prénom qu'elle… »

Comme il l'avait espéré, cela provoqua le rire de sa femme. Peu après, elle ne tarda pas à s'endormir, et il s'installa à son chevet en attendant qu'elle se réveille, assuré que le fantôme sévère et réprobateur d'Amaury ne viendrait pas hanter ses rêves.

Le capitaine du navire n'était pas très content car on était déjà en octobre, pratiquement au terme de la saison navigable. Il n'était guère satisfait non plus d'avoir un si grand nombre d'ecclésiastiques à bord. Il ne pouvait pas faire un pas sans se heurter à un évêque... Ils allaient évidemment se montrer exigeants, critiques, tatillons, ces hauts dignitaires privilégiés de l'Église qui trouvaient naturel qu'on se plie en quatre pour leur être agréable et qui, selon toute évidence, les rendraient responsables lui et son équipage du mauvais temps et de l'inconfort inhérent aux périples en mer.

Il l'ignorait, mais il n'était pas le seul ce jour-là à maudire ce voyage. Guillaume de Tyr se tenait à l'arrière du navire, à l'endroit où les ancres venaient d'être levées. Une longue et fastidieuse traversée les attendait, dont Rome constituerait l'ultime étape : ils avaient été convoqués par le pape Alexandre pour le troisième concile du Latran. Même si celui-ci ne commencerait qu'en mars, ils devaient s'embarquer dès à présent, les mois d'hiver s'avérant trop dangereux pour la navigation.

Le roi les avait accompagnés à Acre pour assister à leur départ, ainsi que la plupart des grands seigneurs du royaume, car il avait déplacé sa cour au nord de Fort Jacob, où l'on était en train de construire un nouveau château. Guillaume était passablement réservé sur l'édification d'une forteresse à cet endroit, en partie parce que c'était une idée du grand maître des Templiers, dont il ne trouvait pas toujours le jugement éclairé. Certes, Fort Jacob occupait une position stratégique, étant le seul point sur des kilomètres à la ronde où il était possible de traverser le Jourdain. Mais il redoutait que Saladin ne mette tout en œuvre pour empêcher la construction d'une telle forteresse, qui allait s'avérer dangereusement proche de Damas.

Il fut rejoint sur le plat-bord par Joscius, le jeune évêque d'Acre. Contrairement à lui, Joscius était très excité par ce voyage à Rome : c'était en effet la première fois qu'il allait franchir les frontières d'Outremer. De surcroît, il avait été chargé d'une mission diplomatique importante : une fois le concile terminé, il devait se rendre dans le royaume des Francs afin de négocier un éventuel mariage entre dame Sibylle et le duc de Bourgogne.

Guillaume espérait que cette mission serait couronnée de succès car ils avaient désespérément besoin de nommer un régent. La santé de Baudouin se dégradait plus vite qu'ils ne s'y attendaient. Étant donné la désagréable expérience qu'ils avaient connue avec le comte de Flandre et les profondes divisions qui affaiblissaient le royaume, Guillaume était surpris que les membres de la Haute Cour se soient mis aussi facilement d'accord sur le nom d'un éventuel candidat.

Il aurait certes été difficile de s'opposer sérieusement au choix d'Hugues de Bourgogne, dont le profil était quasiment idéal. Il avait la trentaine et l'expérience des combats, régnait sur la Bourgogne depuis une dizaine d'années et était de noble ascendance en tant que neveu de la reine des Francs. Baudouin avait plaidé en sa faveur de manière convaincante, et Hugues avait apparemment la rare qualité de convenir à la fois au clan des De Courtenay et à la faction rivale, conduite par le comte de Tripoli. Sibylle était également favorable à cette union, ce qui n'était pas négligeable puisqu'elle n'était aux ordres de personne. Seul Baudouin d'Ibelin s'était insurgé en soulignant que le duc de Bourgogne était déjà marié. Mais tout le monde savait qu'il n'avait pas renoncé lui-même à l'espoir d'épouser un jour Sibylle. Et dès qu'on avait eu l'assurance qu'Hugues avait répudié son épouse et se voyait donc libre de contracter une nouvelle union, tout le monde était tombé d'accord pour proposer Sibylle et la couronne d'Outremer au duc de Bourgogne.

Joscius réfléchissait lui aussi à cette alliance maritale.

« Vous ne m'en voudrez pas de vous parler franchement, Guillaume, mais j'ai l'impression que vous ne partagez pas mon enthousiasme pour ce voyage. J'espère que vous n'avez pas été blessé que ce soit à moi qu'on ait demandé d'arranger le mariage de Sibylle ? »

Guillaume sursauta, surpris.

« Mais non, pas le moins du monde. Le roi m'a confié une mission à moi aussi : après le concile du Latran, il souhaite que je m'arrête à Constantinople, sur le chemin du retour, afin d'essayer de renouer nos liens avec l'Empire byzantin. C'était l'une des nombreuses tâches du comte Philippe lors de son séjour en Terre sainte, mais nous espérons convaincre l'empereur que nous ne sommes en rien responsables de l'échec de la campagne en Égypte.

— Je suis heureux de l'apprendre, répondit Joscius avant de lui confier, une fois assuré que nul ne risquait de les entendre : J'ai l'impression que l'archevêque Héraclius a été vexé, pour sa part, car il me traite avec une visible froideur depuis que ma mission a été rendue publique.

— Héraclius est un imbécile, lâcha Guillaume sans ménagement. Si un ange de Dieu apparaissait pour nous dire que l'avenir de la Terre sainte est désormais assuré, Héraclius serait vert de rage qu'il ne soit pas venu lui annoncer la nouvelle avant tout le monde. »

Joscius éclata de rire si bruyamment que plusieurs passagers les regardèrent, dont l'individu qui venait de faire l'objet de cette saillie. Joscius lui adressa un sourire affable avant de se retourner vers Guillaume.

« Je parie que votre manque d'enthousiasme à l'égard de ce voyage tient à la promiscuité que nous allons devoir subir ces prochains mois. Je dois dire que l'idée d'avoir à côtoyer le Paon à bord de ce navire ne m'enchante guère, moi non plus. »

Guillaume s'amusait que d'autres aient adopté le surnom désobligeant dont il avait gratifié le prétentieux archevêque de Césarée. Toutefois, la déduction de Joscius, pour être logique, n'était pas tout à fait exacte. La présence d'Héraclius à bord serait certes fâcheuse, mais sans plus. Ce qui tracassait Guillaume était à la fois plus douloureux et plus tragique.

Le roi était venu sur le quai pour les voir partir. Il chevauchait un palefroi blanc, et Guillaume n'arrivait pas à le quitter des yeux. Une fois à cheval, Baudouin ressemblait à n'importe quel jeune homme de dix-sept ans, il était beau et paraissait en bonne santé. Ses vêtements dissimulaient les lésions de plus en plus importantes qui lui couvraient la poitrine et le dos. Et tant qu'il était à cheval, on ne se rendait pas compte que ses problèmes d'équilibre allaient en empirant : l'insensibilité de ses membres inférieurs ne cessait en effet de s'étendre. De loin, on pouvait croire qu'il tenait vaillamment tête à la maladie qui avait déjà gâché sa jeunesse. Mais Guillaume savait qu'il n'en était rien et que la lèpre progressait à une allure inquiétante. Chez certains, la maladie prenait la forme d'un feu qui les consumait lentement et pouvait durer des années. Mais dans le cas de Baudouin, cela risquait d'être une déflagration.

Le roi leur adressa un dernier signe d'adieu tandis que le navire s'éloignait pour gagner la haute mer. Guillaume continua de regarder la cité d'Acre qui disparaissait peu à peu dans le lointain. Entre le concile, son ambassade à Constantinople et les inévitables aléas qui allaient de pair avec d'aussi lointaines équipées, il allait être absent du royaume pendant de longs mois, deux ans peut-être… Dans quel état retrouverait-il le royaume à son retour ?

CHAPITRE 21

Avril 1179
Frontière syrienne

Même si les Templiers avaient baptisé leur nouvelle forteresse le Chastelet, la plupart des Francs continuaient de l'appeler Fort Jacob, car c'était depuis longtemps un point de passage important pour la traversée du Jourdain. Jacquelin de Mailly préférait pour sa part son nom arabe : Bayt al-Ahzan, qui signifiait Maison des Douleurs, tant il y avait dans ce lieu quelque chose qui le mettait malgré lui mal à l'aise. Le site était isolé, désolé et passablement sinistre. La plupart de ses compagnons templiers se vantaient et affirmaient que l'édifice s'avérerait imprenable une fois sa construction achevée. Jacquelin n'en était pas aussi convaincu : il voyait bien la menace que l'érection de cette citadelle allait constituer aux yeux de Saladin. Non seulement c'était le seul point de passage possible du Jourdain à des kilomètres à la ronde, mais elle n'était située qu'à un jour de marche de Damas.

Il n'avait pas été surpris quand Balian lui avait confié que le grand maître des Templiers avait harcelé le roi pour que celui-ci accepte la fortification de Fort Jacob : il savait à quel point Eudes de Saint-Amand pouvait se montrer insistant. Ses hommes l'avaient surnommé l'Ouragan. Saladin n'avait pas tardé à manifester l'ampleur de son inquiétude en proposant aux Francs la somme de cent mille dinars pour qu'ils renoncent à la construction de ce nouveau château. Eudes lui avait opposé un refus aussi méprisant que catégorique, et les travaux s'étaient poursuivis. En avril, l'une des tours et la muraille extérieure étaient d'ores et déjà achevées, et Baudouin l'avait officiellement remise aux mains des Templiers. Jacquelin avait passé plusieurs mois sur les lieux, participant à l'entraînement des centaines de chevaux qui allaient s'avérer nécessaires, car le Chastelet devait abriter une garnison de quatre-vingts chevaliers et d'un bon millier de soldats. Jacquelin était soulagé de ne pas être du nombre, étant rattaché depuis plusieurs années à la commanderie d'Acre et préférant largement le charme de cette ville côtière à cette sinistre forteresse édifiée près de la frontière, à l'intérieur des terres.

Son retour à Acre avait toutefois été différé lorsque le commandant du Chastelet avait appris que Baudouin projetait de faire une virée dans la vallée de la Houla, au nord de leur château. Il lui avait confié un message à l'intention du roi, et Jacquelin avait été ravi qu'il l'autorise à se joindre à cette expédition royale avant de regagner Acre.

Il avait espéré retrouver Balian aux côtés de Baudouin, mais après avoir rejoint son camp, il avait appris que cette chevauchée concernait uniquement les seigneurs du nord du royaume : il y avait là le jeune Hugues de Galilée, Jocelyn de Courtenay, ainsi qu'un contingent envoyé par Denis de Grenier, qui ne participait pas en personne à l'opération. Le roi la commandait mais était assisté, à la grande satisfaction de Jacquelin, par le connétable Onfroy de Toron : nul seigneur en Outremer n'était plus respecté que lui, et les Sarrasins eux-mêmes avaient la plus haute considération à son égard.

Onfroy sourit en apprenant que Jacquelin et ses compagnons – six chevaliers et une douzaine de soldats – comptaient prendre part à leur expédition. Il lui expliqua qu'ils avaient appris que les Sarrasins avaient emmené leurs troupeaux dans la forêt, aux environs de Banias, à la recherche de fourrage. Ce qui offrait aux Francs une occasion en or de harceler leurs ennemis tout en s'emparant d'un butin appréciable. Aussi l'atmosphère dans le camp était-elle plutôt à la détente. Les règles du Temple interdisaient à ses membres de posséder quelque bien que ce soit, mais les Templiers appréciaient toujours l'ambiance un peu électrique que suscitaient les équipées de ce genre. Après s'être assuré que ses écuyers s'occupaient correctement de son palefroi et de ses deux destriers, Jacquelin partit à la recherche du roi.

Il trouva Baudouin dans sa tente, le visage pâle et les traits tirés, tandis qu'Anselme changeait sa literie tachée de sang. D'abord inquiet, Jacquelin se souvint de ce que Balian lui avait récemment confié : ces derniers temps, le roi s'était mis à saigner abondamment du nez. Il s'abstint donc de poser une question déplacée et salua Baudouin comme s'il n'avait rien remarqué d'inhabituel. Le roi lui sourit d'un air reconnaissant et l'interrompit alors qu'il s'apprêtait à se présenter.

« Vous êtes Jacquelin de Mailly, n'est-ce pas ? Un ami du seigneur Balian…

— Vous avez la mémoire des visages, Majesté », répondit Jacquelin en souriant à son tour, car il était toujours agréable d'être reconnu par un grand de ce monde.

Il lui tendit ensuite la lettre dont il était chargé.

Baudouin la parcourut rapidement et sourit à nouveau quand Jacquelin lui annonça que ses frères chevaliers et lui-même aimeraient se joindre à leur raid.

« Dans ce cas, lui répondit le roi, vous feriez bien de prendre quelques heures de repos. Nous nous mettrons en route cette nuit. »

Jacquelin lui obéit et regagna sa tente où il ne tarda pas à s'assoupir : il avait en effet la faculté enviable de dormir quand il le voulait, comme un chien bien dressé. Lorsque son écuyer le réveilla, l'obscurité s'était étendue sur le camp et le ciel au-dessus d'eux était constellé d'étoiles. Une lune blafarde dominait le haut plateau qui se dressait au nord. S'il s'était agi d'une bataille en règle, ses écuyers auraient marché derrière les chevaliers avec son second destrier, prêts à lui avancer cette nouvelle monture au cas où le premier serait blessé. Mais ce n'était pas nécessaire aujourd'hui, s'agissant d'une simple chevauchée. Si la perspective d'y participer excitait tant les Templiers, c'étaient que leurs règles en matière de combat étaient aussi strictes que précises – et que l'obéissance était le maître mot de leur ordre. Pour l'instant, ils se sentaient comme des gamins qui échappaient un moment à la férule de leurs précepteurs et se réjouissaient de prendre un peu de bon temps.

La plupart des hommes étaient déjà en selle. Jacquelin remarqua qu'ils détournèrent tous les yeux quand le roi s'approcha de son cheval pour éviter de l'embarrasser. Sa maladie progressait à si vive allure qu'il devait maintenant demander à Anselme de l'aider pour monter à cheval. Jacquelin convoitait depuis toujours les pur-sang arabes, comme le Khamsin de Balian ou l'Asad de Baudouin, et son regard s'attarda longuement sur la noblesse des lignes et le pelage brillant aux reflets dorés de la monture du roi. Il lui fallut néanmoins quelques instants pour s'apercevoir que c'était bien un tel étalon qu'il avait sous les yeux, mais qu'il ne s'agissait pas d'Asad.

« Vous ne montez pas Asad, aujourd'hui, Sire ? lui demanda-t-il, étonné.

— Non, il s'agit de son demi-frère, répondit le roi en caressant le col du cheval qui s'était écarté en voyant Jacquelin s'approcher. Il est plus jeune que lui et s'appelle Comète. Il court à une vitesse incroyable, il est même plus rapide qu'Asad, mais se montre parfois un peu ombrageux. Il n'a pas le tempérament paisible de son frère. »

Tout en s'extasiant devant la beauté de l'animal, Jacquelin se demandait pourquoi le roi l'avait préféré à Asad. Baudouin dut lire dans ses pensées, car au bout d'un moment, il lui avoua :

« Asad a eu une fourbure. »

Jacquelin fut désolé de l'apprendre, car la maladie appelée « fourbure », ou « inflammation du sabot », était relativement grave et beaucoup de chevaux ne s'en remettaient pas. Il lui exprima de tout cœur ses regrets tout en sentant une sourde colère monter en lui. Baudouin ne souffrait-il déjà pas assez ? Il n'était plus qu'à deux mois à présent de son dix-huitième anniversaire. Mais en lui-même, il songeait que la jeunesse du roi était largement illusoire : les yeux bleus qui le dévisageaient portaient en eux toute la vieillesse du monde.

L'ascension de Salah al-Din au sommet du pouvoir avait été quelque peu entravée par ses origines kurdes. Beaucoup le considéraient en effet comme un étranger, ce qui le rendait suspect à leurs yeux. La conscience qu'il en avait n'avait fait que renforcer son élan naturel, qui lui disait de s'en remettre à son instinct. Il s'appuyait d'abord et avant tout sur sa famille et avait la chance d'être entouré de plusieurs proches doués de talents peu communs. Il est vrai que son frère aîné, Touran-Shah, l'avait beaucoup déçu sur ce plan : son incompétence avait fini par le chasser d'Égypte. Mais son frère cadet, al-Adil, avait souvent des éclairs de génie, et ses neveux Taqi al-Din et Farouk-Shah s'étaient révélés des chefs de premier plan sur le champ de bataille. C'était Farouk-Shah qui avait accompagné son oncle quand Salah al-Din avait établi son camp près de Banias. Prévenu par l'un de ses espions que les Francs projetaient une virée dans la région, il avait envoyé son neveu se renseigner avec l'ordre de lui faire parvenir un message par pigeon voyageur s'il rencontrait la troupe des Francs, puis de se retirer.

Avec le colérique Taqi al-Din, le sultan n'était jamais sûr que ses ordres seraient suivis à la lettre. Il n'avait aucune crainte de ce genre concernant Farouk-Shah, qui était un commandant aussi prudent qu'avisé, un peu à son image. Aussi la nouvelle qu'il reçut par pigeon voyageur l'ébranla-t-elle un peu, tant le message était inquiétant : l'avant-garde de son neveu avait été surprise et défaite par les Francs. Farouk-Shah se portait à leur secours et réclamait son aide de toute urgence.

Les hommes de Farouk-Shah n'avaient pas prévu que les Francs marcheraient de nuit. Lorsqu'ils apparurent, émergeant des brumes de l'aube, et se ruèrent sur eux dans une charge de cavalerie assourdissante, les lignes sarrasines volèrent en éclats et s'éparpillèrent. Les chevaliers de Baudouin se lancèrent aussitôt à leur poursuite aux cris retentissants de « Saint Georges ! ». Certains s'arrêtèrent pour dépouiller les premières victimes, capturer les blessés et confier à leurs écuyers les chevaux dont ils s'étaient emparés. Mais la plupart continuèrent la poursuite car leurs proies étaient toujours en vue.

Le paysage était accidenté et parsemé de gros rochers, ses collines et ses anfractuosités offraient un peu plus loin des refuges possibles à ceux qui auraient la chance de les atteindre. Aussi les Francs pressaient-ils leurs montures pour rattraper les fuyards avant qu'ils aient disparu dans ces crevasses, ces grottes ou ces ravins. Comme ses compagnons, Jacquelin était gagné par l'excitation de la poursuite. Alors qu'ils s'engouffraient dans une gorge étroite, il se rendit cependant compte qu'ils se risquaient trop loin, leurs rangs se trouvant dangereusement scindés tandis que les chevaux les plus rapides se détachaient à l'avant. Il éperonna son destrier afin de rejoindre le roi en criant pour attirer son attention et vit qu'Onfroy de Toron faisait de même, s'époumonant de son côté pour avertir le roi qu'il était temps de mettre fin à la poursuite. Les ayant entendus, Baudouin ralentit l'allure de son étalon. Au même instant, les Sarrasins contre-attaquèrent.

Ils ne surent jamais si les hommes qui leur tombaient dessus étaient ceux qui avaient fui la bataille et qui, s'apercevant de la soudaine vulnérabilité de leurs poursuivants, s'étaient regroupés pour lancer cette contre-offensive ; ou si Farouk-Shah avait eu la sagesse de poster des archers dans les hauteurs des collines. Toujours est-il que l'air résonna brusquement du bruit caractéristique des flèches qui sifflaient de toutes parts autour d'eux, suivi des cris des victimes qu'elles parvenaient à atteindre. Les flèches des Sarrasins étaient rarement capables de transpercer les hauberts en cotte de mailles des chevaliers, sauf lorsqu'elles étaient tirées à bout portant. Aussi les Sarrasins visaient-ils de préférence leurs chevaux. En l'espace de quelques instants le chaos s'installa, le défilé répercutant les cris des soldats et les hennissements terrifiés de leurs montures, tandis que les flèches pleuvaient sur eux de tous les côtés.

Baudouin avait donné l'ordre de battre en retraite et les sonneries des trompettes se mêlaient au tumulte général, les hommes essayant tant bien que mal de maîtriser leurs chevaux paniqués. Les cris triomphaux de « *Allah akbar !* » éclatèrent soudain au-dessus d'eux, car les archers sarrasins venaient d'apercevoir depuis les hauteurs Farouk-Shah qui arrivait avec des renforts. Les Francs se lancèrent dans une retraite désordonnée, ralentis dans leur élan par ceux qui avaient perdu leurs montures. Les archers continuaient de lâcher leurs flèches dans le défilé, et l'une d'elles vint se planter dans la croupe de l'étalon du roi. Comète poussa un long hennissement et fit une ruade avant de s'emballer. Les chevaliers s'étaient à présent rendu compte de l'arrivée de Farouk-Shah car des nuées de poussière s'élevaient à l'autre bout du défilé. La plupart tournaient en rond dans la plus totale confusion, ne sachant s'ils devaient suivre leur roi ou affronter ce nouveau danger.

« Suivez le roi ! leur lança Onfroy. Nous les retiendrons ici ! »

Comme il était évident que Baudouin avait perdu le contrôle de son étalon, Jacquelin s'était lancé à sa poursuite, suivi par ses compagnons templiers. Tandis que les chevaliers d'Onfroy se regroupaient sous sa bannière, la plupart des autres soldats s'élancèrent eux aussi à la suite du roi. Jacquelin galopait derrière lui mais désespérait de le rattraper : le roi ne s'était pas vanté en lui faisant l'éloge de la vitesse de Comète. Le templier avait beau harceler son destrier, il ne parvenait pas à réduire l'écart.

Comète avait saisi le mors à pleines dents, et Baudouin tirait vainement sur les rênes. Il n'avait pas assez de force dans le bras gauche pour obliger l'étalon à s'arrêter. Il avait failli être désarçonné quand son cheval était parti en flèche et seules ses années d'expérience en matière équestre lui avaient permis de se maintenir en selle. Il n'en avait pas moins perdu son épée. Ils étaient sortis du défilé, à présent : autour d'eux, les cadavres des Sarrasins qu'ils avaient abattus gisaient dans la poussière, et l'odeur du sang ne faisait qu'ajouter à la panique de Comète, tout comme la vue des chevaux blessés, étalés sur le flanc, qui ruaient en poussant des hennissements de douleur. Baudouin avait appris qu'il ne fallait jamais tenter d'arrêter un cheval qui s'enfuyait sous l'effet de la panique, mais attendre que l'épuisement l'emporte sur la peur. L'étalon avait toutefois quitté la route, et s'était engagé sur un terrain si accidenté que le roi redoutait qu'il ne se rompe une patte d'un instant à l'autre. Incapable de mettre un terme à cette course folle, il ne pouvait que serrer les dents en maudissant sa monture, sa propre maladresse lorsqu'il avait lâché son épée et cette poursuite beaucoup trop risquée des Sarrasins – tout en sachant que c'était Dieu qu'il aurait réellement fallu maudire.

Il ne fut pas vraiment surpris de voir soudain deux archers sarrasins bifurquer pour se lancer à sa poursuite. Il ne ressentait cependant pas la moindre peur, bien qu'il fût entièrement sans défense : une telle amertume l'avait gagné qu'il se souciait peu de ce qui pouvait lui arriver. Les archers se rapprochaient à vive allure, ce qui stimula un peu plus son étalon. Il avait tenté jusque-là de l'obliger à ralentir mais le pressait à présent d'accélérer. Comète puisait dans ses réserves d'énergie et s'envolait sur le sol caillouteux comme s'il lui était brusquement poussé des ailes. Les Sarrasins n'abandonnèrent pas la poursuite pour autant. Baudouin ignorait s'ils l'avaient reconnu ou s'ils le considéraient simplement comme une proie facile. Peut-être même était-ce Comète qui les intéressait… Il entendit alors des cris, regarda par-dessus son épaule et vit ses poursuivants faire volte-face pour affronter les Templiers, qui ne tardèrent pas à leur régler leur compte avec cette férocité qui en faisait des combattants redoutables, respectés par leurs alliés aussi bien que par leurs ennemis.

Une colline escarpée se dressait devant eux, et Comète, qui haletait à présent comme un soufflet de forge, n'avait plus la force ni le courage de se lancer à l'assaut de la pente. Remarquant son changement de rythme, le roi tenta à nouveau de tirer sur les rênes et parvint cette fois-ci à l'immobiliser. Il se cala alors contre l'arrière de sa selle : il aurait bien voulu descendre mais savait que ses jambes ne le porteraient pas. Jacquelin de Mailly surgit comme par miracle à ses côtés, évitant Dieu merci de lui poser la moindre question. Après avoir observé le pelage ruisselant et l'épuisement de Comète, puis le visage du roi, qui était d'une pâleur mortelle et empreint d'une déchirante colère intérieure, Jacquelin avait intuitivement compris que les mots ne serviraient à rien. Saisissant l'outre qui était suspendue à sa selle, il la lui tendit et regarda Baudouin boire à longues gorgées, en renversant autant d'eau qu'il en avalait.

Après avoir reposé l'outre, il prononça des paroles que Jacquelin n'aurait jamais imaginé entendre de la bouche d'un roi :

« Je suis désolé.

— Mais de quoi, Majesté ? »

L'étonnement du templier n'était pas feint, car il savait fort bien que l'issue d'une bataille n'était jamais acquise et tenait parfois du hasard.

« Je vous ai mis en danger, en vous obligeant à abandonner le combat pour venir à ma rescousse, comme si j'étais un adolescent écervelé. Tout cela parce que je n'arrivais pas à contraindre mon cheval à s'arrêter. »

Jacquelin, qui n'avait jamais été à l'aise avec les mots, se retrouva sans voix alors que l'éloquence aurait été requise. Il aurait voulu dire au roi qu'il n'avait jamais vu quelqu'un faire preuve d'un tel courage, se lancer dans la bataille avec un bras invalide sur un étalon qu'il ne contrôlait qu'à la pression des genoux – et se lever chaque matin pour affronter un ennemi qui ne faisait pas de quartier et ne s'avouait jamais vaincu. Il parvint seulement à lui dire qu'il ne connaissait aucun chevalier qui n'ait un jour ou l'autre perdu le contrôle de sa monture, tout en sachant que cela serait d'un piètre réconfort pour le roi, qui avait appris à monter à cheval avant de savoir marcher et était depuis toujours très fier de ses talents de cavalier.

Simon de Garnier, qui commandait les chevaliers de la maison du roi, était arrivé juste à temps pour entendre leur échange et s'empressa d'abonder dans le sens de Jacquelin, en assurant le roi que le comportement incontrôlé de Comète n'avait pas occasionné le moindre dégât.

« La retraite avait déjà commencé, Sire. Il nous a juste fallu accélérer l'allure pour soutenir le rythme de votre pur-sang arabe ! »

Il adressa au roi un sourire édenté avant d'ajouter :

« Dieu m'en soit témoin, je ne tarderai pas à essayer moi-même l'un de ces bolides africains ! »

Les autres étaient en vue, à présent. Jocelyn poussa une exclamation de joie en voyant que son neveu n'avait pas été blessé. L'inquiétude le rendait toujours bavard et il ne pouvait s'empêcher de parler, mais Baudouin ne l'écoutait pas.

« Combien d'hommes avons-nous perdus ? demanda-t-il en se préparant au pire.

— Pas beaucoup », l'assura Jocelyn, tandis que Simon de Garnier précisait qu'ils avaient perdu plus de chevaux que de soldats.

Baudouin jeta un coup d'œil du côté des Templiers, qui n'étaient pas du genre à enjoliver les choses. Comme son regard se posait sur Jacquelin, ce dernier reconnut que le bilan était difficile à estimer tant qu'ils n'auraient pas regagné leur camp et que les derniers hommes ne seraient pas rentrés. Le connétable Onfroy et ses troupes avaient couvert leur retraite et auraient probablement des pertes à déplorer. D'autres enfin erraient encore dans les environs pour se livrer au pillage, sans s'être rendu compte qu'une bataille avait eu lieu.

Baudouin tiqua un peu devant ce compte rendu sans complaisance, qui prouvait à quel point ils s'étaient montrés imprudents – et beaucoup trop sûrs d'eux – en commençant la collecte des trophées alors que la victoire n'était pas acquise, puis en se ruant à la poursuite des Sarrasins, tout en sachant que ces retraites n'étaient bien souvent que de simples feintes destinées à faire tomber leurs ennemis dans une embuscade. Il ne fit aucun commentaire, mais tous ceux qui étaient présents se rendirent compte qu'il s'en voulait et tentèrent de le convaincre qu'il n'y était pour rien. Jocelyn lui certifia qu'il ne pouvait pas prévoir que Farouk-Shah surgirait à la tête de nouvelles troupes. Simon avança de son côté qu'ils avaient pu se retirer avant d'avoir subi de trop lourdes pertes. Et Jacquelin ajouta laconiquement que même des combattants aussi aguerris qu'Onfroy de Toron s'étaient lancés dans cette poursuite. Baudouin avait beau savoir qu'ils avaient raison, cela ne le consolait nullement puisque c'était lui le roi et qu'il devait endosser au bout du compte la responsabilité de cette défaite.

Baudouin envoya plusieurs hommes au sommet d'une colline qui dominait les environs, et ils ne tardèrent pas à revenir porteurs de nouvelles alarmantes : des nuées de poussière au nord signalaient l'arrivée imminente d'une nouvelle armée. Les hommes échangèrent des regards soulagés : s'ils ne s'étaient pas retirés à temps, ils auraient dû affronter non seulement les troupes de Farouk-Shah, mais aussi celles de son oncle le sultan. Après avoir expédié des éclaireurs pour s'assurer que les Sarrasins n'avaient pas l'intention de les poursuivre, le roi ordonna à ses chevaliers d'escorter jusqu'à leur camp les blessés qui pouvaient encore monter à cheval, puis de leur envoyer des chariots pour ramener leurs morts et les blessés les plus graves.

Jocelyn était toujours sous le choc de la catastrophe que Baudouin avait frôlée et le pressait de regagner lui aussi leur camp. Mais il n'insista pas longtemps car le roi entra soudain dans une colère folle et le rabroua sans ménagement, ce qui lui arrivait très rarement car il parvenait le plus souvent à maîtriser ses émotions. Il avait mis pied à terre entre-temps et Anselme se tenait discrètement à ses côtés, au cas où il aurait brusquement besoin d'aide : son insensibilité avait tendance à s'aggraver quand il était fatigué. Le soleil était au-dessus de leurs têtes à présent, et la chaleur devenait pénible à supporter pour les hommes qui étaient encore revêtus de leur armure. Assoiffés, épuisés et trempés de sueur, ils faisaient de leur mieux pour dissimuler leur malaise, se sentant particulièrement vulnérables avec cette puissante armée sarrasine dans les parages. Ignorant cet inconfort, Baudouin avait les yeux fixés sur l'horizon. Tout le monde dans leurs rangs poussa un soupir de soulagement quand ils virent enfin des cavaliers apparaître au loin, dont les boucliers arboraient les armes d'Onfroy de Toron.

Mais ils comprirent rapidement qu'il y avait un problème. Les chevaliers et leurs montures avançaient très lentement, et à mesure qu'ils se rapprochaient, ceux qui les observaient constatèrent qu'il y avait de nombreux blessés parmi eux. Baudouin fut brusquement soulagé en apercevant la silhouette du connétable, mais son enthousiasme retomba aussitôt, car les hommes qui entouraient le destrier d'Onfroy paraissaient effondrés. Onfroy lui-même oscillait sur sa selle, agrippé au pommeau, et l'un de ses chevaliers tenait le licou de son étalon. Le visage du connétable était livide, ses yeux étaient clos et une large tache s'étalait au milieu du surcot qui recouvrait son haubert.

Lorsqu'il se rendit compte qu'ils s'étaient arrêtés, le connétable releva la tête et son regard se posa sur le visage du roi, rongé par l'inquiétude. En faisant un grand effort, il lui dit d'une voix rauque :

« Ce n'est pas aussi grave que ça en a l'air, mon garçon… »

Mais il vacillait déjà. Ses hommes se précipitèrent pour le retenir, mais ses yeux s'étaient déjà révulsés et il bascula de sa selle avant de tomber dans leurs bras, éclaboussant de son sang ceux qui étaient venus à sa rescousse.

Onfroy était trop mal en point pour survivre à la journée de voyage qui le séparait de sa forteresse de Toron. On le conduisit donc par étapes jusqu'au château des Templiers à Fort Jacob. Baudouin fit venir ses propres médecins, et la nouvelle s'étant vite répandue que le connétable était mourant, les principaux seigneurs d'Outremer s'empressèrent de se rendre sur les lieux pour lui faire leurs adieux. Denis fut le premier à arriver, accompagné de son épouse. Bien que se souciant comme d'une guigne d'Onfroy de Toron, Agnès était en effet impatiente de revoir son fils. Roger de Moulins, le grand maître des Hospitaliers, débarqua peu après, suivi par Balian d'Ibelin et son frère. Le comte Raymond tenait présentement sa cour à Tripoli : dès qu'il eut vent de la blessure fatale dont son vieil ami avait été victime, il monta à bord d'une galère, gagna Tyr et se hâta de rejoindre le Chastelet à l'intérieur des terres. Mais celui qu'Onfroy désirait le plus revoir – son petit-fils de treize ans, qui portait le même prénom que lui – se trouvait à l'extrême sud du royaume, à Karak, dans la forteresse de son beau-père et de sa mère au beau milieu du désert ; et rien n'indiquait qu'il parviendrait à prendre la mort de vitesse.

Baudouin passait toutes ses heures de veille au chevet d'Onfroy, au grand dam de sa mère. Malgré l'animosité qu'elle éprouvait à l'égard du connétable, elle n'était pourtant pas indifférente à sa souffrance : c'était la douleur de son fils qu'elle ne supportait pas. Elle était convaincue qu'il cherchait à se punir lui-même en s'infligeant le spectacle de l'agonie du vieil homme. Mais elle se gardait bien de le lui dire et assistait impuissante à la scène. À mesure que les jours s'écoulaient, Baudouin ayant de plus en plus l'allure d'un spectre errant comme une âme en peine, elle se mit à prier pour qu'Onfroy se décide enfin à mourir.

Elle l'ignorait, mais tous ceux qui aimaient sincèrement le connétable priaient eux aussi pour que son supplice prenne fin au plus vite. Il avait été absous de ses péchés, mais les médecins étaient impuissants à apaiser les douleurs qu'il éprouvait. Seule la mort pourrait y mettre un terme.

Dès son arrivée au Chastelet, le grand maître des Templiers exigea d'être conduit sur-le-champ au chevet du connétable. Onfroy avait sombré dans une sorte de torpeur, et même Eudes de Saint-Amand ne se sentait pas le cœur de déranger un mourant. Il déclara donc qu'il repasserait un peu plus tard. À peine la porte s'était-elle refermée derrière lui qu'Onfroy entrouvrit un œil.

« Il est parti ? murmura-t-il, la bouche tordue en un vague sourire. Je ne vais tout de même pas gâcher mes dernières heures à écouter ses bavardages. »

Baudouin rapprocha sa chaise du lit.

« Puis-je faire quelque chose pour vous ? » demanda-t-il.

C'était davantage une supplique qu'une question. Onfroy banda ses dernières forces contre la douleur qui tenaillait son corps, car il pouvait une ultime fois être utile au roi.

« Oui, mon garçon, lui dit-il. Cessez de vous accuser du mal qui me frappe. »

Baudouin détourna les yeux.

« Mais c'est de ma faute, finit-il par dire. Vous allez mourir parce que vous m'avez protégé.

— Oui… et j'en remercie Dieu. » La voix d'Onfroy était plus ferme qu'elle ne l'avait été ces derniers jours. « Je suis un vieil homme, Baudouin, trop vieux pour appréhender la mort. Et il ne peut pas y avoir de mort plus honorable que celle-ci… Donner ma vie pour mon roi…

— Un roi diminué, estropié… »

Baudouin n'avait pas eu l'intention de révéler aussi ouvertement son amertume, estimant qu'il était indigne de s'apitoyer sur son propre sort. Mais s'il y avait un homme qui méritait d'entendre la vérité, c'était bien Onfroy.

« Je ne suis pas digne de votre sacrifice », ajouta-t-il.

Onfroy ne répondit pas immédiatement, luttant pour tenir encore un moment la douleur à distance. Puis il tendit le bras et prit la main de Baudouin dans la sienne.

« Écoutez-moi bien, mon garçon. Je n'ai jamais respecté aucun homme comme je vous respecte. Vous auriez été un très grand roi si cette maudite maladie ne vous avait pas frappé… Je ne peux même pas imaginer comment vous vivez cette situation. Il doit y avoir des jours où vous n'aspirez qu'à avoir un peu de paix… »

Sa voix se brisa avant de se raffermir.

« Mais il faut que vous teniez bon encore un peu, Baudouin, car nous avons besoin de vous. C'est vous, et vous seul, qui maintenez l'unité du royaume. Il est sur le point de voler en éclats, entre les de Courtenay et leurs partisans d'un côté et le comte Raymond et ses alliés de l'autre. Vous seul pouvez empêcher que la haine et la jalousie n'éclatent au grand jour et que ce fragile édifice ne s'effondre en nous ensevelissant tous. »

Baudouin serra à son tour la main du mourant. Lorsqu'il eut l'assurance que sa voix n'allait pas le trahir, il répondit doucement :

« Je ferai de mon mieux, je vous le promets. »

Onfroy avait épuisé le peu d'énergie qui lui restait et se contenta d'acquiescer. Il y avait tant de choses encore qu'il aurait voulu dire au roi. *Ne vous appuyez pas sur votre mère, mon garçon, car cette femme est dévorée par la haine... Ne faites pas entièrement confiance à Raymond non plus, il n'est pas dénué d'ambition... Tout comme Baudouin d'Ibelin... Même si j'apprécie cet homme, ne le laissez surtout pas épouser Sibylle. Nous avons besoin qu'elle s'allie une fois encore à un prince étranger... Et surveillez de près Héraclius, il est plus venimeux qu'un scorpion... Prenez soin de mon petit-fils, c'est un gentil garçon, trop tendre pour cette terre ingrate qui est la nôtre...* Fermant les yeux, il sentit des larmes percer à travers ses paupières. Et il espéra que Baudouin penserait qu'il pleurait sur son propre sort, sur le destin qui attendait son petit-fils – et non pas sur l'avenir d'Outremer.

CHAPITRE 22

Juin 1179
Tibériade, Outremer

C'était au mois de juin qu'on récoltait l'orge et le blé. Lorsque Baudouin apprit que Saladin avait lancé des raids destinés à saccager leurs terres autour de Sidon, il se hâta de convoquer les seigneurs du royaume et leur demanda de se réunir à Tibériade. Après avoir dit au revoir à Marie, à Isabelle et à sa fille née depuis peu, Balian prit donc la direction du nord à la tête de ses chevaliers. L'ambiance était morose : s'ils savaient que leur but était de capturer les pillards, nul n'ignorait qu'une confrontation avec le sultan n'était pas improbable. Leurs éclaireurs leur avaient en effet signalé que Saladin, à la tête d'une importante armée, avait dressé son camp aux environs de Banias.

Le soleil se couchait lorsqu'ils atteignirent Tibériade. La ville abritait un peu moins de cinq mille habitants, mais comme Jésus y avait accompli de nombreux miracles, ainsi qu'aux abords du grand lac qu'on appelait la mer de Galilée, c'était un lieu de pèlerinage important et de nombreux étrangers de passage déambulaient dans les rues, regardant avec curiosité l'arrivée des chevaliers. Devant eux se dressait la citadelle gouvernée par le comte de Tripoli depuis son mariage avec dame Esquiva, la princesse de Galilée. La plupart des châteaux d'Outremer étaient protégés par de larges douves, le plus souvent à sec.

La citadelle de Tibériade était quant à elle défendue à l'est par le lac ; et au nord, au sud et à l'ouest par un vaste fossé rempli d'eau. Le pont-levis était déjà baissé : après s'être présenté, Balian pénétra avec ses hommes à l'intérieur du mur d'enceinte.

Une fois descendu de cheval, il confia les rênes de Fumée à Rolf. Khamsin était conduit par son second écuyer. Les destriers étaient généralement réservés aux batailles, mais les pur-sang arabes étaient doux comme des palefrois. Balian préférait toutefois préserver l'énergie de son étalon pour les combats qui s'annonçaient. Il entendit soudain qu'on l'appelait par son prénom, se retourna et aperçut son frère qui s'avançait vers lui.

« J'avais peur que tu n'arrives trop tard, mon garçon », lui lança-t-il.

Voyant l'air surpris de Balian, son frère lui expliqua qu'ils se mettraient en marche le lendemain matin, ce qui ne fit qu'accroître sa perplexité.

« J'imagine pourtant que les garnisons ne sont pas toutes arrivées ? Comment Renaud de Châtillon aurait-il pu rejoindre Tibériade avant moi ? Karak est beaucoup plus au sud que Naplouse.

— Lorsque Renaud débarquera, répondit Baudouin, nous serons déjà loin – ce qui ne va sûrement pas l'enchanter. Le beau-père du roi lui-même sera privé des combats : Denis n'est pas encore arrivé lui non plus. »

Balian n'y comprenait rien.

« Pourquoi le roi tient-il à partir avant que l'ensemble des seigneurs n'aient eu le temps de répondre à son appel ? »

Mais il entrevit aussitôt la réponse : ce n'était pas le roi qui avait pris cette décision.

« Encore une idée d'Eudes de Saint-Amand, je suppose ? »

Son frère poussa un soupir, confirmant ses soupçons.

« Ce type ne tient pas en place, il ne supporterait même pas d'attendre pour sa propre exécution. Je pense cependant qu'il n'y a pas que son impatience qui soit en cause dans le cas présent. Ayant l'habitude de donner des ordres à ses hommes comme à de simples serfs, il considère que tout le monde doit lui obéir au doigt et à l'œil. Et nous savons toi et moi que Renaud n'est pas du genre à se plier aux injonctions de qui que ce soit.

— Et le roi a accepté ce plan ?

— Eh bien, le comte de Tripoli a soutenu Eudes, en affirmant que plus nous différerions notre départ, plus les pillards de Saladin causeraient des dégâts en saccageant nos récoltes. »

Baudouin d'Ibelin avait plutôt de la sympathie pour le comte, mais cela ne l'empêcha pas d'ajouter que Raymond n'avait pas plus envie qu'Eudes de Saint-Amand de partager le commandement des opérations avec Renaud de Châtillon.

Balian fronça les sourcils. Il était difficile de ne pas voir que ces querelles intestines menaçaient de plus en plus la stabilité du royaume. Il ne comprenait toujours pas pourquoi le roi avait donné son aval à une telle proposition : même s'il avait toujours manifesté un grand respect pour la science guerrière de ses vassaux plus âgés, il n'avait jamais hésité non plus à dire tout haut ce qu'il pensait.

« Pourquoi le roi a-t-il accepté ça ? répéta-t-il.

— Du diable si je le sais, Balian, rétorqua son frère. Ce garçon n'est plus que l'ombre de lui-même depuis la mort d'Onfroy. À mon avis, il se tient encore pour responsable de sa disparition. »

Balian acquiesça. On aurait dit que la confiance du jeune roi envers son propre jugement s'était évaporée depuis le trépas du connétable. Il n'était guère aisé, en outre, de discuter avec le grand maître des Templiers, qui n'avait pas hésité jadis à défier le père de Baudouin malgré son caractère autocrate. Mais Baudouin était le roi d'Outremer, non un quelconque chevalier ayant juré obéissance à Eudes. Il fallait à tout prix qu'il retrouve confiance en lui et s'en remette à son instinct, comme il l'avait fait jusqu'à présent. Le problème, c'était que Balian ne voyait pas comment faire pour aboutir à ce résultat. *Si seulement Guillaume n'était pas parti à Rome !*

Dès qu'ils pénétrèrent dans la grande salle, Balian se dirigea vers le dais où le roi était assis aux côtés de Jocelyn, du grand maître des Templiers, du comte Raymond et d'Hugues, le fils d'Esquiva. Il se demanda s'il était encore temps de contester leur départ le lendemain matin. Son regard se porta sur la silhouette massive de l'homme vêtu d'un manteau blanc : Eudes de Saint-Amand gesticulait et pérorait avec emphase, comme si c'était lui qui tenait sa cour.

Le roi paraissait diminué et presque accablé, à côté de ce templier fanfaron et sûr de lui. Balian se dit qu'il avait vraiment l'air fatigué : des cernes aussi noirs que des bleus soulignaient ses yeux, son bras droit invalide était pris dans une écharpe noire et non plus d'un rouge flamboyant comme autrefois. Il avait célébré voici peu son dix-huitième anniversaire, mais Balian doutait que l'ambiance ait été très joyeuse ce jour-là. Baudouin sourit cependant à la vue de ce dernier, qui lui retourna son sourire avant de s'avancer vers lui, en déplorant que l'ombre d'Onfroy se soit avérée aussi pesante pour leur jeune roi.

Les Francs savaient que Saladin enverrait des éclaireurs surveiller la route qui menait à la vallée de la Houla : ils décidèrent donc de passer par l'ouest, en coupant à travers les montagnes. Le 9 juin, ils atteignirent la colline qui dominait la plaine connue sous le nom de Marj Ayoun et y dressèrent leur camp pour la nuit. Lorsque les ténèbres se dissipèrent et que le ciel se teinta d'une lueur annonçant le lever du soleil, un panorama spectaculaire s'offrit à leurs yeux. On apercevait au loin la cime enneigée du mont Hermon, tandis qu'à leur gauche se découpait l'étendue bleue de la mer Méditerranée. La rivière Litani s'écoulait au milieu de la vallée avant d'obliquer brusquement vers l'ouest. Perché au sommet d'une falaise surplombant la rivière, le château de Beaufort paraissait imprenable. Au sud, on distinguait les fumées qui montaient du camp de Saladin, tandis qu'à l'ouest d'autres fumées, plus abondantes, signalaient le funeste passage des pillards sarrasins.

Ils arrêtèrent leurs chevaux sur la crête de la colline en contemplant la plaine. Comme Balian se rapprochait du roi, il vit que le regard de celui-ci s'attardait sur Khamsin avec une évidente envie. Asad n'était toujours pas remis de sa fourbure, et Baudouin avait bien dû admettre qu'on ne pouvait pas faire confiance à Comète au cours d'une bataille. Il avait beau mourir d'envie de démontrer qu'il était capable de maîtriser le fougueux étalon, il ne pouvait pas prendre le risque de mettre une fois encore la vie de ses hommes en danger. Il chevauchait donc un destrier au pelage gris foncé appelé Charbon, vif et bien entraîné, mais qui n'avait ni l'intelligence ni la rapidité de ses pur-sang arabes. Et il ne pouvait s'empêcher de se demander s'il serait un jour en mesure de chevaucher à nouveau l'un de ces splendides équidés. Balian était en train de plaisanter avec lui en évoquant Démon, son irascible destrier, et en se demandant s'il n'allait pas le cantonner à la reproduction, lorsque Eudes de Saint-Amand lança au roi :

« Ces salopards ne se sont même pas rendu compte de notre présence. Qu'est-ce que nous attendons ? »

Ils descendirent la pente à si vive allure que les fantassins se trouvèrent bientôt distancés et que les chevaliers durent s'arrêter pour les attendre. Pendant ce temps, ils envoyèrent des éclaireurs à la recherche des pillards sarrasins. Ils ne tardèrent pas à revenir, porteurs d'excellentes nouvelles : des infidèles chargés d'un lourd butin, du bétail volé et de leur propre matériel, étaient en train de franchir la Litani, sans soupçonner la présence des Francs.

Les Sarrasins furent pris par surprise : certains avaient déjà traversé la rivière et atteint la rive opposée, d'autres étaient encore au milieu du gué. La brusque apparition de l'ennemi les plongea dans une confusion qui tourna vite à la panique, et ils furent rapidement terrassés par la charge des chevaliers. Bien avant midi, les Francs pouvaient se targuer d'avoir aisément remporté la victoire.

Le sultan avait décidé de déplacer son armée au nord de la plaine de la Bekaa. Il avait envoyé un petit bataillon d'hommes, sous le commandement de son neveu Farouk-Shah, se livrer à un dernier raid aux abords de Sidon et regagnait son camp lorsqu'un de ses archers arriva au galop sur un cheval écumant. Incrédule, Salah al-Din l'écouta lui raconter qu'il avait rencontré plusieurs bergers effrayés prétendant qu'une armée d'infidèles venait d'infliger une défaite à un bataillon sarrasin sur les berges de la Litani.

« Mais c'est impossible ! »

Ses éclaireurs l'auraient prévenu si les Francs s'étaient mis en marche. Toutefois, lorsqu'on amena les bergers devant lui et que ceux-ci lui jurèrent au nom du Prophète qu'ils disaient la vérité, il fut bien obligé de les croire. Ses éclaireurs surveillaient la route de l'Est, et non les passages à l'ouest, à travers les montagnes jusqu'aux collines de Metoula qui se dressaient entre son camp et la plaine de Marj Ayoun. À l'image de leur marche nocturne qui avait pris Farouk-Shah par surprise en avril dernier, les Francs étaient cette fois encore passés à travers les mailles du filet. Furieux contre lui-même, il ne perdit pourtant pas de temps à se lamenter et prit au contraire cette déconvenue comme un avertissement salutaire.

Balian n'était pas satisfait par la manière dont cette campagne était menée. C'était de la folie de ne pas avoir attendu l'arrivée de Renaud de Châtillon et de Denis de Grenier. Leurs fantassins s'étaient épuisés en essayant de soutenir le rythme des chevaliers. Et maintenant, voilà qu'ils avaient scindé leurs forces en deux : les chevaliers s'étaient lancés à la poursuite des fugitifs qui avaient échappé à la bataille, tandis que les soldats étaient occupés à fouiller les chariots remplis de butin et à dépouiller les cadavres des victimes. On avait confié à Balian le commandement de l'arrière-garde : lorsqu'il se fut assuré que les prisonniers étaient sous bonne garde et qu'on prenait soin des blessés, les cavaliers étaient déjà partis depuis un bon moment.

Foucher d'Hébron, le capitaine de ses chevaliers, le rejoignit et immobilisa son cheval à côté de Khamsin.

« Monseigneur… Que faisons-nous à présent ?

— Nous rejoignons le roi », répondit Balian.

Il jeta un coup d'œil par-dessus son épaule. Il avait demandé aux soldats de poster des gardes sur les hauteurs afin de ne pas se laisser prendre par surprise par un nouveau raid ennemi, mais il n'avait guère confiance en leur vigilance. Ravis de prendre un peu de repos après cette folle équipée sur les pentes de la montagne et se félicitant de leur prise, les hommes se reposaient sur la berge, discutant avec bonne humeur du prochain partage de butin et se délassant avec insouciance avant le retour des chevaliers. Après avoir poussé quelques jurons en arabe – curieusement, ils lui paraissaient plus convaincants dans cette langue… –, Balian piqua des deux.

Farouk-Shah fut horrifié d'apprendre qu'un de ses bataillons avait été attaqué et défait par les Francs. En écoutant un survivant lui raconter l'affrontement, il comprit que ses hommes et lui se retrouvaient bloqués du mauvais côté de la Litani. Ils devaient franchir la rivière pour rejoindre le camp du sultan : mais comment l'auraient-ils pu, alors qu'une armée ennemie les attendait sur la berge opposée ? Il s'empressa d'envoyer des éclaireurs pour repérer les infidèles. Lorsque l'un d'eux revint et lui apprit qu'une partie des Francs s'étaient installés en aval de la rivière, il envoya ses hommes à la recherche d'un gué possible en amont.

Balian retrouva le roi et les chevaliers devant une petite source où ils faisaient boire leurs chevaux. Son soulagement fut pourtant de courte durée : il constata en se rapprochant que Baudouin n'était accompagné que par les chevaliers de sa propre maison, ceux que commandaient son oncle et les hommes chargés de garder la plus sainte relique du royaume, abritant les restes de la Vraie Croix. *Où sont donc passés tous les autres, bon sang ?* Balian réussit à formuler sa question de manière plus diplomatique, mais vit le roi rougir en lui apprenant que le grand maître des Templiers et le comte Raymond s'étaient lancés à la poursuite des Sarrasins en fuite.

La simple présence du roi à cet endroit prouvait assez qu'il n'estimait pas très raisonnable de s'avancer aussi près du camp de Saladin. Mais Balian savait pourquoi il ne s'y était pas ouvertement opposé. Eudes de Saint-Amand n'aurait tenu aucun compte de son ordre et Raymond était peu enclin à lui obéir, se considérant lui-même comme un souverain à part entière à la tête d'un État allié du royaume, plutôt que comme un vassal. Échangeant un regard entendu avec Jocelyn, Balian rapprocha Khamsin du destrier gris de Baudouin.

« Les choses ne se déroulent pas très bien, n'est-ce pas ? lui murmura le roi. Tout le monde a l'air de croire que nous avons remporté une grande victoire et qu'il n'y a plus rien à redouter… »

Ses yeux bleus croisèrent ceux plus foncés de Balian : le même souvenir leur revenait à l'esprit – cette journée d'avril qui avait commencé par une victoire et s'était terminée par la blessure mortelle d'Onfroy de Toron, transpercé par une lance sarrasine.

Jocelyn n'aimait pas trop que son neveu prenne l'avis d'un des frères d'Ibelin et se fraya un chemin entre leurs chevaux avec son étalon.

« Nous nous demandions, le roi et moi, si nous devions rejoindre l'infanterie ou suivre les Templiers et les autres chevaliers », intervint-il.

Aucune de ces deux hypothèses n'était bonne et chacun le savait. Non sans réticence, Baudouin finit par trancher et déclara qu'ils devraient essayer de rejoindre Eudes et le comte Raymond. Balian acquiesça avec la même résignation, car le plus grand danger était encore que leur armée reste coupée en deux. Faisant signe à ses hommes de le suivre, Balian ne put s'empêcher de grommeler entre ses dents :

« Fichus crétins… »

Jocelyn était assez près pour l'entendre et lui lança :

« Je vous signale que votre frère fait partie de ces *fichus crétins*… »

Balian s'en était déjà aperçu. Puisque son frère n'était pas aux côtés du roi, il chevauchait forcément avec les Templiers et le comte Raymond. Il ne réagit pas, refusant de montrer à Jocelyn qu'il avait été touché par sa pique, et ils se mirent en route sous la bannière d'or et d'argent d'Outremer agitée par la brise d'été.

Ils avaient à peine couvert quelques kilomètres que deux chevaliers apparurent et se rapprochèrent à vive allure, cravachant sans relâche leurs montures. Ils poussèrent de grands cris en apercevant la bannière de Baudouin, sans ralentir pour autant.

« Faites demi-tour ! leur lança l'un d'eux. L'armée de Saladin arrive ! »

Il montrait les collines de Metoula au sud, comme si les mots ne suffisaient pas à signaler le danger. Baudouin et ses hommes s'étaient aperçus à présent que l'un des chevaliers était blessé à l'épaule et saignait abondamment. Ils seraient passés sans s'arrêter si le roi et Balian n'avaient avancé leurs étalons afin de leur barrer la route.

« Que s'est-il donc passé ? leur demandèrent-ils. Où sont les Templiers ? Le comte Raymond ?

— Ils ont été taillés en pièces ! répondit le chevalier blessé. Nous sommes tombés sur les Sarrasins à l'improviste. Nous n'avons pas eu le temps de former nos lignes, ils avaient déjà fondu sur nous. »

Le second chevalier se remit aussitôt en route, après avoir lancé par-dessus son épaule qu'il n'avait pas les moyens de payer une rançon et qu'il ne tenait pas à être vendu comme esclave sur les marchés du Caire. Celui qui était blessé ne s'attarda pas davantage, se contentant de presser Baudouin.

« Sauvez votre peau pendant qu'il est encore temps. Pour les autres, il est déjà trop tard. »

Sur ces mots, il repartit au galop.

Ils distinguaient à présent les nuages de poussière qui s'élevaient dans le lointain sous l'avancée de centaines de chevaux. L'expression du roi trahissait son anxiété mais il n'hésita pas un instant, car il était responsable de la vie des hommes qui l'accompagnaient. Il donna l'ordre de la retraite, et ils lancèrent leurs chevaux sur les traces des deux chevaliers qui s'étaient enfuis.

Balian n'était pas moins anxieux. Mais comme Baudouin, il ne pouvait pas se laisser guider par ses émotions. Quoi qu'il soit advenu de son frère et de Jacquelin, il avait quatre-vingt-quinze chevaliers sous ses ordres. Le terrain n'était pas favorable aux chevaux avec ses pentes caillouteuses, ses crevasses et ce sol sec, craquelé par des années de sécheresse. Toutefois, s'ils parvenaient à atteindre la plaine de Marj Ayoun dont le sol était plat, ils devraient pouvoir trouver refuge au château de Beaufort. Aussi furent-ils grandement soulagés lorsqu'ils aperçurent au loin le cours scintillant de la Litani.

Ce fut alors que les attaquants surgirent. Ils se retrouvèrent brusquement assaillis par un contingent d'archers sarrasins : les chevaux se cabrèrent et les hommes brandirent leurs boucliers pour se protéger de ces volées de flèches. Farouk-Shah et ses troupes dévalèrent alors la colline pour se lancer à l'attaque.

Balian cria à ses hommes de se regrouper autour de lui : leur seule chance était de faire front tous ensemble, sinon ils seraient vite encerclés et abattus les uns après les autres. Il y avait peu de place pour manœuvrer, et les Sarrasins avaient toujours l'avantage dans ces combats rapprochés, leurs chevaux étant plus rapides et plus agiles que les lourds destriers des Francs. Les chevaliers de Balian réussirent à faire bloc autour de lui et se lancèrent à l'assaut : les Sarrasins s'écartèrent, incapables de résister à une charge pareille, et se dispersèrent en espérant prendre les Francs à revers avant qu'ils aient eu le temps de se regrouper. Leur retraite permit à Balian d'avoir une vue d'ensemble du champ de bataille : les troupes de Jocelyn avaient essuyé le plus dur de l'assaut, mais la bannière de Baudouin flottait toujours, car ses chevaliers se seraient battus jusqu'au dernier pour le défendre.

« Rejoignons le roi ! »

Comme ses hommes se mêlaient aux chevaliers du roi, Balian se dit qu'ils parviendraient peut-être à se frayer un passage et à prendre la fuite. Mais au même instant, l'armée de Saladin entra en scène.

Balian avait appris que les batailles obéissaient aux mêmes lois que les marées, sujettes au flux et au reflux. Ils se retrouvaient pour l'instant submergés par une vague trop puissante pour qu'ils puissent lui résister. Ayant le choix entre la mort, la capitulation ou la fuite, les Francs choisirent la fuite et s'éparpillèrent.

Balian chercha vainement à entrevoir la silhouette du roi parmi la masse grouillante de soldats et de chevaux qu'était devenu le champ de bataille. En se retournant, il aperçut un Kurde qui brandissait devant lui une épée à la lame recourbée. Khamsin fit un écart et l'épée s'abattit dans le vide. Balian repoussa un autre attaquant avec son bouclier, puis évita de peu l'assaut d'un chevalier sarrasin monté sur un étalon noir qui poussait de longs hennissements. Pendant un instant, il regretta de ne pas chevaucher Démon, qui s'avérait une implacable machine à tuer pendant les combats. Khamsin s'écarta ensuite d'un mamelouk arborant les couleurs safran du sultan, et Balian songea que la vitesse l'emportait désormais sur la férocité. Une demi-douzaine d'adversaires à ses trousses, il lança Khamsin sur les pentes d'une butte désolée. Son étalon avait beau être rapide, il n'allait tout de même pas plus vite que les flèches, et l'une d'elles atteignit Balian à l'instant où il arrivait au sommet, se plantant dans son mollet à travers ses jambières. Il sentit son impact, mais la douleur viendrait plus tard. Pour l'instant, lâchant la bride à son cheval lancé à toute allure, il s'agissait de sauver sa peau.

Les Sarrasins n'abandonnèrent pas la poursuite car ils avaient l'avantage du nombre et ne risquaient pas de tomber dans une embuscade. De nombreux Francs furent ainsi abattus, ou faits prisonniers lorsque leur apparence laissait espérer la possibilité d'une rançon. D'autres, plus chanceux, réussirent à échapper à leurs poursuivants. Certains franchirent la rivière au galop et se dirigèrent vers Tyr ou Sidon. Mais la plupart des rescapés trouvèrent refuge au château de Beaufort, la solide forteresse de pierre érigée à trois cents mètres au-dessus de la Litani.

Balian rejoignit une partie de ses chevaliers lorsqu'ils atteignirent la plaine de Marj Ayoun. Ils se regroupèrent avec soulagement et éperonnèrent leurs montures car ils se trouvaient encore à huit kilomètres du château de Beaufort. Tandis que leurs chevaux épuisés escaladaient l'étroit sentier qui menait à l'entrée de la citadelle, ils s'arrêtaient de temps à autre pour regarder la plaine et les collines qui s'étendaient à leurs pieds. Chacun d'eux se raccrochait encore à l'espoir ténu d'apercevoir la bannière du roi et de le voir arriver au loin avec ses hommes pour rejoindre lui aussi la forteresse. Mais de toutes parts on ne distinguait que des cavaliers sarrasins à la recherche des Francs encore en fuite : ils pullulaient comme des abeilles dont la ruche aurait été renversée. Nul n'osait formuler la question à voix haute, mais elle était dans tous les esprits : *Où était donc passé le roi ?*

Baudouin heurta le sol avec une telle violence qu'il resta quelques instants étourdi. Reprenant peu à peu ses esprits, il ouvrit lentement les yeux. Autour de lui, tout n'était que désolation : les cadavres des hommes et de leurs chevaux, les gémissements des blessés, le sang qui s'écoulait dans la terre aride et maculait la bannière déchirée du royaume… Charbon gisait immobile à ses côtés, une flèche sarrasine lui avait transpercé le poitrail. Baudouin eut un choc en comprenant qu'il se retrouvait seul dans ce champ, au milieu des morts et des mourants.

Son épée se trouvait à portée, et il la saisit avant de lutter pour se remettre debout, oscillant telle une jeune pousse sous l'assaut du vent. Il ne fallait pas qu'il reste ici. Ses hommes – ceux du moins qui n'avaient pas été abattus ou capturés – ne tarderaient pas à se lancer à sa recherche, mais les Sarrasins arriveraient les premiers pour récupérer leurs blessés ou leurs morts et dépouiller les cadavres des Francs. Plusieurs chevaux privés de leurs cavaliers allaient et venaient sur le champ de bataille, et Baudouin les considéra d'un œil envieux. Il ne chercha pourtant pas à en attraper un, sachant qu'il ne parviendrait pas à monter seul en selle. Ils se trouvaient dans une sorte de ravin : les gros rochers qu'on distinguait un peu plus haut lui offriraient peut-être une cachette avant le retour des Sarrasins.

Redressant ses épaules douloureuses, il se mit à ramper sur le sol, contournant les cadavres et évitant de croiser leurs regards éteints. Il tressaillit en reconnaissant l'un de ses propres chevaliers, le visage couvert de mouches et les tripes étalées au milieu d'une mare de sang boueuse et noire. Il entendit au même instant le souffle d'un cheval dont les sabots martelaient la terre durcie, comme cuite par le soleil. Baudouin se rejeta au sol et s'immobilisa en retenant son souffle.

Le cavalier était seul. Il se trouvait hors du champ de vision de Baudouin, qui ne pouvait prendre le risque de changer de position. Le temps semblait s'être arrêté, mais il perçut soudain un long cri de détresse et reconnut la langue des Francs. Se redressant, il aperçut le cavalier qui était descendu de sa monture pour récupérer leur bannière piétinée, qu'il serrait contre sa poitrine comme une relique précieuse. En faisant un effort, Baudouin parvint à se remettre sur pied au moment même où l'homme se tournait dans sa direction. Ils se reconnurent mutuellement, au même instant.

« Anselme ! »

Baudouin se dirigea vers lui en titubant tandis que son écuyer se précipitait à sa rencontre. Ils tombèrent dans les bras l'un de l'autre et s'étreignirent comme deux naufragés qui luttaient pour ne pas sombrer.

« Je vous ai cherché pendant si longtemps… » Le visage d'Anselme était constellé de boue et de larmes séchées. « Je vous croyais mort, Majesté !

— Tu as de la chance d'être toi-même en vie », lui répondit Baudouin avec une ombre de sourire.

Il se rendait bien compte des risques qu'avait pris Anselme en s'aventurant seul ici après la victoire de l'armée sarrasine. L'air presque honteux qu'on le félicite ainsi, l'écuyer siffla pour appeler sa monture. Il était en train de dire au roi que son cheval pourrait les emmener tous les deux lorsque des voix leur parvinrent, apportées par le vent.

Ils se jetèrent immédiatement au sol et s'immobilisèrent tandis que des cavaliers apparaissaient. La joue collée à la terre, Baudouin écouta ses ennemis rire et plaisanter. Il ne parlait pas l'arabe, mais le langage de la victoire n'avait nullement besoin d'être traduit. À travers ses paupières, il en aperçut un qui avait découvert sa bannière et la brandissait en poussant un cri triomphal. Le cheval d'Anselme fut rapidement capturé, ainsi que tous ceux qui erraient dans les parages. Il savait que ces hommes n'allaient pas tarder à descendre de leurs montures, impatients de dépouiller les cadavres de leurs ennemis. Ils le reconnaîtraient, évidemment, sa jeunesse et son bras paralysé témoignaient à eux seuls de son identité. Il ne doutait pas qu'on le traiterait avec respect : ces hommes connaissaient la valeur d'un otage royal. Mais estimeraient-ils que la vie d'Anselme présentait quelque valeur, elle aussi ?

À ses côtés, son écuyer avait respiré de la poussière et se retenait d'éternuer pour ne pas attirer l'attention. On n'allait plus tarder à les découvrir, de toute façon. Mais les choses ne se déroulèrent finalement pas de la sorte. Un autre Sarrasin, l'un des mamelouks de Saladin, arriva soudain au galop. Il cria quelque chose aux autres, qui firent demi-tour sur leurs chevaux et le suivirent aussitôt. S'agissait-il d'un ordre du sultan ? Avait-on découvert de nouveaux fuyards ? Tout ce que savaient Baudouin et Anselme, c'était qu'ils ne disposaient que d'un bref moment de répit et que la chance qui leur était offerte ne se reproduirait probablement pas.

Ils se relevèrent sitôt les Sarrasins hors de vue. Anselme était du même avis que Baudouin : le mieux était d'escalader la pente rocheuse qui se dressait à l'ouest. Mais ils se rendirent rapidement compte que le jeune roi ne serait pas en mesure de fournir un tel effort, tant la pente était raide.

« Appuyez-vous sur moi, Majesté », insista Anselme.

Baudouin n'avait pas le choix : abandonnant toute fierté, il accepta l'aide de son écuyer plus âgé. Mais outre qu'il n'était pas très grand, Anselme n'était plus de la première jeunesse : ils furent bientôt aussi épuisés l'un que l'autre et durent s'arrêter plusieurs fois pour reprendre leur souffle, tout en tendant l'oreille et en guettant le retour des Sarrasins. Ils glissèrent à plusieurs reprises sur le sol caillouteux et faillirent perdre l'équilibre. Après une nouvelle chute, ils reçurent brusquement une pluie de graviers. Levant la tête et plissant les yeux à cause du soleil, ils aperçurent une silhouette qui se dressait au sommet de la pente.

« Attendez-moi ! » leur lança l'inconnu avant d'entamer sa descente.

C'était un homme encore jeune et agile, qui semblait se déplacer sans le moindre mal le long de la pente. Après les avoir rejoints, il s'agenouilla devant Baudouin, qui le releva aussitôt. Ce visage bruni par le soleil et constellé de taches de son lui était vaguement familier. Lorsque l'homme se fut présenté sous le nom de Thomas de Caymont, le roi reconnut l'un des chevaliers de la maison de son oncle. Il ne semblait pas avoir été blessé et cela l'embarrassait visiblement : en ayant l'air de s'excuser, il leur expliqua qu'il avait été éjecté de son destrier lorsque celui-ci avait eu la patte avant brisée.

« J'ai découvert une grotte un peu plus haut, leur révéla-t-il en désignant le sommet de la colline, et je comptais m'y cacher jusqu'au départ des Sarrasins. Nous devons toutefois nous dépêcher, car j'aperçois de nouveaux nuages de poussière vers le sud. Si vous permettez, Majesté… »

Tendant la main, il saisit le bras gauche de Baudouin et fit signe à Anselme de faire de même de son côté.

Avec l'aide de Thomas, ils avancèrent d'abord plus facilement. Mais à mesure qu'ils montaient, la pente devenait plus dangereuse. Baudouin était tellement épuisé à présent qu'il pendait entre eux comme un pantin désarticulé, ses pieds raclant le sol derrière lui. Thomas ne tarda pas à s'arrêter.

« On ne va pas y arriver », dit-il en réfléchissant d'un air soucieux aux solutions qui s'offraient à eux.

Il se mit alors à genoux et demanda au roi de passer les bras autour de son cou tandis qu'il saisissait ses jambes et les calait contre sa taille. Il vacilla un instant en se redressant, puis se releva lentement avec un sourire triomphal. Portant Baudouin sur son dos, et suivi de près par Anselme au cas où il perdrait l'équilibre, Thomas reprit prudemment l'ascension de la pente, un pas après l'autre.

Il ne s'arrêta pas une seule fois avant d'avoir atteint le sommet et fait quelques pas pour se mettre à l'abri derrière les rochers. Il se pencha ensuite pour que Baudouin puisse descendre et frappa le sol du pied en souriant à nouveau.

« Vous êtes plus lourd que vous n'en avez l'air, Majesté », dit-il en haletant.

Baudouin le regardait d'un air émerveillé. Partagé entre la honte que lui inspirait son état et un sentiment de profonde gratitude, il hésitait à formuler la question qui lui brûlait les lèvres. Il fallait pourtant bien qu'il la pose.

« Vous n'avez donc pas eu peur ? »

Thomas ne feignit même pas de ne pas comprendre à quoi il faisait allusion.

« Je mentirais si je prétendais le contraire, Majesté. Mais je me suis dit que la lèpre ne devait pas être aussi contagieuse que ça, sinon Anselme l'aurait contractée depuis longtemps. Néanmoins… »

Il haussa les épaules, ce qui était une manière de dire sans le formuler que la peur ne relevait pas de la logique ni du simple bon sens.

« Comment aurais-je pu ne pas vous venir en aide ? ajouta-t-il. Vous êtes mon roi. »

Baudouin se fendit d'un timide sourire, puis détourna les yeux afin que le jeune chevalier ne voie pas briller les larmes qu'il refoulait.

Les Sarrasins ne tardèrent pas à réapparaître afin de récupérer leurs morts, abandonnant aux vautours les cadavres dépouillés de leurs ennemis. Ils étaient toujours à la recherche d'éventuels fugitifs, mais l'inclinaison du ravin qui se dressait devant eux découragea ceux qui levèrent les yeux vers le sommet, et ils finirent par repartir. Émergeant de la grotte humide et tapissée de moisissures, Baudouin et ses deux compagnons regardèrent le soleil se coucher à l'horizon et la nuit s'étendre, recouvrant le champ de bataille d'un voile miséricordieux. Avec la venue de l'obscurité la température chuta considérablement, et ils regagnèrent l'abri tout relatif de la grotte en se serrant les uns contre les autres pour affronter la longue nuit qui s'annonçait. Ils n'avaient pas la moindre nourriture, seulement deux outres d'eau à moitié vides que Thomas et Anselme voulurent réserver à Baudouin. Le roi refusa fermement et insista pour qu'ils les partagent. Thomas s'endormit le premier, suivi par Anselme. Baudouin quant à lui resta éveillé, seul avec ses regrets.

Dès les premières heures du jour, Thomas se porta volontaire pour aller chercher des secours et descendit la pente avec l'aisance et l'agilité de la jeunesse. Au bout d'une heure il était de retour, chevauchant un hongre d'emprunt et accompagné d'une dizaine de chevaliers en armes. Simon de Garnier était à leur tête : incapable d'attendre que Baudouin et Anselme entament leur lente descente, il escalada la pente pour les rejoindre. Lorsqu'il émergea au sommet, il souriait jusqu'aux oreilles, et Baudouin comprit qu'on l'avait probablement cru mort.

Simon lui apprit que son oncle et Balian d'Ibelin avaient réussi à atteindre le château de Beaufort avec la plupart de leurs chevaliers, et que d'autres fugitifs les rejoignaient peu à peu. Par une sorte de miracle, la Vraie Croix n'était pas tombée aux mains des infidèles. Mais lorsque le roi lui demanda ce qu'il était advenu des autres seigneurs et des Templiers, Simon se contenta de hocher tristement la tête.

La lumière déclinait lorsque Balian et ses hommes s'engagèrent lentement sur le sentier escarpé qui menait au château de Beaufort, épuisés par les événements des deux derniers jours. Ils avaient réussi à retrouver une poignée de survivants au milieu des cadavres, et quelques autres encore qui s'étaient cachés dans les environs. Mais ils étaient consternés par l'ampleur de leurs pertes et rongés d'inquiétude en pensant au sort de tous ceux qui étaient portés disparus.

Sitôt franchi le mur d'enceinte, ils mirent pied à terre et aidèrent les blessés à descendre de leurs chevaux, avant de confier leurs montures à leurs écuyers. Balian gagna l'entrée de la grande salle en boitillant et sourit pour la première fois depuis qu'ils avaient débouché sur les hauteurs, au-dessus de la plaine de Marj Ayoun. Baudouin refusa qu'il s'agenouille devant lui et insista pour qu'il vienne s'asseoir auprès de lui sur le dais. Ignorant le regard haineux de Jocelyn, il s'effondra dans un fauteuil à ses côtés. Mais ils restèrent silencieux l'un et l'autre, car aucun mot ne pouvait rendre compte de la catastrophe qui venait de s'abattre sur eux et sur le royaume d'Outremer.

Peu après la tombée de la nuit, ils furent surpris de voir arriver le beau-père de Baudouin. Beaufort lui appartenait, et le châtelain avait envoyé un messager à Sidon pour l'informer de l'arrivée du roi. Denis avait déjà été prévenu de leur défaite : après avoir appris qu'on ne les attendait plus à Tibériade, il s'apprêtait à rejoindre Baudouin à Marj Ayoun à la tête d'une troupe armée lorsqu'il avait rencontré des soldats qui fuyaient la bataille. Leurs témoignages étaient si accablants qu'il avait fait demi-tour et regagné Sidon en se disant qu'il n'y avait plus rien à faire. Il se rendait compte à présent qu'en poussant plus avant il aurait pu sauver une partie des fuyards et empêcher qu'ils ne soient capturés. Profondément bouleversé, il se faisait d'amers reproches.

Le roi ne voulut pas qu'il lui présente ses excuses.

« Vous n'auriez probablement pas pu changer le cours des choses, lui dit-il d'une voix indiquant qu'il était encore sous le choc. Il était déjà trop tard. »

La plupart des hommes eurent de la peine à trouver le sommeil cette nuit-là au château de Beaufort. Balian finit par y renoncer et se leva plusieurs heures avant que l'aube vienne dissiper les ténèbres. Sachant qu'il n'avait pas aperçu le cadavre de son frère ni celui de Jacquelin, il essayait de se convaincre qu'ils erraient peut-être quelque part dans les parages, attendant l'opportunité de venir les rejoindre en toute sécurité. Il savait pourtant que le plus probable était qu'ils étaient morts ou avaient été capturés. Il était généralement possible de récupérer un homme qui avait été fait prisonnier par les Sarrasins contre une rançon. Mais ce n'était pas toujours le cas. Et était-il vraisemblable que Saladin libère un templier, même contre de l'argent ?

Remâchant ces questions, Balian se tourmenta ainsi des heures durant dans la solitude, le silence, et cette obscurité qui s'avérait si propice aux pensées les plus sombres et les plus désespérées. Il s'apprêtait à ressortir accompagné d'une petite troupe pour se livrer à de nouvelles recherches lorsqu'un cavalier arriva, porteur d'un message du comte de Tripoli. Raymond avait réussi à échapper aux combats et à rejoindre Tyr sain et sauf avec quelques compagnons d'armes. Mais le message ne disait rien concernant le sort de ceux qui étaient encore portés disparus, car la bataille avait vite tourné à la déroute. Balian repartit donc pour se mettre en quête de son frère et de son ami.

L'entreprise était aussi vaine que périlleuse car ils risquaient à tout moment de tomber à nouveau sur les Sarrasins, traquant eux aussi les Francs qui avaient pris la fuite. Ses chevaliers étaient visiblement à bout de forces, et sa jambe lui faisait si mal qu'il abandonna les recherches avant la tombée de la nuit. Ce fut seulement après avoir regagné le château qu'il apprit ce qui était arrivé à son frère.

Baudouin lui révéla qu'un nouveau survivant de la bataille avait été retrouvé, mais le roi paraissait si sombre que les nouvelles n'étaient assurément pas bonnes. Le blessé était un templier que les Sarrasins avaient abattu et laissé pour mort. Il avait pourtant survécu et livra à Balian un témoignage de première main de ce qu'avait été la fin de la bataille, lorsque les derniers survivants avaient compris qu'ils allaient soit devoir se rendre, soit se battre jusqu'à la mort. La quasi-totalité de ces trois cents combattants, templiers ou nobles du royaume, avaient été faits prisonniers par les infidèles. Parmi eux, ajouta-t-il dans un souffle, se trouvaient le grand maître des Templiers, Baudouin d'Ibelin, seigneur de Ramlah, et le beau-fils du comte de Tripoli, Hugues de Galilée.

CHAPITRE 23

Juillet 1179
Tell el-Qadi, Syrie

La journée était chaude, et l'air immobile au point que la bannière rouge et or des D'Ibelin et le drapeau blanc de la trêve pendaient le long de leurs hampes comme des feuilles de saule. Balian percevait sur leurs visages la tension qui avait gagné ses hommes depuis que le camp du sultan était en vue. Il n'avait emmené qu'une partie de ses chevaliers, ceux dont il savait qu'ils garderaient leur calme, même en cas de provocation. À ses côtés, Younous, son interprète, s'agitait sur sa selle, visiblement mal à l'aise. Il finit par se tourner vers Balian en lui souriant d'un air gêné.

« Avec votre permission, monseigneur, je préférerais que vous m'appeliez par mon prénom franc lors de cette rencontre avec le sultan.

— Bien entendu, Jonas. »

Il comprenait le malaise du vieil homme. L'arabe étant leur langue maternelle, les chrétiens de Syrie utilisaient souvent la forme arabe de leurs prénoms. Mais les musulmans considéraient l'apostasie comme un péché mortel, et Younous n'avait pas envie que les Sarrasins le prennent non pas pour un chrétien de naissance, mais pour un converti.

On les avait vus arriver et des cavaliers se portèrent à leur rencontre.

« Je suis Balian d'Ibelin, seigneur de Naplouse, et je suis muni d'un sauf-conduit pour rencontrer le sultan. »

Il avait parlé lentement mais avec soin, et comme d'habitude, les cavaliers furent impressionnés par l'aisance avec laquelle Balian s'exprimait en arabe. Cela ne manquait jamais de jouer en sa faveur.

L'homme qui commandait la troupe lança un ordre, trop vite pour que Balian le comprenne, et les Francs se retrouvèrent encerclés. Leur arrivée suscita un certain remue-ménage à l'intérieur du camp. Tandis qu'ils attendaient sous la surveillance de leurs gardes, Balian en profita pour observer le spectacle qui s'offrait à lui. Tout en palabrant, des hommes rafistolaient des armes et des armures, réfugiés à l'ombre pour s'abriter du soleil. En dehors du fait que personne ne buvait de vin ni ne jouait aux dés, ce qui était interdit par le Coran, il aurait aussi bien pu se trouver dans un camp militaire des Francs. Tous les soldats se ressemblaient à travers le monde.

Un homme s'avança bientôt, escorté par plusieurs sentinelles, mais il ne s'agissait visiblement pas d'un militaire. Il n'était plus très jeune – Balian estimait qu'il avait dépassé la quarantaine – et portait des vêtements civils : une tunique en coton finement tissée et un turban assorti, des sandales de cuir plutôt que des bottes de combat, et aucune épée ne pendait à sa taille. Il se présenta sous le nom d'Imad al-Din al-Isfahani, chancelier du sultan, et ajouta que ce dernier allait les recevoir.

Leur présence attirait l'attention et des injures fusaient sur leur passage. Balian maîtrisait suffisamment l'arabe pour comprendre qu'on les traitait de « chiens » et de « démons de la croix », mais le terme qui ne manquait pas d'ironie à ses yeux était celui de *kafir*, qui signifiait précisément *infidèle*, l'insulte même dont les chrétiens gratifiaient leurs ennemis musulmans.

Lorsqu'ils eurent rejoint la tente du sultan, Balian dut se délester de son épée : Salah al-Din prenait des précautions depuis que les Assassins avaient essayé une fois encore de le tuer. Les chevaliers furent eux aussi désarmés, mais Imad al-Din précisa que seuls Balian et son interprète seraient autorisés à pénétrer dans la partie centrale de la tente. Signifiant en silence à ses hommes de se comporter dignement, Balian saisit le faucon sacre et le gant que portait l'un d'entre eux avant d'aller à la rencontre du geôlier de son frère.

Salah al-Din était assis en tailleur sur un grand coussin. Balian se souvenait combien il avait été surpris en découvrant quelques années plus tôt que le sultan était de stature modeste et d'une parfaite courtoisie, alors qu'il avait imaginé leur pire ennemi comme un colosse aussi brutal qu'orgueilleux. Toutefois, il avait vite compris que la puissance du sultan ne résidait pas dans son épée mais dans l'intensité de ses convictions, la foi aveugle qui l'animait et son irréductible certitude qu'il était l'instrument d'Allah destiné à anéantir le royaume chrétien de Jérusalem.

En s'inclinant, Balian lui présenta le salut traditionnel arabe : « Que la paix soit sur vous. » Même s'il lui tardait d'aborder le sujet qui motivait sa venue, il savait qu'il fallait d'abord se plier aux lois de l'hospitalité que les Sarrasins prenaient très au sérieux. S'avançant d'un pas, il lui présenta son cadeau en précisant qu'il serait heureux que le sultan l'accepte comme une marque de son profond respect.

Le faucon s'ébroua tandis que ses serres se plantaient dans l'épaisseur du gant. L'animal était encapuchonné, mais ses sens étaient en alerte et il tourna la tête vers Balian en entendant sa voix. Les faucons sacres étaient très prisés par les Sarrasins, adeptes de la fauconnerie à l'égal des Francs, et cet oiseau était une perle rare, avec son plumage plus blanc que la neige qui couronnait le mont Hermon.

Le sultan remercia Balian pour cette splendide *hurr*, employant le terme arabe qui désignait la femelle du faucon, et marqua une pause avant d'ajouter :

« Vous parlez donc couramment notre langue ?

— Je me débrouille plus ou moins. Mais j'ai préféré être accompagné de mon interprète afin qu'il n'y ait aucun malentendu entre nous, monseigneur. »

Le sultan lui désigna un vaste coussin.

« Prenez place, lui dit-il. Nous allons parler. »

Salah al-Din n'avait pas accordé à Balian l'honneur d'une audience privée, mais trois individus seulement siégeaient à ses côtés : outre Imad al-Din, il y avait là deux hommes dont la ressemblance avec le sultan était telle que Balian ne fut pas surpris lorsqu'on les lui présenta. Il s'agissait de son neveu Farouk-Shah et de son cousin Nasir al-Din. Le faucon avait été confié au maître fauconnier et on avait apporté d'autres coussins pour Balian, Salah al-Din ayant remarqué que sa jambe blessée lui rendait la position assise inconfortable.

Ce fut seulement une fois toutes ces politesses terminées que le sultan but une nouvelle gorgée de jus de fruit et entama les négociations.

« Vous êtes évidemment venu me parler de votre frère, lui dit-il.

— C'est exact, monseigneur, répondit Balian après avoir vidé sa propre coupe et l'avoir reposée par terre.

— Nous nous sommes déjà rencontrés, n'est-ce pas ? Il me semble que vous accompagniez Onfroy de Toron et le comte de Tripoli le jour où ils sont venus négocier une trêve avec moi. »

Balian était impressionné par la mémoire du sultan. Il avait certes eu une longue conversation ce jour-là avec al-Adil, le jeune frère de Salah al-Din, mais n'avait échangé qu'un simple salut avec ce dernier.

« Pouvez-vous me dire comment se porte mon frère ?

— Sa fierté a cruellement souffert, répondit le sultan avec un sourire, mais il n'a pas d'autre blessure à déplorer. »

Balian ne chercha même pas à cacher son soulagement.

« J'ose espérer, reprit-il, que vous serez disposé à le libérer contre le versement d'une rançon.

— Je suis disposé en tout cas à considérer la question. Vous n'êtes pas le premier à me faire une requête de ce genre. Le comte de Tripoli et son épouse souhaitent ardemment que le fils de celle-ci recouvre la liberté. Nous nous sommes mis d'accord pour une rançon de cinquante-cinq mille dinars. »

C'était une somme élevée, mais Raymond et Esquiva avaient les moyens de la payer. Son frère était également en mesure de la rassembler, et Balian se détendit un peu. Mais le sultan reprit au même instant :

« La rançon du seigneur de Ramlah sera évidemment beaucoup plus importante, puisqu'il est destiné à monter sur le trône une fois qu'il aura épousé la sœur du roi lépreux. »

Balian se raidit aussitôt et demanda à Younous de traduire la suite de ses propos.

« Dites au sultan qu'on l'a mal renseigné. Mon frère n'a aucun espoir d'accéder à la royauté. Dame Sibylle est d'ores et déjà promise à un seigneur franc, le duc de Bourgogne. »

Tandis que l'interprète traduisait ses paroles, le sultan et ses acolytes l'écoutaient d'un air amusé.

« Aucun engagement n'a encore été conclu à ce sujet, répliqua Salah al-Din. Et tant que cette dame ne s'est pas officiellement remariée, votre frère peut toujours entretenir l'espoir d'accéder un jour à la royauté. »

Balian écoutait à peine la traduction que lui faisait Younous, car il avait compris pour l'essentiel ce que venait de dire le sultan. Il avait également fort bien saisi le message implicite que contenaient ses paroles : les Sarrasins étaient parfaitement informés de ce qui se tramait à la cour d'Outremer et des rivalités qui la divisaient.

« Je ne nierai pas que mon frère a longtemps caressé l'espoir d'épouser dame Sibylle, reconnut-il. Mais cela ne se produira pas. Si notre roi avait estimé qu'il ferait un époux convenable pour elle, il nous l'aurait fait savoir dès que sa sœur s'est retrouvée veuve. »

Le sultan haussa les épaules.

« Même s'il ne devient pas votre roi, le seigneur de Ramlah occupe une position de premier plan dans votre royaume. Il est d'une grande bravoure sur le champ de bataille et très écouté au conseil. »

Nasir al-Din se pencha pour lui parler, trop rapidement pour que Balian saisisse ce qu'il lui disait. Salah al-Din l'écouta avant de se tourner à nouveau vers lui.

« Mon cousin estime qu'il serait sans doute préférable de ne pas le relâcher, en soulignant qu'il nous donnera davantage de soucis une fois libéré. Ce qui n'est pas tout à fait inexact. Néanmoins, je reste disposé à le libérer contre une rançon, à condition que nous nous mettions d'accord sur le montant. Nous allons en discuter avec lui et vous en serez informé lorsqu'une décision aura été prise. »

Tel était l'usage, en effet, s'agissant des prisonniers de haut rang qui étaient relâchés une fois cet accord conclu afin de réunir la somme exigée : il était donc nécessaire que le captif en ait accepté le montant. Balian était partagé entre des émotions contraires : profondément reconnaissant d'un côté que le sultan accepte le principe d'une rançon ; mais très inquiet de l'autre, craignant que la somme s'avère exorbitante et qu'ils soient incapables de la rassembler.

« Je vous remercie, monseigneur, répondit-il. Me serait-il possible de le voir ? »

Il ne fut pas vraiment surpris que le sultan lui réponde par la négative, en lui expliquant que les prisonniers avaient déjà été emmenés à Damas.

« La liberté de mon frère est mon principal souci, reprit-il, mais ce n'est pas le seul. Sept de mes chevaliers ont été capturés par vos hommes, monseigneur, précisa-t-il en se tournant vers Farouk-Shah. Je souhaiterais également offrir une rançon pour leur libération. »

Le neveu du sultan devait avoir une trentaine d'années. C'était le frère cadet de Taqi al-Din, mais il n'avait pas la réputation de cruauté et de haine à l'égard des Francs de ce dernier. Il le prouva sur-le-champ en répondant :

« Vos chevaliers ont combattu avec bravoure, monseigneur, et les guerriers courageux méritent d'être libérés. Nous vous les rendrons si vous êtes en mesure de payer mille dinars pour la libération de chacun d'eux. »

Les rançons étaient devenues une pratique si courante dans les terres du Levant que leur montant obéissait à des règles strictes depuis de nombreuses années. Pour un simple soldat ou un civil, le prix était de trente-trois dinars, et de mille dinars pour un chevalier ; pour les princes et les seigneurs de haut rang, le montant était variable et pouvait grimper très haut en fonction du marché. Balian accepta l'offre. Comme on lui demandait les noms de ses hommes, Younous en produisit la liste établie à l'avance sur un rouleau de parchemin. Farouk-Shah eut un petit sourire en voyant qu'elle était rédigée en arabe et la tendit à Imad al-Din.

Voyant que le sultan s'apprêtait à mettre fin à l'entretien, Balian se hâta d'ajouter :

« Monseigneur le sultan, il y a un dernier point dont j'aimerais discuter avec vous. Je voudrais en effet payer la rançon d'un homme appelé Jacquelin de Mailly.

— Un autre de vos chevaliers ?

— Non, monseigneur. Il s'agit d'un templier. »

Jusque-là l'entrevue s'était déroulée dans une ambiance courtoise, si ce n'était cordiale. Mais à la mention du statut de Jacquelin, l'atmosphère changea brusquement. Les yeux du sultan s'étrécirent, ses lèvres se crispèrent.

« Les Templiers sont les ennemis d'Allah, le fléau de mon peuple. Pourquoi accepterais-je d'en libérer un ? Pour qu'il aille verser un peu plus de sang musulman ? »

Balian se pencha, oubliant sa douleur à la jambe, et se tourna vers son interprète.

« Demandez au sultan s'il respecte le courage. »

Surpris, Salah al-Din eut un léger mouvement de recul.

« Évidemment, répondit-il.

— Je suis convaincu que le sultan n'ignore pas que l'ordre des Templiers ne paie jamais de rançon pour libérer les membres de sa confrérie qui ont été faits prisonniers. Demandez-lui donc de considérer le courage que cela représente, de participer à une bataille en sachant qu'on n'aura aucun espoir de retrouver la liberté si l'on est capturé. Et qu'on sera condamné à finir son séjour terrestre soit comme esclave, soit dans des geôles si sombres qu'on n'y distingue pas le jour de la nuit. »

Le sultan ne s'attendait visiblement pas à de tels arguments, mais Balian avait du mal à interpréter son expression. Les autres étaient plus transparents : Nasir al-Din fronçait les sourcils tandis que Farouk-Shah esquissait l'ombre d'un sourire. Balian ne quittait pas Salah al-Din des yeux, sachant que le destin de Jacquelin était en jeu.

« J'ai entendu dire que vous aviez la fibre de la justice dans le sang, vous autres Francs, déclara enfin le sultan au bout de ce qui lui parut une éternité. Nul doute que vous auriez fait un excellent avocat, seigneur Balian. Je le regretterai peut-être un jour, mais votre ami templier sera libéré contre une rançon de cinq mille dinars. »

Alors qu'ils suivaient Imad al-Din pour sortir de la tente, Balian faillit heurter un homme qui s'apprêtait à y entrer. Avec un mouvement de recul, ils se dévisagèrent mutuellement, aussi étonnés l'un que l'autre.

« Je vous croyais en Égypte, monseigneur ! » s'exclama Balian.

La présence d'al-Adil en ces lieux signifiait-elle que le sultan envisageait une nouvelle attaque contre les Francs ?

Al-Adil hocha la tête, son frère ayant été tout aussi surpris de le voir débarquer quatre jours plus tôt. Mais lorsqu'il avait reçu son ordre lui réclamant un renfort de mille cinq cents hommes, il n'avait pas résisté à la tentation de les amener lui-même car il avait des questions de famille à discuter avec Youssouf. Comprenant que Balian d'Ibelin était ici dans l'espoir d'obtenir la libération de son frère, il dit à Imad al-Din qu'il se chargerait de reconduire les Francs à leurs chevaux.

Balian lui emboîta le pas. Al-Adil lui adressa un sourire en coin.

« Seigneur de Naplouse… Vous avez fait du chemin depuis notre dernière rencontre… »

Balian ne s'en offusqua pas, puisque c'était la vérité.

« Dieu s'est montré généreux à mon égard. »

Al-Adil opina. Le Coran disait lui aussi que tout le bonheur dont un homme pouvait hériter, c'était à Allah qu'il le devait. Mais tout le monde n'avait pas la sagesse de comprendre une telle vérité.

« Et mon frère le sultan ? rétorqua-t-il. S'est-il montré généreux, lui aussi ?

— Absolument. »

Tout en marchant, Balian lui résuma l'échange qu'il avait eu sous la tente avec le sultan. Al-Adil n'était pas surpris que celui-ci ait accepté de libérer le frère de Balian et ses chevaliers contre une rançon. Entre les dépenses que représentaient l'entretien d'une imposante armée en campagne et les ravages que la sécheresse avait causés à leur économie, Youssouf avait besoin d'argent. Mais quand Balian lui apprit que le sultan avait également accepté de libérer son ami templier, il s'immobilisa net.

« Vous parlez sérieusement ? lança-t-il avec un mélange d'incrédulité et d'amusement. Vous devez avoir fait une très bonne impression sur mon frère pour qu'il ait bien voulu relâcher un templier. »

Balian se demandait encore comment il avait réussi cette prouesse.

« Si vous connaissiez Jacquelin de Mailly, monseigneur, vous seriez d'accord avec moi pour dire que c'est un homme aussi valeureux qu'estimable. »

Al-Adil paraissait si sceptique que Balian ne put s'empêcher de rire. Il s'interrompit cependant en songeant qu'il avait oublié de demander au sultan des nouvelles du grand maître des Templiers. Pour sa part, il lui était bien égal qu'Eudes de Saint-Amand croupisse dans un donjon de Damas. Même si le comte Raymond et son frère Baudouin avaient leur part de responsabilité dans le désastre de Marj Ayoun, la faute en incombait principalement à Eudes.

Mais lorsqu'on saurait qu'il avait vu le sultan, les gens voudraient savoir ce qu'il lui avait dit à son sujet.

« J'ai oublié de demander à votre frère ce qu'il était advenu du grand maître des Templiers », avoua-t-il à al-Adil.

Il s'étonna par la suite de la familiarité qu'il éprouvait en présence de cet homme, comme s'ils avaient une longue histoire en commun, alors qu'ils n'avaient passé que quelques heures ensemble, quatre ans plus tôt.

« Ne me riez pas au nez, reprit-il, mais pensez-vous imaginable que le sultan accepte un jour de le libérer contre une rançon ? »

Al-Adil se fendit d'un sourire.

« Pour tout vous dire, le sultan a proposé de relâcher le grand maître en échange de l'un de ses émirs, capturé lors de la bataille à laquelle vous donnez le nom de Montgisard. »

Balian était sidéré.

« Mais il déteste les Templiers… Il ne craint donc pas de libérer un homme qu'il considère comme le fléau des musulmans ? »

Le sourire d'al-Adil s'élargit.

« Tout à fait entre nous, dit-il, je crois qu'il le considère plutôt comme notre arme secrète. »

Balian ne put s'empêcher de sourire à son tour, en se disant que Saladin n'avait peut-être pas tort : Eudes n'était effectivement pas du genre à tirer la leçon de ses erreurs passées.

Al-Adil prenait visiblement plaisir à leur conversation.

« Mais hélas, reprit-il, le prisonnier n'a pas voulu entendre parler d'un tel marché. Eudes de Saint-Amand lui a répondu que jamais il ne verserait un seul dinar à des infidèles et qu'aucun "prince païen" n'était l'égal du grand maître des Templiers.

— Grand Dieu ! »

Balian devait néanmoins reconnaître qu'Eudes de Saint-Amand était l'un de ces oiseaux rares qui agissaient en conformité avec les valeurs qu'ils défendaient. Cela ne le rendait pas plus sympathique à ses yeux pour autant. Son aveuglement avait causé la mort et la capture de centaines de combattants dont le royaume aurait eu le plus grand besoin.

Ils avaient rejoint leurs chevaux. Al-Adil regarda Balian et ses hommes monter en selle.

« Voulez-vous que je dise à mes hommes de vous accompagner jusqu'à la terre des Francs ? » lui demanda-t-il.

Balian le remercia mais déclina son offre. Pendant quelques instants, leurs regards se croisèrent.

« Je suppose que nous n'aurons jamais l'occasion de faire un jour cette partie de chasse ? finit par dire al-Adil.

— Je crains que cela ne s'avère difficile, en effet », répondit Balian.

Marie n'avait pas émis la moindre protestation quand Balian lui avait dit qu'il devait aller négocier la libération de son frère : le sens du devoir et la loyauté constituaient le socle de son propre code moral. Toutefois, lorsqu'elle se jeta dans ses bras à peine fut-il descendu de cheval, Balian se rendit compte du souci qu'elle avait dû se faire pour sa sécurité, car elle n'était pas du genre à manifester ses émotions en public. Il n'avait pas ce genre d'inhibition, pour sa part, et l'embrassa avec une telle fougue que ses chevaliers poussèrent des acclamations.

Marie était toute rouge quand il relâcha son étreinte pour prendre Isabelle dans ses bras. Il se tourna ensuite vers Helvis, qui commençait à peine à marcher et se dirigeait vers lui d'un pas hésitant, suivie de près par sa nourrice au cas où elle perdrait l'équilibre. Il s'agenouilla pour l'attraper et la souleva avant de la jucher sur ses épaules : la fillette poussa un cri de joie et lui empoigna les cheveux pour se retenir. Marie les regardait en souriant. Balian percevait encore les effluves de son parfum et la douceur de ses courbes lorsqu'elle s'était serrée contre lui : il lui tardait de regagner leur chambre, dans les hauteurs du palais. Lorsqu'ils étaient étendus l'un contre l'autre, leurs deux corps mélangés, il oubliait pour un instant le péril qu'encourait le royaume, les complots qui divisaient la cour, la santé déclinante de Baudouin et l'engagement de Saladin dans le jihad.

Il ne pouvait évidemment pas le faire pour l'instant, car ses filles réclamaient son attention et ses chevaliers le bombardaient de questions au sujet de Saladin. De surcroît, ils avaient de la visite : Amand, le vicomte de Naplouse, et sa femme, à qui ils étaient apparentés puisqu'il avait épousé Étiennette, la fille cadette de son frère Baudouin. Ils étaient accompagnés de Raoul, l'évêque de Sébaste, venu en voisin et ami. Les autres invités étaient des étrangers : l'abbé du monastère orthodoxe de Saint-Élias, ainsi qu'un baron du royaume arménien de Cilicie et ses proches. Les pèlerins de noble lignée et tous ceux qui voyageaient pour les affaires de l'Église préféraient profiter de l'hospitalité qu'on leur offrait dans les châteaux ou dans les monastères, plutôt que de fréquenter les auberges où se mêlaient toutes les catégories de la population. Poussant un soupir de martyr, Balian regagna leurs appartements afin de se changer et d'être présentable pour recevoir leurs invités.

Après avoir pris un bain, s'être rasé et avoir enfilé des vêtements propres, Balian se hâta de redescendre pour tenir le rôle d'hôte qui lui revenait. Il était au centre de l'attention et relata au fil du repas son passage dans le camp du sultan. Ses chevaliers étaient soulagés que leurs camarades captifs puissent être libérés et lui adressaient des regards reconnaissants, car tous les seigneurs ne se montraient pas aussi soucieux du sort des hommes qui leur avaient juré fidélité. Tous se réjouirent également – et Étiennette la première – que Baudouin puisse échapper à la captivité et s'émerveillèrent que Balian ait pu obtenir, en outre, la libération de Jacquelin. Aucun d'eux, en revanche, ne manifesta la moindre curiosité quant au sort d'Eudes de Saint-Amand.

Ce fut ensuite au tour de Marie de leur donner des nouvelles. Un contingent de seigneurs francs de haute noblesse venait de débarquer à Acre. Parmi eux se trouvait le frère du roi des Francs, le comte de Champagne, et l'évêque élu de Beauvais. Elle faillit oublier de mentionner également l'arrivée du frère cadet d'Aimery de Lusignan, qui se prénommait Guy si sa mémoire était bonne.

Balian fut très heureux d'apprendre que ces différents seigneurs étaient accompagnés de nombreux chevaliers, car le manque de troupes dont le royaume souffrait de manière chronique avait atteint un seuil critique après la débâcle de Marj Ayoun. Marie avait toutefois gardé le meilleur pour la fin : la mission de l'évêque Joscius avait été couronnée de succès : le duc de Bourgogne avait accepté d'épouser dame Sibylle et rejoindrait Outremer après avoir assuré la transmission de son duché à son fils de quinze ans.

« Dieu soit loué », dit doucement Balian.

Hugues de Bourgogne avait la réputation d'un guerrier courageux et d'un homme habitué à commander, alors que Baudouin se consumait comme une chandelle et que le fardeau de la royauté devenait pour lui de plus en plus lourd à porter. Lorsque Sibylle aurait épousé Hugues, il serait en mesure d'abdiquer et de passer le temps qu'il lui restait à vivre loin de la curiosité publique, des regards scrutateurs de chacun et de leur éprouvante pitié.

Une fois le repas terminé, Marie s'excusa quelques instants pour aller coucher ses filles. Balian se joignait généralement à elle pour ce rituel, mais ce soir-là il resta vaillamment sur le pont en attendant le retour de son épouse, afin de ne pas délaisser leurs hôtes. Lorsqu'elle réapparut, Marie s'attarda un instant sur le seuil en le regardant faire de son mieux pour combler le fossé linguistique. Tous les pèlerins arméniens ne parlaient pas la langue des Francs, et l'accent grec de l'abbé était si prononcé qu'il n'était pas facile à comprendre. Elle sourit et se dit que son époux avait bien mérité un peu de répit. Aussi, au lieu d'aller reprendre place sur le dais, elle le regarda d'un air soucieux et empreint de sollicitude conjugale.

« Monseigneur mon époux… Votre blessure vous fait-elle toujours souffrir ? »

Par la force de l'habitude, Balian faillit lui répondre par la négative, aussi peu enclin que la plupart des hommes à reconnaître la moindre douleur physique. Se ressaisissant à la dernière seconde, il avoua que sa jambe commençait à lui faire mal. L'astuce s'avéra efficace : Amand, Étiennette et l'évêque Raoul ne tardèrent pas à prendre congé. Quant aux autres invités, les domestiques les conduisirent dans les chambres préparées à leur intention. Balian avait senti son énergie l'abandonner au fil de la soirée, car il avait chevauché toute la journée. Mais il oublia vite sa fatigue quand Marie croisa son regard et lui adressa un clin d'œil complice.

Dès qu'ils eurent regagné leur chambre, Balian s'empressa de défaire les lacets qui retenaient sa jupe tout en l'attirant vers le lit. Elle le laissa d'abord faire, mais une fois qu'il l'eut déshabillée, ne lui laissant que sa fine tunique, elle prit ses mains dans les siennes et lui dit :

« Attends un peu, mon cœur… Il faut d'abord que nous parlions. »

Balian avait un échange autrement plus charnel en tête.

« Sois brève, dans ce cas », dit-il en l'embrassant dans le creux de la gorge. Préférant le geste à la parole, Marie saisit la main de Balian et la posa sur son ventre, heureuse de voir qu'il avait compris aussitôt ce qu'elle voulait dire. « Tu attends un autre enfant ?

— Oui », dit-elle en relevant la tête pour qu'il l'embrasse.

C'était un baiser léger, comme elle s'y attendait. Lorsqu'il avait appris qu'elle était enceinte d'Helvis, Balian avait déjà eu cette réaction, comme si elle avait brusquement été aussi fragile que du verre soufflé. Elle l'avait rassuré en plaisantant gentiment, soulignant que les Écritures décrivaient bien les épouses comme de frêles récipients : mais cela ne signifiait pas pour autant qu'elles se brisaient dès qu'on les touchait. Elle lui avait démontré par la suite que l'état de femme enceinte n'excluait nullement la passion, loin de là. Et elle le lui rappela en cet instant précis en lui retournant son baiser avec une telle fougue qu'il la serra encore plus fort contre lui, en marmonnant une vague allusion aux « langues de feu ardentes » et en lui faisant franchir les derniers pas qui les séparaient du lit.

Un peu plus tard, elle lui expliqua qu'elle n'avait pas eu ses règles à deux reprises, la première lorsqu'il était en route pour Marj Ayoun, et la seconde la semaine précédente, juste après son départ pour le camp de Saladin.

« Je ne t'ai rien dit la première fois car je voulais en être sûre. Mais mon cycle s'est toujours interrompu de cette façon, aussi bien quand j'attendais Isabelle que Mélisande, et plus récemment Helvis.

— Nous sommes véritablement bénis, Marika. »

Elle savait qu'il était heureux qu'elle attende un nouvel enfant, tout en percevant une certaine inquiétude dans son intonation. Sachant qu'il se faisait du souci pour sa sécurité, elle lui avoua qu'elle avait déjà prié le saint patron des femmes enceintes, et cela eut l'air de le rassurer un peu. Elle ne lui précisa pas qu'il s'agissait d'un saint de la religion orthodoxe et non de l'Église romaine. Amaury avait insisté pour qu'elle se convertisse au catholicisme, en lui disant qu'elle paraîtrait ainsi moins étrangère à ses sujets. Devenue veuve, elle aurait pu revenir à la foi de son enfance mais s'était dit que cela introduirait de la confusion dans l'esprit d'Isabelle, qui devait être élevée au sein de l'Église romaine puisqu'il n'était pas exclu qu'elle devienne reine un jour.

Marie savait bien qu'elle aurait pu confier tout cela à Balian, qui était aux antipodes d'Amaury sur ce plan comme pour tout le reste. Mais dans tout mariage, chacun avait son petit jardin secret, et cela faisait partie du sien. La chaleur était trop forte pour qu'ils restent enlacés : elle s'écarta de Balian, non sans avoir posé la main de son époux sur son ventre, et ne tarda pas à s'endormir.

Lui n'eut pas cette chance. Son corps avait beau être épuisé, ses pensées défilaient à toute allure, aussi vives que l'étalon du roi. Il avait très envie d'avoir d'autres enfants mais savait que l'accouchement était une épreuve aussi dangereuse pour les femmes que le champ de bataille pour les hommes. Outre l'inquiétude naturelle qu'éprouvait un mari à l'égard de son épouse, une crainte plus souterraine le taraudait. Si Marie lui donnait un fils, quel avenir celui-ci allait-il connaître ? Leur monde paraissait encore plus menacé aujourd'hui que lorsque Helvis était née. Et si leur royaume disparaissait ? Quel héritage transmettraient-ils à leurs enfants ?

Marie se réveilla quelques heures plus tard, soucieuse de voir qu'il ne dormait toujours pas.

« Tu t'inquiètes pour la rançon de ton frère ? »

Après s'être redressée, en appui sur un coude, elle put le dévisager à loisir car dans leur hâte de se mettre au lit ils avaient oublié d'éteindre les lampes à huile.

« Tu crains que Saladin ne fixe un montant trop élevé, que ni ton frère ni toi ne pourriez rassembler ? Si tel était le cas, je demanderais à l'empereur de nous aider à payer cette rançon.

— Tu ferais cela, Marika ? Mais l'empereur acceptera-t-il ?

— Il est déjà venu en aide à d'autres seigneurs chrétiens détenus par les Sarrasins. Il estime qu'il s'agit d'une sorte de devoir religieux, d'aider ceux que le malheur a frappés… sans compter qu'un tel geste de piété ne peut que renforcer son prestige. » Le sourire de Marie était empreint d'affection tout en étant teinté d'une légère ironie : elle aimait beaucoup son grand-oncle, sans se faire pour autant trop d'illusions à son sujet. « De plus, ajouta-t-elle, notre mariage t'a rattaché à la maison royale de Constantinople, et il s'agit de ton frère. Manuel pourra fort bien considérer que l'honneur familial est en jeu dans cette affaire, surtout si on lui présente la chose sous cet angle. »

Balian l'embrassa avant d'éclater de rire, puis l'embrassa à nouveau. Marie était enchantée que sa proposition ait dissipé l'inquiétude qu'il éprouvait concernant cette rançon. C'était effectivement le cas. Mais cela avait en outre rappelé à Balian que si le pire devait arriver, s'il mourait par exemple en défendant Outremer et que le royaume tombait entre les mains de Saladin, Marie et leurs filles seraient mieux loties que la plupart des Poulains : elles auraient toujours la possibilité de se réfugier à Constantinople.

CHAPITRE 24

Août 1179
Jérusalem, Outremer

Agnès savait que Balian et Marie débarqueraient à la cour de Jérusalem afin de rencontrer les seigneurs francs récemment arrivés. Mais elle ne s'attendait pas à ce qu'Isabelle les accompagne, et son sang ne fit qu'un tour quand elle les vit se frayer un chemin dans la cohue de la grande salle et se diriger vers le dais.

« Que Dieu maudisse cette sorcière grecque ! persifla-t-elle entre ses dents. Elle ne perd jamais une occasion d'exhiber sa fichue gamine devant Baudouin pour lui rappeler, ainsi qu'à l'ensemble des Poulains, qu'ils sont du même sang. »

Sibylle avait un affreux mal de tête. Elle avait peu dormi la nuit dernière, inquiète pour son fils qui ne cessait de tousser. Son médecin lui avait bien dit qu'il s'agissait d'un cas bénin de croup et qu'il n'y avait aucune raison de s'inquiéter, le petit garçon faisait tout de même peine à voir. Elle n'était pas d'humeur à subir aujourd'hui l'une des tirades habituelles de sa mère à l'encontre de Marie Comnène.

« Le fait est qu'ils sont *bel et bien* du même sang, mère. Du reste, je ne vois rien d'inquiétant derrière ces apparitions épisodiques d'Isabelle à la cour. Ce n'est qu'une enfant, après tout.

— Cette *enfant* pourrait bien réclamer un jour la couronne qui te revient ! »

Sibylle faisait généralement le gros dos, car il n'était pas facile de résister à la mauvaise humeur de sa mère. Ce jour-là, néanmoins, on aurait dit qu'un lutin effronté s'était emparé d'elle car elle rétorqua :

« Tout le monde en Outremer sait que je suis l'héritière de Baudouin. Mon fils vient en deuxième et Isabelle loin derrière, en troisième position. Et le trône s'éloignera encore un peu plus d'elle quand j'aurai eu des enfants avec Hugues de Bourgogne. »

Ajoutées à la rancœur teintée d'amertume qu'elle vouait à Dieu pour les souffrances qu'il infligeait à son fils, l'exaspération et les craintes d'Agnès avaient aiguisé sa colère, aussi tranchante à présent qu'une lame de rasoir. Elle considéra sa fille en se demandant comment elle avait pu mettre au monde une créature aussi écervelée.

« Comment peux-tu faire preuve d'une telle naïveté ? lança-t-elle. Je te rappelle, au cas où tu l'aurais oublié, que la couronne est élective, en Outremer.

— Je ne l'ai certes pas oublié. Mais la confirmation de la Haute Cour est une simple formalité. »

Pendant quelques instants, Agnès resta sans voix. Elle n'écoutait même plus ce que lui disait Sibylle, repensant à ce jour lointain où Amaury lui avait annoncé que leur mariage allait prendre fin et que la Haute Cour refuserait de le proclamer roi s'il ne la répudiait pas. Elle avait tout perdu ce jour-là : sa couronne, ses enfants, sa confiance dans l'avenir.

« Quelle idiote tu fais, Sibylle ! lâcha-t-elle suffisamment fort pour que plusieurs visages se tournent dans leur direction. J'espère que Dieu te viendra en aide, à toi et à ton fils, avant qu'il ne soit trop tard et que nos ennemis ne réussissent leur coup en plaçant cette *enfant* sur le trône qui t'est dû ! »

Sibylle se sentit rougir jusqu'aux oreilles sous l'effet de l'humiliation, et jeta un coup d'œil autour d'elle pour s'assurer que personne n'avait entendu la diatribe d'Agnès. Comment sa mère osait-elle la traiter de la sorte, comme si elle était encore une enfant ? Elle venait d'avoir vingt ans, elle était veuve, mère d'un petit garçon et serait couronnée reine le moment venu. Mais son indignation était de peu de poids face à la furie de sa mère : une fois de plus, elle se rétracta sans rien dire en se détestant d'être aussi veule, aussi faible et aussi aisément intimidée.

Agnès avait envie de prendre sa fille par les épaules et de la secouer jusqu'à ce qu'elle retrouve un minimum de bon sens. Pourquoi n'entrevoyait-elle pas la précarité de sa situation ? Pourquoi ne comprenait-elle pas que les individus timides ou apeurés n'obtenaient jamais rien en ce monde ? Elle hocha lentement la tête et fit demi-tour, soucieuse de rejoindre le dais royal avant Balian et Marie.

Sibylle avait l'impression que tous les regards dans la salle étaient braqués sur elle. Rejoignant un siège près d'une fenêtre, elle s'y installa en tournant le dos à l'assemblée et en faisant mine de regarder à l'extérieur, en attendant que son cœur retrouve un rythme normal et que ses joues ne soient plus empourprées. Les émotions qui l'agitaient étaient inextricables. Elle ne supportait pas les rebuffades et les leçons de sa mère tout en ayant désespérément besoin de son approbation. Bien qu'elle eût désormais un fils, elle se sentait souvent terriblement seule. La vérité, c'était qu'elle l'avait toujours été pendant l'essentiel de sa vie. D'une façon ou d'une autre, elle devait faire en sorte que son fils n'éprouve jamais un tel sentiment.

« Madame… »

Elle était tellement absorbée dans ses pensées qu'elle n'avait pas entendu des pas s'approcher. En se retournant, elle se trouva face à un inconnu qui lui tendait une coupe de vin en esquissant un vague sourire.

Son premier réflexe fut de l'envoyer promener, comme elle n'aurait jamais osé le faire avec sa mère. Mais en l'examinant d'un peu plus près, elle se dit que son visage lui était tout de même vaguement familier. Il était du reste plutôt bel homme. Ses cheveux châtain clair étaient coupés plus court qu'il n'était d'usage en Outremer. Et sa barbe taillée avec soin prouvait par ailleurs qu'il ne s'agissait pas d'un Poulain : dans le royaume, les hommes de haut rang étaient toujours rasés de près. Il y avait quelque chose d'attirant dans son sourire. Elle avait l'habitude de déchiffrer dans le regard des hommes le désir qu'elle suscitait. Mais on percevait aussi chez lui le respect dû à une reine, et une telle déférence n'était pas monnaie courante. Acceptant sa coupe de vin, elle s'assit puis l'invita à prendre place auprès d'elle.

« Je vous connais, monseigneur ?

— Je n'imaginais pas que vous vous souviendriez de moi, madame. J'étais perdu au milieu du groupe venu vous présenter nos respects, au roi Baudouin et à vous-même, lors de notre arrivée dans la Ville sainte. Mais vous connaissez mon frère, le seigneur Aimery de Lusignan.

— Bien sûr… » dit-elle en se creusant les méninges pour retrouver le prénom de son interlocuteur.

Était-ce Gilles ? Gilbert ? Cela lui revint brusquement.

« … seigneur Guy. »

Elle avait réussi à lui faire croire qu'elle ne l'avait pas oublié. Sa mère lui répétait sans cesse qu'il était important de se souvenir des noms.

« Ce n'est pas tous les jours qu'un chevalier vient me servir de la sorte. Qu'est-ce qui vous a laissé croire que j'avais envie de vin ?

— Ma foi, cela me donnait un prétexte pour vous adresser la parole… » Le sourire charmeur refit son apparition, mais le chevalier reprit vite son sérieux. « La vérité, madame, c'est que je n'ai pas pu m'empêcher de remarquer le trouble qui vous avait envahie après votre conversation avec votre mère.

— Vous nous espionniez… » protesta-t-elle en se levant.

L'autre s'empressa d'ajouter :

« Je n'en ai pas entendu un mot, je vous le jure. La chose a retenu mon attention parce que j'ai souvent eu ce genre de dispute avec mon père, que Dieu l'ait en sa sainte garde. »

Sibylle se rassit, brusquement curieuse.

« Vous vous querelliez souvent avec votre père ?

— D'aussi loin que je me souvienne, répondit-il avec une candeur qui la surprit. J'étais le dernier de ses fils, et il n'était apparemment jamais content de moi. Il me reprochait sans arrêt de ne pas me comporter comme mes frères aînés. Je savais pourtant que ceux-ci n'étaient pas des modèles de vertu chevaleresque. Mais ils étaient plus habiles que moi et parvenaient à lui cacher leurs escapades. Je pouvais difficilement me défendre en les dénonçant, n'est-ce pas ? » ajouta-t-il avec un sourire forcé et un haussement d'épaules.

Sibylle était étonnée d'éprouver une telle sympathie en songeant à ce petit garçon qui ne faisait jamais ce qu'il fallait. Le fait que cet homme lui confie d'emblée quelque chose d'aussi personnel était tout à fait inhabituel : elle était le plus souvent confrontée à des individus aussi taciturnes et aussi discrets sur leurs émotions que les ermites du mont Carmel. Guillaume, par exemple, ne lui aurait jamais fait part d'un souvenir d'enfance qui n'ait pas mis son héroïsme en valeur. Sans le savoir, Guy de Lusignan venait de raviver l'un des plus obscurs secrets de Sibylle : la jalousie qu'elle éprouvait à l'égard de son frère. Elle en avait honte et ne l'aurait jamais avoué à quiconque, même à son confesseur. Comment pouvait-elle reprocher à Baudouin l'amour exclusif et inconditionnel que lui vouait leur mère ? Quel destin pouvait être pire que le sien, avec cette lèpre qui le rongeait ? Il fallait être un monstre pour lui envier cette dévotion maternelle. Et pourtant, c'était bien ce qu'elle ressentait parfois.

« Avez-vous finalement fait la paix avec votre père, seigneur Guy ?

— Hélas, non. Il s'est fait croisé, et il est mort dans un donjon sarrasin il y a une dizaine d'années, alors que nous avions déjà regagné le Poitou, mes frères et moi.

— Je suis désolée. »

Il ne s'agissait pas d'une simple formule de politesse, le regret de Sibylle était sincère. Guy de Lusignan eut l'air de le percevoir car il lui sourit à nouveau, en lui disant que la sympathie émanant d'une jolie femme était capable de guérir bien des blessures. Le badinage était le jeu préféré de Sibylle. Soulagée de se retrouver en terrain familier, elle lui sourit à son tour.

Isabelle s'était entraînée toute la semaine pour faire sa révérence car elle voulait que son exécution soit parfaite. Lorsqu'elle se redressa, elle eut la satisfaction de voir Baudouin lui sourire, et cela lui donna le courage dont elle avait besoin. Au lieu de rejoindre ses parents, elle franchit d'un pas alerte les quelques marches du dais.

« Maman et *pateras*… m'ont dit la vérité, lui dit-elle d'un air solennel. Je suis vraiment désolée. »

Baudouin s'apprêtait à lui répondre, avant de se retenir : que pouvait-il bien dire ?

« Je n'ai pas compris au début, poursuivit Isabelle, parce que les gens disent que les lépreux sont punis à cause de leurs péchés. Mais maman m'a dit que ce n'était pas vrai. Et que la lèpre était une preuve de l'amour de Dieu, car les lépreux iront directement au paradis, sans passer par le purgatoire. Cela m'a un peu rassurée mais… »

Elle s'interrompit et se mordit la lèvre, avant de lâcher d'un trait :

« Mais j'aurais préféré que Dieu vous aime un peu moins, mon frère. »

Baudouin la regarda quelques instants en silence, avant d'éclater de rire.

« Moi aussi, Bella. Moi aussi… »

Il y avait longtemps qu'Agnès n'avait pas entendu son fils rire de la sorte. Mais elle était également perturbée par cette manifestation inattendue de fraternité. Elle se demandait parfois ce que leur famille avait bien pu faire pour offenser Dieu aussi profondément : comment expliquer sinon la litanie de leurs malheurs ? Son fils mourait à petit feu dans la douleur et ils avaient tant d'ennemis… Et parmi eux, c'était cette gamine de sept ans qu'elle redoutait le plus, car elle incarnait une alternative aux yeux de tous ceux qui détestaient les de Courtenay et ne voulaient à aucun prix voir Sibylle devenir reine.

Isabelle fit une nouvelle révérence en remarquant qu'un seigneur attendait derrière elle pour parler à Baudouin et rejoignit ses parents. Elle vit bien qu'ils étaient fiers d'elle et cela lui fit chaud au cœur. Mais son bonheur fut un peu entaché lorsqu'elle se retourna et vit que la méchante femme aux yeux de faucon la regardait fixement. Elle savait maintenant qu'il s'agissait de la mère du roi mais ne voyait pas ce qu'elle avait fait pour mériter un regard aussi venimeux. Elle se rapprocha de Marie mais se souvint tout à coup qu'elle avait oublié de dire à Baudouin qu'elle avait une nouvelle mule blanche. Songeant qu'il aimerait sans doute lui choisir un nom, elle se dirigea à nouveau vers le dais. Cette fois-ci, Agnès s'interposa et lui barra la route en lui disant sans ménagement qu'elle ne devait pas abuser du temps dont disposait le roi, et que d'autres attendaient leur tour pour lui parler.

Avant qu'Isabelle ait pu lui répondre, sa mère surgit à ses côtés et lui suggéra d'aller retrouver son beau-père afin qu'ils aillent ensemble saluer sa sœur Sibylle. Enchantée à cette idée, Isabelle alla glisser sa menotte dans la grosse main de Balian. Mais avant qu'ils s'éloignent, elle entendit Marie qui lançait à la mère du roi :

« Ne vous approchez plus jamais de ma fille ! »

Et elle écarquilla les yeux, car elle n'avait jamais entendu sa mère parler sur ce ton.

Agnès non plus n'avait jamais entendu Marie s'exprimer avec une telle hargne, aussi fut-elle décontenancée pendant quelques instants. Après avoir toisé la jeune femme avec le plus profond dédain, elle fit volte-face et alla rejoindre Baudouin sur le dais. Mais elle dut ensuite assister sans pouvoir intervenir au spectacle de sa fille qui discutait d'un air enjoué avec Balian et la petite peste de la Grecque. À peine s'étaient-ils éclipsés que Sibylle avait déjà déniché un nouvel admirateur : elle les collectionnait avec la même avidité qu'un avare ses besants d'or.

Cette manière de badiner avec le premier venu n'inquiétait pas outre mesure Agnès : elle n'imaginait pas un seul instant que sa fille puisse avoir l'imprudence d'entretenir une véritable liaison, et elle devait reconnaître qu'elle avait l'art d'encourager les hommes sans se compromettre. Elle avait même pris dans ses filets Baudouin d'Ibelin – qu'il pourrisse à jamais dans sa geôle de Damas ! Agnès était furieuse au début que Sibylle se montre aussi amicale avec ce grotesque personnage. Toutefois, après s'être assurée que sa fille n'éprouvait aucun sentiment à son égard, elle avait fini par apprécier le spectacle de cet homme qui se ridiculisait aux yeux de tous en lui faisant la cour. Elle ne doutait pas un instant qu'il visait au moins autant la couronne que sa fille… Heureusement, l'une et l'autre seraient bientôt hors de sa portée, lorsque le duc de Bourgogne serait arrivé et aurait épousé Sibylle. Pour ce qui était de son fils, elle savait que le jour de ce mariage n'arriverait jamais assez tôt.

Après qu'on les eut présentés aux seigneurs francs, Marie s'excusa en disant qu'elle devait ramener Isabelle à la maison qu'ils louaient en ville. Balian et Denis se retirèrent quant à eux dans les jardins du palais. Le soleil était au plus haut et les oliviers n'offraient qu'une ombre relative, mais ils étaient prêts à endurer la chaleur pour parler à l'écart des oreilles indiscrètes. Lorsqu'il lui demanda les raisons de l'absence notable à la cour de certains hauts dignitaires, le vieil homme hocha la tête et lui certifia que le comte Raymond se trouvait bien à Jérusalem.

« Il s'est violemment disputé hier avec Renaud de Châtillon au sujet de la responsabilité du désastre de Marj Ayoun. Heureusement, Esquiva, l'épouse de Raymond, a gardé la tête froide et a réussi à entraîner son mari avant que Renaud et lui n'en viennent aux mains.

— Pour une fois, je suis d'accord avec Renaud, reconnut Balian. Cette bataille a été une véritable déroute du début à la fin. Vous dites qu'Esquiva est intervenue, mais le roi n'a rien dit ?

— Il n'était pas présent lorsque la dispute a éclaté. Pas plus que lors de l'esclandre suivant, survenu juste après le départ de Raymond. Renaud était toujours hors de lui et a proclamé à voix haute, afin que chacun l'entende, que Raymond ne serait pas plus à la hauteur dans un bordel rempli d'une armée de putains que devant les troupes sarrasines. L'épouse de Renaud et ses chevaliers ont trouvé cette remarque du dernier comique, mais cela n'a pas été le cas de Gérard de Ridefort, qui s'est insurgé en prenant la défense du comte. Avec deux forts en gueule pareils, c'est un miracle que l'affaire ne se soit pas terminée dans un bain de sang… L'évêque de Bethléem et moi-même avons réussi à calmer les esprits avant qu'on en arrive là.

— Pourquoi Gérard de Ridefort s'est-il mêlé de ça ? s'étonna Balian. Je sais que Raymond lui a dispensé ses faveurs depuis son arrivée en Outremer, mais il ne m'a pas fait l'effet d'un homme qui tiendrait la gratitude pour une vertu majeure…

— Ah, mais c'est qu'il considère à présent Raymond comme son protecteur… Il se vante depuis une semaine que le comte lui a promis la main de la prochaine princesse héritière qui se présenterait, à Tripoli ou en Galilée. »

C'était devenu la coutume de récompenser un homme de la sorte pour sa loyauté ou ses bons services. La famille d'Ibelin avait elle-même commencé son ascension avec le mariage du père de Balian et d'Héloïse, l'héritière de Ramlah. Les filles de noble ascendance étaient élevées dans l'acceptation d'un tel destin, comme des pions sur l'échiquier des alliances princières. Mais Balian connaissait assez Gérard de Ridefort pour prendre d'ores et déjà en pitié sa future épouse, quelle que soit la malheureuse élue.

« Pourquoi Baudouin était-il absent à ce moment-là ? Son état ne s'est pas aggravé ?

— Non. Mais il n'a pas très bien dormi, ces derniers temps. »

Tout en sachant la sympathie qui existait entre Balian et le jeune roi, Denis était toujours mal à l'aise lorsqu'il s'agissait d'évoquer la santé de son beau-fils. Faisant dévier la conversation, il demanda à Balian s'il avait des nouvelles de son frère ou de Saladin.

Balian secoua la tête.

« En revanche, j'ai reçu une demande inattendue de ma nièce, à propos du fils de Baudouin. Sa mère étant morte, Esquiva a pris son petit frère avec elle depuis que Baudouin a été capturé. Elle nous a demandé, à Marie et à moi, si nous pouvions prendre le relais et nous charger de Thomassin jusqu'à ce que son père soit libéré. Nous avons évidemment accepté. Mais j'étais tout de même très étonné qu'elle nous demande une chose pareille, et elle m'a avoué que c'était une idée de son mari. »

Leurs regards se croisèrent, et Balian vit que Denis comprenait la signification d'une telle demande. Depuis quelque temps, la rumeur s'était répandue qu'Aimery de Lusignan était de plus en plus proche de Renaud de Châtillon et de Jocelyn de Courtenay. S'il ne voulait plus de la présence de Thomassin sous son toit, c'était pour signifier son changement d'alliance : il se plaçait désormais ouvertement dans le clan de la faction dominante à la cour. Balian en était désolé pour sa nièce, qui se retrouvait prise entre son père et son mari. Et il savait que Baudouin serait furieux lorsqu'il l'apprendrait. D'après ce qu'il avait pu entrevoir, Aimery de Lusignan était un individu pragmatique et sans état d'âme. S'il changeait de camp avec une telle aisance, c'était qu'il avait acquis la conviction que la famille de Courtenay remporterait la lutte pour le pouvoir qui ne manquerait pas d'éclater après la mort du roi lépreux.

Le lendemain, le roi organisa une fête en l'honneur de ses invités francs. Les chrétiens originaires d'autres pays étaient toujours surpris par la vie confortable que semblaient mener les Poulains. Nombre d'entre eux s'empressaient de l'adopter à leur tour, tandis que d'autres considéraient avec suspicion un tel étalage de luxe. Ils observaient d'un œil désapprobateur ces coupes débordant de fruits exotiques, ces plats aux saveurs rehaussées par les épices arabes, ces sols recouverts de tapis aux couleurs chatoyantes. La soie, les brocarts et les cotons les plus fins, réservés aux familles de très haut lignage dans le reste de la chrétienté, étaient portés en Outremer par les seigneurs les plus modestes et leurs dames. Quant aux thermes publics, d'une rare sophistication avec leurs bains de vapeur, leur système de chauffage et leurs domestiques chargés de raser les clients ou de leur procurer du savon parfumé, ils n'avaient pas le moindre équivalent ni dans le royaume d'Angleterre, ni dans celui des Francs. Aux yeux de ces croisés, tout cela témoignait d'une forme de décadence, et ils ne tardaient pas à en conclure que les Poulains n'étaient pas dignes de vivre dans le pays qui avait vu naître le Seigneur Jésus-Christ.

Étant donné que le royaume dépendait de ces contrées étrangères, tant pour renflouer ses finances que pour accroître son armée, il était important que ces visiteurs d'Occident regagnent leurs terres natales avec une impression positive de leur séjour dans le Levant, surtout s'ils étaient apparentés aux souverains de ces divers pays. Baudouin était donc heureux que ce dîner – et l'ensemble de leur réception – se soit apparemment bien déroulé.

Après le repas, les tables sur tréteaux furent démontées pour laisser place à la danse et les ménestrels prirent le relais. Balian s'apprêtait à entraîner Marie dans leur cercle lorsqu'il remarqua l'arrivée de deux hommes qui se frayaient discrètement un chemin vers le dais. L'un d'eux était un officier du palais, l'autre était vêtu d'un costume musulman. Les plis du keffieh qui lui couvrait la tête étaient rabattus, dissimulant le bas de son visage. Mais c'était la souplesse de sa démarche qui avait attiré l'attention de Balian : l'homme semblait glisser sur le sol de la grande salle comme si ses pieds l'effleuraient à peine, sans y laisser la moindre trace. Cela lui rappela quelque chose qui le mit aussitôt mal à l'aise : s'il s'agissait bien de Bernard, l'espion légendaire de Baudouin, il était peu probable qu'il soit porteur d'une très bonne nouvelle.

Du coup, il ne se sentait plus d'humeur à danser. Marie et lui furent bientôt rejoints par Denis, qui pensait lui aussi avoir reconnu Bernard, et ils observèrent dans un silence tendu le roi qui s'empressait de quitter la salle, le mystérieux étranger à ses côtés. Lorsqu'il revint, au bout d'un moment, il monta non sans peine sur le dais et fit un geste pour demander aux musiciens de s'arrêter.

« Je viens de recevoir d'une source sûre des nouvelles inquiétantes. Saladin se prépare à attaquer le château des Templiers à Fort Jacob. Il a rassemblé une vaste armée et juré de raser la citadelle et de la réduire en cendres. J'ai l'intention de réunir le plus grand nombre d'hommes possible afin de me porter au secours des Templiers. Nous nous retrouverons dans le château du comte Raymond, à Tibériade, et marcherons ensuite sur Fort Jacob. »

Baudouin leva la main pour obtenir le silence car de nombreux murmures parcouraient l'assemblée. Il se tourna ensuite vers les parents du roi des Francs.

« Messeigneurs, accepterez-vous de vous joindre à nous ? »

Guy de Lusignan fut le premier à réagir, lançant un « Oui ! » emphatique et retentissant – même si, étant le cadet de sa famille et sans la moindre terre, aussi bien dans le Poitou qu'en Outremer, il n'avait sous ses ordres qu'une poignée de chevaliers. Les autres seigneurs francs acceptèrent tous l'invitation en disant qu'ils seraient honorés, eux et leurs hommes, de participer à la défaite de l'infidèle. Baudouin esquissa alors un petit sourire soulagé : après Marj Ayoun, le moindre homme valide à leurs côtés était le bienvenu.

Marie ne fit aucun commentaire mais ne put empêcher sa main de se crisper sur le bras de Balian. Ce serait sa troisième bataille en moins de cinq mois. Par hasard, son regard tomba sur Agnès de Courtenay, qui n'avait jamais été capable de cacher ses émotions : sa peur et sa détresse étaient palpables tandis qu'elle regardait son fils. La haine que Marie éprouvait pour cette femme était semblable au cours d'un fleuve qui allait rejoindre la mer – trop profonde et trop vive pour que la moindre ride se forme à sa surface. Elle n'en ressentit pas moins un étrange sentiment de proximité – envers Agnès, certes, mais aussi envers toutes ces épouses, ces mères et ces filles, toutes ces femmes qui à travers les âges étaient abandonnées par ces maris, ces fils et ces pères qui ne se lassaient pas de partir à la guerre.

Les Francs ne tirèrent aucun bénéfice de l'information que leur avait fournie Bernard, car ils rencontrèrent des obstacles inattendus dans la constitution de leur armée. Et lorsqu'ils rejoignirent la forteresse du comte Raymond à Tibériade, Saladin campait déjà devant Fort Jacob. Heureusement, le château était en mesure de soutenir un siège prolongé, il y avait suffisamment de provisions pour une bonne année et une citerne si vaste qu'ils ne risquaient pas de manquer d'eau. Les Francs ne doutaient donc pas que les Templiers puissent tenir jusqu'à leur arrivée. Leur principal souci pour l'instant était d'ordre logistique : ils avaient oublié d'emporter la Vraie Croix et devaient à présent décider s'il fallait attendre qu'on l'ait ramenée de Jérusalem.

Aucun consensus ne régnait à ce propos parmi les hommes réunis sur la terrasse du château en ce dernier jeudi du mois d'août. Jocelyn et les seigneurs francs se montraient inflexibles : il était hors de question pour eux de partir au combat sans la sainte relique. Sans être particulièrement pieux, Raymond était lui aussi favorable à ce qu'on attende son arrivée, estimant que sa présence galvaniserait les troupes. Baudouin et Renaud étaient partisans pour leur part de se mettre en marche dès le lendemain, que la Croix soit arrivée ou non. Denis et Balian finirent par se ranger à leur avis : s'ils ne doutaient pas du pouvoir de la sainte relique, ils ne pensaient pas que sa présence ou son absence soient de nature à déterminer l'issue de la bataille. Il fut finalement décidé qu'on attendrait encore, mais seulement un jour de plus.

Tous étaient néanmoins d'accord sur un point : l'oubli de la Croix était lié à la mort au printemps dernier du connétable Onfroy de Toron. Après avoir décidé d'un commun accord que son successeur serait désigné dès leur retour à Jérusalem, ils se détendirent un peu en buvant le vin rafraîchi avec la neige des montagnes que leur fit servir dame Esquiva. Le roi n'avait pas bonne mine : son visage était livide, sa voix éraillée, ses yeux injectés de sang. Il fit toutefois un effort pour entretenir la conversation, demandant à Balian et à Raymond s'ils avaient des nouvelles concernant la rançon de Baudouin d'Ibelin et du beau-fils du comte.

Tous les regards se tournèrent vers Balian lorsqu'il déclara qu'il avait reçu une lettre de son frère.

« Il m'a dit que la rançon exigée était tellement ahurissante qu'il avait répondu à Saladin qu'il pouvait tant qu'à faire lui demander la Lune, le Soleil et toutes les étoiles du ciel. Il n'a pas voulu m'en révéler le montant exact, en précisant que le marchandage avait commencé. »

Raymond prit le relais et leur expliqua les efforts qu'ils faisaient, Esquiva et lui, en vue de réunir la somme exigée pour la libération d'Hugues. Balian se leva pour se resservir une coupe de vin et alla jusqu'à la fenêtre en regardant la mer de Galilée, d'un bleu d'encre sous les dernières lueurs du jour. Denis le rejoignit. Après s'être servi lui aussi une coupe de vin, il lui demanda d'une voix calme :

« Votre frère tient-il le coup ?

— Vous le connaissez, répondit Balian. S'il se réveillait en enfer, il trouverait le moyen de plaisanter en disant que cela lui ferait au moins économiser le bois du chauffage en hiver. Il ne m'a pas dit grand-chose concernant les conditions de sa détention, précisant juste que cela aurait pu être pire – qu'on aurait pu l'enfermer par exemple en compagnie d'Eudes de Saint-Amand. »

Les deux hommes esquissèrent un sourire empreint de tristesse. Le décor à travers la fenêtre était si paisible qu'on aurait presque pu oublier que deux armées campaient sous ce ciel constellé d'étoiles, et qu'elles livreraient bientôt une bataille qui engendrerait son lot de veuves et d'orphelins, quelle que soit l'issue des combats. Balian avait de la peine à en détacher les yeux, profitant pendant quelques instants au moins de cette trompeuse quiétude. Mais comme son regard quittait le lac et se portait vers les collines plongées dans l'ombre, son souffle s'arrêta net.

« Denis… Regardez le ciel ! Vous voyez cette lueur au nord ? »

Denis tourna la tête.

« Sainte Mère de Dieu… » murmura-t-il tandis que leurs regards se croisaient, consternés par leur découverte.

Non sans peine, Baudouin avait réussi à grimper l'escalier qui menait au sommet des murailles et émergea en haletant dans l'embrasure. Tout autour de lui, les hommes stupéfaits regardaient en direction du nord, refusant d'en croire leurs yeux. Des nuages de fumée s'élevaient et dérivaient en masquant les étoiles, couvrant le ciel d'une étrange lueur orangée tout le long de la ligne d'horizon, comme si l'aube s'était levée avec plusieurs heures d'avance. Certains des hommes juraient, d'autres s'étaient mis à pleurer, mais tous savaient qu'ils étaient en train d'assister aux dernières heures du château des Templiers à Fort Jacob.

Une première tentative pour saper la muraille du château ayant échoué, Salah al-Din envoya ses hommes élargir le tunnel qu'ils avaient creusé avant de mettre le feu aux étais qui le soutenaient. Lorsque cette partie de la muraille s'effondra, les Templiers dressèrent des bûchers à l'intérieur afin de bloquer la brèche mais le vent ramena les flammes dans leur direction. Les combats qui s'ensuivirent semblaient donner un avant-goût de l'enfer : par la suite, Salah al-Din décrivit lui-même le château embrasé comme « un navire oscillant dans un déluge de feu ». Le templier qui commandait la garnison se jeta dans les flammes plutôt que d'être capturé vivant, et sur les mille cinq cents hommes qu'abritait la forteresse, seuls sept cents survécurent et furent faits prisonniers. Salah al-Din libéra une centaine de détenus musulmans condamnés aux travaux forcés et fit exécuter sur-le-champ les arbalétriers francs ainsi que tous ceux qu'il considérait comme des apostats. La plupart des prisonniers furent abattus par les troupes de volontaires indisciplinés du sultan avant d'avoir atteint Damas. Ceux qui avaient survécu furent vendus comme esclaves. Le château lui-même fut entièrement rasé, comme le sultan l'avait juré, et il n'en resta plus qu'un gigantesque amas de pierres, de débris et de bois calcinés.

Le 9 octobre de la même année, Eudes de Saint-Amand mourut dans un donjon de Damas. Salah al-Din échangea son cadavre contre la libération d'un de ses émirs. Le grand maître des Templiers ayant été largement tenu pour responsable de la défaite catastrophique de Marj Ayoun, peu de gens déplorèrent sa disparition.

CHAPITRE 25

Mars 1180
Ville de Tripoli

En ce lundi ensoleillé de début mars, la comtesse de Tripoli avait demandé à ses cuisiniers de faire rôtir une oie pour le dîner. Dans deux jours ils allaient devoir s'en tenir au régime maigre du carême, et elle voulait que sa famille ait droit à un bon repas pendant qu'il était encore temps. Esquiva espérait aussi que ce dîner plantureux stimulerait l'appétit de son fils aîné. Elle avait pensé qu'Hugues serait de bonne humeur lorsqu'il reviendrait de captivité, savourant sa liberté retrouvée. Il n'en avait rien été. Il paraissait au contraire étrangement absent, évitant de parler de son séjour dans les prisons sarrasines et écartant aussi bien la sollicitude de sa mère que les questions intriguées de ses frères. Cela l'avait suffisamment remuée pour qu'elle aille trouver son mari sur la terrasse de leur palais et lui demande de congédier son scribe afin qu'ils puissent parler en tête à tête, ce qui n'était jamais facile dans une maisonnée abritant plusieurs centaines de personnes.

La plupart des hommes auraient été agacés par une telle irruption, mais Raymond avait toujours pris au sérieux les préoccupations de son épouse, et il l'écouta attentivement lui confier ses inquiétudes concernant la réticence et le comportement inhabituel de son fils. Lorsqu'elle eut terminé, il se leva de son fauteuil et alla s'asseoir auprès d'elle.

« Esquiva… il fallait bien s'attendre à ce qu'Hugues soit affecté par sa captivité. Avant cela, il se croyait invincible. Les jeunes éprouvent toujours un sentiment de ce genre, convaincus que le malheur n'arrive qu'aux autres et qu'il les épargnera. Il se sent désormais vulnérable et cela le déstabilise. Il faut lui laisser un peu de temps. »

Esquiva était heureuse d'avoir son point de vue. Bien qu'ayant mis au monde quatre garçons turbulents, elle n'avait jamais véritablement compris le fonctionnement de la mentalité masculine.

« Tu m'as certifié qu'il n'avait pas été maltraité par ses geôliers, dit-elle. Mais il est tellement replié sur lui-même, et cela lui ressemble si peu… » Elle hésita avant de poursuivre. « Je me demande si tu ne t'es pas trompé et si on ne l'aurait pas molesté pour de bon.

— J'en doute beaucoup, ma chère. Lui faire du mal était beaucoup trop risqué. Les prisonniers de haut rang ne sont maltraités que s'ils s'avèrent trop indisciplinés ou s'ils refusent la rançon exigée. Hugues est au nombre de ceux qui ont eu de la chance : Saladin savait fort bien que nous ne discuterions pas le prix qu'il exigeait pour sa libération. »

Esquiva sourit lorsque son époux passa son bras autour de ses épaules. Cela faisait cinq ans qu'ils étaient mariés, mais elle craignait encore parfois pour leur harmonie conjugale. En regardant Raymond de profil, elle ne pouvait s'empêcher de penser aux années durant lesquelles il avait lui-même été prisonnier. Il lui avait dit un jour que cela lui avait appris la patience. Il avait également appris l'arabe et en était sorti avec la ferme conviction que la paix était possible entre les Francs et les Sarrasins. Au moment où elle se penchait pour l'embrasser sur la joue, on frappa soudain à la porte, et l'intendant de Raymond entra en l'informant que le prince d'Antioche venait d'arriver.

Raymond et Esquiva se regardèrent, surpris. Cousins au premier degré, Bohémond et Raymond étaient plutôt en bons termes : le comte était même le parrain du fils aîné de Bohémond. Pourtant, leurs tempéraments différaient tellement qu'ils se voyaient en fait assez rarement. Raymond se leva et s'apprêtait à descendre pour accueillir son hôte. Mais son cousin n'avait pas attendu et surgit à son tour sur la terrasse, dans l'ombre de l'intendant.

Lorsqu'ils eurent échangé les salutations d'usage, Raymond demanda qu'on leur serve du vin et des galettes avant d'inviter son cousin à s'asseoir, assuré qu'il ne lui rendait pas une simple visite de courtoisie. Bohémond confirma ses soupçons en restant debout : adressant un sourire dédaigneux à Esquiva, il lui expliqua qu'il devait parler en tête à tête avec son mari.

En temps ordinaire, celle-ci n'aurait pas mal pris une telle exigence. Mais elle était un peu vexée de se voir chassée de sa propre terrasse comme une fille indigne – et par Bohémond, de surcroît ! Il traitait si mal sa propre épouse que cela avait fini par provoquer un petit scandale, Théodora étant la petite-nièce de l'empereur byzantin et la sœur de Marie Comnène. S'étant vu contraint de l'épouser sur les instances de l'empereur, Bohémond se vengeait sur elle de son ressentiment et lui faisait honte en s'affichant publiquement avec sa concubine comme s'il s'agissait de sa véritable épouse. Malgré tout, Esquiva ne souhaitait pas faire une scène et se serait levée pour les laisser si Raymond n'avait posé la main sur son bras.

« Mon épouse et moi n'avons aucun secret l'un pour l'autre, mon cousin », dit-il d'une voix calme.

Tout en se gardant bien de l'afficher, Esquiva observa avec délectation l'étonnement qui se peignait sur le visage de Bohémond.

« À votre guise, rétorqua-t-il avec un sourire forcé avant de prendre place sur un siège. Je viens de recevoir des nouvelles préoccupantes, Raymond. Comme vous le savez, j'ai mes entrées à la cour de Byzance. Comme vous le savez aussi, Manuel entretient des liens étroits avec les Francs, maintenant que son fils a épousé la fille de leur roi. Et il a eu vent que ce pays traversait une période troublée, depuis que leur roi a été victime d'une apoplexie l'automne dernier. »

Raymond avait entendu dire que le roi des Francs avait été très sévèrement frappé : il était à moitié paralysé et incapable de parler. Avant qu'il ait pu répondre, Bohémond se lança dans un résumé pontifiant, sans doute destiné à Esquiva, concernant les coutumes politiques des Francs : ils avaient l'habitude de couronner l'héritier de leur roi du vivant de celui-ci, et avaient donc déjà procédé à l'intronisation de Philippe, le fils de Louis, âgé de quatorze ans. Mais le jeune garçon n'avait pas tardé à tomber sous la coupe du comte de Flandre, qui l'avait obligé à épouser sa propre nièce âgée de dix ans. Cela avait scandalisé la mère de Philippe et ses frères : du coup, le royaume des Francs se trouvait actuellement au bord de la guerre civile.

Lorsque Bohémond s'interrompit pour reprendre son souffle, Raymond fut enfin en mesure de placer un mot et lui répondit qu'ils étaient informés des dissensions qui agitaient la cour des Francs. Bohémond hocha lentement la tête et reprit sur un ton dramatique :

« Non, mon cousin, je crains que vous n'ayez pas encore été informé du pire. Le duc de Bourgogne vient de décider que, dans ces conditions, il ne pouvait pas transmettre son duché à son fils comme il l'avait d'abord envisagé, jugeant trop hasardeux de le remettre entre les mains d'un jeune homme inexpérimenté alors que le royaume des Francs connaît une telle agitation. Il ne viendra donc pas en Outremer pour épouser Sibylle. »

Raymond et Esquiva le dévisagèrent, interloqués.

« Comment avons-nous pu offenser le Tout-Puissant pour qu'il nous punisse de la sorte ? »

La question de Raymond n'était pas purement rhétorique. Il était sincèrement bouleversé par ce brusque revirement de situation. Esquiva n'était pas moins secouée. Refusant d'abandonner tout espoir, elle demanda si le duc ne pourrait pas venir malgré tout, une fois la paix conclue entre Philippe et sa famille.

Bohémond hocha de nouveau la tête.

« D'après ce qu'on m'a dit, il ne faut pas y compter. Ce brusque conflit oblige le duc à réviser ses plans, et il ne veut pas mettre en péril l'héritage de son fils. »

Il s'interrompit soudain car un domestique venait d'entrer, apportant le vin et les galettes. Ignorant la nourriture, Bohémond vida sa coupe en quelques gorgées.

« La chasse au mari est donc rouverte, reprit-il. Et combien de temps va-t-elle durer cette fois-ci ? Cela fera bientôt trois ans que Sibylle est veuve. Pouvons-nous nous permettre de patienter encore aussi longtemps alors que le gouvernail du navire est entre les mains d'un impotent ? »

Raymond fronça les sourcils.

« On dirait que vous reprochez à Baudouin le mal qui l'affecte…

— Non, je me contente d'énoncer l'évidence. Notre jeune cousin est beaucoup plus malade aujourd'hui qu'il ne l'était à la mort de Guillaume. Allons-nous perdre encore deux ou trois ans en essayant de dénicher un mari convenable pour Sibylle ? Qui sait d'ailleurs si Baudouin sera encore parmi nous d'ici là ? Quand on pense que le royaume des Francs est en proie à de telles tensions, imaginez ce qu'il adviendrait d'Outremer si Baudouin mourait en laissant pour uniques héritières une fille élevée au couvent et une gamine de sept ans… Nous savons tous qui tire les ficelles, s'agissant de Sibylle. Et croyez-vous que Saladin ne saisira pas sa chance en mettant le royaume à feu et à sang, avant de marcher sur Jérusalem ? » Bohémond se leva brusquement. « Nous ne pouvons pas rester les bras croisés alors qu'Armageddon se profile, mon cousin. Sibylle doit épouser au plus vite un guerrier chevronné.

— Vous voulez dire : un Poulain ? rétorqua Raymond. Ma foi, cela aurait un certain sens. Mais Baudouin semble déterminé à conclure une alliance maritale avec un seigneur étranger qui ait des liens avec la famille royale d'Angleterre ou celle des Francs.

— Et qu'est-ce qui est le plus important : le désir de Baudouin ou la survie du royaume ? C'est une bonne chose de vouloir que Sibylle épouse un homme de haute lignée, mais c'est un luxe que nous ne pouvons plus nous permettre. Il faut choisir son mari au sein de notre assemblée car le temps joue désormais contre nous : il est devenu notre ennemi au même titre que la lèpre du roi.

— Je suis d'accord avec vous, Bohémond, quant à l'urgence de la situation. Mais à qui pensez-vous ? Peu de candidats trouveront grâce aux yeux du roi et de la Haute Cour. Le fils aîné de mon épouse, Hugues, est de haute lignée, mais il n'a que dix-huit ans et manque de cette expérience des combats dont nous avons désespérément besoin. Même chose pour le petit-fils de feu le connétable Onfroy de Toron, qui est encore plus jeune. Et même sans cet obstacle, jamais je n'accepterais que le beau-fils de Renaud de Châtillon devienne un roi en puissance. Cet homme est un fou furieux. » Raymond s'était levé à son tour et marchait de long en large. « Il n'y en a qu'un qui corresponde à vos critères, poursuivit-il : Baudouin d'Ibelin. Les hommes le suivront aveuglément au combat et il est connu de nous tous, ce n'est pas un étranger ignorant nos usages. Mais jamais les de Courtenay n'accepteront qu'il épouse Sibylle. Le roi non plus, d'ailleurs. S'il avait voulu qu'il en soit ainsi, il aurait arrangé ce mariage sitôt l'année de deuil de sa sœur achevée. Il préfère une alliance princière avec l'Occident.

— C'est pourquoi nous ne devons pas laisser les de Courtenay et le roi choisir le futur mari de Sibylle. Nous devons le faire à leur place.

— Quand vous dites "nous", à qui pensez-vous : à la Haute Cour ou à nous deux ?

— Je suis convaincu que la Haute Cour serait d'accord pour que Baudouin d'Ibelin devienne notre prochain roi. »

Il n'échappa pas à Raymond, non plus qu'à Esquiva, que Bohémond n'avait pas véritablement répondu à la question. Après un silence tendu, Raymond reprit prudemment :

« Et comment allons-nous convaincre le roi d'accepter ce mariage ? Qu'avez-vous exactement en tête, mon cousin ? Vous voulez le contraindre à abdiquer ?

— Je ne pense pas que nous en arriverons là. Une fois que Sibylle aura un mari capable de gouverner et de défendre le royaume, il est probable que Baudouin renoncera de lui-même à la royauté. Son règne lui a apporté bien plus de soucis que de joie. Je suis convaincu qu'il accueillera avec soulagement la possibilité de se décharger d'un tel fardeau et de passer le reste de ses jours en paix, dans l'intimité. Mais nous pouvons être assurés que la famille de Courtenay et leurs alliés s'insurgeront. J'estime qu'il serait donc sage que nous soyons accompagnés d'un nombre suffisant d'hommes de confiance lorsque nous nous rendrons à Jérusalem pour en parler avec le roi. »

Un nombre suffisant d'hommes de confiance... En d'autres termes, une armée. Raymond gagna un peu de temps en se resservant du vin.

« Et Baudouin d'Ibelin ? reprit-il. Je ne crois pas me tromper en disant qu'il ne demanderait pas mieux que d'épouser Sibylle. Mais si Saladin le retenait prisonnier ? »

Bohémond se fendit d'un sourire condescendant et presque méprisant.

« Ah, vous n'êtes donc pas au courant ? Saladin et lui se sont mis d'accord. Dès que le sultan aura désigné ses otages, il sera libéré afin de réunir sa rançon. »

Un nouveau silence tendu s'ensuivit. Raymond finit par déclarer à Bohémond qu'il devait réfléchir à tout ce qu'ils venaient de dire, et son interlocuteur eut l'air de s'en satisfaire car il s'empressa de suivre l'intendant, à qui Raymond demanda de loger son cousin et ses chevaliers. Avant de quitter la terrasse, le prince d'Antioche remarqua d'un air enjoué que nul ne s'étonnerait de les voir débarquer à Jérusalem alors que Pâques approchait. Quoi de plus naturel que d'aller se recueillir dans l'église du Saint-Sépulcre à l'occasion de la fête la plus sacrée de la chrétienté ?

Lorsqu'ils se retrouvèrent seuls sur la terrasse, ni Raymond ni Esquiva ne firent le moindre commentaire. Qu'auraient-ils pu bien dire, du reste ? Bohémond avait raison. Maintenant que le duc de Bourgogne avait refusé d'être le sauveur du royaume, quelle alternative avaient-ils ?

Balian attendait des nouvelles de Saladin pour savoir quand il devrait se mettre en route afin d'aller chercher son frère à Damas. Il ne s'attendait toutefois pas à en recevoir avant une quinzaine de jours et fut donc stupéfait de voir Baudouin débarquer à Naplouse à la tombée de la nuit, le dimanche des Rameaux. Pendant quelques instants, ce fut une explosion de joie : les deux frères tombèrent dans les bras l'un de l'autre, Baudouin embrassa Marie, puis Isabelle avec une galanterie exagérée qui fit rire la fillette, avant de prendre son propre fils sur ses genoux. Il leur expliqua alors qu'une fois ses otages arrivés à Damas, Saladin n'avait aucune raison de le retenir plus longtemps. Et comme les chevaliers qui avaient été capturés avec lui étaient également libérés, il n'avait pas eu besoin d'escorte.

Son arrivée avait interrompu leur souper et les plats avaient refroidi lorsqu'ils regagnèrent la salle. Baudouin paraissait en grande forme, plaisantant avec Balian, se vantant d'avoir appris de nouveaux jurons arabes, ravissant Isabelle et Thomassin en leur racontant l'histoire d'un caméléon qu'il avait apprivoisé pendant sa détention. Même s'ils ne le crurent qu'à moitié quand il prétendit lui avoir appris plus de tours que n'en connaissait le chien d'Isabelle, les deux enfants éclatèrent de rire lorsqu'il leur révéla qu'il avait donné à ce caméléon le nom de Balian.

Un étranger qui aurait assisté à la scène aurait pu croire que l'individu qui se trouvait au centre de l'attention avait été l'invité du sultan, plutôt que son prisonnier. Balian pour sa part n'était pas dupe. Il avait remarqué que son frère avait beau parler sans arrêt, il ne leur avait pas révélé grand-chose ; et que son rire était parfois un peu forcé. Mais il ne lui posa pas de questions et l'écouta en souriant, tandis que le vin coulait à flots. Une fois le repas terminé, il mit son frère au courant de ce qui était advenu dans le royaume durant son absence. Les seigneurs francs étaient arrivés, puis repartis, l'évêque Joscius et l'archevêque Héraclius étaient revenus de leur séjour en Occident. L'archevêque Guillaume était toujours à Constantinople pour négocier avec l'empereur, selon les consignes du roi. Le roi des Francs avait eu une attaque dont il aurait du mal à se remettre, ce qui avait plongé son royaume dans la tourmente, mais on espérait toujours que le duc de Bourgogne rejoindrait Outremer dans le cours du printemps. Baudouin fit la grimace à cette dernière nouvelle et ne put s'empêcher d'émettre le vœu que son navire soit emporté dans une tempête fatale. Mais ils étaient entre amis et chacun ici comprenait sa déception de voir Sibylle épouser un autre homme.

Balian avait eu soin de faire un tri parmi les nouvelles qu'il égrenait, estimant préférable de lui épargner les plus désagréables le jour même de son arrivée. Il ne lui apprit donc pas que l'odieux Gérard de Ridefort avait réussi à se faire nommer maréchal, ce qui prouvait que la fortune souriait aussi bien aux serviteurs les plus dévoués du royaume qu'à ceux qui ne le méritaient pas. Il s'abstint également de faire allusion à la santé déclinante du roi.

Après avoir envoyé Isabelle et Thomassin au lit et demandé qu'on installe des paillasses dans les ailes de la grande salle pour les chevaliers, Balian se leva en disant à son frère qu'il avait une surprise pour lui. Baudouin avait conservé son âme d'enfant et adorait les surprises, mais le fait qu'il ne le bombarde pas de questions acheva de convaincre Balian que sa jovialité n'était que de façade. Pourtant, lorsqu'il déboucha à l'étage dans la petite pièce qui jouxtait la chambre de Marie et de Balian, l'exclamation de joie qu'il poussa en apercevant le berceau n'était pas feinte.

« Je suis heureux pour toi, petit frère ! » dit-il d'une voix de stentor, qui faillit réveiller le bébé, et en lui donnant une claque dans le dos.

Balian lui apprit que Marie l'avait appelé Jean, comme son propre père. La nourrice s'était éclipsée pour laisser les deux hommes profiter de ce rare moment d'intimité. Pendant quelques instants ils restèrent penchés au-dessus du berceau à contempler le nourrisson qui dormait, inconscient d'être né dans un pays en état de siège et à un moment où l'avenir du royaume avait rarement semblé aussi précaire. Baudouin caressa du doigt les cheveux noirs et soyeux du bébé avant d'aller s'asseoir près de la fenêtre, à l'autre bout de la pièce.

« Je suis heureux pour toi, mon garçon, répéta-t-il d'une voix qui paraissait brusquement lasse. Dieu merci, tu m'as écouté le jour où je t'ai dit d'aller réclamer la main de ta reine. Tu devrais prendre l'habitude de suivre mes conseils. »

Balian alla s'asseoir à côté de lui près de la fenêtre, dévisageant attentivement le visage de son frère. Il lui avait semblé apercevoir un vide dans sa bouche quand Baudouin avait souri.

« Tu as perdu une dent ? » lui demanda-t-il.

Baudouin le dévisagea en silence pendant quelques instants.

« Je ne l'ai pas *perdue*, finit-il par dire. On me l'a arrachée – tout comme celle-ci… »

Il retroussa sa lèvre pour lui montrer un autre espace vide.

« J'avais repoussé avec indignation le montant de la rançon qu'exigeait Saladin, sachant que cela causerait ma ruine – et probablement la tienne. »

Balian n'était guère étonné que son frère se soit montré réticent. Il avait lui-même été abasourdi par le montant de la somme exigée : deux cent mille dinars et la libération de mille prisonniers musulmans, dont Isa al-Hakkari, qui avait été capturé à Montgisard. Néanmoins, il n'avait pas imaginé que Saladin puisse recourir à la torture, et une partie de la colère qu'il ressentait était tournée contre lui-même : il s'en voulait d'avoir accordé une trop grande confiance à leur ennemi.

« Que s'est-il passé ? demanda-t-il, même s'il n'avait pas très envie de le savoir.

— Saladin était furieux que je m'obstine à refuser cette somme exorbitante. Il a fini par perdre patience et a demandé à son émir *jandar* – l'officier responsable de ce genre de missions – de me convaincre que j'avais tout intérêt à accepter ses conditions. Ce salopard a décidé de voir à quoi je tenais le plus : mes dents ou mon argent… » Baudouin s'adossa au mur. « J'ai fait de mon mieux, reprit-il d'une voix douce, en ayant presque l'air de s'excuser. Mais lorsqu'il m'a arraché cette deuxième dent, j'ai fini par craquer. Je ne crois pas avoir jamais ressenti une douleur pareille, même le jour où j'ai été touché par un carreau d'arbalète et qu'il a fallu m'entailler la cuisse pour l'extraire. »

Balian avait une imagination trop fertile à son goût, et il avait l'impression de ressentir à son tour la douleur de son frère. Il tendit la main et lui saisit le bras en espérant exprimer par ce geste ce qu'il était incapable de formuler. Il savait que Baudouin aurait été embarrassé s'il avait essayé de lui dire ce qu'il éprouvait en cet instant précis.

« Je suis désolé, mon garçon, reprit son frère au bout d'un long silence. Même si je vendais la moindre acre de terre que je possède et l'ensemble des chevaux, des moutons et des chameaux de mon domaine, je serais loin de pouvoir rassembler une somme pareille. Il est probable que nous en sortirions ruinés, toi et moi, et cela ne suffirait même pas… Notre famille ne serait d'ailleurs pas la seule à en subir les conséquences. Qu'adviendrait-il des hommes liges qui ont renoncé pour moi à leur liberté ? Les otages sont mieux traités que les prisonniers de guerre, mais si je n'arrive pas à réunir cette somme…

— Il y a une autre solution, Baudouin, intervint Balian. Marie pense être en mesure de convaincre son grand-oncle de payer l'essentiel de ta rançon. »

Balian craignait un peu la réaction de son frère devant la proposition de Marie, car sa fierté se manifestait parfois au moment où l'on s'y attendait le moins. Mais il comprit aussitôt qu'il avait eu tort de s'inquiéter : son expression évoquait celle d'un homme en train de se noyer à qui l'on venait de lancer une corde.

« Dieu la bénisse ! »

Se relevant brusquement, Baudouin attira son frère et le prit dans ses bras. Tiré de son sommeil, le petit Jean manifesta aussitôt son mécontentement en poussant des hurlements qu'on devait entendre à des lieues à la ronde. Face à cela, Baudouin et Balian étaient aussi démunis l'un que l'autre. Même s'ils avaient six enfants à eux deux, ils n'avaient pas la moindre expérience concernant la manière de calmer les pleurs d'un nourrisson. Après avoir agité le berceau, ce qui n'eut pas le moindre effet, Balian prit son fils dans ses bras, sans plus de résultat. Mais les cris du bébé avaient alerté sa nourrice, et il lui confia l'enfant avec un visible soulagement lorsqu'elle fit irruption dans la pièce.

Le calme finit par revenir. Déclarant qu'il devait aller trouver Marie pour lui annoncer qu'il serait à jamais son chevalier servant, Baudouin se dirigea vers la porte. Son humeur s'était détendue depuis qu'il savait qu'il n'allait pas être confronté à la misère et il se mit à rire.

« J'ai l'impression d'avoir regagné les faveurs de dame Fortune, tout à coup ! Peut-être va-t-elle même s'arranger pour que le duc de Bourgogne change d'avis et abandonne Sibylle au pied de l'autel… La mariée délaissée aura bien besoin alors d'un nouveau prétendant… »

Anselme s'était rarement senti aussi démuni. Il avait fini par aimer le jeune roi, impressionné par son courage exemplaire et son indéfectible sens du devoir, et cela lui faisait de la peine de le voir à ce point affecté. Il ne pouvait pourtant rien faire, pas même lui exprimer sa sympathie, ce qui n'aurait guère été convenable. En regardant Baudouin marcher en claudiquant de long en large dans sa chambre, saisissant et reposant des objets au hasard, il savait qu'il repoussait le moment de se mettre au lit, redoutant les cauchemars qui s'abattraient alors sur lui. Ils l'accablaient de nouveau depuis la mort d'Onfroy de Toron, mais jamais jusqu'à présent ils ne s'étaient avérés aussi terribles : le roi n'avait quasiment pas fermé l'œil de toute la semaine sainte, appréhendant leur venue dès que la lueur du jour commençait à décroître.

Anselme se trouvait avec le roi deux jours plus tôt, lorsque la lettre de l'archevêque de Tyr était arrivée. Il se souvenait comme il avait eu l'air heureux en reconnaissant le sceau en cire de Guillaume. Mais à l'instant où il avait appris que le duc de Bourgogne renonçait à épouser Sibylle, il était devenu blanc comme un linge et s'était exclamé : « Non, mon Dieu ! » Il y avait une telle détresse dans ce cri qu'à sa simple évocation Anselme sentait les larmes lui monter aux yeux. Plus que quiconque, il savait à quel point Baudouin comptait sur l'arrivée du duc. Il avait plaisanté à une ou deux reprises en lui disant qu'il se sentirait alors comme un condamné qu'on gracie finalement au pied de l'échafaud. Mais cet humour était si macabre qu'Anselme n'avait pu s'empêcher de se signer en cachette. Et voilà que le nœud se resserrait à nouveau autour de la gorge du roi, au point qu'il parvenait à peine à respirer.

Anselme se raidit quand Baudouin trébucha. Sa démarche de lépreux était si mal assurée qu'il risquait constamment de tomber. Il parvint cette fois-ci à retrouver son équilibre et regagna à petits pas la chaise la plus proche.

« La fièvre est revenue », dit-il.

Anselme s'empressa d'ajouter une potion à base de plantes dans sa boisson de la nuit. Il soupçonnait le roi d'être à nouveau malade car il avait perdu l'appétit et toussait plus qu'à l'ordinaire. L'écuyer savait que la plupart des gens partageaient les mêmes convictions erronées au sujet de cette maladie : que la lèpre était extrêmement contagieuse, qu'il s'agissait soit d'une punition divine suite aux péchés charnels, soit d'une bénédiction, et que son issue était forcément fatale. Les années qu'il avait passées auprès des chevaliers lépreux lui avaient appris qu'il n'en était rien. La lèpre n'était pas plus contagieuse que d'autres maladies, et elle n'était pas mortelle. Les lépreux mouraient des suites d'autres maladies, favorisées par leur état : pleurésies, phtisies, dysenteries, fièvre quarte, fièvre des poumons, peste rouge… Des gens de tous les âges et de toutes les catégories sociales étaient frappés eux aussi par ces diverses maladies, mais Anselme avait l'impression qu'elles touchaient plus fréquemment les lépreux. Il avait demandé un jour au médecin du roi pourquoi il en allait ainsi mais n'avait pas obtenu de réponse convaincante. Il avait fini par se dire que c'était une preuve de la miséricorde divine, mettant fin aux souffrances d'un lépreux afin qu'il rejoigne plus vite le paradis.

« À quoi penses-tu, Anselme ? Tu as vraiment une drôle d'expression. »

L'écuyer fut confus de voir le roi l'observer d'un air amusé.

« À rien d'important, Majesté », s'empressa-t-il de répondre en lui tendant la coupe de potion médicinale.

Balian fit la grimace mais se força à en avaler quelques gorgées. Leurs doigts se frôlèrent lorsque le roi lui rendit la coupe, et Anselme était heureux qu'il n'ait plus le réflexe de retirer sa main comme il le faisait au début. Chaque fois qu'il voyait le roi avoir un mouvement de recul pour éviter à ses interlocuteurs tout risque de contamination, Anselme éprouvait une pointe de tristesse en se disant que ce jeune seigneur devait tellement avoir besoin de sentir une main se poser sur la sienne – et de tous ces contacts quotidiens auxquels la plupart des gens ne prêtaient même pas attention.

C'était l'intérêt qu'il portait à ce genre de détails qui avait modifié l'opinion d'Anselme sur la mère du roi. Il n'avait entendu dire que du mal à son sujet avant d'entrer au service de Baudouin et avait vite compris que sa réputation n'était pas usurpée : elle était médisante, méfiante, arrogante… sauf à l'égard de son fils. Elle semblait avoir pour lui des réserves infinies de patience et d'amour maternel. Un templier avait dit un jour à Anselme que les soldats appelaient souvent leur mère quand ils étaient sur le point de mourir sur le champ de bataille. Cela l'avait toujours laissé sceptique car sa propre mère les récompensait à coups de balai, ses frères et lui, et leur dispensait ses compliments avec la réticence d'une avare. Mais après avoir vu comment Agnès se comportait avec son fils, il n'était plus aussi dubitatif.

La porte s'ouvrit brusquement. Lorsqu'il vit la mère du roi apparaître, Anselme retint son souffle : il avait l'impression de l'avoir convoquée en pensant à elle. Mais la femme qui se dressait devant lui n'était nullement le fruit de son imagination. Passant devant l'écuyer comme s'il n'existait pas, elle traversa la chambre en toute hâte pour rejoindre son fils.

« Dieu merci, Baudouin, tu es encore debout !

— Que se passe-t-il, mère ? Mon oncle… » ajouta-t-il en voyant Jocelyn apparaître à son tour derrière Agnès.

Il n'aimait pas trop les voir débarquer à l'improviste mais s'abstint de le faire remarquer, car ils étaient visiblement secoués.

« Nous devons te parler en privé, Baudouin, dit Agnès en regardant par-dessus son épaule et en lançant sans ménagement : Vous pouvez vous retirer, Anselme.

— Non, il peut rester. »

Agnès avait appris à ne pas discuter avec son fils lorsqu'il s'exprimait avec cette fermeté. À la place, elle se tourna vers l'écuyer, lequel fut si surpris qu'il recula d'un pas, et lui lança avec morgue :

« Jurez-moi sur le salut de votre âme que vous ne répéterez jamais à quiconque un seul mot de ce que vous entendrez ici ce soir.

— Je… je vous le jure, madame », bredouilla-t-il, partagé entre l'envie de venir en aide au roi et celui d'échapper à l'emprise de ces yeux d'un bleu d'acier.

Baudouin se redressa en se préparant à l'annonce de nouveaux désastres. Tout ce remue-ménage avait réveillé son chien, qui dormait sous son lit. Émergeant de sa cachette, Le Caire se mit à aboyer jusqu'à ce que Baudouin le réduise au silence. Sa mère était généralement exaspérée par les aboiements de ce chien. Le fait qu'elle ne lui ait même pas adressé un regard n'était pas de très bon augure.

« Sers-nous du vin, Anselme, lui dit le roi en pressentant que cela allait s'avérer nécessaire. Eh bien, qu'est-il donc arrivé ?

— Connais-tu un certain Gervais Vernier ? » Comme Baudouin secouait la tête, Agnès reprit avec un air de défi : « C'est l'un des chevaliers de la maison du comte de Tripoli, que Raymond tient en grande estime. Accessoirement, et depuis des années, c'est aussi l'un de mes plus fidèles espions. »

Elle ne put empêcher le rouge de lui monter au visage car elle savait que Baudouin n'approuvait pas le fait qu'elle entretienne son propre réseau de renseignements. Il ne fit toutefois aucun commentaire cette fois-ci, se contentant de lui dire d'une voix tendue :

« Continue.

— Raymond et le prince d'Antioche sont en route pour Jérusalem. Gervais a feint d'être malade pour éviter de les accompagner. Sitôt après leur départ, il a sellé son meilleur cheval et a emprunté un autre itinéraire. Un cavalier solitaire va toujours plus vite qu'une armée, et après avoir rejoint Jérusalem ce soir, il est aussitôt venu me trouver. Après cette aventure, il ne pourra évidemment plus rester au service de Raymond, mais cela montre assez l'urgence de la situation.

— Une armée, ou une escorte ? s'étonna le roi.

— Une armée, Baudouin. »

Le roi resta un moment silencieux. Cette affaire ne le surprenait guère, il n'avait jamais eu une grande confiance en ses cousins.

« Gervais t'a-t-il dit ce qu'ils comptaient faire une fois à Jérusalem ?

— Il m'a dit qu'ils voulaient obliger Sibylle à épouser un homme de leur choix, maintenant que le duc de Bourgogne a annulé sa promesse. Je suis sûr que tu vois à qui ils ont pensé : Baudouin d'Ibelin, que Dieu l'expédie en enfer !

— Et qu'envisagent-ils, en ce qui me concerne ? »

Le calme apparent de Baudouin commençait à troubler Jocelyn. Il n'avait jamais vraiment compris son neveu, ce qui rendait difficile de prédire sa réaction en cas de crise. Et quelle crise pouvait menacer plus gravement leur famille que celle-ci ? Il scrutait avec attention le visage du jeune roi mais n'arrivait pas à percer le masque officiel. Son malaise ne fit que croître. Et si Baudouin voyait là l'opportunité d'échapper au fardeau de la royauté ? Du reste, si tel était le cas, qui aurait pu l'en blâmer ? Mais bon sang, si Sibylle épousait Baudouin d'Ibelin, ils perdraient tout ce qu'ils avaient engrangé pendant son règne. Résolu à ne pas perdre ce combat sans s'être battu, Jocelyn se rapprocha de son neveu d'aussi près qu'il osa et lui lança, d'un ton presque accusateur :

« Baudouin, c'est un coup d'État qu'ils préparent ! Vas-tu les laisser te chasser du trône ? »

Baudouin songea à cet instant précis qu'il n'aimait pas beaucoup son oncle. Mais il avait confiance en lui, ce qui était sans doute plus important.

« Non, mon oncle, répondit-il froidement. J'ignore pourquoi Dieu a voulu faire de moi un roi lépreux, et je ne prétendrai pas que c'est un rôle facile à tenir. Mais il n'appartient pas aux mortels de défier la volonté du Tout-Puissant. Je compte remplir la mission que Dieu m'a confiée, et je ne pense pas qu'il souhaite que je remette ma couronne entre les mains d'individus sans scrupule, dénués d'honneur et de loyauté. »

Anselme se fendit d'un large sourire et se retint pour ne pas lancer un vivat. Il s'empressa de servir de nouvelles coupes de vin, heureux que le roi lui fasse signe de s'en verser une à lui aussi. Agnès leva sa coupe, sans quitter son fils des yeux.

« Je n'ai jamais été aussi fière de toi », dit-elle tandis que la lumière des chandelles faisait briller ses yeux comme des saphirs.

Baudouin évitait le plus souvent de toucher sa mère, incapable de chasser un vague sentiment de culpabilité et craignant de l'exposer de la sorte à la terrible maladie qui l'avait frappé. Mais à cet instant, il tendit la main et saisit la sienne, pour lui faire comprendre que sans son soutien et son indéfectible amour, il aurait été bien seul, perdu dans les ténèbres de son purgatoire terrestre.

« Nous devons réunir la Haute Cour dès demain », lança-t-il.

Mais sa phrase resta en suspens car il se voyait confronté à une réalité tout aussi inquiétante : sur combien de seigneurs pouvait-il compter ? Et combien d'autres se rallieraient à ses cousins pour le renverser ?

CHAPITRE 26

Avril 1180
Jérusalem, Outremer

Ils se réunirent sur la terrasse du palais le lendemain matin, en regrettant de ne pas être plus nombreux. Baudouin avait envoyé un message à Renaud de Châtillon ainsi qu'à Héraclius, l'archevêque de Césarée, sur l'insistance de sa mère. Sibylle était évidemment présente. La participation de Denis avait posé problème, car Jocelyn s'y opposait en prétendant qu'il était beaucoup trop lié aux d'Ibelin ainsi qu'au comte Raymond et qu'on ne pouvait donc pas lui faire confiance. Mais Agnès avait insisté en affirmant que son époux ne trahirait jamais Baudouin, et celui-ci l'avait approuvée. L'invitation de Roger de Moulins, le grand maître des Hospitaliers, avait elle aussi soulevé une controverse car Héraclius et Renaud ne l'aimaient pas. Mais comme le roi le tenait pour un homme honorable, son avis prévalut.

Le conseil commença par une intervention de Gervais Vernier, à qui l'on demanda de rapporter le plus exactement possible les propos qu'il avait tenus la veille à Agnès. On ne pouvait pas dire que l'individu attirait l'attention, il manquait de prestance et devait passer inaperçu la plupart du temps, mais il est vrai qu'il s'agissait justement des qualités requises pour un bon espion. Il répéta son histoire à la petite assemblée avec autant de concision que de conviction avant de se retirer, son rôle s'achevant là.

Jocelyn et Héraclius se lancèrent alors dans un examen détaillé des membres de la Haute Cour afin de savoir sur qui ils pouvaient compter. Baudouin ne tarda pas à les interrompre en leur disant qu'ils perdaient leur temps. Il n'avait pas fermé l'œil de la nuit et cela se voyait sur son visage. Sa voix était néanmoins ferme, et même si son attitude apparemment détachée continuait de déstabiliser Jocelyn, les autres furent rassurés par la maîtrise de soi qu'il affichait. Les rois étaient censés rester calmes, même lorsque tout le monde s'affolait autour d'eux.

« Ma première impulsion était de réunir la Haute Cour, dit-il en déglutissant avec peine car il avait mal à la gorge et espérait ne pas être pris par une quinte de toux. À bien y réfléchir, je ne pense pas que ce soit une solution avisée. Mon oncle est convaincu que la plupart de ses membres sont d'ores et déjà des alliés de Bohémond et Raymond. Mais ce que je redoute avant tout, c'est que la crédibilité de mes cousins ne soit renforcée, au cas où on leur donnerait la possibilité de s'exprimer devant notre assemblée. Peu de gens sont au courant de la défection du duc de Bourgogne. Cette révélation dramatique pourrait à elle seule en amener certains à basculer dans leur camp. Qui voudra attendre deux autres années pour trouver un nouveau mari à ma sœur ? »

Sa sincérité fut accueillie par un profond silence. Malgré l'envie qui les démangeait de réfuter cette funeste conclusion, comment auraient-ils pu le faire ? Renaud était le seul de leur petit groupe à sembler plus ou moins détendu.

« Il est grand temps, lança-t-il, de voir sur combien d'hommes nous pouvons compter, et s'il leur serait possible de nous rejoindre à Jérusalem dans les plus brefs délais. »

Le grand maître des Hospitaliers parut effaré par ces propos – tout comme Denis, d'ailleurs. Les autres semblaient considérer sa proposition avec intérêt, mais Baudouin s'empressa de l'écarter.

« Vous évoquez le spectre d'une guerre civile, Renaud. Je suis convaincu qu'il existe une autre issue.

— J'attends avec intérêt que vous m'indiquiez laquelle, Majesté, rétorqua froidement Renaud. Nous nous voilons la face si nous pensons pouvoir éviter un bain de sang. Ils veulent s'emparer du pouvoir en vous forçant à abdiquer et en mettant à votre place un homme de leur choix, qui leur devra sa couronne. S'il existe un meilleur motif pour déclencher les hostilités, j'aimerais bien savoir lequel, au nom du Christ ! »

Le grand maître des Hospitaliers se leva.

« Mes chevaliers et moi-même ne participerons pas à ce complot. »

Avant que quiconque ait pu réagir, Roger de Moulins s'inclina devant Baudouin, fit volte-face et disparut après avoir franchi la porte.

Renaud ne fut nullement impressionné par cette sortie théâtrale.

« Et d'un ! lança-t-il. Qui sera le prochain à quitter le navire en perdition ? Je parie sur vous, monseigneur », ajouta-t-il en se tournant vers Denis avec un sourire sardonique.

Denis était connu pour sa pondération, mais cette fois-ci la colère enflamma son visage, tel un éclair, révélant pendant une fraction de seconde son paysage intérieur. Avant qu'il ait pu répondre, Sibylle se leva et tous les regards se tournèrent vers elle.

« Il y a peut-être une meilleure solution, dit-elle. Si j'ai bien compris, leur plan repose sur mon mariage avec Baudouin d'Ibelin. Il suffit donc que je refuse de l'épouser. »

En regardant autour d'elle, elle fut à la fois déçue et un peu déroutée que personne ne réagisse à ses propos.

« Après tout, insista-t-elle, ils ne peuvent pas me traîner de force devant l'autel. Mon refus devrait suffire à mettre un terme à leur complot. »

Baudouin comprit qu'on lui laissait le soin de répondre à sa sœur. Il poussa un soupir car il ne voulait pas heurter sa fierté.

« En théorie, tu as raison, lui dit-il. Mais tu n'as sans doute pas idée des pressions que l'on exercerait sur toi. Je ne parle pas seulement de mes cousins, mais de la Haute Cour dans son ensemble, du patriarche, de la plupart des évêques et même du peuple dans la rue… Tout le monde voudra que tu te remaries au plus vite, maintenant que le duc de Bourgogne s'est rétracté. On te dira que tu dois accepter ce mariage dans l'intérêt du royaume, que si tu t'y opposes, cela poussera Saladin à lancer son jihad… On ne te laissera pas en paix et tu seras bien obligée de céder, au bout du compte.

— Non, dit-elle. Non, je ne céderai pas. »

Mais sa réponse manquait de conviction, même à ses propres yeux. Après un instant d'hésitation elle alla se rasseoir, et le silence retomba à nouveau. C'était le moment qu'attendait Héraclius.

« Je crois que j'ai la solution à notre problème, dit-il tandis que tout le monde le dévisageait. Leur complot repose sur le mariage de dame Sibylle avec ce d'Ibelin. L'espion de dame Agnès ne nous a pas dit qu'ils cherchaient eux-mêmes à s'emparer du trône. Ils veulent donner à leur coup d'État une apparence de légitimité et préfèrent se présenter comme des faiseurs de rois, plutôt que comme des traîtres ou des rebelles. Pour les contrer, il nous suffit donc de trouver un autre mari à dame Sibylle, ce qui la mettra du même coup hors circuit, si j'ose m'exprimer ainsi », conclut-il avec un sourire satisfait.

Toutefois, pas plus que Sibylle, il n'obtint l'effet qu'il escomptait. Agnès secouait la tête d'un air impatient, comme si elle s'était attendue à mieux de sa part. Denis paraissait vaguement amusé. Jocelyn poussait un soupir théâtral et levait les yeux au ciel. Quant au sourire de Renaud, l'archevêque le trouvait franchement narquois : les deux hommes se retrouvaient dans le même camp, politiquement parlant, mais ne s'aimaient guère pour autant. Sibylle fronçait les sourcils. Quant à Baudouin, il semblait tout bonnement épuisé.

Incapable de trouver l'énergie nécessaire pour remettre l'archevêque à sa place, il se contenta de formuler ce que chacun pensait tout bas.

« Cette idée m'est déjà venue, monseigneur l'archevêque, ainsi qu'à chacun d'entre nous. C'est en effet une solution aussi simple qu'élégante : trouvons un autre mari à ma sœur et nos problèmes s'évaporeront comme par magie, tandis que les traîtres, la queue basse, se verront contraints de regagner Antioche et Tripoli. Il reste néanmoins un petit détail à régler : où diable allons-nous dénicher ce mari de rechange ?

— Je refuse de faire un mariage au rabais, intervint Sibylle d'un air catégorique. Je n'épouserai pas un homme qui ne soit pas de noble lignée, même pour la survie du royaume !

— Je suis d'accord avec toi, lui dit Baudouin avec un sourire rassurant. Sibylle a le droit de poser ses conditions. Il nous faut donc porter notre choix sur un homme de haut rang, qui a l'expérience des combats. Il ne doit pas avoir de lien de parenté avec Sibylle, car nous n'aurons pas le temps de demander une dispense papale. Et il doit être à Jérusalem, prêt à l'épouser sur-le-champ, avant l'arrivée de mes cousins. Dites-moi maintenant, monseigneur l'archevêque : où pourrions-nous trouver un tel individu ? »

Héraclius se renfrogna.

« Il doit bien exister quelqu'un qui fasse l'affaire… peut-être parmi les seigneurs francs qui sont arrivés lorsque j'étais à Rome…

— Mais bien sûr ! ironisa Renaud. Pourquoi n'y avons-nous pas pensé plus tôt ? Que diriez-vous du comte de Grandpré ? Ou du vicomte de Provins ? Ah, mais ils sont repartis avec le comte de Champagne… » Il égrena encore quelques noms en feignant de se souvenir au dernier moment qu'ils avaient eux aussi quitté le royaume. « Mais attendez… conclut-il. Vous avez raison, monseigneur l'archevêque : il existe bel et bien un homme – *et un seul* – qui remplit toutes ces conditions et peut donc devenir roi. Il s'agit de Baudouin d'Ibelin ! »

Héraclius se leva en incendiant Renaud du regard, et Baudouin tenta d'empêcher son conseil de voler en éclats en s'exclamant :

« Assez ! Nos ennemis ne sont pas parmi nous. Ils sont sur la route du littoral et marchent sur Jérusalem à la tête d'une armée. »

Malheureusement, l'autorité qu'il avait voulu mettre dans cette intervention fut un peu entachée par la quinte de toux qui s'empara soudain de lui, si longue et si violente qu'Agnès s'empressa de lui servir une coupe de vin tandis que les autres, vaguement gênés, s'agitaient sur leurs sièges. Il n'était jamais agréable d'être témoin de la lutte vouée à l'échec que le roi menait contre sa terrible maladie.

Voyant que son beau-fils peinait à retrouver son souffle, Denis monta à son tour au créneau.

« Même si nous pouvions nous passer des sarcasmes de monseigneur Renaud, il n'a pas tout à fait tort de souligner que nous manquons singulièrement de candidats. Je n'en vois personnellement que deux – à l'exception bien sûr de Baudouin d'Ibelin. »

L'ironie du sort, songea-t-il, c'était que Baudouin aurait sans doute été le meilleur parti possible… Mais il se garda bien d'émettre une telle opinion. Il ne pensait pas que le seigneur de Ramlah avait pris part à cette conspiration. Les traîtres n'auraient de toute façon pas eu le temps de le prévenir : et les conspirations s'accommodaient mal d'être couchées par écrit, au risque d'être interceptées et transmises à Damas pour que Saladin en soit le premier informé. Mais cela n'avait plus d'importance, à présent.

Denis se leva et alla se placer derrière le roi.

« Le petit-fils de feu le connétable Onfroy de Toron est de bonne naissance. Mais il n'a que quatorze ans et n'a jamais mis les pieds sur un champ de bataille. Vous êtes son beau-père, monseigneur Renaud, mais je pense que vous conviendrez avec nous qu'il n'est pas encore de taille à partir en guerre contre Saladin.

— Qu'il ait quatorze ou quarante ans, peu importe ! Jamais nos hommes ne suivront cette lavette, même pour échapper à un bâtiment en flammes. »

Ce jugement d'une brutale franchise déclencha une étrange réaction dans l'esprit de Sibylle : un adolescent inexpérimenté tel que le jeune Onfroy serait probablement aussi malléable que de la cire, et elle n'aurait guère de mal par la suite à mener ce mari par le bout du nez… Elle était néanmoins d'accord avec son frère et les autres : il fallait qu'elle épouse un adulte, un homme efficace aussi bien sur le champ de bataille que dans le lit nuptial. Mais une idée prenait lentement forme en elle pendant que la discussion se poursuivait, et elle la laissa mûrir. On venait d'avancer le nom d'Hugues de Galilée, avant de l'éliminer : c'était le beau-fils de Raymond et cela suffisait à le disqualifier.

« La situation est finalement assez simple, Majesté. Si vous voulez conserver votre couronne, il va falloir vous battre les armes à la main. Si vous refusez d'en arriver là, vous pouvez d'ores et déjà préparer votre discours d'abdication.

— Les choses ne sont pas aussi simples, Renaud, rétorqua sèchement le roi. Notre-Seigneur Dieu souhaite que je combatte les Sarrasins, et non mon propre peuple. »

Mais la colère qu'il éprouvait était teintée de désespoir car il ne voyait aucun moyen d'échapper à ce piège. Ce fut alors que sa sœur se leva à nouveau. Et elle s'adressa à lui seul, cette fois-ci.

« Baudouin… Il y a un candidat possible. Ce n'est pas un Poulain mais il est de bonne naissance, il a l'expérience des combats et il se trouve présentement à Jérusalem. »

Tous les regards s'étaient tournés vers elle, et elle marqua une pause avant de lâcher ses dés.

« Je veux parler de Guy, le frère cadet d'Aimery de Lusignan… »

Baudouin sentit une étincelle d'espoir renaître au fond de lui, une braise isolée qui se remettait à briller sous l'épaisseur des cendres.

« Aimery est un guerrier chevronné, dit-il lentement. Et Sibylle a raison : les de Lusignan sont une famille importante du Poitou, vassaux du roi d'Angleterre. Le problème, c'est qu'Aimery a épousé la fille de Baudouin d'Ibelin. »

Sibylle fut à deux doigts de lui rappeler qu'ils parlaient de Guy et non d'Aimery, mais se retint à temps : mieux valait ne pas faire preuve d'une trop vive impatience. Elle aurait embrassé Jocelyn lorsque celui-ci certifia qu'Aimery n'était plus dans le camp des D'Ibelin, qu'on pouvait lui faire aveuglément confiance et que c'était un homme de grand courage et de haute vertu, ce qui était le plus beau compliment qu'on puisse adresser à un chevalier. Sibylle se permit même un petit sourire en voyant la manière dont les choses se déroulaient. Guy leur était à peu près inconnu mais ils connaissaient bien Aimery : c'était en effet un guerrier accompli, inspirant la confiance et qui aurait fort bien pu régner sur Outremer s'il avait été libre d'épouser Sibylle. Mais s'ils ne pouvaient avoir l'aîné, pourquoi ne pas se rabattre sur le cadet ? Ces deux flèches ne provenaient-elles pas du même carquois ?

Baudouin cherchait à tempérer l'excitation qui l'avait gagné car ce n'était pas une décision qu'il fallait prendre à la légère.

« Que pensez-vous de Guy de Lusignan, les uns et les autres ? demanda-t-il à la ronde.

— Ma foi, il est dans nos murs et il a de l'énergie, répondit sèchement Renaud. Nous pourrions trouver pire.

— Lorsqu'on propose un cheval à un individu condamné à marcher, cet homme serait bien sot de chipoter sur la couleur du pelage », répondit Héraclius sur un ton sentencieux.

L'amitié de Jocelyn pour Aimery avait influencé le jugement qu'il portait sur son frère, et il se déclara en faveur de ce mariage. Denis avait plus de réserves, mais cela tenait surtout au fait que Guy de Lusignan était pour lui un parfait inconnu. Cependant, étant donné l'urgence de la situation, cela ne semblait pas une raison suffisante pour repousser ce choix.

Après avoir reçu cette approbation mitigée de son beau-père, Baudouin se tourna vers sa mère.

« Et vous, mère ? Seriez-vous d'accord pour que Sibylle épouse Guy de Lusignan ? »

Agnès considéra un instant sa fille et haussa les épaules.

« Que pouvons-nous faire d'autre ? S'il faut choisir entre une guerre civile et Guy de Lusignan… »

Sibylle resta quelques instants sidérée par la réaction de sa mère : elle s'attendait à ce que cette dernière émette une opinion tranchée sur le choix de son futur gendre. Pourtant, elle semblait presque… indifférente. Son regard alla d'Agnès à Baudouin – et soudain la lumière se fit en elle : ce qui importait à sa mère, ce n'était pas son mariage, c'était de sauver le trône de Baudouin. Comme toujours, c'était lui qui passait en premier.

Jocelyn se porta volontaire pour aller chercher les frères de Lusignan et partit avec un tel allant que son enthousiasme s'avéra communicatif. L'atmosphère se détendit sensiblement sur la terrasse, et Sibylle comprit que cela jouait en faveur de Guy. Les autres espéraient déjà trouver sa candidature acceptable, et il était plus que probable que tel serait le cas. Elle fut touchée que Baudouin lui demande si elle avait des réticences concernant ce mariage : il était bien le seul à se soucier de ce qu'elle ressentait. Et elle fut heureuse de le rassurer en lui répondant qu'elle était tout à fait d'accord pour épouser Guy. Elle ferait tout ce qui était en son pouvoir pour l'avenir du royaume, l'assura-t-elle en essayant de paraître aussi courageuse que soucieuse de son devoir.

Lorsque Jocelyn revint avec les deux frères, il était évident qu'il les avait déjà informés des projets du roi. Aimery avait l'expression d'un homme à qui l'on venait d'apprendre que son frère allait épouser une reine et qui ne parvenait pas à croire que la fortune se soit ainsi décidée à favoriser leur famille. Quant à Guy, il paraissait sonné. S'avançant vers Baudouin, Aimery lui fit une profonde révérence avant de l'assurer avec beaucoup d'éloquence de sa gratitude et de sa loyauté.

Guy voulut l'imiter mais changea brusquement d'avis à la vue de Sibylle. Se dirigeant droit vers elle, il s'agenouilla et lui baisa la main, les yeux emplis d'une telle joie que la jeune femme eut l'impression que son corps prenait feu au seul contact de ce regard. Ensuite seulement il se releva et se tourna vers le roi. Aimery fronça les sourcils, irrité par cette entorse à l'étiquette : il aurait fallu que son frère présente d'abord ses respects et sa gratitude à celui qui rendait ce miracle possible. Sibylle songea à cet instant que Guy était toujours resté dans l'ombre de son aîné – jusqu'à aujourd'hui, se dit-elle, grisée par l'euphorie qui l'avait envahie, la douceur enivrante d'avoir enfin pris son destin en main et de ne plus être un simple pion dans la partie que jouaient les rois.

Sibylle ne devait pas conserver un souvenir bien précis de ce qui s'ensuivit. Guy s'était exprimé comme on l'attendait et avait fait une impression favorable à une audience déjà acquise à sa cause. Baudouin avait ensuite donné son accord, non sans avoir clairement précisé que le pouvoir resterait pour l'instant entre ses mains et que le fils que Sibylle avait eu avec Guillaume de Montferrat aurait la préséance pour monter sur le trône, avant les enfants qu'elle pourrait avoir avec Guy – condition que celui-ci avait acceptée sans l'ombre d'une hésitation. Sibylle avait l'impression que le temps s'était soudain accéléré : avant qu'elle l'ait vraiment réalisé, ils en étaient déjà à discuter du mariage, qui devait être célébré le jour même. Ce qui était en soi tout à fait extraordinaire, aucune cérémonie de ce genre n'ayant lieu d'habitude durant la semaine sainte. Cet obstacle fut aussitôt balayé par Héraclius, qui proposa de le célébrer lui-même.

Agnès prit alors les choses en main, voyant que sa fille était incapable de gérer ce dénouement imprévu.

« Il faut que nous te trouvions une robe de mariée… Je suppose qu'il ne serait guère approprié que tu remettes celle que tu portais lors de ton mariage avec Guillaume. Peu importe, nous allons nous débrouiller. »

Pour la première fois, elle semblait considérer ce mariage non pas comme la planche de salut de Baudouin, mais comme un événement majeur dans la vie de sa fille.

« Ça ne te dérange pas qu'on se passe des festivités habituelles ? »

Sibylle laissa sa mère l'entraîner vers la porte. Avant de quitter la terrasse, elle se retourna et croisa le regard de Guy. Il lui sourit, et pendant une fraction de seconde elle eut l'impression qu'il n'y avait plus qu'eux deux sur cette terrasse, au sein du royaume et peut-être même dans le monde entier…

« Non, mère, cela ne me dérange pas. »

Elle ne remarqua même pas qu'elle avait eu droit, pour une fois, à l'approbation sans réserve de sa mère.

Raymond et Bohémond pénétrèrent dans Jérusalem par la porte de Saint-Étienne à la tombée de la nuit, le jour du vendredi saint. Bohémond pensait attendre la réunion de la Haute Cour pour révéler leurs intentions, mais Raymond estimait que cela n'aurait pas été loyal à l'égard de Baudouin et prendrait toutes les apparences d'un guet-apens. Selon lui, le roi devait être informé en premier. De plus, cela lui donnerait le temps de se résoudre à l'inévitable. À contrecœur, Bohémond accepta sa suggestion, et ils se dirigèrent donc aussitôt vers le palais.

Une fois là-bas, on leur déclara que le roi s'était déjà retiré pour la nuit et ne pouvait donc pas les recevoir. Les deux cousins n'avaient pas entendu dire que Baudouin était de nouveau souffrant ; mais si tel était le cas, cela ne pouvait qu'apporter de l'eau à leur moulin en attestant de sa santé précaire. Tout semblait du reste jouer en leur faveur, car ils apprirent que la Haute Cour avait été convoquée pour une session extraordinaire le lendemain matin, ce qui cadrait parfaitement avec leur plan. Ce délai allait leur laisser le temps de prévenir Baudouin d'Ibelin de l'avenir qui l'attendait, riche d'une reine et d'une future couronne. L'esprit léger, ils rejoignirent la demeure que Raymond possédait en ville et se préparèrent à leur confrontation avec le roi et les de Courtenay.

Marie, Balian et son frère Baudouin avaient quitté Naplouse pour se rendre à la cour à l'occasion de Pâques. Une fois à Jérusalem, ils se séparèrent pour regagner leurs demeures respectives. Balian était un peu surpris qu'on ait convoqué la Haute Cour le jour du samedi saint, mais ne s'attendait pas à ce que la session dure très longtemps et promit à Marie qu'il serait bientôt de retour. Il lui avait bien proposé de l'accompagner, en lui rappelant combien sa présence réjouirait la mère du roi, mais elle avait préféré se rendre aux bains publics avec ses dames de compagnie en lui disant que les occasions de faire enrager Agnès ne manqueraient pas à l'avenir.

La Haute Cour se rassemblait dans la grande salle, au dernier étage de la citadelle, et celle-ci était déjà pleine lorsque Balian arriva. Le roi n'était pas encore là, mais le comte Raymond était présent ainsi que Bohémond, le prince d'Antioche, à la surprise générale. Le vieux patriarche était également parmi eux et semblait défier le temps. Tous les regards étaient tournés vers son frère Baudouin, car la plupart des gens ignoraient encore qu'il avait retrouvé la liberté et le saluaient avec des exclamations de joie. Mais sitôt qu'il eut aperçu Balian, il les écarta et entraîna son frère dans l'escalier qui menait au chemin de ronde en lui disant qu'il devait absolument lui parler.

Le soleil brillait si fort qu'il semblait baigner la Ville sainte dans des ondes de lumière dorée. Mais Baudouin ne laissa pas le temps à son frère de s'extasier sur le paysage.

« Peu de gens savent ce que je vais te révéler, commença-t-il. Je ne suis même pas sûr que le roi soit au courant. Si tel est le cas, cela expliquerait qu'il ait réuni la Haute Cour dans un délai aussi bref. J'ai rencontré Raymond et le prince Bohémond hier soir, et ils m'ont appris que le duc de Bourgogne avait renoncé à venir en Outremer pour épouser Sibylle.

— Dieu nous garde ! » Balian avait l'impression d'avoir reçu un coup de massue sur la tête. « Es-tu certain de cette nouvelle ? reprit-il. Pourquoi a-t-il changé d'avis ?

— Peu importe, à présent. Ce qui compte, c'est que Bohémond et Raymond estiment que nous ne pouvons plus perdre de temps en nous mettant à la recherche d'un autre prince étranger. Ils ont l'intention de dire au roi que Sibylle doit épouser l'un d'entre nous, un noble Poulain – et ils ont pensé à moi ! » Baudouin s'interrompit et éclata de rire. « Tu as l'air tétanisé, mon garçon ! Tu ne te réjouis donc pas de ce qui m'arrive ?

— Bien sûr que si ! Rien ne me ferait davantage plaisir que de te voir épouser Sibylle. Mais le roi acceptera-t-il ce mariage ?

— Raymond et Bohémond sont convaincus qu'il considérera la situation dans l'intérêt du royaume. Une fois que nous serons mariés, Sibylle et moi, le pauvre garçon pourra enfin souffler et trouver un peu de paix, en se retirant peut-être dans un monastère.

— C'est cela qu'ils ont en tête ? » Les pièces commençaient à se mettre en place, et Balian n'aimait pas trop ce que cela impliquait. « Ils veulent donc le contraindre à abdiquer ?

— Non ! s'exclama Baudouin. Jamais je n'accepterai une chose pareille. J'ai une dette à son égard, il a accepté de relâcher Isa al-Hakkari et un grand nombre de prisonniers musulmans pour ma libération. Il a fait tout ce qui était en son pouvoir jusqu'ici pour régner, et a montré plus de courage que la plupart des gens que je connais. Mais son corps est devenu son pire ennemi, Balian. Il ne sera bientôt plus en mesure de monter à cheval, ni peut-être même de marcher… Et nous savons le sort que cette maudite maladie réserve à ses victimes : les membres qui se déforment, les chairs qui se délitent… » Baudouin eut un frisson involontaire. « Crois-tu que le roi ait envie que nous assistions à sa déchéance ? »

Ils avaient délibérément laissé la porte ouverte, et le brouhaha qui s'élevait d'en bas indiquait que le roi venait d'arriver. Ils se hâtèrent donc de redescendre et Balian pria pour que tout se déroule comme son frère l'espérait, dans son intérêt comme dans celui du roi.

Ce dernier avait pris place dans un fauteuil capitonné au dossier élevé, sa canne à portée de main. Baudouin d'Ibelin ne l'avait pas revu depuis près de dix mois et il était mieux à même de mesurer l'évolution de son état que ceux qui l'avaient régulièrement côtoyé durant cette période. Comme d'habitude, il fut frappé par ce regard qui paraissait si vieux dans ce visage si jeune et remarqua avec un serrement de cœur qu'il s'était coiffé de manière à dissimuler les cicatrices ou les lésions qui apparaissaient maintenant sur son cou et sur son front. Il voulut lui témoigner sa reconnaissance pour l'aide qu'il lui avait apportée dans la constitution de sa rançon, mais le roi l'interrompit en lui disant que la session de la Haute Cour allait commencer.

Des fauteuils avaient été installés près de la fenêtre pour Agnès et Sibylle. Il y avait un troisième larron à leurs côtés que Baudouin ne connaissait pas. Il adressa un regard interrogateur à son frère et Balian lui chuchota qu'il s'agissait de Guy de Lusignan, le frère d'Aimery. Comme son frère s'étonnait qu'on l'ait invité alors qu'il ne possédait pas la moindre terre en Outremer, Balian haussa les épaules. Baudouin avait été furieux quand on l'avait informé qu'Aimery, le mari de sa fille, était passé dans le camp des De Courtenay. En voyant que Guy était traité comme un hôte d'honneur par Agnès et Sibylle, il se dit que ce nouveau de Lusignan ne lui était pas plus sympathique que le premier : encore un de ces croisés d'Occident dont la méconnaissance d'Outremer n'avait d'égale que leur mépris pour tous ceux dont c'était la terre natale.

L'archevêque Héraclius se chargea de la bénédiction. Dès qu'il eut regagné son siège, Raymond se leva en disant que le prince d'Antioche et lui avaient une affaire urgente à aborder devant la cour.

« Vous allez devoir attendre un peu, mon cousin, lui répondit le roi, car j'ai moi-même une importante déclaration à faire. »

Raymond n'eut d'autre choix que de se rasseoir. Le roi cependant ne paraissait pas pressé, il parcourait l'assemblée du regard en s'attardant plus longuement sur le visage de ses cousins. Lorsque des murmures intrigués commencèrent à parcourir l'assistance, Baudouin leva la main pour réclamer le silence.

« Il y a quelques jours, dit-il, j'ai reçu un courrier de l'archevêque de Tyr, qui se trouve actuellement à Constantinople. L'empereur Manuel venait de lui apprendre des nouvelles alarmantes concernant l'instabilité persistante qui frappe le royaume des Francs. Le duc de Bourgogne craint que cela ne tourne à la guerre civile et a décidé de rompre l'engagement qu'il avait pris envers ma sœur. Il ne viendra donc pas en Outremer comme il l'avait promis. »

Sachant comment l'assemblée allait réagir à cette annonce, Baudouin laissa le temps à chacun d'exprimer sa stupeur, puis sa colère, avant de poursuivre.

« Il est de notoriété publique que j'avais l'espoir de nouer une alliance maritale entre ma sœur et un noble seigneur d'Occident, vassal d'un roi puissant. Mais nous n'avons désormais plus le temps de forger une telle alliance. Tous les seigneurs d'Outremer savent que ma santé est vacillante. Je suis donc convaincu que vous serez d'accord avec moi pour considérer que rien n'est plus urgent que de marier ma sœur à un homme capable de défendre notre royaume et de le diriger, quand je ne serai plus en mesure de le faire. »

Baudouin marqua une nouvelle pause et son regard alla de l'un à l'autre de ses cousins. Bohémond esquissait un sourire satisfait mais Raymond avait froncé les sourcils, se demandant visiblement si les choses ne se déroulaient pas trop bien. Il devait se dire que dame Fortune, telle une belle inconstante, était toujours à la recherche de nouvelles conquêtes. *Eh bien, mon cousin*, songea le roi, *pour une fois vous avez raison. La roue a bel et bien tourné.*

Son regard se porta ensuite vers sa sœur et son nouveau mari. Ils rayonnaient littéralement de bonheur, et il éprouva un pincement au cœur en lui enviant cette expérience qui lui resterait à jamais inconnue, le moment où un homme invitait une femme à partager son lit. Se retournant vers l'assemblée, il reprit la parole.

« Nous sommes toujours confrontés à un redoutable ennemi en la personne de Saladin, et les années qui viennent ne seront pas faciles. Mais nous n'avons plus à craindre que ma sœur se retrouve seule à régner, au cas où je disparaîtrais. Elle aura désormais à ses côtés un mari qui partagera sa charge et fera ce qu'elle n'est pas en mesure de faire : conduire notre armée au combat. Il y a deux jours, dans la chapelle du palais, elle a épousé Guy de Lusignan, vassal du roi d'Angleterre et maintenant comte de Jaffa. »

Il s'attendait à ce que sa déclaration déclenche un tohubohu indescriptible, mais elle fut accueillie par un silence de plomb. Tous les regards se tournèrent vers les nouveaux mariés, qui souriaient en se tenant par la main. Pendant ce qui parut une éternité, personne ne fit un geste ni ne prononça un mot. L'archevêque Héraclius finit par rompre ce lourd silence en lançant d'un air impatient :

« Eh bien… Personne ne compte donc présenter ses félicitations à cet heureux couple ? »

Les membres de la Haute Cour s'agitèrent sur leurs bancs, un peu gênés, attendant qu'un seigneur de haut rang fasse le premier pas. Mais le prince d'Antioche et le comte de Tripoli semblaient figés sur leurs sièges. Le seigneur de Ramlah paraissait encore moins à même de prendre la parole. Quant à son frère, le seigneur de Naplouse, s'il était apparemment moins tétanisé, son expression était d'une incommensurable tristesse. Voyant que le silence s'éternisait, l'évêque de Bethléem finit par se lever, un peu à contrecœur.

« Bien évidemment, dit-il d'une voix ferme, nous leur souhaitons tout le bonheur possible. Nous avons simplement tous été pris de court. Mais je suis convaincu que Dieu veillera avec bienveillance sur leur union. »

Gilbert de Flory, le vicomte d'Acre, fut le second à se lever.

« Comme l'évêque vient de le dire, nous ne nous attendions pas à des nouvelles aussi spectaculaires : d'abord, l'annonce du renoncement du duc de Bourgogne, puis le mariage précipité de la sœur du roi à un homme que la plupart d'entre nous connaissent à peine – et pendant la semaine sainte, de surcroît, durant laquelle les mariages ne sont normalement pas célébrés.

Nous avons simplement besoin d'un peu de temps pour digérer toutes ces révélations. »

La plupart des hommes acquiescèrent, soulagés que l'un d'entre eux ait souligné tout ce que cette procédure avait d'assez peu orthodoxe. Jocelyn regarda Gilbert en essayant de lui faire comprendre qu'un motif souterrain et plus préoccupant avait nécessité la célébration de ce brusque mariage. Mais au même instant, le roi rétorqua avec un sourire qu'on ne lui connaissait pas, aussi tranchant que le fil d'un rasoir :

« Étant donné les circonstances, nous n'avions guère le choix. Plus vite ma sœur était mariée et mieux cela valait pour le royaume. Je pense que messieurs mes cousins seront d'accord avec moi ? »

Ni Raymond ni Bohémond ne lui répondirent, et leur silence persistant ne fit qu'ajouter au malaise ambiant. La plupart des membres de l'assemblée n'avaient aucune idée de ce qui s'était passé mais sentaient bien que ces sous-entendus cachaient quelque chose d'inquiétant. Ce fut Denis qui détendit un peu l'atmosphère en traversant la pièce pour aller présenter ses félicitations à Sibylle et à Guy. D'autres suivirent son exemple, désireux d'en savoir un peu plus sur cet étranger qui venait d'épouser la sœur du roi et était devenu du même coup leur souverain potentiel – tout cela en l'espace de quelques journées.

Le roi saisit sa canne et se remit péniblement sur pied. Il ne se donna pas la peine de déclarer la séance levée car il avait accompli ce qu'il avait à faire. S'arrêtant devant ses deux cousins et les toisant dans une attitude qui leur rappela brusquement son père, il leur déclara :

« Je suppose que vous assisterez l'un et l'autre ce soir à la Vigile pascale dans l'église du Saint-Sépulcre. Vous y serez les bienvenus. Je vous suggère toutefois de vous préparer à regagner Antioche et Tripoli dès lundi matin. Vous avez amené tellement d'hommes qu'il est tout simplement impossible de les loger en ville. »

Un groupe imposant s'était maintenant rassemblé autour de Sibylle et de Guy. Une fois le premier choc passé, la plupart des gens avaient envie d'en savoir un peu plus sur l'heureux élu, car il n'avait guère attiré l'attention depuis son arrivée en Outremer en tant que jeune chevalier sans terre. Peu après le départ du roi, ses deux cousins s'éclipsèrent à leur tour, ignorant les questions qu'on leur lançait dans l'espoir de jeter un peu de lumière sur cet étonnant renversement de situation.

En les voyant partir ainsi en catimini, Balian sentit la colère monter en lui, et il dut faire un effort pour se maîtriser. Il pouvait comprendre que les deux hommes aient voulu s'immiscer dans le mariage de Sibylle, étant donné l'importance des enjeux. Mais ils avaient commis une erreur fatale en considérant Baudouin comme un simple lépreux. Or, c'était avant tout un roi – et les rois n'abandonnaient pas le pouvoir facilement. Baudouin disait souvent qu'il abdiquerait lorsqu'il ne serait plus en mesure de régner : mais ce serait à lui d'en décider et il était hors de question qu'on lui force la main.

Toutefois, la colère de Balian tenait moins à cette erreur de jugement qu'au fait d'avoir impliqué son frère dans leur machination. Ils lui avaient inoculé le virus insidieux de l'espoir en lui faisant croire qu'il allait tout obtenir d'un coup : la femme, la reine, le royaume… Et quand le roi avait contrecarré les plans de ses cousins en leur portant à son tour un coup fatal, le sang répandu avait été celui de son malheureux frère.

Au bout d'un long moment, celui-ci se leva et quitta la salle, sans même un regard pour Sibylle et Guy, entourés de tous ceux qui les congratulaient. Balian le rattrapa au moment où il sortait de la tour d'enceinte et ils se dirigèrent ensemble vers les écuries pour récupérer leurs chevaux. Ce fut seulement à cet instant que Baudouin rompit le silence. Debout devant son étalon, il lança à voix basse :

« Mais qui est ce Guy de Lusignan ? »

Balian ne lui répondit pas, même s'il allait de soi qu'il s'agissait du frère d'Aimery, car il avait bien compris le sens de sa question : *Quel genre de souverain ce type sera-t-il ?* Et nul n'en connaissait la réponse, songea-t-il : ni le roi, ni Sibylle, ni peut-être Guy lui-même.

CHAPITRE 27

Mai 1180
Ville d'Antioche

Après avoir passé sept mois à Constantinople à la cour de l'empereur byzantin, l'archevêque de Tyr était enfin de retour. Manuel l'avait fait escorter par quatre galères impériales, ce qui était un grand honneur, et il débarqua au port de Saint-Siméon, dans la principauté d'Antioche, le douzième jour du mois de mai, accompagné de plusieurs émissaires grecs. Leurs navires remontèrent ensuite le fleuve Oronte à la rame jusqu'à la ville d'Antioche, où Guillaume fut accueilli par le prince Bohémond et son épouse grecque, Théodora.

Antioche était défendue par une imposante citadelle, Antakya Kalesi, mais Bohémond préférait le confort et le luxe du palais, avec ses jardins, ses bassins, ses balcons et ses splendides colonnes de marbre rouge et blanc. Après ce long voyage en mer, Guillaume n'était pas fâché de prendre quelques jours de repos en profitant de l'hospitalité du prince. Il ne tarda pas à lui confier ainsi qu'à son épouse les raisons de son passage à Antioche. L'empereur était au plus mal et n'espérait pas vraiment se relever de cette maladie, leur rapporta-t-il à son grand regret, car l'archevêque éprouvait un profond respect à l'égard de Manuel, qui régnait à Constantinople depuis près de quarante ans.

Sachant que son séjour terrestre touchait à sa fin, Manuel était fermement décidé à voir son fils de onze ans lui succéder, et il voulait avoir l'assurance que le prince Bohémond reconnaîtrait la légitimité de cet enfant sur le trône byzantin. À vrai dire, Guillaume n'avait pas trouvé ce jeune garçon très éveillé lors de son séjour à Constantinople : il ne possédait ni la maturité ni la précocité dont Baudouin faisait preuve au même âge. Mais s'il était bien conseillé, on pouvait espérer qu'il apprendrait l'art de régner avant d'atteindre sa majorité et qu'il manifesterait des dispositions aussi favorables que son père envers le royaume de Jérusalem.

Bohémond l'assura qu'il apporterait son soutien au jeune fils de l'empereur. Satisfait et un peu surpris que le prince se montre pour une fois aussi coopératif, Guillaume se retira avec soulagement dans la chambre qu'on lui avait préparée afin de prendre un peu de repos au terme de ce voyage éprouvant.

Après le repas du soir, Bohémond proposa à l'archevêque une petite promenade dans les jardins du palais. Comprenant que le prince souhaitait par ce biais avoir une conversation en tête à tête avec lui, Guillaume était à la fois intrigué et vaguement inquiet, car les réponses que Bohémond avait faites jusque-là aux questions qu'il lui posait sur la santé de Baudouin lui avaient paru bien évasives. Tandis qu'ils s'engageaient sur une allée pavée qui traversait les jardins, le soleil se couchait dans un embrasement de couleurs. Mais l'archevêque était trop nerveux pour savourer la beauté du paysage : il redoutait que Bohémond ne lui apprenne que le jeune roi était à nouveau gravement malade.

Le prince s'arrêta devant une fontaine de marbre, et ils allèrent s'asseoir sur un banc voisin. Bohémond rompit enfin un silence qui devenait pesant en lui demandant s'il avait eu vent de ce qui s'était passé en Outremer lors des fêtes de Pâques. Voyant Guillaume secouer négativement la tête, il poussa un soupir.

« C'est bien ce que je craignais… Vous avez quitté Constantinople avant que la nouvelle ne parvienne à la cour byzantine. Je suis désolé que ce soit à moi de vous l'apprendre…

— Baudouin n'est… tout de même pas mourant ?

— Calmez-vous, monseigneur l'archevêque. Non, il n'a pas encore un pied dans la tombe. Mais je crains que sa maudite maladie n'ait déjà affecté son jugement. Je ne peux expliquer autrement la décision qu'il a prise à Pâques. Sans même consulter la Haute Cour, il a brusquement marié sa sœur à un Franc récemment débarqué en Outremer, un quasi-inconnu pour la plupart d'entre nous : Guy de Lusignan, le frère cadet d'Aimery. »

Guillaume en eut le souffle coupé, car la famille de Lusignan était loin de lui être inconnue.

« Comment… comment une telle chose a-t-elle pu se produire ? »

Bohémond hocha tristement la tête.

« Le jeune roi a de mauvais conseillers ces temps-ci, et ils l'ont monté contre mon cousin, le comte de Tripoli. D'après ce que nous avons réussi à savoir par la suite, ils ont convaincu Baudouin que notre visite à Jérusalem au moment de Pâques, à Raymond et à moi, cachait une tentative de coup d'État, que nous avions l'intention de le renverser et de forcer dame Sibylle à épouser un homme de notre choix. Vous savez que Raymond est un homme d'honneur. Le croyez-vous capable d'une chose pareille ?

— Non, c'est impossible ! Mais ces "mauvais conseillers" dont vous me parlez… S'agit-il de la mère du roi ? De son oncle ? De l'archevêque de Césarée ?

— De qui voulez-vous qu'il s'agisse d'autre ? À mesure que la santé du roi se dégrade, leur néfaste influence ne cesse de s'étendre, et Baudouin n'écoute désormais plus qu'eux. Nous étions en effet décidés, Raymond et moi, à arranger un nouveau mariage pour Sibylle. Nous venions d'apprendre que le duc de Bourgogne avait renoncé à son engagement. Nous avions l'intention d'en discuter avec le roi devant la Haute Cour, en espérant le convaincre que la meilleure solution serait qu'elle épouse Baudouin d'Ibelin. Cette proposition n'était-elle pas la plus raisonnable ? Mais nous n'avons même pas eu la possibilité d'en débattre, dès lors qu'on nous annonçait la brusque célébration de ce mariage secret – pendant la semaine sainte, de surcroît ! L'hostilité de Baudouin à notre égard était également patente : de toute évidence, il ne nous fait plus confiance, alors que nous sommes du même sang. »

Guillaume était consterné, à la fois par le choix de Guy de Lusignan comme futur roi et par cette rupture inquiétante entre Baudouin et deux des plus puissants seigneurs du Levant, qui étaient en plus ses propres parents.

« Que Dieu nous vienne en aide, dit-il avec amertume, si ce sont Agnès et Jocelyn, soutenus par Héraclius, qui ont désormais la mainmise sur les destinées du royaume… »

Il ne pouvait pas croire que le roi refuserait de l'écouter. Mais ce qui avait déjà été accompli était irréversible. Pour le meilleur ou pour le pire, après la mort de Baudouin, leur royaume allait tomber entre les mains d'un individu incapable de régner.

Après avoir quitté Antioche, Guillaume avait l'intention de longer la côte jusqu'à Tyr, puis d'accompagner les émissaires grecs à Jérusalem afin de leur faire rencontrer Baudouin. Il révisa ses plans lorsqu'ils approchèrent de Beyrouth, après avoir aperçu la bannière du roi qui flottait au-dessus du château, ce qui signifiait qu'il y résidait en ce moment. Il s'empressa donc de dire au capitaine du navire qu'ils allaient faire escale ici.

Le château de Beyrouth n'était pas la plus confortable des résidences royales, et Guillaume était surpris que Baudouin ait décidé d'y séjourner, d'autant qu'il y était rarement venu par le passé. Cette énigme fut résolue quand le châtelain lui expliqua que le roi avait été informé que des navires sarrasins s'apprêtaient à attaquer la ville : il s'était alors empressé de venir la défendre. Mais, entre-temps, les commandants des bateaux avaient appris que le sultan venait de conclure une trêve avec le royaume d'Outremer et avaient donc regagné le grand large.

Lorsqu'on lui révéla que le roi n'avait pas encore quitté ses appartements privés, Guillaume s'étonna car il était presque midi. Mettant ses inquiétudes de côté, il veilla tout d'abord à ce que les émissaires grecs soient correctement traités. Il venait d'envoyer ses clercs dans les appartements qu'on lui avait réservés lorsqu'il entendit une voix le héler.

« Monseigneur l'archevêque ! »

Anselme accourait à sa rencontre, le visage rayonnant. Il avait toujours été reconnaissant au prélat qui l'avait choisi pour entrer au service du roi, ce qui avait changé le cours de sa vie.

« Comme le roi sera heureux lorsqu'il saura que vous êtes ici, monseigneur ! L'autre jour encore, il me disait qu'il espérait vous voir bientôt revenir de Constantinople. »

Guillaume saisit l'écuyer par l'épaule et le poussa vers la porte la plus proche.

« Trouvons un endroit où nous pourrons parler librement », lui dit-il.

Cela n'avait rien d'évident dans un château surpeuplé, et ils durent finalement se réfugier dans la chapelle. Dès qu'ils furent à l'abri des oreilles indiscrètes, Guillaume lui demanda si Baudouin était souffrant.

« Non, monseigneur. Il est resté couché ce matin parce qu'il avait passé une mauvaise nuit. »

Anselme se fendit d'un sourire inattendu.

« On aurait pu remplir les douves de ce château avec le vin qu'il a ingurgité hier soir ! Il l'a payé ce matin. »

Passé le soulagement initial, les inquiétudes de Guillaume redoublèrent car c'était une crainte qu'il nourrissait depuis longtemps en son for intérieur. Il avait vu bien des hommes se tourner vers la boisson lorsque leur vie prenait un cours qui ne leur convenait pas. Et qui aurait eu un meilleur motif pour échapper à la réalité que ce jeune homme confronté à la plus cruelle des destinées ? Baudouin avait toujours bu avec modération devant lui. Toutefois, cela faisait plus de deux ans qu'ils ne s'étaient pas vus, et il imaginait trop bien le cheminement que la lèpre avait pu faire dans son corps pendant tout ce temps.

« Est-ce… est-ce devenu une habitude chez lui ? »

Anselme eut un mouvement de surprise.

« Pas du tout ! C'était la première fois que je le voyais dans un état pareil. » Il réfléchit un instant avant d'ajouter : « Je crois qu'il s'est passé quelque chose lorsqu'il est allé en ville hier. Quand il est revenu au château, il avait le visage blanc comme un linge, et il est allé s'enfermer dans sa chambre. Je lui ai laissé le temps de se ressaisir et suis allé le trouver un peu plus tard. Il m'a dit de lui rapporter du vin. Il n'a pas l'habitude de boire autant et n'a pas tardé à être malade comme un chien, le pauvre garçon !

— Vous n'avez aucune idée de ce qui a provoqué ça ?

— Non, monseigneur. Il n'était pas d'humeur à s'épancher. » Anselme baissa la voix. « J'ai déjà vu des ivrognes dans ma vie : généralement, on se contente de les surveiller du coin de l'œil pour s'assurer qu'ils ne font de mal à personne, en attendant qu'ils s'effondrent pour pouvoir les mettre au lit. Mais mon jeune seigneur était si malade que je craignais qu'il ne rende toutes ses tripes… Ensuite il est resté là, raide comme une trique, sans même jeter un regard à son chien qui compte pourtant tellement pour lui. Je ne savais plus quoi faire. » Anselme hésita, sachant que l'archevêque n'allait pas apprécier ce qu'il s'apprêtait à lui dire. « Par la grâce de Dieu, la mère du roi nous avait accompagnés à Beyrouth.

— Cette femme ne mérite en rien d'être associée à la grâce divine », répliqua sèchement Guillaume, encore sous le choc des révélations de Bohémond.

Anselme baissa la tête, visiblement mal à l'aise.

« Elle dormait quand je suis allé la chercher, reprit-il, mais elle a laissé pour consigne à ses domestiques de ne jamais me renvoyer si je venais la trouver, quelle que soit l'heure. Après m'avoir accompagné dans la chambre du roi, elle m'a dit d'aller dormir dans l'antichambre, mais je les ai entendus parler un long moment. »

En se mordant la lèvre inférieure, l'écuyer ajouta d'une voix douce :

« Lorsqu'elle est finalement repartie, le roi semblait apaisé, monseigneur… Je vous le jure ! Et il n'a pas tardé à s'endormir. »

Guillaume n'était nullement impressionné par ce témoignage qui mettait en valeur l'amour maternel d'Agnès. À quoi pouvait bien servir cet amour si les conseils qu'elle lui donnait étaient aussi nuisibles ? Il n'y avait rien d'autre à ajouter et ils regagnèrent tous les deux la grande salle, avant qu'Anselme se hâte d'aller avertir le roi de l'arrivée de l'archevêque. Celui-ci engagea de son côté une conversation de pure courtoisie avec le châtelain, et fut déçu d'apprendre que ni Balian d'Ibelin ni Denis de Grenier n'avaient accompagné le roi à Beyrouth. Il ne fut pas davantage enchanté de savoir que Jocelyn de Courtenay était bien là, pour sa part. Mais il n'eut pas le loisir d'y réfléchir plus longtemps car Anselme ne tarda pas à revenir. Le roi voulait le voir immédiatement.

Guillaume avait entendu un jour quelqu'un dire devant lui qu'il avait la gorge nouée, mais n'avait jamais éprouvé lui-même une telle sensation avant de pénétrer dans la chambre de Baudouin, redoutant de découvrir les ravages que la lèpre avait pu faire durant ses vingt mois d'absence. Il était déjà reconnaissant à Dieu que le roi ne présente pas pour l'instant les pires manifestations de son mal. Il lui parut néanmoins différent, bien que l'archevêque mît quelques instants à comprendre pourquoi. Il avait perdu l'essentiel de ses cils et de ses sourcils, ce qui rendait ses yeux à la fois plus visibles et étrangement vulnérables. Sa voix était également plus rauque que dans son souvenir. Il vacilla un peu en s'avançant vers lui, et sa démarche était désormais bien mal assurée, mais ils tombèrent dans les bras l'un de l'autre en s'étreignant comme deux survivants d'un naufrage – ou comme un père et son fils qui se retrouvaient au terme de longues péripéties.

« Quel bonheur de vous revoir, Guillaume ! »

Le sourire de Baudouin n'avait pas changé, lui au moins, plus lumineux que le soleil de midi. Guillaume exprima à son tour sa joie avant d'aller s'asseoir à côté du roi près d'une fenêtre.

« J'ai reçu des nouvelles de l'empereur, reprit Baudouin. Il m'a dit que vous l'aviez convaincu de renouveler son traité avec Jérusalem. Joli travail, monsieur l'archevêque, joli travail ! Je savais que j'avais raison de vous confier cette mission délicate. »

Guillaume sentit le rouge lui monter au visage car les louanges du roi lui étaient plus précieuses que toutes les richesses de la chrétienté. Ne voulant pas gâcher un tel moment en évoquant sa détestable famille, il s'enquit à la place de la trêve qu'il venait de conclure avec Saladin. Cela le tracassait depuis que le châtelain lui en avait parlé, car c'était la première fois dans l'histoire de leur royaume que les Francs et les Sarrasins négociaient d'égal à égal. Jusque-là, les Sarrasins avaient toujours dû payer une forte somme pour conclure une paix avec eux. Mais Baudouin lui expliqua qu'ils n'avaient pas eu le choix car ils ne s'étaient toujours pas remis de la cuisante défaite qu'ils avaient consentie à Marj Ayoun. Cette bataille avait d'ailleurs touché Guillaume en la personne de son frère Raoul, qui était au nombre des victimes. Après avoir appris la mort de son frère, il lui était souvent arrivé de maudire le grand maître des Templiers en des termes indignes d'un prélat de l'Église, et il ne put s'empêcher d'éprouver une satisfaction fort peu chrétienne lorsque Baudouin lui apprit qu'Eudes de Saint-Amand était mort peu après dans un donjon de Damas. Pardonner à ses ennemis était le seul enseignement du Christ que Guillaume avait de la peine à mettre en pratique.

Se souvenant de ses devoirs d'hôte, le roi demanda ensuite à Guillaume s'il voulait qu'on fasse monter quelque chose des cuisines.

« Vous devez mourir de faim, si vous n'avez pas déjeuné. Rien pour moi, Anselme… J'ai bu plus que de raison hier soir », ajouta-t-il avec un sourire gêné.

Guillaume répondit qu'il n'avait pas faim lui non plus, sachant que la simple vue de la nourriture risquait de soulever l'estomac du roi. Au même instant, un domestique frappa à la porte : il apportait une sacoche, précisant qu'elle lui était destinée. Baudouin s'en empara, l'ouvrit et en retira plusieurs bandes de tissu, se demandant visiblement de quoi il s'agissait. Il lui fallut quelques instants pour comprendre qu'il avait entre les mains le couvre-chef que les Sarrasins appelaient *keffieh*, accompagné d'un *imamah mouhannak*, le turban qui le complétait. Guillaume surprit alors une étrange expression sur le visage du roi, comme s'il hésitait entre le rire et les larmes.

Choisissant finalement la première option, il émit un gloussement et considéra Guillaume, avant de demander à Anselme d'aller promener Le Caire. Lorsqu'ils se retrouvèrent seuls, il confia à l'archevêque :

« C'est ma mère qui m'envoie ça. Je vous connais, Guillaume, et je n'ignore pas que vous ne l'appréciez guère. Mais je sais aussi que vous êtes un homme équitable et vous ne pouvez pas nier qu'elle aura été mon principal soutien en bien des circonstances. Cela a encore été le cas la nuit dernière.

— Que s'est-il passé exactement, Baudouin ?

— J'ai vécu hier soir le plus terrible moment de mon existence, depuis le jour où j'ai appris que j'étais lépreux. Tout a commencé l'après-midi, alors que nous longions le souk à cheval. » Baudouin parlait à voix basse et avait employé le mot arabe qui signifiait marché. « J'ai soudain aperçu un mendiant que plusieurs marchands insultaient. J'ai envoyé l'un de mes hommes leur ordonner de cesser de jeter des pierres à cet homme, mais ils ont répondu qu'ils voulaient seulement que cet individu s'en aille parce qu'il effrayait leurs clients. Il était enveloppé dans un long manteau, malgré la chaleur, et la capuche dissimulait son visage : je ne m'étais donc pas aperçu qu'il s'agissait d'un lépreux. Ne sachant pas quoi faire d'autre, j'ai envoyé l'un de mes chevaliers lui donner quelques pièces et lui demander de quitter le souk. Mais l'homme ne prenait pas les pièces. Je ne comprenais pas… et c'est alors que j'ai vu ses mains : elles étaient tellement déformées qu'on aurait dit des serres d'oiseau, les doigts recourbés à l'intérieur de la paume… » Baudouin se tourna, de sorte que Guillaume ne le voyait plus que de profil. « Pourtant, reprit-il, le pire était encore à venir. Sa capuche glissa brusquement et j'aperçus alors son visage… » Il parvenait à s'exprimer d'une voix calme mais ne put réprimer un frisson. « Tout son visage était couvert de croûtes pustuleuses, Guillaume… ses joues, son front, son menton… on aurait dit d'énormes verrues. De toute évidence, il était borgne : l'un de ses yeux était injecté de sang et recouvert d'un rouge vitreux…

— Ah, mon garçon… »

La voix de Guillaume se brisa. À sa grande surprise, Baudouin s'aperçut que la visible détresse de son interlocuteur lui redonnait une sorte de courage et l'aidait à garder son sang-froid. Dans un étrange renversement des rôles, ce fut lui qui posa la main sur celle de Guillaume pour le réconforter.

« Vous n'avez pas besoin de me dire quoi que ce soit, Guillaume. Mais j'ai compris à cet instant que j'avais sous les yeux l'image que j'offrirai à mon tour d'ici quelques années – ou dans moins de temps peut-être… Et j'ai… j'ai brusquement sombré dans un terrible désespoir. »

Baudouin se fendit d'un vague sourire, avant de reprendre :

« J'espère que vous ne trouvez pas mes propos excessifs… »

Se levant brusquement, il ajouta :

« Je crois que je vais tout de même boire un peu de vin, finalement. »

Après s'être dirigé en claudiquant vers la table, il se servit, d'une main moins assurée que sa voix.

« À ma grande honte, je dois avouer que le sort de ce pauvre hère m'était sorti de l'esprit jusqu'à ce que nous soyons revenus au château. J'ai alors envoyé plusieurs de mes chevaliers à sa recherche, en leur demandant de le conduire dans une léproserie. Mais ils ont été incapables de le retrouver. »

Baudouin but une gorgée et fit la grimace, avant de reposer sa coupe sur la table.

« On dirait de la pisse de chèvre… Pensez-vous que j'aimerai encore le vin à l'avenir, Guillaume ? ajouta-t-il avec un de ces petits sourires qui avaient le don de dérouter l'archevêque. Je n'en ai d'ailleurs nullement besoin pour l'instant, j'ai probablement plus d'alcool que de sang dans les veines, aujourd'hui. Je me suis comporté comme un imbécile, mais ne vous inquiétez pas : je ne suis pas près de recommencer. Le fait est que… ce n'était même pas l'idée que je ressemblerais un jour à ce malheureux qui me semblait insupportable. Mais que j'étais le roi et qu'il m'était impossible de me dérober au regard des autres. Comment allais-je pouvoir me montrer en public lorsque je serais devenu aussi repoussant ? Comment mes sujets pourraient-ils me regarder sans être dégoûtés comme je l'avais été moi-même dans le souk à la vue de ce lépreux ? »

Guillaume comprit brusquement.

« D'où le keffieh… » dit-il en brandissant le couvre-chef.

Baudouin acquiesça.

« J'ai confié mes craintes à ma mère lorsque Anselme est revenu dans ma chambre avec elle. Elle essaie généralement de me rassurer en me disant que je ne souffrirai jamais des difformités et des horreurs auxquelles les autres lépreux sont condamnés, comme si j'étais immunisé contre les pires effets de cette maudite infection. Mais hier soir elle s'en est abstenue. Elle m'a dit que si les choses en arrivaient là, je n'aurais qu'à porter un keffieh – comme Bernard, le chef de mes espions. Cela vous paraîtra peut-être absurde, Guillaume, mais cela m'a bel et bien réconforté. Au moins, avec ça, je ne redouterai plus de faire peur dans la rue aux petits enfants… »

Guillaume trouvait les plaisanteries macabres de Baudouin plus sinistres et plus difficilement supportables que ne l'auraient été ses larmes. Tout ce qu'il pouvait faire, c'était lui promettre qu'il mettrait tout en œuvre pour retrouver ce mendiant difforme et s'assurer qu'on le confie à une léproserie, où au moins il ne risquerait pas de mourir de faim.

Baudouin n'avait jamais utilisé sa maladie comme une excuse pour échapper à ses obligations royales. Cette gueule de bois ne l'empêcha donc pas d'accueillir les émissaires grecs et de souper avec eux le soir même, en tenant son rôle d'hôte du mieux qu'il pouvait. Il avait accordé la place d'honneur à l'archevêque, assis à sa droite, mais sa mère était assise à sa gauche et ne cessait d'intervenir dans la conversation avec les envoyés de Byzance, au grand dam de Guillaume qui avait du mal à contenir sa colère. Cette maudite femme avait menti à son fils et calomnié le comte de Tripoli afin de marier sa fille à un homme indigne de régner, une simple marionnette entre les mains de son clan – et elle osait se comporter comme si elle était reine ! Il ne savait pas ce qui le mettait le plus en rage : qu'elle se soucie aussi peu de l'avenir du royaume ou qu'elle se serve sans vergogne de la maladie de Baudouin à ses propres fins…

Aucun des émissaires grecs ne parlait la langue des Francs et ils étaient accompagnés d'un interprète. Mais Baudouin préférait s'en remettre à Guillaume, qui passa une bonne partie du repas à faciliter les échanges entre le roi, sa mère et leurs invités byzantins. Jocelyn, assis un peu plus loin, se joignait parfois à la conversation. Et Guillaume eut bien de la peine à cacher son mécontentement quand il apprit que Baudouin allait envoyer son oncle à Constantinople pour finaliser leur nouveau traité.

Le pire moment survint lorsque l'un des Grecs s'enquit auprès du roi de ses projets concernant sa sœur, maintenant que le duc de Bourgogne s'était désisté. Baudouin eut un instant d'hésitation, puis demanda à Guillaume de lui répondre que dame Sibylle avait épousé en avril un autre seigneur franc, Guy de Lusignan. Les Grecs parurent satisfaits : maintenant qu'ils étaient à nouveau alliés, leur empereur serait heureux d'apprendre que la succession restait rattachée au royaume des Francs. Et ils proposèrent par politesse de porter un toast aux nouveaux époux. Guillaume leva sa coupe comme les autres mais refusa de boire en l'honneur d'un mariage qu'il considérait comme une calamité pour son pays natal. Lorsqu'il reposa sa coupe sans y avoir touché, il vit que le roi et sa mère le dévisageaient tous les deux. L'expression de Baudouin était indéchiffrable, mais Agnès affichait un air triomphal.

Une fois le repas terminé, Baudouin s'excusa et demanda à sa mère de tenir compagnie à leurs invités. Guillaume ne tarda pas à prendre congé à son tour et se retira dans sa chambre. Il n'était pas encore couché lorsqu'il reçut un message inattendu : le roi désirait le voir.

Leur rencontre débuta étrangement, car Guillaume n'avait pas trop envie d'aborder la question du mariage de Sibylle, et Baudouin ne le souhaitait guère, lui non plus, car cela allait l'obliger à dissiper les illusions de l'archevêque concernant l'attitude du comte de Tripoli. Aussi commencèrent-ils par échanger quelques propos anodins au sujet de la soirée qui venait de s'écouler et de leurs invités byzantins. En entendant cette conversation décousue, Anselme se dit que le roi préférait sans doute se retrouver en tête en tête avec son hôte et prétexta une course à faire pour les laisser seuls.

Son départ décida Baudouin à se lancer.

« Je regrette que vous ayez appris le mariage de Sibylle aussi abruptement ce soir, Guillaume. Cela a dû vous faire un choc. »

Celui-ci haussa imperceptiblement les épaules.

« J'étais déjà au courant, rétorqua-t-il.

— J'ai bien compris que cette union vous déplaisait, reprit Baudouin avec un léger sourire. Vos expressions vous ont toujours trahi. Je conçois d'ailleurs votre déception, car j'avais espéré moi aussi nouer une alliance maritale avec l'une des grandes familles d'Occident. Mais lorsque je vous aurai expliqué comment les choses se sont passées, je suis sûr que vous approuverez ma décision. »

Était-ce un effet de la fatigue ? De la crainte qu'il éprouvait concernant l'avenir ? Ou du sourire satisfait qu'il avait aperçu sur les lèvres d'Agnès de Courtenay ? Toujours est-il que Guillaume se sentait incapable de lui mentir sur ce point : il devait la vérité au roi, aussi désagréable soit-elle à entendre.

« L'accepter, Majesté, il le faudra bien. Mais jamais je ne pourrai l'approuver, car Guy de Lusignan ne mérite en rien l'immense honneur que vous lui avez fait. Il n'est pas digne d'être roi. »

Baudouin ouvrit de grands yeux.

« Voilà un jugement bien sévère, porté sur un homme que vous n'avez même pas rencontré.

— Il est vrai que je dois encore faire sa connaissance. J'en sais néanmoins suffisamment à son sujet – et bien davantage que vous, je le crains. »

Maintenant qu'il avait franchi le Rubicon, Guillaume n'avait plus le choix et devait aller jusqu'au bout. Baudouin ne pouvait certes plus revenir sur ce qui avait été fait, mais peut-être cela lui serait-il utile par la suite.

« Vous vous souvenez peut-être de l'un des seigneurs anglais qui avaient accompagné le comte de Flandre en Outremer : Guillaume de Mandeville, comte d'Essex ? »

On aurait pu croire que l'archevêque bottait en touche, mais Baudouin se contenta d'acquiescer.

« Je me souviens de lui. Continuez.

— J'avais été surpris à l'époque par la rudesse avec laquelle ce comte traitait Aimery de Lusignan, et j'avais fini par l'interroger à ce sujet. De Mandeville ne demandait pas mieux que de m'expliquer pourquoi il tenait la famille de Lusignan en si piètre estime. Ce n'est un secret pour personne qu'ils ont toujours été des vassaux turbulents, trop ambitieux et dénués de scrupules pour qu'on puisse leur faire confiance. Henri, le roi d'Angleterre, les avait à l'œil et n'hésitait pas à les recadrer au besoin. Mais lorsqu'ils s'en prirent directement à son épouse, c'est-à-dire à la reine, ce fut une autre affaire…

— Quoi ? Vous parlez sérieusement ? »

Guillaume opina d'un air sombre.

« Le souverain anglais s'était emparé du château de Lusignan à titre de représailles, suite à l'une de leurs rébellions. Après avoir quitté Lusignan, la reine Aliénor se rendait à Poitiers sous la protection du comte de Salisbury lorsqu'elle tomba dans une embuscade tendue par les frères de Lusignan. J'imagine qu'ils comptaient la garder en otage jusqu'à ce qu'on leur restitue leur château. Mais la reine réussit à prendre la fuite grâce au comportement héroïque de ses hommes. Parmi ceux qui se sacrifièrent ainsi pour elle figurait le comte de Salisbury en personne, transpercé d'un coup de lance dans le dos avant même d'avoir pu enfiler son haubert.

— Dieu tout-puissant ! s'exclama Baudouin. Et Aimery participait à cette action ?

— Non, l'embuscade était menée par l'aîné, Geoffroy, et par son frère cadet : Guy de Lusignan. L'homme auquel vous avez donné votre sœur en mariage. »

Baudouin resta un moment silencieux.

« Quand cela a-t-il eu lieu ? demanda-t-il enfin.

— Il y a une douzaine d'années, en l'an de grâce 1168.

— Je ne vous cacherai pas que cette histoire me trouble, Guillaume. Mais Guy devait être très jeune à l'époque, sans doute n'avait-il guère plus de dix-huit ans. Non pas que sa jeunesse ait été une excuse… mais le principal responsable était probablement son frère aîné. »

Guillaume haussa une fois encore les épaules, estimant que ce geste parlait de lui-même. Baudouin recula son siège, avant de se souvenir que sa canne était hors de portée.

« Je comprends à présent pourquoi ce mariage vous préoccupe autant… À dire la vérité, nous avions bien conscience de faire un pari en misant sur Guy. Mais je n'avais pas le choix, Guillaume. Si Sibylle ne l'avait pas épousé, elle aurait été mariée contre sa volonté à Baudouin d'Ibelin et j'aurais été renversé. Je ne prétends pas comprendre les raisons qui ont poussé le Tout-Puissant à souhaiter qu'un lépreux règne sur la Terre sainte, mais je suis roi de par sa volonté et suis bien forcé de croire qu'il a eu ses raisons d'agir ainsi. Je suis sûr que vous me comprenez.

— Bien sûr que je vous comprends. Rien de ceci n'est de votre faute, Baudouin. Vous avez été induit en erreur par ceux qui n'ont pas hésité à profiter de votre sens du devoir, de votre foi en…

— Non ! l'interrompit Baudouin. Les choses ne se sont pas passées ainsi. Mes cousins complotaient en vue de me renverser et comptaient régner à ma place, par l'entremise de Sibylle et de ce d'Ibelin. Si nous n'avions pas été prévenus à temps…

— Qui vous a prévenus ? Comment ce *complot* a-t-il été découvert ?

— Ma mère avait un espion dans la maison du comte de Tripoli : c'est lui qui nous a avertis que Raymond et Bohémond marchaient sur Jérusalem à la tête d'une imposante armée. Il nous a dit… »

Baudouin s'interrompit en voyant l'expression de Guillaume empreinte de tristesse et de scepticisme.

« On vous a menti, mon garçon. C'était un piège habilement conçu, qui permettait à l'archevêque de Césarée et aux de Courtenay de marier Sibylle à un homme de leur choix, tout en les assurant que vous cesseriez par la suite d'accorder votre confiance au comte de Tripoli et n'écouteriez plus que leur son de cloche. N'avez-vous pas le moyen de faire annuler ce mariage ? Et de trouver pour Sibylle un mari plus digne de confiance ? La victoire doit-elle revenir à cette femme et à Héraclius ? »

Baudouin se dressa soudain, les yeux étincelants de colère.

« Cette femme comme vous dites est ma mère ! Vous osez m'accuser d'être un simple pion dans son jeu ? Mais à mes yeux c'est vous qui n'êtes qu'un pantin, dont le comte de Tripoli tire les ficelles !

— Baudouin ! C'est faux ! Je cherche simplement à vous aider…

— Et je suis convaincu que le comte de Tripoli vous en saura gré. Non… inutile de me répondre. Vous m'en avez bien assez dit, monseigneur l'archevêque. Bien plus qu'assez. »

Guillaume avait la certitude au plus profond de lui qu'il aurait fallu poursuivre cette discussion jusqu'à ce que Baudouin comprenne l'erreur qu'il avait faite – et celle encore plus grande qu'il était en train de commettre. Mais les mots qu'il s'apprêtait à prononcer lui restèrent en travers de la gorge quand il comprit que ce n'était plus le jeune garçon qu'il avait élevé, instruit et aimé comme son propre fils qu'il avait devant lui : c'était un roi en colère.

Le 6 juillet, Guillaume regagna son archevêché de Tyr, et l'été qui s'ensuivit fut le pire de sa vie. Après avoir quitté Baudouin à regret, il s'était consolé en se disant qu'il pourrait s'expliquer avec lui une fois le calme revenu et qu'il trouverait bien le moyen de faire comprendre au jeune roi qu'il lui disait la vérité. Mais il ne tarda pas à découvrir que sa colère n'avait fait que croître, au contraire. Et il n'eut même pas la possibilité d'évoquer de nouveau avec lui le mariage de Sibylle. Ils eurent beau se trouver parfois à deux pas l'un de l'autre, la distance qui les séparait se creusait un peu plus chaque jour. Et lorsque Agnès et Jocelyn s'aperçurent qu'il n'avait plus les faveurs du roi, ils ne cachèrent même pas leur satisfaction et ne manquèrent plus une occasion de parler en sa défaveur. Lorsque Baudouin quitta Beyrouth avec les émissaires de Byzance, Guillaume ne les accompagna pas. Il regagna alors Tyr et tenta d'oublier son infortune en se plongeant dans les affaires de l'Église et en feignant de ne pas s'apercevoir qu'il avait le cœur brisé.

Guillaume se félicitait que ses journées soient aussi occupées, car cette activité incessante l'empêchait de trop s'attarder sur l'éloignement de Baudouin. Tôt ou tard, songeait-il, il allait bien falloir qu'il retourne à la cour, puisqu'il était toujours chancelier… à moins que les de Courtenay ne parviennent à convaincre le roi qu'il fallait le remplacer à ce poste. Il avait confiance dans le sens de l'honneur de Baudouin, sans mésestimer pour autant l'influence néfaste de ses ennemis – un prélat de l'Église qui ne succombait que trop facilement aux tentations de la chair et une femme honnie de Dieu.

Les journées d'été s'écoulèrent de la sorte. Mais en août tout changea brusquement, car il reçut la visite inopinée de Balian d'Ibelin. Celui-ci avait accompagné son frère à Acre, où il devait prendre la mer et rejoindre Constantinople muni d'une lettre de Marie pressant son grand-oncle de payer la rançon exorbitante exigée par Saladin. Guillaume était on ne peut plus reconnaissant au cadet des D'Ibelin d'avoir poussé jusqu'à Tyr, un tel voyage s'avérant particulièrement éprouvant dans la période la plus chaude de l'année. Il avait terriblement besoin de l'amitié de Balian, ainsi que des réponses qu'il était susceptible de lui fournir.

Ils avaient beaucoup de retard à rattraper et s'en tinrent pour commencer aux nouvelles d'ordre privé. Balian présenta ses condoléances à Guillaume pour la mort de son frère à Marj Ayoun, et l'archevêque exprima sa joie en apprenant que Marie avait mis au monde un garçon. Balian le remercia ensuite d'avoir informé Marie de la grave maladie dont l'empereur venait d'être frappé, sans faire allusion aux inquiétudes que cela leur inspirait : la mort de Manuel rendait bien sûr la position de Marie et d'Isabelle plus fragile, face aux machinations des De Courtenay.

« Nous voulions également vous remercier, Marie et moi, pour le succès de votre mission diplomatique à Constantinople. Il est très important pour elle que la paix continue de régner entre son pays natal et la terre qui est devenue la sienne à la suite de son premier mariage. Baudouin devait être très fier de vous.

— Oui, mais je crains qu'il ne pense plus de même à présent, car nous avons eu une grave dispute lorsque nous étions à Beyrouth, et je n'ai pas eu le moindre signe de sa part depuis lors. »

Balian était trop discret pour lui demander de plus amples explications, contrairement à ce que son frère n'aurait pas manqué de faire. Mais Guillaume était sûr de pouvoir compter sur sa discrétion et entreprit de lui exposer ce qu'il s'était passé dans la chambre du roi, lors de cette pénible soirée. Lorsqu'il eut terminé il ressentit un immense soulagement, tant il est vrai qu'on éprouvait toujours un certain réconfort en confiant sa douleur à un ami. Sa satisfaction fut toutefois de courte durée : en relevant les yeux, il s'aperçut que Balian avait l'air consterné.

« Ah, Guillaume… Baudouin vous a dit la vérité ! Le prince Bohémond et le comte Raymond sont bien arrivés à Jérusalem à la tête d'une armée dans l'intention de contraindre Sibylle à épouser mon frère, puis de les couronner après avoir obtenu l'abdication de Baudouin. »

Guillaume se rejeta en arrière dans son siège.

« Mais c'est impossible ! Jamais Raymond n'aurait fait une chose pareille ! Pourquoi croyez-vous les mensonges des De Courtenay, Balian ? Je ne comprends pas.

— Je peux seulement vous rapporter ce qui m'a été dit par quelqu'un qui était présent, lorsque l'espion d'Agnès leur a révélé le plan du prince et du comte. Il a cru l'histoire de cet espion comme je l'ai crue moi-même quand il me l'a racontée par la suite, car cet homme est mon ami. Et c'est aussi le vôtre, Guillaume, puisqu'il s'agit de Denis de Grenier. »

L'archevêque était stupéfait.

« Je ne pense pas que Denis vous ait menti, concéda-t-il. Mais il s'est peut-être trompé, Balian. Bohémond m'a dit pour sa part que Raymond et lui avaient l'intention de discuter la question du mariage de Sibylle devant le roi et la Haute Cour. Il n'a pas prétendu le contraire. Mais il nie absolument qu'ils aient envisagé un seul instant de contraindre Baudouin à abdiquer.

— Dans ce cas, Guillaume, pourquoi sont-ils venus à Jérusalem à la tête d'une armée ? »

Balian marqua une pause en voyant que l'archevêque n'avait rien à opposer à un tel argument.

« Je ne peux pas vous certifier qu'ils comptaient réellement renverser Baudouin après avoir marié mon frère et Sibylle. Mais le roi l'a cru, et ce n'était pas une réaction infondée, étant donné les circonstances. Denis a bien insisté sur le fait qu'il ne s'agissait nullement d'une conspiration des De Courtenay. Il m'a juré que les craintes d'Agnès étaient bien réelles, et qu'elle songeait davantage à préserver le trône de son fils qu'à choisir un mari pour sa fille. Pour tout vous dire, c'est Sibylle qui a avancé la première le nom de Guy de Lusignan. »

Guillaume se pencha et plongea la tête dans ses mains.

« Qu'ai-je donc fait… ? Baudouin a bien essayé de me le dire mais je n'ai pas voulu l'écouter. J'étais convaincu qu'on avait calomnié Raymond, qu'il s'agissait d'une manœuvre des De Courtenay…

— Ma foi, nous avons rarement tort de nous méfier d'eux, répondit Balian avec amertume. Malheureusement, c'est de mon frère que le roi se méfie maintenant, et ses soupçons ont dû s'étendre à Marie et à moi. Nous avons essayé de lui parler après les révélations que Denis nous avait faites. Il nous a écoutés lorsque nous lui avons juré que nous n'avions jamais participé au moindre complot contre lui, mais il était impossible de savoir s'il nous croyait ou non. Et il s'est montré plutôt froid à notre égard pendant le reste de notre séjour à la cour. »

Guillaume regarda Balian d'un air désespéré.

« Croyez-vous que le roi me pardonnera un jour ? lui demanda-t-il.

— Bien sûr que oui. Il vous aime, Guillaume. Mais il aime aussi sa mère.

— Je le sais bien », reconnut l'archevêque.

Il s'effondra dans son siège en se reprochant amèrement de s'être si mal comporté à Beyrouth. Au bout d'un moment, il reprit d'un air las :

« Même si ce mariage n'est pas le résultat d'une manigance des De Courtenay, nous sommes bel et bien confrontés à ce douteux souverain en puissance. Vous l'avez rencontré, Balian. Que pensez-vous de lui ?

— Pour être honnête, je ne le connais pas assez pour m'être forgé une opinion bien nette. Ce que vous m'avez raconté au sujet de cette embuscade tendue à la reine d'Angleterre n'est pas fait pour nous inspirer confiance. Mais comme Baudouin lui-même vous l'a dit, il était jeune à l'époque. Espérons qu'il aura un peu mûri entre-temps.

— Et les autres Poulains ? Quelle est leur opinion ?

— Je doute que beaucoup aient vu d'un très bon œil le choix se porter une fois encore sur un étranger. Même s'il est de bonne naissance, il n'est pas lié aux familles royales comme l'était le duc de Bourgogne. Et la plupart en ont voulu au roi de ne pas avoir consulté la Haute Cour avant de célébrer ce mariage. À mon humble avis, ils auraient accueilli avec plus d'enthousiasme une union entre Sibylle et mon frère. Je pense néanmoins que dans leur grande majorité, ils veulent bien accorder à Guy le bénéfice du doute – du moins pour l'instant. »

Balian eut un sourire sans joie.

« Mon frère pour sa part n'est pas dans le même état d'esprit. Quoi que dise ou que fasse par la suite Guy de Lusignan, jamais il n'aura son approbation. »

CHAPITRE 28

Septembre 1180
Jérusalem, Outremer

Asad frottait déjà son nez à la tunique de son maître et Baudouin le repoussa en riant.

« Désolé, mon vieux, je n'ai rien à te donner à manger. »

Après avoir pris le peigne des mains d'Anselme, il entreprit de démêler la crinière de l'étalon qui renonça à regret à sa requête.

Anselme les regarda un moment en se disant que les seuls moments où le jeune roi semblait en paix étaient ceux qu'il passait aux écuries. Comment allait-il réagir lorsqu'il ne serait plus en mesure de monter à cheval ?

« Croyez-vous qu'Asad pourra de nouveau galoper, Majesté ?

— C'est peu probable, répondit Baudouin. Mais il ne souffre plus, c'est le principal. »

Pendant un bref instant il eut une sorte de vision, se représentant l'étalon du temps où il filait plus vite que le vent. Même si ce souvenir lui faisait de la peine, il parvint à se fendre d'un sourire à l'intention d'Anselme.

« Il ne regrettera pas sa vie passée, lui dit-il, car il a son propre harem à présent, et plusieurs de ses juments sont déjà pleines. »

Asad frotta à nouveau son nez contre lui et obtint gain de cause, cette fois-ci : Baudouin envoya son écuyer chercher du sucre aux cuisines.

Un chat comme on en voyait souvent dans les écuries surgit soudain. Celui-ci semblait avoir noué un lien privilégié avec Asad, car Baudouin le retrouvait souvent endormi dans sa stalle. Il s'étira puis bondit au sommet du portillon. Asad s'ébroua et le roi se pencha un instant vers son garrot, humant les effluves familiers et rassurants des lieux.

« Avais-je raison, mon garçon ? murmura-t-il. Les juments suffisent-elles à ton bonheur, à présent ? Mais comment un faucon blessé ne regretterait-il pas les hauteurs du ciel ? »

Son équilibre était désormais si précaire qu'il ne pouvait même plus brosser correctement Asad. Mais il était toujours heureux de venir le caresser, et il avait l'impression que l'étalon appréciait lui aussi ce contact. Il avait oublié de demander à Anselme de rapporter un tissu propre pour nettoyer les yeux et les naseaux du pur-sang. Apercevant une pile de torchons sur un banc non loin de là, il ouvrit le portillon de la stalle. Cela contraria le chat qui fit un bond en poussant un miaulement aigu. Baudouin perdit l'équilibre au bout de quelques pas : incapable de se rattraper, il s'étala de tout son long et son crâne heurta violemment le sol.

Pendant quelques instants, il resta étendu, le souffle coupé. Puis il porta la main à son front : ses doigts étaient tachés de sang, et il en déduisit qu'il avait dû se blesser en heurtant le bord d'un seau. Il roula sur le côté et réussit à s'asseoir. Au cours des dernières années il avait fait un nombre incalculable de chutes. Depuis quelque temps, toutefois, il avait constaté qu'il avait besoin d'aide pour se remettre debout. Essuyant le sang qui lui coulait dans les yeux, il aperçut deux garçons d'écurie qui se tenaient à quelques mètres et le dévisageaient. Comme aucun des deux ne faisait le moindre geste, une brusque colère l'envahit, dirigée autant contre lui-même que contre ces gamins – et Dieu qui l'avait mis dans un état pareil. Il aurait voulu les punir à la fois pour la peur qu'ils éprouvaient et parce qu'ils assistaient à son humiliation, étalé sur ce sol crasseux, aussi impuissant qu'une tortue retournée sur le dos. Il parvint néanmoins à retrouver son calme et leur ordonna d'aller chercher Anselme. Puis il se rallongea, écoutant les pas des gamins qui s'éloignaient en courant.

Sa tête saignait toujours et sa joue l'élançait, mais c'était la blessure faite à son orgueil qui était la plus difficile à supporter. Il était l'élu de Dieu, un roi couronné qui avait à quinze ans fait couler le sang de l'ennemi, puis remporté une victoire miraculeuse à Montgisard. Et voilà qu'il se retrouvait affalé sur le sol, aussi démuni qu'un bébé qui venait de naître. Comment pouvait-il accepter un sort pareil ? Pourquoi le Tout-Puissant lui infligeait-il cela ?

« Majesté ! »

Baudouin était tellement absorbé par ces funestes pensées qu'il n'avait pas entendu des pas approcher. Il essaya de se rasseoir, et des bras l'enlacèrent aussitôt pour l'aider à se relever. La tâche n'était pas facile, car son sauveur était frêle et déjà à bout de souffle quand Baudouin se retrouva enfin debout.

« Venez par ici, parvint-il à lui dire. Appuyez-vous sur moi. »

Cette voix de jeune homme lui était vaguement familière. Baudouin obéit à son injonction et se laissa guider jusqu'au banc sur lequel il s'assit avec soulagement, ses jambes ne le portant plus. Il fut alors en mesure d'identifier son bon samaritain : c'était le petit-fils de feu le connétable Onfroy de Toron. Cette fois encore il fut frappé par l'étonnante beauté et la fragilité du jeune homme, qui le faisaient paraître bien plus jeune que ses quatorze ans. Ses grands yeux noirs soulignés par des cils d'une longueur démesurée fixaient Baudouin avec appréhension.

« Je reviens », lui lança-t-il.

Il fut rapidement de retour avec un seau rempli d'eau. Saisissant l'un des torchons, Onfroy l'humidifia puis le tendit au roi, détournant pudiquement les yeux quand celui-ci nettoya le sang et la terre qui maculaient son visage, sentant bien qu'il avait avant tout besoin d'intimité. S'emparant d'un autre torchon, il le lui donna d'un air intimidé.

« Vous saignez toujours, Majesté… »

Baudouin appliqua le tissu sur la plaie tandis qu'Onfroy s'empressait d'aller chercher sa canne. Il s'immobilisa soudain en voyant le seau renversé.

« C'est sûrement ce seau qui a causé votre chute, Sire ! Les garçons d'écurie devraient être châtiés pour l'avoir laissé traîner par terre.

— Je n'ai pas heurté ce seau, Onfroy, répliqua Baudouin. Je tombe pour un oui ou pour un non, simplement parce que je ne sens plus le contact du sol sous mes pieds. C'est pour cela que les lépreux donnent souvent l'impression de tituber comme des ivrognes. »

Il ne savait pas trop pourquoi il éprouvait le besoin d'expliquer la chose à ce garçon, ni pourquoi il lui révéla ensuite qu'il ne pouvait pas se rattraper quand il tombait, son bras droit demeurant inerte. Il s'abstint toutefois de lui préciser que le gauche était lui aussi gagné par la même insensibilité depuis quelque temps : c'était un secret qu'il n'avait même pas confié à ses médecins.

Onfroy paraissait effondré, et Baudouin songea que le jeune garçon n'avait pas dû concevoir les difficultés auxquelles un lépreux se trouvait confronté dans la vie courante, même en étant entouré de domestiques. Il le surprit pourtant en lui demandant avec une troublante sincérité :

« Où trouvez-vous tout ce courage, Majesté ? »

Baudouin haussa les épaules, estimant que le courage n'avait rien à voir là-dedans étant donné qu'il n'avait pas le choix.

« Je pourrais vous retourner le compliment, dit-il. Car bien peu d'hommes auraient osé me venir en aide comme vous l'avez fait. Cela exigeait un très grand courage. »

Onfroy eut une expression dubitative et le roi se demanda si le jeune homme n'avait pas l'impression qu'il se moquait de lui. Il lui répondit d'une voix presque inaudible :

« Je ne répéterai pas votre remarque à ma mère ni à mon beau-père, Sire, car cela les ferait rire aux éclats. »

Baudouin se rappela le commentaire méprisant de Renaud de Châtillon, lui disant que « les hommes ne suivront jamais cette lavette, même pour échapper à un bâtiment en flammes ». Il se rassit sur le banc, redoutant que ses jambes ne le trahissent à nouveau.

« Je pourrais vous rétorquer que l'opinion des autres n'a pas la moindre importance, Onfroy, mais nous savons tous les deux que c'est faux. À moins d'être un ermite ou un saint, ce que les autres pensent de nous nous est rarement indifférent. Ce qui est vrai, en revanche, c'est que l'opinion qu'on a de soi importe davantage. Et après l'attitude que vous avez eue aujourd'hui, vous ne devez plus douter de votre courage. Vous l'avez prouvé en vous portant à mon secours et en ne redoutant pas le contact d'un lépreux. »

Onfroy eut un sourire radieux, qui s'effaça aussitôt.

« En fait, j'avais très peur, avoua-t-il. Mais j'ai tenu bon.

— Le courage, ce n'est pas d'être insensible à la peur, mon garçon. C'est de la surmonter. »

Il était un peu étrange d'appeler Onfroy « mon garçon », étant donné qu'ils n'avaient que cinq ans d'écart. Pourtant, Baudouin avait l'impression qu'une vie entière le séparait de ce malheureux jeune homme, ce qui raviva en lui une vieille blessure. Jamais Onfroy n'aurait eu davantage besoin de son grand-père qu'à ce moment crucial de son existence, alors qu'il s'apprêtait à aborder l'âge adulte. La mort du connétable avait ouvert une plaie qui demeurait béante, tant pour son seul héritier masculin que pour le roi auquel il avait sacrifié sa vie afin de le protéger.

« Monseigneur ! Êtes-vous blessé ? »

Anselme, qui arrivait en courant, s'immobilisa et poussa un soupir de soulagement à la vue du roi assis sur ce banc.

Il s'approcha de Baudouin et l'examina avec attention.

« Que s'est-il passé, Sire ?

— Je suis tombé, Anselme. Heureusement, Onfroy était là pour me venir en aide. »

Le roi se tourna vers le jeune garçon et s'aperçut que ces quelques mots d'éloge avaient plus de valeur pour lui qu'un tombereau de besants d'or.

Après avoir changé de vêtements, Baudouin était assis à son bureau. Il faisait désormais l'essentiel de son travail dans l'intimité de sa chambre, loin des regards inquisiteurs. Il commença par le paquet de lettres qu'un messager impérial de Constantinople avait apportées à midi. Il se crispa en brisant le sceau de Jocelyn, redoutant que ce courrier ne lui apprenne la mort de l'empereur, car leur alliance risquait fort de ne pas survivre à son décès. Mais il fut soulagé en parcourant la lettre, au point qu'il partagea ces bonnes nouvelles avec Anselme.

« Mon oncle m'annonce que les négociations progressent. »

Jamais Jocelyn n'aurait admis que Guillaume lui avait largement préparé le terrain. Toutefois, avec son sens de l'honneur inné, Baudouin savait fort bien que le travail de son oncle avait été grandement facilité par la diplomatie avisée de l'archevêque, durant son long séjour à Constantinople. Mettant de côté la lettre de Jocelyn, il fut surpris d'en découvrir une autre de Baudouin d'Ibelin, l'informant qu'à sa grande joie l'empereur avait accepté de payer sa rançon et remerciant encore le roi pour tout ce qu'il avait fait en vue de faciliter sa libération.

Lorsqu'il en parla à Anselme, celui-ci s'abstint de tout commentaire. Le roi savait fort bien pourquoi : son écuyer ignorait dans quel état d'esprit il se trouvait au sujet de l'aîné des D'Ibelin. Il n'était d'ailleurs pas sûr de le savoir lui-même. Il ne voyait pas comment le seigneur de Ramlah aurait pu participer activement à cette tentative de coup d'État, n'ayant retrouvé sa liberté qu'au cours de la semaine sainte. Les deux frères d'Ibelin lui avaient juré qu'ils n'auraient jamais accepté de le voir évincé du trône, et il était enclin à les croire. Un doute subsistait pourtant, car il savait avec quelle facilité les hommes parvenaient à se convaincre que leurs désirs correspondaient à l'intérêt général… Si cette machination avait réussi et que Baudouin d'Ibelin avait épousé Sibylle, se serait-il vraiment opposé à son abdication, que Bohémond et Raymond lui auraient présentée comme une conséquence logique ?

La lettre suivante, annonça-t-il à Anselme, provenait de sa sœur. L'écuyer cessa de jouer avec Le Caire et lui demanda si dame Sibylle et monseigneur Guy allaient rester à Ascalon. Ils s'y étaient retirés après Pâques, et leur absence faisait déjà jaser à Jérusalem. Les gens avaient envie d'en savoir un peu plus sur leur futur roi.

« Oui, confirma Baudouin, ils comptent rester à Ascalon pour l'instant. Elle me promet cependant qu'ils se rendront à la cour pour Noël. »

Tout comme ses sujets, Baudouin était vaguement frustré que Guy demeure pour lui un tel étranger. Il comprenait pourtant que sa sœur ait eu envie de passer quelque temps seule avec son nouveau mari. Il savait que bien des gens autour de lui réservaient leur jugement avant de connaître un peu mieux Guy. Il était dans le même cas, surtout depuis que Guillaume lui avait raconté l'embuscade que les frères de Lusignan avaient tendue à la reine d'Angleterre. Sibylle, quant à elle, avait déjà rendu son verdict : jamais elle n'avait semblé aussi heureuse. Tout ce qu'on pouvait espérer, c'était qu'elle ne se trompe pas dans le jugement qu'elle portait sur Guy de Lusignan.

Il s'apprêtait à ouvrir une lettre de Joscius, l'évêque d'Acre, lorsque Le Caire se mit à aboyer.

Anselme s'empressa d'aller ouvrir la porte et écouta ce qu'on lui disait avant de se tourner vers le roi.

« Majesté, l'archevêque de Tyr vient d'arriver au palais et vous demande une audience. »

Il avait eu soin de s'exprimer sur le ton le plus neutre possible, ne sachant pas si cette nouvelle serait bien accueillie ou non.

Baudouin hésita avant de répondre. L'éloignement de Guillaume lui avait fait de la peine. Aussi loin que remontaient ses souvenirs, l'archevêque avait été pour lui à la fois un point d'ancrage et son principal soutien. Il ne demandait qu'à combler le fossé qui s'était creusé entre eux mais n'avait aucune envie de raviver la querelle qui les avait opposés au sujet de cette conspiration pascale, surtout après la pénible matinée qu'il venait de passer. Néanmoins, comment aurait-il pu refuser de recevoir Guillaume ?

« Dis au sénéchal de conduire l'archevêque dans ma chambre. »

Dès que Guillaume arriva, Anselme trouva un prétexte pour s'éclipser après leur avoir servi une coupe de vin. Les premières minutes furent empreintes d'une gêne un peu étrange, l'archevêque attendant respectueusement la permission de s'asseoir. Mais il oublia vite le protocole en apercevant le visage du jeune roi. À la suite de sa chute, il serait sûrement couvert dès le lendemain de bleus spectaculaires. Sa joue était simplement rouge pour l'instant, mais cela suffisait pour l'œil exercé de l'archevêque. Il ouvrit la bouche pour exprimer son inquiétude mais se retint à temps. Détournant son regard de la preuve flagrante de cette nouvelle mésaventure, il décida brusquement d'oublier le protocole et lui déclara simplement :

« Je suis venu implorer votre pardon. »

Baudouin réfréna le plaisir que lui procurait cette déclaration. La méfiance lui était devenue une seconde nature, à présent.

« Vous pardonner, pour vous être disputé avec moi ? Ou pour ne pas m'avoir cru ?

— Les deux. » Guillaume se pencha sur son siège, et Baudouin vit qu'il serrait les poings si fort que les jointures blanchirent. « Bohémond m'avait juré que Raymond et lui n'avaient jamais comploté contre vous, et il s'était montré convaincant. Mais ce n'était pas une excuse. Jamais je n'aurais dû douter de vous. »

Baudouin acquiesça de bon cœur à ces paroles. Il avait été très choqué lors de leur précédente entrevue de voir Guillaume accorder toutes les circonstances atténuantes à Raymond.

« Qui vous a révélé la vérité ? demanda-t-il.

— Balian d'Ibelin. Il m'a certifié que ce qui s'était passé à Pâques n'était en rien un complot ourdi par la famille de Courtenay, et qu'il fallait au contraire chercher son origine du côté d'Antioche et de Tripoli. »

Baudouin n'avait pas pleinement réalisé jusque-là à quel point leur éloignement l'avait affecté : ce fut en se sentant brusquement soulagé qu'il s'en rendit compte.

« Je suis heureux que vous sachiez maintenant ce qui s'est réellement passé, dit-il.

— Vous me pardonnez donc ?

— Bien évidemment.

— Nous pouvons ainsi tourner la page et oublier ce pénible incident ? »

Lorsque le roi lui répondit qu'il était déjà oublié, l'archevêque éprouva un immense soulagement. Mais il savait aussi que cet épisode allait laisser des traces. Et à l'instant où leurs regards se croisèrent, il eut la certitude que le roi le savait aussi.

Au terme d'une longue maladie, Émeric, le vieux patriarche de Jérusalem, mourut le 6 octobre, et tous les regards se tournèrent vers les chanoines de l'église du Saint-Sépulcre, car c'était à eux que revenait la lourde tâche de désigner son successeur. Il n'y avait que deux candidats sérieux en lice : Guillaume, l'archevêque de Tyr, et Héraclius, l'archevêque de Césarée. Mais il était possible d'intervenir auprès des chanoines pour soutenir l'un ou l'autre candidat, et Agnès de Courtenay leur tint un discours enflammé dans lequel elle les pressa de choisir Héraclius. Guillaume lui-même demanda à être entendu et les stupéfia en les alertant contre l'éventuelle élection d'Héraclius, soulignant que la vie immorale que menait l'archevêque n'était un secret pour personne et donnant en exemple sa liaison notoire avec Pasque de Rivière, l'épouse d'un marchand de draps de Naplouse.

Même si Guillaume n'était pas un rhéteur particulièrement éloquent – Héraclius lui était bien supérieur sur ce plan –, la plupart des auditeurs se rendirent bien compte que son discours venait du fond du cœur. Au lieu de plaider pour sa propre élection, il les engageait à ne pas porter leur choix sur un prélat d'Outremer. Le royaume serait mieux servi, insistait-il, si l'on choisissait un homme avisé, originaire d'une autre région de la chrétienté.

Les chanoines furent impressionnés par la volonté qu'il manifestait ainsi de sacrifier ses propres ambitions afin d'éviter le choix d'Héraclius comme nouveau patriarche. Mais ils ne furent pas convaincus par sa suggestion de désigner un candidat venu de l'étranger : la plupart d'entre eux préféraient élire un homme qu'ils connaissaient déjà. Pourtant, quand ils se réunirent dans le chapitre pour procéder au vote, ils s'aperçurent qu'ils étaient divisés en deux factions égales, chacun des archevêques ayant obtenu le même nombre de voix : et personne ne fut en mesure de proposer un candidat de compromis.

Denis n'était guère enchanté de devoir accomplir la tâche qu'il s'était imposée, mais Guillaume était un vieil ami : et il s'était dit que c'était à lui de lui annoncer la mauvaise nouvelle. On le conduisit rapidement sur la terrasse de la maison dont l'archevêque disposait lorsqu'il était en ville, et il fut chaleureusement accueilli.

« Comment va le roi ? lui demanda Guillaume une fois les salutations échangées. Est-il toujours souffrant ? »

Baudouin avait eu de la fièvre toute la semaine, accompagnée de maux de gorge et d'une toux persistante. Denis put rassurer l'archevêque : jusqu'ici, aucun signe ne laissait redouter que cet état puisse dégénérer en une maladie plus grave.

« Il aurait dû suivre les conseils de son médecin et rester couché quelques jours. Mais vous le connaissez : il est têtu comme une mule. »

Guillaume sourit, non sans tristesse.

« Je n'ai jamais connu personne qui ait une aussi forte volonté que lui », dit-il.

Il attendit qu'un domestique leur ait servi du vin avant de poursuivre la conversation.

« Est-il exact que les chanoines ne sont pas arrivés à se mettre d'accord sur le nom du nouveau patriarche ? »

Denis n'était pas surpris que Guillaume soit déjà au courant.

« Ils ont été incapables de trancher entre Héraclius et vous. Ne parvenant pas à dénouer la situation, ils sont allés trouver le roi et l'ont imploré de faire ce choix à leur place. » L'espoir qui venait de se peindre sur le visage de l'archevêque était pénible à voir, et Denis s'empressa d'ajouter : « Hélas, Agnès était présente, et elle a demandé à Baudouin de la laisser choisir en lui rappelant qu'une telle chose s'était produite dans le passé, quand le roi avait permis à sa mère, la reine Mélisande, de désigner le futur patriarche.

— Et… Baudouin a accepté ça ? »

Guillaume s'effondra dans son fauteuil comme si toute son énergie avait brusquement déserté son corps, ne lui laissant qu'une coquille vide. Comme Denis acquiesçait d'un air sombre, il ferma un instant les yeux en luttant pour retrouver une contenance. Sa déception était immense, mais sa colère encore plus grande : qu'y avait-il de plus révoltant que le comportement de cette maudite femme, qui profitait de la maladie de son fils pour satisfaire ses desseins égoïstes ? Il devait toutefois refréner sa colère, ne perdant pas de vue que Denis était le mari d'Agnès. Lorsqu'il se sentit enfin en mesure de parler, il déclara :

« Je n'ai cessé de répéter à Baudouin qu'il devait accepter la volonté de Dieu, aussi difficile cela s'avère-t-il parfois. Apparemment, c'est aujourd'hui à mon tour de suivre cette recommandation et de boire mon propre remède… »

De retour au palais, Denis apprit qu'Agnès n'avait pas perdu de temps. Après avoir annoncé qu'elle allait suivre l'exemple de Mélisande et consulter d'autres dames de haute naissance, elle s'était empressée de réunir auprès d'elle Étiennette de Milly et l'épouse de Jocelyn. Elles avaient aussitôt désigné l'archevêque Héraclius comme nouveau patriarche du royaume. Denis était féru d'histoire, aussi savait-il que bien des gens considéraient cette ancienne élection comme irrégulière, en raison justement du rôle qu'avait joué la reine. Baudouin le savait forcément, lui aussi, et Denis résolut donc de découvrir – ne serait-ce que pour satisfaire sa curiosité – pourquoi il avait accepté la suggestion d'Agnès.

Malgré l'heure tardive, il gagna les appartements privés du roi, sachant que son beau-fils avait souvent bien du mal à trouver le sommeil. Son calcul s'avéra fondé, et il fut reçu sur-le-champ. Baudouin était allongé sur son lit, encore habillé à l'exception de ses chaussures. Il semblait heureux d'avoir de la visite, et après que Denis eut refusé un rafraîchissement, il demanda à Anselme d'aller promener Le Caire, sachant que la discussion qui allait suivre ne devait pas avoir de témoins.

Denis n'y alla pas par quatre chemins. Prenant place sur une chaise à côté du lit, il lui demanda simplement :

« Pourquoi ? »

Baudouin regarda son beau-père en silence pendant quelques instants. Son expression pensive était difficile à déchiffrer.

« Avant que je ne vous réponde, répliqua-t-il enfin, dites-moi ce que vous pensez de ces deux hommes.

— Eh bien… Ils sont aussi qualifiés l'un que l'autre pour accéder au statut de patriarche. Tous deux sont instruits, et bien qu'Héraclius ne soit pas un Poulain, contrairement à Guillaume, il vit ici depuis assez longtemps pour connaître nos mœurs et concevoir le danger que représente Saladin. Guillaume est un homme bon et vaut beaucoup mieux qu'Héraclius, mais celui-ci est un meilleur stratège en matière politique. Est-ce cela qui a fait pencher la balance en sa faveur ?

— Ma mère déteste Guillaume, répondit Baudouin. Lequel la déteste tout autant, ainsi que mon oncle Jocelyn. L'animosité qui existe entre eux n'est pas un problème tant que je suis en vie. Mais que se passerait-il si Guillaume était patriarche lorsque Sibylle héritera de la couronne, le jour où je mourrai ? Jamais il ne pourrait dissimuler l'hostilité qu'elle lui inspire : qu'il le veuille ou non, il deviendrait le point de ralliement de tous ceux qui se méfient de la famille de Courtenay et répugnent à accepter un étranger pour roi. La Haute Cour se divisera en deux clans opposés, bien plus gravement qu'aujourd'hui, car je suis encore en mesure de maintenir la paix entre ces deux factions. Sibylle en sera pour sa part incapable. Si nous voulons continuer à tenir Saladin à distance, nous devons impérativement rester unis. La dissension signerait notre défaite – et la fin du royaume. »

Denis était impressionné par la froideur et la clarté avec lesquelles Baudouin avait exprimé sa pensée. Et son raisonnement était imparable : qui aurait pu le réfuter ? Amaury aurait été fier de son fils, qui avait parfaitement assimilé les dures leçons et les contraintes de la royauté. Il savait néanmoins qu'il lui avait sans doute été plus difficile qu'à son père d'écouter sa raison plutôt que son cœur, car il aimait beaucoup Guillaume.

« J'ai vu Guillaume, tout à l'heure, dit-il en cherchant les mots susceptibles d'apporter un peu de réconfort à son beau-fils, et je ne vous cacherai pas que cette nouvelle l'a bouleversé. Vous avez pourtant essayé de lui rendre les choses plus faciles, en laissant Agnès désigner le patriarche. C'est donc à elle qu'il s'en prendra, plutôt qu'à vous, et cela lui évitera d'y voir le signe que votre amitié pourrait voler en éclats. Je crois que cela lui importe davantage que d'être nommé patriarche.

— Oui, répondit doucement Baudouin. Tel était en effet mon espoir. »

CHAPITRE 29

Octobre 1180
Jérusalem, Outremer

Renaud et Étiennette avaient approuvé de tout cœur la proposition d'Agnès. Celle-ci n'avait d'ailleurs jamais pensé qu'il en irait autrement : elle leur offrait une opportunité qui ne se représenterait pas de sitôt, si les choses se passaient comme elle l'espérait. Étiennette était aux anges et couvrait Agnès de remerciements. Quant à Renaud, qui était un guerrier dans l'âme, il soupesait déjà les forces et les faiblesses de l'adversaire.

« Je ne vois qu'une faille dans ce plan, dit-il. Que se passera-t-il si Marie appelle l'empereur byzantin à la rescousse ? Le roi tient beaucoup à cette alliance : prendra-t-il le risque de contrarier Manuel ?

— Nous n'avons plus à redouter l'intervention des Grecs, rétorqua Agnès. La nouvelle n'a pas encore été rendue publique, mais Baudouin a reçu il y a deux jours un courrier de Constantinople : l'empereur est mort le 24 septembre. »

Renaud esquissa un sourire, décernant à Agnès l'approbation qu'il réservait aux plus fins stratèges, tandis qu'Étiennette applaudissait des deux mains en éclatant de rire.

« Quelle coïncidence parfaite ! » s'exclama-t-elle.

Agnès aimait bien Étiennette, sans la considérer comme une lumière pour autant : aussi ne fut-elle guère surprise que l'épouse de Renaud n'ait pas compris sur-le-champ qu'il n'y avait pas la moindre coïncidence dans l'enchaînement de ces divers événements.

« Nous savions depuis le printemps que Manuel était atteint d'une maladie mortelle, reprit-elle. Je reconnais que la patience n'est pas mon fort, mais cela valait la peine d'attendre. Le nouvel empereur, Alexis, est le fils de Manuel, âgé de onze ans. Et nous pouvons être sûrs qu'il aura d'autres chats à fouetter que d'écouter les plaintes d'une lointaine parente qu'il n'a jamais vue de sa vie.

— Je suppose que Maria va assurer la régence ? »

Renaud avait lui-même un lien avec la cour impériale : Maria, la mère d'Alexis, était sa belle-fille, née du premier mariage de Constance d'Antioche. Il se demandait à présent si cette femme allait être de taille à relever un tel défi. Il la connaissait à peine, elle n'avait que treize ans quand elle était partie à Constantinople pour épouser Manuel, l'année même où il avait été incarcéré dans ce maudit donjon d'Alep. Ils s'étaient certes brièvement retrouvés lors de sa mission diplomatique, quatre ans plus tôt, mais tout ce qu'il pouvait affirmer avec certitude c'était que Maria était belle et particulièrement impopulaire auprès de ses sujets grecs, qui la traitaient avec mépris de barbare étrangère. Non, décidément, il n'aurait pas parié un liard sur les chances qu'elle avait de sortir indemne de la tourmente qui l'attendait. Se tournant vers Agnès, il lui demanda si elle souhaitait qu'il aille trouver le roi pour aborder l'affaire avec lui.

Agnès secoua aussitôt la tête.

« Non, dit-elle, il vaut mieux que ce soit moi qui m'en charge. J'ai davantage de chances d'obtenir son consentement. »

Baudouin et Anselme jouaient à la mérelle. En voyant surgir Agnès, son fils se fendit d'un sourire.

« Tu as le temps de faire une partie d'échecs, mère ? »

Il avait appris les règles à Anselme, mais la maîtrise de son écuyer restait trop rudimentaire pour jouer sérieusement contre lui.

« Bien sûr, répondit Agnès en souriant, heureuse de le trouver de bonne humeur. Mais avant cela, il faut que nous parlions. »

Elle gagna la fenêtre en attendant qu'ils aient fini leur partie, regardant le ciel sombrer dans les ténèbres. Anselme poussa un cri de joie lorsqu'il gagna la mise, ayant réussi à aligner trois pions. Au début, Agnès était irritée par l'intimité qui s'était établie entre cet homme et son fils. Mais elle avait fini par reconnaître qu'Anselme était totalement dévoué à son maître, ce qui comptait bien plus à ses yeux que la modestie de ses origines.

L'écuyer trouvait toujours un prétexte pour s'éclipser quand la mère du roi était là. Cette fois-ci, il se porta volontaire pour emmener Le Caire faire sa promenade du soir. Dès qu'il fut parti, Agnès s'assit sur le banc et attendit que Baudouin l'ait rejointe, détournant le regard pour ne pas voir sa démarche hésitante. Il était encore très pâle mais, Dieu merci, la fièvre l'avait quitté, ce qui la rassurait un peu. Ils discutèrent un moment de choses et d'autres, estimant tous les deux qu'il était grand temps que Sibylle et Guy regagnent Jérusalem. Ils se demandèrent ensuite si la mort de Manuel allait influer sur le séjour de Jocelyn à Constantinople : il était en effet probable que les nouvelles autorités exigent de renégocier leur traité.

Baudouin restait sur le qui-vive car il était rarement de bon augure que sa mère lui déclare : « il faut que nous parlions », comme elle l'avait fait un peu plus tôt. Glissant un coussin dans son dos, il se prépara aussi bien mentalement que physiquement à ce qu'elle allait lui dire.

« De quoi veux-tu donc que nous parlions ? attaqua-t-il.

— Du sort d'Isabelle. Je pense qu'il est temps d'envisager de la marier. »

Baudouin réfréna un soupir.

« Tu te souviens sans doute qu'Isabelle n'a que huit ans ?

— Évidemment. Je ne parle pour l'instant que de fiançailles : le mariage viendra plus tard, quand elle en aura l'âge.

— Tu ne penses tout de même pas que Marie va sauter de joie à cette idée ? »

Baudouin souriait, mais Agnès avait perçu son intonation sarcastique et se dit qu'il valait encore mieux lui parler franchement. Le mensonge était rarement efficace avec lui.

« Je ne prétendrai pas qu'il me serait désagréable de déplaire à Marie, répondit-elle. Je déteste cette femme, Baudouin… Je te jure pourtant sur le salut de mon âme que notre inimitié n'a rien à voir avec ce projet de fiançailles. Il y a beaucoup plus de choses en jeu, en l'occurrence, que la méfiance que m'inspire cette Grecque. » Elle se rapprocha et posa la main sur le bras de Baudouin. « Tu sais que j'ai toujours estimé qu'Isabelle constituait pour nous un danger potentiel. Mais je pensais que c'était Sibylle qui était menacée, et non toi. La situation a changé depuis le complot que tes traîtres de cousins ont ourdi à Pâques. Si leur plan concernant Sibylle a échoué, c'est uniquement parce que nous avons été prévenus à temps. Pourquoi ne referaient-ils pas une tentative du même ordre, visant cette fois-ci Isabelle ? » Baudouin ne réagit pas, et sa mère songea qu'il avait dû se faire la même réflexion. « Ce que je redoute le plus, reprit-elle, c'est que Bohémond et Raymond essaient de lui faire épouser Hugues, le beau-fils de Raymond. S'ils cherchent vraiment à renverser un roi consacré par Dieu, pourquoi la jeunesse d'Isabelle leur inspirerait-elle le moindre scrupule ?

— Cette pensée m'est également venue, reconnut-il. Mais je me suis rassuré en me disant qu'il était inutile de s'en inquiéter pour l'instant, étant donné qu'elle est encore si jeune. Peut-être s'agit-il d'un raisonnement stupide, comme tu viens de le souligner. Par ailleurs, je refuse de croire que Marie et Balian puissent comploter contre moi. »

Agnès éprouvait un tel soulagement qu'elle se sentit brusquement légère : pour une fois, son fils écoutait vraiment ce qu'elle lui disait.

« Quelle mère ne voudrait pas que sa fille soit reine ? rétorqua-t-elle. Et même si nous avions l'assurance que Marie ne conspirerait jamais avec tes cousins, ceux-ci pourraient fort bien enlever sa fille… Songe au nombre d'héritières qu'on a obligées à se marier de la sorte, contre leur gré ! C'est prendre un trop grand risque, Baudouin. Heureusement, il existe un moyen d'éviter ce danger – un moyen qui assurera la pérennité de ton règne et renforcera la position de Sibylle en tant qu'héritière. Ce serait même le moyen rêvé de protéger Isabelle. »

Baudouin ne leva pas exactement les yeux au ciel devant une telle déclaration, mais il s'en fallut de peu.

« Et bien évidemment, répliqua-t-il, le souci que t'inspire le sort d'Isabelle l'emporte de loin sur les autres considérations… Eh bien, mère, dis-moi donc… Qui envisages-tu de lui faire épouser ?

— Onfroy de Toron. Il est de haute lignée, s'empressa-t-elle d'ajouter, le petit-fils d'un homme que tu admirais, comme l'ensemble des Poulains. Seuls Marie et ces satanés Grecs pourraient considérer cette union comme indigne ou déshonorante. Notre peuple quant à lui rêve de voir Isabelle épouser l'un des nôtres. » Elle s'interrompit pour voir s'il avait une objection à faire, mais se sentit encouragée en constatant que ce n'était pas le cas. « Plus encore, reprit-elle, il ferait un excellent mari. Il est plutôt beau garçon, et d'après tout ce que j'ai entendu dire, il possède un cœur d'or et la traitera dignement. »

Baudouin esquissa un rictus narquois.

« Un homme au cœur d'or fera peut-être un très bon mari. Mais une telle qualité ne compte pas parmi les attributs des rois.

— Je le sais bien, répondit-elle si vite qu'il en fut surpris. Mais si Isabelle épousait Onfroy, cela empêcherait les mécontents de se regrouper autour d'elle, que ce soit pour te destituer ou pour évincer Sibylle. Il manque à ce garçon la volonté d'acier qui fait l'étoffe des rois et leur permet de dominer les autres hommes. C'est justement pour cela que ce serait une solution parfaite : on ne pourrait plus se servir d'Isabelle comme d'un pion contre toi ou contre Sibylle ; en même temps, nous assurerions le bonheur futur d'Isabelle – bien que cela reste le cadet de mes soucis, je te l'avoue. Je sais en revanche que cela compte pour toi. Lui faire épouser Onfroy lui garantirait un mari aimant et attentionné, tout en épargnant à notre royaume le risque d'une guerre civile.

— Présenté de cette façon, mère, qui pourrait s'opposer à ta proposition ? En dehors de Marie, bien sûr… Et probablement de Balian. »

Agnès n'aimait guère que son fils adopte cette intonation sarcastique, qui lui rappelait désagréablement Amaury. Et elle était peinée qu'il ne lui fasse pas pleinement confiance.

« Que puis-je te répondre, Baudouin ? Je reconnais volontiers, au moins devant toi, que j'éprouverais un certain plaisir à lui couper l'herbe sous le pied et à ruiner ses ambitions. Mais ce qui m'importe au premier chef, c'est de préserver ta couronne et le droit de ta sœur à en hériter. Tu as sûrement compris depuis le temps que je ne reculerai devant rien pour te défendre ?

— Mais oui, mère, je le sais, dit-il d'une voix radoucie.

— Il y a une dernière raison qui devrait rendre à tes yeux ce mariage agréable. »

Elle le vit hausser les sourcils dans un geste qui lui était familier : sauf que ses sourcils, comme ses cils, avaient été emportés par le mal qui ravageait son corps… Et pendant un bref instant, elle se sentit au bord des larmes.

« Je me souviens, murmura-t-elle, de ce que tu avais dit le soir où tu veillais le connétable à l'agonie : tu lui avais promis que tu t'occuperais d'Onfroy et ferais tout ton possible pour lui assurer le meilleur avenir. Ne crois-tu pas qu'il aurait été heureux de voir son petit-fils épouser une héritière de la famille royale ? »

Baudouin ne répondit pas sur-le-champ et baissa les yeux, de sorte qu'Agnès ne distinguait plus ses traits.

« Oui, dit-il au bout d'un long silence. Je crois qu'il en aurait été heureux. »

Marie et Balian accueillaient toujours avec joie les invitations de Baudouin. Mais ils étaient également inquiets, désormais, sachant que leur relation avec le roi avait été affectée par l'implication involontaire du frère aîné de Balian dans le complot pascal. Maintenant qu'ils étaient cinq, voyager s'avérait plus malaisé, et il leur fallut un peu de temps après leur arrivée pour installer leurs trois enfants dans la demeure qu'ils louaient à Jérusalem. Ils envoyèrent un message au palais pour avertir le roi qu'ils viendraient le voir dans la matinée et décidèrent avant cela de rendre visite à Guillaume, qui pourrait les informer des derniers événements survenus en ville et à la cour.

Marie opina avec gravité quand Guillaume lui présenta ses condoléances. La mort de son grand-oncle ne l'affectait pas profondément sur le plan personnel, car elle ne l'avait pas revu depuis qu'elle avait treize ans. Mais c'était une perte considérable sur le plan politique : privée de la protection de l'empereur, elle se sentait tout à coup vulnérable et était sincèrement reconnaissante à l'archevêque de l'avoir poussée jadis à épouser Balian. Non seulement ce mariage lui avait apporté un bonheur qu'elle n'avait jamais espéré connaître ici-bas, mais il lui procurait un bouclier non négligeable contre les convoitises de la famille de Courtenay.

Le récent décès du patriarche au terme de sa longue maladie leur avait bien sûr été annoncé et ils avaient appris avec stupéfaction, lorsque la nouvelle était arrivée à Naplouse, que c'était Héraclius et non Guillaume qui allait lui succéder. Ils n'en savaient toutefois pas davantage, et écoutèrent avec indignation l'archevêque leur raconter comment Agnès de Courtenay avait profité de la santé déclinante du roi pour imposer son allié à ce poste prestigieux.

« Cette femme odieuse n'a pas la moindre conscience, ajouta Guillaume avec une amertume amplement justifiée par les circonstances. À sa manière biscornue, je suis convaincu qu'elle aime réellement son fils. Mais jamais elle ne fera passer les intérêts d'Outremer avant ses ambitions personnelles. Elle est déterminée à ce que la couronne revienne à Sibylle, et Baudouin semble lui accorder de plus en plus de crédit. Elle le presse en ce moment de nommer Aimery de Lusignan au poste de connétable. »

Balian savait que cela provoquerait la colère de son frère, qui avait considéré comme une trahison le ralliement d'Aimery au clan des De Courtenay. Nul ne pouvait toutefois contester qu'il était parfaitement qualifié pour occuper ce poste, resté trop longtemps vacant depuis la mort tragique d'Onfroy de Toron l'an dernier.

« Ma foi, Aimery est un bon chef de guerre, souligna Balian en essayant de tempérer l'indignation de Guillaume. Quels que soient par ailleurs leurs défauts, les de Lusignan ont toujours fait d'excellents soldats. »

Il en fallait davantage pour impressionner l'archevêque.

« Espérons que Guy ne fera pas exception à la règle », rétorqua-t-il.

Baudouin saignait à nouveau du nez ce matin-là : ses narines se réduisaient peu à peu à cause de sa maladie. Il savait qu'un jour ou l'autre le cartilage allait céder, mais essayait de ne pas se représenter ce qui se passerait alors. Les lépreux devaient apprendre à gérer leur état au jour le jour s'ils voulaient préserver leur santé mentale. Il se sentait déjà épuisé quand Marie et Balian arrivèrent mais fit de son mieux pour dissimuler sa fatigue et les recevoir chaleureusement. Il savait fort bien qu'ils n'allaient pas accueillir de gaieté de cœur les plans qu'il avait échafaudés pour Bella. Même si ses doutes concernant la responsabilité de Baudouin d'Ibelin n'étaient pas entièrement dissipés, il n'avait jamais remis en cause la loyauté de Balian et ne voulait surtout pas que Marie et lui puissent croire que ces fiançailles constituaient une sorte de vengeance ou de représailles. Si seulement il pouvait leur faire comprendre qu'il agissait dans l'intérêt du royaume… Jamais celui-ci ne survivrait à une guerre civile, alors que Saladin n'attendait que l'occasion de leur porter un coup fatal. Il ne comptait plus les nuits où il ne parvenait pas à fermer l'œil, en se demandant ce qu'il se passerait après sa mort. Il était convaincu que Marie et Balian avaient conscience des dangers qu'encourait Outremer. Mais ils allaient forcément réagir comme des parents – et comment aurait-il pu leur en vouloir ?

Une fois qu'ils furent installés et eurent échangé les politesses d'usage, Baudouin présenta ses condoléances à Marie pour la mort de l'empereur, et ils discutèrent un moment des conséquences de cette disparition. Le chaos dans lequel risquait de sombrer l'Empire byzantin ne manquerait pas d'avoir des conséquences en Outremer, ajoutant une inquiétude supplémentaire à celles qui pesaient déjà sur les épaules du jeune roi. Ce qui lui rappela qu'il ne pouvait différer davantage le devoir déplaisant qui l'attendait.

« Il ne m'est pas facile d'aborder cette question, commença-t-il, car j'ai bien conscience que ce que je m'apprête à vous dire ne peut que vous causer un choc, à l'un comme à l'autre. Cette tentative de coup d'État à Pâques m'a amené à considérer l'avenir avec une plus grande appréhension. Mes cousins d'Antioche et de Tripoli ont été à deux doigts de réussir leur coup, et je ne crois pas qu'ils aient totalement renoncé à ce projet. Maintenant qu'ils ne peuvent plus se servir de Sibylle, je redoute qu'ils n'essaient d'utiliser Bella. Si jamais ils parvenaient à lui faire épouser le beau-fils de Raymond, nous serions confrontés à une guerre civile. Je ne peux pas laisser…

— Mais jamais je n'accepterais un tel mariage ! »

C'était la première fois que Baudouin voyait Marie exploser de la sorte, et il se demanda si elle n'avait pas déjà entrevu ce qu'il s'apprêtait à leur dire. Se ressaisissant brusquement, elle présenta ses excuses au roi pour l'avoir interrompu de la sorte, mais n'en continua pas moins avant qu'il ait pu réagir.

« Je comprends, Majesté, que vous nourrissiez quelques soupçons à l'égard de ces hommes, étant donné la manière dont ils ont voulu se servir de Sibylle. Je puis néanmoins apaiser vos inquiétudes : ni mon mari ni moi ne laisserons jamais Isabelle tomber entre leurs mains.

— Je ne doute pas de votre bonne foi, madame. Mais la volonté n'est pas toujours suffisante. S'ils parvenaient d'une manière ou d'une autre à s'emparer d'elle – par la ruse ou par la force –, ni vous ni le seigneur Balian ne seriez en mesure de les arrêter. Je ne peux pas prendre le risque de voir notre royaume anéanti par des conflits internes. Pas plus que je ne voudrais voir Bella exposée à un tel danger. Pour préserver son avenir, pour empêcher qu'elle ne devienne un simple pion pour nos ennemis, j'ai l'intention de la mettre hors jeu, comme on retire une pièce de l'échiquier. »

Marie et Balian échangèrent des regards inquiets. Les couvents offraient parfois un refuge aux jeunes femmes qui s'étaient fait de puissants ennemis. Mais ils imaginaient mal Baudouin obligeant sa petite sœur à entrer dans les ordres. D'un autre côté, le mariage était exclu étant donné son âge.

« Je ne comprends pas, Sire, intervint Balian en soupesant ses mots avec soin. Si vous souhaitez que nous prenions des mesures plus importantes pour assurer la protection d'Isabelle afin que nul ne soit en mesure de l'enlever, nous sommes naturellement disposés à le faire… »

Il laissa volontairement sa phrase en suspens car il se rendait bien compte que le roi avait une autre idée en tête.

« Je crains que cela ne suffise pas, répondit Baudouin. Nous avons réussi à éviter ce coup d'État parce que nous avons organisé en toute hâte le mariage de Sibylle et de Guy. Si Bella elle aussi était…

— Non ! »

Cette fois-ci, Marie et Balian avaient réagi à l'unisson.

« Ma fille n'a que huit ans, ajouta Marie. Elle est beaucoup trop jeune pour se marier ! »

Après le cri du cœur de son épouse, Balian prit le relais en rappelant au roi que le droit canonique n'autorisait pas les mariages avant l'âge de douze ans. Baudouin songea que ces deux-là formaient décidément une équipe bien soudée.

« Je le sais fort bien, répondit-il d'une voix douce. Je songeais évidemment à des fiançailles. Le mariage interviendra plus tard. »

Marie dut faire appel aux leçons d'une vie entière pour parvenir à garder son calme.

« Et qui est donc l'homme qui souhaite se fiancer de la sorte à une enfant ? demanda-t-elle d'une voix glaciale.

— Il ne s'agit pas d'un homme mais d'un garçon de quatorze ans : Onfroy de Toron. »

Marie se leva si brusquement qu'elle renversa son siège.

« Je refuse que ma fille s'allie à une famille pareille ! » s'exclama-t-elle.

Baudouin fronça les sourcils. Croyant que Marie estimait qu'un Poulain n'était pas digne d'épouser sa fille, il s'apprêtait à lui rétorquer qu'elle avait bien accepté pour sa part d'épouser Balian, bien qu'il soit un Poulain et n'ait pas une goutte de sang royal. Mais l'objection de Marie ne tenait pas à cela.

« La mère d'Onfroy n'est qu'une marionnette entre les mains d'Agnès de Courtenay, reprit-elle. Et votre mère a toujours détesté Isabelle. »

La tête haute, elle regardait le roi dans les yeux comme si elle le mettait au défi d'affirmer le contraire. Baudouin ne put s'empêcher d'éprouver une certaine admiration pour cette femme : il était difficile de reprocher à une mère de défendre son enfant.

« Je le sais bien, répondit-il avec une sincérité surprenante. De manière tout à fait irrationnelle, ma mère s'est toujours sentie menacée par Bella. Mais son animosité déplacée n'a rien à voir dans cette affaire, étant donné que je n'ai pas pris cette décision pour lui complaire. Vous ne me croirez peut-être pas, Marie, mais jamais je n'aurais choisi pour Bella un mari susceptible de la rendre malheureuse. Telle est pourtant la vérité. Je me soucie du destin de ma sœur, et pas uniquement parce qu'un même sang coule dans nos veines. C'est une enfant sensible, intelligente et belle, qui mérite ce que notre monde peut lui offrir de meilleur. Je crois que ce mariage s'avérera bénéfique, aussi bien pour elle que pour Onfroy. Tout comme il le sera pour notre royaume. J'espère que vous partagerez ce point de vue, après vous être donné le temps de la réflexion.

— Je ne doute pas un instant que vous vous souciiez du sort d'Isabelle. » Sur ces mots, Marie franchit les quelques pas qui les séparaient et prit le roi de court en s'agenouillant devant lui. « Baudouin, dit-elle, je vous en supplie… Ne faites pas ça. Isabelle est trop jeune. Réfléchissez dans le secret de votre cœur, et dites-moi si vous voulez vraiment mettre un terme prématuré à son enfance et l'unir à un garçon qui n'est ni assez âgé, ni assez fort pour la protéger. »

Tandis que Baudouin écoutait sa supplique, le masque qu'il affichait d'ordinaire à la cour s'effrita soudain.

« Il va de soi que je ne le souhaite pas, dit-il d'une voix si douce et si lasse que Marie ne put que l'écouter en silence, subjuguée par sa franchise. Je ne veux rien de tout cela ! Pas plus que je ne tiens à suspecter des hommes que j'ai toujours considérés comme des amis, ni à livrer des batailles que je n'ai pas le moindre espoir de remporter. Je n'ai aucune envie que le monde assiste à ma déchéance et voie mon corps se putréfier, ni que mon peuple recule d'effroi sur mon passage. Je n'ai jamais voulu être un roi estropié, contraint de s'accrocher au pouvoir alors que je ne demande que la paix. Mais Dieu ne m'a pas laissé le choix, Marie. Il a déposé sur mes épaules le fardeau béni du royaume du Christ. Rien ne m'importe davantage que la survie d'Outremer. J'ai juré que je le défendrais, depuis le jour où j'ai reçu l'onction sacrée jusqu'à celui où je rendrai mon dernier souffle. »

Baudouin s'interrompit, car c'était la seule consolation qu'il pouvait offrir à Marie : la plus complète sincérité et le don de sa douleur secrète. Lorsqu'il reprit la parole, il avait retrouvé l'intonation calme et mesurée du roi.

« Je suis intimement persuadé que ces fiançailles aideront à préserver la paix de notre royaume. Il n'y a donc rien d'autre à ajouter. »

Une fois dans la cour, Balian sauta à terre et s'avança pour aider Marie à descendre de son propre cheval. Comme elle se redressait, elle entendit un cri perçant : « Maman ! », et se tourna pour apercevoir sa fille qui émergeait sur le porche en courant.

« Maman… Je sais jouer à la toupie ! J'ai vu les écuyers de *pateras* qui faisaient une partie, ils m'ont bien dit que ce n'était pas un jeu pour les filles, mais je leur ai quand même demandé de m'apprendre. Et je les ai tous battus ! » ajouta-t-elle avec un grand sourire.

Marie voulut lui répondre, mais à la vue de sa fille – les joues empourprées et les yeux brillants d'excitation, une trace de terre sur le bout du nez – les mots restèrent coincés en travers de sa gorge. Incapable de feindre un sourire, elle se contenta d'opiner et se dirigea vers le porche de la maison. Balian s'empressa de la suivre, après avoir expliqué à Isabelle, éberluée, que sa mère avait la migraine et qu'il valait mieux qu'elle attende la fin du dîner pour leur faire une démonstration de toupie.

Lorsqu'il pénétra dans l'entrée, Marie avait déjà disparu. Il s'engagea dans l'escalier qui menait à leur chambre, montant les marches quatre à quatre. Marie était immobile au milieu de la pièce, comme si elle avait oublié pourquoi elle s'était précipitée à l'étage. Elle n'avait pas dit un mot sur le chemin du retour, mais sa raideur, son teint cendreux et son regard sombre en disaient plus long que n'importe quel discours. Elle ne réagit pas lorsque Balian prononça son nom, il n'était même pas sûr qu'elle l'eût entendu.

Ce fut seulement lorsqu'il s'avança et toucha son bras qu'elle se retourna.

« Nous ne pouvons pas laisser faire une chose pareille », dit-elle d'une voix qu'il ne lui connaissait pas.

Il ne voyait pas quoi lui répondre, sachant pertinemment qu'ils n'avaient aucun moyen d'empêcher ces fiançailles. Et la voix éteinte, accablée de Marie témoignait qu'elle le savait, elle aussi. Tout ce qu'il pouvait faire, c'était la prendre dans ses bras en espérant qu'elle trouverait un peu de réconfort à partager cette douleur.

Mais il se trompait. Et elle le repoussa avec une telle violence qu'elle trébucha.

« Tu n'as donc rien à dire ? s'exclama-t-elle. Tu vas accepter ça les bras croisés ? Te montrerais-tu aussi conciliant s'il s'agissait d'Helvis ? »

Sa remarque le heurta tellement qu'il demeura quelques instants sans pouvoir répondre. Lorsqu'il le fit, la colère si rare chez lui était perceptible dans sa voix.

« Isabelle est ma fille au même titre qu'Helvis, et j'ai autant d'amour pour l'une que pour l'autre. Comment peux-tu en douter, Marie ? »

Une brusque rougeur envahit soudain les joues blêmes de Marie, comme si elle avait eu la fièvre. Elle ferma un instant les yeux, inclina la tête, et Balian s'avança juste à temps en la voyant vaciller : elle tomba dans ses bras, plaquée contre sa poitrine et secouée de sanglots convulsifs, en tremblant de tout son corps. Balian était plus dérouté par ce brusque effondrement que par ses accusations, car c'était la première fois en trois ans de mariage qu'il la voyait perdre ainsi le contrôle d'elle-même. Jamais il ne s'était senti aussi démuni. Tout ce qu'il réussit à faire, ce fut de la serrer contre lui en caressant doucement ses cheveux et en lui murmurant des mots de réconfort – tout en se maudissant en silence de ne pouvoir rien faire pour elle, pas plus que pour Isabelle.

Isabelle arborait une robe conçue pour la circonstance : dans les tons lilas – sa couleur préférée du moment –, elle était en soie, et c'était la première fois qu'on l'autorisait à porter un tissu aussi luxueux. En temps ordinaire, elle aurait été enchantée par cette nouvelle tenue ; mais aujourd'hui, cela lui semblait de peu d'importance. Elle était assise avec Emma, sa gouvernante, sur un siège près d'une fenêtre dans la grande salle du palais, en essayant de ne pas prêter attention aux nombreux regards intrigués qui se tournaient vers elle. À l'étage, ses parents et ceux d'Onfroy de Toron, ainsi que son frère le roi mettaient la dernière main au contrat de mariage. Elle ne comprenait pas vraiment ce que cela impliquait et savait seulement qu'on allait bientôt venir la chercher pour la fiancer à un parfait inconnu.

Enfin, Onfroy de Toron n'était pas tout à fait un inconnu, puisqu'elle l'avait déjà rencontré. Mais elle ne le connaissait pas. Sa mère et *pateras* avaient tenté de lui faire croire que ces fiançailles étaient une excellente chose et correspondaient à leur vœu le plus cher, mais elle savait qu'ils mentaient. Le jour où ils étaient revenus du palais, elle avait été très ébranlée par le comportement de sa mère et les avait discrètement suivis, en se glissant dans l'escalier pour écouter leur conversation à travers la porte. Elle n'avait pas vraiment compris la teneur de leurs propos mais avait bien entendu le ton monter : jamais ils ne s'étaient disputés de la sorte jusque-là. Ce qui avait suivi était encore plus inquiétant : sa mère avait fondu en larmes. Elle n'avait pas pleuré une seule fois devant elle avant cela, et elle lui avait donné l'impression d'avoir le cœur brisé.

Craignant d'être découverte, elle était redescendue sur la pointe des pieds. Par la suite, ses parents essayèrent de se comporter comme s'il ne s'était rien passé, mais elle savait que quelque chose allait de travers et cela la terrifiait. Lorsqu'ils lui parlèrent enfin de ces fiançailles, elle comprit pourquoi sa mère avait pleuré : elle ne voulait pas – et *pateras* pas davantage – qu'elle épouse Onfroy de Toron. Isabelle ne le voulait pas non plus. Elle décida d'en parler à Baudouin et de lui dire la vérité. Mais elle n'en eut pas l'occasion car le roi retomba malade. Lorsqu'il se sentit un peu mieux, il les convoqua tous au palais pour conclure ces fiançailles : et elle attendait à présent en compagnie d'Emma qu'on la fasse monter sur la terrasse.

Elle avait malgré tout de la peine à tenir en place. Emma comprenait ce qu'elle ressentait et lui tapotait la main en lui disant que ce ne serait plus très long. Cela ne réconfortait pas Isabelle, qui n'avait pas la moindre envie d'aller sur cette terrasse. Elle entreprit de se ronger les ongles, bien qu'ayant promis de ne plus le faire : sa mère prétendait que c'était une mauvaise habitude. Elle se redressa soudain et cacha ses ongles rongés dans les plis de sa robe : son *fiancé* se dirigeait justement vers elles.

Onfroy les salua toutes les deux très courtoisement, allant même jusqu'à baiser la main d'Emma. Isabelle songea qu'il allait peut-être vouloir baiser la sienne et eut bien garde de ne pas la retirer de sa cachette. Il demanda ensuite à Emma s'il pouvait s'asseoir auprès d'elles, mais en voyant la manière dont Isabelle s'agitait, leur proposa plutôt d'aller faire un tour dans les jardins en attendant que le roi les appelle. Emma hésita. Mais Isabelle en avait assez de ces gens qui la regardaient et se leva d'un bond en s'exclamant :

« D'accord ! Allons-y ! »

C'était une chaude journée d'automne, les capes et les manteaux n'étaient pas de rigueur. Isabelle se détendit un peu une fois qu'ils eurent quitté la grande salle, et ils s'engagèrent dans l'une des allées du jardin, Emma à sa gauche et Onfroy à sa droite. Toutefois, elle s'arrêta bientôt en voyant *cette femme* s'approcher d'eux. C'était la première fois que la mère de Baudouin lui adressait un sourire, mais cela ne la rassura pas pour autant. Elle fut encore plus tendue quand Agnès s'arrêta et sourit également à Onfroy, comme si elle était sincèrement heureuse de leur présenter ses félicitations pour ces fiançailles – ce qui surprit beaucoup Isabelle, qui ne voyait pas en quoi cela pouvait la concerner. Mais Agnès avait un sourire radieux et leur affirmait qu'ils auraient de beaux enfants ensemble. Onfroy la remercia poliment avant qu'elle s'éloigne pour rejoindre la grande salle, au grand soulagement d'Isabelle.

Ils se remirent en marche. À sa grande surprise, Onfroy lui demanda soudain :

« Tu n'aimes pas beaucoup Agnès de Courtenay, n'est-ce pas ?

— Je ne l'aime pas du tout, répliqua-t-elle sur un ton catégorique qui le fit sourire.

— Je ne l'aime pas davantage », lui avoua-t-il.

Elle le dévisagea, intriguée.

« Est-ce que tu aimes mon frère Baudouin ?

— Beaucoup, répondit-il avec une telle chaleur que cela la fit sourire à son tour. Il n'y a pas un homme plus courageux que le roi Baudouin dans tout le royaume d'Outremer. »

Il demanda ensuite à Emma s'il pouvait leur montrer les bassins à poissons et la gouvernante acquiesça. Ils marchèrent en silence pendant quelques instants. De temps en temps, Isabelle regardait Onfroy du coin de l'œil. Surprenant sa manœuvre, il lui sourit à nouveau et déclara :

« Nous ne nous connaissons pas encore, mais je suis sûr que nous allons nous découvrir beaucoup de choses en commun.

— Quel genre de choses ?

— Eh bien, nos pères sont morts quand nous étions très jeunes et nos mères se sont remariées, ce qui fait que nous avons tous les deux des beaux-pères. J'en ai même eu deux, pour ma part, Renaud étant le troisième mari de ma mère. »

La famille d'Onfroy n'intéressait guère Isabelle.

« Qu'est-ce que nous avons encore en commun ? insista-t-elle.

— J'aime les chevaux et les chiens, répondit Onfroy, et j'ai entendu dire que c'était aussi ton cas. »

Le visage d'Isabelle s'éclaira, car elle adorait parler de ses animaux domestiques. Onfroy ne tarda donc pas à apprendre qu'elle avait un chien appelé Jourdain, un poney du nom de Jéricho et une mule blanche baptisée Chypre. Autrefois, elle avait également une alouette appelée Béthanie, mais elle était morte. Onfroy lui parla à son tour de Robin, son lévrier, et de son palefroi Fumée. Isabelle l'interrompit alors en lui disant que son beau-père possédait lui aussi un cheval du même nom.

Ils avaient à présent rejoint les bassins de poissons, et Onfroy lui expliqua qu'ils étaient généralement mélangés avec les saint-pierre qu'on pêchait dans la mer de Galilée. On utilisait souvent des brèmes pour les ragoûts de poisson – et même des brochets, mais ceux-ci avaient tendance à manger les plus petits poissons des bassins.

« Ils ne sont pas différents des hommes », ajouta-t-il, ce qui plongea Isabelle dans l'étonnement car elle trouvait pour sa part les hommes et les poissons bien dissemblables.

Voyant qu'elle avait l'air de bien s'entendre avec Onfroy, Emma traînait un peu derrière eux. S'en étant aperçu, Onfroy lui adressa un regard reconnaissant car il avait quelque chose à dire à Isabelle, qu'elle seule devait entendre.

« Nous avons un autre point commun, Isabelle : nous sommes tous les deux de simples pions.

— Qu'est-ce qu'un pion ? »

Ramassant un petit galet, Onfroy le lança dans le bassin.

« Sais-tu jouer aux échecs ? » lui demanda-t-il.

Comme Isabelle hochait négativement la tête, il lui promit qu'il lui apprendrait.

« Dans le jeu d'échecs, les pièces portent toutes un nom : il y a le roi, la reine, les fous, les tours, les cavaliers. Les pions sont les pièces les plus faibles, les moins importantes, et sont le plus souvent sacrifiés. »

Elle n'y comprenait rien mais fit comme si c'était le cas.

« Nous sommes peut-être des pions, reprit Onfroy, mais cela n'empêche pas que nous soyons amis – ou alliés. J'espère que ce sera le cas. »

Isabelle réfléchit un instant avant d'acquiescer à son tour.

« Je l'espère aussi. »

Ils entendirent au même instant quelqu'un arriver en courant, puis s'empresser de les rejoindre, le souffle court. Ni Isabelle ni Onfroy ne l'avaient jamais vu, mais c'était visiblement eux qu'il cherchait car il avait poussé un soupir de soulagement en les apercevant au bord du bassin.

« C'est le roi qui m'envoie à votre recherche, monseigneur Onfroy. Vous êtes attendu ainsi que dame Isabelle sur la terrasse du palais. »

Emma s'arrêta sur le seuil, laissant Onfroy et Isabelle s'avancer seuls sur la terrasse. La mère d'Onfroy le réprimanda aussitôt, lui reprochant d'être parti sans crier gare et d'avoir obligé tout le monde à le chercher. L'adolescent rougit et marmonna qu'il avait voulu montrer les bassins de poissons à Isabelle. Il avait l'air tellement mal à l'aise que la fillette en fut navrée pour lui. Ses propres parents ne lui firent aucun reproche mais leurs sourires figés et leurs regards tendus ne la rassurèrent pas pour autant : elle sentit à nouveau une boule douloureuse se former dans son ventre. Elle avait disparu pendant qu'ils se promenaient dans les jardins. Baudouin la regardait comme s'il avait le ventre noué, lui aussi, et elle se dit que seuls les parents d'Onfroy semblaient heureux de se trouver là.

Sa mère la serra très fort dans ses bras en lui expliquant qu'Onfroy et elle devaient se tenir par la main et qu'elle devait répéter les mots suivants : « Je suis désormais unie à toi par ces fiançailles. » Isabelle lui répondit qu'elle avait compris, mais la vérité, c'était qu'elle ne comprenait strictement rien à ce qui était en train de se passer. Si ces fiançailles rendaient tout le monde malheureux, pourquoi avaient-elles lieu ? Elle s'abstint toutefois d'en faire la remarque, pressentant que cela n'aurait pas été opportun.

Onfroy prit sa main dans la sienne, se tourna face à elle et lui déclara lentement, d'une voix claire :

« Moi, Onfroy, je suis désormais uni à toi par ces fiançailles. »

Il tournait le dos aux autres à cet instant, et tandis qu'Isabelle répétait à son tour l'engagement, il lui adressa brusquement un clin d'œil tout en serrant sa main un peu plus fort, pour lui rappeler qu'elle n'était pas complètement seule, qu'ils étaient tous les deux alliés dans cette affaire. Et Isabelle constata avec surprise que cette connivence secrète lui procurait un étrange réconfort.

CHAPITRE 30

Février 1181
Jérusalem, Outremer

Lorsqu'il reçut la convocation du roi, Renaud de Châtillon savait qu'elle était liée aux troubles survenus à Antioche. Ne redoutant plus désormais la colère de l'empereur byzantin, le prince Bohémond avait répudié son épouse, Théodora, et épousé sa concubine de longue date, à la consternation de l'Église et de ses vassaux. Ayant jadis été le beau-père de Bohémond, Renaud s'imaginait que Baudouin allait lui demander d'intervenir dans cette affaire, l'instabilité politique d'Antioche ne pouvant avoir que des conséquences néfastes sur les deux autres royaumes chrétiens, Outremer et Tripoli. En arrivant au palais, il tomba sur Héraclius : le nouveau patriarche avait été convoqué, lui aussi, ce qui témoignait s'il en était besoin de l'inquiétude du roi.

On les conduisit jusqu'à la chambre de Baudouin, ce qui signifiait généralement qu'il était à nouveau malade. Comme ils s'y attendaient, ils le trouvèrent étendu sur son lit, bien qu'habillé de pied en cap. Ce qui les surprit davantage, c'était que la pièce était plongée dans l'obscurité. Les volets des fenêtres étaient fermés, et seules quelques chandelles et une lampe à huile à la flamme vacillante diffusaient un peu de lumière. Héraclius et Renaud échangèrent un regard étonné avant de s'avancer pour présenter leurs respects au roi et à Agnès. Il n'y avait personne d'autre dans la pièce.

Ils ne distinguaient pas le visage de Baudouin, son lit étant situé dans l'angle le plus sombre de la chambre. Mais il avait la même voix que d'habitude et s'exprimait avec autant de calme que de clarté.

« La situation s'est aggravée à Antioche, leur dit-il. Comme Bohémond refusait de renoncer à sa concubine et de reprendre Théodora auprès de lui, leur patriarche l'a excommunié. »

Héraclius opina d'un air entendu, ne voyant pas comment le patriarche d'Antioche aurait pu réagir autrement face au défi que Bohémond avait lancé à l'Église. Renaud, quant à lui, était surpris qu'il ait d'emblée sorti son arme la plus redoutable, dont on ne se servait généralement qu'en dernier recours. Estimant qu'il s'agissait là d'un signe de faiblesse, il demanda d'un air sceptique :

« Et cela a-t-il ramené Bohémond dans le droit chemin ?

— Bien au contraire, répondit Baudouin d'une voix sombre, cela l'a incité à de nouveaux outrages. Il a réagi en saisissant tous les biens de l'Église et en s'emparant des saintes reliques. Et le patriarche lui a répliqué en frappant d'interdit toute la principauté d'Antioche. » Baudouin hocha la tête avec tristesse, car l'interdiction de tous les sacrements en dehors du baptême ne pouvait que causer un grave préjudice à la population d'Antioche. « Le patriarche s'est ensuite retiré dans son château de Cursat, où Bohémond s'est empressé d'aller l'assiéger.

— Seigneur Dieu ! »

Durant les quinze années qu'il avait passées dans les prisons d'Alep, Renaud avait appris à reconnaître leur véritable ennemi et s'était juré de consacrer le reste de sa vie à combattre les Sarrasins, si Dieu voulait qu'il soit un jour libéré. Avant sa longue réclusion, il ne respectait guère ses serments : mais celui-ci, il savait qu'il ne le trahirait jamais. Il était furieux de voir les chrétiens se chamailler entre eux alors que Saladin de son côté ne faisait que renforcer son pouvoir.

« Les imbéciles ! s'exclama-t-il. Il faut mettre un terme à une telle folie avant qu'il ne soit trop tard !

— Je suis d'accord avec vous, dit Baudouin avant de se tourner vers Héraclius. Monseigneur le patriarche, je souhaite que vous vous rendiez à Antioche à la tête d'une délégation, afin de tenter de rétablir la paix entre Bohémond et l'Église. » Son regard revint sur Renaud. « Vous aussi, monseigneur, je voudrais que vous vous joigniez à cette délégation, étant donné que vous avez jadis été l'époux de la mère de Bohémond. »

Renaud savait que ce détail serait de peu de poids aux yeux du prince d'Antioche, et il était persuadé que Baudouin le savait aussi. Mais dans une situation désespérée on se raccrochait à la moindre branche, comme un noyé qui cherchait de l'air.

« Je ferai mon possible », dit-il.

Héraclius se leva.

« Il y aura beaucoup à faire. Je vais demander à l'évêque de Bethléem de nous accompagner. Ainsi qu'à l'archevêque de Césarée », ajouta-t-il après un instant de réflexion.

Il s'agissait là de deux hommes d'Église respectés, mais de toute évidence Héraclius avait omis le plus important. Lorsqu'il se rendit compte que le patriarche n'avait pas l'intention d'associer à sa délégation l'homme le plus qualifié pour une telle mission, le roi faillit lui en faire la remarque mais se ravisa à temps : il devait laisser Héraclius mener cette affaire à sa guise, même s'il lui semblait un peu indigne d'en exclure Guillaume.

Héraclius regarda la mère du roi, qui n'avait pas pris part à la conversation. Il savait que ni Baudouin ni elle n'allaient apprécier ce qu'il s'apprêtait à dire, mais tant pis. Il était certes reconnaissant à Agnès de l'avoir aidé à accéder au patriarcat, mais ne se sentait pas lié jusqu'à la fin des temps à la famille de Courtenay : autant le démontrer dès à présent.

Il les salua tous deux avant de dire au roi qu'il le préviendrait lorsqu'il serait prêt à partir. Il marqua ensuite une pause et ajouta :

« Je dois encore vous informer d'une chose, Majesté : j'ai l'intention de faire halte à Tripoli et de demander au comte Raymond de nous accompagner à Antioche. »

Le lit de Baudouin était plongé dans la pénombre, mais le ton de sa voix suffisait à révéler les sentiments qu'on ne pouvait lire sur son visage.

« Je ne crois pas que ce soit une très bonne idée, monseigneur.

— Elle est même exécrable ! s'exclama Agnès en jetant sur le patriarche un regard qui aurait mis le feu à une cheminée. On ne peut pas faire confiance à cet homme !

— Je n'ai pas dit que j'allais lui faire confiance, madame, répondit Héraclius avec un soupçon de condescendance, avant de reporter son attention sur le roi. Je comprends votre réticence, Sire. Toutefois, en plus d'être cousins, le comte et Bohémond sont des amis très proches. Ils l'ont prouvé lorsqu'ils ont conspiré ensemble contre vous l'an dernier. Qui d'autre que lui Bohémond serait-il plus enclin à écouter ? »

Agnès n'était pas convaincue mais comprit qu'elle n'avait aucune chance de l'emporter dans ce débat. De toute manière, ce qui comptait pour l'instant, c'était de rétablir au plus vite l'ordre à Antioche.

Héraclius et Renaud ne tardèrent pas à les laisser. Agnès resta après leur départ : elle voulait avoir une conversation avec son fils car ils n'avaient pu échanger que quelques mots avant leur arrivée. Elle avait accompagné son mari à Sidon après les fêtes de Noël et n'avait pas revu Baudouin depuis près d'un mois. Lorsqu'ils étaient séparés de la sorte pendant quelque temps, elle appréhendait toujours son retour en se demandant dans quel état elle allait le retrouver. Lui-même ne se montrait jamais loquace concernant d'éventuels nouveaux symptômes de sa maladie. Et en raison de l'obscurité qui régnait dans la pièce, elle n'avait pas pu se rendre compte de la mine qu'il avait aujourd'hui.

« As-tu déjà mangé, Baudouin ? »

Autrefois, quand elle se souciait un peu trop de ses goûts, il lui rétorquait en plaisantant qu'elle se comportait comme une vraie mère poule. À présent, elle n'avait plus droit qu'à une vague onomatopée, qui pouvait aussi bien passer pour un oui que pour un non, voire pour un simple raclement de gorge. Mais cela ne la rebutait pas, elle savait que certains jours étaient pour lui plus difficiles que d'autres, et elle se demandait si tel n'était pas le cas aujourd'hui.

« Où est Anselme ? » demanda-t-elle.

Elle voulait envoyer l'écuyer aux cuisines afin qu'il commande les plats préférés de Baudouin. Il lui répondit qu'il était allé promener Le Caire. Agnès fronça les sourcils en se disant que c'était typique d'Anselme : toujours dans vos pattes quand il ne le fallait pas mais disparaissant dès qu'on avait besoin de lui. Enfin, elle pouvait déjà dissiper cette déprimante obscurité… S'approchant d'une fenêtre, elle entreprit de retirer la barre qui maintenait les volets clos.

« Non ! »

Il y avait une telle panique dans la voix de Baudouin qu'elle se figea sur place. Il avait relevé le bras pour se protéger de l'éclat du soleil, en lui criant de refermer les volets. Elle lui obéit, non sans peine car ses mains s'étaient mises à trembler. Une fois l'obscurité revenue dans la pièce, elle s'empressa de rejoindre Baudouin, mais il se détourna dès qu'elle se pencha vers le lit.

« Baudouin… Que se passe-t-il ? Pour l'amour de Dieu, dis-le-moi ! »

Elle redoutait qu'il ne daigne pas lui répondre, mais il changea alors de position et se tourna vers elle.

« Je ne supporte plus la lumière », dit-il.

Ils étaient si proches l'un de l'autre qu'elle distinguait maintenant son visage : il était d'une pâleur mortelle et l'un de ses yeux était visiblement enflammé.

« S'il te plaît, murmura-t-elle, dis-moi ce qui s'est passé. »

Baudouin parvint à se rasseoir en se redressant à l'aide de son bras gauche.

« Cela a commencé il y a deux jours, dit-il. J'avais déjà mal à l'œil droit et ma vue devenait floue par moments, mais cela ne durait pas très longtemps. Quand je me suis réveillé mercredi et qu'Anselme a ouvert les volets, j'ai eu l'impression de recevoir un coup de poignard dans l'œil. Enfin, cela reste supportable tant que je ne suis pas exposé à une lumière trop forte…

— Qu'a dit Abou Souleymane Daoud ?

— Il m'a avoué qu'il redoutait depuis longtemps que cela ne se produise un jour. Les lépreux ont souvent des problèmes oculaires, mais ce n'est pas systématique, et il espérait que cela me serait épargné. Il arrive qu'un lépreux ne parvienne plus à fermer les paupières, par exemple : du coup, ses yeux se dessèchent. Chez d'autres, c'est la partie colorée de l'œil – qu'on appelle l'iris – qui s'infecte et c'est ce qui m'est arrivé : à la lumière du soleil, c'est extrêmement douloureux. Il m'a dit qu'il existait un onguent sarrasin susceptible de calmer cette douleur et il est allé se le procurer. Mais il m'a averti que… que les deux yeux pouvaient être touchés, et que dans ce cas je deviendrais aveugle. »

Baudouin s'était exprimé sur un ton neutre et dénué d'émotion, comme le soir où il s'était brûlé avec de l'eau trop chaude et avait compris qu'il était lépreux. Mais tandis qu'il relevait la tête, Agnès ne put s'empêcher de fondre en larmes car le regard de son fils l'avait trahi, révélant la profondeur de sa détresse et de sa peur. Elle poussa un sanglot et le prit dans ses bras, comme s'ils étaient tous les deux en train de se noyer, le serrant très fort contre elle tandis qu'il pleurait sur son épaule.

Baudouin avait mis un point d'honneur à tenir sa cour à Pâques malgré la détérioration de son état. À l'exception de Jocelyn et de Baudouin d'Ibelin, qui se trouvaient toujours à Constantinople, et du comte de Tripoli, qui n'était plus le bienvenu en Outremer, tous les seigneurs du royaume et leurs dames étaient présents pour l'occasion. Personne ne fit le moindre commentaire – du moins en public – sur le fait que le roi n'avait plus de sourcils, qu'il portait un bandeau en travers de l'œil durant la journée ou que sa démarche était de plus en plus hésitante. Et Baudouin eut bientôt la preuve tangible que ses vassaux lui étaient restés fidèles. Durant la semaine sainte, la nouvelle encyclique que le pape Alexandre venait d'adresser à tous ses évêques dans l'ensemble de la chrétienté arriva en Outremer. Le pape y lançait un appel solennel pour une nouvelle croisade. Mais ce qui retint l'attention et déclencha une grande colère, aussi bien à la cour qu'à travers le pays, c'étaient les quelques lignes que le pontife consacrait à Baudouin :

Le roi Baudouin, qui gouverne le royaume, n'est plus vraiment en mesure de régner sur cette terre sacrée depuis qu'il a été sévèrement et justement frappé par le jugement de Dieu, comme vous le savez sans doute, au point qu'il supporte à grand-peine les tourments incessants infligés à son corps.

Après avoir lu ça, Baudouin eut l'impression d'avoir reçu un coup en traître dans le ventre. Depuis qu'il subissait le fléau de la lèpre, encore enfant, il n'avait jamais pensé que le Tout-Puissant le punissait pour ses péchés passés. Et voilà qu'aujourd'hui le pape en personne proclamait qu'il était « justement frappé par le jugement de Dieu »… Baudouin se força néanmoins à assumer ce jour-là ses charges habituelles et constata bien vite que ses sujets étaient unanimement scandalisés, et qu'ils rejetaient sans appel le sévère verdict du souverain pontife. Les prélats eux-mêmes, prêtres et sacristains, approuvaient cette condamnation générale. Lorsqu'il fut acclamé dans les rues de la ville, le roi fut profondément reconnaissant à son peuple d'avoir compris une situation qui avait malencontreusement échappé au pape.

Sibylle et Guy n'arrivèrent que la veille de Pâques. Et même si certains leur reprochèrent d'avoir manqué l'office des Ténèbres, l'aumône du jeudi saint et la procession à genoux du vendredi saint, la plupart des gens étaient heureux de les voir, qu'ils soient en retard ou non. Quant à Baudouin, il espérait à l'occasion de cette visite prendre enfin la vraie mesure de Guy.

Pourquoi cet individu était-il aussi malaisément déchiffrable ? Il y avait quelque chose de rassurant dans son apparence : il était bel homme, bien éduqué et n'avait jusqu'à présent guère manifesté les défauts qui étaient généralement le lot des fils d'Adam. Mais qu'y avait-il dans le cœur et dans la tête de cet homme ? Baudouin se dit qu'il allait sans doute falloir attendre que Guy fasse la preuve de son courage, aussi bien devant la Haute Cour que sur le champ de bataille – tout en essayant d'ignorer la petite voix insidieuse qui lui chuchotait que ce serait alors trop tard, qu'il était d'ores et déjà inutile de nourrir des regrets et des scrupules périmés.

Baudouin sourit en apercevant sa sœur car Sibylle rayonnait littéralement de bonheur, même au bout d'un an de mariage. Elle était venue accompagnée de son fils, qui portait le même prénom que le roi : il était dans sa quatrième année à présent et ressemblait de manière frappante à son défunt père. Baudouin chassa les pensées qui lui venaient chaque fois qu'il se demandait comment les choses se seraient passées si Guillaume de Montferrat n'avait pas succombé à cette fièvre hectique, et accueillit sa sœur et son fils avec toute l'énergie qu'il parvenait encore à rassembler. Sibylle lui retourna ses salutations avec chaleur, tout en s'assurant que le jeune Baudouin ne s'approchait pas de trop près de son oncle royal. Ce dernier ne lui en tint nullement rigueur, mais ils furent soulagés l'un et l'autre lorsque la nourrice saisit le petit garçon et l'entraîna hors de la chambre.

Agnès et Denis étaient arrivés à leur tour, peu après Sibylle et Guy. Anselme ne pouvait rien leur offrir à boire ni à manger car le samedi saint était un jour de jeûne particulièrement strict ; aussi se lancèrent-ils aussitôt dans une conversation animée. Après que Sibylle et Guy eurent fait le récit de leur voyage depuis Ascalon, chacun terminant les phrases de l'autre à la manière des vieux couples – et des jeunes mariés… –, Baudouin leur donna les dernières nouvelles d'Antioche.

« Héraclius et sa délégation ont remporté quelques succès. Ils ont convaincu le patriarche d'Antioche de lever son interdit et Renaud a discuté avec Bohémond, qui a finalement accepté de rendre à l'Église les biens qu'il avait confisqués. »

Baudouin marqua une pause, mais le sens du devoir le poussa à ajouter, non sans réticence, que l'aide du comte Raymond s'était avérée précieuse pour obtenir la coopération du prince.

Il leur révéla ensuite qu'on était encore dans l'impasse, en revanche, pour ce qui concernait le mariage de Bohémond.

« Il refuse toujours de répudier sa concubine et de reprendre Théodora auprès de lui. Tant qu'il campera sur cette position, le patriarche maintiendra son excommunication. Bohémond semble se satisfaire de cette situation, même si peu d'entre nous accepteraient de renoncer au salut de leur âme pour les beaux yeux d'une femme.

— Ma foi, tout dépend de la femme », lança Guy d'un air désinvolte.

Sibylle retint un petit rire amusé.

Agnès, Denis et Baudouin s'abstinrent de tout commentaire. Bien qu'un mariage heureux soit l'idéal avoué du commun des mortels, la plupart des gens n'aimaient guère être les témoins de la complicité d'un couple épanoui.

« J'aimerais avoir d'aussi bonnes nouvelles à vous annoncer en provenance de Constantinople, reprit le roi. Malheureusement, le nouvel empereur, qui est encore un enfant, s'est trouvé confronté à de sérieux problèmes, plus vite encore que nous ne le redoutions. Un complot contre son gouvernement a été découvert le mois dernier, conduit par sa propre demi-sœur. Le *protosebastos* et Maria, la mère du jeune empereur, ont ordonné l'arrestation des conspirateurs. La demi-sœur et son mari se sont alors réfugiés dans le sanctuaire de la cathédrale Sainte-Sophie. »

Sibylle et Guy manifestèrent leur sympathie à l'égard du jeune empereur, mais Baudouin se demandait s'ils saisissaient bien toutes les implications des troubles que connaissait l'Empire byzantin. Pendant son très long règne, l'empereur Manuel avait étendu une ombre protectrice sur Outremer. Maintenant qu'il ne fallait plus compter sur l'aide militaire ni même financière de Constantinople, Baudouin avait cruellement conscience de la vulnérabilité de son royaume. Et il aurait bien voulu que sa sœur et son beau-frère s'en rendent compte, eux aussi. Toutefois, il avait déjà abordé la question avec eux lorsqu'il tenait sa cour à Noël et ne voulait pas leur donner l'impression de leur faire sans cesse la leçon.

Sa mère prit alors la parole.

« As-tu eu vent des propos du pape, Sibylle ? »

Agnès était toujours hors d'elle à ce sujet, et la simple mention du nom d'Alexandre suffisait à la plonger dans une rage folle. Désirant partager son indignation avec sa fille, elle lui fit part ainsi qu'à son mari de la flèche perfide que le pape avait réservée à son fils.

D'abord stupéfaite, Sibylle donna elle aussi libre cours à sa colère.

« Comment a-t-il pu écrire une chose pareille ? Baudouin avait dix ans quand on s'est aperçu qu'il avait la lèpre. Quels péchés mortels peut bien avoir commis un enfant à cet âge ? »

Baudouin aurait préféré que sa mère s'abstienne de mettre ce sujet sur le tapis. Il voulait oublier les termes haineux que le pape avait employés, tout en sachant qu'ils resteraient à jamais gravés dans son cœur. Il n'en était pas moins touché par la réaction de sa sœur. Il avait de la chance, malgré tout, que sa famille, ses amis et la plupart de ses sujets n'aient jamais considéré sa maladie comme une punition divine.

Sibylle et Agnès se relayaient pour dénoncer le manque de miséricorde et de bon sens du souverain pontife. S'apercevant soudain que son mari demeurait silencieux, Sibylle voulut l'associer à leur conversation. Il faisait partie de leur famille à présent, et elle avait envie que sa mère, son frère et son beau-père portent sur lui le même regard qu'elle.

« As-tu jamais entendu un pape émettre des propos aussi stupides et aussi mal intentionnés, mon chéri ? »

Guy eut un instant d'hésitation, puis concéda que le pape s'était en effet fort mal exprimé. Mais durant ces quelques secondes il avait baissé la garde, et Baudouin avait perçu une sorte de malaise dans le regard de son beau-frère. Guy partageait-il l'opinion du pape ? Croyait-il lui aussi qu'il avait été « justement frappé par le jugement de Dieu » ? Cherchant à se montrer équitable, il se dit que même si tel était le cas, on pouvait difficilement lui en vouloir : cette opinion était couramment répandue dans toute la chrétienté, et Guy avait été élevé dans le royaume des Francs. Mais cette idée était un peu perturbante et il préféra se dire finalement qu'il s'était trompé et laissé emporter par son imagination. Guy était son frère par alliance, à présent, et était destiné à régner sur Outremer avec Sibylle après sa mort : il méritait assurément le bénéfice du doute.

Balian avait rendu une visite de courtoisie au chef de la commanderie des Templiers d'Acre et fut heureux de rencontrer Jacquelin juste après. Son ami s'apprêtait à délivrer un message au vicomte de la ville et Balian proposa de l'accompagner, ce qui leur permettrait de discuter un moment. Les Templiers menaient des vies tellement réglées qu'elles leur laissaient peu de temps libre.

Jacquelin ayant voulu savoir ce qui l'amenait à Acre, Balian lui expliqua qu'il était venu attendre l'arrivée de son frère qui venait de quitter Constantinople et allait passer une quinzaine de jours ici.

« Mon frère m'a écrit qu'il pensait débarquer à Acre vers la mi-août. J'ai amené son petit garçon car son père lui manque terriblement. Cela fait presque un an que Baudouin est parti. »

Balian se fendit d'un sourire.

« Ce Thomassin est une véritable terreur. J'espère que mon Jeannot ne sera pas aussi pénible quand il aura son âge. J'ai demandé à mes écuyers de le surveiller aujourd'hui jusqu'à mon retour, ce qui était loin de les enchanter. Comment les femmes font-elles pour donner l'impression que s'occuper d'un enfant est une partie de plaisir ? »

Jacquelin avait encore de la peine à réaliser que Balian était à présent le père de trois enfants.

« Ton épouse n'est pas avec toi ? s'étonna-t-il, car il savait que Marie et Balian se séparaient rarement.

— Hélas, non. » Balian arrêta son palefroi en voyant un mendiant surgir à ses côtés et fouilla dans sa bourse avant de lui tendre une pièce. « Marie attend un nouvel enfant, reprit-il, et ne se sentait pas le courage de faire un aussi long voyage, surtout par une telle chaleur. » Son sourire l'avait quitté. « Pour tout te dire, mon vieux, sa grossesse n'est pas facile cette fois-ci. Elle se sent beaucoup plus mal le matin que pour Helvis et Jeannot. »

Jacquelin n'était pas un expert en la matière mais perçut l'inquiétude dans l'intonation de son ami : il lui offrit le seul réconfort qui était de son ressort en lui promettant de prier pour que l'état de Marie s'améliore et que l'accouchement se déroule du mieux possible, le moment venu. Ils se trouvaient alors dans la rue des Cyprès et longeaient le quartier vénitien. Ils s'apprêtaient à s'engager dans la rue qui menait à la citadelle, au nord de la ville, lorsqu'ils entendirent soudain un cri strident. Tournant la tête, ils aperçurent une femme qui leur faisait de grands signes, cherchant visiblement à attirer leur attention.

Tandis qu'ils immobilisaient leurs montures, elle releva le bas de sa jupe et traversa la rue en courant pour se porter à leur rencontre.

« Seigneur Balian ! C'est le ciel qui vous envoie ! Je n'en croyais pas mes yeux ni ma bonne fortune quand je vous ai vu arriver ! »

Elle n'était plus de la première jeunesse et sa robe en coton était de bonne qualité, mais sa profession ne faisait guère de doute : aucune femme respectable n'aurait affiché un pareil décolleté ni une telle épaisseur de fard. Cette femme leur était vaguement familière, à l'un comme à l'autre, mais Balian avait une meilleure mémoire que Jacquelin et fut le premier à se souvenir d'où il la connaissait : elle dirigeait l'un des plus célèbres bordels d'Acre, au temps déjà lointain de leur amitié naissante – bien avant que Jacquelin ait prononcé ses vœux de templier et qu'il ait lui-même épousé une reine. Au bout de quelques instants, son prénom finit par lui revenir : Clarice.

« Je vous en prie, messire, aidez-moi ! Ce type boit comme un trou depuis deux jours et il est tellement soûl qu'il est impossible de le raisonner. Il a brisé tous les meubles de sa chambre, et quand un autre client est allé se plaindre du bruit qu'il faisait, il l'a jeté dans l'escalier ! Aucune de mes filles ne veut plus monter chez lui, mais il ne va pas tarder à m'en réclamer une… Que vais-je bien pouvoir lui dire ? »

Balian et Jacquelin échangèrent des regards amusés.

« Je suis désolé, Clarice », répondit Balian de son ton le plus courtois.

Il n'avait jamais pensé en effet que la politesse était réservée aux personnes de haut rang. Ses frères et ses amis le charriaient, autrefois, en se moquant de son esprit chevaleresque appliqué à des gens qui n'en étaient pas dignes. Cela l'avait rendu très populaire en revanche à l'époque où il fréquentait les bordels, dans sa jeunesse.

« Je ne vois pas comment nous pourrions vous aider, reprit-il. C'est aux autorités de s'occuper de cet ivrogne récalcitrant. Nous nous rendons justement chez le vicomte, le frère Jacquelin et moi : si vous voulez, nous lui demanderons d'envoyer quelques-uns de ses hommes pour rétablir l'ordre.

— C'est justement ce que je veux éviter, monseigneur ! Il ne s'agit pas d'un client ordinaire, mais d'un homme d'importance… »

Regardant autour d'elle, un peu mal à l'aise, elle se rapprocha du palefroi de Balian afin de lui révéler l'identité de cet « ivrogne récalcitrant » : il s'agissait du maréchal du royaume, Gérard de Ridefort.

Balian se mordit la lèvre pour ne pas éclater de rire et Jacquelin se mit à tousser. Clarice les regardait d'un air inquiet tandis qu'ils essayaient de dissimuler leur amusement.

« Vous comprenez pourquoi je ne peux pas le faire arrêter, reprit-elle. Ce serait une telle honte pour lui qu'il ne me le pardonnerait jamais, et je ne peux pas me permettre de me fâcher avec lui. Mais si je n'arrive pas à le mettre dehors, il va se bagarrer avec d'autres clients ou amocher mes filles. Je vous en prie, seigneur Balian… Vers qui d'autre puis-je me tourner ? »

Les lèvres tremblantes et les yeux larmoyants, elle croisa les mains et leva un visage implorant vers Balian. Celui-ci n'était pas naïf : il savait parfaitement que les prostituées au cœur tendre étaient une espèce aussi rare que les dents de dragon. Mais il n'avait jamais su résister aux larmes d'une femme… En poussant un soupir, et non sans réticence, il descendit de cheval.

« Viens, Jacquot, lança-t-il. Allons régler ça.

— As-tu perdu la tête ? rétorqua Jacquelin en le regardant d'un air incrédule. Je suis un templier, Balian ! Je ne peux pas mettre les pieds dans un bordel !

— Même pour une mission charitable ?

— Cela n'entre pas en ligne de compte. Si jamais on me voyait pénétrer dans un tel établissement, je serais rayé de l'ordre. Ou tout au moins défroqué et condamné à un an de pénitence. Je ne peux pas prendre un risque pareil. »

Balian poussa un nouveau soupir.

« En effet, répondit-il. C'est tout à fait exclu. »

Il lui tendit les rênes de son cheval et fit signe à Clarice de lui montrer le chemin, en espérant que son frère ne serait jamais informé de cette aventure : il risquait sinon d'en entendre parler jusqu'à la fin de ses jours…

La salle commune était occupée par les prostituées de Clarice et leurs clients, suspendus au drame qui se préparait. Balian ne reconnut aucune de ces femmes, mais cela faisait des années qu'il n'avait pas mis les pieds dans cet endroit, et il y avait sûrement une rotation régulière dans leur précaire profession.

« J'imagine que vous avez des hommes de main pour vous aider à maîtriser les ivrognes ? »

Clarice lui désigna deux individus, un gros costaud et un grand filiforme, qui n'avaient visiblement aucune envie d'affronter un puissant seigneur. Balian leur fit signe et ils le suivirent en traînant des pieds, sans aller plus loin que l'escalier. Clarice lui avait indiqué la chambre que Gérard occupait : Balian ouvrit grand la porte et attendit. Comme il ne se passait rien, il pénétra dans la pièce et la puanteur ambiante le suffoqua aussitôt : une odeur âcre de sexe à laquelle se mêlaient des relents de sueur, de vomi, d'urine et de vin. On ne voyait pas grand-chose car les volets étaient fermés, la chaleur d'août étant étouffante. Le lit était en désordre, les draps souillés et froissés. Près de la porte un pot de chambre gisait, renversé, et des débris de meubles étaient éparpillés sur le plancher détrempé. Des cruches vides traînaient dans tous les coins. Gérard de Ridefort était donc enfermé depuis deux jours dans cette porcherie ?

S'avançant dans la pièce, Balian appela le maréchal puis se retourna en ayant cru apercevoir un mouvement dans l'ombre. Une silhouette était étendue par terre le long du mur, les jambes écartées, la tête en arrière et la bouche grande ouverte. Pendant un instant Balian crut que l'homme était mort, jusqu'à ce qu'il perçoive un ronflement. Non, il était simplement ivre mort…

« Pourquoi faut-il que cela tombe sur moi, Seigneur ? » soupira-t-il.

Le Tout-Puissant ne lui ayant pas répondu, il prit son courage à deux mains pour affronter la tâche déplaisante qui l'attendait.

Gérard ne réagit même pas quand il se pencha et lui secoua l'épaule. Regagnant le seuil de la pièce, il appela les sbires de Clarice à son aide. Voyant que le maréchal était inconscient, ils répondirent aussitôt aux injonctions de Balian, pressés d'évacuer cet homme avant qu'il se réveille. L'un d'eux alla chercher son cheval dans l'écurie tandis que l'autre aidait Balian à remettre Gérard sur ses pieds. Celui-ci marmonna quelques phrases indistinctes mais ne semblait pas avoir conscience de ce qui l'entourait ni de la présence des deux hommes à ses côtés. Ils durent le traîner comme un poids mort, et ils étaient en nage après avoir réussi à lui faire descendre l'escalier.

Lorsqu'ils eurent rejoint la salle commune, Balian installa Gérard sur le banc le plus proche et le retint juste à temps pour éviter qu'il ne s'écroule en travers du sol. Il accepta ensuite la coupe de vin que Clarice lui tendait en attendant que son employé ait ramené le cheval du maréchal devant l'établissement. Il se promit de faire ensuite un tour aux bains publics pour se débarrasser de cette infecte odeur.

« Je n'ai jamais vu un type boire autant. On aurait dit un puits sans fond. »

La fille qui venait de parler était si peu vêtue que Balian eut du mal à ne pas parcourir des yeux son corps. Elle s'en aperçut et lui fit un grand sourire. Il lui sourit en retour. Elle était jeune, arborait une abondante chevelure blond cendré, ses yeux verts et vifs brillaient d'intelligence. Un méchant bleu s'étalait en travers de sa joue. Balian lui demanda si c'était à Gérard qu'elle devait ça, et elle acquiesça d'un air indifférent.

« Mon visage a eu la mauvaise idée de se trouver sur le chemin de son poing, commenta-t-elle. Lors de ses précédentes visites, il n'avait pas fait preuve de brutalité. Il faut dire qu'il n'avait jamais été soûl à ce point. » Elle considérait l'ivrogne d'un air impavide, sans hostilité ni sympathie, mais parut plus intéressée quand ses yeux se posèrent à nouveau sur Balian. « Vous voulez monter cinq minutes en vitesse ? Clarice m'a dit que pour vous ce serait gratuit.

— Je crois qu'il vaut mieux que je sorte cet homme d'ici avant qu'il ne provoque un nouvel esclandre. »

La fille haussa les épaules et regarda à nouveau Gérard, qui s'était mis à ronfler.

« Quand il aura dessoûlé, reprit-elle, dites-lui qu'il sera toujours le bienvenu ici. »

Elle vit l'expression de Balian et haussa à nouveau les épaules.

« J'ai connu pire, dit-elle. Lui au moins, il paie pour ce qu'on lui donne sans chercher à en avoir plus pour le même prix, contrairement à tant d'autres. Mais il était déjà sacrément imbibé quand il a débarqué ici, en faisant un foin du tonnerre et en clamant auprès de qui voulait l'entendre qu'on l'avait trahi, qu'il n'avait pas eu droit à la riche héritière qu'un certain comte lui avait promise. »

Balian dressa l'oreille et considéra la fille avec un brusque intérêt, car sa remarque ravivait en lui une vieille rumeur relative à Gérard… De quoi s'agissait-il, déjà ? Ah, oui… Le comte Raymond avait promis de lui faire épouser la prochaine riche héritière qui se présenterait sur ses terres.

« Ne s'agirait-il pas du comte de Tripoli ? demanda-t-il.

— Mais si, exactement ! Son histoire était un peu embrouillée… D'après ce que j'ai compris, je ne sais plus quel seigneur venait de mourir et Gérard espérait épouser sa fille. Mais un marchand originaire de Pise la convoitait de son côté et a offert au comte le poids en or de cette fille pour obtenir sa main. Le comte a fini par la lui céder, au grand dam de Gérard. » Elle se mit à rire, en songeant à l'absurdité d'un monde où de telles choses étaient possibles. « Je comprends que le comte n'ait pas su résister à une offre pareille, reprit-elle. Mais il n'a peut-être pas fait une si bonne affaire, au bout du compte, car il a désormais un ennemi tenace dont il aurait pu se passer. Ce type lui en voudra jusqu'à la fin de ses jours », ajouta-t-elle en désignant Gérard.

Balian était du même avis, mais après tout, c'était le problème du comte Raymond. Clarice lui fit signe pour lui indiquer que le cheval attendait à l'extérieur. Obéissant à une brusque impulsion, il saisit la main de la fille et la porta à ses lèvres, avec la plus grande courtoisie possible. Elle parut agréablement surprise et lui lança une œillade langoureuse qui paraissait presque sincère, avant de le saluer de la main tandis qu'il se dirigeait vers la porte en traînant un Gérard effondré.

Jacquelin l'attendait et grommela d'un air mécontent, pendant que Balian et les sbires de Clarice essayaient en vain de mettre le maréchal en selle.

« Comment te débrouilles-tu, Balian ? Tu as vraiment le don pour m'entraîner dans des histoires impossibles… Jette cet ivrogne en travers de son cheval et l'un de ces hommes le suivra pour s'assurer qu'il ne dégringole pas. »

La suggestion du templier s'avéra efficace : Gérard se retrouva étalé en travers de la selle comme un grand sac de farine. Plein de bonne volonté depuis que Balian lui avait glissé quelques pièces, l'un des hommes de Clarice se jucha sur l'arrière-train du palefroi. Jacquelin posa alors une question embarrassante.

« Et maintenant ? lança-t-il. Qu'allons-nous faire de ce type ? »

Balian s'immobilisa, le temps de réfléchir au problème. Au bout de quelques instants, son visage s'éclaira et se fendit d'un sourire.

« Aimery de Lusignan possède une maison à Acre, dit-il. Comme Gérard a forcément rejoint le clan des De Courtenay, maintenant que le comte l'a laissé tomber, laissons donc Aimery s'occuper de ce nouvel allié. »

Baudouin d'Ibelin revint de Constantinople avec la promesse du nouveau gouvernement que sa rançon serait bien payée, afin que soit respecté l'engagement de Manuel. Il ramenait aussi quelques rumeurs, certaines amusantes, d'autres plus inquiétantes aux yeux de ceux qui espéraient la paix et la stabilité de l'Empire byzantin. De par son testament, Manuel avait contraint sa veuve à entrer dans les ordres afin qu'on lui retire la garde de leur fils, et Maria s'était très vite avérée une religieuse assez peu orthodoxe… Le nouveau *protosebastos* était son oncle. Il était également avare, arrogant, et avait l'art de se faire des ennemis – qui devinrent du même coup ceux de Maria, leur liaison étant de notoriété publique. Le rapport que fit le frère de Balian concernant l'état de l'Empire byzantin était aussi concis qu'alarmant : il le décrivait comme « un navire en perdition ». Jocelyn regagna Outremer peu de temps après lui et se montra tout aussi pessimiste. Il avertit le roi que leur royaume ne devait espérer aucune aide de la part des Grecs dans leur lutte contre Saladin.

L'été avait été rude en Égypte en raison de la chaleur accablante et d'une sécheresse persistante. L'arrivée de l'hiver offrait au moins un répit avec des températures moins élevées et il était plus facile pour la population d'observer le jeûne durant le mois du ramadan, pendant lequel les fidèles musulmans devaient s'abstenir de boire et de manger entre le lever et le coucher du soleil. Ce jeûne, l'un des cinq piliers de l'islam, était une source d'inquiétude pour al-Adil, car Aliya, sa jeune épouse, en était au quatrième mois d'une grossesse qui s'était d'ores et déjà avérée difficile.

De retour à sa résidence dans le petit palais d'al-Qahira, il la trouva qui se reposait dans sa chambre aux côtés de Jumana et de Jawhara, une nouvelle esclave experte dans l'art des sages-femmes. Le visage d'Aliya s'éclaira quand elle aperçut son mari, et elle se serait levée pour l'accueillir s'il ne l'en avait empêchée. Malgré sa très grande beauté, elle ne parvenait pas à dissimuler les signes de la tension qui l'habitait : elle était très pâle et ses yeux étaient profondément cernés, comme c'était toujours le cas lorsqu'elle avait la migraine. Possédant deux épouses et plusieurs concubines, al-Adil avait quelque expérience en matière de grossesses féminines. Une femme qui portait un enfant avait généralement le visage plein et rond. Mais Aliya avait les traits tirés, presque émaciés. Se penchant vers elle, il saisit sa main mais se retint de l'embrasser, ce qui était interdit pendant les heures de jeûne. Malgré la chaleur qui régnait dans la pièce, la peau de la jeune femme était froide au toucher, et il songea avec soulagement qu'il avait entrevu à temps le risque qu'elle encourait.

« J'ai passé la matinée à consulter les imams, Aliya, et ils m'ont tous affirmé la même chose : une femme enceinte n'est pas tenue d'observer le jeûne pendant le ramadan si cela s'avère dangereux pour elle ou pour son enfant. »

Voyant qu'elle s'apprêtait à protester, il posa gentiment un doigt sur ses lèvres.

« J'ai également parlé avec plusieurs médecins, qui m'ont confirmé qu'il pouvait être dangereux pour une femme enceinte de s'abstenir de boire ne serait-ce qu'une gorgée d'eau entre l'aube et le crépuscule. Ils m'ont dit que les symptômes d'une abstinence trop sévère étaient les migraines, les crampes, la fatigue et les vertiges – tous les maux dont tu souffres justement depuis le début du jeûne. »

Aliya ne pouvait pas nier la chose, ni que son corps avait désespérément besoin d'être réhydraté. Mais le jeûne au moment du ramadan était un devoir sacré pour tous les musulmans.

« D'autres femmes y sont bien arrivées, Ahmad. » Même si elle s'entendait bien avec la première épouse de son mari, elle éprouvait parfois un soupçon de jalousie à son égard et ne put s'empêcher d'ajouter : « Halima a respecté ce jeûne quand elle attendait son enfant.

— Et tu seras sans doute en mesure de le faire toi aussi, Ghazala. Mais pas cette fois-ci. »

Comme il l'avait espéré, l'emploi de son surnom la fit sourire. Al-Adil songea qu'ils avaient eu de la chance qu'elle ait mis leur fille au monde quinze jours avant le début du ramadan, et que leur fils soit né lui aussi en lui épargnant ce jeûne sacré. Il ordonna à Jawhara de descendre aux cuisines et de demander qu'on prépare un repas pour Aliya, puis de lui rapporter dès à présent des dattes et du jus de grenade. Il essaya ensuite de détendre un peu sa jeune épouse en lui rappelant que tous ceux qui étaient dans l'impossibilité d'observer le jeûne du ramadan pouvaient toujours se racheter par la suite. Si elle n'avait pas besoin en l'occurrence de payer la *fidyah*, il le ferait néanmoins pour elle avec plaisir, en offrant de la nourriture à ceux qui en manquaient pour chaque jour de jeûne qu'elle n'observait pas.

Une fois sa conscience en paix, Aliya se rallongea, adossée aux oreillers, et lorsque Jawhara revint avec les dattes et le jus de fruit, elle ne se fit pas prier pour boire. Elle picora même quelques dattes pour faire plaisir à Ahmad, alors que la nourriture n'était pas vraiment son alliée depuis le début de cette grossesse. Son mari eut bientôt le plaisir de l'entendre rire, après lui avoir rapporté les derniers potins du souk et une rumeur qui prétendait que les femmes mettaient au monde des jumeaux dans une proportion anormalement élevée, cette année.

Après avoir bu un autre verre de jus de grenade, Aliya lui avoua qu'elle se sentait mieux.

« Tu dois voir Youssouf, cet après-midi ? lui demanda-t-elle. À ton avis, quand apprendra-t-il qu'Alep est enfin tombée entre nos mains ? »

Al-Adil avait cette question à l'esprit, lui aussi. La nouvelle les avait pris de court. Quand Nour al-Din était mort, laissant comme héritier son fils de onze ans, al-Salih, Youssouf avait saisi l'occasion pour s'emparer du sultanat d'Égypte. Al-Salih était trop jeune pour lui résister sérieusement mais restait menaçant, ne serait-ce qu'en ralliant autour de lui les ennemis de Youssouf. Cependant, al-Salih était brusquement tombé malade, il y avait à peine deux mois, et mourut dix-huit jours plus tard. Sur son lit de mort, il avait confié Alep à son cousin Izz al-Din, l'émir de Mossoul. Youssouf avait réagi sans tarder, ordonnant à Taqi al-Din et à Farouk-Shah d'empêcher Izz al-Din de rejoindre Alep. Il y avait des relais de pigeons voyageurs un peu partout dans la région, et le plus dur commençait à présent, puisqu'il ne restait plus qu'à attendre les nouvelles.

« Nous ne devrions plus tarder à le savoir », répondit al-Adil en souriant à son épouse.

Dès qu'Alep serait sous leur contrôle, les Francs se trouveraient encerclés de tous les côtés. Et une fois que Youssouf aurait vaincu le dernier de ses ennemis musulmans, il pourrait se consacrer à la mission qu'il s'était fixée : le jihad contre les infidèles. Al-Adil ne partageait pas la ferveur religieuse de son frère. C'était avant tout un esprit pragmatique, et il estimait plus facile de coexister avec les Francs que de chercher à les détruire. Toutefois, il avait bien compris que ce recours fréquent au jihad pour justifier ses attaques contre d'autres musulmans avait fini par imposer à Youssouf une sorte d'obligation qu'il allait bien devoir honorer un jour. Certains se demandaient déjà pourquoi il s'obstinait à conclure des trêves avec les Francs, d'autres remettaient sa sincérité en cause justement en raison de ces accords.

Al-Adil se mit ensuite à parler des alliances nuptiales qui allaient avoir lieu au printemps : quatre de ses filles devaient être unies à quatre fils de Youssouf, démontrant ainsi que l'entente qui régnait entre les deux frères allait bien au-delà des liens du sang. Ce témoignage public de la confiance que lui témoignait Youssouf découragerait les ambitieux qui cherchaient à saper son autorité en tant que gouverneur de l'Égypte au nom du sultan, et il avait été très honoré que son frère ait pris une telle décision. Aliya en était également enchantée car leur fille allait être au nombre de ces jeunes fiancées. Bien sûr, étant donné l'extrême jeunesse de tous ces enfants, les mariages attendraient encore des années avant d'affecter le cours de leurs existences. Mais ces unions n'en constituaient pas moins une puissante démonstration d'unité et un moyen de préserver l'avenir de leur dynastie, fondée par des Kurdes marginaux jadis méprisés par les califes d'Égypte et de Bagdad.

Il s'aperçut alors qu'Aliya se fatiguait et s'apprêtait à la laisser lorsqu'un eunuque qui le cherchait arriva soudain, en lui disant que le sultan le convoquait de toute urgence. Al-Adil et son épouse échangèrent un sourire, la même pensée leur ayant traversé l'esprit : cette journée allait s'avérer historique, et l'on se souviendrait longtemps du septième jour du neuvième mois de l'an 577… Il calcula mentalement la date que cela représentait dans le calendrier des chrétiens, car cette journée allait également laisser son empreinte sur l'histoire de leur royaume : le quatorzième jour de leur mois de janvier de l'année 1182. Cette date marquerait le début de la fin pour les Francs, maintenant qu'Alep était tombée aux mains de Youssouf.

Le sultan n'était pas seul. Il y avait à ses côtés Imad al-Din, son chancelier, al-Fadil, son vizir, et Isa al-Hakkari, qui avait récemment retrouvé la liberté après avoir été capturé à Montgisard. L'excitation d'al-Adil retomba dès qu'il pénétra dans la pièce, où l'ambiance était visiblement plombée. Son frère se tenait près d'une fenêtre, le dos tourné à la salle. Il fit volte-face en entendant al-Adil lui lancer :

« Youssouf… Que se passe-t-il donc ?

— Izz al-Din est entré dans Alep il y a dix-sept jours : il a été acclamé et proclamé seigneur de la ville, avant qu'on ne lui confie les clés du trésor et de la citadelle. »

Al-Adil poussa un petit cri. Comment une telle chose avait-elle pu se produire ? Taqi al-Din n'était pas toujours fiable, têtu et colérique comme il l'était. Mais on pouvait compter sur Farouk-Shah, dont le comportement avait la régularité du rythme des marées. Comment avaient-ils pu l'un et l'autre laisser Izz al-Din s'emparer d'Alep ?

Une douleur perceptible se lisait sur le visage de son frère, et il comprit qu'il devait souffrir de l'une de ses crises de colique récurrentes. Il préféra donc poser ses questions aux autres, et ce furent eux qui lui apprirent ce qui s'était passé. Farouk-Shah n'avait pas été en mesure d'apporter à Taqi al-Din le soutien escompté : il avait dû se rendre en toute hâte en Outre-Jourdain pour s'occuper du seigneur franc que les Sarrasins appelaient le prince Arnat, à savoir Renaud de Châtillon. Et sans l'aide de son frère, Taqi al-Din ne disposait pas d'un nombre d'hommes suffisant pour couper la route à Izz al-Din.

Al-Adil les dévisagea à tour de rôle avant de reposer les yeux sur son frère. Aussi grande que soit la déception, il ne s'agissait après tout que d'un revers, pas d'une défaite.

« Tout cela est certes regrettable, dit-il lentement, mais il sera toujours temps de s'occuper d'Izz al-Din. À moins… à moins qu'il n'y ait autre chose ? »

Son frère s'éloigna de la fenêtre, et al-Adil comprit qu'il avait mal interprété l'expression de son visage : ce n'étaient pas des crampes intestinales qui déformaient ses traits, mais la colère – une colère folle, comme jamais il n'en avait manifesté devant lui.

« Farouk-Shah a pris la bonne décision », dit-il.

Al-Adil fut surpris qu'il n'ait pas désigné leur neveu par le nom qu'il portait au sein de leur famille : Daoud. Mais c'était le sultan qui s'exprimait à présent, non le frère affectueux ou l'oncle indulgent.

« Arnat a osé faire ce qui était inconcevable à nos yeux, reprit-il. Il a lancé un raid à travers le Sinaï et jusque dans le Hedjaz, au cœur même de l'Islam. Il est allé aussi loin que Tabuk et s'apprêtait à gagner Médine et La Mecque lorsqu'il a appris que Farouk-Shah avait envahi l'Outre-Jourdain, pillant et brûlant les villages autour d'al-Karak pour l'obliger à revenir défendre ses propres terres. Ce qu'il a fait, Allah soit loué. »

Al-Adil était stupéfait. Leurs espions les avaient avertis voici déjà plusieurs mois qu'Arnat s'apprêtait à rompre leur trêve, mais jamais ils n'auraient pensé qu'il ait eu un projet aussi audacieux et aussi sacrilège en tête. S'il n'avait pas été obligé de faire demi-tour pour aller défendre sa citadelle de Karak, serait-il allé jusqu'à Médine, où le Prophète était enterré ? Voire jusqu'à La Mecque, la plus sainte des villes, où le Prophète était né et où se trouvait la plus sacrée des mosquées, al Masjid al-Haram, ainsi que la Kaaba, la maison d'Allah ? La perte d'Alep, aussi désolante soit-elle, était de peu de poids face à un tel sacrilège.

« Que vas-tu faire à présent, Youssouf ? » demanda-t-il à son frère.

Le sultan resta un moment silencieux, comme s'il écoutait une voix qu'il était le seul à entendre.

« Cet Arnat est le plus dangereux de tous ces Francs infidèles, dit-il, et il répondra de cette infamie. J'en fais le serment au nom de la grandeur d'Allah : le jour viendra où son sang coulera et où je l'abattrai de mes propres mains. »

CHAPITRE 31

Février 1182
Naplouse, Outremer

La nervosité d'Onfroy de Toron allait croissant à mesure qu'ils approchaient de Naplouse. Il avait fait tout ce qui était en son pouvoir pour éviter le moindre désagrément aux parents d'Isabelle : il avait attendu que le jour de son anniversaire soit passé afin de les laisser célébrer cette fête dans l'intimité familiale, et il avait prévu que ses hommes dormiraient dans une auberge locale, afin que Marie et Balian n'aient pas à les loger. Il savait néanmoins que sa visite ne serait pas très bien accueillie. Ils se montraient certes courtois, Balian pouvait même faire preuve d'amabilité à son égard : mais ce mariage leur déplaisait autant aujourd'hui que quinze mois plus tôt. Tout ce qu'il espérait, c'était qu'Isabelle ne partagerait pas leurs réticences. Du moins ses parents n'avaient-ils pas essayé de la monter contre lui, comme sa mère l'aurait probablement fait à leur place.

Il jeta un coup d'œil sur son écuyer, qui portait les cadeaux d'anniversaire d'Isabelle. Tous les écuyers n'étaient pas forcément des adolescents ni des apprentis chevaliers. Ivo était un homme austère d'un certain âge, attaché au service d'Onfroy depuis son quinzième anniversaire. Il était convaincu qu'il l'espionnait au bénéfice de sa mère, car son beau-père ne se serait assurément pas soucié de le faire surveiller. Il espérait que ses cadeaux feraient plaisir à Isabelle et qu'elle serait heureuse de le revoir. Il lui tardait pour sa part que ce mariage ait lieu, car ce serait un grand honneur pour lui de devenir le frère par alliance du roi Baudouin. Il savait également que ses parents lui en voudraient si jamais les fiançailles étaient rompues. Il fallait bien avouer enfin qu'il était tombé sous le charme de sa promise. Isabelle était une fillette charmante et il espérait qu'elle aurait sincèrement envie de l'épouser, le jour où ce mariage serait enfin célébré. Il serait désolant de s'unir à quelqu'un qui n'accepterait qu'à contrecœur de partager sa couche et son existence.

Après avoir expédié ses hommes à l'auberge, il poursuivit sa route en direction du palais, accompagné du seul Ivo. Balian l'attendait sur le seuil de la grande salle. Une fois descendu de cheval, Onfroy se lança dans une explication un peu alambiquée des raisons de sa visite, désignant la cage à oiseaux en osier et l'échiquier enveloppé dans une étole en lin.

« Bella m'a dit qu'elle possédait une alouette autrefois, j'ai pensé qu'elle aimerait peut-être en avoir une autre. Et je lui ai promis que je lui apprendrais à jouer aux échecs. »

Comme d'habitude, le malaise palpable du jeune homme ne pouvait manquer de susciter un élan de sympathie. Toutefois, Balian aurait préféré que le futur mari d'Isabelle lui inspire du respect, plutôt que de la pitié.

« Je suis sûr que Bella sera ravie de ces cadeaux », lui dit-il.

Après avoir conduit Onfroy dans la grande salle, il envoya un domestique à la recherche d'Isabelle. Le jeune homme avait également apporté des présents pour son hôtesse – quelques jarres du vin préféré de Marie –, et Balian le remercia en son nom avant de lui expliquer :

« Mon épouse ne sera pas en mesure de venir vous accueillir, Onfroy. Les douleurs ont commencé durant la nuit, et elle est enfermée pour l'accouchement avec la sage-femme et ses dames de compagnie. »

Onfroy le dévisagea, visiblement confus. Il savait certes que Marie était enceinte mais n'avait pas compris qu'elle était sur le point d'accoucher.

« Je suis… tout à fait désolé, dit-il en bégayant presque. Je ne vais évidemment pas m'attarder davantage, vous n'avez nullement besoin d'un invité dans de telles circonstances. Je laisserai les cadeaux et…

— Pour être franc, mon garçon, l'interrompit Balian, votre arrivée tombe à pic. À dix ans, Bella est assez grande pour comprendre les risques qu'entraîne un accouchement. Je suis heureux que vous soyez là pour la distraire et l'empêcher de se ronger les sangs au sujet de sa mère. »

Onfroy acquiesça d'un air solennel.

« Bien sûr, dit-il, j'y veillerai. Seigneur Balian… Pourrais-je avant cela vous parler quelques instants en privé ? Il y a certaines choses que vous devez savoir… »

Balian avait suffisamment d'expérience pour se douter qu'une formule de ce genre n'était jamais de très bon augure. Mais il savait aussi que de telles conversations s'avéraient inévitables et entraîna Onfroy à sa suite dans l'escalier.

Ce dernier attendit qu'ils soient seuls sur la terrasse.

« Je suppose que vous êtes au courant du raid que mon beau-père a lancé il y a quelque temps dans le Hedjaz ? À cette occasion, il s'était également emparé d'une caravane sarrasine qui se rendait à Damas, en provenance de l'Égypte. Saladin a demandé qu'elle lui soit restituée, en rappelant au roi Baudouin que leur trêve était toujours effective. Lorsque le roi a ordonné à Renaud de libérer ses prisonniers et de rendre les biens qu'il avait saisis, il a refusé. Le roi Baudouin est évidemment furieux qu'on ose le défier de la sorte. Quant à Renaud… il s'en fiche royalement. »

L'embarras d'Onfroy était tangible, et il évitait de croiser le regard de Balian. La raison de son inquiétude était tout aussi transparente : il redoutait que la colère du roi ne le pousse à rompre ses fiançailles afin de punir Renaud.

Balian fronça les sourcils. Si Renaud s'en sortait indemne après avoir défié le roi de la sorte, d'autres seigneurs pourraient être tentés de suivre son exemple, au cas où leurs intérêts se verraient menacés. L'audace de Renaud ne le surprenait guère, il était même étonné qu'elle ne se soit pas manifestée plus tôt. Jusqu'à quand les vassaux d'un roi déclinant allaient-ils lui obéir ?

« Baudouin ne laissera pas passer ça, dit-il. Et il ne lui pardonnera pas cet affront. Mais la disgrâce de Renaud n'affectera pas vos fiançailles, Onfroy, étant donné qu'elles n'ont pas été conclues pour faire plaisir à votre beau-père, non plus d'ailleurs qu'à votre mère. Le roi considère avant tout ce mariage comme le moyen d'honorer la mémoire d'un homme qu'il respectait au plus haut point.

— Vous faites allusion à mon grand-père ? »

Balian acquiesça, et Onfroy se détendit pour la première fois depuis que son beau-père avait osé bafouer la volonté royale.

« Je n'ai donc pas à redouter que le roi me tienne rigueur de la trahison de Renaud ?

— Assurément pas. »

Baudouin savait pertinemment que le jeune homme était sous la tutelle de Renaud, même s'il avait désormais atteint sa majorité légale.

« Dieu soit loué ! » s'exclama Onfroy à mi-voix, si doucement que Balian n'était pas sûr que ces paroles lui soient destinées.

Le jeune homme releva la tête et le regarda pour la première fois dans les yeux.

« Il y a autre chose, messire. Mon héritage vous regarde au premier chef, puisqu'il concernera un jour Isabelle. Vous êtes donc en droit de savoir que le roi m'a demandé d'échanger mes terres héréditaires de Toron et de Chastelneuf contre un fief monétaire de sept mille besants sarrasins. »

Balian plissa les yeux en essayant de comprendre la décision du roi. Cette action ne porterait nullement préjudice aux intérêts d'Isabelle, car ce fief monétaire était d'un montant généreux. De surcroît, Onfroy allait toujours hériter par sa mère de la seigneurie d'Outre-Jourdain, l'un des fiefs les plus importants d'Outremer. Mais pourquoi Baudouin avait-il pris une telle décision ?

« Le roi vous a-t-il expliqué pourquoi il souhaitait procéder à cette transaction ? » demanda-t-il à Onfroy.

Celui-ci acquiesça.

« Il m'a dit que les frontières nord du royaume seraient mieux défendues si Toron et Chastelneuf étaient regroupés avec Beyrouth sous l'autorité de la couronne. »

Balian songea qu'il y avait sans doute une part de vérité dans tout ça. Mais en se représentant la position des différentes citadelles sur la carte du royaume, il se rendit compte que la ligne allant de Beyrouth à Toron et Chastelneuf érigeait une sorte de barrière entre Tripoli et Tibériade. Doux Jésus ! L'action de Baudouin visait-elle à se prémunir non pas de Saladin, mais du comte Raymond ? Il savait que le roi n'avait plus la moindre confiance en lui. Sa méfiance allait-elle jusque-là ?

Aucune femme n'abordait jamais l'épreuve de l'accouchement sans ressentir une forme de peur. Lors de ses précédentes grossesses, Marie avait eu la chance d'être assistée par une sage-femme en qui elle avait la plus entière confiance. Du temps où elle était enceinte d'Isabelle, elle avait demandé à Amaury de lui en trouver une dont la langue maternelle était le grec. Dame Agathe avait ainsi mis au monde Isabelle, puis l'infortunée Mélisande, aidant Marie à supporter sa douleur après la perte de cette enfant. Après avoir épousé Balian, elle avait fait en sorte que dame Agathe puisse quitter provisoirement Jérusalem pour venir l'aider à mettre au monde Helvis, puis Jean. Elle aurait bien voulu qu'elle l'assiste une fois encore pour la naissance de ce nouvel enfant, mais la vieille femme était sujette à des poussées de fièvre récurrentes qui l'empêchaient désormais d'entreprendre le moindre voyage. Et cela avait obligé Marie à faire appel à une étrangère.

Dame Odile était une jolie femme bien éduquée et avait la réputation d'être la meilleure sage-femme de Naplouse. Sa compagnie était agréable, ses propos rassurants et elle semblait en effet très compétente. Le seul problème, c'était qu'elles n'avaient aucun passé commun et que Marie n'avait pas encore appris à s'en remettre à elle. De plus, elle devait supporter la présence de Marie de Brisebarre, la sœur des deux célèbres frères. Cette Marie avait cru bien faire en se rendant à Naplouse pour être à ses côtés, mais c'était une vraie pipelette et ses commérages incessants ne tardèrent pas à lui taper sur les nerfs. Néanmoins, elle faisait partie de la famille à présent, depuis qu'elle était devenue la nouvelle épouse de Baudouin d'Ibelin et par voie de conséquence la belle-sœur de Marie.

Heureusement, Marie bénéficiait également de la présence d'Étiennette, la nièce de Balian, de dame Alice, sa dame de compagnie qui parlait la langue des Francs, et de la gouvernante d'Isabelle, dame Emma. Se rendant bien compte que la belle-sœur de Marie était plus un boulet qu'un véritable soutien, elles se relayaient pour distraire la future mère tandis qu'Odile surveillait la dilatation du col et l'assurait qu'il n'y en aurait plus pour longtemps, lui prédisant même l'arrivée d'un garçon. Jusque-là, tout s'était déroulé comme prévu. Les douleurs s'étaient amplifiées, ainsi qu'il était normal, tandis que Marie faisait quelques pas, buvant un peu de vin mélangé de camomille et priant en silence les saints orthodoxes censés protéger les femmes en couches.

Elle fut soulagée lorsqu'elle perdit les eaux, ce qui signifiait généralement que la naissance était proche. Ses dames de compagnie lui ôtèrent sa tunique trempée avant de lui en enfiler une autre, puis de recouvrir ses épaules d'une couverture lorsqu'elle alla s'asseoir sur le trépied prévu pour l'accouchement. Odile s'agenouilla et retroussa la jupe de Marie.

« Le col sera bientôt entièrement dilaté, madame ! »

Elle paraissait sincèrement contente, mais Marie savait que la sage-femme songeait déjà au bénéfice qu'elle allait retirer de cette naissance lorsque la nouvelle se répandrait qu'elle avait maintenant les faveurs d'une reine.

Odile avait enduit ses mains d'huile de thym et la manipulait avec douceur. Marie n'en trouvait pas moins son toucher intrusif. Elle ferma les yeux en laissant les doigts de la sage-femme s'insinuer en elle. Mais elle l'entendit soudain pousser un petit cri.

« Que se passe-t-il ? » s'inquiéta-t-elle.

Le visage d'Odile était devenu aussi blanc que du lait. Elle se fendit d'un sourire qu'elle voulait rassurant mais qui faisait plutôt penser à une grimace, ce qui fit frissonner Marie.

« Le bébé a bougé, dit Odile. Il a changé de position. »

Ce fut au tour de Marie de pousser un cri, car toutes les femmes savaient qu'un bébé devait sortir du ventre de sa mère la tête en avant : s'il se présentait dans une mauvaise position, cela risquait d'entraîner la mort aussi bien de la mère que de l'enfant.

« Que… que va-t-il se passer maintenant ? » demanda-t-elle.

Passé le premier choc, Odile s'était ressaisie et son sourire était maintenant plus convaincant.

« Il faut tout simplement que je remette ce petit coquin dans la bonne position », répondit-elle comme si cela allait de soi et que la conclusion s'imposait.

Marie se raccrocha avec soulagement à son apparente assurance.

Ignorant les visages terrifiés des femmes qui l'entouraient, elle dit à Odile de faire ce qu'elle devait faire. La douleur était plus grande qu'elle ne l'avait imaginé, différente de celles qu'elle avait éprouvées précédemment, et elle dut se mordre la lèvre pour se retenir de crier. Odile essaya à deux reprises de déplacer l'enfant, sans le moindre succès. Elle finit par s'interrompre, accroupie sur les talons, lorsque le sang se mit à couler le long des cuisses de Marie.

« C'est inutile, dit-elle. Il ne veut pas bouger. »

Marie déglutit avec peine.

« Le bébé peut-il quand même venir au monde ? » demanda-t-elle.

Odile se fendit d'un nouveau sourire.

« Bien sûr, madame ! Je parviens généralement à les remettre en place à l'intérieur du ventre, mais j'ai aussi accouché des bébés qui sont sortis par les fesses, et parfois même les pieds en avant.

— Et les mères ? Les enfants ? Ont-ils tous survécu ? »

Le sourire d'Odile ne s'effaça pas.

« Absolument », dit-elle.

Mais leurs regards se croisèrent, et Marie sut qu'elle mentait.

Balian détestait la tradition qui interdisait aux hommes d'assister aux accouchements. Il lui était impossible d'attendre patiemment que tout soit terminé, alors que la vie de son épouse et de leur futur enfant était en jeu. Par une sorte de compromis, Emma et Alice se relayaient donc pour venir périodiquement le trouver, afin de le rassurer en lui disant que tout allait bien. Mais cela faisait déjà un moment qu'elles n'étaient plus réapparues. N'en pouvant plus, il finit par quitter la grande salle et monta quatre à quatre l'escalier qui menait à la chambre de Marie. Une excuse justifiant cette intrusion venait de se former dans son esprit lorsque la porte de la chambre s'entrebâilla. Elle finit par s'ouvrir en grand, et ce fut la sage-femme qui en émergea avant de le rejoindre au sommet de l'escalier. Le cœur de Balian faillit s'arrêter de battre. Pourquoi la sage-femme n'avait-elle pas envoyé Emma ? Pourquoi abandonnait-elle Marie ? Il avait dû se passer quelque chose…

« Je m'apprêtais à venir vous trouver, monseigneur… Le bébé s'est retourné dans le ventre de votre dame, et je n'ai pas réussi à le remettre dans la bonne position. »

Ne sachant pas trop quelles étaient les connaissances de Balian dans ce domaine, Odile hésita avant de lui avouer :

« Il est très dangereux de mettre un enfant au monde dans ces conditions. Le bébé peut mourir, la mère elle aussi peut parfois y rester. Il faut que vous alliez en ville chercher une autre sage-femme, monseigneur. Je n'en connais qu'une qui réussisse à mettre au monde les enfants qui se présentent mal. Elle s'appelle Maud, mais… elle ne viendra peut-être pas si c'est moi qui fais appel à elle, car elle m'en veut à cause de mon succès. Elle a perdu des clients depuis que je suis à Naplouse et elle croit que j'ai colporté des médisances à son sujet, ce qui est totalement faux…

— Assez ! s'écria Balian. Dites-moi simplement où je puis la trouver.

— Elle habite près du nouveau couvent des Hospitaliers, de l'autre côté du souk. »

Odile aurait voulu l'avertir que Maud avait parfois un caractère difficile, mais il ne lui en laissa pas le temps. Adossée à la paroi, elle écouta le bruit de ses bottes décroître en martelant les marches. Il fallait qu'il ramène la vieille femme. Il devait à tout prix la convaincre ! Appeler sa rivale à son secours ne lui était ni facile ni très agréable. Mais si le bébé mourait ou que la reine – Dieu l'en préserve ! – ne pouvait être sauvée, elle ne serait pas la seule à en porter la responsabilité : ce serait également la faute de Maud…

Lorsque Odile reconnut avoir demandé l'aide d'une seconde sage-femme, la première réaction de Marie avait été la peur, car cela semblait signifier qu'elle avait perdu tout espoir. Toutefois, elle arriva vite à la conclusion que même si tel était le cas, Odile n'en avait pas moins jugé bon de faire appel à une concurrente. Elle avait beau continuer de lui tenir des propos optimistes et lui affirmer que le bébé naîtrait sans problème, Marie ne la croyait plus.

Elle n'avait aucune idée du temps qui s'était déjà écoulé. Durant ses précédents accouchements, elle avait hâte qu'on lui annonce que le col de l'utérus s'était complètement dilaté. Aujourd'hui, au contraire, elle l'appréhendait : tant que le bébé était dans son ventre, il était en sécurité. Les contractions étaient plus fortes, mais différentes de celles qu'elle avait éprouvées les fois précédentes. Elle n'avait jamais ressenti une telle douleur dans le dos, ni ces nausées qui la traversaient par vagues. Odile la poussait à boire un peu de vin mélangé à de la poudre de menthe, mais elle le rejetait à peine avalé. Étiennette se précipitait alors pour lui apporter de l'eau afin qu'elle se rince la bouche, avant d'essuyer d'un geste délicat la sueur qui perlait à son front. Marie s'appuyait contre Alice et essayait de se ménager quelques instants de repos entre deux contractions. Entendant brusquement frapper à la porte, Marie de Brisebarre poussa un cri étouffé, Étiennette renversa son gobelet d'eau et Marie se redressa brutalement sur son trépied, saisie d'une nouvelle contraction. Odile s'était précipitée vers la porte qu'elle s'empressa d'ouvrir.

En voyant que Balian était seul, elle porta la main à sa bouche.

« Elle n'a pas voulu venir ? demanda-t-elle.

— Si, répondit Balian, elle est là. L'un de mes hommes l'aide à monter l'escalier. »

Comme il l'écartait pour pénétrer dans la pièce, Odile émit une protestation de pure forme face à son intrusion dans ce sanctuaire féminin. L'essentiel à ses yeux était qu'il ait ramené Maud.

Balian n'entendit même pas ses objections. En deux enjambées, il traversa la chambre et rejoignit Marie.

« J'ai ramené la sage-femme, Marika ! »

Il parlait rapidement car il avait très peu de temps pour la prévenir avant que Maud débarque dans la pièce. Marie appartenait à la maison impériale byzantine, et Maud n'avait pas vraiment l'allure d'une femme destinée à servir une reine : c'était une vieille paysanne au parler rudimentaire et aux manières grossières.

« À première vue, elle ne fait pas très bonne impression, mon amour. Mais j'ai longuement discuté avec elle, et elle m'a convaincu qu'elle maîtrisait son art comme peu d'autres sages-femmes. Je crois qu'elle est en mesure de te sauver, ainsi que notre enfant, et je te supplie de la laisser faire. »

Marie n'avait nullement besoin qu'on l'implore de la sorte. Ayant perdu toute confiance en Odile, elle considérait désormais Maud comme son unique planche de salut.

« Oui », murmura-t-elle avant qu'une nouvelle contraction l'empêche d'en dire davantage.

Elle sentit les lèvres de son mari se poser sur son front avant d'être submergée par une nouvelle vague de douleurs. Lorsqu'elle rouvrit les yeux, Balian avait disparu et une étrangère traversait la pièce pour s'approcher d'elle.

La première pensée de Marie fut que Balian avait été bien inspiré de la prévenir, car elle avait rarement vu une femme d'allure aussi peu engageante. Courtaude, le dos courbé, elle s'appuyait péniblement sur une canne et des mèches de cheveux gris s'échappaient de son voile. Le chapelet accroché à sa ceinture attestait qu'elle était chrétienne, mais sa peau mate laissait présager des origines sarrasines. Ses vêtements étaient aussi délavés qu'élimés, ses chaussures couvertes d'une épaisse croûte de boue, et le contraste qu'elle offrait avec l'élégance d'Odile n'aurait pu être plus frappant.

Ignorant l'accueil un peu guindé qu'Odile s'apprêtait à lui faire, Maud s'agenouilla lentement devant la femme assise sur son trépied d'accouchement.

« Je ne suis pas aussi impotente que j'en ai l'air, madame. Mes genoux me font mal mais mes mains sont restées alertes, les rhumatismes leur ont été épargnés », ajouta-t-elle en les lui montrant afin que Marie puisse en juger par elle-même.

Elle parlait la langue des Francs avec un curieux chuintement : comme beaucoup de pauvres, l'âge l'avait privée de la plupart de ses dents.

« Votre mari vous a-t-il parlé de moi ? » reprit-elle.

Comme Marie secouait négativement la tête, la vieille femme adressa à Odile un regard sarcastique.

« Je parie que celle-ci ne vous a rien dit non plus… Ma mère était une sage-femme, elle aussi, et j'ai appris depuis mon plus jeune âge ce qu'elle tenait elle-même de sa propre mère. Il y a près de quarante ans que je mets des enfants au monde, et ce que j'ignore à ce sujet ne mérite même pas d'être évoqué. »

Odile avait l'air indignée. Quant à Étiennette et à Marie de Brisebarre, elles regardaient Maud comme si un spectre s'était dressé devant elles. Mais Marie avait désespérément besoin du calme et de l'assurance que dégageait cette vieille femme, malgré son allure improbable. Si elle était à même de lui redonner espoir, peu lui importaient ses manières frustes et ses origines modestes. Son sang mêlé pouvait même s'avérer un atout supplémentaire : la médecine des Sarrasins était plus avancée que celle des Francs, Marie vivait depuis assez longtemps en Outremer pour n'avoir aucun doute à ce sujet. Il n'était donc pas très étonnant que les sages-femmes musulmanes en sachent davantage que leurs consœurs franques.

« Votre mère était-elle sarrasine ? » lui demanda-t-elle.

Maud hésita avant de répondre avec un soupçon de méfiance :

« Oui, madame.

— Parfait. » La repartie de Marie choqua visiblement les autres femmes, mais elle s'en moquait. « Avez-vous mis au monde beaucoup de bébés qui se présentaient comme le mien ? Ont-ils survécu à leur naissance ? » Maud ne répondit pas sur-le-champ, ses petits yeux noirs étudiaient le visage de son interlocutrice comme si elle essayait de déchiffrer son âme. « Je vous demande de me dire la vérité », ajouta Marie d'une voix tendue.

Maud opina lentement.

« Oui, dit-elle, je le vois bien. Tous n'ont pas survécu, madame. Un bébé qui se place de travers dans le ventre de sa mère ne peut pas être sauvé. »

Marie savait – comme toutes les femmes – que lorsqu'on en arrivait là, les sages-femmes choisissaient toujours de sauver la mère au détriment de l'enfant. Elle était toutefois soulagée que Maud se soit abstenue d'y faire allusion, car il lui était insupportable d'envisager cette hypothèse, en tout cas pour l'instant.

Maud fouilla dans sa sacoche et en sortit une petite fiole en verre.

« Si la sage-femme connaît bien son métier, dit-elle, les bébés ne sont pas obligés de naître par la tête. Cette fiole contient un mélange d'huile de lin et de fenugrec. Cela va me permettre de voir ce qui se passe au juste dans votre ventre. »

Après avoir enduit ses paumes d'huile, elle souleva la tunique de Marie et commença ses explorations. Presque aussitôt, elle poussa un soupir de soulagement et se fendit d'un sourire.

« Dieu le bénisse, votre petiot veut sortir son derrière en premier, les jambes plaquées sur les oreilles. Je n'ai jamais perdu un enfant qui se présente de la sorte – pas un seul ! »

Marie retint ses larmes, car le sourire édenté de cette vieille femme était assurément l'un des plus beaux spectacles qu'il lui ait été donné de voir. Maud farfouilla encore dans sa sacoche dont elle retira cette fois-ci un petit objet métallique.

« Je demande toujours aux mères de tenir ça dans leur main au moment où le bébé va sortir », lui dit-elle en le glissant dans la paume de Marie.

Avant qu'elle ait pu examiner l'objet, une nouvelle contraction la traversa. La voyant se tordre sur le trépied, Maud se mit à lancer ses consignes, ordonnant aux autres femmes d'ajouter du bois dans le foyer et de rapprocher le brasero où brûlait du charbon, en leur expliquant que la chambre devait être bien chaude pour accueillir le nouveau-né. Celles-ci renâclèrent un peu en recevant ainsi des ordres d'une femme aussi modeste, mais elles lui obéirent. Lorsqu'elle eut retrouvé son souffle, Marie regarda le talisman : c'était un pendentif en plomb où était représentée une femme juchée sur un dragon, brandissant un livre dans une main et une croix dans l'autre.

« Sainte Marguerite d'Antioche… » murmura-t-elle à mi-voix.

C'était la sainte patronne des femmes enceintes, du moins au sein de l'Église romaine. Portant le pendentif à ses lèvres, elle l'embrassa avec dévotion. Et lorsque la contraction suivante arriva, elle fit comme Maud le lui avait demandé et le serra fortement entre ses doigts.

Maud n'avait pas menti à Marie : au fil des années, elle avait mis au monde nombre d'enfants qui se présentaient mal, mais la position qu'avait prise son bébé était la moins risquée de toutes. Elle n'était cependant pas sans savoir que les choses pouvaient mal tourner, même quand l'enfant se présentait bien. Marie avait déjà mis d'autres enfants au monde, ce qui rassurait la sage-femme. Elle ne semblait pas céder non plus à la panique, ce qui était également bon signe. N'empêche… Il était un peu intimidant de se dire que cette femme avait été la reine de Jérusalem… Maud n'avait jamais eu affaire à une femme d'un si haut rang et se méfiait instinctivement des gens proches du pouvoir. Mais il était trop tard pour se demander quelles seraient les conséquences si l'affaire se terminait mal, et elle s'attaqua sans plus tarder à la tâche qui l'attendait.

Le premier danger, c'était que le cordon ombilical se soit enroulé autour du cou de l'enfant, coincé contre le ventre de sa mère. Elle fut donc soulagée quand un nouvel examen lui révéla que ce n'était pas le cas. Le col n'étant pas encore entièrement dilaté, elle insista pour que la reine ne pousse pas pour l'instant, ce qui surprit cette dernière. Mais lorsque Maud lui eut expliqué que le col devait avoir atteint son ouverture maximale pour que le bébé puisse sortir, elle acquiesça en silence. La sage-femme demanda ensuite à Emma d'imbiber un linge d'eau chaude et de le placer dans le bas du dos de Marie afin de calmer ses douleurs. Marie de Brisebarre accepta d'entretenir le foyer, et Maud ne put s'empêcher de ressentir un certain amusement à voir une dame de haut rang occupée à une tâche généralement dévolue aux domestiques, c'est-à-dire à des femmes comme elle.

« C'est pour bientôt, madame, pour très bientôt… » murmura-t-elle d'une voix douce.

Elle espérait ne pas se tromper, car un travail prolongé pouvait saper toute l'énergie de la mère au moment où elle en aurait le plus besoin.

Une fois que Marie commença à pousser, l'arrière-train de l'enfant ne tarda pas à apparaître. Les jambes suivirent, Maud eut à peine besoin de les guider de ses doigts agiles. Les autres femmes poussèrent des cris de joie à mesure que le petit corps émergeait, croyant que le plus dur était fait. Maud était la seule à savoir que c'était en fait le moment le plus périlleux :

car si la tête ne sortait pas très vite, l'enfant allait mourir. Sa mère lui avait jadis avoué qu'elle ignorait pourquoi il en allait ainsi, mais certaines sages-femmes pensaient que le bébé se mettait à respirer dès que sa peau et son cordon ombilical se trouvaient en contact avec l'air. Ce qui ne posait évidemment aucun problème lorsque la tête sortait en premier ; mais dans un cas comme celui-ci, l'enfant risquait d'être étouffé si la tête ne se montrait pas assez vite. Maud ne s'était jamais interrogée sur l'origine de ce phénomène, veillant simplement à ce que cela ne se produise pas lorsque c'était elle qui présidait aux opérations.

« Poussez encore, madame, pressa-t-elle Marie. Vous y êtes presque. »

Elle faillit crier de joie lorsqu'elle aperçut le cou du bébé. Puis Marie donna une dernière poussée en émettant un long grognement et sa fille fit son apparition dans le monde, glissant dans les mains tendues de Maud. Déposant avec soin ce petit corps gluant sur le ventre de sa mère, elle lui annonça qu'il s'agissait d'une fille, en espérant que Marie ne serait pas trop déçue. À en juger par son sourire, ce n'était pas le cas. Maud sourit à son tour, avant de laisser Emma et Alice l'aider à se remettre debout, puis d'aller s'écrouler sur une chaise garnie d'un coussin. Elle laissa Odile prendre le relais, nettoyer l'enfant, couper et nouer le cordon, puis évacuer et mettre de côté le placenta. Ses genoux lui faisaient mal, et elle se sentait si raide qu'elle se demandait si elle parviendrait à se relever. Elle devenait trop vieille pour ce métier. Mais en regardant la reine bercer sa fille, elle se dit que si jamais ça devait être son dernier accouchement, il était digne de rester dans les mémoires.

Marie s'éveilla à grand-peine, car jamais elle ne s'était sentie aussi épuisée. Elle dut même faire un effort pour soulever ses paupières… Puis elle se rappela ce qui venait de se passer et le besoin de voir son enfant l'emporta sur la fatigue. Sitôt redressée, elle fut le centre de l'attention générale, et dès qu'on l'eut installée dans son lit, la nourrice vint déposer sa fille dans ses bras. C'était un bébé magnifique, presque aussi parfait que l'avait été Isabelle, et qui ne présentait pas la moindre trace de sa difficile venue au monde. Marie embrassa délicatement sa chevelure noire et soyeuse, heureuse que ses petites jambes ne soient plus dressées en l'air comme lorsqu'elle était sortie de son ventre. Maud lui avait affirmé qu'elles ne tarderaient pas à se remettre d'elles-mêmes en place, et elle tenait désormais pour parole d'Évangile tout ce que la sage-femme lui disait. Elle n'en était pas moins soulagée de voir que les jambes du nourrisson avaient repris une position normale dans les langes qui l'enveloppaient comme un cocon.

Balian ne tarda pas à apparaître. Il paraissait plus reposé et détendu que tout à l'heure. Après les avoir embrassées, leur fille et elle, il approcha une chaise du lit, et pendant quelques instants ils restèrent silencieux tous les deux, savourant ce moment de quiétude et d'harmonie familiale. Marie se rendit soudain compte qu'elle avait faim et on s'empressa de lui apporter une coupe de jus de grenade, en attendant que la nourriture soit montée des cuisines. Le bébé dormait toujours paisiblement. Marie et Balian se regardaient en souriant. Il se pencha pour l'embrasser une nouvelle fois et elle lui fit remarquer qu'il avait besoin de se raser. Balian acquiesça avec un nouveau sourire, tout en se frottant le menton d'un air penaud.

« Tu disais cette nuit que tu avais renoncé à lui donner le prénom de ta mère, reprit-il. Es-tu bien sûre de ta décision, Marika ?

— Oui, opina-t-elle. Je veux l'appeler Marguerite.

— Ah, comme la sainte… Dans ce cas nous pourrions aussi bien l'appeler Maud », ajouta-t-il en ne plaisantant qu'à moitié.

Marie se mit à rire, car une image lui revenait à l'esprit : celle de son mari saisissant d'un air jovial la vieille sage-femme ébahie et la serrant dans ses bras, après avoir vu pour la première fois sa nouvelle fille.

Un autre souvenir vint chasser cette image.

« Balian… Tu disais qu'Onfroy de Toron était là ?

— Il est arrivé hier en apportant des cadeaux pour l'anniversaire de Bella. » Voyant les sourcils de Marie se froncer, il se pencha et lui saisit la main d'un air rassurant. « J'étais heureux qu'il soit là, reprit-il, car il m'a été d'une aide appréciable en s'occupant de Bella. Elle semble bien s'entendre avec lui, Marika. »

Il ne fut pas surpris de constater que son épouse continuait d'afficher une expression sceptique, sachant à quel point elle était opposée à ce mariage. Il comprenait sa réticence à voir sa fille rejoindre une maisonnée dirigée par deux personnes qui lui étaient ouvertement hostiles. Et il la partageait. Mais il était suffisamment réaliste pour espérer qu'elle finirait par accepter une situation qu'elle n'était pas en mesure de changer.

« C'est un brave garçon, Marika. Il a bon cœur et il veut faire le bonheur de Bella. Elle aurait pu tomber beaucoup plus mal. Tu le sais aussi bien que moi, mon amour. »

Marie resta un moment silencieuse.

« Oui, répondit-elle enfin, je le sais. Mais dis-moi, Balian : penses-tu qu'il sera assez fort un jour pour la protéger ? »

Jamais Balian ne lui avait menti, même pour l'apaiser.

« Non, reconnut-il. Non, je ne le pense pas. »

CHAPITRE 32

Mars 1182
Jérusalem, Outremer

Balian et Marie n'avaient pas l'intention de se rendre à la cour de Baudouin pour les fêtes de Pâques. Marguerite était trop jeune pour voyager, Marie refusait de l'abandonner et Balian ne voulait pas quitter son épouse, qui se remettait tout juste des épreuves de l'accouchement. Mais il n'eut pas le choix, finalement, car il reçut un message lapidaire de Guillaume lui demandant de le rejoindre au plus vite à Jérusalem.

Les routes étaient boueuses, suite aux pluies hivernales, et à cette époque de l'année il fallait généralement deux jours pour faire un trajet qui n'en prenait qu'un en été. Mais Balian pressa sa monture, en proie aux pires appréhensions, et au moment où le soleil se couchait, embrasant le ciel de ses feux ardents, les murs de la Ville sainte se profilèrent à l'horizon.

Sachant que Balian avait chevauché toute la journée, Guillaume voulut envoyer quelqu'un aux cuisines pour qu'on lui ramène à manger ; mais Balian refusa, en se disant que les nouvelles que l'archevêque s'apprêtait à lui annoncer risquaient fort de lui couper l'appétit. Denis et son frère Baudouin arrivèrent peu après. Au grand étonnement de Balian, ils étaient accompagnés par Hugues de Galilée. Même s'il devait hériter un jour de la riche principauté de sa mère, Hugues n'avait pas pris jusqu'ici une part très active aux affaires du royaume, laissant ce soin à son beau-père. Sa présence ce soir était peut-être le signe que les choses étaient sur le point de changer.

Une fois les salutations échangées, et après que Guillaume eut fait monter du vin pour les nouveaux venus, ce fut Denis qui entama la conversation.

« Nous vous avons demandé de venir, Balian, parce que le royaume est en crise, attaqua-t-il sans prendre de gants. Le roi a commis une grave erreur, et il revient à la Haute Cour de le lui faire comprendre. Vous savez qu'il est resté très méfiant à l'égard du comte Raymond – et ce n'est certes pas moi qui le lui reprocherai. »

Balian vit Hugues se raidir sur son siège, comme s'il s'apprêtait à protester. Denis le remarqua également et lui dit :

« Peut-être serait-il préférable que vous racontiez tout cela vous-même, Hugues… »

Ce dernier hésita, puis se tourna afin de dévisager Balian.

« Cela fait deux ans que mon beau-père n'a pas remis les pieds à l'intérieur du royaume. Il savait que le roi gardait une dent contre lui, et il s'était dit qu'il valait mieux éviter que leurs chemins ne se croisent pendant un certain temps. Cependant, ses affaires l'appelaient impérativement en Galilée, cette fois-ci : ma mère et lui avaient donc l'intention de fêter Pâques à Tibériade. Nous n'étions pas allés plus loin que Jubyal lorsque des soldats du roi nous arrêtèrent, signifiant à Raymond l'interdiction de pénétrer en Outremer.

— Grand Dieu… » murmura doucement Balian. La situation était encore pire qu'il ne l'avait redouté. « Et qu'a fait votre beau-père ? demanda-t-il.

— Il voulait éviter de faire couler le sang et n'est pas allé plus loin. Quant à moi, je me suis hâté de rejoindre Jérusalem pour convaincre le roi que Raymond n'avait aucune intention belliqueuse, qu'il avait seulement des affaires à régler en Galilée et ne le menaçait en rien. Baudouin n'a pas voulu me croire. »

Balian comprenait à présent pourquoi Denis s'était joint à eux : il fallait bien qu'il soutienne les barons du royaume, même si cela risquait d'affecter sa relation avec Baudouin. Attendu l'importance de l'enjeu, il avait été contraint de choisir son camp.

« Que compte faire le roi ? demanda-t-il. Il ne peut pas empêcher indéfiniment Raymond de se rendre en Galilée.

— Sauf s'il accuse Raymond de trahison, rétorqua Denis d'un air sombre. Nous pensons que c'est ce qu'il s'apprête à faire, avant de remettre la Galilée entre les mains d'Hugues.

— Mon beau-père est un homme honorable, intervint celui-ci, sur la défensive, comme s'il s'attendait à ce qu'on le contredise. Certes, il a comploté contre le roi, mais il était sincèrement convaincu d'agir dans l'intérêt du royaume. Il ne mérite pas qu'on le traite de la sorte.

— Que disent les autres membres de la Haute Cour ? s'enquit Balian. Qui soutient réellement le roi dans cette affaire ?

— À ton avis, petit frère ? rétorqua Baudouin d'Ibelin avec un rire sarcastique. Jocelyn et Agnès déversent du poison dans les oreilles du roi depuis bientôt deux ans pour le convaincre qu'on ne peut pas faire confiance à Raymond, que celui-ci cherche tout simplement à s'emparer de la couronne. Guy et Sibylle ont œuvré dans le même sens. Ainsi que le toutou d'Agnès, cette crapule d'Héraclius, et que ce fils de pute arrogant de Châtillon – sans parler bien sûr de Gérard de Ridefort, qui traite Raymond d'Antéchrist depuis qu'il a manqué à sa promesse de lui faire épouser cette riche héritière. Les autres seigneurs sont tout bonnement horrifiés, y compris les grands maîtres des Templiers et des Hospitaliers.

— Renaud de Châtillon est donc ici ? s'étonna Balian. Il ne défie plus le roi ?

— Oh, il refuse toujours de rendre à Saladin la caravane dont il s'était emparé. Mais il ne raterait pas une occasion de poignarder Raymond dans le dos… Et le roi a accepté son soutien, sachant qu'il va avoir besoin de tous les alliés qu'il parviendra à rassembler. »

Balian se surprit à regretter que Marie ne l'ait pas accompagné, car il se fiait beaucoup à son jugement.

« Que va-t-il se passer, à présent ? reprit-il.

— Le roi réunira la Haute Cour dans deux jours, répondit Guillaume avec une tristesse dont témoignait son regard. Et il faut à tout prix que nous réussissions à le convaincre qu'il est dans l'erreur. »

Balian ne posa même pas la question qui s'imposait, car il connaissait déjà la réponse. S'ils échouaient dans cette tâche, le royaume risquait fort de basculer dans la guerre civile.

Baudouin avait déjà pris place au dernier étage de la tour de David lorsque ses barons commencèrent d'arriver dans la salle. Il préférait éviter qu'on le voie claudiquer jusqu'à son fauteuil : marcher lui était devenu de plus en plus difficile, même avec l'aide d'une canne. Agnès et Sibylle avaient eu le droit de prendre place elles aussi sur le dais, même s'il leur était impossible de participer aux débats. Sibylle était si radieuse que la plupart des hommes ne pouvaient s'empêcher de lui lancer des regards admiratifs, mais Baudouin était l'un des rares à connaître les raisons d'un tel éclat : sa sœur était enceinte depuis peu.

Sa vue avait singulièrement baissé, mais il était encore en mesure d'étudier les visages des uns et des autres, tandis que les seigneurs prenaient place. Il songea brusquement que seuls sa mère et Guillaume comprenaient pourquoi il s'accrochait encore au pouvoir : il savait être le seul en mesure de préserver l'unité de leur royaume divisé ; il avait besoin, en outre, de croire que ses souffrances s'en trouvaient du coup justifiées.

Cette session de la Haute Cour allait s'avérer difficile. Guillaume et Denis l'avaient conjuré d'autoriser le comte de Tripoli à franchir les frontières du royaume, faute de quoi ils l'avaient prévenu qu'ils se verraient contraints de plaider contre lui. Mais Baudouin était convaincu qu'on ne pouvait pas faire confiance à Raymond, et que si celui-ci devait choisir entre la loyauté et son ambition, il pencherait toujours du côté de ses intérêts.

Il ne tarda pas à s'apercevoir que ses craintes étaient amplement fondées. L'un après l'autre, ses barons prenaient la parole pour lui dire qu'il avait eu tort d'agir de la sorte envers le comte de Tripoli, et que son bannissement devait être levé. Tous affirmèrent qu'il n'y avait pas l'ombre d'une preuve attestant qu'il ait comploté contre la couronne. Et quand Renaud et Jocelyn leur rappelèrent d'un air furibond sa tentative avortée de coup d'État, certains paraissaient même sceptiques et rétorquèrent qu'il n'avait jamais été accusé du moindre crime à cette occasion. Baudouin se rendait bien compte que la plupart d'entre eux s'inquiétaient avant tout pour leurs propres domaines, en se disant que si le cousin du roi lui-même se voyait dépossédé de la principauté de son épouse, une mésaventure identique risquait de leur arriver. D'autres en revanche paraissaient sincèrement soucieux de préserver la paix du royaume et Baudouin y fut sensible, là aussi.

Il fut particulièrement impressionné par la plaidoirie de Balian d'Ibelin, qui ne chercha nullement à défendre l'honneur de Raymond, contrairement à d'autres, et insista au contraire sur le fait que ces rivalités entre Francs ne pouvaient que réjouir Saladin : comment pouvait-on espérer résister efficacement à un jihad sarrasin en se déchirant de la sorte ? C'était un argument que Baudouin pouvait difficilement réfuter.

Le roi fut finalement amené à reconnaître sa défaite, se rendant compte que la quasi-totalité des seigneurs présents étaient farouchement opposés à son action et se rangeaient du côté de Raymond, plutôt que du sien. Dans ces conditions, jamais la Haute Cour n'allait condamner le comte de Tripoli pour trahison, ni l'exiler du royaume. Accepter un tel constat allait causer un sérieux accroc à sa fierté, d'autant que personne n'avait vraiment réussi à dissiper les doutes qu'il nourrissait concernant la loyauté de son cousin. Mais il avait compris qu'il n'avait pas le choix.

Le soulagement était palpable dans la salle lorsqu'il annonça sa décision. Guillaume proposa de faire office de messager entre le roi et son cousin afin de les réconcilier et Baudouin accepta son offre, soucieux d'en finir au plus vite avec cette pénible affaire. Il fut reconnaissant aux membres de l'assemblée de ne pas s'attarder davantage, une fois la session terminée. Son beau-père et son chancelier le ramenèrent ensuite dans sa chambre, suffisamment perspicaces l'un et l'autre pour comprendre qu'un peu d'intimité était le seul remède qu'ils pouvaient lui offrir après lui avoir infligé un tel revers.

Une fois seul avec sa famille, Baudouin s'écroula dans son fauteuil. Il sentait les yeux de sa mère posés sur lui mais ne perçut aucun reproche dans son regard lorsqu'il releva la tête, juste de l'inquiétude devant sa santé déclinante. Jocelyn n'avait pas l'air content mais savait qu'il était préférable de ne rien dire. Guy n'éprouva pas la même retenue.

« Comment avez-vous pu leur céder de la sorte ? s'exclama-t-il. Ils ne vous ont tout de même pas convaincu que Raymond était digne de confiance ? »

Baudouin s'aperçut que sa maigre réserve de patience s'était évaporée au cours de la séance éprouvante qu'il venait de vivre.

« Non, rétorqua-t-il avec une brusquerie involontaire. Je n'ai évidemment pas plus confiance en lui qu'avant. »

Guy paraissait sincèrement stupéfait.

« Pourquoi avez-vous cédé, dans ce cas ? Pourquoi laisser vos ennemis triompher ?

— Parce que je n'avais pas le choix, Guy.

— Mais vous êtes le roi ! lança l'autre en s'avançant vers lui. Vous avez sapé l'autorité de la couronne en leur abandonnant la victoire. Votre royauté en sort affaiblie. Vous ne le comprenez donc pas ? Jamais le roi d'Angleterre n'aurait laissé ses vassaux le défier de la sorte !

— Je ne l'aurais pas fait non plus si j'avais été à sa place, rétorqua sèchement Baudouin. Mais à Jérusalem le roi ne jouit pas d'un pouvoir absolu. Il doit partager son pouvoir avec la Haute Cour. » Il semblait à présent très en colère. « Vous n'êtes pas un nouveau venu en Outremer, Guy, et vous êtes parmi nous depuis assez longtemps pour connaître nos coutumes et nos lois. Un jour, ma sœur sera reine et vous régnerez à ses côtés. Dieu nous vienne en aide, si votre ignorance est alors restée aussi grande qu'elle l'est aujourd'hui ! »

Guy rougit jusqu'aux oreilles, et pendant une fraction de seconde il parut sur le point de gifler Baudouin. Avant qu'il ait pu le faire, Sibylle se leva. Baudouin crut d'abord qu'elle voulait intervenir et faire baisser la tension qui s'était installée, mais elle rejoignit Guy et passa son bras sous le sien. Il comprit alors que c'était à son mari, non à son frère, qu'elle accordait son soutien. Jocelyn prit le relais et s'empressa de déclarer :

« Nous avons tous les nerfs à vif après cette session de la cour. Je suis convaincu que Guy n'avait aucune intention de vous offenser, mon neveu. Il sait bien tout ce qu'il vous doit, après tout. »

Ce rappel appuyé eut l'effet désiré et poussa Guy à s'excuser, de manière d'ailleurs lapidaire. Sibylle et lui trouvèrent peu après un prétexte pour s'éclipser, suivis de près par Jocelyn. Resté seul avec sa mère et Anselme, Baudouin put se détendre un peu, car devant eux il n'éprouvait pas le besoin de cacher les faiblesses de son corps.

« Je vais me reposer quelques instants avant d'affronter l'escalier », leur avoua-t-il.

Anselme s'empressa de lui verser une coupe de vin allongé d'eau.

Agnès voulait se rendre utile, elle aussi : remarquant un coussin sur un banc près de la fenêtre, elle alla le chercher et le glissa dans le dos de son fils.

« Guy a de la chance d'être beau garçon, dit-elle, car il a de la bouillie à la place du cerveau. »

Elle regretta aussitôt ses paroles, sachant que Baudouin avait besoin de croire que Guy de Lusignan serait un roi compétent. Ils avaient tous besoin d'en être convaincus.

« Je parlerai à Sibylle, se hâta-t-elle d'ajouter. Il faut qu'elle s'assure que Guy lise les lois du royaume et étudie de près nos coutumes. »

Baudouin avait de la peine à présent à saisir les objets et redoutait que ses doigts ne se replient comme des serres d'oiseau, tels ceux du mendiant qu'il avait aperçu dans le souk de Beyrouth. Du moins parvenait-il encore à serrer la main de sa mère, ce qu'il fit à cet instant pour qu'elle sache combien son soutien lui était précieux. Il espérait de toute son âme que les choses n'en arriveraient pas là, mais il savait désormais que s'il avait un jour à choisir, son oncle se rangerait derrière Sibylle, et non pas derrière lui. En prenant la défense de Guy, Jocelyn venait de le démontrer avec toute la clarté nécessaire. De son côté, en critiquant Guy de manière aussi cinglante, Agnès avait prouvé que sa loyauté allait à son fils déclinant et non à la fille qui incarnait l'avenir de leur famille.

Guillaume s'était arrangé pour que Baudouin et Raymond puissent se rencontrer en tête à tête, afin d'éviter que d'autres personnes ne soient présentes si jamais la conversation tournait mal, comme il l'appréhendait. Il s'était également montré très clair en avertissant Raymond que le roi continuait de nourrir une grande suspicion à son endroit. Tandis qu'ils grimpaient ensemble l'escalier menant à la terrasse du palais, l'archevêque se rendit compte qu'il avait oublié de prévenir le comte des ravages que la lèpre avait faits au cours des deux dernières années. Il était trop tard à présent. Tout ce qu'il pouvait faire, c'était de prier pour que Raymond ne manifeste pas sa répulsion ou sa pitié de manière trop marquée. Lorsqu'ils pénétrèrent dans la pièce, il entendit le comte retenir son souffle en apercevant le bandeau qui couvrait l'œil du roi, la canne qu'il gardait auprès de lui, la perte de ses cils et de ses sourcils, son nez aplati par l'érosion de sa cloison nasale, sans parler des lésions qui constellaient son front… Le temps qu'ils s'approchent de lui, le comte s'était toutefois ressaisi et son visage était à nouveau impassible. Tandis que Guillaume bénissait la maîtrise dont il faisait preuve, Raymond s'agenouilla devant son souverain en lui manifestant le respect dû à un roi.

Baudouin lui fit signe de se relever, puis de s'asseoir. Guillaume fut soulagé de voir qu'il ne se servait pas de son autorité comme d'une arme. Pas plus qu'il ne feignit de prétendre qu'il s'agissait d'une simple visite de courtoisie.

« Vous savez que ce n'est pas moi qui ai souhaité vous recevoir ici aujourd'hui, commença-t-il. Je me suis vu contraint d'en passer par la volonté de la Haute Cour. Mais puisque nous nous retrouvons embarqués dans la même galère, il nous faut bien trouver le moyen de naviguer ensemble. Avez-vous une quelconque suggestion à nous faire dans ce but ? »

Raymond ne fut pas décontenancé par la sincérité du roi et lui répondit sur le même ton, à sa manière :

« Il n'y avait rien de menaçant à votre endroit dans mon désir de revenir à Tibériade, Majesté. Divers problèmes à régler requièrent ma présence en Galilée. Je sais que certains vous ont raconté que mon but était de vous renverser, mais c'est absolument faux. Je suis innocent et prêt à le jurer sur les reliques de la Vraie Croix si cela peut vous rassurer. »

Baudouin se fendit d'un sourire froid.

« Seriez-vous également prêt à jurer sur la Vraie Croix que vous ne souhaitiez pas me chasser du trône il y a deux ans ?

— Non, répondit calmement Raymond, car nous savons l'un et l'autre que j'étais coupable ce jour-là. Bohémond et moi avions bel et bien l'intention de faire en sorte que votre sœur épouse Baudouin d'Ibelin, que vous en soyez d'accord ou non. Et j'espérais que vous abdiqueriez en leur faveur une fois le mariage prononcé, bien qu'il n'ait jamais été dans mes projets de vous contraindre à renoncer au trône. Vous avez été un bon roi, mon cousin. Vous auriez même été un très grand roi si la lèpre vous avait épargné. Mais elle vous a bel et bien frappé et vous n'avez aucun moyen d'y échapper. Lorsque le duc de Bourgogne a renoncé à épouser Sibylle, nous nous sommes dit qu'il était impossible d'attendre encore un an, si ce n'est deux, pour lui trouver un mari. C'est ce qui nous a poussés à nous lancer dans l'entreprise que vous savez. »

Raymond se tut, et Baudouin le considéra en silence pendant ce qui parut une éternité à Guillaume.

« Et à présent ? dit-il enfin.

— Je n'ai jamais ambitionné de monter sur le trône, Sire, pas plus hier qu'aujourd'hui. Vous n'avez rien à redouter de moi, puisque Sibylle n'est plus à marier. Aurais-je choisi Guy de Lusignan pour ma part ? Rien n'est moins sûr, car cet homme est un quasi-inconnu pour moi, alors que Baudouin d'Ibelin est des nôtres et qu'il a fait ses preuves sur le champ de bataille. Mais puisqu'il est impossible de revenir en arrière, nous pouvons juste espérer que vous avez fait le bon choix. »

Guillaume estimait que Raymond avait habilement plaidé sa cause et s'en était bien sorti, étant donné les circonstances. Voyant que Baudouin n'insistait pas davantage, il se dit que le roi devait avoir le même sentiment. Baudouin ne ferait sans doute plus jamais confiance à Raymond par la suite, car il n'était pas du genre à pardonner ni à oublier une telle offense. Mais il se montrerait désormais équitable dans ses échanges avec lui, et aux yeux de l'archevêque, c'était largement suffisant. Quant à savoir si cela l'était aussi aux yeux du comte, seul l'avenir le leur dirait.

L'été allait sans doute être excessivement chaud : on étouffait déjà pendant la journée alors qu'on n'était qu'en mai. Les fenêtres de la chambre étaient grandes ouvertes, mais la chaleur persistait dans la pièce bien que le soleil fût couché depuis plus d'une heure. Balian et Marie étaient d'ailleurs trop occupés pour y prêter attention. Le barbier de Balian était tombé malade ces derniers jours, et Marie commençait à se plaindre de la pilosité de son mari. Bien qu'ayant été élevée à la cour byzantine, où le port de la barbe était un symbole de virilité, elle s'était aperçue qu'elle adorait faire l'amour avec un homme rasé de près. Balian avait éclaté de rire quand elle lui avait proposé de le raser elle-même, et elle avait décidé de relever le défi. De fil en aiguille, il se retrouvait à présent étendu sur un banc, la tête sur les genoux de Marie et le rasoir posé contre sa gorge.

« Je dois être fou pour avoir accepté une chose pareille, dit-il. Je doute que l'éducation que tu as reçue à la cour de Constantinople ait comporté des leçons de rasage…

— J'essaierai de te blesser le moins possible », lui promit-elle.

La lame n'en finit pas moins par lui entailler le menton et le sang perla. Balian ne protesta pas car elle l'embrassa aussitôt pour se faire pardonner. Il lui rendit son baiser avec fougue, mais elle insista pour terminer d'abord son opération. Ils aimaient tous les deux différer l'instant du plaisir, l'anticiper même jusqu'au moment où cela s'achèverait dans le lit situé juste à côté. Mais hélas ils n'eurent pas le loisir d'en arriver là cette fois-ci : au moment où leurs caresses se faisaient plus insistantes, on frappa brusquement à la porte.

« Et si nous faisions mine de ne pas être là ? » chuchota Balian.

Mais Marie était déjà debout et rajustait sa tunique, aussi se leva-t-il à son tour, non sans réticence. Après avoir échangé quelques mots à travers la porte avec leur domestique, il se tourna vers Marie.

« Guillaume vient d'arriver ! » s'exclama-t-il.

Marie était aussi surprise que lui, car l'archevêque les prévenait toujours à l'avance avant de leur rendre visite. Tout en jetant un regard de regret vers le lit, elle resserra son voile, remit en place une boucle d'oreille qui s'était détachée et suivit Balian dans l'escalier à la rencontre de leur hôte.

Dès qu'ils aperçurent le visage de Guillaume, Balian et Marie comprirent qu'il était porteur de mauvaises nouvelles. L'archevêque voyageait d'ailleurs avec une escorte plus importante qu'à l'ordinaire. Confiant ces invités inattendus aux bons soins de leur intendant, ils gagnèrent la terrasse en compagnie de Guillaume. Celui-ci s'écroula sur le banc en poussant un soupir qui témoignait à la fois de sa lassitude et de sa réticence à se libérer du fardeau qui l'oppressait.

« Je suis en route pour Jérusalem, leur dit-il, afin de voir le roi. Je lui apporte des nouvelles dont il doit être informé au plus vite. Mais vous devez être mis au courant vous aussi, et je ne voulais pas que vous l'appreniez par quelqu'un d'autre. »

Le cœur de Marie se mit à battre plus vite car c'était elle qu'il regardait avec tristesse, non son mari.

« Que s'est-il passé, Guillaume ?

— Il ne m'est pas facile de vous le dire, Marie… Le mois dernier, un coup d'État a eu lieu à Constantinople, donnant lieu à un véritable bain de sang. Le cousin de Manuel, Andronic Comnène, a pris le pouvoir. Le tout jeune empereur et sa mère ont été arrêtés. Votre oncle le *protosebastos* a été capturé lui aussi : on lui a crevé les yeux avant de l'estropier. Il n'y a pas eu la moindre résistance, les citoyens ont acclamé Andronic, les commandants des troupes et de la flotte impériale se sont rangés derrière lui. Pour l'instant, Andronic prétend qu'il agit dans le seul but de protéger le jeune empereur, auquel il témoigne un certain respect, du moins en public. Mais sa mère a été maltraitée et l'on redoute que ses jours ne soient comptés. La fille de Manuel et son mari sont déjà morts. On soupçonne Andronic de les avoir fait empoisonner. »

Marie avait brusquement du mal à respirer.

« Et ma mère et mon frère ? s'enquit-elle. Sont-ils encore en vie ?

— Oui, on me l'a certifié », s'empressa de répondre Guillaume tout en sachant ce que valait ce genre de témoignage.

Marie le savait bien, elle aussi. Elle se leva et se dirigea vers la fenêtre. Regardant sans la voir l'obscurité qui s'était étendue, elle luttait intérieurement pour retrouver son calme, comme elle avait appris à le faire depuis sa tendre enfance. Au bout de quelques instants, elle sentit que Balian s'était approché et se tenait derrière elle. Il ne dit pas un mot, mais sa seule présence lui rappela qu'elle n'était pas seule pour affronter cette épreuve : et elle trouva cela plus rassurant que toutes les paroles qu'il aurait pu prononcer.

« Mon pays est perdu », murmura-t-elle.

Balian posa la main sur ses épaules et sentit qu'elle tremblait. Il avait bien peur qu'elle n'ait raison. Andronic Comnène était célèbre à travers tout le Levant, c'était un escroc dont le charme n'avait d'égal que la brutalité. Il avait provoqué un immense scandale en Outremer en s'enfuyant jadis avec la jeune reine de Jérusalem, la veuve de feu le roi Baudouin, avant de rejoindre avec elle la cour des Sarrasins. Il avait fini par regagner les bonnes grâces de Manuel, car il parvenait toujours à se tirer d'affaire et à retourner la situation en sa faveur. Selon toute vraisemblance, il finirait par assassiner le jeune empereur et s'emparer de la couronne. D'après ce que Balian avait entendu dire de ce garçon, c'était un enfant gâté et paresseux, plus intéressé par les jeux et les courses de chars que par la conduite d'un État. Il n'en éprouvait pas moins de la pitié pour lui, ainsi que pour sa mère, que les Grecs qualifiaient avec mépris de « Latine », le terme dédaigneux qu'ils employaient pour désigner les adeptes de l'Église romaine. Mais surtout, il se faisait du souci pour la petite princesse franque destinée à devenir un jour l'impératrice byzantine, car elle avait le même âge qu'Isabelle. Qu'allait-il advenir d'elle, à présent ?

Marie commençait à se ressaisir, passé le premier choc, et fronça les sourcils en se rappelant les premiers mots de l'archevêque.

« Vous disiez qu'Andronic n'avait rencontré aucune résistance, Guillaume, que le peuple et l'armée l'avaient accueilli à bras ouverts… Pourtant, vous évoquiez aussi un "bain de sang". Qu'entendiez-vous par là ? »

C'était le moment que l'archevêque redoutait le plus.

« Sitôt qu'Andronic a pris le pouvoir, répondit-il, la ville a basculé dans la folie. La foule s'est déversée dans les rues, tuant tous les chrétiens d'Occident qui leur tombaient sous la main. Le quartier latin a été incendié et réduit en cendres, des milliers d'individus, des Italiens pour la plupart, ont été massacrés. Femmes, enfants, vieillards, malades – nul n'a été épargné. Les émeutiers ont envahi l'hôpital Saint-Jean, tenu par les Hospitaliers, tuant tous ceux qui étaient trop mal en point pour s'enfuir. Les moines et les prêtres ont payé le plus lourd tribut, car on les a longuement torturés avant de les abattre. On a même osé assassiner un cardinal romain qui avait le malheur de se trouver à Constantinople ce jour-là. »

Balian et Marie le dévisagèrent, horrifiés, et Guillaume se trouva dans l'incapacité de poursuivre. Les histoires qu'il avait recueillies auprès des rares survivants de cette boucherie devaient hanter son sommeil des années durant : le cimetière romain profané, les tombes ouvertes, les cadavres jetés dans le Bosphore… Les mères suppliant en vain qu'on épargne leurs enfants… Les gens qu'on brûlait vifs et qu'on repoussait dans les maisons en flammes… Il ne voulait pas que de telles images s'impriment dans le cerveau de Marie.

Celle-ci avait le teint cendreux, les lèvres blêmes. Pour une femme si fière de ses origines grecques, apprendre les atrocités commises par son propre peuple devait faire vaciller les fondations du monde dans lequel elle avait grandi. Mais Guillaume avait d'autres nouvelles à leur rapporter, témoignant que les Grecs n'avaient pas le monopole de la cruauté.

« J'ai entendu dire que les morts se comptaient par milliers, reprit-il. Pourtant, tous les chrétiens d'Occident n'ont pas été tués. Prévenus par leurs amis grecs, certains ont réussi à rejoindre le port où se trouvaient une quarantaine de galères appartenant à des marchands italiens. Au lieu de se réjouir du sursis qui leur était accordé, ces rescapés ont décidé de se venger – non pas sur les auteurs des massacres de Constantinople, mais sur des Grecs innocents établis sur les côtes de l'Hellespont. Ils se sont répandus dans les villages et les monastères, tuant et brûlant tout sur leur passage. Toutefois, certains de ces survivants n'ont pas voulu participer à cette orgie de massacres, et leurs navires ont rejoint la Terre sainte. C'est par eux que j'ai appris ce désastre, une fois qu'ils eurent débarqué à Tyr. J'ai décidé de les escorter jusqu'à Jérusalem afin que le roi entende ce récit de leur propre bouche. »

Marie s'appuya contre son époux, heureuse de sentir ses bras puissants enserrer sa taille. Sans lui, comment aurait-elle pu endurer une telle horreur ? Elle frémissait rien que d'y penser.

« Il faut que j'en parle à Isabelle », dit-elle, déjà inquiète à cette idée.

Comment allait-elle lui faire comprendre une telle situation ? La fillette allait-elle maintenant avoir honte de ses origines grecques ? Dieu merci, leurs autres enfants étaient trop jeunes pour être mis au courant.

« Ne te soucie pas de cela pour l'instant, Marika. Nous lui en parlerons demain.

— Oui, ce sera préférable. »

Marie avait du mal à se concentrer, cette soirée avait quelque chose d'irréel – comme si on leur avait raconté une fable concernant un pays lointain, une histoire qui n'avait aucune chance d'être vraie.

« Je vais aller à la chapelle », dit-elle enfin.

C'était la seule issue qu'elle avait trouvée : prier parviendrait peut-être à endiguer sa douleur et cautériser sa plaie.

Un regard suffit à Balian pour comprendre qu'elle avait besoin de se retrouver seule avec Dieu. Après l'avoir embrassée sur le front, il alla s'écrouler dans un fauteuil, tandis que la porte se fermait doucement derrière elle.

« Quand ces nouvelles se répandront, Guillaume, la colère sera grande et se retournera contre les Grecs. Pensez-vous que cela puisse entraîner des explosions de violence ou des attaques contre les monastères orthodoxes d'Outremer ?

— Non, répondit l'archevêque. Baudouin prendra les mesures qui s'imposent pour préserver la paix royale. Mais c'est une bonne chose que Marie soit l'épouse d'un Poulain et non plus la reine étrangère qu'elle était autrefois. Nous savons tous les deux le parti qu'Agnès n'aurait pas manqué de tirer de cette soudaine vulnérabilité… »

Balian acquiesça d'un air entendu.

« Je ne l'ai jamais dit à Marie, pour ne pas lui faire part des craintes que j'ai parfois concernant notre avenir. Mais j'étais malgré tout rassuré, connaissant ses liens avec la famille impériale byzantine : je me disais que si je devais mourir un jour au combat et que les Sarrasins s'emparaient de notre royaume, Marie et nos enfants pourraient toujours trouver refuge à Constantinople. »

Guillaume nourrissait des craintes identiques. Il aimait Outremer, aussi bien parce qu'il s'agissait du berceau de la chrétienté que parce qu'il y était né. En regardant Balian, il se dit que le besoin qu'éprouvaient les hommes de protéger leur famille était l'un des instincts primordiaux de l'humanité. Il était désolé de ne pouvoir rassurer Balian sur ce point, mais quoi qu'il advienne désormais en Outremer, Marie ne pourrait plus regagner son pays natal.

Les Poulains n'eurent toutefois guère le temps de s'interroger sur les conséquences du coup d'État byzantin. Le 11 mai, Salah al-Din confia une fois encore le gouvernement de l'Égypte à son frère al-Adil pour repartir en guerre contre les Francs à la tête d'une imposante armée.

Baudouin avait rassemblé ses troupes en toute hâte à Karak, dans l'Outre-Jourdain, espérant ainsi empêcher le sultan de pénétrer plus avant sur leurs terres. Mais ce plan échoua car Salah al-Din évita Karak en passant plus à l'est à travers les collines. Le 22 juin, il avait atteint Damas et ne tarda pas à rejoindre la frontière. Le 11 juillet, l'armée des Sarrasins avait dressé son camp sur la rive orientale du Jourdain et menaçait Tibériade. Raymond était fort malade à ce moment-là, victime d'une fièvre tierce ; il parvint néanmoins à demander de l'aide, et Baudouin envoya des troupes au nord pour le soutenir.

Le 15 juillet, l'armée royale avait pris position dans la plaine, non loin du château de Forbelet tenu par les Hospitaliers. Ils s'aperçurent alors que les forces du sultan étaient largement supérieures aux leurs. La chaleur représentait de surcroît un danger encore plus grand. Dans sa chronique du royaume, l'archevêque Guillaume de Tyr rapportait que « dans les deux camps il y eut davantage de victimes dues à ce soleil accablant qu'à l'acier des épées ». Baudouin n'était plus en état de monter à cheval pour conduire lui-même son armée, mais il insista pour être présent sur le champ de bataille et son courage stimula ses hommes. La logique aurait voulu que les Francs perdent cette bataille en raison de leur infériorité numérique, mais ils parvinrent à se dégager au terme de combats acharnés et se replièrent ensuite vers le château de Forbelet.

La bataille n'avait pas été décisive, mais les Francs la considérèrent néanmoins comme une victoire, attendu les circonstances. Dans son histoire du royaume, l'archevêque de Tyr écrivait fièrement : « Nous nous sommes montrés supérieurs à nos adversaires. Baudouin de Ramlah et Balian, son frère, accomplirent des prouesses ce jour-là en se battant avec autant de vigueur que de courage. » En Outremer, beaucoup considérèrent que cette bataille du Forbelet prouvait que leur roi bénéficiait encore de la faveur divine, car elle avait eu lieu le jour du huitième anniversaire de son couronnement.

Salah al-Din ne fut pas découragé par cet échec, même s'il avait espéré anéantir l'armée des Francs ce jour-là. En août, il lança successivement deux attaques contre le royaume. Après avoir demandé à al-Adil de mener une opération dans le sud du pays, autour d'Ascalon et de Gaza, et d'envoyer quarante navires de sa flotte à l'assaut de Beyrouth, il lança lui-même une attaque par voie de terre contre cette ville.

Baudouin comprit qu'il ne pouvait pas se battre sur les deux fronts. La perte de Beyrouth représentait le danger le plus grand : il se hâta donc de remonter vers Tyr où il parvint à rassembler une flotte de trente-six navires, dont la plupart appartenaient à des Pisans ayant fui les massacres de Constantinople. Après avoir envoyé cette flotte rejoindre Beyrouth, il fit parvenir un message aux habitants de la ville assiégée, les informant qu'il arrivait à la tête d'une armée pour les délivrer.

La population de Beyrouth avait opposé une telle résistance qu'elle avait réussi à repousser l'armée sarrasine. Salah al-Din ne disposait pas des machines de guerre utilisées lors des sièges, et lorsque ses hommes capturèrent le messager de Baudouin et apprirent que les Francs arrivaient pour soutenir la ville, il leva le siège au bout de trois jours. Se rendant compte qu'il avait une fois encore mésestimé le jeune roi lépreux, il décida de repousser à plus tard l'affrontement avec les Francs et de s'occuper pour l'instant de ses ennemis musulmans d'Alep et de Mossoul. En septembre, il conduisit ainsi son armée dans le nord de la Syrie.

Les Francs essayèrent d'obliger Salah al-Din à abandonner le siège de Mossoul en menant plusieurs opérations militaires à partir d'Outremer. En décembre, Baudouin et Raymond lancèrent des raids à l'intérieur des terres autour de Damas, brûlant les villages et les récoltes. Mais aux yeux de Salah al-Din, la prise de Mossoul était un enjeu autrement considérable que les dégâts qu'on lui infligeait et il resta en Syrie. Même le brusque décès de son neveu Farouk-Shah à la suite d'une maladie ne put le détourner de sa campagne. Non sans regret, Baudouin finit par disperser son armée et accepta l'invitation de Guillaume, qui lui proposait de célébrer Noël à Tyr.

Sibylle aurait pu venir jusqu'à Tyr car sa grossesse était terminée. Deux mois plus tôt, elle avait mis au monde une fille adorable : et si Guy avait été déçu qu'elle ne lui donne pas un fils, il n'en laissa rien paraître. Bien au contraire, il proclamait à qui voulait l'entendre que cette petite serait plus tard aussi belle que sa mère, et Sibylle n'était évidemment pas indifférente à de tels compliments. Guy et elle décidèrent néanmoins de rester à Ascalon pour Noël. Comme bien des gens estimaient qu'il s'agissait là de leur première cour officielle, de nombreux seigneurs et leurs dames s'y présentèrent, soucieux de gagner les faveurs du couple qui régnerait bientôt sur leur pays.

Balian et Marie choisirent quant à eux de passer Noël à Tyr. La décision n'avait pas été très difficile à prendre, étant donné l'amitié qui les unissait à Guillaume et leur respect pour le roi. Baudouin d'Ibelin et son épouse firent de même : le frère de Balian aurait préféré célébrer Noël en enfer plutôt qu'en présence de Guy de Lusignan. Dès leur arrivée à Tyr, Balian prêta une attention particulière à la présence ou à l'absence des uns et des autres, preuve des divisions profondes qui régnaient à la cour. Il était significatif qu'Agnès et Denis soient à Tyr, comme le nouveau seigneur de Césarée, Gautier de Grenier, le cousin de Denis, qui avait hérité du fief familial depuis la mort récente de son frère Guyon. Mais Jocelyn était à Ascalon avec Sibylle et Guy. En politicien avisé, le patriarche Héraclius se rendit d'abord à Tyr afin de présenter ses respects au roi actuel, puis s'empressa de rejoindre Ascalon où il s'assurerait les bonnes grâces du futur souverain. Le comte Raymond et son épouse Esquiva étaient allés à Antioche afin de soutenir Bohémond, qui venait de recevoir une terrible nouvelle au sujet de sa sœur Maria : elle avait été étranglée dans sa cellule après qu'Andronic eut forcé son jeune fils à signer l'arrêt de mort de sa propre mère. Les grands maîtres des Templiers et des Hospitaliers étaient à Tyr, comme la plupart des prélats et des clercs. Renaud de Châtillon, toujours enclin à n'en faire qu'à sa tête, fêtait Noël dans sa citadelle de Karak. Toutefois, son beau-fils Onfroy était venu à Tyr, échappant à l'ombre de Renaud afin de montrer sa loyauté au roi. Balian soupçonnait de plus que son désir de revoir Isabelle n'était pas étranger à ce choix.

Baudouin s'était déjà retiré pour la soirée. Il limitait sa présence aux cérémonies officielles, et Balian se rendit compte qu'il ne serait bientôt plus en mesure de tenir sa cour, que ce soit pour Pâques ou pour Noël, réservant ses apparitions publiques à celles qui nécessitaient sa présence. Mais les festivités continuaient sans lui, songea Balian avec tristesse en observant la grande salle où les seigneurs du royaume et leurs dames célébraient la naissance de l'Enfant Jésus.

Isabelle avait été autorisée à veiller ce soir-là plus tard que de coutume. Elle avait rappelé à ses parents qu'elle aurait bientôt onze ans et qu'elle était assez grande pour assister à la veillée de Noël. Balian l'avait couvée d'un œil paternel jusqu'à ce qu'il s'aperçoive qu'Onfroy ne se montrait pas moins attentif à son égard. Isabelle et lui riaient aux éclats, à cet instant précis. En les regardant, Balian ne put se retenir de pousser un soupir, car il aimait sincèrement Onfroy. Mais il était d'accord avec Marie : dans un monde aussi dangereux que le leur, une fille d'ascendance royale avait besoin d'un protecteur suffisamment fort pour la défendre et empêcher les autres de l'exploiter en vue de leurs propres intérêts.

Il aperçut enfin Marie à l'autre bout de la salle, en pleine conversation avec Joscius, l'évêque d'Acre, et l'un des marchands pisans qui avaient échappé au massacre de leurs compatriotes à Constantinople. Ils paraissaient si soucieux tous les trois qu'ils devaient probablement discuter du terrible destin de l'impératrice Maria. Son meurtre odieux et le sort incertain de la petite princesse n'avaient fait qu'aggraver l'inquiétude de Marie concernant sa fille aînée : elle était de plus en plus réticente à l'idée de voir Isabelle épouser Onfroy de Toron.

Balian s'apprêtait à la rejoindre lorsqu'il fut intercepté par Guillaume. L'archevêque avait été d'excellente humeur toute la semaine, enchanté d'avoir la possibilité d'offrir l'hospitalité au roi et de montrer à ses ennemis que leur amitié était intacte.

« J'irais bien prendre un peu l'air, dit-il à Balian. Venez donc avec moi. »

Balian savait que cela signifiait qu'il avait quelque chose à lui dire à l'écart des oreilles indiscrètes. La soirée était fraîche, et aucun des deux hommes ne se soucia d'ôter son manteau. Traversant la cour à la lueur du clair de lune, ils se dirigèrent vers un banc de marbre blanc. Guillaume fut le premier à rompre le silence.

« Onfroy de Toron vous a-t-il dit quelque chose, à Marie ou à vous, concernant l'absence de Renaud ?

— Non. Pourquoi donc ?

— Le jeune homme a confié à Baudouin qu'il pense que son beau-père est une fois encore sur la mauvaise pente et nourrit l'un de ces plans dont il a le secret. Il s'est montré très discret ces dernières semaines, passant la plupart de son temps dans son château de Montréal et refusant qu'Onfroy l'accompagne. Baudouin s'en inquiète, ce qui se comprend depuis le raid que Renaud a fait l'an dernier dans le Hedjaz et la capture de cette caravane sarrasine.

— Il serait probablement avisé de l'avoir à l'œil, approuva Balian. Sa nature irascible est l'une des raisons pour lesquelles nous ne sommes pas favorables, Marie et moi, à ce qu'Isabelle s'allie par le mariage à cette famille.

— Je voulais également vous parler de ça, Balian. Comme vous me l'aviez demandé, j'ai évoqué la question de ces fiançailles avec le roi et lui ai fait part de toutes les réserves que cette situation vous inspirait. Baudouin m'a poliment écouté, mais m'a ensuite déclaré qu'il n'avait nullement l'intention de revenir sur sa décision et qu'il était toujours favorable à ce mariage. »

Balian ne s'attendait pas vraiment à ce qu'il en aille autrement. La réponse du roi n'en était pas moins douloureuse à entendre. Il ne réagit pas, et Guillaume poursuivit en essayant de lui faire comprendre le point de vue de Baudouin.

« Il ne l'a pas exactement formulé ainsi, Balian, mais je suis convaincu qu'il pense ne plus avoir beaucoup de temps devant lui. Et il redoute ce qu'il adviendra du royaume après sa mort. Il nourrit également des craintes concernant Isabelle, dont des individus sans scrupule pourraient se servir comme d'un pion dans leur lutte pour s'emparer de la couronne. Il estime sincèrement que rien ne serait plus désastreux que de voir Outremer sombrer dans la guerre civile : et il souhaite à cet effet qu'Isabelle soit mariée avant sa mort, à la fois pour sa sécurité à elle et pour celle du pays. Vous pouvez toujours en reparler avec lui, Marie et vous, mais je doute que vous le fassiez changer d'avis sur ce point. »

Balian se leva et se mit à faire les cent pas. Il ne parlerait pas de tout cela à Marie avant le lendemain, décida-t-il en son for intérieur, car cela allait forcément l'affecter : elle gardait toujours l'espoir que Baudouin puisse reconsidérer sa position. Ainsi dormirait-elle en paix ce soir… Guillaume tenta de tempérer sa déception en lui rappelant qu'Onfroy était un bon garçon : convenable, honorable et respectant Dieu. Mais il vit bien que ses propos tombaient à plat. Il se leva à son tour et ils regagnèrent la grande salle en silence.

Ils avaient presque atteint la porte lorsque l'archevêque s'immobilisa brusquement.

« Au fait, j'allais oublier de vous le dire ! J'ai discuté un peu plus tôt dans la soirée avec le nouveau grand maître des Templiers : un homme de qualité, aux goûts raffinés et d'une rare sensibilité – ce qui nous change agréablement de ce butor d'Eudes de Saint-Amand. Que Dieu l'ait en sa sainte garde, se crut-il obligé d'ajouter au grand amusement de Balian, qui savait pertinemment que Guillaume était convaincu qu'Eudes errerait au purgatoire pendant une éternité. Vous vous souvenez sans doute que Gérard de Ridefort avait été frappé par une forte fièvre, l'été dernier ? »

Balian acquiesça. Il avait d'ailleurs accueilli avec soulagement l'annonce de cette maladie, car elle avait empêché Gérard de se joindre à leur armée durant la campagne de juillet, puis de prendre part à la bataille du Forbelet.

« Pour tout vous avouer, Guillaume, j'étais désolé d'apprendre qu'il s'était rétabli… Mais pourquoi me posez-vous la question ?

— Il semble que de Ridefort ait été fort ébranlé après avoir frôlé la mort d'aussi près. Sitôt guéri, il s'est dit que le Tout-Puissant l'avait épargné à dessein afin qu'il se repente de ses péchés et mène désormais une vie plus dévote.

— Et vous croyez que ces bonnes résolutions vont durer ? rétorqua Balian d'un air sceptique. À supposer qu'il n'ait pas déjà rompu cent fois ses engagements dans un certain bordel d'Acre où il a ses habitudes…

— Il paraît néanmoins sincère, en tout cas pour l'instant. Le grand maître m'a dit qu'il venait de prononcer ses vœux et de rejoindre l'ordre des Templiers. »

Balian le dévisagea.

« Dieu du ciel ! s'exclama-t-il avant d'ajouter : Mon pauvre Jacquelin ! »

CHAPITRE 33

Avril 1183
Acre, Outremer

Baudouin avait rassemblé le peu d'énergie qu'il lui restait pour assister à une assemblée générale en février, puis présider une session de la Haute Cour qui s'était réunie à Acre à la mi-mars. Mais cette conscience aiguë de ses devoirs l'avait obligé à rester alité les quinze jours suivants. Même s'il avait pu se lever et s'habiller en cette douce matinée d'avril, Anselme dut le soutenir afin qu'il puisse rejoindre la table où du pain et des fruits l'attendaient. Il avait cessé de prendre ses repas en public depuis qu'il avait perdu la vue, pour l'essentiel, et même la présence d'Anselme le gênait un peu : aussi l'écuyer se retirait-il généralement sur la pointe des pieds après lui avoir servi son repas. Mais ce jour-là il s'attarda un moment à table car il avait une surprise pour le roi.

« J'ai préparé vos tartines de miel, Sire. Elles sont à gauche de votre assiette. Les dattes, les figues et les amandes sont à votre droite. Et je vous ai servi une coupe de jus de raisin. »

Baudouin fit la moue. Il avait horreur qu'Anselme porte une coupe à ses lèvres afin de le faire boire, mais ses mains ne parvenaient plus à tenir assez fermement les objets. Toutefois, l'écuyer ne leva pas la coupe cette fois-ci, se contentant de glisser entre ses doigts une sorte de tube léger et effilé.

« Qu'est-ce que c'est que ça ? demanda-t-il.

— Un roseau évidé, Majesté. En le plaçant dans la coupe, vous pouvez aspirer son contenu sans avoir à la soulever. Je sais que ça paraît un peu bizarre, mais je vous assure que ça marche. »

Baudouin semblait sceptique. Mais lorsqu'il eut essayé, son visage se fendit d'un sourire.

« Que Dieu me damne, mais tu avais raison, Anselme ! Où as-tu été chercher cette astuce ?

— Je me suis souvenu d'une histoire que j'avais entendue du temps où j'étais encore au service des chevaliers lépreux. L'un d'eux prétendait qu'un jour, pour échapper aux Sarrasins, il avait dû se cacher dans un cours d'eau au bord duquel poussaient des roseaux : il en avait coupé un, dont il s'était servi pour aspirer de l'air après avoir plongé sous l'eau afin qu'on ne le voie pas. J'ignore si l'on peut survivre longtemps de la sorte avec un seul roseau, mais pour boire cela s'avère amplement suffisant. Si le procédé vous convient, nous pourrions demander à un orfèvre de vous fabriquer un objet de ce genre en argent. »

Anselme s'était efforcé de parler sur un ton détaché et presque nonchalant, mais Baudouin sentait bien qu'il frétillait d'impatience. Ne pouvant plus déchiffrer les expressions des visages, il était contraint de s'en remettre aux intonations des voix.

« Merci, Anselme. Je ne sais vraiment pas ce que je ferais sans toi. »

L'écuyer rougit sous le double effet de la gêne et de la fierté.

« Ce n'est pas grand-chose, dit-il. Juste une idée qui m'est venue. »

On entendit soudain frapper à la porte et il s'empressa d'aller ouvrir, non sans sourire en voyant le roi se servir du roseau. Lorsqu'il se tourna à nouveau vers lui, son sourire s'était toutefois effacé.

« C'est… votre espion, Majesté. »

Baudouin saisit un linge en tâtonnant afin de s'essuyer la bouche et fut parcouru d'un frisson, malgré le soleil qui tombait à travers les fenêtres aux stores relevés. Saladin était resté pendant tout l'hiver dans le nord de la Syrie. Il n'avait pas réussi à s'emparer de Mossoul mais s'était tourné une nouvelle fois vers Alep, et Baudouin vivait dans l'angoisse permanente de le voir arriver à ses fins. Parmi les nombreux talents de son espion en chef figurait apparemment la faculté de lire dans les pensées : du moins le roi avait-il souvent eu cette impression. Dès que Bernard eut posé les yeux sur lui, il s'empressa de lui dire :

« Rien de nouveau du côté d'Alep, Majesté.

— Dieu soit loué ! »

Baudouin demanda à Anselme de servir à manger à Bernard. L'espion s'attabla et avala son repas de bon cœur, ce qui rassura le roi : il n'était apparemment pas porteur aujourd'hui de nouvelles susceptibles de l'empêcher de dormir ou de lui couper l'appétit.

« Qu'êtes-vous venu m'annoncer, Bernard ? J'espère ne pas m'étrangler en vous écoutant… »

Il ne plaisantait qu'à moitié, mais Bernard eut un petit rire étouffé.

« À dire la vérité, Sire, j'ai une histoire assez extraordinaire à vous raconter. J'ai fini par découvrir ce que complotait Renaud de Châtillon, et je dois vous avouer que j'aurais été incapable pour ma part de soupçonner la vérité. Quoi qu'on puisse penser de cet homme, il faut reconnaître qu'il ne manque pas de couilles, ni d'ailleurs d'imagination. Même si son plan a échoué, nous pouvons être assurés qu'il a suscité une vague d'horreur et d'effroi à travers l'ensemble des contrées où l'on révère Allah.

— Connaissant Renaud, intervint le roi, je doute que quoi que ce soit puisse encore me surprendre de sa part. »

Bernard ne tarda pas à lui démontrer qu'il se trompait sur ce point, et Baudouin écouta avec un effarement croissant le récit des hauts faits de son vassal en décembre dernier. Renaud avait d'abord fait secrètement construire cinq navires dans son château de Montréal ; il les avait ensuite fait démonter, puis transporter à dos de chameaux à travers le désert du Sinaï jusqu'au golfe d'Aqaba. Il avait alors attaqué la garnison sarrasine d'Eilat tandis qu'on remontait les navires. Deux d'entre eux restèrent sur place pour maintenir le siège devant la garnison et les trois autres rejoignirent la mer Rouge. Là, ils se mirent à harceler les bateaux musulmans et capturèrent ainsi seize navires marchands, ainsi qu'un autre qui transportait des pèlerins. Ils se risquèrent jusqu'au port de Rabigh, où une partie des hommes de Renaud débarquèrent. Ils n'étaient plus qu'à un jour de marche de Médine, la ville sainte des musulmans, lorsqu'ils furent enfin capturés.

« Comment Renaud a-t-il réussi à s'échapper ?

— Il n'avait pas pris part en personne à cette expédition en mer Rouge et était retourné à Karak après l'attaque d'Eilat. Bien lui en a pris, d'ailleurs, car s'il avait été lui aussi capturé, les Sarrasins n'auraient pas exigé de rançon pour sa libération et l'auraient exécuté sur-le-champ. D'après mes sources, ils ont été profondément scandalisés par cette attaque, qu'ils considèrent comme sacrilège. Ils sont convaincus que ces hommes cherchaient à atteindre Médine afin de s'emparer de la dépouille du prophète Mahomet.

— Renaud n'irait quand même pas jusque-là… »

Baudouin réfléchit un instant et finit par se dire que c'était hélas fort possible.

« En termes de bravoure, dit-il, il paraît difficile de rivaliser avec ce raid en mer Rouge. Mais à part jeter de l'huile sur le feu, quels bénéfices Renaud en a-t-il tirés ? Même s'il s'était emparé de la forteresse d'Eilat, les Francs n'auraient pas été en mesure de la défendre bien longtemps : nous n'avons pas assez d'hommes pour étendre notre influence jusqu'au Sinaï. Et une telle expédition n'aurait été profitable que s'ils avaient rapporté leur butin et leurs prisonniers en Outremer, ce qui n'a apparemment pas été le cas.

— Ils l'auraient sans doute fait, Sire, sans la prompte réaction du frère de Saladin. Renaud estimait vraisemblablement que les Sarrasins seraient lents à réagir, étant donné que

Saladin se trouvait toujours en Syrie. Mais dès qu'al-Adil a su qu'Eilat était attaquée, il s'est empressé de faire comme Renaud et a ordonné qu'on transporte des navires par voie de terre d'Alexandrie jusqu'à la mer Rouge. Il a placé ces bateaux sous le commandement de l'ancien amiral de la flotte d'Égypte : ils n'ont pas tardé à s'emparer des navires des Francs, avant de poursuivre les soldats qui s'étaient enfuis à l'intérieur des terres. Les combats furent acharnés, beaucoup y trouvèrent la mort, et cent soixante-dix Francs finirent par se rendre dans l'espoir d'avoir la vie sauve. Saladin refusa toutefois d'honorer cette promesse et ordonna qu'ils soient mis à mort. Al-Adil n'était pas vraiment d'accord avec lui sur ce point, mais Saladin est passé outre.

— Dieu ait pitié d'eux, dit Baudouin, en se demandant si Renaud éprouverait le moindre remords d'avoir envoyé de la sorte des centaines d'hommes à la mort. Vous ne cessez de me surprendre, Bernard… Vous semblez découvrir les secrets de nos adversaires avec une aisance déconcertante. Mais cette fois-ci, vous vous êtes surpassé ! Comment avez-vous fait pour apprendre toute cette histoire ? »

Bernard eut un sourire où se lisait une fierté bien compréhensible.

« Al-Adil a écrit à Saladin début mars, répondit-il, pour lui raconter l'attaque puis la capitulation des hommes de Renaud. Je me suis arrangé pour mettre la main sur une copie de cette lettre. Quant au désaccord entre les deux frères concernant le sort des prisonniers francs, je l'ai appris par l'un de mes espions en Syrie. »

Baudouin était impressionné : il n'avait pas imaginé que Bernard eût des sources aussi haut placées dans le camp sarrasin.

« Quel que soit le prix de vos services, lui dit-il, il ne sera jamais assez élevé. »

Bernard eut un rire satisfait, car les louanges d'un roi sont aussi précieuses que les deniers de sa bourse. Une fois qu'il fut parti, Baudouin se replia dans un profond silence, sans prêter attention à Anselme qui le pressait de terminer son petit-déjeuner.

« Je ne peux plus conduire notre armée au combat, dit-il enfin. Nous avons désespérément besoin d'un homme qui soit à la hauteur de cette tâche, un guerrier comme l'était feu Onfroy de Toron – que Dieu l'ait en sa sainte garde – dont le courage n'avait d'égal que le bon sens. Renaud de Châtillon dispose du courage nécessaire, et dans un combat à mort, je ne demanderais pas mieux que de l'avoir à mes côtés. Mais son expédition en mer Rouge prouve une fois de plus qu'il est impossible d'avoir confiance en lui s'agissant des affaires du royaume. »

Anselme l'approuva : l'étalon le plus rapide n'était d'aucune utilité s'il refusait de s'arrêter au bon moment. En regardant son jeune maître, dont le destin s'avérait si cruel, il voulut lui procurer un peu de réconfort, fût-ce au prix d'un mensonge.

« Du moins avez-vous réussi à marier votre sœur, Majesté. Si jamais votre état s'aggravait, vous pourriez rester alité en sachant que cet homme prendrait le relais. »

Cette pensée n'offrait qu'un piètre réconfort à Baudouin : au bout de trois ans de mariage, Guy restait une énigme pour lui. Il ne doutait pas de son courage sur le champ de bataille, la famille de Lusignan n'ayant jamais engendré de couards. Mais lorsqu'il s'agissait d'assumer les charges de la royauté, le courage ne suffisait pas, et les qualités de Guy n'avaient jamais été mises à l'épreuve sur ce plan. Toutefois, il ne se risqua pas à exprimer ses doutes à voix haute, même devant Anselme, et se contenta d'opiner en silence, tout en adressant une prière muette au Tout-Puissant afin qu'il protège son royaume menacé, tant par les infidèles que par l'ambition d'une partie de ses vassaux et l'imbécillité des autres.

En mai, Salah al-Din se décida enfin à assiéger Alep. Les habitants lui opposèrent une résistance farouche mais furent trahis par leur propre émir, qui négocia en secret avec le sultan, acceptant de capituler et de lui livrer la ville. Le 11 juin, la plus grande crainte des Francs se trouva concrétisée, et Salah al-Din s'empara d'Alep. Baudouin donna immédiatement l'ordre à son armée de se regrouper à Saphorie, et les chrétiens se préparèrent à défendre leur royaume.

Peu après son arrivée, Baudouin avait été victime d'une forte fièvre. Depuis qu'il était presque aveugle, sa mère l'avait rarement quitté, et elle insista pour qu'il se retire à Nazareth en attendant d'être rétabli. Il finit par accepter, non sans réticence, et uniquement parce que la ville n'était qu'à une dizaine de kilomètres du camp que son armée avait dressé : cela lui permettait de rester en relation constante avec ses éclaireurs et les commandants des divers bataillons. Presque tous les seigneurs du royaume avaient répondu à son appel, tout comme le comte Raymond de Tripoli. Ils avaient d'ores et déjà appris que Saladin avait quitté Alep et se dirigeait vers Damas. La guerre était imminente.

Le 17 août, les barons furent brusquement convoqués à Nazareth. Balian et son frère Baudouin se demandaient si leurs espions avaient découvert l'endroit où Saladin comptait frapper en premier. La plupart estimaient qu'il allait à nouveau assiéger Beyrouth, tandis que d'autres étaient convaincus qu'il attaquerait d'abord les forteresses de Toron et de Chastelneuf. Cette incertitude avait créé une certaine tension, et les frères d'Ibelin espéraient que le roi serait en mesure de mettre fin à ce suspense. Ils étaient en outre curieux de savoir qui il allait nommer à la tête de l'armée.

L'archevêque de Nazareth avait invité le roi souffrant à loger dans son palais, allant même jusqu'à lui céder sa propre chambre afin qu'il dispose du meilleur confort possible. Les frères d'Ibelin pensaient qu'on les conduirait dans la grande salle du palais, et ressentirent une certaine inquiétude en voyant qu'on les emmenait au contraire dans les appartements privés. En revanche, ils n'avaient pas été surpris d'apprendre que l'état du roi s'était aggravé : tous les seigneurs étaient au courant du combat incessant que leur souverain livrait désormais contre les maladies qui le frappaient les unes après les autres. Sachant toutefois combien il était fier, ils se dirent qu'il n'avait jamais réuni jusqu'alors un conseil dans sa chambre, ce qui signifiait qu'il était trop faible pour quitter son lit.

À peine eurent-ils posé les yeux sur lui que leurs craintes se trouvèrent confirmées. Le visage de Baudouin était congestionné au point qu'il paraissait brûlé par le soleil, et ses yeux enfoncés dans leurs orbites étaient brillants de fièvre. Les fenêtres étaient ouvertes pour lutter contre la chaleur étouffante du mois d'août, mais plusieurs couvertures étaient empilées sur le lit du roi ; et après s'être avancés un peu plus près, ils s'aperçurent qu'il grelottait. Il paraissait beaucoup plus jeune que ses vingt-deux ans, et si vulnérable que Balian ne fut pas étonné de voir Agnès, Jocelyn, Denis et Guillaume à son chevet, fidèles sentinelles essayant vainement de conjurer l'approche de la mort.

L'archevêque de Nazareth et le patriarche Héraclius étaient également présents. Balian reconnut aussi plusieurs médecins du roi, ainsi que son confesseur. Il fut surpris en revanche d'apercevoir Guy de Lusignan, n'ayant pas entendu dire que le roi l'avait fait venir de Saphorie avant les autres barons. Comme ceux-ci continuaient de pénétrer dans la chambre, Guy s'arrangea pour capter le regard de son frère Aimery et lui adressa un sourire si radieux que Balian se raidit aussitôt. À ses côtés, il entendit son frère Baudouin murmurer : « Doux Jésus... », et comprit qu'il partageait ses brusques soupçons.

La chambre de l'archevêque Léthard était vaste, mais les barons durent néanmoins se serrer un peu pour y prendre place. On réussit malgré tout à dégager un petit espace autour du lit afin que le comte Raymond, Renaud de Châtillon, les frères d'Ibelin et les grands maîtres des Templiers et des Hospitaliers puissent s'installer selon leur rang. Il y eut bien quelques protestations quand Aimery se fraya un passage pour les rejoindre mais on le laissa faire, chacun étant conscient que l'étoile de Guy venait enfin d'entamer son ascension.

Lorsque Baudouin prit la parole, les hommes durent se rapprocher pour l'entendre car sa voix affaiblie était à peine audible.

« Autrefois, dit-il, je savais que… attendu ma condition de lépreux… je m'étais juré que je régnerais aussi longtemps que ma santé le permettrait… Ce n'est plus le cas aujourd'hui… je suis trop malade pour conduire notre armée à la bataille contre Saladin… Après mûre réflexion, j'ai donc décidé de nommer le mari de ma sœur, le comte de Jaffa, régent du royaume… »

Baudouin devait constamment s'interrompre pour reprendre son souffle.

« Je conserverai la royauté, reprit-il, la ville de Jérusalem et un revenu annuel de dix mille besants d'or… Tout le reste reviendra au comte Guy… Il gouvernera le royaume avec l'avis et l'accord de la Haute Cour… et commandera l'armée… »

Il s'interrompit à nouveau, luttant pour réfréner une quinte de toux si sévère que tout le monde eut l'impression qu'il allait s'étouffer. Ceux qui assistaient à la scène ne pouvaient qu'attendre, impuissants, que cela prenne fin. Un étrange silence régnait dans la pièce, uniquement rompu par le souffle rauque du roi et le frottement des semelles sur le sol. Depuis le mariage de Sibylle et de Guy, chacun ici savait qu'un tel jour allait arriver – et pourtant, la plupart d'entre eux semblaient pris de court. Certains considéraient encore Guy comme un intrus et lui en voulaient d'avoir réussi à s'insinuer parmi eux pour décrocher le gros lot. Quant à ceux qui se réjouissaient de le voir désigné comme régent, leur satisfaction tenait plus au fait que cela servait leurs intérêts qu'à une confiance aveugle en ses capacités. D'autres enfin doutaient toujours qu'il soit en mesure de répondre aux exigences de la royauté, alors que la survie d'Outremer était désormais en jeu.

« Je souhaite que mes vassaux jurent maintenant allégeance au comte de Jaffa… »

En prononçant ces mots, Baudouin ne pouvait pas voir la joie qui illuminait le visage de Guy. Les autres en furent témoin, en revanche, et cela déplut à nombre d'entre eux. Le roi avait marqué une pause pour reprendre son souffle, et le sourire de Guy s'effaça en entendant la suite.

« Mais avant cela, je voudrais que le comte Guy prête lui aussi serment… et jure de son côté que, tant que je serai en vie… il ne cherchera pas à s'emparer de la couronne… ni des trésors royaux appartenant aux villes et aux châteaux… qui sont encore en ma possession. »

Il était évident aux yeux de toute l'assistance que Guy ne s'attendait pas à une telle exigence, et qu'il comprenait parfaitement ce qu'elle signifiait : à savoir que Baudouin ne lui faisait pas pleinement confiance. Il fronça les sourcils et se tourna vers son frère, qui acquiesça imperceptiblement. Leurs regards se croisèrent et Guy finit par acquiescer à son tour, en disant qu'il prêterait bien sûr ce serment si le roi l'estimait nécessaire. Toutefois, lorsque Guillaume s'avança en brandissant un reliquaire serti de joyaux, le regard que le nouveau régent lança à l'archevêque n'avait rien d'amical. Cela ne l'empêcha pas de jurer solennellement sur ces saintes reliques qu'il ne tenterait pas d'usurper la couronne du roi. Le sourire revint néanmoins sur son visage quand les barons du royaume s'avancèrent l'un après l'autre et lui jurèrent allégeance en tant que régent, reconnaissant ainsi que l'armée, le gouvernement et l'avenir de leur royaume étaient désormais entre ses mains.

Après avoir quitté la chambre de Baudouin, les hommes se répartirent en petits groupes pour discuter de la tournure dramatique que venaient de prendre les événements. Certains faisaient cercle autour de Guy, d'autres autour de Raymond et de l'aîné des frères d'Ibelin, qui manifestaient ouvertement leur scepticisme face à la décision du roi. Balian préférait exprimer ses réserves en privé : Guillaume et lui se mirent en quête d'un endroit retiré et trouvèrent finalement refuge dans le cloître de la cathédrale. Ils s'assirent sur un banc dans l'une des niches.

« Je suppose que vous avez essayé de le convaincre de ne pas faire ça, Guillaume… »

L'archevêque poussa un soupir.

« J'ai fait tout ce qui était en mon pouvoir, répondit-il. Baudouin m'a rétorqué qu'il n'avait pas le choix, que la couronne reviendrait de toute manière à Sibylle et à Guy après sa mort.

— Est-ce vous qui lui avez suggéré le serment inattendu qu'il a exigé de Guy ?

— Non, l'idée vient de lui. Mais j'avais fait état des rumeurs qui étaient parvenues jusqu'à moi, selon lesquelles Guy faisait la tournée des seigneurs du royaume en leur promettant monts et merveilles s'ils le soutenaient au cas où il réclamerait la couronne. » Anticipant la question que Balian s'apprêtait à poser, il haussa les épaules et ajouta : « Ces rumeurs étaient-elles fondées ? Je n'en ai pas la certitude absolue. Guy ne se serait évidemment pas risqué à faire une telle démarche auprès de vous, de votre frère, de Raymond ou de moi. Tout ce que je pouvais dire au roi, c'était que ces rumeurs circulaient depuis déjà quelque temps. Étant donné le serment qu'il a exigé de Guy, Baudouin leur a de toute évidence accordé un certain crédit. »

Balian était du même avis. Contrairement à son frère, il ne reprochait pas à Guy de vouloir accéder au trône. Mais il trouvait à tout le moins troublant qu'au bout de trois ans cet homme paraisse toujours aussi peu fiable. Pourquoi n'avait-il pas obtenu la reconnaissance des autres seigneurs ? La jalousie n'était pas seule en cause.

Il entendit à cet instant qu'on l'appelait. Anselme venait de déboucher dans le cloître et lui faisait de grands signes.

« Je vous cherchais partout, seigneur Balian ! Le roi veut vous voir sur-le-champ ! »

Agnès lança un regard noir à Balian lorsqu'il pénétra dans la chambre, comme s'il débarquait à l'improviste sans y avoir été invité.

« Ne vous attardez pas, lança-t-elle sèchement. Le roi est très fatigué. »

Balian lui prêta à peine attention, et ce fut Baudouin qui lui répondit :

« Je deviens aveugle, mère, mais je ne suis pas encore sourd. Maintenant, si tu veux bien nous excuser, je dois parler en privé avec le seigneur Balian… »

Il y avait une telle affection dans son intonation qu'Agnès ne réagit pas à son reproche. Se penchant au-dessus du lit, elle embrassa son fils sur le front et lança à Balian un nouveau regard réprobateur avant de quitter la pièce à regret.

Balian se dit que le roi avait l'air encore plus mal en point que pendant le conseil.

« Je peux revenir quand vous aurez pris un peu de repos, Majesté. Ce que vous avez à me dire peut sûrement attendre.

— Non, c'est important… » Baudouin tenta de se redresser avant de s'effondrer à nouveau dans ses coussins. « Balian… il s'agit de Bella et d'Onfroy… ils doivent se marier au plus vite…

— Non, Majesté ! Bella est beaucoup trop jeune !

— Elle est… dans sa douzième année…

— Mais elle n'aura douze ans que dans six mois ! Et c'est l'âge canonique pour un mariage, Sire, vous ne l'ignorez pas. Cela n'a pas de sens…

— Balian, je vais mourir… »

Il avait chuchoté ces mots, mais ils résonnèrent comme un coup de tonnerre dans les oreilles de Balian. Pourquoi avoir éprouvé le besoin de lui dire ce qu'il ne savait que trop ?

« Sire, vos médecins pourront sûrement… »

Sûrement quoi ? Prolonger ses souffrances ?

« Les médecins ne savent même pas ce qui provoque cette fièvre… Ils m'ont instamment recommandé de m'en remettre à Dieu… » Anselme porta une coupe à ses lèvres et Baudouin avala une ou deux gorgées. « Pour la sécurité de Bella comme pour celle du royaume, il faut qu'elle se marie avant ma mort… Je ne veux pas… qu'elle devienne un pion aux mains de nos ennemis, qui se serviront d'elle contre Sibylle… Elle mérite mieux et… et si nous nous déchirons entre nous, nous sommes bel et bien fichus…

— Sire, je vous promets que nous lui ferons épouser Onfroy. Je vous en fais le serment solennel. Mais attendons pour cela qu'elle soit un peu plus âgée, qu'elle ait au moins quatorze ans. Onze ans, c'est beaucoup trop jeune ! »

Baudouin n'avait plus assez de souffle ni suffisamment de forces pour discuter davantage. C'était d'ailleurs inutile à ses yeux. Il comprenait pourquoi Balian et Marie étaient hostiles à ce projet et ne leur en voulait pas. Mais tant que Bella serait en mesure d'épouser un individu susceptible de devenir roi, elle représenterait une tentation trop grande pour bien des envieux. Pour le meilleur ou pour le pire, la couronne devait revenir à Sibylle et à Guy. C'était la dernière chose qu'il pouvait faire pour Outremer : éviter une guerre de succession.

« Il n'y a pas d'autre solution, reprit-il d'une voix éraillée. Ce mariage doit avoir lieu. »

Balian voulut une fois encore protester avant de comprendre que c'était inutile. Comment pouvait-il harceler un mourant ? Il ne pouvait même pas avancer le fait que c'était faire payer un prix trop élevé à Bella, alors que Baudouin avait sacrifié sa santé, sa jeunesse et maintenant sa vie pour défendre ce royaume qui était leur pays natal et le cœur vibrant de toute la chrétienté.

Salah al-Din quitta Damas le 17 septembre et assena le premier coup de sa campagne contre les Francs le 29, en attaquant Bethsan. La garnison du château et les habitants avaient été avertis de son arrivée et étaient allés se réfugier à Tibériade, laissant les Sarrasins saccager la ville. Le lendemain, un contingent en provenance de Karak, sous le commandement d'Onfroy de Toron, tomba dans une embuscade tendue par les mamelouks du sultan : une centaine de soldats furent faits prisonniers à cette occasion. Le même jour, Guy de Lusignan quitta Saphorie à la tête de l'armée des Francs afin d'affronter au plus tôt les forces du sultan.

CHAPITRE 34

Septembre 1183
Collines de Nazareth, Outremer

Aimery de Lusignan, le connétable du royaume, conduisait l'avant-garde à travers les collines qui entouraient Nazareth. Ils n'avaient pas encore été attaqués mais il savait que cela ne saurait tarder : cela faisait plus de dix ans qu'il vivait en Terre sainte, et il avait largement eu le temps de se familiariser avec les stratégies militaires des Sarrasins. Du temps où il combattait dans le royaume des Francs, il avait bien souvent eu l'occasion de faire couler le sang ; mais ici, il avait dû apprendre l'art des marches forcées spécifiques à Outremer. Il n'avait jamais vu non plus avant cela des soldats se battre comme les Sarrasins : ils s'abattaient sur vous comme des faucons puis se repliaient aussitôt pour se mettre à l'abri, harcelant leurs adversaires et les poussant à bout avec ces attaques éclairs. Heureusement, ils étaient vulnérables en revanche à ce qui restait l'arme majeure des Francs : la charge des chevaliers en armure et de leurs puissants destriers.

Cette charge devait cependant être calculée à la minute près et déclenchée à l'instant où le commandant estimait qu'elle provoquerait le plus de dégâts. Il était toujours malaisé d'exercer un contrôle de ce genre sur des chevaliers orgueilleux, qu'un instinct naturel poussait à réagir sur-le-champ en cas d'attaque. Aimery avait parfois vu des templiers et des hospitaliers aussi disciplinés qu'aguerris rompre brusquement les rangs, n'en pouvant plus d'attendre ; et il était bien décidé à ce qu'une telle indiscipline n'ait pas cours dans son escadron. Comme il avait fait ses preuves à Montgisard, à Marj Ayoun, à Forbelet et lors de nombreuses chevauchées, les hommes savaient qu'il n'avait pas été nommé connétable pour la simple raison qu'il était le frère de Guy. Il avait su gagner leur respect sur le seul terrain qui comptait, c'est-à-dire sur le champ de bataille.

Il lui arrivait toutefois de se demander s'ils auraient considéré Guy avec le même respect. Son frère n'avait jamais participé à une bataille mémorable, pas plus qu'il ne s'était trouvé jusqu'à aujourd'hui à la tête d'une armée. Pour l'instant, il avait gagné ses plus grands titres de gloire dans le lit de Sibylle… Aimery songeait qu'il était naturel que les Poulains nourrissent des doutes à son sujet. Il les partageait, du reste, sachant de surcroît une chose que la plupart des gens ignoraient : son frère cadet était très influençable et s'en remettait souvent à l'opinion d'autrui.

Ils marchaient depuis environ deux heures lorsque les attaques commencèrent. Des archers à cheval apparurent des deux côtés de la route, et les soldats à pied qui protégeaient les montures des chevaliers durent reculer sous cette nuée de flèches. Il y eut quelques morts. Aimery cria à ses hommes de continuer à avancer en maintenant la ligne de front. Une partie des Sarrasins se déplacèrent vers l'arrière de leurs troupes, espérant les encercler. Mais tant qu'ils ne rompraient pas leur formation, ils se sortiraient sans trop de peine de ces escarmouches.

Les tambours de guerre sarrasins ne cessaient de résonner et faisaient un vacarme infernal, tandis que des cris, des jurons et des insultes fusaient de toutes parts. Aimery remarqua que la route faisait une courbe un peu plus haut et se dit que c'était le lieu rêvé pour une embuscade. Il constatait par ailleurs avec une certaine fierté que ses hommes faisaient preuve d'une grande discipline – mais hélas, cela cessa soudain d'être le cas.

Les choses se produisirent sans crier gare. Plusieurs chevaliers, excédés par ce harcèlement incessant, lancèrent leurs destriers contre leurs agresseurs en poussant le cri de guerre de « Saint Georges ! ». Aimery leur hurla d'arrêter mais il était trop tard. D'autres se joignirent à l'assaut et une partie de l'infanterie fut obligée de s'écarter pour éviter d'être piétinée au passage des chevaux. Le chaos le plus complet ne tarda pas à régner.

« À moi ! Revenez ! » ne cessait de s'écrier Aimery à s'en écorcher la gorge.

Mais il s'aperçut avec effroi que ses chevaliers étaient rapidement séparés les uns des autres et n'allaient pas tarder à être submergés par leurs assaillants.

Ce fut alors qu'il entendit les trompettes retentir – la musique des harpes célestes n'aurait pas été plus douce à ses oreilles –, et il se retourna juste à temps sur sa selle pour voir l'armée des Francs surgir au sommet de la crête et dévaler la pente dans leur direction. Il avait rarement été témoin d'une charge aussi parfaite : les chevaliers en rangs serrés, les uns contre les autres, leurs lances pointées en avant et prenant l'ennemi par surprise. Les chevaux arabes se cabrèrent, dressés sur leurs pattes arrière, et les Sarrasins qui ne furent pas désarçonnés s'éparpillèrent dans toutes les directions.

Aimery regroupa au plus vite son escadron dispersé. Des corps jonchaient le sol, des blessés pour la plupart, et quelques montures privées de leurs cavaliers erraient au milieu de cette confusion. Mais ils auraient pu déplorer des pertes beaucoup plus lourdes. Rengainant son épée, Aimery dirigea son cheval vers leurs sauveurs afin de les remercier.

Dès qu'il aperçut la croix rouge familière qui ornait leurs boucliers, il jura entre ses dents car il n'avait aucune envie d'avoir une dette de ce genre à l'égard du beau-père qu'il avait répudié : Baudouin d'Ibelin ne manquerait pas d'ironiser à ce sujet jusqu'au Jugement dernier. Les deux frères d'Ibelin s'avancèrent à sa rencontre sur leurs étalons. Voyant que

Balian chevauchait le redoutable Démon, Aimery immobilisa sa propre monture à une distance respectable.

« J'ai eu de la chance que vous vous trouviez justement dans les parages », leur dit-il avec un sourire contraint.

Baudouin d'Ibelin lui adressa un regard froid.

« Vous avez surtout de la chance que ma fille soit trop jeune pour se retrouver veuve… »

Balian se montra plus amical.

« Un éclaireur nous a avertis que l'avant-garde était attaquée, et il aurait été dommage que vous soyez les seuls à vous amuser.

— Eh bien, rétorqua Aimery, je suis heureux que vous ayez eu envie de vous joindre aux réjouissances. »

Baudouin haussa les épaules.

« Vos ossements auraient eu le temps de blanchir le long de la route avant que votre frère ne se décide à vous venir en aide. »

Aimery fronça les sourcils en l'entendant insulter Guy de la sorte, mais Balian vit bien qu'il réfrénait un petit sourire. Voilà qui était intéressant : Aimery semblait lui aussi avoir des doutes sur les capacités de commandement de son frère. Il le regarda s'éloigner, puis lancer des ordres pour qu'on s'occupe des morts et des blessés. Ses hommes lui obéissaient avec empressement, ce qui était également instructif. Se tournant vers son frère, Balian lui lança :

« Il me semble que Sibylle a épousé le mauvais de Lusignan… »

Baudouin observait Aimery, lui aussi.

« Tu veux dire qu'il ferait un meilleur roi que Guy ? Dieu nous garde, Balian, mais ton nouvel écuyer lui-même serait plus digne de monter sur le trône que ce tocard ! »

Balian avait souvent entendu son frère faire des remarques sarcastiques concernant le physique de Guy. Mais jamais il n'avait tenu devant lui des propos d'une telle amertume, et cela ne lui plaisait guère. Les médecins du roi n'étaient plus aussi convaincus que sa fièvre allait l'emporter, il s'était même suffisamment rétabli pour regagner lentement Jérusalem sur une litière tirée par des chevaux, afin d'y recevoir de plus amples soins. Néanmoins, tout le monde savait que ce répit serait de courte durée. Le roi était mourant, et lorsqu'il aurait rendu l'âme, la couronne reviendrait à Sibylle et à Guy. Son frère devait trouver le moyen d'accepter cette réalité : quel autre choix avait-il ?

Salah al-Din se retira un peu plus bas avec son armée. De leur côté, les Francs dressèrent leur camp à Aïn Djalout. Ils disposaient de la plus imposante armée jamais rassemblée en Outremer, forte de mille trois cents chevaliers et de plus de quinze mille fantassins. Les Sarrasins étaient encore plus nombreux. Les deux grandes armées se trouvaient maintenant face à face, à mille cinq cents mètres l'une de l'autre, et les hommes attendaient tous de savoir ce que leurs chefs allaient décider.

Jacquelin de Mailly vit qu'une foule compacte s'était rassemblée autour de la tente où Guy tenait son commandement, dans l'espoir de recueillir quelques échos des discussions qui se déroulaient à l'intérieur. Plusieurs de ses compagnons templiers se trouvaient dans les parages, et il s'apprêtait à les rejoindre lorsqu'il reconnut soudain parmi eux Gérard de Ridefort. Mais eux ne l'avaient pas vu arriver, aussi eut-il le temps de bifurquer et de se mêler discrètement à un groupe de croisés germaniques : leur seigneur, le duc de Louvain, prenait part au conseil de guerre réuni par Guy. Dans la tente se trouvaient également tous les barons d'Outremer, le clerc en charge de la Vraie Croix, le comte de Tripoli, ainsi que les grands maîtres des Templiers et des Hospitaliers. Seul Bohémond, le prince d'Antioche, était absent.

Il y avait un peu de tout dans la foule qui s'était réunie : des chevaliers et leurs écuyers, des fantassins, l'ensemble des Poulains qui avaient répondu à l'appel de Baudouin. On apercevait aussi des pèlerins qui s'apprêtaient à quitter la Terre sainte et s'étaient empressés de rejoindre l'armée à Saphorie lorsqu'ils avaient appris l'invasion sarrasine. La plupart des marins vénitiens, pisans ou génois, qui devaient les ramener dans leur pays natal, les avaient imités. Jacquelin admirait leur courage et leur piété, car la saison durant laquelle on pouvait se risquer en haute mer allait prendre fin, et ils allaient tous se retrouver bloqués en Outremer jusqu'au printemps prochain. Il aurait toutefois préféré qu'ils soient mieux équipés pour participer aux combats. Certes, ils avaient des armes mais n'avaient pas songé à se munir de provisions, alors que les rations de nourriture étaient déjà drastiquement réduites dans le camp.

À l'intérieur de la tente, des cris retentirent à nouveau. On reconnaissait aisément la voix de Renaud de Châtillon : Jacquelin en déduisit que son interlocuteur devait être le comte de Tripoli. Balian lui avait appris que les deux hommes étaient à couteaux tirés depuis leur arrivée. Il savait à présent – comme tout le monde dans le camp – la raison pour laquelle ils s'opposaient. Le conseil de guerre était divisé, pour ne pas dire déchiré, entre ceux qui voulaient livrer une bataille immédiate contre Saladin et ceux qui préféraient s'en remettre à la tactique traditionnelle des Francs : éviter une bataille rangée tout en immobilisant les forces sarrasines, les empêchant du même coup d'aller assiéger l'une ou l'autre de leurs villes ou de leurs forteresses.

Sans surprise, le plus farouche partisan d'une attaque immédiate était Renaud de Châtillon, soutenu par Jocelyn de Courtenay, Aimery de Lusignan, le grand maître des Templiers, Arnaud de Torroja, ainsi que divers nobles croisés. La plupart des Poulains, soutenus par le grand maître des Hospitaliers, Roger de Moulins, défendaient une approche plus prudente. Les deux partis campaient sur leurs positions, et ces débats houleux duraient depuis leur arrivée à Aïn Djalout, quatre jours plus tôt. En attendant, les réserves diminuaient et la patience des soldats s'émoussait, la plupart soutenant la position de Renaud : ils voulaient se battre.

Lorsque le conseil se sépara, Jacquelin attendit que Balian émerge de la tente et lui emboîta le pas.

« Rien de nouveau, je suppose ? lui lança-t-il. Nous connaissons à présent les positions de tous les membres du conseil. Mais Guy ? Que pense-t-il, de son côté ?

— Dieu seul le sait, répondit Balian. Quant à moi, je l'ignore. C'était une bonne idée au départ, Jacquot, de donner la possibilité à chacun d'exposer son point de vue. Mais il est vite devenu évident que le conseil était dans une impasse et que c'était à Guy de prendre une décision : partir au combat ou attendre. Étant donné que nous n'avons toujours pas bougé de ce camp, on pourrait croire qu'il s'est rangé à l'avis de Raymond et des Poulains. Mais sincèrement, je n'ai aucune idée de ce qu'il a dans le crâne. On a l'impression qu'il a tellement peur de faire le mauvais choix que cela l'empêche de prendre la moindre décision.

— Ma foi, sûr qu'il ferait le mauvais choix s'il vous suivait, le comte Raymond et toi, rétorqua Jacquelin avec un sourire, car il avait lui aussi envie de se battre.

— Crois-tu vraiment qu'il y ait un bon choix dans cette affaire, Jacquot ? »

Jacquelin s'arrêta et regarda son ami, surpris.

« Ce n'est pas ton cas ? rétorqua-t-il.

— J'ai fait de mon mieux pour convaincre Guy que nous ne devions pas affronter Saladin : ce serait une folie de risquer l'anéantissement de notre armée contre une force supérieure en nombre ; et une telle défaite signifierait la fin de notre royaume. Mais il me semble que j'aurais autant d'arguments en faveur d'une confrontation directe, car il n'est pas certain que nous parvenions à réunir par la suite autant d'hommes qu'aujourd'hui ; et une telle opportunité ne se représentera peut-être pas.

— Bon sang, Balian, que me chantes-tu là ? Tu veux dire que nous sommes de toute manière condamnés à disparaître, que nous choisissions de nous battre ou non ?

— Non, je ne crois pas que nous soyons condamnés à disparaître, s'écria Balian, que Jacquelin avait rarement vu en proie à une telle colère. Le Tout-Puissant ne peut pas nous abandonner au moment où nous avons le plus besoin de lui. Mais les prières ne suffiront pas. Il faut que nous cessions de nous battre entre nous et unissions nos forces contre Saladin.

— Tu ne connaîtrais pas, par hasard, la recette permettant de réaliser un tel miracle ? »

L'intonation ironique de son ami apaisa un peu la colère de Balian.

« Je vais étudier la question », répondit-il.

Après avoir échangé un vague sourire, ils poursuivirent leur chemin en silence. Jacquelin savait que Balian avait le cœur brisé à cause du mariage d'Isabelle. Il aurait aimé lui apporter un peu de réconfort sur ce plan mais ne trouva rien de mieux que de lui demander comment Marie supportait la chose.

Balian resta un moment sans répondre. Il lui était pénible d'évoquer ce mariage imminent, qui allait lier Isabelle à une famille que Marie et lui détestaient.

« Aussi bien que tu peux l'imaginer, finit-il par dire. Lorsque Marie a compris qu'elle n'arriverait pas à faire changer d'avis le roi, elle a ravalé sa fierté et écrit à la mère d'Onfroy en lui demandant si Bella pourrait encore vivre à Naplouse pendant quelque temps, après son mariage. Ce qui était une requête raisonnable, étant donné que Bella n'a que onze ans. Mais Étiennette ignore l'amour maternel : elle lui a répondu que la place de Bella serait auprès de son mari, à Karak. »

Jacquelin s'apprêtait à lui dire qu'il était désolé de l'apprendre mais se rendit compte que ses mots sonneraient creux.

« Le moment n'est pas très bien choisi pour t'annoncer d'autres mauvaises nouvelles, répondit-il, mais tu ne tarderas sans doute pas à l'apprendre. L'ordre des Templiers a besoin d'un nouveau sénéchal, et je crains que notre grand maître ne nomme à ce poste Gérard de Ridefort. »

Balian le dévisagea.

« Tu parles sérieusement ? Ton grand maître a-t-il perdu la tête ? »

Jacquelin haussa les épaules.

« Gérard a l'art de se concilier les faveurs des puissants. Souviens-toi de quelle manière il s'était insinué dans la maisonnée du comte Raymond. Il a ensuite réussi à convaincre le clan des De Courtenay de le faire nommer maréchal du royaume. Il n'est donc guère surprenant qu'après avoir rejoint notre ordre il ait fait tout ce qui était en son pouvoir pour faciliter la tâche de maître Arnaud, se portant toujours volontaire, le soutenant et chantant ses louanges à chaque réunion du chapitre… »

Après avoir fait la grimace, Jacquelin reprit avec amertume :

« Et pour couronner le tout, j'ajouterai que si Gérard devenait notre sénéchal, nous n'aurions plus qu'à prier pour la santé et la sécurité du grand maître. Car s'il mourait brusquement, ce serait probablement son sénéchal qui lui succéderait. »

Cette perspective était si engageante que Balian ne trouva rien à répliquer et se contenta de hocher la tête d'un air incrédule. Avant qu'il ait pu poser d'autres questions à son ami, ils entendirent de grands cris et se retournèrent, apercevant l'un de leurs éclaireurs turcopoles qui arrivait au galop dans leur campement. Ayant reconnu Balian, l'homme tira sur les rênes de son étalon qui s'immobilisa net.

« Monseigneur… Où puis-je trouver le comte de Jaffa ?

— Dans sa tente, répondit Balian. Mais que se passe-t-il, Ilyas ?

— Saladin a envoyé plusieurs bataillons décimer et piller les environs. Ils ont déjà brûlé le village de Jénine et se sont emparés de Forbelet. Ils se dirigent à présent vers le mont Tabor afin d'attaquer les monastères qui s'y trouvent. »

Le ciel d'octobre se teintait des couleurs éclatantes du coucher de soleil d'Outremer, et Balian fit halte un instant pour regarder le jour disparaître. Puis il se secoua et se prépara à une rencontre qui avait peu de chance d'être agréable. S'avançant vers l'un des chevaliers de la maison de Guy, il lui annonça qu'il devait parler au comte de Jaffa.

La tente de Guy était à la fois spacieuse et luxueuse : elle n'était pas sans offrir quelque ressemblance avec celle de Saladin, qu'il avait eu l'occasion de découvrir des années plus tôt. Il se dit que Guy aurait mieux fait de choisir un décor plus modeste pour son premier commandement. Il savait que nombre de Poulains avaient été choqués par la jubilation dont il avait fait preuve en accédant à la régence. Après avoir attendu un bon moment, ce qui était probablement délibéré, il fut introduit dans la partie centrale de la tente, et l'accueil qu'il reçut fut d'une froideur tangible.

L'animosité de Jocelyn de Courtenay à son endroit n'avait rien de bien surprenant, mais il fut surpris que Guy se montre aussi ouvertement hostile, car ils ne s'étaient jamais disputés. Apparemment, le fait d'être le frère de Baudouin d'Ibelin suffisait à ses yeux pour le condamner. Seul Aimery lui adressa un salut poli.

Il lui proposa même une coupe de vin, mais Guy eut un geste d'impatience et coupa son frère au beau milieu de sa phrase en lançant :

« Que voulez-vous, d'Ibelin ? »

Balian se permit de hausser un sourcil devant ce ton menaçant.

« Je souhaite vous parler de cette campagne, messire le comte, et de ce qu'il conviendrait de faire à mon avis.

— Je connais votre position, vous n'êtes pas favorable à une bataille. Qu'avez-vous d'autre à me dire ?

— J'ai changé d'avis. » Cette repartie les prit visiblement de court : Aimery avait l'air intéressé, Jocelyn sceptique et Guy étrangement furibond. « J'ai en effet préconisé la prudence, reprit Balian, pour les raisons dont nous avons déjà débattu au conseil. Nous devons toujours soupeser tous les risques avant d'envoyer nos hommes au combat, surtout quand l'ennemi paraît si désireux d'en découdre. Je me suis aperçu, ajouta-t-il avec un petit sourire, qu'il est rarement avisé d'agir comme les Sarrasins le voudraient.

— Dans ce cas, pourquoi soutenez-vous le contraire à présent ? Quelle est cette nouvelle lubie ? »

Balian ne comprenait pas l'attitude de Guy mais était déterminé à exposer son point de vue.

« J'ai changé d'avis, tout simplement parce que le contexte a changé. Au cours de ces deux derniers jours, les Sarrasins se sont livrés au pillage à travers la région. Ils ont détruit Jénine et Forbelet, dévasté le monastère orthodoxe de Saint-Élias, et nous venons d'apprendre qu'ils menacent maintenant Nazareth. »

Pour la première fois, Balian se tourna vers Jocelyn.

« Vous étiez à Ascalon, dit-il, lorsque le roi Baudouin a décidé de ne pas affronter l'armée de Saladin. Vous l'avez alors approuvé, comme nous tous, car il s'agissait d'une sage décision, étant donné que nous étions dans une grande infériorité numérique. Mais quand Saladin a lancé ses raids à travers la campagne, le roi a changé d'avis. Il nous a dit qu'il ne pouvait pas rester les bras croisés alors qu'on massacrait son peuple, qu'on brûlait ses maisons et volait son bétail. Il avait là encore pris la bonne décision, dont la conséquence fut la grande victoire que nous avons remportée à Montgisard. Même si nous avions perdu cette bataille, c'était le choix qu'il fallait faire. »

Guy leva la main, comme s'il en avait assez entendu.

« Vous feriez bien de vous mettre d'accord avec vos petits amis conspirateurs, d'Ibelin. Ils continuent pour leur part de soutenir que nous devons refuser cette bataille.

— Conspirateurs ? s'exclama Balian. De quoi parlez-vous donc ? »

Guy et Jocelyn échangèrent des regards entendus. Puis le régent lui tourna délibérément le dos, se dirigea vers la table et saisit une paire de dés.

« Jocelyn, Aimery… Que diriez-vous d'une petite partie ? »

Balian était trop abasourdi pour se mettre en colère. Au bout de quelques instants, il fit demi-tour et quitta la tente avant de se diriger dans la partie du camp où étaient installés les soldats de Naplouse. Il ne tarda pas à entendre quelqu'un courir derrière lui et fit volte-face pour voir qui le poursuivait ainsi.

C'était Aimery de Lusignan.

« Je vais probablement le regretter, lui dit-il, mais il faut que je vous parle.

— De quoi donc ? rétorqua Balian. Du fait que votre frère est subitement devenu fou ?

— Il aurait dû vous écouter et ne pas vous congédier comme un domestique. Mais il venait d'apprendre qu'on l'avait trahi, et on a tendance à se retourner contre le premier venu dans ce genre de circonstances.

— De quelle trahison parlez-vous ? Et que voulait-il dire au juste en me traitant de conspirateur ?

— Ce matin, Guy a convoqué votre frère et le comte Raymond. Il voulait savoir s'ils étaient toujours hostiles à une bataille contre Saladin. Contrairement à vous, ils n'avaient pas changé d'avis. Mais un peu plus tard, Jocelyn nous a rapporté des rumeurs que ses espions avaient entendu circuler dans le camp. Confiant comme il l'est, il ne se contente pas d'espionner les Sarrasins, mais également les nôtres…

— Et que disaient ces prétendues rumeurs ?

— Que certains Poulains ont des visées à plus long terme. Qu'ils ne veulent pas que nous remportions une grande victoire contre Saladin, car toute la gloire en reviendrait à Guy, en tant que chef de notre armée. Et dans ce cas, ils n'auraient plus la possibilité de contester sa régence ou de l'empêcher d'accéder au trône.

— Jésus, Marie, Joseph ! lança Balian, l'air accablé. Et Guy a accordé foi à ces fadaises ?

— Vous pensez vraiment que c'est impossible, Balian ?

— Évidemment.

— J'aimerais vous croire… Mais je voulais surtout que vous compreniez pourquoi Guy avait les nerfs à vif et s'est comporté comme un malotru envers vous. » Aimery s'apprêtait à faire demi-tour, mais s'interrompit. « J'ai plaidé pour que nous livrions bataille parce que je crois que nous sommes en mesure de battre l'armée de Saladin, comme nous l'avons fait à Montgisard. J'ai par ailleurs tout à fait conscience que mon frère a besoin d'une telle victoire, et à quel point il lui importe que sa première campagne militaire soit un succès. »

Il n'attendit pas que Balian lui réponde et s'empressa de regagner la tente de son frère.

Balian le regarda s'éloigner.

Comment Guy peut-il accorder le moindre crédit à de telles inepties ? songea-t-il. *Comment des hommes d'honneur pourraient-ils laisser le royaume en souffrance dans le seul but de priver Guy de cette victoire ? Jamais le comte Raymond n'encouragerait de semblables visées. Ni mon frère Baudouin.*

Les tentatives de Salah al-Din pour pousser les Francs à livrer bataille n'aboutirent à rien, et au bout de huit jours, les deux armées demeurant face à face à Aïn Djalout, il renonça à ce projet. Le 17 octobre, il leva le camp et se dirigea vers Damas. Les Francs craignaient toujours qu'il ne lance une nouvelle attaque et regagnèrent Saphorie en restant sur leurs gardes. Mais ils reçurent bientôt un message urgent du roi, demandant à ses barons de le rejoindre à Jérusalem.

CHAPITRE 35

Novembre 1183
Jérusalem, Outremer

Balian n'avait pas répondu à la convocation du roi. La menace de guerre n'étant plus imminente, il était fermement décidé à faire passer son épouse et sa fille en premier. Il était donc retourné à Naplouse afin d'escorter Marie et Isabelle jusqu'à la forteresse de Karak, où le mariage devait avoir lieu. Il eut ensuite de la peine à les quitter, comme chaque fois qu'il devait s'absenter, mais le roi l'attendait à Jérusalem. Promettant à Marie qu'il reviendrait la chercher après le mariage, il se remit en route avec ses hommes pour un nouveau périple interminable, étant donné la distance qui séparait Karak de la Ville sainte.

Sitôt arrivés à Jérusalem, Balian et ses chevaliers firent halte dans l'un des nombreux établissements de bains de la ville afin d'éliminer la crasse qu'ils avaient accumulée durant leur voyage. Puis il gagna sa demeure, où il se changea avant de rejoindre le palais. Baudouin lui en voulait peut-être de ne pas avoir assisté à cette session de la Haute Cour, aussi passa-t-il d'abord au domicile de l'archevêque de Tyr afin de voir comment les choses se présentaient. Ce dernier serait le mieux placé pour lui dire à quel genre d'accueil il devait s'attendre.

« Mais non, le rassura Guillaume, vous n'avez pas manqué cette session de la Haute Cour. Baudouin l'a programmée pour la fin de la semaine, vous arrivez donc juste à temps. Il s'est livré à une enquête minutieuse, interrogeant Guy et tous les barons qui se trouvaient à Saphorie et Aïn Djalout, cherchant à reconstituer le fil des événements. Tout comme moi, il ne comprend pas comment nous avons pu rassembler la plus importante armée de toute l'histoire du royaume sans porter un seul coup à l'ennemi. Le peuple ne le comprend pas davantage, et Guy a été hué chaque fois qu'il s'est montré dans les rues de la ville depuis son retour », ajouta-t-il en dissimulant mal sa satisfaction.

L'opinion publique s'était donc retournée contre Guy, comme Aimery l'avait redouté, estimant que sa première campagne militaire était un échec. Balian partageait ce jugement, pour d'autres raisons que les habitants qui palabraient dans les tavernes ou au coin des rues. Il se sentait trop las pour en discuter avec Guillaume, ce qui aurait d'ailleurs été inutile puisque ce n'était pas un soldat. Acceptant avec gratitude une coupe de vin, il se rejeta dans les coussins du canapé : il avait l'impression que tout son corps le faisait souffrir.

« Dois-je m'attendre à un accueil un peu froid de la part de Baudouin ? demanda-t-il en se disant qu'il était tout de même allé un peu loin en offensant à la fois le roi actuel et son futur successeur.

— Mais non, pas du tout ! Baudouin m'a dit qu'il s'attendait à ce que vous accompagniez Marie et Isabelle à Karak. Il m'a également confié qu'il avait hâte de connaître votre point de vue sur cette campagne. Pourquoi avez-vous l'air surpris ? Le roi a toujours fait grand cas de votre opinion, Balian. »

Ce dernier but une gorgée de vin.

« Il semble que Guy n'ait plus beaucoup d'amis à la cour…

— Vous êtes encore loin du compte, mon garçon. Je me suis souvent demandé si cet individu avait des talents cachés, en dehors du fait d'avoir réussi à séduire Sibylle. Eh bien, il s'avère qu'il possède au moins l'art de se faire des ennemis…

Je suis sûr que vous estimerez comme moi que sa position est devenue fort précaire, comme il doit lui-même s'en rendre compte. Quels soutiens doit-il rechercher ? À qui doit-il d'abord faire en sorte de plaire ? »

Balian croyait qu'il s'agissait là de questions purement rhétoriques, mais l'archevêque semblait attendre sa réponse. Aussi finit-il par lui dire :

« D'abord et avant tout, il doit s'assurer que Sibylle est toujours heureuse avec lui, car son rêve d'être un jour couronné dépend d'elle. Et il faut bien sûr qu'il conserve le soutien du roi. Après cela, l'appui du patriarche Héraclius lui serait sans doute utile, ainsi que celui du plus grand nombre possible de membres de la Haute Cour. »

Guillaume opina.

« Cela relève du simple bon sens, n'est-ce pas ? » commenta-t-il.

Balian le considéra, intrigué.

« De quoi Guy s'est-il encore rendu coupable, Guillaume ?

— Lorsque Baudouin lui a confié la régence, il n'a conservé pour lui-même qu'une rente annuelle et Jérusalem. Entre-temps, ses médecins lui ont dit qu'il serait préférable pour sa santé qu'il s'installe dans une ville de la côte. Il a donc proposé à Guy de lui céder Jérusalem en échange de Tyr. Guy a refusé. »

Balian était sincèrement choqué. La bêtise avait toujours eu le don de le laisser pantois.

« Il a dû se dire que Tyr s'avérerait plus rentable à cause du commerce maritime, répondit-il après quelques instants de réflexion. Mais autant s'amputer le bras pour cesser d'avoir mal aux doigts… »

Après avoir fini son vin, il s'étira pour détendre ses muscles raidis et dit à l'archevêque qu'il allait se mettre en route.

« Vous disiez que la Haute Cour allait se réunir ? »

Guillaume acquiesça.

« Les membres de la cour ne seront pas les seuls présents. Il y aura également les grands maîtres des Templiers et des Hospitaliers, ainsi que le prince Bohémond en personne, qui est arrivé d'Antioche il y a quelques jours. Seul Renaud de Châtillon sera absent. Je suppose que vous l'avez vu à Karak ?

— Oui, répondit Balian en serrant les lèvres. Mais il a beau avoir hâte que Bella et Onfroy soient officiellement mariés, je suis convaincu que les festivités du mariage lui importent peu. » Il s'interrompit car le visage de l'archevêque s'était figé. « Guillaume…

— Je comptais bien vous en toucher un mot, mais je croyais vraiment que vous étiez déjà au courant et que Renaud vous en avait parlé. Il est resté là-bas parce qu'un espion a prévenu Baudouin que Saladin envisageait d'attaquer Karak. »

Balian s'était aussitôt redressé.

« Ah, le traître ! Ah, le chancre puant ! Ce salopard ne m'a pas dit un mot au sujet de cette éventuelle attaque. Il savait pertinemment que si j'avais appris que Saladin se dirigeait avec son armée sur Karak, je n'aurais jamais abandonné Marie et Bella chez lui et les aurais ramenées à Jérusalem avec moi, en envoyant promener ce fichu mariage !

— Nous n'avons pas la certitude que Saladin projette vraiment cette attaque, rétorqua Guillaume en essayant de se montrer rassurant. L'espion de Baudouin a pu se tromper. Et même s'il disait la vérité, vous ne devez pas vous inquiéter pour Marie et Isabelle. Renaud est peut-être le diable incarné mais c'est un guerrier accompli. Et Karak est la plus formidable forteresse de tout le royaume. Jamais elle ne tombera aux mains des Sarrasins. »

Balian avait récupéré son manteau et se dirigeait vers la porte.

« On disait la même chose de Fort Jacob », lança-t-il avant de sortir.

« Entrez, Balian. Et venez vous asseoir à table auprès de moi. Anselme va vous servir du vin. »

Balian fut surpris d'entendre Baudouin s'exprimer avec une telle fermeté, contrairement à l'homme qui était à l'article de la mort trois mois plus tôt. Il était également significatif que le roi le reçoive sur la terrasse du palais et non pas dans sa chambre, preuve supplémentaire que les médecins avaient réussi à le guérir de sa mystérieuse fièvre.

Balian commença par s'asseoir ainsi qu'il y avait été invité mais se releva aussitôt, trop agité pour tenir en place.

« Je veux savoir ce que vous a exactement dit votre espion, Majesté, à propos de l'attaque de Karak que projetteraient les Sarrasins. Cet homme est-il fiable ? Vous attendez-vous vraiment à ce que Saladin aille assiéger la citadelle ?

— Je ne peux pas vous certifier que cela se produira, mais cela n'aurait rien d'étonnant, attendu la haine tenace que Saladin voue à Renaud. Plus encore, ce mariage constitue une cible tentante car il pourrait s'emparer de plusieurs otages de haut rang, à commencer par ma sœur. C'est pourquoi j'ai envoyé un certain nombre de chevaliers pour soutenir Renaud, afin d'être sûr que Karak soit bien défendue. Et comme un messager mettrait beaucoup de temps pour rallier Jérusalem depuis là-bas, j'ai confié deux de mes propres pigeons voyageurs à Renaud. Aucun ne m'a été renvoyé pour l'instant. »

Cela rassura un peu Balian. Les Francs ne s'étaient jamais appuyés autant que les Sarrasins sur ces pigeons voyageurs, mais une partie des Poulains, les Templiers et les Hospitaliers notamment, avait fini par se convaincre de leur efficacité.

« Je souhaite néanmoins retourner à Karak, Sire, dès que la session de la Haute Cour aura pris fin.

— Bien sûr. J'ai également envoyé des éclaireurs qui doivent m'avertir sur-le-champ au cas où l'armée sarrasine se mettrait en route vers Karak. Si tel était le cas, je conduirais personnellement les renforts pour contraindre l'ennemi à lever le siège. Vous avez ma parole, Balian. Et maintenant, s'il vous plaît, rasseyez-vous.

— Comment savez-vous que je m'étais relevé ?

— Mon ouïe est toujours bonne, répondit Baudouin avec un léger sourire. Je vous ai entendu repousser votre siège puis faire les cent pas tandis que vous m'écoutiez. Je comprends parfaitement que vous ayez les nerfs à vif, mais j'ai besoin de connaître votre opinion concernant la manière dont les choses se sont passées à Aïn Djalout. Guy prétend qu'on le critique à tort pour avoir pris la décision de renoncer au combat, alors que c'était le souhait de la plupart des Poulains. »

Balian reconnut qu'il y avait une part de vérité dans cette affirmation.

« J'étais de ceux qui lui ont conseillé d'éviter la bataille. »

Baudouin lui ayant demandé pourquoi, Balian prit son temps avant de répondre, car il était évident qu'une telle décision militaire ne pouvait manquer d'avoir des répercussions politiques.

« Historiquement, dit-il, nous nous sommes toujours méfiés de ces batailles rangées contre les Sarrasins. J'ai expliqué à Guy que Saladin pouvait se permettre de perdre une armée, contrairement à nous, car une telle défaite sur le terrain aurait entraîné la perte du royaume. De plus, Saladin cherchait visiblement à nous pousser au combat. Enfin, nous étions en infériorité numérique et une partie de ses hommes aurait pu nous prendre à revers. »

Anselme avait déposé une coupe de vin devant Balian, qui s'interrompit pour en boire une gorgée.

« Toutefois, reprit-il, j'ai changé d'avis lorsque Saladin a lancé ces raids dans les environs, car notre peuple est en droit d'attendre que nous assurions sa protection. »

Baudouin acquiesça en silence. Balian savait qu'ils pensaient tous les deux à Montgisard.

« Si je comprends bien, vous me dites que la décision initiale de Guy de ne pas livrer bataille pouvait se justifier sur le plan militaire, mais que lorsque les choses ont changé, il n'a pas su tenir compte de cette nouvelle situation.

— C'est exactement ça, Majesté. Une erreur de jugement est toujours excusable, sauf lorsqu'elle est basée sur une témérité excessive, ce qui n'était d'ailleurs pas le cas. En revanche, les autres fautes que Guy a commises sont moins facilement pardonnables. Il a requis de toute urgence le soutien de Tyr et d'Acre, et des pèlerins qui s'apprêtaient à embarquer ont répondu héroïquement à son appel, suivis par les équipages de leurs navires. Et pourtant, il ne s'est pas soucié de nourrir ces bouches supplémentaires. À vrai dire, il ne s'est même pas assuré que nous avions des provisions suffisantes pour nos milliers de soldats. Les Templiers, les Hospitaliers et une bonne partie des seigneurs d'Outremer avaient assez de réserves avec eux pour leurs propres troupes. Mais Guy n'avait prévu de la nourriture que pour trois jours, et les hommes n'ont pas tardé à mourir de faim. Il s'agit déjà là d'une grave erreur de commandement, mais il y en a eu d'autres. »

Le visage de Baudouin demeurait impassible.

« Lesquelles, par exemple ? demanda-t-il.

— Il n'a pas pris la moindre mesure pour protéger nos sites sacrés, qui risquaient pourtant d'être la cible privilégiée des Sarrasins. Résultat, le monastère orthodoxe de Saint-Élias a été saccagé, toutes ses saintes reliques dérobées, et l'abbaye du mont Tabor a failli subir le même sort et n'a dû sa survie qu'à la solidité de ses murailles et à la défense acharnée des moines et des villageois. Lorsque nos réserves de nourriture ont été épuisées, Guy a demandé aux villages voisins de l'approvisionner mais n'a pas envoyé de troupes pour protéger leurs charrettes, dont une partie est tombée aux mains des Sarrasins. Et lorsque nous avons appris les ravages que causaient les raids lancés par Saladin, il n'a pas levé le petit doigt. » Balian marqua une pause avant de reprendre : « J'ai rapporté à Guy les propos que vous aviez tenus en apprenant que Saladin ravageait les campagnes, tuant et pillant tout sur son passage : vous ne pouviez pas rester barricadé à Ascalon pendant que votre peuple souffrait. Mais il n'était pas disposé à m'écouter, convaincu que j'étais son ennemi et que je complotais pour le chasser du pouvoir. Toutefois, son plus grand échec à mes yeux est de ne pas avoir su inspirer le respect ni s'imposer face aux autres. Lorsqu'il est devenu évident que le conseil était à ce point divisé, c'était à lui de s'emparer des rênes et de prendre une décision.

» Il prétend que les Poulains comme Raymond ou mon frère l'ont empêché de le faire. Il les accuse d'avoir souhaité son échec et affirme qu'il ne pouvait pas engager la bataille contre les Sarrasins parce qu'il craignait que les seigneurs d'Outremer refusent de se battre pour lui.

» Il n'a jamais déclaré au conseil qu'il avait l'intention de livrer bataille. Certains auraient-ils hésité à le suivre ? Peut-être. Le comte de Tripoli est farouchement indépendant, comme nous le savons. Quant aux Hospitaliers et aux Templiers, ils manquent rarement une occasion de nous rappeler qu'ils n'ont de comptes à rendre qu'au Saint-Père de Rome. Il s'agissait de convaincre ces hommes, non de leur donner des ordres. Si Guy n'a pas compris ça alors qu'il est depuis quatre ans en Outremer, il n'est pas de taille à assumer la régence. Et encore moins la royauté. »

Balian aurait aimé déchiffrer l'expression de Baudouin. Celui-ci avait toujours eu l'art de dissimuler ses pensées, mais son visage était encore plus impénétrable depuis qu'il était aveugle.

« Pour me montrer juste envers lui, Sire, Guy se trouve dans une position difficile. N'importe qui à sa place s'apercevrait bien vite qu'il est malaisé de surmonter les jalousies et les soupçons que les Poulains nourrissent à l'égard des nouveaux venus. Mais il patauge au milieu de tout ça comme si on venait de le jeter dans un bassin et qu'il ne savait pas nager.

— J'apprécie votre franchise, Balian. »

Baudouin ne fit pas d'autres commentaires. Balian était cependant convaincu qu'il n'était pas satisfait par la manière dont Guy avait mené cette première campagne militaire et qu'il était furieux, à juste titre, que son beau-frère ait refusé sa proposition d'échanger Jérusalem contre Tyr. Le roi pouvait certes le réprimander pour ses bévues, mais cela ne serait d'aucune utilité si Guy refusait de tirer les leçons de ses erreurs. Et pourtant, que pouvait-il faire d'autre ?

Tandis que les barons remplissaient peu à peu le dernier étage de la tour de David, ils constatèrent que Baudouin avait déjà pris place sur le dais, flanqué d'un côté par sa mère et de l'autre par l'archevêque Guillaume. Guy, Sibylle et Jocelyn se tenaient un peu à l'écart et paraissaient tous les trois si inquiets que certains se disaient – non sans une certaine satisfaction – que le régent redoutait sans doute de subir une humiliation publique.

Lorsque tout le monde eut pris place, le patriarche offrit sa prière de bénédiction, puis tous les regards se tournèrent vers le roi.

« Avant que nous n'ouvrions cette session, dit-il, j'ai une mauvaise nouvelle à vous annoncer. La nuit dernière, un messager de Renaud de Châtillon a réussi à rejoindre Jérusalem. Karak est assiégée par l'armée de Saladin. »

Balian s'était levé avant même que Baudouin ait achevé sa phrase.

« Quand le siège a-t-il commencé ? demanda-t-il.

— Il y a une quinzaine de jours, répondit Baudouin. Mes deux pigeons voyageurs avaient été lâchés dès le début du siège, ajouta-t-il en anticipant la question de Balian, mais ont été abattus par des archers sarrasins. Un premier messager envoyé par Renaud, porteur d'un appel au secours, a été capturé et exécuté. Le second a réussi à traverser les lignes ennemies et à distancer ses poursuivants, ce qui lui vaudra une solide récompense.

— Sire, quand cet homme a-t-il quitté la citadelle ? »

Au son de sa voix, Baudouin se tourna vers Balian.

« Cela fera bientôt une semaine », répondit-il.

Tandis que le silence retombait, Balian eut droit à de nombreux regards compatissants : tout le monde savait qu'il pouvait se passer bien des choses au cours d'un siège en l'espace d'une semaine.

« Nous allons nous porter au secours de Karak le plus rapidement possible, poursuivit Baudouin. Mais nous devons avant cela aborder un sujet de la plus haute importance. Mes médecins s'attendaient au pire lorsque j'ai été frappé par une forte fièvre l'été dernier. Comme vous pouvez le constater, je suis désormais pleinement rétabli. Je n'ai par conséquent plus besoin d'un régent, et je relève donc dès aujourd'hui le comte de Jaffa de cette fonction. »

Des murmures stupéfaits parcoururent l'assistance, telle une série de vagues s'écrasant sur le rivage. Ceux qui avaient placé leurs espoirs du côté de Guy étaient consternés. Mais la plupart des hommes avaient l'air soulagés, voire carrément réjouis. Baudouin attendit que ces remous se soient apaisés avant de reprendre :

« Ce sera donc moi qui conduirai notre armée à Karak. J'espère évidemment que vous aurez tous à cœur de prendre part à cette expédition de secours. »

Jocelyn avait conféré avec Sibylle et Guy pendant que l'assistance réagissait à cette nouvelle inattendue. Guy hochait toujours la tête d'un air dubitatif, mais il était visiblement incapable de rester plus longtemps silencieux et se dirigea d'un pas décidé vers le dais.

« Je vais parler sans prendre de gants, lança-t-il avant d'ajouter “Majesté” après un silence qui était une insulte en soi. Je crois que vous commettez une grave erreur. Nous savons tous que d'ici peu, vous serez à nouveau gravement malade et incapable d'assumer les charges de la royauté. Même si la fièvre vous a aujourd'hui quitté, vous n'êtes plus à même de conduire nos troupes au combat et devez voyager en litière. Vous avez toujours besoin d'un régent. Mon épouse et moi-même étant vos héritiers, je suis le seul en mesure d'assumer ce rôle. »

Un silence choqué s'installa, personne n'ayant imaginé que Guy oserait défier le roi de la sorte. Puis le brouhaha reprit, les seigneurs échangeant leurs points de vue à voix haute jusqu'à ce que Baudouin rétablisse le calme.

« Monseigneur le comte de Jaffa… »

Il y avait un tel mépris dans ces simples mots que Guy rougit jusqu'aux oreilles et que Sibylle lança à son frère un regard assassin. Les Poulains se penchèrent, attentifs à ce qui allait suivre et sentant bien que quelque chose d'important était en train de se jouer.

« Étant donné que vous êtes toujours resté dans l'ignorance de l'histoire d'Outremer, je ne suis guère surpris de constater que vous avez apparemment oublié que c'est la Haute Cour qui désigne le roi. Je n'avais pas l'intention de commenter aujourd'hui la manière dont vous avez mené notre dernière campagne, car nous avons des questions autrement importantes à régler concernant notre expédition de secours à Karak. Mais puisque vous m'y engagez vous-même, qu'il en soit ainsi. Vous vous êtes montré incapable de commander notre armée ou de gouverner notre royaume, et j'ai fini par comprendre qu'en vous confiant les rênes du pays j'avais fait à Saladin le plus grand des cadeaux dont il pouvait rêver. »

À ces mots, l'assemblée explosa en un concert de voix où la stupéfaction se mêlait à la joie mais parfois aussi à la colère. Certains s'étaient levés avec enthousiasme, d'autres s'embrassaient d'un air triomphal. Quelques bancs avaient été renversés au milieu de la liesse générale. Balian éprouvait un pincement au cœur en songeant que Baudouin ne pouvait pas voir les visages de ses vassaux : la plupart le considéraient avec la même fierté farouche qu'après la victoire qu'ils avaient remportée à Montgisard. En regardant autour de lui, il savait qu'il n'était pas le seul à penser que malgré sa cécité, son impotence et le drame de sa destinée, Baudouin manifestait plus de volonté, de courage et de prestance que Guy de Lusignan.

Celui-ci paraissait aussi abasourdi que ses partisans, et Sibylle était visiblement au bord des larmes. Mais elle se ressaisit très vite et vint se placer aux côtés de son mari, passant son bras sous le sien et défiant son frère du regard. Guy lui manifesta sa reconnaissance en étreignant sa main avant de laisser exploser sa colère.

« J'ai compris ! Ce n'est qu'une minable vengeance… Une mesure de rétorsion, parce que j'ai refusé de vous abandonner Tyr ! »

Sans ciller, Baudouin rétorqua d'une voix glaciale :

« Je ne pensais qu'au bien-être de notre royaume. Mais de tels sentiments sont au-dessus de votre entendement. »

Aimery de Lusignan était venu se placer à son tour aux côtés de son frère, dans le but évident d'éviter que la situation ne dégénère. Jocelyn et le patriarche avaient fait de même, mais Guy ne leur prêta aucune attention. Au lieu de cela, il fit brusquement volte-face et se précipita vers la sortie, Sibylle sur ses talons. Aimery s'empressa de les suivre, et après un instant d'hésitation, Jocelyn fit de même. Les autres membres de l'assemblée regagnèrent leurs sièges, encore sous le choc de la scène dont ils venaient d'être témoins.

Lorsqu'un calme relatif fut enfin rétabli, Roger de Moulins, le grand maître des Hospitaliers, se leva pour prendre la parole.

« Je n'ai rien à redire, Majesté, au jugement que vous avez porté sur le comte de Jaffa. Mais faut-il en déduire que vous comptez déshériter votre sœur, dame Sibylle ? Si vous songez à mettre en avant les droits de votre autre sœur, dame Isabelle, cela s'avérera impossible tant qu'elle sera en danger et susceptible de devenir l'otage des Sarrasins. »

Baudouin s'était bien douté que quelqu'un risquait de soulever le problème de la succession, mais il espérait qu'une réponse ambiguë suffirait à dissiper la curiosité. La vérité, c'était qu'il avait déjà décidé de réparer l'erreur qu'il avait commise lorsqu'il avait poussé Sibylle à épouser Guy en faisant annuler leur mariage. Mais il n'était pas encore prêt à rendre publique une telle décision, aussi se contenta-t-il de répondre qu'il serait temps de discuter des droits de ses deux sœurs lorsqu'ils auraient obligé Saladin à lever le siège de Karak.

Il eut d'abord l'impression que l'assemblée se satisfaisait de cette déclaration. Mais son cousin se leva alors pour prendre la parole, et Baudouin se douta que Bohémond allait les engager dans des eaux plus troubles.

« Vous venez de prouver, Majesté, que vos sujets vous tiennent à juste titre en haute estime, en dépit du mal maudit qui vous affecte. Vous nous avez rendu un grand service en écartant Guy de Lusignan de la régence et de la succession.

Pourtant, et bien qu'il me soit douloureux de vous le dire, la nécessité d'une régence ne peut être écartée aussi aisément que les prétentions du comte de Jaffa. Je proposerai donc que nous désignions à ce poste le comte de Tripoli, un homme aussi courageux qu'honorable, issu d'une famille royale, et qui a suffisamment démontré ses capacités de commandement. »

Bohémond avait à peine fini de parler que Baudouin d'Ibelin se levait à son tour. Il avait compris lui aussi quelle opportunité s'offrait à eux en l'absence des principaux ennemis de Raymond : Renaud de Châtillon, Jocelyn et les frères de Lusignan.

« Je suis sûr de parler au nom de la majorité des membres de notre assemblée, dit-il, en affirmant que nous ne pourrions pas trouver de régent plus compétent que le comte de Tripoli. »

Hugues de Galilée intervint à son tour en appuyant chaleureusement la désignation de son beau-père. Les partisans du comte avaient compris que le moment était propice, et le roi n'était pas certain de pouvoir endiguer leur tentative. Il craignait, si cette proposition l'emportait, qu'on n'essaie dans la foulée de désigner Raymond comme héritier légitime. Balian lui offrit un moment de répit en prenant la parole pour s'opposer à ce qu'on désigne un régent aujourd'hui, rappelant à la Haute Cour qu'il leur avait fallu des jours de discussion pour désigner le successeur d'Amaury, et qu'ils ne pouvaient pas se permettre ce luxe alors que Karak était en danger. Ce fut alors qu'Agnès se pencha pour murmurer quelque chose à l'oreille de son fils. Celui-ci l'écouta, visiblement surpris, puis émit un petit rire avant de réclamer une nouvelle fois le silence.

« Il n'était pas dans mes intentions d'aborder la question de la succession au cours de cette session. Je rejoins en cela la position du seigneur de Naplouse. La sécurité de tous ceux qui se trouvent assiégés à Karak doit passer en premier. Mais madame ma mère vient de me faire une suggestion inattendue qui mérite votre attention. »

Lorsqu'elle comprit que Baudouin lui accordait l'honneur de défendre elle-même sa proposition, Agnès se leva et se tourna fièrement vers une assemblée qui restait largement sceptique à son égard.

« Je comprends, dit-elle, pourquoi nombre d'entre vous redoutent de laisser en suspens cette question de la succession. Vous craignez, au cas où le roi serait à nouveau frappé par une forte fièvre, que Guy de Lusignan ne tente de s'emparer par la force de la régence, si ce n'est de la couronne. Cette crainte n'est pas dénuée de fondement. Je suggère donc à la Haute Cour de reconnaître les droits du neveu du roi et de le désigner dès aujourd'hui comme son successeur. »

Cette proposition inattendue suscita un étonnement aussi grand que lorsque Baudouin avait démis Guy de ses fonctions. Un brouhaha général s'ensuivit, chacun ayant son mot à dire et prenant bruyamment la parole. La contre-attaque s'avéra très vite d'une grande habileté, car un tel compromis satisfaisait à la fois ceux qui ne voulaient pas déshériter Sibylle, ceux qui auraient accepté n'importe qui à l'exception de Guy, et même ceux qui espéraient que Raymond puisse prendre les commandes après la mort de Baudouin : il serait largement temps d'avancer sa candidature lorsqu'un enfant se retrouverait à la tête du royaume. Seuls les partisans de Guy pouvaient s'y opposer, mais ils n'avaient jamais constitué qu'une petite minorité. Avec une étonnante unanimité, la décision fut donc prise de couronner le plus tôt possible le neveu de Baudouin, âgé de cinq ans à peine, et qui portait le même prénom que lui.

Le dimanche 12 novembre, dans la dixième année du règne, le jeune fils de Sibylle et de feu Guillaume de Montferrat fut donc couronné roi sous le nom de Baudouin V dans l'église du Saint-Sépulcre. Les habitants de Jérusalem assistèrent en nombre à la procession qui rejoignait l'église, mais la foule resta muette et s'abstint de la moindre liesse. Si la plupart se réjouissaient que Guy ait été écarté de la succession, ils n'accueillaient pas avec joie la perspective d'une longue régence. Les illettrés eux-mêmes, peu familiers des Saintes Écritures, connaissaient la funeste prophétie biblique : « Malheur au pays dont le prince est un enfant. »

La nuit était tombée lorsque Balian et son frère montèrent jusqu'au sommet de la tour de David. Un premier grand brasier fut allumé sous leurs yeux – d'autres ne tarderaient pas à suivre – pour prévenir les assiégés de Karak qu'une armée allait se mettre en route et se porter à leur secours. Baudouin d'Ibelin se rapprocha des flammes car la fraîcheur de l'hiver était déjà perceptible, et il essaya une fois encore de rassurer son frère.

« Ne t'inquiète pas, mon garçon. Renaud ne tombera jamais aux mains des Sarrasins. Il défendra sa citadelle jusqu'au Jugement dernier. »

Balian ne répondit pas et ils restèrent tous les deux silencieux, regardant les flammes dorées s'élever dans le ciel sombre et couvert de nuages.

CHAPITRE 36

Novembre 1183
Citadelle de Karak, Outre-Jourdain

Le jour de son mariage, Isabelle s'éveilla en entendant des cris. Elle se redressa et se frotta les yeux en se demandant si elle n'avait pas rêvé. Sa mère était déjà levée et habillée de pied en cap, tout comme Alice et Emma. Elle était très reconnaissante à cette dernière d'avoir accepté de l'accompagner à Karak : ainsi se sentirait-elle un peu moins seule une fois sa mère repartie. Elle connaissait Onfroy, bien sûr, et elle l'aimait bien, mais n'était pas sûre de pouvoir se confier à lui comme elle le faisait avec Emma. Sa mère s'aperçut qu'elle était réveillée et se tourna vers elle au moment où les cris recommencèrent.

« Maman, que se passe-t-il ? »

Après un instant d'hésitation, sa mère lui apprit que l'armée de Saladin venait d'arriver. Ce n'était pas vraiment une surprise car on savait que Saladin avait dressé son camp depuis des jours à al-Rabba, à une dizaine de kilomètres de la citadelle. Toutefois, Isabelle ne s'attendait pas à ce que le siège commence justement aujourd'hui.

Marie s'assit auprès d'elle sur le lit et fit de son mieux pour la rassurer, en lui rappelant que Karak était l'une des plus formidables forteresses de tout le royaume. Érigée sur un pic rocheux, elle se dressait sur trois de ses côtés au-dessus de pentes escarpées donnant sur des ravins qu'on appelait des *oueds*. Ils pouvaient donc facilement tenir jusqu'à ce que Baudouin arrive à la tête de leur armée.

« Pourquoi les gens crient-ils, dans ce cas ?

— Renaud a décidé de défendre la citadelle sur tous les côtés, aussi a-t-il refusé que les gens transportent leur bétail et leurs biens à l'intérieur du château et leur a demandé de rester chez eux. »

Sa mère s'était exprimée sur le ton le plus neutre possible, mais Isabelle sentait bien qu'elle n'approuvait pas la décision de Renaud. À en juger par le vacarme, cela n'enchantait pas davantage les habitants de la ville, et elle eut pitié d'eux puisqu'on leur interdisait de se mettre à l'abri à l'intérieur des solides murailles de la citadelle. Mais son regard tomba soudain sur sa robe de mariée, étalée sur un coffre voisin, et la fatalité de son propre destin l'emporta sur le reste. Sa vie était sur le point de changer de manière dramatique, alors que ni ses parents ni elle ne souhaitaient qu'il en aille ainsi.

L'enceinte intérieure du château était noire de monde, au point que l'un des chevaliers dut s'ouvrir un chemin afin que les femmes puissent passer. Il ne fit d'ailleurs pas preuve d'une douceur excessive, s'agissant de simples paysans qui avaient fui la campagne environnante chargés de leurs maigres effets. Les chèvres et les moutons avaient été descendus à l'aide de cordages dans les douves sans eau qui séparaient l'agglomération de la citadelle. Quant aux cris et aux gémissements des uns et des autres, ils étaient maintenant si familiers qu'Isabelle n'y prêtait plus attention. Ces réfugiés paraissaient misérables ; on les avait pourtant admis à l'intérieur de la forteresse, craignant qu'ils ne retrouvent leurs villages incendiés et réduits en cendres si on les renvoyait chez eux.

D'autres chevaliers se présentèrent pour les escorter jusqu'au donjon qui se dressait à l'extrême sud du mur d'enceinte. La grande salle occupait la totalité du rez-de-chaussée et était déjà décorée pour le repas de noces : des tapis avaient été déroulés sur le sol et les tables sur tréteaux étaient recouvertes de nappes blanches en lin. De nombreux Poulains avaient pris l'habitude de manger sur des tables basses, assis par terre sur des coussins, mais jamais Renaud n'aurait adopté une coutume héritée des Sarrasins.

Dès qu'elles pénétrèrent dans la salle, l'archevêque Guerric de Petra s'avança pour les accueillir aux côtés de la tante par alliance d'Isabelle. Marie de Brisebarre, l'épouse de Baudouin d'Ibelin, avait insisté pour les accompagner à Karak, estimant qu'il était de son devoir en tant que belle-sœur de leur apporter son soutien dans ce moment difficile. En dépit de ses bonnes intentions, sa présence n'était d'aucun réconfort pour Isabelle et sa mère, qui n'avaient guère d'affinités avec elle.

Isabelle laissa poliment sa tante l'embrasser sur la joue. L'archevêque Guerric rassura Marie en lui disant qu'elles ne craignaient rien, comme si ce siège ne représentait qu'un désagrément mineur. Avec un sourire, il informa Isabelle qu'ils avaient dû modifier leurs plans : le seigneur Onfroy et elle allaient être mariés dans la chapelle du château et non dans la cathédrale de la ville, comme il était initialement prévu. Il reconnut qu'il n'était pas certain que tous les invités puissent prendre place dans la chapelle, mais Isabelle songea qu'ils n'étaient pas si nombreux. Elle s'abstint cependant d'en faire la remarque à voix haute car elle savait que la mère d'Onfroy était furieuse : étant donné les circonstances, la plupart de leurs invités s'étaient décommandés.

Tous les seigneurs du royaume, à l'exception de Renaud et d'Onfroy, se trouvaient à Jérusalem pour assister au grand conseil réuni par le roi. La plupart de leurs épouses avaient préféré ne pas venir en l'absence de leurs maris, surtout depuis que les rumeurs avaient commencé à courir concernant l'assaut de Karak par les Sarrasins. Agneta, l'épouse de Jocelyn, était évidemment présente, étant la cousine d'Étiennette. C'était une femme d'allure modeste et sans prétention, contrairement à son exubérante cousine, et elle n'avait pas l'air très heureuse de se retrouver là. Elle s'était néanmoins montrée très amicale à l'égard d'Isabelle, qui aurait préféré l'avoir pour belle-mère plutôt qu'Étiennette.

Les autres invités présents étaient les vassaux de Renaud et leurs épouses. La forteresse abritait par ailleurs de nombreux chevaliers : ceux de la maison de Renaud, bien sûr, mais aussi ceux que le roi avait envoyés pour le soutenir lorsque les premières rumeurs d'une attaque sarrasine lui étaient parvenues. Sans parler de la garnison du château, des domestiques, des réfugiés miséreux en provenance des villages voisins et des nombreux baladins. Ceux-ci étaient arrivés depuis plusieurs semaines : musiciens, jongleurs, ménestrels – il y avait même un montreur de chiens savants dont Isabelle avait hâte de voir les exploits. Mais ces divers saltimbanques n'avaient guère le cœur à la fête : ils craignaient pour leur vie et savaient qu'ils n'allaient pas retirer de ce mariage le bénéfice escompté, alors que les noces des nobles seigneurs leur étaient généralement d'un grand profit.

Onfroy ne tarda pas à se montrer et se dirigea vers elles. Au grand amusement d'Isabelle, il lui baisa galamment la main et se montra comme d'habitude très respectueux envers Marie, qui ne s'était toujours pas dégelée à son égard et ne lui témoignait qu'une politesse distante. Il se consola toutefois en voyant le sourire chaleureux de sa future épouse, qui le trouvait assez bel homme dans sa tunique rouge et dorée. Elle écarta les pans de son manteau pour lui montrer sa robe de mariée, en soie brochée couleur prune, et ses chaussons de feutre vert. Onfroy se répandit en compliments qui lui allèrent droit au cœur.

Quand il lui apprit que Renaud était monté au sommet des murailles, Isabelle aurait bien voulu l'imiter car elle avait très envie de savoir ce qu'il se passait au juste. Elle n'avait jamais vu un château possédant aussi peu de fenêtres. Celles de sa chambre étaient minuscules et donnaient sur la cour intérieure. Les seules autres sources de lumière provenaient des meurtrières pratiquées dans la muraille extérieure ; et la grande salle ne disposait pas de ces alcôves agrémentées de larges ouvertures qu'on trouvait partout ailleurs. La citadelle avait été construite pour la guerre, pas pour le confort.

Isabelle était trop jeune à l'époque pour se rappeler comment les choses se passaient dans la demeure de son père à Jérusalem. On lui avait raconté que son palais était beaucoup plus élégant que celui de Naplouse, qu'elle avait pourtant appris à aimer : construite autour d'une cour agrémentée d'un jardin, qui en constituait le cœur, leur propriété était spacieuse et lumineuse, à l'opposé de cette sinistre forteresse de Karak. Debout dans la grande salle, quelques heures à peine avant de devenir l'épouse d'Onfroy, elle savait qu'elle n'avait aucune envie de passer le reste de son existence dans cette citadelle isolée, perdue sur une colline et dominant au loin la stérile mer Morte.

Les vœux de mariage étaient normalement échangés avant que le couple pénètre dans l'église, afin d'être prononcés devant le plus grand nombre de témoins. Mais Étiennette poussa tout le monde à l'intérieur de la chapelle car il s'était mis à pleuvoir, ce qui était plutôt inhabituel à Karak au mois de novembre. Isabelle espérait qu'il ne s'agissait pas d'un mauvais présage.

Par la suite, elle ne devait plus se rappeler que des bribes de cette cérémonie nuptiale. Son souvenir le plus vif étant le moment où ils étaient agenouillés devant l'autel, Onfroy et elle, pour échanger leurs serments. Après quoi, Onfroy avait soulevé sa main et glissé l'anneau à son doigt en disant : « Avec cet anneau, je te prends pour épouse. » Et Isabelle était devenue sa femme.

Renaud n'avait pas assisté à la cérémonie. Il fit une apparition au cours du repas de noces dans la grande salle, mais il avait visiblement l'esprit ailleurs, préoccupé par l'armée sarrasine qui avait maintenant pris position au nord et au sud du château, les pentes du côté est et ouest s'avérant trop raides pour autoriser la moindre approche. Isabelle et Onfroy avaient droit aux places d'honneur sur le dais, Étiennette était assise à côté de son fils et Renaud à côté d'Isabelle.

Il ne fit aucun effort pour engager la conversation avec elle, mais cela ne la dérangeait pas. Sachant qu'Onfroy craignait son beau-père et que sa mère et Balian n'aimaient pas cet homme, elle se sentait très mal à l'aise en sa présence. Elle aurait préféré que sa mère n'ait pas été placée aussi loin d'elle. Elle avait été reine, après tout. Étiennette n'avait pas regardé à la dépense et le menu était luxueux. On servit aux invités un potage de lait d'amande aux oignons, des cailles farcies aux herbes et aux raisins, du riz, des lentilles, du sanglier rôti, de la crème anglaise, des caroubes et des galettes fourrées aux fruits. Accoutumée à la cuisine syrienne ou grecque, Isabelle trouva la plupart des plats un peu fades. Onfroy lui avait confié que Renaud aurait préféré mourir de faim que de manger de la nourriture préparée à la mode sarrasine.

On avait fait venir des barils de vin de Bethléem et de la bière d'orge préparée par les brasseurs de la ville. Il y avait également des jus de fruits. Onfroy s'assurait que la coupe d'Isabelle fût toujours remplie de lait d'amande, lui-même buvant très peu. Les invités étaient censés boire plus que de raison lors de telles festivités, mais le vin ne coulait pas à flots ce jour-là. Isabelle se disait que la plupart des hommes devaient se refréner, étant donné les circonstances. Elle trouvait pour sa part un peu étrange de célébrer cet événement alors qu'une armée d'infidèles assiégeait le château. Et elle était convaincue que la plupart des gens pensaient comme elle.

Renaud s'était éclipsé au milieu du repas, se levant brusquement en voyant l'un de ses chevaliers apparaître sur le seuil de la grande salle et lui faire un signe. N'ayant jamais su dissimuler ses émotions, Étiennette était visiblement dépitée qu'il soit parti sans lui avoir dit un mot.

C'était une belle femme aux cheveux roux et aux yeux verts. Son fils ne lui ressemblait pas beaucoup et Isabelle s'était dit qu'il devait plutôt tenir de son père, mort lorsqu'il avait sept ans. Onfroy ne parlait guère de lui, pas plus que de sa mère, d'ailleurs. En revanche, il avait longuement évoqué devant elle la figure de son grand-père, le connétable. Cela faisait quatre ans que celui-ci était mort en défendant le roi lors de cette embuscade sarrasine, mais de toute évidence son petit-fils pensait toujours beaucoup à lui.

Les derniers plats avaient été servis et les musiciens s'étaient mis à jouer lorsque retentit un choc effroyable, tandis que l'édifice vacillait sur ses fondations. Les gens se levèrent aussitôt avec une hâte qui trahissait leur fébrilité. Messire Yvain, l'un des chevaliers de Renaud, ne tarda pas à arriver et se dirigea vers le dais.

« Ne craignez rien, messeigneurs et gentes dames… Les Sarrasins viennent d'installer deux catapultes au sud du château et sont en train de les essayer afin de les placer au meilleur endroit. » Il se fendit d'un sourire avant d'ajouter : « Ils perdent d'ailleurs leur temps. Une seule de leurs pierres a franchi la muraille et heurté le donjon. Toutes les autres ont atterri dans la *berquilla*.

— Qu'est-ce qu'une *berquilla* ? » demanda Isabelle à Onfroy.

Il lui expliqua que c'était le nom d'une citerne située à l'extérieur des remparts, qui faisait office de douves en temps de guerre et de réservoir en temps de paix. Après quoi, il se lança dans un long développement, lui révélant que la principale faiblesse de la citadelle se trouvait à son extrémité sud, et que la citerne avait justement été installée là pour empêcher les assaillants de creuser un tunnel qui leur aurait permis de passer sous les murailles. Mais au même instant, sa mère réclama le silence.

Étiennette s'était dirigée vers un buffet et choisit un plat en argent qu'elle tendit à un domestique.

« Je vais offrir ce plat à Saladin, dit-elle. Je veux que tout le monde mange à sa faim le jour où je marie mon fils. »

Les invités applaudirent aussitôt et poussèrent des cris de joie. Isabelle remarqua que sa mère elle-même avait esquissé un sourire. Le seul qui ne semblait pas impressionné par le geste de bravoure d'Étiennette était le domestique qui allait devoir s'aventurer hors de la citadelle et rejoindre les lignes sarrasines en brandissant un drapeau blanc.

Les tables furent rapidement débarrassées et Isabelle eut le droit de danser pour la première fois de sa vie. Emma et Marie lui avaient appris les pas et elle ne tarda pas à s'amuser follement. Chaque fois qu'elle croisait le regard de sa mère, celle-ci lui souriait, mais jamais elle n'avait vu un sourire aussi triste.

Le domestique fut bientôt de retour. La danse s'arrêta et tous les regards se tournèrent vers lui tandis qu'il s'approchait du dais et s'inclinait devant Étiennette.

« J'ai fait ce que vous m'avez demandé, madame, et j'ai remis le plat ainsi que votre message au sultan. Il vous remercie et m'a demandé dans quelle tour devaient loger les nouveaux mariés. Puis il m'a dit qu'il donnerait l'ordre à ses hommes que ses machines de guerre s'abstiennent de la viser. »

Le silence s'installa et Isabelle regarda autour d'elle, constatant que la plupart des invités se faisaient la même réflexion et estimaient que Saladin avait eu le dernier mot dans cette escarmouche.

Au même instant, un individu aviné demanda d'une voix de stentor s'il n'était pas l'heure d'accompagner les nouveaux époux dans leur chambre nuptiale. Isabelle rougit, mais sa mère répliquait déjà d'une voix glaciale :

« Il n'y aura aucune cérémonie de ce genre aujourd'hui. »

Certains invités paraissaient déçus, mais l'archevêque Guerric se hâta d'approuver Marie en leur rappelant que ces gaudrioles seraient un peu déplacées, étant donné que la mariée venait à peine d'avoir onze ans. Là-dessus, les festivités du mariage d'Isabelle prirent brusquement fin.

Isabelle et Onfroy s'agenouillèrent dans la chambre de ce dernier tandis que Nicolas, le chapelain, bénissait leur lit nuptial. Après quoi, Onfroy et lui furent poussés vers la sortie par les femmes. Lors d'un mariage ordinaire, la plupart des invitées seraient restées avec la mariée afin de la préparer à recevoir son époux. Dans le cas d'Isabelle, seules sa mère, Emma et

Marie d'Ibelin demeurèrent auprès d'elle. Elles ne s'éternisèrent d'ailleurs pas. Isabelle prit place sur un tabouret tandis que sa mère brossait sa longue chevelure noire et qu'Emma rabattait les couvertures du lit. Les gens ayant l'habitude de dormir nus, la plupart du temps, Isabelle fut surprise que Marie l'empêche d'un geste d'enlever sa tunique.

La fillette laissait déjà entrevoir la beauté de la femme qu'elle serait plus tard. Pourtant, elle n'avait pas encore ses règles et son corps dépourvu pour l'instant de courbes féminines conservait quelque chose d'enfantin. Mais Balian avait dit à Marie que les jeunes gens de dix-sept ans avaient les sens à vif, et elle craignait que la vue de la nudité d'Isabelle ne fasse voler en éclats les bonnes résolutions d'Onfroy.

Comme on frappait doucement à la porte, Marie d'Ibelin alla ouvrir et introduisit le jeune marié. Marie se pencha vers le lit et serra sa fille dans ses bras en murmurant : « *O Theos na sas kratisei asfali* », car elle ne pouvait rien faire d'autre, sinon implorer Dieu de prendre soin d'elle. En entendant Isabelle murmurer à son tour « *Kalinikta, Mitera* », sa gorge se serra, non pas parce que sa fille lui avait souhaité bonne nuit en grec, mais parce que pour la première fois, elle l'avait appelée « mère » et non plus « maman ».

Onfroy se tenait près du lit, attendant sagement que les femmes s'en aillent. Le tirant par la manche, Marie lui chuchota un peu à l'écart afin qu'il soit le seul à l'entendre :

« Rappelez-vous la promesse que vous nous avez faite, à mon mari et à moi, de ne pas consommer ce mariage avant qu'Isabelle en ait l'âge. »

Onfroy fut blessé qu'elle ait éprouvé le besoin de lui rappeler une telle chose. Pourquoi refusait-elle de croire qu'il était incapable de faire du mal à Bella ?

« Je vous ai donné ma parole, madame, ainsi qu'au seigneur Balian », lui répondit-il avec un soupçon d'agacement qui ne lui était pas familier.

Marie fut bien obligée de s'en contenter.

Sitôt les femmes parties, Onfroy referma la porte et tira le loquet. Isabelle songea pour la première fois qu'il avait le droit de l'isoler de la sorte du reste du monde, puisqu'elle lui appartenait à présent. Cette idée la mit un peu mal à l'aise.

« J'ai ton cadeau de mariage, Bella… »

Elle le regarda, brusquement confuse.

« Je n'ai rien à t'offrir, Onfroy ! Je suis désolée, j'ignorais que…

— Ce n'est pas la coutume, la rassura-t-il. Le cadeau que fait une jeune mariée en s'offrant à son nouvel époux est amplement suffisant. » Ouvrant un coffre disposé près du lit, il en sortit un panier d'osier garni d'un coussin. « C'est pour ton chien… Jourdain, c'est bien ça ? Je sais que sa présence te manque, mais lorsque le mariage et le siège seront terminés, il ne sera plus nécessaire de le laisser au chenil et il pourra dormir dans ta chambre. »

Isabelle lui adressa un sourire radieux, enchantée aussi bien par son cadeau que par cette révélation.

« Merci ! J'aurai donc droit à ma propre chambre, si je comprends bien ? »

Onfroy lui confirma qu'Emma et elle auraient une chambre de leur côté jusqu'à ce qu'elle soit en âge de partager son lit. Isabelle se détendit brusquement et s'affala dans les oreillers.

Se dirigeant vers le brasero, Onfroy vérifia que les braises rougeoyaient encore car en novembre les nuits pouvaient être fraîches à une telle altitude. Il alla ensuite éteindre les chandelles sur la table mais en laissa une allumée, au cas où l'un d'entre eux aurait besoin d'utiliser le pot de chambre avant le lever du jour. Revenant vers le lit il se déshabilla rapidement, jetant sur une chaise ses vêtements de mariage. Isabelle l'épiait à travers ses paupières à moitié closes et vit qu'il hésitait au moment d'ôter ses braies. Après avoir jeté un coup d'œil dans sa direction, il décida finalement de les garder. Elle comprit qu'il avait eu cette attention pour elle et sourit à nouveau. Son nouvel époux avait bon cœur, et elle voyait bien malgré son jeune âge toute la valeur que cela avait. Après s'être glissé dans le lit il se pencha et l'embrassa sur le front, comme sa mère et *pateras* le faisaient souvent. Elle se sentait tout à coup très lasse. Peu après, Onfroy constata qu'elle s'était endormie. Il la regarda un moment et finit par sombrer à son tour dans le sommeil, le sourire aux lèvres.

Leur première nuit de mariage s'avéra étonnamment paisible, attendu les circonstances. Mais à leur réveil, le lendemain, il en alla tout autrement. Isabelle et Onfroy furent ramenés à la réalité par un concert de cris, de jurons et de hurlements, les pas des soldats qui couraient au sommet de la tour et le choc des pierres lancées par les catapultes contre la muraille au sud de la citadelle. Onfroy se leva aussitôt, ouvrit un coffre et saisit le premier vêtement qui se présentait.

« Il faut que j'aille voir ce qui se passe, Bella, expliqua-t-il en se dirigeant vers la porte. Je vais demander à Emma de venir t'aider à t'habiller. »

Sur ces mots, il disparut.

Isabelle quitta le lit à son tour et traversa la chambre pieds nus pour jeter un coup d'œil à travers la fente d'une meurtrière. Elle n'apercevait qu'une partie de la muraille orientale du château et l'à-pic qui la prolongeait : on l'avait surnommé le glacier car la pente rocheuse avait été polie jusqu'à devenir aussi lisse que du verre, rendant tout assaut impossible de ce côté. Ce fut Emma qui lui annonça la mauvaise nouvelle : les Sarrasins avaient attaqué la ville. Contrairement à Naplouse, l'agglomération de Karak possédait un mur d'enceinte, mais il était loin d'être aussi haut et aussi robuste que celui de la citadelle. Isabelle n'osait même pas penser au sort des habitants qui avaient vainement cherché à se réfugier dans la forteresse.

Isabelle et Emma se figèrent en émergeant sur le porche, au pied de la tour : jamais elles n'avaient assisté à une scène aussi chaotique. Les gens étaient pris de panique et il régnait un tel vacarme que cela leur vrillait les tympans. Le bruit des pierres lancées par les catapultes couvrait presque les beuglements des animaux pris de panique, qu'il s'agisse des chevaux dans les écuries, du bétail qui se pressait dans l'enceinte extérieure ou des chèvres et des moutons des paysans entassés au fond des douves. Les enfants de certains réfugiés hurlaient et pleuraient à chaudes larmes, d'autres étaient accroupis dans la poussière, tétanisés par la peur, tandis que leurs mères sanglotaient et que leurs pères priaient d'une voix déchirante. On aidait des soldats blessés à franchir le donjon intérieur tandis que d'autres couraient sur le chemin de ronde, munis d'arbalètes et de carreaux. Isabelle et Emma avaient l'impression de se trouver devant une marée humaine et n'avaient aucune envie de plonger dans cet incessant tourbillon.

Ce fut le chapelain qui les tira de ce mauvais pas. Le père Nicolas réquisitionna deux garçons d'écurie et ils formèrent à eux trois un bouclier protecteur, Isabelle et Emma se recroquevillant derrière eux tandis qu'ils se frayaient un passage en direction du donjon, où Isabelle retrouva sa mère et Marie d'Ibelin. Étiennette n'était pas du genre à se laisser démonter par les combats, et ses domestiques, un peu nerveux tout de même, reprirent leurs allées et venues entre la grande salle et les cuisines, rapportant du pain, des fruits et des tranches de rôti de porc afin que les invités du mariage ne se voient pas obligés de jeûner. Isabelle rejoignit Étiennette, sa mère, Agneta, Marie d'Ibelin et l'archevêque Guerric sur le dais, mais personne n'avait beaucoup d'appétit.

Lorsque Onfroy pénétra à son tour dans la salle, Isabelle eut l'air si contente de le voir qu'il ne put s'empêcher de rougir. Aurait-elle souri de cette façon si elle avait entendu ce que son beau-père venait de lui dire ? Lorsqu'il lui avait demandé comment il pouvait se rendre utile, Renaud lui avait lancé suffisamment fort pour que tout le monde l'entende :

« Reste donc avec les femmes, au moins tu ne seras pas dans nos pattes ! »

Il avait vu les soldats les plus proches ricaner en silence, et se serait coupé un bras plutôt que de rapporter cette réplique aussi méprisante qu'humiliante à Isabelle ou à sa mère. Aussi se força-t-il à sourire en leur disant que Renaud lui avait demandé de prendre soin de sa jeune épouse.

Les heures passèrent. Renaud, ses chevaliers et ses hommes d'armes repoussèrent assez facilement les deux premiers assauts, mais les Sarrasins continuaient d'arriver, largement supérieurs en nombre. Onfroy reconduisit Isabelle et Emma dans sa propre chambre tandis que Marie aidait Agneta et Étiennette, qui se préparaient à accueillir l'inévitable contingent de blessés. Isabelle eut beau implorer Onfroy, il ne voulut pas l'emmener au sommet de la tour en lui certifiant que ce serait trop dangereux. Elle se mit alors à bouder, d'une part parce qu'elle ne voyait effectivement rien à travers les étroites meurtrières, mais aussi pour tester la résistance de son nouveau mari. Celui-ci parut si perturbé par sa réaction qu'elle se sentit vaguement coupable et lui avoua qu'elle n'était pas si fâchée que ça. Au même instant, le vacarme à l'extérieur changea de nature et on n'entendit brusquement plus que des hurlements.

Se précipitant à la fenêtre, Onfroy héla un soldat qui passait en courant en haut de la muraille pour rejoindre l'escalier menant au chemin de ronde. L'homme lui cria par-dessus son épaule que les Sarrasins avaient réussi à ouvrir une brèche et à s'introduire dans la ville. Onfroy, Isabelle et Emma se dévisagèrent, horrifiés. Puis le jeune homme se précipita vers la porte en disant qu'il devait se joindre aux secours, ordonnant à Isabelle de rester dans sa chambre où elle serait en sécurité. Il ne prit pas le temps d'enfiler son armure, ayant besoin de l'aide de ses écuyers pour cela, et se contenta de saisir son épée dans son fourreau avant de s'engouffrer dans l'escalier.

Sitôt qu'il eut disparu, Isabelle s'y précipita également, mais pour grimper au sommet de la tour où elle ne tarda pas à émerger, poursuivie par les cris de protestation d'Emma. Les soldats qui s'y trouvaient auparavant étaient allés rejoindre les troupes qui combattaient désespérément pour sauver la ville. À sa grande déception, le point de vue qu'elle avait de là-haut était toujours aussi limité. Elle apercevait une partie de la ville, mais les portes n'étaient pas visibles, cachées par la tour nord-est qui se dressait devant elles. Elle distinguait néanmoins le pont en bois qui franchissait les douves : une foule compacte l'avait envahi et se bousculait en poussant des cris et en essayant de se réfugier à l'intérieur du château.

« Dieu leur vienne en aide, Emma ! » s'écria Isabelle, car il était évident qu'une partie d'entre eux n'y arriverait pas.

Sur le chemin de ronde, des soldats essayaient de tirer à l'arbalète et de balancer des pierres, mais ils risquaient de toucher les civils terrifiés ou de blesser leurs propres troupes, les combats faisant rage dans les rues. Isabelle crut distinguer Renaud qui brandissait son épée couverte de sang jusqu'à la garde. Mais elle n'aperçut pas Onfroy et se mit à prier en silence, implorant Dieu de l'épargner.

Emma la pressait de regagner la chambre mais elle ne lui prêtait aucune attention, fascinée par le spectacle qui se déroulait sous ses yeux. Des corps gisaient au seuil des maisons et il y avait des cadavres de chiens dans tous les coins, abattus alors qu'ils défendaient les demeures de leurs maîtres. Quelques feux avaient été allumés et de la fumée s'élevait de la cathédrale. Les chevaliers et leurs soldats avaient entrepris de se replier, essayant de reculer en ordre pour rejoindre le château. Ce fut seulement à cet instant qu'elle comprit que la ville était perdue.

« Isabelle ! »

Elle fit volte-face en entendant la voix de sa mère, qu'elle n'avait pas entendue arriver sur le toit.

« Tu es folle ! Tu ne te rends donc pas compte du danger ? »

Saisissant sa fille par le bras, Marie l'entraîna à l'abri d'un merlon. Isabelle ne protesta pas car elle pouvait encore suivre les combats à travers l'embrasure. Elle s'était mise à trembler. Marie ôta son propre manteau et en couvrit ses épaules. La fillette avait déjà vu des cadavres, mais rien de comparable à une telle boucherie. Elle poussa un cri en apercevant un soldat sarrasin qu'on rejetait dans les douves et qui tomba en poussant un grand cri avant de s'écraser un peu plus bas.

Il n'y avait plus que des soldats sur le pont à présent, et Marie lui expliqua que les habitants – du moins, une partie d'entre eux – avaient pu trouver refuge à l'intérieur de la citadelle. Mais on apercevait de nombreux cadavres dans les rues, et les lamentations des femmes attestaient que certains n'avaient pas été assez rapides ou n'avaient tout simplement pas eu de chance. Ce qu'Isabelle ne comprenait pas, contrairement à sa mère, c'était que le destin de Karak était encore incertain. Des Sarrasins s'étaient précipités vers le pont, cherchant à se frayer un passage au milieu des soldats qui battaient en retraite afin de pénétrer eux aussi à l'intérieur du château. S'ils parvenaient à leurs fins, la forteresse tomberait aux mains de Saladin car ses défenseurs n'étaient pas en nombre suffisant.

Se détournant, Isabelle plongea son visage dans le sein de sa mère, incapable de supporter plus longtemps une telle vision. Mais les Sarrasins qui avaient surgi sur le pont s'arrêtèrent brusquement, bousculés par ceux qui les suivaient. Marie comprit la première ce qui était en train de se passer.

« Certains de nos chevaliers ont formé une barrière en travers du pont », dit-elle à Isabelle, pleine de gratitude et d'admiration pour ces braves prêts à sacrifier leur vie pour sauver le château.

Maintenant que les Sarrasins s'étaient amassés sur le pont, les soldats postés sur les remparts leur tiraient dessus avec leurs arbalètes, et plusieurs carreaux enflammés vinrent se ficher dans le garde-fou. L'un des chevaliers de Renaud surgit alors et s'avança en brandissant une torche qu'il jeta comme une lance et qui atteignit un soldat sarrasin. Celui-ci recula, tout en frappant frénétiquement ses vêtements qui prenaient feu. On avait passé une nouvelle torche au chevalier : il la lança cette fois-ci sur les traverses du pont, qui dégagèrent aussitôt de la fumée. Avec un grand courage, le chevalier réussit à maintenir sa position, le temps de lancer une troisième torche. Puis il se retira en toute hâte, après avoir entendu le cri d'alerte qu'on lui adressait du haut des remparts.

Dès qu'il fut en sûreté, une grande bassine d'huile fut déversée du haut de la muraille, répandant son contenu sur le pont et les torches enflammées, éclaboussant au passage une partie des ennemis. En un éclair éblouissant, le pont s'embrasa d'un coup. Les Sarrasins s'étaient déjà enfuis, mais l'un d'eux ne fut pas assez rapide et prit feu à son tour, transformé en torche humaine. Enflammées, les poutres du pont s'effondrèrent dans les douves les unes après les autres, arrosant de leurs braises les chèvres et les moutons qui bêlaient désespérément. Sous les yeux incrédules des femmes que cette scène laissait sans voix, le pont rongé par les flammes fut rapidement anéanti, empêchant certes les Sarrasins de pénétrer dans la citadelle, mais coupant du même coup ses occupants du reste du monde.

CHAPITRE 37

Novembre 1183
Citadelle de Karak, Outre-Jourdain

Isabelle fut horrifiée en voyant que la tunique d'Onfroy était tachée de sang, mais soulagée lorsqu'il lui apprit qu'il ne s'agissait pas du sien : il avait aidé des habitants et des soldats blessés à pénétrer dans le château. Elle fut néanmoins stupéfaite que ni sa mère ni son beau-père ne le félicitent pour son action. Selon elle, sauver des vies humaines n'était pas moins louable que d'en supprimer… Cependant, le héros du jour était incontestablement messire Yvain, le chevalier qui avait défendu le pont presque seul avant sa destruction. Au cours du repas qui eut lieu ce soir-là dans la grande salle, on ne manqua pas de rendre hommage à son courage, et il dut vider tant de coupes levées en son honneur qu'il lui fallut de l'aide pour retrouver son chemin lorsque arriva l'heure d'aller se coucher.

L'atmosphère triomphale qui régnait dans la grande salle était loin de s'être répandue dans les autres secteurs de la citadelle. Celle-ci était déjà passablement surpeuplée, mais avec l'afflux des citadins il n'y avait pas assez de place pour loger tout le monde. Les paysans se virent traités avec encore plus de dédain et durent céder la place aux nouveaux arrivants : on les chassa des salles voûtées des écuries ou des greniers où ils avaient pris place afin que les riches apothicaires, épiciers et vétérinaires de la ville puissent y loger leurs familles, et on leur ordonna sans ménagement d'aller dormir le long des murs de l'enceinte intérieure.

Les citadins plus modestes n'étaient pas logés à meilleure enseigne. Ils étaient heureux au début d'avoir réussi à sauver leur vie, mais l'amertume ne tarda pas à les gagner quand ils comprirent qu'ils avaient perdu tous leurs biens : leurs demeures allaient être pillées par les Sarrasins, leurs armoires et leurs coffres vidés, et leurs maisons elles-mêmes risquaient fort d'être réduites en cendres d'ici la fin du siège. D'autres pleuraient la mort des proches, des amis ou des voisins qui n'avaient pas eu la chance de rejoindre le château à temps et d'y trouver refuge. En discutant entre eux, la plupart estimaient que le seigneur Renaud n'aurait pas dû essayer de défendre à la fois la citadelle et la ville. Son orgueil les avait perdus. S'il leur avait permis de se réfugier dès le début à l'intérieur de la forteresse, ils auraient au moins pu emporter une partie de leurs biens et toutes ces vies auraient été épargnées – à moins bien sûr que Karak ne finisse par tomber aux mains de Saladin. Cette perspective était si terrifiante que personne ne s'attardait trop à l'évoquer, sachant quel serait alors leur destin à tous : la mort ou l'esclavage.

Isabelle avait entendu certains chevaliers manifester une colère identique devant la stratégie de Renaud, tout en se gardant bien de l'exprimer devant lui. Il restait bien sûr aux commandes, arpentant les remparts comme les lions du bestiaire que Marie lisait à sa fille quand elle était petite. Lorsqu'il n'était pas occupé à organiser leur défense ou à houspiller la garnison qui ne manifestait pas une ardeur suffisante à son gré, il grimpait au sommet des murailles, défiant ses ennemis et leur hurlant des insultes obscènes en arabe. Isabelle admirait son courage, car si jamais le château tombait entre leurs mains, la vie de Renaud ne vaudrait plus très chère. Tout le monde savait que Saladin avait juré de le décapiter de ses propres mains, suite à son expédition en mer Rouge.

Il y avait de nombreux blessés, aussi bien parmi les habitants que chez les soldats, et Étiennette avait installé une infirmerie dans une salle voûtée, au-dessus des étables. L'unique médecin de la ville était au nombre des blessés, et elle mit donc les femmes à contribution : toutes les dames d'un certain rang vivant dans un manoir ou un château avaient par la force des choses quelques connaissances des plantes médicinales et des arts médicaux. Karak avait si souvent été attaquée par les Sarrasins qu'Étiennette était devenue experte dans la manière de soigner les blessures de guerre. Isabelle était fière que sa mère ait accepté elle aussi de s'occuper des blessés. Elle avait elle-même proposé ses services, mais Étiennette l'avait repoussée avec dédain en lui disant qu'elle était trop jeune.

Lorsque Étiennette n'était pas à l'infirmerie, elle discutait avec les responsables des cuisines, vérifiant l'état des réserves, établissant la liste des menus… ce qui constituait un véritable défi logistique, étant donné le nombre de bouches à nourrir. Isabelle n'aimait pas sa nouvelle belle-mère, qui l'intimidait presque autant que Renaud, mais n'en admirait pas moins son énergie, son assurance et son sens de l'organisation.

Les deux premières journées après la chute de la ville ne se passèrent pas trop mal. Le principal problème venait du surpeuplement : il y avait tant de monde partout, pour la plupart hors d'état de combattre, que le simple fait de franchir la muraille intérieure constituait une équipée en soi. Mais le troisième jour, les Sarrasins installèrent de nouvelles machines de guerre : six catapultes à l'intérieur de la ville et deux au sud de la citadelle. Dès lors, la vie ne tarda pas à virer au cauchemar pour tous ceux qui étaient repliés dans le château.

L'air était chargé de poussière et des éclats volaient dans le ciel dès qu'une catapulte avait touché sa cible. Le choc des pierres heurtant les murailles devint très vite insupportable et ne connaissait aucun répit, même une fois l'obscurité tombée, car le sultan avait constitué des équipes qui se relayaient sans arrêt, de jour comme de nuit. Une fois qu'ils eurent ajusté la portée de leurs engins, certains gros rochers commencèrent à s'écraser à l'intérieur des enceintes, provoquant une terreur supplémentaire parmi les assiégés. Les gens restaient collés le plus près possible des murailles et évitaient de s'avancer à découvert, car cette pluie de rochers pouvait s'avérer mortelle. Ils ne pouvaient même pas empêcher le massacre du bétail et devaient assister, impuissants, au spectacle des jeunes soldats sarrasins qui descendaient à l'aide de cordages jusqu'au fond des douves pour abattre leurs chèvres et leurs moutons, qu'ils destinaient bien sûr à leurs propres troupes.

Une puanteur où le sang se mêlait à la mort planait à travers la citadelle comme un miasme suffoquant. Les chevaux étaient terrifiés, et même les animaux les plus dociles commençaient à s'agiter dans les étables. Privés de leurs exercices quotidiens, les destriers étaient encore plus difficiles à contrôler. Le cheval préféré de Renaud, un étalon qui avait une aussi sinistre réputation que le Démon de Balian, piétina ainsi un garçon d'écurie qui ne s'était pas montré assez attentif. Isabelle avait retiré Jourdain du chenil et l'avait installé dans sa chambre, en essayant de ne pas penser aux histoires qu'on lui avait racontées à propos de certains sièges du passé, où la nourriture était venue à manquer et où les habitants, désespérés, en avaient été réduits à manger les chiens, les chats et même les chevaux du château.

Le septième jour, Renaud voulut installer lui aussi une catapulte sur le toit de la tour nord-est, mais les Sarrasins la prirent aussitôt pour cible, visant le sommet avec leurs six engins, et ne tardèrent pas à la détruire.

Isabelle avait du mal à dormir la nuit. Même en se couvrant la tête d'oreillers elle percevait encore le fracas incessant des catapultes. Elle avait placé le panier de Jourdain à côté d'elle ; une fois Onfroy endormi, elle faisait monter le chien sur le lit et le caressait pour le rassurer, en se répétant sans arrêt que les secours étaient en route. Ils avaient aperçu les lueurs d'un phare au sommet d'une colline dans le lointain, ce qui signifiait qu'un grand feu avait été allumé à Jérusalem pour annoncer que l'armée arrivait à la rescousse.

Mais arriverait-elle à temps ? Baudouin avait-il assez de forces pour conduire une telle expédition ? Et même si leurs troupes parvenaient à briser le siège et à chasser les Sarrasins, ce qui l'attendait ensuite lui procurait peu de réconfort. Une fois les infidèles partis, elle retrouverait certes son frère et son beau-père. Mais Baudouin finirait par repartir à Jérusalem, tandis que *pateras* et sa mère regagneraient Naplouse, l'abandonnant dans cette citadelle au milieu du désert avec sa belle-mère à la langue de vipère et son fanfaron de beau-père.

Le matin du 22 novembre, les habitants du château encore endormis furent réveillés par des cris excités en provenance du sommet des murailles : des soldats à l'œil perçant avaient repéré les nuages de poussière qui s'élevaient à l'horizon, signe qu'une grande armée approchait. Des scènes de liesse s'ensuivirent jusqu'à ce que les cavaliers fussent suffisamment proches pour qu'on distingue leurs bannières qui claquaient au vent. Il ne s'agissait pas des secours attendus, mais d'une nouvelle armée sarrasine qui arrivait d'Égypte, conduite par al-Adil, le frère du sultan.

Ce fut seulement après l'arrivée des renforts conduits par le frère de Saladin que Marie commença à envisager sérieusement que Karak puisse tomber aux mains des Sarrasins. Elle ne craignait pas pour sa vie ni pour celle de sa fille : elles constitueraient des otages beaucoup trop précieuses pour qu'on ne les traite pas avec la considération qui s'imposait. Elle savait en outre que Saladin était réputé pour son comportement chevaleresque à l'égard des femmes. Mais il y avait tant d'autres choses en jeu que sa propre survie : le sort des chevaliers de sa propre maison ; celui des centaines de civils qui seraient vendus comme esclaves sur les marchés du Caire et de Damas ; le montant des rançons exigées qui pouvaient s'avérer exorbitantes et ruiner une famille entière ; et pour les femmes, bien sûr, la perte de leur honneur.

Une femme qui avait été prisonnière des Sarrasins en revenait toujours souillée aux yeux de la plupart des gens, convaincus qu'elle avait forcément été violée pendant sa détention. Un mari n'hésitait pas à répudier son épouse dans de telles circonstances, même si elle lui jurait que cela n'avait pas été le cas. Les soupçons finissaient toujours par l'emporter sur la réalité. L'épouse du deuxième roi de Jérusalem elle-même n'avait pas échappé à la règle et avait été répudiée pour cette raison. S'agissant des femmes, le règlement de la rançon ne signifiait donc pas la fin de leurs malheurs : il n'en était même souvent que le commencement. Une épouse ainsi écartée en raison de son « incapacité à préserver la pureté du lit nuptial » n'avait guère d'autre choix que de finir ses jours au fond d'un monastère. Balian avait dit un jour à Marie que les juifs et les musulmans se montraient plus réalistes : ils admettaient qu'une femme en captivité pouvait difficilement empêcher qu'on la viole et n'était donc pas considérée comme légère, ni livrée à l'opprobre général, contrairement à ce qui se passait chez les chrétiens. Pourtant, même dans ces sociétés, on estimait la mort préférable au déshonneur pour une femme qui avait été prisonnière : il n'était donc pas facile non plus pour une juive ou une musulmane de reprendre le cours de sa vie antérieure comme si de rien n'était.

Marie ne redoutait pas de devoir affronter un tel sort. On n'écartait pas une reine de la sorte, *a fortiori* s'il s'agissait d'une riche héritière. Dans son cas, la fin de son mariage aurait également mis un terme aux droits des D'Ibelin sur son fief de Naplouse. De surcroît, elle avait confiance en Balian et savait qu'il ne la répudierait pas, même si elle était violée et même si la possession de Naplouse n'avait pas été dans la balance. Elle ne doutait pas qu'il l'aimait. Plus encore, c'était l'individu le plus juste et le plus loyal qu'elle avait jamais rencontré ; et contrairement à la plupart des hommes, il voyait bien qu'il était injuste de reprocher à une femme d'avoir été violée. Il leur était arrivé d'évoquer le sort de ces épouses captives, et il avait toujours manifesté la plus grande sympathie à leur endroit.

C'était pour sa fille que Marie nourrissait des craintes. Elle avait beau être convaincue que Saladin ne permettrait jamais qu'on abuse charnellement d'Isabelle, elle savait bien que là n'était pas la question. Balian semblait convaincu qu'Onfroy avait bon cœur, mais qui pouvait savoir comment un jeune homme de dix-sept ans réagirait dans ce genre de circonstances ? Ce serait vraisemblablement à Étiennette qu'il reviendrait de prendre une telle décision, car Renaud ne survivrait pas à la prise de Karak. Et même si Isabelle se retrouvait libre de retourner chez elle au cas où elle serait répudiée par son jeune époux, le soulagement serait de courte durée : sa captivité, puis sa répudiation l'empêcheraient à tout jamais de contracter un nouveau mariage. Sa fille adorable, aussi belle qu'intelligente, risquait donc de se voir condamnée à passer le reste de ses jours entre les murs d'un couvent…

Marie se consolait comme elle le pouvait en songeant qu'Isabelle n'avait aucune idée du danger qui la menaçait. Les autres femmes retenues à Karak en avaient bien conscience, pour leur part : la peur se lisait sur leurs visages. Celles qui étaient d'un moindre rang étaient encore plus vulnérables et leur avenir plus incertain. Au moins, les femmes de haut rang pouvaient-elles espérer la perspective d'une rançon. Mais l'épouse d'un simple chevalier aurait-elle cette chance ? Seule Étiennette semblait imperméable à la menace : que son honneur eût été ou non terni, c'était une si riche héritière qu'il y aurait toujours des hommes pour vouloir épouser la dame d'Outre-Jourdain.

Al-Adil avait été accueilli à bras ouverts dans le camp sarrasin, car il avait également escorté une caravane chargée de denrées que les marchands égyptiens ne demandaient qu'à vendre et les soldats qu'à acheter. Ces derniers se réjouissaient plus encore de l'arrivée de troupes fraîches : non seulement leur nombre accélérerait la chute du château, mais les nouveaux venus allaient prendre la relève des vétérans, qui pourraient rentrer chez eux et retrouver leurs familles. Le siège se poursuivit donc avec une énergie renouvelée et les machines de guerre étaient actionnées sans relâche, ne laissant pas le moindre répit aux assiégés. Toutefois, tant qu'ils n'auraient pas réussi à abattre la muraille du côté sud, ils ne pourraient pas se lancer à l'assaut de la citadelle : aussi entreprirent-ils une tâche fastidieuse, qui consistait à combler les douves au pied du mur d'enceinte. Comme elles avaient bien trente mètres de profondeur, les hommes disaient en plaisantant qu'il leur faudrait des années pour en venir à bout et que leurs petits-enfants y travailleraient encore quand eux-mêmes seraient morts depuis longtemps.

Les crépuscules étaient brefs dans le Levant, et sitôt le soleil disparu à l'horizon, la nuit prit la relève. Lorsque al-Adil et son frère eurent terminé le *salat al-maghrib*, la prière du coucher du soleil, le ciel était aussi noir que de l'ébène ou que la chevelure d'Aliya, éclairé par autant d'étoiles qu'il y avait de soldats dans le camp prêts à se repentir de leurs péchés.

Le sultan s'étant arrêté pour parler avec une partie de ses mamelouks, al-Adil fit de même afin de contempler la masse formidable de la citadelle d'al-Karak qui se découpait sur les ténèbres, illuminée par les torches disposées le long des murailles. Elle constituait un tel danger pour les caravanes qui se rendaient de l'Égypte à Damas que de nombreux musulmans rêvaient de la voir un jour rasée, réduite à un monceau de cendres et de pierres fumantes sous lesquelles reposerait si possible le corps de l'infidèle Arnat. Al-Adil se disait pourtant qu'il serait dommage de se priver d'un tel site stratégique et avait l'intention de demander à son frère de lui confier le commandement du château lorsque celui-ci serait tombé.

Si toutefois il tombait, corrigea-t-il, sachant que la prise d'al-Karak ne serait pas une mince affaire. Ils auraient certes pu affamer les assiégés pour les obliger à se rendre, mais les Francs n'allaient probablement pas leur en laisser le temps. Leur jeune roi lépreux avait toujours réagi à chacune de leurs attaques. Il se porterait à la défense d'al-Karak même s'il avait déjà un pied dans la tombe.

De retour dans la tente de Salah al-Din, ils furent rejoints par son vizir, al-Fadil, et par le chancelier d'al-Adil, al-Sania b. al-Nahhal. Assis sur des coussins et dégustant un sorbet aux fruits, al-Adil examinait le visage de son frère. Il lui avait semblé distrait tout au long de la journée, et il était temps d'en connaître la raison.

« Tu comptes toujours me confier le commandement d'Alep ? » s'enquit-il. Après s'être ainsi assuré que son frère contrôlait toujours la ville, il poursuivit : « Qu'est-ce qui te tracasse, Youssouf ?

— L'attitude d'Omar. Je lui ai écrit pour lui dire que tu allais gouverner Alep, et cela ne lui a pas plu. »

Al-Adil n'en fut pas surpris. Il savait depuis longtemps que leur neveu était rongé par la jalousie et ne se réjouissait jamais de voir les autres monter en grade autour de lui. Mais le mécontentement de Taqi al-Din ne pouvait être écarté d'un simple revers de main : c'était un guerrier d'une valeur inestimable. De plus, Youssouf l'aimait beaucoup.

« Comment crains-tu qu'il réagisse ? demanda-t-il à son frère.

— Il se plaint de la perte de Sinjar. Et lorsque je lui ai dit que j'allais également te confier le contrôle de Manbij, il a poussé les hauts cris en protestant qu'il avait longtemps eu l'*iqta* de cette forteresse et de la ville voisine. » Al-Adil voulait bien reconnaître que les plaintes de son neveu à ce sujet n'étaient pas totalement infondées. « Il te demande donc une compensation pour les pertes que tu lui fais subir… »

Salah al-Din poussa un soupir. Il lui semblait parfois que le monde entier cherchait à lui soutirer de l'argent, à commencer par les membres de sa propre famille. À la notable exception d'Ahmad, qui lui avait prêté cent cinquante mille dinars pour financer ses campagnes.

« J'y ai longuement réfléchi, répondit-il. Maintenant que tu ne vas plus gouverner l'Égypte en mon nom, je vais avoir besoin de quelqu'un de confiance et de compétent pour te remplacer là-bas. Je songe donc à y envoyer Omar. »

Al-Adil considéra cette déclaration en silence. Omar était indéniablement compétent, mais était-il digne de confiance ?

Plus ou moins, songea-t-il. Et il était le neveu du sultan, ce qui n'était pas rien dans un contexte où les liens du sang avaient une telle importance. Jetant un coup d'œil sur le vizir, il aperçut un léger sourire sur le visage d'al-Fadil. Al-Adil avait confiance en son jugement, et s'il estimait que c'était une bonne idée d'envoyer Omar en Égypte, il avait probablement raison.

Son frère avait reposé son sorbet.

« Mon vieil ami accompagnera Omar en Égypte, dit-il en regardant al-Fadil avec affection. Le temps qu'il s'habitue à son nouveau rôle.

— Excellente idée, approuva al-Adil, rassuré que l'affection de Youssouf pour son neveu ne l'aveugle pas au point de le laisser sans surveillance. Tu disais qu'Omar devait nous rejoindre à l'occasion de ce siège. Est-il déjà au courant de cette nouvelle nomination en Égypte ?

— Non, répondit le sultan d'un air détaché. J'ai pensé que nous pourrions la lui annoncer ensemble. »

Al-Adil ne put s'empêcher de sourire. Il se considérait lui-même comme un chef militaire plus habile et un meilleur administrateur que son frère, mais Youssouf était décidément un politicien hors pair.

Il se retira peu après afin que son frère puisse prendre un peu de repos. Comme il se dirigeait vers sa propre tente, son chancelier se racla la gorge à plusieurs reprises, signe évident que quelque chose le tracassait. Al-Adil lui adressa un regard d'encouragement.

« Eh bien, lui dit-il. Je vous écoute.

— Monseigneur, est-ce que vous me garderez à votre service une fois installé à Alep ?

— Bien sûr. Pourquoi agirais-je autrement ? Cela fait des années que vous êtes à mes côtés. »

Al-Sania était étonné de devoir lui rappeler ses origines suspectes : il était né et avait été élevé dans la foi chrétienne, mais s'était converti à l'islam après être tombé amoureux d'une musulmane. Aussi y avait-il encore des gens pour le regarder de travers et douter de ses convictions. Les chrétiens comme les musulmans étaient toujours dubitatifs devant ce genre de conversions.

« Il y a des gens à Alep qui pourraient se méfier de moi, une fois qu'ils connaîtront mon histoire, expliqua-t-il.

— Vous avez ma confiance, répliqua al-Adil, et c'est la seule chose qui compte. Pour tout vous dire, je souhaite que vous soyez mon chancelier à Alep.

— Je vous remercie, monseigneur ! J'en suis grandement honoré, et vous ne regretterez pas la confiance que vous placez en moi. Encore une chose… Plusieurs de mes clercs sont des chrétiens. M'accorderez-vous la permission de continuer à les employer ?

— Si le sultan a le droit de consulter un médecin juif, je ne vois pas pourquoi nous ne pourrions pas engager quelques chrétiens, du moment qu'ils sont qualifiés. »

Al-Adil ralentit l'allure et se tourna pour contempler une fois encore la forteresse des Francs plongée dans les ténèbres, mais non dans le silence car leurs catapultes continuaient d'envoyer de lourdes pierres contre ses murs. Le fait que son chancelier ait évoqué les chrétiens lui avait brusquement rappelé l'un d'entre eux : cet aimable seigneur de Naplouse dont la femme et la belle-fille se trouvaient justement bloquées à l'intérieur d'al-Karak. Il resta ainsi un moment sans rien dire, au grand étonnement d'al-Sania, qui n'imaginait pas un seul instant que son maître puisse être en train de se représenter les craintes qui auraient été les siennes si Aliya, Halima et leurs enfants avaient été retenus de la sorte lors d'un siège mené par ce diable d'Arnat.

Le temps était devenu très froid en cette matinée qui marquait le premier jour de décembre pour les Francs, et le treizième jour de *chaabane* pour les Sarrasins. Un vent aussi acéré qu'une lame de couteau soufflait des montagnes du Moab et le ciel était chargé de nuages annonciateurs d'orages. Salah al-Din avait été réveillé à l'aube par l'un de ses éclaireurs, porteur d'une information qui, pour être désagréable, n'était pas vraiment une surprise. Après s'être habillé à la hâte, il convoqua son frère et son vizir et ils discutèrent un moment pour savoir quelle décision prendre. Salah al-Din envoya ensuite chercher Taqi al-Din car il devait mettre son neveu au courant avant de donner ses ordres à l'armée.

Une fois qu'ils eurent pris place sur leurs coussins, à la faible lueur d'une lampe à huile qui luttait vainement contre les ténèbres croissantes, présage d'une future tempête, le sultan alla droit au but.

« J'ai de mauvaises nouvelles. L'un de mes éclaireurs m'a rapporté que l'armée des Francs était en route pour défendre al-Karak et avait d'ores et déjà atteint la ville qu'ils appellent Hébron. »

Taqi al-Din regarda les autres occupants de la tente, et l'expression qu'il déchiffra sur leurs visages ne lui plut guère.

« Et alors ? lança-t-il. Sommes-nous censés trembler devant leur roi lépreux ? Un estropié qui ne peut même plus monter à cheval et qu'on doit transporter sur une charrette comme un sac de farine ?

— Ses chevaliers ne sont pas impotents, quant à eux, et savent toujours monter à cheval », rétorqua al-Adil en ayant soin de ne pas hausser le ton.

Taqi al-Din se renfrogna. Mais avant qu'il ait pu réagir, le sultan se pencha en avant, les mains posées sur les genoux : tout dans son attitude invitait à la pondération.

« J'ai décidé de ne pas livrer bataille, dit-il. Nous nous retirerons avant l'arrivée des Francs. »

Comme il s'y attendait, son neveu explosa, scandalisé.

« Je croyais que tu voulais combattre les Francs ! Comment comptes-tu les rejeter un jour à la mer si tu refuses de les affronter ?

— Les choses se passeront selon la volonté d'Allah, et au moment qu'il aura choisi, répondit le sultan d'une voix calme. J'estime qu'il est plus raisonnable de remettre à plus tard le jour de l'affrontement. Nos hommes sont fatigués, il leur tarde de regagner leurs foyers. La discipline est toujours un problème dans nos rangs, tu ne l'ignores pas. Et la période du ramadan approche. Nous pouvons nous permettre d'attendre. »

Taqi al-Din ne se souvenait pas d'avoir jamais éprouvé une telle colère. Il regarda son oncle en se disant que c'était devenu un vieil homme, sans plus de couilles que les eunuques qui gardaient leurs harems. Mais il parvint à ravaler sa diatribe. Il aurait sans doute obtenu le pardon de Youssouf pour avoir dit ce qu'il pensait, comme cela avait toujours été le cas. Mais Ahmad était moins conciliant et avait l'oreille de son frère. Tout comme al-Fadil, qui hochait imperceptiblement la tête afin de l'avertir.

« Je ne suis pas d'accord, dit-il enfin en sachant qu'il ne parvenait pas à cacher son mécontentement, ce qui lui était bien égal. Toutefois, la décision t'appartient, mon oncle, et je ne peux pas m'y opposer. »

La concession n'était pas faite de bon cœur, mais Salah al-Din avait conscience de son autorité et n'avait pas besoin de la servilité des autres pour s'en assurer.

« Mon frère et moi partirons dans quelques jours pour Damas, reprit-il. Je souhaite que tu te rendes en Égypte afin de gouverner en mon nom. »

Taqi al-Din baissa la tête, toujours en colère mais un peu radouci à l'idée du pouvoir qui l'attendait là-bas. Il ne résista pourtant pas à la tentation de lancer une dernière réplique à son oncle, en l'avertissant qu'il laissait passer l'occasion de faire payer à cet infidèle d'Arnat ses crimes contre les musulmans, et que la chance ne se représenterait pas de sitôt.

« Ne crains rien, mon neveu. Cette dette finira par être payée. »

Le sultan n'avait pas élevé la voix, mais Taqi al-Din se félicita soudain d'avoir réussi à se contrôler.

Après avoir pris la direction de l'est pour rejoindre Karak, l'armée des Francs s'était mise en ordre de bataille, ce qui avait obligé Baudouin à rester en arrière, sa litière allant se placer derrière leurs rangs. Aussi fut-il l'un des derniers à entendre le rapport de leurs éclaireurs. Alerté par les cris qui s'élevaient, il se pencha et vit arriver le comte de Tripoli, accompagné de plusieurs barons. Arrêtant sa monture devant la litière du roi, Raymond descendit de cheval, le sourire aux lèvres.

« Bonnes nouvelles, Majesté. Nos éclaireurs viennent de nous apprendre que les Sarrasins sont partis. De toute évidence, ils nous ont entendus arriver et se sont retirés. Le siège a été levé. »

Le camp abandonné par les Sarrasins offrait l'image même de la désolation. Les soldats avaient emporté tous les objets de valeur, qu'il s'agisse de leurs biens ou des fruits de leur pillage, mais il restait toujours des traces du passage d'une armée après son départ. Les foyers avaient été éteints avec du sable. D'innombrables fosses ayant servi de latrines constellaient le sol et des ordures traînaient de tous les côtés. Quelques tentes branlantes, trop abîmées par les intempéries, se dressaient encore çà et là.

Les cavaliers ralentirent l'allure en approchant de l'enceinte de la ville, et la plupart d'entre eux restèrent sans voix, consternés par le spectacle tragique qui s'offrait à eux. La ville de Karak n'existait plus, elle avait été réduite en cendres et il n'en restait plus que le pitoyable squelette. Les ruines de la cathédrale se dressaient comme un grand tombeau fracassé : son toit était effondré et seules quelques colonnes s'élevaient encore au milieu de la nef. Les portes des maisons étaient défoncées, les magasins avaient été pillés, des ordures étaient disséminées dans tous les coins. Des barriques sorties des tavernes avaient été éventrées à coups d'épée, et une telle quantité de vin s'était répandue sur le sol que les effluves planaient encore. Aucun chien n'avait survécu, seuls quelques chats affamés erraient parmi les décombres : mais ils disparurent dès que les cavaliers pénétrèrent dans la ville, ou ce qu'il en restait. Ils traversèrent lentement les rues avant de rejoindre les douves, avertis par l'odeur fétide de la scène qui les attendait : les cadavres des victimes et les carcasses des animaux abattus avaient été balancés dans les fosses et y pourrissaient lamentablement.

Mais de l'autre côté des douves se trouvaient les vivants, qui avaient accueilli dans la joie leur délivrance et s'apprêtaient à recevoir leurs sauveurs avec le même enthousiasme. Les hommes se penchaient par-dessus les murailles en gesticulant et en poussant de grands cris. Les portes de la citadelle ne tardèrent pas à s'ouvrir, et le seigneur de Karak apparut pour les saluer. Malgré sa visible fatigue, Renaud ne semblait pas trop accablé par ce siège d'un mois : il affichait même un sourire arrogant, comme si c'était lui qui avait mis les Sarrasins en fuite.

S'avançant jusqu'au bord des douves, Balian se dressa sur sa selle et poussa un grand rire de soulagement en reconnaissant Marie parmi les femmes qui étaient apparues à leur tour pour les saluer de loin. Isabelle était là elle aussi et agitait les bras pour attirer son attention. Balian baissa les yeux en cherchant à estimer la profondeur du fossé lorsqu'il entendit son frère lancer derrière lui :

« N'y songe même pas, petit frère !

— De quoi parles-tu ?

— Tu le sais très bien, Balian : de descendre à l'aide d'une corde au fond de ce fossé pour tenter d'escalader ensuite l'autre versant. Tout ce que tu y gagnerais, ce serait de te rompre le cou ! »

Balian pouvait difficilement prétendre le contraire mais rétorqua néanmoins :

« Tu pourrais m'aider, Baudouin. Après tout, ta femme se trouve, elle aussi, de l'autre côté.

— C'est exact, répondit celui-ci, avant d'ajouter avec un sourire : Mais je suis moins impatient que toi de la retrouver. »

Haussant brusquement la voix, il lança aux chevaliers qui s'étaient rassemblés sur l'autre bord du fossé :

« Si je comprends bien, bande de flemmards, nous allons devoir attendre que vous ayez construit un nouveau pont avant de pouvoir entrer ? »

Sa repartie provoqua un éclat de rire général. Les soldats de la garnison auraient sauté sur le premier prétexte pour s'esbaudir : le simple fait d'avoir échappé à la mort s'avérait parfois aussi enivrant que le plus corsé des vins.

« Retournez à la *berquilla* ! lança l'un des hommes en désignant la pointe sud du château. Vous n'aurez qu'à la traverser à la nage et nous vous lancerons une échelle de corde du haut des remparts. Sinon, vous pouvez toujours essayer de contourner la citerne, à moins que vous ne soyez aussi empoté que vous en avez l'air ! »

En rigolant, Baudouin lui suggéra de procéder lui-même à une opération que l'anatomie rendait difficilement réalisable, ce qui déclencha un nouvel éclat de rire général. Le reste des forces de secours examinaient déjà l'inclinaison de la pente, mais le risque paraissait trop grand de perdre l'équilibre et d'être précipité dans les profondeurs du *wadi*. Chacun se demandait si le jeu en valait la chandelle et s'il lui tardait à ce point de pénétrer dans la citadelle.

Lorsqu'ils avaient atteint la mer Morte, le roi avait été contraint de confier le commandement de l'armée au comte de Tripoli. Mais il recevait un accueil si chaleureux dès que les gens apercevaient sa litière à cheval qu'il lutta à plusieurs reprises pour retenir ses larmes. Cela comptait davantage pour lui qu'il ne pouvait le dire de constater que ses sujets comprenaient les sacrifices qu'il avait faits pour eux ; et que s'il s'accrochait au pouvoir, c'était pour préserver leur sécurité et celle du royaume.

Même s'il avait été salué comme leur sauveur, le roi ne s'attarda pas à Karak : il n'y resta que le temps de permettre à ses hommes et à leurs chevaux de prendre un repos aussi mérité que nécessaire. Il préférait passer Noël à Jérusalem, où il bénéficierait d'un meilleur confort et d'une plus grande intimité.

Ses barons avaient hâte de regagner leurs terres, eux aussi, après quatre mois de campagne. Balian et Marie avaient l'intention d'accompagner le roi à Jérusalem avant de rejoindre Naplouse, où ils comptaient passer Noël. Ils savaient que le temps était terminé où Baudouin tenait sa cour pour Noël et pour Pâques. Au cours de l'année écoulée, ses seules apparitions publiques avaient été liées à ses devoirs royaux, et il s'était mis à porter un keffieh, le couvre-chef sarrasin, qui lui permettait de ne pas exposer son visage à la curiosité ou à la pitié d'autrui.

Par une matinée couverte de la mi-décembre, l'armée quitta la ville dévastée où les habitants accablés essayaient de rassembler comme ils le pouvaient les ruines de leurs existences. Les troupes descendirent dans le *wadi* qui bordait la citadelle sur son flanc oriental. Isabelle et Onfroy s'étaient hâtés de rejoindre le donjon et de grimper l'escalier jusqu'au sommet, afin de suivre les cavaliers des yeux jusqu'à ce qu'ils soient hors de vue. Isabelle avait prévenu Balian et sa mère qu'elle se tiendrait là, aussi se tournèrent-ils sur leurs selles pour lui faire de grands signes jusqu'à ce que Karak ait disparu à l'horizon. Marie ne put alors retenir ses larmes.

Guy de Lusignan, pour sa part, ne se rendit pas à Jérusalem. Il n'avait pas décoléré durant leur marche vers Karak, se plaignant avec amertume auprès de son frère que les autres seigneurs l'évitaient comme si c'était lui le lépreux, et non pas Baudouin. Il n'avait plus qu'un seul allié, en la personne du patriarche Héraclius : celui-ci l'avertit discrètement qu'il avait entendu dire que le roi avait l'intention de faire annuler son mariage, résolvant ainsi définitivement le problème que lui posait ce beau-frère auquel il ne faisait plus confiance.

Guy tomba des nues en apprenant cela. En privé, il avait toujours traité Baudouin d'infirme impotent. Jamais il n'aurait imaginé que le roi lépreux puisse s'avérer un ennemi aussi dangereux. Il était consterné à l'idée qu'on puisse lui retirer tout ce qui lui importait : son mariage avec une femme qu'il aimait et le royaume qui lui revenait de droit. Et donc, dès qu'il l'avait pu, Guy avait rassemblé ses propres troupes et s'était empressé de regagner sa forteresse d'Ascalon, qu'il mit aussitôt en état de siège. Il envoya ensuite un message à Sibylle lui enjoignant de quitter Jérusalem et de le rejoindre au plus tôt – ce qu'elle était toute disposée à faire, même si cela l'obligeait à abandonner son jeune fils dans la Ville sainte.

CHAPITRE 38

Janvier 1184
Ascalon, Outremer

Le vent soufflait à présent de l'ouest, leur apportant les effluves de la mer et les avertissant qu'ils n'étaient plus très loin d'Ascalon. Quand la litière de Baudouin s'arrêta, les seigneurs et les chevaliers qui l'accompagnaient immobilisèrent à leur tour leurs montures et commencèrent à murmurer entre eux, personne ne sachant vraiment ce qui allait se passer maintenant qu'ils étaient arrivés. Guy n'avait pas cessé de défier le roi, refusant de répondre à ses convocations en prétendant qu'il était malade. Personne ne voulait cependant croire qu'ils se trouvaient confrontés à une véritable rébellion. Guy ne pouvait pas avoir perdu la tête à ce point.

Au signal d'Anselme, un écuyer avança un cheval et Baudouin tenta de quitter sa litière mais, malgré l'aide de son domestique, ne parvint pas à se hisser sur sa monture. La plupart des chevaliers détournaient pudiquement les yeux : aucun n'aurait songé à se moquer de l'humiliation de leur roi. Pour les hommes aux côtés desquels il avait jadis combattu, son sort ne serait jamais source de plaisanterie.

« Laissez-moi vous aider, Sire… »

Se hâtant de descendre de cheval, Balian s'avança pour soutenir Baudouin tandis qu'Anselme guidait son pied pour le glisser dans l'étrier. S'aidant de son propre poids, Balian le hissa ensuite en selle, en essayant de ne pas penser à l'époque où le jeune roi chevauchait à travers ses terres comme l'un de ces centaures mythiques dont Marie racontait les exploits le soir à leurs enfants.

Reprenant les rênes de son propre cheval que lui tendait son frère, Balian se remit en selle. Comme leurs regards se croisaient, il vit qu'il avait compris lui aussi le sens de l'action du roi. Contrairement à la plupart de ses hommes, il s'attendait bel et bien à ce que Guy le défie ouvertement, et il était fermement décidé à aborder cette confrontation comme le roi qu'il était, non comme un invalide.

Ils firent à nouveau halte lorsque les murailles d'Ascalon apparurent au loin. En temps normal, ils se seraient dirigés vers la porte de Jérusalem : mais ses défenses sophistiquées seraient malaisées à franchir pour le roi. Ils optèrent donc pour la porte de Jaffa. Baudouin distinguait encore sur sa gauche des ombres et des lumières, et il avait plaisanté en disant à Anselme qu'il serait difficile de ne pas apercevoir les contours d'une ville fortifiée. Mais maintenant qu'il était sur un cheval qu'il ne connaissait pas et avait pleinement conscience des faiblesses de son corps, la peur de se couvrir de ridicule le tenaillait, aussi forte que toutes celles qu'il avait pu ressentir autrefois sur le champ de bataille. Ses inquiétudes s'apaisèrent un peu quand il se rendit compte qu'il n'était pas seul : Denis chevauchait à sa droite et Anselme à sa gauche, prêts à intervenir au cas où son cheval ferait un écart ou, pire encore, se cabrerait. Jusqu'à présent, les portes de la ville étaient restées fermées ; et même s'il ne pouvait pas les voir, il était sûr que des soldats étaient postés un peu plus haut, le long des remparts, et observaient la scène.

Lorsqu'ils eurent rejoint la tour carrée qui défendait la porte de Jaffa, Denis manœuvra adroitement son cheval afin que celui de Baudouin s'écarte sur le côté. Lorsqu'il sentit que sa jambe heurtait une surface dure, le roi s'inclina sur sa selle et frappa de la main gauche la lourde porte en bois.

« Guy de Lusignan ! Étant votre roi et votre suzerain, je vous ordonne de me laisser entrer. »

Il percevait à présent les voix des hommes disposés au sommet de la muraille, ainsi que l'inquiétude mêlée d'excitation qui avait gagné leurs rangs. Il attendit et frappa une nouvelle fois la porte en renouvelant son ordre. Il répéta la manœuvre à trois reprises, respectant ainsi le protocole en usage à l'égard d'un vassal rebelle. Mais il n'obtint pas la moindre réponse, et les portes de la ville restèrent obstinément fermées devant lui.

D'Ascalon, Baudouin gagna Jaffa, l'autre ville dont Guy avait le commandement. La réception à laquelle il eut droit s'avéra bien différente : les habitants et la garnison du château sortirent pour se porter à sa rencontre et le conduire à l'intérieur de la ville. Il nomma aussitôt un nouveau gouverneur de la citadelle, privant du même coup Guy de la moitié de son fief. Lorsqu'il se remit en route, il poursuivit son chemin jusqu'à la côte et au port d'Acre, où il convoqua une assemblée générale afin de décider s'il fallait envoyer une nouvelle délégation pour demander de l'aide en Occident. Mais tous les seigneurs savaient que le roi avait également l'intention de dépouiller Guy de l'ensemble de ses possessions en Terre sainte, et de faire de l'homme qui aurait dû être roi un exilé ou un hors-la-loi.

L'assemblée générale se tenait dans la grande salle du palais d'Acre. À l'exception de Guy, tous les seigneurs étaient présents, y compris le comte Raymond et Aimery de Lusignan. Comme Baudouin d'Ibelin et d'autres s'étonnaient de le voir, Aimery leur répondit calmement qu'à moins que le roi ne le relève de ses fonctions il avait bien l'intention de continuer à le servir en tant que connétable du royaume. Sans satisfaire ceux qui le critiquaient, sa réponse les réduisit au silence. Une fois les invocations terminées, le patriarche s'avança vers le dais, accompagné par les grands maîtres des Templiers et des Hospitaliers.

Héraclius déclara qu'ils souhaitaient aborder une question si urgente qu'elle devait passer avant les affaires qu'ils avaient à traiter. Le patriarche était connu pour son éloquence et il se lança dans un discours fort bien argumenté, en disant que tout le monde comprenait que le roi puisse être en colère en raison de la désobéissance de son vassal, le comte de Jaffa, mais qu'ils étaient venus avec l'espoir qu'il lui accorderait son pardon, en insistant bien sur le fait qu'il en allait avant tout de l'intérêt du royaume.

Baudouin les écouta dans un silence glacial qui aurait dû leur mettre la puce à l'oreille. Mais ce n'était visiblement pas le cas, car ils eurent l'air fort surpris lorsqu'il leur répondit, en des termes aussi acérés que des flèches, qu'il n'avait aucune intention d'accorder son pardon au comte de Jaffa, quand bien même l'archange Gabriel descendrait du ciel en personne pour plaider sa cause. Les trois hommes ne cherchèrent pas à discuter plus avant, comprenant que ce serait inutile. Au lieu de cela, ils tournèrent les talons et quittèrent la salle, suscitant l'indignation générale.

Leur départ plongea l'assemblée dans la plus extrême confusion. Étant donné que la délégation envoyée en Occident devait être conduite par le patriarche et les deux grands maîtres, il était impossible d'en débattre en leur absence. Une fois le calme à peu près revenu, le roi demanda le silence.

« Nous discuterons du départ de cette délégation lors d'une prochaine session, déclara-t-il. Nous pouvons néanmoins parler dès à présent de la rébellion du comte de Jaffa et de ses conséquences.

— Qu'y a-t-il à débattre ? lança Baudouin d'Ibelin en se levant. De Lusignan a d'ores et déjà perdu tous ses droits sur les fiefs de Jaffa et d'Ascalon en défiant notre roi de la sorte. »

Cela faisait longtemps que le roi n'avait pas manifesté publiquement ses faveurs à Baudouin d'Ibelin.

« Le seigneur de Ramlah est allé droit à l'essentiel, dit-il. Guy de Lusignan a démontré qu'il était indigne d'être roi, régent ou tout simplement seigneur de ce royaume. Je souhaite donc le déposséder de son titre et de ses fiefs et demande à l'assemblée d'appuyer ma décision, en accord avec les règles qui régissent le principe même de la suzeraineté. »

Comme les sessions de la Haute Cour, ces assemblées générales exigeaient une bonne dose de patience, chacun ayant son mot à dire. Au début, le roi fut comblé par les propos qu'il entendit, car Guy ne trouva pas un seul défenseur. Son frère lui-même resta silencieux, tandis que Guy était jugé et déclaré coupable. Toutefois, il apparut peu à peu que rares étaient ceux qui étaient prêts à suivre la demande de Baudouin visant à déposséder Guy de ses biens. Ils voulaient bien le condamner dans les termes les plus fermes, mais se montraient peu enclins à franchir l'étape suivante, comme le roi l'aurait souhaité.

Ce fut finalement Denis qui prit la parole en leur nom, endossant cette tâche en tant que beau-père du roi.

« Nous sommes tous d'accord, Majesté, sur le fait que Guy mériterait d'être dépossédé des terres et des honneurs qu'il a reçus en épousant votre sœur. Mais nous nous trouvons face à une situation délicate, pris en quelque sorte entre le marteau et l'enclume, car de Lusignan ne renoncera pas de gaieté de cœur à Ascalon. Nous devrions sans doute partir en guerre pour nous débarrasser de lui – et cela, nous ne le voulons pas. En nous battant ainsi entre nous, nous offririons les clés du royaume à Saladin. Et je crois que vous le savez fort bien, comme chacun d'entre nous.

— Je ne peux pas pardonner à un vassal qui m'a défié comme de Lusignan l'a fait. Aucun roi ne le tolérerait.

— Je le sais, Sire, répondit Denis d'une voix triste. Je le sais bien. »

Baudouin se rejeta dans son siège. Il ne pouvait même pas se mettre en colère, car il avait beau avoir raison, il savait que les autres étaient également dans leur droit. S'il voulait conserver les dernières miettes de son pouvoir royal, il ne pouvait pas laisser Guy impuni alors qu'il l'avait défié de la sorte. Mais on ne pouvait pas prendre pour autant le risque d'une guerre civile.

Baudouin d'Ibelin était l'un des rares à vouloir franchir ce pas, convaincu que la simple présence de Guy de Lusignan constituait un poison pour le royaume. Le danger était également très grand que Sibylle et lui ne s'emparent du pouvoir après la mort du roi, plaida-t-il avec une candeur touchante. Mais même lui finit par se ranger à l'opinion générale, se rendant compte que l'ombre de Saladin était trop lourde à affronter pour la plupart d'entre eux.

Ce fut alors que Balian proposa une solution susceptible de les sortir de cette impasse.

« Sire, puis-je intervenir ? Nous sommes tous d'accord que nous ne pouvons pas nous permettre de chasser Guy d'Ascalon par la force. Mais nous ne pouvons pas davantage le laisser impuni, après le comportement indigne qui a été le sien. Je suggère donc que nous attendions un peu et laissions le temps jouer en notre faveur. Guy n'osera pas s'aventurer en dehors des murailles d'Ascalon par crainte d'être arrêté et conduit à Jérusalem pour y être jugé. Pour l'instant, c'est un serpent inoffensif. Laissons-le donc se terrer dans son repaire pendant que nous nous occuperons d'un danger plus immédiat : la menace que Saladin fait peser sur notre royaume. »

Au début, cette solution leur parut presque trop simple. Mais après l'avoir considérée, tous ses membres s'accordèrent à reconnaître que c'était justement dans sa simplicité que résidait son efficacité, et qu'elle allait leur permettre de sortir de la nuit où ils se trouvaient. Nul n'en était vraiment satisfait, à commencer par le roi, mais c'était le mieux qu'ils pouvaient faire pour l'instant, chacun en avait bien conscience.

« Je ne comprends pas, Onfroy. »

Isabelle luttait pour réfréner la panique qui l'avait gagnée car elle ne s'attendait pas à une telle nouvelle.

« Pourquoi ne puis-je pas aller passer les fêtes de Pâques dans ma famille ? » reprit-elle.

Onfroy évitait de la regarder en face.

« Pâques est la fête la plus sacrée du calendrier de l'Église, ma mère et Renaud souhaitent que nous la passions ensemble. »

Cette réponse n'avait aucun sens aux yeux d'Isabelle. Sachant l'intérêt que lui portaient Étiennette et Renaud, elle aurait aussi bien pu être invisible. Et ils ne prêtaient pas davantage attention à Onfroy, sauf lorsque celui-ci les avait contrariés d'une manière ou d'une autre.

« Tu sais pourtant combien j'ai été déçue de ne pas pouvoir fêter mon douzième anniversaire dans ma famille, le mois dernier. Pourtant, je n'ai pas fait d'esclandre à cette occasion. Mais je ne peux pas attendre plus longtemps, Onfroy. Je ne les ai pas revus depuis novembre et nous serons bientôt fin mars ! Il faut que tu leur parles à nouveau et que tu leur fasses comprendre ça. »

Onfroy ne savait plus quoi lui dire. Mais ce n'était pas le cas d'Emma, qui s'avança d'un pas et considéra le jeune homme avec un air de reproche qu'elle avait du mal à dissimuler.

« Ne croyez-vous pas, monseigneur, qu'il serait temps de lui dire la vérité ? »

Isabelle fit volte-face pour la dévisager.

« Jamais Onfroy ne me mentirait, Emma ! » s'exclama-t-elle. Mais celui-ci avait l'air si embêté qu'elle perdit un peu de son assurance. « Onfroy ? insista-t-elle.

— Pardonne-moi, Bella. Je voulais juste éviter de te faire de la peine. Et je ne savais pas comment t'annoncer ça : ma mère et Renaud t'interdisent désormais de rendre visite à ta mère et à Balian.

— Mais… mais pourquoi ?

— Ils prétendent que… que ta mère a une mauvaise influence sur toi. »

À ces mots, la stupeur d'Isabelle céda place à la colère. Comment ces individus détestables osaient-ils calomnier sa mère de la sorte ? Elle se dirigea vers la porte mais s'arrêta en voyant qu'Onfroy n'avait pas bougé.

« Tu ne viens pas avec moi ? lança-t-elle. Nous devons parler à tes parents, leur faire comprendre qu'ils se trompent. »

Onfroy savait parfaitement que cela ne servirait à rien. Mais il ne pouvait pas la laisser se jeter seule dans la gueule du loup.

Étiennette était assise sur un coffre tandis que sa servante lui brossait les cheveux. Ceux-ci lui tombaient jusqu'aux hanches et suscitèrent le regard admiratif de Renaud, qui venait de pénétrer dans sa chambre.

« Ne les attache pas », lui lança-t-il. Elle lui adressa en retour un sourire complice, car cela signifiait qu'il avait l'intention de passer la nuit avec elle. « Un courrier vient d'arriver d'Antioche. Les nouvelles de Constantinople ne sont pas bonnes.

— Elles pourraient difficilement être pires », rétorqua-t-elle.

L'Empire byzantin offrait peu à peu l'aspect d'un navire en détresse dont la coque prenait l'eau et le pont était la proie des flammes. On avait appris au mois de décembre en Outremer qu'Andronic avait osé faire ce que tout le monde redoutait : il avait fait étrangler le tout jeune empereur, dont le corps avait été jeté dans le Bosphore. Il avait ensuite épousé sa veuve, âgée de douze ans, qui connaissait sûrement le plus terrible destin auquel ait jamais été confrontée une princesse franque.

« Bohémond estime au contraire que la situation va encore s'aggraver. Il prétend qu'Andronic est plus avide de sang et plus dépravé que les pires empereurs romains, Néron et Caligula inclus. »

Étiennette n'avait aucune idée de qui étaient ces gens et soupçonnait Renaud de ne pas le savoir davantage.

« Bohémond pense-t-il qu'Andronic puisse être renversé ? » demanda-t-elle.

Avant que Renaud ait pu répondre, on entendit frapper à la porte, et ils furent aussi surpris l'un que l'autre lorsque la servante introduisit leur belle-fille dans la pièce, Onfroy sur ses talons.

Isabelle ne savait jamais trop comment s'adresser à ses beaux-parents. Elle avait beau être d'un rang supérieur au leur, étant fille de roi et reine en puissance, ils semblaient exiger d'elle une sorte de déférence à laquelle elle se pliait en sentant bien qu'il valait mieux ne pas les contrarier. Elle fit une brève révérence en essayant de se comporter comme si sa présence dans cette chambre était on ne peut plus naturelle.

« Je m'excuse pour cette intrusion, monseigneur, madame… Mais Onfroy vient de m'apprendre que vous ne vouliez pas que j'aille voir ma famille à Naplouse, mais il a sûrement mal compris ce que vous lui disiez… »

Le cœur d'Isabelle battait à tout rompre et elle s'interrompit pour reprendre son souffle, ne voulant pas qu'ils aient conscience de son trouble.

« Cela fera bientôt quatre mois que je ne les ai pas vus, reprit-elle, et ils me manquent beaucoup. »

Étiennette et Renaud la dévisagèrent d'un air ébahi, qui ne tarda pas à céder la place à l'indifférence.

« Vous vous y habituerez, Isabelle, lui répondit froidement Étiennette, car c'est ainsi que les choses se passent dans cette maison. Je ne dis pas que vous ne reverrez plus jamais vos parents, mais vous ne pouvez pas vous précipiter à Naplouse chaque fois que l'envie vous en prend. La place d'une épouse est aux côtés de son mari, comme Onfroy aurait dû vous l'expliquer.

— Mais ils me manquent vraiment, madame ! Non seulement ma mère et mon beau-père, mais aussi mon frère Jean, mes sœurs Helvis et Marguerite… Je leur manque à eux aussi, et ils sont trop jeunes pour comprendre pourquoi je ne reviens pas les voir. »

Isabelle s'interrompit car sa belle-mère la dévisageait avec la même expression qu'elle adoptait souvent avec Onfroy.

« Y a-t-il autre chose, Isabelle ? lança-t-elle. Sinon, nous vous souhaitons une bonne nuit. »

Le ton d'Étiennette était si glacial qu'Isabelle frissonna.

« Mais je ne comprends pas… » dit-elle d'une voix si plaintive qu'Onfroy tressaillit.

La mère du jeune homme ne fut pas touchée, quant à elle.

« Il n'est pas nécessaire que vous compreniez, rétorqua-t-elle. L'essentiel est que vous vous comportiez comme on vous le demande. »

Isabelle plongea les mains dans les plis de sa jupe afin qu'Étiennette ne voie pas qu'elle tremblait.

« J'ai le droit de savoir pourquoi vous m'interdisez de voir ma famille », lança-t-elle.

Renaud s'était amusé au début de l'entêtement de la jeune fille, sachant que sa femme avait l'habitude qu'Onfroy lui obéisse au doigt et à l'œil. Mais les choses allaient trop loin, et il intervint avec une certaine brusquerie.

« Vous voulez savoir la vérité, jeune fille ? Nous pensons que votre mère n'a pas une bonne influence sur vous. Voilà, vous l'avez eue, votre réponse. Et maintenant, filez vite vous coucher ! »

Isabelle était toujours effrayée mais également furieuse, à présent. Cet homme avait défié son frère le roi, il ne valait pas mieux qu'un brigand. Comment osait-il insulter sa mère ?

« J'aime profondément ma mère », répliqua-t-elle.

Étiennette perdit brusquement patience.

« Je ne suis pas étonnée que Marie ait élevé une gamine aussi insolente ! Mais vous allez devoir apprendre les bonnes manières, sinon il vous faudra en subir les conséquences ! »

Personne n'avait jamais parlé sur ce ton à Isabelle, et elle recula d'un pas sous l'affront. Un regard vers Onfroy suffit à lui apprendre qu'elle ne devait pas s'attendre au moindre soutien de ce côté. Se forçant à regarder sa belle-mère dans les yeux, elle lui répondit aussi fermement qu'elle le pouvait :

« Ma mère a été reine. Elle m'a enseigné les règles de la royauté car il se pourrait bien que je sois reine à mon tour, un jour prochain. Et l'un des premiers devoirs d'une reine est de ne jamais rien oublier. »

Un profond silence s'ensuivit. Étiennette fit un pas en avant et Isabelle crut un instant qu'elle allait la gifler. Mais Renaud éclata brusquement de rire.

« Eh bien, on dirait qu'il y a tout de même quelqu'un qui a du cran, dans ce joli couple ! » s'exclama-t-il.

Il adressa un regard appuyé à Onfroy qui rougit jusqu'aux oreilles, les yeux rivés au sol.

Étiennette fronça les sourcils, mais c'était Renaud qui menait la barque conjugale, et elle le laissa faire en retenant sa langue. Il traversa la pièce et alla se planter devant Isabelle. Comme il était aussi grand que Balian, il la dominait de toute sa hauteur mais se fendit pourtant d'un sourire.

« Vous ne manquez pas d'arguments, jeune fille, et nous allons réfléchir à la question. »

Isabelle savait qu'il mentait et qu'ils ne reconsidéreraient pas leur position. Elle savait aussi qu'elle était impuissante face à cela, du moins pour le moment. Elle le remercia du bout des lèvres, fit sa révérence et laissa Onfroy la raccompagner.

Ils n'échangèrent pas un mot tandis qu'il l'escortait jusqu'à sa chambre, dans la tour sud-est. Arrivé devant la porte, il posa la main sur son bras, sachant qu'Emma l'attendait à l'intérieur.

« Je suis désolé, dit-il d'une voix douce. Tellement désolé… »

Isabelle était également désolée, en cet instant précis, tout d'abord de la détresse et de la honte qu'éprouvait le jeune homme, mais aussi de son incapacité à lui procurer ce dont elle avait le plus besoin : de la force. Elle avait fini par éprouver un certain sentiment pour lui au cours des derniers mois, mais c'était une émotion d'un autre ordre qui l'étreignait à présent, un instinct presque maternel qui la poussait à le protéger, puisqu'il ne pouvait pas la protéger elle.

« Je ne t'en veux pas, Onfroy, l'assura-t-elle. Tu n'y es absolument pour rien. »

Elle trouva la force de lui sourire avant de se glisser dans sa chambre, où elle allait pouvoir partager sa peine avec Emma et pleurer avec elle sur le destin de sa propre famille et la fin de son enfance.

Il ne pouvait y avoir de dissension prolongée entre la couronne, le patriarche et les ordres des Templiers et des Hospitaliers : toutes les parties concernées le savaient, et la paix fut bientôt conclue entre le roi, Héraclius et les deux grands maîtres. En juin, une délégation prit la mer pour rejoindre l'Occident, conduite par Héraclius, l'hospitalier Roger de Moulins et le templier Arnaud de Torroja. Leur mission était de demander une nouvelle aide militaire et financière au pape ainsi qu'aux souverains d'Angleterre et du royaume des Francs. Ils avaient pour consigne d'offrir les clés de Jérusalem, de l'église du Saint-Sépulcre et de la tour de David au roi qui accepterait de revenir avec eux afin de prendre la défense de la Terre sainte. Héraclius écarta délibérément Guillaume, qui devenait le principal responsable religieux du royaume en son absence, en désignant l'évêque de Lydda comme vicaire jusqu'à son retour. Quant à Jacquelin de Mailly et ses frères templiers, le départ de leur grand maître eut sur eux une conséquence immédiate : le commandement de leur ordre se trouvait désormais entre les mains de leur sénéchal, Gérard de Ridefort.

Le mois de juillet avait été chaud. Isabelle avait ouvert sa fenêtre dès que le soleil avait enflammé l'horizon, mais il régnait dans sa chambre une chaleur étouffante. Elle jouait aux échecs avec Emma, à qui elle avait appris les règles. Guidée par Onfroy, elle avait rapidement maîtrisé les bases du jeu et espérait qu'une pratique régulière lui permettrait de s'améliorer : elle caressait le rêve de défier un jour Renaud de Châtillon et de le battre à plate couture. Pour l'instant, elle regardait l'échiquier en fronçant les sourcils. On frappa soudain à la porte.

Emma voulut se lever pour aller ouvrir mais Isabelle l'arrêta d'un geste : elle avait vu son chien renifler sous la porte, la queue frétillante.

« Entre, Onfroy », lança-t-elle.

En pénétrant dans la chambre, Onfroy s'accroupit pour jouer un instant avec Jourdain qui bondissait autour de lui comme un derviche tourneur. Il avait beau aimer les chiens, il savait bien qu'il ne faisait que différer les choses et finit par se relever, non sans réticence. Isabelle le regardait en souriant, sincèrement heureuse de le voir. Elle paraissait si confiante qu'Onfroy en eut le cœur brisé. Il ne souhaitait que son bonheur, mais leur mariage ne lui avait apporté que des déboires.

Comme si le fait de la priver de sa famille ne suffisait pas, il avait mis sa vie en danger : tant qu'elle vivrait à Karak, elle serait exposée à la vengeance de Saladin, dont la haine pour Renaud n'avait d'égale que la sienne à son égard. Et Karak resterait une cible jusqu'au jour où les Sarrasins finiraient par s'en emparer.

« Bella, dit-il enfin, je crains que de sombres jours ne s'annoncent. L'un des éclaireurs de mon beau-père est venu faire son rapport tout à l'heure : Saladin se dirige vers Karak à la tête d'une imposante armée. »

Même à la lueur vacillante de la lampe à huile, il vit qu'elle avait pâli. Ses grands yeux sombres lui faisaient penser à ceux d'un faon pris au piège et figé dans l'attente de la mort. Après avoir traversé la pièce, il prit sa main dans la sienne et lui jura qu'elle ne devait pas avoir peur. Karak était prête à soutenir un nouveau siège, et cette fois-ci Renaud ne se montrerait pas aussi imprudent ; il n'aurait d'ailleurs plus à défendre la ville. Leurs propres catapultes seraient en place avant l'arrivée de Saladin. Et dès que le roi aurait appris que la citadelle était une fois de plus assiégée, il se porterait à leur secours comme il l'avait fait en novembre dernier.

Pour une fois, Onfroy et Emma étaient du même avis, et sa gouvernante s'empressa d'appuyer ces déclarations réconfortantes. Isabelle se dit qu'à eux deux ils cherchaient presque à faire passer ce siège pour une partie de plaisir, une distraction au cœur de l'été – et au pire, un petit tracas sans grande importance. Elle ignorait quelle part de vérité se cachait derrière leur assurance. Mais elle apprenait peu à peu à tenir son rôle dans ce monde d'adultes : elle leur sourit donc, acquiesça en silence et feignit de croire qu'il n'y avait aucune raison d'avoir peur.

CHAPITRE 39

Août 1184
Al-Fawwar, Syrie

Ibrahim, le clerc d'al-Sania b. al-Nahhal, entendit distinctement l'insulte et sut qu'elle lui était adressée : *kafir* était le mot arabe qui désignait les infidèles, et il était le seul chrétien de tout le camp d'al-Adil. L'injure pouvait certes s'appliquer à al-Sania, de nombreux musulmans considérant d'un œil suspicieux sa conversion à l'islam. Mais son patron n'y prêta aucune attention et poursuivit son chemin en direction de la tente de leur seigneur. Ibrahim aurait aimé faire preuve de la même nonchalance car il était très bien payé et n'avait aucune envie de perdre son emploi.

Il se trompait néanmoins en croyant qu'al-Sania n'avait rien entendu. Celui-ci avait également remarqué le malaise de son nouveau clerc, et tandis qu'ils approchaient de la tente d'al-Adil, il lui déclara :

« Je suis sûr que tu connais ce proverbe, Ibrahim : "Les chiens aboient et la caravane passe." Ne te préoccupe pas de ce qu'on marmonne dans ton dos. Tant que je serai dans les bonnes grâces de notre seigneur, il n'y a rien à craindre. Et c'est la seule chose qui importe. »

Ibrahim ne pouvait qu'espérer qu'il eût raison.

« Puis-je vous poser une question, messire ? Pourquoi avons-nous envoyé autant d'éclaireurs pour surveiller les routes ? Notre seigneur redoute-t-il une attaque des Francs ?

— Les Francs sont bien trop occupés à rassembler une armée et à se porter au secours d'al-Karak pour lancer des raids contre nous. Non, le souci de notre maître est plus prosaïque. Il souhaitait que les membres de sa famille le rejoignent à Alep, mais il était trop dangereux jusqu'ici d'emprunter la route des caravanes qui rejoint Damas, à cause de ce diable d'Arnat. Maintenant que celui-ci est occupé à défendre sa citadelle, notre maître a saisi cette opportunité pour leur faire quitter l'Égypte. Quand le sultan a demandé à Taqi al-Din de lui venir en aide pour soutenir ce siège, il a accepté que ce dernier en profite pour convoyer avec lui la famille d'al-Adil. Et ils rejoindront notre camp sitôt qu'ils auront atteint al-Karak. Les éclaireurs ont été envoyés pour guetter leur arrivée. »

Ibrahim s'exclama, du fond du cœur :

« Que Dieu les protège ! »

Al-Sania esquissa un sourire. Au fond de lui, il était convaincu que les chrétiens et les musulmans adoraient le même Dieu. Mais il se gardait bien d'afficher une telle opinion et se contenta de répondre à l'invocation d'Ibrahim :

« *Inch' Allah !* »

Al-Adil fit avancer son cheval dès que la caravane apparut. Il distinguait à présent les litières couvertes et tendues de rideaux où se trouvaient ses épouses et ses concubines. Leurs demoiselles de compagnie chevauchaient derrière elles sur des selles dorées, bien enveloppées dans leurs voiles afin d'éviter les regards indiscrets et entourées de soldats : pour leur sécurité, les femmes étaient toujours placées au centre des caravanes. Ses enfants étaient trop jeunes pour faire le voyage à cheval ou à dos de chameau et émergeaient déjà de leurs litières. Sans attendre qu'on les aide, sautant joyeusement sur le sol et se redressant aussitôt, ils se précipitèrent en courant vers al-Adil.

« Papa ! »

Mohammed, son fils aîné âgé de sept ans, distança Moussa et Isa, ses plus jeunes frères, et fut le premier à se jeter dans ses bras. Ils s'agglutinèrent bientôt tous les trois autour de lui : ils étaient si beaux, si vifs, si charmants qu'al-Adil fut envahi par un sentiment d'intense gratitude. Allah l'avait vraiment béni en lui donnant ces trois fils.

Les femmes attendaient quant à elles dans leurs litières : elles voulaient que ce soit lui qui les aide à descendre. Il laissa donc ses fils sous la surveillance d'al-Sania en lui recommandant de les avoir à l'œil, car c'étaient de vrais chenapans. Son chancelier capta aussitôt leur attention en promettant de leur montrer le remarquable chameau blanc qu'ils venaient juste d'acquérir.

Les deux épouses d'al-Adil l'accueillirent avec toute la solennité requise, mais leurs regards disaient suffisamment combien il leur avait manqué. L'une de ses filles, encore toute jeune, trottina vers lui : il la prit dans ses bras et la souleva, envahi par le brusque regret de ne pas avoir vu grandir ses enfants pendant ses neuf mois d'absence.

Isa avait échappé au regard vigilant d'al-Sania et était venu se coller aux mollets de son père. Tendant sa fille à Halima, il se pencha et ébouriffa d'un geste la chevelure noire de son fils avant de se retourner, car ses soldats avaient éclaté de rire et montraient quelque chose du doigt en se bousculant pour voir ce spectacle de plus près. Al-Adil ne comprenait pas ce qui les intriguait de la sorte et se tourna vers ses épouses afin d'obtenir quelques éclaircissements.

« C'est sans doute Zirafah qui a attiré leur attention, lui dit Aliya sans pouvoir s'empêcher de rire en voyant le regard ahuri de son mari.

— Vous avez emmené Zirafah ? » s'exclama-t-il, incrédule.

Il était très surpris que Taqi al-Din ait accepté de se charger de la jeune girafe de ses enfants pour un si long voyage.

« On ne pouvait pas la laisser, papa ! »

Isa n'avait que quatre ans mais il avait déjà son caractère. Il était tombé sous le charme de cette girafe dès qu'il avait aperçu ses pattes grêles et ses cils immenses. Al-Adil l'imaginait sans peine en train d'implorer sa mère pour qu'ils emmènent

Zirafah dans leur nouvelle demeure d'Alep. Isa prit la main de son père, qui laissa son fils le guider jusqu'au cercle que les soldats avaient formé autour de la jeune girafe. C'était une créature d'une étonnante placidité, ignorant la foule qui l'entourait et préférant concentrer son attention sur les feuilles d'acacia que son gardien lui tendait.

« Monseigneur… »

Aliya les avait suivis et se tenait derrière al-Adil, qui regardait leur fils insister pour nourrir lui-même l'animal. S'exprimant en kurde pour plus d'intimité, elle lui demanda à voix basse :

« Tu n'es pas contrarié que nous ayons emmené cette girafe, Ahmad ?

— Non, la rassura-t-il, je ne suis pas contrarié. Omar va probablement me casser les pieds avec cette affaire, mais je n'aurais pas su résister moi non plus aux suppliques des enfants. »

Il avait une autre raison pour ne pas regretter la présence de Zirafah, mais il ne pouvait pas en faire part à son épouse. En voyant ses hommes contempler le gracieux animal, il était heureux qu'ils puissent bénéficier de ce moment d'insouciance : car il savait qu'une partie d'entre eux allait trouver la mort à al-Karak.

Salah al-Din accueillit chaleureusement son frère et l'escorta dans la ville pour lui montrer les progrès déjà accomplis. Al-Adil était impressionné, car les neuf catapultes du sultan opéraient nuit et jour et avaient déjà causé des dommages considérables aux murailles d'al-Karak, ainsi qu'à la tour nord de la citadelle. Il se risqua au bord des douves pour y jeter un coup d'œil et émit un sifflement admiratif : leurs hommes en avaient déjà comblé une bonne partie.

« D'ici peu, Youssouf, nous allons pouvoir lancer une attaque frontale.

— Surtout maintenant que tu nous as apporté d'autres machines de guerre, approuva le sultan. Une fois que nous les aurons installées, les Francs n'oseront plus se montrer au sommet des murailles et nous pourrons abattre leurs autres catapultes. Nous avons déjà détruit celles qu'ils avaient placées sur les toits, comme tu peux le voir », ajouta-t-il en lui montrant le sommet à moitié démoli de la tour nord.

Le chancelier du sultan, Imad al-Din, les avait rejoints et éclata d'un rire triomphal.

« Le jour du jugement d'Arnat l'infidèle ne saurait plus tarder ! » s'exclama-t-il.

Al-Adil n'était pas prêt à crier victoire aussi vite, pour sa part, car il n'avait jamais sous-estimé leurs ennemis.

« Où est l'armée des Francs ? » demanda-t-il.

Son frère haussa les épaules.

« Jusqu'ici, nos éclaireurs ne l'ont pas repérée. »

Imad al-Din continuait de chanter les louanges du sultan et de le féliciter pour son triomphe, mais les deux frères ne lui accordaient aucune attention, sachant l'un et l'autre que le roi lépreux allait venir au secours d'al-Karak. Le tout était de savoir si la citadelle tomberait avant son arrivée.

Début septembre, Salah al-Din eut enfin des nouvelles de ses éclaireurs. L'armée des Francs était en route, mais au lieu de longer la rive occidentale de la mer Morte, comme ils l'avaient fait l'année précédente, ils avaient franchi le Jourdain et se dirigeaient vers le sud à travers les territoires tenus par les Sarrasins, mettant du même coup en danger les voies de communication de Saladin avec Damas. Le sultan leva alors le siège et remonta vers le nord pour affronter l'ennemi. Lorsqu'ils atteignirent les ruines de l'antique cité d'Hisban, ils firent halte pour attendre les Francs, leur barrant la route qui menait à al-Karak.

Les Francs ne tardèrent pas à apparaître et dressèrent leur camp à Aïn Awaleh, à une dizaine de kilomètres d'Hisban. Ils avaient bien choisi l'endroit car le terrain accidenté offrait une excellente défense. Salah al-Din attendit, espérant les faire sortir du camp pour engager la bataille, mais ils n'en bougèrent pas. Après quelques jours de cette attente frustrante, il ordonna à son armée de se retirer.

Taqi al-Din était tellement ulcéré qu'il en bafouillait presque. Les autres hommes réunis dans la tente de commandement de Saladin – al-Adil, Isa al-Hakkari, al-Fadil et Imad al-Din al-Isfahani – avaient les yeux fixés sur lui. Le sultan quant à lui ne manifestait pas la moindre émotion à mesure que son neveu s'échauffait.

« Nous nous sommes laissé mener par le bout du nez par cet infidèle, par ce maudit lépreux ! Il a attendu que tu aies appelé Ahmad et son armée de réserve, et ne craignait dès lors plus d'être pris à revers. Il t'a ensuite obligé à abandonner le siège, rien qu'en venant se placer entre notre armée et Damas. Nous aurions dû rester à al-Karak et poursuivre le siège. Les Francs auraient bien été obligés de venir nous affronter. Au lieu de ça, nous avons agi exactement comme le souhaitait ce satané lépreux et lui avons laissé la victoire sans même échanger un coup avec lui ! »

Isa et Imad al-Din estimaient que Taqi al-Din n'avait pas tout à fait tort mais s'abstinrent de le soutenir, car il les avait indisposés en s'adressant au sultan avec un tel irrespect. Al-Adil estimait que la décision de son frère de lever le siège prouvait bien que l'attaque d'al-Karak était une simple *razzia*, et non le début du jihad contre les chrétiens. Étant lui-même défavorable à une guerre totale, il n'allait pas contredire Youssouf sur ce point. Il estimait en revanche que leur irascible neveu devait être remis à sa place et était curieux de voir comment son frère allait s'y prendre.

« Tu as terminé, Omar ? »

La voix du sultan était aussi tranchante qu'une lame de rasoir, plus empreinte toutefois d'autorité que de colère.

« Il est exact que les Francs ont réussi à nous faire lever le siège d'al-Karak sans verser une goutte de sang. J'ai toujours eu conscience, néanmoins, que le temps ne jouait pas en notre faveur dans cette affaire et que nous devions nous emparer de la citadelle avant l'arrivée de leur armée. J'espérais les pousser à livrer bataille à Aïn Awaleh, mais ils ne sont pas tombés dans le piège. »

Taqi al-Din paraissait encore plus ulcéré, si la chose était possible. Avant qu'il ait pu réagir, son oncle leva la main pour lui imposer le silence.

« Nous avons manqué une occasion de les affronter, je le reconnais. Mais tout n'est pas perdu. Leur armée se dirigeant vers al-Karak, la plus grande partie de leur royaume se trouve désormais sans défense, notamment les riches terres de Samarie et de Galilée. »

L'armée des Francs campa à l'extérieur de Karak en attendant que le pont de la citadelle ait été reconstruit. Lorsque ce fut enfin terminé, le roi alla loger dans le château, ainsi que Jocelyn et Denis. Balian les imita, car cela lui permettrait de passer plus de temps en compagnie d'Isabelle. Mais le comte Raymond et Baudouin d'Ibelin refusèrent l'hospitalité d'un homme qu'ils méprisaient et ne quittèrent pas le camp. Baudouin accepta tout de même d'abriter une partie de leurs chevaux sous les voûtes des étables édifiées le long de la muraille. Ce fut là que Balian le rejoignit.

« Qu'a donc Merlin ? lança-t-il à son frère en le voyant examiner le sabot de l'étalon.

— Il s'est blessé sur une pierre, mais ça n'a pas l'air trop grave. » Baudouin appela l'un de ses écuyers et lui demanda d'aller chercher un seau d'eau chaude aux cuisines du château afin qu'il puisse nettoyer la plaie. « Je ne sais pas si tu es de mon avis, petit frère, mais ces expéditions de sauvetage à Karak commencent à me courir sur le haricot… Sommes-nous censés nous précipiter au secours de Renaud chaque fois que Saladin vient lui chercher des noises ?

— J'espère que non, répondit Balian. Je suis sûr que le roi a eu la même réaction que toi, mais il a besoin de Renaud pour garder la frontière sud du royaume. »

Baudouin acquiesça avec un haussement d'épaules. Merlin s'était mis à hennir, et il caressa la tête de l'étalon.

« Tu as déjà passé un bon moment avec Bella, reprit-il. Comment se sent-elle… réellement ?

— Elle me répète sans arrêt qu'elle va bien, répondit Balian, mais même si elle était au fond du trou, elle ne l'avouerait probablement pas pour éviter de nous faire de la peine.

— Tu es sûr que cette petite n'a que douze ans ? Elle m'a l'air de posséder plus de maturité que nous deux réunis, même si tu as déjà trente-quatre ans et moi quarante-cinq… »

Balian eut un sourire attristé.

« Je crois qu'elle tient mieux le coup que Marie, qui est rongée par l'amertume et a le cœur brisé.

— Si Aimery de Lusignan m'avait un jour empêché de voir ma fille, je serais allé cogner à sa porte en le défiant de m'interdire d'entrer.

— Esquiva est une adulte, Baudouin. Bella n'est qu'une *petite*, comme tu viens de le dire. Nous avons bien songé à ça, nous aussi, mais nous redoutions que la situation de Bella n'empire après notre passage.

— Tu n'as pas tort, concéda Baudouin. Mais quel est le problème du petit de Toron ? Pourquoi n'intervient-il pas en faveur de Bella ? Est-il muet, en plus d'être mou comme une chique ?

— J'ai bien essayé de le pousser à réagir, reconnut Balian, mais sans résultat. Il est peureux comme un chien tellement battu par son maître qu'il s'attend sans cesse à recevoir des coups.

— Tu as le cœur trop tendre, Balian… Cet Onfroy a… quoi ? Dix-huit ans ? À son âge en tout cas on est censé avoir des couilles. » Baudouin donna une dernière petite claque à Merlin et s'éloigna de la stalle. « Nous savons tous les deux qui est à l'origine de toute cette affaire, reprit-il. Étiennette n'a jamais eu besoin d'excuses pour se comporter comme une garce, mais c'est cette salope qui est derrière tout ça. Agnès éprouve autant de haine pour Marie que moi pour ce cochon de De Lusignan. »

Balian partageait l'opinion de son frère.

« Depuis le mariage de sa cousine avec Jocelyn de Courtenay, Étiennette a fait tout ce qui était en son pouvoir pour s'assurer les faveurs d'Agnès et de son frère. Maintenant qu'elle a été récompensée par le mariage royal accordé à son fils, elle accepterait de marcher pieds nus sur un tapis de braises si elle pensait que cela pouvait faire plaisir à Agnès.

— Je suppose que tu en as parlé avec Renaud et elle ?

— Évidemment, mais sans grand résultat. Je pense que Renaud se fiche royalement qu'Isabelle revoie sa mère ou non, mais il soutient sa femme puisqu'elle le lui a demandé. Et Étiennette espère s'attirer par ce biais les bonnes grâces d'Agnès. Elle est même allée jusqu'à demander à Bella de ne pas dire un mot de tout cela, ni au roi ni à moi !

— Elle connaît mal Bella, n'est-ce pas ? Et comment a réagi le roi ?

— Comme on pouvait s'y attendre. Baudouin ne supporte pas la mesquinerie, encore moins aujourd'hui qu'hier. Dès que je lui en ai parlé, il a convoqué Étiennette et Renaud dans sa chambre et leur a lancé : "Pour l'amour de Dieu, n'empêchez pas Bella de voir sa famille !" Étiennette s'est montrée assez stupide pour tenter de discuter avec lui, et bien mal lui en a pris. Au moins, Renaud a-t-il eu la sagesse de tenir sa langue. »

Baudouin éclata de rire.

« J'aurais aimé assister à la scène ! Penses-tu que son intervention servira à quelque chose ? »

Balian ne répondit pas immédiatement.

« Peut-être, dit-il enfin. Mais pour combien de temps ? »

Son frère se contenta d'opiner : que pouvait-il ajouter d'autre ? Balian se demandait en fait combien de temps le roi avait encore devant lui. Si le Tout-Puissant daignait enfin lui témoigner un peu de pitié en mettant un terme à ses souffrances, le plus tôt serait le mieux. Mais d'un autre côté, c'était lui qui maintenait pour l'instant l'unité du royaume.

« Espérons simplement, ajouta-t-il d'un air sombre, que le roi survivra à ce traître de De Lusignan. »

« Monseigneur ! Réveillez-vous ! »

Balian sursauta et dévisagea son écuyer en clignant des yeux.

« Arnaud… Que diable…

— Le roi vous convoque, monseigneur. Vous devez le rejoindre au plus vite. »

Le temps de s'habiller, Balian était pleinement réveillé. Pourquoi Baudouin voulait-il le voir au beau milieu de la nuit ? Sans répondre à sa question, Anselme l'escorta en silence dans l'escalier jusqu'à la chambre qui avait été aménagée pour le roi. Des lampes à huile brûlaient toujours dans la pièce et Baudouin était assis sur une chaise à dossier droit. De toute évidence, il ne s'était pas couché.

« Est-il arrivé ? » demanda-t-il en entendant la porte s'ouvrir. Il fit signe à Balian de s'avancer et de prendre un siège.

« Balian, je suis désolé de vous tirer ainsi du lit mais cela ne pouvait pas attendre. Un message urgent vient de m'arriver, envoyé par l'archevêque de Nazareth. »

Baudouin marqua une pause, tant ce qu'il avait à annoncer lui fendait le cœur.

« Nous pensions que Saladin allait regagner Damas, mais nous nous trompions. L'archevêque Léthard m'informe que son armée a lancé plusieurs équipées sauvages à travers la Samarie, pillant et brûlant tout sur son passage. »

Balian le dévisagea. Sa bouche s'était brusquement asséchée et il était incapable de prononcer un mot, mais Baudouin n'attendit pas qu'il ait formulé sa question.

« Oui, dit-il, l'archevêque me précise que Naplouse est au nombre des villes qui ont été décimées. »

La semaine qui suivit fut la plus longue de la vie de Balian. Le roi lui avait promis que l'armée le suivrait dès que possible, mais entre ses propres hommes, ceux de son frère et les chevaliers que lui avait fournis le roi, ils formaient déjà une troupe imposante, au cas où ils auraient rencontré un bataillon sarrasin. Ils ignoraient ce qui les attendait et c'était la peur qui les tenaillait sans relâche, heure après heure, de l'aube à la nuit tombée. Les deux frères d'Ibelin chevauchaient côte à côte sans échanger un mot, aucun d'eux ne voulant formuler à voix haute les craintes qui les taraudaient. La nuit ils dormaient mal, tourmentés par des rêves dans lesquels l'épouse et les enfants de Balian, la fille de Baudouin et son tout jeune fils étaient la proie des flammes, enfermés dans des bâtiments pilonnés par les catapultes ou conduits en captivité par des soldats sarrasins hilares.

Il n'était que trop facile de suivre la piste d'une armée en maraude. Les villages étaient déserts, ceux des habitants qui n'étaient pas morts avaient trouvé refuge dans les collines environnantes ou été emmenés en esclavage. Les récoltes avaient été pillées ou incendiées. Aucun troupeau ne paissait dans les champs, on apercevait seulement les carcasses des truies et des porcs abattus.

Le pire était encore l'effroyable silence qui régnait. Aucun chien n'aboyait, ils avaient dû s'enfuir ou être massacrés. Les oiseaux eux-mêmes se taisaient. Ils aperçurent toutefois des vautours qui dessinaient des cercles au-dessus de leurs têtes, prêts à se nourrir des charognes que les soldats laissaient toujours derrière eux. La plupart des soldats de Balian avaient eux aussi leurs familles à Naplouse, et certains s'accrochaient encore au vague espoir que l'archevêque se soit trompé et que leur ville ait été épargnée. Cet espoir perdura jusqu'à ce qu'ils atteignent les vergers et les champs d'oliviers qui entouraient Naplouse : les arbres avaient été dépouillés de leurs fruits, les autres abattus ou brûlés. Le spectacle n'avait rien de bien original pour ces hommes, car leurs propres expéditions et les *razzias* des Sarrasins étaient de même nature, dans leur principe comme dans leurs méthodes : il s'agissait d'infliger à l'ennemi le plus de souffrance et de dégâts possible. Mais lorsque c'étaient vos propres maisons qui étaient pillées et incendiées, vos familles qui étaient décimées, la guerre s'imposait brusquement avec une tout autre et terrible évidence. S'attendant désormais au pire, ils prirent leur courage à deux mains avant de découvrir ce qu'il était advenu de Naplouse.

« Dieu du ciel ! »

Baudouin d'Ibelin laissa échapper ce cri malgré lui en découvrant le spectacle qui s'offrait à eux : de Naplouse il ne restait plus que des ruines, le squelette exsangue et dépecé. Les incendies s'étaient éteints à présent, même si l'odeur âcre de la fumée planait toujours dans l'atmosphère, et chaque bourrasque soulevait des tourbillons de cendres. Le nouveau couvent des Hospitaliers avait en partie brûlé, tout comme l'église de la Passion et de la Résurrection. Les portes des boutiques avaient été forcées à coups de botte, les maisons qui tenaient encore debout paraissaient aussi nues que des volailles déplumées, des barriques de vin éventrées à coups de sabre jonchaient les rues. Comme à Karak, on relevait de toutes parts les preuves de ces innombrables vies bouleversées, détruites, éradiquées.

Lorsqu'il aperçut les ruines du palais qui avait abrité sa famille, Balian se mordit la lèvre jusqu'au sang. Même s'il n'avait pas été incendié, on l'avait méticuleusement mis à sac et vidé de tous ses objets de valeur, dont il ne restait plus que le souvenir. Il tira sur les rênes de Khamsin pour contempler un jouet d'enfant qui gisait au sol, une petite charrette en bois qui avait sans doute appartenu à Jeannot.

La citadelle était située à l'est de la ville. Le bâtiment était d'une structure assez simple, composé d'un donjon et d'un mur d'enceinte, mais c'était l'unique refuge des habitants. Avait-elle résisté ? Balian pressa sa monture le long d'une rue déserte uniquement peuplée de fantômes et distingua enfin les murs de pierre grise qui se dressaient au loin. Le château avait tenu bon ! Son frère l'avait rejoint à présent, et ils s'y dirigèrent au galop.

Tandis qu'ils approchaient, le portail s'ouvrit et un homme apparut sur le seuil. Ils étaient assez près maintenant pour le reconnaître : il s'agissait d'Amand, le vicomte de Naplouse, le gendre de son frère Baudouin. Il se précipita vers eux en courant et s'écria :

« Ils sont tous en vie, n'ayez crainte ! » Le temps qu'ils l'aient rejoint, le vicomte avait le visage congestionné et peinait à retrouver son souffle. « C'est votre dame qui a sauvé la ville ! s'exclama-t-il. Elle était soucieuse après votre départ et craignait que la garnison de Damas ne profite de l'absence de nos hommes pour nous attaquer, comme ils l'ont déjà fait par le passé. Elle m'a donc demandé de poster des sentinelles dans les collines pour surveiller les environs. Pour ma part, je n'en voyais pas la nécessité, mais Dieu merci, je l'ai écoutée ! Nous pensions que le danger viendrait du nord, non du sud, mais nos sentinelles ont repéré l'armée de Saladin avant qu'elle n'atteigne Naplouse. D'autres villes ont été assaillies par surprise. Ce ne fut pas le cas de la nôtre.

— Les habitants ont-ils pu se réfugier dans la citadelle ? s'enquit Balian.

— Pour la plupart. La reine Marie a envoyé des hommes à travers toute la ville pour avertir la population que les Sarrasins arrivaient et leur demander de rejoindre au plus vite le château. Comme d'habitude, il y a bien eu quelques inconscients pour refuser de quitter leurs maisons, mais nous avons réussi à les convaincre.

— Que s'est-il passé ensuite ? Les Sarrasins ont-ils attaqué la citadelle ?

— Plutôt deux fois qu'une ! Ils ont fait plusieurs tentatives mais nous avons réussi à les repousser. Ils n'avaient pas de machines de guerre, et lorsqu'ils ont vu que nous étions prêts à tenir jusqu'au bout, ils se sont contentés de piller la ville. Je suis désolé, mais ils ont vidé votre palais… »

Balian ne l'écoutait déjà plus et regardait le château pardessus l'épaule d'Amand, qui dut faire un écart pour le laisser passer, pressant son cheval pour rejoindre la femme qui venait d'apparaître sur le porche de la citadelle. Après avoir sauté à terre, il la prit dans ses bras, et pendant quelques instants ils s'étreignirent fougueusement, sans prononcer un mot. Au bout d'un moment, Marie lui dit enfin, le souffle coupé :

« Mon cœur, si tu continues à me serrer de la sorte, tu vas me briser les côtes… »

À regret, Balian relâcha son étreinte.

« Si jamais il vous était arrivé malheur, à toi ou à nos enfants, je te jure, Marika, que je serais retourné à Karak et que j'aurais expédié une fois pour toutes Renaud de Châtillon en enfer. »

Marie émit un rire étranglé.

« On croirait entendre ton frère, dit-elle.

— Et Jeannot ? Et les filles ? Comment ont-ils vécu ça ?

— Dieu merci, ils sont trop jeunes pour comprendre vraiment ce qui est arrivé. Pour tout te dire, je crois bien qu'ils ont davantage été excités par la nouveauté de la situation que véritablement effrayés. Certes, ils n'ont pas encore vu le palais en ruines ni les dégâts que la ville a subis. Nous redoutions que certains Sarrasins ne soient restés en embuscade et avons jugé préférable d'attendre ton arrivée pour sortir du château. Je savais que tu allais venir », ajouta-t-elle avec une telle confiance qu'il la serra à nouveau contre lui.

Lorsqu'ils se séparèrent, Baudouin apparut derrière eux, tenant par les épaules la plus jeune de ses filles.

« Amand m'a expliqué que les autres villes n'ont pas eu la chance de Naplouse. Zarin et Aïn Djalout ont été réduites en cendres. Jénine a également été dévastée. À Sébaste, l'évêque Rodolphe les a convaincus d'épargner la ville en libérant quatre-vingts prisonniers sarrasins et…

— Papa, dit Étiennette en saisissant le bras de son père, il me semble qu'ils ne t'écoutent pas… »

Baudouin considéra à nouveau son frère et sa belle-sœur qui se regardaient dans les yeux et rétorqua avec un sourire :

« Je crois que tu as raison, petite… »

Balian arriva à Acre par un après-midi pluvieux à la fin du mois de novembre. Ses hommes et lui firent d'abord halte dans un établissement de bains pour se débarrasser de la boue qui les recouvrait, puis gagnèrent la maison que son frère possédait en ville. Balian était accompagné par un chevalier anglais du nom de William Marshall, et peu après, ils furent reçus tous les deux dans la partie du palais qui était réservée à l'archevêque de Tyr lorsque celui-ci se trouvait à Acre. Guillaume était très heureux de revoir Balian et insista pour que les deux visiteurs partagent son repas du soir. Une fois qu'ils furent installés sur la terrasse et qu'on leur eut servi du vin, un domestique conduisit l'Anglais aux latrines et Balian profita de son absence pour dresser rapidement son portrait.

« William est arrivé en Terre sainte l'été dernier. J'ai fait sa connaissance lorsqu'il a rejoint les troupes parties soutenir Karak. Il effectue un pèlerinage au nom de son défunt seigneur, le fils aîné du roi d'Angleterre, celui qu'on a surnommé le jeune roi et qui s'était fait croisé sur un coup de tête mais n'avait jamais honoré sa promesse. Lorsqu'il s'est trouvé à l'article de la mort, il a demandé à William de partir en Terre sainte à sa place.

— Une telle loyauté est louable, approuva Guillaume. Si seulement elle pouvait s'avérer aussi contagieuse que la peste… Car nous commençons à être à court de troupes ces temps-ci, en Outremer.

— William aimerait beaucoup présenter ses respects au roi, et je lui ai dit que si quelqu'un pouvait lui obtenir une telle audience, c'était bien vous.

— Ah, Balian… Je suis désolé, mais Baudouin est à nouveau malade, et je crains qu'il ne soit pas en état de recevoir un étranger. De surcroît, il a reçu des nouvelles assez inquiétantes la semaine dernière concernant ce suppôt de Satan et ce traître avéré de Guy de Lusignan. Vous avez entendu parler de son dernier coup d'éclat ? » Balian hocha négativement la tête, et Guillaume reposa sa coupe d'un geste sec. « Cet homme ne vaut pas mieux qu'un bandit de grand chemin ! s'exclama-t-il. Il s'est risqué en dehors d'Ascalon pour aller attaquer un camp de Bédouins, près de Darom. Étant sous la protection de la couronne, ceux-ci se croyaient en sécurité et ont donc été pris par surprise. Guy et ses hommes ont capturé leurs chevaux et leurs chameaux, brûlé leurs tentes et emmené une partie des femmes et des enfants en esclavage. »

Balian l'écoutait avec une incrédulité croissante, car les Bédouins étaient d'inestimables alliés : ils avaient souvent soutenu les Francs contre les Sarrasins, bien qu'étant eux aussi adeptes de l'islam.

« Comment Guy peut-il se montrer aussi stupide ? s'exclama-t-il. Nous ne pouvons pas nous permettre de retourner les Bédouins contre nous ! »

Aucun d'eux n'avait entendu William Marshall regagner la pièce, et ils sursautèrent en l'entendant intervenir.

« Les de Lusignan se sont toujours comportés de la sorte dans leur Poitou natal. Ils se proclament seigneurs mais se comportent le plus souvent comme de simples brigands, aussi cupides que peu respectueux des lois.

— Je n'en doute pas, répondit Guillaume d'un air sombre. Mais en Outremer, les enjeux s'avèrent autrement importants. Le raid honteux de Guy de Lusignan risque de saper l'autorité de la couronne et d'empêcher à l'avenir d'autres musulmans de nouer des alliances avec nous. Notre roi était scandalisé par cette attaque contre les Bédouins. Il s'agit là d'un acte aussi lâche qu'odieux, et il ne sera pas facile de réparer les dégâts qu'il n'a pas manqué d'avoir causés. »

Balian se pencha et désigna l'Anglais d'un geste.

« Je crois que le roi aimerait entendre ce que William aurait à lui dire, car il sait de première main ce dont sont capables les de Lusignan. Rappelez-vous l'histoire que vous m'aviez racontée, comme quoi ils avaient été à deux doigts d'enlever la reine d'Angleterre… Eh bien, William faisait partie de l'escorte d'Aliénor en ce jour fatal, sous la conduite de son oncle le comte de Salisbury. Ce furent eux qui retinrent les frères de Lusignan jusqu'à ce qu'elle parvienne à s'échapper. William a été blessé à cette occasion et fait prisonnier…

— … et ils ont assassiné mon oncle, l'interrompit l'Anglais d'une voix dénuée d'émotion, tel un juge prononçant son verdict. Guy et son frère Geoffroy ont prétendu par la suite qu'il s'agissait d'un accident et qu'ils n'avaient eu aucune intention de lui faire du mal. C'était un pur mensonge. On ne frappe pas un homme dans le dos sans l'avoir voulu. »

Guillaume le considéra avant de se tourner vers Balian.

« Vous aviez raison, dit-il en souriant. Le roi aura *sûrement* envie de le rencontrer. »

Ils poursuivirent leur conversation en mangeant. William Marshall insista sur le fait que Guy de Lusignan était parfaitement incapable de régner et ne devait en aucun cas être autorisé à revendiquer la couronne. En tenant ce discours à Balian et à Guillaume, il prêchait deux convaincus, et ils écoutèrent avec attention le récit qu'il leur fit des méfaits commis dans le Poitou par la famille de Lusignan, ce qui les amena sans peine à la fin du repas. Ce fut alors que Guillaume leur annonça une désagréable nouvelle. Il s'était enquis de la santé de Marie auprès de Balian, qui lui avait expliqué qu'elle ne l'avait pas accompagné cette fois-ci car elle attendait un nouvel enfant. L'archevêque avait manifesté sa joie en l'apprenant, avant d'ajouter qu'il avait entendu dire que Sibylle était enceinte, elle aussi.

« J'espère sincèrement que cette nouvelle est sans fondement, Guillaume… » Voyant que William Marshall était surpris par sa réaction, Balian lui expliqua plus précisément ce qu'il en était. « Si Sibylle acceptait de quitter Guy, je suis sûr que le roi trouverait un évêque qui invaliderait leur mariage. Mais pour cela, nous avons besoin que Sibylle soit d'accord, et jusqu'à présent elle s'est cramponnée à Guy avec autant d'obstination qu'une bernacle sur la coque d'un navire. Si jamais elle était à nouveau enceinte, cela lui ferait une raison de plus de s'accrocher à lui.

— Elle n'a même pas besoin d'une telle raison, Balian, intervint Guillaume avec amertume. Sibylle s'est entichée de cet homme, comme elle l'a prouvé à maintes reprises. Dieu finira sans doute par le lui pardonner, contrairement à moi. Elle a fait passer sa loyauté envers son vaurien de mari avant celle qu'elle devait au royaume. »

Agnès avait passé une très mauvaise semaine. Elle se faisait énormément de souci pour Baudouin, dont la santé ne cessait de décliner. Il prétendait être simplement fatigué, mais ses médecins étaient inquiets depuis qu'on avait découvert des troubles dans ses urines, ce qui était souvent le signe que les reins étaient atteints. Elle avait également eu une nuit difficile à cause de son petit-fils : les nourrices étaient venues la chercher car il s'était réveillé en pleurant de douleur. Son médecin avait diagnostiqué une infection de l'oreille et préparé une décoction d'herbes qui s'était avérée efficace. Mais avant qu'elle produise son effet, l'enfant n'avait cessé de pleurer, inondant de larmes son oreiller et appelant sa mère à son aide. Agnès l'avait consolé du mieux qu'elle pouvait, ne sachant pas trop quoi lui dire.

C'était la plupart du temps un enfant calme et réservé, et il n'était pas très facile de savoir ce qu'il pensait. Mais lorsqu'il faisait une crise – parce qu'il était malade, ne parvenait pas à dormir ou parce qu'il avait perdu son petit chien –, il réclamait toujours Sibylle, la mère qui l'avait abandonné. Il n'avait pas encore sept ans et Agnès ne pouvait pas lui avouer la vérité : que Sibylle avait préféré Guy au fruit de ses entrailles.

Lorsque le petit Baudouin avait enfin trouvé le sommeil, Agnès avait réussi à s'accorder à son tour quelques heures de repos. Elle avait éprouvé une terrible migraine dès le milieu de la matinée et s'était sentie de plus en plus fatiguée à mesure que l'après-midi s'éternisait. Elle avait même été affligée d'une série de hoquets, ce qui était toujours embarrassant. Et pour couronner en beauté cette journée épouvantable, elle se retrouvait à présent coincée dans un coin de la cour du palais par Balian d'Ibelin, qui la tenait pour responsable des malheurs de sa famille, et devait endurer ses récriminations.

Lorsqu'il s'interrompit enfin pour reprendre son souffle, elle lui rétorqua sèchement :

« Balian, si vous avez des reproches à faire concernant la manière dont est traitée Isabelle, adressez-vous à Étiennette et à Renaud, pas à moi !

— C'est vous qui êtes derrière tout ça, Agnès. Malgré les ordres du roi, ils refusent toujours qu'Isabelle se rende à Naplouse, même pour les fêtes de Noël. Marie n'a pas revu sa fille depuis plus d'un an.

— Et pourquoi me soucierais-je des malheurs de Marie ?

— Parce que vous en êtes responsable. Étiennette n'est qu'un pantin entre vos mains, soit en suivant vos consignes, soit en agissant dans l'espoir de vous être agréable. Quels que soient vos sentiments à l'égard de Marie, vous devriez être la dernière personne au monde à souhaiter qu'on sépare une mère de son enfant. Tenez-vous vraiment à ce qu'on vous rappelle comment Amaury vous a privée jadis de Baudouin et de Sibylle ?

— Ce n'est pas moi qui ai demandé à Étiennette d'agir ainsi, rétorqua Agnès en se massant les tempes pour chasser sa migraine. Mais je ne le lui reproche pas pour autant. Elle m'a dit que Marie et vous aviez élevé une petite insolente, et qu'elle cherchait simplement à lui inculquer les bonnes manières. »

Sur ces mots, Agnès voulut s'écarter mais Balian ne la laissa pas passer.

« Je sais que Baudouin est à nouveau malade, dit-il, et je ne voudrais pas l'ennuyer avec une histoire pareille. Mais je m'y verrai contraint si vous ne rappelez pas vos chiens à l'ordre.

— N'allez surtout pas fatiguer Baudouin avec ces inepties ! » s'exclama Agnès. Mais elle voyait bien que Balian risquait de mettre sa menace à exécution. « Très bien, concéda-t-elle. Je ne vous garantis pas qu'ils m'écouteront, mais je leur demanderai de laisser cette fille aller voir sa mère. En retour, promettez-moi de laisser Baudouin à l'écart de tout ça. Il doit… lutter contre une nouvelle infection. »

À son grand déplaisir, sa voix s'était brisée sur ces dernières paroles. Elle évita de croiser le regard de Balian, peu encline à afficher sa faiblesse, surtout devant l'époux de Marie Comnène et le frère de Baudouin d'Ibelin. Mais celui-ci avait toujours eu le don d'observation et sembla percevoir sa fragilité. Comment expliquer sinon la déclaration qu'il lui fit alors, d'une voix calme et dénuée de colère.

« Faisons ce qui est le plus juste pour nos enfants, Agnès. »

Son silence avait valeur d'approbation. Elle contourna Balian, fit quelques pas et s'immobilisa brusquement. Elle n'aurait pas su expliquer ce qui la poussa alors à déclarer :

« Vous vous êtes toujours montré loyal à l'égard de Baudouin, s'entendit-elle dire comme si c'était une autre qui parlait, et je vous en remercie. »

Là-dessus, elle s'éloigna sans se retourner.

Baudouin était trop fatigué pour continuer et annonça à son scribe qu'il reprendrait sa dictée le lendemain. Il entendit l'homme rassembler son encre, sa plume et ses divers ustensiles avant de se retirer discrètement. Il venait de dicter une série de lettres au pape, à l'empereur du Saint Empire romain, au roi d'Angleterre et à celui des Francs, pour leur réclamer une nouvelle fois de l'aide. Aux dernières nouvelles, leur délégation avait atteint sans encombre la Sicile et s'apprêtait à rencontrer le Saint-Père. Il ne nourrissait guère d'espoir quant au succès de cette entreprise, pas plus qu'il ne s'attendait à ce que ses propres courriers touchent davantage le cœur des autres rois chrétiens. Il était impossible d'être à la fois lépreux et optimiste. Il refusait de l'admettre, même auprès de son confesseur, mais il lui semblait bien qu'Outremer avait été abandonné par le reste de la chrétienté. Pire encore, il se disait à certains moments que leur royaume avait également été abandonné par Dieu. Comment expliquer sinon que le Tout-Puissant se soit acharné sur son sort en l'affligeant de ces créatures maudites : un jeune lépreux, rongé par les maladies, et un seigneur égoïste dont le plus grand exploit militaire avait consisté à attaquer un camp de Bédouins sans défense ?

Comme s'il avait perçu la noirceur des pensées de son maître, Le Caire traversa la chambre et vint poser sa truffe froide sur la main de Baudouin. Celui-ci avait remarqué depuis des années que le chien ne touchait jamais sa main droite mais toujours la gauche, certes déformée mais encore capable de sensations. *Comment pouvait-il le savoir ?*

« Le Caire a fait sa promenade du soir, Sire. Êtes-vous déjà prêt à aller vous coucher ? »

Comme le chien, Anselme avait appris à détecter les humeurs de son maître.

« Oui, reconnut Baudouin. Je crains d'en avoir besoin, ce soir. »

Il leva brusquement la tête, ayant entendu frapper à la porte. Il était bien tard pour avoir de la visite, mais jamais assez pour recevoir de mauvaises nouvelles... C'était là une leçon qu'il avait apprise dès le début de son règne. Il se recula dans sa chaise en écoutant le murmure des voix, puis le bruit de la queue de Le Caire qui s'agitait, ce qui signifiait qu'il ne s'agissait pas d'un inconnu.

« Majesté, dit Anselme d'une voix curieusement éraillée. C'est le seigneur de Sidon... »

Baudouin se détendit un peu. Son beau-père savait qu'il dormait tard et passait parfois le voir alors que tout le monde était couché depuis longtemps.

« Entrez, Denis. Dois-je demander à Anselme de vous ramener du vin ?

— Non, je... Non. » La voix de Denis paraissait aussi éraillée que celle d'Anselme. « Je ne sais pas comment vous annoncer ça, Baudouin... C'est à propos de votre mère. Elle... elle est morte. »

Baudouin entendit les mots mais mit quelques instants à en saisir la portée.

« Comment cela ? murmura-t-il. Comment ?

— Elle ne se sentait pas bien depuis un jour ou deux, elle se plaignait d'être fatiguée et d'avoir mal à la tête. Ce soir, après le souper, elle a eu un étourdissement et je l'ai convaincue d'aller se coucher tôt. Nous étions dans notre chambre quand... quand elle a poussé un cri, avant de perdre connaissance.

Nous avons aussitôt appelé le médecin du palais et… et notre chapelain. Nous n'avons même pas eu le temps de venir vous chercher, tout s'est passé si vite. Elle était déjà inconsciente quand le médecin est arrivé et elle a rendu son dernier souffle il y a moins d'une heure. »

Denis avait tout à coup la gorge serrée et les yeux brillants. Il laissa sa phrase en suspens et attendit que Baudouin réagisse. Mais seul le silence lui répondit.

Guillaume suivit Anselme dans l'escalier qui menait à la chambre du roi. Lorsqu'ils arrivèrent devant la porte, il lui demanda à voix basse s'il avait pu dormir un peu, mais ne fut pas surpris de voir l'écuyer secouer la tête. L'archevêque redoutait la scène qui l'attendait, ébranlé comme il l'était depuis la visite que Denis lui avait faite à l'aube. Il ne regrettait certes pas Agnès, comment l'aurait-il pu ? Mais il ne supportait pas l'idée de la souffrance que sa perte allait infliger au roi. Au bout d'un long moment, il fit signe à Anselme d'ouvrir la porte.

La chambre était toujours plongée dans l'obscurité, aucune lampe n'ayant été allumée et les volets étant restés clos. Se souvenant que Baudouin n'avait plus besoin de lumière, Guillaume attendit sur le seuil que le roi lui dise d'entrer. Il était assis sur un banc, le visage dans l'ombre et Le Caire à ses pieds. L'archevêque alla s'asseoir auprès de lui et prit sa main déformée dans la sienne. Désespéré de ne pouvoir lui offrir la moindre consolation, il finit par lui dire :

« Denis m'a assuré que son chapelain avait pu lui donner l'extrême-onction. »

D'après ce que Denis lui avait raconté, il doutait qu'Agnès ait été en mesure de se confesser et de se repentir de ses péchés. Mais il savait que les prêtres se montraient rarement intransigeants dans ce genre de circonstances : sur leur lit de mort, les chrétiens avaient droit au bénéfice du doute. Il avait beau détester Agnès, jamais il ne lui aurait refusé le salut éternel. Il n'était même plus très sûr de la détester encore, car elle avait choisi le camp de Baudouin plutôt que celui de Sibylle et préféré son fils mourant à la réussite de sa propre famille. Il l'avait toujours considérée comme une créature égoïste, vindicative et ambitieuse ; pourtant, elle avait fait passer le sort de Baudouin avant tout le reste, et pour cela au moins elle méritait que la damnation lui soit épargnée.

« Je suis désolé, mon garçon, dit-il en resserrant son étreinte sur les doigts déformés du roi. Tellement désolé… »

Baudouin ne répondit pas et Guillaume se força à rester silencieux, en attendant que le jeune homme soit prêt à parler. Il était suffisamment proche de lui pour percevoir les sanglots muets dont il était secoué.

« Avez-vous connu la reine Mélisande, Guillaume ? lui demanda-t-il enfin à mi-voix. On ne peut pas dire que je me souvienne d'elle puisqu'elle est morte l'année de ma naissance. Mon père m'a dit par la suite qu'elle avait été victime d'une apoplexie et que, après avoir repris connaissance, elle ne pouvait plus ni bouger ni parler. Elle avait végété des mois durant dans cet état, entre la vie et la mort. Seules ses sœurs s'occupaient d'elle, afin que personne ne puisse voir ce qu'elle était devenue. »

Un autre silence s'ensuivit, aussi dense et suffocant que le brouillard d'hiver.

« Je suis heureux, Guillaume, qu'un tel sort ait été épargné à ma mère… »

La voix de Baudouin était devenue rauque. Et même s'il ne les voyait pas, Guillaume savait que des larmes coulaient à présent des yeux bleus de l'aveugle.

« Mais je ne… je n'avais jamais pensé qu'elle mourrait avant moi. Je trouvais même une forme de triste réconfort à me dire qu'au moins, en raison du destin qui était le mien, je n'aurais pas à pleurer ma mère… »

CHAPITRE 40

Février 1185
Jérusalem, Outremer

Outremer ne correspondait pas à l'idée que s'en était fait William Marshall. Il s'était préparé à combattre les infidèles mais n'avait pas encore croisé une seule fois l'épée avec eux, bien qu'ayant participé à deux campagnes militaires : la première pour lever le siège de Karak et la seconde pour venir en aide à Naplouse. Il avait pensé que les Francs et les Sarrasins vivaient dans un état de conflit permanent, mais ce n'était nullement le cas. Même au moment où Saladin assiégeait Karak, des caravanes de marchands se rendaient paisiblement à Acre, Tyr et Damas. Et maintenant que le nouveau régent, le comte de Tripoli, venait de conclure une trêve de quatre ans avec le sultan, William risquait fort de rentrer chez lui sans avoir versé la moindre goutte de sang.

Les Poulains eux non plus ne correspondaient pas à l'image qu'il en avait. En Angleterre et dans le royaume des Francs, on parlait d'eux avec un certain mépris, en les présentant comme des individus ayant succombé aux charmes du Levant, indolents et efféminés à cause de leur amour des bains publics, des soieries et de la cuisine sarrasine – sans parler de la confiance éhontée qu'ils plaçaient dans la médecine musulmane. Et pourtant, William n'avait pas tardé à constater que les Poulains lui étaient sympathiques. Des guerriers tels que les frères d'Ibelin n'avaient rien d'indolent, même s'ils fréquentaient régulièrement les bains publics. Et si les médecins sarrasins s'avéraient plus savants que leurs confrères chrétiens, pourquoi ne pas faire appel à eux ?

Le regard qu'il portait sur la lèpre avait changé, lui aussi. Il savait bien sûr avant d'arriver ici que leur roi souffrait de ce mal, ce qui paraissait insensé étant donné qu'on était censé le contracter ne serait-ce qu'en respirant le même air qu'un lépreux. Pourtant, si tel était le cas, comment Baudouin avait-il fait pour régner pendant presque onze ans sans contaminer personne, à commencer par son fidèle écuyer ? Comment des guerriers en bonne santé pouvaient-ils combattre aux côtés de certains chevaliers lépreux sans attraper ce fléau ? On lui avait expliqué que la lèpre était une malédiction à laquelle le Levant était confronté depuis longtemps, et non pas une menace récente comme dans d'autres terres de la chrétienté. Il n'avait pas tardé à en conclure que c'étaient les Francs d'Outremer, les Sarrasins et les Grecs qui avaient raison, alors que ses compatriotes étaient dans l'erreur : cette maladie n'était pas aussi contagieuse qu'on le prétendait et n'empêchait pas qu'on traite avec un minimum d'égards et de compassion ceux qu'elle avait frappés. Et s'il s'agissait d'une punition divine, infligée à la suite des péchés qu'on avait commis sur Terre, pourquoi Baudouin l'avait-il contractée dans son enfance ?

Il reconnaissait avoir été un peu nerveux lorsque l'archevêque de Tyr avait arrangé sa première audience avec le roi. Mais cette inquiétude s'était vite dissipée pour céder la place à l'admiration. Les deux hommes s'étaient immédiatement entendus lors de cette première rencontre, mais la relation qu'ils développèrent par la suite allait bien au-delà du mépris qu'ils avaient en commun pour Guy de Lusignan. William était fier que Baudouin lui fasse l'honneur de le recevoir en privé car il n'apparaissait plus que très rarement en public, désormais.

Lorsqu'on l'eut introduit dans la chambre du roi, il ne fut pas surpris de la trouver aussi mal éclairée. Baudouin ne voulait pas que ses interlocuteurs aient à supporter le spectacle des ravages que la maladie lui avait infligés. Et il n'avait pas davantage envie de porter un keffieh dans l'intimité. William avait beau savoir que le roi ne pouvait pas deviner si ses interlocuteurs le regardaient ou non, il évita néanmoins de poser les yeux sur lui : il aurait eu l'impression de trahir sa confiance en agissant de la sorte. Une fois les salutations échangées, il laissa la conversation suivre son cours et demanda à Baudouin s'il était exact que le grand-père de son tout jeune héritier était arrivé dans le royaume.

« C'est ce que j'ai entendu dire, précisa-t-il, mais je croyais que la navigation en haute mer était suspendue pendant les mois d'hiver ? »

Baudouin lui confirma que le marquis de Montferrat avait effectivement débarqué en Outremer.

« De manière générale, dit-il, les hommes préfèrent attendre le printemps, où la navigation est plus sûre. Mais il arrive que nous ayons des visiteurs pressés ou des messages urgents à transmettre. Dans le cas du marquis, je ne crois pas que la perspective d'une tempête l'effraie beaucoup plus que les Sarrasins. Il aura bientôt soixante-dix ans et a décidé de consacrer ses dernières années au service de Dieu et de son petit-fils, Dieu en soit loué. »

William savait que Baudouin craignait par-dessus tout que Guy de Lusignan ne tente après sa mort de regagner le pouvoir qui lui avait échappé, en profitant du jeune âge du roi. Il n'était pas lui-même sans partager cette crainte, ne connaissant que trop la famille de Lusignan. Se souvenant que la délégation conduite par le patriarche et les deux grands maîtres avait fait halte en Italie afin de rencontrer le pape, il lui demanda si le marquis avait ramené du courrier de leur part.

« Non, pas la moindre lettre, répondit Baudouin. Juste quelques nouvelles – et elles ne sont pas bonnes. Ils ont rencontré le pape à Vérone, et même s'il les a chaleureusement accueillis, il ne leur a rien proposé de concret pour venir en aide à la Terre sainte. Le marquis m'a dit que la délégation avait ensuite pris la direction du nord afin de gagner le royaume des

Francs, puis l'Angleterre. Avant cela, toutefois, ils ont enregistré une lourde perte à Vérone : le grand maître des Templiers, Arnaud de Torroja, est mort brutalement. C'était un diplomate expérimenté, dont la présence aurait été bien utile lors des échanges qu'ils vont avoir avec les souverains franc et anglais. Sans compter que sa disparition va se faire cruellement ressentir ici, William… Les Templiers vont devoir élire un nouveau grand maître, et j'ai entendu dire que Gérard de Ridefort avait de fortes chances de remporter cette élection. »

William avait rencontré l'ami de Balian, Jacquelin de Mailly, qui était depuis l'année dernière le maréchal de l'ordre. À travers lui, il avait fait la connaissance de plusieurs autres templiers et avait passé suffisamment de temps en leur compagnie pour éprouver un grand respect à l'égard de ces soldats de Dieu. Il raconta cela au roi, avant d'ajouter :

« J'ai de l'estime pour tous les templiers que j'ai rencontrés jusqu'ici.

— C'est donc que vous n'avez pas encore croisé la route de Gérard de Ridefort, rétorqua Baudouin d'un ton sec.

— Je crois comprendre, Sire, que vous ne tenez pas cet homme en très grande estime ?

— Il est aussi têtu qu'arrogant, et doué d'un talent diabolique pour détecter les faiblesses de ses interlocuteurs et les utiliser contre eux. Mais surtout, on ne saurait lui faire confiance pour assurer dignement une telle fonction. Je ne puis évidemment pas intervenir dans cette élection : cela susciterait une levée de boucliers, y compris de la part des templiers qui sont hostiles à Gérard de Ridefort, car ils sont très jaloux de leur indépendance. »

Voyant que Baudouin était perturbé à l'idée de voir de Ridefort accéder à ce poste de grand maître, William s'empressa de changer de sujet.

« Je vous avoue avoir été surpris d'apprendre que le comte de Tripoli avait conclu une trêve avec Saladin. »

Il avait été tout aussi surpris que le roi ait désigné le comte comme régent, mais s'abstint d'aborder ce point. Il estimait d'ailleurs que l'explication de Balian d'Ibelin était la bonne : Baudouin n'avait pas d'autre choix, étant donné les circonstances. Guy de Lusignan avait suffisamment prouvé qu'on ne pouvait pas lui faire confiance, et Renaud de Châtillon était trop impulsif.

« Saladin souhaitait cette trêve, répondit Baudouin, afin de pouvoir s'attaquer au dernier dirigeant musulman qui se dresse contre lui, l'émir de Mossoul. On peut donc estimer que nous lui avons facilité la tâche, sous cet angle, et que nous l'aidons à conquérir Mossoul. Mais nous avons terriblement besoin de cette trêve, nous aussi. Nous ne pouvons pas combattre les Sarrasins tout en organisant l'accession d'un enfant sur le trône. »

William était sidéré par le calme avec lequel Baudouin évoquait la situation qu'allait engendrer sa propre disparition. Estimait-il vraiment la fin si proche ? Certes, la perte de sa mère lui avait causé une blessure qui était encore à vif. Mais la rumeur l'avait souvent prétendu à l'article de la mort et il s'en était toujours remis.

« William, reprit-il, je vous ai demandé de venir ce soir car j'aurais quelques questions à vous poser. Votre loyauté à l'égard de celui qu'on surnommait le jeune roi a été exemplaire. Vous l'avez aussi bien servi de son vivant qu'après sa mort, en accomplissant ce pèlerinage à sa place. Ayant fait partie du cercle de ses proches pendant de longues années, vous avez également connu son père et ses plus jeunes frères. Étant donné que l'avenir d'Outremer va dépendre de ce qu'ils auront décidé, je voudrais que vous me parliez un peu d'eux. »

William ne connaissait pas assez ces hommes pour répondre aux questions du roi. Il craignait cependant que les réponses qu'il pourrait lui fournir ne soient guère à son goût.

« Que voulez-vous savoir, Majesté ?

— Nous n'aurions plus rien à craindre de Saladin si mon cousin Henri acceptait la couronne. Répondez-moi franchement, William : pensez-vous qu'il puisse se faire croisé et accompagner Héraclius lorsque celui-ci reviendra en Outremer ?

— Non, Sire. Il est trop occupé à se battre contre ses propres fils, tout en surveillant les agissements du roi des Francs.

— Et ses fils, justement ? Il lui en reste trois. Ne pourrait-il pas se séparer sans trop de peine de l'un d'entre eux à notre profit ? »

Le visage de Baudouin était plongé dans l'ombre, mais William percevait une note d'espoir dans son intonation. Il ne savait que lui répondre. John, le plus jeune, accepterait sans doute avec joie de venir en Outremer si on lui promettait la couronne. Mais il n'avait que dix-huit ans et aucune expérience des combats : jamais Henri ne le laisserait partir. Geoffrey, le deuxième, n'avait pas plus d'attrait que son père pour les croisades. Quant à l'aîné, Richard, c'était un splendide guerrier, et le sort de Jérusalem lui importait beaucoup. Mais il était en guerre contre son père et craindrait que celui-ci ne profite de son séjour en Terre sainte pour le déshériter.

Il avait trop tardé à répondre.

« Vous êtes convaincu qu'aucun des trois ne viendra, n'est-ce pas ? demanda Baudouin à voix basse.

— Richard viendra lorsqu'il aura été couronné. Je connais cet homme, Majesté, et je peux vous l'assurer. »

Baudouin quant à lui savait quelque chose que William ignorait : le temps lui était compté. Là où les autres voyaient peut-être encore luire des braises susceptibles de reprendre feu, il ne distinguait pour sa part qu'un âtre éteint, un simple tas de cendres froides.

On percevait une telle tristesse dans ce lourd silence que William s'en voulut de ne pas lui avoir menti.

« Pourquoi estimez-vous que l'aide de l'Occident soit à ce point cruciale, Sire ? Vous avez écarté cet infâme de Lusignan et vos vassaux ont juré allégeance à votre neveu. Votre peuple se rassemblera sans aucun doute derrière le jeune Baudouin lorsqu'il sera devenu roi. À moins que… »

Il s'interrompit car une horrible pensée venait de l'effleurer.

« Vous ne faites donc pas confiance au comte de Tripoli, Sire ? Vous craignez qu'il se montre déloyal envers cet enfant ? »

Baudouin le surprit en lui répondant qu'il faisait confiance à Raymond pour ne pas usurper le trône de son neveu.

« Il se considère comme un homme d'honneur, expliqua-t-il, et il ne serait guère honorable de trahir un enfant, d'autant qu'il a juré de le protéger. Néanmoins, si cet enfant mourait avant d'avoir atteint sa majorité, je pense que Raymond résisterait difficilement à l'idée de tenter sa chance. Après tout, pourquoi ne le ferait-il pas ? Il a assez de sang royal pour être digne de la couronne. Et il est probablement convaincu qu'il gouvernerait mieux le royaume que Sibylle ou Bella.

— La plupart d'entre nous préféreraient voir un homme plutôt qu'une femme sur le trône, Sire. Vous ne pensez donc pas que le comte Raymond ferait un bon roi ?

— Pour tout vous dire, William, j'ignore quel genre de roi il ferait. Il ne sera pas facile de diriger un pays aussi divisé que le nôtre. Mais je préférerais que la couronne revienne à Raymond plutôt qu'à Sibylle, car elle n'acceptera jamais de se séparer de Guy. Et si jamais Guy devenait roi, je crains qu'Outremer ne survive pas longtemps sous son règne. »

William pouvait difficilement réfuter ce constat inquiétant, car il se disait la même chose. Voyant que Baudouin se fatiguait, il s'excusa avant de le quitter quelques instants plus tard. Diverses rumeurs couraient à travers Jérusalem concernant la dernière maladie du roi. La plus alarmante prétendait que ses reins étaient maintenant atteints. Seuls les médecins savaient comment fonctionnaient ces organes, mais si la chose se révélait exacte, les habitants de la Ville sainte avaient bien conscience que le sort de leur roi et le leur étaient dans la balance. William n'en avait pas encore croisé un seul qui ne priait pas pour que Baudouin parvienne une fois encore à repousser la mort. Il partageait leurs craintes et s'arrêta en apercevant une église. Peu lui importait qu'elle soit d'obédience romaine, orthodoxe ou arménienne : il y pénétra et fit brûler un cierge pour le malheureux roi de Jérusalem.

C'était la première semaine d'avril, mais le feu brûlait dans la cheminée. Il y avait même un brasero rempli de braises rougeoyantes, car Baudouin était parcouru de frissons. Il était redressé, calé par ses oreillers, et seules ses couvertures dissimulaient sa nudité à ses visiteurs, car il n'avait plus la force de s'habiller. Il sourit en voyant arriver l'archevêque, mais Guillaume fut consterné en constatant qu'il perdait un peu plus de poids chaque jour. Sa peau était devenue grisâtre, et bien qu'il ait considérablement maigri au cours des dernières semaines, son visage était bouffi et ses yeux gonflés – ce qui, Guillaume le savait, était un symptôme fréquent en cas de maladie des reins.

« Vous ar… arrivez juste… à temps, Guillaume… Les autres seront… bientôt là. »

Le sourire de l'archevêque ne vacilla pas : il avait appris maintenant à masquer sa détresse en entendant les paroles hachées de Baudouin. Sans cesse à bout de souffle, il devait marquer une pause après chaque mot ou presque afin que ses poumons aient le temps d'absorber l'air qui leur faisait défaut. Ils n'étaient pas seuls. Outre le fidèle Anselme, Denis et Jocelyn étaient également présents. Ce dernier paraissait si accablé que Guillaume éprouva non sans une certaine surprise un élan de compassion à son égard. Il avait beau détester l'oncle du roi, il comprenait la détresse que ressentait Jocelyn : il n'était pas encore remis du décès de sa sœur qu'il lui fallait envisager la disparition de son neveu à brève échéance. Après avoir salué les deux hommes, Guillaume s'approcha du lit.

« Êtes-vous sûr de pouvoir supporter ça, mon garçon ? »

Baudouin avait appris à économiser son énergie – et son souffle –, aussi se contenta-t-il d'acquiescer. Percevant la présence d'un corps tout chaud contre sa hanche, il caressa d'une main hésitante la tête de Le Caire, dont la queue se mit à battre joyeusement contre les couvertures. Il dut ensuite s'assoupir quelques instants car il perçut d'autres voix en émergeant de sa léthargie. Guillaume se pencha vers le lit et lui annonça que les membres les plus importants de la Haute Cour étaient arrivés et qu'ils étaient prêts à l'écouter.

Baudouin attendit qu'ils se soient tous approchés du lit pour prendre la parole.

« Mes seigneurs… mes médecins me disent que… je vais mourir… Je vous demande… une fois encore… de jurer fidélité… à mon neveu… et de choisir… un régent qui… gouvernera en son nom… jusqu'à sa… majorité… »

Seul le silence fit écho à ses mots. Baudouin en fut un peu étonné : il ne leur avait pourtant rien dit qu'ils ne savaient déjà. Lorsqu'ils prirent enfin la parole, ce fut dans la plus grande confusion : plusieurs barons s'exprimaient en même temps et il avait du mal à identifier les voix des intervenants. Il finit par se dire qu'il avait fait tout ce qui était en son pouvoir et que c'était à eux désormais de prendre le relais.

« Pour ma part, reprit-il, je choisirais… le comte de Tripoli… comme régent… mais c'est… à vous que revient… ce choix… Discutez-en et… dites-moi… ce que vous aurez… décidé. »

Sur ces mots, il se laissa retomber en arrière, épuisé par l'effort qu'il avait dû fournir.

Il y eut de nouveaux murmures, un brouhaha confus de voix, puis la porte se referma et il sombra lentement dans un sommeil paisible et indolore.

Lorsqu'il s'éveilla, il sentit qu'il n'était pas seul.

« Anselme ? demanda-t-il.

— Je suis ici, Majesté. Voulez-vous votre pot de chambre ? »

Baudouin secoua la tête, ses émissions d'urine s'étant drastiquement réduites au cours de la semaine. Il but à la coupe que son écuyer lui tendait, en se demandant si un homme avait jamais été fait chevalier pour avoir un jour eu l'idée de procurer un roseau à son souverain.

« Sire, reprit Anselme, l'archevêque et monseigneur Denis sont venus vous informer de la décision de la Haute Cour. Voulez-vous les entendre maintenant ou préférez-vous qu'ils reviennent un peu plus tard ?

— Maintenant… »

Baudouin entendit un bruit de pas et une main familière se posa sur la sienne.

« C'est Guillaume qui vous parle, mon garçon. La session s'est fort bien déroulée. Les barons ont évoqué les divers candidats possibles et ont fini par désigner à l'unanimité le comte Raymond comme régent auprès du jeune roi. »

Les lèvres de Baudouin esquissèrent un faible sourire.

« Guillaume… c'est un péché… mortel de mentir… ainsi à un… mourant. »

Il entendit l'archevêque reprendre péniblement son souffle avant de lui répondre, d'une voix mal assurée :

« J'aurais dû m'en douter… »

Il laissa sa phrase en suspens, sans parvenir à formuler son excuse, et Baudouin lui serra la main comme pour lui dire qu'il comprenait.

Denis se racla la gorge.

« Guillaume disait vrai, intervint-il. La Haute Cour a bien désigné Raymond. Mais vous n'avez pas tort non plus, Baudouin, car la discussion n'a rien eu de pacifique, ni même à proprement parler de courtois. La plupart de ses membres ont beau avoir voté pour lui, Raymond a été violemment critiqué par une petite minorité qui n'a pas mâché ses mots, conduite par Jocelyn, Renaud de Châtillon et le nouveau grand maître des Templiers.

— Pourquoi ? »

Denis comprit le sens de la question de Baudouin.

« Pourquoi Gérard de Ridefort était-il là ? Il s'est présenté de son propre chef en affirmant qu'il avait le droit d'assister aux débats, les Templiers étant concernés par la décision qui allait être prise. N'étant pas membre de la Haute Cour, il n'avait normalement pas le droit de participer à la discussion, mais ne s'est évidemment pas privé de le faire. Même en le bâillonnant, on ne réduirait pas cet homme au silence. De plus, Renaud et Jocelyn n'étaient que trop heureux d'avoir un tel allié. Ils n'ont cessé de lancer des attaques de plus en plus virulentes contre Raymond, l'accusant de vouloir s'emparer de la couronne et même d'avoir conclu un pacte avec Saladin. Il repoussait bien sûr avec colère toutes ces accusations. Mais en voyant qu'elles ne cessaient pas, il a fini par déclarer qu'il acceptait uniquement la régence et ne se chargerait pas de la tutelle du jeune roi, en précisant qu'il ne tenait pas à être accusé par ses ennemis si jamais celui-ci mourait avant d'avoir atteint l'âge de quinze ans. »

Denis et Guillaume échangèrent alors un regard. Ils ignoraient si Baudouin avait été informé de la santé précaire de son neveu, qui portait le même prénom que lui. La plupart des gens estimaient qu'il franchirait sans trop d'encombre le cap de ces diverses maladies, tout en gardant à l'esprit que la mortalité infantile faisait de terribles ravages dans les terres du Levant.

Baudouin ne savait pas comment interpréter ce brusque silence.

« Et alors ? reprit-il. Que s'est-il passé ? J'espère qu'on a confié la tutelle de l'enfant à Jocelyn, son épouse et lui se sont beaucoup occupés de lui depuis la mort de ma mère. »

Ils purent le rassurer sur ce point, en lui disant que tout le monde avait été d'accord pour que ce soit Jocelyn qui ait la garde du jeune garçon. Raymond avait ensuite exigé des compensations pour les dépenses qu'il allait devoir engager en tant que régent, et il avait été décidé de lui octroyer à cet effet le fief royal de Beyrouth. Un certain tumulte s'était ensuivi, quelqu'un ayant suggéré que tous les châteaux du royaume devraient être placés sous le contrôle des Templiers et des Hospitaliers. Raymond avait pris cette proposition comme un affront personnel mais n'avait pas tardé à se raisonner : certains de ses partisans considéraient même qu'il s'agissait d'une concession sans grande portée, si l'on mettait cette question d'honneur de côté. La session avait pris fin après qu'on eut décidé qu'il y aurait une cérémonie officielle pour le couronnement du jeune roi, suivie d'un nouveau serment de tous les barons du royaume réaffirmant leur allégeance et leur loyauté à l'égard du nouveau souverain.

Baudouin se disait qu'à eux deux, Raymond et Jocelyn parviendraient sans doute à défendre les droits de son neveu.

« Et Guy ? » s'enquit-il alors.

Il poussa un soupir de soulagement lorsque Guillaume et Denis lui certifièrent que Guy de Lusignan n'avait plus le moindre soutien au sein de la Haute Cour, personne n'ayant même avancé son nom, que ce soit pour le poste de régent ou comme tuteur du petit Baudouin, dont il était malgré tout le beau-père.

« Dieu soit loué… »

Baudouin sentit une nouvelle fois la fatigue l'envahir mais il n'était plus en mesure de lui résister, tel un nageur imprudent que le reflux de la marée entraînait inexorablement vers la haute mer. Un point le tracassait pourtant, que les deux hommes n'avaient pas évoqué… Son cerveau était aussi las que son corps, et il lui fallut un moment pour se souvenir de quoi il s'agissait.

« Qu'arrivera-t-il si jamais… Baudouin meurt avant… ses quinze ans ?… Quelles décisions… a-t-on prises… à ce sujet ? »

Un nouveau silence s'ensuivit. De toute évidence, ses interlocuteurs avaient espéré qu'il ne leur poserait pas cette question… Il attendit, et Denis finit par lui dire d'une voix dénuée d'expression qu'au cas où une telle tragédie se produirait ils s'étaient mis d'accord pour que la régence revienne à celui dont les droits seraient les mieux fondés – ce qui désignait Raymond, dans l'esprit de beaucoup. Ce régent gouvernerait jusqu'à ce qu'une décision concernant la succession soit prise par une commission constituée du souverain pontife, de l'empereur du Saint Empire romain germanique, du roi Henri d'Angleterre et de Philippe, le roi des Francs. Ce serait à eux de décider qui, de Sibylle ou d'Isabelle, avait les droits les plus légitimes à la couronne.

Dieu nous garde... Baudouin se demandait qui avait eu l'idée de ce plan aussi insensé qu'irréalisable, dont le seul but était de masquer l'incapacité où se trouvaient tous ces hommes de désigner le seul héritier logique en la circonstance – à savoir, Raymond.

Il ne restait plus qu'à prier pour que le petit Baudouin atteigne sa majorité et s'avère un roi digne de ce nom. Dans le cas contraire, il fallait espérer qu'Onfroy de Toron se serait ressaisi et saurait faire la preuve que le sang de son grand-père le connétable coulait bien dans ses veines.

Baudouin constata avec une certaine surprise qu'il considérait presque avec détachement l'avenir du royaume, comme si c'était son esprit plus que son cœur qui était concerné par cette affaire. Était-ce parce qu'il ne pouvait plus influer sur le cours des choses ? Parce qu'il avait fait tout ce qui était en son pouvoir et que le sort d'Outremer était désormais entre les mains de Dieu ? Ou simplement parce qu'il était trop fatigué ?

« Merci de m'avoir… mis au courant… »

Les deux hommes retenaient leur souffle, convaincus que Baudouin serait furieux d'apprendre qu'il n'était pas impossible que Sibylle – et donc Guy – puisse avoir un jour ne serait-ce que la possibilité de revendiquer le droit à la couronne. Ils furent donc stupéfaits de voir qu'il ne manifestait aucune réaction. En s'approchant du lit, ils s'aperçurent que ses yeux s'étaient fermés et qu'il s'était rendormi. Ce fut seulement à cet instant que la réalité s'imposa à eux et qu'il leur fallut se rendre à l'évidence : il n'y aurait pas de sursis ni de guérison miraculeuse cette fois-ci. Baudouin était bel et bien en train de mourir.

CHAPITRE 41

Avril 1185
Jérusalem, Outremer

Le cinquième roi de Jérusalem à porter le prénom de Baudouin fut officiellement intronisé dans l'église du Saint-Sépulcre. La couronne était si large qu'il avait fallu la rembourrer pour la maintenir en place, et si lourde que le jeune garçon ne tarda pas à souffrir d'un violent mal de tête. Le parvis était noir de monde, et il hésita à la vue de cette marée humaine lorsqu'il émergea de l'église sous l'éclatant soleil d'avril, clignant des yeux comme un hibou qui venait de naître. C'était un bel enfant, à la peau claire comme ses parents, mais d'une constitution fragile et qui paraissait plus jeune que son âge, particulièrement aux yeux des femmes.

Il était prévu qu'il se rende ensuite à pied de l'église du Saint-Sépulcre au temple de Salomon afin que les citoyens de la Ville sainte puissent l'apercevoir. Mais en raison de sa taille, on craignit que la foule amassée dans les rues ne le distingue pas et on décida finalement de le porter jusqu'au Temple. Ce fut à Balian qu'échut cet honneur, d'une part parce qu'il était le plus grand des barons du royaume, mais aussi en tant que beau-père d'Isabelle.

Baudouin ne broncha pas lorsqu'on lui apprit ce changement de plan, mais Balian voyait bien qu'il n'avait aucune envie d'être porté comme un bébé. Il savait que Jeannot, son fils, aurait eu horreur de ça et il avait pourtant deux ans de moins que le jeune roi. S'agenouillant pour le regarder dans les yeux, il lui proposa donc de le hisser sur ses épaules afin qu'il puisse contempler ses sujets. Le garçon réfléchit quelques instants et finit par acquiescer. Lorsqu'il comprit qu'il allait dominer tout le monde, son visage se fendit d'un grand sourire : c'était la première fois que Balian le voyait réagir comme un enfant de sept ans.

Les gens s'étaient rassemblés depuis le matin le long de l'itinéraire prévu, qui suivait les deux principales artères commerçantes de la ville : la rue du Patriarche et la rue du Saint-Sépulcre. Ils ne tarderaient pas à distinguer la coupole de l'un des édifices les plus emblématiques de Jérusalem, édifié sur un site considéré comme sacré par les trois religions : l'islam, le christianisme et le judaïsme. Connu des musulmans sous le nom de dôme du Rocher, d'où l'on prétendait que Mahomet était monté au ciel, le sort de ce sanctuaire était resté quelque temps incertain lorsque Jérusalem était tombée aux mains des chrétiens, au terme de la première croisade. Ses chefs avaient finalement décidé de ne pas le détruire et l'avaient converti en église : le *Templum Domini*, ou temple du Seigneur. La mosquée al-Aqsa qui se trouvait juste à côté avait été rebaptisée temple de Salomon : les nouveaux maîtres en firent un lieu d'accueil pour les pèlerins fraîchement débarqués en Terre sainte, lesquels allaient par la suite tirer leur nom de cet édifice et devenir les Templiers, c'est-à-dire les chevaliers du Temple. C'était à cet endroit qu'une grande fête allait être organisée pour célébrer l'accession du jeune Baudouin à la royauté.

Même si la procession avait attiré une foule importante, l'enthousiasme restait mesuré. Certains applaudissaient ou agitaient les bras, mais la plupart regardaient passer leur nouveau roi dans un silence maussade. Les cris et les vivats ne semblaient pas de circonstance, et Balian se félicitait que Baudouin soit trop jeune pour s'en rendre compte ainsi que pour entrevoir l'ampleur du fardeau qu'on venait de déposer sur ses frêles épaules.

Balian cacheta sa lettre avec de la cire avant de la tendre au messager. Celui-ci savait parfaitement ce qu'il avait à faire : son seigneur et la reine Marie échangeaient des lettres quasi quotidiennes depuis qu'il avait dû venir au chevet du roi mourant.

À peine était-il parti que le frère de Balian débarqua.

« Qu'y a-t-il au menu, ce soir ? lança Baudouin d'Ibelin.

— Je croyais que je devais manger chez toi… » rétorqua Balian.

Son frère haussa les épaules.

« Ton cuisinier est plus doué que le mien, se contenta-t-il de dire avant de sortir une paire de dés de sa poche. Faisons donc une petite partie, ajouta-t-il. Quand tu n'occupes pas un peu ton esprit, tu passes ton temps à te ronger les sangs au sujet de Marie.

— Il est bien normal que je sois inquiet, Baudouin. Elle accouchera dans moins d'un mois.

— Tu seras à ses côtés d'ici là. Et sans doute même bien avant. Dieu ne tardera plus à avoir pitié du roi et à le délivrer de ses tourments. »

Balian était sur le point de lui répondre qu'il était toujours sur les charbons ardents quand Marie s'apprêtait à mettre un enfant au monde, mais se retint à temps. Son frère était le dernier à qui il fallait rappeler les dangers de l'accouchement. Leurs regards se croisèrent et il vit que Baudouin pensait lui aussi à Élisabeth, morte après avoir donné naissance à leur fils Thomassin.

Non sans peine, son frère réussit à chasser le fantôme de sa jeune épouse.

« J'aperçois une table libre, dit-il en s'y dirigeant. Que pourrions-nous parier pour donner un peu de piquant à cette partie ? Et si tu mettais Khamsin en jeu ? Je te le joue contre mon nouveau palefroi.

— Tu as un curieux sens de l'humour, frangin… Jouer Khamsin aux dés ! Le jour où les poules auront des dents, peut-être… »

Baudouin se fendit d'un sourire.

« Ça ne coûte rien d'essayer… Au fait, je me suis dit qu'un de nous deux devrait s'occuper d'Anselme. Que faut-il lui proposer : de rejoindre ta maisonnée ou la mienne ?

— Comme d'habitude, ironisa Balian, j'ai deux longueurs d'avance. J'ai déjà abordé la question avec Anselme. Il m'a dit que le roi s'était montré très généreux envers lui, et il a l'intention de louer une petite maison en ville, en emmenant le chien de Baudouin. Par la suite, il compte proposer à nouveau ses services à l'hospice des chevaliers lépreux.

— Je suis heureux de l'apprendre. Nous pouvions nous douter que le roi assurerait l'avenir d'Anselme. Il s'est toujours montré généreux, ce qui est une grande qualité pour un souverain. Tu as dû entendre dire qu'il avait offert un fief royal au grand-père du petit roi ? »

Mais Balian ne l'écoutait déjà plus et regardait le clerc qui traversait la salle et s'approchait d'eux.

« Messeigneurs, dit ce dernier en s'inclinant respectueusement. L'archevêque m'a chargé de vous remettre ce message. »

Balian rompit le sceau qui cachetait la lettre. Lorsqu'il releva les yeux, son visage n'exprimait pas la moindre surprise, seulement de la tristesse.

« Guillaume nous demande de le rejoindre immédiatement. »

Guillaume paraissait tellement accablé que Balian ne savait pas quoi dire pour le consoler. Il lui demanda si Baudouin avait déjà reçu l'extrême-onction, en songeant que la douleur de l'archevêque serait un peu allégée s'il se souvenait que le roi était assuré d'aller au paradis.

Guillaume acquiesça en essayant de sourire, sans y parvenir.

« C'est moi qui ai recueilli sa confession, dit-il. Il s'est… presque excusé de n'avoir que des péchés insignifiants à avouer. »

Ils n'étaient pas seuls dans la chambre. Denis, Jocelyn et plusieurs médecins étaient également présents. Mais ils n'avaient d'yeux que pour l'homme qui gisait sur le lit. Balian aurait voulu dire au roi qu'il n'avait jamais rencontré quelqu'un qui ait fait preuve d'un tel courage, mais il avait la gorge nouée et les mots ne voulaient pas sortir. Son frère n'avait pas de tels états d'âme.

« C'est Baudouin de Ramlah qui vous parle, Majesté, et Balian est à mes côtés. Je tiens à vous faire un serment solennel : jamais nous ne laisserons ce cafard puant de De Lusignan poser ne serait-ce que les yeux sur votre trône. »

Ce n'était pas le genre de prière ou de promesse que l'on fait d'ordinaire à un mourant, mais ils virent tous Baudouin esquisser un petit sourire.

Baudouin avait l'impression de se trouver sous l'eau et de nager en remontant vers la lumière. Il était surpris de voir à quel point la surface paraissait scintillante et se demandait s'il était déjà mort. Il murmura alors le nom de Guillaume, convaincu que l'archevêque resterait à son chevet jusqu'à son dernier souffle. S'il n'y avait pas de réponse, c'était qu'il était bel et bien mort : ce n'était pas plus compliqué que ça.

« Je suis là, mon garçon. »

Baudouin ressentit une vague déception. Il était déjà prêt pour la fin.

« Qui… d'autre ?…

— Lorsque vous vous êtes endormi, j'ai dit à Denis et à Jocelyn d'aller manger un morceau. Ils seront bientôt de retour. Votre chapelain est ici, ainsi que vos médecins. »

Guillaume hésita, puis ajouta que les gens pleuraient dans les rues. Baudouin ne réagit pas. Il avait l'impression de partir à la dérive, c'était une étrange sensation qui lui donnait à nouveau l'impression de se trouver sous l'eau. Jadis, encore enfant, il avait accompagné son père à Karak et lui avait faussé compagnie pour aller se jeter dans la mer Morte. Il s'était blessé au pied contre les rochers du fond, mais c'était amusant de flotter dans cette eau presque chaude, même si Guillaume l'avait grondé par la suite d'avoir commis une telle folie.

« Anselme… »

Sachant ce qu'il désirait, l'écuyer souleva Le Caire et le posa sur le lit.

Guillaume se pencha et embrassa le front du jeune homme. Pendant une fraction de seconde, il eut l'impression que le temps volait en éclats et qu'il se retrouvait dans la stalle de cette écurie en ce lointain soir de juin, une dizaine d'années plus tôt, serrant contre lui Baudouin qui pleurait à chaudes larmes. Ce souvenir était si net et d'une telle intensité qu'il revivait précisément la scène, la tête du garçon posée sur son épaule, au milieu des odeurs de paille et de chevaux : il avait senti son cœur battre à tout rompre jusqu'à ce qu'il s'endorme enfin et s'entendait encore murmurer : « *Ah, Baudouin... Quel grand roi tu aurais fait...* » Il ne voyait pas quelle meilleure épitaphe on aurait pu lui trouver.

Baudouin mourut le 15 avril, dans la onzième année de son règne sur le trône de Jérusalem. Il fut enterré aux côtés de son père dans l'église du Saint-Sépulcre. Il n'avait pas encore vingt-quatre ans.

Balian fut réveillé au son des cloches de la ville, ce qui lui rappela que c'était le matin de Pâques. Ernout avait déjà préparé ses vêtements. Tandis qu'il enfilait sa tunique, le jeune homme lui demanda quand ils retourneraient à Naplouse.

« Je dois assister mardi à une nouvelle session de la Haute Cour, lui répondit-il. Et après cela, nous rentrerons chez nous. »

Il s'était dirigé vers une bassine et s'aspergeait le visage lorsque son autre écuyer, Brian, surgit précipitamment dans la chambre.

« Monseigneur ! lança-t-il d'une voix haletante. Un messager vient d'arriver de Naplouse ! »

Les vêtements et le visage de l'homme étaient couverts de poussière, signe qu'il n'avait pas ménagé sa monture.

« C'est votre dame qui m'envoie, monseigneur. Elle vous demande de revenir au plus vite, les douleurs de l'accouchement ont commencé. »

Khamsin semblait percevoir l'impatience de son maître : il filait à une telle vitesse que les hommes de Balian avaient de la peine à soutenir l'allure. Le messager lui avait dit que les douleurs de Marie avaient débuté à l'aube mais il n'en savait pas plus, sinon que l'enfant aurait dû naître en mai et qu'on était le 21 avril.

L'obscurité tombait quand ils aperçurent les vergers et les champs d'oliviers qui entouraient Naplouse. Durant les mois qui avaient suivi l'attaque des Sarrasins, les habitants n'avaient pas ménagé leur peine pour reconstruire leurs maisons et leurs boutiques afin que la vie reprenne. C'était une source de fierté pour Balian, Marie et lui ayant fait tout ce qui était en leur pouvoir pour participer à la reconstruction de la ville. Pour l'instant, cependant, il n'y prêtait aucune attention, les bâtiments défilaient dans une sorte de brouillard tandis qu'il pressait sa monture à travers les rues menant au palais. Les portes étaient grandes ouvertes lorsqu'ils arrivèrent. Son étalon s'arrêta au milieu de la cour et Balian mit pied à terre au moment où sa nièce surgissait en courant.

« Soyez sans crainte, mon oncle ! s'exclama Étiennette dont le sourire lui fit l'effet d'un rayon de soleil. Votre épouse a mis un fils au monde ce matin, il n'est pas très gros mais se porte bien. »

Calée contre ses oreillers, Marie avait le visage bien pâle et les traits tirés. S'asseyant sur le bord du lit, Balian la prit dans ses bras, incapable de trouver les mots susceptibles de lui exprimer son soulagement.

Marie sentit la barbe de son époux lui picoter la joue, preuve qu'il n'avait même pas pris le temps de se raser avant de se mettre en route. Elle tendit la main et redressa ses cheveux ébouriffés par le vent, consciente que bien des maris ne se seraient pas empressés de répondre aussi vite à son appel.

« Ton fils va nous donner du fil à retordre, mon amour. Non content de s'être présenté avec un mois d'avance, il n'a rien eu de plus pressé que de pisser sur Étiennette ; et Maud, qui l'a langé, prétend qu'une anguille se serait tenue plus tranquille. »

Pas un instant la peur n'avait lâché Balian tandis qu'il faisait route vers Naplouse, et elle le tenaillait encore lorsqu'il avait grimpé l'escalier quatre à quatre pour rejoindre la chambre de Marie. Mais la voix apaisante de son épouse avait aussitôt dissipé ses frayeurs et il n'y pensait même plus lorsqu'une nourrice pénétra dans la pièce, ce qui permit enfin à Balian d'apercevoir le visage de son nouveau fils. Celui-ci ne gigota pas, même lorsqu'on le déposa dans les bras de son père. Depuis le temps, Balian était devenu un expert dans l'art de bercer les nourrissons.

« Maud est-elle toujours ici ? » demanda-t-il.

Les Saintes Écritures prétendaient qu'une femme vertueuse était plus précieuse qu'un joyau, mais tel était également le cas de la vieille sage-femme sarrasine. Balian savait parfaitement que les naissances prématurées ne se terminaient pas toujours bien.

« Je lui ai dit de rentrer chez elle, répondit Marie. Elle était encore plus épuisée que moi. »

Ses paupières étaient presque mauves, comme si on l'avait battue, mais son sourire était empreint d'un tel amour que Balian en eut le souffle coupé.

« Veux-tu toujours donner à notre garçon le nom de l'apôtre Philippe ? reprit-elle. Je sais que c'est l'un de tes saints préférés, mais ne pourrions-nous pas rendre hommage au défunt roi en l'appelant Baudouin ? »

Balian considéra leur fils plongé dans le sommeil : il était déjà chez lui dans ce nouveau monde, à peine sorti du ventre de sa mère.

« Non, Marika, dit-il d'une voix triste. Ce prénom ne porte pas bonheur. »

Héraclius et le grand maître des Hospitaliers débarquèrent à Acre à la mi-juillet. Jocelyn y avait conduit le jeune roi, après les funérailles de Baudouin, en espérant que l'air marin serait bénéfique à cet enfant fragile : aussi fut-il le premier baron du royaume à accueillir le patriarche et à l'informer de ce qui s'était déroulé en Outremer pendant les deux années que leur délégation avait passées en Occident.

La plupart des nouvelles que Jocelyn lui rapporta non seulement lui étaient inconnues, mais s'avéraient fort préoccupantes. Héraclius avait entendu parler de la brusque disgrâce qui avait frappé Guy de Lusignan et ne fut guère étonné d'apprendre la mort de Baudouin. Mais l'élection du comte de Tripoli à la régence était aussi inattendue qu'alarmante, et il se félicitait, étant donné les circonstances, que Jocelyn ait réussi à obtenir la tutelle du jeune roi.

Ce qui l'ébranla le plus, ce fut la mort brutale d'Agnès de Courtenay au mois de novembre précédent. Elle avait quarante-neuf ans, et même si beaucoup la considéraient comme une femme âgée, Héraclius avait tout de même cinq ans de plus qu'elle : aussi trouvait-il qu'elle était encore bien jeune pour mourir. Les autres nouvelles relatives à la famille de Jocelyn ne le réjouirent pas davantage. Guy et Sibylle ne quittaient quasiment plus Ascalon et l'opinion publique leur demeurait largement hostile. Sibylle ne manifestait aucune intention de rompre ce mariage qui lui avait coûté la garde de son fils et la royauté. Elle avait donné naissance à une deuxième fille au printemps, et Héraclius se demandait comment la maison royale de Jérusalem se débrouillait pour engendrer si peu de garçons. Leur histoire aurait été bien différente si Baudouin avait eu deux frères, au lieu de deux sœurs.

Un moment distrait par ces spéculations, il se concentra à nouveau sur ce que lui disait Jocelyn, lequel lui expliquait que Sibylle et Guy étaient très amers, convaincus comme ils l'étaient que la couronne leur revenait de droit. Le patriarche était soulagé que Jocelyn soit resté en bons termes avec sa nièce et son mari. Il se flattait pour sa part d'être pragmatique, ce qui requérait la capacité de se projeter dans l'avenir : il fallait bien envisager la possibilité que le jeune roi n'atteigne pas sa majorité. Il avait entendu parler pendant son séjour en

Occident du mariage d'Isabelle avec Onfroy de Toron et en avait conclu qu'il préférait voir Sibylle sur le trône, plutôt que sa sœur cadette.

Ni Guy ni Onfroy ne soulèveraient sans doute l'enthousiasme des foules et ne donneraient aux soldats l'envie de se battre sous leur bannière, mais du moins le courage de Guy n'était-il pas en cause. Plus encore, si Isabelle devenait reine, on ne pourrait plus la tenir à l'écart de l'influence néfaste de cette Grecque et des frères d'Ibelin. Elle bénéficiait en outre du soutien des Poulains, alors que Sibylle et Guy manquaient dramatiquement d'alliés : ils se tourneraient donc naturellement vers lui, trop heureux d'avoir le patriarche de leur côté. Ce soutien aurait un prix, cela allait sans dire, et l'Église aussi bien que lui-même en seraient les premiers bénéficiaires.

Toutefois, si Dieu le voulait, les choses n'en arriveraient pas là. Il était bien préférable d'avoir la possibilité d'éduquer et de guider le petit Baudouin, de le modeler afin d'en faire un roi dévoué à l'Église et à l'homme qui la dirigeait. Par bonheur, les enfants étaient le plus souvent aussi malléables que l'argile. Le seul bémol, dans cette affaire, s'appelait Raymond de Saint-Gilles, et il ne fallait jamais oublier combien cet homme pouvait s'avérer dangereux. Si le jeune roi mourait, il se dresserait et frapperait avec la virulence d'une vipère à cornes.

Le patriarche essayait de se représenter un royaume dirigé par le comte de Tripoli, ce qui était une vision passablement désagréable. Dieu merci, Raymond ne manquait pas d'ennemis : Jocelyn de Courtenay s'opposerait toujours à lui, tout comme Renaud de Châtillon. Et le nouveau grand maître des Templiers. Héraclius nourrissait des sentiments mitigés à l'égard de Gérard de Ridefort. Cet homme était imprévisible, aussi impulsif et imprudent que Renaud, et tellement dévoré par la haine que lui inspirait le comte de Tripoli qu'Héraclius se demandait parfois si cela ne l'avait pas rendu à moitié fou. Il était naturel de vouloir se venger d'un homme qui vous avait trompé. Mais il lui semblait parfois que de Ridefort aurait volontiers vu le monde entier livré aux flammes, si tel était le prix à payer pour que Raymond disparaisse. Il pouvait néanmoins se révéler utile, même s'il fallait le manier avec précaution.

« J'ai une autre nouvelle importante à vous apprendre, reprit Jocelyn en se penchant vers lui. Bien qu'il ait été impossible d'empêcher Raymond d'accéder à la régence, il a tout de même perdu l'un de ses plus fidèles soutiens. L'archevêque de Tyr a renoncé à la chancellerie peu après la mort de Baudouin. »

Héraclius donnait rarement l'occasion à ses interlocuteurs de déchiffrer ses émotions : à quoi bon fournir des armes à ses adversaires ? Mais en apprenant cette nouvelle, il ne parvint pas à cacher son étonnement.

« Pour quelle raison ? » demanda-t-il.

Jocelyn haussa les épaules. Il lui était bien égal de savoir pourquoi Guillaume avait abandonné son poste : l'essentiel était qu'il l'ait fait.

« Je l'ignore, reconnut-il. Il semblait déjà très abattu depuis plusieurs mois, avant la mort de Baudouin, et je suppose que sa disparition n'a rien arrangé. À moins qu'il ne soit malade. J'ai entendu dire qu'il avait également interrompu la rédaction de son histoire du royaume. »

Chassant d'un geste les dilemmes de l'archevêque de Tyr, il poursuivit :

« L'important, c'est que nous ayons désormais un chancelier qui n'appartienne pas au clan de Raymond, un homme qui soutiendrait sans doute avec joie Sibylle et Guy si les choses devaient en arriver là. C'est Pierre, l'ancien archidiacre de Lydda, qui est notre nouveau chancelier. »

Héraclius ne put retenir un sourire, car Pierre de Lydda ne comptait certes pas parmi les amis de Raymond. Mais pourquoi celui-ci avait-il accepté sa nomination ?

« Raymond ne s'y est donc pas opposé ? s'étonna-t-il.

— Ma foi, concéda Jocelyn, il s'est montré plutôt raisonnable à ce sujet. C'était moi qui avais avancé le nom de Pierre et je m'attendais à une forte résistance, mais Raymond m'a dit qu'il s'en remettait à mon jugement sur ce point. Je suppose qu'il veut tout faire pour que sa régence débute du bon pied, même s'il doit coopérer pour cela avec un de Courtenay.

— À moins qu'il n'essaie de vous attirer dans son camp, répliqua Héraclius d'un air songeur. D'après ce que vous m'avez dit, ses pouvoirs en tant que régent ne sont pas illimités, il va donc avoir besoin d'alliés. »

Un autre point le tracassait, à propos d'une chose que Jocelyn avait dite un peu plus tôt. Ébranlé comme il l'avait été par l'annonce de la mort d'Agnès, cela lui avait échappé sur le moment mais lui revenait maintenant à l'esprit.

« Vous disiez qu'il valait mieux pour la santé du jeune roi qu'il vive au bord de la mer. Avez-vous des raisons d'être inquiet pour sa santé ? »

Jocelyn hésita avant de lui répondre.

« C'est un bon garçon, dit-il enfin, et il essaie de se comporter comme on le lui demande. J'ai fini par m'attacher à lui. Quant à ma femme… elle ne jure plus que par lui. Mais il n'est pas très robuste, il tombe souvent malade. Sibylle prétendait autrefois que si une fièvre quelconque se déclarait à cent kilomètres d'Ascalon, il était sûr de l'attraper.

— Est-ce donc si extraordinaire ? »

Héraclius était ignare en matière de maladies infantiles et entendait bien le rester.

« Peut-être pas, répondit Jocelyn. Mais depuis l'an dernier il est sujet à une infection des poumons qui le fait tousser sans arrêt, au point parfois de lui couper le souffle. Cela nous a inquiétés, Agneta et moi, et nous avons pris l'avis du médecin syrien de Baudouin, Abou Souleymane Daoud – sous le sceau du secret, cela va sans dire. Il a examiné le jeune garçon et en a conclu qu'il souffrait d'une maladie appelée asthme. »

Héraclius n'en avait jamais entendu parler.

« Est-ce grave ?

— Cela peut le devenir. Mais il nous a affirmé que cela se soignait à condition de suivre un régime strict, d'inhaler certaines décoctions de plantes et de prendre du repos. D'après lui, le fils aîné de Saladin souffrait de la même maladie et les médecins du sultan sont arrivés à le guérir. »

Jocelyn paraissait confiant et estimait visiblement que l'asthme du jeune Baudouin pourrait être soigné lui aussi. Héraclius était plus sceptique, ayant appris depuis de longues années qu'il valait toujours mieux se préparer au pire.

« Il me semble, reprit-il, qu'il serait sage de votre part d'accepter les ouvertures amicales que vous fait Raymond. Procédez par étapes, afin de ne pas éveiller ses soupçons. Soutenez-le lors des réunions du conseil, ne vous associez pas aux attaques que de Châtillon et de Ridefort ne manqueront pas de lancer contre lui. Faites-lui croire que vous pouvez travailler ensemble dans l'intérêt du royaume et du jeune roi. Vous en sentez-vous capable, Jocelyn ? »

Celui-ci ne répondit pas sur-le-champ, et Héraclius se dit que c'était bon signe : cela prouvait qu'il considérait sérieusement le plan d'action qu'il venait de lui proposer.

« Je le crois, dit-il enfin. Ma sœur ne l'aurait pas pu. Dieu la bénisse, mais Agnès était incapable de dissimuler la moindre de ses émotions, son visage finissait toujours par la trahir. Pour ma part, il m'a fallu apprendre à dissimuler mes pensées pendant un certain nombre d'années, et je n'ai pas oublié la leçon. »

Héraclius était agréablement surpris de découvrir en Jocelyn un aussi précieux allié. Quant à sa dernière remarque, elle le laissa sur le moment un peu perplexe. Mais il se souvint par la suite que le frère d'Agnès était resté prisonnier des Sarrasins pendant plus d'une décennie.

Une semaine avant la Saint-Michel, Balian et Marie reçurent un message urgent de Denis : Guillaume était très malade et ils devaient se rendre au plus vite à Tyr. Ils avaient vu l'archevêque pour la dernière fois en juillet et celui-ci leur avait avoué qu'il avait le cœur brisé. Ils n'avaient pas pensé cependant qu'il était malade et ne savaient pas à quoi s'attendre en arrivant.

Ils ne tardèrent pas, toutefois, à comprendre la gravité de la situation. Joscius, l'évêque d'Acre, était présent, ainsi que le comte Raymond. Si le régent avait été appelé, c'était que Guillaume était mourant. Ils eurent la confirmation de ce terrible constat avant même d'avoir échangé le moindre mot avec Denis : comment expliquer sinon le désarroi et la douleur tangibles des clercs et des domestiques de l'archevêque, ou la présence de la foule qui s'était rassemblée en silence devant son palais ?

Denis savait qu'il n'était plus temps de feindre l'optimisme. En les conduisant sur la terrasse de l'archevêché, il leur apprit que les médecins ne nourrissaient guère d'espoir. Ils étaient tous les deux sous le choc, car Guillaume avait tenu une place importante dans leur existence depuis que Marie avait treize ans, et Balian à peine quelques années de plus. Denis répondait à leurs questions angoissées aussi calmement que possible, ce qui n'était guère facile car il était lui-même l'un des plus proches amis de l'archevêque.

« Les médecins prétendent qu'il s'agit d'une maladie du foie, sans doute un cancer. Son foie est enflé et sa peau est devenue jaunâtre. »

Marie s'effondra soudain sur le siège le plus proche, et Balian posa la main sur son épaule d'un geste protecteur.

« Pourquoi ne nous a-t-il pas dit qu'il était si malade ?

— Je crois qu'il ne s'en était pas rendu compte lui-même. Au début, il perdait du poids et se sentait très fatigué, mais nous savions tous qu'il était encore sous le choc de la mort de Baudouin. Et il devait se dire que sa lassitude et son manque d'appétit étaient une conséquence de la douleur qu'il avait éprouvée à la suite de ce deuil. Néanmoins, même s'il avait consulté les médecins plus tôt, cela n'aurait pas changé grand-chose. Les cancers sont très difficiles à soigner. »

Denis laissa ses mots en suspens, en songeant à une vieille superstition voulant que les morts aillent souvent par trois : il y avait d'abord eu Agnès, puis Baudouin, et maintenant Guillaume… Se ressaisissant brusquement, il ajouta :

« Il sera heureux que vous soyez arrivés à temps, en tout cas. Il tenait beaucoup à vous faire ses adieux. »

Guillaume dormait et n'émergea du sommeil qu'avec réticence, ses rêves s'avérant plus agréables que la réalité à laquelle il devait faire face et le ramenant à l'époque lointaine où il vivait encore aux côtés de ses parents – morts l'un et l'autre depuis longtemps – et de son frère Raoul, tombé à la bataille de Marj Ayoun. Baudouin, son fils spirituel, revenait souvent hanter ses rêves lui aussi, miraculeusement guéri et rayonnant de bonheur. Depuis que Guillaume avait prononcé ses vœux, il lui avait fallu lutter comme la plupart des hommes et des femmes pour obéir à la volonté de Dieu plutôt qu'à la sienne. Mais aujourd'hui qu'il savait que Dieu désirait mettre fin à son séjour terrestre, accepter sa volonté s'avérait d'une étrange facilité.

Il vit que ses amis étaient toujours à son chevet : Balian et Marie, Denis, Joscius et Raymond. Pour ce qui était de l'amitié, il avait été gâté. Il était désolé de leur faire de la peine en les abandonnant ainsi et aurait aimé pouvoir leur dire qu'il ne regrettait pas de mourir dans ces conditions. Peut-être même le Tout-Puissant se montrait-il compatissant, en lui évitant d'assister à l'apocalypse dont il redoutait la venue. Il ne pouvait pas l'avouer à ses amis, évidemment, surtout à Balian et à Marie, qui avaient de jeunes enfants et ne pouvaient qu'espérer la survie d'Outremer. Il ne devait rien leur dire qui soit susceptible de troubler les espoirs qu'ils mettaient dans l'avenir de leur famille.

Il avait dû se rendormir, car lorsqu'il rouvrit les yeux il se rendit compte que la nuit était tombée. Balian et Marie montaient toujours la garde à son chevet. Denis s'était endormi sur un siège, près de la fenêtre. Il espérait que Raymond se fût éclipsé : un homme aussi occupé que lui ne pouvait pas passer des journées entières auprès d'un vieil ami qui tardait à mourir. Du moins était-il régent, à présent. Si quelqu'un était en mesure de sauver leur royaume, n'était-ce pas lui ? Mais il y avait tant de requins autour de lui…

Guillaume se souvenait encore de la première fois où il avait vu des requins, lors de son premier séjour en Occident.

Leur présence était d'autant plus inquiétante que seuls leurs ailerons étaient visibles, laissant à l'imagination le soin de se représenter leurs corps élancés, d'une puissance redoutable, dissimulés sous les vagues. Ils avaient surgi comme par magie lorsqu'un marin était tombé par-dessus bord, attirés par ses mouvements de panique. L'homme avait toutefois été sauvé, escaladant en toute hâte l'échelle de corde que ses compagnons lui avaient lancée.

Raymond échapperait aux requins, lui aussi. Il était en mesure de résister à Renaud de Châtillon comme à Jocelyn de Courtenay, et sans doute même à l'araignée qui tissait insidieusement sa toile depuis le palais du patriarche. Mais Saladin ?

« Guillaume… vous êtes réveillé… Pouvons-nous vous verser du vin ? Avez-vous faim ? »

Il secoua la tête et réussit à esquisser un sourire rassurant à leur intention. Quel miracle que leur mariage ait donné lieu à une telle félicité… Il était heureux d'y avoir modestement participé.

« Balian… J'ai demandé à mes clercs de faire plusieurs copies de mon histoire du royaume. L'une d'elles vous est destinée, à Marie et à vous. Il y en a une aussi pour vous, Denis. »

Ils le remercièrent avec une telle sincérité que le doute n'était pas permis : ils ne se moquaient pas de lui et comprenaient la signification de son œuvre. L'*Histoire des faits advenus au royaume d'Outremer* serait son héritage. Quoi qu'il puisse advenir par la suite, il avait raconté cette histoire. On se souviendrait grâce à lui des rois et des reines d'Outremer, de son peuple aussi vaillant qu'obstiné. Et un léger sourire se forma sur ses lèvres à l'idée que peut-être, du coup, on se souviendrait également de lui.

Guillaume mourut le 29 septembre, le jour de la Saint-Michel, à l'âge de cinquante-cinq ans, et fut enterré dans la grande cathédrale de Tyr. Sa mort advint avant que la nouvelle ait atteint Outremer du dénouement sanglant qui avait mis fin, quelques jours plus tôt, au règne usurpé du tyran de Constantinople.

Andronic ayant décidé d'exécuter son lointain cousin, Isaac Ange, ce dernier – que rien ne destinait pourtant à déclencher une insurrection – eut le courage de résister aux soldats venus l'arrêter et alla trouver refuge dans le sanctuaire de la cathédrale Sainte-Sophie, d'où il appela le peuple à renverser le tyran. Son appel fut l'étincelle qui mit le feu aux poudres, et les citoyens de Constantinople se soulevèrent contre l'homme qu'ils avaient fini par haïr autant qu'ils le redoutaient. Andronic tenta de prendre la fuite avec la toute jeune impératrice et sa concubine favorite, mais ils ne tardèrent pas à être capturés. On ne porta pas la main sur les deux femmes, mais Andronic fut mutilé et torturé avant d'être livré au peuple qui avait souffert au cours des trois dernières années de ses cruautés et de ses délires sanglants. Il mourut sous les yeux de la foule au terme d'une longue agonie, et l'homme qui avait provoqué sa chute, presque par inadvertance, fut ensuite désigné comme le nouvel empereur de Byzance.

La mort de Baudouin et l'accession d'un enfant sur le trône furent favorablement accueillies par les Sarrasins. Mais au mois de décembre, Salah al-Din tomba brusquement malade, victime d'une fièvre quarte, une maladie qu'on désignerait dans les siècles futurs sous le nom de malaria. Ce mal le rongea pendant des mois et on redouta à plusieurs reprises qu'il ne finisse par l'emporter. L'empire qu'il avait fondé se trouva brusquement en danger, nombre de ses émirs et de ses alliés se demandant ce qu'ils allaient faire si le sultan n'était plus au pouvoir. Al-Adil s'empressa de le rejoindre depuis Alep avec des médecins syriens, et Salah al-Din entama une lente convalescence. Il ne fut vraiment rétabli qu'au mois de mars 1186, au moment où il parvint à s'entendre avec Izz al-Din, l'émir de Mossoul, qui lui prêta enfin allégeance. Salah al-Din se trouva dès lors en mesure d'honorer ses promesses et de lancer son jihad contre le royaume des Francs.

CHAPITRE 42

Août 1186
Acre, Outremer

L'épouse de Jocelyn s'effondra au pied du lit, le corps secoué de sanglots. Aucun des hommes présents dans la pièce ne semblait savoir quoi faire. Les médecins se dirigeaient déjà vers la porte, visiblement pressés de fuir les lieux qui témoignaient de leur échec. L'évêque d'Acre prononça bien quelques mots de réconfort, mais Jocelyn n'était pas sûr qu'Agneta les ait seulement entendus. Raymond était visiblement aussi désemparé que lui. Ils pleuraient tous la mort du petit Baudouin, accablés non seulement par la tragédie d'une vie aussi brève, mais par le vide terrifiant que cette disparition ouvrait brusquement devant eux. La douleur d'Agneta avait de surcroît quelque chose d'insoutenable qui leur fendait le cœur. N'y tenant plus, Jocelyn voulut l'aider à se relever, mais elle lui résista et il fut soulagé de voir l'épouse de Raymond prendre le relais.

« Laissez-la, lui dit-elle. Je vais rester auprès d'elle pendant qu'elle pleure ce malheureux garçon. »

Jocelyn abandonna volontiers cette tâche à Esquiva. Pendant quelques instants, les yeux remplis de larmes, il resta aux côtés d'Agneta en contemplant le petit corps qui gisait sur le lit. Baudouin n'avait même pas vécu assez longtemps pour célébrer son neuvième anniversaire. Sans compter que sa mort était une catastrophe pour le royaume. Se souvenant que le temps leur était compté, il se tourna vers Raymond puis regarda la porte. Le comte comprit le message et le suivit hors de la pièce.

Après qu'ils eurent pris place sur la terrasse du palais, ils attendirent que le domestique qui leur servait du vin se soit retiré. Jocelyn remarqua que les paupières du comte étaient rouges, signe qu'il avait lui aussi pleuré la mort du jeune roi. Après avoir bu une longue gorgée, il se dit que la régence de Raymond s'était avérée plus paisible qu'il ne l'avait imaginé. Suivant les consignes du patriarche, il avait fait de son mieux pour entrer dans les bonnes grâces du comte, et celui-ci s'était montré disposé à ce compromis. En décembre dernier, il avait même accepté de restituer le fief de Jaffa à Sibylle et à Guy, ce qui n'avait pas manqué de soulever l'indignation d'une frange de ses partisans. Jocelyn avait fini par se dire qu'ils allaient pouvoir travailler de concert aux intérêts du royaume jusqu'à ce que Baudouin ait atteint sa majorité. Mais l'asthme du garçon n'avait cessé d'empirer, et lors de cette dernière attaque son cœur l'avait apparemment lâché.

Raymond fut le premier à rompre le silence.

« J'ignore de combien de morts j'ai été témoin au cours de ma vie, dit-il, mais aucune n'était aussi affreuse que celle à laquelle nous venons d'assister. »

Jocelyn partageait ce sentiment. Il craignait de revoir jusqu'à la fin de ses jours l'effroi qui avait envahi le regard du jeune garçon, tandis qu'il luttait pour retrouver son souffle et cherchait désespérément à insuffler de l'air dans ses poumons.

« Du moins ne souffre-t-il plus… Pourtant, je ne peux m'empêcher de me demander pourquoi Dieu a rappelé à lui le petit Baudouin, plutôt que le fils de Saladin… Où est la justice, dans tout ça ? »

Raymond lui rapporta qu'il avait entendu dire que l'asthme d'al-Afdal était moins grave et avait donc été plus facilement guéri, ce que Jocelyn ne considérait pas comme la marque d'une plus grande justice. Mais cela lui rappela que le comte de Tripoli connaissait bien leurs ennemis sarrasins, ce que ses adversaires ne manquaient pas de trouver suspect.

« Il paraît un peu déplacé d'évoquer la question de la succession alors que ce pauvre garçon n'est mort que depuis quelques heures. Mais nous ne pouvons pas nous permettre d'attendre alors que l'avenir du royaume est en jeu.

— La question a déjà été réglée, lui rappela froidement Raymond. Nous avons tous juré sur les reliques de la Vraie Croix que si jamais le jeune roi mourait prématurément, un régent gouvernerait en attendant qu'une commission royale ait décidé qui, de Sibylle ou d'Isabelle, a le plus de droits à la couronne.

— Et lorsque nous avons prêté ce serment, répliqua Jocelyn, nous avons tous prié en silence pour que cette éventualité ne se produise pas, car nous savions combien il serait difficile d'appliquer une telle résolution. Le simple fait de prévenir le pape, le saint empereur romain et les souverains des Anglais et des Francs va nous prendre des mois ! Enfin, nous n'avons pas le choix… Tout ce que nous pouvons faire, c'est nous assurer que vous serez bien désigné pour assumer cette régence, ce qui ne sera pas une mince affaire. Car vous avez des ennemis tenaces, Raymond : ils ne vous laisseront pas en paix et vous harcèleront jusqu'à leur dernier souffle. Si nous voulons les prendre de court, nous devons agir vite. »

Raymond fixait le visage de Jocelyn d'un regard parfaitement indéchiffrable.

« Vous avez donc l'intention de prendre mon parti dans la tempête qui s'annonce, dit-il enfin. Puis-je vous demander pourquoi ?

— Pouvons-nous parler franchement ? Si cela ne tenait qu'à moi, je préférerais bien sûr voir Sibylle sur le trône, plutôt qu'Isabelle – ne serait-ce que parce qu'elle est ma nièce. Mais je ne pense pas que les choses tourneront ainsi. Supposons que cette commission royale finisse par se réunir. Le choix du roi d'Angleterre ne se portera jamais sur Sibylle. Certes, elle est sa cousine, mais Isabelle l'est tout autant ; et surtout, elle n'a pas épousé Guy de Lusignan : quel roi accorderait son pardon à quelqu'un qui a tenté d'enlever sa propre épouse ? Même si Aliénor et lui sont maintenant séparés, son honneur royal est en jeu. Désigner Sibylle équivaudrait à récompenser Guy pour cette impardonnable trahison. Et d'après ce que j'ai entendu dire, il n'est pas du genre à oublier le tort qu'on lui a fait.

— Vous pensez donc qu'il choisira Isabelle ? »

Jocelyn acquiesça.

« Oui. Quant au pape, il tient à rester en bons termes avec le roi d'Angleterre. Et l'empereur Frédéric n'apprécie pas plus qu'Henri la rébellion de ses vassaux. »

Il n'aurait pas su dire si Raymond partageait ses vues : le comte se contentait de l'écouter d'un air impassible.

« Mais quelle que soit la décision de la commission royale, reprit-il, nous allons devoir affronter une crise sans précédent, Raymond. Le problème ne tient pas à Sibylle ou à Isabelle, mais au fait qu'elles ont toutes les deux épousé un homme dont la plupart des Poulains ne veulent pas. Personne n'a envie de voir Guy ou Onfroy devenir roi. »

Pour la première fois, il crut déceler un soupçon d'émotion, une sorte d'ironie contenue sur le visage de Raymond.

« Cela semble en effet le seul point sur lequel nous sommes tous d'accord, répondit-il laconiquement.

— Quoi que l'on puisse par ailleurs dire de Guy, ce n'est pas un couard. Onfroy ne l'est peut-être pas, lui non plus, mais telle est l'opinion générale. Est-ce en raison de sa beauté un peu efféminée, de son comportement qui ressemble souvent à celui d'une novice ou parce que Renaud n'a cessé de se moquer de lui depuis qu'il a épousé sa mère, je l'ignore. Que cela soit fondé ou non, la plupart le considèrent comme une mauviette, incapable de faire face à Saladin.

— Si les gens estiment qu'Onfroy est un couard, ne risquent-ils pas de considérer Guy comme un moindre mal ?

— Je me suis fait la même réflexion, reconnut Jocelyn. Mais il y a une différence de taille entre les deux sœurs. Nous savons que Sibylle ne renoncera jamais à Guy, même si cela doit lui coûter la couronne. En revanche, il existe toujours un espoir pour qu'Isabelle se montre plus raisonnable sur ce plan. Elle est encore très jeune, elle a quatorze ans à peine et ne se montrera sans doute pas aussi obstinée que sa sœur. Plus encore, nous pouvons compter sur le soutien de sa famille : nous savons tous que Marie et Balian n'ont jamais vu ce mariage d'un très bon œil. Et une fois qu'Onfroy de Toron aura été renvoyé à Karak pour se consacrer au luth ou à l'écriture de ses poèmes, la Haute Cour ne demandera pas mieux que de couronner Isabelle… et son nouveau mari.

— Et qui voyez-vous donc, dans ce rôle ?

— Il doit s'agir de l'un d'entre eux, je veux dire d'un Poulain, il doit être de haute lignée et jouir de la considération des autres barons. Il n'y a qu'un homme qui remplisse toutes ces conditions : je veux parler de votre beau-fils, Hugues. » Jocelyn marqua une pause, sans quitter Raymond des yeux. « Bien sûr, nous n'avons pas l'assurance que les choses tourneront ainsi. Les meilleurs plans finissent parfois par échouer. Mais nous pouvons au moins faire en sorte que vous conserviez votre charge de régent, quel que soit le temps qu'il faudra pour régler la question de la succession. » Si jamais Raymond caressait le rêve d'être roi comme ses ennemis le prétendaient, songea-t-il, cela suffisait pour lui faire comprendre qu'il aurait un membre de la famille de Courtenay à ses côtés. « Et j'aimerais moi-même conserver mon poste de sénéchal tant que vous serez au pouvoir, ajouta-t-il en restant délibérément ambigu dans le choix de ses mots.

— Cela va de soi. Vous avez déjà servi deux rois à ce poste. Et je crois que nous avons bien travaillé ensemble, durant l'année qui vient de s'écouler. »

Raymond se tenait toujours impeccablement droit et conservait en public une forme de raideur dont Gérard de Ridefort adorait se gausser. Néanmoins, Jocelyn vit à cet instant ses épaules s'affaisser et son corps se détendre un peu.

« Qu'avez-vous exactement en tête, Jocelyn ?

— Comme je vous l'ai dit, vous avez de nombreux ennemis. Et malheureusement, ce sont tous des individus puissants. Vous vous êtes définitivement aliéné Renaud de Châtillon en concluant cette trêve avec Saladin. Quant à Gérard de Ridefort, il vous en veut à mort depuis que vous avez donné à ce marchand italien la riche héritière que vous lui aviez promise. »

À la surprise de son interlocuteur, Raymond se fendit d'un sourire à la fois amer et chagriné.

« Sur le moment, cela m'avait semblé la meilleure chose à faire, car je devais encore une somme énorme aux Hospitaliers pour le remboursement de ma rançon. Je pensais dénicher rapidement une autre héritière pour de Ridefort et ne m'attendais pas à ce qu'il réagisse de la sorte, en prenant cela comme un affront impardonnable à son honneur.

— Il est assez susceptible, en effet, reconnut Jocelyn, qui trouvait que la haine de De Ridefort pour le comte frisait parfois la folie. Nous savons qu'il fera tout ce qui est en son pouvoir pour vous empêcher de garder la régence. De Châtillon agira dans le même sens. Et donc… j'ai conçu un plan susceptible de leur couper l'herbe sous le pied. Nous laisserons les Templiers escorter la dépouille du jeune roi à Jérusalem, où auront lieu les funérailles. Cela suffira à occuper Gérard. Renaud se rendra bien sûr dans la Ville sainte à cette occasion. Entre-temps, en tant que régent, vous convoquerez les autres barons à Tibériade, où je vous rejoindrai. Et là, nous organiserons une session de la Haute Cour durant laquelle nous vous reconduirons dans vos fonctions et désignerons les membres de la délégation qui se rendra en Occident. Lorsque de Ridefort et de Châtillon l'apprendront, il sera trop tard. »

Raymond resta si longtemps silencieux que Jocelyn commençait à s'inquiéter. Mais il finit par se lever et déclara :

« À nous deux, je pense que nous serons en mesure de sauver le royaume. Nous devons au moins essayer, par respect pour la mémoire de Baudouin, car nous ne pouvons pas voir son héritage partir en fumée. Il mérite mieux que ça. »

À sa grande surprise, Jocelyn n'éprouva aucun sentiment de triomphe. Après le départ de Raymond, il resta un moment sur la terrasse : il avait besoin d'être seul pour mettre de l'ordre dans ses pensées. Les derniers mots du comte avaient désagréablement ravivé le souvenir de son neveu, car il savait que Baudouin aurait eu horreur de ce qu'il s'apprêtait à faire. Il se sentit soudain vaguement oppressé, en songeant avec peine au jeune homme dont l'Histoire se souviendrait sous le nom du roi lépreux – mais aussi à cet enfant dont le règne avait été si bref et qui ne devait jamais gouverner.

Il se demanda brusquement s'il s'était engagé sur le bon chemin. Raymond avait dit vrai en affirmant qu'ils avaient bien travaillé ensemble au cours de l'année écoulée. Avait-il raison de laisser Héraclius lui dicter une autre conduite ? S'il renonçait au plan patiemment élaboré par le patriarche et se rangeait du côté de Raymond, cela ne vaudrait-il pas mieux pour le royaume et pour sa propre famille ? Il réfléchit longuement à cette question tandis que le jour déclinait, cédant peu à peu la place à l'obscurité, mais il était tellement absorbé par ces doutes et ces interrogations inattendues qu'il le remarqua à peine. Il parvint néanmoins à la conclusion rassurante qu'il agissait comme il le fallait, que c'était la seule façon d'assurer son propre avenir et celui d'Outremer. Il avait bénéficié d'une influence importante durant le règne de Baudouin, puis comme tuteur du fils de Sibylle. Mais son pouvoir s'avérerait autrement considérable lorsqu'il serait l'oncle de la reine, l'homme à qui elle devait d'être montée sur le trône. C'était envers Sibylle et leur famille qu'il devait se montrer loyal. Elle était sa nièce, et seuls comptaient les liens du sang.

Raymond et Esquiva n'échangèrent pas un mot en regagnant à cheval la ville où ils résidaient. Ils n'avaient pas mangé depuis des heures mais n'avaient faim ni l'un ni l'autre et se retirèrent aussitôt dans leur chambre. Les domestiques avaient déjà allumé les lampes à huile, et plusieurs fenêtres étaient restées ouvertes pour chasser la chaleur étouffante du mois d'août. Esquiva s'assit sur le lit et lança :

« Je crois que tu ferais mieux de me raconter ce qui te tracasse. »

Raymond s'exécuta et lui rapporta quasiment mot pour mot la conversation qu'il avait eue en privé avec Jocelyn. Son épouse sursauta à plusieurs reprises, passablement surprise, mais attendit qu'il ait terminé pour poser ses questions.

« Peux-tu faire confiance à cet homme, Raymond ?

— À mon grand étonnement, je le crois. Il paraissait sincère et il est assez logique qu'il cherche à se rapprocher de moi maintenant que le jeune roi est mort. Il a conscience de la faiblesse de la position de Sibylle, et si elle n'est pas nommée reine, il aura très vite besoin d'alliés. Il a insisté sur le fait que j'avais de nombreux ennemis mais on pourrait dire la même chose des De Courtenay, ce qui est essentiellement dû à Agnès. Sa sœur était la tête pensante de la famille, elle avait beaucoup plus d'énergie que lui. C'est elle qui a intrigué pour qu'Héraclius devienne patriarche, pour qu'Aimery de Lusignan soit nommé connétable et que la royauté revienne au petit Baudouin. Jocelyn n'y était pour rien et a souvent semblé un peu perdu depuis sa mort. Agnès était capable de tisser sa toile d'araignée jusque dans son sommeil… En revanche, j'imagine mal Jocelyn fomenter un complot de son côté pour s'emparer de la couronne. Et toi ? »

Esquiva considéra la question avant de hocher la tête.

« Moi non plus, à vrai dire. Il m'a toujours fait l'effet d'un second couteau, plutôt que d'un meneur. Et je suis d'accord avec toi, sa proposition est logique dans de telles circonstances. Il doit se sentir très vulnérable, maintenant qu'aucun membre de sa lignée n'est assis sur le trône.

— Mais tu as des doutes… Concernent-ils la personnalité de Jocelyn ou le plan qu'il m'a proposé ?

— Je n'en sais trop rien, reconnut-elle. L'avenir paraît tellement sombre, maintenant que le petit roi est mort. J'espérais que nous n'en arriverions pas là.

— Nous l'espérions tous. »

Raymond vint s'asseoir auprès d'elle sur le lit et passa un bras autour de ses épaules. Elle lui fut reconnaissante de la réconforter de la sorte, car elle vivait dans la hantise que ce jour arrive depuis qu'ils avaient appris que la santé du petit Baudouin déclinait. En dépit de ce que prétendaient ses ennemis, elle savait que Raymond n'aurait jamais comploté contre le garçon qu'il avait juré sur l'honneur de protéger. Mais elle savait aussi qu'il était convaincu que la royauté lui revenait, s'il fallait un jour choisir entre Sibylle et Isabelle et leurs impopulaires maris. Il ne voulait pas tenter d'action illégale, il voulait simplement que la couronne lui soit offerte. Mais elle ne doutait pas un instant qu'il s'emparerait du trône par la force s'il fallait empêcher Guy de Lusignan d'être roi, quitte à provoquer une guerre civile, car il avait la conviction que le mari de Sibylle serait le fossoyeur d'Outremer. Jocelyn venait de leur proposer une autre manière d'échapper à ce cloaque, en mettant un terme au mariage d'Isabelle et d'Onfroy de Toron afin de lui faire épouser Hugues, son propre fils.

Plus elle y réfléchissait et plus cette option lui paraissait séduisante. Hugues serait un roi compétent. Ce n'était plus un jeune homme, il avait vingt-cinq ans à présent et avait fait ses preuves sur le champ de bataille, puis en tant que prisonnier des Sarrasins. Les hommes se rallieraient derrière lui et Isabelle ne perdrait rien au change, car il la traiterait avec courtoisie. Raymond les aimait, lui et ses frères, comme s'ils étaient de son propre sang.

Et donc, lorsque son mari lui demanda ce qu'il devait faire selon elle, elle n'eut pas un instant d'hésitation.

« Quel autre choix avons-nous ? dit-elle. Nous devons faire confiance à Dieu ainsi qu'à ce de Courtenay, aussi étrange que cela puisse paraître. »

Guy de Lusignan avait beau vivre depuis sept ans en Outremer, il ne s'était toujours pas habitué aux fortes chaleurs de l'été propres aux terres du Levant. Il avait récemment fait l'acquisition d'un nouvel étalon et avait voulu faire une balade, mais la chaleur était telle qu'il avait dû faire demi-tour et regagner Ascalon. Comme d'habitude, la vue de la cité éveillait en lui des émotions contradictoires : d'un côté, il était fier que cette ville prospère lui appartienne ; et de l'autre, frustré d'avoir dû se contenter d'Ascalon et de Jaffa alors que c'était l'ensemble du royaume qui leur revenait de droit, à Sibylle et à lui.

Lorsqu'il eut rejoint le château avec ses hommes, il vit aussitôt qu'il s'était passé quelque chose. Les gens se pressèrent autour de lui dans la plus totale confusion, et ils étaient si nombreux à vouloir lui expliquer ce qui était arrivé qu'il dut réclamer le silence. Il finit par apprendre qu'un cavalier s'était présenté un peu avant, porteur d'un message urgent pour la comtesse : à peine avaient-ils échangé quelques mots qu'elle avait fondu en larmes et quitté la pièce en courant. Guy aurait bien voulu s'entretenir avec ce messager, mais l'inquiétude que lui inspirait sa femme l'emporta sur la curiosité et il se hâta de quitter à son tour la grande salle.

Il croisa l'une des servantes de Sibylle au pied de l'escalier. Tout ce qu'elle put lui apprendre, c'était que la comtesse avait renvoyé toutes ses dames de compagnie. De plus en plus inquiet, Guy grimpa les marches quatre à quatre et découvrit sa femme étendue sur son lit. En entendant la porte s'ouvrir elle lança sèchement à l'intrus de s'en aller, mais se releva dès qu'elle s'aperçut qu'il s'agissait de lui. Une fois dans ses bras, elle éclata de nouveau en sanglots. Tout ce qu'il pouvait faire, c'était la serrer contre lui en attendant qu'elle se calme et soit en mesure de parler. Il ne fut pas vraiment surpris quand elle finit par lui révéler que son fils était mort : il ne voyait pas quelle autre nouvelle aurait pu la mettre dans un tel état.

« Je suis désolé, ma chérie, murmura-t-il. Tellement désolé… »

Le petit Baudouin avait passé trois années auprès d'eux, mais il ne s'était jamais senti proche de ce garçon. Tout en simulant envers lui une affection de façade, il devait lutter contre le ressentiment qu'il éprouvait à l'idée qu'il passerait toujours avant les fils que Sibylle et lui pourraient avoir. Il avait fait de son mieux pour la consoler lorsqu'elle avait dû se séparer de lui. Et quand Jocelyn les avait avertis que ses crises d'asthme s'aggravaient, il l'avait poussée à aller le voir à Acre. Pour sa part, il s'en était abstenu, n'ayant aucune intention de demander au comte de Tripoli l'autorisation d'aller voir son beau-fils. Il vivait depuis assez longtemps en Outremer pour savoir que les enfants malades avaient peu de chance de guérir dans ce pays ingrat, si différent de la campagne prospère du royaume des Francs. Mais comme Sibylle voulait croire que Baudouin parviendrait à se débarrasser de son asthme, il avait gardé ses sombres pressentiments pour lui.

Lorsque Sibylle s'arrêta enfin de pleurer, sa tunique était trempée. S'essuyant le visage avec le bord du drap, elle lui avoua que son plus grand regret était de ne pas avoir été au chevet de son fils dans ses derniers instants. Il lui avait été impossible de le revoir jusqu'à la mort du roi lépreux, car ils redoutaient s'ils se présentaient à la cour que celui-ci n'en profite pour invalider leur mariage. Lorsque son frère avait fini par mourir, elle avait pu revoir son enfant en se rendant à Acre à plusieurs reprises, mais ces retrouvailles n'avaient apparemment pas été très joyeuses. Au retour, elle se plaignait toujours que son fils la traitait comme une étrangère, et elle jalousait l'épouse de son oncle, qui avait tenu à sa place le rôle de mère du petit roi.

Même s'il ne pouvait pas partager sa douleur, le cœur de Guy se serrait en la voyant souffrir de la sorte, et il cherchait le moyen de la consoler. Il se dit qu'elle trouverait peut-être un peu de réconfort à la vue de leurs deux petites filles : lorsqu'il lui proposa qu'on les lui amène, elle acquiesça entre deux sanglots. Mais avant cela, lui expliqua-t-il, il fallait qu'il prenne connaissance de la fin du message que Jocelyn leur avait précipitamment adressé. Il fut soulagé de voir que Sibylle comprenait l'urgence de la situation, car ils devaient agir au plus vite s'ils voulaient prendre de court leurs ennemis.

Lorsqu'il eut quitté la chambre, Sibylle se leva, s'aspergea le visage et pressa un linge humide sur ses yeux gonflés. Elle sentait à présent la colère monter en elle, cette colère qui l'avait habitée au cours des trois dernières années, depuis que son frère l'avait obligée à choisir entre son fils et son mari. Cette rage n'avait épargné personne, pas même sa propre mère, sans compter tous ces seigneurs qui s'étaient retournés contre Guy – à commencer par le comte de Tripoli, cet infâme traître, qui cherchait à s'emparer de la couronne qui lui revenait de droit.

Guy fut bientôt de retour : il frétillait d'impatience, et ses yeux noisette brillaient avec des reflets d'ambre.

« J'ai parlé avec l'homme que nous a envoyé Jocelyn. Il ne lui a pas donné de lettre, il était trop risqué de confier un tel message à un parchemin. Ton oncle nous presse de regagner au plus vite la Ville sainte. Les Templiers vont escorter le corps de Baudouin, dont les funérailles seront célébrées dans la foulée. Et nous serons ensuite couronnés roi et reine de Jérusalem. »

Isabelle se tenait à la fenêtre et regardait la cour intérieure du palais. Lorsque Balian la rejoignit, elle l'accueillit avec un sourire.

« Onfroy joue à la balle avec Jeannot et Thomassin. Il s'entend bien avec les enfants, je suis sûre qu'il fera un excellent père. »

Mon Dieu, il est beaucoup trop tôt... Balian avait de la peine à imaginer Bella dans le rôle de mère. Il était déjà difficile de se dire qu'elle était mariée.

« Il n'est pas très simple pour un père d'avoir des filles, n'est-ce pas ? lui murmura-t-elle comme si elle avait lu dans ses pensées.

— C'est tout simplement infernal ! » s'exclama-t-il.

Et ils éclatèrent de rire tous les deux.

Marie apparut à cet instant sur la terrasse, accompagnée d'une servante qui portait un plateau de gâteaux des anges, le dessert préféré d'Isabelle. Elle s'arrêta pour savourer le spectacle de sa fille et de son mari réunis, riant tous les deux aux éclats comme si les trois dernières années n'avaient pas existé. Elle était encore dans l'émerveillement où l'avait plongée cette visite surprise et s'attendait presque à se réveiller en sursaut pour s'apercevoir qu'il s'agissait d'un rêve.

« Des gâteaux des anges, mère ? Tu t'es donc souvenue que je les aimais ?

— Évidemment. »

C'était un peu étrange de s'entendre appeler « mère » et non plus « maman », mais c'était un signe de plus montrant combien Isabelle avait changé depuis leur dernière rencontre. Elle avait laissé une enfant à Karak et se trouvait aujourd'hui face à une adorable jeune femme, à la fois familière et étrangère. Ils avaient pris place tous les trois sur le banc, et Marie distribua les serviettes et les gâteaux encore chauds avant de poser la question qui lui brûlait les lèvres depuis qu'Isabelle et Onfroy avaient surgi dans la cour du palais.

« Sais-tu pourquoi ils vous ont laissé venir à Naplouse, *matakia mou* ? »

Ce terme grec affectueux raviva de doux souvenirs dans le cœur d'Isabelle, lui rappelant le moment où sa mère venait la mettre au lit et où elle s'endormait, apaisée et convaincue d'être aimée.

« J'y ai longuement réfléchi, répondit-elle. Je crois que Renaud et Étiennette se sont dit que je suis aujourd'hui plus proche du trône que ce n'était le cas au moment de mon mariage. À l'époque, on ignorait combien de temps mon frère vivrait, et Sibylle et Guy étaient considérés comme ses héritiers. Mais l'an passé, tout a brusquement changé. Baudouin a enfin trouvé le repos qu'il méritait et la plupart des barons ont rejeté Guy. Quant à mon jeune neveu… ma foi, bien des gens se demandent s'il atteindra sa majorité. En tout cas, mes beaux-parents se posent ouvertement la question, je les ai entendus en parler… Oui, il m'arrive de les espionner quand l'occasion se présente… »

Le sourire espiègle qui accompagnait cet aveu s'effaça aussitôt.

« Bien que nous soyons du même sang, reprit-elle, nous sommes des étrangers, Baudouin et moi. Pourtant, j'ai profondément pitié de lui. Il doit se sentir très seul. En plus, Renaud a dit à Étiennette qu'il était très malade : il souffre d'une infection des poumons… il m'a semblé entendre le nom d'asthme. Sais-tu de quoi il s'agit ? »

Marie et Balian le savaient, en effet, et échangèrent un regard inquiet. Ils avaient appris depuis quelques mois que la santé du jeune roi était fragile, mais il était un peu perturbant de mettre un nom sur sa maladie.

Isabelle s'était lovée comme un chat sur le banc, les pieds glissés sous elle. Mais l'expression préoccupée de son visage n'avait rien d'enfantin.

« Renaud et Étiennette se demandent si cet asthme ne pourrait pas s'avérer fatal. Ils savent qu'ils n'ont rien fait pour que je les porte dans mon cœur, et je… eh bien, je leur avais dit un jour que les reines se souviennent de tout. Je pense donc que c'est pour cette raison qu'ils m'ont autorisée à venir à Naplouse. Ils essaient de regagner mes faveurs au cas où je monterais sur le trône. »

Elle termina son gâteau et lécha le sucre qui était resté collé à ses doigts.

« C'est surtout Étiennette qui est responsable de notre séparation, mère. En agissant de la sorte, elle essayait bien sûr de plaire à Agnès, mais il y avait peut-être un autre motif derrière son attitude. Elle n'a pas plus d'affection pour moi que je n'en ai pour elle, mais il lui importe beaucoup que son fils ait épousé quelqu'un dont le père et le frère étaient rois. Elle sait que vous désapprouviez ce mariage, *pateras* et toi, et je la soupçonne d'avoir craint que vous ne parveniez à le faire annuler, d'une manière ou d'une autre. Ce qui aurait été plus facile tant que le mariage n'était pas consommé. Cela l'inquiète moins, à présent. »

Isabelle laissa sa phrase en suspens et esquissa l'ombre d'un sourire, sans parvenir à réfréner la rougeur qui gagnait peu à peu ses jolies fossettes.

Le regard de Balian allait de son épouse à sa belle-fille. Après avoir observé un peu plus tôt le comportement de sa fille avec Onfroy, Marie l'avait pris à part et lui avait simplement déclaré :

« Il a couché avec elle. »

Il ne voyait pas trop pourquoi Marie paraissait si sûre d'elle ; du reste, elle ne semblait pas très heureuse pour autant d'avoir eu raison. Durant quelques instants, cela se lut sur son visage et Isabelle s'en aperçut.

« Il a attendu, mère. Comme il l'avait promis. » Elle semblait à la fois fière d'elle et sur la défensive. « Je ne suis plus une enfant, ajouta-t-elle. J'ai eu quatorze ans il y a six mois.

— Je sais fort bien quel âge tu as, répondit sèchement Marie. J'étais présente le jour de ta naissance. »

Isabelle fronça les sourcils.

« J'aimerais que vous appréciiez tous les deux Onfroy, car il le mérite. Il est intelligent. Savez-vous qu'il a demandé à l'un des interprètes d'Étiennette de lui apprendre l'arabe ? Il joue fort bien du luth et compose même des chansons pour moi. Il sait s'y prendre avec les chevaux, c'est un excellent cavalier. Et il s'est montré d'une grande bonté et d'une grande générosité à mon égard. Je reconnais que je ne suis pas heureuse de vivre à Karak, mais il n'y est pour rien. J'étais tout à fait prête à devenir sa femme pour de bon et à partager son lit. C'est un très bel homme, après tout. »

Elle rougit jusqu'aux oreilles en prononçant ces mots et eut brusquement à nouveau l'air d'une enfant.

Balian serra discrètement la main de Marie, et celle-ci comprit le message. Après un long silence, elle reconnut qu'Onfroy était effectivement bel homme, ajoutant sur un ton qui sonnait presque comme un reproche :

« Tout ce que je souhaite, Isabelle, c'est que tu sois heureuse. »

La colère d'Isabelle retomba aussitôt. Avant qu'elle ait pu répondre, Onfroy apparut en courant sur la terrasse.

« Un messager du comte de Tripoli vient d'arriver ! s'exclama-t-il. Il m'a dit… »

Il s'interrompit et s'écarta sur le côté afin de laisser passer l'homme qui se tenait derrière lui et leur annonça lui-même la terrible nouvelle : le règne bref et la triste vie du jeune roi Baudouin venaient de prendre fin.

Baudouin d'Ibelin s'était rendu à Naplouse à bride abattue dès qu'il avait reçu le message de Raymond. Malgré le bain qu'il avait pris et un excellent repas, il était toujours d'une humeur massacrante. Penché sur son siège et contemplant le fond de sa coupe, il s'exclama :

« Vois-tu un sens à tout ceci, Balian ? »

Celui-ci haussa les épaules. Ils avaient déjà débattu en long, en large et en travers du message de Raymond. En théorie, son plan tenait la route. Gérard de Ridefort et Renaud de Châtillon feraient tout leur possible pour empêcher la réélection du comte à la régence, et le patriarche lui serait évidemment hostile. Réunir une session de la Haute Cour alors que les trois hommes se trouvaient à Jérusalem pour les funérailles du jeune roi leur couperait l'herbe sous le pied. Le seul point faible, dans cette affaire, c'était l'implication de Jocelyn de Courtenay. Aucun des deux frères d'Ibelin ne voyait d'un très bon œil celui-ci devenir leur allié. Mais Raymond ne leur laissait guère le choix.

« Je comprends ce qui amène Raymond à penser que Jocelyn s'est résolu à cette alliance dans son propre intérêt, grommela Baudouin. Mais il est tellement contre nature de faire confiance à un de Courtenay… »

Se tournant vers sa belle-sœur, il lui demanda – question qu'il n'aurait jamais posée à sa propre épouse – ce qu'elle pensait de la décision du comte.

Marie était embarrassée pour lui répondre. Elle n'avait jamais été très proche de Raymond, sachant qu'il restait un ennemi de l'Empire byzantin. Elle le considérait comme un opportuniste et ne lui avait toujours pas pardonné les massacres qu'il avait commis jadis à l'encontre d'innocents villageois et de religieux grecs, dans le seul but de venger sa fierté blessée. Pourtant, elle ne pouvait pas nier que les intérêts du comte et ceux des Poulains se rejoignaient. Elle reconnaissait par ailleurs qu'il s'était montré un régent avisé et avait fait la preuve de ses capacités à la tête du royaume. Il était de surcroît plus enclin à soutenir les droits d'Isabelle à la couronne : et elle-même aurait bien voulu que sa fille devienne reine de Jérusalem, considérant que ce titre lui revenait de droit.

« J'aurais aimé que Raymond nous en dise un peu plus sur ce qu'il comptait faire après avoir été réélu régent, dit-elle. A-t-il l'intention de s'en tenir à son serment et de laisser le pape et les souverains d'Occident décider à laquelle des deux sœurs reviendra la royauté ? »

Balian savait que Marie considérait que cette prétendue solution censée régler la succession était aussi saugrenue qu'irréalisable. Il partageait d'ailleurs son point de vue, comme la plupart des Poulains. C'était le résultat d'un compromis visant à satisfaire à la fois les partisans et les ennemis de Raymond : et comme la plupart des compromis, il ne convenait finalement à personne. Néanmoins, étant donné qu'ils avaient tous solennellement juré de suivre cette procédure, il voyait mal comment y échapper.

« Le message de Raymond était en effet plutôt laconique, reconnut-il. Je suppose que nous aurons les réponses qui nous font pour l'instant défaut en arrivant à Tibériade…

— Isabelle pense qu'Onfroy et elle devraient assister aux funérailles de Baudouin », reprit Marie.

Tout en comprenant les raisons de sa fille, elle répugnait à l'idée de se séparer d'elle aussi vite et éprouvait une réticence presque superstitieuse à la voir de nouveau s'éloigner de Naplouse.

Ils étudièrent la question et décidèrent au bout du compte que Balian, Baudouin et Onfroy se rendraient à Tibériade pour participer à cette session improvisée de la Haute Cour, tandis que Marie et Isabelle rejoindraient de leur côté Jérusalem pour assister aux funérailles du jeune roi. Isabelle et Onfroy s'étant déjà retirés dans leur chambre, chacun regagna à son tour la sienne, mais personne ne dormit très bien, cette nuit-là.

Le lendemain matin, Isabelle et Onfroy approuvèrent leur décision. Isabelle était heureuse que sa mère soit à ses côtés pour prendre part à une cérémonie funèbre qui risquait de s'avérer éprouvante ; quant à Onfroy, il était toujours heureux dès qu'il pouvait éviter de se retrouver en présence de son beau-père. Ils terminaient leur petit-déjeuner lorsqu'ils entendirent des cris à l'extérieur. Le brouhaha ne cessant pas, ils allèrent à la fenêtre voir ce qui provoquait un tel vacarme.

Un important groupe de cavaliers venait de pénétrer dans la cour du palais, conduit par le comte de Tripoli. Il était accompagné de son épouse et de ses quatre beaux-fils : tous paraissaient contrariés, pour ne pas dire inquiets. Mais c'était Raymond qui retenait l'attention, car il semblait ne plus être que l'ombre de lui-même. Lui qui s'était toujours vanté du stoïcisme qu'il affichait en public et de garder son calme en toutes circonstances, quels que soient les revers ou les déceptions, paraissait brusquement un autre homme. Toutes les émotions qui l'agitaient, la colère, la honte, la surprise et le désarroi, se peignaient ouvertement sur son visage, qui avait viré à l'écarlate. D'une voix rauque, il lança à la cantonade :

« Jocelyn de Courtenay a trahi ma confiance ! Ils ont fomenté un complot destiné à couronner Sibylle et Guy de Lusignan ! Et il est peut-être déjà trop tard pour les en empêcher… »

CHAPITRE 43

Août 1186
Naplouse, Outremer

Dès qu'il avait eu connaissance du complot ourdi par Jocelyn de Courtenay, Raymond avait envoyé en toute hâte des messages aux membres de la Haute Cour, leur enjoignant de le rejoindre à Naplouse plutôt qu'à Tibériade. Les barons ne tardèrent pas à arriver, consternés et furibonds, n'hésitant pas à retourner une partie de leur colère contre Raymond en lui reprochant de s'être laissé berner comme un enfant. Mortifié d'avoir été abusé de la sorte, le comte n'était pas d'humeur à recevoir de tels reproches, et cela donna lieu à quelques échanges virulents que Denis et Balian tentèrent de leur mieux d'endiguer. Avant qu'ils aient pu décider quelle démarche suivre, ils eurent des nouvelles de Sibylle : se comportant déjà comme si elle était reine, elle les invitait à se rendre à Jérusalem pour assister à son couronnement. Au terme d'une brève session de la cour, réunie en toute hâte, il fut décidé d'envoyer deux moines cisterciens à Jérusalem, interdisant à Sibylle et à ses alliés de procéder à ce couronnement et les avertissant qu'en agissant ainsi ils violeraient le serment sacré qu'ils avaient prêté après la mort du roi lépreux.

Sibylle eut soin de donner à son fils des funérailles royales : elle ne pouvait désormais plus rien d'autre pour lui. Comme le cortège funèbre traversait la ville pour rejoindre l'église du Saint-Sépulcre, elle fondit à nouveau en larmes et fut touchée de voir que de nombreux habitants pleuraient eux aussi en les voyant passer, même si elle avait bien conscience qu'ils se lamentaient autant sur leur propre sort que sur la mort du jeune roi. Bien qu'ayant toujours été précaire, jamais en effet l'avenir d'Outremer n'avait paru aussi sombre et menaçant.

Guy était allé consulter l'homme qui ne tarderait pas à devenir leur chancelier, Pierre de Lydda, aussi Sibylle était-elle seule lorsque le patriarche se présenta au palais et demanda à la voir. Elle se rendit compte par la suite que ce moment n'avait pas été choisi par hasard, mais elle ne nourrissait *a priori* aucun soupçon à son égard car Héraclius s'était montré très aimable avec elle depuis leur arrivée dans la Ville sainte. Elle le conduisit donc sur la terrasse où il avait été décidé, six ans plus tôt, qu'elle épouserait Guy.

Lorsque le domestique leur eut servi du jus de grenade glacé, elle hésita un instant avant de le congédier, en se demandant s'il n'était pas malséant de rester seule en compagnie du patriarche. Elle se souvint alors qu'elle serait bientôt reine et donc dégagée des contraintes absurdes qui régissaient la place et le comportement des femmes. Sitôt la porte refermée, elle but une gorgée de jus de fruit et considéra le patriarche d'un air pensif. Elle ne faisait pas entièrement confiance à Renaud de Châtillon, ni au grand maître des Templiers, et aurait bien voulu que Jocelyn les rejoigne à Jérusalem plutôt que de rester à Acre, qu'il s'apprêtait à défendre avec ses propres troupes. Toutefois, elle se sentait plutôt encline à parler franchement avec Héraclius, car il était dans les intérêts de l'Église d'entretenir de bonnes relations avec le nouveau couple royal.

« Est-il exact, monseigneur, que le grand maître des Hospitaliers a refusé de prendre part à mon couronnement ? » Elle espérait qu'il s'agissait d'une simple rumeur comme il en courait tant ces derniers jours à Jérusalem et fut passablement déçue quand le patriarche lui confirma la nouvelle, en précisant que Roger de Moulins restait fidèle à sa réputation d'honneur et de probité. « Mais pourquoi ? s'indigna-t-elle. Comment peut-il penser que les droits d'Isabelle l'emportent sur les miens, alors que je suis l'aînée ?

— Étant donné que tous les seigneurs du royaume ont prêté un serment solennel pour que la question de la succession soit tranchée par une commission royale, il soutient que ce que nous nous apprêtons à faire est illégal et constitue une offense envers Dieu. »

Présumant qu'elle ignorait ce détail, il lui expliqua que la couronne et les autres symboles de la royauté étaient enfermés dans un coffre qu'on ne pouvait ouvrir qu'à l'aide de trois clés, chacune étant détenue par le patriarche et les grands maîtres des Templiers et des Hospitaliers.

« De Moulins a refusé de nous livrer la sienne », précisa-t-il.

Voyant à quel point Sibylle était troublée par cette nouvelle, il se pencha et lui tapota la main.

« Ne vous inquiétez pas, madame. Renaud de Châtillon et Gérard de Ridefort se sont rendus au quartier général des Hospitaliers et réussiront bien à récupérer cette clé. La cérémonie pourra donc avoir lieu comme prévu. »

Sibylle fronça les sourcils. Elle avait été très offensée quand le comte de Tripoli et les membres de la Haute Cour lui avaient envoyé les deux moines cisterciens qui avaient délivré ce message insultant lui enjoignant de renoncer à son couronnement. Elle avait perçu cela comme une menace, aussi Guy et elle avaient-ils approuvé Renaud et Gérard lorsque ceux-ci avaient ordonné qu'on ferme les portes de la ville pour empêcher leurs ennemis d'entrer. Mais l'absence de tous ces seigneurs de haut rang la perturbait beaucoup : elle s'était attendue à ce qu'ils se rallient à elle après avoir compris que son propre clan les avait pris de court. Pour l'instant, toutefois, elle ne pouvait compter que sur le patriarche, le grand maître des Templiers, son oncle Jocelyn et trois des barons du royaume : Renaud, Aimery, le frère de Guy, et le grand-père de son défunt fils, le marquis de Montferrat. Tous les autres se trouvaient à Naplouse, déterminés à l'empêcher de devenir reine.

« Je ne veux pas régner sur un royaume divisé, dit-elle. Nous devons être unis contre les infidèles. Il doit bien y avoir un moyen de convaincre les barons rassemblés à Naplouse d'accepter mon couronnement ? »

Héraclius n'en revenait pas de sa chance. Il ne savait pas comment aborder un sujet aussi délicat, et voilà qu'elle lui tendait la perche…

« Il existe bien un moyen, madame, mais il ne sera sans doute pas facile à accepter. Et il faudra faire passer en premier l'intérêt du royaume. »

Sibylle opina, sachant que Baudouin avait toujours raisonné ainsi. Malgré son manque d'expérience, elle n'avait aucune illusion sur la réalité du pouvoir, ayant vu combien les charges et les responsabilités royales avaient pesé sur les épaules de son frère. Guy semblait croire qu'il était facile de gouverner, mais elle était convaincue du contraire.

« Que faudrait-il donc faire, à votre avis, monseigneur ? »

Héraclius prit une profonde inspiration et se jeta à l'eau.

« Mettre un terme à votre mariage avec Guy de Lusignan, madame. »

Lorsqu'elle y repensa par la suite, Sibylle se demanda pourquoi elle n'avait pas vu venir le coup. Elle avait été abusée, il est vrai, par ses marques de soutien appuyées et par la sympathie qu'il lui avait témoignée après la mort de son fils.

« Je croyais que vous étiez de mon côté ! s'exclama-t-elle.

— Mais je le suis, madame, je le suis ! Vous êtes notre reine, cela ne fait aucun doute à mes yeux. Vous me demandez toutefois comment vous concilier les faveurs des autres seigneurs et les amener à reconnaître votre légitimité : la seule manière d'y parvenir serait de supprimer la cause de leur opposition. Ce n'est pas contre vous qu'ils en ont, c'est votre époux qui est inacceptable à leurs yeux. Que cela soit justifié ou non, la grande majorité des membres de la Haute Cour estiment que Guy ne fera pas un bon roi. Ils ne lui font pas confiance et ne le suivront pas au combat. Si vous acceptiez que votre mariage soit annulé – ce dont je pourrais aisément me charger –, leur résistance disparaîtrait et ils s'empresseraient de vous reconnaître comme leur reine légitime, en abandonnant le comte de Tripoli à son triste sort. »

Sibylle se leva brusquement et marcha jusqu'à la fenêtre, d'où elle regarda la cour qui s'étendait un peu plus bas. Le patriarche se sentit encouragé par son silence et par le fait qu'elle n'avait pas repoussé d'emblée sa proposition.

« Je sais combien cela vous coûterait, madame, reprit-il. Mais de grands sacrifices sont parfois exigés des grands de ce monde. Votre père a lui-même été confronté à un choix aussi douloureux et a dû répudier votre mère avant que la Haute Cour ne reconnaisse son droit à la couronne.

— Êtes-vous en train de me dire que vous refuserez de me couronner si je ne désavoue pas mon mari ?

— Si cela ne tenait qu'à moi, madame, je vous couronnerais bien volontiers, quelle que soit votre décision. Mais hélas, je dois tenir compte de l'attitude de ceux qui nous entourent. Il faut que vous compreniez l'ampleur de la résistance à l'encontre du seigneur Guy, y compris parmi ceux qui sont acquis à votre cause. Quant aux barons réunis à Naplouse, comme vous le savez déjà, ils sont farouchement opposés à son couronnement. C'est votre seul espoir de vaincre leur résistance et d'éviter une probable guerre civile. »

Voyant qu'elle restait silencieuse, il s'empressa de lui assurer que la légitimité de ses deux filles ne serait nullement remise en cause par l'annulation du mariage. Il était certain par ailleurs de parvenir à convaincre les seigneurs du royaume de laisser à Guy la souveraineté d'Ascalon ou de Jaffa. Et bien évidemment, ce serait elle qui aurait le dernier mot quand le temps serait venu de choisir un nouvel époux.

« Maintenant que votre frère et votre fils sont morts, madame, c'est vous qui avez par le sang la légitimité du trône. Ce serait un grand dommage de la perdre à cause d'une loyauté mal placée. »

Le patriarche était particulièrement satisfait de cette dernière phrase, dans laquelle il lui semblait avoir résumé tous les enjeux de l'affaire tout en laissant planer une menace implicite. Lorsque Sibylle se retourna pour lui faire face, il eut de la peine à déchiffrer son expression mais fut frappé par sa brusque ressemblance avec sa mère en cet instant précis car d'ordinaire elle n'était pas aussi marquée.

« Vous avez été sincère avec moi, monseigneur, je le serai donc pareillement avec vous. Jamais je n'accepterai de répudier l'homme qui est mon mari, à la fois devant Dieu et devant la loi des hommes. Si je dois régner, ce sera aux côtés de Guy. Et si vous refusez de me couronner, cela vous mettra, ainsi que vos alliés, dans une position aussi étrange qu'inconfortable. Imaginez-vous devoir vous rendre à Naplouse, en compagnie de Renaud de Châtillon et de Gérard de Ridefort, pour faire allégeance au comte de Tripoli ? »

Elle se fendit à ces mots d'un sourire qui là encore rappelait Agnès : nullement séducteur, il était au contraire chargé d'un défi mêlé d'ironie.

Après cette escarmouche, Héraclius se fendit quant à lui de son sourire le plus charmeur.

« J'espère que vous avez compris, madame, que je ne parlais pas en mon nom. Et que ce sera un honneur pour moi de vous couronner reine. »

Héraclius était d'une humeur exécrable quand il regagna son palais. Il était furieux contre Sibylle de s'être montrée aussi bornée, et contre lui-même pour l'avoir sous-estimée de la sorte. Tout en sachant qu'il risquait de mettre leur relation en danger, l'enjeu était toutefois trop important pour qu'il ait eu le loisir de reculer. Il n'était pas aussi convaincu que les barons de Naplouse que Guy soit incapable de régner, tout en nourrissant quelques doutes quant à ses capacités de meneur. Et il avait dit la vérité en affirmant à Sibylle que la meilleure manière de réunifier le royaume serait de faire annuler ce mariage. Pourtant, s'il devait choisir un jour entre Guy de Lusignan et le comte de Tripoli, il ne savait pas trop de quel côté il pencherait.

Il en était toujours à remâcher ces sinistres pensées lorsqu'on lui annonça en fin d'après-midi la visite de Renaud de Châtillon, qui était pour sa part d'excellente humeur. Héraclius en déduisit que sa rencontre avec Roger de Moulins avait été couronnée de succès. Renaud ne tarda pas à confirmer la chose en lui faisant le récit triomphal de sa confrontation avec le grand maître des Hospitaliers.

« De Moulins appartient à la pire catégorie d'imbéciles, trancha-t-il : c'est un homme *d'honneur*. Il n'a pas cessé de nous bassiner avec le caractère sacré des serments et des volontés du roi Baudouin – bénie soit sa mémoire… – tout en refusant obstinément de nous confier sa clé du coffre renfermant le trésor royal, au point que j'ai cru un moment que Gérard allait l'étriper. Notre grand maître a vraiment un caractère de chien.

— Que s'est-il passé, ensuite ? Vous semblez si réjoui que vous avez dû parvenir à vos fins. »

Renaud se fendit d'un sourire.

« Nous l'avons tanné jusqu'à ce qu'il soit à bout. À ce stade, il nous aurait probablement abandonné le Saint-Graal, si cela avait pu réduire Gérard au silence. "Assez !" s'est-il finalement écrié avant de balancer la clé par la fenêtre : il suffisait ensuite d'aller la récupérer dans la cour. Mais je ne pense pas me tromper en vous disant qu'aucun hospitalier n'assistera au couronnement. »

Renaud attendit la réponse du patriarche, qui se contenta de hocher la tête, et le considéra un peu plus attentivement.

« Vous m'avez l'air bien abattu… Ne me dites pas que vous êtes allé trouver Sibylle pour essayer de la convaincre d'annuler son mariage ?… Je vous avais bien dit que cela ne servirait à rien. Vous auriez mieux fait de m'écouter. »

Héraclius se disait la même chose.

« Il fallait pourtant que je le fasse, insista-t-il. Vous ne pensez tout de même pas que Guy ait les qualités requises pour faire un bon roi ?… Vous auriez été soulagé, vous aussi, si j'avais réussi à faire entendre raison à Sibylle. »

Renaud haussa les épaules.

« Je savais en tout cas que votre démarche était vouée à l'échec. Aucun homme n'hésiterait un instant, s'il devait choisir entre son épouse et la couronne. Mais les femmes sont par nature irrationnelles, on pouvait donc s'attendre à ce que Sibylle s'accroche à Guy comme une patelle à son rocher.

— Dites-moi la vérité, Renaud : ne commettons-nous pas une erreur en couronnant Guy de Lusignan ?

— Je suis un soldat, monseigneur, pas un devin. De Lusignan n'a gagné la confiance de personne à ce jour, en dehors de sa femme, mais cela ne signifie pas qu'il soit incapable de faire des progrès. Et il reste le meilleur candidat possible, les autres s'avérant bien pires. Vous préféreriez peut-être voir ma lavette de beau-fils sur le trône ? Ou Raymond de Saint-Gilles, qui rêve de s'allier aux infidèles ? Que pouvons-nous faire d'autre, dans ces conditions ? »

Héraclius n'avait rien à répondre à ça. Leur destin à tous était désormais entre les mains de Dieu.

Sibylle était trop jeune à l'époque pour se souvenir du couronnement de son père, mais elle gardait des images très vives de celui de son frère. Il ignorait alors qu'il était lépreux et cela avait dû être pour lui un jour de grande joie. Les émotions qu'elle ressentait pour sa part étaient assez contrastées : son bonheur était tempéré par un vague malaise, la fierté que lui inspirait sa victoire par la tristesse d'avoir perdu son fils. Elle éprouvait en outre un certain ressentiment en constatant que l'assistance était aussi clairsemée, et du regret à l'idée que sa mère n'était plus là pour la voir couronnée.

Gérard de Ridefort et Renaud de Châtillon avaient retiré deux couronnes du trésor royal : elles brillaient sur l'autel et leurs joyaux reflétaient la lueur des chandelles, tandis qu'elle se demandait si elles étaient aussi lourdes qu'elles en avaient l'air. Au moment où le patriarche déposa la première sur sa tête, elle put constater que c'était bien le cas. Après avoir reçu le saint chrême, elle se leva et quelques vivats jaillirent dans l'assistance. Ce qui survint ensuite la prit cependant au dépourvu.

Héraclius souleva la deuxième couronne, mais au lieu de faire signe à Guy de s'avancer, il la tendit à Sibylle.

« Ma reine, dit-il, en tant que femme, vous aurez besoin d'un homme à vos côtés. Il vous revient donc de couronner vous-même celui que vous jugez le plus digne de gouverner votre royaume. »

Elle éprouva d'abord une bouffée de colère, car elle ressentait cette manœuvre du patriarche comme une sorte de blâme à l'égard du couronnement contesté de Guy. S'il s'avérait qu'il gouvernait aussi mal que d'aucuns le redoutaient, Héraclius pourrait toujours dire que ce n'était pas lui qui l'avait intronisé. Mais au moment où leurs regards se croisèrent, elle comprit que son geste était au contraire bienveillant, qu'il cherchait par là à se faire pardonner et à regagner ses faveurs. Si c'était elle qui couronnait Guy, les gens se souviendraient que l'accession de son mari à la royauté avait uniquement dépendu d'elle. Guy se le rappellerait, lui aussi : et elle avait beau l'aimer sincèrement, ce n'était pas une mauvaise chose, là non plus.

Se tournant vers lui, elle sourit et déclara :

« Moi, Sibylle, je choisis comme roi mon époux, Guy de Lusignan. Je sais qu'il mérite cet honneur, et qu'avec l'aide de Dieu, ensemble, nous gouvernerons dignement notre peuple. »

Et lorsque Guy se fut agenouillé, elle déposa la couronne sur sa tête.

À Naplouse, les barons avaient désigné un sergent pour leur servir d'espion. Déguisé en moine, celui-ci avait gagné la Ville sainte afin de savoir si leurs ennemis auraient l'audace de couronner Sibylle et Guy. Il était à présent de retour, et les barons avaient rempli la grande salle du palais pour écouter son rapport. Il commença par leur expliquer de quelle manière il avait réussi à pénétrer dans la ville : les portes principales demeuraient fermées, mais il était parvenu à s'introduire en passant par une poterne de l'église jacobite de Sainte-Marie-Madeleine. Il avait beau être fier de son stratagème, il ne s'attarda pas trop sur le sujet et leur confirma bientôt ce qu'ils redoutaient tous : il avait vu de ses propres yeux le patriarche couronner Sibylle, avant que celle-ci ne couronne elle-même son époux.

De nombreux habitants étaient venus assister au spectacle et saluer la reine Sibylle. Les Hospitaliers au grand complet s'étaient toutefois abstenus. Quant à Gérard de Ridefort, il se comportait comme s'il était le véritable maître de cérémonie. Lorsque la nouvelle reine déposa la couronne sur la tête de Guy, maître Gérard s'exclama d'une voix de stentor que « Cela valait bien la perte de Botron ! », mais la plupart des spectateurs ne voyaient pas à quoi il faisait allusion.

Ici, toutefois, tout le monde le savait – à commencer par le comte Raymond : Botron était le fief de cette héritière dont il avait promis la main à Gérard de Ridefort avant de la donner à un riche marchand de Pise.

Consternés en comprenant qu'ils avaient perdu la bataille et que Guy de Lusignan était désormais leur roi, les Poulains en furent réduits à déplorer la fin de leurs espoirs. L'ambiance funèbre qui régnait dans la grande salle s'avéra contagieuse et ne tarda pas à gagner le reste du palais, puis à se répandre à travers la ville. Les principaux chefs de la résistance se retirèrent sur la terrasse afin de discuter des possibilités qui s'offraient à eux. Comme ils n'en voyaient à vrai dire aucune, le silence pesant qui s'installa ne tarda pas à devenir franchement oppressant.

Baudouin d'Ibelin, quant à lui, ne parvint pas à se taire davantage, et sa colère explosa soudain.

« Ces imbéciles ont planté un poignard dans le cœur de notre terre natale ! lança-t-il. Guy de Lusignan n'est pas plus capable de régner sur ce pays que le dernier de mes chiens de chasse. La seule inconnue, c'est le temps qu'il lui faudra pour le conduire à sa ruine. Je préfère quitter Outremer que de rester ici les bras croisés pour assister à ce désastre ! »

Le tableau qu'il dressait était si sombre que personne ne le prit vraiment au sérieux. Balian remplit une coupe de vin et la tendit à son frère. Cela parut une excellente idée à Denis, qui l'imita. Son cousin Gautier, le seigneur de Césarée, était effondré sur un banc, tellement accablé par la terrible nouvelle qu'il semblait avoir rapetissé. Onfroy de Toron s'était réfugié dans un coin et regardait au loin, sans qu'on puisse déchiffrer ses pensées.

Marie s'était approchée de Balian, désirant visiblement qu'il la prenne dans ses bras. Il la serra contre lui : elle avait toujours une taille aussi fine, malgré les six enfants qu'elle avait mis au monde.

« Je sais que Guy n'est pas un monstre, dit-elle, et qu'il n'a pas la cruauté d'Andronic, mais je redoute que sa faiblesse ne finisse par engendrer des ravages équivalents. »

Balian partageait ses craintes.

« Certains hommes se révèlent à l'épreuve des faits, Marika. Peut-être en ira-t-il de même avec lui. »

Mais elle savait qu'il n'y croyait pas plus qu'elle.

Raymond n'avait pas desserré les dents depuis qu'ils étaient sur la terrasse, tellement perdu dans ses pensées qu'il donnait l'impression d'avoir oublié les autres. Mais il s'avança soudain et alla se placer au centre de la pièce.

« Il est trop tôt pour se laisser aller au désespoir, dit-il. Une autre voie s'offre à nous. Ils ont voulu nous forcer la main, mais nous pouvons refuser de reconnaître Guy de Lusignan comme notre souverain légitime. Étant de sang royal, Sibylle avait des droits à la couronne mais elle s'est disqualifiée en refusant de répudier cet homme. Nous pouvons donc choisir sa sœur pour reine – et couronner Isabelle et Onfroy. »

Des exclamations s'élevèrent aux quatre coins de la terrasse. D'ordinaire imperturbable, Denis renversa sa coupe de vin. Hugues fit volte-face pour regarder son beau-père. Marie s'écria « Mon Dieu ! » en grec. Balian, qui s'était tourné instinctivement vers Onfroy lorsque Raymond avait prononcé son nom, vit le jeune homme relever la tête. Mais il n'avait pas été assez rapide pour saisir l'expression horrifiée qui s'était peinte pendant une fraction de seconde sur le visage de son gendre. Toutefois, il s'était vite ressaisi – comme il avait appris à le faire –, et son regard ne laissait rien deviner des émotions qui l'agitaient intérieurement.

Denis fut le premier à formuler à haute voix ce que chacun pensait tout bas.

« Raymond… C'est la guerre civile que vous nous proposez là.

— Oui, si cela s'avère nécessaire, répondit le comte en essayant de parler d'un air détaché, le plus calmement possible. Si nous couronnons Isabelle, elle aura le soutien de la Haute Cour et de la quasi-totalité des barons du royaume, sans parler des Hospitaliers, de mon comté de Tripoli, du prince d'Antioche et de la plupart des gens du peuple. Je doute que Sibylle fasse le poids bien longtemps contre une force pareille. Mais qu'ils refusent ou non de mettre un terme à leur complot, nous devons agir ainsi. Nous ne pouvons pas laisser le pouvoir à Guy de Lusignan.

— Raymond a raison ! s'exclama Baudouin en venant se placer aux côtés du comte. Si nous mettons dans la balance les risques d'une guerre civile et les dégâts que Guy ne manquera pas de provoquer, le choix n'est pas difficile à faire… D'autant que c'est la survie du royaume qui est en jeu. »

Tout le monde se mit à parler en même temps et le tumulte fut bientôt général, au point que certains commencèrent à prendre au sérieux la proposition de Raymond. Onfroy contemplait ce spectacle sans émettre un mot : il voyait les craintes et la haine de Guy l'emporter sur la prudence – et tout simplement sur le bon sens. Il ne doutait pas de leur sincérité à tous, pas plus qu'il n'était en désaccord avec le jugement qu'ils portaient sur les compétences douteuses du nouveau roi. Mais il était trop tard : Guy était *bel et bien* leur souverain à présent. La guerre était déjà perdue.

Il n'essaya même pas de faire entendre son point de vue, sachant que ce serait inutile. Raymond et Baudouin avaient l'enthousiasme communicatif des nouveaux convertis et présentaient le couronnement d'Isabelle comme le salut du royaume. Ils ne tardèrent pas à rallier à leur cause Gautier, Hugues et Marie. Onfroy n'aimait pas sa belle-mère, la trouvant trop encline à se mêler des affaires des hommes – semblable en cela à sa propre mère –, mais aussi beaucoup trop grecque à son goût. Il estimait qu'elle tirait une vanité démesurée de son sang royal et qu'elle mourait d'envie de voir sa fille devenir reine à son tour. Il ne fut donc pas surpris de la voir accepter l'argument selon lequel une guerre civile serait encore un moindre mal. Mais il perdit tout espoir lorsque Denis et Balian se rangèrent finalement à cette opinion. Ils étaient l'un et l'autre estimés par l'ensemble des Poulains, qui les considéraient comme des individus loyaux et respectables. S'ils penchaient de ce côté, la plupart des seigneurs risquaient de suivre leur exemple.

La suite des événements ne fit que confirmer ses craintes. Marie alla chercher Isabelle, qui semblait à juste titre abasourdie de voir sa vie prendre un cours pareil de manière aussi brutale. Onfroy n'eut pas la possibilité de lui parler en tête à tête, même s'il savait que cette conversation n'aurait pas changé grand-chose. Lorsque tous les seigneurs se furent à nouveau rassemblés dans la grande salle, Raymond et Baudouin plaidèrent leur cause avec ferveur, demandant qu'Isabelle et Onfroy soient couronnés au plus vite. La discussion qui s'ensuivit fut aussi houleuse que passionnée, mais Onfroy savait que l'issue était inévitable : ils cherchaient tous désespérément le moyen de réfuter le couronnement de Guy de Lusignan. Même si celui-ci vivait parmi eux depuis sept ans, il n'avait pas réussi à les convaincre : ils ne l'aimaient pas et ne lui faisaient pas confiance, soit parce qu'ils doutaient de ses capacités à diriger le royaume, soit parce qu'il avait déjà entrepris de faire venir en Outremer des hommes de son pays et risquait de dispenser ses faveurs royales à ses compatriotes poitevins, plutôt qu'aux Poulains établis depuis plusieurs générations dans le pays.

Onfroy se moquait de savoir s'ils étaient mus par des raisons patriotiques ou par de simples intérêts privés, si c'était l'idéalisme ou l'esprit de revanche qui les guidait – ou si toutes ces raisons se fondaient pour n'en former qu'une. Tout ce qu'il voyait, c'était qu'ils avaient décidé cet après-midi de faire d'Isabelle leur reine : et il redoutait les conséquences que cela ne manquerait pas d'avoir pour Bella comme pour lui, pour leur mariage et pour l'avenir du royaume.

Isabelle était allongée sur leur lit mais se redressa quand Onfroy pénétra dans la chambre.

« Tu ne vas pas me croire, lui dit-elle. On m'a offert une couronne, et résultat : j'ai une terrible migraine. »

Onfroy savait qu'elle était sujette aux maux de tête dès qu'elle était inquiète. Après avoir mouillé un linge dans une bassine, il le lui tendit.

« Pose-le sur ton front, dit-il, cela fait parfois du bien. »

Elle s'exécuta et le laissa arranger les oreillers dans son dos.

« Qui aurait dit que les choses tourneraient ainsi, Onfroy ? Après l'affront que les partisans de Sibylle ont infligé au comte Raymond, je m'étais dit que ma sœur serait couronnée et que les choses s'en tiendraient là. Je ne m'attendais vraiment pas à tout ça… » ajouta-t-elle en faisant allusion aux événements surprenants qui s'étaient succédé au fil de la journée.

Saisissant sa main, Onfroy la plaqua un instant contre sa propre joue.

« Et moi, dit-il, je ne pensais pas qu'ils seraient prêts à déclencher une guerre civile pour te mettre sur le trône… » Regardant le beau visage d'Isabelle tourné vers le sien, il se demanda ce qu'elle pensait réellement de toute cette affaire. « Car cette guerre est inévitable, Bella… Ils se leurrent eux-mêmes s'ils croient le contraire. Il y aura un prix sanglant à payer avant que la couronne te revienne… Es-tu disposée à accepter ça ?

— J'espère que nous n'en arriverons pas là, répondit Isabelle, même si ses mots sonnaient creux à ses propres oreilles. Je n'ai jamais rêvé que je serais reine un jour, tellement cela paraissait improbable. Pendant des années, j'ai pensé que Sibylle succéderait à Baudouin, puis que ce serait au tour de son fils ou des enfants qu'elle a eus avec Guy. Je n'ai pas eu le temps de me faire à ce nouveau contexte, et les perspectives qu'il ouvre me donnent le vertige… Je pense toutefois qu'ils ont eu raison en ce qui concerne Guy. Ses partisans eux-mêmes savent qu'il n'a pas l'étoffe d'un roi. C'est en tout cas l'avis de ton beau-père : seule la haine qu'il éprouve pour le comte Raymond l'a poussé à se rendre à Jérusalem. »

Elle s'interrompit pour laisser à Onfroy le temps de réagir. Comme il ne disait rien, elle poursuivit.

« Les membres de la Haute Cour sont unanimes à ce sujet, ce qui est très rare. Ma mère, mon beau-père et son frère désirent que je sois reine. Il arrive à Baudouin de se montrer irréfléchi mais ce n'est pas le cas de Balian. Je n'ai jamais connu un homme plus mesuré, et s'il pense qu'il s'agit de la meilleure solution pour Outremer, je ne puis que partager sa conviction. »

Onfroy avait nourri l'infime espoir que Bella ait la même réaction que lui et comprenne l'horreur de la situation. Mais il aurait dû s'en douter : comment pouvait-il imaginer qu'elle refuserait cette couronne ? Et qu'elle irait à l'encontre de sa propre famille ? Elle n'avait que quatorze ans…

Isabelle l'observait avec la même attention qu'il avait eue pour elle quelques instants plus tôt.

« Je sais pourquoi tu te sens si mal à l'aise, mon amour. Tu te sous-estimes et tu doutes de tes capacités, comme tu l'as toujours fait. Ta mère et Renaud ont tellement répété que tu n'avais aucun talent que tu crains de ne pas être un bon roi. Mais tu te trompes. Je n'ai aucun doute à ce sujet et nul ne te connaît mieux que moi. »

Elle se pencha et l'embrassa en essayant de lui communiquer l'amour et la confiance qu'elle avait en lui.

Ils restèrent assis en silence un moment, serrés l'un contre l'autre, comme si cela pouvait maintenir le monde à distance. Ce fut Onfroy qui mit un terme à cette étreinte.

« Je vais demander à Emma de t'apporter une potion qui t'aidera à dormir. Et après cela, couche-toi, ma chérie. Je n'ai pas encore sommeil et je vais aller faire un tour. »

Isabelle promit de lui obéir, surprise elle-même de constater à quel point elle était fatiguée.

« Dis à Emma de se dépêcher », murmura-t-elle avec un sourire ensommeillé, en se laissant aller contre les oreillers.

Onfroy resta quelques instants près de la porte, regardant le lit où était allongée son épouse, comme s'il voulait graver cette image dans sa mémoire afin de ne jamais l'oublier.

CHAPITRE 44

Septembre 1186
Naplouse, Outremer

En temps normal, les rues de Naplouse se vidaient dès que l'obscurité tombait. Mais ce soir-là les gens étaient encore dehors, suspendus à la réunion des barons et aux décisions de la Haute Cour. Onfroy ne tarda pas à remarquer que des passants se retournaient pour le dévisager et comprit que les rumeurs relatives aux rebondissements dramatiques de l'après-midi circulaient déjà. Combien de temps faudrait-il pour qu'elles parviennent jusqu'à Sibylle et Guy ?

En pénétrant dans les écuries municipales, il fut soulagé de trouver un employé encore à son poste. L'homme ne cacha pas sa stupéfaction en apprenant qu'un jeune seigneur – car ses habits, son épée et son attitude prouvaient assez qu'il appartenait à la noblesse – voulait louer un de leurs canassons. Onfroy pouvait difficilement lui expliquer qu'il ne voulait pas attirer l'attention en allant récupérer son étalon aux écuries du palais. Le généreux pourboire dont il le gratifia suffit à calmer la curiosité du bonhomme, qui s'empressa de seller la monture d'Onfroy, une attention à laquelle peu de ses clients avaient droit.

Onfroy avait rarement chevauché de nuit, et jamais sans être accompagné de ses écuyers et de ses chevaliers. C'était une étrange sensation de se retrouver seul dans l'obscurité, comme s'il dérivait sur un immense océan de ténèbres. Il ne redoutait pas tellement de rencontrer des brigands ou des cavaliers sarrasins en cours de route, mais s'assura tout de même qu'il pouvait facilement dégainer son épée en cas de nécessité. La lune argentée de septembre éclairait la route devant lui. Son cheval n'avait visiblement aucune intention de se hâter, et Onfroy ne l'obligea pas à accélérer l'allure car il n'était pas pressé de rejoindre sa destination.

Tandis que les kilomètres et les heures défilaient, il essayait de ne pas penser à la réaction de Bella lorsqu'elle apprendrait sa disparition. Il préférait se concentrer sur les raisons qui l'avaient conduit à se montrer aussi farouchement opposé au plan du comte Raymond, visant à faire couronner sa jeune épouse. Il n'avait pas menti en lui disant que cela provoquerait une guerre civile. Le patriarche et Jocelyn lui-même accepteraient sans doute de faire machine arrière pour éviter un bain de sang, mais il doutait que Sibylle et Guy éprouvent de tels scrupules. Plus encore, il savait que son beau-père et Gérard de Ridefort ne reculeraient jamais, même si cela devait provoquer l'anéantissement du royaume.

Bella n'en avait pas moins dit vrai, en affirmant qu'il avait peur d'être roi. Il ne nourrissait pourtant aucun doute sur sa capacité à commander les autres. Il avait appris à se battre et était sorti vainqueur d'une embuscade sarrasine alors qu'il emmenait des renforts de Karak à Saphorie. Mais il n'avait jamais réussi à s'imposer ni à inspirer le respect et savait fort bien qu'il lui serait encore plus difficile qu'à Guy de gagner la confiance de ses futurs vassaux. Il était l'un des leurs, et non un étranger comme Guy : mais personne n'avait jamais remis en cause la virilité de celui-ci, pas plus qu'on ne l'avait traité de couard – ou pire encore.

L'injustice de cette situation l'obligeait à considérer l'autre crainte qui le taraudait. Une fois qu'ils l'auraient jugé, les barons de la Haute Cour allaient sans doute se mettre en quête d'un mari plus fiable pour Bella, plus digne surtout de monter sur le trône d'Outremer. Si les choses se passaient ainsi, il était convaincu que ni Marie ni Balian n'interviendraient en sa faveur pour défendre son mariage. Ses seules alliées seraient sa mère et Bella elle-même. Mais comment pouvait-il espérer qu'une jeune fille de quatorze ans se dresse seule contre tant de nobles seigneurs ? Comment refuserait-elle d'écouter une mère et un beau-père qu'elle chérissait ? Il continuait ainsi de remâcher ces sombres pensées… Pourtant, lorsque le ciel s'éclaircit peu à peu et que les murailles de Jérusalem se profilèrent à l'horizon, il ne savait toujours pas laquelle de ces craintes s'était avérée la plus forte et l'avait amené à prendre une décision aussi désespérée.

La porte de Saint-Étienne était fermée, défendue par des gardes qui abusaient de leur pouvoir en se moquant des protestations et des cris de tous ceux qui essayaient d'entrer. Onfroy se dit qu'il pourrait toujours emprunter la poterne de l'église par où leur espion s'était introduit dans la ville, mais voulut d'abord tenter la solution la plus simple : il exigea qu'on le laisse entrer, comme il se devait d'un seigneur de haut rang, et avec une telle arrogance que son beau-père aurait été fier de lui. À sa grande surprise, cela s'avéra efficace, et il se retrouva bientôt à traverser lentement les rues de la Ville sainte sur sa monture placide. Quelques soldats ne tardèrent pas à le reconnaître : lorsqu'il leur dit qu'il voulait voir la reine Sibylle, ils l'escortèrent aussitôt, ravis d'avoir fait une prise pareille sans rencontrer la moindre résistance.

Ne sachant pas, toutefois, si Onfroy devait être considéré comme un prisonnier ou un hôte d'honneur, ils se tinrent à l'écart lorsqu'ils eurent rejoint le palais. Sibylle apparut bientôt dans la grande salle : après être allée prendre place sur le dais, elle fit signe à Onfroy d'approcher. Elle arborait une mine sévère, signifiant clairement qu'elle le considérait comme un ennemi maintenant que sa sœur était devenue sa rivale.

Le jeune homme s'agenouilla devant elle, mais cela ne sembla pas modifier son humeur. Il était étonné de la voir manifester une telle hostilité alors qu'il se montrait déférent à son égard et s'était présenté devant elle de son plein gré. Cette énigme se trouva résolue dès que Sibylle prit la parole.

« Vos amis les traîtres ont-ils déjà fixé la date du couronnement d'Isabelle ? »

Onfroy était stupéfait qu'elle soit au courant de leur plan. Cela signifiait non seulement que Guy et elle avaient un espion à Naplouse, mais qu'il était arrivé à Jérusalem avant lui. Il avait dû chevaucher à toute allure en empruntant la route qu'il avait lui-même suivie quelques heures plus tard. Onfroy avait souvent entendu sa mère et Renaud se plaindre qu'Outremer était un véritable nid d'espions : il en avait la preuve aujourd'hui.

« Isabelle et moi n'y sommes pour rien, déclara-t-il d'une voix ferme. Le simple fait que je sois ici prouve assez notre innocence. Nous ne voulons pas que le sang soit versé en notre nom et sommes tout disposés à vous reconnaître comme notre reine légitime. »

Il voyait bien que Sibylle était partagée entre ses soupçons et son désir de croire que sa sœur n'avait pas conspiré contre elle.

« Isabelle n'a que quatorze ans, madame, ajouta-t-il. Nous sommes de simples pions dans leur jeu et n'avons pas participé à ce complot. »

Sibylle finit par le croire. Il avait raison : sa présence ici prouvait son innocence. Lui faisant signe de se relever, elle lui demanda s'il était prêt à lui rendre allégeance, ainsi qu'au roi son époux. Comme il répondait par l'affirmative, elle le gratifia d'un sourire brusquement charmeur.

« Dans ce cas, vous êtes les bienvenus à ma cour, ma sœur et vous. »

Il la remercia tout en mesurant l'ironie de ses propos, car il doutait qu'il serait désormais bien accueilli à Naplouse, où les barons considéreraient son départ comme une impardonnable trahison. Tout ce qu'il pouvait espérer, c'était que Bella n'aurait pas la même réaction qu'eux.

Lorsqu'elle se réveilla et constata qu'Onfroy n'était pas à ses côtés, Isabelle fut aussitôt saisie d'une vive inquiétude : de toute évidence, il n'avait pas regagné leur chambre de la nuit. En s'asseyant, seule dans le lit, elle se dit que son mari avait été plus ébranlé par les derniers événements qu'elle ne l'avait cru.

Elle n'appela pas les chevaliers d'Onfroy, ne leur faisant pas davantage confiance que lui et sachant qu'Étiennette faisait toujours surveiller son fils de près. Elle se tourna au contraire vers Foucher d'Hébron, qui était depuis des années au service de son beau-père. Celui-ci la remercia de sa confiance en ne lui posant pas la moindre question, se contentant de l'écouter comme si cela faisait partie de ses fonctions de se mettre en quête des maris disparus. Cela apaisa un peu Isabelle. Elle avait presque fini par se convaincre que sa réaction avait été excessive, lorsque Foucher réapparut et lui annonça que l'étalon d'Onfroy était toujours à l'écurie mais que personne n'avait vu son mari depuis la veille au soir.

Marie et Balian étaient encore au lit car ils avaient commencé la journée en faisant l'amour. Ils étaient enlacés au milieu des draps tandis que la sueur séchait sur leurs corps et que leur respiration retrouvait peu à peu un rythme normal.

« Y a-t-il vraiment neuf ans que nous sommes mariés ? » murmura-t-il en se penchant pour l'embrasser dans le cou.

Marie entrouvrit un œil.

« Veux-tu dire par là que les braises du foyer devraient être éteintes ?

— Non, dit-il. Je suis un trop bon amant pour que cela risque d'arriver.

— Et modeste avec ça… »

Balian émit un petit rire.

« Je m'émerveillais en fait d'avoir eu une telle chance pendant aussi longtemps, ma reine… »

En se redressant, appuyée sur son coude, Marie abandonna leur marivaudage pour aborder un sujet autrement sérieux.

« Balian, ne commettons-nous pas une grave erreur en décidant de couronner Isabelle ?

— Grand Dieu, j'espère que non ! »

Il y avait une telle ferveur dans sa réponse que Marie fut parcourue d'un frisson. Elle n'avait pas bien dormi, assaillie des heures durant par des interrogations dont elle constatait avec surprise que Balian les partageait, lui aussi.

Il tendit la main pour écarter une mèche de cheveux noirs qui dissimulait le visage de son épouse.

« Si tu veux savoir si j'éprouve certains doutes, Marika, la réponse est évidemment oui. J'ai la conviction qu'Isabelle et Onfroy seront de bien meilleurs souverains que Sibylle et Guy. Ce que je crains, c'est qu'il faille se battre pour les imposer sur le trône. »

Marie partageait ce sentiment.

« La nuit dernière, ne trouvant pas le sommeil, je me demandais qui était le plus à blâmer dans le désastre auquel nous sommes confrontés. Les candidats ne manquent pas… à commencer bien sûr par Sibylle et Guy. Mais plus encore, par tous ceux qui se prennent pour des faiseurs de rois.

— La sempiternelle trinité… qui n'a rien de sainte, malheureusement… enchaîna Balian avec amertume. Notre indigne patriarche et ce templier à la tête brûlée – auxquels il faut ajouter Renaud, évidemment, qu'on est sûr de retrouver partout où il y a des embrouilles. »

Marie opina.

« N'oublions pas la marionnette du patriarche, dit-elle. Je veux parler de Jocelyn de Courtenay. Mais un autre faiseur de rois mérite d'être ajouté à la liste : Raymond a sa part de responsabilité dans cette affaire. S'il ne s'était pas associé jadis avec son cousin pour fomenter ce coup d'État, jamais Baudouin n'aurait accepté que Sibylle épouse Guy. »

Se tournant pour regarder son époux dans les yeux, elle ajouta :

« Lucifer doit bien ricaner dans son coin, Balian… Baudouin avait tout sacrifié pour protéger son royaume, et il a pourtant commis deux erreurs monumentales qui sont à l'origine des périls auxquels nous devons faire face aujourd'hui : il a marié ses deux sœurs à des hommes incapables de gouverner. »

Balian n'était pas en mesure de juger Baudouin avec cette objectivité. Il avait aimé le roi lépreux et espérait que celui-ci n'était pas parvenu à la même conclusion que Marie. On frappa à la porte avant qu'il ait eu le temps de répondre. Entendant la voix d'Isabelle, il lui demanda d'attendre un instant et s'empressa de sortir du lit. Après avoir lancé son peignoir à Marie, il attrapa une tunique suspendue à une patère et l'enfila à la hâte, puis se dirigea pieds nus vers la porte.

Isabelle était très pâle et semblait s'être habillée avec une certaine précipitation : ses cheveux n'étaient pas noués et son voile pendait de travers. En la prenant dans ses bras, Balian s'aperçut qu'elle tremblait et adressa à son épouse un regard lourd de sous-entendus pour lui faire comprendre qu'il y avait apparemment un problème. Marie s'en était déjà aperçue. Elle fit signe à sa fille de venir s'asseoir auprès d'elle sur le lit, en attendant qu'Isabelle lui explique ce qui l'avait poussée à quitter sa chambre à une heure aussi matinale.

Mais Isabelle ne bougea pas.

« C'est Onfroy… commença-t-elle, mais elle dut s'y prendre à deux fois avant de lâcher : Il a disparu. »

Voyant que Marie et Balian ne comprenaient pas, elle fit quelques pas et se rapprocha du lit.

« Quand je me suis réveillée ce matin, j'ai constaté qu'il n'avait pas dormi dans notre chambre. J'ai demandé à messire Foucher de se mettre à sa recherche mais on ne l'a trouvé nulle part. »

Ni Marie ni Balian ne voyaient ce que cela signifiait. Après avoir échangé un regard avec sa femme, celui-ci demanda en choisissant ses mots avec soin :

« Que s'est-il donc passé, à ton avis, Bella ? »

Isabelle avait gardé les yeux baissés en parlant mais redressa soudain la tête. Balian vit que son regard brillait et qu'elle retenait ses larmes.

« Je pense qu'il est allé à Jérusalem pour faire la paix avec Sibylle et Guy. »

Après avoir lâché cet aveu, les larmes qu'elle avait jusqu'ici réussi à refouler se mirent à couler, comme un témoignage silencieux de la peine qu'elle éprouvait, à supposer que son cœur ne soit pas à tout jamais brisé.

Aucun des barons ne savait pourquoi on les avait convoqués avec une telle précipitation dans la chambre de Marie et de Balian. La plupart avaient mal dormi, et ils avaient déjà les nerfs à vif en pénétrant dans la pièce. Isabelle se tenait le plus loin possible de la porte, flanquée de ses parents. Lorsqu'elle prit la parole, elle parla si doucement qu'on ne comprenait pas les trois quarts de ce qu'elle disait. Balian posa la main sur son épaule pour la rassurer, avant de leur expliquer ce qu'elle ne parvenait pas à leur dire : Onfroy de Toron venait de réduire à néant leur projet de la faire monter sur le trône.

Leur première réaction fut l'incrédulité : ils ne pouvaient se faire à l'idée d'être une fois encore pris de court. Mais la colère ne tarda pas à prendre le relais. Isabelle tint bon devant la tourmente, bien qu'effrayée par tous ces hurlements, et tenta de répondre du mieux qu'elle put aux questions qui fusaient de tous les côtés. Lorsque le ton commença à se faire plus accusateur, ses parents intervinrent : Marie en déclarant sèchement qu'Isabelle n'y était pour rien, et Balian en s'avançant devant sa belle-fille et en faisant écran de son corps, manière on ne peut plus explicite de signifier que l'interrogatoire avait pris fin.

Enclin à manifester bruyamment ses sentiments même au cours d'une banale conversation, Baudouin d'Ibelin avait été parmi les plus virulents. Toutefois, aussi stupéfait que l'ait laissé l'annonce de la fuite d'Onfroy, Isabelle était sa nièce, et la famille passait avant tout. Il vint se placer aux côtés de son frère et déclara « Nous en avons terminé pour l'instant », d'une voix où perçaient à la fois un avertissement et une pointe de menace.

Raymond était toujours sous le choc du coup qu'Onfroy avait porté à ses espoirs et à l'avenir de sa lignée. Il grommela une vague excuse, murmurant que nul ne tenait « la jeune fille pour responsable de la trahison de ce de Toron », avant de tourner les talons et de quitter la pièce. Après quelques instants d'hésitation, les autres l'imitèrent. Seuls Denis et Baudouin restèrent dans la chambre.

« Nous savons tous que vous n'êtes pour rien dans tout ceci, déclara Denis à Isabelle avant de se tourner vers les autres. Nous allons devoir réunir une session de la Haute Cour, mais il vaudrait mieux laisser aux esprits le temps de se calmer. Lorsqu'une blessure est aussi fraîche, la douleur l'emporte le plus souvent sur le bon sens.

— Ma présence sera-t-elle nécessaire ? » s'enquit Isabelle.

Tout le monde lui ayant assuré qu'elle n'avait aucune raison d'être présente, cela renforça sa décision, et elle déclara qu'elle assisterait bel et bien à cette réunion. C'était une question d'honneur – mais aussi, elle s'en rendait compte à présent, de loyauté à l'égard d'Onfroy.

La réunion s'avéra moins éprouvante qu'Isabelle ne l'avait redouté. La colère avait cédé la place au fatalisme, et les barons étaient visiblement incapables de rassembler une dernière fois leurs énergies maintenant que leur échec paraissait total. Balian parla cette fois encore à la place d'Isabelle, résumant ce qu'ils savaient de la disparition d'Onfroy et convoquant même l'employé des écuries : celui-ci leur confirma avoir loué un cheval à un jeune seigneur qui avait ensuite pris la direction de Jérusalem. C'était là une preuve suffisante de la trahison d'Onfroy aux yeux de ses anciens partisans. Même si certains le maudissaient et menaçaient ouvertement de lui faire payer cher cet affront, le cœur n'y était pas : tout ce qui comptait, à présent, c'était de se réconcilier avec le nouveau couple royal.

Raymond et Baudouin tentèrent bien un dernier baroud d'honneur pour éviter une telle déconfiture en avançant qu'Isabelle pouvait toujours être couronnée reine. Mais aucune femme ne pouvait régner sans la présence d'un homme à ses côtés : et qui allait accepter de suivre une jeune fille de quatorze ans dont le mari était passé dans le camp ennemi ? La plupart finirent par se dire qu'au fond Guy n'était pas la pire des solutions, étant donné les circonstances.

La session se termina dans le plus grand désordre, tout le monde sachant que c'était désormais chacun pour soi. La position de Raymond n'avait pas changé et il affirmait qu'il ne reconnaîtrait jamais la souveraineté de Guy de Lusignan. Les autres barons ne furent guère impressionnés par la bravoure qu'il affichait, car le comte pouvait se le permettre : même s'il risquait de perdre Césarée en adoptant une telle attitude, il lui resterait le comté de Tripoli. Un par un, tous les seigneurs remercièrent Balian et Marie pour leur hospitalité et vinrent saluer Isabelle avec le respect qui s'imposait, car elle pouvait fort bien devenir leur reine un jour, si la roue de la Fortune prenait une autre direction. Après quoi, chacun rentra chez soi en se demandant comment survivre à une pareille débâcle.

Étiennette et Renaud possédaient une maison à Jérusalem, et Onfroy logeait chez eux depuis son arrivée dans la Ville sainte. Pour une fois, il avait eu droit aux faveurs de Renaud, qui l'avait même félicité d'avoir « lancé cette dernière pelletée de terre sur le cercueil de Raymond ». Sa mère semblait plus indécise. Étant l'épouse de Renaud, elle devait naturellement manifester publiquement son soutien à la reine et au roi qu'il avait activement participé à installer sur le trône. Cela ne l'avait pas empêchée de lancer quelques remarques ambiguës, qui amenèrent Onfroy à se demander si elle ne regrettait pas que son fils ait délibérément gâché cette chance de se voir couronné. Il s'abstint toutefois de lui poser la question, doutant qu'elle lui dise la vérité à ce sujet et ne le souhaitant d'ailleurs pas vraiment.

Il avait écrit à Isabelle et n'avait toujours pas reçu de réponse, ce qui accentuait un peu plus chaque jour la douleur qu'il éprouvait. Les barons rebelles se présentaient maintenant les uns après les autres à Jérusalem pour implorer le pardon de leurs nouveaux souverains. Onfroy assista à quelques-unes de ces scènes d'allégeance et fut dégoûté de voir que tout le monde cherchait à mettre cette rébellion sur le dos de Raymond, comme si on avait menacé tous ces hommes, le couteau sous la gorge, pour les obliger à répudier leur reine et leur roi légitimes. À sa grande surprise, Guy et Sibylle avaient le triomphe modeste. Ils avaient apparemment compris – ou on avait réussi à les convaincre – qu'il leur fallait réunir à présent les factions rivales du royaume : Onfroy tirait de ce constat le peu de consolation dont il disposait.

Isabelle ne s'était toujours pas manifestée, et la fin du mois de septembre approchait. Il comprit qu'il n'avait pas le choix et devait retourner à Naplouse pour tenter de ramener son épouse. Il évitait le plus possible Renaud et Étiennette, et fut donc pris de court lorsque sa mère débarqua un beau soir dans sa chambre et lui annonça que Balian d'Ibelin et sa Grecque avaient fait leur apparition au palais dans l'après-midi. Ils étaient venus s'incliner devant Sibylle et Guy, qui les avaient accueillis avec plus de chaleur et de commisération qu'ils ne le méritaient. Sa mère devina dans le regard d'Onfroy la question qu'il se posait et opina du menton.

« Oui, ton épouse les accompagnait. Je suis heureuse de te signaler que Sibylle s'est montrée fort généreuse à son égard, en lui déclarant sans ambages qu'elle ne lui en voulait pas de s'être laissé abuser par de mauvais conseillers. »

Dépitée de voir que son fils ne lui répondait pas, elle fit demi-tour et s'apprêta à partir. Mais arrivée devant la porte, elle s'arrêta pour l'obliger à réagir.

« Comptes-tu aller chercher ta femme toi-même ? lança-t-elle. Ou dois-je dire à Renaud de la reconduire à Karak à ta place ? »

Sur ces mots, elle sortit pour de bon, et n'était donc déjà plus là lorsque son fils saisit le premier objet qui lui tomba sous la main – en l'occurrence un épais manuscrit – et le lança d'un geste rageur sur la porte qui se refermait.

Onfroy attendait depuis si longtemps dans la salle principale de la demeure que ses beaux-parents possédaient en ville qu'il finit par se demander si on n'allait pas le mettre à la porte sans qu'il ait seulement pu entrevoir son épouse. Balian finit cependant par faire son entrée.

« Je suis ici pour voir Isabelle, lança le jeune homme sans se soucier de prendre des gants avec un homme qui ne lui cachait pas son hostilité ; il avait l'habitude que Marie se montre distante envers lui mais ressentait douloureusement l'attitude de Balian, qui s'était toujours comporté de manière amicale à son égard.

— Je ne sais pas si elle aura envie de vous voir… »

Appelant son jeune écuyer, qui regardait Onfroy avec des yeux ronds, Balian lui demanda de transmettre le message à sa fille, en insistant sur ce dernier mot afin qu'Onfroy comprenne bien que Bella serait toujours leur fille, à Marie et à lui, mais qu'il ne dépendait que d'elle qu'elle demeure son épouse. Il n'était pas traité en invité, on ne lui avait pas proposé de s'asseoir ni offert une coupe de vin, et le silence qui s'était installé dans la pièce était une preuve supplémentaire de cette hostilité. Ne supportant plus cette situation, il s'approcha de Balian et lui dit en baissant la voix, pour qu'il soit le seul à l'entendre :

« Je n'ai jamais voulu faire de la peine à Bella et…

— Ne me dites pas un mot de plus… » le coupa Balian en parlant lui aussi à voix basse mais sur un ton plus chargé de menace que s'il avait crié. Onfroy avait brusquement l'impression de se trouver devant un étranger dont la colère s'avérait d'autant plus dangereuse qu'elle était retenue. « Si cela ne tenait qu'à moi, de Toron, je ne vous laisserais même pas poser à nouveau les yeux sur ma fille. Mais ce n'est pas à moi d'en décider et nous respecterons le choix de Bella. Comme vous devrez le faire vous-même.

— Bien entendu », s'empressa de répondre Onfroy. Il lui sembla soudain très important de convaincre Balian qu'il n'avait aucune intention d'obliger Bella à faire quoi que ce soit contre sa volonté. « Je sais que vous n'êtes guère enclin à me croire maintenant que j'ai apporté mon soutien à Sibylle et à Guy, reprit-il, mais j'aime profondément Bella – assez en tout cas pour la laisser prendre la décision qu'elle voudra.

— Je ne vous crois pas, pour la bonne raison que vous êtes un lâche. Vous avez pris la fuite en abandonnant Bella et en la laissant faire face à la tempête que vous aviez déclenchée. Si vous aimiez vraiment ma fille, vous lui auriez parlé franchement, ainsi qu'à nous tous. Il suffisait de vous lever et de nous expliquer qu'il vous était impossible d'accepter cette couronne. Cela aurait permis à Bella soit de se ranger à vos côtés, soit de décider si elle souhaitait pour sa part être reine. Au lieu de ça, vous vous êtes enfui en pleine nuit comme un voleur en la laissant affronter seule l'ouragan qui vous était destiné. »

Onfroy n'avait rien à répondre à ça, car il venait tout juste de comprendre les conséquences de son comportement. Il avait craint que Bella ne lui en ait voulu de l'empêcher d'être reine, mais ce n'était que l'une des blessures qu'il lui avait infligées… Son remords et sa honte étaient d'autant plus grands qu'il avait fallu que ce soit son beau-père qui le lui dise pour qu'il le mesure vraiment.

Ernout réapparut à cet instant.

« Je suis désolé, dit-il à Balian comme si c'était lui le fautif, mais dame Isabelle a accepté de le recevoir. »

Ce fut Emma qui ouvrit la porte de la chambre. Onfroy savait qu'elle lui avait reproché jadis – tout comme Marie – de ne pas avoir protesté quand ses parents avaient interdit à Bella de revoir sa famille, mais son jugement s'était nuancé par la suite, Bella lui ayant avoué qu'elle l'aimait. Il put néanmoins constater qu'il avait reperdu tout le terrain conquis et se retrouvait désormais dans le camp ennemi.

« Appelez-moi si vous avez besoin de mes services, madame », dit-elle à Bella avant de s'éclipser sans adresser un mot ni le moindre regard à Onfroy.

Isabelle et lui se dévisagèrent en silence pendant un bon moment.

« As-tu reçu mes lettres ? demanda-t-il enfin.

— Bien sûr, répondit-elle en haussant les sourcils d'un air incrédule. Tu ne soupçonnais tout de même pas mes parents de les avoir subtilisées ? Jamais ils ne feraient une chose pareille.

— Mais tu ne m'as pas répondu.

— Il fallait que nous *parlions*, Onfroy.

— Tu les as lues, malgré tout ? insista-t-il, car il avait mis tout son cœur dans ces lettres et poussa un soupir de soulagement en la voyant opiner. Tu sais alors combien je suis désolé de t'avoir fait tant de peine…

— J'ai été blessée les premiers jours, mais cela n'a pas duré. Néanmoins, je suis toujours furieuse contre toi. » Comme il ne réagissait pas, elle reprit d'une voix où la colère était perceptible : « Et sais-tu pourquoi ?

— Tu as perdu la couronne à cause de moi. Si je n'avais pas agi ainsi, tu serais devenue reine.

— Non, Onfroy, répondit-elle en hochant lentement la tête. Je reconnais que cela m'a donné le tournis au début, étant donné l'importance que la plupart des gens accordent à ce genre de chose. Mais en y repensant avec un peu de recul, je n'éprouve aucun regret de devoir renoncer à devenir reine. Cela me soulage même, d'une certaine manière, car cela m'évite d'entrer en guerre avec ma sœur, ce qui avait toutes les chances d'arriver. Sur ce point, tu avais raison. »

Au cours des dernières semaines, alors qu'ils étaient séparés, il avait pensé que la perte de cette couronne érigerait entre eux une barrière infranchissable. Il aurait donc dû être soulagé d'apprendre que ce n'était pas le cas. Mais les paroles de Balian résonnaient encore dans ses oreilles.

« Ton beau-père m'a traité de lâche, Bella, et il avait raison. J'avais peur de défier ouvertement le comte de Tripoli et la Haute Cour, j'ai donc choisi la solution de facilité. Je me suis enfui et t'ai laissé affronter seule les conséquences de ma trahison, puisqu'on allait sans doute qualifier mon attitude ainsi…

— Oui, c'est bien ce qui s'est produit. Mais le plus grave à mes yeux, c'est que tu m'aies menti à moi, Onfroy. » Elle leva la main avant qu'il ait pu protester. « Mais oui, c'est ce que tu as fait. Un mensonge par omission reste un mensonge. Je méritais mieux que ça et tu aurais dû m'avouer ce que tu ressentais vraiment. Si tu avais été sincère avec moi ce soir-là, nous nous serions épargné bien des souffrances. Soit en nous enfuyant tous les deux à Jérusalem, soit en restant à Naplouse pour affronter la Haute Cour ensemble le lendemain.

— Quoi ?… Tu aurais fait ça ? Tu serais venue avec moi à Jérusalem si je te l'avais demandé ?

— Uniquement si je n'avais pas réussi à t'en dissuader. Et j'aurais laissé une lettre à mes parents pour leur expliquer ma décision. Voilà encore une grave erreur que tu as commise, Onfroy : partir ainsi en catimini, sans un mot d'explication. Tu dois me promettre de ne plus jamais agir de la sorte à l'avenir. »

Il ne sut jamais très bien lequel des deux avait fait le premier pas, mais ils se retrouvèrent soudain dans les bras l'un de l'autre, et l'univers d'Onfroy s'éclaira de nouveau, après ces longues semaines de ténèbres. Au bout d'un moment, il s'entendit demander à Isabelle si elle lui pardonnait et elle lui répondit que oui, avec un sourire si éblouissant qu'il en eut littéralement le souffle coupé.

« À bien des égards, dit-elle, nous nous ressemblons aussi peu que le jour et la nuit, ma sœur et moi. Mais nous avons une grande qualité en commun : nous restons aussi fidèles l'une que l'autre à l'homme que nous avons épousé. »

Onfroy la souleva et elle poussa un petit rire tandis qu'il la conduisait vers le lit.

À l'exception du comte de Tripoli et de Baudouin d'Ibelin, les barons du royaume finirent par faire la paix avec Guy. En octobre, celui-ci convoqua les seigneurs d'Outremer à Acre pour une assemblée générale. Personne ne s'attendait à ce que le comte Raymond réponde à cette invitation. L'incertitude était plus grande en revanche concernant Baudouin. Mais lorsqu'on le vit apparaître en ville aux côtés de son frère et de sa belle-sœur, les gens se précipitèrent à la cathédrale de la Sainte-Croix, où l'assemblée devait avoir lieu : personne ne voulait manquer la confrontation entre le nouveau roi et l'un de ses plus puissants vassaux.

Lorsqu'ils pénétrèrent dans la cathédrale, les frères d'Ibelin et Marie furent accueillis par Rufin, le nouvel évêque d'Acre, Joscius ayant récemment été nommé à l'archevêché de Tyr, resté vacant depuis la mort de Guillaume. Il leur expliqua que le roi avait décidé que l'assemblée générale se tiendrait dans la salle capitulaire et qu'il les escorterait avec plaisir jusque-là en espérant qu'ils pourraient se joindre à la grande fête de réconciliation qui devait avoir lieu le lendemain. La ficelle était si grosse que Baudouin ne put retenir un rire narquois. Balian ne l'imita pas : il avait beau être amusé lui aussi par l'évidente curiosité de l'évêque, il était l'un des rares à savoir ce que tramait son frère. Il avait espéré jusqu'au bout que Baudouin changerait d'avis à la dernière minute, mais ce n'était visiblement pas le cas.

Isabelle les attendait dans le cloître de la cathédrale et se précipita vers eux, suivie par Onfroy. La rencontre de Balian et de Marie avec leur gendre n'avait rien d'agréable, mais ils avaient décidé de faire un effort et de se montrer courtois pour ne pas faire de peine à Isabelle. Baudouin, quant à lui, se contenta d'un vague grognement accompagné d'un hochement de tête. Il était enchanté malgré tout de retrouver sa fille aînée, Esquiva, qui se tenait juste à côté. Il la salua avec affection, en regrettant de ne pas avoir pu l'avertir de ce qui allait se produire ; mais comment l'aurait-il pu, alors qu'elle partageait le lit d'un ennemi ? Pendant qu'il étreignait sa fille, Balian et Marie échangèrent un de ces regards complices propres aux époux qu'une pensée traversait au même instant : en l'occurrence, un élan de sympathie à l'égard d'Esquiva, qui était née d'Ibelin et avait épousé un de Lusignan, et le désir d'éviter qu'Isabelle ne soit à son tour déchirée entre des loyautés contraires.

Dès qu'ils pénétrèrent dans la salle capitulaire, tous les regards se tournèrent vers Baudouin. Balian avait la même impression que s'il avait contemplé l'arrivée d'une tornade prête à s'abattre sur le continent. La colère commença à monter en lui car il savait que son frère savourait l'attention dont il était l'objet, ainsi que sa future confrontation avec Guy de Lusignan.

Les femmes du clan d'Ibelin n'étaient pas les seules présentes parmi les dames de haut rang : il y avait Étiennette de Milly et sa cousine Agneta, sans parler de Sibylle à qui la royauté semblait aller comme un gant. Guy paraissait de bonne humeur lui aussi, car la présence de Baudouin signifiait que celui-ci avait rendu les armes. Même s'il n'en avait pas vraiment douté, le roi était malgré tout soulagé de l'avoir emporté.

Après que l'évêque Rufin eut ouvert la session en demandant à Dieu de bénir leur royaume, Guy se leva sur le dais et s'approcha du lutrin. Son discours fut bref et alla droit au but. Il remercia le Tout-Puissant de lui avoir accordé une telle faveur et promit de se montrer digne de l'honneur qui lui était ainsi fait. Il termina en demandant aux barons ici assemblés de lui prêter une nouvelle fois le serment d'allégeance que les vassaux devaient à leur souverain. Il y eut quelques applaudissements polis lorsque l'assistance comprit qu'il en avait fini. La plupart des hommes étaient prêts à admettre qu'il savait s'exprimer comme un roi quand le besoin s'en faisait sentir. Il avait d'ailleurs une certaine prestance, bel homme et encore jeune comme il l'était. Quant à savoir s'il saurait agir comme sa fonction l'exigeait, cela restait à prouver.

Guy fit un signe à Renaud de Châtillon, qui se réjouissait déjà de l'humiliation d'un homme qu'il détestait depuis toujours, à la fois en raison de son influence et parce qu'il ne se laissait jamais intimider.

« Que le seigneur de Ramlah s'avance en premier, dit-il, et s'agenouille devant son roi pour lui rendre un hommage trop longtemps différé. »

Guy ne souhaitait pas que la capitulation de Baudouin tourne à l'humiliation : sa soumission lui suffisait, et il essaya d'accrocher le regard de Renaud. Mais celui-ci gardait les yeux rivés sur le seigneur de Ramlah avec un air de défi. Sans se presser, Baudouin se leva. Ignorant délibérément Renaud, il répondit à l'homme qui se prétendait son roi :

« Non, monseigneur, je ne vous prêterai pas allégeance – pas plus aujourd'hui que dans un quelconque avenir. »

Un silence de plomb s'ensuivit, car personne ne s'attendait à une telle rebuffade en dehors des rares personnes que Baudouin avait mises dans la confidence. Guy paraissait plus abasourdi que furieux : il répliqua que si Baudouin ne rendait pas hommage à son souverain, il serait dépossédé *de facto* de ses fiefs de Ramlah et de Mirabel, comme s'il pensait que cela avait pu lui échapper.

« S'il faut vous faire allégeance pour conserver ces fiefs, répondit Baudouin, le prix est trop lourd à payer et je ne saurais m'en accommoder. Je cède donc Ramlah et Mirabel à mon héritier, et je confie ces fiefs à la garde de la couronne jusqu'à ce que mon fils Thomassin ait atteint sa majorité. Il décidera alors lui-même s'il souhaite vous faire allégeance ou non. Et d'ici là, je le place sous la tutelle et la garde de mon frère Balian, seigneur de Naplouse. »

Baudouin avait pensé exposer ensuite les raisons pour lesquelles il lui était impossible de reconnaître la souveraineté de Guy. Mais en regardant autour de lui dans la salle capitulaire, il se rendit compte que c'était inutile : son refus dramatique parlait de lui-même. Les yeux fixés sur le roi, qui demeurait sans voix, il se contenta d'ajouter avec calme :

« Eh bien, je crois que tout est dit. J'aurai quitté votre royaume dans les trois jours. »

Sur ces mots, il tourna les talons et sortit.

Balian était consterné de voir le nombre de chevaliers qui avaient décidé d'accompagner son frère en exil. C'était déjà un mauvais coup pour le royaume de perdre un guerrier et un chef aussi expérimenté que Baudouin. Mais il ne s'attendait pas à voir partir autant de combattants de valeur dans la foulée.

Baudouin faisait ses adieux à la plus jeune de ses filles, Étiennette, ainsi qu'à son mari et à leur jeune fils, tandis que sa propre épouse faisait les cent pas dans son coin, visiblement pressée de se mettre en route. Balian et Marie s'étaient demandé comment Marie envisageait la nouvelle vie qui l'attendait à Antioche, mais de toute évidence ce changement n'était pas pour lui déplaire. Balian se dit alors qu'elle devait partager le sentiment de son mari, convaincu qu'Outremer était voué à l'anéantissement, et qu'elle était heureuse d'échapper à la conflagration qui s'annonçait.

Ayant perçu un vague mouvement, Balian constata que son neveu était revenu dans la salle. Thomassin était désespéré par le départ de son père, et jusqu'à présent ni Baudouin ni Balian n'étaient parvenus à le consoler. L'enfant ne comprenait pas ce qui arrivait – et comment l'aurait-il pu ? Balian avait beau être un adulte, il ne le comprenait pas lui-même.

Baudouin avait remarqué lui aussi la réapparition de son fils et lui fit signe de le rejoindre. Thomassin s'approcha lentement, les yeux baissés, et lorsque son père voulut le prendre une dernière fois dans ses bras, il se raidit et ne répondit pas à son étreinte. Lorsque Baudouin l'eut relâché, il fit demi-tour et se dirigea vers la porte qu'il franchit ensuite en courant.

Son père fit quelques pas dans sa direction avant d'y renoncer. Comme Balian se trouvait à ses côtés, il se tourna vers lui.

« Ce gosse est une vraie tête de mule… On dirait que je le confie à des étrangers, alors qu'il vit depuis près d'une année avec Marie et toi. »

Il est vrai que les enfants de haute lignée étaient fréquemment confiés à d'autres maisonnées afin d'apprendre l'art et les manières qu'exigeait leur rang. Mais la séparation à laquelle Thomassin était confronté n'était pas du même ordre, et Balian répondit à son frère, sans dissimuler son irritation :

« Tu devrais être le mieux placé pour comprendre sa peine, Baudouin. Tu avais à peu près son âge quand notre père est mort.

— Mais je ne suis pas mort, Dieu tout-puissant ! Et je le reverrai un jour, comme je vous reverrai tous ! » Se sentant sur la défensive, Baudouin se radoucit un peu. « Ne nous disputons pas, Balian… Nous n'allons pas nous quitter sur des plaintes ou des accusations.

— Je n'y tiens pas plus que toi. »

Balian aurait bien voulu tenter une dernière fois de ramener son frère à la raison, mais il savait que ce serait inutile. Ils s'étaient déjà tout dit.

Baudouin n'était pas de cet avis, pour sa part. Lorsqu'ils se retrouvèrent dans la cour et qu'on eut amené son étalon, il s'arrêta avant de se mettre en selle, se retourna et posa les mains sur les épaules de son frère.

« Viens avec moi, Balian… Bohémond était ravi que je quitte Outremer pour Antioche et m'a déjà promis des terres d'une valeur égale à celles que j'abandonne ici. Il t'accueillerait avec la même générosité. Vous ne perdriez rien au change en allant vous installer là-bas, Marie et toi. »

Balian secoua la tête.

« Tu sais que c'est impossible, Baudouin. »

Les mains de celui-ci retombèrent.

« Oui, dit-il, j'imagine que tu as raison. Comment pourriez-vous abandonner Bella ? »

Et toi, comment peux-tu abandonner ta terre natale ? Les mots brûlaient les lèvres de Balian mais il ne les prononça pas. Baudouin considérait qu'il agissait ainsi par principe, en défiant un homme qui ne méritait pas d'être roi. Balian estimait au contraire qu'il tournait le dos à Outremer au moment où le pays avait le plus besoin de lui. Mais une telle accusation aurait jeté entre eux une ombre que rien n'aurait pu dissiper.

Sitôt qu'il fut en selle, Baudouin donna le signal du départ. Balian marcha à ses côtés jusqu'à ce qu'ils aient quitté la cour et rejoint la rue. Baudouin se retourna et le salua de la main. En retenant les larmes qui lui brûlaient les paupières, Balian ne répondit pas à son geste. Mais il continua de suivre les cavaliers des yeux jusqu'à ce qu'ils aient disparu et que la poussière soit retombée dans la rue.

CHAPITRE 45

Février 1187
Jérusalem, Outremer

Gérard de Ridefort et le patriarche Héraclius s'attendaient à être convoqués au palais, car Guy affrontait la plus grave crise de son règne depuis que Baudouin d'Ibelin l'avait publiquement répudié. Et comme on pouvait s'en douter, elle avait été déclenchée par Renaud de Châtillon. Un peu plus tôt dans l'année, celui-ci avait attaqué une caravane en provenance d'Égypte qui traversait l'Outre-Jourdain pour se rendre à Damas. Il s'était emparé des marchandises, avait massacré son escorte et maintenait les marchands en captivité. Cet acte constituait une violation de la trêve conclue entre les Francs et les Sarrasins, Saladin était donc scandalisé. Il exigea la libération immédiate des prisonniers et la restitution des marchandises volées. Renaud ayant répondu à sa demande en éclatant de rire, le sultan s'était adressé directement au roi. Dans l'espoir de préserver cette trêve, Guy avait demandé à Renaud de se plier aux exigences de Saladin. Son courrier datait d'une quinzaine de jours, le grand maître des Templiers et le patriarche supposaient donc que le roi avait reçu une réponse de Karak. Et ils étaient quasiment certains d'en connaître la teneur.

On les conduisit jusqu'à la terrasse du palais, où Sibylle et Guy les attendaient. Le visage du roi brillait de colère, et il se lança aussitôt dans une diatribe virulente à l'encontre du seigneur de Karak. Renaud avait rejeté sa demande, comme les deux hommes s'y attendaient. Mais ils apprirent bientôt qu'il ne s'en était pas tenu là.

« Non seulement il défie son souverain en refusant de lui obéir, s'étrangla Guy, mais il a le culot d'affirmer qu'il est maître chez lui et agit comme bon lui semble sur ses terres. Il prétend qu'il n'a pas signé la moindre trêve avec Saladin et ne se sent donc nullement lié envers lui. Il ose même me dire que c'est lui qui règne sur l'Outre-Jourdain comme je règne en Outremer ! »

Gérard et Héraclius se regardaient en fronçant les sourcils. Il n'était dans les intérêts ni des Templiers ni de l'Église que les barons d'Outremer se comportent désormais comme des rois couronnés. Toutefois, lorsque Guy leur demanda de quelle manière il allait pouvoir châtier Renaud, ils furent bien obligés d'admettre qu'il ne pouvait rien faire.

Ce n'était pas la réponse que Guy attendait. Sibylle intervint avant qu'il ne leur reproche d'être incapables de le conseiller utilement.

« Nous pouvons sûrement prendre certaines mesures, dit-elle. L'attitude de Renaud risque d'être perçue comme un affront à l'autorité du roi mon époux. »

Héraclius se dit que cela ne faisait aucun doute.

« Malheureusement, madame, lui répondit-il, nous n'avons aucun moyen d'obliger le seigneur Renaud à obéir. À supposer même que Karak ne soit pas une citadelle imprenable, nous ne pourrions pas engager d'actions militaires contre lui. Nous avons besoin de lui pour défendre la frontière sud du royaume contre les Sarrasins. C'est pour cette raison qu'il a pu épouser Étiennette de Milly. »

Guy aurait bien voulu protester, mais il savait que le patriarche avait raison.

« Dans ce cas, dit-il, faut-il que je convoque une session de la Haute Cour ?

— Non ! » s'exclamèrent les deux hommes de concert.

À quoi bon informer tous les pairs du royaume qu'il avait été défié par Renaud de Châtillon ? Voyant que Guy se résignait à la triste réalité, Héraclius entretint encore un moment la conversation afin que son départ n'ait pas l'air trop précipité, puis se leva pour prendre congé. Sibylle l'imita en expliquant que leur dernière-née, Marie, était en train de faire ses dents et qu'elle devait s'occuper d'elle.

Guy se pencha et l'embrassa furtivement.

« Tu me diras comment se porte la petite », ajouta-t-il.

Il fut ravi de voir que Gérard restait assis, pour sa part, ce qui allait lui faire de la compagnie. Il n'était pas d'un tempérament introspectif et n'avait jamais eu le goût de la solitude.

Ils parlèrent un moment des Sarrasins. Guy était très fier que Bernard, le célèbre espion, soit désormais à son service, et il raconta à Gérard ce qu'il lui avait récemment rapporté : Saladin se méfiait de plus en plus des ambitions de son neveu.

« Il a donc ordonné à Taqi al-Din de le rejoindre en Syrie et envoyé al-Adil reprendre en main le gouvernement de l'Égypte. »

Gérard était déjà au courant des derniers revirements politiques dans l'empire du sultan : les Templiers disposaient de leur côté d'un important réseau d'espions. Mais il fit comme si c'était Guy qui lui apprenait la nouvelle : il voulait que le roi soit dans les meilleures dispositions d'esprit avant de lui faire part de son plan. Il l'écouta donc en lui témoignant une attention flatteuse, lui posant les questions que le roi attendait au sujet des infidèles, puis des alliances maritales qu'il était en train de mettre sur pied.

Guy avait hâte de partager sa bonne fortune avec ses compatriotes restés dans leurs terres du Poitou et avait entrepris d'arranger pour eux des mariages avec des héritières d'Outremer – ce qui n'avait pas manqué de soulever l'indignation des Poulains, furieux de voir leur roi favoriser ainsi les étrangers. Gérard tenait à s'assurer que Guy avait conscience de ce mécontentement : plus isolé il se sentirait, plus il aurait besoin de s'appuyer sur les rares alliés dont il disposait. Et Gérard avait bien l'intention de lui faire comprendre qu'il était le plus précieux d'entre eux.

Guy demeurait une énigme pour le grand maître des Templiers. Il ne comprenait pas comment un homme à ce point favorisé par Dieu pouvait se montrer aussi instable et aussi aisément influençable. Un roi devait être au-dessus de la mêlée… Mais tout en méprisant Guy pour sa faiblesse, il se rendait bien compte qu'il n'était pas aussi borné qu'il voulait le faire croire : aussi avait-il soin de lui manifester tout le respect et la déférence dont il semblait avoir terriblement besoin. Jusqu'ici, cette stratégie avait porté ses fruits. Mais elle n'avait pas encore été mise à l'épreuve des faits.

« Puis-je vous poser une question, Sire ? Qu'avez-vous l'intention de faire au sujet du comte de Tripoli ? »

La simple mention de Raymond suffisait à assombrir l'humeur de Guy. Même s'il n'y avait rien d'accusateur dans l'intonation ni l'attitude de Gérard, il ne pouvait s'empêcher de se sentir sur la défensive, ce qui s'avéra perceptible lorsqu'il répondit d'une voix un peu enrouée :

« Je lui ai demandé le relevé des dépenses qu'il avait engagées sur les fonds de la couronne pendant la régence du jeune roi.

— Et j'ai entendu dire que cette requête l'avait mis fort en colère… Elle était pourtant on ne peut plus légitime. Mais en refusant de lui donner suite, il continue de vous défier, comme lorsqu'il a refusé de venir faire allégeance après votre couronnement. Je trouve assez étrange, par ailleurs, qu'il ne soit pas retourné depuis lors à Tripoli. En demeurant en Galilée, on dirait presque qu'il cherche à vous provoquer. »

Guy avait la même impression. La présence de Raymond sur le sol du royaume était pour lui une épine douloureuse. Se sentant acculé, il se réfugia dans l'ironie et répondit d'un air sarcastique :

« Que voulez-vous que je fasse, Gérard ? Que je dénonce publiquement sa rébellion et que j'envahisse la Galilée ? »

Il fut stupéfait lorsque Gérard lui répondit que c'était précisément ce qu'il avait en tête.

« Vous ne parlez pas sérieusement… rétorqua-t-il.

— Je suis on ne peut plus sérieux, Majesté. Cet homme est un rebelle et mérite d'être traité comme tel.

— Vous ne paraissiez pas aussi troublé par l'insoumission de Renaud… Vous insistiez tout à l'heure, le patriarche et vous, pour que je m'abstienne de réagir à sa désobéissance.

— Renaud n'a pas refusé de vous faire allégeance, Majesté. C'est un fauteur de troubles mais il ne menace pas votre trône. Et nous aurons besoin de lui dans la guerre qui ne tardera pas à nous opposer à Saladin. Raymond quant à lui convoite votre couronne, convaincu que son rang lui donne la préséance sur Sibylle. On ne peut pas lui faire confiance.

— Bien sûr que non ! Mais est-ce une raison pour partir en guerre contre lui ?

— Puis-je vous parler librement, Sire ? Je suis convaincu que Raymond de Saint-Gilles n'hésiterait pas un instant à usurper votre trône si l'occasion se présentait. Mais ce que je redoute maintenant, c'est que le défi constant qu'il vous lance ne finisse par influencer les autres barons du royaume. Vous savez combien tous ces Poulains peuvent se montrer bornés, se voyant trop souvent comme des faiseurs de rois. De telles absurdités seraient inimaginables dans votre Poitou natal ou dans ma propre Flandre. En Outremer, pourtant, on semble en tirer gloire et se vanter de ces prérogatives. »

Guy opina. À ses yeux, l'étrange coutume des Poulains était aussi subversive qu'irrationnelle. Avait-on jamais entendu parler de l'élection d'un roi ? La royauté était de nature divine.

« Vous pensez qu'on pourrait m'accuser de faiblesse et donc me regarder comme vulnérable si je ne réagissais pas au défi du comte ?

— Malheureusement, Sire, ce n'est pas un seigneur isolé qui refuse de vous obéir. Baudouin d'Ibelin a préféré quitter le royaume plutôt que de vous faire allégeance. Raymond défie votre autorité en demeurant en Galilée. Et d'ici peu, les gens apprendront que Renaud de Châtillon a également osé vous résister. Cela me peine de vous le dire aussi crûment, Majesté, mais je ne pense pas que vous puissiez rester les bras croisés alors que trois de vos plus puissants vassaux refusent d'obéir à vos ordres. Aucun roi ne saurait tolérer ça.

— Renaud de Châtillon avait défié Baudouin. Et moi aussi, du reste… L'autorité du roi lépreux n'en avait pas été entamée pour autant.

— Baudouin avait sauvé le royaume en remportant la victoire de Montgisard. Les hommes le respectaient à cause de ce triomphe miraculeux et du courage dont il avait fait preuve dans sa lutte contre le terrible mal qui le rongeait.

— Qu'êtes-vous en train de me dire ? Qu'on ne me respecte pas ? »

Le regard de Gérard exprimait une profonde tristesse.

« Le respect n'est pas un don du ciel, Majesté. Il se mérite. Je ne parle pas pour moi : vous savez combien je me suis battu pour que vous accédiez à la royauté. Mais Outremer ne manque pas d'imbéciles aux yeux de qui seule compte la gloire qu'on a acquise sur le champ de bataille. »

Pendant un court instant, Guy baissa la garde et parut terriblement blessé. Le grand maître des Templiers n'insista pas et laissa le silence parler pour lui.

Hugues de Galilée et ses frères avaient été stupéfaits lorsqu'un espion à la solde de leur beau-père leur avait appris que le roi comptait réunir l'armée d'Outremer à Saphorie dans le but d'assiéger Tibériade. Raymond lui-même avait été passablement ébranlé par cette nouvelle. Il s'était senti insulté lorsque Guy lui avait demandé le relevé des dépenses qu'il avait faites en tant que régent, mais jamais il n'aurait imaginé qu'il attaquerait la Galilée et plongerait le pays dans la guerre civile. Il avait passé quelques journées et plusieurs nuits blanches à soupeser les options qui s'offraient à lui avant d'annoncer qu'il allait s'absenter quelque temps. Sans en dire davantage, il s'était mis en route, accompagné de ses plus fidèles chevaliers, depuis longtemps à son service à Tripoli.

Il était resté absent plus d'une semaine et revint alors que la nuit était déjà tombée, le deuxième dimanche du carême. Il ne donna pas la moindre explication et alla directement se coucher : ses proches durent attendre le lendemain pour qu'il réponde à leurs questions. Hugues et ses frères avaient longuement débattu entre eux et en étaient arrivés à la conclusion que Raymond devait retourner à Tripoli. Mais eux-mêmes, que devaient-ils faire ? Si Hugues faisait la paix avec Guy, ce serait une trahison à l'égard d'un homme qui s'était comporté envers lui comme un père depuis plus de douze ans. Comment pouvait-il lui porter un coup pareil ? D'un autre côté, pouvait-il renoncer à sa principauté familiale de Galilée ?

La matinée était déjà bien avancée quand ils furent convoqués dans la chambre de Raymond et d'Esquiva. Le comte paraissait épuisé malgré sa nuit de sommeil. Son visage s'était émacié, signe qu'il avait perdu l'appétit, et ses cheveux étaient plus gris que lors de leur dernière rencontre. En leur faisant signe de s'asseoir, il resta lui-même debout et se mit à faire les cent pas dans la pièce – ce qui, là encore, ne correspondait guère à l'homme qu'ils avaient toujours connu.

« Je ne me rendrai pas, lança-t-il abruptement. Je n'abandonnerai pas Tibériade. Et je ne ferai jamais alliance avec un individu aussi indigne de régner. »

Esquiva se retrouvait dans une position impossible, déchirée entre son mari et ses fils.

« Je rentrerais volontiers à Tripoli avec toi, Raymond, lui dit-elle. Mais la Galilée revient de droit à Hugues et… »

Raymond se tourna pour lui faire face.

« Jamais je ne te demanderai de me suivre en exil, Esquiva. Cette terre t'appartient, elle s'est nourrie du sang des princes du passé et reviendra un jour prochain à Hugues. Lorsque nous nous sommes mariés, j'ai juré de protéger ta principauté et jamais je ne reviendrai sur ce serment. »

Ses beaux-fils échangèrent des regards, impressionnés par la résolution de Raymond mais sachant fort bien qu'il n'avait pas assez d'hommes pour vaincre l'armée du roi. Ils se demandaient s'il était allé discuter avec les Hospitaliers, étant proche du grand maître Roger de Moulins. Pourtant, jamais ceux-ci ne prendraient les armes pour lui venir en aide. Son cousin paraissait un allié plus probable : mais Raymond ne s'était pas absenté assez longtemps pour avoir eu le temps de se rendre à Antioche.

Hugues lui demanda pourtant :

« Bohémond enverra-t-il des hommes combattre à vos côtés, monseigneur ?

— Non, répondit Raymond en se tournant à nouveau vers les jeunes gens dont il avait accompagné l'éducation. Bohémond doit faire face de son côté à une autre menace. Des hordes de Turcs viennent de ravager la Cilicie et ont même poussé l'audace jusqu'à s'approcher d'Antioche. »

Il redoutait la suite, sachant comment ils allaient réagir à ce qu'il s'apprêtait à leur dire. Ce serait à lui de leur faire comprendre pourquoi il avait pris cette décision. Après une profonde inspiration, il leur expliqua ce qu'il comptait faire – ou plus exactement, ce que Guy de Lusignan l'obligeait à faire. Lorsqu'il eut fini de parler un silence glacial s'installa, comme il s'y attendait. Il entreprit alors de leur démontrer que c'était le seul moyen de sauver la Galilée, en espérant que la confiance qu'il leur inspirait suffirait à vaincre leurs réticences.

Comme d'habitude, Jacquelin reçut un accueil chaleureux lorsqu'il fit halte à Naplouse avant de regagner la commanderie d'Acre. Une fois ses compagnons templiers installés, Balian entraîna son ami jusqu'aux écuries, sous le pâle soleil de mars, et Jacquelin se retrouva bientôt devant une stalle occupée par une jument arabe et son poulain.

« Khamsin en est le père, je suppose ? »

Balian acquiesça.

« Baudouin avait légué Asad et son harem de juments à son beau-père, tout en précisant qu'une partie des poulains devaient revenir à son jeune neveu, dans l'espoir qu'il découvre à quel point les chevaux peuvent donner des ailes aux hommes.

Mais il s'est souvenu combien j'aimais les pur-sang arabes et m'a généreusement offert Étoile », ajouta-t-il en désignant la jument baie.

Jacquelin ne quittait pas les deux bêtes des yeux.

« As-tu déjà donné un nom au poulain ? lui demanda-t-il.

— J'ai préféré te laisser cet honneur. Il est à toi, après tout. »

Balian ne put s'empêcher de sourire en voyant la mine ahurie de son ami.

« Balian… Tu ne parles pas sérieusement ? » Après avoir compris qu'il ne plaisantait pas, Jacquelin le prit dans ses bras et lui assena de grandes claques dans le dos. « Comment pourrai-je jamais te rendre la pareille ? s'exclama-t-il.

— Je finirai bien par avoir une idée », plaisanta Balian.

Ils éclatèrent de rire tous les deux. Au bout d'un moment, toutefois, le sourire de Jacquelin s'effaça.

« Il m'est évidemment impossible d'accepter ce cadeau, dit-il. Mais je n'oublierai jamais ton geste généreux.

— Pourquoi ne pourrais-tu pas le garder ? Je sais que les Templiers font vœu de pauvreté et ne peuvent posséder aucun bien personnel. Mais vous avez tout de même des montures. De plus, c'est leur maréchal qui gère le cheptel des chevaux et les attribue à chacun des frères. Comme c'est justement ta fonction, pourquoi ce poulain poserait-il un problème ?

— Ce que tu dis est vrai, répondit Jacquelin, mais nous avons beaucoup d'autres règles. L'une d'elles précise que le grand maître peut réquisitionner la monture de l'un des frères, soit pour son usage personnel, soit pour la mettre au rancart. Et le frère en question doit accepter sa décision sans manifester *ni colère ni rancune*… » Pendant quelques instants, il considéra le jeune poulain en silence et avec une certaine tristesse. « Crois-tu donc que maître Gérard résisterait à la tentation de mettre la main sur ce pur-sang ? Surtout si c'est à moi qu'il joue ce mauvais tour ? »

Balian ne connaissait que trop le caractère de Gérard de Ridefort et savait de plus que Jacquelin et lui étaient en mauvais termes.

« En tout cas, reprit-il, pour ce qui me concerne, ce poulain t'appartient et je te le réserve. Il faudra de toute façon attendre quelques années avant qu'il puisse être monté. Peut-être auras-tu hérité d'un nouveau grand maître d'ici là… »

Jacquelin songea qu'il enfreignait l'esprit sinon la lettre des règles de son ordre en se réjouissant d'une telle perspective. Les vœux des Templiers les obligeaient en effet « à se plier en toutes circonstances aux ordres de leur maître, rien n'étant plus cher au cœur de Jésus que l'obéissance ». Mais cela lui était égal, car il n'avait jamais connu un individu aussi peu digne d'exercer une telle autorité que Gérard de Ridefort.

Entendant le hennissement familier de Khamsin, Balian se dirigea vers la stalle de son étalon, laissant Jacquelin plongé dans la contemplation de la jument et du poulain. Il était en train de donner un morceau de sucre à Khamsin lorsque son ami le rejoignit.

« Il me reste un peu de sucre, veux-tu en donner un morceau à Démon ? » plaisanta-t-il.

Dans son arabe rudimentaire, le templier le gratifia d'un *Ya ibou il kalb*, un juron sarrasin qui traitait tout bonnement Balian de *fils de chien*, avant d'ajouter :

« Je suppose que tu as reçu l'appel de De Lusignan ? »

Balian acquiesça.

« Nous devons nous rassembler à Saphorie dans une quinzaine de jours. J'imagine que nous nous porterons ensuite au secours de Renaud de Châtillon, pour ne pas changer, car j'ai entendu dire que Saladin avait quitté Damas et se dirigeait vers le sud. Au moins, cette fois-ci, nous n'aurons pas à nous faire du souci pour Bella, Marie et moi. Nous avons suggéré à Onfroy de passer Pâques à Jérusalem avec elle et il a accepté. Je préférerais être damné que de savoir notre fille prisonnière pour la troisième fois, sous prétexte que Renaud est en bisbille avec Saladin. »

Jacquelin partageait la colère de Balian à l'égard de Renaud pour avoir rompu cette trêve. Il savait pourtant que Saladin aurait fini par l'enfreindre lui-même, les espions des Templiers leur ayant rapporté que le sultan semblait prendre plus au sérieux son serment de lancer le jihad depuis que la fièvre quarte avait failli l'emporter. Il n'aurait pas pu choisir un meilleur moment, de son point de vue : comment les chrétiens pouvaient-ils espérer l'emporter sans le comte de Tripoli, sans Baudouin d'Ibelin et sans l'aide de l'Occident ?

Il s'abstint de formuler ses pensées à voix haute pour ne pas aggraver les craintes de Balian, qui avait suffisamment de soucis de son côté : il devait encore payer la rançon de ses six otages et repartir en guerre en se demandant quel avenir attendait sa femme et ses enfants. Jacquelin avait parfois envié son ami d'avoir épousé une reine qui lui avait donné des fils et de mener une existence bien différente de celle qu'il avait lui-même choisie, solitaire et quasi monastique. Mais ce n'était pas le cas aujourd'hui. Par ce maussade après-midi de mars, il était soulagé de se battre uniquement pour le Tout-Puissant, ainsi que pour Notre-Seigneur Jésus-Christ, et que sa famille se limite à la confrérie des Templiers.

Ce soir-là, après un repas de carême partagé avec les frères templiers, Balian et Jacquelin se retirèrent sur la terrasse du palais. Depuis quelque temps, Balian apprenait à son neveu Thomassin à jouer aux échecs, et l'échiquier était resté en place. Jacquelin y jeta un coup d'œil : il adorait ce jeu basé sur le calcul et la stratégie, mais c'était là encore l'une des nombreuses activités qui étaient interdites par son ordre. Un simple regard lui suffit pour entrevoir l'issue probable de la partie laissée en suspens, et il hocha la tête d'un air désolé.

« Celui qui a les noirs est assuré de perdre, dit-il. J'en déduis donc qu'il s'agit de toi. »

Avant que Balian ait pu riposter, Marie les rejoignit sur la terrasse, accompagnée d'une domestique qui apportait des coupes et du vin.

« Les enfants sont-ils couchés, Marika ?

— Oui, mais ils ne dorment pas encore… »

Ils échangèrent le regard entendu des parents qui en ont vu d'autres, et Balian expliqua à son ami que leurs enfants ressemblaient davantage à des chouettes qu'à des alouettes : il fallait se battre tous les soirs pour les convaincre de s'endormir.

Marie demanda à la domestique de poser le vin sur la table.

« Tu as de la visite, Balian, lui dit-elle. Un inconnu habillé comme un Sarrasin mais qui parle couramment la langue des Francs. Il m'a chargée d'un message énigmatique, en me disant que tu le connaissais sous le nom de Bernard. »

Au simple énoncé de ce nom, la réaction de Balian fut si théâtrale – il repoussa la table d'un geste brusque en faisant gicler le vin de la cruche – que cela confirma les soupçons de Marie concernant l'identité de ce mystérieux étranger. Après avoir demandé à la domestique de le faire monter sur la terrasse, elle alla prendre place dans un fauteuil : de toute évidence, elle ne devait manquer cette rencontre à aucun prix.

Balian ne comprenait pas pourquoi le plus célèbre espion du royaume souhaitait le voir. Se levant lorsque Bernard pénétra sur la terrasse, il l'invita à prendre un siège et distribua les coupes de vin servies par la domestique.

« Vous avez déjà rencontré mon épouse, la reine Marie. Et voici le maréchal des Templiers, Jacquelin de Mailly. »

Bernard accueillit ces présentations avec toute la gravité requise, mais une lueur amusée pétillait dans ses yeux.

« Je sais que vous êtes trop bien élevé, monseigneur, pour me demander les raisons de ma présence ici, je ne vous ferai donc pas attendre plus longtemps. Je me rends à Antioche et j'ai décidé de faire halte à Naplouse et à Sidon, car j'estime que vous devez être informés d'un certain nombre de choses, le seigneur Denis et vous. »

Balian fit de son mieux pour dissimuler sa surprise.

« J'en déduis que ce n'est pas le roi qui vous envoie, dit-il.

— Non. J'ai conscience depuis déjà un certain temps que le seigneur Denis et vous êtes les derniers barons du royaume capables de percevoir la gravité du danger qui menace

Outremer. Vous avez dû recevoir un ordre du roi vous appelant à Saphorie. Savez-vous ce qu'il a en tête ?

— Nous en discutions justement cet après-midi, le frère Jacquelin et moi. Nous nous sommes dit que nous allions sans doute devoir nous rendre une fois de plus à Karak pour aider de Châtillon à se tirer du guêpier dans lequel il s'est fourré. Mais votre présence nous oblige à reconsidérer la question.

— De Châtillon se débrouillera fort bien tout seul, confirma Bernard. Heureusement pour lui, mes sources m'indiquent que Saladin n'a pas envoyé ses machines de guerre, la citadelle se trouve donc hors de danger. Ce qui n'est pas le cas, bien sûr, de la ville qui est à ses pieds ni des villages environnants. »

Balian examinait attentivement son interlocuteur.

« Si nous ne partons pas à la poursuite de Saladin dans l'Outre-Jourdain, reprit-il, contre qui allons-nous nous battre ?

— Le roi Guy a l'intention de conduire votre armée dans le Nord, jusqu'en Galilée, et d'assiéger Tibériade.

— Grand Dieu… » murmura Balian.

Marie ne prononça pas un mot mais son visage était devenu blême. La table vacilla une nouvelle fois sous la poussée de Jacquelin, qui s'était précipitamment levé.

« Je sais qui a semé cette graine maléfique dans l'esprit de Guy ! s'écria-t-il. C'est Gérard de Ridefort !

— Vous avez raison, frère Jacquelin, opina Bernard. Votre grand maître lui a bel et bien suggéré cette idée. Je pensais au début que Guy était sensible à ses arguments parce qu'il lui devait sa couronne, d'une certaine manière. Mais la vérité, c'est que notre roi est aussi malléable que de la cire : il a tendance à suivre les conseils de la dernière personne qui lui a adressé la parole. »

C'était un jugement terrible, s'agissant d'un roi, mais il leur aurait été difficile de le réfuter. Balian regarda Jacquelin et la même pensée leur traversa l'esprit : comment le Tout-Puissant avait-il pu laisser Guy de Lusignan régner sur la Terre sainte ? Bernard reprit la parole :

« Mais ce n'est pas tout, messeigneurs. Vous n'avez pas entendu le pire… »

Ne voyant pas ce qu'il pouvait y avoir de pire qu'une guerre entre le roi de Jérusalem et le comte de Tripoli, ils considérèrent Bernard d'un air dubitatif, ne s'attendant certes pas à ce qu'il s'apprêtait à leur dire.

« Le comte Raymond ayant son propre réseau d'espions, il n'a pas tardé à connaître les intentions du roi. Et comme il refuse toujours de faire allégeance à un homme qu'il juge indigne de régner, il s'est mis en quête d'alliés. »

Lisant dans leurs pensées, il secoua la tête et poursuivit :

« Non, il ne s'agit pas du prince d'Antioche. Bohémond a d'autres chats à fouetter ces temps-ci. Raymond s'est donc rendu à Damas et a rapidement conclu un traité avec Saladin. »

Ses interlocuteurs furent un peu déçus par cette révélation. Antioche et Tripoli se considéraient comme des États souverains, et il leur était déjà arrivé par le passé de conclure des trêves séparées avec les Sarrasins. Jacquelin le lui rappela, et Bernard l'écouta poliment avant de répliquer :

« Ce traité ne se limite pas à Tripoli. Il concerne également la Galilée. »

La première réaction de Balian fut d'essayer de comprendre la décision de Raymond. Ils étaient alliés depuis des années, et tant son frère aîné que l'archevêque Guillaume estimaient que le comte était un homme d'honneur. Mais la Galilée faisait partie intégrante d'Outremer et il sentait bien que Raymond avait franchi la ligne rouge. Marie et Jacquelin hochaient la tête et ne le défendirent pas davantage.

« Les choses ne s'en tiennent pas là, reprit Bernard. Raymond a également demandé le soutien militaire de Saladin au cas où Tibériade serait attaquée. Le sultan s'est empressé d'accepter et a expédié ses troupes à Banias, à un jour de route de Tibériade. Il a de surcroît envoyé des soldats pour renforcer la garnison de Raymond. Ce qui veut dire que lorsque notre armée attaquera la Galilée, nous combattrons à la fois les Sarrasins et les hommes du comte. »

Un silence mortel suivit cette déclaration. Certes, Raymond ne songeait qu'à protéger ses terres, son clan et ses vassaux. Mais son action ne s'apparentait pas moins à une forme de trahison. Marie fut la première à rompre le silence en demandant à Bernard s'il avait informé Guy de Lusignan de l'alliance du comte avec Saladin.

« Bien évidemment, madame. Guy était en colère en l'apprenant, mais aussi un peu secoué : jamais il n'aurait pensé que Tibériade puisse être défendue par les Sarrasins. Toutefois, le grand maître des Templiers s'est empressé de le rassurer en lui disant que le sultan serait trop occupé à assiéger Karak et ne fournirait sans doute qu'un soutien limité au comte. Et il ne manqua pas de souligner combien le roi avait eu raison de soupçonner Raymond de trahison. »

Balian avait l'impression que le sol se dérobait sous ses pieds, un peu comme lorsqu'un tremblement de terre secouait Outremer.

« Ils ont donc toujours l'intention d'assiéger Raymond à Tibériade ? demanda-t-il.

— Oui, répondit Bernard. À moins que vous ne trouviez le moyen de les en empêcher, monseigneur… »

Sitôt arrivé à Saphorie, Balian demanda à ses deux plus importants vassaux de l'accompagner jusqu'à Nazareth, à une dizaine de kilomètres de là : il s'agissait du vicomte Amand, le mari d'Étiennette, et de Renier Rohard. Il leur expliqua de quoi il retournait au juste : lorsque les deux hommes l'eurent laissé devant le palais de l'archevêque, ils s'empressèrent de gagner la taverne la plus proche afin de digérer le choc de cette révélation.

Balian fut immédiatement reçu par le roi et éprouva un vague espoir en constatant que Guy était seul avec son frère. Ces derniers temps, il se disait qu'Aimery était l'unique membre de la famille de Lusignan qui ait encore conservé un peu de bon sens.

« Je suis heureux de vous voir, d'Ibelin, lui lança Guy avec un sourire qui paraissait sincère et qui l'était bel et bien, car il respectait les prouesses accomplies par Balian sur le champ de bataille et voulait, de plus, prendre un nouveau départ avec les barons qui lui avaient fait allégeance. Combien d'hommes avez-vous emmenés ? »

Aimery sursauta, car son frère aurait dû savoir que Balian disposait à titre personnel de vingt-cinq chevaliers – quinze pour Naplouse et dix pour d'Ibelin – et que Naplouse pouvait aligner au total quatre-vingt-cinq chevaliers et trois cents fantassins. Il s'apprêtait à intervenir pour dissiper ce malaise, mais Balian le prit de court en répondant d'une voix tendue :

« Pas assez, Majesté… Nous sommes largement loin du compte. »

Cette réponse laissa Guy pantois. Il regarda son frère pour voir comment il réagissait de son côté, au moment où celui-ci disait à Balian :

« Vous êtes donc au courant…

— Oui. »

Balian avait longuement réfléchi pour savoir quelle stratégie adopter et avait fini par se dire que le roi serait plus disposé à recevoir les conseils d'un allié que les critiques d'un adversaire.

« Sire, je comprends la colère que vous inspire le comte de Tripoli. Mon frère savait fort bien qu'il ne pouvait pas continuer à occuper Ramlah s'il refusait de vous faire allégeance. Le comte Raymond aurait dû se retirer à Tripoli après avoir rejeté votre souveraineté. Ce serait néanmoins une grave erreur d'assiéger Tibériade. Nous ne devons pas nous déchirer alors que Saladin rassemble une immense armée et menace notre royaume : il a déjà réuni beaucoup plus d'hommes que nous n'en avons affronté à Montgisard. »

Guy appréciait que Balian admette qu'il avait des raisons légitimes d'en vouloir au comte de Tripoli. Afin de lui prouver qu'il savait lui aussi se montrer raisonnable, il lui répéta ce que Gérard de Ridefort lui avait dit pour l'encourager à attaquer Tibériade :

« Saladin sera trop occupé en Outre-Jourdain pour prêter une grande attention à ce que nous faisons en Galilée.

— Je voudrais bien qu'il en aille ainsi, Sire… Mais Saladin a des raisons spécifiques pour envahir l'Outre-Jourdain : il s'agit de protéger les musulmans de retour de leur *hadj* à La Mecque et de se venger de Renaud de Châtillon, suite à la prise de cette caravane. Une fois que les pèlerins sarrasins pourront passer par Karak en toute sécurité et que les terres de Renaud auront été dévastées, le jihad redeviendra sa préoccupation principale. » Guy hocha la tête en lui rétorquant qu'ils ne pouvaient pas en être sûrs. « Et vous ignorez le plus beau, ajouta-t-il en marquant une pause dramatique. Raymond s'est allié avec Saladin ! »

Dérouté en constatant que Balian était là encore au courant, il lui lança :

« Comment l'avez-vous appris ?

— Un plan aussi diabolique n'a guère de chances de rester secret bien longtemps, Majesté.

— Vous avez sans doute raison, concéda Guy. Mais puisque vous êtes au courant de la trahison de Raymond, comment pouvez-vous soutenir que nous ne devrions pas organiser cette opération de représailles ? Vous ne le défendez tout de même pas ?

— Non, Sire, assurément pas. Je suppose qu'il nous rétorquerait que ses actes ne relèvent pas de la trahison puisqu'il a refusé de vous prêter allégeance. Quoi qu'il en soit, il trahit bel et bien notre royaume et ses frères chrétiens en nouant cette alliance militaire avec un homme qui a juré de nous exterminer. »

Désarmé par ce jugement sans appel, Guy acquiesça d'un air approbateur.

« Je suis heureux que vous jugiez la situation avec une telle lucidité. Mais je ne comprends toujours pas pourquoi vous êtes opposé à ce que nous allions assiéger Tibériade. Voulez-vous que cet homme échappe aux conséquences d'un acte aussi répréhensible ?

— Sire, je ne considérerai plus jamais Raymond de Saint-Gilles de la même façon, répondit Balian d'un air d'autant plus convaincant que c'était la vérité. Mais rien ne m'importe davantage que la survie de notre royaume. Je ne vois pas comment nous pourrions battre à la fois Raymond et les Sarrasins. Le siège de Tibériade ne sera pas une mince affaire, étant donné qu'ils pourront se ravitailler en passant par le lac. Et lorsque Saladin en aura terminé dans l'Outre-Jourdain, nous risquons de nous retrouver pris entre son armée et les hommes qui défendront le château. »

Aimery assistait avec une certaine surprise au débat aussi mesuré qu'inattendu qui s'était engagé. Il avait déjà soutenu devant son frère les mêmes arguments que Balian mais comprenait que l'important, en l'occurrence, tenait moins à la nature de ces propos qu'à la manière dont ils étaient présentés.

« Dans ce cas, intervint-il, que nous suggérez-vous de faire au sujet de Raymond, seigneur Balian ? »

Il ajouta – ce qui était un mensonge éhonté – que l'opinion d'un Poulain leur importait particulièrement. Depuis quinze ans qu'il vivait en Outremer, Aimery estimait bien connaître les étranges arcanes politiques du royaume. Mais il était prêt à laisser croire que les Poulains seraient dotés à ses yeux d'une forme de sagesse plus ou moins mystique, si cela pouvait encourager Guy à suivre les conseils de Balian d'Ibelin plutôt que ceux de Gérard de Ridefort en matière militaire.

« Sire, répondit Balian, si vous tendiez au comte un rameau d'olivier plutôt que de le menacer d'une épée, je crois qu'il serait prêt à s'en saisir. »

Tout en parlant, il étudiait le visage du roi en essayant de déchiffrer ses pensées.

« Si vous réussissez à le ramener dans notre camp, vous mettrez un terme à cette dangereuse alliance sans avoir à livrer combat. S'il repousse votre offre, vous ne perdrez rien et vous pourrez dire à l'ensemble de vos vassaux que vous avez tout fait pour essayer de vous réconcilier. Il est plus que probable qu'ils se rangeront tous derrière vous après ça, surtout en sachant que Raymond a préféré s'allier avec les infidèles plutôt qu'avec ses frères chrétiens. »

Guy se leva et marcha jusqu'à la fenêtre en regardant les flèches de la cathédrale : l'édifice était déjà impressionnant alors qu'il n'était pas encore achevé. Cela lui rappela que rien ne se faisait en un jour et que les maçons comme les rois devaient se montrer patients. Raymond méritait d'être châtié pour sa trahison. Mais à quel prix ? Pouvait-il lui accorder son pardon si, du même coup, il sauvait le royaume et l'empêchait de tomber aux mains des infidèles ? Il finit par se dire que oui et ressentit une certaine fierté en se découvrant capable d'une telle magnanimité.

« La chose mérite d'être tentée, déclara-t-il enfin. Je vais disperser l'armée et envoyer des émissaires à Tibériade pour demander au comte de venir débattre au plus vite de notre différend, et de nous unir contre notre ennemi commun. »

Balian se contenta d'opiner. Le Tout-Puissant n'avait pas complètement abandonné la Terre sainte, après tout.

Balian et Marie décidèrent de se rendre à la cour que Sibylle et Guy tenaient pour les fêtes de Pâques. Ils estimaient tous les deux que si Balian devait exercer à l'avenir quelque influence sur le nouveau roi, ils devaient nouer des relations courtoises avec lui. Leur présence à Jérusalem leur permettrait également de passer un peu de temps avec Isabelle, car Onfroy avait tenu sa promesse et était revenu avec elle à la cour. Guy avait envoyé un émissaire à Tibériade – Pierre de Lydda, son chancelier –, et les cérémonies pascales se déroulèrent sans incident.

Lorsqu'elles furent terminées, Balian et Marie regagnèrent Naplouse : ils n'avaient pas emmené leur famille et n'aimaient pas être séparés trop longtemps de leurs enfants. Helvis et Jeannot avaient respectivement neuf et huit ans. Thomassin était dans sa onzième année, mais Marguerite n'avait que cinq ans et Philippe s'apprêtait à fêter son deuxième anniversaire. En Outremer, les parents ne savaient que trop combien les jeunes enfants étaient vulnérables aux fièvres, aux miasmes et aux mystérieuses maladies propres à la terre qui avait vu naître le Seigneur Jésus. Balian était à Naplouse depuis moins d'une semaine lorsqu'un message du roi le rappela de toute urgence à Jérusalem.

«J'ai reçu une réponse de Raymond de Saint-Gilles ! » Guy n'avait pas encore appris à maîtriser ses émotions, comme un roi devait le faire, et son visage trahissait déjà le contenu de cette réponse. « Raymond refuse de discuter de notre différend tant qu'il n'aura pas été indemnisé des dépenses qu'il prétend avoir faites du temps où il était régent. Il exige de surcroît que Beyrouth repasse sous son autorité. Je ne peux pas accepter une chose pareille !

— Bien sûr que non », approuva Balian, qui se sentait soudain très las.

La première réaction du roi avait été de rendre quelqu'un responsable de cet affront. Outre Raymond, qui était une cible évidente, il avait été tenté de s'en prendre à Balian, puisque l'idée venait de lui. Mais il voyait bien que le seigneur de Naplouse était aussi déçu que lui, et sa colère reflua peu à peu.

« Qu'allons-nous faire, à présent ? » dit-il en s'effondrant sur le siège le plus proche.

Balian ne pouvait pas se permettre de céder au désespoir. Encouragé par le « nous » que venait d'employer Guy, il tenta au contraire de paraître confiant, comme s'il était en train de traiter avec des hommes de bonne foi, alors qu'il avait affaire à un souverain aux abois, sur le point de perdre pied, et à un comte dont l'attitude prouvait que Marie avait eu raison : elle lui avait souvent dit que Raymond de Saint-Gilles ferait toujours passer ses intérêts avant ceux d'Outremer.

« On dirait que le comte de Tripoli n'a pas vraiment compris que le royaume se liguera contre lui s'il refuse de faire la paix avec vous. Si nous voulons qu'il mette un terme à son alliance avec Saladin, il faut qu'il le comprenne. Mais rien ne vous oblige à assumer seul ce fardeau, Majesté. Vos barons peuvent vous aider. »

Guy considéra un instant la question.

« Vous voulez dire que je pourrais convoquer une session de la Haute Cour ? »

Plus il y réfléchissait et plus cette suggestion lui plaisait. D'Ibelin avait raison : si la guerre devait être déclarée, les Poulains devaient en partager la responsabilité.

« Très bien », dit-il.

Le soulagement de Balian était tel que les mots lui manquèrent pour l'exprimer.

Une partie des membres de la Haute Cour se trouvaient encore à Jérusalem, et ceux qui étaient déjà partis s'empressèrent de revenir suite à la convocation urgente du roi. Heureusement, Renaud resta quant à lui à Karak, où il se préparait à affronter l'armée sarrasine : Balian était convaincu qu'il aurait tout fait pour saborder la moindre tentative de dialogue avec Raymond. Les barons étaient tous au courant à présent du pacte choquant que le comte avait conclu avec les Sarrasins. Lorsque Guy leur fit part de ses exigences au sujet de Beyrouth, en leur expliquant qu'il lui était impossible d'y accéder, il fut soulagé de voir que tout le monde l'approuvait en hochant la tête. Étant donné que cette crise les concernait tous, conclut-il, il désirait savoir ce qu'ils en pensaient. Sur ce, il se rassit et s'apprêta à se comporter comme il était rarement enclin à le faire : c'est-à-dire en écoutant les autres au lieu de leur donner des ordres.

Il apparut bien vite que les membres de la Haute Cour ne voulaient pas s'engager dans une guerre civile, sauf en dernier recours. On aboutit donc à la conclusion qu'une ultime tentative devait être faite pour ramener le comte de Tripoli à la raison. Et lorsque Balian proposa d'envoyer une délégation à Tibériade, personne ne s'y opposa. Sans surprise, il fut désigné pour en faire partie, ainsi que Denis. Et il fut décidé que l'Église serait représentée par Joscius, l'éloquent archevêque de Tyr.

Guy demanda alors que les grands maîtres des Hospitaliers et des Templiers y soient également associés, ce qui ne fut pas très bien accueilli. Personne n'avait rien contre Roger de

Moulins, mais beaucoup se disaient qu'envoyer Gérard de Ridefort négocier avec son ennemi juré risquait de réduire à néant leur mission avant même qu'elle ait débuté. Mais Guy insista sur ce point, leur rappelant que les Templiers exerçaient un pouvoir considérable dans l'ensemble de la Terre sainte, et que leur grand maître se sentirait offensé s'il se voyait exclu d'une telle négociation. Ce qui n'était pas tout à fait inexact… Et comme ils soupçonnaient le roi de vouloir éviter la colère de l'irritable templier, on finit par céder à sa demande. Les autres membres de la délégation étaient suffisamment raisonnables et pondérés, après tout, pour parvenir à réfréner les réactions impulsives et les éventuels débordements de Gérard de Ridefort.

CHAPITRE 46

Avril 1187
Naplouse, Outremer

L'organisation de leur mission diplomatique demanda un certain temps. Un messager avait été envoyé à Tibériade pour s'assurer que le comte Raymond serait disposé à les recevoir. Denis avait accepté de faire partie de la délégation mais devait d'abord repasser à Sidon. Comme la ville était plus proche de Tibériade que de Jérusalem, il fut décidé qu'il se rendrait de son côté en Galilée pour y rejoindre les autres membres de la délégation. Balian ne put donc regagner Naplouse qu'au soir du 29 avril. Marie avait fait de son mieux pour accueillir un aussi grand nombre d'invités : outre l'archevêque de Tyr et plusieurs de ses clercs, les grands maîtres des Templiers et des Hospitaliers étaient accompagnés des dix chevaliers de leurs ordres respectifs et de trois cents frères d'armes. Peu d'entre eux avaient hâte d'affronter Raymond, aussi accueillirent-ils ce répit avec joie avant de se remettre en route le lendemain.

Balian et Marie avaient célébré leurs brèves retrouvailles dans le lit conjugal. Après cet intermède érotique, ils échangèrent quelques confidences à voix basse, en se racontant ce qui s'était passé durant leur séparation. Balian changea de position afin qu'ils soient serrés l'un contre l'autre, et Marie se blottit dans ses bras en poussant un soupir d'aise. Elle sombrait déjà dans le sommeil quand il lui demanda :

« Eh bien… me diras-tu comment Thomassin s'est débrouillé pour récolter ce monstrueux coquard et cette lèvre enflée ? »

Marie avait espéré éviter cette conversation afin de lui épargner ce souci domestique avant sa rencontre avec Raymond.

« Il s'est battu en ville avec deux garçons plus âgés que lui, d'une quinzaine d'années environ, qui ont prétendu qu'il les avait attaqués. Au début, je ne voulais pas les croire, mais ils ont insisté en affirmant que c'était lui qui avait cherché la bagarre. Thomassin pour sa part n'a pas desserré les dents quand je l'ai interrogé à ce sujet.

— Je lui parlerai demain matin, avant de partir », promit Balian.

Le comportement de Thomassin n'avait cessé de se dégrader depuis que Baudouin était parti à Antioche. Avant cela, c'était un garçon mesuré et plutôt enjoué, mais il était devenu maussade et renfrogné, parfois même hargneux. Ils avaient beau savoir pourquoi il se comportait de la sorte, ils ne parvenaient pas à le raisonner. De toute évidence, il en voulait à son père, ce que Balian pouvait difficilement lui reprocher : lui-même était encore en colère contre son frère.

Après avoir écarté les cheveux de Marie, il l'embrassa dans la nuque et ils ne tardèrent pas à s'endormir l'un et l'autre.

On était en train de seller leurs chevaux le lendemain matin lorsque Balian se rappela sa promesse et envoya Ernout à la recherche de son neveu. Mais Thomassin s'avéra introuvable et un valet d'écurie leur fit part d'une curieuse histoire : il avait surpris le fils de Baudouin en train de seller Fumée, le palefroi de Balian, mais le garçon avait pris la fuite en s'apercevant qu'on l'avait vu.

Marie promit à son époux qu'elle continuerait les recherches jusqu'à ce qu'on l'ait retrouvé, mais Balian pouvait difficilement se mettre en route alors que son neveu avait disparu. Après avoir expliqué la situation aux autres membres de la délégation, il leur demanda de partir sans lui : il les rejoindrait au château La Fève, fief des Templiers, quitte à chevaucher toute la nuit. Joscius et Roger de Moulins n'avaient jamais eu à gérer des obligations familiales de ce genre mais étaient trop bien éduqués pour s'insurger contre sa décision. Quant à Gérard de Ridefort, ce n'était pas la politesse qui l'étouffait, mais il n'aimait pas plus Balian que celui-ci ne le portait dans son cœur, aussi n'était-il pas fâché d'être débarrassé du seigneur de Naplouse. Il espérait même secrètement que Balian ne les rejoindrait pas à temps à Tibériade, ne faisant nullement confiance à tous ces Poulains pour s'adresser à Raymond avec la sévérité qui s'imposait.

Sitôt après leur départ, Balian reprit ses recherches, aidé cette fois-ci par un petit groupe d'hommes de main. Ils fouillèrent de fond en comble le palais, puis les rues avoisinantes, mais en vain : Thomassin demeurait introuvable. L'inquiétude de Balian ne cessait de croître à mesure que les heures passaient. Tant de malheurs pouvaient arriver à un enfant que son imagination s'en donnait à cœur joie. Lorsqu'il regagna finalement le palais en se demandant ce qu'il pouvait faire d'autre, Jeannot vint s'asseoir auprès de lui : il voulait lui aussi participer aux recherches. Quant à Tonnerre, l'un de ses plus fidèles chiens de chasse, il s'était étendu à ses pieds, la tête posée sur les bottes de son maître. Balian caressait les oreilles du chien tout en essayant de rassurer son fils lorsqu'une idée lui traversa l'esprit. Elle paraissait un peu saugrenue, mais qu'avait-il à perdre ?

Sifflant pour que Tonnerre les suive, il grimpa l'escalier avec Jeannot jusqu'au dortoir que Thomassin partageait avec les autres pages. Il demanda à son fils de l'aider à dénicher un vêtement quelconque dans les affaires du garçon. Une paire de braies sales traînait au pied de son lit, ce qui convenait à merveille au plan de Balian. Il fit flairer le vêtement à son chien avant de lui dire : « Va, cherche Thomassin… » Puis il retint son souffle en attendant de voir comment le chien allait réagir. Tonnerre avait un flair légendaire et excellait à traquer le gibier lors de leurs parties de chasse, mais allait-il comprendre ce qu'on attendait de lui ?

Le chien trottina en se dirigeant vers la porte et ils s'empressèrent de le suivre, descendirent l'escalier, traversèrent la grande salle et se retrouvèrent dans la cour. Balian éprouva un regain d'espoir en voyant Tonnerre prendre le chemin des écuries, puisque c'était là que son neveu avait été aperçu pour la dernière fois : était-ce la preuve que le chien suivait sa trace grâce à son flair ?

Le limier avait accéléré l'allure et fila jusqu'au fond des écuries avant de s'arrêter au pied d'une échelle qui donnait accès au grenier à foin. Il se mit alors à aboyer avec toute la fougue qui lui avait valu son nom. Balian leva les yeux vers le grenier plongé dans l'obscurité, ignorant les propos des valets d'écurie qui assuraient l'avoir déjà fouillé. Saisissant les barreaux de l'échelle, il entreprit son ascension.

« Thomassin ? »

Seul le silence lui répondit.

« Tonnerre affirme que tu es là-haut, mon garçon… Tu ne vas tout de même pas le faire mentir ? »

Cette fois-ci, il entendit un bruit de pas sur les planches du grenier. Avant que Jeannot grimpe à son tour, il l'envoya prévenir sa mère qu'on avait retrouvé Thomassin. Il se hissa ensuite dans le grenier et s'assit en attendant que son neveu émerge de sa cachette.

Quelques instants s'écoulèrent avant que le garçon ne trouve le courage de se montrer. Il était si visiblement effrayé que la colère de Balian retomba aussitôt.

« Comment as-tu fait pour échapper aux recherches ? » lui demanda-t-il en affectant un air détaché.

Thomassin se frotta le visage du dos de la main, espérant que son oncle ne verrait pas qu'il avait pleuré.

« Lorsque ce valet d'écurie m'a surpris, expliqua-t-il d'une voix presque imperceptible, je me suis réfugié dans le hangar avant de revenir seller Fumée. Mais vous avez découvert entretemps que j'avais disparu, tante Marie et toi. J'ai vu des gens fouiller les écuries : lorsqu'ils sont repartis, je me suis faufilé à l'intérieur pour aller me cacher dans le grenier à foin.

— Voilà qui était malin, en effet. »

Thomassin avait bien compris qu'il ne s'agissait pas d'un compliment.

« Je suis désolé, mon oncle… Je ne voulais pas provoquer tous ces ennuis.

— Nous allons y venir, Thomassin. Mais tu me dois d'abord des excuses pour avoir essayé de voler mon cheval.

— Je voulais juste l'emprunter… » Le garçon comprit aussitôt que son excuse ne tenait pas debout. « Je suis désolé, répéta-t-il. Vraiment désolé…

— Cela ne va pas suffire, mon garçon. Je veux savoir pourquoi tu t'es battu avec ces deux gamins. Et où tu espérais aller, après avoir volé Fumée. » Dans le silence qui s'ensuivit, Balian examina le profil de son neveu en s'arrêtant sur son coquard et sa lèvre gonflée. « Je te propose un marché, reprit-il. Si tu réponds à mes questions, je convaincrai ta tante Marie de ne pas te punir pour cette escapade. »

Thomassin ouvrit de grands yeux.

« C'est vrai ? » demanda-t-il.

Balian acquiesça. Il lui fallut faire preuve de patience, mais l'histoire émergea peu à peu.

« Martin et son copain… commença Thomassin. Celui-là, je ne connais pas son nom, mais Martin est le fils du mercier. Ils parlaient de mon père et prétendaient qu'il m'avait abandonné. Ils ont même osé le traiter de lâche !

— Je vois… Et c'est pour ça que tu leur es tombé dessus ? »

Thomassin opina.

« Ils ne s'étaient pas aperçus que je les avais entendus et j'ai eu Martin par surprise, en lui balançant un grand coup de poing dans le ventre, précisa-t-il avec un brin de fierté.

— Et que comptais-tu faire, après avoir *emprunté* Fumée ? »

Le garçon baissa la tête.

« Je voulais aller à Antioche, avoua-t-il. Pour rejoindre mon père.

— Ah, mon garçon… dit Balian en le serrant contre lui. Ton père est l'homme le plus courageux que j'aie jamais connu. Nous ne comprenons pas très bien pourquoi il a préféré partir, mais sois assuré qu'il n'y avait pas une once de lâcheté dans sa décision. Ni rien de déshonorant. Tu as des raisons de lui en vouloir, Thomassin, et tu ne dois pas te sentir coupable à ce sujet. Je lui en ai voulu moi aussi, mais je ne doute pas qu'il ait agi comme il estimait juste de le faire.

— C'est ce que j'ai dit à ces fils de putes : que mon père n'était pas un lâche… »

Thomassin jeta un regard en biais à son oncle, conscient que le terme de *fils de putes* n'était pas censé faire partie de son vocabulaire. Soulagé de voir que Balian ne semblait pas lui en vouloir, il se blottit à nouveau contre lui, trouvant un peu de réconfort dans la pression de son bras sur ses épaules.

« Papa reviendra-t-il un jour ? demanda-t-il.

— Je l'ignore, mon garçon, reconnut Balian. Seul le temps nous le dira. Mais je te promets que nous t'emmènerons le voir à Antioche, ta tante Marie et moi. »

Il fut soulagé que son neveu ne lui demande pas quand ce voyage aurait lieu, ne voulant pas lui révéler que la guerre menaçait et que son arrivée était aussi inéluctable que celle du khamsin qui soufflait chaque année depuis l'Égypte.

Bien que la lune fût en phase décroissante, il en restait une bonne moitié pour les éclairer lorsque Balian et ses hommes quittèrent Naplouse cette nuit-là, prenant la direction du nord et des collines de Samarie. Mais ils n'étaient pas encore bien loin lorsque des nuages venus de l'ouest envahirent le ciel, dissimulant peu à peu la lune et les étoiles. Il n'était pas fréquent qu'il pleuve en avril, et ces nuages ayant surgi à l'improviste, les plus superstitieux parmi les compagnons de Balian considéraient ce ciel plombé en espérant qu'il ne s'agissait pas d'un mauvais présage. Ernout était de ceux qui ne voyaient pas la chose d'un très bon œil : rejoignant son maître, il lui demanda quel était le saint du jour, ajoutant que cela ne coûterait rien de lui adresser une petite prière. Tout le monde savait que certains bienheureux perdaient un peu de leur sainte mansuétude s'ils sentaient qu'on les négligeait trop.

Balian dut réfléchir un instant avant de se rappeler que c'était la Saint-Donatien. Il raconta à son écuyer les légendes qui le concernaient, celle en particulier voulant qu'il ait terrassé un dragon. Il le rassura, de plus, en lui disant que saint Donatien leur pardonnerait vraisemblablement d'avoir oublié le jour de sa fête : même parmi les élus de Dieu, certains étaient plus honorés que d'autres.

Ernout opina.

« Comme saint Thomas de Canterbury, saint Georges, sainte Marguerite ou saint Philippe, monseigneur ? »

Balian grommela soudain quelque chose qui ressemblait fort à un juron.

« Cela ne t'était pas destiné, mon garçon, s'excusa-t-il. Je viens juste de me rappeler que ce sera demain la fête de l'apôtre Philippe. »

Au bout d'un instant, il se corrigea et précisa :

« Aujourd'hui même, en fait… étant donné qu'il est plus de minuit. »

Il avait toujours eu un penchant particulier pour ce saint et était troublé de ne pas y avoir pensé. Comme ils ne se trouvaient pas très loin de Sébaste, il ne tarda pas à prendre sa décision. Saint Philippe était né en Galilée : à qui pourrait-il mieux s'adresser pour l'aider à ramener Raymond à la raison ?

« Mon écuyer vient de me rappeler que le 1er mai est le jour de la Saint-Philippe, dit-il à ses hommes. Nous allons donc faire halte à Sébaste pour assister à la messe. Cela ne nous empêchera pas de rejoindre La Fève à temps. »

Moins d'une heure plus tard, les hommes de Balian avaient pris place dans la grande salle du palais de l'évêché. L'évêque Raoul n'avait pas tardé à apparaître, réveillé soit par le bruit de leur arrivée, soit par un domestique zélé. C'était à la fois un voisin et un ami : s'il fut contrarié que son sommeil ait été interrompu de la sorte, il ne le montra pas. Lorsque Balian lui eut expliqué qu'ils désiraient assister à l'office du matin, l'évêque le conduisit dans ses appartements privés et le considéra comme s'il cherchait à scruter les tréfonds de son âme.

« Votre dévotion à l'égard de saint Philippe est louable, Balian. Mais le fait que vous ayez oublié cette sainte journée constitue tout au plus un péché véniel, à supposer que c'en soit un. Je ne peux m'empêcher de me demander si vous n'auriez pas autre chose à vous reprocher. »

Balian ne fut pas étonné par la perspicacité de l'évêque, qui lisait dans les âmes des fidèles avec la même aisance que dans son psautier.

« Je m'inquiète au sujet de cette rencontre avec le comte de Tripoli, lui avoua-t-il. Si nos prières à saint Philippe peuvent accroître nos chances de le convaincre, cela mérite bien que nous repoussions notre voyage de quelques heures. »

Il pensait en avoir fini mais se surprit à ajouter qu'il avait imploré le ciel plus qu'à l'accoutumée ces derniers mois, avant de reconnaître – à l'encontre presque de sa volonté – qu'il se demandait parfois si le Tout-Puissant l'avait entendu.

Rodolphe se rejeta dans son siège et regarda Balian en silence pendant quelques instants, avant de lui déclarer :

« Au cours des deux dernières années, vous avez dû enterrer deux rois et en accepter un autre, que peu d'entre nous auraient choisi. Vous avez vu la puissance de Saladin s'étendre de jour en jour, tout comme la menace qu'il fait peser sur notre royaume. Et vous avez perdu le soutien de deux hommes dont vous étiez particulièrement proche : l'archevêque Guillaume et votre frère Baudouin. Il n'est donc pas très étonnant que vous ayez l'impression que votre foi est mise à l'épreuve. Mais n'est-ce pas plus grave, au fond, Balian ? Ne redoutez-vous pas tout simplement de perdre la foi ? »

La réaction instinctive de Balian avait été de nier ce constat. Se retenant, il se donna le temps de soupeser la question.

« Non, dit-il enfin. Ce n'est pas la foi que je redoute de perdre : c'est l'espoir. »

Un nouveau silence s'ensuivit, durant lequel Rodolphe réfléchit à son tour.

« Il me semble, finit-il par dire, que si vous aviez réellement perdu espoir, vous ne tenteriez pas aussi obstinément d'éviter la guerre civile. Vous auriez suivi l'exemple de votre frère et auriez emmené votre famille en exil à Antioche. »

Non seulement cette réponse avait du sens aux yeux de Balian, mais elle lui apportait un vrai réconfort.

« Si vous êtes en mesure d'absoudre mes péchés avec la même facilité que vous dissipez mes craintes, Rodolphe, je vous prends sur-le-champ comme confesseur. »

L'évêque émit un petit rire.

« À mon avis, dit-il, vos péchés ne doivent plus être très nombreux, du moins depuis que vous avez épousé votre reine… »

Il se pencha et posa la main sur le bras de Balian.

« Lorsque vous quitterez Sébaste, demain matin, souvenez-vous que les prières de son évêque vous accompagnent – ainsi que la bénédiction de saint Philippe, je n'ai pas le moindre doute à ce sujet. »

La Fève était l'un des plus importants châteaux des Templiers, situé au croisement des principales routes de la vallée de Jezreel. Balian y était passé à plusieurs reprises au fil des années, aussi les lieux lui étaient-ils familiers. Lorsque ses murs de pierre furent en vue, il parla à Ernout de la grande noria actionnée par un âne qui amenait l'eau d'un marais voisin jusqu'au réservoir du château. Il savait que ce détail intéresserait son jeune écuyer.

Ils aperçurent un certain nombre de tentes dressées devant les murailles de la forteresse, ce qui surprit Balian car il pensait que La Fève était suffisamment vaste pour accueillir l'ensemble de leur délégation. À mesure qu'ils approchaient, ils virent que les cendres des feux allumés devant les tentes étaient encore fumantes, mais le camp lui-même paraissait désert. Les portes du château étaient ouvertes mais aucune sentinelle ne les avait encore interpellés. Balian ordonna à l'un de ses hommes de s'avancer et d'annoncer leur arrivée mais personne ne lui répondit. Ils étaient suffisamment près à présent pour constater qu'il n'y avait pas l'ombre d'un soldat sur les remparts.

Ils attendirent pendant que l'un des sergents de Balian appelait à nouveau. Un silence étrange enveloppait la forteresse, d'où n'émanait aucun signe de vie. Les soldats de Balian échangeaient des regards inquiets. Les lieux semblaient avoir été abandonnés, ce qui n'avait aucun sens. Même si leur délégation était déjà repartie vers Nazareth, où était donc passée la garnison ? Et pour quelle raison avait-elle quitté La Fève ?

Après avoir franchi le mur d'enceinte et débouché dans la cour du château, ils eurent l'impression de se retrouver dans l'un de ces rêves nés de l'opium, où la réalité paraissait à la fois familière et déformée. La citadelle des Templiers n'avait pas changé mais elle était totalement vide. Personne ne répondait à leurs appels, aucun bruit de pas ne résonnait sur les remparts. Le décor était plongé dans un silence et une immobilité sépulcraux.

Après avoir mis pied à terre, Balian demanda à plusieurs de ses hommes de fouiller le château. Ernout les accompagna car sa curiosité était en éveil. Ayant conduit Fumée vers une auge afin que l'étalon puisse s'abreuver, Balian tendit l'oreille, à l'écoute des bruits susceptibles d'expliquer la mystérieuse disparition des Templiers. Ses hommes ne tardèrent pas à revenir bredouilles : l'un d'eux lui dit qu'il s'attendait presque à trouver les restes d'un repas sur la table de la grande salle. Leurs témoignages concordaient : la forteresse était déserte.

Ernout avait été plus chanceux : il apparut soudain à une fenêtre du dernier étage en poussant de grands cris. Lorsqu'ils l'eurent rejoint, il les conduisit avec une évidente fierté dans une petite pièce plongée dans la pénombre où deux templiers gisaient contre un mur, allongés sur des grabats. Ils étaient visiblement malades et marmonnèrent de manière incompréhensible en réponse aux questions qu'on leur posait, ce qui ne fit qu'accroître le mystère. Balian leur promit de leur envoyer des secours, sans être certain qu'ils l'aient entendu. Pourquoi la garnison était-elle partie en laissant ces deux malheureux derrière elle ?

Avant de reprendre la route du nord en direction de Nazareth, ils jetèrent un coup d'œil en arrière sur la citadelle qui se dressait devant le ciel telle une pierre tombale. Leur imagination battait la campagne à présent, ils se sentaient à la fois mal à l'aise et intrigués. Ils avaient couvert environ la moitié des dix kilomètres qui les séparaient de Nazareth lorsqu'ils aperçurent un cheval couché sur le bord de la route. Des flèches saillaient de son flanc et de ses garrots, ses naseaux étaient maculés d'une écume sanglante. Plusieurs corbeaux voletaient autour de sa tête et picoraient ses yeux : ils s'écartèrent avec réticence en voyant les hommes approcher. Foucher, le capitaine des chevaliers de Balian, fut le premier à mettre pied à terre. Un rapide examen du cadavre de l'animal suffit à confirmer leurs soupçons : il s'agissait du destrier d'un chevalier, et c'était bien un arc sarrasin qui avait tiré ces flèches.

Balian sauta de sa selle et rejoignit Foucher. Tout en discutant avec lui, il remarqua que des empreintes sanglantes constellaient le sol sablonneux et montra à son chevalier les traces que le cavalier avait laissées après avoir abandonné sa monture. Il boitait, de toute évidence, ou marchait en traînant la jambe ; et ils purent constater qu'il était tombé à deux reprises avant de se remettre en route. Un peu plus loin le terrain partait en pente, et ils suivirent les traces jusqu'à un oued où coulait un ruisseau peu profond. Ce fut là qu'ils le découvrirent.

Incapable d'aller plus loin, il avait perdu connaissance sur un repli asséché de la berge. Il portait le manteau blanc des Templiers, abondamment éclaboussé de sang. Il ne bougeait pas et ils crurent tout d'abord qu'il était mort. Mais comme ils avançaient, l'homme perçut le bruit de leurs pas sur les galets : dans un mouvement de panique, il voulut saisir l'épée qui gisait à ses côtés.

« Vous n'avez rien à craindre, se hâta de dire Balian. Nous sommes des amis. »

Lorsque l'homme comprit qu'il disait vrai, il s'effondra de nouveau tandis que des larmes coulaient de ses yeux et allaient se perdre dans sa barbe. En le voyant de plus près, Balian le reconnut : c'était l'un des templiers qui accompagnaient Gérard de Ridefort lorsqu'ils avaient quitté Jérusalem. Il se souvint même brusquement de son nom : le frère André. Après avoir demandé qu'on lui apporte une gourde, il s'agenouilla auprès du chevalier et lui redressa la tête pour l'aider à boire.

Le frère André but goulûment et finit par s'étrangler.

« Morts… murmura-t-il ensuite. Ils sont tous morts… »

Les autres auraient voulu le presser de raconter son histoire mais il était visiblement sous le choc, ses yeux brillaient de fièvre et ils ne savaient pas trop si le sang qui maculait sa cape était ou non le sien… Balian entendit ses hommes grommeler dans son dos et leva la main pour les faire taire.

« C'est pour cela que La Fève était désert ? demanda-t-il. La garnison est partie avec vous ? Mais pourquoi ? Que s'est-il passé ? »

Le templier fut parcouru de frissons et tout le monde craignit qu'il ne rende l'âme. Au bout d'un moment, toutefois, il revint à lui.

« Nous avons atteint La Fève, marmonna-t-il, afin d'y passer la nuit. Mais le messager du comte de Tripoli est alors arrivé… Nous avons d'abord cru qu'il s'agissait d'une mauvaise blague, tellement son histoire paraissait insensée. Mais l'envoyé du comte nous a juré qu'il disait la vérité. »

L'homme tourna les yeux vers l'oued comme s'il cherchait un point d'ancrage, un endroit où se raccrocher à la réalité.

« Il nous a appris que le fils de Saladin avait demandé au comte Raymond la permission de franchir le Jourdain et de traverser la Galilée. Le comte n'avait aucune envie d'accepter cette demande, redoutant que les Sarrasins n'en profitent pour se livrer au pillage, mais pouvait difficilement la refuser en raison du pacte qu'il avait conclu avec Saladin. Et donc… il avait posé ses conditions, en leur faisant jurer qu'ils repasseraient la rivière avant le coucher du soleil, qu'ils ne feraient de mal à personne et ne saccageraient aucun domaine sur ses terres. Il avait ensuite envoyé des messagers dans toutes les bourgades et les citadelles de la région pour les avertir que les Sarrasins allaient traverser la Galilée le lendemain, et que les gens devaient rester cloîtrés chez eux entre le lever et le coucher du soleil. »

En voyant les regards incrédules des hommes qui l'écoutaient, il reprit d'une voix étranglée :

« Vous voyez… totalement insensé… Il avait également envoyé un homme à La Fève. Nous sachant en route, il voulait éviter que nous ne tombions par hasard sur les Sarrasins. Il aurait pourtant dû se douter de la réaction de Gérard… »

Il jeta un coup d'œil vers la gourde que Balian porta une fois encore à ses lèvres.

« Notre maître a aussitôt envoyé un messager au château templier de Khirbat Qara, qui se trouve à quelques kilomètres : leurs troupes nous ont rejoints à la tombée de la nuit et ont dressé leurs tentes… »

Frère André parut perdre le fil de ses pensées, et Balian dut l'aider à reprendre.

« Nous avions également envoyé un homme à Nazareth pour leur dire que leurs chevaliers devaient être prêts à se joindre à nous le lendemain. Maître Gérard nous tint ensuite un discours enflammé, nous jurant que pas un seul de ces infidèles n'échapperait aux flammes de l'enfer. Au nom des Hospitaliers, maître Roger de Moulins affirma quant à lui que nous n'avions pas le droit de les laisser fouler le sol d'Outremer. »

En serrant les dents, Balian se demandait qui il devait maudire le plus, de Raymond ou de Gérard.

« Et aujourd'hui ? demanda-t-il. Que s'est-il passé ?

— Nous nous sommes mis en route à l'aube en entraînant tous les hommes avec nous, à l'exception de deux ou trois frères trop malades pour supporter une telle chevauchée. Entre les dix chevaliers qui escortaient notre grand maître depuis Jérusalem et les garnisons de La Fève et de Khirbat Qara, nous étions quatre-vingt-dix templiers. De leur côté, les hospitaliers étaient une dizaine, et lorsque nous avons rejoint Nazareth, quarante autres chevaliers se sont joints à nous. Cent quarante des meilleurs combattants du royaume, assistés de trois cents fantassins… »

Les larmes ruisselaient sur son visage, à présent.

« Nous sommes tombés sur eux à La Fontaine du Cresson, à quelques kilomètres au nord de Nazareth. Après avoir atteint le sommet d'une colline et les avoir aperçus un peu plus bas, nous avons été stupéfaits en découvrant que l'armée des Sarrasins se composait de plusieurs milliers d'hommes. Nous étions prêts – que dis-je : farouchement décidés – à les affronter, aussi bien mes frères templiers que les hospitaliers. Mais nous étions si peu nombreux que nous courions à l'abattoir. Roger de Moulins le comprit aussitôt et dit à notre grand maître qu'il fallait battre en retraite car nous n'avions pas la moindre chance de l'emporter. D'autres ont également tenté de le persuader, mais il n'a rien voulu entendre. Il répétait que Dieu était à nos côtés, en nous rappelant que les Francs étaient en infériorité numérique à Montgisard et que les infidèles résistaient rarement à une charge de chevaliers armés. Quant à ceux qui essayaient de lui faire entendre raison, il les traitait de lâches, de pleutres et de dégonflés… »

Balian était envahi par une telle colère qu'il s'était mis à trembler. Foucher était visiblement aussi ébranlé que lui lorsqu'il demanda :

« Vous êtes donc le seul survivant, frère André ?

— Non… Quatre d'entre nous ont réussi à s'enfuir. Je n'ai pas quitté le champ de bataille tant que notre bannière a flotté, je le jure devant Dieu ! lança-t-il en ravalant un sanglot. Mais à ce moment-là, j'ai vu notre maître et deux de nos frères qui se repliaient et je… je les ai suivis. Nous avons ensuite été séparés et… je crois bien que je me suis perdu. Je n'avais plus l'esprit très clair. Et mon pauvre Pèlerin… si brave, si vaillant… il a couru jusqu'à ce que son cœur le lâche… »

Balian avait retrouvé la parole.

« Ne me dites pas que Gérard de Ridefort est encore en vie alors que tous les hommes qui lui ont obéi sont morts ?… »

Il n'était pas le seul à ressentir l'injustice d'un tel dénouement : certains de ses chevaliers s'étaient mis à jurer, tout aussi scandalisés. Pour sa part, Ernout ne pensait pas à l'évasion miraculeuse du grand maître des Templiers : il se disait qu'ils avaient été à deux doigts de trouver la mort eux aussi sur le champ de bataille de La Fontaine du Cresson.

« Monseigneur, dit-il, si vous ne vous étiez pas arrêté à Sébaste pour assister à la messe, nous aurions tous péri nous aussi !

— Non, répondit Balian – et il y avait une telle rage dans sa voix que son écuyer eut un mouvement de recul, même s'il savait que la colère de son maître n'était pas dirigée contre lui. J'aurais empêché ce carnage ! Je n'aurais pas laissé ce fou furieux envoyer tant de nos hommes à la mort ! »

Ses chevaliers n'en doutaient pas, il suffisait de voir l'expression de son visage. Mais le frère André hocha faiblement la tête.

« Il ne vous aurait pas écouté, seigneur Balian. Pas plus qu'il n'a écouté Roger de Moulins ou notre propre maréchal…

— Votre maréchal ? répéta Balian, sûr d'avoir mal compris car l'homme bredouillait comme un ivrogne. Qu'est-ce que Jacquelin de Mailly vient faire dans ce… dans ce carnage ?

— Il était avec nous, monseigneur. Il a fait tout son possible pour ramener notre maître à la raison…

— Qu'est-ce que vous racontez ? Jacquelin n'était pas à nos côtés quand nous avons quitté Jérusalem !

— Il se trouvait à Khirbat Qara, monseigneur. C'est lui qui a conduit notre garnison, suite à l'ordre du grand maître. Comme nous tous, il ne demandait qu'à se battre contre les infidèles. Mais en voyant leur nombre, il a déclaré que ce serait de la folie de les attaquer. Le maître a refusé de l'écouter. Il a rétorqué que frère Jacquelin avait sans doute peur d'abîmer sa belle petite gueule au combat, qu'il n'était qu'un lâche refusant de se battre. Frère Jacquelin lui a répondu qu'il… qu'il mourrait comme un homme d'honneur sur le champ de bataille et que ce serait Gérard qui prendrait lâchement la fuite… » Le frère André s'interrompit, se souvenant soudain que frère Jacquelin et le seigneur de Naplouse étaient de grands amis. « Il… il s'est battu comme un lion, monseigneur, et il est mort comme il l'avait dit, en montrant un tel courage qu'il mérite assurément le titre de martyr… »

Ernout et les chevaliers de Balian auraient bien voulu être en mesure d'apaiser la souffrance de leur maître, mais ils savaient qu'aucun baume ne guérirait jamais une blessure aussi profonde. Ils le regardèrent en silence se lever et s'éloigner de quelques pas, en leur tournant le dos comme pour maintenir sa douleur à distance. L'heure cependant n'était pas aux larmes.

« Ah, Jacques… murmura-t-il. Toi et ta satanée fierté… »

À cet instant précis, il eut vraiment l'impression que son cœur allait se briser.

Arrivés à Nazareth, ils découvrirent une ville en deuil. Les gens erraient dans les rues, certains hurlaient même de chagrin. Il y avait des prêtres et des chanoines partout, mais aucun marchand ne haranguait les passants et la place du marché semblait aussi abandonnée que le château La Fève. Les chevaliers de Balian crurent d'abord que les gens étaient terrifiés par la défaite de La Fontaine du Cresson, redoutant que le royaume ne soit irrémédiablement affaibli par la perte de tant de valeureux guerriers. Mais ils ne tardèrent pas à apprendre la triste vérité. Gérard de Ridefort s'était vanté en affirmant qu'ils allaient remporter une grande victoire et avait poussé les habitants à prendre les armes et à venir le rejoindre, leur promettant qu'ils pourraient ensuite profiter des dépouilles. De nombreux citoyens de Nazareth avaient donc répondu à son appel : arrivés à La Fontaine du Cresson, une fois la bataille terminée, ces malheureux civils avaient été faits prisonniers par les Sarrasins triomphants et emmenés en captivité, laissant leurs familles les pleurer à Nazareth.

L'un des chevaliers avait pris le frère André avec lui sur sa monture, mais le templier perdit connaissance lorsqu'ils arrivèrent devant le palais de l'archevêque et serait tombé si un autre cavalier n'était pas intervenu pour le rattraper à temps. On l'étendit ensuite sur le sol. Deux chanoines apparurent bientôt avec une civière et l'emmenèrent dans l'enceinte de la cathédrale. Balian dit à ses hommes de conduire leurs chevaux dans les écuries. Il s'apprêtait à gagner la grande salle du palais lorsqu'il entendit quelqu'un l'appeler par son nom ; en se retournant, il reconnut l'archevêque de Tyr qui se hâtait de le rejoindre.

« Balian, Dieu soit loué ! »

Joscius s'immobilisa aussitôt. Balian avait l'allure d'un homme souffrant d'une grave blessure, et il fut soulagé de ne pas voir la moindre trace de sang sur son haubert. Il était inutile de lui demander s'il savait ce qui s'était passé. S'avançant d'un pas, il posa la main d'un geste compatissant sur le bras de Balian.

« L'homme qu'on emmenait à l'infirmerie… dit-il. S'agit-il d'un survivant de la bataille ? »

Voyant Balian opiner, il répéta :

« Dieu soit loué ! Il y en a trois autres ici : de Ridefort et deux de ses Templiers. L'un est gravement blessé, l'autre ne souffre que de plaies superficielles. Quant à Gérard, il a été touché à la tête. Il n'a pas dit grand-chose au sujet de la bataille elle-même, sinon qu'ils étaient tombés dans une embuscade et que tous les hommes étaient morts. »

Il sentit le bras de Balian se raidir.

« Ce n'était donc pas une embuscade ? reprit-il, voyant sans surprise Balian confirmer la chose d'un mouvement de tête. Venez avec moi… »

Il l'entraîna derrière lui et ils longèrent l'enceinte de la cathédrale sans échanger un mot. Voyant que Balian ralentissait l'allure, il l'observa d'un air interrogateur.

« Vous voulez peut-être entrer pour prier ? lui demanda-t-il.

— Non. Je voudrais juste m'asseoir un instant. »

C'étaient les premiers mots que Balian prononçait, et Joscius se dit qu'il n'aurait jamais reconnu sa voix, atone et dénuée d'expression ainsi que de toute énergie. Le prenant à nouveau par le bras, il l'entraîna vers le cloître et ils s'assirent sur un banc de pierre dans l'un des renfoncements.

« Roger de Moulins avait insisté pour que je reste ici, reprit Joscius, en soulignant que je n'avais ni haubert ni casque, que je ne possédais pas d'arme ni même le moindre destrier. Ce qui est la vérité : mais je pense qu'il souhaitait surtout me faire comprendre que je n'étais pas un prêtre guerrier. »

L'archevêque avait l'impression que cet aveu lui avait échappé. Il ne le retira pourtant pas, tout en l'accompagnant d'un sourire confus.

« Je savais bien qu'il avait raison, reprit-il, et que j'aurais plus été un fardeau que d'une quelconque utilité sur le champ de bataille. Mais à peine étaient-ils partis que j'ai éprouvé des regrets – et même un certain remords…

— Non ! s'exclama Balian avec une telle violence que Joscius le dévisagea, interloqué. Mourir inutilement n'a rien d'honorable et Dieu n'exige pas cela de nous. Pas plus qu'il ne s'en réjouit. »

Leurs regards se croisèrent pendant quelques instants, mais ce fut Joscius qui détourna les yeux le premier, sachant que Balian avait raison : il faisait partie des rares survivants, après tout.

« Qu'allons-nous faire, à présent ? demanda-t-il.

— J'ai envoyé l'un de mes hommes à Naplouse, porteur d'un message pour ma femme : je ne veux pas qu'elle s'inquiète à mon sujet lorsqu'elle apprendra le massacre de La Fontaine du Cresson. Je lui ai également demandé de rassembler tous les chevaliers de notre maisonnée qu'elle parviendra à joindre afin qu'ils me rejoignent à Nazareth. Ils devraient arriver demain, en nombre suffisant pour nous escorter et nous permettre de gagner Tibériade sans encombre. »

Il dut faire un effort pour se relever, comme si son corps n'obéissait plus vraiment aux ordres de son cerveau. Mais lorsque Joscius lui suggéra d'aller prendre un peu de repos, il secoua la tête.

« Mes hommes m'attendent, dit-il. Nous devons réquisitionner toutes les charrettes et les chevaux de trait de la ville, ce qui va prendre un certain temps. Les habitants vont d'ailleurs devoir nous aider. »

Il regardait Joscius en parlant, mais l'archevêque n'était pas certain qu'il le voyait vraiment.

« Il va falloir ramener tous ces cadavres à Nazareth, reprit Balian. Nous devons enterrer nos morts. »

Ils quittèrent Nazareth le lendemain matin, après un lever de soleil éblouissant auquel nul ne prêta attention. Balian et Joscius étaient accompagnés par l'archevêque Léthard, qui s'était porté volontaire pour se joindre à eux. Ils le soupçonnaient de vouloir menacer Raymond d'excommunication s'il refusait toujours de faire la paix avec Guy, mais cela leur était bien égal. Il y avait toutefois une absence de taille dans leurs rangs : Gérard de Ridefort était resté sur place en disant qu'il souffrait trop pour monter à cheval. Balian n'avait pas été le voir, redoutant sa propre réaction. Et il comprit qu'il avait agi sagement lorsque Joscius lui rapporta le commentaire que le grand maître avait fait sur leur désastreuse déroute de La Fontaine du Cresson : mourir pour Notre-Seigneur Jésus-Christ était le plus sûr moyen selon lui de mériter la gloire d'une couronne de martyr.

Les deux prélats chevauchaient aux côtés de Balian, qui les surprenait parfois à jeter des regards inquiets dans sa direction : il n'avait pas fermé l'œil de la nuit et imaginait qu'il devait avoir l'allure d'un homme ayant passé des heures sur un champ de bataille jonché de cadavres qu'il ne parvenait même pas à identifier, la plupart ayant été décapités. Il avait envoyé un messager à Raymond pour l'avertir de leur arrivée, et ils avaient couvert la moitié des trente kilomètres séparant Nazareth de Tibériade lorsqu'ils rencontrèrent une cinquantaine de chevaliers envoyés par le comte pour leur servir d'escorte à travers la Galilée. Il n'y avait toutefois plus le moindre danger car l'armée du sultan était repartie : les Sarrasins avaient tenu parole et retraversé le

Jourdain au coucher du soleil pour rejoindre leur camp érigé sur le site d'une autre victoire sarrasine, les ruines exsangues et calcinées de la forteresse qui se dressait jadis à Fort Jacob.

Lorsqu'il aperçut les deux collines connues sous le nom de cornes de Hattin, Balian sut qu'ils n'étaient plus très loin. Ils distinguèrent alors un nuage de poussière soulevé par un groupe de cavaliers qui arrivaient à leur rencontre. Ils étaient emmenés par Hugues, le beau-fils de Raymond, et lorsqu'ils se furent rapprochés, Balian reconnut à ses côtés ses frères cadets : Guillaume, Odon et Raoul. Ceux-ci se tinrent en retrait tandis qu'Hugues s'avançait seul sur son étalon pour accueillir leur délégation.

« Les mots me manquent, dit-il en guise de salutations. Nous avons tous le cœur déchiré. Jamais nous n'avons voulu une chose pareille. »

Balian ne doutait pas de la sincérité du jeune homme. Il était convaincu que tous pleuraient les soldats tombés à La Fontaine du Cresson. Mais ce n'était pas une consolation.

« Parlez-vous également au nom de votre beau-père ? » lui demanda-t-il.

Hugues lui certifia que oui, et l'archevêque de Nazareth lui demanda alors d'une voix cinglante pourquoi, dans ce cas, le comte ne les accompagnait pas.

« Notre seigneur est aussi accablé que nous tous, insista Hugues. Il ne voulait pas laisser les hommes du sultan traverser la Galilée et a tout fait pour empêcher que le sang ne soit versé. Il a tenté d'avertir son peuple d'éviter tout contact avec les Sarrasins. Si seulement on l'avait écouté… »

Il s'interrompit soudain car Balian avait levé la main et ses chevaliers murmuraient derrière lui, visiblement en colère.

« Vous ne m'entendrez jamais prendre la défense de Gérard de Ridefort, dit-il à Hugues. Mais rejeter la faute sur des hommes qui sont morts au combat n'est pas le meilleur moyen de dédouaner Raymond. Que cela vous plaise ou non, Hugues, ils seront nombreux à le tenir lui aussi pour responsable de ce qui s'est passé à La Fontaine du Cresson.

— Je puis le comprendre », répondit Hugues.

Il s'était bien douté que son discours ne passerait pas, mais que pouvait-il dire d'autre ? L'amour filial et la loyauté l'empêchaient, comme ses frères, d'admettre qu'ils avaient été horrifiés par les décisions de Raymond – d'abord lorsqu'il avait fait alliance avec Saladin, puis en donnant l'autorisation à une armée sarrasine de pénétrer en Galilée.

« Mon beau-père sait fort bien qu'il a contribué à ce désastre. Il est resté sans voix quand nous avons vu les Sarrasins repasser en brandissant les têtes de nos hommes fichées sur leurs lances.

— Vous avez assisté à ça ? »

Hugues ne put réprimer un frisson.

« Nous étions tellement soulagés en voyant leur armée revenir à Tibériade pour repasser le Jourdain. Le soleil n'était pas encore couché, et nous pensions qu'ils avaient respecté leur engagement et ne s'étaient livrés à aucune exaction sur nos terres. Mais nous avons ensuite aperçu les prisonniers qu'ils emmenaient comme du bétail et les têtes de leurs victimes qu'ils brandissaient fièrement à la pointe de leurs lances. Ils sont passés si près que nous pouvions distinguer leurs traits. Mon beau-père et Roger de Moulins étaient de vieux amis. »

Hugues dut s'interrompre avant de reprendre, d'une voix brisée :

« Dites-nous comment faire amende honorable et nous respecterons votre décision. »

Là encore, Balian était convaincu qu'Hugues parlait sincèrement. Mais il doutait toujours qu'il s'exprime vraiment au nom de Raymond. Le remords du comte serait-il assez fort pour vaincre sa fierté ?

« Je ne peux rien vous dire, Hugues, avant d'avoir vu votre beau-père. »

Hugues lui adressa un regard qui était une prière muette. Il aurait voulu parler en son nom et marquer ses distances avec la bévue monumentale de son beau-père ; mais il ne pouvait pas l'abandonner au moment où celui-ci avait le plus besoin de son soutien. Il aurait voulu dire à Balian à quel point il était désolé de la mort de son ami Jacquelin de Mailly. Il aurait voulu venir en aide à ses frères chrétiens qu'on emmenait en esclavage – et effacer de sa mémoire l'image de ces têtes décapitées, dégoulinantes de sang. Il savait pourtant que même si sa famille et lui avaient pleuré jusqu'à ce que leurs larmes aient fait déborder la mer Morte, cela n'aurait hélas rien changé à l'affaire.

Esquiva et Raymond les attendaient sur le perron de la grande salle. Denis était à leurs côtés, arrivé de Sidon dans l'après-midi : il pensait participer à une réunion de conciliation mais s'était retrouvé plongé en pleine tourmente. Une fois les salutations échangées dans une tangible tension, il prit Balian à part et l'étreignit avec émotion. Les échos du désastre de La Fontaine du Cresson lui étaient parvenus plus tôt dans la journée, mais ce ne fut qu'une fois à Tibériade qu'il avait appris que Balian ne figurait pas au nombre des victimes.

« Hugues m'a dit que l'armée sarrasine se montait à six ou sept mille hommes. Pourquoi les avons-nous affrontés, alors que nous étions aussi peu nombreux ?

— Posez la question à Gérard de Ridefort, se contenta de dire Balian.

— J'aurais dû m'en douter… » dit Denis en fermant les yeux.

Hugues lui avait également appris que le maréchal des Templiers, Jacquelin de Mailly, avait été tué et qu'ils avaient vu sa tête à la pointe d'une lance sarrasine. Sachant qu'il ne faisait pas partie du groupe accompagnant leur grand maître, il avait espéré qu'il s'agissait d'une erreur : on peut facilement prendre un homme pour un autre dans d'aussi funestes circonstances. Mais en voyant le visage dévasté de Balian, ses derniers doutes s'envolèrent. Ils avaient perdu plus d'une centaine de combattants aguerris dans ce désastre – ainsi que deux chefs de guerre aussi mesurés que perspicaces en la personne de Roger de Moulins et de Jacquelin de Mailly.

« Dans le message que vous avez adressé à Raymond, reprit-il, vous disiez que Gérard de Ridefort était l'un des rares survivants. Comment Dieu a-t-il pu permettre une chose pareille ? »

La mâchoire de Balian se contracta.

« C'est le diable qui était derrière tout ça, lâcha-t-il. Dieu n'a rien à voir là-dedans. »

Ils se réunirent sur la terrasse du château, les quatre envoyés du roi d'un côté de la table, le comte et sa famille de l'autre : sa femme et ses beaux-fils avaient en effet tenu à être présents. Les yeux gonflés et rougis, Esquiva prit place à côté de son mari. Elle vit avec fierté son fils aîné s'asseoir à la droite de Raymond, sachant pourtant à quel point il était partagé. Posant la main sur le bras de son époux, elle tenta de lui adresser un message muet : il ne devait pas chercher à se justifier, car toutes les raisons qu'il aurait pu avancer avaient perdu leur valeur dès l'instant où le premier chevalier était tombé à La Fontaine du Cresson.

Raymond eut l'air de le comprendre, du moins au début, car il parla avec une réelle émotion de l'horreur qu'il avait ressentie en apprenant la nouvelle. Il loua avec éloquence le courage des hommes qui avaient été abattus, et sa voix se brisa lorsqu'il évoqua la mort de Roger de Moulins. Les émissaires l'écoutaient en silence, et ce fut peut-être ce qui le mit sur la défensive et l'amena à tenter de se justifier. Il entreprit alors d'expliquer pourquoi il avait l'impression de ne pas avoir eu le choix depuis le début. On l'avait forcé à agir comme il l'avait fait et toutes les décisions qu'il avait dû prendre étaient de simples réactions, dans un contexte qu'il ne maîtrisait pas : il avait d'abord cherché à protéger sa famille et ses terres. Lorsqu'il en vint à affirmer que la bataille de La Fontaine du Cresson et le bain de sang qu'elle avait entraîné n'auraient jamais eu lieu si les grands maîtres avaient suivi ses recommandations et étaient restés au château La Fève, il fut pourtant confronté à une autre réalité : à savoir que la vérité n'effaçait pas les cris des mourants, surtout s'agissant de ses frères chrétiens.

L'archevêque de Nazareth était tellement furieux qu'il se leva en repoussant son siège, déjà prêt à quitter les lieux. Joscius affichait une attitude plus mesurée mais n'en était pas moins profondément offensé par ces propos. Denis se contenta de détourner les yeux. Quant à Balian, il découvrit que sa patience n'avait pas résisté, elle non plus, à la boucherie de La Fontaine du Cresson.

« Vous pouvez bien prétendre, Raymond, que c'est Guy qui vous a poussé dans cette rébellion. Vous pouvez bien accuser Gérard de Ridefort pour son imprudence, si ce n'est sa folie meurtrière. Vous pouvez même prétendre que les Sarrasins n'avaient pas cherché le combat et vous défendre ainsi jusqu'à la fin des temps. Mais cela ne changera rien, maintenant que vos compatriotes ont été massacrés par une armée que vous avez autorisée à pénétrer en Galilée. »

Raymond ne l'avait pas interrompu avant qu'il ait terminé, même s'il avait visiblement de la peine à garder le silence. Il se pencha alors en avant, moins poussé par la colère que par la volonté de faire comprendre à Balian et ses compagnons la manière dont il voyait les choses.

Mais Hugues ne lui en laissa pas le temps.

« Balian a raison, père. Les habitants de Tibériade étaient à deux doigts de se révolter, hier, en voyant les Sarrasins parader avec leurs prisonniers et leurs macabres trophées. Vous avez dû accueillir les hommes du sultan dans l'enceinte du château pour les protéger de la vindicte populaire. Certains de vos chevaliers sont prêts à se rebeller et à rompre leur serment si vous maintenez cette alliance avec Saladin. Et si je peux m'exprimer au nom de mes frères, il nous est impossible de vous suivre plus longtemps sur un tel chemin. »

Raymond ouvrit la bouche mais aucun son n'en sortit. Son regard quitta Hugues et se porta vers ses autres beaux-fils, qu'il dévisagea tour à tour avant de regarder son épouse. Il semblait avoir vieilli de dix ans en quelques instants. Ses épaules s'affaissèrent et ses poings se détendirent, tandis que son menton retombait sur sa poitrine. Le silence qui s'était installé parut interminable. Lorsque Raymond releva enfin la tête et regarda Balian dans les yeux en lui demandant : « Que voulez-vous que je fasse ? », tous comprirent qu'il avait enfin cédé.

Dès qu'il eut entendu parler de la débâcle de La Fontaine du Cresson, Guy de Lusignan rassembla à la hâte une escorte armée et prit la direction du nord. Il était en chemin lorsqu'il reçut un message de ses émissaires l'informant que le comte de Tripoli avait accédé à toutes leurs exigences. Il avait mis un terme à son alliance avec Saladin, banni de Tibériade tous les hommes du sultan et promis de jurer allégeance à Guy et de le reconnaître comme son suzerain légitime. Guy répondit en disant qu'il attendrait Raymond au château de Saint-Job, tenu par les Hospitaliers, à mi-chemin entre Nazareth et Naplouse.

Une fois à Nazareth, les émissaires avaient été rejoints par Gérard de Ridefort, suffisamment remis de ses blessures pour assister à l'humiliation publique de l'homme qu'il détestait le plus au monde. Au début, le grand maître avait bien tenté de justifier son action à La Fontaine du Cresson, mais ses explications avaient plongé Balian dans une telle rage et suscité une telle explosion de colère que Gérard se l'était tenu pour dit et affichait depuis lors une discrétion inhabituelle, en ayant soin de se tenir à l'écart du seigneur de Naplouse. Raymond, quant à lui, ignorait aussi complètement le grand maître que s'il avait été invisible. Il tardait à tout le monde de tourner au plus vite cette page.

Balian ressentit un profond soulagement lorsque le château de Saint-Job apparut au loin : la citadelle des Hospitaliers ne se trouvait qu'à une vingtaine de kilomètres de Naplouse et il avait terriblement envie de revoir sa famille, d'embrasser sa femme et d'entendre le rire de ses enfants. Il priait intérieurement pour que les négociations de paix entre Guy et Raymond n'échouent pas au dernier moment, car il ne faisait confiance à aucun des deux hommes pour saisir l'occasion et faire passer en premier l'intérêt du royaume.

Les portes du château s'ouvrirent et une troupe de cavaliers en émergea, se portant à leur rencontre au galop. La surprise fut considérable lorsqu'ils virent que Guy était à leur tête, car ils s'attendaient à ce qu'il reçoive Raymond dans la grande salle, entouré des symboles de la royauté. Leur surprise ne fit que croître lorsque le roi demanda à ses chevaliers de faire halte, avant de s'avancer seul sur la route. Raymond se porta à son tour à sa rencontre sur son étalon et ils se retrouvèrent bientôt face à face au milieu du chemin. Lâchant les rênes de sa monture, Raymond mit pied à terre. Guy l'imita. Sous les regards un peu inquiets de l'assistance, le comte s'agenouilla brusquement devant l'homme qu'il avait refusé de reconnaître pour roi. Un soupir de soulagement parcourut les spectateurs en voyant que Raymond tenait sa promesse et demandait humblement pardon pour le désastre de La Fontaine du Cresson. Mais personne n'avait imaginé ce qui se produisit ensuite : Guy tendit la main et releva Raymond avant de le prendre dans ses bras, comme s'il s'agissait d'un simple allié repenti et non d'un homme qui s'était rendu coupable de rébellion, si ce n'était d'une possible trahison.

Balian s'avança, à cheval sur Fumée : il préférait être le plus près possible des deux hommes, au cas où la soumission de Raymond déboucherait sur une nouvelle confrontation. Denis et Joscius le suivirent. En s'approchant, Denis leur avoua :

« Que je sois damné, mais Guy se révèle un vainqueur généreux ! Qui l'aurait cru ?

— Pas moi, à coup sûr, reconnut l'archevêque, visiblement enchanté. Raymond non plus, d'ailleurs, ajouta-t-il. Il a l'air tétanisé. »

Guy parlait avec animation, la main toujours posée sur le bras du comte. Une partie de ses paroles parvint jusqu'à eux, portée par la douce brise de mai : il était question de « la paix entre nous » et de « Saladin, notre seul ennemi »…

« J'espère ne pas passer pour un imbécile à vos yeux, reprit Joscius, mais ne dirait-on pas que nous avons enfin réussi à nous unir contre les Sarrasins ?

— Tout le monde a l'air de le croire », rétorqua Denis en jetant un coup d'œil par-dessus son épaule.

Les hommes s'étaient mis à applaudir et à pousser des vivats. Seul Gérard de Ridefort ne participait pas à la liesse générale : son visage paraissait sculpté dans la pierre et ne trahissait aucune émotion.

Balian s'abstint de tout commentaire, ne voulant pas frustrer ses compagnons de ce rare moment de joie. Mais même si le royaume parvenait à s'unir derrière Guy, ce serait de courte durée. Pour que leur unité ait quelque chance de perdurer, il aurait fallu que le grand maître des Templiers ait lui aussi trouvé la mort à La Fontaine du Cresson, comme tous ceux qu'il avait envoyés au massacre. Le serpent rôdait toujours dans le jardin d'Éden.

CHAPITRE 47

Juin 1187
Naplouse, Outremer

Balian avait rassemblé tous les chevaliers et les seigneurs de Naplouse pour répondre à la convocation du roi : la cour de son palais était noire de monde, tandis que les hommes s'apprêtaient au départ. Les enfants de Balian l'avaient déjà vu partir au combat, mais Thomassin et Helvis étaient assez âgés pour comprendre que le danger était beaucoup plus grand cette fois-ci, Saladin ayant levé la plus importante armée qui ait jamais menacé leur royaume. Balian les avait rassurés de son mieux, leur promettant de revenir sain et sauf sitôt l'invasion repoussée. S'étaient-ils rendu compte qu'il n'était pas certain de pouvoir tenir sa promesse ? Il espérait que non.

Ému par la détresse qui s'était peinte sur le visage de sa fille, il la serra une dernière fois dans ses bras. Lorsqu'il s'écarta, son regard se posa un instant sur Marie, qui se tenait sur le perron de la grande salle. Ils avaient fait leurs adieux dans l'intimité de leur chambre, avec une sorte d'urgence muette qui les avait laissés aussi exsangues l'un que l'autre. Mais elle semblait s'être ressaisie, le visage de l'épouse s'effaçant derrière le masque de la reine qu'elle maîtrisait à la perfection depuis que son mariage avec Amaury, vingt ans plus tôt, l'avait propulsée sur le devant de la scène. Tandis que leurs regards se croisaient, elle esquissa même un sourire.

Ernout tenait les rênes de Fumée, le palefroi de Balian. Ses chevaux de combat, Khamsin et Démon, les suivaient sans cavaliers. Balian était sur le point de se mettre en selle lorsqu'il s'interrompit soudain et traversa la cour à vive allure pour rejoindre sa femme. Sans se soucier des gens qui les regardaient, il la prit dans ses bras et l'étreignit avec tant de force qu'elle en eut le souffle coupé. Elle ne protesta pas, néanmoins, et le serra elle aussi contre elle. Ils n'échangèrent pas un mot, s'étant déjà dit ce qu'ils avaient à se dire au cours de la nuit. Marie le suivit lorsqu'il rejoignit son étalon : elle appela sa fille auprès d'elle tandis qu'il montait en selle et donnait à ses hommes le signal du départ. Il ne jeta pas un regard en arrière mais elle le suivit des yeux, le bras passé autour des épaules d'Helvis, jusqu'à ce qu'il soit hors de vue.

Comme Baudouin l'avait fait à Montgisard, Guy avait convoqué l'arrière-ban, requérant la présence dans les forces armées de tous les hommes valides du royaume. On comptait ainsi six cent soixante-quinze chevaliers et plus de cinq mille fantassins et turcopoles. Les Templiers pouvaient normalement avancer trois cents chevaliers d'élite et un millier de fantassins, les Hospitaliers trois cents chevaliers et de nombreux hommes d'armes. Mais les deux ordres avaient subi de lourdes pertes à La Fontaine du Cresson. Raymond avait amené de Tripoli la plupart de ses deux cents chevaliers, auxquels s'ajoutait une autre centaine en provenance de Galilée, fief de son épouse. Bohémond avait conclu une trêve avec les Sarrasins afin de pouvoir chasser les Turcs qui menaçaient Antioche. Suite à l'appel de Guy, il envoya néanmoins une cinquantaine de chevaliers sous le commandement de son fils aîné, le prince Raimond, qui était également le filleul du comte de Tripoli. Il y avait aussi un contingent de marins italiens ainsi que l'habituel détachement des pèlerins de passage, qui ne demandaient qu'à se battre contre les infidèles. Lorsque Guy déclara fièrement que jamais une armée aussi importante n'avait été rassemblée en Outremer, nul ne mit sa parole en doute car chacun pouvait le constater de ses propres yeux. Dans leur camp de Saphorie, les tentes s'étalaient à perte de vue, il y avait des milliers de chevaux ; et la nuit, les lueurs de centaines de feux brillaient dans les ténèbres.

Denis s'arrêta pour regarder le soleil disparaître à l'horizon, laissant derrière lui une traînée de lueurs enflammées. Il accueillait toujours le crépuscule avec soulagement durant le mois de juillet, car il régnait dans la journée une chaleur torride. Il s'apprêtait à regagner sa tente lorsqu'un brusque éclat de rire retint son attention. Un groupe d'individus plaisantaient autour d'un homme que Denis ne distinguait pas et s'exprimaient dans une langue étrangère – sans doute un dialecte italien. Il devait s'agir de ces marins génois… Il s'éloignait déjà lorsque leur cercle s'ouvrit et qu'une silhouette familière en émergea.

Denis s'immobilisa aussitôt et attendit que Balian l'ait rejoint.

« Aucun d'eux ne parle la langue des Francs, lui expliqua ce dernier, et ils viennent me trouver chaque fois qu'il y a un problème à régler. La langue de mon père était le piémontais et elle est suffisamment proche de leur dialecte ligure pour que nous parvenions à nous comprendre.

— Comment avez-vous pu apprendre le piémontais ? s'étonna Denis. Votre père est mort l'année de votre naissance.

— Il s'était débrouillé pour qu'Hugues et Baudouin parlent sa langue natale. Et ceux-ci n'ont pas demandé mieux que de la transmettre à leur petit frère. » Balian sourit en évoquant ce lointain souvenir. « J'ai souvent entendu dire que les aînés adorent tourmenter leurs cadets, mais mes frères se sont toujours montrés très protecteurs à mon égard. Peut-être parce qu'ils étaient nettement plus âgés que moi. »

Comme chaque fois qu'il parlait de ses frères, la voix de Balian était empreinte d'une chaleureuse complicité. Denis songea qu'il avait dû être peiné en voyant que Baudouin n'avait pas accompagné la troupe de chevaliers que le prince Raimond amenait d'Antioche. Il en avait lui-même été surpris et profita de la circonstance pour en savoir davantage au sujet de cette inexplicable absence.

« J'ai entendu dire que Raimond était porteur d'une lettre de Baudouin à votre intention. Comment les choses se passent-elles pour lui, à Antioche ?

— J'étais stupéfait qu'il ne soit pas venu avec le prince Raimond, reconnut Balian. Sa lettre n'offrait guère d'explications. Il évoquait une campagne contre les Turcs et disait qu'il nous rejoindrait dès que possible, sans plus de précision. Mais quelle que soit la haine que lui inspire Guy, je sais bien qu'il n'a jamais été indifférent au sort du royaume. J'ai donc posé quelques questions au fils de Bohémond, qui m'a finalement avoué que Baudouin avait été malade mais qu'il ne voulait pas que je le sache. Il m'a également assuré qu'il était à présent en voie de guérison. »

Cette nouvelle ne disait rien de bon à Denis, et il vit bien que Balian partageait ses inquiétudes. Baudouin avait insisté un jour pour prendre part à une chevauchée alors qu'il était brûlant de fièvre ; ou pour poursuivre un sanglier au cours d'une battue après être tombé de cheval et s'être fracassé le crâne. S'il était vraiment « en voie de guérison », il les aurait déjà rejoints à Saphorie. Toutefois, à supposer que son frère soit gravement malade, Balian ne pouvait rien faire pour l'instant. Saladin avait franchi le Jourdain cinq jours plus tôt à la tête d'une imposante armée et avait établi son camp à Kafr Sabt, à une quinzaine de kilomètres de Saphorie.

Les deux hommes marchèrent un moment en silence. Balian invita Denis à partager son souper et ils se retrouvèrent bientôt sous sa tente, devant un ragoût de mouton que leur avaient servi ses écuyers. Après avoir dit aux jeunes gens de profiter à leur tour du repas, les deux hommes s'étaient un peu détendus en partageant un pichet de vin. La tente était restée ouverte et on apercevait le ciel assombri, mais la lumière des lampes à huile empêchait l'obscurité de s'étendre à l'intérieur : elle ne chassait pourtant pas les ombres que Denis percevait dans le regard de Balian, qui n'avait visiblement pas dormi. Cela faisait tout juste deux mois qu'avait eu lieu le massacre de La Fontaine du Cresson, et la blessure que lui avait causée la mort inutile de Jacquelin n'allait pas se refermer aussi vite, à supposer que cela puisse être un jour le cas.

« J'étais sceptique au début, avoua Denis, quand Guy s'est vanté qu'aucun roi de Jérusalem avant lui n'avait jamais rassemblé une aussi grande armée. Mais tout à l'heure, en traversant le camp, je me suis dit qu'il avait peut-être bien raison. Il y a au moins quinze mille hommes autour de nous.

— Bien davantage, rétorqua Balian en leur servant une autre coupe de vin. Cela m'intriguait moi aussi et j'ai posé la question au connétable. Selon Aimery, nous disposons de mille deux cents chevaliers, en comptant les Templiers et les Hospitaliers. Il y a quatre mille sergents et turcopoles à cheval et environ quinze mille fantassins. Soit un total de plus de vingt mille hommes.

— Tant que ça ? répliqua Denis avec un petit sourire.

— Malheureusement pour nous, Saladin en a réuni le double. »

Le visage de Denis s'allongea. Il se doutait qu'ils seraient en infériorité numérique puisque c'était toujours le cas quand ils affrontaient les Sarrasins, mais il n'avait pas pensé que l'écart serait aussi grand.

« Vous en êtes sûr, Balian ?

— C'est ce que m'ont dit Elias et Daoud, répondit Balian en nommant leurs deux meilleurs éclaireurs turcopoles.

— Bon sang… murmura Denis. Remercions Dieu que Guy se soit enfin décidé à nous écouter. Sinon, nous serions tombés dans le piège que Saladin nous tendait lundi dernier en essayant de nous attirer hors de Saphorie.

— Espérons qu'il continuera dans cette voie, répondit Balian, qui savait que le roi recevait des conseils autrement belliqueux de la part de Renaud de Châtillon et de Gérard de Ridefort. Renaud rumine sa vengeance après les dégâts que la campagne de Saladin a causés dans l'Outre-Jourdain au printemps dernier. Quant à Gérard, ce fou furieux n'a jamais raté une occasion de prendre une décision désastreuse… »

Malgré l'amertume qui était perceptible dans sa voix, Denis ne put s'empêcher de sourire, tant ce jugement sur le grand maître des Templiers était approprié. Avant qu'il ait pu répondre, Ernout pénétra en trombe dans la tente.

« L'un des hommes du roi veut vous voir, monseigneur, lança-t-il d'une voix essoufflée. Il dit que c'est urgent. »

Un chevalier le suivait, et Balian reconnut aussitôt l'un des membres de la maisonnée de Guy.

« Dieu merci, vous êtes là tous les deux, messeigneurs ! s'exclama-t-il. Le roi veut vous voir ! »

Même si l'homme n'avait pas été aussi agité, Balian aurait compris qu'il y avait un problème. Un message urgent du roi n'était jamais une bonne nouvelle.

« Que s'est-il passé, messire Aubert ?

— Un messager de la comtesse de Tripoli vient d'arriver. Elle nous apprend que Saladin a lancé une attaque contre Tibériade et s'est emparé de la ville en moins d'une heure. Le château a tenu bon, mais elle demande au roi de lui envoyer des renforts de toute urgence. »

La tente rouge où Guy avait installé son commandement était déjà pleine à craquer quand Balian et Denis arrivèrent. Le roi était flanqué de part et d'autre par Renaud de Châtillon et Gérard de Ridefort, mais ce n'était pas de son fait. Balian connaissait assez les deux hommes, qui avaient l'art de se frayer un passage et de se retrouver au premier rang, notamment lors des conseils de guerre. Le cousin de Denis, venu de Césarée, fut le dernier à arriver, et, dès qu'il eut pris place dans le cercle des barons, Guy leva la main pour réclamer le silence.

« La comtesse de Tripoli vient de m'adresser un message, dit-il, pour m'annoncer qu'elle était assiégée à Tibériade et que la ville avait d'ores et déjà été conquise. Une partie des habitants a pu trouver refuge à l'intérieur du château, les autres sont morts ou ont été faits prisonniers. Elle me précise que c'est Saladin en personne qui conduit cette opération, et elle craint que la citadelle ne finisse par tomber si nous ne venons pas à sa rescousse. » Le roi se tourna alors vers le comte de Tripoli. « Monseigneur le comte, étant donné qu'il s'agit de votre épouse et que c'est votre citadelle qui est assiégée, il vous revient naturellement de parler en premier. Que nous conseillez-vous de faire ?

— Rien, Majesté, répondit Raymond, sans tenir compte de l'étonnement de ses beaux-fils ni quitter le roi des yeux. Saladin nous tend un piège en se servant de mon épouse comme appât. Si nous quittions Saphorie et marchions sur Tibériade pour l'obliger à lever le siège, nous ferions exactement ce qu'il attend de nous. Il veut nous obliger à livrer bataille et nous ne devons pas entrer dans son jeu, car c'est une bataille que nous sommes assurés de perdre. »

Guy fut pris de court par la réponse du comte.

« Mais si nous ne faisons rien, s'exclama-t-il, la citadelle va probablement tomber aux mains de Saladin !

— Il faut en effet s'y attendre, répondit calmement Raymond. Mais je préfère perdre une ville que le royaume tout entier. » Comme deux de ses beaux-fils s'insurgeaient déjà, il leva la main pour les calmer. « Saladin ne fera aucun mal à votre mère, leur dit-il. Si elle est capturée, il aura soin qu'elle soit traitée avec le plus grand respect jusqu'à ce que nous nous soyons mis d'accord sur le montant d'une rançon. »

Hugues semblait prêt à accepter le raisonnement de son beau-père mais ses frères demeuraient sceptiques, et Raoul, le plus jeune, lui demanda d'une voix inquiète :

« Comment pouvez-vous en avoir la certitude ?

— Parce que je connais Saladin, rétorqua le comte en défiant l'assemblée du regard. Et beaucoup mieux que n'importe lequel d'entre vous.

— Nous le savons fort bien », lança Gérard d'un air ironique tandis que Renaud éclatait de rire.

Raymond les ignora et se tourna vers Guy.

« Même si Saladin s'empare de Tibériade, dit-il, il ne pourra pas tenir la ville très longtemps. Lorsqu'il se sera retiré, je la réoccuperai et réparerai les dégâts occasionnés. J'accepte ces pertes puisqu'elles s'avèrent nécessaires, car rien ne m'importe davantage que la survie d'Outremer. »

Guy était toujours impressionné par le sang-froid de Raymond. Il se voyait mal réagir de la sorte si Sibylle se trouvait un jour assiégée par les Sarrasins. Une partie des barons considéraient le comte avec une sincère admiration, y compris parmi ceux qui le tenaient pour responsable du désastre de La Fontaine du Cresson, car ils avaient conscience qu'il n'était pas facile de faire un tel choix, les hommes ayant naturellement tendance à faire passer ce qu'ils possédaient en premier. Toutefois, ni Renaud ni Gérard ne partageaient leur approbation, et le grand maître des Templiers ne tarda pas à le faire savoir.

« La dévotion que vous prétendez avoir pour notre royaume serait plus crédible si vous n'aviez pas été en aussi bons termes avec Saladin il y a quelques semaines à peine », railla-t-il.

Raymond réagit une fois encore avec une indifférence glaciale, une arme qu'il maniait à la perfection. Ignorant le grand maître et s'adressant directement à Guy, il déclara avec gravité :

« Sire, Saladin assiège Tibériade pour nous attirer hors de Saphorie. Il a besoin de livrer cette bataille afin de remporter une victoire décisive. Depuis des années, il brandit la promesse du jihad pour justifier ses attaques contre d'autres potentats musulmans, en prétendant qu'ils doivent être tous unis s'ils veulent chasser les infidèles de leurs terres. Maintenant qu'il contrôle Alep et Mossoul, son peuple attend qu'il honore cet engagement sacré. C'est la raison pour laquelle des milliers de volontaires se sont engagés derrière sa bannière, nous plaçant du même coup dans une telle infériorité numérique. Mais il ne peut pas prolonger indéfiniment cette campagne. Le temps de la récolte approche, et les hommes ne tarderont pas à regretter la présence de leurs femmes et de leurs enfants. Si nous refusons de tomber dans son piège et l'empêchons de lancer son jihad, son armée se dispersera vite, comme cela s'est déjà produit par le passé.

— Si vous avez peur d'affronter les *milliers de volontaires* de Saladin, ironisa Renaud, il est encore temps d'aller vous réfugier à Tripoli. La plupart de ces hommes sont des civils fanatiques, et non de Vrais soldats, prêts à mourir pour leur soi-disant prophète et leur foi erronée. Nous ne ferons que les aider à atteindre leur but : les flammes de l'enfer ont sans cesse besoin d'être alimentées… »

Il était moins facile pour Raymond de réfuter cette accusation de lâcheté et il se contenta de rétorquer d'un ton tranchant :

« Je serai à vos côtés si l'armée se met en marche. »

Gérard ricana d'un air dubitatif. Avant qu'il ait pu lancer une nouvelle insinuation concernant la bonne foi du comte, Denis prit la parole.

« Je pense également que ce serait de la folie de nous porter au secours de Tibériade. Cela fait-il pour autant de moi un lâche ?

— Moi de même, intervint Balian en s'avançant vers Guy. Je n'arrive pas à croire que nous en soyons réduits à débattre d'un sujet pareil. Même si nous ne souffrions pas de cette infériorité numérique, nous n'arriverions pas là-bas à temps. Tibériade est à plus de vingt kilomètres à vol d'oiseau, soit une bonne trentaine par la route. Je n'ai pas besoin de vous rappeler qu'il fait horriblement chaud en juillet, ajouta-t-il en lançant à Gérard un regard assassin. Jamais nous ne couvririons une telle distance sans les quantités d'eau nécessaires pour alimenter des milliers d'hommes et de chevaux. Et nous pouvons être assurés que tous les puits et jusqu'à la moindre citerne, entre Saphorie et Tibériade, seront gardés par les soldats de Saladin. Il n'aura qu'à attendre que le soleil et la soif fassent le travail à sa place. Et si nous perdions cette bataille, nous perdrions du même coup le royaume, car il n'y aurait plus personne pour défendre nos villes et nos châteaux. »

Renaud et Gérard voulurent aussitôt protester, mais maintenant que Denis et Balian avaient formulé à voix haute ce que la plupart d'entre eux pensaient, les barons s'empressèrent d'appuyer leurs propos. Guy se retrouva bientôt au centre d'un concert de voix indignées, insistant sur les dangers de la chaleur, de la distance à parcourir, du manque d'eau et de l'importance de l'armée sarrasine. Lorsque Balian souligna quelle folie ce serait d'agir comme Saladin les poussait à le faire, quasiment tout le monde l'approuva. Et quand Onfroy, qui prenait rarement la parole lors des conseils de guerre, exprima à son tour ses inquiétudes, craignant que leur armée ne se retrouve prise entre les forces de Saladin restées à Kafr Sabt et les troupes d'élite qu'il dirigeait à Tibériade, il devint évident que Renaud et Gérard se retrouvaient sur une ligne très minoritaire.

Guy en avait assez entendu. Soulagé de voir qu'il y avait un tel consensus parmi ses barons, il déclara qu'il était inutile de prolonger la discussion.

« Il serait insensé de quitter Saphorie, dit-il. Nous y sommes en sécurité, nous disposons de réserves d'eau suffisantes et sommes très bien situés pour aller affronter Saladin s'il menaçait d'autres régions du royaume. Notre présence ici même l'empêche de marcher sur Jérusalem. Tant qu'il redoutera que nous puissions le prendre à revers en attaquant ses arrières, il limitera son attaque à Tibériade. Et puisque le comte Raymond se déclare prêt à assumer cette perte et ne nourrit apparemment aucune crainte concernant la sécurité de son épouse, nous suivrons la même stratégie que nos rois par le passé, qui leur avait si bien réussi. Si la bataille doit avoir lieu, ce sera à l'heure et au lieu que nous aurons choisis, sans obéir au bon vouloir de Saladin. »

Gérard se tenait dans l'ombre, les yeux rivés sur la tente du roi. Il était près de minuit. Les hommes s'étaient retirés dans leurs tentes ou regroupés autour des feux : il pouvait faire étrangement froid la nuit dans ces collines. Il entendait des soldats ronfler, enroulés dans leurs couvertures, un étalon qui s'ébrouait, le bois qui crépitait dans le feu le plus proche et de temps à autre un brusque éclat de rire étouffé, suivi de quelques jurons ensommeillés. Il n'aimait pas attendre : dans sa jeunesse, on lui avait souvent dit que la dose de patience dont il disposait n'aurait pas suffi à remplir un dé à coudre. Mais il n'avait pas le choix.

Le rabat de la tente finit par s'écarter et Aimery de Lusignan en émergea, suivi par l'évêque d'Acre qui avait la garde des précieuses reliques de la Vraie Croix. Ce rôle aurait normalement dû revenir au patriarche, qui l'avait désigné pour le remplacer en prétendant qu'il ne se sentait pas bien et se voyait contraint de renoncer à cette campagne. Certains avaient considéré avec un certain scepticisme cette maladie qui tombait à point nommé, connaissant le goût d'Héraclius pour le confort et sachant qu'il appréciait fort peu les rudes conditions de la vie militaire. Ils avaient beau être alliés, Gérard doutait lui aussi de la réalité de cette brusque maladie. Mais pour l'instant, ses pensées n'étaient pas tournées vers le patriarche, qui devait être confortablement couché dans son lit douillet à l'heure qu'il était, aux côtés de sa maîtresse dont l'existence était si notoire que les habitants de Jérusalem l'avaient surnommée la *dame patriarche*. Il restait concentré sur la confrontation qui l'attendait.

Une fois qu'Aimery et l'évêque eurent regagné leurs propres tentes, Gérard s'approcha en contournant les corps des hommes qui dormaient. Il avait presque rejoint la tente lorsque le rabat s'écarta à nouveau : l'écuyer de Guy émergea à travers l'ouverture. Il sursauta en voyant la silhouette de Gérard se dresser devant lui mais se détendit aussitôt en le reconnaissant. Répondant à ses questions, il lui expliqua que le roi ne dormait pas encore et avait réclamé un peu de vin. Il ne cilla même pas quand Gérard lui glissa quelques pièces dans la main en lui suggérant de prendre son temps, car il était depuis des mois à la solde du templier. Il aimait bien Guy, néanmoins, qui s'était avéré un bon maître, mais justifiait sa trahison en se disant qu'il ne rapportait à Gérard que de vagues rumeurs, des ragots qui ne pouvaient pas faire de tort au roi. Il s'empressa donc de glisser les pièces dans sa bourse et se dirigea en sifflotant vers les chariots où étaient stockées les provisions.

« Déjà de retour, Julien ? » lança Guy en levant les yeux de la lettre qu'il était en train d'écrire.

Son sourire s'effaça en apercevant le grand maître des Templiers. Il savait que celui-ci était très mécontent de la décision qu'il avait prise de maintenir l'armée à Saphorie mais n'était pas d'humeur à reprendre cette discussion. D'un autre côté, il ne pouvait pas le congédier d'un revers de main, sachant bien que Sibylle et lui n'auraient jamais été couronnés sans son puissant soutien.

« Entrez, Gérard… Je m'apprêtais à aller dormir, mais je peux vous consacrer quelques instants, ajouta-t-il en simulant un bâillement pour être sûr que son interlocuteur saisirait le message.

— Je regrette de venir vous déranger à une heure pareille, Sire. Mais il fallait impérativement que je vous parle car je crains que votre couronne ne soit en danger. »

Guy poussa un soupir. Les choses n'étaient jamais simples avec Gérard.

« Je sais que vous désapprouvez ma décision de ne pas nous porter au secours de Tibériade, dit-il. Mais tous mes barons ou presque l'ont approuvée, ainsi que les Hospitaliers. Je ne vois donc pas la nécessité de revenir là-dessus.

— Pardonnez-moi, Sire, de m'exprimer aussi brutalement : mais vous êtes en train de commettre une grave erreur et de tomber dans un piège. »

Guy fronça les sourcils.

« Que voulez-vous dire ?

— Majesté, Raymond de Saint-Gilles est tout à fait indigne de confiance, comme il l'a déjà prouvé à maintes reprises. Il a fait tout ce qui était en son pouvoir pour vous empêcher d'accéder à la royauté, dame Sibylle et vous, quitte à déclencher une guerre civile. Jamais il ne vous reconnaîtra comme son souverain, comme les autres barons l'ont fait. Au lieu de ça, il a noué une alliance diabolique avec Saladin, révélant par là sa mentalité de traître et de futur usurpateur. En voyant que son plan infâme avait entraîné la mort de tant de braves à La Fontaine du Cresson, il s'est rendu compte qu'il était allé trop loin et a fait mine de se réconcilier avec vous. Mais il n'a pas changé, il veut toujours votre couronne. Et franchement, je ne serais pas surpris qu'il ait comploté avec Saladin pour vous tendre ce piège. Cela expliquerait qu'il se soit montré aussi peu inquiet quant au sort de son épouse, vous ne croyez pas ?

— Je reconnais qu'il était assez surprenant de le voir accepter aussi facilement l'éventualité de sa capture. Je doute cependant qu'il conspire encore avec Saladin. Raymond a plaidé de manière convaincante contre une bataille que le sultan appelle visiblement de ses vœux. Comment dans ce cas tomberais-je dans un piège en retenant notre armée à Saphorie ? Cela ne tient pas debout.

— C'est Raymond qui vous tend ce piège, Sire, pas Saladin. Même si les Sarrasins en tireraient eux aussi les bénéfices s'il réussissait son coup. Il tente de vous discréditer auprès des Poulains, de faire naître des doutes dans leurs esprits quant à votre capacité de jugement et de décision – si ce n'est votre courage. Souvenez-vous de ce qui s'est passé il y a quatre ans quand vous avez refusé de livrer bataille contre les Sarrasins. La plupart des barons vous avaient conseillé de renoncer au combat et pourtant vous aviez été âprement critiqué, et vos ennemis en avaient profité pour retourner Baudouin contre vous. Puisque cela s'est déjà avéré efficace, pourquoi cela ne marcherait-il pas une seconde fois ?

— C'est Raymond qui s'est exprimé avec le plus de virulence contre l'envoi des secours à Tibériade ! Comment pourrait-il me reprocher de suivre le conseil qu'il m'a lui-même donné ?

— Je reconnais que ce serait un peu étrange, Majesté. Mais cela ne l'arrêtera pas. Il sait que les Poulains préféreraient voir l'un des leurs sur le trône, qu'ils vous en veulent des faveurs que vous accordez à vos compatriotes du Poitou. Même si ce ne sont pas des traîtres au même titre que Raymond, vous ne pouvez pas leur faire confiance à eux non plus. Aucun animal n'est plus dangereux qu'un loup blessé, Sire.

— Je ne crois pas que les choses se passeront ainsi », rétorqua Guy en hochant la tête.

Mais Gérard avait perçu le doute dans l'intonation du roi. « Sire, même si les barons qui assistaient ce soir au conseil pensent sincèrement qu'il est plus sage de rester à Saphorie, cette opinion n'est pas partagée par le reste de votre armée. Le devoir d'un roi est de protéger ses vassaux. Dame Esquiva, qui détient de plein droit la terre de Galilée, vous a appelé à son secours. Si vous ignorez son appel, vous risquez de perdre le soutien de vos hommes liges. Nombre d'entre eux seront outrés d'apprendre que vous laissez une femme de haute lignée tomber entre les mains des barbares infidèles. Et ils ne tarderont pas à se demander si vous leur viendriez en aide au cas où ils subiraient une attaque des Sarrasins. Certains douteront même de votre courage, ce qui est fatal pour un roi, surtout lorsqu'il n'a pas fait ses preuves sur le champ de bataille.

— Je ne suis pas un lâche !

— Je le sais bien, Majesté. Mais c'est ce que vos ennemis diront de vous si vous restez inactif. Et ils seront nombreux à les croire, y compris parmi mes frères templiers. Raymond et ses alliés feront tout ce qu'ils peuvent pour souffler sur les flammes en répandant de fausses rumeurs et en niant vous avoir conseillé de ne pas vous porter au secours de la comtesse, en soulignant en outre que le royaume ne pourra plus compter désormais sur le soutien de l'Angleterre maintenant que vous avez gravement offensé son roi.

— Que voulez-vous dire par là ?

— Vous n'y avez donc pas songé, Sire ? Pensez à tout l'argent que le roi Henri a envoyé en Terre sainte au cours des quinze dernières années… Près de soixante mille marks, une somme considérable de la part d'un homme qui n'est pas réputé pour sa générosité. Il était pressé par l'Église de faire amende honorable après le meurtre de Thomas Becket dans la cathédrale de Canterbury, et il a évité de se faire croisé en nous donnant cet argent.

— Je sais tout cela !

— Mais savez-vous quelles conditions il avait posées pour faire ces dons, Sire ? Cet argent devait être placé sous la garde des Templiers et des Hospitaliers et ne pouvait être dépensé sans l'accord d'Henri. Sachant dans quelle nécessité vous vous trouviez, je n'ai pas tenu compte de cette restriction et vous ai donné toutes les sommes qui se trouvaient sous le contrôle des Templiers afin que vous puissiez recruter des soldats. Si nous pouvons dire au souverain anglais que cet argent vous a permis de vaincre Saladin et de sauver le royaume, je suis convaincu qu'il ne vous tiendra pas rigueur de l'avoir dépensé sans son consentement. Mais si nous devons lui avouer qu'il s'est évaporé sans pouvoir lui prouver que nous l'avons utilisé à bon escient, je doute fort qu'il en soit enchanté. Il n'est pas connu pour accorder aisément son pardon, comme vous n'êtes pas sans le savoir. N'est-ce pas son hostilité à l'égard de la famille de Lusignan qui vous a contraints, Aimery et vous, à quitter le Poitou pour gagner la Terre sainte ? »

Guy ne parvenait pas à dissimuler son malaise.

« Vous ne m'avez jamais dit que nous avions besoin de son accord !

— Vous ne me l'avez pas demandé, Sire. Tout ce qui comptait pour vous, c'était de récupérer cet argent pour engager des mercenaires. Vous aviez d'ailleurs raison, car rien n'importe davantage que de protéger le royaume contre ces barbares infidèles. »

Guy s'était mis à faire les cent pas en essayant d'entrevoir les implications de ce qu'il venait d'apprendre.

« Que suis-je censé faire ? demanda-t-il. Conduire notre armée vers un désastre inéluctable pour éviter la colère du souverain anglais ? À supposer que Raymond cherche à saboter mon règne, les autres Poulains ne m'ont sûrement pas menti. Ils étaient visiblement convaincus que nous serions exterminés si nous quittions Saphorie.

— Pensez-vous, Sire, que nous vous mentions, Renaud et moi, en affirmant que nous étions en mesure de remporter cette bataille ? Pourquoi mettrions-nous nos vies et l'existence du royaume en danger si nous ne le pensions pas sincèrement ? Nous avons autant l'expérience des combats que tous ces Poulains, et nous sommes convaincus que nous pouvons rejoindre Tibériade en un jour de marche et obliger Saladin à lever ce siège. Contrairement au comte de Tripoli, nous n'avons aucune raison de vous mentir et nous voulons que votre règne soit un succès. Notre seul but est de nous débarrasser une fois pour toutes du danger que représente ce maudit infidèle. »

Gérard marqua une pause en attendant la réaction de Guy. Voyant qu'il ne disait rien, le grand maître comprit qu'il avait remporté la partie. Une fois de plus, il avait réussi à manipuler cet individu bien intentionné mais terriblement indécis et à le rattraper au bord du précipice. Une fois Saladin vaincu – car il serait vaincu, puisque Dieu était à leurs côtés –, Guy serait acclamé à travers toute la chrétienté et salué comme le sauveur de la Terre sainte. Et quels que soient par ailleurs ses défauts, il savait se montrer reconnaissant. Gérard n'ignorait pas qu'il aurait l'oreille et la confiance du roi, permettant à ses Templiers de tirer une juste rétribution des dépouilles de leurs ennemis, qu'ils soient musulmans ou chrétiens. Et qu'il aiderait discrètement Guy à piloter par la suite les destinées du royaume de Jérusalem.

Le rabat de la tente se souleva à nouveau et Julien se glissa à l'intérieur.

« Voici votre vin, Sire. Dois-je vous en servir une coupe ? »

Guy acquiesça. Il voyait bien à présent qu'il lui fallait impérativement agir. Il avait laissé le comte Raymond et les Poulains l'écarter, comme ils l'avaient fait quatre ans plus tôt. Se trouvant à la tête de la plus grande armée jamais réunie en Outremer, comment aurait-il justifié de rester sans rien faire alors que Saladin dévastait le royaume ? Ses chevaliers ne demandaient qu'à combattre les Sarrasins et ses sujets ne comprendraient pas son retrait et crieraient à la vengeance. Comme le feraient le Saint-Père à Rome, l'irascible roi d'Angleterre et le reste de la chrétienté. Tous attendaient de lui qu'il défende la Terre sainte. Le grand maître des Templiers venait de lui démontrer qu'il n'y avait pas d'autre choix. Mais c'était une lourde responsabilité d'avoir le pouvoir de vie et de mort sur un si grand nombre d'hommes… Il aurait aimé avoir l'assurance de Gérard de Ridefort. Sibylle lui avait certifié que cela viendrait avec le temps, et il espérait qu'elle voyait juste. Jusqu'ici, il n'avait pas trouvé l'exercice de la royauté aussi agréable qu'il l'avait imaginé.

Balian n'aimait pas être tiré aussi abruptement du sommeil. On était apparemment au beau milieu de la nuit, la tente était plongée dans l'obscurité et il distinguait à peine les silhouettes de ses écuyers blottis sous leurs couvertures. Se redressant, il entendit des cris et sursauta en entendant soudain résonner des trompettes. Grand Dieu, avaient-ils été attaqués ? Il écarta aussitôt cette hypothèse : c'étaient eux qui avaient l'avantage à Saphorie, et Saladin le savait parfaitement. Ernout venait d'émerger de sa couche tandis que Brian, décidé à ignorer le vacarme extérieur, avait rabattu sa couverture sur sa tête. Même si dans la vie courante la plupart des gens dormaient nus, les soldats en campagne restaient au moins en partie habillés pour la nuit. Ernout lui dit qu'il allait voir ce qu'il se passait et ouvrit le rabat de la tente, ce qui permit à Balian d'entrevoir un fragment de ciel étoilé. Ordonnant à Brian de s'extraire de sa couverture, il se leva et chercha des yeux son fourreau et son épée, qui restaient toujours à portée de sa main.

Brian avait réussi à allumer une lanterne lorsque Ernout réapparut en courant dans la tente.

« Le roi a changé d'avis ! s'exclama-t-il. Nous partons finalement au secours de la dame de Tibériade ! »

En regardant le jeune homme visiblement secoué, Balian éprouva une étrange sensation, comme si le fantôme de Jacquelin s'était tenu dans son dos : son ami avait dû avoir le même sentiment quand on lui avait annoncé qu'il allait devoir partir à La Fontaine du Cresson, à la rencontre d'une mort inéluctable.

CHAPITRE 48

Juillet 1187
Saphorie, Outremer

Guy avait espéré quitter Saphorie avant l'aube afin d'échapper aux pires chaleurs de la journée. Mais son brusque revirement avait provoqué une telle confusion que l'armée n'avait toujours pas levé le camp alors que le soleil dissipait déjà les derniers éclats de la nuit.

Aimery était persuadé que son frère commettait une grave erreur, mais pas plus que les autres barons il n'avait réussi à le faire revenir sur sa décision. Leurs protestations avaient mis le roi sur la défensive et, comme Aimery le savait d'expérience, Guy ne se montrait jamais aussi entêté que lorsqu'il se sentait acculé. Il avait même refusé d'exposer les raisons qui l'avaient amené à modifier ses plans, déclarant qu'il n'avait aucune explication à fournir à des hommes qui avaient juré de lui obéir. Les Poulains auraient volontiers poursuivi la discussion, mais une partie de l'armée était loin de se montrer réticente à l'idée d'aller libérer Tibériade. Ces chevaliers et ces fantassins s'étaient regroupés et manifestaient bruyamment leur approbation, tandis que Renaud de Châtillon, le marquis de Montferrat et les Templiers repliaient déjà leurs tentes et que leurs escadrons rassemblaient leurs armes et se mettaient en ordre de marche. Lorsque les Hospitaliers les imitèrent, cette rébellion naissante tourna court et les réflexes d'une vie vouée aux combats prirent le dessus. La guerre était la vocation de ces hommes de haute lignée : aux yeux de la plupart d'entre eux, il aurait été déshonorant d'abandonner leurs frères chrétiens qui s'apprêtaient à affronter les infidèles.

En tant que connétable, Aimery avait la charge de disposer l'armée en ordre de bataille avant qu'elle se mette en marche. Après avoir demandé qu'on lui amène son cheval, ses chevaliers et lui s'attelèrent à la tâche. Il plaça le comte de Tripoli à la tête de l'avant-garde, ce qui ne manquait pas de sel étant donné que Raymond s'était fermement opposé à cette mission de sauvetage : mais ce commandement était traditionnellement confié au seigneur dont les terres étaient attaquées. Guy et Renaud de Châtillon conduiraient le gros des troupes, placées en position centrale. Pour plus de sécurité, les reliques de la Vraie Croix et ceux qui en avaient la charge – les évêques d'Acre et de Lydda – chevauchaient aux côtés du roi. Les Templiers constitueraient une partie de l'arrière-garde, position la plus vulnérable dans ce genre de marche susceptible de subir le choc d'une attaque sarrasine.

Quand Balian entendit l'appel de son nom, il fit effectuer un demi-cercle à son étalon et vit Aimery arriver au galop vers lui.

« Les Templiers seront en dernière position, lui dit-il, car ils se battent comme des possédés. Mais de Ridefort a démontré à La Fontaine du Cresson que le courage n'était pas une vertu suffisante. Si l'occasion se présente, je crains qu'il ne veuille affronter à lui seul la moitié de l'armée de Saladin. J'ai besoin d'un autre commandant à l'arrière qui ait autant de courage que de bon sens. Je vous demande donc de prendre la tête du reste de l'arrière-garde. »

Balian lui répondit d'un simple hochement de tête, et Aimery rapprocha son destrier du sien.

« Jocelyn de Courtenay et ses chevaliers seront à vos côtés », ajouta-t-il.

Il marqua une pause, sachant que Balian ne serait pas enchanté de se retrouver en compagnie d'un homme qu'il n'aimait guère. Il espérait néanmoins qu'il ne protesterait pas.

Mais Balian ne fit aucun commentaire et se contenta là encore d'opiner. Son expression ne surprenait pas Aimery : la moitié des guerriers du camp affichaient un regard identique. Ceux qui étaient venus en Terre sainte pour combattre les infidèles ou qui étaient peu familiarisés avec les mœurs du Levant, comme les marins génois et les pèlerins fraîchement débarqués ; ou qui, comme Gérard de Ridefort, étaient convaincus que Dieu ne manquerait pas de leur donner la victoire ; tous ceux-là ne demandaient qu'à se mettre en route pour affronter l'ennemi sarrasin. Les autres, ceux qui considéraient Outremer comme leur patrie et y avaient grandi en apprenant à se battre pour la survie du royaume, étaient dans le même état d'esprit que Balian en cet instant précis : leurs visages tannés par le soleil étaient devenus cendreux, ils serraient les dents en retenant leurs jurons et leurs yeux reflétaient la colère et le désespoir de ceux qui n'avaient que leur courage pour soutien.

Aimery savait ce que pensait Balian sans que celui-ci ait besoin de le lui dire, et il se rendit compte que les quinze années qu'il venait de passer en Outremer l'avaient transformé : il avait fini par devenir un Poulain, lui aussi… Il aurait voulu lui exprimer sa tristesse de voir les choses tourner ainsi, lui dire que Guy avait perdu la tête : mais cela lui était bien sûr impossible. Il pouvait toutefois partager un secret avec d'Ibelin, qui le méritait bien.

« Je sais pourquoi mon frère a changé d'avis, lui dit-il. J'ai demandé à son écuyer si quelqu'un était venu le trouver hier soir avant qu'il n'aille se coucher, et il m'a appris qu'un visiteur s'était en effet présenté.

— Gérard de Ridefort… » rétorqua Balian, que cette révélation ne surprenait guère. Pendant un bref instant, leurs regards se croisèrent, et Balian eut envie de lui faire à son tour un aveu. « J'ai été très affecté par la mort de Jacquelin de Mailly, lui dit-il, mais j'étais également en colère contre lui d'avoir ainsi sacrifié sa vie pour rien. Je ne comprenais pas pourquoi il n'avait pas pris la fuite.

— Et maintenant vous le savez…

— Oui, je viens de le comprendre : jamais il n'aurait pu abandonner ses hommes. »

C'était la première vraie bataille à laquelle participait al-Afdal, le fils du sultan âgé de dix-sept ans : il était à la fois excité et un peu mal à l'aise, la confiance qu'il éprouvait se trouvant entamée par son inexpérience et l'importance de l'enjeu, dont il était conscient. Lorsque les Sarrasins eurent la certitude que les Francs allaient effectivement tenter de traverser le plateau aride et exposé qui s'étendait entre Saphorie et le lac que les chrétiens appelaient la mer de Galilée, Salah al-Din avait été rappelé d'urgence de Tibériade. Dès qu'il aurait rejoint leur camp de Kafr Sabt, il assurerait lui-même le commandement et al-Afdal chevaucherait avec fierté à ses côtés. D'ici là, il devait se contenter d'attendre tandis que son cousin Taqi al-Din disposait leur aile droite le long des collines qui bordaient la route de Tibériade. Son autre parent, Muzzafar al-Din, était parti à la tête de l'aile gauche pour harceler l'arrière-garde de l'armée des infidèles. À mesure que la matinée s'écoulait, al-Afdal était de plus en plus impatient de savoir ce qu'il se passait. Il fut donc enchanté que Muzzafar al-Din regagne leur camp pour voir si le sultan était enfin arrivé.

Muzzafar al-Din était l'un des émirs les plus renommés du sultan, devenu l'oncle d'al-Afdal de par son mariage avec la sœur de Salah al-Din. Il était plus connu sous le surnom de Gökböri, ce qui signifie « loup bleu » en turc : on disait qu'il se battait comme un loup sur le champ de bataille, ainsi qu'il l'avait encore prouvé récemment à La Fontaine du Cresson. Al-Afdal espérait jouir un jour d'un surnom aussi évocateur et d'une renommée égale à la sienne. Son cousin Taqi al-Din l'intimidait un peu avec ses manières brutales, mais il aimait beaucoup Gökböri, qui avait le sens de l'humour et semblait prendre plaisir à lui enseigner l'art subtil et les lois de la guerre.

Gökböri éclata d'ailleurs de rire quand al-Afdal se mit à le bombarder de questions. Les incroyants étaient en train de passer une très mauvaise journée, lui apprit-il, et leur situation n'allait pas tarder à empirer. Il avait lancé ses archers harceler leur arrière-garde dès que ces insensés avaient quitté leur refuge de Saphorie, où ils ne risquaient rien. Al-Afdal avait déjà vu ces hommes en action et imaginait aisément le calvaire que les Francs devaient endurer. Les archers attaquaient et lâchaient leurs flèches vers le ciel, avec l'espoir qu'en retombant une partie d'entre elles atteignent les montures des chevaliers ou les soldats qui les protégeaient. Avant que les arbalétriers infidèles aient eu le temps de répliquer, les Sarrasins se repliaient. Puis ils revenaient à l'attaque, puis ils se repliaient… et cela sans répit, indéfiniment…

« Où sont-ils, à présent, mon oncle ?

— Eh bien, ils ont dépassé le village de Tour'an, situé à une dizaine de kilomètres de Saphorie, mais ne s'y sont pas arrêtés. J'espérais pouvoir annoncer cette bonne nouvelle en personne au sultan, qui craignait justement qu'ils n'y fassent halte car on y trouve un point d'eau. Mais Allah soit loué, ils n'ont même pas pris le temps de laisser boire leurs hommes et leurs bêtes.

— Pourquoi ont-ils agi ainsi ? » s'étonna al-Afdal.

Gökböri éclata à nouveau de rire.

« Je ne suis pas à leur place, Ali. Mais je suppose qu'ils essaient d'atteindre Tibériade avant la tombée de la nuit et se sont dit qu'ils perdraient trop de temps en faisant halte à Tour'an : le point d'eau est situé à l'écart de la route, au bout d'un oued étroit. Mais ils ont commis une grave erreur… Et ils ne vont pas tarder à s'en apercevoir. »

Le ciel était vide de nuages mais le bleu l'avait déserté : il était d'une blancheur étale, si intense et si éblouissante qu'elle ne pouvait évoquer aux yeux des hommes que la couleur des cierges, des ossements ou des pierres tombales. Ils étaient encerclés, cernés de toutes parts par des ondes de chaleur, la route était brûlante au toucher et il y avait tellement de poussière dans l'atmosphère qu'elle leur piquait les yeux et s'insinuait dans leurs gorges desséchées. Après sept heures de marche sous un soleil de plomb, les fantassins étaient tellement épuisés qu'ils titubaient comme s'ils étaient en transe, ruisselants de sueur et uniquement attentifs à poser un pied devant l'autre. Ils mouraient déjà littéralement de soif : leurs gourdes étaient vides depuis belle lurette et ils avaient laissé à Saphorie les chariots de réserves, leurs chefs ayant décidé que le transport de ces lourdes barriques d'eau aurait ralenti leur marche. Les chevaliers étaient un peu mieux lotis car ils n'avaient pas à marcher, mais ployaient sous le poids de leurs armures ; et s'ils touchaient l'une de leurs courroies métalliques sans la protection de leurs surcots, ils pouvaient être sûrs de se brûler les doigts. C'étaient les chevaux qui souffraient le plus, ayant davantage besoin d'eau que les hommes. Et aussi stoïques que pouvaient se montrer les chevaliers quand il s'agissait de leur propre sort, la visible détresse de leurs montures était un spectacle qu'ils avaient du mal à supporter. Les hommes qui étaient sous le commandement direct du roi se consolaient comme ils pouvaient grâce à la présence à leurs côtés de la Vraie Croix – réconfort dont étaient privés les soldats de l'avant-garde. Tous se félicitaient néanmoins de ne pas avoir été envoyés à l'arrière, car ils savaient que les malheureux qui s'y trouvaient subissaient en plus depuis des heures d'incessantes attaques.

« Ils reviennent ! »

L'alerte parcourut leurs rangs et les fantassins se préparèrent à un nouvel assaut. L'arrière-garde s'immobilisa afin que les arbalétriers puissent viser leurs insaisissables ennemis : ces petits pur-sang arabes semblaient avoir des ailes, ils jaillissaient tout à coup pour attaquer avant de disparaître en un éclair. La stratégie des Sarrasins était toujours la même. Ils se jetaient sur l'armée des Francs, tiraient leurs flèches en quelques secondes puis en saisissaient d'autres dans leurs carquois, sans ralentir l'allure. Ils lâchaient leurs rênes pour tirer et contrôlaient leurs montures avec les genoux, s'empressant de faire demi-tour et de s'éloigner au galop dès que les Francs répliquaient. Leurs flèches ne pouvaient pas transpercer l'armure des chevaliers, sauf à bout portant : ils visaient donc les fantassins et surtout les étalons, qui constituaient leurs cibles privilégiées. Se battre alors que l'armée était en marche n'était jamais une chose aisée, l'instinct naturel poussant les soldats à la retraite ; mais aucun de ces guerriers chevronnés n'avait jamais subi un pareil assaut.

Tandis que le ciel s'assombrissait sous la nuée de ces centaines de flèches, les hommes de Balian se protégeaient du mieux qu'ils pouvaient derrière leurs boucliers. La plupart s'en sortaient sains et saufs, mais certains étaient tout de même touchés. C'était une guerre d'usure, et Balian savait que les Sarrasins étaient en train de la gagner. Ses arbalétriers faisaient de leur mieux, mais le temps qu'ils rechargent leurs lourds engins, l'ennemi était déjà hors de portée. Dès que le dernier archer sarrasin de ce nouvel assaut eut disparu à l'horizon, il exhorta ses troupes à se remettre en marche, car ils ne devaient s'arrêter à aucun prix : s'ils se trouvaient coupés du reste de leur armée, ils étaient perdus.

Voyant un soldat tomber à genoux, Balian cria aux hommes les plus proches d'aller à son secours : mais ses compagnons l'aidaient déjà à se remettre sur pied. Il n'avait pas été victime d'une flèche sarrasine mais du plus implacable de leurs ennemis : le soleil dénué de pitié. Bien que titubant comme un ivrogne, l'homme se remit en marche, et Balian reporta son attention sur l'un de ses chevaliers dont l'étalon avait été touché par une flèche. L'animal souffrait, de toute évidence, mais sa blessure ne semblait pas mortelle. Son maître choisit de mettre pied à terre et de marcher à ses côtés, ne pouvant rien faire d'autre. Il pestait entre ses dents et Balian se pencha pour l'encourager en lui tapotant l'épaule : il ne pouvait rien faire d'autre, lui non plus.

Il conduisait le premier escadron, suivi par Jocelyn et ses hommes. Les Templiers fermaient la marche, les fantassins et les lanciers formant une barrière humaine entre les chevaliers et les Sarrasins. Certains chevaux avaient été mortellement touchés, mais le bilan aurait pu être bien pire sans la protection de l'infanterie. Pourtant, leur groupe entravait la progression du reste de l'armée qui devait traverser au plus vite cette plaine aride sous un soleil de plomb : mais ils étaient bien obligés de suivre le rythme des soldats à pied et Balian savait qu'à cette allure ils n'atteindraient jamais Tibériade avant la tombée de la nuit. Combien de temps les hommes et les chevaux allaient-ils tenir dans cette chaleur infernale sans la moindre goutte d'eau ? Que Dieu leur vienne en aide… Pour sa part, il l'ignorait.

Le roulement incessant des tambours de guerre sarrasins ne faisait qu'accroître la tension. Leurs ennemis se servaient de ce bruit comme d'une arme : tous ceux qui les avaient affrontés un jour sur le champ de bataille avaient eu le sommeil troublé par la suite en rêvant à ce concert cacophonique de tambours, de cymbales et de trompettes. Lorsque le rythme des tambours s'amplifiait et s'accélérait, c'était le signe qu'une nouvelle attaque était imminente. Les Francs ralentissaient alors l'allure et finissaient par s'arrêter malgré les cris de leurs chefs leur ordonnant de continuer à marcher.

Les chevaliers de Balian avaient tenté à plusieurs reprises de poursuivre leurs assaillants, mais ceux-ci revenaient dès que les Francs s'étaient repliés. Balian s'apprêtait néanmoins à faire une nouvelle tentative : les fantassins s'écartèrent pour laisser passer les chevaliers qui se lancèrent à l'assaut des cavaliers sarrasins. Ceux-ci se hâtèrent de faire demi-tour avant de se disperser. Les hommes de Balian connaissaient suffisamment leurs adversaires pour ne pas tomber dans le piège en se lançant à leur poursuite. À contrecœur, ils regagnèrent leurs rangs. L'un d'eux se pencha brusquement et se mit à vomir du haut de sa monture, victime à son tour de la chaleur accablante. Et d'ici peu, leurs agresseurs lanceraient une nouvelle attaque.

À midi, Raymond eut la certitude qu'ils ne pourraient pas atteindre Tibériade le jour même. Même si l'avant-garde avait jusqu'ici été épargnée par les attaques incessantes dont leurs arrières étaient victimes, ils étaient malgré tout ralentis par la fatigue croissante des fantassins, dont certains souffraient visiblement d'insolation. L'armée du royaume s'étirait sur près de deux kilomètres, et la situation ne tarderait pas à empirer, permettant à Saladin de la couper en deux et d'isoler l'arrière-garde, puis l'avant-garde, du reste des troupes. Lorsque Guy l'informa enfin que l'arrière-garde s'était vue contrainte de s'arrêter, Raymond comprit qu'il était le seul à pouvoir tenter d'éviter le désastre le plus complet. Il chargea donc l'un de ses chevaliers de porter un message désespéré au roi.

« Dites-lui que nous allons tous mourir si nous nous obstinons à vouloir rejoindre Tibériade. Il nous reste douze kilomètres à parcourir pendant les heures les plus chaudes de la journée, et nous n'y arriverons pas. Il faut que nous trouvions de toute urgence de quoi abreuver nos hommes et nos chevaux, et il n'y a qu'un seul point d'eau sur la route de Tibériade : les sources du village de Hattin, qui suffiront à notre armée et se trouvent à quatre kilomètres d'ici. Nous pourrons y dresser le camp pour la nuit, nos hommes auront le temps de récupérer et nous reprendrons le chemin de Tibériade à l'aube. Mais dites-lui bien qu'il faut faire vite. Lorsque nous aurons quitté la route principale, Saladin comprendra ce que nous nous apprêtons à faire et enverra ses hommes s'emparer du point d'eau. Nous devons impérativement arriver les premiers. »

À l'immense soulagement de Raymond – mais aussi, il fallait bien l'avouer, à sa grande surprise –, Guy accepta de suivre son conseil et l'armée prit donc la direction de Hattin. Tandis que la nouvelle se répandait dans leurs rangs, les soldats réagirent avec joie et puisèrent dans leurs dernières ressources d'énergie pour suivre l'avant-garde, qui quittait déjà la route de Tibériade. Leur nouvel itinéraire passait au nord du village de Maskana et longeait le flanc occidental des collines qu'on appelait les cornes de Hattin avant de redescendre vers le village de Kafr Hattin, où se trouvaient les sources salvatrices. Cependant, la route principale construite jadis par les Romains était assez large pour que six chevaliers puissent y avancer de front ; le sentier menant à Hattin était malheureusement plus étroit et un embouteillage se forma bientôt, tandis que le gros des troupes s'y engageait à son tour.

La discipline se relâcha et la confusion ne tarda pas à régner. Gökböri s'empressa de saisir l'occasion et attaqua l'arrière-garde pour la couper du reste de l'armée. Du coup, les Francs en furent vite réduits à se battre pour leur survie.

Comme ceux de Kafr Sabt et de Kafr Hattin, le village de Maskana était désert : ses habitants avaient depuis longtemps pris la fuite. Les chevaliers de Raymond avaient laissé leurs fantassins derrière eux et longeaient le village fantôme au galop, comme s'il n'avait pas existé, uniquement soucieux d'arriver les premiers au point d'eau. C'était une course sauvage et désespérée, les hommes étaient aveuglés par la sueur qui ruisselait de leur front et les nuages de poussière que soulevaient leurs montures lancées à toute allure, au risque de s'écrouler sur le sol inégal et rocheux. En dépit de leurs efforts héroïques, ils arrivèrent trop tard : l'accès à Kafr Hattin et à son point d'eau était barré par l'aile gauche de l'armée des Sarrasins, dirigée par Taqi al-Din, que son oncle avait envoyé avec pour mission d'empêcher les Francs d'accéder à leur unique chance de survie.

Raymond envoya l'un de ses beaux-fils presser Guy de rejoindre l'avant-garde : il était encore confiant et estimait qu'avec le renfort du gros des troupes ils parviendraient à forcer les lignes sarrasines et à accéder au point d'eau. L'attente s'avéra interminable, mais lorsque Raoul revint les nouvelles étaient désastreuses, car tout espoir était désormais perdu.

Le visage du jeune homme était décomposé.

« Il m'a dit… que l'armée ne pouvait pas nous rejoindre, qu'ils devaient se porter au secours des Templiers sur le point d'être défaits par le Loup bleu. L'arrière-garde est dans un tel état que les hommes, pour la plupart blessés, ne peuvent plus avancer et doivent prendre un peu de repos. Le roi nous ordonne donc de nous regrouper à Maskana pour la nuit. »

Un silence incrédule suivit cette déclaration : personne ne voulait croire à ce qu'on venait de leur annoncer. Comment allaient-ils survivre de l'après-midi jusqu'à l'aube sans la moindre goutte d'eau ? Et comment pourraient-ils repartir et se battre le lendemain après avoir passé une nuit pareille ? Conjurant la panique qui commençait à les gagner, les hommes se rassemblèrent autour de Raymond comme s'ils attendaient de lui un miracle susceptible de les sauver. Mais le visage du comte était devenu blême.

« Dieu ait pitié de nous, dit-il. Nous sommes tous condamnés et le pays est perdu. »

Étant donné qu'ils avaient seulement emporté le matériel susceptible d'être transporté par leurs chevaux, ils n'avaient qu'un nombre limité de tentes, ce qui privait la plupart des hommes de l'ombre dont ils avaient tant besoin. Et comme Guy avait espéré qu'ils atteindraient Tibériade avant la nuit, il n'y avait pas assez de nourriture pour tout le monde – ce qui, du moins pour l'instant, était un moindre mal, la faim ne les tenaillant guère. Les cavaliers essayaient comme ils pouvaient de réconforter leurs montures, incapables de leur procurer ce dont elles avaient le plus besoin : de l'herbe et de l'eau pour reprendre des forces. La plupart des soldats s'effondraient sur le sol caillouteux, trop épuisés pour se soucier de leur confort. Une fois la nuit tombée, ils seraient un peu soulagés, n'ayant plus à subir cette chaleur torride, mais quatre heures les séparaient encore du coucher du soleil. Et pendant ce temps-là, ils ne cessaient de penser à l'eau fraîche qui coulait à Kafr Hattin, à cinq kilomètres de là, et dont l'armée sarrasine leur interdisait l'accès.

Lorsque Ernout eut extrait la dernière flèche qui s'était fichée dans le haubert de Balian, les deux hommes poussèrent un soupir de soulagement. Levant les bras pour aider son écuyer à lui retirer sa cotte de mailles, Balian se laissa aller sur le sol une fois libéré de ce poids. Cette cotte et son gambison avaient empêché les pointes de pénétrer dans sa chair, mais tous ses hommes n'avaient pas eu la même chance.

Deux de ses chevaliers seulement avaient été touchés. Les autres blessés étaient des sergents et des turcopoles. Balian avait demandé qu'on conduise les plus gravement atteints dans sa tente, et ils témoignaient tous d'une endurance remarquable, attendant sans se plaindre d'être soignés par un apothicaire de Naplouse, membre de l'arrière-ban, qui faisait maintenant office de médecin. Balian avait l'impression que certains de ces hommes ne passeraient pas la nuit et décida de s'assurer qu'il y avait bien un prêtre dans les parages, même si cela impliquait de faire appel à l'un des clercs chargés de protéger la Vraie Croix.

Son écuyer lui avait ôté son gambison imprégné de sueur pour le remplacer par une tunique en coton. Balian avait préféré garder ses chausses au cas où il devrait se réarmer au plus vite, même s'il doutait que Saladin décide d'attaquer leur camp par surprise. Pourquoi se serait-il donné cette peine, alors que le soleil s'avérait un allié tout aussi efficace ? Se remettant debout avec effort, il se força à quitter la torpeur de sa tente pour affronter la chaleur plus terrible encore qui régnait à l'extérieur.

À la vue de ses étalons, ses poings se crispèrent et il serra les dents, partagé entre la colère et l'inquiétude. Khamsin explorait le sol de ses naseaux, cherchant vainement un peu d'herbe, et Démon ne leva même pas la tête quand Balian s'approcha de lui. Jamais il n'avait vu son fringant destrier plongé dans une telle léthargie. Les montures de ses chevaliers et de ses sergents étaient dans un état encore plus pitoyable : le souffle court, le regard éteint, les paupières plissées. Tandis qu'il l'observait, l'un des destriers se mit à uriner : mais au lieu d'un flot de liquide doré, ce fut un étroit filet saumâtre qui s'échappa de sa vessie.

Rejoignant Khamsin, Balian caressa le cou de son étalon, le grattant derrière l'oreille comme l'animal aimait qu'il le fasse et lui murmurant des paroles apaisantes. Que pouvait-il faire d'autre ? Soulevant la lèvre du pur-sang, il appuya sur la gencive, au-dessus des dents : la chair était devenue blanche lorsqu'il retira son doigt, et il attendit avec anxiété pour voir combien de temps elle mettrait avant de retrouver sa couleur naturelle. Beaucoup trop, hélas…

« Je suis désolé, Khamsin, dit-il d'une voix douce. Tellement désolé… »

Lorsqu'il s'approcha de Démon, l'étalon perçut à peine sa présence. Il ne réagit pas davantage lorsque Balian saisit son licou pour lui relever la tête. En temps normal, il aurait fallu que quelqu'un l'assiste pour approcher l'animal de la sorte. Mais Démon ne protesta même pas quand il lui retroussa les lèvres. Il n'eut pas besoin de faire le test : les gencives de l'étalon étaient déjà noires.

« Monseigneur ! » Balian se retourna et aperçut à quelques mètres de lui l'un de leurs éclaireurs turcopoles. « Puis-je vous parler un instant, monseigneur ?

— Bien sûr, Elias. »

Balian savait que l'éclaireur avait pris le risque de s'aventurer hors de leur camp en espérant que les Sarrasins le prendraient de loin pour l'un des leurs. À en juger par sa mine, les nouvelles qu'il rapportait n'étaient pas bonnes.

« Je voulais voir si nous pouvions nous replier vers le point d'eau de Tour'an, au cas où nous ne parviendrions pas à forcer le barrage et à atteindre Kafr Hattin demain matin. Mais Tour'an a été pris par les hommes de Gökböri, il est donc impossible de battre en retraite de ce côté-là. Comme Taqi al-Din nous barre l'accès aux sources de Hattin et que le sultan contrôle la route principale qui mène à Tibériade, nous sommes également dans l'incapacité d'aller de l'avant.

— Bref, nous sommes cernés. »

Balian n'était pas vraiment surpris, il s'attendait à ce que Saladin agisse de la sorte. C'était ce qu'il aurait fait lui-même s'il s'était retrouvé à sa place. Pour l'instant, il se sentait étrangement détaché, comme s'il avait contemplé un drame survenant à quelqu'un d'autre.

Elias opina.

« Si tout se passe demain comme je le redoute, dit-il d'une voix presque imperceptible, je ne peux pas prendre le risque d'être fait prisonnier. Les Sarrasins considèrent les turcopoles comme des renégats, puisque nous sommes plus ou moins du même sang. J'ai été élevé dans la foi chrétienne et ne sais rien de la religion musulmane, mais ce n'est pas ça qui me sauvera si je suis capturé. »

Balian n'eut pas un instant d'hésitation.

« Agis comme tu le jugeras bon, Elias. Et que Dieu veille sur toi. »

Les tambours se mirent à résonner au coucher du soleil, rythmés par les cris triomphaux de « *Allah akbar !* » Le sultan ayant déplacé son camp à Loubiya, à un kilomètre de Maskana, leurs clameurs parvenaient jusqu'aux oreilles des chrétiens. Les deux armées étaient si proches que les Sarrasins pouvaient échanger des railleries avec ceux des Francs qui comprenaient leur langue. Les soldats dormirent peu dans l'un et l'autre camp, mais les troupes de Saladin attendaient avec impatience de voir se lever le jour qui allait leur donner la victoire – alors que leurs ennemis, pris au piège, redoutaient quant à eux le sort qui les attendait. On était le samedi 4 juillet pour les chrétiens, et le vingt-quatrième jour de Rabi ath-Thani pour les musulmans : cette date allait rester à jamais gravée dans la mémoire des deux peuples.

Deux des hommes de Balian étaient morts durant la nuit. Parmi les Templiers, plusieurs sergents avaient été abattus pendant la marche et trois autres membres de leur confrérie avaient rendu l'âme à l'aube. Les morts furent enterrés à la hâte mais cela ne contribua pas à relever le moral des troupes. Leurs mauvais pressentiments cédèrent un moment le pas à la colère, lorsque des Sarrasins les provoquèrent en leur criant d'un air goguenard que des caravanes de chameaux leur avaient apporté des réserves d'eau depuis le lac la nuit durant. Joignant le geste à la parole, ils vidèrent des barriques entières sur la terre craquelée sous les regards impuissants de leurs adversaires rongés par la soif. Mais cette flambée de rage s'éteignit bien vite, la colère exigeant beaucoup trop d'énergie.

Balian était en train de fixer la sangle qui maintenait sa selle sous le ventre de Khamsin lorsque Jocelyn de Courtenay le rejoignit.

« Vous avez entendu la nouvelle ? lui lança-t-il. Il a été décidé que les Templiers rejoindraient aujourd'hui le gros des troupes afin d'assurer la protection de la Vraie Croix. Nous serons donc les seuls à défendre nos arrières. »

Balian se contenta de hausser les épaules. Il était tellement épuisé qu'il n'éprouvait plus la moindre émotion, en dehors de l'indifférence. Peu après, cependant, Denis vint le trouver à son tour : il lui annonça que ses hommes et lui s'étaient portés volontaires pour prendre la place des Templiers et venir renforcer l'arrière-garde. Contrairement à la plupart d'entre eux, Denis avait réussi à garder un peu de son sens de l'humour et lui expliqua :

« Je suis prêt à mourir pour Dieu et pour notre royaume, mais que je sois damné si ce doit être aux côtés de Renaud de Châtillon et de Gérard de Ridefort ! C'est trop demander à un seul homme. »

Balian le dévisagea et se surprit à s'esclaffer. Cela sonna amèrement et se brisa aussitôt, mais il n'avait pas rêvé : c'était bien un éclat de rire.

Les Francs quittèrent Maskana à l'aube. Guy avait été poussé par plusieurs de ses chevaliers, qui avaient jadis combattu comme mercenaires dans les rangs des Sarrasins, à attaquer par surprise le camp du sultan à Loubiya, mais il ne faisait pas confiance à des hommes qui avaient mis leur épée au service des infidèles. Plus encore, il pouvait constater de ses propres yeux le triste état dans lequel se trouvait son armée, privée d'eau une journée entière et une nuit durant. Les fantassins semblaient avoir perdu tout espoir et titubaient comme s'ils étaient la proie d'un mauvais rêve. Certains ne parvenaient plus à uriner, ni même à transpirer. Le roi avait été horrifié quand on lui avait annoncé le nombre de chevaux qui étaient tombés la veille sous les flèches des Sarrasins, et il se rendait bien compte que le spectacle des chevaliers privés de leurs montures, marchant aux côtés des simples soldats, n'était guère susceptible de soulever l'enthousiasme de ses troupes. Confronté à tous ces mauvais choix, il avait finalement décidé de se diriger vers Kafr Hattin et son point d'eau salvateur.

Certains étaient surpris que les Sarrasins ne les attaquent pas sur-le-champ, se contentant de harceler à nouveau leur arrière-garde. Il s'agissait bien sûr des nouveaux venus en Outremer. Les Poulains quant à eux savaient que Saladin attendait que le soleil et la chaleur achèvent de saper leurs forces. Cette stratégie d'attente du sultan se vit confirmée par les actions de Taqi al-Din, qui se retirait dès que Raymond et l'avant-garde s'approchaient, tout en maintenant ses troupes postées entre l'armée des Francs et le point d'eau. Et ils n'allaient pas tarder à découvrir que les Sarrasins leur réservaient une autre mauvaise surprise.

Le vent soufflait de l'Est à cette époque de l'année et leur apporta bientôt d'inquiétants effluves de fumée. Pendant qu'ils passaient la nuit dans un piteux état au camp de Maskana, les Sarrasins avaient chargé des civils volontaires de rassembler des broussailles et des buissons d'épineux, puis de les empiler le long de la route que les Francs devaient suivre le lendemain. Ils venaient d'y mettre le feu. Pour des hommes déjà fébriles et affaiblis par la soif, c'était le coup de grâce. Cinq des chevaliers de Raymond et plusieurs de ses sergents saisirent la première occasion pour prendre la fuite, se portant à la rencontre des soldats de Taqi al-Din en leur criant qu'ils souhaitaient se rendre.

Cette désertion provoqua une onde de choc dans l'ensemble de l'avant-garde : tout le monde connaissait ces hommes qui avaient combattu à leurs côtés et en qui ils avaient confiance. Tandis que la nouvelle se répandait dans le gros de l'armée, cela ne fit qu'accroître les soupçons que d'aucuns nourrissaient à l'encontre du comte de Tripoli, soupçonné de collusion avec Saladin. Les soldats de l'arrière-garde n'eurent pas à se poser la question car l'annonce de cette trahison n'arriva pas jusqu'à eux. Soumis au harcèlement constant des archers de Gökböri, ils étaient pris pour leur part dans un tourbillon de poussière et de fumée étouffante, confrontés à des ennemis qu'ils ne pouvaient ni vaincre ni même décourager et qui revenaient sans cesse à l'assaut.

Entre deux vagues d'attaquants, Balian avait envoyé un messager au roi pour le prévenir qu'ils se trouvaient de plus en plus isolés, loin du corps principal de l'armée, mais il ne savait même pas si l'homme avait pu remplir sa mission. Ils n'avaient pas assez de fantassins pour protéger leurs chevaux et laissaient derrière eux de longues traînées de sang et une enfilade d'étalons abattus. Leurs arbalétriers étaient souvent contraints de marcher à reculons, car c'était le seul moyen d'échapper aux flèches des archers qui s'abattaient sur eux tels des faucons affamés. Balian évitait de penser à l'inévitable issue d'une telle déroute, il ne songeait même pas à la femme et aux enfants qui comptaient tant pour lui : son univers s'était réduit à cette bande de terre désolée et au devoir qui était le sien de préserver la vie de ses hommes tant que cela s'avérerait possible.

Lorsque Saladin décida que l'heure fatale avait sonné, il ordonna à Taqi al-Din d'attaquer l'avant-garde des Francs tandis qu'il conduirait lui-même l'assaut contre le gros de leurs troupes. Les Templiers lancèrent bien une charge qui repoussa les Sarrasins mais ne réussit pas à briser l'étau dans lequel ils étaient pris. L'avant-garde menée par Raymond ne parvint pas davantage à dégager la route qui menait au point d'eau. Le comte savait qu'on allait néanmoins lui demander de persister dans cette tentative et conféra avec ses beaux-fils, son filleul et leurs chevaliers, en leur disant qu'il n'avait aucune envie d'attendre que la mort s'abatte sur eux. Ils furent d'accord avec lui, et il envoya un messager avertir Guy de Lusignan du projet qu'il nourrissait. Il n'attendit même pas sa réponse, convaincu qu'il ne pouvait pas compter sur cet étranger inepte, incapable de diriger les combats. Regardant le soleil aveuglant en se protégeant les yeux de la main, il constata qu'il était presque midi. Un autre commandant aurait probablement fait une courte prière, mais la foi ne lui avait jamais été d'un grand secours. Il préférait depuis toujours s'en remettre à lui-même plutôt qu'à un Dieu qui n'avait jamais témoigné un grand intérêt pour son sort. Après avoir parcouru ses troupes des yeux, il leur donna l'ordre que tous attendaient.

Taqi al-Din était un trop bon guerrier pour se trouver surpris par sa décision. Il était convaincu que le comte de Tripoli allait tôt ou tard essayer de s'en sortir seul, et il avait eu le temps d'élaborer une contre-offensive. Sachant que ses hommes ne résisteraient pas à une charge massive d'une telle quantité de chevaliers en armes descendant la colline au galop, il avait donné des ordres précis à ses guerriers les plus fiables, qui étaient donc prêts lorsque le sol se mit à trembler et que des nuages de poussière s'élevèrent au loin, tandis que retentissait le cri de bataille des infidèles : « Dieu notre Sauveur, aidez-nous ! »

Taqi al-Din lui-même reconnaissait que la charge de ces incroyants constituait toujours un spectacle effrayant : on aurait dit qu'une avalanche se déversait sur eux. Mais ses hommes savaient ce qu'ils devaient faire : au dernier moment, leurs rangs s'ouvrirent et leurs chevaux agiles se dispersèrent à vive allure, laissant passer le flot des chevaliers sur leurs destriers. Entraînés par leur élan, les Francs furent incapables de s'arrêter avant d'avoir atteint le fond de l'oued. Le temps qu'ils se soient regroupés, les hommes de Taqi al-Din avaient reformé les rangs et leur barraient à nouveau la route.

Les chevaliers restèrent silencieux. Raoul lui-même, le plus jeune des beaux-fils du comte et le plus inexpérimenté d'entre eux, voyait bien qu'il leur était impossible de repartir à l'assaut et de lancer une autre charge au pied de cette pente escarpée, avant de se frayer un chemin au sommet de la crête défendue par les Sarrasins. Se regardant entre eux, ils virent qu'ils partageaient tous le même sentiment : soulagés d'un côté de ne pas devoir mourir au pied des cornes de Hattin, mais honteux également d'éprouver une telle joie alors que tant de leurs frères chrétiens n'allaient pas avoir cette chance.

Raymond considérait les Sarrasins regroupés au sommet de la crête. Regardant ensuite ses beaux-fils, il se rendit compte qu'ils n'avaient pas encore compris tout ce qu'ils étaient en train de perdre : leur principauté de Galilée, leur royaume, leur univers tout entier… Quant à lui, ses pertes matérielles ne seraient pas aussi élevées car il était peu probable que Saladin ait dans l'idée de conquérir également Tripoli. Dieu lui avait accordé la vie sauve, mais c'était au prix de son honneur à tout jamais perdu. *Une fois encore*, songea-t-il, *le Tout-Puissant a démontré qu'il ne manquait pas d'un certain humour.*

Conscients du danger qu'ils encouraient, isolés dans une campagne qui serait occupée d'ici peu par l'armée ennemie, ils prirent avec leurs chevaux la direction du nord. Hugues et ses frères se tournaient parfois pour regarder par-dessus leur épaule les deux collines jumelles de Hattin.

Mais Raymond ne jeta pas un regard derrière lui.

« Alors, vous me croyez à présent ? Je vous avais bien dit que cet infâme traître nous poignarderait dans le dos à la première occasion ! »

Personne autour de lui ne prêtait vraiment attention aux diatribes de Gérard de Ridefort. Même ceux qui partageaient ses soupçons au sujet de Raymond se souciaient davantage de se tirer du piège dans lequel Saladin les avait enfermés que de vitupérer contre le comte de Tripoli. Les accusations et les récriminations viendraient plus tard, à supposer que certains d'entre eux soient encore en vie pour arbitrer les débats. Les Poulains qui l'entendaient n'avaient qu'un regret, c'était de ne pas avoir fait partie de l'avant-garde qu'il conduisait. C'était un destin cruel de mourir à cause des erreurs d'un autre.

Gérard était vexé de retenir aussi peu l'attention, car il était sincèrement scandalisé par la fuite du comte, qui les laissait en plan au beau milieu de la bataille. Jetant un coup d'œil sur le Poulain le plus proche, cette lavette d'Onfroy de Toron, il se dit qu'aucun de ces sang-mêlé n'était digne de confiance. Ils avaient tous été corrompus à force de vivre aux côtés des Sarrasins, séduits par la mollesse et le luxe de la vie du Levant. Certaines rumeurs parvenues jusqu'à lui prétendaient que Raymond avait secrètement embrassé la foi musulmane, et il était prêt à le croire. Le comte n'était d'ailleurs pas le seul chrétien suspect à ses yeux. On disait entre autres que Denis de Grenier avait lu le Coran : pourquoi un homme dont la foi serait sincère se soucierait-il de l'œuvre du diable ?

Comme il confiait ses pensées à frère Thierry, le précepteur du Temple, celui-ci le dévisagea en se demandant pourquoi le grand maître fulminait de la sorte contre les Poulains, alors qu'ils seraient probablement tous morts d'ici le coucher du soleil. Relâchant les rênes de son étalon, il se laissa peu à peu distancer, guère soucieux de rester à ses côtés.

Les combats connaissaient un bref moment de répit. Thierry supposait que Saladin devait discuter avec Taqi al-Din pour savoir quelle stratégie adopter, maintenant que le comte de Tripoli, un chef de guerre chevronné, ne constituait plus une menace. Les Sarrasins avaient allumé d'autres foyers et le vent poussait à nouveau la fumée dans leur direction. Thierry percevait les cris étouffés des soldats qui faisaient de leur mieux pour ne pas l'avaler. Il imaginait que l'arrière-garde était encore plus mal lotie car des fumées blanches s'élevaient dans le ciel en direction de l'ouest. Peut-être avaient-ils déjà été tous décimés par les troupes du Loup bleu, comme cela s'était produit à La Fontaine du Cresson.

Thierry chevauchait un étalon blanc du nom de Roland, qui donnait des signes d'épuisement et respirait avec difficulté. Jusqu'ici, Dieu merci, il n'avait pas été touché par les flèches sarrasines, mais la colère de Thierry montait car les fantassins qui protégeaient leurs chevaux n'étaient toujours pas revenus. Ils avaient rompu les rangs et s'étaient précipités en apprenant que le comte Raymond lançait une charge pour tenter de briser les lignes ennemies. Thierry désapprouvait ce manque de discipline, même s'il le comprenait. Poussés à bout par la soif, la chaleur accablante et le peu de confiance que leur inspiraient leurs chefs, ils avaient essayé de suivre l'avant-garde dans l'espoir d'atteindre enfin ce fameux point d'eau. Mais ils auraient déjà dû être de retour en constatant que la tentative de Raymond avait échoué et que les hommes de Taqi al-Din bloquaient toujours le passage.

Voyant à cet instant Aimery de Lusignan quitter l'escadron du roi et se diriger vers eux au galop, il comprit qu'il était porteur de mauvaises nouvelles. S'arrêtant à la hauteur du grand maître, le connétable lui confia quelque chose à voix basse, que Thierry ne parvint pas à saisir. Gérard réagit de manière si violente qu'il pressa aussitôt Roland afin de rejoindre les deux hommes.

« Les fantassins ont pris la fuite, déclara Aimery d'une voix tendue. Ils ont escaladé la face nord de la colline et sont allés se réfugier dans les ruines d'une ancienne fortification. Mon frère leur a donné l'ordre de revenir et l'évêque d'Acre les a suppliés de faire leur devoir de chrétiens, mais ils n'ont rien voulu savoir et se sont effondrés au milieu des pierres en disant qu'ils mouraient de soif et étaient trop affaiblis pour se battre. »

Gérard était dans une telle rage qu'il n'arrivait pas à articuler un mot, convaincu que ce désastre était dû à Guy de Lusignan : s'il n'avait pas été un roi aussi faible et indécis, jamais l'infanterie n'aurait osé lui infliger un tel camouflet en le défiant de la sorte. Thierry demanda ce que le roi comptait faire, et Aimery lui répondit qu'il avait ordonné qu'on dresse leurs tentes à l'ouest des collines de Hattin afin que le reste de l'armée aille se regrouper là-bas.

« Quelle armée ? éructa Gérard. Les chevaliers de l'avant-garde se sont enfuis avec ce maudit apostat, ne cherchant qu'à sauver leur peau. L'arrière-garde s'est retrouvée isolée, peut-être même est-elle déjà anéantie. À moins qu'ils n'aient déserté, eux aussi… D'Ibelin, de Grenier, de Courtenay ne sont que des Poulains, après tout… Quant à ces fantassins, ils ne tarderont pas à se rendre aux infidèles. Mais tout n'est pas perdu, car mes Templiers vont lancer une nouvelle charge et nous ne nous arrêterons pas tant que je n'aurai pas planté ma lance dans la gorge de Saladin ! »

Aimery ne laissa pas son inimitié à l'égard du grand maître affecter son jugement militaire. Il était possible que l'assaut des Templiers réussisse, cette fois-ci. Ils avaient plus de chance de briser les rangs ennemis que les chevaliers de Guy. Et même si le roi s'y opposait, cela ne changerait rien. Comme de Ridefort s'en vantait souvent, la seule autorité qu'il reconnaissait était celle de Dieu et du pape.

« Je vais en informer le roi », dit-il avant de faire demi-tour et de rejoindre au galop le dernier cercle des partisans regroupés autour de Guy.

En se tournant sur sa selle, Gérard appela le gonfalonier qui portait leur bannière.

« Tenez-vous prêt, frère Jean… »

Tandis que les Templiers se rassemblaient en nombre autour de leur grand maître, il les galvanisa en leur assurant que la victoire était encore à leur portée, concluant en une envolée dramatique qu'ils se lançaient à présent à l'assaut soit de la renommée, soit d'un saint et glorieux martyre.

Balian n'avait pas été surpris de ne recevoir aucune réponse de Guy. Comme Jocelyn l'avait prédit, l'arrière-garde ne pouvait désormais plus compter que sur elle-même. Ils s'étaient retrouvés si loin derrière le gros des troupes qu'ils ignoraient comment les choses avaient tourné sur le champ de bataille. Balian s'était vu contraint d'imposer une halte à ses hommes en apercevant de la fumée devant eux. Il voulait éviter de leur faire traverser ces nuées blanchâtres : mieux valait attendre qu'elles se soient dissipées, cela leur permettrait de surcroît de prendre un peu de repos. La plupart des fantassins s'écroulèrent sur le sol lorsqu'ils s'arrêtèrent, ainsi que les chevaliers qui avaient perdu leurs montures. Les autres mirent pied à terre pour ménager leurs destriers. Le moindre moment de répit s'avérait précieux car ils ignoraient quand le Loup bleu lancerait sa nouvelle attaque.

Balian vacilla un instant après être descendu de cheval car ses jambes étaient parcourues de crampes. Jocelyn apparut soudain à ses côtés.

« Vous avez entendu ce vacarme, tout à l'heure ? lança-t-il. Pensez-vous qu'il s'agissait de l'assaut final ? »

Balian se contenta de hausser les épaules. Sa bouche et sa gorge étaient si douloureuses à force d'être asséchées qu'il avait de la peine à prononcer le moindre mot. Lorsqu'ils avaient entendu les échos lointains mais familiers de la bataille, les hommes de l'arrière-garde en avaient déduit que Guy ou les Templiers avaient lancé une charge pour tenter une dernière fois de briser le piège dans lequel Saladin les avait enfermés. Mais la plupart doutaient que cette ultime tentative ait été couronnée de succès. Ils avaient vu mourir leurs camarades en trop grand nombre, et trop de chevaux avaient été abattus, pour que l'optimisme soit encore de mise. Certains commençaient même à se demander s'ils n'étaient pas déjà morts, errant dans le purgatoire et condamnés à poursuivre cette marche maudite au milieu du néant jusqu'à ce qu'ils aient expié leurs péchés terrestres. Cette hypothèse n'était au fond pas plus absurde que la catastrophique opération de sauvetage dans laquelle ils s'étaient lancés.

Lorsque des cavaliers apparurent brusquement, émergeant comme des spectres des nuages de fumée, il y eut dans leurs rangs un instant de panique. Redoutant que les Sarrasins n'aient décidé de les attaquer par un autre côté, les soldats de Balian se relevèrent et s'empressèrent de rejoindre leurs montures, tandis que les arbalétriers pointaient leurs armes en direction des nouveaux arrivants. Ils s'abstinrent toutefois de tirer, car ceux-ci étaient à peine une douzaine et leurs chasubles arboraient la croix rouge des Templiers.

Balian était déjà en selle lorsqu'ils s'approchèrent de lui au galop. L'homme qui était à leur tête avait une allure familière, mais Balian dut fouiller dans son cerveau fatigué avant de parvenir à mettre un nom sur ce visage : c'était le frère Thierry, le grand précepteur de l'ordre. Avant qu'il ait pu lui adresser la parole, celui-ci avait arrêté devant lui son étalon dont le pelage était maculé de sang.

« Seigneur Balian ! s'écria-t-il. Dieu merci, vous êtes là ! »

Denis et Jocelyn les avaient rejoints, à présent, et il les laissa interroger le templier, sachant ce que celui-ci allait leur dire : à savoir que leur dernière charge avait échoué. Il n'y avait pas d'autre explication à sa brusque présence en ces lieux, car les Templiers ne quittaient jamais le champ de bataille avant que leur bannière fût tombée.

Thierry leur expliqua que les choses s'étaient en effet déroulées ainsi, tout en leur avouant combien il était soulagé d'avoir pu rejoindre l'arrière-garde, les Templiers ayant le devoir de se placer sous les bannières d'autres seigneurs chrétiens quand ils ne pouvaient plus combattre sous leur propre drapeau. Il débitait son récit d'une voix haletante, parfois entrecoupé de propos incohérents. Ils avaient été à deux doigts de réussir, leur dit-il. Pendant quelques instants miraculeux, la victoire avait paru à leur portée. Mais les Sarrasins s'étaient regroupés et les avaient repoussés : contraints de reculer, ils s'étaient heurtés au groupe des chevaliers du roi venus les soutenir.

« Nous avons perdu beaucoup de braves, ajouta Thierry d'une voix étranglée par l'émotion, même si ses yeux restaient secs : son corps n'était plus en mesure de produire des larmes. Puisse Dieu avoir pitié d'eux… »

Un autre templier l'avait rejoint, dont le manteau était couvert de sang comme celui de Thierry. Il prit le relais et acheva l'histoire à sa place, leur expliquant qu'ils s'étaient retrouvés séparés des autres dans la confusion de la retraite.

« Nous avons bien essayé de les rejoindre, mais les Sarrasins nous barraient la route de tous les côtés. Nous avons réussi à nous frayer un chemin avant de nous égarer dans ces nuages de fumée, convaincus que notre dernière heure avait sonné. »

Ses yeux rougis et gonflés, sa voix rauque et brisée témoignaient assez de la véracité de ses dires.

« Nous serons honorés de combattre à vos côtés, messeigneurs », reprit Thierry.

Ses yeux injectés de sang se portèrent tour à tour sur Balian, Denis et Jocelyn. Il acheva son récit en leur apprenant que le comte de Tripoli et l'ensemble de l'avant-garde avaient pris la fuite. Une partie des hommes les avait rejoints pour l'écouter, et l'un d'eux lança : « Bande de veinards ! », mais Thierry fit mine de ne pas l'avoir entendu.

« Honnêtement, dit-il, je ne vois pas comment ils auraient pu repartir à l'assaut de cette colline. Mais il est difficile de ne pas nourrir de soupçons, s'agissant d'un homme qui négociait encore avec Saladin il y a deux mois. »

Aucun des combattants de l'arrière-garde ne souhaitait gaspiller le peu de salive et d'énergie qu'il lui restait pour débattre des motivations du comte Raymond. Aussi ne réagirent-ils pas. Le roulement des tambours qui venait de reprendre les obligea du reste à se remettre en action. Tandis qu'ils s'apprêtaient à subir ce nouvel assaut, Thierry se rendit compte qu'il avait oublié de leur dire que l'infanterie avait également déserté. Mais l'expression de ces hommes disait assez qu'à leurs yeux la bataille et la guerre étaient d'ores et déjà perdues.

Guy avait beau assister à l'anéantissement de son armée, il ne croyait toujours pas qu'ils allaient perdre. Les conséquences d'une telle défaite seraient si terribles, si catastrophiques, qu'il refusait de l'envisager, en se disant que le Tout-Puissant ne lui avait pas permis de devenir roi de Jérusalem pour présider à la mort du royaume. Et s'il fallait un miracle pour assurer une telle victoire et desserrer l'étau de la défaite, ce miracle allait avoir lieu. Il continua de raisonner de la sorte jusqu'au milieu de l'après-midi, au moment où les Sarrasins s'emparèrent de la Vraie Croix, la relique la plus sacrée de toute la chrétienté.

La tentative de Guy visant à installer leurs tentes un peu plus loin avait échoué, et ils avaient été repoussés sur la pente qui s'étendait entre les deux cornes de Hattin. Se retirant du flanc sud, ils avaient réussi à dresser la tente royale au sommet relativement plat de la colline. Guy était sous le choc, comme la plupart des hommes, car la perte de la Vraie Croix éveillait de terribles craintes, plus effrayantes même que la perspective de la mort : elle signifiait que le Tout-Puissant s'était détourné d'eux, les jugeant incapables de vivre sur la terre où le Christ avait vu le jour et où il avait trouvé la mort – pour leur propre salut.

Guy ne savait toujours pas comment la chose s'était produite. Tout ce qu'on lui avait dit, c'était que les hommes de Taqi al-Din s'étaient emparés de la sainte relique, que l'évêque d'Acre était mort en la défendant et qu'elle avait été emportée par les infidèles triomphants, qui savaient fort bien l'importance qu'elle revêtait aux yeux de leurs adversaires chrétiens. Cette perte ébranlait Guy au plus profond de son âme, mettant un terme à tous les espoirs qu'il avait nourris jusqu'alors. Même si le miracle avait lieu et qu'ils remportaient finalement la victoire, toute la chrétienté le tiendrait pour responsable de cette perte et lui reprocherait de ne pas avoir réussi à protéger ce précieux morceau de bois, dont on disait qu'il portait encore les marques du sang du Sauveur.

Ce fut Renaud de Châtillon qui l'empêcha de sombrer dans les abîmes du désespoir. Il pestait et tournait en rond comme un lion en cage, jurant que jamais il ne se rendrait à ces fils de putes vérolés, qu'il mourrait avec joie aujourd'hui à condition que Saladin trouve lui aussi la mort. Sa haine chauffée à blanc agit comme un élixir sur les chevaliers, transformant leur angoisse en sainte colère et les poussant à démontrer une dernière fois la pureté de leur foi. Guy le perçut lui aussi : pour remercier Renaud de son intervention, il lui confia l'honneur de diriger la charge tandis qu'ils s'apprêtaient à offrir leur vie au Tout-Puissant, le laissant décider du sort qui devait être le leur.

Balian n'eut pas conscience du moment précis où il s'aperçut que les combats s'étaient déplacés. Ils étaient toujours bloqués à quelques kilomètres de Maskana, incapables d'avancer à cause du flot constant de cavaliers ennemis qui se dirigeaient vers le nord. Ces hommes n'avaient visiblement aucune intention de venir en découdre avec l'arrière-garde décimée et visaient une proie plus importante. Balian en discuta avec Denis, Jocelyn et frère Thierry, le templier : ils étaient tous du même avis et estimaient que ces Sarrasins se hâtaient pour participer à la curée, tels des chasseurs ayant compris que les chiens venaient de débusquer leur proie. C'était probablement le gros de l'armée des chrétiens qui les attirait ainsi. Quel soldat ne rêverait pas de conquérir une gloire durable en capturant le roi des infidèles, leur croix vénérée ou l'homme que le sultan avait juré d'abattre de sa propre main ?

« Mais soyez certains qu'ils ne nous ont pas oubliés pour autant », ajouta Jocelyn d'une voix excédée.

Il était en effet à bout de nerfs, et ses brusques accès de colère lui évitaient de regarder la vérité en face : à savoir le rôle qu'il avait lui-même joué dans cette tragédie qui prenait à présent des dimensions épiques.

« Ils savent que le Loup bleu nous accule ici, reprit-il, tel un fruit mûr qui n'attend plus que d'être cueilli. »

Balian n'était pas de cet avis.

« Si j'étais à la place de Gökböri, dit-il, j'aurais plutôt envie d'assister au triomphe du jihad. Je doute qu'il veuille laisser Taqi al-Din tirer à lui seul les bénéfices d'une telle victoire. Je pense qu'il est allé rejoindre Saladin et que les hommes qu'il a laissés derrière lui pour nous retenir se sont sentis frustrés. Cela fait déjà un moment qu'ils ne sont plus revenus à l'attaque.

— Vous pensez que nous serions en mesure de briser leurs rangs, Balian ? » demanda Denis d'un air dubitatif, mais prêt à se laisser convaincre.

Thierry n'avait pas de tels états d'âme.

« Qu'avons-nous à perdre ? lança-t-il.

— Rien, pour ce qui vous concerne, rétorqua Jocelyn d'un air aigri. Vous êtes certain de mourir, quoi que nous fassions. Nous savons tous que Saladin ne demande pas mieux que de passer tous les Templiers et les Hospitaliers par le fil de l'épée. »

Thierry voulut réagir, mais Balian prit les devants.

« Vous avez raison, Jocelyn. Denis, vous-même et moi avons des chances de survivre aux combats, car les Sarrasins ont pour habitude d'épargner les seigneurs de haut rang afin d'en obtenir des rançons. Même si je ne vois pas très bien comment nous pourrions réunir de telles sommes si nous nous retrouvions dépossédés de nos terres. Mais songez à nos hommes ? Si nous sommes tous faits prisonniers, ils seront abattus ou vendus comme esclaves sur les marchés du Caire et de Damas. »

Une étrange expression se peignit sur le visage de Jocelyn, comme s'il était brusquement gêné.

« J'ai parlé sans réfléchir, marmonna-t-il. Il vaut mieux prendre ce risque, en effet. »

Il hésita un instant, puis avança avec une évidente sincérité la seule excuse qu'il pouvait leur offrir :

« J'ai été prisonnier des Sarrasins pendant douze ans. Je préfère mourir au combat que d'endurer à nouveau un sort pareil. »

Il y eut un moment de silence, avant que Thierry profère un « Amen » convaincu, démontrant par là même qu'il ne lui en tenait pas rigueur. Après quoi, ils allèrent informer leurs troupes de la décision qu'ils avaient prise.

Balian parcourut du regard les rangs de ses chevaliers. La plupart étaient à bout de forces et voyaient bien que ce serait leur dernière chance. Ils ne manifestaient pourtant pas la moindre rancœur, plutôt une sorte de funeste résolution. Balian regarda ensuite Ernout qui se tenait derrière lui, en regrettant de ne pas l'avoir laissé à Saphorie avec Brian et Fumée. C'était le jeune homme qui l'avait imploré de l'accompagner, en lui disant que son seigneur avait besoin de lui pour prendre soin de ses armes et de ses destriers.

Les chevaliers qui avaient perdu leurs montures avaient pris place aux côtés des fantassins. Balian ne voulait même pas songer au nombre d'étalons qu'ils avaient perdus en deux jours. Parmi eux figurait Démon : lorsque le cheval de Renier avait été abattu, il le lui avait offert ; ce dernier lui en avait été d'une reconnaissance infinie, car un chevalier privé de sa monture était semblable à un faucon blessé. Mais une flèche sarrasine avait eu raison à son tour de Démon. Même au milieu d'un tel carnage, Balian avait eu le cœur serré en voyant disparaître son fougueux étalon noir qui lui avait sauvé la vie à plusieurs reprises durant tant de batailles.

Leur plan était simple : les chevaliers, les Templiers et les sergents qui avaient la chance d'être encore à cheval fonceraient au milieu des rangs sarrasins tels des béliers en colère et les disperseraient, si Dieu le voulait, comme des feuilles emportées par le vent. Les fantassins et les guerriers condamnés comme Renier à marcher les suivraient. Leur succès dépendait de l'effet de surprise et de l'état d'esprit des troupes du Loup bleu : Balian espérait ne pas s'être trompé à leur sujet. Il leva la main pour donner le signal à ses hommes et les autres chefs firent de même, prêts à lancer cette charge « à la vie, à la mort », comme Balian avait un jour entendu l'un de ses sergents qualifier une telle opération.

Ils avancèrent lentement au début, en maintenant leurs étalons au pas. Ils étaient convenus, s'ils parvenaient à s'enfuir, qu'ils se dirigeraient vers la côte et la ville d'Acre, car à Saphorie et dans les terres situées au nord de Nazareth, ils étaient sûrs de se heurter aux escadrons de Saladin. La plupart de ses mamelouks et de son *askar*, son bataillon d'élite, devaient se trouver aux côtés du sultan ; mais des milliers de volontaires infestaient probablement ces collines pour s'emparer d'une partie du butin et dépouiller les cadavres des Francs.

Cela faisait vingt ans maintenant que Balian se battait en Outremer, mais il était toujours surpris par la lenteur avec laquelle commençait une charge de chevaliers. Peu de civils ou de clercs auraient perçu le lien unissant ces hommes qui chevauchaient côte à côte, leurs étriers se touchant presque, et Balian lui-même n'avait jamais réussi à l'expliquer à Marie. Mais il l'éprouvait en ce moment même, ce lien spirituel né du danger, des risques partagés et de ce tourbillon d'émotions que les hommes n'éprouvaient que sur le champ de bataille.

Le premier Sarrasin qu'ils rencontrèrent était un éclaireur chevauchant une jument baie. L'incrédulité qui se peignit sur son visage était plutôt encourageante, car sa stupeur devant leur arrivée confirmait les pressentiments de Balian quant à l'état d'esprit des soldats restés pour les contenir. L'éclaireur fit volte-face et lança sa jument au galop en poussant des cris dans une langue que Balian ne reconnut pas et qui devait être du kurde ou du turc. Avertis par son attitude que le camp des Sarrasins était proche, les Francs étaient déjà prêts à l'attaque lorsqu'il fut en vue.

Les Sarrasins n'étaient pas prêts, quant à eux. Ils en avaient pris à leur aise entre deux raids contre les chrétiens piégés et avaient dressé quelques tentes pour bénéficier d'un peu d'ombre, allumant même un feu pour leur cuisine. On apercevait aussi un troupeau de chameaux dont certains étaient chargés d'outres remplies d'une eau devenue plus précieuse que l'or aux yeux des Francs, ainsi qu'une réserve de chevaux. Alertés par leur éclaireur, les soldats sarrasins se précipitèrent vers leurs montures après avoir empoigné leurs arcs et leurs carquois. Mais ils n'étaient pas très nombreux dans le camp et nullement en mesure de résister à la vague qui s'abattit sur eux. Le choc fut aussi bref que brutal, et lorsqu'il fut terminé, de nombreux cadavres jonchaient le sol tandis que les survivants prenaient la fuite. Les chevaliers francs qui avaient perdu leurs montures coururent vers les chevaux sarrasins, dénouant leurs rênes et tranchant leurs entraves avant de se hisser sur leur dos. La plupart des arbalétriers et des lanciers n'avaient pas l'habitude de ces animaux, ils ne les aimaient pas et ne leur faisaient pas confiance : certains préférèrent prendre la fuite à pied de leur côté plutôt que de suivre les chevaliers.

Voyant plusieurs de ses hommes couver les chameaux des yeux comme s'il s'agissait de perles rares, Balian retint une ombre de sourire. Mais ils n'avaient pas le temps de s'emparer de ces outres et il leur ordonna de se mettre en route. Un petit malin se pencha sur sa selle et libéra les bêtes, ajoutant avec un sourire qu'ils pourraient toujours leur donner la chasse un peu plus tard. Balian ne partageait pas son optimisme, tout cela lui semblait trop facile.

Son instinct ne le trompait pas. Lorsqu'ils rejoignirent la route qui allait d'Acre à Tibériade, ils aperçurent une troupe de soldats qui se dirigeait vers eux. Leurs tuniques safran indiquaient qu'ils appartenaient à l'*askar*, la garde rapprochée du sultan. Leur attitude le prouva aussitôt : brandissant leurs épées, ils se lancèrent au galop à l'encontre des Francs. Les chevaliers reformèrent rapidement leurs rangs et chargèrent à leur tour. Les mamelouks étaient d'excellents soldats, mais à moins d'être en supériorité numérique, ils étaient incapables de résister à une charge de chevaliers en armes. Lorsque les Francs les heurtèrent de plein fouet, ils cédèrent le terrain et se dispersèrent, en cavaliers émérites qu'ils étaient.

Les Francs les regardèrent s'éloigner, puis disparaître derrière une colline proche. Mais ils ne tarderaient pas à revenir – en plus grand nombre. Balian rengainait son épée au moment où Renier le rejoignit. Sa nouvelle monture était une jument sarrasine : les oreilles de Khamsin se dressèrent aussitôt et il approcha son nez de celui de la jument. Balian fut stupéfait de sentir un sourire se former sur ses lèvres desséchées tandis qu'il observait l'intérêt manifeste de son étalon. Depuis le début de la journée, il était convaincu qu'il ne sourirait plus jamais.

« Nous sommes prêts, monseigneur », déclara Renier en désignant derrière lui la troupe des chevaliers et des sergents de Balian.

Celui-ci refusa de laisser son regard s'attarder sur leurs rangs clairsemés ou de songer à tous les hommes qui avaient trouvé la mort au cours de ces deux journées, durant ce qui allait prendre par la suite le nom de bataille de Hattin. Les hommes qui se trouvaient devant lui étaient toujours en vie – et encore en danger.

« En marche ! » leur lança-t-il.

Et au bout de quelques instants, ce qu'il restait de l'arrière-garde de l'armée prit la direction de l'ouest dans l'espoir de rejoindre Acre avant l'armée de Saladin.

Al-Afdal avait voulu proclamer la victoire de son père à plusieurs reprises cet après-midi-là, mais Salah al-Din avait chaque fois réfréné ses élans. Quand son fils avait manifesté son excitation en apprenant que le comte de Tripoli avait pris la fuite, le sultan lui avait rappelé que celui qui voulait tuer un serpent prenait soin de lui couper la tête. Quand al-Afdal s'était exclamé qu'ils avaient sûrement gagné la bataille après que l'infanterie ennemie s'était enfuie à son tour en refusant de se battre, la réponse mesurée de son père avait été qu'un homme ne possédait pas de blé tant qu'il ne l'avait pas récolté. Ses réponses avaient été prononcées avec douceur, mais cela n'avait pas empêché al-Afdal de les ressentir comme des rebuffades. Après cela, il se força à imiter l'attitude impassible du souverain, car ses remarques les plus anodines lui étaient autant de leçons dans l'art de gouverner.

Mais une telle maîtrise de soi n'avait rien d'évident pour lui. Il était très fier de la manière dont son père avait piégé les Francs depuis le début, laissant le soleil et la chaleur les combattre à sa place, envoyant ses hommes diviser leur armée en la coupant d'abord de son arrière-garde, puis de son avant-garde, avant d'isoler leur roi sur les pentes de Hattin. Et tout cela allait à présent s'achever par une glorieuse victoire. Il se sentait vraiment béni d'avoir pu assister à cet événement historique : l'expulsion des infidèles de leurs terres, comme le sultan l'avait promis.

Tandis que les Francs lançaient une ultime charge désespérée contre l'armée du sultan, son fils contemplait la scène avec plus d'intérêt que d'inquiétude – jusqu'à ce qu'il comprenne que leurs ennemis risquaient peut-être bien d'atteindre leur objectif. Jetant un rapide coup d'œil à son père, il fut un peu ébranlé par la réaction du vieil homme : celui-ci avait pâli et se caressait la barbe, geste qui trahissait toujours chez lui une certaine inquiétude. Dégainant son épée, il lança alors son étalon à l'attaque en s'écriant : « Faites mentir le diable ! » Al-Afdal fut soulagé de voir leurs hommes suivre le sultan et se battre avec une telle vaillance qu'ils brisèrent l'élan des infidèles et les obligèrent à se replier sur la colline.

Après s'être porté à la hauteur de son père, al-Afdal ne cacha pas sa joie.

« Nous les avons battus !

— Pas encore », répondit le sultan en hochant la tête.

Al-Afdal regarda son père sans comprendre mais garda le silence tandis que le souverain conférait avec un messager de Taqi al-Din : leur infanterie avait escaladé la colline du nord et encerclé les fantassins infidèles qui s'y étaient réfugiés, massacrant une partie d'entre eux et faisant prisonniers ceux qui se rendaient. Le sultan demanda à son neveu d'attaquer les chevaliers qui avaient reflué vers la colline du sud, en lui précisant qu'il prendrait lui-même part à l'assaut. Al-Afdal eut soin de rester aux côtés de son père, dans l'espoir d'avoir enfin l'occasion de faire couler le sang.

Il ne tarda pas à s'apercevoir que les Francs n'étaient pas encore battus, car ils lancèrent une nouvelle charge qui se rapprocha dangereusement cette fois-ci de l'endroit où se trouvait le sultan. Mais Taqi al-Din avait atteint à présent la pente reliant les deux collines et les infidèles furent à nouveau repoussés. En les voyant battre en retraite, al-Afdal poussa un cri de triomphe.

« Ça y est ! Nous les avons battus ! »

Son père se tourna vers lui et lui lança, pris d'un accès de colère inattendu :

« Calme-toi donc un peu, Ali ! Nous ne les aurons pas battus tant que leur tente ne sera pas tombée. »

Al-Afdal se tint coi, stupéfait à l'idée que le sultan puisse encore craindre que la victoire ne lui échappe. Les hommes menés par son cousin remontaient à présent la colline, et il vit tout à coup un de leurs cavaliers abattre son épée et trancher les cordages de la grande tente rouge qui s'effondra en soulevant un nuage de poussière. Autour d'al-Afdal, les hommes poussèrent des cris de joie. Mais lorsqu'il se tourna vers son père, celui-ci avait mis pied à terre : il levait les yeux au ciel et des larmes coulaient sur son visage. Salah al-Din fit ensuite une chose que son fils ne devait jamais oublier : il s'agenouilla et se prosterna sur le sol en remerciant Dieu de leur avoir accordé la victoire contre les infidèles.

Salah al-Din avait décidé de retourner le lendemain à Tibériade pour accepter la défaite de la comtesse de Tripoli et la reddition de son château. Pendant ce temps, leurs milliers de prisonniers partirent pour le long et terrible voyage qui les conduirait vers Damas et les divers destins qui les attendaient : la liberté pour ceux qui seraient en mesure de payer une rançon, l'esclavage pour ceux qui en seraient incapables – et la mort pour les Templiers, les Hospitaliers et les turcopoles qui avaient été capturés. Le sultan considérait que ces chevaliers guerriers étaient trop dangereux pour être épargnés. Quant aux turcopoles, ils avaient trahi leur sang. Mais cette nuit-là, les Sarrasins allaient dresser leur camp à Hattin pour soigner leurs blessés, enterrer leurs morts et se réjouir de leur écrasante victoire. Désormais, la totalité du royaume que détenaient les infidèles s'étendait sans défense devant eux – y compris la ville aussi sacrée à leurs yeux qu'à ceux des chrétiens.

Un groupe important de soldats de Salah al-Din s'était rassemblé devant sa tente, impatients qu'ils étaient de lui exprimer leur gratitude pour la victoire bénie qu'il venait de remporter sur les infidèles. Pour l'instant, néanmoins, le sultan était seul avec al-Afdal, Taqi al-Din, Gökböri, son garde du corps mamelouk et son chancelier Imad al-Din. Celui-ci rédigeait déjà la lettre qu'il allait envoyer à al-Adil, afin de l'informer des derniers événements et lui demander de quitter l'Égypte et de les rejoindre pour la conquête triomphale du royaume des Francs. Il y avait également un invité d'honneur, l'émir de la ville sainte de Médine, qui avait la chance d'assister ce jour-là à un événement historique. Les cuisiniers s'affairaient pour préparer le festin destiné à célébrer la victoire. Mais le sultan devait d'abord rencontrer leurs prisonniers de haut rang, et il demanda à ses hommes de lui amener les principaux seigneurs francs.

Une fois les captifs introduits dans la tente, al-Afdal se pencha vers Imad al-Din, sachant que le volubile chancelier serait sa meilleure source d'information concernant ces ennemis de l'islam. Imad al-Din était ravi de lui rendre ce service et les nomma à mesure qu'ils s'avançaient. Le plus ahuri de tous était leur roi infortuné. Son frère le connétable se tenait à ses côtés. Derrière eux se trouvait le grand maître de ces infâmes Templiers, qu'Allah les maudisse tous ! Le vieil homme aux cheveux blancs était le marquis de Montferrat. Auprès de lui, le jeune homme qui ressemblait davantage à un poète qu'à un guerrier était Onfroy de Toron, qui offrait la singularité de savoir parler arabe. Toutefois, l'homme qui avait le plus de prix aux yeux du sultan était celui qui se trouvait de l'autre côté du roi : il s'agissait de Renaud de Châtillon, leur plus grand ennemi, dont la vilenie était sans limites.

Al-Afdal considéra avec curiosité ce seigneur infidèle que les Sarrasins appelaient le prince Arnat, car il avait entendu depuis sa tendre enfance le récit de ses innombrables méfaits : il ne respectait aucune trêve, s'emparait de leurs caravanes et avait même osé menacer les villes saintes de La Mecque et de Médine. On le soupçonnait alors d'avoir voulu s'emparer de la dépouille du Prophète, ce qui était l'acte le plus blasphématoire qu'al-Afdal pouvait imaginer. On lui avait dit qu'Arnat était âgé, qu'il avait maintenant plus de soixante ans, et il se demandait comment un homme pouvait encore se battre à un âge qui lui paraissait aussi avancé. Seuls ses cheveux gris par endroits et les rides autour de ses yeux témoignaient qu'il avait traversé six décennies d'une vie agitée, remplie de dangers, de violence et des aventures les plus variées.

Arnat paraissait également en meilleure forme que les autres seigneurs, qui avaient une mine abattue et étaient visiblement épuisés par la soif, après ces deux jours de combats sous un soleil de plomb. Al-Afdal ne put s'empêcher de ressentir un certain malaise empreint de superstition en se demandant comment Arnat pouvait afficher une allure aussi fringante, après avoir subi une pareille épreuve. Était-il vraiment en commerce avec le diable, comme ses ennemis le prétendaient ? Toutefois, en l'observant de plus près, il comprit que c'était son arrogance qui lui donnait cette apparence – et une rancœur si malveillante qu'elle surpassait en lui la crainte de la mort.

Salah al-Din avait eu l'occasion de rencontrer la plupart des Poulains en telle ou telle occasion, mais c'était la première fois qu'il se trouvait en présence de Guy de Lusignan : aussi l'observait-il avec attention en s'étonnant qu'un homme aussi bien intentionné ait pu provoquer un tel désastre. Il n'avait jamais douté du courage des Francs et savait que certains de leurs chefs étaient des hommes d'honneur. Il respectait les frères d'Ibelin et Denis de Grenier, qui parlait couramment l'arabe et appréciait la poésie sarrasine. Il n'avait jamais vraiment fait confiance au comte de Tripoli, même s'il le considérait comme l'un des plus intelligents seigneurs francs. Ce qu'on ne pourrait sans doute jamais dire de Guy… Celui-ci ne manquait pourtant pas de courage, et le sultan ne nourrissait aucune rancune à son égard. Il songea même avec un certain amusement qu'il éprouvait plutôt de la gratitude envers ce de Lusignan : après tout, sans lui, ils n'auraient jamais remporté la victoire à Hattin.

Il retint un petit sourire en songeant à l'incongruité d'une telle pensée.

Se tournant vers un domestique, il lui demanda de servir un *jallab* au roi des Francs, qui mourait visiblement de soif.

Guy ne parlait pas un mot d'arabe, et fut pris de court en voyant un homme s'approcher de lui muni d'un plateau où trônait une coupe en or. Durant les heures qu'ils avaient passées sur la colline de Hattin, ses hommes et lui avaient entrevu par instants la mer de Galilée qui se profilait au loin : le lac brillait comme un mirage aux yeux de ces guerriers tiraillés par la soif. Guy ressentait la même chose en regardant cette coupe, hésitant presque à s'en saisir de peur de la voir se dissoudre entre ses doigts. Après avoir pris une profonde inspiration, il la souleva du plateau, la porta à ses lèvres et but. La liqueur d'or devait avoir une aussi céleste saveur, songea-t-il tandis que le précieux liquide s'écoulait dans sa gorge. Avec une volonté dont il se félicita, il se retint pourtant de vider la coupe et se tourna pour l'offrir à son voisin le plus proche.

En voyant Renaud de Châtillon boire à son tour plusieurs longues gorgées, Guy espéra qu'il en laisserait tout de même un peu à Aimery, regrettant de ne pas avoir proposé la coupe à son frère en premier. Enfin, il pourrait toujours en demander une autre… Mais après s'être tourné vers le sultan, il fut stupéfait de constater que l'hôte qui le considérait jusqu'alors avec bienveillance avait cédé la place à un individu irascible, en proie à une violente colère et dont les yeux sombres semblaient lancer des flèches. Sur la défensive, Guy s'aperçut alors que le regard de Salah al-Din s'était arrêté sur Renaud de Châtillon.

Après quelques instants de tension, le sultan s'adressa à Onfroy de Toron.

« Dites à votre roi que je ne l'avais pas autorisé à partager sa boisson avec ce maudit infidèle. Et que si celui-ci a bu, c'est contre ma volonté. »

Onfroy s'empressa de s'exécuter. Il vit aussitôt que Guy ne comprenait pas le sens des paroles du sultan, ignorant pour l'essentiel la culture sarrasine et ses traditions d'hospitalité. Il remarqua que Renaud l'avait fort bien compris, en revanche, car un sourire de défi s'était formé sur ses lèvres. Se rapprochant de Guy, Onfroy fit de son mieux pour prévenir le roi de ce qui allait se passer.

« Quand les Sarrasins offrent à boire à quelqu'un, Sire, ils lui signifient par ce geste qu'il sera en sécurité chez eux. Si on lui permet de manger, il sait qu'il n'aura rien à craindre tant qu'il sera sous leur toit. »

Guy fronça les sourcils et mit un certain temps à comprendre le sens de ces paroles, car son cerveau avait été aussi malmené que son corps. Tout ce qu'il désirait pour l'instant, c'était boire jusqu'à ne plus être capable d'avaler une goutte de plus, puis sombrer dans un sommeil sans rêve et se réveiller en découvrant que rien de tout ceci n'avait eu lieu. Voyant la confusion dans laquelle il se trouvait, Onfroy voulut intervenir à nouveau mais n'en eut pas le temps.

Salah al-Din s'était levé et fixait Renaud.

« Vous avez trahi des serments, rompu des trêves, commis de graves offenses à l'encontre de notre foi, et prouvé à d'innombrables reprises qu'on ne pouvait pas vous faire confiance. Avez-vous malgré tout quelque chose à dire pour votre défense ? »

Renaud n'attendit pas qu'Onfroy traduise les paroles du sultan.

« Je me suis contenté d'agir comme le font toujours les princes », lança-t-il dans un arabe approximatif et en rendant sa réplique plus insultante encore par son ton dédaigneux et sa moue méprisante.

La main du sultan s'était posée sur le manche de son épée. En regardant Onfroy, il répliqua si vivement que Renaud ne comprit pas la moitié de ce qu'il disait. Mais il reconnut le mot *shahada* et cela lui suffit, car il savait qu'il s'agissait de la déclaration de foi. Selon la loi musulmane, on offrait à un infidèle sur le point d'être exécuté la possibilité de se convertir, et par là même de sauver sa vie.

Onfroy se tourna vers Renaud.

« Vous avez compris ce qu'il vous a dit ? Votre vie sera épargnée si vous prononcez cette déclaration de foi. »

Même si le sultan avait fait cette offre à contrecœur, Onfroy savait qu'il tiendrait sa parole. Pour sauver sa peau, il suffisait à Renaud d'attester publiquement qu'il n'y avait pas d'autre Dieu qu'Allah et que Mahomet était son prophète. Mais il ne connaissait que trop ce beau-père détesté, qui n'avait jamais franchi un seul pont sans avoir envie de le brûler derrière lui.

Renaud lui adressa un regard lourd d'un mépris mêlé d'une curieuse tendresse.

« Inutile de me préciser ce que vous feriez à ma place, mon petit monsieur… Dites-lui donc… Non, je vais le lui dire moi-même. »

Levant la tête, il lança au sultan un regard de défi.

« Jamais je n'embrasserai une foi aussi vile, aussi pernicieuse et aussi infondée que la vôtre », s'écria-t-il en regrettant de ne plus avoir assez de salive pour cracher à la face du sultan.

Ce fut la dernière pensée qui le traversa, car Salah al-Din sortit au même instant son épée de son fourreau.

La lame pénétra de biais dans le cou de Renaud en lui tailladant presque l'épaule, et le sang qui gicla éclaboussa Guy et Onfroy qui se trouvaient à côté. Ils reculèrent instinctivement et l'un des gardes du corps mamelouks s'approcha sans se presser, brandit son épée et acheva de décapiter le mourant. Le saisissant ensuite par les chevilles, il traîna son corps à l'extérieur de la tente avant de revenir quelques instants plus tard pour ramasser sa tête.

Le plus étrange, aux yeux d'Onfroy, était que la scène s'était déroulée dans le plus complet silence. Renaud était mort avant d'avoir eu le temps de pousser le moindre cri. Les autres Francs étaient trop abasourdis pour prononcer un mot, et les Sarrasins ne se remirent à parler entre eux avec excitation qu'au bout de plusieurs secondes, partageant tous la haine du sultan pour Renaud de Châtillon. Un individu de grande taille, aussi élancé qu'un faucon, se plaignait en plaisantant à moitié qu'on aurait dû lui accorder l'honneur d'abattre lui-même ce cochon d'infidèle. Onfroy en déduisit qu'il devait s'agir de Taqi al-Din, tout comme il avait deviné que le jeune homme aux yeux ronds comme des soucoupes était le fils du sultan. Regardant la flaque de sang qui recouvrait le tapis de la tente, il songea : *Ma mère se retrouve veuve pour la troisième fois et deux de ses maris ont succombé à une mort violente. Il faudra du courage à celui qui voudra prendre la suite de tous ces morts... À moins que le fait de devenir le seigneur de Karak ne l'emporte sur la crainte.* Mais il se souvint alors que le prochain seigneur de Karak serait probablement l'un des parents du sultan.

Salah al-Din se redressa et opina en souriant lorsque l'émir de Médine le remercia de lui avoir fait l'honneur d'assister à la mort de ce diable d'Arnat. Il se rendit alors compte qu'il avait toujours son épée sanglante à la main et combla son fils de joie en la lui tendant.

« Débarrasse-moi de ça, Ali. »

Son regard tomba alors sur le roi de Jérusalem qui avait été fait captif.

Guy de Lusignan était aussi raide qu'un piquet et donnait l'impression d'avoir pris racine dans le sol. Ses yeux étaient vitreux, son regard vide, et il ne s'était apparemment pas rendu compte que le sang de Renaud avait éclaboussé son surcot ainsi qu'une partie de ses cheveux. Quand Salah al-Din s'approcha de lui, Guy parut hypnotisé par la tache rouge qui barrait le front du sultan : celui-ci avait trempé son doigt dans le sang de sa victime et s'en était oint le front, geste symbolique signifiant qu'il était désormais vengé. Guy avait serré les poings, non pas dans l'idée de se battre mais pour dissimuler les tremblements dont son corps était agité. Salah al-Din s'aperçut qu'il avait peur, sans le mépriser pour autant. Ignorant le caractère de son adversaire, il était naturel que Guy en déduise qu'il serait le prochain à mourir.

« Venez vous asseoir auprès de moi », dit-il en prenant Guy par le bras et en l'entraînant vers les coussins.

Lorsqu'ils furent installés, le sultan attendit qu'on ait apporté un autre *jallab* à son prisonnier inquiet avant de demander à Onfroy de traduire ses propos.

« Dites-lui que j'avais fait le serment de tuer cet homme à la suite de ses agressions et de ses multiples trahisons. Mais rassurez-le : il n'a rien à craindre pour sa propre vie. Les rois ne tuent pas les rois. »

CHAPITRE 49

Août 1187
Jérusalem, Outremer

Quand Onfroy avait proposé à Isabelle de rester à Jérusalem, elle avait été enchantée d'échapper à la pesante atmosphère de Karak. Sibylle lui avait offert de loger au palais et leur relation n'avait pas tardé à changer. Elles étaient jusque-là restées des étrangères l'une pour l'autre, ayant passé trop peu de temps ensemble, et l'écart de treize ans qui les séparait avait également joué durant l'enfance d'Isabelle. Maintenant que Sibylle la considérait comme une adulte depuis que son mariage avait été consommé et qu'elle n'était plus une rivale pour la couronne à ses yeux, elles purent enfin se considérer comme deux véritables sœurs. Mais au même moment, le monde qu'elles avaient jusqu'alors connu devait basculer à tout jamais suite à cette terrible journée de juillet sur les collines arides de Galilée.

Par cet après-midi du mois d'août, sept semaines après la bataille de Hattin, Isabelle s'était aventurée dans les rues de la ville chaotique et étrangère qu'était devenue Jérusalem pour honorer l'invitation que lui avait faite la mère de son mari. Elle s'était après cela engagée dans la rue Saint-Antoine pour rejoindre la demeure de sa propre mère : mais même en étant escortée – par Michel, le gigantesque eunuque de Marie –, elle avait l'impression de lutter à contre-courant contre le flux d'une marée montante. Jérusalem était envahie par des cohortes de réfugiés, de plus en plus nombreux chaque jour : la population de la Ville sainte avait doublé en quelques semaines, passant de trente mille à plus de soixante mille habitants.

Sa visite à Étiennette de Milly avait été pénible. Elles n'avaient pas grand-chose à se dire, tout en partageant les craintes qu'elles nourrissaient l'une et l'autre à l'égard d'Onfroy. Elle avait beau détester sa belle-mère, Isabelle avait malgré tout pitié d'elle. La plupart des femmes ignoraient encore le sort de leurs maris. Étiennette pour sa part était fixée : le récit de l'exécution de Renaud de la propre main de Saladin s'était rapidement répandu, le présentant comme un martyr de la foi, et de plus en plus dramatique à force d'être répété. Jamais Isabelle ne lui pardonnerait l'attitude cruelle et les sarcasmes dont il avait accablé Onfroy, mais elle savait qu'Étiennette pleurait son défunt époux dans la solitude de leur lit conjugal.

Elle était fatiguée car le chemin était long entre la demeure d'Étiennette, dans le quartier arménien, et celle de Marie. Les rues étaient tellement encombrées qu'il était presque impossible d'avancer à cheval. Elle ne pouvait pourtant pas retourner au palais car sa mère l'attendait. Lorsque Marie avait rejoint Jérusalem avec ses autres enfants, les gens de sa maisonnée et une partie des citoyens de Naplouse, elle avait été blessée que sa fille aînée choisisse de rester au palais en compagnie de Sibylle. Isabelle lui avait expliqué que sa sœur lui avait demandé de ne pas l'abandonner, mais ne savait pas comment lui faire comprendre que Sibylle avait davantage besoin d'elle. Sa mère était l'une des femmes les plus fortes qu'elle ait jamais connues, alors que sa sœur était comme un fantôme errant, rongée de craintes au sujet de Guy et de ses jeunes enfants, et refusant toujours d'admettre que les bévues de son mari avaient entraîné la chute de leur royaume.

Lorsqu'ils atteignirent enfin la demeure de Marie, Isabelle fut aussitôt harponnée par dame Alice.

« Dépêchez-vous, madame ! lui lança-t-elle. Il est en haut avec la reine, qui m'a dit que vous deviez les rejoindre dès votre arrivée. »

Isabelle ignorait qui ce « il » pouvait bien désigner mais s'empressa néanmoins de monter l'escalier, saisie d'une brusque appréhension. Depuis Hattin, les mauvaises nouvelles ne cessaient de se succéder.

Marie était assise en compagnie d'un étranger vêtu à la mode sarrasine : il serait aisément passé inaperçu dans les rues de Damas. Il se leva lorsque Isabelle entra, et comme il la saluait avec toute la courtoisie d'un Poulain, elle comprit qu'il devait s'agir du légendaire espion Bernard. Ses genoux se mirent à trembler, et l'homme dut la soutenir pour qu'elle vienne s'asseoir auprès d'eux. Elle ferma alors les yeux en priant silencieusement pour qu'il ne soit pas venu leur annoncer la mort d'Onfroy ou de *pateras*. Elle savait que son mari avait survécu à la bataille de Hattin et allait probablement faire l'objet d'une rançon, mais on pouvait tomber malade et mourir, en captivité. Le sort de Balian était plus incertain. Des rumeurs étaient parvenues jusqu'à elles, affirmant qu'il avait échappé au massacre et qu'on l'avait aperçu à Tyr à la mi-juillet, mais sa présence là-bas n'avait pas été confirmée : et tant que cela ne serait pas le cas, sa mère et elle n'auraient pas l'esprit en paix.

Marie avait pris sa main en lui disant que Bernard était venu partager avec elles les nouvelles qu'il avait transmises le matin même à Sibylle et au patriarche.

« Sibylle va réunir au palais les épouses et les veuves de haut rang pour leur faire part de ces nouvelles, mais Bernard ne voulait pas nous faire attendre plus longtemps. »

Elle se tourna en adressant à l'espion un regard empreint d'une telle gratitude qu'Isabelle se sentit aussitôt soulagée, assurée désormais que sa mère n'avait pas perdu son mari à Hattin ou dans le chaos qui s'était ensuivi.

Bernard répéta à son intention ce qu'il avait déjà dit à sa mère. Le seigneur Balian, ainsi que Jocelyn de Courtenay et Denis de Sidon avaient réussi à s'échapper et à rejoindre Acre.

Balian et Denis avaient alors pris un bateau pour Tyr. Dame Isabelle avait sûrement entendu dire qu'Acre s'était rendue à Saladin ? En tant que seigneur de la ville, Jocelyn avait estimé qu'une reddition pacifique épargnerait des milliers de vies et avait entamé des négociations dans ce sens avec Taqi al-Din. Mais en l'apprenant, une partie des habitants s'était insurgée, semant le trouble dans la ville. Lorsque Saladin était arrivé, il avait déclaré aux citadins qu'ils pouvaient quitter librement la ville à condition de mettre un terme à ces émeutes. Il avait même proposé aux marchands de continuer à tenir leurs boutiques, mais la plupart étaient trop inquiets ou trop amers pour accepter son offre et avaient préféré trouver refuge à Tyr.

Tous les Francs qui avaient été capturés à Hattin avaient été emmenés à Damas. Les seigneurs de haut rang pourraient envisager d'être libérés après le versement d'une rançon, tandis que les soldats moins fortunés seraient vendus comme esclaves. Les turcopoles étaient considérés comme des traîtres par les musulmans, et la plupart avaient été abattus sur le champ de bataille. Les rumeurs concernant l'exécution massive des Templiers et des Hospitaliers étaient malheureusement fondées. N'épargnant que leur grand maître, Gérard de Ridefort, Saladin avait acheté pour cinquante dinars chacun des chevaliers des deux ordres et avait ensuite ordonné qu'ils soient mis à mort. Leur exécution avait été particulièrement atroce, le sultan ayant confié cette tâche aux soufis, des religieux et des lettrés musulmans plus habitués à manier la plume que l'épée… Bernard ne voyait toutefois pas l'intérêt de donner ces lugubres détails à Isabelle et se contenta de lui expliquer que les condamnés auraient eu la possibilité de sauver leur vie en se convertissant à l'islam, mais que l'écrasante majorité d'entre eux – ils étaient au moins deux cent trente – avaient fièrement refusé, préférant mourir en chrétiens. Le frère Thierry assurait la charge de grand maître en attendant que Gérard de Ridefort retrouve la liberté ou meure en captivité, mais les rares templiers et hospitaliers qui avaient survécu avaient le moral en berne après avoir appris le massacre de leurs frères à Damas.

« Et qu'est-il arrivé au comte de Tripoli, maître Bernard ? Ainsi qu'à son épouse ?

— Le comte Raymond et ses hommes ont pu rejoindre Tripoli sains et saufs. Quant à dame Esquiva, heureusement pour elle, la réputation de galanterie de Saladin s'est avérée fondée. Après avoir accepté la reddition de son château, il l'a laissé partir avec sa maisonnée et l'ensemble de sa garnison, demandant même à ses hommes de l'escorter jusqu'à Tripoli.

— Le comte se trouve-t-il toujours à Tyr avec mon beau-père et Denis ? La ville n'est pas tombée, si j'ai bien compris ?

— Non, elle résiste encore. Mais on ignore pour l'instant ce qu'il est advenu de votre beau-père. Le comte Raymond a rapidement quitté Tyr et regagné Tripoli à bord d'un bateau, en compagnie de ses beaux-fils et du fils du prince d'Antioche. Le seigneur Denis avait pris le commandement de Tyr et négocié avec Taqi al-Din en vue d'une reddition pacifique. Mais à la mi-août, le seigneur Conrad de Montferrat est arrivé de Constantinople et a refusé le projet de reddition de Denis. Les habitants l'ont soutenu et Denis a quitté la ville pour rejoindre ses propres terres. Sidon était tombé aux mains de Saladin, mais il a réussi à gagner son château de Beaufort. »

Bernard marqua une pause dans l'attente d'éventuelles questions d'Isabelle. Cela devait être un peu traumatisant de recevoir tant de mauvaises nouvelles à la fois. Depuis des semaines, Jérusalem avait été coupée du reste du royaume par les soldats sarrasins qui sillonnaient la campagne environnante afin de récolter le butin dû aux vainqueurs. Les chrétiens qui avaient survécu à la bataille de Hattin étaient remontés vers le nord, l'unique route qui s'offrait à eux, aussi les habitants de la Ville sainte n'avaient-ils entendu aucun récit de première main de la terrible défaite. Tout ce qu'ils savaient, ils le tenaient des réfugiés qui se contentaient eux-mêmes de colporter les plus vagues rumeurs.

En jetant un coup d'œil à Marie, Bernard songea qu'elle avait pris la bonne décision en quittant Naplouse. Elle n'avait pas manifesté la moindre surprise lorsqu'il lui avait annoncé que Nazareth, Bethléem, Sébaste et Saphorie étaient désormais aux mains des Sarrasins : elle avait compris que ces capitulations étaient inéluctables. Elle savait déjà que le château d'Ibelin et le village de Mirabel étaient tombés : après s'être rendus à al-Adil, le frère de Saladin, celui-ci avait fourni une escorte aux habitants afin qu'ils puissent rejoindre Jérusalem sains et saufs. Elle avait également appris par eux le tragique destin de Jaffa, dont les citoyens avaient refusé de se rendre. Les hommes d'al-Adil s'étaient abattus comme une tornade sur la ville, tuant la plupart des hommes et emmenant les femmes et les enfants en esclavage. Bernard n'était pas certain qu'elle eût envie de partager cette nouvelle avec sa fille, aussi s'abstint-il de toute allusion à Jaffa.

Rien de ce qu'il avait dit jusqu'alors n'avait surpris Isabelle. Elle avait bien compris que leurs villes étaient condamnées après l'anéantissement de leur armée à Hattin. Il n'en était pas moins terrible de devoir renoncer à ces dernières lueurs d'espoir. Son pays agonisait, il saignait de tous les côtés et on ne pouvait rien faire pour le sauver.

« Y a-t-il des villes qui tiennent encore, en dehors de Tyr ? demanda-t-elle d'une voix un peu tremblante et malgré son calme apparent. Qu'en est-il de Beyrouth ? D'Ascalon ? Des châteaux de ma belle-mère à Karak et Montréal ?

— Beyrouth s'est rendue à Saladin dans la première semaine d'août, madame. Ascalon n'est pas encore tombée mais cela ne saurait tarder, car le sultan est en route pour rejoindre les troupes d'al-Adil afin d'assiéger la ville. Quant aux citadelles de dame Étiennette, leurs garnisons restent sur le pied de guerre. »

Après avoir attendu des questions qui ne venaient pas, Bernard se leva pour prendre congé. Marie l'imita.

« Je vous remercie, maître Bernard. Nous vous devons beaucoup, et j'espère qu'un jour viendra où nous serons en mesure d'honorer notre dette. Mais vous-même ? Que comptez-vous faire à présent ?

— Il m'a semblé que le climat d'Antioche serait plus sain que celui d'Outremer, dit-il avec un léger sourire. En tout cas, pour un homme dont la tête est mise à prix. »

Marie lui souhaita bonne route mais ne doutait pas qu'il atteindrait Antioche sain et sauf. Il devait être plus difficile de s'emparer de l'insaisissable espion que de recueillir dans sa main la brume du matin.

Après son départ, elle alla se rasseoir sur le banc et passa le bras autour des épaules de sa fille, qui se pencha pour l'embrasser.

« Mère… Si *pateras* n'est plus à Tyr, où penses-tu qu'il soit allé ? Pourrait-il être à Tripoli ? Ou même à Antioche ? »

Marie secoua la tête.

« Non, dit-elle. Balian va essayer de nous rejoindre ici, à Jérusalem. »

Avant que Saladin vienne assiéger la ville... Elle ne prononça pas ces derniers mots à voix haute mais leur écho semblait flotter, invisible entre elles. Elles savaient l'une et l'autre que pour Jérusalem aussi, le temps était compté.

De nombreux réfugiés de Beyrouth étaient venus s'entasser à Tyr après la reddition de leur ville à Saladin le 6 août. L'un des derniers à arriver était Othon, leur évêque. Contrairement à ses concitoyens qui avaient pris la fuite, il avait des amis influents à Tyr, et s'était bientôt retrouvé confortablement logé au palais de l'archevêché.

Voyant que la coupe de son invité était vide, Joscius fit signe à un domestique de lui resservir du vin. Sa propre coupe était toujours pleine, car Othon l'avait harcelé de questions et il n'avait pas eu le temps de boire une goutte. L'évêque avait été soulagé d'apprendre que le désastre de Hattin n'avait pas causé autant de pertes humaines que la rumeur le prétendait. Joscius estimait que trois mille hommes au moins avaient réussi à échapper au carnage, bien qu'à peine deux cents d'entre eux fussent des chevaliers : il s'agissait de ceux qui avaient pris la fuite avec le comte Raymond ou qui se trouvaient avec Balian d'Ibelin lorsque l'arrière-garde avait échappé à l'ennemi. Très peu de chevaliers avaient été tués, protégés par leurs armures et épargnés par les Sarrasins avides de rançons. Des milliers d'hommes n'en avaient pas moins trouvé la mort durant ces deux terribles journées : des fantassins pour la plupart, auxquels il fallait ajouter les turcopoles et les arbalétriers. Un plus grand nombre encore n'avait échappé au trépas que pour se voir ensuite conduits en esclavage.

Othon avait trouvé la situation à Tyr plutôt encourageante. Le port solidement fortifié grouillait de soldats et de chevaliers qui avaient survécu à Hattin. Et maintenant que la ville était sous le commandement de Conrad de Montferrat, un guerrier aguerri, il n'allait pas être facile de s'en emparer. En revanche, Joscius lui confirma que sa plus grande crainte était fondée : la Ville sainte ne tarderait probablement pas à tomber aux mains des infidèles. Jérusalem était quasiment sans défense, envahie par des hordes de réfugiés paniqués et sous la responsabilité d'une jeune femme et d'un prélat qui n'avaient aucune idée de la manière dont on conduisait une guerre.

Joscius lui rapporta ensuite ce que lui avaient raconté les survivants de Hattin et les Francs venus chercher refuge à Tyr. Saladin s'était montré jusqu'ici d'une étonnante générosité à l'égard des villes qu'il assiégeait, permettant aux habitants de partir en emportant leurs biens et allant même parfois jusqu'à leur fournir une escorte, car les routes n'avaient jamais été aussi dangereuses. La campagne fourmillait de soldats sarrasins, de bandits et de Bédouins cherchant à tirer profit du désordre ambiant. Par contre, les villes qui avaient refusé de se rendre avaient subi le sort réservé aux citadelles prises d'assaut et n'avaient pas bénéficié de la moindre clémence. Le roi et le grand maître des Templiers ayant été faits prisonniers, le grand maître des Hospitaliers ayant trouvé la mort à La Fontaine du Cresson et la reine et le patriarche se voyant bloqués à Jérusalem, plus personne n'était en mesure d'incarner l'autorité, de rassembler le peuple ni de résister à l'armée du sultan.

« Conrad de Montferrat a donc pris le pouvoir parce que la place était vide. »

Joscius semblait impressionné par cet homme, mais tout ce qu'Othon en savait, c'était qu'il s'agissait du fils du marquis de Montferrat, le frère du premier mari de Sibylle.

« Personne n'était donc en mesure de s'emparer des commandes ? s'étonna-t-il. Et Balian d'Ibelin ? Qu'est-il advenu de lui ? Quand nous avons appris à Beyrouth la défaite de Hattin, nous avons entendu dire qu'il avait sauvé une partie de l'arrière-garde en réussissant à franchir les lignes ennemies. Il n'est donc pas à Tyr ?

— Il est arrivé ici après avoir quitté Acre mais n'est pas resté très longtemps. Sa femme lui avait promis de s'enfuir si Naplouse était menacée : lorsque Balian a appris que la garnison de la ville s'était rendue, il s'est mis en route pour Jérusalem où elle avait dû trouver refuge. Mais il s'est très vite heurté aux hommes de Taqi al-Din et a bien failli y laisser sa peau. Sa deuxième tentative ne fut pas plus heureuse. À sa troisième sortie, il a été blessé après être tombé sur une bande de pillards et a dû se replier sur Tyr, le temps de se rétablir. Il a reconnu n'avoir dû la vie sauve qu'à la vitesse de son destrier, un superbe pur-sang arabe, et j'ai fait mon possible pour le convaincre qu'il ne rendrait certainement pas service à Marie en faisant d'elle une veuve éplorée.

— Son attitude témoigne d'un profond désespoir, commenta Othon d'un air compatissant. J'espère qu'il a renoncé à se rendre à Jérusalem ?

— Il a fini par reconnaître qu'il n'y arriverait pas en passant par les terres. Il cherche pour l'instant un navire qui puisse le conduire à Ascalon, afin de demander à Saladin un sauf-conduit qui lui permettrait de faire sortir sa femme et ses enfants de Jérusalem.

— Dieu du ciel ! » Othon hocha la tête, convaincu qu'une telle aventure risquait fort de mal se terminer. « Je prierai pour lui », ajouta-t-il.

Joscius le remercia, en se disant que Balian allait en effet en avoir besoin.

Balian s'appuya contre le plat-bord de la *tarida* qui filait à travers les vagues. Il avait remarqué au cours du voyage que les vents d'ouest faiblissaient quand le coucher du soleil approchait, aussi ne fut-il pas surpris de voir les marins actionner les poulies qui contrôlaient la drisse. Après avoir baissé la voile latine, ils insérèrent les rames dans les dames de nage, prirent place sur les bancs et se mirent à ramer.

La bannière blanche ornée d'une croix rouge qui flottait au sommet du mât, emblème de la ville de Gênes, s'affaissait à mesure que le vent tombait. Ayant croisé par hasard dans les rues de Tyr un marin génois qui avait combattu à Hattin, Balian avait pris place à bord du *San Giuan*, un navire marchand qui faisait route vers Alexandrie. Dans le Levant, les guerres n'avaient jamais empêché le commerce de se poursuivre comme en temps de paix. Le commandant du *San Giuan* avait bien voulu prendre Balian et ses compagnons à son bord, du moment qu'ils payaient leur passage. La générosité de l'archevêque Joscius avait résolu ce problème.

Balian se tourna en entendant Renier Rohard le rejoindre. Il avait refusé que ses chevaliers l'accompagnent dans cette mission à haut risque, mais Renier avait insisté car son épouse et sa propre mère, déjà âgée, avaient elles aussi trouvé refuge à Jérusalem. Quant à Ernout, il avait balayé les objections de son maître en déclarant qu'il préférait le suivre que de rester seul à Tyr. Il avait obtenu gain de cause car Balian avait laissé son second écuyer à Saphorie : la population s'était dispersée après la victoire des Sarrasins, et nul ne savait ce que Brian était devenu.

« Pensez-vous qu'Ascalon tienne encore ? » lui demanda Renier.

Balian secoua la tête d'un air dubitatif. On était le 5 septembre, Ascalon était donc assiégée depuis plus de deux semaines. Renier pensait la même chose. Leur pays vivait ses dernières heures et ils ne pouvaient qu'assister impuissants à son agonie.

« Ascalon est en vue ! » s'écria Ernout.

Que la ville soit tombée ou non, ils n'avaient pas l'intention de débarquer ici : les courants rendaient l'accès au port trop dangereux. Ils ne distinguèrent aucun signe de vie sur les murailles extérieures mais aperçurent bientôt la bannière qui flottait au sommet du château : l'aigle de Saladin. Aucun d'eux ne fit le moindre commentaire mais la même pensée leur traversa l'esprit : les habitants s'étaient-ils rendus ou avaient-ils subi le même sort que ceux de Jaffa ?

Peu après, ils furent en vue de Tida, l'ancien port qui desservait Gaza autrefois. Le fond plat de la *tarida* lui permettait d'accoster aisément sur une plage. Après quelques manœuvres expertes des marins génois, le *San Giuan* se retrouva assez près du rivage pour que ses passagers puissent débarquer. Tandis qu'ils gagnaient la berge à travers les eaux basses, le commandant leur lança « Bonne chance ! » dans la langue des Francs, avant que la *tarida* regagne le large.

Tida était désert, ce qui n'avait rien d'étonnant étant donné qu'une armée sarrasine se trouvait dans les parages. Balian était déjà venu à Gaza et savait donc que la ville n'était qu'à trois kilomètres de marche. Les *taridas* servaient souvent au transport des chevaux, mais il avait dû laisser Khamsin à la garde de Joscius car le *San Giuan* débordait de marchandises – de l'argent, du bois et de l'alun – que son propriétaire espérait vendre à Alexandrie. Le navire allait sans doute passer l'hiver dans la ville égyptienne, étant donné que la saison des voyages prenait fin en octobre, avant de regagner Gênes au printemps, chargé d'épices et de soies précieuses. La prochaine fois que le *San Giuan* se rendrait à nouveau dans le Levant, le royaume d'Outremer ne serait-il plus qu'un lointain souvenir ?

Le château de Gaza avait jadis été cédé aux Templiers par un roi de Jérusalem, et une bourgade s'était développée à ses pieds. Le soleil se couchait au moment où les trois hommes furent accueillis dans l'enceinte de la ville. Ils furent aussitôt entourés par un cercle de curieux, inquiets de savoir ce qu'il se passait dans le reste du royaume, et ils mirent un certain temps à rejoindre le château.

Pour Balian, cela raviva le souvenir douloureux de son arrivée à la forteresse abandonnée de La Fève : la citadelle de Gaza faisait penser à un navire fantôme conduit par un équipage de squelettes – quelques sergents trop âgés ou trop malades pour aller se battre aux côtés de leur grand maître. Il fut chaleureusement accueilli et se vit dans l'obligation de raconter à ses hôtes les horreurs que ses hommes et lui avaient subies à Hattin, car c'était la première fois que ces vieux templiers entendaient ce récit de la bouche d'un témoin ayant pris part aux combats. Il ne se sentit pas le courage de leur révéler le sort qu'avaient connu leurs frères à Damas, mais ils ne lui posèrent aucune question à ce sujet, redoutant évidemment le pire.

Le lendemain matin, les gardiens du château leur offrirent les chevaux qui se trouvaient dans les écuries, en leur disant que les Sarrasins allaient de toute façon s'en emparer. Il s'agissait de vieilles carnes, abandonnées ici comme leurs maîtres trop âgés, mais Balian et ses compagnons les acceptèrent avec reconnaissance car Ascalon se trouvait à une douzaine de kilomètres.

Ils ne tardèrent pas à tomber sur une troupe de soldats sarrasins. Ces hommes paraissaient d'humeur enjouée et célébraient leur récente victoire. Le drapeau de la trêve que brandissait Balian et le fait qu'il parlait couramment arabe suffirent à convaincre les Sarrasins de les escorter jusqu'à leur camp. Mais lorsqu'ils arrivèrent devant la tente du sultan, il fut le seul à avoir le droit d'entrer : Renier et Ernout durent l'attendre à l'extérieur, surveillés de près par les gardes.

Salah al-Din et plusieurs autres hommes étaient assis en tailleur au milieu des coussins, buvant des jus de fruits et plongés dans une conversation animée qui s'interrompit à l'instant où Balian pénétra dans la tente. Le garde qui l'accompagnait voulut l'obliger à se mettre à genoux, mais al-Adil intervint, lui faisant signe d'avancer comme un invité et non comme s'il était un prisonnier. Salah al-Din l'avait également reconnu et lui désigna un coussin en l'invitant à s'asseoir, révélant à ses compagnons qu'il s'agissait du seigneur de Naplouse. Le plus jeune de ces hommes éclata d'un rire narquois en entendant ça : Balian apprit par la suite qu'il s'agissait d'Houssam al-Din, un neveu du sultan qui était désormais le nouveau maître de Naplouse.

Après le traditionnel échange de politesses, Balian ne put s'empêcher de demander si Ascalon s'était rendue. Il ne cacha pas son soulagement quand le sultan lui apprit que la ville avait accepté ses conditions.

« Ils ont tenu aussi longtemps qu'ils l'ont pu, précisa al-Adil en faisant signe à un domestique d'apporter un rafraîchissement à Balian. Nous avions fait venir votre roi de Damas en lui offrant sa liberté s'il parvenait à convaincre les habitants d'Ascalon de se rendre. Mais il n'a pas eu de chance : ceux-ci l'ont hué du haut des murailles en le traitant de lâche. Au bout de deux semaines, néanmoins, ils ont fini par céder et se sont rendus hier.

— Vous vous êtes montré d'une générosité exceptionnelle, monseigneur le sultan. »

Balian n'avait pas à se forcer pour faire une telle déclaration car il le pensait sincèrement. La bataille de Hattin aurait pu provoquer un véritable bain de sang. Dans un pays où le passé n'était ni oublié ni pardonné, les récits ne manquaient pas du sort tragique qu'avaient subi les musulmans et les juifs de Jérusalem lorsque les Francs s'étaient emparés de la Ville sainte en l'an de grâce 1099.

Salah al-Din esquissa un sourire.

« J'imagine que vous êtes venu vous aussi pour me proposer un arrangement, monseigneur Balian ?

— Oui, monseigneur. Ma femme et mes enfants se sont réfugiés à Jérusalem. Mon espoir est que vous m'accordiez un sauf-conduit afin que je puisse aller les chercher et leur fasse quitter la Ville sainte avant que vous ne l'assiégiez. »

Le sultan resta un moment silencieux, examinant sa requête. Lorsqu'il se tourna vers ses hommes, il s'adressa à eux en kurde, aussi Balian fut-il obligé d'attendre pour connaître son verdict. Les yeux sombres de Salah al-Din se posèrent à nouveau sur lui.

« Votre requête est acceptée, dit-il. Mais à deux conditions. Vous ne pourrez rester qu'une nuit dans la ville et vous devez me jurer sur vos saintes reliques que vous ne prendrez pas les armes contre moi. »

Balian se rendit compte à cet instant qu'il avait retenu son souffle.

« Je le jure, lui dit-il. Et je vous remercie, monseigneur le sultan. »

Il y avait quelque chose d'un peu irréel dans le fait de se voir aussi bien accueillis dans le camp de leurs ennemis. Renier et Ernout avaient été autorisés à pénétrer dans l'enceinte pour emporter une relique de l'une des cinq églises de la ville : lorsqu'ils revinrent, ils racontèrent à Balian ce qu'ils avaient appris. Les Francs d'Ascalon seraient escortés jusqu'au port égyptien d'Alexandrie où ils passeraient l'hiver, aux frais du gouverneur, avant de prendre la mer au printemps pour rejoindre les terres de la chrétienté. Balian n'était pas aussi surpris que ses deux compagnons, car il avait déjà eu des échos de la remarquable clémence dont Saladin avait fait preuve jusqu'ici. Lorsqu'il avait pris la forteresse de Toron, aux côtés de Taqi al-Din, il avait même autorisé la garnison à rejoindre la résistance qui s'organisait à Tyr.

Balian fut invité à dîner ce soir-là avec al-Adil, après quoi ils regagnèrent ensemble la tente où avait été logé l'ancien seigneur de Naplouse. Celui-ci se disait qu'ils pouvaient difficilement se considérer comme des amis, attendu les circonstances, mais qu'ils avaient ressenti de l'estime l'un pour l'autre dès leur première rencontre. Et il lui fut particulièrement reconnaissant ce soir-là, dans la nuit de septembre constellée d'étoiles. Se rendant bien compte qu'un sauf-conduit ne serait pas suffisant pour atteindre Jérusalem, al-Adil s'était débrouillé pour lui fournir une escorte dans laquelle figurait un jeune homme du nom d'Adam ibn Ibrahim, fils de l'un des clercs chrétiens de son chancelier al-Sania.

« Adam vous accompagnera à al-Qods, lui dit-il. Il est chrétien comme vous et parle un peu la langue des Francs. Mes hommes camperont à l'extérieur de la ville pendant que vous irez chercher votre épouse et vos enfants. Lorsque vous serez prêts à partir, ils se débrouilleront pour que vous puissiez rejoindre sains et saufs les terres franques de Tripoli. » Répondant d'un haussement d'épaules aux remerciements de Balian, al-Adil ajouta avec un sourire : « Vous allez aussi avoir besoin d'autres chevaux. Celui sur lequel vous êtes arrivé se ferait aisément battre à la course par une tortue boiteuse.

— J'avoue que je ne parierais pas un liard sur lui », rétorqua Balian avant d'éclater de rire.

Al-Adil se joignit à lui, et, pendant quelques instants, ce n'étaient plus deux ennemis qui se faisaient face, mais simplement deux hommes assez éclairés pour se dire qu'ils n'étaient pas si différents que le monde dans lequel ils vivaient cherchait à le faire croire. Quand il voulut à nouveau le remercier, al-Adil lui dit en plaisantant qu'il se verrait largement récompensé si Balian appelait son prochain fils Ahmad.

Ils s'arrêtèrent soudain car ils étaient arrivés devant la tente de Balian. Al-Adil lui souhaita bonne nuit et fit demi-tour pour le quitter mais s'interrompit et regarda à nouveau Balian, avant de lui dire d'une voix brusquement plus grave :

« Il y a une chose que vous devez savoir. Mon frère a fait venir un groupe de Francs d'al-Qods pour discuter avec eux des termes de la reddition. Vous ne serez pas surpris d'apprendre qu'il était prêt à se montrer très généreux et à aller bien au-delà d'un simple geste. Les Francs sont arrivés ici vendredi, le jour de l'éclipse du soleil. Le fait de voir cette obscurité en plein midi les a soudain terrorisés, car cette éclipse se produisait deux mois précisément après la défaite de Hattin. Ils se sont dit qu'ils étaient de mauvais chrétiens et que Dieu les punissait pour leur manque de foi. »

Balian opina d'un air accablé.

« Ils ne sont pas les seuls à penser de la sorte, dit-il. Mais si Dieu avait une raison de nous punir, ce serait pour avoir placé un fou sur le trône, un simple pantin entre les mains de Gérard de Ridefort…

— Ah, j'ai oublié de vous le dire… Le grand maître des Templiers se trouve également ici. Lorsque mon frère a fait venir votre roi de Damas, il a demandé qu'on lui amène aussi de Ridefort. On lui a promis la liberté s'il parvenait à convaincre les Templiers d'abandonner leurs châteaux de Gaza et de Latroun. Et il a accepté. »

Balian préféra ne pas réagir. Il pensait à Jacquelin et à Roger de Moulins, à tous les braves qui étaient tombés à leurs côtés, à ces milliers de morts sur les collines de Hattin ainsi qu'aux Templiers et aux Hospitaliers qui avaient été exécutés à Damas.

Il n'avait d'ailleurs pas besoin de parler, son silence outré était plus éloquent que ne l'aurait été le moindre de ses discours. Al-Adil le comprit fort bien.

« De Ridefort n'a plus aucune importance, dit-il. Mais ce que je vais vous dire à présent en a. Les hommes venus d'al-Qods se sont montrés aussi insensés qu'arrogants. Ils ont repoussé l'offre du sultan en déclarant qu'ils n'accepteraient jamais de rendre leur ville sainte à "une horde d'infidèles", que le fils de leur dieu était mort pour eux et qu'ils étaient prêts à mourir pour lui si besoin était. Leur insolence a provoqué la colère de mon frère, qui a juré de prendre al-Qods par la force et de passer ses habitants par le fil de l'épée.

— Grand Dieu ! Et vous pensez qu'il mettra sa menace à exécution ?

— J'en suis convaincu. Il prend ses serments très au sérieux. Ce pour quoi il faut absolument que vous fassiez sortir votre épouse et vos enfants de la ville avant le début du siège. »

À mesure qu'ils se rapprochaient de Jérusalem, Balian se félicitait d'avoir bénéficié de cette escorte, se rendant bien compte qu'il n'aurait jamais pu s'en sortir seul. Il ne savait même plus combien de soldats en quête de butin ils avaient déjà rencontrés. Quelques interjections lapidaires de l'homme qui conduisait leur petite troupe avaient suffi à les écarter. Les pillards se tenaient à distance, peu soucieux de se heurter à des cavaliers armés. Les hommes d'al-Adil paraissaient enchantés qu'on leur ait confié cette mission, et Balian ne tarda pas à en comprendre la raison : ils étaient impatients de voir enfin de leurs propres yeux la ville qu'ils appelaient al-Qods. La Ville sainte était tellement sacrée aux yeux des chrétiens qu'ils en oubliaient parfois qu'elle était également révérée par les juifs et les musulmans. Tandis que les murs de Jérusalem apparaissaient au loin, leur escorte bifurqua vers le nord-ouest, et les hommes lui dirent qu'ils l'attendraient dans le village d'al-Jib. Une fois les Sarrasins partis, Balian et ses deux compagnons s'empressèrent de rejoindre la ville au galop. Des soldats apparurent au sommet des murailles en brandissant leurs armes. Mais dès que Balian se fut présenté, on les laissa approcher de la porte d'entrée dont la herse fut relevée, ce qui leur permit d'accéder à la barbacane. Celle-ci était construite en forme de L, ce qui rendait le passage plus malaisé pour d'éventuels assaillants. Dès que leurs chevaux l'eurent franchie, la herse retomba derrière eux. La porte intérieure s'ouvrit ensuite et ils pénétrèrent dans une ville qui était déjà en état de siège. Balian fut immédiatement assailli de toutes parts et harcelé de questions par les soldats qui étaient descendus des murailles. Leur curiosité le surprenait un peu : avec le flux constant de réfugiés qui se déversait dans la ville, les nouvelles ne devaient pas leur manquer.

La situation empira lorsqu'ils s'engagèrent dans la rue de David. Les gens se jetaient sur eux en tendant les bras, criant son nom en sanglotant et en remerciant Dieu. Balian fut choqué par cette hystérie générale, avant de comprendre avec effroi les raisons de cet étrange comportement : tous ces malheureux – des femmes, des enfants et des vieillards pour la plupart – le considéraient apparemment comme leur sauveur.

« Quelle folie… » murmura-t-il, car que pouvait faire un homme seul contre toute une armée ? Le vacarme autour d'eux était assourdissant. La ville était non seulement prise de panique, mais aussi dangereusement surpeuplée. Un seul regard sur ces rues bondées suffit à l'en convaincre. Il leur fallut près d'une heure pour se frayer un chemin à travers cette cohue et rejoindre la rue Saint-Antoine. Quand ils aperçurent leur demeure, ils eurent l'impression d'avoir enfin trouvé un refuge car les gens se bousculaient derrière eux : certains essayèrent même de les suivre lorsque le portail s'ouvrit.

La nouvelle de leur arrivée s'était visiblement répandue à travers la ville. À peine Balian eut-il mis pied à terre que son fils de sept ans apparut, suivi de près par son neveu : les deux garçons se précipitèrent dans ses bras et l'étreignirent comme s'ils ne voulaient plus jamais le lâcher. Helvis pleurait à chaudes larmes et Marguerite criait « Papa ! », en se collant contre son haubert. Durant quelques précieux instants, le monde au-delà de cette cour intérieure disparut : il n'y avait plus qu'un père embrassant ses enfants après avoir quasiment perdu tout espoir de les revoir un jour.

« Ne pleure pas, ma petite… » dit-il à Helvis.

Lorsqu'elle lui répondit qu'il pleurait, lui aussi, il secoua la tête en prétendant que c'était de la pluie, tout en lui montrant le ciel limpide où le soleil brillait.

« Tu vois bien ces gros nuages noirs », ajouta-t-il. Cela la fit sourire et il la serra à nouveau contre lui. « Où est donc ta mère, mon cœur ?

— Je suis ici, Balian. »

En entendant la voix de son épouse, Balian fit volte-face et l'aperçut qui se tenait à quelques pas en compagnie de Philippe, leur plus jeune fils, qu'elle portait contre sa hanche. Un sourire éclatant éclairait son visage et des larmes brillaient encore dans ses yeux. Balian les prit tous les deux dans ses bras et ils restèrent ainsi un long moment sans échanger un mot jusqu'à ce que Philippe, impatient, se mette à gigoter en demandant que son père le projette en l'air, ce qui était son jeu préféré. Il cria de bonheur lorsque Balian le jucha ensuite sur ses épaules : pour des raisons qu'il était alors trop jeune pour comprendre, ce moment devait se graver à tout jamais dans sa mémoire. Bien des années plus tard, alors qu'il avait grandi et engendré lui-même des enfants, il avait perdu le souvenir du voyage qu'il avait fait pour s'enfuir de Naplouse, mais se rappelait précisément cet après-midi où son père était revenu à la maison et l'avait projeté en l'air après l'avoir serré dans ses bras.

Balian s'arrangea pour passer un moment seul avec Marie et lui dire qu'il avait obtenu l'accord de Saladin afin qu'ils puissent quitter la ville le lendemain.

« Je savais que tu trouverais une solution », lui dit-elle.

Elle n'ajouta rien d'autre, et Balian se rendit compte qu'on ne lui avait jamais fait un plus beau compliment : sa femme pensait évidemment ce qu'elle venait de dire et n'avait jamais douté de lui.

Quelques heures plus tard, un joyeux capharnaüm régnait encore dans leur maison. Isabelle était venue du palais pour se joindre à eux. Comme Renier l'avait espéré, sa propre famille avait pu accompagner Marie et trouver refuge ici : leurs retrouvailles avaient été émouvantes. Étiennette, la nièce de Balian, pleura de soulagement quand il lui apprit que sa sœur Esquiva était saine et sauve à Tyr, ayant suivi Jocelyn et sa famille depuis Acre après leur reddition. Il put aussi la rassurer concernant le sort de son mari, qui avait été fait prisonnier à Hattin et serait sans doute libéré contre une rançon. Il s'abstint en revanche de mentionner la rumeur qu'il avait entendue à Tyr selon laquelle Baudouin serait gravement malade. Cela attendrait qu'ils soient tous en sécurité à Tripoli.

Les tables avaient été dressées pour le repas du soir lorsqu'on entendit un grand vacarme dans la rue, précédant l'arrivée du patriarche Héraclius flanqué de son entourage habituel.

Il salua Balian avec une telle chaleur qu'un étranger aurait cru qu'il s'agissait de deux amis de longue date. Balian s'efforça de se montrer courtois, tout en pensant à l'évêque d'Acre qui était mort en essayant de sauver la Vraie Croix, alors que le patriarche était resté bien au chaud à Jérusalem. Héraclius ne tarda pas à révéler la raison de cette visite sans précédent.

« Je suis venu pour vous escorter jusqu'au palais, dit-il. La reine a hâte de s'entretenir avec vous. »

Balian n'avait aucune envie de voir Sibylle, tout en sachant qu'il lui était impossible de refuser. Elle était toujours leur reine et cela seul comptait. Se levant avec réticence, il lança :

« Je ne pourrai pas rester très longtemps. »

Il voulut demander à Marie de l'accompagner, mais celle-ci l'avait précédé et se tenait déjà à ses côtés, défiant le patriarche en silence. Celui-ci se contenta de sourire le plus gracieusement du monde, ce qui n'avait rien de bien rassurant.

Le trajet jusqu'au palais fut une répétition de l'arrivée de Balian dans la ville. Les rues grouillaient toujours de monde. Une fois encore, la foule se pressait autour de lui : les femmes brandissaient leurs enfants afin qu'il les bénisse, les prêtres lui promettaient de prier pour qu'il remporte son combat contre les infidèles, les jeunes gens lui proposaient de se battre à ses côtés s'il pouvait leur fournir des armes et les vieillards le remerciaient les larmes aux yeux d'être venu pour sauver la Ville sainte. Le temps qu'ils arrivent au palais, Balian avait l'impression que son corps était couvert d'ecchymoses. Il se rendit compte que sa femme était secouée, elle aussi. Il lui avait expliqué à quelle frénésie il avait dû faire face en arrivant, mais c'était autre chose d'en être témoin soi-même. Il remarqua aussi, non sans un certain malaise, que le patriarche ne semblait guère troublé, pour sa part : on aurait même dit qu'il savourait cette liesse insensée.

Sibylle avait accusé le coup de la tension des derniers mois. Elle avait des cernes sous les yeux en raison du manque de sommeil et tellement maigri qu'elle paraissait beaucoup plus âgée que ses vingt-huit ans. Son visage s'éclaira toutefois à la vue de Balian, et elle traversa la pièce pour le saluer aussi chaleureusement que le patriarche l'avait fait un peu plus tôt. À ceci près qu'elle paraissait sincère, quant à elle.

« Seigneur Balian… Je ne peux vous dire à quel point je vous suis reconnaissante d'être revenu à Jérusalem. Nous étions désespérés, le patriarche et moi. Nous devons faire face à un afflux de population que nous ne sommes pas en mesure de gérer, d'autant qu'il s'agit pour la plupart de femmes et de petits enfants. La grande majorité des hommes qui se trouvent encore ici sont soit des vieillards, soit des prêtres, soit de très jeunes gens. Nous avons dramatiquement besoin d'un soldat aguerri pour prendre le commandement et défendre la ville : sans cela, nous sommes voués à la destruction. Vous imaginez donc quelle a été ma joie quand j'ai appris votre arrivée. Dieu a daigné exaucer nos prières. »

Balian l'avait écoutée en silence. Marie vit à quel point il était tendu : ses épaules étaient raides, sa mâchoire contractée… Elle tendit la main et la posa sur son bras pour l'apaiser. Il répondit à son geste en posant à son tour la main sur la sienne, sans quitter Sibylle des yeux.

« Non, madame, répondit-il avec autant de calme que de fermeté, Dieu n'a pas répondu à vos prières. Toutes les prières de la chrétienté n'empêcheraient pas Jérusalem de tomber aux mains de Saladin. Son destin était scellé dès l'instant où vos envoyés se sont montrés assez insensés pour repousser l'offre du sultan. Comme ils vous l'ont probablement dit, celui-ci s'est senti gravement offensé et a juré de faire tomber la ville et de passer la population au fil de l'épée. Je ne suis pas revenu pour prendre la tête d'une défense vouée à l'échec, mais pour chercher ma femme et mes enfants afin de les conduire dans un endroit plus sûr. Nous nous mettrons en route dès demain matin.

— Non ! »

Sibylle était horrifiée par ce qu'elle venait d'entendre. Il ne lui était pas venu à l'idée qu'il puisse refuser ce commandement.

« « Vous ne pouvez pas partir ! reprit-elle. Je comprends que vous soyez soucieux du sort de votre famille, mais bien d'autres vies sont en jeu. Réfléchissez-y un instant, je suis sûre que vous le comprendrez. »

Héraclius s'empressa d'intervenir avant que Balian ait pu répondre.

« Vous avez pu constater par vous-même la panique qui a gagné les habitants, dit-il. Si vous les abandonnez, il n'y a plus aucun espoir pour eux, ni pour la Ville sainte. Promettez-nous que vous ne partirez pas demain matin. Ne prenez pas une décision que vous regretteriez jusqu'à la fin de vos jours.

— Je n'ai pas le choix, répondit Balian. Je n'aurais jamais pu rejoindre Jérusalem si Saladin ne m'avait pas accordé un sauf-conduit et une escorte. En retour, je lui ai fait le serment de ne pas passer plus d'une nuit dans la ville et de ne pas prendre les armes contre lui.

— Et c'est cela qui vous retient ? rétorqua le patriarche en poussant un soupir de soulagement. Ne vous sentez pas lié par ce serment : ceux que l'on prête devant les infidèles n'ont aucune valeur. Toutefois, pour apaiser vos craintes, je peux vous absoudre sur-le-champ, si vous le désirez.

— J'ai donné ma parole et je respecterai mon engagement, répliqua Balian. Je ne prendrai pas le commandement de la ville. Même si je n'étais pas lié par ce serment, ma loyauté se porte d'abord vers mes proches, et j'entends les conduire en sécurité dès demain. »

Héraclius hocha la tête, comme s'il n'arrivait pas à croire ce qu'il entendait.

« Et que faites-vous de votre loyauté à l'égard du royaume ? » lança-t-il.

Balian considéra le patriarche d'un air d'abord incrédule, puis profondément scandalisé.

« J'ai été loyal envers cet insensé que vous avez imposé sur le trône. Nous l'avons tous été, et où cela nous a-t-il menés ? Des milliers de cadavres pourrissent encore au soleil et attendent d'être enterrés sur les collines de Hattin. Les donjons de Damas débordent de nos hommes, tout comme les marchés aux esclaves d'Alep. Et à présent, c'est la Ville sainte que nous allons perdre ! »

Héraclius voulut répliquer mais se ravisa à temps, assez instruit pour savoir qu'il y avait peu d'émotions aussi dangereuses que la colère née d'une grande douleur. Le premier réflexe de Sibylle avait été de défendre son mari et de rendre Gérard de Ridefort responsable de leur désastreuse défaite. Mais les images que Balian venait d'évoquer étaient si fortes qu'elle y renonça, comme si ces mots avaient donné vie aux victimes de Hattin, l'obligeant à regarder en face le destin des hommes qui avaient été abattus ou emmenés en esclavage à cause des erreurs de Guy. Voyant que Balian et Marie s'apprêtaient à partir, elle lança d'une voix implorante :

« Vous êtes notre dernier espoir, Balian ! »

Elle le vit s'immobiliser, puis secouer lentement la tête et saisir le loquet de la porte. Sibylle s'effondra dans son fauteuil et plongea la tête dans ses mains, secouée de sanglots.

Marie dormit très peu cette nuit-là, et elle savait que Balian était dans le même cas. Il avait prétendu qu'il allait très bien et qu'il était juste trop fatigué pour s'endormir, mais elle n'avait pas été dupe. Lorsqu'elle s'éveilla à nouveau, l'aube n'était pas encore levée et le lit était vide à ses côtés. Après avoir enfilé sa robe de chambre et ses mules de feutre, elle partit à la recherche de son mari.

Il n'était pas dans l'alcôve qui jouxtait leur chambre. Elle alla voir dans les pièces où leurs enfants dormaient mais ne le trouva pas davantage à leur chevet, comme elle s'y attendait un peu. Après avoir regagné leur chambre, elle s'assit sur le bord du lit, ne sachant plus trop quoi faire. Elle pensa alors au balcon qui surplombait la cour.

Il était là, assis sur le banc, et contemplait les étoiles scintillantes qui éclairaient le ciel comme les feux d'un camp ennemi dans le lointain. Il était encore à moitié habillé, en tunique et en braies, et une cape recouvrait ses épaules car la nuit était fraîche. Il se tourna en entendant Marie arriver : lorsqu'elle s'assit près de lui, il écarta un pan de la cape pour qu'elle puisse s'y abriter elle aussi.

« As-tu un peu dormi ? » demanda-t-elle.

Balian secoua la tête. Il y avait une telle inquiétude dans ses yeux qu'elle sentit s'accélérer le rythme de son cœur.

« Que vas-tu faire, Balian ?

— Je n'en sais rien, Marie », avoua-t-il d'une voix défaite.

Sa réponse ne la surprit pas. Elle avait vu comment il réagissait face aux habitants désespérés qui imploraient son aide. Ce n'étaient pas les propos de Sibylle et d'Héraclius qui avaient troublé son sommeil : c'étaient les visages tourmentés des femmes, l'incompréhension angoissée des enfants et l'inquiétude douloureuse des vieillards qui n'étaient plus en mesure de défendre la ville… Par-dessus tout, c'était l'amère réalité du spectacle qu'offrait une ville qui s'attendait à être dévastée par l'ouragan de la guerre. Que les soldats fussent chrétiens ou musulmans importait peu : les pillages, les viols, les meurtres et les exactions étaient toujours les mêmes.

« Quoi que je fasse, reprit-il d'un air accablé, j'aurai forcément tort. Si je vous emmenais pour vous mettre en sécurité, toi et les enfants, avant de revenir ici, il serait de toute façon trop tard. Si je restais, je pourrais tout au mieux différer de quelques jours l'inéluctable issue, car Jérusalem n'est pas Tyr. Et même si j'estimais possible de défendre la ville, je ne pourrais pas prendre le commandement sans trahir la promesse que j'ai faite à Saladin. Je n'ai pas le choix, je dois honorer ce serment en allant rejoindre, comme nous étions convenus, l'escorte que m'a fournie al-Adil. »

Marie voyait bien cependant que s'il agissait ainsi, il ne se le pardonnerait jamais. Jusqu'à son dernier souffle, il regretterait d'avoir abandonné à son sort la population sans défense de Jérusalem. Il n'avait pourtant aucune envie de mourir dans les décombres de la ville assiégée. Sa raison lui disait qu'il ne pouvait rien faire pour ses habitants pris au piège. Son cœur le portait vers sa femme et ses enfants. Mais son sens de l'honneur ne pouvait être réduit au silence : jamais il ne trouverait la paix s'il considérait avoir failli aux devoirs de la chevalerie ; et si elle-même insistait pour qu'il parte avec elle, cela risquait par la suite d'empoisonner leur ménage. Il n'avait rien dit de tout cela, mais c'était inutile : elle le connaissait jusqu'aux tréfonds les plus obscurs de son être, peut-être même davantage qu'il ne se connaissait lui-même.

Elle aurait voulu qu'il la serre contre lui jusqu'à l'étouffer et qu'ils s'éloignent ensuite sans un regard en arrière pour les horreurs qu'avaient déclenchées Guy de Lusignan et Gérard de Ridefort.

« Nous sommes d'accord que le plus important est de sauver la vie de nos enfants, dit-elle comme s'il s'agissait d'une banale conversation conjugale. Si leur sécurité pouvait être assurée et que tu ne sois pas lié par la promesse faite à Saladin, que ferais-tu, Balian ?

— Je veux partir avec toi, Marika, répondit-il sans l'ombre d'une hésitation. Je veux voir grandir nos enfants et nous voir vieillir ensemble, toi et moi. Mais si la situation se présentait ainsi, je resterais et ferais ce qui est en mon pouvoir pour défendre la ville et ses habitants. »

Elle resta un moment silencieuse, réfléchissant aux leçons qu'elle avait apprises bien des années plus tôt, durant son enfance à Constantinople, où le devoir et l'honneur étaient le suprême idéal, la pierre angulaire de l'existence d'une princesse grecque.

« Dans ce cas, lui dit-elle, la seule chose que tu puisses faire, c'est informer Saladin que tu te trouves confronté à un choix impossible. Et lui demander ce qu'il ferait lui-même s'il était à ta place. »

CHAPITRE 50

Septembre 1187
Latroun, Outremer

Lorsqu'ils atteignirent le château des Templiers à Latroun, Salah al-Din envoya Gérard de Ridefort demander aux occupants de la citadelle de se rendre. Ceux-ci furent abasourdis par sa requête, mais ils avaient juré d'obéir sans poser de questions aux ordres de leur grand maître et quittèrent les lieux, comme l'avaient fait un peu plus tôt leurs frères à Gaza. Le sultan se trouvait encore à Latroun lorsque Adam arriva, porteur d'une lettre de Balian d'Ibelin. Il attendit qu'elle lui soit traduite en arabe pour la lire à voix haute devant son conseil de guerre, au grand étonnement de ses membres.

Gökböri fut le premier à réagir.

« Un courage aussi insensé mérite d'être récompensé, dit-il sur le ton de la plaisanterie. Vous devriez sauver cet homme malgré lui, monseigneur, et insister pour qu'il quitte al-Qods pendant qu'il est encore temps. »

Une fois les rires estompés, Taqi al-Din les surprit en faisant pour une fois l'éloge d'un infidèle.

« Je reconnais que nous préférerions ne pas avoir ce Franc en face de nous à al-Qods. Il sait se battre, comme il l'a prouvé à Hattin. Vous êtes d'ailleurs bien placé pour le savoir », ajouta-t-il en regardant Gökböri d'un air goguenard.

Celui-ci se renfrogna, car il avait eu droit à toutes les railleries possibles depuis que ses hommes avaient laissé filer l'arrière-garde des Francs. Avant qu'il ait pu réagir, Isa al-Hakkari intervint sur un ton apaisant :

« Allez-vous libérer à présent le grand maître des Templiers, monseigneur ? »

Tous partageaient le même mépris pour Gérard de Ridefort, qui avait trahi ses frères en leur donnant l'ordre d'évacuer leur citadelle pour sauver sa propre peau. Et tous estimaient qu'il ne méritait pas de retrouver la liberté. Mais la seule opinion qui comptait, en l'espèce, était celle du sultan, qui mit un terme à la discussion en leur rappelant qu'il avait donné sa parole au chef des Templiers. Al-Adil souleva quelques rires en ajoutant que ce templier et le roi des Francs étaient décidément les meilleures armes secrètes des musulmans : on pouvait compter sur leur totale incompétence pour causer des dégâts considérables dans les rangs des chrétiens. Le conseil se termina peu après et ses membres se dispersèrent, mais al-Adil s'attarda, considérant son frère d'un œil interrogateur.

« Je dois reconnaître que j'admire Balian d'Ibelin, dit-il, qui se soucie à ce point de ses compatriotes. Son courage n'a d'égal que son intégrité. Et comme tu le sais, Youssouf, ce sont deux vertus dont l'alliage est rare. »

Il attendit, mais son frère se contenta d'opiner, aussi revint-il à l'attaque :

« Tu ne nous as pas dit ce que tu comptais faire à son sujet. »

Cette remarque lui valut l'ombre d'un sourire.

« C'est exact, reconnut le sultan. Je ne vous l'ai pas dit. »

Balian, Marie et toute leur maisonnée prenaient le repas du soir lorsque Adam surgit soudain dans la grande salle.

« Ça y est, monseigneur ! lança-t-il d'une voix essoufflée. J'ai la réponse du sultan ! »

Trop excité pour employer la langue des Francs, il se lança dans un discours en arabe que Balian fut le seul à comprendre.

Mais la présence de l'envoyé suffisait aux yeux de Marie, qui sentit brusquement ses doigts se crisper et son écuelle lui échapper des mains. Renier Rohard le comprit lui aussi, car Balian lui avait avoué la vérité quand il lui avait demandé pourquoi ils ne quittaient pas la ville sur-le-champ. Balian resta quelques instants figé sur place avant de s'emparer de la lettre qu'Adam lui tendait en travers de la table.

Son regard croisa celui de Marie et il marmonna le mot « Terrasse », avant de s'éclipser avec une telle hâte que les autres convives le remarquèrent et se mirent à chuchoter entre eux, un peu mal à l'aise. Marie se força à se lever à son tour le plus calmement possible, faisant signe à Adam de prendre place à l'une des tables et demandant aux domestiques de continuer à servir le repas. Ensuite, seulement, elle suivit son mari. Elle hésita un instant devant la porte de la terrasse, redoutant ce qu'elle allait apprendre. Quel qu'ait été le verdict de Saladin, Balian serait le grand perdant de l'affaire. Et elle aussi, par voie de conséquence.

Balian se tenait près de la fenêtre. Il leva les yeux quand elle entra, mais son expression n'était pas facile à déchiffrer. Lorsqu'elle l'eut rejoint, elle se dit que c'était de la stupéfaction.

« Il m'informe qu'il me libère de mon serment, Marika… Et qu'il comprend pourquoi j'éprouve le besoin de rester. Non seulement il n'est pas fâché contre moi, mais il me dit que je suis un homme d'honneur et qu'il est toujours disposé à te fournir une escorte, ainsi qu'à nos enfants et aux membres de notre maisonnée. »

Ils se dévisagèrent tous les deux en silence.

« Il vaut mieux que je me rende immédiatement au palais afin d'avertir Sibylle que je vais prendre le commandement », dit-il enfin.

Elle acquiesça en silence, bien décidée à se retenir jusqu'à son départ. Arrivé à la porte, il lui adressa un dernier regard lourd du message qu'il ne pouvait pas formuler. Dès que la porte se referma, elle rejoignit en vacillant le fauteuil le plus proche. Ses yeux étaient brûlants et elle avait de la peine à retrouver son souffle. Mais elle ne fondit pas en larmes : elle craignait, sinon, de ne plus pouvoir s'arrêter.

Isabelle avait rarement vu son beau-père en colère depuis son mariage avec sa mère, dix ans plus tôt. Mais il était de toute évidence hors de lui : et le plus déroutant, c'était que sa colère semblait dirigée contre elle.

« Tu fais preuve d'un certain courage, Bella, mais aussi d'une grande bêtise. Tu n'as pas idée de ce qu'il peut se passer lorsqu'une ville est mise à sac. Oui, je sais ce que tu vas me dire : que tu seras en sécurité si tu restes au palais avec Sibylle, que Saladin s'opposera à ce qu'on fasse du mal à la reine et à sa sœur. Mais tu ignores la folie qui s'empare des hommes dans ce genre de circonstances. Tout peut arriver – absolument tout. » Balian marqua une pause en la voyant secouer la tête. « Je n'arrive pas à croire que Sibylle te laisse faire une chose pareille ! reprit-il avec une telle virulence qu'elle sursauta.

— Ce n'est pas elle qui me l'a demandé, *pateras*, je te l'ai déjà dit. Mais quand je lui ai annoncé que j'allais rester avec elle, j'ai bien vu qu'elle était soulagée. Elle est dépassée par la situation, se sachant responsable de la sécurité de ses filles et de toute la population de la ville. Elle a besoin de mon soutien.

— Et Marie ? Tu crois qu'elle n'aura pas besoin de toi quand elle se retrouvera veuve avec ses quatre enfants ? »

Isabelle poussa un petit cri : elle n'avait pas vraiment compris jusqu'alors que son beau-père était convaincu de mourir en défendant Jérusalem. Cela l'ébranla tellement que la colère de Balian retomba. Se souvenant qu'elle n'avait que quinze ans, il la prit dans ses bras, et elle sécha ses larmes contre sa tunique.

« Il y a autre chose, reconnut-elle. La mère d'Onfroy ne va pas bien. Tu la connais, fière comme un pou et têtue comme une mule : aussi n'avouera-t-elle jamais qu'elle a besoin d'aide. Pas plus que je ne prétendrai avoir de l'affection pour elle. N'empêche que c'est la mère de mon mari. Comment pourrais-je ensuite le regarder en face s'il lui arrivait malheur ? »

Balian était persuadé qu'Onfroy se faisait plus de souci pour son épouse que pour sa mère acariâtre. Il comprit de surcroît qu'Isabelle essayait d'obéir aux grandes promesses que les jeunes se faisaient trop souvent à eux-mêmes. Comme pour confirmer ce fait, elle lui confia qu'elle ne voulait pas abandonner la population terrifiée de Jérusalem, démontrant pour la première fois qu'elle avait hérité de la noblesse de sa mère, ce sens de l'honneur qui s'imposait à la fille d'un roi, lointaine parente de l'empereur de Byzance.

« Ma mère est très inquiète à l'idée que je reste ici, admit-elle. Mais au fond de son cœur, elle me comprend. Tu ne crois tout de même pas, *pateras*, qu'elle t'abandonnerait s'il n'y avait pas vos enfants ? ajouta-t-elle avec un petit sourire. Je lui ai promis de veiller sur toi après son départ. »

Balian la trouvait d'une fragilité touchante, à la fois innocente et obstinée, perdue dans ce vaste terrain vague qui s'étendait de l'enfance à l'âge adulte.

« Tu dois me promettre, Bella, que tu ne lâcheras pas Sibylle d'une semelle lorsque le siège aura commencé… »

Son seul espoir était de rester au palais, car il était convaincu que Saladin enverrait des hommes pour veiller sur Sibylle dès que la ville serait tombée.

Isabelle promit de lui obéir. Elle le dévisagea et aurait voulu lui dire qu'elle l'aimait, avec tout l'amour qu'une fille pouvait avoir pour son père. Mais elle comprit soudain que c'était inutile, parce qu'il le savait déjà.

Ils quittèrent la ville à l'aube. Les hommes d'al-Adil les attendaient à un jet de pierre des murailles. Adam lui adressa un signe de loin pour confirmer que tout était en ordre et qu'ils escorteraient Marie, ses enfants et les membres de leur maisonnée, jusqu'au camp du sultan à Latroun. De là, ils repartiraient sous bonne escorte vers Tripoli. La femme et la mère de Renier les accompagnaient. Balian avait tenté de convaincre ce dernier de partir lui aussi, en insistant sur le fait que sa protection ne serait pas de trop durant ce voyage. Mais Renier avait refusé en lui disant qu'il serait plus utile ici. Balian n'avait pas davantage réussi à convaincre Ernout de quitter la ville. Il lui avait pourtant ordonné de profiter de cette escorte pour rejoindre sa propre famille à travers un pays ravagé par la guerre. L'écuyer n'avait même pas discuté : il avait tout simplement disparu et était allé se cacher quelque part en attendant le départ de l'épouse de son maître.

Balian et Marie avaient rarement menti à leurs enfants. Ils le firent néanmoins à cette occasion, en leur assurant que leur père restait en ville pour régler des affaires importantes mais qu'il les rejoindrait dès que possible. Les plus jeunes prirent cette déclaration pour argent comptant, mais Helvis était assez grande pour nourrir quelques doutes, et Jeannot lui-même paraissait inquiet. À onze ans, Thomassin avait parfaitement compris quant à lui ce que son oncle s'apprêtait à faire. Il fit toutefois de son mieux pour rassurer ses cousins, et Balian lui en sut gré. Il ne savait pas trop comment Marie et lui s'en seraient sortis sans son aide.

Il chevauchait l'étalon que lui avait donné al-Adil, un palefroi bai qu'il avait surnommé Bayard. Son précédent propriétaire était sans doute mort à Jaffa, mais il avait fort bien élevé son cheval. Quand Balian tira sur les rênes pour qu'il s'arrête à la hauteur de la jument de Marie, Bayard obéit sagement, laissant son maître se pencher et embrasser sa femme. Ils n'échangèrent pas un mot. Ils s'étaient peu parlé au cours de la nuit précédente, serrés l'un contre l'autre en une dernière étreinte qui recelait plus de douleur que de passion.

Isabelle s'avança à son tour sur sa propre jument et tendit les bras pour prendre les mains de sa mère dans les siennes.

« Nous nous retrouverons à Tripoli », lui dit-elle avec toute la conviction dont elle était capable.

Marie parvint à esquisser un sourire et serra les mains de sa fille avant de se diriger sur sa jument vers la porte de David. Elle avait promis à Balian de ne pas se retourner, et les autres s'engagèrent lentement derrière elle. À cheval sur Bayard, Balian s'avança dans la barbacane et les suivit des yeux jusqu'à ce qu'ils aient rejoint leurs protecteurs sarrasins. Il fit alors demi-tour sur son étalon et regagna la ville tandis que la herse retombait lourdement dans son dos.

Balian passa les journées suivantes plongé dans une activité incessante. Il rencontra d'abord le patriarche Héraclius, Sibylle, le maître des Hospitaliers à l'hôpital Saint-Jean, le patriarche de l'Église arménienne, le grand maître des chevaliers lépreux, quelques sergents templiers d'un certain âge et une délégation des bourgeois les plus influents de la ville. Il ne tarda pas à comprendre que la situation était encore plus critique qu'il ne l'avait redouté. Sibylle et Héraclius avaient fait de leur mieux pour procurer un abri aux milliers de réfugiés, en logeant une partie dans les hospices des pèlerins, d'autres dans les hôpitaux, demandant aux églises de les accueillir et ordonnant aux boulangers de faire fonctionner leurs fours de l'aube au crépuscule afin de fournir du pain à tous les affamés. Ils n'avaient à peu près rien fait, en revanche, pour renforcer les défenses de la ville et n'avaient même pas tenté de répertorier les esclaves et les prisonniers musulmans.

La première décision de Balian consista à déterminer le nombre exact de Sarrasins prisonniers des Templiers et des Hospitaliers, qui les utilisaient comme main-d'œuvre pour leurs divers travaux de construction. Il fut à la fois étonné et inquiet d'apprendre qu'ils étaient plus de cinq mille. Renier et lui allèrent inspecter les murailles et les portes de la Ville sainte, puis constituèrent des équipes en vue de renforcer les secteurs les plus vulnérables. Balian vérifia ensuite l'état de leurs réserves d'eau. Les habitants de Jérusalem buvaient généralement celle qui était recueillie dans les citernes, mais il y avait aussi trois réservoirs à l'intérieur des murailles susceptibles d'être utilisés pour les animaux ou l'extinction des incendies. Contrairement à ce qui avait cours dans l'ensemble de la chrétienté, il n'y avait pas de guildes en Outremer. Toutefois, les commerces les plus courants s'étaient regroupés en confréries, et il s'arrangea pour rencontrer les responsables des orfèvres et des merciers, en leur disant qu'il avait besoin d'hommes postés sur les murailles et en leur demandant de faire circuler l'information.

Il fit appel au crieur des rues pour réunir les charpentiers au palais et leur annonça qu'il était prêt à leur acheter tout le bois dont ils disposaient. Renier et lui dessinèrent à grands traits des modèles de catapultes, en leur expliquant qu'il faudrait ensuite les installer au sommet de la tour de David et de la tour de Tancrède. Renier s'appliqua de son côté à rechercher parmi les réfugiés et l'ensemble de la population ceux qui avaient déjà eu l'occasion d'utiliser de tels engins, tandis que Balian chargeait des travailleurs sans qualification précise de transporter de lourdes pierres sur les toits.

Ils manquaient par ailleurs cruellement d'armes. Les armureries des Templiers et des Hospitaliers étaient loin d'abriter des réserves suffisantes. Il y avait bien quelques forgerons à Jérusalem, mais ils fabriquaient les épées à la demande, aussi n'en avaient-ils jamais produit en grande quantité. Balian dut s'en remettre à une autre confrérie pour les lances, les haches et les carreaux des arbalètes. Ces dernières étant d'un maniement relativement aisé, il organisa des leçons de tir sur la place qui s'étendait entre la halle aux grains et la tour de Tancrède.

Il forma également un escadron chargé de creuser des tombes. Dans une ville assiégée, il était impératif d'enterrer les morts au plus vite afin d'éviter que la peste ne se propage. Quand on lui fit remarquer que les cimetières étaient situés à l'extérieur des murailles, il répondit qu'il faudrait enterrer les morts dans les églises, et même, au besoin, dans une terre non consacrée. Ces propos étaient revenus aux oreilles de certains prêtres, qui s'empressèrent de protester en insistant sur le fait que les tombes devaient impérativement être consacrées. Balian ne leur prêta que peu d'attention car il était déjà confronté à un autre problème : la plupart des hommes qu'il venait d'enrôler s'attendaient à être rémunérés pour le travail qu'il leur avait confié. Apparemment, la menace d'une attaque sarrasine imminente ne suffisait pas à suspendre les règles du commerce…

Ce fut alors qu'il aperçut une silhouette familière venue se porter volontaire. Balian n'avait pas revu Anselme depuis la mort de Baudouin et fut particulièrement heureux de ces retrouvailles. L'homme possédait en effet deux vertus inestimables : on pouvait se fier à lui sans réserve et il était parfaitement incorruptible. Anselme ne tarda pas à le démontrer lors de sa première mission : il conduisit un groupe chargé de décrocher des ornements en argent sur les toits des plus riches églises, puis de les transporter à la fonderie royale où ils seraient transformés en pièces de monnaie. Certains prêtres protestèrent là encore avec véhémence, mais découvrirent bientôt que Balian avait un allié de poids en la personne du patriarche, qui ne mâcha pas ses mots à l'encontre de ceux qui venaient se plaindre à lui.

Même en disposant de cet argent, Balian savait qu'il ne parviendrait pas à réunir un nombre d'hommes suffisant. Héraclius lui avait dit que selon ses estimations, la ville abritait actuellement soixante mille personnes, dont à peine un tiers d'hommes. Dans ce groupe, six mille tout au plus étaient en mesure d'opposer une résistance efficace, les autres étant trop âgés, trop malades ou trop lâches pour se battre. Sans compter que le spectre de la trahison planait également sur la Ville sainte. Héraclius admettait ne pas être sûr de pouvoir faire confiance aux chrétiens orthodoxes syriens.

« Ils ont vécu pendant des siècles sous la loi musulmane, avant que le royaume de Jérusalem ne soit érigé dans la foi, les larmes et le sang. Cela me coûte de le reconnaître, mais il me semble qu'une partie d'entre eux ne verrait pas d'un mauvais œil une victoire sarrasine. Certaines rumeurs prétendent depuis Hattin que les espions de Saladin essaient de semer les graines de la discorde et de la déloyauté dans le cœur des Syriens. »

Même dans un tel moment, Héraclius ne pouvait s'empêcher de céder à son emphase oratoire. L'avertissement que contenaient ses propos n'en était pas moins réel, mais Balian ne pouvait s'occuper que d'une chose à la fois. Il demanda au patriarche de lui dresser la liste des descendants de la noblesse et des chevaliers ayant atteint l'âge de quinze ans, correspondant à la majorité légale. Après les avoir rassemblés dans l'église du Saint-Sépulcre, il les fit avancer et s'agenouiller devant lui un par un afin de les adouber. C'était une cérémonie aussi solennelle qu'émouvante, conduite à la lueur des cierges dans l'église la plus sacrée de la chrétienté, et l'audience était émue aux larmes. Balian choqua ensuite une partie de l'assistance en adoubant quarante autres chevaliers – des hommes respectés, piliers de la communauté, mais qui étaient de simples bourgeois et n'appartenaient pas à la noblesse. Ceux qui désapprouvaient son geste le tenaient pour subversif et contraire à l'ordre social. Toutefois, pour la plupart, les habitants de Jérusalem étaient prêts à approuver toutes les décisions de Balian, qu'ils regardaient comme un envoyé de Dieu, connaissant mieux que quiconque l'art des combats et seul à même de prendre leur tête afin de les sauver, eux et la Ville sainte, contre l'armée des infidèles.

Balian n'avait guère le temps de manger et moins encore de dormir, bien décidé à faire tout ce qui était en son pouvoir durant le peu de temps dont il disposait. Le dimanche soir, il était tellement épuisé qu'il se vit contraint de prendre un peu de repos : pressé par Ernout, il accepta de dormir une heure ou deux. S'allongeant sur son lit après avoir ôté ses bottes, mais sans se dévêtir, il sombra aussitôt dans un sommeil de plomb. Lorsqu'une main le réveilla en lui secouant l'épaule, il eut l'impression qu'il venait à peine de s'endormir.

« Les complies ont déjà sonné ? » demanda-t-il.

Renier secoua la tête.

« Non, pas encore. Mais pendant que vous dormiez, l'armée de Saladin est arrivée. Ils sont en train de dresser leur camp à l'ouest de la ville. Et dès demain… »

Il n'acheva pas sa phrase, mais c'était inutile. Dès le lendemain, les Sarrasins allaient déverser les feux de l'enfer sur Jérusalem.

Les défenseurs de la ville étaient regroupés sur les remparts, les mains crispées sur leurs armes et les yeux rivés sur l'armée du sultan. Même si nombre d'entre eux avaient la conviction que Dieu ne permettrait jamais que la Ville sainte tombe aux mains des infidèles, leur certitude commençait à vaciller maintenant que le jour du Jugement était arrivé. Balian était l'un des rares que ce spectacle encourageait un peu. Des milliers de soldats – les vainqueurs de Hattin – s'étalaient sous leurs yeux, mais Saladin avait pris la décision qu'il avait secrètement espérée : il avait choisi d'attaquer la ville sur le flanc ouest, en supposant que la tour de David avait été construite pour renforcer la muraille en son point le plus faible. Ce qui était une erreur. Non seulement les murs étaient solidement fortifiés à cet endroit, mais le terrain était peu praticable, parsemé de buissons épineux et de remblais caillouteux qui n'allaient pas faciliter l'avancée des Sarrasins. S'ils parvenaient à empêcher dans la mesure de leurs moyens les hommes du sultan de s'approcher des murailles, ce serait autant de temps de gagné.

Sachant que Jérusalem était à peu près à court de soldats, Salah al-Din et ses émirs ne s'étaient pas attendus à rencontrer une grande résistance de la part de ses défenseurs. Mais l'attaque des Sarrasins ne se déroula pas comme ils l'avaient prévu. Lorsqu'ils commencèrent à actionner leurs machines de guerre, les Francs répondirent avec leurs propres catapultes, qui s'avérèrent très vite beaucoup plus efficaces. Le fait d'être placées au sommet des tours leur permettait de viser plus loin, et les Sarrasins étaient obligés de s'éparpiller tandis que les pierres s'abattaient sur eux. Et lorsqu'ils lancèrent leur premier assaut, leur progression s'avéra beaucoup trop lente : alors qu'ils trébuchaient sur le sol inégal, les flèches et les carreaux des arbalètes décimaient leurs rangs, tandis que les pierres lancées depuis les murailles faisaient de nouvelles victimes. Ils se virent finalement contraints de procéder à une retraite humiliante.

Le deuxième jour ne leur fut pas plus favorable. Les catapultes des Francs fonctionnaient à tour de rôle sans discontinuer, ce qui ne leur laissait aucun répit, et plusieurs de leurs propres machines furent endommagées par les bombardements effectués depuis le toit de la tour de David. Le sultan et ses émirs ne pouvaient qu'assister, furibonds, à ce spectacle et voir leurs soldats tomber comme des mouches avant même d'avoir pu atteindre les murailles de la ville.

Le troisième jour du siège, les Francs prirent soudain l'offensive et tentèrent une sortie à la tombée de la nuit. Les hommes de Salah al-Din s'étaient retirés sous leurs tentes et leurs catapultes n'étaient pas bien gardées, nul n'ayant imaginé que des civils oseraient se risquer à l'extérieur de leurs murs protecteurs. Les Sarrasins furent donc pris par surprise, brusquement confrontés à une charge de cavaliers armés. Tandis qu'ils couraient se mettre à l'abri, les Francs lancèrent des torches sur leurs machines de guerre avant de faire demi-tour et de regagner la ville au galop. Lorsque l'ordre finit par revenir dans le camp sarrasin, il était trop tard. L'une de leurs catapultes était la proie des flammes, et leurs ennemis s'étaient déjà réfugiés à l'intérieur des murailles.

Au cinquième jour de siège, la situation n'avait guère évolué. Les Sarrasins n'avaient toujours pas réussi à franchir le fossé, et leurs pertes étaient beaucoup plus lourdes qu'ils ne l'avaient imaginé, alors que celles des Francs étaient minimes. Un nouvel assaut avait échoué à atteindre les murailles, et les tirs aériens depuis les tours de David et de Tancrède avaient fait de nouvelles victimes. Lorsque les Francs se trouvèrent à court de pierres, Balian envoya des hommes récupérer les pavés des rues. Salah al-Din s'entretint avec ses émirs, et peu après les catapultes des Sarrasins se turent. À la fin de l'après-midi, les hommes placés au sommet des remparts poussèrent des cris de victoire, et la population se répandit hors des boutiques et des maisons pour apprendre que le sultan et ses troupes démontaient leurs machines de guerre et s'apprêtaient à lever le camp. Sous leurs yeux stupéfaits, l'armée sarrasine s'éloigna et finit par disparaître derrière les collines, au nord de Jérusalem. Une liesse générale s'empara alors de la ville : les habitants n'en revenaient pas de cette brusque délivrance.

Plus tard dans la soirée, Balian fut convoqué au palais. Les rues étaient toujours noires de monde : les gens se rendaient dans les églises pour remercier Dieu ou dans les tavernes pour fêter le répit qui leur était accordé. Ceux qui le reconnaissaient l'applaudissaient et lui adressaient des cris de victoire, sans se vexer qu'il ne leur réponde pas : le malheureux paraissait tout bonnement épuisé, comme s'il n'avait pas dormi depuis des jours.

Lorsqu'il arriva au palais, Sibylle eut la même réaction : mal rasé, les yeux cernés et injectés de sang, manquant visiblement de sommeil, Balian faisait peine à voir.

« Vous n'êtes pas blessé, Balian ? s'inquiéta-t-elle. Quand avez-vous mangé ou dormi pour la dernière fois ? »

Le patriarche ne partageait pas sa sollicitude, car l'allure hagarde de Balian lui paraissait de mauvais augure. Il avait accompli un miracle en empêchant la Ville sainte de tomber aux mains des infidèles. Pourquoi, dans ce cas, ne se réjouissait-il pas ?

« Même si le siège a été levé, dit-il, peut-être sommes-nous encore en danger. Le peuple est ébloui, si ce n'est aveuglé par la joie de cette délivrance, et qui oserait le lui reprocher ? Mais l'avenir demeure incertain, Saladin peut revenir…

— Il reviendra », l'interrompit Balian.

Sibylle parut sincèrement surprise par cette déclaration, et il songea que Guy et elle étaient décidément faits pour s'entendre : ils vivaient tous les deux dans un monde de rêve, un paradis illusoire où les seuls faits réels étaient ceux auxquels ils choisissaient de croire. Le patriarche, lui au moins, avait les pieds sur terre car il interrompit Sibylle lorsque celle-ci voulut protester.

« De combien de temps disposons-nous, à votre avis, demanda-t-il à Balian, avant qu'il ne revienne assiéger Jérusalem ?

— Le siège n'est pas terminé. Saladin a levé le camp aujourd'hui mais n'a pas abandonné la partie. Il a simplement reconnu avoir commis une erreur tactique. Son armée sera de retour demain, et il va attaquer cette fois-ci le secteur le plus vulnérable de nos murailles, à l'est de la porte Saint-Étienne. »

Balian s'interrompit car il avait quasiment perdu le fil de ses pensées. Jusqu'à ce jour, il ne s'était pas rendu compte que l'épuisement pouvait avoir les mêmes effets qu'un excès de boisson. Il était au bout de ses forces, mais on ne lui avait pas laissé le choix. D'un autre côté, c'était presque un soulagement d'être trop fatigué pour penser. Il parvint néanmoins à trouver la réponse à la question que ses interlocuteurs n'osaient pas lui poser.

« Non… nous ne les empêcherons pas de prendre la ville. »

Ni de se venger de tout le sang que les Francs ont répandu lorsqu'ils se sont emparés de Jérusalem en l'an de grâce 1099.

Mais il garda ces derniers mots pour lui afin d'épargner Sibylle.

La ville se réveilla le lendemain pour découvrir que les Sarrasins étaient de retour. Comme Balian l'avait prédit, ils avaient à présent décidé de les attaquer par le nord, en suivant le même itinéraire que les hommes de la première croisade, aidés en cela – cruelle ironie du sort – par la grande croix en pierre que les chrétiens avaient érigée au-dessus de l'endroit où les croisés avaient percé la muraille.

Le choc fut terrible pour les habitants de Jérusalem qui avaient cru que la menace s'était au moins temporairement dissipée. De plus, ils comprirent bien vite qu'ils n'allaient pas pouvoir maintenir l'ennemi à distance, cette fois-ci. Il était trop risqué de se servir de la catapulte de la tour de David, située trop loin : si l'arc de tir était un peu trop court, les pierres risquaient d'atterrir dans les rues et de toucher les habitants. La catapulte de la tour de Tancrède ne larguait pas ses charges au-dessus de la ville, mais son angle de tir était étroit et les hommes qui la manipulaient trop inexpérimentés. Balian ordonna donc qu'on démonte les deux machines pour les installer au sommet de la porte Saint-Étienne, mais du coup ils n'avaient plus l'avantage de la hauteur, qui s'était avérée si efficace durant la première phase du siège.

Les Sarrasins bénéficiaient en outre d'une nouvelle orientation des vents, qui soufflaient à présent du nord et non plus de l'ouest, comme c'était le cas à cette période de l'année. Ils s'empressèrent de charger leurs catapultes avec du sable qu'ils envoyèrent voler à travers le ciel, créant de la sorte une tempête artificielle qui s'étendit sur une grande partie de la ville. Ces nuées de poussière obligèrent les défenseurs à moitié asphyxiés à quitter le sommet des remparts, tandis que la population courait s'abriter du mieux qu'elle pouvait. Les Francs n'ayant désormais plus guère de visibilité, les soldats du sultan en profitèrent pour s'avancer jusqu'à la première enceinte de la ville qui longeait la muraille nord. Leurs catapultes s'étaient remises en action : à la fin de la journée, elles avaient causé plus de dégâts que durant les cinq premiers jours de l'assaut.

Les deux journées suivantes s'avérèrent harassantes pour les assiégés. Les Sarrasins ne cessaient d'installer de nouvelles machines de guerre. Les archers tiraient en si grand nombre sur les défenseurs qu'on assistait par instants à un véritable déluge de flèches. Le samedi dans l'après-midi, Balian fut appelé sur le toit de la porte Saint-Étienne où il retrouva Renier, qui contemplait l'orient d'un air inquiet.

« Regardez cette machine qu'ils sont en train de mettre en place, lui dit-il, et qui est beaucoup plus grosse que les autres. Je me trompe, ou vous pensez à la même chose que moi ? »

Balian l'examina un moment et confirma les craintes de Renier en lâchant un juron obscène. Le trébuchet était encore peu utilisé à l'époque, l'engin étant trop lourd pour être déplacé sur des roues comme les catapultes et ayant besoin d'un contrepoids pour supporter son chargement. Il n'avait pas la portée des catapultes mais était nettement plus puissant et pouvait expédier de gros blocs rocheux dans l'air, créant des dégâts considérables lorsqu'ils atteignaient leur cible. Il était aussi beaucoup plus précis. Les deux hommes virent avec inquiétude les Sarrasins le pousser sur ses rails. Après avoir abaissé son balancier, une longue poutre qui pivotait sur un axe, ils placèrent de gros rochers dans sa nacelle. Une fois le crochet libéré, le contrepoids bascula en heurtant le sol et le balancier se redressa d'un coup sec, tandis que la nacelle lâchait son chargement en direction de la ville avec un sifflement de fouet. Les Sarrasins avaient visé la muraille, juste à côté de la poterne de Sainte-Marie-Madeleine, et les rochers la frappèrent avec un bruit de tonnerre qui se répercuta dans tout le quartier syrien.

Tant qu'il y eut de la lumière, le trébuchet continua de faire des ravages, ébranlant la muraille et larguant parfois son chargement de rochers par-dessus les remparts, dans la ville elle-même, provoquant chaque fois un concert de hurlements. Avec toutes ces catapultes en action, les défenseurs sur les remparts passaient plus de temps à se mettre à l'abri qu'à tirer sur l'ennemi. Leurs propres catapultes fonctionnaient encore, jusqu'à ce qu'un rocher ne s'écrase sur l'une d'elles, la faisant voler en éclats et tuant tous ceux qui l'actionnaient.

Le dimanche, les Sarrasins mirent en action une arme encore plus terrifiante, se servant de leur trébuchet pour expédier une énorme marmite en terre remplie d'un liquide inflammable connu sous le nom de feu grégeois. La panique s'installa lorsque la charge passa au-dessus des murailles, accompagnée d'une longue traînée de feu. Balian descendit à toute allure l'escalier des remparts, suivant des yeux la traînée enflammée jusqu'à ce qu'elle disparaisse hors de sa vue. Des cris s'élevèrent alors du côté de la rue Josaphat. L'engin diabolique avait été à deux doigts de toucher deux joyaux de la chrétienté : la chapelle du Saint-Sauveur et la maison de Ponce Pilate. L'hospice des pèlerins qui se trouvait juste à côté n'avait pas eu cette chance : la marmite en fusion avait atterri sur la porte en bois, qui avait aussitôt pris feu.

Les gens se tenaient à l'écart, repoussés par l'intensité des flammes, mais un petit groupe s'était précipité vers les bains publics de la porte de Josaphat en criant qu'ils allaient chercher de l'eau. Lorsque Balian arriva sur les lieux, les volets de l'hospice s'ouvrirent brutalement et plusieurs résidents paniqués en émergèrent avant de sauter dans la rue. En compagnie d'un prêtre, Balian les aida à s'échapper. Les flammes et la fumée se répandaient déjà lorsque deux templiers débarquèrent en faisant rouler devant eux un énorme tonneau.

Balian leur cria qu'il ne fallait surtout pas verser de l'eau sur un feu grégeois. Mais ils l'ignorèrent, soulevèrent le tonneau qui était plein de sable et en déversèrent le contenu sur la porte en flammes. Vêtus du manteau brun des sergents templiers, les deux hommes n'étaient plus de la première jeunesse et avaient été jugés trop âgés pour aller se battre à Hattin. Pour l'instant, ils regardaient avec satisfaction le feu s'éteindre progressivement sous leurs yeux. En se tournant vers Balian, l'un d'eux lui lança :

« Nous ne sommes pas nés de la dernière pluie. Nous savons depuis longtemps que l'eau n'éteint pas les feux grégeois. Seul le sable en vient à bout, mais le vinaigre peut aussi s'avérer efficace. »

Il marqua une pause avant de se fendre d'un sourire qui le rajeunit brusquement.

« Enfin, il y a bien une autre méthode, ajouta-t-il. Si le sable n'avait pas suffi, nous étions prêts à pisser dessus pour éteindre ce feu. »

Les deux templiers éclatèrent de rire, et au bout d'un instant, Balian se joignit à eux. Il aurait été dommage de manquer une occasion de rire au beau milieu d'un siège dont l'issue était inévitable.

Les vêpres avaient sonné, les églises se remplissaient et la population s'y bousculait pour implorer le Tout-Puissant de les protéger à la fois de leurs ennemis et de la tentation du péché. Beaucoup de gens étaient convaincus que la bataille de Hattin avait constitué une sorte d'épreuve qu'ils n'avaient pas su remporter. Balian était offusqué par le succès de cette explication populaire du désastre qui avait entraîné la chute de leur royaume, car elle sous-entendait que les hommes qui avaient souffert et trouvé la mort sur les cornes de Hattin avaient mérité leur sort. Pour sa part, il ne croyait pas que leur défaite était une punition divine en réponse aux péchés des Poulains. Peu de soldats étaient d'ailleurs de cet avis, et c'étaient toujours les prêtres qui avançaient cet argument. À son grand soulagement, il échappa à une harangue de ce genre lors du sermon du soir. L'office terminé, il regagna le palais pour une nouvelle entrevue avec Sibylle et le patriarche. Mais il se mit d'abord en quête d'Isabelle.

Elle lui parut si fragile qu'il se maudit intérieurement de ne pas l'avoir obligée à quitter la ville avec Marie. De son côté, peut-être regrettait-elle parfois l'élan généreux qui l'avait poussée à rester, mais elle se garda bien de le lui dire et ils évitèrent d'aborder le sujet. Elle lui apprit en revanche que l'état de sa belle-mère ne s'était pas amélioré et que Sibylle avait accepté qu'Étiennette vienne loger au palais. Elle lui avoua, de plus, qu'elle avait proposé son aide à l'hôpital pour femmes tenu par les Hospitaliers, qui abritait des centaines de réfugiées : mais ils avaient estimé que ce n'était ni la place ni le rôle d'une fille de roi. Elle lui posa ensuite de nombreuses questions au sujet de ce mystérieux feu grégeois.

Balian voulut bien satisfaire sa curiosité, car cela lui épargnait de s'étendre sur le triste sort qui les attendait. Le feu grégeois avait été employé pendant des siècles par les empereurs byzantins, essentiellement lors des batailles navales, car il continuait de brûler à la surface des eaux. Sa composition était un secret soigneusement gardé, mais les Sarrasins avaient réussi à en fabriquer une variante de leur côté. Il n'était pas certain des éléments qui entraient dans sa composition, mais un alchimiste lui avait expliqué un jour que c'était un mélange de résine de pin, de naphte, de chaux vive, de soufre et de salpêtre. Il lui raconta l'épisode des deux sergents templiers et lui confirma qu'ils avaient dit vrai : si le sable restait le meilleur moyen d'éteindre un feu grégeois, l'urine pouvait également en venir à bout. S'ils se trouvaient à court de sable, ils pourraient toujours former des équipes de valeureux guerriers prêts à pisser sur les incendies qui se propageraient à l'avenir.

Comme il l'avait espéré, cette image la fit sourire. Toutefois, lorsqu'il se leva, l'effet s'était dissipé, et elle lui demanda d'une voix un peu larmoyante s'il ne pouvait pas rester un peu plus longtemps. En secouant la tête, il prit les mains d'Isabelle dans les siennes.

« Souviens-toi de ta promesse, Bella… Ne lâche pas Sibylle d'une semelle… Et n'essaie surtout pas de sortir du palais. »

Elle acquiesça d'un air solennel en faisant de grands yeux, et il fut bien obligé de s'en contenter.

Sibylle et Héraclius écoutaient Balian leur expliquer qu'il avait fait installer des tonneaux de sable en divers points stratégiques de la ville, au cas où les Sarrasins se serviraient encore des feux grégeois. Sibylle luttait contre un violent mal de tête et se contenta d'opiner. Héraclius considéra un instant la déclaration de Balian.

« Vous semblez croire que les Sarrasins n'utiliseront plus ces feux grégeois contre nous… Pourquoi s'en abstiendraient-ils ? Ils ont réussi à terroriser la population avec cette infernale invention.

— Si jamais l'un de ces feux se propageait, cela provoquerait des ravages et pourrait détruire une partie de la ville. Saladin ne souhaite pas prendre possession d'un champ de ruines. » Balian vit bien que la sincérité de son discours ne leur plaisait guère, mais il n'était pas là pour prendre des gants. « Je crains qu'ils aient utilisé ce feu grégeois comme une simple diversion, reprit-il. Et cela dans le but de nous dissimuler le véritable danger. Peu après leur retour, vendredi, ils se sont mis à construire des abris en bois afin de protéger leurs troupes pendant que celles-ci commençaient à combler le fossé. Je pense qu'ils ont également besoin de ces abris pour une autre raison. Il y a des centaines d'hommes originaires d'Alep dans l'armée de Saladin. » Comme ses interlocuteurs ne semblaient pas comprendre ce qu'il sous-entendait par là, il ajouta : « Alep est réputée pour ses sapeurs, des ouvriers spécialisés dans le forage des mines. Les Sarrasins sont en train de creuser un tunnel. »

Cela, Sibylle et le patriarche le comprenaient parfaitement. Même les personnes les plus étrangères à l'art de la guerre avaient entendu parler de villes ou de châteaux assiégés, qui étaient finalement tombés parce que leurs assaillants avaient creusé un tunnel en dessous des murailles afin de pénétrer à l'intérieur. Sibylle se rejeta dans son siège en se massant les tempes. Quant à Héraclius, cela faisait longtemps qu'il maîtrisait à la perfection les talents qui lui avaient permis de s'élever aussi haut dans la hiérarchie de l'Église : l'un d'entre eux – et non des moindres – était l'art de dissimuler ses pensées aux yeux d'autrui. Ce talent lui fit néanmoins défaut à cet instant précis : son visage devint livide et ses épaules s'affaissèrent, comme un homme brusquement pris de court.

« Et nous ne pouvons pas les arrêter ? demanda-t-il.

— Non, répondit Balian avec lassitude. Nous ne le pouvons pas. »

Le lundi matin, les sapeurs sarrasins avaient terminé la besogne que leur avait confiée le sultan et creusé un tunnel de plus de cent pieds de long, qui passait sous les fondations des murailles, à l'est de la poterne de Sainte-Marie-Madeleine. Ils avaient bardé le tunnel de lourds étais en bois auxquels ils mirent le feu avant de se retirer précipitamment et de regagner la surface. Leurs chefs s'étaient rassemblés à bonne distance pour observer la scène. Lorsque tous les étais furent consumés le tunnel s'effondra, entraînant avec lui la portion de muraille située juste au-dessus. Un grondement sourd retentit à la suite de cet effondrement tandis qu'un nuage de poussière s'élevait, si épais qu'il boucha un moment la vue. Lorsque la poussière retomba, des pierres et des moellons jonchaient le sol sur une vaste étendue et une énorme brèche s'était ouverte dans la muraille, comme si Allah y avait taillé une porte afin de permettre à l'armée du sultan de prendre possession d'al-Qods. Ce qui s'ensuivit juste après s'avéra encore plus dramatique et d'une telle portée symbolique que les Sarrasins poussèrent des exclamations de joie. L'immense croix que les Francs avaient érigée pour commémorer leur victoire quatre-vingt-huit ans plus tôt se mit à vaciller, avant de basculer et de s'écraser au pied des murailles en faisant trembler tout le sol alentour. Leur triomphe fut renforcé par les plaintes et les lamentations qui s'étaient élevées à travers la ville quand les mécréants avaient vu leur croix s'effondrer et compris qu'ils étaient perdus.

Le patriarche se leva en voyant entrer Balian. Ils étaient tous les deux épuisés, Balian ayant passé la journée à défendre la brèche ouverte dans la muraille nord, et Héraclius en cherchant désespérément des hommes pour la garder une fois la nuit tombée. Malgré une prime généreuse offerte à tous ceux qui accepteraient de rester sur les lieux du crépuscule à l'aube, il avait fait chou blanc. Désignant un cruchon de vin sur la table, il fit signe à Balian de se servir.

« Comment allons-nous empêcher les Sarrasins de se ruer dans la ville une fois la nuit tombée ? lança-t-il. En avez-vous la moindre idée ?

— En construisant des feux dans la brèche, répondit Balian. Les Templiers avaient employé cette méthode quand Saladin avait assiégé leur citadelle de Fort Jacob.

— Bonne idée, approuva le prélat. Mais qui ira alimenter ces feux tout au long de la nuit ? »

Aucun des deux hommes ne fit allusion au fait que ces feux n'avaient fait que différer une issue inéluctable : Fort Jacob avait fini par tomber aux mains des Sarrasins et beaucoup y avaient trouvé la mort.

Balian lui répondit que les sergents templiers étaient disposés à s'en charger. Il envoya à cette fin Ernout prévenir leur commanderie, avant d'accepter l'invitation d'Héraclius à partager son repas du soir. Il se rendit alors compte qu'il n'avait rien mangé de la journée. Héraclius estimait qu'il n'était guère approprié – ni d'ailleurs très convenable – d'abriter des réfugiés dans le palais patriarcal. Mais il ne s'était pas senti le courage de rejeter les demandes de ses propres clercs, sans compter qu'une partie des fugitifs qui avaient rejoint Jérusalem étaient des moines ou des prêtres. Nourrir une telle quantité de personnes constituait un véritable défi logistique, et la grande salle était tellement bondée que le patriarche s'était résolu à prendre ses repas dans ses appartements privés. Il allait prévenir l'un de ses domestiques que le seigneur de Naplouse serait ce soir son invité, lorsqu'il vit l'un de ses hommes traverser le cloître et se diriger vers lui à grands pas. Après avoir échangé quelques mots avec lui, il se tourna vers Balian avec le regard excédé d'un homme à bout de patience.

« Avant que nous ne mangions, je dois recevoir le père Jérôme et une partie de ses fervents acolytes. Puisque vous tombez au mauvais moment, vous allez avoir le privilège d'assister à la rencontre. »

Balian comprenait le ton sarcastique du patriarche car il avait lui-même rencontré à plusieurs reprises le père Jérôme, le prêtre de la paroisse de Saint-Jean-l'Évangéliste, ainsi que ses acolytes, comme les avait qualifiés Héraclius. Ils étaient de ceux qui proclamaient avec le plus de véhémence que Hattin était une punition de Dieu, et Balian les avait trouvés plus encombrants qu'utiles lorsqu'il avait organisé la défense de la ville. Leurs déclarations vengeresses et les sermons qu'ils tenaient à tous les coins de rue maintenaient la population dans un état d'hystérie collective. Loin de se porter volontaire pour défendre les murailles, le père Jérôme conduisait des processions de prêtres et de religieux à travers Jérusalem, et les citoyens apeurés étaient prompts à rejoindre leurs rangs pour montrer au Tout-Puissant la sincérité et l'ampleur de leurs remords. Balian ne manifesta aucune réaction mais n'était pas plus enchanté qu'Héraclius de cette intrusion. *Que se passait-il encore ?*

Le père Jérôme fut introduit dans la pièce et ses partisans se bousculaient derrière lui. Il y avait des prêtres parmi eux, ainsi que des hommes trop âgés ou trop jeunes au contraire pour se battre. On apercevait aussi quelques pèlerins qui avaient eu la malchance de se faire croisés l'année du jihad. Des marchands prospères côtoyaient des individus qui en étaient réduits à mendier leur nourriture. Quelques-uns avaient visiblement déjà eu l'occasion de faire couler le sang, même si c'était seulement dans la pénombre d'une taverne ou au fond d'une impasse. Tous avaient en commun d'être des hommes rongés par le désespoir.

Balian et le patriarche n'eurent pas à attendre longtemps, car le père Jérôme avait hâte de leur faire partager sa vision des choses. La ville était condamnée maintenant qu'une brèche avait été ouverte dans ses murailles, leur déclara-t-il, mais ils ne devaient pas rester terrés chez eux ou dans les églises en attendant d'être égorgés comme des moutons. Non, ils devaient au contraire sortir pour affronter ces maudits infidèles et mourir comme des hommes, après avoir abattu le plus d'ennemis possible au nom du Seigneur et de son Fils bien-aimé, obtenant par leur sacrifice le titre envié de saints martyrs.

« Nous sommes venus pour avoir votre bénédiction, monseigneur le patriarche, et vous inviter à vous joindre à nous dans cette marche vers la gloire éternelle. Vous êtes le bienvenu vous aussi, monseigneur », ajouta-t-il à l'intention de Balian, non sans une certaine réticence.

Le père Jérôme estimait en effet que tous ceux qui avaient combattu à Hattin portaient les stigmates de cette défaite, ayant été jugés et déclarés coupables par le Tout-Puissant – à l'exception de Renaud de Châtillon, mort pour le Christ dans la tente de Saladin.

Ce fut l'une des rares occasions où Balian et Héraclius tombèrent d'accord : après avoir échangé un regard pour s'assurer qu'ils avaient la même opinion sur cette mission suicide, aussi vaniteuse que vaine, ils choquèrent leurs interlocuteurs en la rejetant d'un bloc. Estimant que les objections du patriarche auraient davantage de poids, Balian se contenta de leur demander :

« Et qu'arrivera-t-il aux milliers de malheureux que vous allez abandonner pour devenir de saints martyrs ? »

Héraclius se montra encore plus tranchant.

« Jamais je ne donnerai ma bénédiction à une entreprise aussi égoïste, dit-il froidement en soulevant un concert d'exclamations étouffées. Pour un seul homme en état de combattre, il y a plus de dix femmes et enfants, sans compter les invalides et les vieillards. Si nous pouvions les sauver en sacrifiant nos propres vies, je vous approuverais sans réserve. Mais une fois que nous serons morts, tous ces malheureux se retrouveront à la merci des Sarrasins. Alors que nous aurons assuré notre salut éternel, ils se retrouveront en esclavage et pire encore, obligés pour la plupart d'abjurer leur foi – à commencer par les enfants, dont les âmes seront à jamais perdues pour Dieu. »

Une partie de ces hommes refusaient toujours de renoncer à la perspective de ce glorieux martyre et défendaient encore l'idée d'aller trouver une mort dramatique sur le champ de bataille. Mais en leur rappelant l'existence des êtres les plus vulnérables, y compris au sein de leurs propres familles, Héraclius les avait contraints à envisager leur action sous un angle moins héroïque. Un forgeron finit par poser une question montrant bien que le patriarche l'avait emporté.

« Je mourrai volontiers pour défendre ma femme s'il faut en arriver là, dit-il. Mais n'y a-t-il plus la moindre chance d'éviter un massacre ? »

Héraclius et Balian n'avaient cessé de se poser cette question au cours des quatre jours qui avaient suivi la reprise du siège. Aucun des deux hommes ne nourrissait beaucoup d'espoir, ne voyant pas comment ils auraient pu obliger Saladin à renoncer à la promesse qu'il avait faite de faire tomber la ville et de passer la population au fil de l'épée. Néanmoins, s'il existait encore une chance – fût-elle infime – de le faire revenir sur sa décision, il fallait la tenter. Tous les regards se tournèrent vers Balian, qui se leva brusquement.

« Demain matin, dit-il, je me rendrai au camp de Saladin et je ferai tout mon possible pour le convaincre d'accepter notre reddition. »

Juste après le lever du soleil, Balian sortit par la porte de Josaphat. Il était seul, tout juste protégé par le drapeau de la trêve qu'il brandissait et sans savoir à quoi s'attendre de la part des soldats sarrasins. Saladin avait installé sa tente de commandement sur le mont des Oliviers, et il engagea Bayard dans cette direction.

Certains des lieux de pèlerinage les plus populaires étaient situés sur le mont des Oliviers lui-même ou dans ses environs immédiats : la grotte de Gethsémani, où le Christ avait été trahi par Judas, la chapelle édifiée au pied du rocher où Jésus avait prié avant d'être arrêté, la tombe de la Bienheureuse Vierge Marie dans l'église de Sainte-Marie, à présent insérée dans un monastère bénédictin. Balian imaginait que Saladin détruirait cette abbaye, tout en espérant qu'il épargnerait la crypte de Marie, qui était adorée par les musulmans, seule femme dont le nom fût cité dans le Coran. La Vraie Croix avait été perdue en raison de l'incurie de leurs dirigeants, mais sans doute leurs anciens sites sacrés survivraient-ils à la mort de leur royaume… Tout en se dirigeant vers le camp des Sarrasins, Balian décida de garder ses pensées tournées vers le sort de tous ces lieux sacrés : cela lui éviterait de songer aux milliers d'hommes, de femmes et d'enfants qui étaient menacés de mort et dont le sort dépendait du succès de sa mission.

À son grand soulagement, il ne rencontra pas la moindre animosité. Les Sarrasins se contentaient de regarder son drapeau et s'écartaient pour le laisser passer. Il se demanda s'ils s'attendaient à un geste de la part des Francs, ce qui aurait signifié que Saladin serait disposé à l'écouter. Il approchait du camp du sultan lorsqu'un cavalier arriva à sa rencontre. Monté sur un alezan qui n'était pas sans lui rappeler Khamsin, al-Adil s'arrêta devant lui.

« J'espérais votre venue », lui dit-il.

Tandis qu'ils se dirigeaient ensemble vers le camp, Balian se sentit encouragé par le discours que lui tint al-Adil. Celui-ci espérait que Balian convaincrait son frère d'accepter la reddition de la ville. La plupart de leurs émirs étaient dans le même état d'esprit, même si leurs raisons étaient avant tout pragmatiques. Si al-Qods était prise de force, la ville serait livrée au pillage de leurs soldats. Si elle se rendait, ses richesses viendraient grossir le trésor du sultan. Celui-ci avait besoin d'argent, lui avoua al-Adil, car sa générosité légendaire était grande.

Tout cela paraissait sensé à Balian, et il décida d'insister sur les bénéfices que pourrait rapporter la reddition de la ville.

« Je suis très heureux que nous soyons d'accord l'un et l'autre, concernant la sagesse d'une solution pacifique. »

Le frère du sultan haussa les épaules.

« Mieux vaut éviter des morts supplémentaires, dit-il avant d'ajouter, plus sèchement : Si le sultan avait su que vous seriez aussi efficace pour assurer la défense de la ville, je suis convaincu qu'il aurait exigé que vous respectiez votre parole et quittiez les lieux avec votre famille.

— Nous voulons éviter de nouveaux morts, nous aussi, rétorqua Balian avec une telle conviction que l'autre le regarda, étonné, avant de se fendre d'un sourire inattendu, empreint d'une once de sympathie.

— Cela ne doit pas être facile d'être acclamé comme le sauveur d'une ville dont la population vit dans la terreur. »

Surpris par son intuition, Balian lui avoua qu'il se serait volontiers passé d'une telle expérience. Leurs regards se croisèrent et il le remercia avec chaleur, un peu embarrassé par l'émotion qui était perceptible dans sa voix.

Al-Adil eut l'air de le comprendre, car il lui répondit avec une étonnante franchise :

« Ne me remerciez pas. Ce sont les intérêts de mon frère qui me guident. S'il insistait pour respecter son serment et faire tomber al-Qods par les armes, je suis sûr qu'il finirait par le regretter. Il n'aime pas faire couler le sang, sauf lorsque cela s'avère indispensable, comme dans le cas des Templiers. »

Il sourit à nouveau, avec une pointe d'ironie amusée familière à Balian.

« De surcroît, l'Histoire ne garderait pas un bon souvenir de lui s'il massacrait des milliers de femmes et d'enfants. Or, comme tous les grands hommes, il se soucie du jugement de la postérité. »

Ils avaient atteint à présent la tente de commandement du sultan. Lorsqu'ils eurent mis pied à terre, al-Adil confia les rênes de son cheval à Balian en lui disant d'attendre ici jusqu'à ce qu'on l'invite à entrer. Une fois qu'il eut disparu dans la tente, Balian sentit des centaines de regards se poser sur lui : certains hostiles, d'autres simplement interrogateurs, mais tous empreints de curiosité. En observant les visages de tous ces soldats sarrasins, il se dit que la plupart étaient sans doute favorables à une issue pacifique de ce siège. Et pour la première fois, il s'accorda le luxe d'une lueur d'espoir en songeant que Jérusalem allait peut-être échapper au carnage que lui avait promis Saladin.

Il ne se rendit pas exactement compte du temps qui s'était écoulé depuis qu'al-Adil avait pénétré dans la tente, mais cela lui parut long. Il se répétait mentalement le discours qu'il s'apprêtait à tenir quand le frère du sultan réapparut soudain. En voyant son visage, Balian sentit le froid l'envahir d'un coup, comme si l'on était au plus profond de l'hiver et non au début d'une chaude journée de septembre.

«Je suis désolé, lui dit al-Adil d'une voix douce, mais il a refusé de vous recevoir. Il prétend qu'il n'y a plus rien à dire. »

CHAPITRE 51

Septembre 1187
Jérusalem, Outremer

Balian était devenu l'homme le plus connu de la ville, et dès qu'il eut franchi la porte de Josaphat, les gens s'agglutinèrent autour de lui en l'implorant de les sauver. Il ne pouvait que secouer la tête d'un air désolé et voir changer l'expression de leurs visages à mesure qu'ils comprenaient que tout espoir était perdu. Le temps qu'il ait rejoint le palais, la nouvelle s'était déjà répandue : lorsqu'il se présenta devant la reine et le patriarche, ils restèrent cloués sur leurs sièges, encore sous le choc. Sans chercher à se défendre, il leur expliqua que le sultan avait refusé de le recevoir ; mais ce n'était pas facile, car il avait l'impression qu'ils le tenaient pour responsable de cet échec. N'avaient-ils pas raison, du reste ? Il avait bel et bien échoué, après tout.

« Il n'a même pas voulu vous voir ? »

Le menton de Sibylle tremblait tandis qu'elle essayait de contrôler son intonation. Jamais elle ne s'était sentie si démunie, si profondément seule. Elle savait qu'elle allait devoir s'adresser à la population, puisque tel était le devoir d'une reine. Mais qu'allait-elle pouvoir leur dire ? Baudouin l'aurait su, pour sa part. Cette pensée était aussi inattendue qu'insidieuse, car elle aboutissait à un constat qu'elle ne pouvait pas regarder en face : même si son frère avait été atteint par la plus terrible des maladies, il avait préservé l'unité du royaume et tenu les Sarrasins à distance pendant près de onze ans, alors que le règne de son mari n'avait même pas duré douze mois.

Tandis que Balian s'apprêtait à prendre congé, Héraclius retrouva sa voix :

« Qu'allez-vous faire, à présent ? »

Balian regarda le patriarche, qui avait une grande part de responsabilité dans ce qui leur arrivait aujourd'hui. Mais cela n'avait plus guère d'importance, à présent.

« Je vais essayer de les empêcher le plus longtemps possible d'envahir la ville. »

À la fin de la journée, ils contrôlaient toujours la brèche qui avait été ouverte dans la muraille, ce qui leur procurait une nouvelle nuit de répit. Tandis que le ciel s'assombrissait, Renier rejoignit Balian et posa la main sur son bras.

« Rentrez chez vous, lui dit-il, et essayez de dormir un peu. Je veillerai à l'entretien des feux. »

Balian était à bout de forces, trop épuisé pour discuter. En regagnant sa demeure, il ne fut pas surpris de constater que les rues étaient toujours noires de monde. Toute la journée, les prêtres avaient entraîné des processions de pénitents à travers la ville, la plupart pieds nus, certains même en haillons et couverts de cendre pour montrer au Tout-Puissant la profondeur de leurs remords à l'égard des péchés qu'ils avaient commis. En regardant les traces sanglantes laissées par des femmes qui n'avaient pas l'habitude de marcher sans chaussures, Balian sentit une immense lassitude envahir aussi bien son corps que son esprit. Toutefois, arrivé devant sa demeure, il ne s'arrêta même pas et poursuivit son chemin le long de la rue Saint-Étienne. Malgré son épuisement, il savait qu'il ne parviendrait pas à trouver le sommeil et ne voulait pas s'allonger sur le lit qu'il avait partagé avec Marie, alors que les heures de la Ville sainte étaient comptées.

Il ne s'était même pas rendu compte qu'il avait une destination en tête lorsqu'il atteignit la rue du Saint-Sépulcre et longea le mur qui bordait l'église. Les passants le dévisageaient, certains avec hostilité, lui reprochant sans doute d'avoir suscité leurs espoirs en vain. Une femme portant un bébé dans ses bras et traînant un autre marmot derrière elle le héla après l'avoir reconnu, en lui demandant pourquoi Saladin ne s'était pas montré plus clément. Mais il n'avait pas la moindre réponse à lui offrir.

L'entrée principale de l'église du Saint-Sépulcre était située du côté sud : on y accédait par une double porte rehaussée de bronze. Il y avait toutefois une porte plus proche, dans la rue du Patriarche, et Balian y dirigea ses pas. Lorsqu'il eut descendu les marches et pénétré dans la rotonde, il ne fut pas surpris de voir l'église pleine à craquer d'une foule de croyants qui souhaitaient se rapprocher de Dieu dans les dernières heures dont ils disposaient encore.

Comme d'habitude, une longue file de gens attendait pour accéder au tombeau du Seigneur Jésus-Christ. Cinq personnes seulement pouvaient prendre place à la fois dans ce minuscule espace, aussi le prieuré faisait-il le plus souvent appel à des gardiens chargés de veiller à ce que la foule respecte les règles et le calme du lieu saint. Il n'y en avait pas un seul en vue pour l'instant, certains en profitaient donc pour passer devant ceux qui attendaient patiemment leur tour. Balian contourna l'église du Saint-Sépulcre et s'engagea dans le transept sud, où étaient enterrés leurs rois. La tombe de Baudouin était flanquée d'un côté par le sarcophage de son père, et de l'autre par la minuscule et pitoyable tombe de son jeune neveu. Balian posa la main sur le marbre lisse et froid, en se disant que Baudouin avait au moins eu la chance de ne pas être témoin d'une telle catastrophe. Il est vrai que le désastre de Hattin n'aurait jamais eu lieu s'il avait seulement vécu quelques années de plus.

Il était beaucoup plus difficile d'accepter son sort lorsqu'on ne le comprenait pas. Combien de fois Baudouin s'était-il demandé : pourquoi ? Avait-il finalement compris que tout ce qu'il pouvait faire, c'était répéter les mots que le Christ avait prononcés dans le jardin de Gethsémani ? Balian avait souvent entendu Guillaume les citer, en réponse aux hommes et aux femmes qui venaient le trouver en quête de réconfort spirituel : « Père, si tu le veux, éloigne de moi ce calice ! Cependant, que ce ne soit pas ma volonté mais la tienne qui soit faite ! »

« Pardonnez-moi, monseigneur… Je ne savais pas que vous étiez en train de prier… »

Balian fit volte-face en entendant cette voix féminine. Une inconnue se tenait devant lui, aux vêtements noirs élimés et aux mains si rouges et si crevassées qu'il devait s'agir d'une lavandière.

« Pardonnez-moi, répéta-t-elle, mais quand je vous ai vu, je me suis dit qu'il fallait que… que je vous pose la question. Voici ma fille. »

Balian n'avait même pas remarqué la présence à ses côtés d'une fillette maigre comme un clou, aussi timide et apeurée qu'un faon. Elle devait avoir neuf ans, le même âge qu'Helvis, mais il fut étonné lorsque sa mère lui dit qu'elle en avait douze, avant d'ajouter à voix basse :

« Si je lui coupe les cheveux et l'habille comme un garçon, est-ce que cela lui évitera d'être déshonorée quand la ville tombera ? »

Balian considéra la fillette, et pendant un bref instant, il eut vraiment l'impression d'avoir Helvis sous les yeux. Sachant qu'il ne pouvait que mentir pour la réconforter, il dit à sa mère : « C'est possible », avant de lui adresser un petit sourire en voyant son visage s'éclairer.

La femme se confondait encore en remerciements quand l'un des gardiens du prieuré arriva vers lui en courant. Sans accorder la moindre attention à la mère ni à son enfant, il pressa Balian de le suivre en lui disant qu'ils avaient grand besoin de lui.

Balian était irrité par l'attitude de cet homme. Il l'avait cependant reconnu, c'était l'un des gardiens de l'église ; aussi lui demanda-t-il ce qu'il se passait. Le garde le poussa vers l'escalier qui menait à la chapelle du Calvaire. Lorsque Balian se retourna, la mère et la fille avaient disparu. En escaladant les marches, ils perçurent un concert de plaintes et de gémissements étouffés. Le clerc se lança dans des explications confuses, lui racontant que des femmes avaient transporté des chaudrons dans la chapelle et les avaient installés au pied du rocher où avait jadis été érigée la Croix du Seigneur.

« J'ai bien essayé de les arrêter, monseigneur, mais elles n'ont rien voulu savoir. Elles m'ont attiré dans le vestibule afin de pouvoir monter leurs chaudrons par l'escalier extérieur jusqu'à la chapelle de la Crucifixion. Elles prétendent être là pour faire pénitence, mais il est tout à fait inconvenant d'exposer leurs filles à moitié nues dans un site aussi sacré… »

Ouvrant d'un geste la porte qui donnait sur le mont du Calvaire, il ajouta d'un air indigné :

« Tenez, jugez-en par vous-même ! Vous verrez que je vous dis la vérité ! »

En découvrant la scène, Balian comprit qu'il s'en souviendrait aussi longtemps que le Tout-Puissant lui accorderait de rester sur cette Terre. De vastes chaudrons métalliques et remplis d'eau froide avaient été traînés au pied de l'autel célébrant le martyre du Seigneur. Une horde de femmes frénétiques avaient ensuite obligé leurs filles à se dévêtir, puis à grimper dans les chaudrons où elles se tenaient accroupies, claquant des dents et grelottant de froid. Certaines sanglotaient, d'autres supportaient cette épreuve en silence, le visage sillonné de larmes. Quelques-unes essayaient bien de protester, tandis que leurs mères leur coupaient les cheveux jusqu'à la racine et jetaient les mèches sur le sol au pied de l'autel, comme s'il s'agissait d'une offrande visant à apaiser le courroux divin. Ce spectacle révulsa Balian, car les fillettes étaient visiblement terrifiées. Si jamais elles survivaient à la chute de la ville, le dernier souvenir qu'elles garderaient de leurs mères serait cette frénésie née de l'angoisse et de la peur. Il aurait volontiers fait cesser cette scène sur-le-champ mais savait que son intervention n'aurait fait qu'aggraver la situation.

« Voyez-moi cette honte ! s'exclama le garde, outré. Exposer de la sorte leurs filles au regard des étrangers, nues dans la maison de Dieu comme s'il s'agissait d'un bordel ! Et regardez ce qu'elles ont fait de cette sainte chapelle : leurs chaudrons ont rayé le marbre, il y a des flaques d'eau partout… Ne pouvez-vous pas mettre fin à ce sacrilège, monseigneur ? »

Quelques fillettes poussèrent des cris en voyant les deux hommes les observer depuis le seuil, mais la plupart étaient trop tétanisées pour réagir. Le garde avait agrippé la manche de son haubert, mais Balian se dégagea d'un geste brusque.

« Vous feriez mieux de vous inquiéter du sang qui sera bientôt répandu dans cette enceinte sacrée ! » lâcha-t-il avec hargne.

Il regretta aussitôt ses paroles car le visage du clerc était devenu aussi gris que la cendre. Il ne s'excusa pourtant pas et fit demi-tour pour rejoindre l'escalier. Il ne supportait plus le spectacle de ces gamines apeurées, mais savait qu'il entendrait leurs sanglots bien après qu'il serait hors de portée de leurs voix.

De retour dans le chœur, il hésita, ne sachant pas trop où aller. L'église du Saint-Sépulcre avait beau être la plus sacrée de la chrétienté, ce n'était pas un endroit où l'on pouvait prier ce soir-là : depuis qu'elle accueillait les peurs de la ville entière, la foule s'y pressait en plus grand nombre que sur le plus populaire des marchés. Il aurait certes pu se mettre en quête d'une autre église, mais en avait-il encore l'énergie ? Avant qu'il ait pris une décision, une voix familière s'éleva :

« Seigneur Balian ! »

Anselme s'empressa de le rejoindre en traversant le chœur.

« Vous êtes venu vous aussi dire adieu à notre roi », lui dit-il avec gratitude.

Il lui confia ensuite qu'il s'était contenté d'asperger d'eau bénite la tombe de Baudouin. Voyant l'étonnement de Balian, il ajouta en souriant :

« Je voulais lui faire une dernière offrande. D'ordinaire, je lui apporte des fleurs. Mais aujourd'hui, je n'ai pu trouver que des bouquets fanés de marguerites. »

Étrangement, Anselme parlait d'une voix enjouée, et Balian se surprit à lui retourner son sourire.

« J'aimerais connaître votre secret, lui avoua-t-il. Vous semblez être ce soir le seul habitant de Jérusalem en paix avec lui-même…

— Je suis un homme âgé, répondit Anselme, prêt à rejoindre mon jeune roi après ma traversée du purgatoire. » Jetant un coup d'œil autour de lui, il baissa la voix en apercevant non loin d'eux un petit groupe d'enfants. « Je ne crains pas de mourir, reprit-il, ayant reçu l'absolution pour mes péchés. Mais j'ai peur de devoir abattre Le Caire. Je ne peux pas le laisser se débrouiller sans moi, tout le monde sait que les Sarrasins détestent les chiens. Et je ne vais pas le laisser mourir de faim… À votre avis, ne serait-il pas plus charitable de lui procurer une mort plus rapide ? »

Balian acquiesça, tout en considérant les enfants qui se trouvaient près d'eux. Y avait-il en ville des parents qui souhaitaient épargner des souffrances à leurs enfants, comme Anselme le faisait pour son chien ? Et certains en arriveraient-ils à commettre un acte aussi terrible qui les empêcherait à tout jamais d'obtenir le salut éternel ? Horrifié par les pensées qui le traversaient, il secoua la tête, comme si ce geste était susceptible de les chasser, avant de souhaiter bonne nuit à Anselme et de lui préciser qu'il cherchait pour sa part un endroit où prier au calme.

« J'en connais un, monseigneur », dit Anselme en lui faisant signe de le suivre.

La chapelle était nichée dans un recoin, au nord-est de l'église, et Balian faillit perdre l'équilibre en y pénétrant, car elle était située en dessous du niveau du sol et il fallait descendre quelques marches pour y accéder. L'endroit était à la fois minuscule et très sombre. Il était également désert, ce qui relevait presque du miracle, étant donné que l'église débordait de pécheurs repentis et de pénitents terrifiés.

« Attendez-moi ici, monseigneur. Je reviens tout de suite. »

Anselme fut bientôt de retour, muni d'un cierge allumé. Tandis qu'il l'installait sur le petit autel, Balian se rendit brusquement compte qu'il se trouvait dans la geôle où le Christ avait été enfermé avec les deux larrons pendant qu'on fabriquait les croix où on allait les clouer. C'était d'ordinaire un lieu de pèlerinage fréquenté, mais Balian comprenait qu'il soit pour l'instant désert. En cette soirée tragique, les habitants de Jérusalem n'avaient pas envie qu'on leur rappelle les souffrances de leur Seigneur attendant qu'on lui inflige l'une des morts les plus atroces dont le monde ait jamais entendu parler. Ils avaient besoin d'espoir, et préféraient se rassembler devant la tombe où deux êtres en habits de lumière avaient déclaré aux femmes en pleurs : « Pourquoi cherchez-vous le Vivant parmi les morts ? Il n'est pas ici, car il est ressuscité. »

Balian avait perdu la notion du temps. Il était peut-être resté agenouillé devant ce petit autel une heure durant – ou bien davantage. Il avait prié pour les habitants de Jérusalem, en demandant à Dieu d'avoir pitié d'eux puisque Saladin s'y refusait. Il avait imploré l'aide et la lumière divines. Et il avait enfin prié pour être prêt à accepter sa volonté, quelle qu'elle soit.

Lorsqu'il se releva enfin, il arpenta la minuscule chapelle jusqu'à ce que ses articulations ne soient plus douloureuses, courbant la tête et les épaules pour ne pas se heurter au plafond bas. Une longue chaîne était accrochée à l'un des murs : on prétendait que c'était celle qui avait retenu prisonnier le Fils de Dieu. Balian l'effleura des doigts, bien qu'il doutât de son authenticité. Comme bien des gens, il restait sceptique devant les saintes reliques que les églises exposaient fièrement à la curiosité des pèlerins. Un reste de la paille provenant de la crèche du Christ nouveau-né ? Une rognure d'ongle d'un saint mort depuis des siècles ? Il avait entendu dire qu'on vendait aux fidèles qui se rendaient à la cathédrale de Canterbury pour honorer le martyre de Thomas Becket de petites fioles censées contenir quelques gouttes de son sang. Becket devait en avoir versé des barriques entières, puisque dix-sept ans après sa mort les moines vendaient encore des fioles contenant le précieux liquide…

Concernant les reliques de sa terre natale, il en allait bien sûr différemment. Leur authenticité était plus probable, puisque le Seigneur Jésus-Christ avait arpenté les rues de Jérusalem. Balian songeait aux dizaines d'endroits qui étaient associés au passage du Sauveur. Il avait mouillé le mont des Oliviers de ses larmes et le Golgotha de son sang. Quatre des quatorze stations du chemin de croix étaient situées dans cette église. Comment le Tout-Puissant pouvait-il permettre que la Terre sainte retombe aux mains des Sarrasins ?

En revenant vers l'autel, il se pencha et observa la flamme vacillante du cierge dont la mèche se consumait. Il avait repensé à son entrevue le matin même avec le frère du sultan, à la recherche de la moindre indication. Al-Adil avait fait preuve d'une étonnante franchise en reconnaissant que nombre d'émirs de Saladin et lui-même étaient favorables à une reddition pacifique de la ville. Mais le sultan n'avait pas voulu en entendre parler. Pourquoi ? Balian doutait qu'il eût vraiment envie de se livrer à un carnage. Les seules villes qui avaient souffert après la défaite de Hattin étaient celles qui avaient refusé de se rendre. Il avait même accepté la reddition d'Ascalon et de Beyrouth, qui lui avaient pourtant résisté pendant une semaine ou deux. Et selon al-Adil, il était disposé à se montrer généreux à l'égard de Jérusalem avant que cette délégation de fous furieux ait provoqué sa colère et le fasse jurer de prendre la ville par les armes.

Dans le calme et l'obscurité de la petite chapelle, Balian entendait encore la voix d'al-Adil lui déclarer d'un air à la fois complice et amusé : « L'Histoire ne garderait pas un bon souvenir de lui s'il massacrait des milliers de femmes et d'enfants. Or, comme tous les grands hommes, il se soucie du jugement de la postérité. » Saladin avait d'excellentes raisons de vouloir éviter un bain de sang. Ce dont il avait besoin à présent, c'était d'une raison tout aussi excellente de rompre son serment. Néanmoins, al-Adil et les autres émirs avaient dû lui exposer tous les arguments possibles en faveur d'une reddition. Que pouvait-il avancer d'autre qui n'ait déjà été dit ?

Le lendemain matin, le ciel était encombré de nuages, ce qui était inhabituel pour un 1er octobre, mais les habitants de Jérusalem avaient d'autres chats à fouetter. Peu après l'aube, les machines de guerre du sultan s'étaient remises en action, leurs projectiles heurtant les murailles ou suscitant la panique dans les rues. Aussi, peu de témoins virent-ils Balian traverser la ville et gagner la porte de Josaphat.

Les gardes lui ouvrirent les portes, mais ils étaient visiblement sceptiques sur ses chances de succès. Il les ignora, soucieux avant tout de rejoindre sain et sauf le camp de Saladin sur le mont des Oliviers. Les Sarrasins venaient de lancer un nouvel assaut sur la brèche qu'ils avaient ouverte et qui béait comme une plaie sur le flanc de la ville. Une fois de plus, il s'aperçut qu'il bénéficiait soit d'un sauf-conduit perpétuel, soit d'un ange gardien particulièrement efficace, car on le laissa passer à travers les rangs ennemis dès qu'il eut dit que le frère du sultan l'attendait.

Escorté par une sentinelle jusqu'à la tente de commandement d'al-Adil, il mettait tout juste pied à terre lorsque celui-ci en émergea. Après avoir jeté un bref coup d'œil à Balian, il lui lança :

« J'ai connu des gens qui avaient meilleure mine avant d'être cousus dans leur linceul… »

Ordonnant à l'un de ses gardes de s'occuper de son étalon, il écarta un pan de la tente pour le laisser entrer.

« Attendez-moi ici, lui dit-il. Je vais faire mon possible pour convaincre mon frère de parler avec vous. »

Balian opina en murmurant « *Inch'Allah* », ce qui signifiait « à la grâce de Dieu » en arabe. Cette injonction était une manière subtile de rappeler à son interlocuteur qu'ils partageaient la même croyance en un seul Dieu, et que les musulmans considéraient les chrétiens comme « le peuple du Livre ». Il crut discerner une lueur de compréhension amusée dans les yeux sombres d'al-Adil avant que celui-ci ne s'éclipse. Resté seul, Balian s'effondra sur un coussin afin de reposer ses membres endoloris. Il n'avait cette fois encore pas dormi de la nuit, et son corps le lui rappelait : en se mettant en route le matin même, il s'était brusquement senti beaucoup plus vieux que ses trente-sept ans. Il essayait de ne pas trop penser à la rencontre qui l'attendait, mais son cerveau refusait de lui obéir, et il était tiraillé par le doute : saurait-il se montrer assez convaincant ? Et viendrait-il à bout de sa mission ?

Il s'attendait à être reçu dans la tente du sultan, si toutefois al-Adil parvenait à le décider. Aussi fut-il très surpris en voyant le rabat s'écarter, livrant soudain passage à Salah al-Din en personne. Sans laisser à Balian le temps de se relever, il alla s'asseoir à son tour au milieu des coussins. Al-Adil le suivit, mais son visage était impénétrable.

Salah al-Din mit rapidement fin à ses interrogations.

« J'ai accepté de vous voir par égard pour mon frère, mais vous ne pouvez rien me dire qui soit susceptible de me faire changer d'avis. J'avais offert à votre peuple la possibilité d'être épargné, et il a rejeté ma clémence avec mépris. Il devra donc payer à son tour pour le sang que les Francs ont versé jadis en massacrant tant d'innocents. »

La colère du sultan ne semblait pas feinte. Balian en était-il responsable ? Peut-être Salah al-Din se repentait-il de la générosité dont il avait fait preuve à son égard, car cela avait coûté la vie à nombre de ses hommes. À moins qu'il ne soit furieux de devoir agir à l'encontre de sa propre nature, en regrettant d'avoir prêté ce serment sur un coup de tête ?

« Je ne défendrai certes pas le massacre qui a été commis lorsque les Francs ont pris Jérusalem, monseigneur le sultan. Même à l'époque, cette brutalité n'a pas fait l'unanimité parmi les chrétiens. Mais les hommes qui ont versé ce sang sont morts depuis longtemps. Aucun des habitants de cette ville n'était seulement né en l'an de grâce 1099.

— Les voix de nos morts s'élèvent pour réclamer justice », rétorqua le sultan.

Avant que Balian ait pu lui répondre, des cris s'élevèrent soudain au-dehors. Al-Adil entrouvrit le rabat de la tente pour voir ce qu'il se passait et demanda aussitôt à son frère de le rejoindre. Salah al-Din se leva. Balian l'imita et les suivit à l'extérieur.

Une excitation considérable régnait dans le camp. En voyant surgir le sultan, plusieurs de ses hommes lui désignèrent la ville.

« Regardez, monseigneur ! »

Tous les regards se portèrent vers les murailles de Jérusalem, où les combats avaient maintenant gagné les remparts. Lorsque la bannière du sultan s'éleva au sommet des fortifications, tous les hommes poussèrent des cris de victoire et des exclamations de joie. Salah al-Din se tourna vers Balian d'un air triomphal.

« Vous arrivez trop tard, d'Ibelin… La ville est à moi. »

Balian restait sans voix, incapable de détacher ses yeux des murailles dans le lointain. Mais au même instant, les Francs lancèrent une contre-attaque désespérée et parvinrent à repousser les Sarrasins : certains tombèrent du haut des remparts, les autres durent reculer et se retirer de la brèche. Le silence retomba brusquement dans le camp. Les lèvres crispées, Salah al-Din lança à Balian :

« Regagnez votre ville, je n'ai plus rien à vous dire. »

Celui-ci tint bon.

« Monseigneur… Vous devez entendre ce que j'ai à vous dire. »

Salah al-Din fronça les sourcils, mais son frère le pressait lui aussi d'écouter Balian, aussi finit-il par opiner d'un air contrarié, et ils regagnèrent la tente d'al-Adil dans un silence tendu. Lorsqu'ils se furent tous rassis, le sultan indiqua d'un geste à Balian qu'il pouvait parler.

À présent que l'heure avait sonné, Balian avait l'impression que le temps s'était ralenti, comme lorsqu'on s'apprêtait à lancer une charge sur le champ de bataille.

« Nous savons l'un et l'autre que la ville sera bientôt à vous, commença-t-il. Je vous demande donc de ne pas entacher une grande victoire en répandant le sang des innocents. Vous êtes un homme de clémence et de miséricorde, monseigneur, vous l'avez prouvé à maintes reprises. Faites donc preuve de cette clémence aujourd'hui en épargnant les femmes et les enfants qui se sont réfugiés à al-Qods. »

Al-Adil adressa un bref sourire à Balian pour lui signifier qu'il avait eu raison d'utiliser le nom d'al-Qods, plutôt que Jérusalem. Salah al-Din ne paraissait plus en colère, il avait simplement l'air très las – aussi las que Balian.

« Il m'est impossible d'honorer votre demande, seigneur Balian, lui dit-il d'une voix sombre. J'ai fait le serment de prendre cette ville par les armes et de venger les milliers de morts abattus par les infidèles. »

Balian s'attendait à cette réponse.

« Monseigneur le sultan… Comprenez bien qu'il n'y a aucune animosité dans mon cœur. Je vous suis infiniment reconnaissant pour la bonté dont vous avez fait preuve à l'égard de ma famille. J'étais venu vous trouver l'autre fois dans le seul but de sauver ma femme et mes enfants. Je n'avais nullement l'intention de rester ni de prendre le commandement des forces de la ville.

— Vous avez agi en toute franchise, reconnut le sultan. Mais je ne vois pas en quoi cela concerne le destin d'al-Qods.

— Je voulais m'assurer que vous vous souveniez que je me suis montré sincère avec vous depuis le début, car je le suis encore aujourd'hui. Vous devez savoir ce qu'il vous en coûterait si vous persistiez à prendre la ville par la voie des armes. Nous désirons tous avoir la vie sauve. Mais si votre clémence nous était refusée, nous n'hésiterions pas un instant à sacrifier nos vies. Si nous voyons que la mort est inévitable, nous abattrons nous-mêmes nos femmes et nos enfants afin qu'aucun d'entre eux ne tombe entre vos mains et ne soit emmené en esclavage. Nous mettrons le feu à nos maisons, brûlerons tous nos biens et abattrons notre bétail afin que vous ne puissiez pas vous en emparer. Il y a plus de cinq mille prisonniers musulmans dans la ville, ils seront tous exécutés. Nous détruirons ensuite les sites les plus sacrés à vos yeux, le dôme du Rocher et la mosquée d'al-Aqsa. Et enfin, nous sortirons pour affronter votre armée en sachant pertinemment que nous allons à la mort. Mais il n'y a pas plus dangereux que des hommes n'ayant plus rien à perdre. Avant que vous ne parveniez à nous exterminer, nous aurons fait tomber nombre de vos soldats. Et une fois la bataille terminée, lorsque vous prendrez enfin possession de la ville, vous ne trouverez plus que des ruines, des cendres, des gravats et des monceaux de cadavres. »

Balian s'était exprimé d'une voix calme et pondérée, sachant qu'il était inutile de recourir à l'hyperbole ou à l'emphase pour décrire une scène d'apocalypse. Lorsqu'il eut terminé, il se rejeta en arrière, cherchant à estimer l'effet que son ultimatum avait eu sur ses auditeurs. Les yeux d'al-Adil s'étaient légèrement agrandis au début de son discours, et un tic nerveux agitait la joue du sultan. En dehors de cela, leurs visages ne trahissaient rien des pensées qui les traversaient.

Les deux frères échangèrent un regard que Balian ne put déchiffrer avant de se lever, sans manifester une hâte excessive.

« Vous aviez raison, seigneur Balian, lui dit froidement le sultan. Il était effectivement nécessaire que j'entende ce que vous aviez à me dire. »

Il le dévisagea pendant quelques instants, d'un regard aussi impassible qu'impénétrable.

« Vous êtes un homme surprenant, reprit-il. Vous pouvez attendre ici, le temps que j'aille discuter avec mes émirs de votre dernière déclaration. »

Balian avait cru que l'attente serait insupportable, attendu l'importance de l'enjeu. Il n'en fut rien. Il éprouvait seulement une étrange sensation de calme, sachant qu'il avait fait tout ce qui était en son pouvoir. Il se surprit même à somnoler et sursauta lorsque le rabat de la tente se souleva, livrant passage à al-Adil.

« Vous vous étiez endormi ? lança celui-ci. Vous avez donc de l'eau dans les veines ? »

Balian lui expliqua que cela faisait des jours qu'il n'avait pas dormi, tout en étudiant le visage d'al-Adil.

« Qu'a donc décidé le sultan ? »

Al-Adil eut un petit rire ironique.

« Je crois que vous l'avez fort bien deviné. Après avoir pris l'avis de ses émirs, il a choisi d'accepter la reddition pacifique d'al-Qods. »

Balian poussa un soupir qui ressemblait à une prière et murmura :

« Merci, mon Dieu… »

Al-Adil l'aida à se mettre debout.

« Je suis venu vous demander de m'accompagner dans la tente du sultan, dit-il. Il faut que nous discutions à présent des conditions de cette reddition. » Il ne semblait pourtant pas pressé de partir. « La menace que vous avez laissée planer était impressionnante, dit-il. Aviez-vous vraiment l'intention de la mettre à exécution ?

— À votre avis ? » rétorqua Balian.

Al-Adil éclata de rire avant de soulever le rabat de la tente.

Imad al-Din était tombé malade après Hattin et était resté en convalescence à Damas. Ce fut donc al-Sania, le chancelier d'al-Adil, qui fut désigné pour consigner les termes de l'accord. Balian repéra deux hommes qu'il avait rencontrés à Ascalon : le neveu du sultan, Houssam al-Din, et le légiste Isa al-Hakkari. Il reconnut également quelqu'un qu'il n'avait pas revu depuis douze ans : Taqi al-Din n'avait guère changé, il était toujours élancé comme un faucon et empreint d'une énergie qui semblait décidément inépuisable. Gökböri, le Loup bleu, que Balian avait affronté à Hattin, était également présent. Tous le saluèrent le plus aimablement du monde, visiblement soulagés qu'il ait réussi à convaincre le sultan d'accepter la reddition de la ville. Taqi al-Din lui-même fit preuve d'une étonnante civilité. Deux des jeunes fils de Salah al-Din assistaient eux aussi à la rencontre, de toute évidence excités à l'idée de reprendre sous peu possession de cette ville sacrée aux yeux des musulmans. Mais ils avaient soin de se tenir tranquilles, s'appliquant à imiter le comportement mesuré de leur père. La scène avait quelque chose d'un peu irréel aux yeux de Balian, qui avait souvent eu cette impression depuis Hattin : à plusieurs reprises, il avait eu le sentiment d'être prisonnier d'un rêve qui aurait été à l'origine de tous les cauchemars. Toutefois, la réalité ne tarda pas à le rattraper et s'abattit d'un seul coup sur lui, quand le sultan avança le montant d'une rançon qu'ils étaient loin de pouvoir payer.

« Trente dinars pour chaque homme, dix par femme et cinq par enfant ? »

Il répéta ces chiffres dans l'espoir de s'être trompé. Salah al-Din les ayant confirmés, Balian secoua lentement la tête.

« Monseigneur le sultan, jamais nous ne serons en mesure de réunir une somme aussi élevée. La ville abrite environ soixante mille personnes, peut-être davantage. Et je dirai que pour un homme capable de payer une telle rançon, il y en aura cent qui n'arriveront même pas à rassembler deux dinars.

— Combien de pauvres y a-t-il chez vous ? »

Balian réfléchit avant de répondre.

« Au moins vingt mille à mon avis, sans compter les réfugiés qui ont tout perdu en abandonnant leurs maisons. »

Salah al-Din réfléchit à son tour.

« Dans ce cas, je serais disposé à leur accorder la liberté pour la somme globale de cent mille dinars.

— Jamais nous ne pourrons rassembler un tel montant. »

Balian avait du mal à dissimuler sa consternation. Une fois encore, le destin de ces milliers d'habitants reposait sur ses épaules. Il avait peut-être réussi à leur sauver la vie, mais ceux – les plus nombreux – qui ne pourraient pas payer allaient être vendus comme esclaves.

Le sultan demanda alors combien les Francs pouvaient *effectivement* payer pour la rançon de leurs pauvres. Avant que Balian ait pu répondre, Isa al-Hakkari intervint. Habitué comme il l'était à ce genre de négociations, et excellent juge en matière de caractères, il était convaincu que le seigneur franc leur disait la vérité. Ce qui signifiait qu'une âpre et longue discussion les attendait.

« Puis-je suggérer qu'on nous serve à manger ? murmura-t-il. J'ai l'impression que nous en avons encore pour un moment. »

Lorsque les Sarrasins se retirèrent brusquement, les habitants de la ville poussèrent un soupir de soulagement, tout en sachant qu'il ne pouvait s'agir que d'un répit : leurs assaillants se préparaient sans doute à lancer une ultime et décisive attaque. Peu après, toutefois, les machines de guerre se turent. S'aventurant avec prudence hors des boutiques ou des maisons, la population de Jérusalem se répandit dans les rues pour commenter cette accalmie inattendue. Une rumeur ne tarda pas à circuler : on avait vu Balian d'Ibelin se diriger le matin même vers le camp de Saladin. Et tandis que les heures s'écoulaient sans que les hostilités ne reprennent, les gens commencèrent à se dire qu'il avait peut-être réussi à sauver leur ville. La foule se rassembla aux abords du palais et en plus grand nombre encore devant la porte de Josaphat. Lorsque Balian réapparut enfin, il fut accueilli avec un enthousiasme qui n'était pas loin de friser l'hystérie. Quant à lui, il avait beau être touché par cette liesse, il était incapable de se réjouir avec tous ces gens : il savait que l'issue serait loin d'être agréable pour une partie d'entre eux.

L'arrivée de Balian au palais fut accueillie avec une frénésie presque aussi grande. Un tel nombre de gens l'attendaient qu'il fallut s'installer dans la grande salle. Flanqué par la reine et le patriarche, Balian leur donna les détails de l'accord qu'il avait conclu avec Salah al-Din. La reddition officielle aurait lieu le lendemain, les clés de la ville seraient remises au sultan devant la tour de David. Celui-ci posterait ensuite des gardes dans toutes les rues afin de s'assurer que les Sarrasins et les Francs n'en venaient pas aux mains et ne se livraient pas à la moindre exaction. La rançon avait été fixée à dix dinars pour chaque homme, cinq par femme et deux par enfant. Les habitants seraient autorisés à emporter tous les biens qu'ils pourraient transporter. Ceux qui seraient en mesure de payer seraient ensuite escortés par les hommes du sultan afin de rejoindre sains et saufs un territoire chrétien.

Balian rassemblait son courage pour leur annoncer le reste – qui s'avérait bien pire –, lorsque sa belle-fille demanda quel serait le sort de ceux qui ne pourraient pas payer leur rançon. Le regard d'Isabelle était si sombre qu'elle soupçonnait de toute évidence la réponse qu'on allait lui faire.

« Leurs vies seront épargnées, répondit Balian, mais ils seront vendus comme esclaves. Une partie d'entre eux seront toutefois libérés. Le sultan a accepté une somme globale de trente mille dinars pour les sept mille habitants les plus pauvres de la ville. Et je suis sûr que l'Église, les Templiers, les Hospitaliers et les plus riches parmi nous auront à cœur de venir en aide à leurs concitoyens les plus démunis. »

Balian n'obtint pas l'accueil chaleureux qu'il avait espéré de l'assistance, pourtant composée de ceux qui étaient le mieux à même d'aider les indigents. Le silence s'installa à la suite de sa déclaration et fut finalement brisé par le patriarche de l'Église orthodoxe arménienne, qui demanda à Balian comment il comptait réunir une somme aussi importante.

« Les Hospitaliers conservent toujours les trente mille dinars que leur a confiés le roi d'Angleterre », répondit-il.

Ce qui était une manière de rappeler à ceux-ci que le grand maître des Templiers avait utilisé une somme équivalente pour financer la campagne de Hattin, alors qu'ils avaient refusé de débloquer cet argent sans l'accord du roi Henri. Il n'avait pas eu plus de chance en leur demandant de participer au financement de la défense de la ville. Mais il n'allait pas les laisser lui opposer un nouveau refus alors que cet argent pouvait acheter la liberté de sept mille habitants.

Héraclius soutint immédiatement la suggestion de Balian, en disant qu'il était du devoir de tous les chrétiens de venir en aide à leurs frères les moins fortunés. Sibylle abonda dans ce sens et les pressa d'écouter leur cœur et de vider leurs coffres au bénéfice des plus démunis. Seuls les esprits cyniques remarquèrent que le patriarche n'avait pas dit un mot concernant les richesses que l'Église aurait pu donner au profit de ces malheureux.

Le jour suivant, la ville de Jérusalem fut officiellement remise à Salah al-Din, à la plus grande joie de ses émirs et de son armée qui suivaient la scène des yeux. Les bannières du royaume de Jérusalem furent descendues et remplacées par l'aigle du sultan, sous les pleurs de nombreux Francs. Passé la joie qu'ils avaient éprouvée en apprenant qu'ils allaient échapper au massacre, la dure réalité s'imposait à eux : ils allaient devoir abandonner leurs maisons, leurs échoppes, leurs églises et la seule vie qu'ils avaient connue, pour un avenir lourd d'incertitudes et de dangers. Plus rien ne serait désormais comme avant. Et ils seraient méprisés à travers toute la chrétienté pour avoir abandonné la Ville sainte et l'avoir livrée aux infidèles.

Les Hospitaliers qui étaient restés à Jérusalem avaient l'habitude d'obéir aux ordres et non d'agir de leur propre chef. Balian et Héraclius s'aperçurent qu'ils étaient toujours réticents à l'idée de débloquer l'argent qui leur avait été confié, prétextant qu'il leur fallait l'accord du roi d'Angleterre ou, à défaut, de leur grand maître, réfugié à Tyr. Ils finirent néanmoins par céder, le patriarche leur ayant fait un sermon cinglant sur les devoirs de la charité chrétienne. Balian avait souligné de son côté que les Sarrasins n'allaient sûrement pas les laisser quitter la ville avec trente mille dinars dans leurs sacoches. Une fois cette somme transmise à Salah al-Din, Balian entreprit de collecter l'argent qu'il pouvait auprès des autres pauvres de la ville, tandis que les Sarrasins s'organisaient de leur côté pour récupérer ces rançons.

En théorie, cela semblait facile. Les gens ne pouvaient quitter Jérusalem qu'en montrant un billet délivré par les employés du sultan, attestant qu'ils avaient payé leur rançon. Une fois à l'extérieur de la ville, ils devaient camper au pied des murailles en attendant que des dispositions soient prises pour les conduire à Tyr, Tripoli ou Antioche. Mais lorsque Imad al-Din arriva de Damas, il s'aperçut à son grand dam que ce système était facilement contourné. Certains gardes sarrasins se laissaient acheter sans trop de résistance. Des Francs désespérés profitaient de la nuit pour franchir les murailles. D'autres étaient arrêtés alors qu'ils cherchaient à quitter la ville revêtus d'habits sarrasins. Quant à la collecte de l'argent, elle se voyait entravée par la générosité légendaire du maître d'Imad al-Din : en effet, Salah al-Din refusait rarement les suppliques qu'on lui adressait. Quand ses émirs lui avaient demandé de partager entre eux ce montant, il leur avait aussitôt donné son accord, l'argent lui important peu. Il n'hésitait pas à récompenser largement ses soldats. Et il faisait preuve de la même magnanimité à l'égard des femmes de Jérusalem.

Imad al-Din avait été stupéfait d'apprendre que son sultan avait permis à la reine des incroyants de partir avec tous ses biens, sans lui demander de rançon, pas plus qu'aux membres de sa maisonnée, lui donnant de plus la permission de rejoindre son mari prisonnier à Naplouse. Saladin n'en avait pas davantage exigé d'Étiennette de Milly, la veuve de leur grand ennemi, le prince Arnat. Et lorsqu'une délégation de femmes franques était venue le trouver, une fois leurs rançons payées, en lui expliquant les larmes aux yeux qu'elles ne savaient pas où aller, leurs maris ayant été vendus comme esclaves après Hattin ou retenus captifs à Damas, il avait demandé à Imad al-Din de faire libérer ces hommes et de donner de l'argent à ces femmes sur sa propre cassette. Imad al-Din était bien forcé d'obéir aux ordres de son maître, mais ce n'était pas de gaieté de cœur.

Ce qui contrariait le plus le chancelier, cependant, c'était la duplicité de certains Francs. Leur patriarche avait payé les rançons des membres de sa maisonnée, y compris celle de la femme dont on disait qu'elle était sa concubine et de la fille qu'ils avaient eue ensemble. Il avait ensuite emballé tous les trésors de leur église, remplissant des charrettes entières de vaisselle en or et en argent, d'étoffes luxueuses, de calices et de reliquaires incrustés de joyaux qui avaient décoré l'église du Saint-Sépulcre. Cela avait indigné Imad al-Din au point qu'il était allé trouver le sultan pour dénoncer cet accroc flagrant aux termes de la reddition : les Francs étaient censés n'emporter que leurs biens personnels, ce qui excluait ceux de leurs églises. Le patriarche n'avait pas le droit de s'enrichir à leurs dépens, d'autant qu'il aurait pu payer les rançons d'un grand nombre d'indigents avec toutes ces reliques.

Salah al-Din avait reconnu qu'une telle attitude n'avait rien d'honorable et accusé le patriarche de faire preuve « d'une grande impiété ». Mais il avait refusé d'intervenir en prétendant ne pas vouloir donner le moindre prétexte aux incroyants, qui accuseraient alors le « peuple de la Foi » de manquer de parole. Imad al-Din en fut réduit à fulminer dans son coin, partagé entre sa colère devant le manque de réalisme de son maître et son admiration pour l'indifférence qu'il manifestait face aux biens de ce monde.

De nombreux Francs parmi les plus démunis se virent souvent contraints de vendre leurs maigres possessions afin de payer leur liberté. Ces biens leur étaient achetés à bas prix par les marchands sarrasins du *suq al'askar*, qui voyageaient avec l'armée et fournissaient la nourriture des soldats. Les chrétiens de Syrie durent eux aussi payer leur rançon, mais l'exil leur fut épargné : ils eurent le droit de rester dans la ville en tant que *dhimmis*, retrouvant leur ancien statut de « peuple protégé ». Eux aussi achetèrent pour une bouchée de pain les biens de leurs voisins bannis, ce qui ne fit qu'accroître la rancœur et le ressentiment entre les chrétiens de l'Église romaine et ceux de Constantinople. Il n'y eut néanmoins pas la moindre violence, les soldats de Salah al-Din veillant au grain.

Étant donné que plus de quarante-cinq mille Francs devaient quitter la ville, ils furent divisés en trois groupes de quinze mille chacun, respectivement conduits par les Templiers, les Hospitaliers et enfin Balian et le patriarche. Sibylle et ses filles avaient été les premières à partir, impatientes de rejoindre Guy à Naplouse. Les Templiers et leur groupe leur succédèrent, suivis par les Hospitaliers. Ceux qui devaient partir avec Balian et Héraclius campaient toujours à l'extérieur des murailles et se préparaient au départ. Mais quinze mille malheureux Francs restaient enfermés dans la ville, qu'on s'apprêtait à vendre comme esclaves sur les marchés d'Alep et de Damas.

Lorsque la plupart des Francs eurent quitté la ville, Salah al-Din installa son quartier général dans le prieuré attenant à l'église du Saint-Sépulcre. Par ce doux après-midi d'octobre, il avait demandé à Balian et au patriarche de le rejoindre dans la tour de David. Ils le trouvèrent en compagnie de son frère et d'al-Sania ; de son deuxième fils, Outhman ; d'Isa, le légiste, de Gökböri, d'Imad al-Din et de Joseph Batit, un lettré orthodoxe qui jouissait de l'estime du sultan. Son fils aîné et Taqi al-Din étaient déjà repartis. Quant au sultan, il n'allait pas tarder à les imiter pour aller assiéger Tyr, la dernière ville du royaume qui n'était pas encore sous le contrôle des Sarrasins. Le lendemain, Balian et Héraclius devaient également s'en aller : il s'agissait donc de leur dernière rencontre.

Salah al-Din leur présenta Falak al-Din Souleymane, l'homme qui allait diriger leur escorte. Comme il l'avait fait pour les premiers groupes de réfugiés, le sultan leur avait envoyé cinquante de ses meilleurs *fursan* – l'équivalent sarrasin des chevaliers – chargés de les conduire en toute sécurité en territoire chrétien. Tandis qu'on leur servait des *jallabs* glacés, accompagnés d'amandes et d'oranges, Salah al-Din leur révéla qu'il avait pris sa décision concernant l'avenir de l'église du Saint-Sépulcre. Malgré les pressions d'une partie de ses émirs, qui le poussaient à la détruire, il avait décidé d'épargner l'édifice. Et les pèlerins chrétiens auraient même la possibilité de venir le visiter, à l'avenir.

Balian et Héraclius exprimèrent leur grand soulagement à cette nouvelle, mais al-Adil ne put s'empêcher de faire remarquer qu'il était bien dommage que ces futurs pèlerins doivent trouver les lieux aussi dénudés, privés de leurs décorations. Tous les regards se tournèrent alors vers le patriarche, qui les soutint avec son aplomb habituel. Il évita toutefois de croiser celui de Balian, car ils avaient eu une discussion houleuse à propos des charrettes qu'il avait chargées de trésors. Héraclius avait prétendu qu'il était de son devoir de préserver les reliquaires et les saintes reliques afin qu'ils ne tombent pas aux mains des infidèles, mais cette explication n'avait pas convaincu Balian, qui trouvait qu'elle s'accordait mal avec l'enseignement des Écritures alors que sept mille hommes et huit mille femmes et enfants allaient subir un sort misérable pour s'être trouvés dans l'incapacité de payer leur rançon.

Le sultan s'en était remis à Joseph Batit pour traduire ses propos, étant donné que Héraclius ne parlait pas l'arabe. Il avait délibérément choisi ce chrétien orthodoxe, sachant que cela ne manquerait pas de contrarier le patriarche. Il n'aurait certes pas dû prendre un malin plaisir à ces petites vexations mais n'en retint pas moins un sourire, sachant que ce qu'il s'apprêtait à dire allait le révulser bien davantage.

« J'ai reçu récemment une lettre de l'empereur byzantin, nous félicitant pour notre grande victoire à Hattin et me demandant de rendre à l'Église orthodoxe le contrôle des lieux saints chrétiens, comme c'était le cas avant l'arrivée des Francs. J'estime qu'il s'agit d'une requête honorable, et je vais donc probablement y souscrire. »

Héraclius était bel et bien révulsé, en effet.

« Je suis peiné, dit-il d'une voix glaciale, de voir qu'un individu qui se prétend chrétien puisse se réjouir ainsi de nos malheurs. Les Grecs sont un peuple dénué de scrupules, aussi fourbe que corrompu. » Il s'interrompit et se tourna vers Balian, comme s'il s'était brusquement souvenu que Marie était grecque. « J'espère que ma franchise ne vous a pas choqué, seigneur Balian… Je ne faisais évidemment pas allusion à la reine votre épouse.

— Ne vous inquiétez pas, répondit Balian avec une égale froideur. Nous savons fort bien, mon épouse et moi, quel poids il convient d'accorder à vos paroles. »

Joseph Batit traduisit avec jubilation cet échange de propos aigres-doux, et Salah al-Din décida en son for intérieur qu'il rendrait bel et bien les lieux saints des chrétiens à l'Église orthodoxe. Il se leva, signifiant par là que l'entrevue était terminée, lorsqu'un hurlement strident leur parvint à travers une fenêtre ouverte.

Al-Adil était le plus proche de la fenêtre. En jetant un coup d'œil, il aperçut un groupe de Francs qu'on emmenait dans la rue de David jusqu'à un espace aménagé entre la halle aux grains et la tour de Tancrède, où tous ceux qui n'avaient pu payer leur rançon étaient rassemblés avant d'être conduits à Damas. Une femme qui n'était plus toute jeune s'était mise à hurler en déchirant ses vêtements, sans tenir compte de ses compagnes qui tentaient de la calmer. Leurs gardes sarrasins ne savaient visiblement pas quoi faire, eux non plus, n'osant pas poser la main sur une femme assez vieille pour être leur mère. Balian devint livide tandis que la femme continuait à gémir, et il lança au patriarche un regard assassin. Héraclius ne s'en aperçut pas, de toute évidence ébranlé lui aussi. S'écartant brusquement de la table, il lança d'un air excédé :

« Fermez cette fenêtre, pour l'amour de Dieu ! »

Al-Adil n'avait pas besoin qu'on lui traduise cette interjection et tendit le bras pour rabattre les volets. Cela atténua sans les étouffer complètement les gémissements de la femme, qui cédèrent bientôt la place à des pleurs entrecoupés de sanglots. Le silence qui s'ensuivit dans la pièce était d'autant plus pénible qu'il était lourd de tout ce qui n'avait pas été dit. Balian abattit soudain son poing sur la table, avec une telle violence que le patriarche sursauta et s'empressa de rattraper son *jallab* avant qu'il se répande sur ses cuisses. Suivant l'exemple de leur sultan, les autres hommes s'étaient levés à leur tour, imités avec réticence par Balian et Héraclius.

Al-Adil, pour sa part, était resté près de la fenêtre.

« Youssouf, dit-il, j'aurais une faveur à te demander. Accepterais-tu de me céder un millier de ces Francs qui vont être vendus comme esclaves ? »

Salah al-Din était surpris, moins par sa requête que par le fait que son frère se soit adressé à lui en arabe : ils avaient généralement recours au kurde pour leurs conversations privées.

« Bien sûr, Ahmad. Que comptes-tu en faire ?

— Ce qui me semblera le plus approprié. »

Al-Adil parcourut du regard le petit groupe et s'arrêta sur al-Sania.

« Envoyez des hommes choisir un millier de ces Francs, lui dit-il, et qu'ils fassent en sorte qu'ils soient libérés. »

Salah al-Din ne fit aucun commentaire, se contentant d'opiner favorablement devant la générosité du geste de son frère. Les autres Sarrasins se montraient tout aussi approbateurs, car le Coran considérait la manumission des esclaves comme un acte louable de bienfaisance et de pitié. Seul Imad al-Din manifestait sa réprobation, car c'était encore de l'argent qui allait échapper à la chancellerie de son maître. Son exaspération ne fit que croître quand Balian s'avança et demanda d'un air solennel :

« Monseigneur le sultan, puis-je vous demander moi aussi le don d'une partie de ces esclaves, afin d'honorer Dieu, comme votre frère vient de le faire ? »

Salah al-Din paraissait s'amuser du tour que prenait la situation.

« J'imagine que le patriarche souhaite faire une requête identique ? lança-t-il non sans une certaine malice.

— Cela va de soi, monseigneur », assura Balian avant même d'expliquer à Héraclius de quoi il retournait.

Même si le patriarche trouvait déplaisant de demander des faveurs à des gens qu'il considérait comme les ennemis de Dieu, sa conscience serait un peu apaisée s'il pouvait assister à la libération d'une partie de ces malheureux, et il s'empressa d'approuver la déclaration de Balian. Les deux hommes restèrent ensuite silencieux, attendant le verdict du sultan.

« Très bien, dit enfin celui-ci, je vous cède donc également à chacun un millier d'esclaves. »

Après avoir demandé à son infortuné chancelier de s'occuper de cette affaire, il attendit qu'al-Adil et les deux Francs l'aient remercié avant d'ajouter un poids supplémentaire sur les épaules du pauvre Imad al-Din.

« Maintenant que mon frère, le seigneur Balian et le patriarche ont fait ce geste de charité, dit-il, je ne saurais être en reste. Les plus âgés de ces malheureux Francs n'ont plus besoin de payer leur rançon et sont désormais libres de quitter la ville.

— Je veillerai à ce que l'ensemble de mon peuple ait connaissance de votre clémence et de votre générosité, monseigneur le sultan… »

Balian était sincèrement reconnaissant à Salah al-Din d'avoir épargné un si grand nombre de ses compatriotes. Il l'était encore plus à l'égard d'al-Adil, et se demandait si celui-ci avait agi sous le coup d'une brusque impulsion, ému par le sort des Francs qu'on emmenait en esclavage, ou s'il avait eu depuis le début l'intention de faire cette requête, assuré que son frère ne manquerait pas une nouvelle occasion de manifester sa clémence.

Percevant son regard interrogateur, al-Adil se tourna vers Balian et lui fit un petit clin d'œil. Celui-ci lui sourit en retour en se rendant compte que sa question resterait sans réponse. En revanche, il était en mesure de répondre à celle qu'il se posait depuis leur première rencontre dans la tente de Salah al-Din à Marj al-Saffar. Ils ne partageaient pas la même foi et n'étaient pas du même sang : mais al-Malik al-Adil Saif al-Din Abou Bakr Ahmad ben Ayoub était son ami.

CHAPITRE 52

Octobre 1187
Sur la route de Naplouse à Acre

Le voyage devait s'avérer pénible. Balian avait souvent eu l'occasion de se déplacer au sein d'une armée en marche, mais jamais avec ces milliers de femmes, d'enfants et de vieillards qui ralentissaient leur progression. Leurs réactions étaient brutales et leurs nerfs à vif, les uns et les autres pleurant ce qu'ils avaient perdu et ignorant le destin qui les attendait. Tous étaient également inquiets pour leur sécurité, sachant les campagnes infestées de Bédouins et de bandits de grand chemin, d'autant qu'ils ignoraient au début s'ils pouvaient faire confiance à leur escorte sarrasine.

Une partie de ces inquiétudes se dissipa lorsque les *fursan* eurent dispersé des cavaliers qui les suivaient à la trace, manifestant un intérêt un peu trop marqué pour les retardataires. Ces jeunes soldats musulmans faisaient également preuve d'une louable patience envers les malheureux dont ils avaient la charge, aidant ceux qui titubaient à l'arrière, ordonnant à leurs domestiques de mettre pied à terre et de laisser un moment leurs montures aux plus âgés ou à ceux qui ne parvenaient plus à avancer, hissant les enfants fatigués sur leurs propres chevaux et transformant cette épuisante équipée en une sorte de jeu pour les gamins qui les accompagnaient ainsi, juchés devant eux sur leurs selles.

Leur commandant, Falak al-Din Souleymane, ne tarda pas à gagner leur confiance car il savait faire respecter la discipline, recommandant à ses hommes de se montrer compatissants à l'égard des Francs et restant aux aguets, permutant fréquemment l'avant et l'arrière-garde et s'assurant qu'il y ait bien des sentinelles pour surveiller les environs lorsqu'ils dressaient le camp pour la nuit. Balian se rendait bien compte que leur odyssée se serait avérée autrement difficile si le sultan n'avait pas choisi quelqu'un d'aussi avisé. Étant donné que Falak al-Din n'était guère porté aux confidences, ce fut seulement au bout d'une semaine de marche que Balian apprit qu'il était le demi-frère d'al-Adil du côté maternel.

Et pourtant, même des bergers aussi attentifs ne pouvaient protéger leur troupeau des souvenirs obsédants, de l'amertume et des regrets qui pesaient sur eux depuis qu'ils avaient quitté Jérusalem. Le cœur de Balian se serra quand il aperçut la borne indiquant la direction de Naplouse – et le pire l'attendait encore. Lorsqu'ils s'engagèrent sur la route qui menait à Acre, qu'il avait empruntée avec son arrière-garde peu de temps auparavant, Renier, Ernout et lui essayèrent de ne pas porter leurs regards vers les deux collines qui s'élevaient au nord. Les cornes de Hattin, où leur royaume avait rendu son dernier souffle, constituaient désormais le cimetière à ciel ouvert des cadavres qui n'avaient pu être enterrés, et ils furent soulagés que le spectacle de ce hideux charnier leur ait été épargné.

Ils firent halte à Acre pour s'approvisionner, et certains d'entre eux pleurèrent à nouveau en voyant les bannières de Saladin flotter sur la citadelle et les remparts. Les autres reprirent courage, car ils n'étaient plus qu'à une trentaine de kilomètres de Tyr, qui représentait pour la plupart d'entre eux le terme de ce voyage. Avant d'atteindre cette grande ville côtière, ils tombèrent sur le camp que les Sarrasins avaient déjà dressé en attendant l'arrivée de leur sultan et du gros de son armée. Les Sarrasins avaient été prévenus du passage des réfugiés : lorsque Falak al-Din eut parlé avec eux, ils les laissèrent poursuivre leur chemin sans encombre. En revanche, l'accueil de leurs frères chrétiens fut loin d'être aussi chaleureux. Avant qu'ils n'approchent de la triple muraille qui en défendait l'accès, on leur cria du haut des remparts que seuls les hommes en âge de combattre seraient admis à l'intérieur de la ville, et que les autres devraient poursuivre leur route jusqu'à Tripoli.

Balian était entré dans la ville pour tenter de convaincre Conrad de Montferrat de changer d'avis. Celui-ci, un blond d'une quarantaine d'années qui ressemblait beaucoup à son défunt frère, le reçut avec cordialité et l'écouta attentivement. Mais ensuite, il secoua la tête et lui répondit :

« J'ai évidemment pitié de ces malheureux réfugiés de Jérusalem, mais il m'est impossible de les laisser pénétrer dans Tyr. Nous sommes déjà beaucoup trop nombreux et la nourriture se fait rare. Nous n'avons pas les moyens de nourrir des bouches supplémentaires, à l'exception de ceux qui seraient prêts à participer à la défense de la ville. »

Balian comprenait la froide logique de Conrad, mais à ses yeux ces réfugiés ne représentaient pas seulement des « bouches supplémentaires » à nourrir : c'étaient des gens qui avaient tout perdu après avoir enduré le siège de la Ville sainte.

« Comme vous voudrez, rétorqua-t-il avec un certain dépit. Je demanderai aux plus jeunes de nos hommes s'il y en a parmi eux qui veulent se joindre à vous.

— J'imagine que vous ne serez pas du nombre ? C'est bien dommage, car cela donnerait du courage à nos concitoyens de savoir que le sauveur de Jérusalem combat à leurs côtés. » Conrad esquissa un sourire lorsqu'il vit Balian faire la moue en s'entendant qualifié de « sauveur de Jérusalem ». « Les réfugiés que nous avons déjà accueillis, reprit-il, vous considèrent comme un héros, un mélange du légendaire roi Arthur et de l'archange saint Michel. Je sais que vous vous apprêtez à rejoindre votre épouse à Tripoli, mais vous serez toujours le bienvenu si vous revenez à Tyr. J'aurais bien besoin d'un bras droit efficace et digne de confiance. »

Balian haussa les sourcils, car l'autorité de Conrad sur la ville tenait plus du hasard que de la stricte légalité : il s'était simplement trouvé au bon endroit au bon moment. Mais son assurance était contagieuse et devait apaiser la population apeurée. Il voyait bien de quelle manière il avait pu mettre les habitants dans sa poche en les convainquant que la méfiance était préférable à la reddition.

Balian déclina son invitation de passer la nuit au château en lui expliquant qu'il avait promis aux réfugiés de ne pas s'absenter trop longtemps.

Cela eut l'air d'amuser Conrad.

« Ils ne font donc pas confiance au patriarche pour agir à votre place ? lança-t-il d'un ton railleur. Dites en tout cas à Héraclius qu'il est le bienvenu à Tyr, s'il arrive avec ses chariots. »

Balian ne fut pas vraiment surpris que Conrad ait entendu parler de ce convoi chargé de trésors : cela n'avait rien d'un secret pour les exilés de Jérusalem. Il espérait juste que la rumeur ne se serait pas répandue au-delà, car cela risquait d'attirer les pillards plus vite que les cadavres n'attiraient les charognards.

«Je crains que le patriarche ne décline votre offre, répondit-il sèchement, avant d'ajouter qu'il souhaitait rencontrer l'archevêque avant de regagner le camp.

— Hélas, vous arrivez trop tard… Dès que nous avons appris que vous aviez persuadé Saladin d'accepter la reddition de Jérusalem, il s'est embarqué pour l'Occident. La saison de la navigation est terminée, mais il a estimé qu'il fallait courir le risque car la chrétienté devait être informée au plus vite que la Ville sainte était tombée. »

Conrad s'était levé en même temps que Balian. Tandis qu'ils se mettaient en route, il lui dressa un tableau passablement dramatique du navire de Joscius quittant le port de Tyr pour gagner la haute mer, ses voiles teintes en noir en signe de deuil pour la perte de la Ville sainte.

« J'ai une surprise pour vous, dit-il alors qu'ils traversaient la grande salle, bien que j'hésite à vous la remettre. Mais je l'ai promis à l'archevêque. Considérez donc ce geste comme une preuve de l'estime que je vous porte. »

Balian avait accéléré l'allure, et Conrad dut courir derrière lui pour le rattraper. Lorsqu'il émergea au pied du mur d'enceinte, Balian était déjà aux côtés d'un pur-sang arabe dont il caressait les oreilles tandis que l'alezan frottait affectueusement son nez contre lui. Conrad poussa un soupir de regret et proposa à Balian de lui acheter l'animal, si jamais il souhaitait le vendre. Comme il s'y attendait, celui-ci ne daigna même pas lui répondre.

Se hissant sur la selle et retrouvant avec délice le contact familier et puissant de Khamsin, Balian fit halte un instant devant le nouveau seigneur de Tyr.

« Bonne chance… Et que Dieu vous vienne en aide, pour le siège qui se prépare. »

Conrad lui souhaita bonne route en retour et ajouta que ce n'était pas la chance qui lui faisait défaut. Curieusement, Balian fut tenté de le croire.

Ils se remirent en route le lendemain. Certains étaient déçus de ne pas avoir été admis à Tyr, mais ils ne tardèrent pas à avoir d'autres sujets d'inquiétude. Lorsqu'ils firent halte à Beyrouth pour se réapprovisionner, la garnison sarrasine du château prévint Falak al-Din que le groupe de réfugiés conduit par les Hospitaliers avait été attaqué juste après avoir pénétré dans le comté de Tripoli. Falak al-Din pensait les laisser à la frontière du royaume. Ces nouvelles le firent changer d'avis, et il informa Balian qu'il les escorterait jusqu'à Jubyal avant de rebrousser chemin.

Jubyal était aux mains des musulmans depuis le mois d'août. Son seigneur, Hugues Embriaco, avait été fait prisonnier à Hattin et avait donné l'ordre à la garnison de se rendre, en échange de sa liberté. Les Francs y passèrent la nuit et se remirent en marche avant l'aube, se sentant beaucoup plus vulnérables sans leurs protecteurs sarrasins. Il leur restait une quarantaine de kilomètres à parcourir avant d'atteindre la ville de Tripoli, et Balian estimait plus sûr de les franchir au plus vite, même si cela impliquait de poursuivre leur marche une fois la nuit tombée. Il envoya Ernout prévenir le comte de Tripoli que le patriarche et lui arriveraient à la tête du dernier groupe de réfugiés très tard dans la soirée. Il demanda ensuite à tous les hommes qui étaient à cheval et armés de se regrouper autour de lui afin d'être prêts à se défendre, au cas où des bandits surgiraient. Il ignorait l'identité de ceux qui avaient attaqué le groupe précédent, mais le seigneur de Nephin avait mauvaise réputation, aussi Balian fit-il un détour pour éviter cette citadelle située sur la côte, bien que cela rallongeât leur parcours de quelques kilomètres. Il regrettait leur escorte sarrasine plus encore que les réfugiés épuisés, car il avait clairement conscience des dangers qui les guettaient encore.

On perdait facilement le sens du temps lors de telles équipées. Balian savait qu'on était en novembre et supposait que la Saint-Martin était déjà derrière eux, car la température chuta brusquement lorsque la nuit les enveloppa. La lune était presque pleine, mais vue de la campagne, la nuit était inquiétante pour des gens qui avaient toujours vécu en ville. Apercevant des lueurs au loin, certains crurent qu'ils arrivaient à Tripoli. Balian savait bien quant à lui qu'il s'agissait des torches brandies par un groupe de cavaliers. Il ignorait cependant si leurs intentions étaient amicales jusqu'à ce qu'il ait reconnu l'homme qui galopait à leur tête. Ernout était maintenant à portée de voix et lui cria que les seigneurs qui l'accompagnaient étaient venus les escorter jusqu'à Tripoli. À cet instant seulement, Balian relâcha la poignée de l'épée sur laquelle sa main s'était refermée et laissa l'arme glisser dans son fourreau.

Le terme de « seigneurs » dans la bouche d'Ernout n'était pas une simple marque de courtoisie, car les chevaliers qui approchaient étaient conduits par deux des beaux-fils du comte Raymond, Odon et Raoul. Ceux-ci voulurent aussitôt savoir s'ils n'avaient pas eu d'ennuis aux abords de Nephin. Balian se félicita d'avoir évité la citadelle en apprenant que c'était son seigneur qui avait tendu une embuscade à leurs infortunés prédécesseurs, sitôt que leur escorte sarrasine les avait laissés.

Héraclius et Renier avaient rejoint Balian sur leurs chevaux et exprimèrent leur colère en découvrant à leur tour que des chrétiens s'attaquaient de la sorte à d'autres chrétiens. Balian, pour sa part, était surtout surpris que le seigneur de Nephin ait osé défier aussi ouvertement le comte Raymond, même si celui-ci était malade. Conrad avait entendu dire qu'il avait dû s'aliter après avoir regagné Tripoli. En entendant Balian s'étonner de la sorte, les deux beaux-fils du comte échangèrent un regard avant qu'Odon prenne la parole.

« Vous n'êtes donc pas au courant ? dit-il. Le comte est mort. »

Il fit un bref signe de croix avant d'ajouter, sans grande conviction :

« Que Dieu ait pitié de lui… Il a été victime d'une pleurésie et a rendu l'âme après avoir appris que Jérusalem était tombée. »

Le patriarche ne doutait pas un instant que Dieu avait puni le comte en raison de ses nombreux péchés mortels. Il n'allait évidemment pas manifester sa satisfaction devant ses deux beaux-fils et s'en tint à une déclaration convenue, disant qu'il espérait que le comte avait reçu l'extrême-onction avant de mourir. Balian leur exprima ses condoléances, mais les implications politiques d'une telle disparition étaient trop grandes pour qu'il s'abstienne de les évoquer.

« Puis-je vous demander qui il a choisi pour lui succéder ? »

Il s'attendait à ce qu'ils lui répondent qu'il s'agissait d'Hugues, étant donné que Raymond n'avait pas d'héritier direct.

« Il avait voulu laisser Tripoli à son filleul, le fils aîné du prince d'Antioche », répondit Odon.

S'il avait choisi des termes neutres, son intonation l'était moins, ce qui n'échappa pas à Balian. Il comprenait leur déception, car Hattin avait tout bouleversé. Maintenant que la principauté de Galilée était perdue pour leur famille, comment ses beaux-fils n'auraient-ils pas espéré que Raymond laisse Tripoli à l'aîné des jeunes gens qu'il avait élevés comme ses propres enfants ?

« Vous dites qu'il "avait voulu" désigner son filleul comme héritier. Il a donc changé d'avis ?

— Malheureusement non », marmonna Odon.

Raoul hocha la tête et lui apprit que c'était le prince Bohémond qui s'y était opposé : son fils aîné devait hériter d'Antioche après sa mort, et il estimait que régner sur les deux principautés serait un trop lourd fardeau. Il avait donc envoyé à Tripoli son second fils, qui s'appelait comme lui Bohémond.

« Le comte Raymond n'était guère enchanté de cette décision, mais il était sur son lit de mort et ne pouvait plus y changer grand-chose. Il a donc demandé aux seigneurs de Tripoli de prêter allégeance au jeune Bohémond. »

Ni Balian ni Héraclius ne se souvenaient de l'âge que pouvait avoir le fils cadet du prince d'Antioche, mais ils n'eurent même pas à poser la question. Odon leur fournit la réponse sans qu'ils l'aient demandée.

« Il vient tout juste d'avoir seize ans, dit-il d'un air désapprobateur. Son frère avait au moins trempé son épée dans le sang. »

Si des troubles secouaient Tripoli, cela pouvait avoir des conséquences désastreuses pour les réfugiés et pour le royaume tout entier – enfin, pour ce qu'il en restait : Tyr et quelques citadelles isolées comme Karak. Mais Balian ne voulait pas laisser ses pensées s'attarder sur un tel sujet, alors que sa femme et ses enfants ne se trouvaient plus qu'à quelques kilomètres. Al-Adil lui avait assuré que sa famille était arrivée saine et sauve à Tripoli, mais il lui tardait d'avoir un peu plus de détails. Tandis qu'ils se remettaient en route, il interrogea longuement Odon et Raoul, qui purent au moins le rassurer : Marie et les enfants avaient été chaleureusement accueillis, et Esquiva les avait invités à s'installer dans le palais du comte. La mort de Raymond n'avait rien changé à cet état de fait. Odon reconnut à contrecœur que le jeune Bohémond semblait heureux de leur présence et leur avait même trouvé une demeure en ville, où ils pouvaient s'installer de leur côté.

Balian se sentit soulagé en apprenant ces nouvelles, tout en se rendant compte que l'avenir de sa famille allait s'avérer plus compliqué qu'il ne l'avait d'abord pensé, entre Conrad de Montferrat qui s'était emparé de Tyr et ce jeune étranger qui régnait désormais à Tripoli.

La forteresse des comtes de Tripoli avait été construite sur le mont Pèlerin, une colline escarpée qui surplombait la ville et la mer au-delà. C'était vers le château qu'ils se dirigeaient : Odon et Raoul leur avaient dit que le nouveau comte s'y était installé, en attendant que leur mère ait quitté le palais pour aller s'établir dans le fief qui lui revenait en tant que veuve. Ils n'étaient qu'à un kilomètre à peine de la citadelle, lorsqu'ils virent des cavaliers s'approcher, emmenés par le jeune comte Bohémond en personne.

« Je ne pouvais pas attendre ! lança-t-il en s'arrêtant devant Balian. Bienvenue à Tripoli ! C'est un honneur de rencontrer l'homme qui a sauvé la Ville sainte. Il me tarde de vous entendre me raconter tout ça ! »

Bohémond avait hérité du teint mat de son père. Il était cependant plus grand et large d'épaules, ce qui le faisait paraître plus vieux que ses seize ans. Mais son enthousiasme et son exubérance suffisaient à trahir sa jeunesse, ainsi que l'éducation privilégiée qu'il avait reçue en tant que fils de prince. À l'opposé du comte Raymond, qui mesurait ses paroles avec autant de soin que s'il s'agissait d'écus sonnants et trébuchants, Bohémond parlait sans arrêt d'un air enjoué tout en chevauchant aux côtés de Balian pour rejoindre la citadelle.

Les réfugiés de Jérusalem allaient devoir dresser le camp à l'extérieur des murailles, mais le comte veillerait à ce qu'ils reçoivent toute la protection et la nourriture nécessaires. Dès le lendemain, il allait devoir décider lesquels parmi eux pourraient rester à Tripoli. Il n'avait pas pu venir en aide à la plupart des réfugiés arrivés avant eux, car la ville était incapable d'accueillir un tel afflux de nouveaux arrivants. Il les avait donc envoyés à Antioche : le prince son père avait accepté de les recevoir, les ressources d'Antioche étant beaucoup plus importantes que celles de Tripoli.

Balian l'écoutait sans l'interrompre. Il lui fallut un peu de temps pour se forger une impression sur le caractère du jeune homme et la conscience qu'il pouvait avoir des responsabilités auxquelles était confronté un dirigeant. Il paraissait étonnamment sûr de lui pour ses seize ans, ce qui pouvait aussi bien s'avérer un atout qu'une entrave, selon sa capacité à écouter les conseils qu'il recevrait. Bohémond paraissait à l'aise avec les beaux-fils du comte Raymond et cherchait visiblement à dissiper leur ressentiment. Odon lui avait appris qu'Hugues n'était plus à Tripoli et avait rejoint Conrad à Tyr. Balian les soupçonnait, Raoul et lui, de vouloir suivre son exemple. Marie et lui allaient également devoir prendre des décisions concernant l'avenir, mais cela pouvait attendre, Dieu merci… Pour l'instant, tout ce qu'il désirait, c'était retrouver enfin sa famille.

Tandis que le château surgissait devant eux, découpant ses contours impressionnants sur le ciel nocturne, la herse de la barbacane se leva et Bohémond invita Balian à y pénétrer avec lui.

« Je sais qu'il est bien tard pour un souper et trop tôt pour un déjeuner, mais j'ai pensé que vous auriez faim après cette longue chevauchée, et j'ai demandé qu'on nous prépare un repas.

— C'est très généreux à vous, monseigneur, mais je préférerais retrouver d'abord mon épouse. À moins qu'elle ne nous attende déjà au château ? »

Balian fronça les sourcils en voyant l'expression étonnée de Bohémond, car il avait confié une double mission à Ernout : demander qu'on leur envoie une escorte et qu'on prévienne Marie de leur arrivée imminente. Il jeta un coup d'œil à son écuyer, qui lui confirma avoir agi selon la volonté de son maître en transmettant son message au comte Bohémond lui-même.

Celui-ci eut l'air embarrassé – autant du moins qu'un prince pouvait l'être.

« Votre écuyer dit la vérité, intervint-il. Il m'a bien transmis votre demande et je comptais envoyer un messager en ville prévenir la reine Marie, mais avec tout ce remue-ménage, cela m'est sorti de la tête. »

Balian haussa les épaules.

« Peu importe, dit-il. C'est peut-être même mieux ainsi, je pourrai lui faire la surprise.

— Mais… et le repas que j'ai commandé pour vous ? Je veux que vous me racontiez ce siège et comment vous avez obligé Saladin à faire machine arrière… Vous lui avez menti, n'est-ce pas ? J'ai également besoin de vos conseils concernant les représailles que je dois lancer contre le bandit qui trône à Nephin. Il faut aussi que nous parlions de votre installation à Tripoli. Je sais que vous devez vous rendre sous peu à Antioche pour voir votre frère malade, et mon père va probablement essayer de vous retenir à ses côtés. Je veux plaider ma cause avant lui ! »

Bohémond s'était exprimé comme un jeune seigneur habitué à n'en faire qu'à sa tête. Balian n'avait aucune intention de céder à ses caprices, qui retarderaient de plusieurs heures ses retrouvailles avec sa famille.

« J'aurai un grand plaisir à parler de tout cela avec vous, monseigneur le comte. Mais pour l'instant, mon corps est en mille morceaux, j'ai terriblement besoin d'un bon bain et d'un lit bien frais – et je dois retrouver en ville une femme de toute beauté qui compte plus que tout au monde à mes yeux. Avec tout le respect que je vous dois, vous ne faites pas le poids devant ça. »

Il avait essayé de s'exprimer sur un ton badin, en espérant que cela dériderait un peu Bohémond. Le nouveau comte lui adressa un bref sourire, mais de toute évidence, il n'était guère enchanté de voir ses plans contrariés. À cet instant une mélodieuse voix de femme se mêla à leur conversation. Isabelle avait réussi à se faufiler jusqu'à eux sur sa jument et adressa à Bohémond l'un de ses plus charmants sourires.

« Je ne pense pas que nous nous soyons déjà rencontrés, monseigneur le comte… Je suis dame Isabelle, la belle-fille du seigneur Balian. »

Bohémond n'eut soudain d'yeux que pour elle. Il se hâta de mettre pied à terre afin de s'approcher et de lui baiser galamment la main. Lorsqu'elle lui chuchota qu'elle accepterait volontiers pour sa part son invitation à dîner, son visage s'éclaira et il déclara avec magnanimité qu'il comprenait fort bien que le seigneur Balian veuille d'abord retrouver son épouse. Isabelle regarda son beau-père d'un air triomphal, amusée de le voir se renfrogner et considérer avec une suspicion toute paternelle le comportement du jeune comte. Il fallait qu'il comprenne que la beauté était une arme féminine qu'elle avait déjà appris à manier, non sans une certaine dextérité. Gratifiant Bohémond d'un nouveau sourire, elle le pria de demander à un chevalier d'accompagner son beau-père afin qu'il puisse pénétrer dans la ville et trouver la maison de sa propre mère. Le comte répondit qu'il s'en occupait ; tandis qu'il appelait un de ses hommes, Isabelle en profita pour rapprocher sa jument du cheval de Balian.

« Ne crains rien, *pateras*, lui dit-elle d'une voix douce. Ce ne sera pas un dîner en tête à tête. Le patriarche et ton ami Renier doivent mourir de faim, et je sais que tous les membres de ma maisonnée également, à commencer par Étiennette. Imagines-tu un meilleur chaperon que la mère d'Onfroy ? »

Le charme dont elle avait su se servir pour Bohémond céda la place à un petit sourire malicieux.

« Va vite retrouver ma mère. Tu l'as bien mérité. Nous nous chargerons d'aider ces malheureux à s'installer. »

Balian se rendit compte avec stupéfaction qu'il avait devant lui une jeune femme aussi posée qu'intelligente, qui aurait fait une bien meilleure reine que sa sœur aînée. Qu'était devenue la fillette qu'il avait consolée après la mort de son alouette et à qui il avait appris le dialecte piémontais de son père ?

« Les filles grandissent trop vite », murmura-t-il.

Isabelle éclata de rire.

« Dis à ma mère qu'il me tarde de la revoir et que je suis très fière de son mari. Mais je suis convaincue qu'elle l'est, elle aussi. »

Balian et Ernout suivirent le chevalier de Bohémond dans une rue proche de la cathédrale de Tripoli, encore en cours de reconstruction après avoir été détruite lors du grand tremblement de terre de 1170. Balian était impressionné par ce qu'il apercevait de cette ville qui, comme Tyr, était protégée sur trois côtés par la mer. Il savait que Marie regrettait de ne pas habiter sur la côte et se demanda si elle n'aurait pas envie de s'établir à Tripoli, plutôt qu'à Antioche, pour la vie qui les attendait. Il lui tardait d'avoir des nouvelles de la santé de Baudouin, mais peut-être Marie en avait-elle déjà reçu. Conrad lui avait dit que sa nièce Esquiva avait pris le bateau pour Antioche quand Balian se trouvait encore à Jérusalem.

« C'est ici, monseigneur. »

Tandis que le chevalier les laissait, ils s'approchèrent de la grille. Mettant pied à terre, Ernout frappa à la porte jusqu'à ce qu'un portier endormi apparaisse à la fenêtre. Il s'apprêtait à se plaindre qu'on le tirait du sommeil en pleine nuit lorsqu'il reconnut Balian et poussa une exclamation. La porte s'ouvrit en grand avec une étonnante rapidité, et Balian découvrit le nouveau cadre dans lequel logeait sa famille. Comme dans de nombreuses demeures du Levant, une cour intérieure en constituait le centre, entourée de bâtiments d'un étage dont les fenêtres donnaient sur ce patio plutôt que sur la rue. Le portier s'agitait autour d'eux tandis qu'ils mettaient pied à terre et proposa d'accompagner Ernout jusqu'à l'écurie. Balian entendait encore le son de leurs voix tandis que les deux hommes emmenaient les chevaux : le portier bombardait Ernout de questions sur le siège de la Ville sainte, et l'autre n'était que trop heureux de satisfaire sa curiosité. Balian aurait bien chargé son écuyer de répondre à sa place à toutes les questions qu'on n'allait pas manquer de lui poser dans les jours à venir… Il avait besoin de reprendre des forces avant de raconter comment les choses s'étaient déroulées à Jérusalem.

Il se dirigeait déjà vers la porte la plus proche lorsqu'une fenêtre s'ouvrit à l'étage, et il aperçut soudain sa femme dans l'embrasure.

« Attends-moi ! » lui lança-t-elle.

Marie disparut avant qu'il ait eu le temps de répondre. Une fraction de seconde plus tard, lui sembla-t-il, elle émergea sur le seuil et se retrouva dans ses bras.

Ses cheveux étaient défaits et retombaient dans son dos, brillants comme une cascade dans la nuit. Elle avait jeté sur ses épaules un simple châle en laine, trop bouleversée pour prendre le temps de chercher son peignoir. Caressant les courbes douces et la chaleur de sa peau sous cette fine étoffe, il la serra un peu plus fort contre lui.

« Tu es cruelle de me tenter de la sorte, Marika… car tu ne peux pas espérer grand-chose de moi tant que je n'aurai pas pris un peu de repos.

— Un bain ne te ferait pas de mal non plus… »

Il acquiesça en souriant, sachant qu'il avait bien besoin de se débarrasser de la sueur et de la crasse de son équipée. Remarquant qu'elle n'avait même pas pris le temps d'enfiler ses mules, il la conduisit vers le siège le plus proche, un banc en marbre installé devant la fontaine. Marie ramena ses pieds sous elle, se rendant soudain compte que les dalles de pierre étaient glacées. Le ciel était encore constellé d'étoiles, mais une lueur argentée pointait déjà à l'orient. D'ici peu, les dernières ombres de la nuit seraient chassées par le retour du soleil, comme toujours resplendissant dans le Levant.

Après lui avoir assuré qu'Isabelle les rejoindrait très vite, il s'installa de sorte que Marie puisse s'asseoir sur ses genoux.

« Il est étrange de voir combien les mots nous sont devenus inutiles, dit-il. Si davantage de couples suivaient notre exemple, les mariages s'avéreraient peut-être plus heureux.

— Le fait d'avoir dû affronter à plusieurs reprises des situations dramatiques nous a également appris bien des choses, souligna-t-elle tandis qu'il embrassait sa paume.

— Nous avons beaucoup de décisions à prendre, Marika, qu'il s'agisse de notre avenir, de celui d'Outremer ou de la vie qui attend nos enfants… Mais pour l'instant, tout ce que je demande, c'est d'être assis près de toi, de te serrer dans mes bras et de laisser le silence parler à notre place.

— Tu sais bien que c'était toujours moi qui faisais des plans sur la comète, Balian… » Tendant la main, elle caressa sa barbe en se disant qu'il ressemblait presque à un Grec avec cette pilosité inhabituelle. « Mais c'était la femme que j'étais autrefois qui agissait de la sorte, reprit-elle. Aujourd'hui, je me contente de savourer le miracle qui m'a été accordé.

— Quel miracle ?

— Celui de ne pas me retrouver veuve. »

Il l'embrassa à nouveau très tendrement, car c'était bien un miracle pour lui aussi. Ils restèrent dans la cour intérieure jusqu'à ce que le calme soit rompu par de joyeux éclats de voix, tandis que leurs enfants s'éveillaient et arrivaient en courant pour accueillir leur père, enfin de retour.

Épilogue

Sibylle demeura fidèle à Guy, et cette loyauté entraîna sa mort à l'âge de trente et un ans. Après que Guy eut été libéré par Saladin, Sibylle et lui voulurent se rendre à Tyr, mais Conrad de Montferrat refusa de les accueillir. En désespoir de cause, le roi déchu et ses rares partisans allèrent assiéger Acre. À la surprise générale – et probablement à celle de Guy lui-même –, ce siège devint rapidement le symbole de la résistance contre les Sarrasins. Le combat pour la reconquête d'Acre se poursuivit pendant plusieurs années, mais la ville ne retomba aux mains des Francs qu'après l'arrivée de Richard Cœur de Lion, au cours de l'été 1191. À cette époque, Sibylle et ses deux filles en bas âge étaient déjà mortes, emportées par la peste qui avait ravagé le camp dressé devant la ville durant l'été 1190. Guy se proclamait toujours le seul détenteur de la couronne, mais les Poulains se regroupèrent autour de Conrad, et seul le soutien mal avisé de Cœur de Lion permit à Guy de maintenir ses frêles prétentions. Richard avait conquis Chypre en se rendant en Terre sainte : il finit par s'entendre avec lui et lui céder le contrôle de cette île opulente. Guy s'installa à Chypre en 1192 mais ne profita pas très longtemps de son nouveau territoire puisqu'il mourut à son tour en 1194.

Aimery de Lusignan connut un destin plus brillant que son frère cadet. Assurant le pouvoir à Chypre après la mort de Guy, il réussit à convaincre Heinrich, le saint empereur romain germanique, de le reconnaître comme roi de Chypre en 1197. Il fut même élu roi de Jérusalem et mourut empoisonné en 1205, mais la dynastie des De Lusignan devait régner sur Chypre pendant près de trois cents ans.

Après la mort de Sibylle, la couronne aurait dû revenir à Isabelle, mais personne ne voulait voir Onfroy de Toron sur le trône, et Conrad fut assez habile pour tirer parti de la situation. De fortes pressions furent exercées sur Isabelle afin qu'elle dénonce son mariage avec Onfroy. La jeune femme qui avait alors dix-huit ans fit preuve d'un remarquable courage en affirmant qu'elle aimait son mari et ne voulait pas être séparée de lui, bien qu'elle eût à affronter l'opposition de sa mère, Marie, de son beau-père, Balian, ainsi que de la plupart des barons et des princes de l'Église. Ceux-ci estimaient en effet que Conrad ferait un bien meilleur roi qu'Onfroy, et finirent par convaincre Isabelle qu'elle devait consentir à ce sacrifice dans l'intérêt de leur royaume assiégé. Le légat du pape et l'évêque de Beauvais annulèrent son premier mariage et elle épousa Conrad de Montferrat en novembre 1190.

Comme le savent les lecteurs de mon roman *Lionheart*, ce mariage ne dura même pas deux ans. En avril 1192, Conrad de Montferrat fut élu roi par les Poulains, mais il fut exécuté peu après par deux membres de la secte des Assassins. Isabelle, alors enceinte, contrecarra une tentative des Francs pour reprendre le contrôle de Tyr, et lorsque Henri, le jeune comte de Champagne, débarqua dans la ville, il fut acclamé comme le sauveur du royaume : les citoyens, les seigneurs et les prélats de l'Église le supplièrent d'épouser leur reine, veuve depuis peu. Henri n'était pas très chaud à cette idée : comme la plupart des croisés, il n'avait jamais eu l'intention de s'établir définitivement en Terre sainte. Mais Isabelle insista, et il finit par accepter ce mariage, bien vite subjugué par la beauté de sa jeune épouse. Henri et Isabelle connurent apparemment un mariage heureux jusqu'à la mort inattendue du roi en septembre 1197, à la suite d'une étrange chute. Isabelle n'eut guère le temps de le pleurer car le royaume avait besoin d'un autre roi, et elle épousa donc Aimery de Lusignan. Elle mourut à l'âge de trente-trois ans, peu de temps après Aimery, en avril 1205. Marie, la fille qu'elle avait eue avec Conrad, devint alors reine. Isabelle et Henri avaient eu trois filles de leur côté, dont l'une devint reine de Chypre. Elle avait également eu deux filles et un fils avec Aimery, qui moururent en bas âge. Onfroy de Toron, l'infortuné premier époux d'Isabelle, avait rejoint Guy de Lusignan à Chypre et mourut peu après, sans s'être jamais remarié.

Après la reddition de Jérusalem, Balian d'Ibelin et Marie Comnène vécurent à Tripoli, se joignant toutefois à Guy et aux autres Poulains pendant le siège d'Acre. Ils s'allièrent ensuite avec Conrad, devenu leur gendre après son mariage avec Isabelle. Balian apparaît à plusieurs reprises dans *Lionheart*, participant notamment à la négociation du traité de paix entre Saladin et Richard Ier. Il mourut probablement à la fin de 1193, car il disparaît des chroniques historiques après cette date. Bien que Marie n'eût que trente-neuf ans à l'époque, elle ne se remaria jamais et mourut selon toute vraisemblance en 1217. Leurs deux fils, Jean et Philippe, occupèrent des postes élevés durant les règnes d'Isabelle, puis de sa fille Marie. Jean, en particulier, devint un conseiller écouté et se vit confier les charges de connétable, puis de régent. Quant à leurs filles, Helvis et Marguerite, elles firent de prestigieux mariages. Helvis épousa d'abord Renaud de Sidon (Denis dans mon roman), qui était nettement plus âgé qu'elle. Ils eurent trois enfants avant la mort de Renaud en 1202. Helvis épousa alors un de Montfort – oui, un parent de Simon de Montfort, le héros de mon livre *Falls the Shadow*… Au cours du XIIIe siècle, les d'Ibelin devinrent l'une des familles les plus influentes du Levant, les enfants et les petits-enfants de Balian et de Marie tirant profit du lien consanguin qui les rattachait aux reines de Jérusalem.

Baudouin, le frère aîné de Balian, mourut apparemment en 1187. La dernière référence qui est faite à son sujet dans les chroniques date du mois de juin de cette année-là, avant la bataille de Hattin. Je n'ai pas réussi à retrouver la date du décès de sa troisième épouse, Marie de Brisebarre, ni de sa fille Étiennette. Esquiva mourut en 1196, le fils qu'elle avait eu avec Aimery devint roi de Chypre. Le seul fils de Baudouin, Thomassin, semble être mort très jeune, probablement en 1188.

Les femmes disparaissent souvent dans les oubliettes de l'Histoire, nous ignorons donc à quelles dates exactes moururent Étiennette de Milly, la mère d'Onfroy, ou Agneta de Milly, l'épouse de Jocelyn de Courtenay. Quant à ce dernier, l'incertitude plane concernant son décès, mais il n'était apparemment plus de ce monde en 1200 et ne semble pas avoir joué le moindre rôle politique après la bataille de Hattin. La date de la mort de la princesse de Galilée et comtesse de Tripoli, Esquiva de Bures, ne nous est pas davantage parvenue. Ses fils ont joué par la suite un rôle important dans la politique du royaume.

Le patriarche Héraclius est mort pendant le siège d'Acre, au cours de l'hiver 1190-1191. Joscius, l'archevêque de Tyr, fut le chancelier d'Isabelle et de Henri de Champagne et mourut autour de 1202.

Après avoir retrouvé sa liberté, Gérard de Ridefort reprit sa place à la tête des Templiers et participa au siège d'Acre. Il mourut à cette occasion, en octobre 1189, et nous possédons deux versions de son trépas : l'une prétend qu'il est mort au combat, en refusant de se replier ; l'autre, plus vraisemblable, est due au chroniqueur sarrasin al-Athir et rapporte qu'il fut capturé par Saladin, qui le fit décapiter pour avoir rompu le serment sacré qu'il avait fait de ne plus jamais prendre les armes contre lui après sa libération.

Nous ne savons rien de la famille ni de la destinée d'Ernout, l'écuyer de Balian, mais il mérite d'être mentionné ici, car il rédigea une chronique des dernières années du royaume succédant à celle de Guillaume de Tyr. Malheureusement, cette chronique a été perdue, mais quelques fragments abrégés ont survécu dans d'autres continuations. Ces chroniques offrent en elles-mêmes une histoire aussi fascinante que labyrinthique, que j'évoque dans la note suivante.

Bohémond, le prince d'Antioche, mourut en 1201. Son second fils, qui portait le même prénom que lui et était devenu comte de Tripoli, réussit un peu plus tard à évincer son frère aîné et gouverna également Antioche par la suite. Il est possible que l'épouse de Bohémond, Théodora, ait épousé un Poulain après leur séparation.

La troisième croisade a conféré l'immortalité aussi bien à Saladin qu'à Richard Cœur de Lion. Les deux hommes signèrent un traité de paix en septembre 1192 : je renvoie à mon *Lionheart* pour l'ensemble de ces événements. Saladin mourut en 1193, à l'âge de cinquante-cinq ans. Son fils aîné, al-Afdal, devint émir de Damas tandis qu'un autre de ses fils devenait sultan d'Égypte ; mais les deux frères n'avaient hérité ni l'un ni l'autre des capacités de leur père et ne tardèrent pas à se chamailler. Sans surprise, ce fut leur oncle al-Adil, beaucoup plus habile qu'eux, qui tira les marrons du feu et prit le pouvoir en 1200, inaugurant un règne aussi long que glorieux jusqu'à sa mort en 1218, à l'âge de soixante-treize ans. Son fils aîné, que l'Histoire a retenu sous le nom d'al-Kamil, connut lui aussi un règne prospère. Nous ignorons quand sont mortes les épouses de ces sultans : à de rares exceptions, leurs noms eux-mêmes ne sont pas parvenus jusqu'à nous.

Taqi al-Din mourut en assiégeant un château syrien en octobre 1191. Imad al-Din rédigea plusieurs chroniques du règne de Saladin et mourut en 1201.

Après que Balian avait convaincu Saladin d'accepter la reddition pacifique de Jérusalem, le royaume chrétien se réduisait à la ville de Tyr et à quelques citadelles qui résistaient encore. La situation changea avec la troisième croisade. Les ennemis de Richard Ier ont prétendu qu'elle avait été un échec puisqu'il n'avait pas réussi à reconquérir Jérusalem. Richard lui-même partageait ce sentiment. Mais lorsqu'il quitta Outremer en octobre 1192, le royaume s'étendait à nouveau sur tout le littoral, depuis Tyr jusqu'à Acre et Ascalon, et avait échappé au contrôle de Saladin. S'il n'avait pas réussi à reprendre la Ville sainte, Richard avait redonné vie au royaume pour les cent années suivantes, car il perdura sous cette forme réduite jusqu'en mai 1291 : Acre, puis Tyr tombèrent alors aux mains du sultan d'Égypte. Il avait même survécu plus longtemps qu'Antioche, qui avait été conquise par le sultan Baibar en 1268, et que Tripoli, qui tomba à son tour en 1289.

NOTE DE L'AUTEURE

Mes recherches pour la rédaction de *Terre sainte* comptent parmi les plus simples mais aussi les plus stimulantes que j'aie jamais eu à effectuer. Elles se trouvaient facilitées du fait que j'avais réuni depuis des années de la documentation et de nombreux ouvrages concernant la Terre sainte et les croisades, pour préparer la rédaction de *Lionheart.* Et donc, lorsque je me suis sentie prête à écrire un livre sur le royaume de Jérusalem, j'avais déjà une bibliothèque conséquente à ma disposition. Cela n'en constituait pas moins un défi, car tant les chroniqueurs médiévaux que les historiens plus tardifs ont une manière bien à eux de présenter les choses – comme s'il s'avérait impossible dès qu'il s'agit du Levant de dérouler le fil des événements de manière objective ou dénuée de passion. Il me fallait donc faire le tri et écarter ce qui relevait de la simple propagande pour avoir une vision à peu près plausible de ce qui s'était réellement passé.

Il existe pourtant un récit très fiable de l'histoire du royaume, rédigé par celui qui est considéré comme l'un des plus grands historiens du Moyen Âge : Guillaume, l'archevêque de Tyr. Son *Histoire des faits advenus au royaume d'Outremer* nous offre un tableau saisissant d'un monde disparu. Elle est de surcroît bourrée d'anecdotes et de détails d'ordre personnel auxquels les auteurs de romans historiques ont rarement droit : la description de l'obésité d'Amaury, le penchant pour le vin de Guillaume de Montferrat ou le moment douloureux que vécut Guillaume en découvrant que Baudouin risquait d'être lépreux…

Malheureusement, sa chronique se termine en 1184 : et c'est un grand dommage que nous n'ayons pas son point de vue sur les événements qui conduisirent à la désastreuse bataille de Hattin.

La chronique de Guillaume fut largement diffusée au Moyen Âge et bien au-delà. Pendant longtemps, les historiens ont eu tendance à la tenir pour parole d'Évangile ; on admet de nos jours qu'elle fut d'abord écrite pour convaincre le reste de la chrétienté que la survie d'Outremer était d'un intérêt vital. À cet effet, il lui arrive de gauchir certains faits. Par exemple, il donne l'impression que Baudouin fut le seul responsable de l'étonnante victoire remportée contre Saladin à Montgisard, alors que toutes les chroniques sarrasines rapportent que c'était Renaud de Châtillon qui commandait la bataille. Néanmoins, Guillaume ne ment jamais – sinon parfois par omission. L'*Histoire des faits advenus au royaume d'Outremer* a été traduite en anglais en 1943, mais cette édition s'est avérée d'accès difficile pendant de longues années. Comme je le signale dans les remerciements, elle est maintenant disponible sur Amazon en version numérique.

Après la mort de Guillaume, la suite de sa chronique fut rédigée par un certain Ernout dont nous ne savons strictement rien, sinon qu'il fut peut-être l'écuyer de Balian d'Ibelin. Malheureusement, cette continuation n'est pas parvenue jusqu'à nous et c'est ici que la confusion commence à s'installer. Des chroniqueurs plus tardifs ont rédigé leur propre histoire de la période en se basant sur le récit d'Ernout, tout en l'enjolivant de digressions de leur cru. Il existe plusieurs continuations du travail de Guillaume et nous n'avons aucun moyen de savoir jusqu'à quel point elles reposent ou non sur celle d'Ernout. Comme elles ont été écrites au XIIIe siècle, il était du reste inévitable qu'elles charrient un certain nombre d'erreurs. Par exemple, nous savons que les soldats sarrasins de la garnison d'Acre exécutés par Richard Ier après la chute de la ville étaient au nombre de deux mille six cents, comme Richard le précise lui-même dans une lettre à l'abbé de Clairvaux – chiffre confirmé par une chronique sarrasine de la même époque. Et pourtant, l'une de ces continuations prétend que ce seraient seize mille hommes qui auraient été exécutés sur l'ordre de Richard. Tous ces récits doivent donc être utilisés avec les précautions qui s'imposent.

Nous disposons de plusieurs chroniques sarrasines fiables pour cette période, dont je m'étais déjà servie pour *Lionheart* et que j'ai de nouveau mises à profit pour le présent ouvrage. Elles offrent en particulier un fascinant portrait de Saladin, composé par des hommes qui l'ont personnellement connu. Je renvoie aux remerciements pour plus de détails sur ce point.

Mark Twain remarquait que « l'encre avec laquelle on écrit l'Histoire est une arme redoutable, malgré sa forme liquide ». C'est particulièrement vrai des chroniques médiévales composées après la mort de Guillaume, mais cela l'est aussi des travaux des historiens plus récents de la période. Cela fait plus de trente ans que j'écris des romans historiques, mais je ne me souviens pas d'avoir jamais eu affaire à un tel écheveau de sources contradictoires. Commençons par le portrait d'Agnès de Courtenay. Guillaume la détestait et a émis sur elle un verdict accablant, la décrivant comme « une femme odieuse aux yeux mêmes de Dieu ». Il la juge avide de pouvoir, envieuse et dénuée de pitié. Mais nulle part il ne l'accuse de débordements sexuels, contrairement aux continuations du XIIIe siècle qui la présentent comme une vraie putain de Babylone, faisant étalage de ses nombreux amants – parmi lesquels Aimery de Lusignan et le patriarche Héraclius – qu'elle récompensait en leur confiant d'importantes fonctions.

Nous n'avons pas la moindre preuve de ces divers excès, mais les historiens ultérieurs – y compris certains universitaires respectés – les ont pris pour argent comptant. Bernard Hamilton a fini par examiner de plus près ces accusations : dans *The Leper King and His Heirs*, il établit de manière convaincante qu'Agnès a été calomniée. L'une des raisons qui ont amené les historiens à cette représentation est due à une erreur de lecture d'un passage de la chronique de Guillaume : il fait alors allusion à l'annulation de son mariage avec Amaury, mais certains historiens ont compris à tort qu'il écrivait qu'Agnès avait été désavouée par son quatrième mari, Renaud de Grenier (dénommé Denis dans mon roman). Ce qui n'a nullement été le cas : ils s'étaient mariés vers 1170 et l'étaient toujours au moment de la mort d'Agnès en 1184. Si les historiens n'avaient pas fait cette erreur de lecture, ils n'auraient pas été enclins à croire qu'Agnès prenait ouvertement des amants et les couvrait de faveurs. Un seigneur médiéval comme Renaud n'aurait jamais toléré d'être publiquement cocufié de la sorte. Agnès n'était certes pas dénuée de défauts, mais la lubricité n'en faisait pas partie. D'autres historiens, Peter Edbury notamment, proposent une analyse plus équilibrée des luttes pour le pouvoir qui allaient aboutir à la chute du royaume. Je cite longuement son travail dans les remerciements. Mais d'autres plus anciens, comme Steven Runciman, nous livrent une image faussée et désormais périmée d'Agnès.

Une autre figure historique a vu sa réputation sujette à caution : je veux parler de Raymond, le comte de Tripoli. Certains historiens, comme Runciman ou Marshall Whited Baldwin, voient les tensions internes qui ont affaibli le royaume comme une lutte entre les faucons et les colombes, dont Raymond aurait été le héros. Les faucons seraient Agnès et son frère Jocelyn, Renaud de Châtillon, Gérard de Ridefort et Guy de Lusignan (ces deux derniers étant présentés comme de nouveaux venus prêts à en découdre et considérant les Sarrasins comme des infidèles au service de Satan). Les colombes seraient représentées par les Poulains nés en Outremer, comme les frères d'Ibelin et les seigneurs de Sidon, de Galilée et de Césarée, emmenés par le comte de Tripoli : des hommes mieux au fait des mœurs et de la réalité du Levant, ayant compris que leur survie n'était possible qu'à travers une forme d'entente avec les Sarrasins. Si l'on s'en tient à une telle lecture, les colombes représentent donc les bons et les faucons les méchants. Et Baudouin dans tout ça ? Il se voit plus ou moins relégué dans l'ombre, comme un roi impotent que sa maladie mortelle rendait vulnérable aux manipulations de sa mère et des alliés de celle-ci.

La réalité n'est bien sûr jamais aussi simple. Le pendule de l'Histoire peut monter très haut d'un côté, poussé par son élan, il n'en finit pas moins par redescendre. Et dans les années récentes, les historiens ont suivi la voie ouverte par Bernard Hamilton et Peter Edbury, mettant l'accent sur le remarquable courage de Baudouin et reconnaissant que les diverses factions qui s'opposaient à la cour n'étaient pas aussi strictement cloisonnées. Les actions de Raymond furent débarrassées de leur aura héroïque et son rôle considéré de manière moins flatteuse. Je pense pour ma part que c'était un individu qui suivait avant tout son intérêt ; et que sa crédibilité était tellement entachée par ses actions passées que ses ennemis refusèrent de l'écouter quand il se comporta de manière moins égoïste, essayant vainement de les convaincre que c'était une folie de tomber dans le piège que Saladin leur tendait à Hattin. La charge qu'il lança avec l'avant-garde fut perçue comme un acte de trahison, la plupart des barons étant persuadés qu'il était toujours de mèche avec le sultan.

Il aurait été impossible à Raymond et à ses hommes de repartir à l'assaut de cette pente escarpée pour rejoindre le champ de bataille. Les doutes que je pouvais nourrir à ce sujet furent balayés lorsque je vis ce terrain rocailleux de mes propres yeux. On ne sait pas très bien non plus s'il avait agi de son propre chef ou à l'instigation de Guy en lançant l'avant-garde dans cette charge finale, car les versions des chroniques divergent. Quelle que soit la vérité sur ce point, je ne considère pas qu'il s'agisse d'un acte de trahison. S'il avait réussi à disperser les hommes de Taqi al-Din, le reste de l'armée l'aurait suivi comme l'infanterie tenta de le faire.

Pendant que je menais mes recherches sur Outremer, je fus frappée par le fait qu'il y avait fort peu de « méchants » dans cette histoire : tout juste des gens faisant ce qui leur paraissait le mieux, tant pour leur pays natal que dans leur propre intérêt. On ne peut pas dire la même chose du grand maître des Templiers, Gérard de Ridefort, dont l'arrogance et la hargne vengeresse ont été pour beaucoup dans la chute du royaume.

En tant que roi, Guy de Lusignan doit être tenu pour responsable en dernier recours d'avoir fait tomber son armée dans le piège de Saladin. Après avoir réfuté le scénario d'une lutte entre colombes et faucons, quelques historiens sont même allés plus loin et ont tenté de redorer son blason, avançant que sa décision de s'aventurer sur un terrain aussi aride et désolé sans la moindre réserve d'eau n'était pas aussi insensée qu'il y paraît. L'un d'eux, par exemple, essaie de justifier le refus de Guy de faire halte à Touran en s'appuyant sur des statistiques modernes, démontrant que la source n'aurait jamais suffi à alimenter une armée entière. Saladin quant à lui ne voyait pas les choses ainsi : nous savons qu'il a été soulagé en apprenant que les Francs ne s'y étaient pas arrêtés et poursuivaient leur route vers l'anéantissement. Les verdicts les plus cinglants proviennent des soldats eux-mêmes et des historiens militaires que je cite dans les remerciements. La bataille de Hattin est considérée comme l'une des plus grandes erreurs militaires de l'Histoire, aux côtés de Little Big Horn ou de la campagne de Russie de Napoléon.

Les lecteurs seront peut-être intéressés de savoir que ma description de la fin de la bataille est basée sur le récit d'un témoin oculaire : al-Afdal, le fils de Saladin, qui l'a racontée par la suite au chroniqueur sarrasin al-Athir. J'ai également utilisé le dialogue qui a réellement eu lieu entre Renaud de Châtillon et Saladin dans la tente du sultan, ainsi que d'autres détails de la bataille en provenance de la même source. Nous ignorons comment Balian a réussi à prendre la fuite avec les survivants de son arrière-garde, mais la suggestion de l'historien David Nicolle, selon laquelle il aurait profité de l'inattention des hommes du Loup bleu, me paraît la plus vraisemblable.

Comme toujours, les auteurs de romans historiques doivent combler une partie des lacunes. Nous ignorons la date précise de la mort des protagonistes, notamment Balian et son frère Baudouin, Marie, Guillaume, Agnès – et celle du roi Baudouin lui-même. Nous ne savons pas davantage la date de naissance de Balian, que les historiens situent entre 1143 et 1150. L'universitaire allemand Hans Mayer a offert la démonstration la plus convaincante en optant pour 1150, et je me suis rangée à son avis. Nous ne connaissons pas le nom de la seconde fille d'Amaury et de Marie, morte peu après sa naissance, je lui ai donc donné le prénom de la mère du roi. Et nous ne savons pas davantage les causes exactes de la mort de la plupart des protagonistes, ce qui est un problème récurrent dans notre métier. Guillaume se contente de noter que le premier mari de Sibylle, Guillaume de Montferrat, est brusquement tombé malade avant de mourir deux mois plus tard. De la même manière, nous ignorons quelle maladie au juste a fini par avoir raison de Baudouin. Comme les défaillances rénales étaient fréquentes chez les lépreux, j'ai opté pour ce mal comme cause probable de son décès. Même chose pour le petit roi, le neveu de Baudouin, qui lui a brièvement succédé : ayant découvert que le fils aîné de Saladin avait souffert de l'asthme, j'ai décidé que ce serait cette maladie qui emporterait ce malheureux garçon.

Je me suis trouvée confrontée à un défi plus grave, s'agissant des dernières années de Guillaume de Tyr. À en croire les continuations de sa chronique, il aurait succombé aux machinations de son grand rival, le patriarche Héraclius, qui l'aurait excommunié avant de le faire empoisonner lorsqu'il s'était rendu à Rome sur ordre du pape. Mais aucune source de l'époque ne fait la moindre allusion à un tel scénario, qu'il s'agisse des chroniques sarrasines ou des chroniqueurs anglais ou francs qui s'intéressaient à la Terre sainte. Bien que la plupart des historiens estiment aujourd'hui que cette anecdote a été forgée de toutes pièces, Peter Edbury et John Gordon Rowe, auteurs de la seule biographie de Guillaume, estiment possible qu'il ait été excommunié par Héraclius, ce qui constituait souvent une arme politique au Moyen Âge. En revanche, aucun historien à ma connaissance n'a prétendu que Guillaume avait été assassiné. Je ne suis pas davantage convaincue pour ma part qu'il ait été excommunié, étant donné qu'il n'est fait mention nulle part d'une telle disgrâce, ce qui n'aurait pas manqué d'être le cas s'agissant d'un membre aussi éminent de l'Église. Une certaine confusion règne également quant à la date exacte de sa mort. Nous savons qu'elle eut lieu le jour de la Saint-Michel, le 29 septembre, sans être assurés qu'il s'agisse de l'année 1184, 1185 ou 1186. J'ai estimé que 1185 était la date la plus probable, attendu les circonstances.

Un mot à présent concernant Jacquelin de Mailly. Les sources de l'époque mentionnent qu'il était le maréchal des Templiers, et nul ne songeait à remettre cela en cause. Mais dans une lettre au pape qui n'a été exhumée que très récemment, Gérard de Ridefort rapporte la mort de ses frères templiers et du grand maître des Hospitaliers à La Fontaine du Cresson. Il cite nommément plusieurs personnes, dont Jacquelin, mais le titre de maréchal est attribué à un autre templier. Certains historiens en ont déduit que les sources médiévales étaient erronées. Je n'en crois rien. L'obéissance était la pierre angulaire de l'ordre des Templiers et ses membres avaient juré d'obéir aveuglément à leur grand maître, ce pour quoi ceux qui étaient restés dans les citadelles de Gaza et de Latroun se sont rendus à Saladin lorsque Gérard de Ridefort leur en a donné l'ordre. Nous disposons d'un témoignage vivant de la querelle qui a eu lieu à La Fontaine du Cresson, durant laquelle Jacquelin s'était violemment opposé à cette attaque, attendu leur trop grande infériorité numérique ; à quoi Gérard avait réagi en mettant son courage en doute. J'imagine mal un simple chevalier défiant son grand maître de la sorte : cela n'a de sens que si Jacquelin était effectivement maréchal, ce qui lui conférait la responsabilité des affaires militaires. Si une erreur a été commise, c'est probablement par le clerc de la papauté qui a recopié cette lettre pour les archives du Vatican et qui s'est trompé en attribuant le titre de maréchal à un autre templier.

Le mariage de Balian et de Marie est assez surprenant en raison de la disparité de leurs rangs sociaux respectifs. Selon les critères médiévaux, il n'aurait jamais dû épouser une femme qui avait été reine, liée par le sang à l'empereur Manuel. Nous ne savons rien des circonstances qui ont conduit à cette improbable union, sinon qu'elle semble avoir été heureuse. Je ne vois que deux explications logiques : soit il s'agissait d'un mariage d'amour, pour lequel Marie se sentait prête à défier aussi bien le roi Baudouin, son parent, que les mœurs de son temps ; soit il s'agissait d'une décision discriminatoire à son encontre. Je penche pour cette deuxième hypothèse, qui n'aura finalement pas eu l'effet escompté, suivant en cela la suggestion avancée par Peter Edbury dans sa biographie de Jean, le seigneur de Beyrouth et fils aîné de Balian et de Marie.

Je profite toujours des notes placées à la fin de mes livres pour soulager ma conscience et informer les lecteurs des libertés qu'il peut m'arriver de prendre avec certains faits historiques. Étant d'un tempérament plutôt obsessionnel en la matière (raison pour laquelle ma famille et mes amis ont renoncé à voir des films historiques en ma compagnie, las de m'entendre pester en mâchonnant mes pop-corn du début à la fin de la séance), j'essaie de réduire ces libertés au strict minimum. Dans ce roman, j'ai laissé al-Adil s'aventurer à deux reprises hors d'Égypte pour aller voir son frère, dans le seul but de rappeler son existence aux lecteurs. Il lui arrivait sûrement de rendre visite à Saladin mais je n'ai pas l'ombre d'une preuve à ce sujet. J'ai pris une autre liberté en mettant Baudouin au courant des conséquences du raid audacieux de Renaud de Châtillon dans la mer Rouge. Nous ne sommes même pas assurés que Renaud lui-même ait su ce qui était arrivé à ceux de ses hommes qui avaient été capturés, puis exécutés.

J'ai parfois dû modifier les noms de certains personnages secondaires, attendu la déplorable tradition médiévale qui consistait à recycler indéfiniment le même prénom, de génération en génération. Je peux vous assurer qu'aucun auteur n'a envie de suivre à la trace une demi-douzaine d'Édouard, d'Henri ou d'Aliénor dans le cours du même livre… Afin de faciliter la tâche du lecteur, on m'a demandé de changer le prénom du mari d'Agnès et beau-père de Baudouin, Renaud de Grenier, étant donné qu'il y avait déjà deux autres personnages prénommés Renaud et Raymond. Il est donc devenu Denis dans ce livre. J'utilise parfois les différentes versions du même prénom selon les langues : Henri et Heinrich, par exemple, ou Agnès et Agneta[1]. J'ai appelé le fils de Taqi al-Din Khalid, parce qu'il partageait le prénom d'Ahmad avec al-Adil. Je fais également allusion à Hugues en le désignant par son titre : Hugues de Galilée, plutôt que par son nom de famille, Hugues de Saint-Omer.

Nous savons que Baudouin avait un espion attitré, comme tous les souverains médiévaux. Nous ignorons en revanche son identité, l'anonymat constituant un élément essentiel de ses activités. J'ai donné à l'espion de Baudouin le nom d'un des agents secrets de Richard Cœur de Lion, célèbre pour surveiller les Sarrasins sans se faire repérer. Le personnage d'Anselme est de mon invention, mais il est probable que Baudouin ait eu un tel individu à son service quand sa santé commença à se détériorer.

Bravo aux lecteurs qui ont deviné que le *mall* auquel s'adonne Saladin était l'ancêtre du polo. Et les enfants d'al-Adil possédaient en effet une girafe comme animal domestique, qu'ils ont emmenée d'Égypte en Syrie.

Quelques commentaires, pour conclure, concernant les derniers chapitres. On prétend généralement que Conrad de Montferrat a débarqué à Tyr le 15 juillet 1187, mais il n'est en fait arrivé qu'à la mi-août. Certains historiens disent que le fils aîné du prince Bohémond serait devenu brièvement comte de Tripoli après la mort de Raymond, mais Jochen Burgtorf, dans un chapitre de *The Crusader World* dirigé par Adrian J. Boas, réfute fermement cette hypothèse. Étant donné qu'on rapporte qu'Étiennette de Milly et Isabelle ont supplié Saladin de libérer Onfroy, j'ai présumé que cette scène avait eu lieu juste après la chute de Jérusalem. J'avais déjà écrit les derniers chapitres

1. Le traducteur s'est attaché pour sa part à restaurer les transcriptions françaises des noms des divers personnages et de la plupart des lieux, telles que l'Histoire les a inscrites dans notre langue.

quand je suis tombée sur un passage de la chronique d'Imad al-Din disant que les deux femmes étaient allées trouver le sultan à la demande d'Onfroy en novembre cette année-là. Nous ne savons donc pas avec certitude si Isabelle se trouvait encore dans la Ville sainte pendant le siège ou si elle avait accompagné Marie et ses autres enfants.

Les informations les plus crédibles viennent parfois des sources adverses. Par exemple, je serais restée un peu sceptique si c'étaient les chroniques chrétiennes qui mentionnaient l'anecdote selon laquelle Richard Cœur de Lion s'était porté seul au-devant des Sarrasins après la bataille de Jaffa, et qu'aucun de ses adversaires n'avait accepté de relever son défi : cela avait un côté un peu trop hollywoodien, n'est-ce pas ? Mais cette histoire figure dans plusieurs chroniques sarrasines dont les auteurs se désolent que personne n'ait voulu affronter Cœur de Lion en combat singulier. De la même manière, j'aurais probablement hésité à prendre pour argent comptant le récit de la clémence dont font preuve les hommes de Saladin à l'égard des réfugiés de Jérusalem s'il provenait d'une source sarrasine. Mais ce sont les chroniqueurs chrétiens qui en font mention et parlent également avec admiration de la générosité et de la magnanimité d'al-Adil et du sultan après la défaite de leurs ennemis. Quant à l'ultimatum désespéré que Balian lance à Saladin, il figure dans toutes les chroniques sarrasines, aussi ai-je pu le rapporter quasiment mot pour mot au cours de cette scène dramatique.

Je voudrais terminer en disant quelques mots de Balian d'Ibelin. Pendant plus de trente ans, j'ai eu la chance de faire des recherches puis d'écrire des romans au sujet des hommes et des femmes les plus remarquables du Moyen Âge. La plupart sont plus connus que Balian, qui a été calomnié par les chroniqueurs de la troisième croisade, sous prétexte qu'il était allié avec Conrad et hostile à Guy. L'Histoire semble l'avoir oublié par la suite. Il a finalement accédé à la gloire avec *Kingdom of Heaven*, le film de Ridley Scott, où il devient d'un coup de baguette magique le fils illégitime d'un seigneur franc, réduit à l'état de forgeron mais n'en parvenant pas moins à séduire une reine – sauf qu'il s'agit de Sibylle et non pas de Marie… Les auteurs du film n'ont conservé qu'un seul détail authentique : Balian a bel et bien été le sauveur de Jérusalem, permettant à des milliers de civils d'échapper à la mort ou à l'esclavage. J'ai écrit l'histoire de nombreux personnages extraordinaires dans mes livres précédents, mais je crois qu'aucun parmi eux n'a montré le courage de Balian d'Ibelin, qui refusa d'abandonner les citoyens terrifiés de la Ville sainte, quitte à sacrifier sa propre vie pour les sauver.

REMERCIEMENTS

Dans les remerciements de *Lionheart*, j'avais cité ma réplique favorite de *Casablanca* : « Faites défiler les suspects habituels. » La phrase pourrait aussi bien convenir à *Terre sainte*, car j'ai bénéficié d'une grande stabilité au fil des ans en ce qui concerne mes éditeurs et mes agents. J'ai la chance de travailler avec une éditrice extraordinaire, Marion Wood, depuis le début de ma carrière. Au cours de notre longue collaboration, elle s'est avérée un véritable don des dieux : tour à tour professeure, guide, critique et ange gardien à l'occasion. Je lui en suis profondément reconnaissante. Les bons éditeurs ne courent pas les rues, et pourtant je n'ai cessé de dénicher de nouvelles pépites dans cette mine inattendue. Marion est bien sûr le filon principal, mais j'ai également eu la chance de travailler avec Jeremy Trevathan, mon éditeur anglais chez Macmillan, et maintenant avec Gabriella Mongelli chez Putnam. Les éditeurs étant un peu l'équivalent des sages-femmes dans le monde littéraire, *Terre sainte* n'aurait pas pu voir le jour sous de meilleurs auspices.

J'ai également eu de la chance avec mes agentes, qui travaillent toutes les deux avec moi depuis la publication de *The Sunne in Splendour*. Il n'y a pas de meilleure agente aux États-Unis que Molly Friedrich, et mon agente anglaise, Mic Cheetham, brille d'un éclat équivalent de l'autre côté de l'Atlantique. Elles naviguent toutes les deux sur les eaux agitées de l'océan éditorial et amènent leurs auteurs à bon port avec une aisance déconcertante. J'ai par ailleurs bénéficié de leurs avis et de leurs intuitions : l'une et l'autre auraient fait d'excellentes éditrices si elles avaient suivi une autre voie dans la profession. Et donc, à mes merveilleux éditeurs comme à mes étonnantes agentes – un grand merci, du fond du cœur.

Je dois par ailleurs remercier les amis qui ont facilité mon séjour en Israël. Dans une période agitée, Enda Junkins et Paula Mildenhall ont bien voulu me suivre à la recherche de mes fantômes : les hommes et les femmes remarquables qui ont vécu et sont morts au XIIe siècle dans le royaume de Jérusalem. Non seulement il m'a été possible de visiter les sites les plus importants du roman, mais j'ai rapporté un trésor de souvenirs en errant dans les rues de la vieille ville, découvrant que Jérusalem possédait autant de terrasses de cafés que Paris et m'émerveillant devant Paula, qui attirait comme un aimant les innombrables chats de Jérusalem… Ce fut l'un des plus mémorables voyages de ma vie.

Je suis très reconnaissante aussi à nos amis israéliens Koby Itzhak et Valerie ben David, ainsi qu'à notre amie américaine Elke Weiss, qui séjournait à Jérusalem au moment de notre visite. Elke nous a fait faire le tour complet de la ville en nous expliquant les mœurs locales et en nous montrant des sites que nous n'aurions jamais visités sans elle. Elle s'est arrangée de surcroît pour que je puisse voir le tombeau du Christ dans l'église du Saint-Sépulcre. Sa compagnie était plus qu'agréable, et chaque fois que je repense à Jérusalem depuis lors, Elke y est toujours associée. Koby et moi correspondions depuis des années mais nous n'avions jamais imaginé que nous nous rencontrerions un jour – et encore moins qu'il serait notre guide à Jaffa et à Acre, ni que nous ferions la connaissance de sa propre famille. Je n'oublierai jamais les discussions que nous avons eues au sujet de la bataille de Hattin pendant que nous explorions les ruines de Sephoris (Saphorie dans le roman) et que nos amis se moquaient de nous parce que nous en parlions comme si cette bataille avait eu lieu la veille. Valerie ben David était mon amie sur Facebook et a généreusement proposé de nous emmener en voiture jusqu'au champ de bataille des cornes de Hattin. L'endroit était mal indiqué et je doute que nous l'ayons trouvé sans son aide. J'ai eu beaucoup de chance de pouvoir découvrir ce pays à travers le regard de mes amis israéliens.

Dans la mesure du possible, j'essaie de visiter les sites que j'évoque dans mes romans et j'y suis pour l'instant toujours parvenue, à l'exception de *Lionheart*. Il est exact que la vie moderne a souvent supplanté et effacé les traces du passé médiéval ; de plus, on peut aujourd'hui avoir un aperçu à travers des vidéos en ligne de la plupart des ruines historiques. Il n'empêche que j'aime voir de mes propres yeux se profiler la silhouette d'une vieille forteresse et marcher sur une plaine où des armées se sont jadis affrontées. Et périodiquement, un déclic se produit en moi de manière inattendue. J'ai ressenti une émotion viscérale à la vue des châteaux gallois de Dolwyddelan et de Criccieth. En me retrouvant sur la place devant l'église de Viterbe où a été perpétré l'un des plus terribles massacres du Moyen Âge, j'ai vécu une étrange expérience, comme si le temps avait cessé d'exister : je m'attendais presque à voir les dalles se couvrir du sang du cousin de Simon de Montfort. J'ai eu le même genre de réaction à Hattin.

Valerie m'a vraiment fait un grand cadeau en nous permettant de voir par nous-mêmes le champ de bataille. Quand j'ai entrepris de rédiger le passage concerné, j'avais toujours à l'esprit les images de ce terrain aride, parsemé de rocailles, de ces collines dénudées et de la désolation ambiante. Du sommet de l'une des cornes de Hattin, on peut distinguer le bleu scintillant de la mer de Galilée et s'imaginer combien sa vue avait dû être accablante pour ces guerriers rongés par la soif. La folie de Guy de Lusignan décidant de traverser ce désert sans eau prouve une fois de plus que la réalité s'avère plus étrange que la fiction. S'il ne s'était pas embarqué dans cette folle équipée, jamais je n'aurais imaginé lui faire encourir un risque pareil par crainte que les lecteurs ne me croient pas…

Je voudrais remercier mon amie romancière Priscilla Royal pour son indéfectible soutien et la faveur qu'elle m'accorde en partageant avec moi son immense savoir médiéval. Une autre amie romancière, Stephanie Churchill, a toujours été présente quand j'avais besoin d'encouragements. C'est elle également qui a bien voulu se charger de créer ma page d'auteure sur Facebook. Un salut particulier à mon amie Rania Melhem, qui a vérifié les quelques phrases en arabe du roman. Je remercie aussi un ami de la famille, Haralambos Haranis, d'avoir répondu à mes questions au sujet de la langue grecque. Ainsi que mes alliés sur Facebook, tous ces braves qui se sont portés volontaires pour s'occuper de mon fan-club : Jo Nelson, May Liang, Fiona Scott-Doran, Lesley West, Celia Jelbart et Stephen Gilligan.

Dans les remerciements de mes précédents livres, je n'ai jamais manqué de mentionner mon amie Valerie LaMont et son mari, Lowell LaMont, pour leur inestimable soutien. Valerie partageait ma passion pour le passé, et en écrivant mes romans, je me suis souvent appuyée sur ses intuitions et ses connaissances en matière de folklore médiéval. Quant à Lowell, c'était mon gourou en matière d'ordinateur, capable de terrasser à lui tout seul n'importe quel démon informatique. Hélas, Lowell puis Valerie nous ont quittés dans les années qui ont suivi la publication de *Lionheart*, et le monde est devenu plus triste et plus désolé sans eux. Il y a vraiment des êtres qui sont irremplaçables.

Il m'est impossible de mentionner tous les livres que j'ai consultés en préparant ce roman. Mes lecteurs savent que je peux me montrer d'une maniaquerie obsessionnelle à ce sujet ! J'espère ajouter une section bibliographique à mon site web, mais cela reste pour l'instant au stade de projet. Je me contenterai donc de citer ici les ouvrages qui m'ont été le plus utiles. Pour ceux qu'intéressent la culture et la vie sociale du royaume, je recommande *The Crusaders in the Holy Land* de Meron Benvenisti ; *The World of the Crusaders* de Joshua Prawer ; *The Crusader World*, un ouvrage collectif dirigé par Adrian J. Boas ; et *Crusader Archeology: The Material Culture of the Latin East*, d'Adrian J. Boas.

À une exception près, il existe peu de biographies consacrées aux principaux personnages de ce roman : cette exception concerne évidemment Saladin. Pour la famille d'Ibelin, la seule que nous possédions s'attache au fils aîné de Balian et de Marie : *John of Ibelin and the Kingdom of Jerusalem*, de Peter W. Edbury. L'historien allemand H. E. Mayer a écrit un remarquable article : « Carving Up Crusaders: The Early Ibelins and Ramlas », dans le volume collectif *Outremer: Studies in the History of the Crusading Kingdom of Jerusalem Presented to Joshua Prawer*, édité par B. Z. Kedar, H. E. Mayer et R. C. Small. *The Leper King and His Heirs: Baldwin IV and the Crusader Kingdom of Jerusalem* de Bernard Hamilton offre un panorama complet de la famille royale et des principaux barons. Peter W. Edbury et John Gordon Rowe ont composé de leur côté *William of Tyre: Historian of the Latin East*. Quelques articles ont été écrits au sujet des reines de Jérusalem, le plus souvent centrés sur Sibylle, notamment « "La Roine Preude Femme et Bonne Dame": Queen Sybil of Jerusalem (1186-1190) » dans *The Haskins Society Journal* 15 (2004) ; « Queen or Consort: Rulership and Politics in the Latin East (1118-1228) » de Sarah Lambert, dans *Queens and Queenship in Medieval Europe*, dirigé par Anne Duggan ; *Gendering the Crusades*, édité par Susan B. Edgington et Sarah Lambert ; et « Women in the Crusader States: The Queens of Jerusalem (1100-1190) » de Bernard Hamilton, dans le volume *Medieval Women* dirigé par Derek Baker.

Les ouvrages suivants concernent le règne de Baudouin et la vie en Outremer : « Propaganda and Faction in the Kingdom of Jerusalem: The Background to Hattin » de Peter W. Edbury, dans le volume *Crusaders and Muslims in Twelfth-Century Syria*, dirigé par Maya Shatzmiller ; *The Crusader States* de Malcom Barber ; *The Crusades and Their Sources: Essays Presented to Bernard Hamilton*, dirigé par John France et William G. Zajac ; *Franks, Muslims and Oriental Christians in the Latin Levant*, de Benjamin Z. Kedar ; *The Latin Church in the Crusader States: The Secular Church* de Bernard Hamilton ; *The Latin Kingdom of Jerusalem: European Colonialism in the Middle Ages* et *Crusader Institutions*, tous deux dirigés par Joshua Prawer ; *Crusade and Settlement*, dirigé par Peter W. Edbury ; *Alliances and Treaties Between*

Frankish and Muslim Rulers in the Middle East: Cross-Cultural Diplomacy in the Period of the Crusades de Michael A. Köhler ; *The Experience of Crusading, volume 2: Defining the Crusader Kingdom*, dirigé par Peter W. Edbury et Jonathan Phillips ; *Kings and Lords in the Latin Kingdom of Jerusalem* d'Hans Eberhard Mayer ; *The Road to Armageddon: The Last Years of the Crusader Kingdom of Jerusalem* de W. B. Bartlett ; *A History of the Crusades, volume 2: The Kingdom of Jerusalem and the Frankish East, 1100-1187* de Steven Runciman ; *Montjoie: Studies in Crusade History in Honour of Hans Eberhard Mayer* dirigé par Benjamin Z. Kedar, Jonathan Riley-Smith et Rudolf Hiestand ; *Tolerance and Intolerance: Social Conflict in the Age of the Crusades*, dirigé par Michael Gervers et James M. Powell ; *Autour de la première croisade : actes du colloque de la Society for the Study of the Crusades and the Latin East (Clermont-Ferrand, 22-25 juin 1995),* dirigé par Michel Balard, qui contient d'excellents essais en anglais à propos de la Vraie Croix et de l'emploi des pigeons voyageurs dans le Levant.

Saladin: The Politics of the Holy War de Malcolm Cameron Lyons et D. E. P. Jackson reste le meilleur ouvrage relatant la montée au pouvoir et le règne de Saladin. D'innombrables biographies lui ont été consacrées, mais je recommande pour ma part les livres suivants : *Saladin* d'Anne-Marie Eddé (traduit par Jane Marie Todd) ; *Saladin: Empire and Holy War* de Peter Gubser ; *Saladin* d'Andrew S. Ehrenkreutz ; et *Saladin and the Fall of the Kingdom of Jerusalem* de Stanley Lane-Poole. Il n'existe aucune biographie d'al-Adil, mais son règne est longuement évoqué par R. Stephen Humphreys dans *From Saladin to the Mongols: The Ayyubids of Damascus, 1193-1260.* Je conseille également *The Crusades: Islamic Perspectives* de Carole Hillenbrand. De nombreux ouvrages traitent de l'islam médiéval et du rôle des femmes dans la société islamique ; d'autres s'attachent à la médecine médiévale arabe, au rôle de l'esclavage dans leur monde, il existe même des livres de cuisine musulmane qui m'ont été fort utiles dans le chapitre 8. Ils sont bien trop nombreux pour être cités ici mais je promets de les répertorier bientôt sur mon site web.

Venons-en maintenant à la bataille de Hattin… Et commençons par le meilleur, deux ouvrages dus à des historiens militaires : *Piercing the Fog of War: Recognizing Change on the Battlefield, Lessons from Military History, 216 BC Through Today* de Brian L. Steed ; et *The Battle of Hattin, 1187*, la thèse magistrale de Eric W. Olson présentée à l'US Army Command and General Staff College. Steed et Olson ont étudié cette bataille avec l'œil du soldat et le résultat mérite amplement le détour. On en trouve aussi un excellent compte rendu dans *God's Warriors: Knights Templar, Saracens and the Battle for Jerusalem* d'Helen Nicholson et David Nicolle. Même chose pour *Hattin* de John France ; *Hattin, 1187: Saladin's Greatest Victory* et *Saladin: Leadership, Strategy, Conflict,* tous deux de David Nicolle ; « The Battle of Hattin: A Chronicle of a Defeat Foretold? » de Michael Ehrlich, dans le *Journal of Medieval Military History,* volume 5, dirigé par Clifford J. Rogers, Kelly DeVries et John France ; et *Crusading Warfare, 1097-1193* de Geoffrey Regan, qui contient une description détaillée du siège de Jérusalem et des efforts de Balian pour sauver la ville.

Je recommande également la lecture de *Encounter Between Enemies: Capitivity and Ransom in the Latin Kingdom of Jerusalem* d'Yvonne Friedman ; *Noble Ideals and Bloody Realities: Warfare in the Middle Ages,* dirigé par Niall Christie et Maya Yazigi ; *Crusader Warfare, volume 1: Byzantium, Western Europe and the Battle for the Holy Land* de David Nicolle ; *Western Warfare in the Age of the Crusades, 1000-1300* de John France ; ainsi que *The New Knighthood: A History of the Order of the Temple* de Malcom Barber.

Restent les chroniques. Nous avons la chance de disposer de trois chroniques contemporaines du règne de Saladin, composées par des hommes qui l'ont connu de près, deux d'entre eux ayant même fait partie de son cercle rapproché. Baha al-Din ibn Shaddad a rédigé *The Rare and Excellent History of Saladin* (traduite par D. S. Richards) : il n'a rejoint la cour de Saladin qu'en 1188 et n'apparaît donc pas dans ce roman, mais sa chronique concerne nombre d'événements antérieurs à cette date. *The Chronicle of Ibn al-Athir for the Crusading Period from al-Kamil fi'l Ta'rikh, Part 2: The Years 541-589/1146-1193, The Age of Nur al-Din and Saladin* (traduite par D. S. Richards) offre un tableau fascinant de l'histoire du Levant, rédigée par un homme ayant un jugement plus mesuré sur Saladin que celui de Baha al-Din ou d'Imad al-Din, qui sont en adoration devant lui. La chronique d'Imad al-Din n'est accessible quant à elle que dans la traduction française d'Henri Massé : *Conquête de la Syrie et de la Palestine par Saladin*. On en trouve toutefois des extraits dans le volume *Arab Historians of the Crusades* dirigé par Francesco Gabrieli ainsi que dans *Jerusalem: The City of Herod and Saladin* de Walter Besant. Certains événements rapportés dans ce roman figurent également dans une chronique plus tardive : *A History of the Ayyubid Sultans of Egypt*, rédigée par Ahmad ibn al-Maqrizi et traduite par R. J. C. Broadhurst.

L'histoire de Guillaume de Tyr est peut-être la plus célèbre chronique que nous ait léguée le Moyen Âge, mais elle prend fin en 1184. Ernout, l'écuyer de Balian d'Ibelin, rédigea une continuation de l'histoire de Guillaume, mais elle n'est, hélas, pas parvenue jusqu'à nous : nous n'en possédons que des fragments souvent altérés, cités par les chroniques du XIIIe siècle. J'évoque plus longuement ce point dans la note précédente. On trouvera des extraits de ces diverses continuations dans *The Conquest of Jerusalem and the Third Crusade* de Peter W. Edbury.

La chronique que Guillaume avait consacrée à l'histoire des Sarrasins a disparu après sa mort. Son histoire du royaume de Jérusalem, traduite en anglais sous le titre : *A History of Deeds Done Beyond the Sea*, a longtemps été épuisée. Mon amie Valerie LaMont avait réussi à m'en dénicher un exemplaire à l'époque où je préparais *Lionheart*. Mais j'ai une bonne nouvelle pour ceux d'entre vous qui auraient envie de la lire : elle est à présent disponible en version numérique sur Amazon, à un prix très abordable. Il s'agit de deux énormes volumes dont tous les passages n'intéresseront sans doute pas les lecteurs. Mais je suis sûre que vous serez aussi fascinés que je l'ai été par l'approche très personnelle que nous offre Guillaume des dernières années du royaume.

#lisez engagé !
www.lisez.com
Pour plus d'information :
Imprimé sur du papier issu de forêts gérées durablement.

Achevé d'imprimer par
Normandie Roto Impression s.a.s. à Lonrai
N° d'impression : 2405652

Imprimé en France